精 品 课 程 配 套 教 材

文学批评实践教程

（修订版）

主　编　赵炎秋

副主编　詹志和　简德彬

　　　　张邦卫　何林军

中南大学出版社
www.csupress.com.cn

·长沙·

图书在版编目(CIP)数据

文学批评实践教程 / 赵炎秋主编. —长沙：中南大学出版社，2007.8(2022.7 重印)

ISBN 978 - 7 - 81105 - 595 - 5

Ⅰ. ①文… Ⅱ. ①赵… Ⅲ. ①文学评论—高等学校—教材 Ⅳ. ①I06

中国版本图书馆 CIP 数据核字(2007)第 133117 号

文学批评实践教程

（修订版）

赵炎秋　主编

□责任编辑　何彩章

□责任印制　唐　曦

□出版发行　中南大学出版社

社址：长沙市麓山南路　　　　　邮编：410083

发行科电话：0731 - 88876770　　传真：0731 - 88710482

□印　　装　长沙雅鑫印务有限公司

□开　　本　787 mm × 1092 mm 1/16　□印张 29.75　□字数 724 千字

□版　　次　2015 年 7 月第 2 版　□印次 2022 年 7 月第 6 次印刷

□书　　号　ISBN 978 - 7 - 81105 - 595 - 5

□定　　价　60.00 元

前 言

晚期的维特根斯坦认为，语言的意义就在它的使用之中。在某种意义上，我们也可以说，文学理论的意义也在它的使用之中。换句话说，文学理论只有在对于具体的文学作品和文学现象的批评中才能真正彰显它的意义与作用。

20世纪是批评的世纪，批评理论的盛行使得理论在一定程度上与具体的文学实践拉开了距离，具有了一定的独立性，在某种程度上成为一种自我运作的系统。文学理论的这种相对的独立性和自足性，对于它的发展、完善与系统化是有必要的，也是有好处的。但这不能也不应成为文学理论疏离文学实践的理由。有人认为，就像哲学一样，文学理论也是人类思维的一种形式，人类思想的一种载体，本身就是一种价值，不应使它成为文学的婢女，不应将它与文学捆绑在一起，强使它为文学服务。这种观点不是没有一定道理。文学理论的确有本身的价值和独立性，但正如哲学的使命不在自身，而在解释社会与人生，文学理论的使命也不应局限于自身，而在解释文学和与文学相关的社会与人生。这样，文学理论便不可能是独立自足的，必然要与文学联系起来，在构建自己的理论体系的同时，对文学实践进行归纳、总结与解释。

这样，文学理论便必然地要与批评实践结合起来。但遗憾的是，对于文学理论的这一重要使命，我们以前关注得不够。反映在教学上，便是这样一种不正常的现象的出现：不少大学生甚至研究生把握了许多理论知识，却不知道如何将这些理论运用到具体的批评实践中去；空有满腹经纶，却不知道如何解读具体的文学作品。然而，社会需要理论家，更需要具体的文学分析家、评论家、批评家。从这个角度看，目前我们的文学理论教学还存在重大的问题。但这问题却不应该由学生负责，而应由我们这些从事文学理论教学的教育工作者负责。

就现实情况看，中国和西方，文艺理论教学的体系有所不同。西方没有文艺学这一学科，他们的文学理论教学主要在批评理论中进行，比较重视批评实践。然而，由于体系不完全一致，他们的教学体系不一定符合国内的教学要求。而在国内，作为汉语言文学下面一个重要的二级学科，文艺学这个学科一般包括三个方面的课程，一是文学理论，一是文学批评，一是作品解读。就国内高校教学实践来看，文学理论方面的课程大家比较重视，课程设置较多，教材比较完善，教学经验也较丰富。文学批评方面的课程国内少数高校如华中师大中文系比较重视，但总的来看重视的程度不够，相关的教材也不够完善。作品解读方面的课程部分高校有所开设，但尚不普遍。20世纪90年代之后，文学批评和作品解读逐渐受到注意，部分高校中文系或文学院开始在这方面有所动作，但由于认识以及惯性的作用，力度还不是很大，很有分量的教材和成功的教学经验都还没有出现。这方面还大有可为。

《文学批评实践教程》正是在这一背景下，针对上述不足而编撰的。

　　20 世纪的中外批评理论，总的来看，仍是科学主义与人文主义两条线索贯穿始终，具体地说，则是五彩纷呈。语言论文论、文化批评、各种"后学"、女性批评、精神分析、西方马克思主义、接受美学与读者反应理论，各种流派，互相对立，各种观点，互相交锋，然而同时又互相吸纳、互相补充，一派繁荣景象。我们从这众多的批评流派中选取了 23 个，逐一进行了介绍。我们的目的是希望通过教程的编撰与教学，使文学专业的学生不仅能够把握一定的理论，而且能把这些理论运用到具体的批评实践中去。这不仅有利于培养高素质的文学专业的学生，而且也有利于改变文学理论教学中重理论轻批评实践的倾向。

　　对于我们来说，编写《文学批评实践教程》是一种新的尝试。而任何尝试都不是一蹴而就的。我们力争将这一工作做好，并在做的过程中，积累经验，总结教训，为以后的进一步完善打下坚实的基础。

赵炎秋

2007 年 3 月

目　录

第1章　俄国形式主义

俄国形式主义（Russian formalism）是 20 世纪最重要、最有影响的文学理论流派之一。它反对根据作家的生平、社会环境、时代背景以及哲学或心理学去研究文学，极力强调文学的独立自主性，主张从文学内部的语言、结构、功能等方面来研究文学的独特规律，标志西方文学理论的批评与研究从作者中心研究模式向作品研究模式转移，从外部社会学、心理学的研究模式向内部本体论、语言论研究模式转移。这对 20 世纪西方文学理论的发展和演变具有不可逾越的里程碑意义。

一般认为，俄国形式主义文学理论的诞生，以两个学术活动团体的产生为标志。一个是 1914 年冬天到 1915 年，以罗曼·雅各布森、鲍·托马舍夫斯基为代表的一批大学生成立的"莫斯科语言学学会"，该学会以促进语言学和诗学研究为宗旨。另一个是 1916 年以维·什克洛夫斯基、鲍·艾亨鲍姆和伯恩斯坦为代表成立的"诗歌语言研究会"（英文缩写 OPOYAZ，故简称"奥波亚兹"）。两个团体都重视从语言学角度研究文学与诗学，致力于"在语言研究方面着手开辟新的途径"，全力"探索诗学的内部规律"，共同构成了俄国形式主义文学理论流派。

从 1914 年至 1930 年，俄国形式主义文学理论大致经历了两个阶段。以什克洛夫斯基的《词的复活》为开端的标志性文献，1914 年到 1920 年为形式主义的前期阶段。这一时期形式主义的理论家们致力于文学研究的独立品格与科学精神的建构，力图建立在研究对象、研究方法、研究目的等方面都能实际介入文学内部的学科，因而文学语言、技巧及其与非文学语言的区别等问题成为了关注重点。1921 年到 1930 年为形式主义的后期阶段，其理论地位大大提高，成为当时苏联文学理论的主流。雅各布森、什克洛夫斯基、艾亨鲍姆等俄国形式主义文学理论的标志性人物的理论逐渐成型，进入系统化的科学研究阶段，研究领域从诗歌研究扩大到语义、小说、散文和文学史研究，提出一系列影响深远的学术概念和范畴。但是，这一时期，他们也不断地遭到学术批判和政治批判，"形式主义"作为一个贬义词加在他们头上。1928 年已经移居布拉格的雅各布森和迪尼亚诺夫联合发表《文学和诗学研究诸问题》，反省自身的理论主张。1930 年，什克洛夫斯基在《文学报》发表文章放弃自己的理论，被视为俄国形式主义理论的终结。

第一节　基本理论

俄国形式主义的基本理论主要体现在"文学性"、"陌生化"、"程序"、"形式"、"日常用语"、"诗歌用语"等概念术语的提出与阐释中。

一、文学性

"文学性"问题是俄国形式主义文学理论的中心问题。雅各布森明确申论，文学科学的对象是"文学性"而不是整体的文学或个别的文学文本，是使文本成为艺术品的技巧或构成原则，只有使一部既定作品成为文学作品的特性，才是文学研究的真正对象。他说：文学科学的对象不是文学，而是"文学性"，也就是说使一部作品成为文学作品的东西。①

"文学性"作为形式主义批评流派的核心概念，它是指文学之所以能够成为文学的独特性质，也是文学能够与其他的学科区分开来，成为一门独立自主的系统科学的显著标志。

在雅各布森看来，一般的文学研究者往往在文学研究过程中，将诸如个人生活以及心理学、政治学和哲学的东西都凑到一起，看似内容宽泛，知识广博，其实这些只是雕虫小技而已，并不是真正的研究文学事实的文学科学，只有"文学性"才是真正地面对文学事实，才是文学科学应当研究的课题。

研究文学研究的对象对于文学批评而言是至关重要的，因为不同的研究对象决定了批评家会采取相应的不同的批评方法。形式主义批评认为传统的批评方法的弊端就在于，它们没有能够准确地确定文学批评的对象，从而导致了批评的误区。

在文学理论研究中，"文学性"概念具有本体论和方法论价值，它决定了文学理论的研究对象、研究范围和研究方法。同时，它的提出，为文学理论学科的建立也提供了重要的思想资源。换言之，"文学性"概念所揭示的问题域，其本身所蕴涵的功能及其意义，已经预设了文学理论研究的思考方式和研究途径。

文学是独立自主的学科，它有自己内在的研究对象：作品本身。文学研究的对象是文学作品之所以成为审美产品的特殊性，也即"文学性"。在什克洛夫斯基看来，文学性不存在于文学作品的内容及与之相关的外在社会因素中，而是存在于文学的艺术形式和形式构成之中，它是指文学作品的语言、语气、技巧、结构、布局、程序等因素，正是这些因素使一部作品具有了文学性和审美特点。形式主义者特别关注的是语言形式的操作所产生的审美效果，既然文学是语言的艺术，诗学的形式研究就不能不归结到对语言的诗性特征的研究，他们大量运用语言学、修辞学术语来分析文学作品的文学性特性，如隐喻、转喻、明喻、暗喻、象征、对话、词语、句子等都成为文学理论的重要操作术语。如雅各布森所说："诗不过是语言的美学操作。"

在形式主义理论家们看来，文学性只能从作品的艺术形式中去找。雅各布森则更进一步说明，不能从单部的文学作品中去寻找。他认为，文学性不存在于某一部文学作品中，它是一种同类文学作品普遍运用的构造原则和表现手段。文学研究者不必为研究作品而研究作品，更不应该从作品的思想内容和艺术形式方面来肢解作品。文艺学的任务就是要集中研究文学的构造原则、手段、元素等等。文学研究者应该从具体的文学作品中，把它们抽象出来。俄国形式主义者坚信，文学研究者只有把握文艺的本质，从事形式分析，才能达到科学的境地。雅各布森干脆声称，现代文艺学必须让形式从内容中解放出来，使词语从意义中解放出来。文艺是形式的艺术。

值得一提的是，移居布拉格之后，雅各布森的理论逐渐同以索绪尔为代表的现代语言学理论结合起来，并逐步走向了结构主义理论。在他看来，"诗学研究语言结构的问题，正如对画的分析要涉及画的结构一样。既然语言学是一门关于语言结构的普遍性的科学，诗学就应当被视为语言学的不可分割的组成部分"。②

---

①　［法］兹维坦·托多洛夫编选：《俄苏形式主义文论选》，蔡鸿滨译，第24页，北京：中国社会科学出版社，1989年。

②　［俄］罗曼·雅各布森：《语言学与诗学》，见赵毅衡编选：《符号学文学论文集》，第171页，天津：百花文艺出版社，2004年。

此后雅各布森更多地利用语言学理论来探讨语言的诗性功能，以解析文学性的内涵。在他看来，"诗"的唯一要素就是语言的表达功能。他说，"我把语言物质的这种表达企图称为诗的唯一的、基本的要素……诗不是别的，而是一种旨在表达的话语"；"诗这概念的内容是不固定的，它随着时间而变化，但是诗学功能，诗性，却像形式主义批评家所指出的那样，是一个独特的成分……但诗性是怎样表现出来的呢？这就是只把语词作为语词，而不是把它作为被指称的事物的替身或感情的爆发来对待"。① 这里的"诗性"即是形式主义者们认定的"文学性"。

在《隐喻和转喻的两极》一文中，雅各布森把诗歌分为两类：隐喻与转喻。他认为，在一般的现实主义作品中，转喻结构居支配地位。这类作品注重情节的叙述、环境的描写，通过转喻来表现人物与环境的关系，主要是指向环境。如俄罗斯的英雄史诗中转喻方式占优势，而浪漫主义的作品则以隐喻为主导。它们将一般很少表述的意义隐含在诗的字里行间，让读者自己去品味，去赏析。这类作品有俄国的抒情诗等。雅各布森认为，在隐喻类的文学作品中，诗性功能强，因而文学性也就较强。

根据雅各布森的理论，任何语言符号都包括选择和组合这两种基本结构排列模式。这两个结构模式分别属于共时性和历时性两个维度。正是借助于语言的这两种结构功能，语言的诗性功能才突显出来。他说："诗的功能则进一步把'相当'性选择从那种以选择为轴心的结构活动，投射（或扩大）到以组合为轴心的构造活动中。"在共时性的层面上，是联想式的隐喻，比如"汽车甲壳虫般地行驶"，这就是一种相似性和类比性原则；在历时性的层面上，是横向的邻近性原则的组合关系，比如"白宫在考虑一项新政策"，用"白宫"来比喻总统。不难看出，隐喻和转喻的二元对立模式，正是索绪尔语言学中提出的语言的共时性模式和历时性模式的二元对立的一种表现。这其中，相似性原则也就是隐喻，构成了诗歌语言的基础；而转喻，则和现实主义文学关系密切。雅各布森明确地说过："诗性的比喻研究大体被引向了隐喻，而所谓的现实主义文学，它与转喻原则紧密相连。"

雅各布森分析诗的语言，目的在于探索诗性功能所赖以生存的诗的结构，以求得对文学性的深层分析。他努力寻找发音和意义上对应、语法功能相同的词语，寻找由一行行对称诗句组合而成的诗节，并由此发掘诗的内在结构。

二、艺术程序

什克洛夫斯基认为，作品的艺术性与作品的构成方式紧相关联。他把对现成材料的一切旨在引起一定审美效果的艺术安排称之为艺术程序。"艺术就是程序的总和"，因为只有艺术程序才能把各种自然材料升华为审美对象，才能使人在对作品的欣赏中感受到艺术性。因此只有用艺术程序创作出来的作品才是艺术性的作品，才可能被人感受为艺术品。诗学的主要任务就是研究文学作品的构成方式，因而艺术程序成了诗学的直接对象。

艺术程序并非是为程序而程序，那样的艺术程序就会变成一种魔术、一种杂耍戏法。程序有自己的重要目的，它是为艺术的目的服务并从属于自己的审美任务，它的运用是使人产生艺术感受，得到审美享受，因此它只有在艺术感受和艺术目的的实现中获得自己的审美根据。

---

① ［法］兹维坦·托多洛夫：《象征理论》，王国卿译，第 372 页，北京：商务印书馆，2004 年。

艺术程序并非就是艺术技巧，它包括对语音、意象、激情等的合理安排，对节奏、句法、音步、韵律等的一定使用，以及运词手法、叙述技巧，结构配置等。它们作为艺术程序的共同目的在于使作品富于艺术性，产生反常化的效果。

人类的一切情感、观念都是文艺创作的原料，问题的关键却在于艺术程序，在于对这些原料的加工方式，因为不是材料，而是对材料的处置方式和艺术安排产生了全新的艺术效果。

不是说任何布局方式、任何程序都可称为艺术程序。什克洛夫斯基告诉我们，只有反常化程序与增加感受的难度和时延的复杂化形式的程序才是艺术程序。

无论反常化程序还是复杂化形式的程序，其目的都是为了使作品让人感受为艺术品而成为艺术程序。就艺术程序本身说，它有三方面的作用：①它把文学外的各种素材通过艺术加工、布局和处置，变形为艺术品的构成要素，从而使人欣赏作品能获得焕然一新的艺术感受，使作品成为新鲜可感的审美对象，以此给艺术品与非艺术品划出一条界限。②它又是艺术品内在动力发展的根据。艺术程序本身在不断演变，也有萌发、发展、衰亡的历史过程，当程序惯常化，便带有自动化、机械性了，这时就需推陈出新，打破传统规范，使用新颖的艺术程序来唤起人的新艺术感受，产生艺术上的革命。③艺术程序的使用突出了变形、艺术安排和布局本身的吸引力。它不是把人引向作品之外的东西，而是把人引向作品自身，引向作品内部的形式结构。它引起思考的问题是作品是怎样写成的，而非作品写的是什么。

三、陌生化

"陌生化"由什克洛夫斯基提出，是其对俄国形式主义最重要的理论贡献。

首先，什克洛夫斯基将文学的本质归结为"陌生化"，其含义是，把人们本来所熟悉的、司空见惯的东西置入一种新的、陌生的环境中考察，进而使人们得到一种不同寻常的、新的感受。"陌生化"又被译为"反常化"、"奇特化"等，是一个与"自动化"、"无意识化"相对的概念。什克洛夫斯基在《艺术作为手法》中说：

为了恢复对生活的感觉，为了感觉到事物，为了使石头成为石头，存在着一种名为艺术的东西。艺术的目的是提供作为视觉而不是作为识别的事物的感觉；艺术的手法就是使事物奇特化的手法，是使形式变得模糊、增加感觉的困难和时间的手法，因为艺术中的感觉行为本身就是目的，应该延长；艺术是一种体验事物的制作方法，而"制作"成功的东西对于艺术来说是无关紧要的。①

什克洛夫斯基认为只有陌生化的语言才具有文学性可言，因为艺术的目的不是提供认知的对象，而是提供感知体验的对象，是要恢复人们对事物的鲜活的审美感觉。艺术将习惯的东西陌生化，使我们能够感受到它。比如月亮的盈缺，我们说"满月"、"上弦月"、"下弦月"时，是认知性的语言，但我们表述为"玉盘"、"月如钩"、"冷月无声"、"甜甜的月亮"的时候，就更接近文学性的语言，因为这传达了对月亮的鲜活的、陌生化的审美体验。所谓"陌生化"，恢复的就是人对世界的诗意性和创造性。

其次，从作家主体看，俄国形式主义者认为作家对生活的体验与传统身临其境、感同身

① ［法］兹维坦·托多洛夫编选：《俄苏形式主义文论选》，蔡鸿滨译，第65页，北京：中国社会科学出版社，1989年。

受的体验方式不同。传统的体验方式强调作家与生活的同一，重在创作主体与创作客体的情感交流，确保创作素材的个性化、情感化。但日复一日，他对生活于其中的人和事司空见惯，体验陷入自动化。为了打破体验的自动化，作家首先需要"触动事物"，"从寓于事物的一系列习惯联想中抽取事物，应当拨动事物，正像拨动火中之薪一样"。什克洛夫斯基认为艺术家体验生活不能停留在与生活同一的层次上，更不能做生活的奴隶，而是"永远是挑起事物暴动的祸首。事物抛弃自己的旧名字，以新名字展现新颜，便在诗人那里暴动起来"。什克洛夫斯基所主张的体验生活的方式早已超越了与生活同一的层次，而提升到创造生活的高度；将创作素材的个人化、情感化变为奇异化、陌生化，真正实现了在主客情感交流基础上的艺术发现、艺术创造。俄国形式主义将陌生化注入艺术审美体验之中，从根本上改变了感同身受的自动化体验方式对生活亦步亦趋的被动局面，颠覆了主客体的位置，消解了体验的自动化，有效地解决了创作素材提升为审美素材、生活事实转化为艺术事实的艺术难题。这是俄国形式主义对传统体验模式的开创性突围。

再次，从接受者角度看，现代心理学表明，人的感受规律都有一个由陌生化到自动化的过程。感觉的陌生化带给人们的是一种类似于艺术享受的心灵快感；而感觉的自动化带给人们的是一种认知满足。雅各布森认为，"感觉和认识是根本不同的两回事，前者付诸直观、体验、感情和非理性；而后者则通过抽象概念和逻辑推理而诉诸人的理性，它与诗的体验和接受风马牛不相干"。"陌生化就是一种重新唤起人们对周围世界的兴趣，不断更新人对世界的感受的方法。它要求人们摆脱感受上的惯常化，突破人的实用的目的，超越个人的利害关系和种种偏见的限制，带着惊奇的眼光和诗意的感觉去看待事物。由此，原来司空见惯、习以为常而毫不起眼、毫不新鲜可感的东西，就会变得异乎寻常，变得鲜明可感，从而引起人们的新颖之感和注意，使人们归真返璞，重新回到原初感觉的震颤瞬间"。为此，艺术家总是千方百计地，并借助各种手法（如转喻和隐喻）、各种艺术程序，实现语义的转换与重组，造成一种耳目为之一新的感觉，"对象进入了新的系列，新词像新衣服一样，对象穿着很合身"。

最后，从艺术发展的角度看，在俄国形式主义看来，文学的生命在于它总是处于生生不息的发展之中。而文学生生不息发展的动力源主要取决于文学自身的内部规律，即陌生化与自动化相互矛盾、消解、位移的张力之中。一般来说，新的陌生化艺术程序或艺术模式的诞生，正是建立在对旧有陌生化艺术程序的消解基础上。程式化的艺术程序不仅失去了昔日的光彩，而且正在吞噬艺术的生命，危及艺术的发展。"一种形式一旦达到鼎盛期，便会被程式化而走向衰落（危机）。危机期的到来标志时代对新艺术形式的一种历史的呼唤。"此时反抗既有的程式化和审美规范便成为文学革命的任务。什克洛夫斯基说创作长篇小说如长途漫游，在漫游中不仅发现新的世界，而且还创造新的世界。旧的世界感受、旧的小说结构，在他那里已成为戏拟的对象。他通过戏拟驱逐它们，并借助离奇的结构恢复强烈的艺术感受和品评新的生活的敏锐性。这就是说，一种新的陌生化，以其独有的新奇性、奇异性对既定的审美规范和"套版反应模式"（亦即既定手法）实行"背离、反拨、变形、偏离和背反"，从而导致了文学演进中的"暴力突破"，亦或称之为文学上的革命。文学上革命的真正"价值在于新奇和独特"。一方面暴力突破表现为对现有诗学语言用法的偏离、对现实的创造性变形、对程式化的文学性审美标准和套版反应模式的反拨，以新的文学性标准即陌生化取代自动化。另一方面"暴力突破"是一种自动化向陌生化的位移，它总是按照陌生化—程式化—背离—新的陌生化的发展演变的轨迹或图式运行。文学的永恒生命正在于自动化（或程式化）不断向陌生化位移，生生不息。由此可见推动文学发展的源泉正在于陌生化，在于文学自身的规律。这样，艺术发展的奥秘也就从传统文论的外部动因转向了艺术自身的内部动因。这种由外向内转的发展观，应该说不仅符合艺术发展变化的规律，而且是对传统文论发展观的又一次开创性的突破。

陌生化效果的完成可以从下列几个方面营构：

其一，对文学语言与科学语言、情感语言的区分。艾亨鲍姆认为，文学科学的对象应是研究区别于其他一切材料的文学作品的特殊性，这个特殊性主要表现在文学语言上，"为了实现并巩固这一特殊性的原则，而又不借助于思辩美学，就必须把文学系列和另一种现象系列进行对比，在现有的多种多样的系列中选择一种与文学系列相互重叠但又具有不同功能的系列。把诗歌语言和日常语言相互对照就说明了这种方法论的手段"①。什克洛夫斯基提出的诗歌语言的"陌生化"理论，其主要目的也是企图对抗、反叛日常语言所造成的人的感受的"自动化"。在《作为手法的艺术》一文中，他通过对诗歌语言与散文语言的比较，指出散文是普通的言语，是一种"节约、易懂、正确的语言"，而诗歌则是"一种障碍重重的、扭曲的言语"②。陌生化理论虽然是作为作诗的一种技艺提出来的，但却显示了诗的语言的形式性与审美的艺术功能。雅各布森建议"从说话人使用语言材料的目的的角度"来对语言现象进行分类，并划分出实用语系统和诗语系统。前者只是交际的工具，没有独立的价值，后者"实用目的退居末尾，语言组合获得自我价值"。雅各布森对后者的解释则是"着重于表达的话语"。日尔蒙斯基认为，"实用语从属于尽可能直接和准确地表达思想这样一个任务：实用语的基本原则就是为既定目的节省材料"。实用语有自己的程序，就是事务电报的风格，最典型的例子是现代缩略语。与实用语接近的是科学语，其功能是简要准确地表达逻辑思想，力求最大限度地用概念的抽象符号来取代词。与此相反，"诗语是按照艺术原则构成的。它的成分根据美学标准有机地组合，具有一定的艺术含义"③；"任何诗语都讲述某种东西，而任何讲述都有一定的衔接安排，即具有一定的构成状态。实用语的讲述内容包含某种必须告知对方的实际意义；实用语的构成尽可能清楚而简练，在艺术上是缺乏形态的，它的第一原则是，为达到上面的目的而节省语言材料；在思维中它呈直线状态"。

其二，陌生化变形。艺术变形是指改变原有的自然形态，使其符合诗意的审美追求。托马舍夫斯基在阐述文学与广义文学的区分时指出：真正的文学是具有"杜撰和假定"的特点。如果说，文学"也有向读者传授科学真理（科普小说）或影响读者的行为（宣传文学）的意图，那么，它是借助于激发对文学作品本身蕴藏的另一种兴趣而达到的"。文学杜撰和假定的特点，决定了艺术家、作家必定按照审美的需要进行艺术的变形。无艺术的变形，也就没有艺术的存在，变形乃是艺术的本质特征。"艺术的成功永远是一场骗局。"

俄国形式主义的陌生化变形不仅在艺术"作品的各个层面——音响、外形、意象、细节、情节、结构……会使用多种方式，如头韵法、语音重复、对偶排比、比喻、隐喻、暗喻、反讽、讽刺性模拟、叙述视点……"都可以实施创造性变形，而且变形是奠基于陌生化基石之上的

① ［法］兹维坦·托多洛夫编选：《俄苏形式主义文论选》，蔡鸿滨译，第24、25页，北京：中国社会科学出版社，1989年。

② ［俄］什克洛夫斯基：《散文理论》，第22页，南昌：百花洲文艺出版社，1997年。

③ 方珊等译：《俄国形式主义文论选》，第220、221页，北京：三联书店，1989年。

艺术形式的创造性的变形。

陌生化变形具有形式化、新奇性与独创性特点。什克洛夫斯基在总结托尔斯泰作品中陌生化艺术程序时，指出托尔斯泰喜欢采用不寻常的名称称呼事物；在画面上固定一个细节并着重加以渲染，从而改变了平常的比例；拒绝认知事物，描述事物如同第一次见到一样；用乡民的观点描写城市的程序；用梯形结构程序延宕感受时值等等，认为这一切陌生化的艺术程序带给托尔斯泰艺术作品审美价值都是"技巧的情由"。陌生化的变形集中体现在音响、节奏、外形、形象、情节（俄国形式主义所谓的情节是指情节安排）、结构、韵律、对偶排比、各种比喻及反讽等修辞手法，以及叙述视点等等形式维度上。

其三，"阻碍形式"。什克洛夫斯基认为，文学创作的一个独特性便是"阻碍形式"或者说形式的困难本身。它提高了感受的难度，延长了感受的时间。通过提高感受的难度，延长感受的时间，它可以阻止自动化的感受及常规的反应。而这种感受的"自动化功能"会使审美弱化，因而必须反对这种"自动化功能"。又因为感受的过程便是美学目的本身，所以必须延长。形式的复杂化、难度化可以增加感受的新鲜，延长审美的心理时间。例如，艾亨鲍姆在解释哈姆雷特为何迟迟没有去杀死克劳迪斯为父报仇时，便回避了人物心理与行动的原因，把哈姆雷特的延宕看作是莎士比亚按纯形式规律的需要采取的艺术手法。他说："悲剧之所以拖延，并非因为席勒需要详细分析延宕心理，恰恰相反——华伦斯坦之所以延宕，是因为需要拖延悲剧，而这一拖延却需要遮掩起来。《哈姆雷特》同样如此。"[1]

延宕的规律从结构角度看，主要通过梯级式构造结构具体实施。梯级式构造，按什克洛夫斯基说，主要包括分解、重复韵脚和同义反复、排比反复、心理排比、延缓、叙事重复、童话仪式、波折和许多情节性手法。

分解是对已经被概括和统一的事物打散，组合，再打散，再重新组合。艺术不是走向统一的概括，而是一种感受生活的方式，为了向接受者提供可感可观之物，艺术强调具体可感性。艺术的表现方式就不可能沿着平坦而笔直的道路行军，它犹如跳舞一样，有轻重缓急、曲折多变、忽隐忽现变幻迷人的风姿。艺术"弯曲崎岖的道路，脚下感受到石块的道路，迂回返复的道路"的本质特征，使"艺术与概括是如此格格不入，而与分解十分接近"。

重复是建立在分解基础上的一种相同或相似性艺术元素依据诗意的要求间或重复，使作品产生一唱三叹，往复回旋之效的艺术程序。重复有多种类型。什克洛夫斯基认为：同一词语的简单重复、声音相谐、意义相同的词的重复、前置词的重复，在一行诗首重复上一行诗的末尾的同一个词、通过否定相反的东西来实现的重复，这些都属于词语的重复，此外还有修辞重复，比如重复排比、心理排比、节奏排比、同义排比、故事重复、情境重复等等重复手法。重复构筑如"a+（a+a）+［a+（a+a）］+……"抑或是"a+（a+a）（a+a）（a+a）a2）……"等等各式各样的梯级式构造。这种梯级式结构阻缓了作品中事物行动的速度，推迟了高潮的到来，让我们在一唱三叹中反复咀嚼、反复体味，曲尽其妙。重复延宕了接受者感受的时值，增加了感受的难度，激起跌宕起伏的情思，无形之中使作品的内容增色丰蕴。

诗歌形式的陌生化效果也是直接通过语言技巧来完成的。与日常语言的自动化、无意识化、脱口而出相反，诗歌语言则是难懂的、晦涩的和充满障碍的。它要对日常语言进行加工，甚至"施暴"，通过扭曲、变形、拉长、缩短、颠倒、强化、凝聚等方式使日常语言变成为新鲜

①　班澜，王晓秦：《外国现代批评方法纵览》，第 25 页，广州：花城出版社，1987 年。

的、陌生化的语言，从而使读者的感觉停留在视觉上，并使感觉的力量和时间达到最大的限度。俄国形式主义认为，诗歌的所有形式技巧，包括声音、意象、节奏、音部、韵脚、修辞手法等都具有陌生和疏离的效果，它们都是"文学性"的重要来源。

四、形式

俄国形式主义者以形式/材料这一对概念来取代传统文论中的形式/内容。材料可以是词、意象、思想等，而形式就是对这些材料的组合和安排及布局。这样，形式的含义几乎包含作品中的一切：材料的组合、安排、变形，篇章布置、各个部分的互比和联合，情绪评价甚至含义组织，作品作为意义整体的手段的复合体等等，因此艺术形式包括艺术程序，但两个概念并不完全等同，前者比后者要更为宽泛。由于作品中形式几乎就是一切，也就由形式取代了内容。所以什克洛夫斯基在他著名的《关于散文理论》中说："童话、短篇小说、长篇小说是素材的组合；诗歌是风格主题的组合；因此，情节和情节性乃是和韵脚同样的形式。从情节性的观点看，分析艺术作品的'内容'概念已毫无必要。"

既然艺术中的形式就是一切，材料是没有多大意义的，那么材料就是平等的，没有高低之分，思想并不占有至高无上的决定地位，艺术品也自然不能依据思想的好坏来决定艺术品的高低或是否具有艺术性。什克洛夫斯基扭转过去那种重内容轻形式的片面观点，而尖锐地突出艺术形式的重要性。他看到了形式的动力作用："形式为自己创造内容。"事实上，艺术内容只存在于艺术形式中，脱离了艺术形式就什么也不是。反之，形式总含蕴着某种内容，即便是毫无内容，它也表达了毫无内容的内容，含蕴无意义的意义，不然它也就不是艺术形式，而是别的什么东西。从这样的角度看，如果说形式成分意味着审美成分，那么艺术中的所有内容也都成为了艺术形式。

形式并非是空洞无物、徒有其表的器皿，等待着某种内容注入其中。形式本身就具有内容，如果它真的没有内容，它也会为自己创造它所需要的内容。形式不为内容所决定，不为材料所左右；相反，形式可创造内容，形式可强调和突出材料，它使自身也富于活力和变化。当旧的艺术形式已无新颖之处，使人的感受发生自动化，使人觉得习以为常时，就需要发现新的艺术形式来取代陈旧的艺术形式。这样对于艺术形式不仅需要共时观，也需要历时观，就是说，艺术形式是历史的、可变的、运动的，它不是静止固定的僵物，而是一个生生不息的动力源。有了这样一个生机活泼的动力源，艺术才会时时翻新。因此艺术的本质在于创新。艺术品总是新颖而独特的。

五、主题

托马舍夫斯基将主题纳入了俄国形式主义的文论范畴。他认为，在创作过程中，各个单独的语句根据各自的意义彼此组合起来，形成一定的结构，在这个结构中，有某种因素将语句联系到一起，这个因素就是主题。所以他说，"一部作品中各个具体要素的含义构成一个统一体，这便是主题（就是所说的内容）"①。在托马舍夫斯基看来，整个作品有自己的主题，而作品的每一部分也都有自己的主题。当一部作品根据其所要揭示的主题写成的时候，它就具有了统一性。

---

① ［法］兹维坦·托多洛夫编选：《俄苏形式主义文论选》，蔡鸿滨译，第 234 页，北京：中国社会科学出版社，1989年。

　　"主题"在文学作品中的统一性，是通过对一些小的主题要素的顺序安排来实现的。托马舍夫斯基提出了"本事"和"情节"的概念。所谓"本事"，就是在整个文学作品中，读者所知道的彼此互相联系的全部事件；而"情节"虽然是事件的展开，但它遵循的是事件在作品中出现的顺序。简单地说，"本事"就是实际发生过的事情，而"情节"则是读者了解这些发生过的事情的方式。"本事"在作品中的安排，可以按照因果关系的顺序展开，也可以按照自然顺序、时间顺序等展开，它自身并不受作品写作方式的制约。

　　托马舍夫斯基强调，产生文学作品的时代对于主题的兴趣来说具有决定性意义。但是，现实性不等于对当代生活的再现，虚构的乌托邦小说、遥远时代的历史题材，都能构成现实性的主题。

第二节　批评方法

　　俄国形式主义理论解读作品，注重以下几个方面：

一、强调诗学研究上的科学实证主义立场

　　艾亨鲍姆在《"形式方法"的理论》一文中指出："所谓'形式方法'，并不是形成某种特殊'方法论的'系统的结果，而是为建立独立和具体的科学而努力的结果。"[1]艾亨鲍姆认为，形式主义者研究的中心并不是所谓的形式方法，也不谋求建立一种独特的方法论体系，而是要探索一些理论原则，根据这些原则去研究文学艺术作品特征。科学的特殊性和具体化的原则便是这些原则中最重要的一个。在俄国形式主义者看来，科学的特殊性主要表现在文学研究对象的特殊性。他们把文学研究的对象（文学性）作为一种科学考察的对象。他们不承认任何哲学、心理学和美学的理论前提，而注重事实，强调对文学作品进行科学的具体分析。他们把研究重点放在语言上，用语言学的方法来分析文学现象。

二、关注形式方面的要素

　　俄国形式主义者强调对文本的形式方面的要素比如语言、结构、节奏进行审美阐释，而不关心社会文化背景以及作者的意志。比如，雅各布森就认为诗歌是"对普通语言的有组织的违反"，这里首先是声音结构的违反；其次是韵律的非普通语言化；第三是语意方面的有组织的违反。

　　对叙事作品的研究，主要研究事件和结构的关系、事件的编年顺序和事件在叙述中实际顺序的关系。比如，艾亨鲍姆分析果戈里的小说《外套》，认为小说的结构原则取决于双关谐语和其他词语的语音作用。

　　对文本中"陌生化"原则进行解析

　　"陌生化"使读者能通过不理解的外在形式找到其中深藏的理解的因素，是一种语意换位。

---

　　① 艾亨鲍姆：《"形式方法"的理论》，见兹维坦·托多洛夫编选：《俄苏形式主义文论选》，蔡鸿滨译，第 19 页，北京：中国社会科学出版社，1989 年。

三、揭示艺术形式发展的内部规律

在文学史的研究过程中，俄国形式主义把作品看作是意识之外的现实，在分析各种创作技巧和艺术作品及其结构成分系列时，尽量避免涉及社会意识形态环境和社会经济发展状况对创作的影响。他们努力在纯粹的和封闭的文学系列内部揭示出艺术形式发展的内在规律性。形式主义者认为，文学史的发展具有其自身的必然规律性，存在着一条从作品到作品、从风格到风格、从派别到派别、从一个主要结构成分到另一个主要结构成分的发展道路。无论世界发生什么变化，不管出现哪些经济的、社会的和一般意识形态的变化和转折，文学自身的发展总是按照其不可动摇的内在规律，从本身的一个环节走向另一个环节。文学之外的现实可能会阻碍或促进文学的发展，但不能改变这种发展的内在逻辑，不会给这一逻辑增添或减少任何新的内容。形式主义所讲的文学内部发展的规律完全不要求发明新的艺术形式，而只是发现形式。

20 世纪 20 年代艾亨鲍姆对俄罗斯文学史的研究明显地反映出形式主义的这一理论原则。他竭力排斥作家的创作个性、作家个人命运的特殊性及其偶然性，以便更清楚地见出文学史的发展进程和规律，努力清除社会意识形态和现实生活对文学素材的影响，来保证纯艺术形式的探讨。艾亨鲍姆在文学史的研究过程中，不是用历史事实来检验诗学，而是从历史中选择材料来证明和具体阐释诗学。在他看来，规律性无法在现实的历史中揭示出来，只有理论才给混乱的历史现实理出头绪，弄清其意义。

第三节　作品解读

一、舒婷《祖国啊，我亲爱的祖国》的节奏

祖国啊，我亲爱的祖国

舒婷

我是你河边上破旧的老水车

数百年来纺着疲惫的歌

我是你额上熏黑的矿灯

照你在历史的隧洞里蜗行摸索

我是干瘪的稻穗；是失修的路基

是淤滩上的驳船

把纤绳深深

勒进你的肩膊

—— 祖国啊

我是贫困

我是悲哀

我是你祖祖辈辈

痛苦的希望啊
是"飞天"袖间
千百年来未落到地面的花朵
——祖国啊

我是你簇新的理想
刚从神话的蛛网里挣脱
我是你雪被下古莲的胚芽
我是你挂着眼泪的笑窝
我是新刷出的雪白的起跑线
是绯红的黎明
正在喷薄
——祖国啊

我是你十亿分之一
是你九百六十万平方的总和
你以伤痕累累的乳房
喂养了
迷惘的我，深思的我，沸腾的我
那就从我的血肉之躯上
去取得
你的富饶，你的荣光，你的自由
——祖国啊，我亲爱的祖国

　　《祖国啊，我亲爱的祖国》作为舒婷的代表作之一，曾在朦胧诗盛行的20世纪80年代产生广泛的社会影响。在此，我们并不追问以舒婷为代表的朦胧诗超越前一代诗歌（包括革命诗歌、"文革"诗歌以及艾青、臧克家为代表的现实主义诗歌）的社会意义、政治意义和时代意义，而试图用俄国形式主义的相关理论来阐释诗语节奏在这首《祖国啊，我亲爱的祖国》的审美功能。正如俄国形式主义所言，诗即在其审美功能中的语言，诗语是一种将语音系统组织化的语言。关注诗语更接近文学作品的"文学性"。

　　俄国形式主义代表迪尼亚洛夫在他的《诗语问题》中提出"主导要素"的概念，将文学的审美功能界定为"主导要素"，并视之为文学性是否存在的标志。而几乎所有形式主义者都认为，诗的主导要素是节奏。诗中可以没有别的特征，但不能没有节奏。任何音响效果都是构成节奏的素材，而节奏一旦形成，就会向整个系统辐射出它的势能，因而使得诗中其他附属要素产生相应的变化。这样一来，节奏虽是一种音响想象，但在诗体中却开始具有超音响、超声学的本质。节奏对诗歌构成的作用相当明显。一定现象、要素或成分，在诗中交替地周期性地重复出现，往往会造成一种节奏印象，形成一种节拍倾向或节奏强制。这种倾向一旦形成，便会形成一种节奏需求或节奏强制，使读者或听众形成一种心理定势或强制性期待。而一首诗的节奏形式往往是在第一个诗节中定型化了的。

　　首先，我们来看舒婷这首诗的第一个诗节："我／是你河边上／破旧的老水车，数百年来／

纺着疲惫的歌。我/是你额上/熏黑的矿灯，照你在/历史的隧洞里/蜗行摸索。我/是干瘪的稻穗；是失修的路基；是淤滩上的驳船，把纤绳深深，勒进你的肩膊。——祖国啊"反复阅读之后我们不难发现，其一，在这一诗节里，有两处成分是交替地周期性重复出现的，一个是"我是——"，一个是"祖国啊"，且恰恰出现在一首一尾的地方，形成一种节奏强制；其二，"我是"之后的宾语成分，随着"我是——"的节奏强制，虽然意象所指各不相同，但都有着彼此相类似的语法结构。按照雅各布森的观点，文学作品的内在结构由两个轴交叉而成，其一是聚类轴，其二是音义轴。它们构成了文学作品内在结构的两个原则。聚类轴表明诗中的所有成分都是等值成分。诗歌中所有重复和节奏现象，都属于聚类轴原则的范围。它意味着：语言中所有的非均等成分，如反义词、同音异义词等等，在诗中，都可以成为等值成分。受主导因素即节奏的统辖，语言中各种异质同构成分，均可按照聚类轴原则，被纳入到诗体总结构中来。于是，因为"我是——"（每一节出现 4 至 5 次）的节奏作用，"破旧的老水车"、"熏黑的矿灯"、"干瘪的稻穗"、"失修的路基"、"淤滩上的驳船"，在这一诗节中起着相同的语义功能，以至于，互相调换位置或者被别的相应语词所取代，都不会影响其审美意味。节奏在诗体中的作用，总是这样表现为一种陌生化手法，即它将日常语言中"异质"（不同语义或系列）的语词，强行统辖在一个整体的语意场中，从而使其语义发生质的飞跃——使其成为同构的（即形式上相连属的）。"老水车"、"矿灯"、"稻穗"、"路基"、"驳船"原本风马牛不相及，却因为第一诗节整体统一的语意场，而达成异质同构，并且在连番运用的修辞格中，超离了它们各自的本意，指向同一所指，同一情感观照。

节奏是建立在作者个人的情感和情绪状态上的，节奏即为其外在的标志。诗体的节奏一旦形成，它便对作者乃至听者，形成一种带有强制意味的力量。这种力量将持续存在，并成为支配整个诗体结构的力量。在读者，它有助于构成一种"预期"；在作者，它为整首诗的节奏模式奠定了"基调"。因此，当我们抽离了此诗那些等值成分，变成"我是……/……/我是……/……我是……我是……我是………祖国啊"的时候，尽管这些省略号无法表示任何意义或者音响，但也不妨碍它们充当等值成分。因为我们开始读到的第一个诗节已经提供了韵律节拍、句法单位性质等等。这样在读者或听众的接受意识中，诗歌的节奏惯性，在省略号所标志的时间间隔中，依然持续进行着，贯穿全诗。这种节奏惯性演变为诗歌的韵律，但这种韵律不完全取决于韵律重音的实际分布，而取决于人们对其在一定时间间隔中重复出现的预期。诗语的时间是一种期待时间。该诗的韵律就在于在"我是——"与"我是——"交替中形成和弥漫的层次感。因此，在俄国形式主义看来，节奏的意义就不仅仅是一种音乐节拍的功能，而更是整首诗歌的魅力之所在，灵魂之所在。全诗情感的澎湃、激昂与饱满均来自这一反复不变的节奏。

另外，在"我是——"的节奏惯性中，我们还可以发现隐含的语法结构，那就是"我是你——"，从标题可知，"你"当然是祖国；"我"可以是诗人，可以是读者，可以是任意一个属于祖国的儿女，但这都不重要，关键在于，"我"与"你"在整首诗歌中达成一个呼唤或者倾诉的话语结构，"我"在呼喊"你"，"我"在向"你"倾诉。这里体现了作者抒情方式上的两个目的，一方面重在表达"我"——祖国儿女内心所爆发的情感，一方面每一次爆发又与"你"——"祖国啊"相连，因而，在"我是——"的比喻排比诗句中，其实暗含了一个"你听了吗？""你知道吗？""你回答我"的祈使语气。每一次呼喊都渴望获得回应，这是"我——你"结构所带来的语法动力，也显示了该诗所蕴藏的两个声音。这一语法动力所运转的最后结果导致了诗歌在第四节出现了一个巨大的变化。"你以伤痕累累的乳房，喂养了，迷惘的我，深思的我，沸腾的我。那就从我的血肉之躯上，去取得，你的富饶，你的荣光，你的自由。"这是"我——你"结构的变奏，"你"成了主语，终于回应了"我"在前面的数次呼喊，回应了"我"的倾诉、"我"的期待和召唤，从而使得全诗达成了一个完整对应的诗体结构。

从整体上看，对应的结构还表现在整首诗的情感变化上。我们可以注意到，诗歌第一节，"破旧的老水车"、"熏黑的矿灯"、"干瘪的稻穗"、"失修的路基"、"淤滩上的驳船"这些等值成分的排布可以归结为苦难、贫穷、屈辱、阴暗等语义色彩，而与之相对，诗歌的第三节，"簇新的理想"、"古莲的胚芽"、"眼泪的笑涡"、"雪白的起跑线"、"绯红的黎明"这些等值成分的排布又可以归结为希望、光明、胜利、强盛等语义色彩，而诗歌的第二节与第四节，又将两种语义色彩混合，在语词矛盾张力中完成情感的抒发，比如"痛苦的希望"，"飞天"与"未落到地面的花朵"，"伤痕累累的乳房"与"我的血肉之躯"，"迷惘的我，深思的我，沸腾的我"与"你的富饶，你的荣光，你的自由"，这类语词对举的排列方式恰切地把诗人内心复杂滚涌的情感融合在诗歌中，细化了"我——你"的"呼唤——回应"结构的情感内涵，从而使诗歌有了一种张力之美和厚重之美。

但同时，舒婷这首诗的厚重之美不仅仅来自于奇偶诗节之间和诗节内部的语词对举结构与情感声音的"呼——应"结构，从阅读这个角度看，还来自于诗节中每一组等值成分的排布所造就的齐整的节奏感。节奏在阅读中的主要特征是它要求我们在接受一行诗时，必须记住该诗的上一行。节奏是我们接受一首诗的模型。读者在读诗的末尾时，在其直接的接受视野里，往往又同时呈现出诗的开端。所以俄国形式主义认为，在诗中，占主导地位的是共时态力量，它远比历时态更强有力，并且构成这一特殊体裁的一种趋向。因为比喻与排比的并用，使这首诗歌产生了一种蓬勃雄浑的壮大气势。舒婷这首抒情诗，完全可视为是一个以各种符号形式出现的信息等值词系统，当我们吟诵"我是——破旧的老水车"、"我是——熏黑的矿灯"、"我是——干瘪的稻穗"、"我是——失修的路基"、"我是——淤滩上的驳船"的时候，这个"我"俨然不是一个单数的"我"，仿佛有无数个"我"在一起呼喊一起倾诉，就像交响乐或大合唱一般，在同一舞台上传送出同一音节的情感共振，从而显示诗歌的共时态的力量之美。这也许也是《祖国啊，我亲爱的祖国》经常作为诗歌朗诵选本的原因之一吧。

二、余华《许三观卖血记》中的重复技巧

余华在《许三观卖血记》中反复运用了重复的技巧，可以分为两种类型，一是事件的重复，二是声音的重复。

事件的重复非常多，最显著的是主人公许三观的卖血。在小说中，许三观卖了十余次血，基本上贯穿了他传奇的一生。第一次卖血是为了娶"油条西施"许玉兰，成了家；第二次卖血是为了支付方铁匠儿子的医药费，因为自己的儿子打伤了人家；第三次卖血是在和林芬芳偷情之后为了表达爱意而买营养品；第四次卖血是为了让全家吃上面条度过饥荒之年；第五次卖血是为了给下乡的一乐改善生活；第六次卖血是为了二乐的前途着想而款待生产队长；之后更是为了给一乐筹集医疗费，一路连续卖血五次，差点送命。最后一次，是在许三观的晚年，此时的他已经衣食无忧了，为了吃一盘炒猪肝去卖血，但血头嫌弃许三观老了，血没用了，让许三观心愿未遂。卖血事件的重复似乎踩着命运不可抗拒的脚步，悲剧性的前景似乎隐约可见。在这种重复卖血中，隐含着丰富深刻的生命体验，从而使作品形成了跌宕

起伏的情节发展曲线和回环激荡的旋律。

血在中国文化中是生命精华的象征。许三观终其一生一次一次地卖血，也就无异于一次一次地接近生命的凋零。从许三观卖血的时间间隔看，第二次卖血距离第一次卖血有十年，但这以后卖血竟然越来越频繁。特别是去给一乐筹集医药费，几乎是几天就去卖一次，频率极快。刚开始卖血，许三观是为了自己，为了私欲，到后来为了儿女，为了家庭，为了不是自己亲生的儿子一乐，一次比一次更显悲壮，四十年间一次一次重复着目的不同的卖血，将生命的苦难、生存的价值承载于这重复的仪式中。

还有重复的事件，比如第四章许玉兰生孩子时叫骂的事，作者用了四小段，便将这五年时间里的三次生产进行了勾勒。第一次生孩子，因为初产紧张，产程又长，痛感强烈，许玉兰还没到正式生的时候就开始破口大骂；第二次生产时的呻吟和喊叫，在疼痛之余带了点经验性的夸张；到了第三次，痛依旧痛，但她骂人的语言不仅比前两次流畅多了而且内容跟分娩也无关了，直接诅咒丈夫许三观，结果孩子很快就生出来了，自己竟然骂得正酣而毫无觉察。在这里，重复的技巧将女人分娩的痛苦暗藏起来，使文本获得了一种喜剧化的效果。

声音的重复也有很多。《许三观卖血记》基本上是一部由人物对话所构成的小说，人物的性格特征和人格本质常常借助于对话得以表现。许三观本人的说话方式的基本特点就在于重复性。首先是对别人的话的重复。他像一只鹦鹉，只能发表一些人云亦云的意见。比如，对于一乐到底是不是自己亲生儿子的事情上，开始的时候许三观还煞有介事把三个儿子叫到一起，看着他们一起哈哈大笑，认为"儿子长得不像爹，儿子长得和兄弟像也一样，一乐不像我没关系，一乐像他的弟弟就行了"。可是等到城里街坊邻居在二乐脸上认出许三观的鼻子，在三乐脸上认出许三观的眼睛，而在一乐身上看不出许三观的影响时，却越看一乐的大耳朵越像何小勇的时候，许三观的自信就动摇，开始逼问许玉兰了。其次是对自己话的重复，他随时随地机械地重复从别人那里模仿的话语声音，以至于他丧失了对现实语境的起码判断。小说中写到许三观在每一次卖完血之后都要去饭店喝黄酒、吃炒猪肝，并且每一次都要喊一声"一盘炒猪肝，二两黄酒，黄酒给我温一温"。可有一次是在大热天，他也要求把酒温一温，结果落下一个笑柄。

再比如，饥荒年代的许三观生日宴那一次，饥肠辘辘的一家人在享受许三观带给他们的口头烹饪美食。结果给三乐做的是红烧肉，给二乐做的也是红烧肉，给一乐做的仍然是红烧肉。这种不厌其烦的重复性描写，带给读者的绝不是语言的贫乏，而恰恰将一种朴实的力量建构起来。

有些声音的重复则不是出自许三观的。比如一乐在知道自己的身世之后对许玉兰心存不满，母子俩没什么话说。第七章，一乐不愿意跟着许玉兰，不愿意和许玉兰在一起。许玉兰要上街买菜，她向一乐叫道："一乐，替我提上篮子。"一乐说："我不愿意。""一乐，你来帮我穿一下针线。""我不愿意。""一乐……""我不愿意。"一乐用简短的一句"我不愿意"重复性地拒绝了许玉兰的召唤，而转过身，见到许三观，又几乎是反复用同样的方式表达了一个相反的态度："爹，我去借一把梯子来。""爹，我替你扶住梯子。""爹，你下来歇一会儿，喝一壶茶。""爹，你下来歇一会儿，擦一把汗。"转换之间，一个孩子简单淳朴的内心一下昭示出来，而这样比那些繁复的心理描写更形象也更生动。

重复的过程中人的机械化得以彰显，从而引发一种近似于自嘲的含着泪的笑。比如许玉兰坐在自家门槛上的嚎哭，"许玉兰摸了一把眼泪，像是甩鼻涕似的甩了出去，她摇着头说：

'我前世造了什么孽啊？我一没有守寡，二没有改嫁，三没有偷汉，可他们说我三个儿子有两个爹，我前世造了什么孽啊？我三个儿子明明只有一个爹，他们却说有两个爹……'许三观看到许玉兰坐到门槛上一哭，脑袋里就嗡嗡叫起来，他在许玉兰的背后喊：'你回来，你别坐在门槛上，你哭什么？你喊什么？你这个女人没心没肺，这事你能哭吗？这事你能喊吗？你回来……'"刚开始人们听了还跑过来看热闹，后来日子久了，"许玉兰这时候的哭诉已经没有了吸引力，她把同样的话说了几遍，她的声音由于用力过久，正在逐渐地失去水分，没有了清脆的弹性，变得沙哑和干涸。她的手臂在挥动手绢时开始迟缓了，她喘气的声音越来越重。她的邻居四散而去，像是戏院已经散场。她的丈夫也走开了，许三观对许玉兰的哭诉早就习以为常，因此他走开时仿佛许玉兰不是在哭，而是坐在门口织线衣。然后，二乐和三乐也走开了，这两个孩子倒不是对母亲越来越疲惫的哭诉失去了兴趣，而是看到别人都走开了，他们的父亲也走开了，所以他们也走开了"。在以后的叙事中，一旦提到一乐的身世问题，许玉兰开口便喊"我前世造了什么孽"。这样的描写和鲁迅先生笔下的祥林嫂有惊人的相似之处，都在看似不经意的回环往复中勾起读者带着泪的笑。

在《许三观卖血记》中，重复是小说的节奏，也是许三观生命的节奏，是余华对生存、命运反复探问的姿态，也是许三观承担生存困厄、命运苦难的步伐。重复赋予了小说一种轻快充满喜剧性的音乐美感和朴实平淡的语言力量，同时，重复也是许三观面对自己生命日渐衰竭的唯一拯救方式，是许三观生命苦旅中一个个悲剧性的乐章。

第四节　解读范例介绍

一、日尔蒙斯基对普希金《为回到遥远祖国的岸》的解读

参见方珊等译：《俄国形式主义文论选》，北京：三联书店，1989 年。

为回到遥远祖国的岸

普希金

为回到遥远祖国的岸，|
你告别异国的土地；||
在那难忘的时刻，悲伤的时刻，
我久久地对你哭泣。|||
我那冰冷的双手，|
企图把你阻挡；||
我的呻吟在乞求，|
不要打断这离别的哀伤。|||

而你移开自己的唇
打断这苦涩的吻；
唤我奔向他洲，
不再悲惨地放逐我。
你说：当我们重逢的时候，

天空是永远的蓝，
在橄榄树荫里，我的朋友，
再接起爱的吻。

可在那里呀，在那里！天穹
泛着蔚蓝的光，
你永远地睡去，
伴着礁石在浪里。
你的痛苦，你的美丽，
一齐被埋葬——
连同那重逢热吻的希望……
而我在等，等着吻你！

日尔蒙斯基首先对这首诗歌的整体结构方式进行了剖析，指出了诗歌的分行分节方式和押韵方式，揭示了诗歌韵律结构的特点。其次，日尔蒙斯基立足于诗歌语言与实用语言的差异，具体细微地分析了诗歌语言是如何偏离日常语言而产生审美效果的。这其中包括诗中诗人所使用的种种修饰的语言、修辞技巧和语词组合技巧，日尔蒙斯基指出这些独特的语言表达方式不仅提供了生动的场景和细腻的情感体验，也使读者的注意力转移到视觉形象上了，延长了读者对事物的感受的过程，更新了读者的陈旧经验。这正是陌生化的诗歌语言给读者带来的审美感受。在对诗歌的语词技巧进行了局部的细节分析后，日尔蒙斯基最后转到对诗歌的整体风格进行剖析，并表明了自己的批评观念。日尔蒙斯基指出普希金的细腻、含蓄而朴素的诗歌风格来源于他独特的语词处理技巧所构筑的审美效果。他还将普希金的这首抒情诗与他的其他抒情诗结合起来进行分析，并将之与18世纪浪漫主义抒情诗进行比较研究，试图阐释普希金抒情诗写作的特点。日尔蒙斯基认为普希金的诗是整个俄罗斯诗歌传统中的有机环节，人们对诗歌传统中的重要环节进行诗学研究，就能找到有关诗歌的程序。

这首诗分为三个大诗节，每节八行。每大节由两小节组成，每小节四行，一般构成是每小节四行，每两行（9＋8个音节）为一个圆周句，每圆周句中偶数音节带韵律重音，用交叉韵。诗歌的这种基本的“韵律结构”与句法群的特殊切分相联系：每个诗行都包含句法上的独立的词汇组（用符号“∣”表示）；每个圆周句都是完整的句子（打分号的地方用符号“∣∣”表示）；两个圆周句在句法上朴素衔接，形成一小节（带有较长的句法停顿；打句号的地方用符号“∣∣∣”表示）。每大节联合为一个主题，与邻节形成对比（外部特征是在第二、三大节的起头时，用转折连词“而、但是”）。

从语言方面看，诗歌运用了种种语言结构和修辞技巧，构筑了不同于实用语言的审美语言。

1. 倒序。“为回到遥远祖国的岸，你告别……”“在那难忘的时刻，悲伤的时刻，我久久地……”“我的呻吟在乞求，不要打断……”状语从句放在主句之前，这种几乎有规律的倒序，产生了诗歌结构的建构中独具特色的排偶现象，也点明了全诗的主题：我们眼前浮现的遥远的彼岸，那便是诗人的情人要返回的国度。

2. 反衬。此诗在名词与其修饰语的组合中，使用对比的反衬极为突出。“遥远的祖国”，祖国意味着“亲爱的”、“亲近的”，“遥远的”与之对立，形成了语言上和情感上的张力。普希金在草稿上原为“遥远的异邦”，这显然是无谓的重复，在表达力上也略逊一筹。可见，普希金在反衬的运用上可谓用心良苦。"苦涩的吻"也运用了反衬手法，情人之间的吻本来是甜蜜的，而此刻，诗人却用了"苦涩"一词，表达了情人惜别时依恋难舍的痛苦场景。再如"遥远的祖国"与"异国的土地"的反衬，也都置于诗行的显著位置，押着韵脚，这些词汇的反衬与全诗的基本主题反衬相联系：离别与欢聚，爱与死等。

3. 换喻性代用语。"为回到遥远祖国的岸"，"岸"借指国家，以部分代替整体，属于换喻性使用，用具体的局部代替抽象的整体，使读者产生对远岸的视觉印象。这里的"岸"与口语中的实用意义不同，在实用语中，我们不会说"向着岸你离开了……"而是直接说，向着"国家"，向着"祖国"。从语言学的角度看，这就是诗人对"岸"一词的施暴、变形和扭曲，使"岸"的本意扩大，用具体的岸指代抽象的国家。类似的还有"你告别异国的土地"、"唤我奔向他洲"等，用"土地"、"他洲"指代"国家"，使读者有了具体的对国家的感受性。"可在那里啊，在那里！天穹泛着蔚蓝的光，你永远地睡去，伴着礁石在浪里。"是死了的陌生化。"你的痛苦，你的美丽，一齐被埋葬"，你被埋在坟墓的陌生化。"我那冰冷的双手，企图把你阻拦"，也是换喻性的指代，在实用语中人们说"我要阻拦"，诗人将一种抽象的情感转化为具体的形象，使人仿佛看见情人伸出双手揪住准备离去的情人的衣裳，不放对方走的情形。"双手"和"岸"一样，在使用中获得了扩大的和抽象的意义。类似的情况如"我的呻吟在乞求"的"呻吟"，在日常生活中，我们仅仅说"我乞求"，"呻吟"二字体现了痛苦地哀求的情形，增强了情感表现力，延长了读者的感受性。

4. 暗喻的使用。"而你移开自己的唇，打断这苦涩的吻。"这两行存在着不同的诗歌程序中的复杂关系。其中"移开唇"是暗喻，表达了情人间不得不分离的痛苦。另一个暗喻的使用，在具体内容充实的想象方面更胜一筹，那就是"苦涩的吻"。虽然我们几乎尝到这吻的苦涩，虽说"苦思"、"苦感"一类的词组是平常散文语言的暗喻表达，但是在这里，在这个匠心独运、别致的搭配中，诗人使暗喻表达得妙趣横生。但是，普希金在使用这一暗喻时，并没有追求过分的新奇，比如他没有像今天的浪漫诗人那样说："你话语的甜蜜在我是那样的苦涩！"（勃洛克）由于诗对音的注重，构成了"移开"一词的音素本身便获得了意义，并在诗的总义中产生不同凡响的表达力。这首诗的其他暗喻同样是普通的语言暗喻，而诗人的独到之处在于踵其事而增其华："在那里！天穹泛着蔚蓝的光"，其中，"天穹"就是普通的语言暗喻，但在这里，它赫然推出蓝天里分布若干发光的"穹隆"的景象（普希金的"天穹"用的是复数）；"你永远地睡去，伴着礁石在浪里"也是如此。即便是诗中仅有的几个暗喻表达，它们都没有偏离所谓语言的暗喻。

5. 反复。"在那难忘的时刻，悲伤的时刻……"在以节省材料为原则的实用语中，我们会说"在那难忘和悲伤的时刻"，而这里的反复是对情感起伏的强调，是对被反复的词的情感意义的加强。第一个"时刻"位于诗行韵律的非重读位置（奇数音节），但由于语气的加强，它携带了必要的意义重音。重音被韵律一句法的排偶（皆由前置词＋名词＋形容词组成的两个半句）所强调。再如"你的痛苦，你的美丽"、"可在那里啊，在那里"、"而我在等，等着吻你"等都是语词反复，它们大都起着强调情感意义的作用。

6. 修饰语的抽象。这是一种用抽象名词取代形容词的做法。"不要打断这离别的哀伤"，我们一般说，"哀伤的离别"；"你的痛苦，你的美丽，一齐被埋葬"，用抽象名词"痛苦的"取代"痛苦"，"美丽的"取代"美丽"，"你的痛苦，你的美丽"取代"你"。这种用抽象词作主语的做法，使诗歌具有独特的表达的魅力。

　　这不是直接吐露情怀的抒情诗，提供了生动的场景，有着叙事的成分，其抒情色彩是通过音韵的感染和韵律的排偶，以及各种语言的修饰来实现的。诗人的感情似乎回到了过去的时日，在那里凝滞，并被升华为超时间的不变的物，只到末段，才回到现在时态的瞬间。节奏的缓慢使诗歌必然带着浓郁的抒情成分，让人为之震撼和感动。语言极为朴素，没有华丽辞藻的修饰，也没有奇异独特的暗喻，甚至丝毫没有背离习用口语的朴素性和准确性，而诗人在词的选择和搭配上却独具匠心，技巧的使用也达到了炉火纯青的程度，使仅仅表现普通场景的诗歌产生了不同寻常的审美感染力。诗人的技巧表现在对词汇富有个性、绝不重复和具有综合力的选择与搭配，后面的词对前面的词总给以新的补充，不断增加话语的内涵力量。普希金的这首诗与浪漫主义抒情诗那"歌曲式"、"激情式"的风格迥然不同，它表现出追求语词的物性含义和音乐般的抒情的感染力。

二、洛特曼解析《叶甫盖尼·奥涅金》的"矛盾原则"

参见张杰、康澄：《结构文艺符号学》，北京：外语教学与研究出版社，2004 年。

　　尤利·米哈依洛维奇·洛特曼（1922—1993）是 20 世纪前苏联著名文艺理论家、塔尔图符号学派的领袖人物。他通过对《叶甫盖尼·奥涅金》文本结构的细致分析提出了普希金创作这部伟大作品的一个基本法则——"矛盾原则"。他认为，"矛盾原则"是指普希金有意识地让种种没有消除和没有解决的矛盾在文本中并存，并让它们相互碰撞共同生成文本的意义。充斥在文本中的这些矛盾已不再被普希金看成是过错和不足，而是作为具有价值的结构元素，构成了诗体小说整个艺术结构的一部分。"矛盾原则"表现在整部诗体小说的各种不同的结构及其元素之中，它超越了以往的一切文学经验，构成了"特别的诗学"。这种特别的诗学极力摆脱某一具体文学样式或风格的限制，甚至在一定程度上超越一般文学创作的规则，因为任何循规蹈矩的创作方法都会在某一程度上背离生活的真理，只有充满内在矛盾的艺术文本才可以作为与现实更相符的文本来加以接受。

　　洛特曼把研究的重心放在了文学作品的内部研究上，他对"矛盾原则"的揭示首先是以解析文本内部结构为基础的。他指出，从普希金 1823 年 5 月起在基什尼约夫开始创作《叶甫盖尼·奥涅金》到 1830 年 9 月在波尔金诺村完成，期间历时七年四个月有余。作品是一部分一部分地分开发表的。在普希金创作的这七年多中，小说文本的许多地方产生了矛盾与不和谐。他举例说，第三章中，作者在谈到塔吉亚娜时说："……她的俄语不太高明……不用俄语表明心迹，我们的国语高不可攀，不肯俯就尺牍的文体。"而在第五章有对女主人公所共知的著名评价"……生就俄罗斯人的心灵"。再如，在第七章中作者借塔吉亚娜为奥涅金画像："这阴郁的人危险而古怪，究竟来自天堂还是地狱？是天使？是魔鬼？令人难猜。"而到了第八章作者又认为奥涅金只不过是个"自负的庸人"。洛特曼认为，类似这样的矛盾在作品中俯拾即是，使我们绝不能将它们归于作者的偶然疏漏。且普希金本人也仿佛生怕读者不能发现文本的这一特点，令人难以置信地在第一章的最后一节中宣称："……总算完成，可以付样。我又认真校对一遍，破绽百出，比比皆是，不过我不想再修改……听凭苛刻的批评家，任意宰割我的劳动果实。"

　　洛特曼强调指出，这种矛盾远不止体现在文本的若干细节上，更重要的是贯穿于整个文本的结构之中。他在分析矛盾原则时，首先从作品的局部矛盾开始探讨。他不是孤立、静止地考察这些矛盾，而是侧重分析它们在作品中的构造及其之间的相互关系，并最终努力揭示它们与整体结构之间的联系。洛特曼指出，艺术的整体结构并不等于各个结构要素的简单相加，也就是说，一个文艺作品整体所提供的总信息量要大于该作品各个部分信息量的总和。因此，洛特曼总是以一种整体性的观点来把握作品结构。

洛特曼在分析了诗行、诗节、诗章等局部矛盾后，进一步探讨了整章乃至整个作品结构上的矛盾。比如，他指出，第一章的前半部分为一种讽刺性长诗体裁，普希金仿佛在塑造一个与叙事人"我"并列出现的讽刺对象——"娇生惯养、堕落的斯拉夫人"。作者的创作意图好像定位在讽刺一个与作者的崇高理想相悖的上流社会及贵族青年之上。洛特曼举例佐证道，在第一章第五节的初稿中有常被引用来证明奥涅金具有"积极的自由思想"的诗句，主人公喜欢谈论："关于拜伦、曼努埃尔，关于烧炭党、巴尼尔，关于约米尼将军。"这里作家提到一连串与 19 世纪 20 年代欧洲革命运动相联系的名字。尽管拜伦和欧洲革命运动对基什尼约夫时期的普希金来说完全是严肃的、有思想意义的选题，然而奥涅金对类似严肃话题的兴趣丝毫没有使他靠近作者"崇高的"理想人物，因为他的谈话对象是上流社会的妇女。话题和交谈对象之间政治思想面貌上的矛盾赋予叙事一种讽刺的色调。普希金列举了一系列仿佛能使主人公和十二月党人接近的特征。比如，奥涅金对政治经济学很感兴趣，然而，这种兴趣只是某种上流社会排遣空虚的方式，因为奥涅金在对经济感兴趣的同时，还着迷于舞会，他对这两件事的同时热衷明显地将他与 1818—1819 年爱好自由的青年区别开来，从而揭示了他对新思想爱好的外在性及表面性。

洛特曼还进一步指出了各个章节间人物结构的矛盾。比如，奥涅金在不同的章节里，是以各种矛盾的面貌出现在读者眼前的。普希金对主人公的评价往往形成一种相互的校正，有时仿佛像是一场相互否定的声音的合唱。其灵活的"奥涅金式诗行"结构也使得这种叙事语调的完全相悖变为可能。文本的最终意义不是以作者的某种劝喻来揭示，而是依靠相互矛盾的各系统来交织呈现。在给主人公提供新评价的时候，普希金并没有将旧的评价删去，而是保留两者并让它们相互碰撞来产生意义。

洛特曼认为，诗体小说的各个章节正是按照一个个对立、矛盾的系统来构建的。这些系统相互依存、相互碰撞，并存于文本的整个大系统中。通过这种方式，普希金得以揭示出主人公性格的复杂性和 19 世纪早期俄罗斯社会的一类典型，即"俄罗斯的欧洲人"。他们才智过人，富有教养，但又是纨绔子弟，因空虚的生活而苦恼；他们善解人意、富有同情心，但又冷酷无情、爱慕虚荣；他们是情场浪子，但又不失真情体恤；他们善于深入思考，但又茫然失落。在奥涅金身上反映出俄罗斯社会具体历史时刻的特征，他是十二月党人起义失败后的时代英雄，一个身上包含无数矛盾和可能性的历史人物。

洛特曼在分析了各子系统的矛盾要素后，又把它们纳入到诗章及整个文本的大系统中加以考察，从而使研究能从对最小的结构层次和系统的精神化、科学化分析最终走向从整体及宏观上把握作品的实质。

当然，值得一提的是，洛特曼最后还是超越了俄国形式主义，他把文本结构系统与非文本结构系统联系起来进行统一的考察。他强调，文学文本是一个社会历史文化的存在物，文本只是产生意义的诸要素中的一个。文学作品的现实意义是由文本结构和非文本结构所组成的。洛特曼认为："只有在这两种透视法的交织中我们才能找到通向《叶甫盖尼·奥涅金》的大门。"

第2章　象征主义

理解象征主义批评理论，首先要理解"象征"。关于"象征"的含义，黑格尔曾做过如下解释：

"象征一般是直接呈现于感性观照的一种现成的外在事物，对这种外在事物并不直接就它本身来看，而是就它所暗示的一种较广泛较普遍的意义来看。因此，我们在象征里应该分出两个因素，第一是意义，其次是这意义的表现。意义就是一种观念或对象，不管它的内容是什么，表现是一种感性存在或一种形象。"①

由此可见，"象征"的表层意思是具体可见的形象，即"象"；深层意思是抽象流动的感情，即"意"。这种深层意义不是直接揭示出来的，而是通过具体的形象体现出来的。因此，形象就成了体现一定感情的征兆，即"征"。合而言之，所谓"象征"，意思就是借助形象含蓄地表达感情。正是这种"象征"观念构成了"象征主义"的核心，通过简单的比较就可以看出它的优势：现实主义注重客观再现，作者的感情往往不能得到彰显；浪漫主义注重感情的宣泄，结果常常使作品失去令人回味的余地；象征主义直接诞生于对浪漫主义的反拨当中，并将主观感情与现实生活加以沟通，从而完成了对浪漫主义和现实主义的双重改造。在吸取二者优势的基础上，象征主义文学既注重主观感情的表达，又在现实世界中给主观感情找到了有效的落脚点，从而扩展了作品的想象空间，增强了文学的无穷魅力。

第一节　基本原理

整个中国文学史和西方文学史其实可以看作象征主义的发生、发展和演变的历史。不同民族的文学之所以不约而同地走向象征主义的道路，是因为将形象与感情融为一体的"象征"最能体现文学的本质。

一、西方象征主义的主要类型

"'象征'无论就它的概念来说，还是就它在历史上出现的次第来说，都是艺术的开始……"②尽管"象征"的观念出现得很早，但是作为一个文学流派，象征主义的诞生经历了一个漫长的过程。黑格尔在《美学》中把人类艺术按照历史顺序划分为三个阶段：象征型艺术、古典型艺术和浪漫型艺术。黑格尔认为：和后两种艺术相比，象征型艺术的主要特点是观念大于形式，即"意"大于"象"。这时的诗歌大多采取直抒胸臆的方法，因而具有一种崇高的风格。所以，象征型艺术阶段的全部努力就在于为了表达心中的意向寻找相应的确切形象，以达到"内在意义与外在形象的完满的统一"③。一旦找到这种统一，就意味着艺术进入了古典

---

① ［德］黑格尔：《美学》第二卷，见《朱光潜全集》第 14 卷，第 10 页，合肥：安徽教育出版社，1990 年。
② ［德］黑格尔：《美学》第二卷，见《朱光潜全集》第 14 卷，第 9 页，合肥：安徽教育出版社，1990 年。
③ ［德］黑格尔：《美学》第二卷，见《朱光潜全集》第 14 卷，第 6 页，合肥：安徽教育出版社，1990 年。

型阶段。随着艺术的继续发展，外在形象不断得到增强，并终将超出内在意义的地位，从而促使艺术不可避免地进入"象"大于"意"的浪漫型艺术阶段。黑格尔认为"艺术的要义一般就在于意义与形象的联系和密切吻合"，而在整个象征型艺术阶段当中，意义与形象恰恰是不吻合的。这种不吻合往往以冲突的方式体现出来，所以，黑格尔说："一切象征型艺术都可以看作对内容意义和形象的互不适应所进行的继续不断的斗争。"[①]因此，他把象征型艺术也分成了三个阶段：不自觉的象征、崇高的象征和自觉的象征。所谓自觉的象征就是借助比喻的艺术形式实现的，但是，象征与比喻并不相同。一般来说，比喻是一次性的，或者说是临时性的，其意义只存在于相应的语境当中，而且喻体与本体之间的关系比较单一，易于理解；象征的形象和含义之间的关系大多比较稳定，即使离开语境往往也是成立的。同时，象征的形象和含义之间往往是一种整体性对应关系，而不是像比喻那样只有某一方面相似。但是，在读者的理解过程中，象征却不易把握。其原因在于"象征在本质上是双关的或模棱两可的"[②]，不同的读者可能会从同一种形象想到不同的含义。因而，象征往往具有不确定性，黑格尔把它称为象征的"暧昧性"。

黑格尔的"象征"观念未能包括后来的象征主义，而且跟象征主义理论有很大区别。因此，有必要对西方诗歌发展进程重新分期。按照象征的意义，可以把它分成观念型象征、感情型象征和感觉型象征三种。

观念型象征跟黑格尔所说的象征型艺术比较接近，主要体现在西方早期文学中。从源头上来看，西方文学以模仿为主。古希腊思想家德谟克利特提出了人在很多方面都是模仿禽兽的观点。亚里士多德在《诗学》中对"模仿说"进行了系统总结。他认为模仿是人的本能和天性，正是模仿促成了文学的诞生。同时，亚里士多德还按照不同的模仿媒介、模仿对象和模仿方式初步区分了各种艺术形式。"模仿说"认为文学作品是对大自然与人类生活的再现和复制，从而把文学视为映照现实世界的一面镜子。因而，西方的叙事诗比较发达，其中最著名的是《荷马史诗》。但是，在模仿文学的洪流中，象征文学也逐渐得到了孕育和发展，并且出现了像《神曲》这样伟大的杰作。《神曲》中的天堂和地狱与善恶对应，具有明显的象征含义。在《致斯加拉大亲王书》中，但丁明确地提出了自己的象征观念，《神曲》正是对这种象征观念的自觉实践：

为了进一步阐述我们的意见，必须说明这部作品的意义并不简单，相反，可以说它具有多种意义，因为我们通过文字得到的是一种意义，而通过文字所表示的事物本身所得到的则是另一种意义。头一种意义可以叫做字面的意义，而第二种意义则可称为譬喻的或者神秘的意义。为了更好地阐明它的意义，这种处理方式可以就下面这行诗考虑一下："当以色列逃出埃及，雅各的家族逃出说外国语言的异族时，犹太就变成他的圣域，以色列就变成他的权力。"假如你就字面而论，出现于我们面前的只是以色列的子孙在摩西时代离开埃及这一件事；可是如果作为譬喻看，它就表示基督替我们所做的赎罪；如果就道德意义论，我们看到的就是灵魂从罪恶的苦难到天恩的圣境的转变；如果作为寓言看，那就是圣灵从腐朽的奴役状态转向永恒的光荣的自由的意思。虽然这些神秘意义都有各自特殊的名称，但总起来都可

---

① ［德］黑格尔：《美学》第二卷，见《朱光潜全集》第 14 卷，第 25 页，合肥：安徽教育出版社，1990 年。
② ［德］黑格尔：《美学》第二卷，见《朱光潜全集》第 14 卷，第 12 页，合肥：安徽教育出版社，1990 年。

以叫做寓意，因为它们同字面的历史的意义不同。①

在这段文字中，但丁提出文字除了字面意义以外，还有譬喻意义、道德意义和寓言意义。后三种意义都属于深层意义。其中寓言意义正是象征意义，而且这种象征意义往往以譬喻为形式，以道德为内容。在不同的国家民族和历史时期里，道德往往具有不同的内涵。但是，不同的道德观念都可以通过象征的形式体现出来。基督徒用三角形象征神，暗示神的三位一体。而埃及人则用阿庇斯象征神，其形象是两角夹着太阳的一只牛。除了神的观念之外，其他各种观念也都有不同的象征形象：圆形是永恒的象征，十字架是苦难的象征，狐狸是狡猾的象征，如此等等，都属于观念型象征。

感情型象征大致是随着浪漫主义诗歌的兴起而出现的，它在一定程度上体现了西方人进入资本主义社会后追求个性解放和心灵自由的时代精神。《西风颂》是一曲西风的颂歌。诗歌一开篇，诗人雪莱就把西风作为摧枯拉朽的革命力量之象征："哦，狂暴的西风，秋之生命的呼吸！你无形，但枯死的落叶被你横扫，有如鬼魅碰到了巫师，纷纷逃避……"诗歌结束的时候，诗人又把西风作为预言的号角，吹出了"如果冬天来了，春天还会远吗？"的铿锵之声。很显然，诗人雪莱本身就是西风，他和西风都是"不羁的精灵"。歌德的诗剧《浮士德》依次写了浮士德的学者生活、爱情生活、政治生活、艺术生活和自然生活五个阶段，这些不同形态的生活其实是歌德对文艺复兴以来三百年间资产阶级精神发展的整体象征，贯穿其中的是努力向上、不断进取的"浮士德精神"：

> 我要纵身跳入时代的洪波
> 我要纵身跳入事变的车轮
> 苦痛、欢乐、失败、成功，我都不问
> 男儿的事业原本要昼夜不停。

这种精神既和当时处于上升时期的资产阶级的节奏合拍，也和诗人自身的面貌一致。因而，"浮士德精神"成为特定时代和诗人自身的双重象征。

惠特曼也是一个富有时代精神的诗人，同时，他对象征的运用就像其自由体诗风一样独具特色。惠特曼的诗集《草叶集》于1855年自费出版，起初一共包括十二首诗。以后每出一版都有所增加，在他生前的最后一版中，诗歌已经接近四百首。惠特曼诗集始终不变的名称其实就是某种精神的象征：

> 一个孩子说草是什么呢？他两手捧着一大把递给我；
> 我怎样回答这孩子呀？我知道的并不比他多。
> 我猜想它是性格的旗帜，由充满希望的绿色质料所织成。
> 我猜想它是上帝的手帕，
> 一件故意丢下的芳香的礼物和纪念品，
> 我们一看便注意到，并说这是谁的？
> 因为它的某个角上带有物主的姓名。
> 我猜想或者草本身就是个孩子，是植物产下的婴儿。
> 我猜想或者它是一种统一的象形文字，

---

① ［意］但丁：《致斯加拉大亲王书》，见伍蠡甫主编：《西方文论选》上卷，第159页，上海：上海译文出版社，1979年。

それ意味着，在或宽或窄的地区同样繁殖，

在黑人或白人中间一样生长，

凯纳克人、塔克荷人、国会议员、柯甫人，

我给他们同样的东西，我对待他们完全一样。

如今我看来它好像是坟墓上没有修剪过的美丽的头发。①

从这段引文可以看出，草叶至少象征了旺盛的生命力、天然而普遍的美以及平等民主等方面的精神。

感觉型象征是以象征主义的诞生为标志的。也就是说，此前诗人们所用的都属于传统的象征手法。从象征主义开始，"象征"才真正地形成了一个完整的理论系统。1857 年，波德莱尔出版诗集《恶之花》，揭开了象征主义的序幕。1886 年，法国诗人让·莫雷阿斯发表《象征主义宣言》，首次提出了象征主义的概念。作为西方现代派文学的开端，象征主义本身历时漫长，影响深远。它大致可以分成前后两期：前期象征主义产生于 19 世纪的法国，主要代表人物是波德莱尔和马拉美。20 世纪前半期，象征主义从法国传播到欧美各国，盛极一时，并且影响持久不衰，这就是后期象征主义。主要代表人物是瓦雷里、叶芝、里尔克和艾略特。

象征主义中的"象征"既不同于早期的观念型象征，也不同于传统的感情型象征，而是一种感觉型象征。象征含义的变化在一定程度上体现了西方文化精神的演变。观念属于一个民族的集体无意识，一般来说比较稳定，而且会代代相传。因而，观念型象征主要对应的是西方古代社会；感情指的是一个人的性情，它具有个体性特点，但是，这种个体性往往是与同时代人息息相通的。就此而言，感情型象征属于西方近代社会的产物；而感觉是一种瞬息万变的个体潜意识流动，它不像感情那样具有相对稳定性，而且常常不能被主体鲜明地意识到。因而，当诗人借助相应的景物把它暗示出来之后，有可能具有不可通约性，因而不易被读者理解。这正如埃德蒙·威尔逊所说的："比起浪漫主义诗歌来，象征主义诗歌更像是一件关于感觉和感情的事情：说实在的，象征主义往往使诗过于成为诗人个人关心的东西，结果无法同读者进行交流。象征主义名称本身指出了象征主义独具的微妙和难解。"②艺术转向表现个体的潜意识，并导致作品晦涩化，这正是现代艺术，尤其是象征型艺术的共同特点。因为象征本身就是用形象表达感情，形象与感情之间未必是一一对应的关系。加上象征的含义从相对稳定的观念过渡到可以体会的感情，并发展到不易把握的感觉，除了象征的形象之外，象征的含义以及形象与意义的关系都处于变动不居当中。这就必然导致象征从相对的确定性变成了极度不确定的多元性，尽管这种多元性有可能丰富诗歌的想象空间。但是，也可能会使越来越多的读者感到莫名其妙，甚至不知所云。从提倡"暗示说"的马拉美以来，象征主义诗歌的晦涩问题就已经明显地存在了，到后期象征主义诗人那里，这个问题不但没有得到有效的改进，反而显得更加突出。所以，如何避免象征带来的过于晦涩化，适当恢复象征的形象与含义之间的透明度，这是象征主义诗人们应该解决的首要问题。

二、中国诗歌中的象征主义

中国人的象征观念起源于"言象意道"理论，其实践主体是道家人物。道家思想的创始人

---

① 《惠特曼抒情诗选》，李野光译，第 11 页，长沙：湖南文艺出版社，1996 年。

② ［美］埃德蒙·威尔逊：《象征主义》，见杨匡汉、刘福春编：《西方现代诗论》，第 305 页，广州：花城出版社，1988 年。

老子认为世界万物起源于"道"，所谓"道生一，一生二，二生三，三生万物"。在老子看来，"道"是"恍惚"的，它神秘而不可把握："道之为物，惟恍惟惚。恍兮惚兮，其中有象；惚兮恍兮，其中有物……"①其次，"道"是巨大的，是无形的"大象"："迎之不见其首，随之不见其后。"②老子对"道"与"象"的论述构成了中国象征论的基础。所谓"道"相当于客观真理，对于人来说，它形体巨大、面目模糊。但是，老子著作中的"道"与"象"主要是个认识论问题。对于文学创作来说，重要的问题是表达。表达牵涉到对象和工具这两个基本问题，表达的对象就是作者对"道"的主观认识，即"意"；而表达的工具就是语言文字，即"言"。中国古人认识到在运用语言文字表达意义的过程中存在着两个主要问题：一是"文不逮意"，二是"言不尽意"。如果说前者是由于作者表达能力欠缺的话，那么，后者无疑源于语言自身的局限性。如何解决"言"与"意"之间的矛盾呢？《周易·系辞》中提出了"立象以尽意"的重要论断。也就是说，语言自身虽然不能完全表达作者的意思，但是，作者可以通过语言塑造的形象达到这个目的。这就是所谓的"言以明象，象以尽意"。因此，对于文学作品来说，"象"就成了表达"意"的基本单位。"象"和"意"之间的基本关系就是象征。这种表达作者特定意义的形象就是"意象"。"意象"这个词最早出现于《文心雕龙》中："独照之匠，窥意象而运斤。"③当然，这里的"意象"还处于创作当中，尚未定型。而且，刘勰并没有对它做进一步的解释。倒是20世纪美国"意象派"诗歌的创始人庞德曾给"意象"下过一个定义："一个意象是在瞬息间呈现出的一个理性和感情的复合体。"④应该指出的是，"象征"遍布于中国文学艺术的各种体裁，出现较早而且成就突出的无疑是《庄子》一书。但是，本文主要把"象征"限定在诗歌领域里，因而对其他体裁中的相关体现不予考察。

中国诗歌从一开始就具有鲜明的抒情性，而且一直以抒情为主体，叙事诗基本上没有发展起来。美国学者厄尔·迈纳有一段话非常切合中国诗歌的实际，他说：

"抒情诗能够自由方便地吸收戏剧和叙事，使它们臣服于它。事实上，抒情诗使这两者成为强化共时呈现这一基本抒情手段的方式。抒情诗使用其他文类，是为了使其更具抒情效果。这种通常是最简洁的文类，竟能如此控制其庞大的同类，令人惊奇。"⑤

尽管中国诗歌的主体是抒情诗，但是，这并不表明中国没有象征主义作品。中国的抒情诗可以分成热抒情和冷抒情两种。热抒情就是通常所说的直抒胸臆，主要出现在中国文学的早期阶段；冷抒情则有托物言志、借景抒情和叙事抒情等不同的形式。托物言志固然是象征诗，所谓的"哲理诗"无非是以物说理，也有象征的意味。尤其需要注意的是，一部分借景抒情诗也具有象征色彩。它们的共同特点是景、物与情、志、理的统一：景、物是象征的形象，情、志、理是象征的含义。就此而言，"象征"是一种重要的冷抒情方式。

中国诗歌的象征传统可以追溯到《诗经》中的"比兴"观念。关于什么是"比兴"，权威的解释来自朱熹。他说："比者，以彼物比此物也。""兴者，先言他物以引起所咏之辞也。"也就是说，"比"用于两个相似的事物，"兴"用于两个相关的事物。由于"兴"中往往有"比"，因

① ［晋］王弼：《老子道德经》，见《诸子集成》第三卷，第9页，长沙：岳麓书社，1996年。
② ［晋］王弼：《老子道德经》，见《诸子集成》第三卷，第6页，长沙：岳麓书社，1996年。
③ ［梁］刘勰：《白话文心雕龙》，郭晋稀译注，第273页，长沙：岳麓书社，1997年。
④ ［美］庞德：《论文书信选》，见朱立元、李均主编：《二十世纪西方文论选》上卷，第133页，北京：高等教育出版社，2002年。
⑤ ［美］厄尔·迈纳：《比较诗学》，王宇根等译，第150页，北京：中央编译出版社，2004年。

此，人们习惯于把它们合称为"比兴"。"关关雎鸠，在河之洲。窈窕淑女，君子好逑"就属于"兴"，而《硕鼠》则用了"比"。事实上，"比兴"并非象征，而是象征的基础。在《楚辞》中，"比兴"才发展成为"象征"。正如王逸在《离骚序》中所说的："《离骚》之文，依诗取兴，引类譬喻，故善鸟香草，以配忠贞；恶禽臭物，以比谗佞；灵修美人，以媲于君；宓妃佚女，以譬贤臣；虬龙鸾凤，以托君子；飘风云霓，以为小人。"这些比喻在《离骚》中形成了一个相辅相成的整体，因而已经属于"象征"的范畴。屈原早年的短诗《橘颂》就运用了象征手法：

后皇嘉树，橘徕服兮。受命不迁，生南国兮。深固难徙，更壹志兮。绿叶素荣，纷其可喜兮。曾枝剡棘，圆果抟兮。青黄杂糅，文章烂兮。精色内白，类任道兮。纷缊宜修，姱而不丑兮。

嗟尔幼志，有以异兮。独立不迁，岂不可喜兮？深固难徙，廓其无求兮。苏世独立，横而不流兮。闭心自慎，不终失过兮。秉德无私，参天地兮。愿岁并谢，与长友兮。淑离不淫，梗其有理兮。年岁虽小，可师长兮。行比伯夷，置以为像兮。[1]

在这首诗中，屈原用橘树的形象象征了自己"独立不迁"、"苏世独立"的人格，是中国文学史上第一首托物言志的咏物诗。

诗歌这种文体最不适于说理，因此，自古以来，成功的哲理诗很少。但是，如果能在特定的感受下选择典型的景物，而且景物与感受之间具有一种内在的契合关系，这就有可能孕育出一首优秀的哲理诗：

横看成岭侧成峰，远近高低各不同。

不识庐山真面目，只缘身在此山中。

苏轼这首《题西林壁》的成功就在于它首先具有鲜明的形象，而且道理就寄寓在形象之中。也就是说，道理和形象之间形成了一种象征关系。

中国抒情诗的主体是借景抒情，这类诗中的情景关系有非象征型与象征型两种。在非象征型的情景关系中，诗人仅仅把他的感情渗透到景物中，景物只是承载感情的容器，别无他意。

蒹葭苍苍，白露为霜。所谓伊人，在水一方。

溯洄从之，道阻且长；溯游从之，宛在水中央。[2]

这里的景物描写既表明了季节，也融入了深情，但是情景之间并不具有象征关系。事实上，中国早期几乎没有完整的写景诗，真正的写景诗是出现于魏晋时期的山水诗。曹操的《观沧海》是中国文学史上第一首山水诗，其中的情景之间具有明显的象征意味：

东临碣石，以观沧海。水何澹澹，山岛竦峙。

树木丛生，百草丰茂。秋风萧瑟，洪波涌起。

日月之行，若出其中；星汉灿烂，若出其里。

幸甚至哉，歌以咏志。

在这首诗里，沧海既是诗人描绘的景物，也是诗人胸怀的象征。包罗日月星汉的沧海与平定天下的博大胸怀是契合的，二者通过象征手法呈现了出来。当然，这种借景抒情的诗歌也许只是具有一种象征意味，并不像托物言志的咏物诗那样具有明显的象征性。把《观沧海》

---

① 《白话楚辞》，吴广平译注，第 208～210 页，长沙：岳麓书社，1996 年。

② ［宋］朱熹：《诗经集传》，第 51 页，上海：上海古籍出版社，1987 年。

（山水诗）与《龟虽寿》（咏怀诗，咏物诗的变体）加以比较，就会明白这个道理。①

从整体来看，象征尽管在中国古诗中得到了广泛运用，但是并未形成一个像西方那样成熟的象征主义流派，而是始终处于抒情诗的笼罩下。"五四"新文学运动以后，西方的象征主义理论传播到中国，对中国新诗产生了一定影响。朱自清将中国 20 世纪 20 年代的新诗分成自由诗派、格律诗派和象征诗派三种。这个划分既十分注重客观实际，也很有预见性。尽管象征诗派不是从诗歌形式方面进行的划分，而且当时还显得比较薄弱。但是，它的确是一股不容忽视的力量。值得注意的是，格律诗派的闻一多和徐志摩的代表作《死水》和《云游》都是象征诗，自由诗派的郭沫若也写过《炉中煤》之类的象征诗。如果说中国最早的象征派诗人李金发有些食洋不化的话，现代派的戴望舒就成熟多了，基本上做到了西方象征主义与中国象征传统的融合。此后，40 年代的九叶诗派、七月诗派，以及新时期的朦胧诗派都属于象征诗派。从个人角度来说，艾青是熔自由诗风与象征主义于一炉的诗歌大家，穆旦富于智慧的痛苦纠缠于诗与真、灵与肉之间，卞之琳的智性追求与学院风格使他的诗歌不免晦涩艰深，北岛的诗歌则富于批判的力量和冷峻的锋芒。总体而言，中国新诗中的象征主义所受的影响主要来自西方，而不是本民族诗歌传统演进的结果。

三、象征主义的基本原理

象征主义的创始人是波德莱尔。波德莱尔生活在浪漫主义的夕阳中，他开创的象征主义曾被称为"新浪漫主义"。"新浪漫主义"的"新"主要体现在以下两个方面：首先是表达的对象由感情转向了感觉，其次是表达的方式由抒情转向了象征。波德莱尔曾用一首名为《应和》的十四行诗表述了他的象征主义理论：

> 自然是座庙宇，那里活的柱子
> 有时说出了模模糊糊的话音，
> 人从那里过，穿越象征的森林，
> 森林用熟识的目光将他注视。
>
> 如同悠长的回声遥遥地汇合
> 在一个混沌深邃的统一体中，
> 广大浩漫好像黑夜连着光明——
> 芳香、颜色和声音在相互应和。
>
> 有的芳香新鲜若儿童的肌肤，
> 柔和如双簧管，青翠如绿草场，
> ——别的则朽腐、浓郁，涵盖了万物。
>
> 像无极无限的东西四散飞扬，
> 如同龙涎香、麝香、安息香、乳香

---

① 曹操《龟虽寿》全诗如下：神龟虽寿，犹有竟时。腾蛇乘雾，终为土灰。老骥伏枥，志在千里。烈士暮年，壮心不已。盈缩之期，不但在天。养怡之福，可得永年。幸甚至哉，歌以咏志。

那样歌唱精神与感觉的激昂。①

所谓"应和"指的是外在自然景物与人的内心感觉之间的应和。波德莱尔认为：诗歌应该表达流动在人心中的细微感觉。用波德莱尔自己的话说，写诗就是为了"歌唱精神与感觉的激昂"。这里的"精神和感觉"主要指人的潜意识。由此来看，诗人比小说家更早地发现了"意识流"现象。在波德莱尔看来，人的感觉不是孤立无援的，而是跟自然界中的景物具有相互应和的关系，或者说，是自然界的景物唤起了人的某种感觉。因此，诗人表达自己的感觉时不要直接把它呈现出来，而要借助与内心感觉相互应和的景物暗示出来。用景物来暗示相应的感觉，这种写法就是象征。正是从这个意义上，波德莱尔把自然看成了一座神圣的"庙宇"，自然界中的万物对于他来说都是"象征的森林"。

"应和"的第二层含义指人的各种感官也是相互应和的。波德莱尔是个具有鲜明身体意识的诗人。他发现在美的欣赏和创造活动中，人的各种感官是同时发挥作用的。视觉、听觉、嗅觉、味觉和触觉是一个彼此交融、相互应和的整体。所谓"芳香、颜色和声音在相互应和"就是人的嗅觉、视觉和听觉相互应和的结果。既然感觉是一个相互连通、彼此应和的立体存在，因而，波德莱尔认为在写作中可以将不同感觉加以沟通：用视觉表达听觉，或者把触觉转化成视觉，如此等等，从而达到增强作品形象性的目的，并使读者产生一种身临其境的现场感。在《应和》的第三节中，波德莱尔写道："有的芳香新鲜若儿童的肌肤，柔和如双簧管，青翠如绿草场。"这就把嗅觉（芳香）转化成了触觉（儿童的肌肤）、听觉（双簧管）和视觉（绿草场）。把各种不同的感觉加以沟通转换，这就是所谓的"通感"，又叫"联觉"。

综上所述，可以看出："应和"的两层含义分别形成了象征和通感两种写作方法。正是从这个意义上，"应和"成了象征主义的核心和第一原理。因此，这首诗被称为"象征派的宪章"。也就是说，象征主义的整个纲领在这首诗中已经确定，象征派的"暗示"原理、神秘色彩和音乐效果都包含在这首诗里。瓦雷里曾经总结说："当魏尔伦和兰波在感情和感觉方面继续波德莱尔时，马拉美在诗的完美和纯粹的领域里发展了波德莱尔。"②

波德莱尔的"应和"原理后来被马拉美发展成"暗示"说。所谓"暗示"就是用事物暗示人的精神状态。也就是把波德莱尔所说的感觉与自然景物的相互应和变成用自然景物对感觉的单向暗示。因而，暗示事物而不是指明事物就成了象征主义诗人的基本目标之一：

"我的想法恰好相反，在诗歌中只能有隐语存在。对事物进行观察时，意象从事物所引起的梦幻中振翼而起，那就是诗；帕尔那斯派抓住一件东西就将它和盘托出，他们缺少神秘感；他们剥夺了人类智慧自信正在从事创造的精微的快乐。直陈其事，这就等于取消了诗歌四分之三的趣味，这种趣味原是要一点一点儿去领会它的。暗示，才是我们的理想。一点一滴地去复活一件东西，从而展示出一种精神状态，或者选择一件东西，通过一连串疑难的解答去揭示其中的精神状态：必须充分发挥构成象征的这种神秘作用。"③

事实上，"暗示"说是对波德莱尔神秘性思想的推进。因此，神秘性可以称为象征主义的第二原理。所谓神秘性其实源于诗人对神圣美的追求。神圣美的思想最早可追溯到柏拉图的"理式"观念；就近来看，则是受了美国作家爱伦·坡的影响。神圣美其实是一种想象美，它

①　《波德莱尔美学论文选》，郭宏安译，第 4 页，北京：人民文学出版社，1987 年。

②　《法国诗选》，程曾厚译，第 28 页，上海：复旦大学出版社，2001 年。

③　[法]马拉美：《谈文学运动》，见《西方文论选》，第 314 页，北京：高等教育出版社，2002 年。

并非存在于日常生活中的现实美。象征主义诗人认为现实美只是神圣美的倒影，远不如神圣美那样高超和完美。因此，象征主义诗人把神圣美作为自己表现的对象。但是，神圣美却缥缈不定，难以把握，这就必然使象征主义作品具有一定的神秘性。简言之，象征主义的神秘性首先来自表现对象：神圣美以及作为其倒影的大自然和人生；其次来自象征主义或暗示手法的创作宗旨。事实上，象征与暗示正是为了表现和增强美的神秘性，或者说是朦胧性。

象征主义的第三原理是音乐性。对诗歌音乐性的追求可以说在象征主义诞生之前就已经确定了。深刻影响波德莱尔的爱伦·坡是象征主义的先驱，在波德莱尔的著作中就已经对此做了明确表述：

"我知道，"比如说，我们在坡的著作中可以找到这样的话，"不明确性是真正的（诗的）音乐性的一个要素——我指的是真正的音乐性的表现……一种模糊不清的暗示的不明确性。因而是一种具有精神上的效果的不明确性"。于是，追求音乐的不明确性就成了象征主义的基本目标之一。

这种不明确性的效果不仅是由我在上文中提到的想象的世界和现实世界的混同造成的，而且是由不同感官的感觉之间进一步的混同造成的。①

可以说，象征主义诗人对音乐性的追求和波德莱尔的通感理论是密切相关的。对美的偏爱促使他们一方面追求视觉画面的流畅，一方面追求听觉声响的和谐。波德莱尔有一首诗叫《黄昏的和谐》，写的是诗人对日落黄昏的感受和印象。即使翻译成汉语后，其音乐性也是非常明显的。它的显著特色是诗句有节奏地反复出现，上段的二、四两句和下段的一、三两句重复，整个诗歌因此形成一种层层推进的效果。因此，有人认为这首诗歌战胜了音乐。而且，诗人内心感觉的逐渐变化与太阳的缓缓跌落在诗中形成了一种相互的"应和"：

> 那时候到了，花儿在枝头颤震，
> 每一朵都似香炉散发着芬芳；
> 声音和香气都在晚风中飘荡；
> 忧郁的圆舞曲，懒洋洋的眩晕！
>
> 每一朵都似香炉散发着芬芳；
> 小提琴幽幽咽咽如受伤的心；
> 忧郁的圆舞曲，懒洋洋的眩晕！
> 天空又悲又美，像大祭台一样。
>
> 小提琴幽幽咽咽如受伤的心；
> 温柔的心，憎恶广而黑的死亡！
> 天空又悲又美，像大祭台一样。
> 太阳在自己的凝血之中下沉。
>
> 温柔的心，憎恶广而黑的死亡！

---

① ［美］埃德蒙·威尔逊：《象征主义》，见杨匡汉、刘福春编：《西方现代诗论》，第299页，广州：花城出版社，1988年。

> 收纳着光辉往昔的一切遗痕！
>
> 太阳在自己的凝血之中下沉。
>
> 想起你就仿佛看见圣体发光！
>
> （《黄昏的和谐》，郭宏安译）

在象征主义诗人中，极为推崇诗歌音乐性的是魏尔伦，他认为完美的诗最重要的是音乐性。正如他在《诗艺》中所说的："音乐，永远至高无上！让你的诗句插翅翱翔，让人感到她从灵魂逸出，却飞向另一种情爱、另一个天堂。"[①]

第二节　批评方法

象征主义的基本原理和批评方法是紧密联系的两个问题，其中的决定因素是基本原理，批评方法往往会受到基本原理的影响。因此，把握象征主义的关键是掌握其基本原理，在此基础上领会相应的批评方法。

由于象征主义的基本原理主要体现在应和性、神秘性和音乐性三方面。因此，象征主义的批评方法应当以文本批评为主，从应和性入手，借助音乐性探讨其神秘性的深层意义。

一、因"象"见"意"，关注隐喻

应和性首先是个创作问题，诗人把他的感觉通过相应的景物暗示出来。因此，读者在作品中所能看到的是在语言中呈现出来的一系列景物意象。作为读者，其首要任务是对作品进行还原，也就是通过意象揣测作者的内心感觉。正如刘勰所说的："夫缀文者情动而辞发，观文者披文以入情，沿波讨源，虽幽必显。"[②]事实上，这种方法适用于所有批评，对于象征主义作品来说尤其有效，因为象征主义作品有表层（象）与深层（意）之分。但是，随着象征主义诗歌的发展，象与意之间的关系越来越呈现出多元化的趋向，作品的晦涩化问题也越来越突出，这就为读者的因"象"见"意"造成了一定难度："每个诗人各有独特的个性；他的每一瞬间各有独特的音调，独特的诸种要素的组合。而诗人的任务在于去发现，去创造独特的语言，惟有这种语言才足以表现他的个性和感情。这样一种语言必须运用象征：如此独特，如此敏感，如此含混的东西，不可能用直截了当的叙述或描写来传达，而只好用连续的词，连续的意象来传达，这种连续的词，连续的意象将足以把所传达的东西暗示给读者。……象征主义的象征实质上是从它们的本体中分离出来的隐喻——因为一个人不可能不带某种目的，仅仅在诗中为色彩和声音而欣赏色彩和声音：一个人不得不猜想意象被具体运用于什么目的。因此，可以把象征主义界定为一种运用经过慎重思考过的手段——一种由含混的隐喻来描述的结构复杂的联想——来传达独特的个人感情的尝试。"[③]

二、把握大致情调，引发相关联想

既然象征主义作品注重传达的是"独特的个人感情"，实际上，这就有意消解了读者探求

---

① ［法］魏尔伦：《诗艺》，见《西方文论选》，第303页，北京：高等教育出版社，2002年。

② ［梁］刘勰：《白话文心雕龙》，郭晋稀译注，第488页，长沙：岳麓书社，1997年。

③ ［美］埃德蒙·威尔逊：《象征主义》，见杨匡汉、刘福春编：《西方现代诗论》，第306页，广州：花城出版社，1988年。

作者原意的可能。不少诗人曾经表示过他们的作品并不要求读者完全理解。马拉美的诗歌只有六十多首，其中大多比较费解。他认为："在诗歌中应该永远存在着难解之谜，文学的目的在于召唤事物，而不能有其他目的。"①艾略特则从人类文化发展的角度对诗歌的晦涩问题做了如下解释："我们的文明错综复杂，而这种错综复杂却起着精巧敏感的作用，必然会产生出各种复杂的结果来。于是诗人的作品内容也越来越丰富、越来越含蓄、越来越间接，为的是根据不同情况，将诗的语言融入到人的思想中去。"②从根本上说，对作品能否真正理解体现的是精神交流的极限问题。人与人之间的理解是相对的，彼此的隔膜却是绝对的。因此，有诗人在自己的诗集后记中写过这样一段话：

"诗歌是内心独白的一些片段，它留住的是文字与感情战争结束之后的遗址，谁能辨别得出其中回响着多少人的声音？处于写作之中的诗歌是诗人为自己的感情寻求出路的过程，这时候活跃的是诗人的感情，读者甚至诗人都不存在。诗歌被写出来以后，虚拟的读者开始在诗人的面前闪现，但是这与真正读者的距离还很远，甚至这种距离有可能通向并不存在的未来。"③

在这种情况下，读者所能做的是通过作品中不断变换的意象体会诗人试图呈现出来的意识流动。由于作品中的意识即使作者本人也未必完全清楚，作为读者，只要能把握它的大致情调，并引发相关联想，就算读懂了一首象征主义诗歌。事实上，作为接受作品的主体，读者完全可以结合自身的经验做出自己的解读。对于"诗无达诂"的象征主义诗歌来说，读者依据作品得到的理解，甚至是与诗人原意不同的误解都不能说成错误。

三、体会声韵节奏，领略听觉意象

事实上，音乐性是理解一首诗的最好入口。象征主义诗人之所以追求音乐性，就是因为它最能体现诗人的内心情调。朱光潜认为："诗是情感的语言，而情感的变化最直接的表现是声音节奏，这是诗的命脉。读一首诗，如果不能把它的声音节奏的微妙起伏抓住，那根本就是没有领略到它的意味。"④由此来看，仅仅通过字里行间的韵律也能体会到诗人的内心哀乐。因为诗歌的韵律其实是一种特殊的听觉意象，这种听觉意象往往是心灵之声的直接反映。因此，把握了诗歌的韵律，就意味着触及了诗人的心灵。中国诗人戴望舒深受魏尔伦的影响，他的《雨巷》并不难懂。诗人用"悠长又寂寥的雨巷"象征了黑暗的社会现实，用"丁香一样的姑娘"象征了诗人对生活的美好理想。但是，在现实生活的映照下，这种理想却显得十分渺茫。这种心理正是大革命失败后一部分有追求的青年知识分子因找不到出路而惶惑迷惘的真实反映。如果从音乐性入手，即使不去深究其中的象征意义，也能直接把握诗人对理想生活的渴求与受挫以及由此形成的怅惘与感伤之情：

> 撑着油纸伞，独自
> 彷徨在悠长、悠长
> 又寂寥的雨巷，

---

① ［法］马拉美：《谈文学运动》，见《西方文论选》，第 314～315 页，北京：高等教育出版社，2002 年。
② 《20 世纪诺贝尔文学奖颁奖演说词全编》，毛信德等译，第 368 页，南昌：百花洲文艺出版社，2001 年。
③ 程一身：《北大十四行》，第 159 页，北京：中国文联出版社，2004 年。
④ 朱光潜：《谈晦涩》，见《朱光潜全集》第八卷，第 535 页，合肥：安徽教育出版社，1993 年。

> 我希望逢着
>
> 一个丁香一样地
>
> 结着愁怨的姑娘。
>
> 她是有
>
> 丁香一样的颜色，
>
> 丁香一样的芬芳，
>
> 丁香一样的忧愁，
>
> 在雨中哀怨，
>
> 哀怨又彷徨……

当然，由于象征主义作品往往深奥难解，要想深入理解作品，有必要对诗人及其生活的社会和时代有尽可能多的了解。这在一定程度上能帮助读者破译作品的意象密码，并有助于增强对作品的深入把握。

第三节　作品解读

一、西方象征主义诗歌名作解读

象征主义诞生以后，西方诗歌界涌现了大量经典的象征主义作品。就是在象征主义运动诞生之前，也出现了很多运用象征手法写出的优秀作品。限于篇幅，这里仅选择布莱克、波德莱尔和里尔克三人的作品加以分析。

尽管生活于象征主义运动之前，布莱克的作品却充满了浓重的象征色彩。布莱克（1757—1827）是英国诗人、画家，其诗集主要是《天真之歌》与《经验之歌》。"天真"和"经验"是他作品的关键词，这两个词之间存在着一定的张力。因为"天真"就是没有经验的意思，但这只是它的字面含义。结合布莱克的作品，可以看出他对儿童的关注。因此，"天真"对应的是不谙世事的儿童，而"经验"对应的是作为社会主宰的成人。布莱克作品中扫烟囱的小孩的悲惨命运是谁造成的呢？由此可见，这两个词实际上体现了布莱克对人性的反思以及对苦难的拯救意识。在《天真的预示》中，布莱克写道：

> 一沙一世界，一花一天堂，
>
> 掌中握无限，刹那成永恒。

沙与世界，花与天堂，其中的象征关系十分明显。后两句则具有对比意味：无限包罗于手掌，刹那变成了永恒。尤其值得称道的是这首诗的整体："一沙一世界"是对"掌中握无限"（空间）的象征，"一花一天堂"则象征了"刹那成永恒"（时间）。在这首诗中，出现"天堂"这个词不是偶然的。布莱克是个宗教意识十分鲜明的诗人，这在一定程度上增强他作品的神秘性。"象征"与"神秘"，这两个特点深刻地影响了后来的爱尔兰诗人叶芝。

布莱克还有一首著名的象征诗《猛虎》：

> 猛虎，猛虎，火焰似的烧红
>
> 在深夜曲莽丛，
>
> 何等神明的巨眼或是手

能擘画你的骇人的雄厚？

在何等遥远的海底还是天顶
烧着你眼火的纯晶？
跨什么翅膀他胆敢飞腾？
凭什么手敢擒住那威棱？

是何等肩腕，是何等神通，
能摩揉你的藏府的系境？
等到你的心开始了活跳，
何等震惊的手，何等震惊的脚？

椎的是什么锤？使的是什么练？
在什么洪炉里熬炼你的脑液？
什么砧座？什么骇异的拿把
胆敢它的凶恶的惊怕擒抓？

当群星放射它们的金芒，
满天上泛滥着它们的泪光，
见到他的工程，他露不露笑容？
造你的不就是那造小羊的神工？

猛虎，猛虎，火焰似的烧红
在深夜的莽丛，
何等神明的巨眼或是手
胆敢擘画你的惊人的雄厚？①

《猛虎》这首诗前后两节相同，从而使全诗处于一个回环的完整结构中。而且这首诗充满了疑问，这些疑问实际上体现了诗人对所写对象的极度赞美。该诗把"猛虎"作为一种天然而富于力量的美加以刻画，因此，"猛虎"象征的是一种自然有力的艺术作品。这首诗体现了布莱克对诗艺的追求，表明他崇尚的作品风格就像猛虎一样具有令人震惊的天然力量。

波德莱尔（1821—1867）是象征主义的创始人，他的诗集是《恶之花》。恶是丑的，花是美的。从表面上看，所谓"恶之花"，意思就是"丑陋的美，或罪恶的美"。这个名字体现了一种与传统观念截然不同的现代意识。雨果和波德莱尔生活在同一个时期，他在作品中往往把美和丑加以对照，从而使美的更美，丑的更丑。这无疑是一种传统的美丑观念。而波德莱尔认为同一个东西既可以是美的，也可以是丑的。也就是说，美就存在于丑之中，而不是与丑截然两分的。因此，一个艺术家的使命就是从丑中发掘出美，达到化丑为美的目的。象征主义之所以被称为现代派的开端，一方面是因为波德莱尔把所写的对象从感情转向了感觉，另一

---

①　这首诗的译者是徐志摩。郭沫若也翻译过这首诗，他把名字译成了《老虎》，逊色了许多。

方面就是因为他发现了这种具有现代意识的美丑观。

而且，"恶之花"这个名字本身就使用了象征。但是，关于它的含义大家有不同理解，其实这对于象征主义作品来说是再正常不过的了。第一种理解认为"恶之花"象征的是巴黎。巴黎是波德莱尔长期生活的城市，这个早年挥金如土、晚年生活拮据的人对巴黎的上层贵族和下层人民都比较熟悉。正是这种前后不同的经历使他发现巴黎是这样一个地方：上层人物生活得奢侈浮华，如同享乐在天堂之中；下层人民生活得一贫如洗，如同沦落在地狱之中。而上层人物的享乐是建立在剥削下层人民的基础上的。因此，波德莱尔认识到：巴黎原来是一朵罪恶的花朵。

第二种理解认为"恶之花"象征的是女人。波德莱尔有一定的女性歧视倾向，但是，在现实生活中，他又离不开女人。在波德莱尔的一生中，先后有三个女人和他在一起生活过。她们给波德莱尔带来过极度的幸福，也给他造成了莫大的痛苦。因此，波德莱尔对她们既有赞美，也有诅咒，这种赞美与诅咒有时会让他感到悲欣交集。于是，在他心目中，女人就成了罪恶的花朵。在《我爱你如爱黑夜的天空》中，波德莱尔写道：

> 我爱你，如爱黑夜的天空，
> 哦，哀愁之壶，久久地沉默，
> 美人啊，你越是逃避，我越是爱你，
> 你的出现，是我黑夜的装饰，
> 无边的讽刺，也不能拉大
> 我伸开的手臂与碧空蓝天的距离。
> 我向前进攻，我爬上去袭击，
> 就像一群蛆虫围住一具尸体，
> 哦，我爱你，无情而残酷的野兽！
> 虽然你这般冰冷，却显得更加美丽！

里尔克(1875—1926)是奥地利诗人，曾做过法国雕塑家罗丹的秘书，在观察能力方面深受罗丹影响。他强调写诗首先要对事物进行精细观察："所谓表现一件物，只是到处都要细察，丝毫不缄默，丝毫不疏忽，丝毫不做错；认识千百个侧面，一切从上看和从下看的观点，每个交叉点。然后一件物品才出现，然后它才是一座和那飘忽不定的大陆隔绝的岛屿。"①其次，里尔克强调要对事物进行长期而多样的观察，并把观察结果烂熟于心：

为了写一行诗，必须观察许多城市，观察各种人和物，必须认识各种动物，必须感受鸟雀如何飞翔，必须知晓小花在晨曦中开放的神采。必须能够回想异土他乡的路途，回想那些不期之遇和早已料到的告别；回想朦胧的童年时光，回想双亲，当时双亲给你带来欢乐而你又不能理解这种欢乐(因为这是对另一个人而言的欢乐)，你就只好惹他们生气；回想童年的疾病，这些疾病发作时非常奇怪，有那么多深刻和艰难的变化；回想在安静和压抑的斗室中度过的日子，回想海和在许许多多的海边度过的清晨，回想在旅途中度过的夜晚和点点繁星比翼高翔而去的夜晚。即使想到这一切还是不够的，还必须回忆许多爱之夜，这些爱之夜各个不一，必须回忆临盆孕妇的嚎叫，脸色苍白的产妇轻松的酣睡。此外还得和行将就木的人做伴，在窗子洞开的房间里坐在死者身边细听一阵又一阵的嘈杂声。然而，这样回忆还不

---

① 叶廷芳、李永平编：《上帝的故事》，第 55 页，北京：中国广播电视出版社，2000 年。

够，如果回忆的东西数不胜数，那就必须还能够忘却，必须具备极大的耐心等待这些回忆再度来临。只有当回忆化为我们身上的鲜血、视线和神态，没有名称，和我们自身融为一体，难以区分，只有这时，即在一个不可多得的时刻，诗的第一个词才在回忆中站立起来，从回忆中迸发出来。①

在这一大段文字中，里尔克揭示了一首诗诞生的艰难前奏。其中的核心环节是观察、体验和回忆。回忆被里尔克视为诗歌诞生的策源地，里尔克强调一定要使回忆成为身体上的某个器官，它必不可缺但是常常不被察觉。直到有一天，这种回忆突然自动涌现出来。只有这样，才会转入文字表达阶段。里尔克认为表达就是对客观事物做冷静描述，并使自己的特定心境弥漫于描述之中，从而借助客观事物象征诗人的整体心境。因此，里尔克的诗歌被称为"事物诗"。里尔克"事物诗"的代表作主要有《豹》、《旗》和《预感》等。《豹》与布莱克的《猛虎》有异曲同工之妙：布莱克写的虎身在山林，威力无比；而里尔克写的豹被关在动物园里，是一种在囚禁中被软化的强大力量。《旗》和《预感》都写到了旗，后者的水平更高，可以视为诗人的自画像：

> 我像一面旗帜为远方所包围。
> 我感到吹来的风，而且必须承受它，
> 当时下界万物尚一无动弹：
> 门悄然关着，烟囱里一片寂静；
> 窗户没有震颤，尘土躺在地面。
>
> 我却知道了风暴，并像大海一样激荡。
> 我招展自身又坠入自身
> 并挣脱自身，孑然孤立
> 于巨大的风暴之中。

在诗中，诗人把旗帜作为自身的象征，把风暴作为灾祸或苦难的象征。全诗可以分成两个阶段：风暴来临之前与风暴来临之后。所谓"预感"指的是风暴来临之前，并和后一阶段的真实感觉互为映照。诗中的第一个关键词是"包围"，它体现出来的是远方带给诗人的压抑感。诗人之所以说包围自己的是"远方"，是因为远方是酝酿风暴的地方。"包围"和后面的"承受"相应。"承受"体现出来的是一种焦虑感。事实上，无论是"包围"还是"承受"都处于"预感"当中。也就是说，这时候并没有风暴。但是，敏感的诗人已经预感到它就要来了，因而，心里时刻处于有意识的"迎接"状态。以下几句用"下界万物"作为反衬，也在一定程度上扩展了诗歌的空间。到第二阶段，风暴真的来了，诗人试图像大海一样与风共舞。但是，在风中飘扬的旗帜却又返回了原地。结果，诗人只能像旗帜一样在挣脱自身与返回自身之间来回徘徊。苦难之中的诗人感到不由自主的无奈，并且承受着孑然一身的孤独。

二、中国象征主义诗歌名作解读

如前所述，中国古代只有象征诗，并没有成熟的象征主义理论。新诗中的象征主义其实是中西文化交流的结果。这里特意从不同时期选取三首诗加以分析，它们是柳宗元的《江

---

① 朱立元、李均主编：《二十世纪西方文论选》上卷，第 104 页，北京：高等教育出版社，2002 年。

雪》、徐志摩的《云游》和冯至的《从一片泛滥无形的水里》。由此可以看出中国人对象征主义的本土探索与西方带来的影响。

中国古代诗人绝大多数都是抒情诗人。尽管他们可能经常使用象征，却没有出现真正意义上的象征诗人。唐代诗人李贺和李商隐比较注重象征手法的运用，但是，他们仍然被称为抒情诗人。中国诗歌中常见的象征意象有月(象征思念)、水(象征愁绪)、马(象征人才)、柳(象征挽留)、梅(象征高洁)、菊(象征隐逸)等等。这些意象就像典故一样被诗人们频繁使用，它们在一定程度上已经被模式化了，以至于成了民族心理结构的有机组成部分。柳宗元(773—819)的《江雪》并不是纯粹的象征诗，它一般被认为是借景抒情之作。但是，也许正是这类诗最能体现象征在中国古诗中的运用状况。全诗如下：

> 千山鸟飞绝，万径人踪灭。
> 孤舟蓑笠翁，独钓寒江雪。

从表面上看，这首诗显然是写景之作。理解它最好从"中心"与"外围"这两个层次入手。其中心意象是"孤舟蓑笠翁"，一个披戴蓑笠的老头在一条小船上独自垂钓。其余意象全是"外围"。"外围"又包含两个层次：内层是"寒江雪"，外层是"千山""万径"。并且"千山""万径"本身又包含了一种时间上的层次感：山上本来有鸟，但是都已经飞走了；路上本来有人，但是都已经远去了。作为"外围"的内层，"江雪"体现出来的是"寒"；作为"外围"的外层，"千山""万径"体现出来的是"大"。因此，整首诗的"中心"——孤舟独钓的"蓑笠翁"就处于广大与寒冷的双重挤压当中。但是，这个孤身独坐的"蓑笠翁"却不为所动，一心垂钓。这里的垂钓绝非闲情逸致，而是心之所系的求索，它很容易让人想起姜太公垂钓的典故。整首诗的"中心"与"外围"就这样形成了尖锐的冲突："外围"挤压"中心"，"中心"傲然不屈。因此，这首表面上的写景诗就成了政治革新失败后被贬蛮夷的诗人境遇的恰切象征。

新月派诗人徐志摩(1897—1931)并非象征派诗人。但是，他的作品深受西方象征主义诗歌影响。上节引用的《猛虎》就是他翻译的，后来，徐志摩还用"猛虎"作为自己诗集的名字。徐志摩还翻译过波德莱尔的诗歌。同时，值得注意的是，"新月派"这个名字源于泰戈尔的《新月集》，它本身就是一种象征。因此，新月派从形式上看是格律诗，如果从写法上看，徐志摩的不少诗歌都是象征主义作品。《云游》就是一例：

> 那天你翩翩的在空际云游，
> 自在，轻盈，你本不想停留
> 在天的那方或地的那角，
> 你的愉快是无拦阻的逍遥，
> 你更不经意在卑微的地面
> 有一流涧水，虽则你的明艳
> 在过路时点染了他的空灵，
> 使他惊醒，将你的倩影抱紧。
>
> 他抱紧的是绵密的忧愁，
> 因为美不能在风光中静止；
> 他要，你已飞渡万重的山头，
> 去更阔大的湖海投射影子！

他在为你消瘦，那一流涧水，

在无能的盼望，盼望你飞回！

这首诗主要写了两个意象：一个是天上的游云，一个是地上的涧水。其主要"情节"如下：一朵云在天上自由地游动，偶尔经过地上的"一流涧水"，并在水中投下自己的影子；水觉得云很美，想把它留住。但是，云却没有停留地飞走了，最后，水还在盼望着云再次飞回。在这里，"游云"象征的是诗人在现实生活中遇到的美人，"涧水"则是诗人自身的象征。诗中的美人具体指的是谁呢？这首诗写于诗人辞世前四个月，当时，徐志摩已经和陆小曼结成了并不幸福的婚姻。而这首诗隐喻的是一段未曾实现的美丽爱情，因此，诗中的美人指的是一代才女林徽音。事实上，正是在剑桥大学结识了林徽音之后，徐志摩才走上了诗歌创作的道路。正如诗中所说的："你的明艳/在过路时点染了他的空灵，使他惊醒……"

冯至（1905—1993）曾经被鲁迅誉为中国最杰出的抒情诗人。但是，20世纪40年代的冯至却写出了一本《十四行集》。这个集子由二十七首诗歌组成，其中充满了借助象征表达出来的沉思。它其实是冯至长期研习德语文学的结晶。对冯至影响最深的德语诗人是里尔克。冯至曾经翻译过里尔克谈论诗歌的一组书信。也许可以说，冯至的作品是中国读者了解里尔克的最好入口。因为冯至对里尔克的学习不仅体现在象征主义的运用方面，就连思考问题的方式都十分接近。和里尔克一样，冯至以清醒的存在意识体现出还原生活真相的努力。从熟悉看到陌生，从飘逝看到永恒，试图为变幻不定的生活留下一些思想的踪迹和心灵的见证。在这个集子的最后一首诗里，冯至用里尔克诗中的重要意象"旗"做了一个总结：

从一片泛滥无形的水里，

取水人取来椭圆的一瓶，

这点水就得到一个定形；

看，在秋风里飘扬的风旗，

它把住些把不住的事体，

让远方的光、远方的黑夜

和些远方的草木的荣谢，

还有个奔向无穷的心意，

都保留一些在这面旗上。

我们空空听过一夜风声，

空看了一天的草黄叶红，

向何处安排我们的思想？

但愿这些诗像一面风旗，

把住一些把不住的事体。

这首诗的主要意象有两个：一个是前三行中的"瓶"，另一个是后十一行中的"旗"。事实上，它们象征的都是这一组诗。对于水来说，瓶子容纳了它，并给了它一个相对稳定的形式。其象征意义就是：思想的水被纳入了这组诗歌的瓶子里。第二个意象"旗"与另一个相关意象"远方"均源于里尔克的《预感》。但是，它们的寓意发生了变化。所谓把"远方的光"、"远方的黑夜"、"远方的草木的荣谢"和"奔向无穷(远方)的心意""保留一些在这面旗上",意思就是把既往生活的苦辣酸甜与情思期盼记录在这组诗里。因此,"旗"就成了这组诗的象征,诗人的目的是用它"把住一些把不住的事体"。将流动的生活加以固定,对飘逝的情思进行定格。在冯至看来,做到这一点的最好方法是把它们写进诗里。

第四节　解读范例介绍

叶芝评象征主义

参见叶芝:《诗歌的象征主义》,见朱立元、李均主编:《二十世纪西方文论选》上卷,高等教育出版社,2002 年。

在象征主义漫长的发展过程中,出现了不少经典的理论文本。本节选取的范例是叶芝的《诗歌的象征主义》。"由于他那富于灵感的诗歌以精美的艺术形式展现了整个民族的精神",①爱尔兰诗人叶芝于 1923 年获得诺贝尔文学奖。在后期象征主义诗人中,叶芝的特色首先在于他具有巨大的包容性。他几乎吸收了以诗歌为核心的各种艺术形式中的象征手法。其次,叶芝的作品具有鲜明的民族性,正如诺贝尔授奖词中所说的,他"以精美的艺术形式展现了整个民族的精神"。民族精神自然是他作品的内涵;从艺术形式上来看,所谓"精美的艺术形式"主要指的是"象征"。而且对他影响最大的诗人并非法国的波德莱尔,而是英国的布莱克。叶芝的第三个特色在于他对象征主义的探索具有一贯性,这个对象征主义情有独钟的诗人一生都没有偏离象征,而是不断对它加以丰富和完善,这种始终不渝的一贯性在诗人当中是非常突出的。叶芝的第四个特色是他对象征主义进行了创新,他扩大了象征主义诗歌表现的对象,认为除了感情之外,理性也可以作为象征的对象。因此,叶芝写出了许多富于智慧的诗句,其中最有代表性的是《随时间而来的智慧》:

> 虽然枝条很多,根却只有一条;
> 穿过我青春的所有说谎的日子,
> 我在阳光下抖掉我的枝叶和花朵;
> 现在我可以枯萎而进入真理。

《诗歌的象征主义》②共分为五个部分。文章谈到的第一个问题是诗歌与理性的关系,二者的关系在第一部分中就已经提出。随着诗人学者化的倾向日益明显,诗歌的理性化成分也在不断增强。歌德曾不无警惕性地提出:"诗人需要全部哲学,但他决不能让哲学跑进他的作品。"但是,西方诗歌发展的事实表明:哲学事实上已经实现了对诗歌的渗透和部分入侵。最早提出"诗是经验"的观点并使理性进入诗歌合法化的诗人是里尔克,他说:"……诗并非像人们认为的那样是感情(说到感情,以前够多了),而是经验。"③这里的"经验"其实指的就是"理性"。在此基础上,艾略特进一步指出:"诗既非情绪,又非回忆,也非(如果不曲解其

---

① 《20 世纪诺贝尔文学奖颁奖演说词全编》,毛信德等译,第 189 页,南昌:百花洲文艺出版社,2001 年。
② 赵澧译。以下未注明出处的引文均出自本文。见朱立元、李均主编:《二十世纪西方文论选》上卷,第 83 ~ 89 页,高等教育出版社,2002 年。
③ 叶廷芳、李永平编:《上帝的故事》,第 322 页,中国广播电视出版社,2000 年。

意义的话）宁静。诗是很多很多经验的集中，由于这种集中而形成一件新东西……"①从"诗是经验"到"诗是经验的集中"，明显可以看出理性的成分在诗歌中逐渐增强的趋势。

在这种情势下，叶芝提出了自己的意见："所有的作家，所有各种艺术家，只要他们具有哲学的或批评的才能，也许正因为他们是出色的艺术家，他们就具有某种哲学、某种有关他们艺术的批评；常常正是这种哲学，或者这种批评，激发了他们最令人惊叹的灵感……"不难看出，叶芝认为哲学和诗歌是可以相互促进的。因此，在文章的第四部分中，叶芝把象征分成了两种，即感情的象征和理性的象征：

除了感情的象征，即只唤起感情的那些象征之外——在这种意义上一切引人向往的或令人憎恶的事物都是象征，虽然它们彼此之间的关系，除了韵律和格式之外，都太难捉摸，并不令人十分感兴趣——还有理性的象征，这种象征只唤起观念，或混杂着感情的观念；除了神秘主义的非常固定的传统以及某些现代诗人的不太固定的评论之外，只有这两种叫做象征。

从某种意义上说，理性象征出现得比感情象征还要早。艾略特曾对这个问题进行了深入挖掘，并提升了被传统忽视的一些诗人的价值。因此，叶芝的理性象征其实是与传统焊接的结果。他甚至把理性象征的源头追溯到了但丁："谁如果被莎士比亚（他满足于感情的象征从而更能引起我们的共鸣）所感动，他就同世界上的全部景象融为一体；而如果谁被但丁或者德墨特尔的神话所感动，他就同上帝或者某一女神的身影融合在一起。"

《诗歌的象征主义》谈到的第二个问题是象征主义的本质，这是全文的核心，主要分布在第二部分里。叶芝认为经典的象征主义诗歌往往具有"新意层出不穷的微妙之处"，以至于让批评家感到它具有一种"无法分析的完美性"。完美与神秘就这样紧密相连，尽管如此，叶芝还是结合具体作品分析了象征主义的本质。叶芝感到象征主义诗歌难以言喻，读者对他的分析同样感到难以言喻，因此，有必要摘录这一部分的原文：

我在《绘画中的象征主义》一书中虽试图描述绘画和雕塑中的象征主义成分，并略微谈到诗歌中的象征主义，但丝毫没有涉及到一切文体都旨在表现的那种连续性的难以言喻的象征主义。

彭斯的下面两行诗忧伤动人，无与伦比：The white moon is setting behind the water wave，/And time is setting with me，O！（苍白的月亮在苍白的浪花后边沉落，/时光在同我一起消逝，啊！）

这两行诗具有纯粹的象征意义。如果从这两行诗中去掉月亮和浪花的白色（它同时光的消逝之间的关系过于微妙，令人难以捉摸），你也就失去了这两行诗的美。但是，当月亮、浪花、白色和消逝的时光同最后那一声忧伤的叹息结合在一起时，就唤起了一种用任何其他方法结合起来的色彩、音响和形式所无法唤起的感情。我们可以把它叫做比喻性的写作，不过把它叫做象征性写作更好一些，因此当比喻不是某种象征时，就不够深刻动人，只有当它们是某种象征时才最完美，因为它最难于捉摸，超出了单纯声音的范围，人们从中最能发现是些什么象征。如果一个人开始用他所记得的优美的诗句遐想，他就会发现那些诗句如同那两行诗一样。从布莱克的这一行开始：The gay fishes on the wave when the moon sucks the dew.（月亮吮吸着露水，鱼儿在浪尖上跳跃。）

---

① 《托·史·艾略特论文选》，周煦良等译，第11页，上海文艺出版社，1962年。

或者纳什的这几行诗：Brightness falls from the air,/Queens have died young and fair,/Dust has closed Helen's eyes.（光明从天空消逝，/王后们个个红颜薄命，/尘土闭上了海伦的眼睛。）

或者莎士比亚的这几行诗：Timom hath made his everlasting mansion/Upon the beached verge of the salt flood;/Who once a day with his embossed froth/The turbulent surge shall cover.（泰门已经在海边的沙滩上/筑好他的永恒的城堡；/汹涌的波涛每天一次/向它喷吐着泡沫。）

或者找出某一行非常简单的句子，某一行由于它在故事里的位置而动人的妙句，看看它怎样闪射出使故事美丽动人的种种象征之光，正如剑刃上会闪射出塔楼燃烧时的光焰一样。

所有的声音、颜色、形式，后者因为它们固有的力量，或者因为丰富的联想，都能激起那种虽然难以言喻但确实无误的感情，或者（我宁愿这样认为）给我们唤来某些无形的力量，它们落在我们心上的脚步我们称之为感情；当声音、颜色、形式之间融为一体，形成一种相互和谐统一的美妙的关系时，它们似乎变成了同一种声音、同一种颜色、同一种形式，并激发起一种感情，这种感情虽由它们各自引起的感情综合而产生，但却是同一种感情。任何艺术品无论是一部史诗还是一首歌曲，它各个部分之间同样存在着这种关系，艺术品越是完美，使它完美的因素越丰富多样，那么，它激起的感情、力量和给我们祈求来的神也就会更强有力。因为一种感情在没有通过颜色或声音或形式或同时通过这三者表现出来时，是不存在的，或是觉察不到的和没有能动性的；又因为没有两种颜色、声音和形式的变化或组合，会唤起相同的感情，因而诗人、画家和音乐家都在不断地制作着人类又把人类恢复本来面目，而白天和黑夜、白云和影子则由于其效果短暂，也在较小程度上起着这样的作用。

如果将上述分析加以概括，可以看出叶芝心目中的象征主义主要体现为多元因素的神秘汇合。多元因素就是叶芝所说的各种不同的声音、颜色或形式，这些因素的丰富性与作品的完美性密切相关。一般来说，声音、颜色或形式越丰富，作品就可能越完美。叶芝强调的元素主要涉及到视觉和听觉这两种和艺术联系最密切的感官。他不像波德莱尔那样将五种感官同时调动起来。同时值得注意的是，叶芝的象征主义所表现的对象不是感觉，而是感情。这些取舍实际上反映了叶芝诗歌艺术的纯粹性。当然，多元因素只是个前提条件，更重要的是找到这些因素的契合点。在叶芝看来，这种异常神秘的契合点是导致象征艺术诞生的关键："当声音、颜色、形式之间融为一体，形成一种相互间和谐统一的美妙的关系时，它们似乎变成了同一种声音、同一种颜色、同一种形式，并激发起一种感情，这种感情虽由它们各自引起的感情综合而成所产生，但却是同一种感情。"也就是说，只有找到神秘的契合点以后，声音、颜色和形式这些因素的融合才能成为特定感情的象征。否则，这种感情就得不到寄托和表现："因为一种感情在没有通过颜色或声音或形式或同时通过这三者表现出来时，是不存在的，或是觉察不到的和没有能动性的。"由此可见，叶芝的象征主义观念主要包含意象的多元性、意与象之间的象征性和融合性以及美的神秘性这些特点。其中的神秘性尤为突出，而且覆盖了前两个特点。叶芝之所以认为象征优越于比喻，其原因就在于比喻是单一的、明朗的，不能体现出应有的神秘性。而象征却可以让人们触及美的神秘面纱。

《诗歌的象征主义》谈到的第三个问题是诗歌的音乐性。第三部分一开始，叶芝就表达了他对这个问题的观点：

我一直认为，韵律的目的在于延续沉思的时刻，即我们似睡似醒的时刻，那是创造的时刻，它用迷人的单调使我们安睡，同时又用变化使我们保持清醒，使我们处于也许是真正入迷的状态之中，在这种状态中从意志的压力下解放出来的心灵表现成为象征。

　　叶芝对诗歌音乐性的见解体现了一种可贵的整体性。他把诗歌的音乐性纳入了创作过程当中，认为诗歌的音乐性其实是诗人创作心境的延伸和体现。同时，叶芝还把音乐性与象征联系在了一起，认为音乐性实质上象征了"从意志的压力下解放出来的心灵"。这表明诗人表现出来的感情其实是在心灵的张力结构中完成的，一方面是压抑，一方面是展露。最终结晶在作品里的感情其实只是诗人心灵世界的一个方面。在整个创作过程中，叶芝强调的是"沉思"，甚至是"入迷"。作品就是在诗人自身可能都没有意识到的情况下创作出来的。"因此我认为，"叶芝总结道，"在创作和领会一件艺术品时，尤其是如果那件艺术品充满了形式、象征和音乐时，会把我们引向睡眠的边缘"。叶芝对入迷式"沉思"的强调十分接近于另一位后期象征主义诗人里尔克。事实上，对"沉思"的强调和他们的神秘性思想是一致的。总体而言，叶芝对诗歌音乐性的见解无疑是从发生学和本质论的角度对诗歌作品进行的透视，其深刻性来源于对诗歌创作的整体把握。

第 3 章 英美新批评

新批评派是 20 世纪英美文学批评中最有影响的流派之一，以兰色姆《新批评》（1941）一书得名。在该书中，兰色姆评论了艾略特、瑞恰兹、温特斯等人的理论，称他们为"新批评家"，"新批评"这个名称便从此流行开来。由于新批评极力凸显对文学文本的本体研究，因此也被称为"本文批评"、"本体论批评"。

新批评派作为一个形式主义文论派别于 20 世纪 20 年代在英国形成，30 年代至 50 年代在美国获得长足发展，达到它的鼎盛期，60 年代以后渐趋衰落。新批评派的先驱人物是英国意象派批评家休姆。休姆在 1915 年曾写过一篇重要论文《浪漫主义与古典主义》，该文宣告了浪漫主义时代的终结和"新古典主义"时代的来临，其中已经透露了新批评反对浪漫主义批评的重要信息，同时也为新批评派定下了思想倾向的基调。

新批评派的奠基者当首推艾略特和瑞恰兹。艾略特的早期理论提出一种"有机形式主义"的文学观，把文学作品看作是一种有机的、独立自足的"象征物"；针对浪漫主义文学批评崇尚情感的自我表现、崇尚个性的基本观点，艾略特提出了"非个人化"说，否定作家个性与文学作品的联系；他批判以自己"内心呼声"为标准的浪漫主义批评观点，把传统看作为批评应有的"外在权威"；他对玄学派诗人加以重新评价，强调感性与理性结合的观点。诸如此类的这一系列理论观点对新批评派的形成和发展产生重要影响。不过在 1927 年以后，艾略特愈益转向从宗教角度作道德批评，从而与新批评派大异其趣。

在新批评派的进一步发展中，兰色姆是一个具有承上启下作用的关键人物。他和他和三个学生——退特、布鲁克斯和沃伦在 20 世纪 30 年代中后期发表了一系列论文和著作，其中，新批评派的主要观点基本上都已提出，形成了人称"南方集团"的文论派别。

与此同时，在英国，瑞恰兹的学生燕卜荪受到瑞恰兹的启发，于 1930 年写出《朦胧的七种类型》一书，运用语义学文学理论于批评实践，成为新批评方法的第一个实践范例，对现代西方文学批评产生很大的影响

新批评派在第二次世界大战以后达到了鼎盛，尤其在美国，几乎在所有大学的文学系中占据统治地位，并控制了主要的文学评论杂志。一大批文学理论家加入了新批评派阵营，其中不乏理论功底深厚、视野颇为开阔的学者，维姆萨特、韦勒克便是其中的佼佼者。他们两人自 40 年代后期开始与布鲁克斯、沃伦长期在耶鲁大学教学，形成了新批评派的后期核心——"耶鲁集团"。大体上说，从艾略特和瑞恰兹到"南方集团"，再发展到"耶鲁集团"，构成了新批评派发展的一条主线。

第一节　基本理论

新批评派的特点主要表现在以文学作品为本体。新批评家指责以往的文学批评抽空了文学作品自身的特性，抹杀了文学作品的美感效应，认为批评家不要左顾右盼，文学的本体就是作品，立足于此，他们提出了一系列关于文学批评的新理论、新观念和新方法。

一、艾略特的"非个人化理论"

"非个人化理论"由 T·S·艾略特提出，艾略特在其早期代表作《传统与个人才能》中说："诗不是放纵感情，而是感情的脱离；不是个性的表现，而是个性的脱离。"①首先，在艾略特看来，"诚实的批评和敏感的鉴赏，并不注意诗人，而注意诗"。这就将作者的地位大大降低，而强调了"诗"在批评中的本体论地位，使文学文本在理论研究中占据了中心地位。与此同时，诗人的创作不仅仅是个人行为，还要在和前人的比较过程中、在文学传统的历史长河中获得对诗人的客观评价。所以艾略特认为，诗是一切诗的有机整体，是自荷马以来欧洲整个的文学组成的一个共时存在的局面，这一文学史作为外在权威规范着作家创作和文学批评。其次，作者也不能随便把诗当作表现自己的个性或者抒发自己情感的工具，因为诗歌和作者的关系在于，"诗人没有什么个性可以表现，只是一个特殊的工具，只是工具，不是个性，使种种印象和经验就在这个工具里用种种特别的意想不到的方式来相互结合。许多对于诗人本身是很重要的印象和经验，而且在他的诗里也是很重要的，对于他本身和他的个性也尽可以没有多大关系"。在这种情况下，诗人应当做何选择？在这种情况下，诗人就得随时不断地放弃当前的自己。"一个艺术家的前进是不断地牺牲自己，不断地消灭自己的个性。"艾略特这里强调的是诗人应当避免把作品当作个人情感的表现形式，而是要用客观的事物或者意象来暗示自身的情感心境。而这客观的事物或者意象就是所谓的"客观对应物"（objective correlative），也就是他所说的"工具"。而这种客观对应物只能在文本中才能找到。因而是文本本身而非作者才是文学批评研究的对象。所以，与文学文本相比较而言，作者本身的地位和作用就相当的低了。

二、瑞恰兹的诗歌语言本质观和语境理论

瑞恰兹通过对科学语言与诗歌语言的本质的区分来确定文学的本质。在《科学与诗》一书中，瑞恰兹阐述了这个问题。

科学的迅速发展使人们在现实中和心灵上受到了巨大的冲击，这种冲击使人们不得不去面对日益科学化的世界。但是在瑞恰兹看来，科学能够告诉我们人类在宇宙中的地位和各种机会，能够使人们正确地认识到自己在宇宙中的位置，但是科学只能告诉我们某某"是怎样"的，却不能告诉我们为什么"是这样"的，或者说对于事物的根本性质，科学无法做出回答，因此，科学也就不能回答"我们是什么？世界是什么？"的问题。瑞恰兹认为，在现代社会，科学解释不了，宗教和哲学也解释不了这个问题，信仰的缺失使人类和社会处于一种紧张之中，这也是现代文明遭遇到的最大危机。那么我们应该怎么办呢？瑞恰兹说："也许我们自己能够解决，一半借着思考，一半用别种方法重新组织我们的心灵。"瑞恰兹赞赏雪莱所提出的"诗人是未经公认的世界立法者"，也就是说，在他看来，诗歌勉为其难，承担了重新组织人们的心灵的重任。

瑞恰兹将科学的陈述称为"真陈述"，而诗歌陈述，由于它是一种感情的陈述，涉及的是人的情感和态度，没有具体的指称客体，因而无法得到经验事实的证伪所以称为"伪陈述"（pseudo-statement）。伪陈述是一种情感语言，虽然称其为"伪"，但是它却具有"诗的真实"。

---

① ［英］艾略特：《传统与个人才能》，见《艾略特文学论文集》，第 11 页，南昌：百花洲文艺出版社，1994 年。

虽然从现实的角度讲，"真陈述"对我们更加有益，但是它只能增加我们实际统治自然的力量，却无法使我们去面对人性、面对心灵与心灵的碰撞。所以，"伪陈述"——也就是诗的语言，拓宽了人们的感受力，使得我们能够重新去面对这个世界，进而恢复它的诗性。

这里应当注意的是，瑞恰兹的"伪陈述"是不夹杂任何的信仰的，也就是说，只有不具有任何信仰的诗歌语言才不会与科学的语言发生冲突，任何将信仰导入诗歌的企图都是对诗歌的亵渎。此外，瑞恰兹的这种区分并不代表科学与诗是对立的世界，而是意在说明二者是完全不同的、各有其自身特性的两种活动。这里体现了瑞恰兹维护文学本身审美独立性的思想。事实上，诗歌语言与科学语言的区别也正是文学与科学的区别。那么，如何在不受任何信仰影响的前提下去分析诗歌语言呢？这要靠语境理论来完成。

瑞恰兹的语境（context）理论从语言入手，非常注重对诗歌语言的分析，通过语义学分析找到诗歌语言的特征、功能和价值。因此，在他的理论中，首先关注的就是语言的意义问题。

在瑞恰兹看来，对于意义的分析应当从思想、语词符号以及事物三者之间的关系入手。语言符号要经过传输、组织、复制然后传达的过程。而在这个过程中，我们要将自己的思想和事物本身区分开来，是我们的思想而不是符号在传输、组织、复制然后传达。所以，就语词本身来讲，它并不代表任何意思。"只有一个思想者在应用它们的时候，它们才代表某种事物，或者在某种意义上讲具有了'意义'。"语词符号与所代表的事物之间没有必然联系；思想和所指的客体之间的关系可能是直接的，也可能是间接的。而思想和语词符号的关系则较为复杂，因为这其中涉及到社会的和心理的因素的影响，因此要看不同的具体的"语境"。

就任何语言符号而言，对其意义的理解都要将其置入某种语境（context）。因而，语境问题在瑞恰兹理论中占据了重要位置。"语境"理论与语言尤其是诗歌语言的功能密切相关。一般地，人们对"语境"的认识停留在四个层面：第一个层面就是我们通常所理解的上下文，也就是说某篇文章中的一个词的前后的其他词确定了该词的意义；由此进一步扩大进入到第二个层面，可以包括任何写作或者说话时所处的环境；然后是第三个层面，"语境"还可以扩大到用这个词来描述那个时期的为人所知的其他用法；最后甚至可以扩大到与这个词相关的一切事。但是瑞恰兹对此提出了不同的看法。在他看来，最一般地说，"语境"是用来表示一组同时再现的事件的名称，这组事件包括我们可以选择作为原因和结果的任何事件以及那些所需要的条件。这些事件构成了一个语境，那么应该怎样具体理解"语境"的含义呢？瑞恰兹解释说：

在这些语境中，一个项目——典型情况是一个词——承担了几个角色的职责，因此这些角色就可以不必再现。于是，就有了一种语境的节略形式。当发生节略时，这个符号或者这个词——具有表示特性功能的项目——就表示了语境中没有出现的那些部分。①

换言之，之所以一个词的意义就是它语境中没有出现的那些部分，就是因为语境有一种"节略形式"，一个词往往会承担几个角色的职责，即它具有多重意义，而在文本中，这些角色可以不必再现，这样，这个词的意义实际上也就是语境中没有出现的部分。由此可见，一个词的意义从根本上说就是由它的语境所决定的。

语境理论的目的在于，它可以防止人们通常对意义所做的那些毫无根据的设想，因为这些设想过于主观和简单化，妨碍人们对意义的深入理解。同时，瑞恰兹反对一个语言符号只

---

① ［英］瑞恰兹：《论述的目的和语境的种类》，见赵毅衡编：《新批评文集》，第 334 页，天津：百花文艺出版社，2001 年。

有一种意义的观点，认为应当强调语言具有意义的多重复杂性和丰富性，而这种多重性的复义现象要通过语境理论进行分析。

三、兰色姆的"构架－肌质"理论

兰色姆在《纯属思考推理的文学批评》（1941）一文中提出了"构架－肌质"理论来具体说明他的本体论批评。他认为一首诗有"一个中心逻辑构架，但是同时它也有丰富的个别细节，这些细节，有的时候和整个的构架有机地配合，或者说为构架服务，又有的时候，只是在构架里安然自适地讨生活"。兰色姆把诗的构成分为"构架"和"肌质"两部分。他所说的"构架"指的是诗的内容的逻辑陈述，也就是说，构架是诗中可以用散文转述的主题意义或思想内容部分。构架的逻辑与科学论文的逻辑是有区别的，它的作用是在作品中负载肌质材料，且远不如科学论文的逻辑那样严谨。而"肌质"则指作品中不能用散文转述的部分。肌质是作品中的个别细节，与构架是分立的。兰色姆以建筑物为例对此作了生动的说明：屋子的墙是属于构架的，梁和墙板各有它们不同的功能，而墙板外面的部分则是肌质，它可以是涂上去的颜色，也可以是糊着的纸，这些肌质部分只是作为"装饰"。"在逻辑上，这些东西是和构架无关的。"显然，对于构架和肌质之间的关系，兰色姆持的是分裂两者的二元论。

兰色姆进一步展开他的"构架－肌质"理论，指出，肌质的重要性远远超过构架。只有肌质才是诗的本质、诗的精华。前面谈到他曾认为诗歌可复原"本原世界"，诗歌表现世界本质存在的能力在兰色姆看来也只在于肌质，而不在于构架。他还以此为标准把科学论文和文学作品相区别。他认为，科学论文只有构架，即使有细节描写，即有肌质，那也只是附属于构架的，不能与构架分立。诗的根本特征则在于肌质与构架的分立，而且肌质有着更为重要的作用。文学作品作为一种本体存在，是被充分肌质化了的。那么是不是构架就是文学作品中可有可无的东西呢？兰色姆说，构架还是有作用的，这就是与肌质相互干扰。作品的魅力就在这种干扰中产生。例如肌质可以干扰构架的逻辑清晰性，于是构架仿佛在进行障碍赛跑，在层层阻碍中形成了作品的魅力。

兰色姆所说的构架和肌质尽管与通常所说的内容和形式不能完全等同，但与后者还是大体类似的。因为他所说的构架是对实在的逻辑陈述，而肌质则又是一种内容的秩序，这与内容和形式大致相当。这样就可以清楚地看到，"构架－肌质"理论是一种典型的形式主义理论，它把肌质作为文学作品的核心、精华和本质，这是一个明显的错误。此外，它割裂构架与肌质的内在联系，也陷入了形而上学的误区。不过，兰色姆对诗歌必须要有逻辑构架的观点比瑞恰兹提出的诗只要能激发感情，逻辑的安排并无存在的必要的观点却是明显地前进了一步。

四、燕卜荪的"朦胧七型"说

诗歌语词具有丰富的多义性，正是这种语词的多义性使诗歌具有巨大的表现力和内在的张力，燕卜荪把这种情况称之为"朦胧"（ambiguity）。燕卜荪在《朦胧的七种类型》中说：

"朦胧"一词本身可以指称你自己的未曾确实的意思，可以是一个词表示几种事物的意图，可以是一种这种东西或那种东西或两者同时被意指的可能性，或者是一个陈述有几重含义。①

---

① ［英］燕卜荪：《朦胧的七种类型》，周邦宪等译，第1页，杭州：中国美术学院出版社，1996年。

在此基础上，燕卜荪将朦胧划分为七种类型。

第一种类型是暗喻。这也就是人们常常说的一物与另一种事物相似，而这两种事物之所以具有这种相似性，是因为它们之间具有彼此相似的性质。燕卜荪认为这是诗歌的根基之一。与此同时，燕卜荪强调，对这第一种朦胧的界定其实包含了"具有重大文学意义的一切"。之所以这样讲是因为，这种朦胧所包含的意义是很难被传递的。人们对于语词的意义的理解有其先在的习惯，所以这影响到了对于诗歌的理解，这时就需要对其解释。但是，在某种意义上讲，诗歌又是不可能用某种具体的语言来解释的，因为对于任何不理解的人来说，任何的解释都会和诗歌的原句一样难以理解，而对于已经理解了诗歌意义的读者来讲，又没有必要进行解释了。在这种情况下，诗人就凸现了自身的重要作用，"暗喻"这种朦胧类型使诗歌语言通过独立于读者的思维习惯获得了自身更为有力的表现力。

在词或句法之中，当两种或两种以上的意义融而为一的时候，就出现了朦胧的第二种类型。也就是说，由一个词或者句法结构的几种可供选择的意义形成了一个诗句的多重意义时，就是第二种朦胧类型。

第三种朦胧类型同词的派生意义相关。它指的是在诗句中一个词具有两重含义时的情况，其实也就是我们常说的双关语。

第四种类型指的是诗歌中一个陈述具有多重不同意义，而正是这些不同的意义汇集到一起，结合起来形成了作者的复杂的思想状态。

作家或诗人在写作过程中常常会遇到这种情况：自己的思想并不明朗，处于冲突之中，但是有一种表达的欲望，或者在写作过程中才忽然发现自己的真正思想。这就使得诗歌中的语词介于两种不同的要表达的思想之间。这种情况就是朦胧的第五种类型。

第六种类型被燕卜荪称为"它是所能设想的意义最含混的一类"，这里燕卜荪自称受到弗洛伊德的心理学的影响。它是指一个词具有两种截然对立的意义，而这个意义又是由上下文所明确规定了的。由于这一点比较难于理解，所以不妨看看燕卜荪是如何分析的。他以屈莱顿的诗歌《圣·西西利亚纪念日之歌》为例：

"军号响四方，催我上战场，怒吼震天地，惊恐胆欲丧。鼓声如雷鸣，咚咚激胸膛，敌军近咫尺，冲！后退已晚，拼杀一场！"

在这首诗中，诗人既写出了战士狂热鲁莽的冲动，又写出了战争的无可逃避，战士们对死亡的恐惧。这种矛盾的出现其实并不是诗人的本意，但是它却构成了朦胧的最后一种类型。

在燕卜荪看来，朦胧意味着诗歌中一个词是多义的，而这多重意义之间的关系也是多样的，另外，朦胧更意味着文学语言的丰富性。因而，朦胧的作用是构成诗歌最基本的要素之一。朦胧本身既意味着作者思想的不肯定，又意味着一项陈述的同时具有的多种意义。朦胧使作品的表现力达到丰富的程度，它可以使语言活动方式中潜在的意义得到充分的表达，从而增强作品的表现力。

五、"意图谬见"和"情感谬见"

维姆萨特（William K. Wimsatt）和比尔兹利（Monroe C. Beardsles）提出"意图谬见"（intentional fallacy）和"情感谬见"（affective fallacy）理论，目的是分别对以作者意图为依据的"意图说"和以读者感受为依据的"感受说"进行批判，以守卫新批评文本中心主义的理论主张。

在他们看来，文学理论只要研究文学文本本身就可以了，至于读者和作者根本就不必考虑了。因为作者的意图根本就不可能成为衡量一部作品成功与否的标准，因为作品的意义不是以作者的感受为转移的，文学作品本身是独立的存在。如果诗人成功实现自己的创作意图，那诗歌本身就表明了其意图，这样，再用诗之外的意图(作者意图)去评价诗歌则多此一举。如果作者意图实现失败，则更不能用作者意图去评价诗歌了。同时，若将研究重点放在读者的接受心理上，也不是正确的方法，当读者在阅读作品时，会产生生动的想象和相关的情感，这些主观感受既不能排斥也不能作为评价作品的客观依据，因为这些主观感受归于强调生理反应或者过于空泛。这两种研究方法分别被他们称为"意图谬见"和"情感谬见"。也就是说：

意图谬见在于将诗和诗的产生过程相混淆……其始是从写诗的心理原因中推衍批评标准，其终则是传记式批评和相对主义。感受谬见则在于将诗和诗的结果相混淆，也就是诗是什么和它所产生的效果。其始是从诗的心理效果推衍出批评标准，其终则是印象主义和相对主义。[1]

不难看出，这种观点将批判矛头指向了传记式批评、社会学批评等外在研究，强调文学研究应当立足于作品本身，对文学内在结构的认识进一步深入，同时对文学理论的发展起到了重要作用。但是它将文本中心论推向极端，反而忽视了创作主体——作家和接受主体——读者的作用，最后只能导致"文本神圣论"，其片面性、狭隘性是不言而喻的。

六、悖论、反讽、张力、隐喻

悖论(paradox)和反讽(irony)是布鲁克斯常用的术语。布鲁克斯继承了早期新批评理论家尤其是瑞恰兹对于诗歌语言和科学语言区别的理论，他在解释"悖论"时说：

"为保持术语概念的稳定性，科学的倾向是必需的，这可以使它有明确的外延；诗性语言则恰恰相反，它具有破坏性。这些语词之间互相不断地修饰，进而违背了它们在字典中的意义。"

这里所说的"违背了它们在字典中的意义"指的就是悖论。也就是说，诗歌语言的重要特征就是悖论。悖论就是表面上荒谬而实则是一种真实的陈述。"某种意义上，悖论是最适合诗歌并且必然属于诗歌的语言。科学家的语言要求清除悖论留下的任何痕迹；很明显，只有运用悖论，诗人才能表达真理。"诗人在进行诗歌创作时，把语言的日常意义疏离和变形，把在日常意义上互相对立乃至发生冲突的语言放在一起，从而在语言的碰撞和意义的对立交织中诞生诗性。

布鲁克斯将反讽视为诗歌语言的根本特性和基本原则。所谓反讽就是实际意义和语言的字面意义相对立。反讽和语境密切相关。"语境对于一个陈述语的明显的歪曲，我们称之为'反讽'。""反讽作为对于语境压力的承认，存在于任何时期的诗，甚至简单的抒情诗里。但在我们时代的诗里，这种压力显得特别突出。"之所以这样讲是因为，同语言的日常意义相比，诗歌语言本身就有某种变形，在诗歌中的语言往往受整体语境的影响而与日常意义发生

---

[1]　[美]维姆萨特、比尔兹利：《感受谬见》，见赵毅衡编：《新批评文集》，第 121 页，天津：百花文艺出版社，2001年。

疏离，所以反讽在诗歌中随处可见，是语言新颖而又富有活力的一种表现。而布鲁克斯所强调的"反讽"不仅如此，他还侧重揭示为读者所忽略的那些相对较为隐蔽的反讽。除此之外，布鲁克斯还扩大了反讽在文学批评中的应用范围，在他看来反讽原则不仅构成诗歌的语言技巧，还是诗歌的一种结构原则，因此也就成为诗歌与其他文体相区别的重要标志。

新批评派的理论认为诗歌文本是由悖论、隐喻、反讽、象征等形成的语言的张力结构。艾伦·退特(Allen Tate)在《论诗的张力》中提出张力(tention)的概念，它取自两个英文词内涵(intention)和外延(extention)，是去掉前缀后的核心词，意指紧张关系。

在退特看来，所谓张力，"用抽象的话来说，一首诗突出的性质就是诗的整体效果，而这整体就是意义构造的产物，考察和评价这个整体构造正是批评家的任务"。也就是说，张力是诗歌的内涵和外延有机结合所能达到的最完整的整体，它包含了各种可能的意义。所以诗歌应当是"所有意义的统一体，从最极端的外延意义，到最极端的内涵意义"。其目的还是要在诗歌的外延与内涵之间找到一个平衡点，从而实现诗歌的感性和理性的有机统一。到了后来，所谓的"张力"成为诗歌内部各种矛盾因素对立统一的现象的总称。

退特说："诗的意义就是指它的张力，即我们在诗中所能发现的全部外展和内涵的有机整体。我所能获得的最深远的比喻意义并无损于字面表述的外延作用，或者说我们从字面表述开始逐步发展比喻的复杂含义：在每一步上我们可以停下来说明已理解的意义，而每一步的含义都是贯通一气的。"①从语义学意义上看，外延是指词的词典意义，即字面意、指称意；内涵指暗指意义，或附属于文词上的感情色彩，即暗示意、比喻意。张力意味着外延内涵的协调，强调的正是新批评理论始终注重的诗歌语义结构的复杂多样。

新批评研究中特别重视语言技巧，尤其重视隐喻(metaphor)。布鲁克斯曾用一句话概括现代诗歌的技巧：重新发现并充分运用隐喻。维姆萨特对隐喻同样十分重视，在许多论文中都对隐喻的各种机制进行了细致的分析。

首先，他认为隐喻得以存在的基础是喻旨与喻体之间的相异性。隐喻的两极距离越远，则越有力量。例如："狗像野兽般吼叫"，这样的比喻就缺乏力量，因为它的两极"狗"和"野兽"距离太近，它们都是动物。而"人像野兽般吼叫"和"大海像野兽般吼叫"就生动有力得多了。

其次，隐喻也是一种"具体抽象"。维姆萨特指出："哪怕是明喻或暗喻(按：即隐喻)的最简单的形式('我的爱人是红红的玫瑰')也给了我们一种有利于科学的、特殊的、创造性的、事实上是具体的抽象。"原因就在于在隐喻后面有一种喻旨和喻体之间的相似性，由此而产生了一个更一般化的类。对于这个一般化的类来说，可能永远没有名字而只能通过隐喻才能被理解。例如，济慈的比喻：荷马像一个在黄金之国旅行的人，像一个发现新行星的天文学家，像西班牙殖民者柯尔台兹看到太平洋。比喻产生的一般化的类无法加以描述，只能通过比喻本身才能理解。

再次，隐喻要强调的东西是复杂的，不可一概而论："在理解想象的隐喻的时候，常要求我们考虑的不是B(喻体)如何说明A(喻旨)，而是当两者被放在一起并相互对照、相互说明时能产生什么意义。强调之点，可能在相似之处，也可能在相反之处，在于某种对比或矛盾。"维姆萨特的这种看法比传统理论强调隐喻依靠异中之同起作用的观点前进了一步，指出

---

① ［美］艾伦·退特：《论诗的张力》，见赵毅衡编：《新批评文集》，第130页，天津：百花文艺出版社，2001年。

了隐喻也能依靠相反之处产生作用。

最后，维姆萨特还强调隐喻离不开语境。经常被断章取义地从文中抽出使用的隐喻最容易老化，因为它离开了特有的语境，就像离开水的鱼儿一样。比如"针眼"、"桌腿"之类的比喻，在最初被使用时与特定的语境结合在一起，极其生动形象，然而脱离特定语境被反复使用后，放到哪儿都是同一意义，这样的比喻也就失去了生命力。

七、强调有机整体性的结构理论

结构是新批评理论家们反复论述的术语。布鲁克斯坚持有机整体的观点，他认为："文学批评主要关注的是整体，即文学作品是否成功地形成了一个和谐的整体，组成这个整体的各个部分又具有怎样的相互关系。""和谐的整体"就是一种有机整体，优秀的文学作品首先应当是一个有机整体。华兹华斯和唐恩的诗之所以完美，除了上述谈到的他们运用悖论和反讽这样一些基本修辞手法之外，还在于他们的作品中，部分与部分之间存在着有机的联系，即每个部分都影响着整体，同时也接受整体的影响。布鲁克斯还用十分形象的比喻说明这种有机整体性：一首诗的种种构成因素是互相联系的，它们不像排列在一个花束上面的花朵，而是像与一株活着的花木的其他部分相联系的花朵。诗的美就在于整株花木的开花离不开茎、叶、根。一首诗的成功，是由它的全部因素的综合作用造成的。因此，一首诗个别成分的魅力与这首诗整体的魅力是不同的，后者是一种"整体型"式的效果。在本质上，它可以将相对立的各种成分，如美丽的与丑恶的、有魅力的与无吸引力的等等结合在一起，从而产生整体的魅力。

布鲁克斯进一步指出，结构的基本原则就是对作品的内涵、态度和意义进行平衡协调。结构并非仅仅把不同因素安排成同类的组合体，使类似的东西成双成对，而是使相似的与不相似的因素相结合。结构是一种积极的统一，它不是通过回避矛盾取得和谐，而是通过提示矛盾、展开矛盾、解决矛盾而取得和谐。正因为如此，这种结构本身就是一种含有意义、评价和阐释的结构。

维姆萨特对文学作品的结构基本上持一种辩证的观点，他从具体和普遍、个别和一般的辩证关系中审视作品的结构，把作品看成是一种"具体一般物"。他认为："一件文学作品是一个细节综合体（就其为语言物来说，我们或许可以比喻成一件制成品），一个人类价值错综复杂的组成物，其意义要靠理解方式构成，它是如此复杂，以至于看起来像一个最高度的个别物——一个具体一般物。"那么文学作品如何获得其具体普遍性呢？维姆萨特认为，首先，这是与文学的语言性特征密切相关的。用语词构成的文学描写是一种直接的描写，如"谷仓是红的，方的"，这就是一种一般化。因为语词的性质决定了它所携带的不是个体，而是多少有点特殊的一般化。其次，这又是与文学表现的基本手段——细节描写联系在一起的。使文学不同于科学论文的正是细节描写所包含的具体性。细节描写所包含的这种具体性赋予文学以力量，在维姆萨特看来，这种力量不在于细节所直接表达的东西，而在于细节安排方式所暗示的东西。正是从文学本身的特征中，维姆萨特看到了文学作品之所以能将个别性与一般性相结合而成为"具体普遍物"的根本原因。

维姆萨特指出，整个文学作品是一个具体普遍物，就是作品中的艺术形象，如人物，也是一个具体普遍物。人物形象必须丰满、有立体感，才能活起来。而要做到这一点，人物形象的多方面特征应当根据一个统一的原则加以安排，使人物的诸种品质组成一个互相联结的网络，成为一个有机整体。例如莎士比亚笔下的福斯塔夫，他身上的各种品质如胆怯、机智、浪荡、傲慢等都有一种内在联系，以一种特殊的方式组成了一个有机的整体，使这个人物成为一个活生生的艺术形象。正是多样性的有机统一使得人物形象具有普遍性。这样的人物没有类属，只有他们自己的名字，即他们是独一无二的。

韦勒克对文学作品结构的分析既受到波兰现象学文论家英伽登的启示，又不满足于英伽登把文学作品看成是由几个层面构成的体系的观点，指出其缺陷是把作品的结构分析与价值割裂开来，而"在标准与价值之外任何结构都不存在。不谈价值，我们就不能理解并分析任何艺术品"。在强调结构、符号和价值三方面统一的基础上他提出了自己的作品结构理论。

韦勒克从八个层面来研究文学作品的存在方式，它们分别是：（1）声音层面，包括谐音、节奏和格律；（2）意义单元，它决定文学作品形式上的语言结构、风格与文体的规则；（3）意象和隐喻，即所有文体风格中可表现诗的最核心的部分；（4）存在于象征和象征系统中的诗的特殊"世界"，这可以由意象和隐喻几乎难以觉察地转换而成；（5）由叙述性的小说投射出的世界所提出的有关形式和技巧的特殊问题；（6）文学类型的性质问题；（7）文学作品的评价问题；（8）文学史的性质问题。

韦勒克对作品结构的八个层面的划分是其方法论的具体运用，除了具有上面谈到的把结构与价值联系起来研究这一特点之外，还具这样几个特点：第一，突出了意义单元的作用；第二，高度重视意象和隐喻（如前所述，对隐喻的极端重视是新批评派的一个引人注目的特征）；第三，把作品结构与文学的历史发展紧密结合，企图提供一种新的、"外部性"较少的文学史理论。

韦勒克对文学作品结构的基本看法是通过语义分析方法获得的。他从语言着手，分析文学基本材料——文学语言的特质，揭示了文学语言与科学语言、日常语言之间的差别与联系，强调文学语言所具有的歧义性、暗示性、情感性、象征性。他还进一步分析了文学所具有的虚构性、想象性、创造性等基本特征，但认为这些术语只描述了文学作品的一个方面，或表示它在语义上的一个特征。由此他得出的结论便是把文学作品看成一个符号和意义的多层结构。

第二节　批评方法

一、避免"意图迷误"，反对传记式批评

新批评反对以往的根据作家生平传记、思想感情来解释作品的方法，因为那样就陷入了所谓的"意图迷误"。因为，文学远远不是作家个人生活经历的再现，没有充分的证据证明作者只有在心情抑郁时才写悲剧，兴高采烈时才写喜剧。"作家不能成为他笔下的英雄人物的思想、感情、观点、美德和罪恶的代理人。……作家的生活与作品的关系，不是一种简单的因果关系。"

二、避免"感受迷误"，反对印象式批评

新批评也反对根据读者的阅读感受来解释和判断作品的价值和意义，因为那样就陷入了"感受迷误"。维姆萨特和比尔兹利把"感受迷误"分为四种：感情式迷误——依据读者的喜怒哀乐等情绪反应衡量文学作品的成败得失；想象式迷误——把文学批评的焦点放在读者在

阅读文学作品时的想象、意识、思维方面的活动上；生理式迷误——根据读者的生理上的反应（如四肢发凉、眼睛发直）判断作品的思想深度和艺术深度；幻觉式迷误——把文学批评的重点放在读者在阅读文学作品时所产生的心理幻觉上（如余音绕梁，三月不知肉味之类即是），并以此评定作品的价值。他们声称，"读者研究很难算是文学批评"，道理很简单：读者的个人感受并不等于作品的感情内容，读者的感受与作品的价值无关，因此它不能成为文学批评的对象，否则必然导致印象主义批评和批评上的无政府主义。

三、强调作品的独立自足性

新批评派还反对批评家站在社会、历史、文化、政治、道德、哲学的立场上用外部世界解释文学世界，因为他们否认文学世界与外在世界的对应性，否认前者是后者的反映。文学不是对现实生活的模仿，它是一个独立自主的系统。它自成天地，不受外在客观世界的支配。因此所谓文学与外在客观世界的联系不能成为文学批评的合法对象。

四、运用"细读法"解读文本

新批评所推崇的优秀作品都是充满了"含混"、"悖论"、"反讽"和"张力"的复杂因素的诗，由于这些作品本身的复杂含义常常是隐蔽地深藏于作品的形式和结构之中，一目十行式的阅读和简单的分析方法显然力不从心。为此，新批评派创造发明了"细读法"（close reading）或者说"层面分析"法。细读法可以说是新批评的阅读方式。布鲁克斯强调一种有机的文学观，即强调诗歌的本文研究，从诗歌的内在结构入手对诗歌进行分析和研究。细读法的目的不是要找出诗歌的意义。发现文本内部的意义是新批评所明确反对的，因为"诗歌所共有的精髓必须被阐明，但是这不是从我们通常所说的'内容'或者'主旨'而是从结构上来阐明"。也就是说，对于诗歌的意义不应从内容上来认识，而要从诗歌的整体内在结构上来阅读和理解诗歌语言，通过这种阅读，发现文学作品的语言是否成功地形成了一个富有张力的、和谐的整体，组成这个整体的各个部分之间又具有怎样的相互关系。"细读法"首先预设文本本身是独立的、非历史的，是一个封闭自主的空间；其次，文学是隐喻的、象征的，所以文本是由语言的冲突（反讽和悖论）构成的张力结构；内在的意义只是文本结构的因素之一；阅读不是寻找主题意义，而是分析诗歌的语言结构，这就是细读法。而要实现这种"细读"，就要找出由悖论、隐喻、反讽、象征等形成的诗歌语言的张力结构。

第三节　作品解读

一、细读李商隐《无题》

无题

李商隐

相见时难别亦难，东风无力百花残。

春蚕到死丝方尽，蜡炬成灰泪始干。

晓镜但愁云鬓改，夜吟应觉月光寒。

蓬山此去无多路，青鸟殷勤为探看。

　　如果完全抛开晚唐历史现实以及李商隐本人身世背景，而对诗语词句进行回溯性阅读，我们可以发现，这首诗的魅力正来自于诗文一唱三叹的修辞力量以及内部整体意义上的绝望中的悲伤与渴望中的热切，和深重的痛苦与执著的坚忍之间形成的丰富绵长回环不绝的意味。

　　开头两句，就设置了一个对立的语法结构："见"与"别"，"东风——百花"与"无力——残"。在这里，作者没有使用一般"起兴"的传统开笔方式，而是用"相见时难别亦难"的直接抒情来展开全诗，表面上略显突兀，却正好与第二句"东风无力百花残"的浅唱低吟形成另一个对比。而这里面至少有三个问题值得我们去追问：一是，诗文一逆常人"别时容易见时难"之情，强调"见"与"别"的共同之"难"是为何？二是，"相见时难"与"别亦难"到底是并列关系还是递进关系？三是，作者在"东风无力百花残"中表意重在"东风——百花"还是重在"无力——残"？

　　第一个问题不难回答，"见"与"别"的并用无非是在强调一种空间意义上的阻隔。因阻隔的存在，"见"与"别"的诗意才得以存在。"难"既可以解释为机会之少或难得，也可以解释为痛苦之不堪，诗人之意不在于"别时容易见时难"的"难易"之分，而在于在一句之中两次使用"难"字，"难"的重复吟唱造成了诗句的绵联婉曲之势，使相见无期的离别之痛因表达方式的低回婉转而显得分外的深沉和缠绵。这样的深沉缠绵之情态，没有了"难"与"易"的交错感，却将聚散分离的双重痛苦叠合在一起，在一开始就抓住了人心，有别开生面之感。

　　第二个问题关键在于这个"别"字的解释上。"别"既可以指一个动作，即话别、告别、送别之某时某刻之行为，也可以指一种状态，即已两地分离分别的情状。在这句诗中，如果"别"是一个动作，那么这是一个过去的动作，"别"之"难"在于难舍难分，如果"别"是一种状态，那么这是一种现时存在且存在已久并可能将持续存在的分离状态，"别"之"难"在于相会之无期，在于分离的现实加诸这对有情人心身的巨大痛苦。"相见时难别亦难"表面上一个"亦"字仿佛在表述一种并列关系，但实际上，全诗所展示的阻隔之痛与相思之苦却在暗示我们，诗人在渴望"相见"之欢，却无法抗拒"别"之痛苦。"相见"是虚，而"别"却是不可承受而不得不承受之实。所以，这更可能是一层递进关系。

　　第三个问题稍有些复杂。表面上，"东风无力百花残"一句，既写自然环境，又是抒情者心境的反映，物我交融，心灵与自然取得了精微的契合。写实与象征融为一体，赋予感情以可以感触的外在形态，也就是通常说的寓情于景的抒情方式。诗人既已伤怀如此，恰又面对着暮春景物，当然更使他悲怀难遣。暮春时节，东风无力，百花纷谢，美好的春光即将逝去，人力对此是无可奈何的，而自己心灵的创痛，也同眼前这随着春天的流逝而凋残的花朵一样，因为美的事物受到摧残，岂不令人兴起无穷的怅惘与惋惜！但另一方面，这句诗可能还会有另一层意义。百花凋残，曾经给百花带来生机的东风，现在却没有能力扶助它们保持鲜艳。花经过了严冬，好不容易在春天绽放了，才让人看到它的美丽。这是相见难，花如此，人何尝不是如此。面对花的凋零，这么美丽美好的东西一旦凋落又何时再见呢，红楼梦中林黛玉叹道"明年花开知有谁"，命运的无常，美丽的东西的无常，更是爱情的无常。如果一见之后，更有可能永难再见，这样的"别"就更加让人难以接受。爱情的理想还能不能实现呢？诗人在此的内心是矛盾万分的，既希望于"东风"的救助，又已知大势难转。在这种情况下，作者的内心的"无力"与情感的"残缺"自然是明白不过的事实，但不可否认的是，渴望中的"东风"拂绿，向往中的"百花"盛开肯定没有熄灭。所以说，"东风无力百花残"中暗含了一种绝望与希望并存的张力，在冰冷寂寥之中存留下一缕缕温暖与明丽。

而三、四句实际上就是续写着这份绝望中的希冀。"春蚕到死丝方尽"中的"丝"字与"思"谐音，全句是说，自己对于对方的思念，如同春蚕吐丝，到死方休。"蜡炬成灰泪始干"是比喻自己为不能相聚而痛苦，无尽无休，仿佛蜡泪直到蜡烛烧成了灰方始流尽一样。思念不止，表现着眷恋之深，但是终其一生都将处于思念中，实际上就暗示了相会的无期，因此，自己的痛苦也将终生相随。可是，虽然是"死"是"灰"，诗人却至死不渝，一辈子都要眷恋着；尽管痛苦，也只有忍受。所以，在这两句里，既有失望的悲伤与痛苦，也有缠绵、灼热的执著与追求。追求是无望的，无望中仍要追求，因此这追求也有着悲观色彩。这些感情，好像在无穷地循环，难以求其端绪；又仿佛组成一个多面的立体，光从一个角度是不能见其全貌的。诗人只用两个比喻就圆满地表现了如此复杂的心理状态，"春蚕"句首先是人的眷恋感情之缠绵同春蚕吐丝绵绵不尽之间的联想，又从蚕吐丝到"死"方止而推移到人的感情之生死不渝，因此写出了"到死丝方尽"，使这一形象具有了多种比喻的意义。同时也点出了在决绝中永恒的情感悖论，让千古同是天涯沦落人无不为之动容。

五、六句则写出了一个十分具有戏剧性的场景。"晓镜但愁云鬓改，夜吟应觉月光寒"，可以理解为一对被阻隔的情人思念时的情景。上句写姑娘，下句则是另一个。"云鬓改"，是说自己因为痛苦的折磨，夜晚辗转不能成眠，以至于鬓发脱落，容颜憔悴，"晓镜"句说的是清晨照镜时为"云鬓改"而愁苦，并且是"但愁"——只为此而愁。而此"愁"的内涵是极其丰富的。一方面，是因为爱情的理想不得实现，相聚无期所以才愁，才会痛苦煎熬；另一方面，是想为了爱情而希望长葆青春或者芳容永驻，同时青春也就意味着爱情可待、理想可追、希望可存，而"云鬓改"则意味着衰老，意味着寂灭，意味着绝望。为爱情而憔悴，而痛苦，而悒郁。当然，这种"晓镜"之举毕竟还是暗含了每天早晨开启一次希望（哪怕是幻想）的喻义，仍然表现着痛苦而执著的心曲。"夜吟"句是推己及人，想象着另一半和自己一样痛苦。揣想对方大概也将夜不成寐，常常吟诗遣怀，但是愁怀深重，无从排遣，所以愈发感到环境凄清，月光寒冷，心情也随之更趋暗淡。月下的色调是冷色调，"应觉月光寒"是借生理上冷的感觉反映心理上的凄凉之感。"应"字是揣度、料想的口气，表明这一切都是一方对于另一方的想象。想象如此生动，体现了对情人的思念之切和了解之深。我们想想看，一个是早晨梳妆自怜，一个是晚上望月哀吟，所谓朝思暮想啊。一个是青春流逝、佳人无期，一个是孤身伴月、冷月无声，一对如此默契如此深爱如此忠贞的恋人，却因为时间（"晓"与"夜"）的错位，以及没有言明却无法跨越的空间距离，而难以抚平内心的疼痛。

七、八句依然是一句富有张力的书写。"蓬山此去无多路，青鸟殷勤为探看"，带有梦幻般的神话色彩。"蓬山"，本来是指传说中的海上仙山蓬莱，这里可以喻指为相爱的人终成眷属的美好港湾，"青鸟"，是神话中给王母娘娘当信使的神鸟。句中的"无多路"，可作"没有多远的路"或"没有别的什么路"来理解，但无论是哪一种解释，诗人却都只能寄希望于"青鸟"来探听消息，"青鸟"自然是希望的隐喻，但也是希望之罕至的隐喻。可见他们的相见是多么的难！以此回扣"相见时难"，也更进一步突显出"别亦难"，这样就使得全诗首尾圆合、浑然一体了。这首诗，从头至尾都融铸着痛苦、失望而又缠绵、执著的感情，诗中每一联都是这种感情状态的反映，但是各联的具体意境又彼此有别。它们从不同的方面反复表现着融贯全诗的复杂感情，同时又以彼此之间的密切衔接而纵向地反映以这种复杂感情为内容的心理过程。这样的抒情，联绵往复，细微精深，成功地再现了心底的绵邈深情。

　　李商隐这首《无题》，以"百花残"示苦，以"春蚕丝"、"蜡烛灰"为誓，以"云鬓改"、"月光寒"言寂，以"青鸟殷勤"写乐，内在情绪由急到缓，由喷薄而出直抒胸臆的情感宣泄到缠绵悱恻哀感动人，又由沉郁到一线光明，柔肠百转，跌宕起伏，极尽曲婉之妙，更兼其深情动人，实为咏唱爱情的千古名作。

二、《尘埃落定》中的悖论及其象征意义

　　阿来在《尘埃落定》中对主人公"我"的描写是一次典型的悖论化塑造。《尘埃落定》中的主人公以突出的反讽形象，构成其反讽性格的因素，首先体现为愚蠢与智慧的矛盾对立。小说中的"我"，麦其土司第二个女人所生的儿子，土司醉酒后的产物。"一个月时坚决不笑。""两个月时任何人都不能使我的双眼对任何呼唤做出反应。""我一咧嘴，一汪涎水从嘴角掉了下来。"种种情况说明："我"是一个十足的傻子。何谓"傻"？按一般辞典的解释，"傻"即愚蠢，就是不明事理。但《尘埃落定》中的傻子却被赋予了多层含义：比如傻子的足智多谋。种植罂粟还是粮食事关麦其家族前途，在土司举棋不定时，"我"却因主张种麦子，结果麦其土司粮食丰收，其他土司种植罂粟造成饥荒。"我"与哥哥同受父亲之命去南北边疆镇守粮仓，聪明的哥哥一败涂地，而"我"利用粮食征服对手，并获得了茸贡土司高傲而美丽的女儿塔娜。更为可贵的是，"我"建立了边境市场，把御敌的堡垒变为市场，以和平的方式化解了土司间的矛盾冲突。显然，"我"的举动代表了历史发展的大趋势。又如傻子的超常智慧。"我"有智者的头脑，思考哲人才深思的问题："即使是奴隶，也有权更被宠爱一点，对于一个统治者，这可以算是一个真理"；"我用脑子想啊想啊，却想不出当上土司该干什么，我想当土司肯定会有些我不知道的好处，不然我怎么这么想当"；"汪波大还是中国大？他忘了他的印信也是其祖先从北京讨的"；"雪山栅栏中居住的藏族人，面对罪恶时是非不分就像沉默的汉族人；而在没有什么欢乐可言时，却显得那么欢乐又像印度人"；"前僧人，现在的书记官翁波意西说，凡是有东西腐烂的地方都会有新的东西生长"。再如傻子的仁慈宽厚，前文已述，不再赘言，等等。无可辩驳的事实说明：傻是表象，不傻是事实，傻子不傻。更耐人寻味的是，"我"在日常生活中是傻子，在处理土司事务时却绝顶聪明。悖论的实质就在于观念表象与事实行为本身构成直接尖锐的矛盾，"我"的悖论意义在傻子的表象与智者的事实的强烈对照中体现出来。

　　在人物形象象征意义上，"我"融传统文化和现代文化为一体，熔民间文化和精英文化于一炉，其创新性和开拓性是显而易见的。一方面，"我"与传统的民间文学有历史传承关系。在民间文学（特别是传统的民间故事、民间笑话）中，傻儿子、傻女婿、傻丈夫等是常见主人公。这些人物表面上呆傻愚笨，但呆傻中透露出睿智，愚笨中显示出聪慧，愈是紧要关头愈显不凡才智。"我"是当代文学人物画廊中的一个新形象，既保留了民间文学话语中最有活力的审美因子，又与他们有本质的区别。另一方面，"我"是现代小说中的人物，体现了现代意识。从人物塑造角度看，现代小说中的主要人物经常是精神病患者、呆子、傻子、变态者等智力有缺陷的人。鲁迅小说《狂人日记》中的狂人实为清醒的斗士。韩少功的《爸爸爸》中侏儒加白痴的丙崽象征着原始的落后愚昧。卡夫卡的《变形记》中格里高尔以甲虫的眼光看世界。格拉斯的《铁皮鼓》中奥斯卡是集幼稚与智慧于一身的侏儒。这些人物有着与众不同的思维和行为习惯，最宜于表现作家的现代意识。《尘埃落定》中的"我"是一个傻子，却一直保持着清醒的头脑，不断进行自我叩问、自我批判，从独特的角度理解把握现实，并通过许多

文学象征、比喻、通感等手法来反映现实，使之具有社会、历史意义。

另外，值得一提的是，作者有意将主人公与作者自己混同起来，借主人公傻子二少爷之口，表达作者对历史、人物、事件、人性等人类社会生活文化的独特看法。阿来曾在一次答记者问时说："如果小说拍成电影，自己可以扮演老土司、傻瓜儿子、被割舌头的书记官中的一个角色，因为这几个形象反映了自己性格中的不同侧面。"这就充分说明作者在《尘》中着意创造的文化象征符号正是这三个人物。通观作品，老土司是世俗欲望的象征符号；被割去舌头的书记官是宗教理念的象征符号；傻瓜儿子则是界于二者之间的道家生命精神的象征符号。而这几个形象又反映了阿来"自己性格中的不同侧面"。可见阿来性格中充满了文化矛盾，汉化藏民身份的阿来既对宗教文化充满矛盾立场，又对世俗文化充满矛盾立场，于是便游走于充满悖论式人生价值选择的庄学生命精神中，借傻亦非傻的人物之口，讲述着阿来自己面对变幻无常的世事人生而产生的矛盾体验，从而深刻地反映了阿来徘徊于宗教文化与世俗文化、藏文化与汉文化、中国文化与西方文化等"异质文化"之间的精神流浪。

第四节　解读范例介绍

一、高友工、梅祖麟对杜甫《秋兴》的分析[①]

高友工、梅祖麟受燕卜荪、瑞恰兹的新批评文艺思想的影响，在《杜甫的〈秋兴〉——语言学批评的实践》一文中对杜甫的《秋兴八首》进行了语言学解读。主要抓住作品中的音型、节奏的变化、句法的模拟、语法性歧义、复杂意象以及不和谐的措词。

高友工、梅祖麟认为，杜甫能通过改变音型密度以加快或放慢语言的节奏。在有限的范围内，音型的密集或不同音型之间的强烈对比，会使诗的内部出现分化。造成这种效果的根源在于：语音相似的音节互相吸引，特别是一行诗中出现几个相同音节时，它们便会形成一个向心力场；同时，如果一行诗中重复了前面出现过的音型，前后的相同音型也会遥相呼应，这两股力量无论单独或共同发挥作用，都会为它们影响所及的诗行提供聚合力，并使这些诗行有别于其他诗行。

高友工、梅祖麟还注意到杜诗中重点转移或主题改变一个标志是语法节奏的变化。通常七言的节奏是4∶3，同时在第2和第4音节后伴有一个短暂的停顿，有时在第5或第6音节后还有个更短的停顿。这种情况在一、三联中几乎没有例外。所以当节奏变成2∶5或者2∶2∶3，就会产生惊奇或紧张的效果。比如：

　　　　夔府孤城落日斜，每依北斗望京华。
　　　　听猿实下三声泪，奉使虚随八月槎。
　　　　画省香炉违伏枕，山楼粉堞隐悲笳。
　　　　请看石上藤萝月，已映洲前芦荻花。

第七句以前，诗人沉浸在深深的冥想之中，此时对京城的向往，身处逆境的悲哀，使他颠沛流离的命运以及供职朝廷的岁月都和着远处悲凉的笳声，梦境似的一一浮现出来。继之

---

　　①　参见［美］高友工．梅祖麟著：《唐诗的魅力》，李世耀译，上海：上海古籍出版社，1989年。

而来的"请看"二字包含了三个特殊的因素：读者不再是消极的听众，而是成为诗人直接谈话的对象；"请"是仄声，而它却处在一个平声的位置，语法的节奏变成了 2:5。这时幻觉消失了，先前映在"石上藤萝"的明月，现在已映照在"洲前芦荻花"上了。

对于语法歧义，高友工、梅祖麟以《秋兴八首》中第一首的第三联为例：丛菊两开他日泪，孤舟一系故园心。他认为，这两句诗无论看作两个并列的独立句子，还是看成一个连续的句子，都是可以读通的。作为一个双向结构，第五句描写了一个场景，它可有两种解释，其一，"他日泪"作为"两开"的宾语，就产生了一个富有吸引力的丛菊形象，或许是把丛菊上的露水当作了泪水，并最终真的和诗人的泪水融为一体；另一种解释是"他日"既可以指过去，也可以指将来，因而这句诗不仅说明了诗人在夔府两年生活的不幸，而且表现了他对自己前途的悲观。同样的语法歧义也出现在第六句中：一方面语法结构强调了滞留的孤舟与强烈的思乡感情之间的对比；另一方面又强调了系泊的小船与困在船中的诗人这两种静止状态间的偶然联系。

高友工、梅祖麟还注意到意象的复杂性。意象可分为三个部分：语言媒介、客观指向、主观意旨。在简单意象中，语言媒介通常是一个名词短语或一句中的某个成分，语言媒介同客观指向、主观意旨的联系是一对一的，媒介所表现的意象同时带有某种情感或情绪。一个复杂意象则是由较大的语言单位(一个完整句子)表现的，媒介的扩大造成这样的可能：不但句子中各种因素间呈现出交叉的联系，而且整个句子的客观与主观意旨间的关系也变得错综复杂。正是以这种方式，那些意象随着其内在复杂的程度而获得相应的隐晦意义。

另外，高友工、梅祖麟认为，措词的不和谐是杜甫后期诗风的主要特征。比如"香稻啄余鹦鹉粒，碧梧栖老凤凰枝。""香稻"、"鹦鹉"、"碧梧"、"凤凰"都带有某些舒适的感性特征——色彩的鲜艳、声音的悦耳、气味的怡人、姿势的优美，但"老"、"余"则可能引起一种随着美的消逝而必然产生的悲哀情绪。高、梅分析其措词不和谐的根源认为，"秋兴"在形式上继承了辞藻华美的时尚，同时，它的主题又需要带有忧郁色彩的辞藻进入诗中，每一个词的存在都有其自己的理由，它们的聚集就导致了词与词的尖锐矛盾，正是这种矛盾体现着杜甫后期的七律作品中喜忧参半的特点，并使其他作品也受到影响。

一直以来，学者们认为杜甫的伟大之处表现在广博的知识、对当时事件细致入微的描写和他对皇帝的忠贞不渝以及强烈的爱国精神，还有对苦难民众的怜悯。而高友工、梅祖麟则从诗歌的内在尺度出发，通过细致分析认为，杜甫之所以是一个无与伦比的诗人，在于他的诗歌是"卓越运用语言的艺术"，"创造性地运用语言并能够使之臻于完美境界"。

二、欧阳子对白先勇《游园惊梦》的分析

参见王晓明主编：《二十世纪中国文学史论》，上海：东方出版中心，1997 年。

欧阳子在《〈游园惊梦〉的写作技巧和引申含义》中一开始就提出文本的技巧特征：平行技巧。欧阳子首先采用新批评的"细读法"，从人物、布景、情节和结构四个方面分析了"平行技巧"在整个文本中的运用。然后分析文本中的其他技巧如比喻、意象、反讽、对比、预示、双关语等等，其中对钱夫人意识流的分析十分到位。

《游园惊梦》里平行技巧的运用，遍及构成一篇小说之诸成分。

人物的平行。为了经营制造"今即是昔"的幻象，作者使窦夫人宴会里出现的一些人物，

和钱夫人往日在南京相识的人物，互相对合。首先，今日享受着极端富贵荣华的窦夫人，便相当于昔日的钱夫人自己。窦夫人"没有老"，装扮得天仙一般，银光闪烁，看来十分"雍容矜贵"。"窦瑞生的官大了，桂枝香也扶了正"，正如昔日钱鹏志是大将军，而蓝田玉是"正正经经的填房夫人"，不比"那些官儿的姨太太们"。窦夫人讲排场，讲派头，开盛大宴会请客，恰似往日"梅园新村钱夫人宴客的款式怕不噪反了整个南京城"。桂枝香有一个佻达标劲、风骚泼辣的妹妹——月月红。和"正派"的钱夫人一样，窦夫人也是一个正经懂事的姐姐："论到懂世故，有担待，除了她姐姐桂枝香再也找不出第二个人来。桂枝香那儿的便宜，天辣椒也算捡尽了。"

蒋碧月，当然就是月月红的投影。两人都抢夺过亲姐姐的男人，都"专拣自己的姐姐往脚下踹"。两人不但性格作风一样，连相貌打扮也相仿。

程参谋——今日窦长官的参谋——显然就是往日钱将军的参谋郑彦青之影象。两人同是参谋身份，而"程""郑"二姓，在发音上也略同。程参谋和钱夫人说话，正如郑参谋以前那样，开口闭口称呼"夫人"。

小说的地点背景或布设的平行。首先，南京和台北，都是国民政府的要地。窦夫人今日之盛宴，富贵豪华的程度，可比十多二十年前钱夫人的那些"噪反了整个南京城"的华宴。而此盛宴又特别和钱夫人临离开南京那年，替桂枝香请三十岁生日酒的那次宴会，遥遥平行相对。

情节构造的平行。宴会里，窦夫人把钱夫人交由程参谋陪伴伺候。钱夫人显然立刻对这个"分外英发"，"透着几分温柔"的男人另眼看待，暗中细细打量他。程参谋确实触动了钱夫人的记忆之弦。可是开始的时候，她很可能只在潜意识里把他和郑彦青联想在一起。

钱夫人对大金大红打扮的蒋碧月和月月红之间也产生过联想。小说中有个蒋碧月走到钱夫人餐桌座位，举着一杯花雕，亲热地要和"五阿姐"喝双盅儿的场景。当时钱夫人已和窦夫人对过杯，她担心喝多了酒会伤喉咙，要是餐后真被人拥上台去唱"惊梦"，就难免出丑。而且下意识里，她大概也真的不愿意和蒋碧月亲热。所以她推说"这样喝法要醉了"，不肯喝。蒋碧月便说道："到底是不赏妹子的脸，我喝双份儿好了，回头醉了，最多让他们抬回去就是啦。"说着爽快地连喝了两杯。钱夫人只得也把一杯花雕饮尽了。

就是蒋碧月的"到底是不赏妹子的脸"一句，在钱夫人意识里触动了今昔的联想。从这里开始，小说情节上的平行关系，就大为展现。在南京那次宴会里，穿着大金大红旗袍的月月红，也曾举着一杯花雕起哄，说道："姐姐，我们姐妹俩儿也来干一杯，亲热亲热一下。"钱夫人当时没肯喝（也是一方面怕唱戏嗓子哑，一方面是心里不愿意），因为根据她的意识记录，月月红当时也说了一句姐姐到底不赏妹子的脸。紧接在月月红之后，郑彦青"也跟了来胡闹了。他也捧了满满的一杯酒，咧着一口雪白的牙齿说道："夫人，我也来敬夫人一杯。"他喝得双颧鲜红。钱夫人的思维，进展到这阶段，突然被程参谋一句话中断："这下该轮到我了，夫人。"程参谋立起身，双手举起了酒杯，笑吟吟地说道。说着，程参谋连喝三杯，"一片酒晕把他整张脸都盖过去了"。

十多年前，郑参谋跟在月月红之后，闹着向"夫人"敬酒，喝得两颧鲜红。今日，程参谋跟在蒋碧月之后，也闹着向"夫人"敬酒，也喝得满脸酒晕。今昔动作之平行，在我们弄清楚小说的条理后，就变得明显易见。

这篇小说的叙述观点和结构形成，便是配合钱夫人对外对内的双重身份表现，由客观和主观相合而成，外在写实和内在"意识流"相辅而行。如此，小说结构和小说主角之间，也存在着一种平行的关系，我们亦可视为作者平行技巧的表现。小说是用第三人称写成的，作者始终跟住钱夫人的观点。当钱夫人以隔离态度审视宴会环境和人物，作者便配合着采用客观写实的架构。当宴会的景象引起钱夫人一些今昔联想和感触，作者便随着深入一下她的内部思想，于是客观写实里夹进一些主观的思想意见。可是这时的主观部分，多以"回忆"方式出现，换一句话说，钱夫人明白知道自己是在做回忆的动作。可是到了徐太太唱"游园"的时候，钱夫人却被一股狂流吸卷入记忆的大旋涡，立时晕头转向。于是，过去和现在化为混沌一片，今昔平行的人物骤然叠合在一起。这时，小说作者便灵巧适当地配合而取用"意识流"叙述方法。等到徐太太唱完"游园"，钱夫人惊梦而醒，今与昔的界线再度明朗化。钱夫人恢复了当初的隔离态度，作者亦恢复使用开头那种客观写实架构，直到小说终结。

另外，欧阳子还谈到《游园惊梦》的比喻技巧。比如，以《牡丹亭》的杜丽娘比喻钱夫人。小说里除了《游园惊梦》一戏，也提到"洛神"和"贵妃醉酒"，这两出戏也有比喻和影射的作用。"洛神"是说曹子建和宓妃的故事。宓妃死，曹植过洛水，梦见洛神（宓妃化身）而作《洛神赋》。小说里，洛神故事即影射钱夫人和郑彦青之事。"贵妃醉酒"的故事，是说杨贵妃设宴百花亭，唐明皇竟往西宫，赴梅妃之宴。杨贵妃妒火中烧，顿感寂寞，自己大饮而醉。这出戏影射蓝田玉姐妹争夺郑参谋的三角关系。小说里，此戏由蒋碧月表演，尤其她又以戏弄玩笑态度来唱作，是对钱夫人的一大嘲弄。

还有反讽和对比的技巧。就小说含义来说，这篇的讽刺，明显方面，即针对台北上流社会一些人士，以及他们自我陶醉、麻木无知的生活形态。比较隐含的则是讽刺人类全体，在如梦一般虚幻无常的人生里，却执迷不悟地贪恋荣华富贵和儿女私情，妄以为这些都有永久性，或有永久存在的潜能。作者把窦夫人这个短暂的宴会（比喻短暂人生）之场景，勾绘得如同一个永恒的仙境，当然就是最大的反讽。我们还注意到，窦公馆前厅一只鱼篓瓶里，插的是"万年青"。锣鼓笙箫一齐鸣起时，奏出牌子是"万年欢"。这是这篇小说最主要的对比——今昔之比。

欧阳子最后还谈及了该小说的暗喻与象征以及引申义。

"蓝田玉"这个名字，就有相当明显的象征含义。蓝田之玉是中国神话中最美最珍贵的玉石，李商隐就有一句诗曰："蓝田日暖玉生烟"。其他月月红、天辣椒等艺名，亦有暗示性：月月红即月季花，每月开，贱花也。天辣椒，影射蒋碧月之泼辣性格。钱夫人则是代表一种高贵气质或精神的"玉"。

《游园惊梦》小说，从钱夫人个人身世的沧桑史，扩大成为中国传统文化——特别是贵族文化——的沧桑史。

同样的暗示含义，亦可引申到社会形态问题上，那就是，影射贵族阶级和农业社会的没落，平民阶级和工业社会的腾起。小说结尾，窦夫人问钱夫人："你这么久没来，可发觉台北变了些没有？"钱夫人沉吟了半响，侧过头来答道："变多喽。"走到房子门口的时候，她又轻轻地加了一句："变得我都快不认识了——起了好多新的高楼大厦。"

"变"一字，就是这篇小说的中心主题。"起了好多新的高楼大厦"，即比喻工商业社会之兴起。我们还注意到，今日宴会里唱《游园》的后起之秀，是徐"太太"，而不是徐"夫人"。作者如此暗示："上流社会"虽然还存在，"贵族阶级"却已隐逝无踪。

第4章　意识流

　　"意识流"最初是心理学中的用语，是心理学家们最先使用的一个术语。它是由美国心理学家威廉·詹姆斯（1842—1910）于 1884 年在《论内省心理学所忽视的几个问题》一文中提出的，指人的意识活动持续流动的性质。这一概念及其内涵直接影响了作家和批评家，并被他们引用、借鉴，进入文学领域，成为文学术语。1918 年，梅·辛克莱在评论英国小说家多萝西·理查逊的小说《旅程》时最早把"意识流"这一术语运用到文学批评中。[①]　一般来说，意识流作为文学用语，既是一种文学流派，也是一种文学表现手法。"意识流"作为西方现代派的一种文学流派，是指 20 世纪 20 至 30 年代流行于欧美等国的一种现代主义小说流派。意识流作为文学表现手法，是西方现当代文学中普遍采用的一种艺术手法，它是以表现意识的流动为主要内容，以内心独白、自由联想、现实与虚幻相互交织为主要方法而得名。意识流作为文学流派，虽然在 20 世纪 30 年代以后已经式微，但它作为文学的表现手法已有机地融入到其他各种流派的文学创作中，显示出旺盛的生命力，至今仍然被很多作家和批评家运用。

第一节　基本理论

　　本节主要从意识流概念、意识流小说流派、意识流表现手法等方面来介绍意识流的基本理论。

一、意识流概念

　　"意识流"是作家和批评家惯用的容易引起误解的术语之一。它之所以会引起误解是因为它听起来很具体而用起来却像"浪漫主义"、"象征主义"和"超现实主义"一样变化无穷甚至含糊不清。确切地说，"意识流"是心理学家们使用的一个短语，最早由美国心理学家威廉·詹姆斯于 1884 年在《论内省心理学所忽视的几个问题》一文中提出。它后来被作家和批评家所引用和借鉴，作为文学术语来应用。

　　弗洛伊德的精神分析说和柏格森的直觉主义等西方非理性哲学和现代心理学的论述为意识流作为文学术语来应用提供了理论依据。奥地利心理学家弗洛伊德（1856—1939）提出的精神分析学说中关于潜意识和无意识的理论，意在反拨"人是理性动物"的传统观念。认为潜意识乃至无意识是人的生命力和意识活动的基础，人的行为动机出自人的本能冲动；人的本能冲动经常受到社会规范及理性良知的束缚，使人充满矛盾。作家的创作活动就是冲破理性，发挥本能冲动的过程，借此释放受到扼制的本能。他不仅发现了无意识是一个丰富复杂而又活跃的世界，而且发现了无意识的丰富内容。另一位深刻影响现代主义文学尤其是意识流文学的理论家是法国哲学家亨利·柏格森（1859—1941），他提出了"心理时间"和"空间时间"（客观时间）的概念。他认为："空间时间"是表现宽度的数量概念，并不是"真正的时

---

　　① 　参见吴锡民：《意识流小说关键词审理：意识流》，《忻州师范学院学报》，2003 年第 3 期。

间"；"心理时间"是表现强度的质量概念，它才是"纯粹"的时间。他强调，越是进入人们的意识深处，空间时间越不适用，只有超越物质世界的客观时空的"心理时间"把此时此地的经验和彼时彼地的经验交融、重叠在一起，打破过去—现在—未来的时间一维性顺序，使人的时间观念在心理上实现重新组合，这才符合人们心理的客观真实。他还认为，世界的本体是"生命冲动"，即"意识的绵延"，只有它才是宇宙运转的唯一动力，客观万物无非是其外在表现形式而已。因此，靠理性分析永远不能把握世界的本质，只有依靠直觉才能获得实在的知识，才能认识世界和解决社会的一切问题。在他看来，潜意识应该成为文学的表现对象，作家必须深入到人的内心世界甚至潜意识领域中去，把握理性不能提供的东西。

　　理解意识流概念是认识意识流文学的关键。"意识流"（stream of consciousness）是由"意识"（consciousness）和"流"（stream）组成的一个短语，要理解"意识流"，就要弄清楚什么是"意识"，什么是"流"。首先，关于"意识"，在文学领域，它是人物主体内在的"心理现实"，依据弗洛伊德的精神分析学，这种"心理现实"更加接近于反映人物主体内在真实的潜意识甚至无意识。意识流文学所描绘的是人物主体的心理现实，而不是社会现实。N·萨洛特在《对话与潜对话》中写道："人们是不能重复乔伊斯和普鲁斯特的……对他们来说，小说的兴趣中心已不再是列举境遇和性格，也不再是描述风俗，而是揭示一种新的心理材料。哪怕是这种材料的几块碎片，也是一种发现，这些心理材料存在于一切人，一切社会之中，对他们以及他们的后继者来说，这种材料就是真正的更新。"[1]N·萨洛特在总结乔伊斯和普鲁斯特文学作品的基础上，认为意识流文学是以揭示人物"意识"为主的文学，这种"意识"不再是包含"境遇、性格和风俗"的社会现实，而是由主体内在的"心理材料"组成的心理现实。其次，关于"流"，类似于亨利·柏格森提到的"意识的绵延"，它是对"意识"所表现出的绵延性及关联性特征的形象比喻，它强调意识的不可分割性及多重意识的交融性。威廉·詹姆斯认为："意识在它自己看来并非是许多截成一段一段的碎片。乍看起来，似乎可以用'链条'或者'系列'之类字眼来描述它，其实，这是不恰当的。意识并不是一节一节地拼起来的。用'河'或'流'这样的比喻来描述它才说得上恰如其分。此后再谈到它的时候，我们就称它为思想流、意识流或者主观生活之流吧。"[2]威廉·詹姆斯认为人的意识活动不是以各部分互不相关的零散方法进行的，而是一种流，是以思想流、主观生活之流、意识流的方法进行的。通过考察马赛尔·普鲁斯特、詹姆斯·乔伊斯及威廉·福克纳等人的善于表现"心理现实"的作品，人们可以发现作家们往往通过特有的内心独白、自由联想等手法来表现"心理现实"的绵延性及关联性。人们通常把诸如内心独白、自由联想等手法称作意识流表现手法。

　　总而言之，"意识流"作为文学术语包括两个方面的含义：一方面是指 20 世纪初以表现和描绘"心理现实"为主要内容的文学作品；另一方面是指在表现和描绘心理现实过程中所派生出的，以表现意识的绵延性和不可分割性特点而采用的内心独白、自由联想等表现手法。

二、意识流小说流派

　　意识流文学的成就主要体现在小说、戏剧和诗歌等各个领域，但主要成就在小说领域。学术界一般认为意识流是象征主义文学在小说领域的体现。但是由于其技巧独特、成就很

---

① 　参见张首映：《西方二十世纪文论史》，第 84～85 页，北京：北京大学出版社，2003 年。

② 　《文艺理论译丛》，第 236 页，1983 年第 1 期。

高，因此通常把意识流文学当成一个独立的文学流派来处理，即指 20 世纪 20 至 30 年代流行于欧美等国的现代主义小说流派。这种小说注重表现人物内心真实，展示人物主观感受、印象和各种意识流动过程，尤其注重显示人物潜意识或无意识。意识流小说的奠基者是法国作家马赛尔·普鲁斯特（1871—1922）。他在中学时代就对柏格森的哲学和心理学产生了浓厚的兴趣，上巴黎大学时又听过柏格森的课，深受其影响。其代表作七卷本长篇小说《追忆似水年华》实践了作者"主观真实论"的艺术观。小说以 19 世纪末 20 世纪初的法国社会为背景，以"我"对往事的追忆为主线，展示了"我"出生于富裕家庭却精神空虚的庸俗生活。小说没有完整的故事情节，一切都随"我"的内心感受和回忆的表现方法而展开，开创了意识流小说的先河，为意识流小说打下了发展的基础。英国著名小说家、批评家维吉尼亚·伍尔芙（1882—1941）也是一位著名的意识流作家。她力主"内心真实"，在其理论文章《现代小说》中论述了这种主张。她在对一些意识流小说家的创作进行总结、借鉴的基础上，丰富、发展了意识流文学的表现手法。1919 年，伍尔芙发表了第一部意识流小说《墙上的斑点》。作品通过一个妇女看到墙上一个模糊不清的斑点而引起无限联想的意识流动过程，揭示人内在世界的丰富和易于变化。《达罗卫夫人》（1925）、《到灯塔去》（1927）是伍尔芙意识流小说的代表作。前者表现的是达罗卫夫人在家庭晚会上重见旧日恋人彼德并得知附近一患精神病的男子自杀后二人意识的跳跃纷呈；后者大量运用象征主义手法，表达的是作者对超越了功名恩怨的彼岸世界的向往，呈现给读者的是人物的深层意识。伍尔芙小说不注重表现事件、人物之间的关系，而把创作重心放在对人物思想感情流程的再现上，讲究环境和景物描写的印象效果。她的文笔富于音乐性，并运用音乐上的"曲式学"结构作品，给读者以美感。爱尔兰作家詹姆斯·乔伊斯（1882—1941）是意识流文学代表作家之一。他的创作"宣告了 19 世纪的末日"，"标志着人类意识新阶段"。《一个艺术家青年时代的写照》（1916）是乔伊斯较早采用意识流手法创作的小说之一。作品中大量使用内心独白、时空交错、自由联想等意识流文学常用的表现手法，揭示主人公从幼年到青年时代的内心世界。作者的笔触已伸向主人公的潜意识领域。乔伊斯的意识流代表作是 1922 年发表的《尤利西斯》，作者运用各种意识流方法，描绘了斯蒂芬和布卢姆两人从 1904 年 6 月 16 日早晨 8 点到次日凌晨两点这 18 个小时内在都柏林的心路历程，是意识流小说的登峰造极之作。美国"南方文学"的主要代表作家威廉·福克纳（1897—1962）是意识流文学的又一杰出代表，他是 1949 年诺贝尔文学奖得主。他的大部分小说都以虚构的密西西比州北部的约克纳帕塔法县为背景，创造了一个独特的"约克纳帕塔法世系"。他最杰出的意识流小说是《喧哗与骚动》（1929）。在这部小说中，福克纳采用"时空交错"及多角度的艺术手法，创造了复合意识流方法，使运用意识流手法去发掘人物的内心生活方面达到了新的高度。

意识流小说作为现代主义的一种独特的小说文体，与传统的叙述体小说文体相比较，由于作家采用不同的思维方式而表现出不同的文体风格。传统小说的三要素是"人物"、"情节"、"结构"，小说作者着力塑造人物鲜明的性格，按照情节的逻辑来安排事件的发展，以线性的时间流程来结构主题。而意识流小说打破了介绍人物、安排情节和评论人物的叙事方式，而注重直接表达人物的各种意识流动的过程。不同的意识流作家在创作思想和艺术风格上表现出较大的差异，比如：普鲁斯特借助"本能的回忆"，向往着一种神奇的力量从潜意识中唤起从前的光明画面，留住幸福和快乐；乔伊斯则热衷于表现人的罪恶和兽性，描绘意识活动中充满黑暗和令人盲目的混乱画画；福克纳的意识流作品与美国南方社会的现存状况息息相关；而伍尔芙的意识流小说则具有浓郁的抒情性和唯美主义倾向。尽管如此，但是从整体而言，在意识流作家们创作的意识流小说中仍表现出一系列共同的文体特征。

首先，在表现对象方面，意识流小说脱离传统现实主义小说反映现实生活、描写真切可信的典型人物形象的规范，完全面向自我，重在表现人的下意识、潜意识乃至无意识的内心世界。在意识流作家看来，现实主义仅仅反映了外在的现实和表面的真实，而这个外部世界并不真实，真正的真实只存在于人的内心主观世界。因此，作家应把创作重心放在对人的精神世界的描绘上，写出人内在的真实。在人物的内心意识的展现过程中，人物离我们越来越近，而我们仿佛也看到了自己内心深处的审判，听到了自己内心深处的呐喊。从这一文学观念出发，意识流作家把创作视点由"外"转向"内"，小说中的人物心理和意识活动不再是一种描写方法，不再附着于小说情节之上成为达到某种艺术效果的手段，而是作为具有本体意义的表现对象出现在作品中。意识活动几乎成为作品的全部内容，而情节则极度淡化，退隐在小说语言的帷幕后面。福克纳《喧哗与骚动》中的四个部分——班吉的部分、昆丁的部分、杰生的部分及迪尔西的部分均由不同人物的纷繁复杂、理性与非理性相混的意识流动构成小说的基本内容。在人物处理上，意识流小说中的人物不再是一个"典型"。由于人物的悲与喜、光明与黑暗、高尚与卑劣以及对新生活的向往与对旧日的怀恋等种种情感交织在一起，读者要将自己潜入人物内心才能领会文章内容，所以读者无法立即对人物做出具体的善恶评价。

第二，在叙事角度上，意识流小说的叙事角度与传统小说相比也发生改变，意识流小说的叙述焦点已由外部描写彻底转向内心活动的呈现，即人物的意识流动过程的直接呈现。按照法国叙事学家日奈特《叙事话语》中沿袭韦勒克和沃伦创用的"叙述聚焦"一词划分出的"零聚焦"、"内聚焦"与"外聚焦"等几大类来看，意识流文学多选择"内聚焦"的叙述角度。内聚焦的意思是叙述者与人物知道的一样多。小说所展示的仅仅是某个人物或某些人物的所思所想、所见所闻，全然不同于传统现实主义小说中叙述者全知全能、无所不在的"零聚焦"方式。采用内聚焦的叙述者必须跟着人物走，小说世界的广阔与否全凭人物的视觉来定。人物视点消失，所叙事物的有序性也应中断。例如，福克纳在《喧哗与骚动》第二章"昆丁的部分"中，就以昆丁叙述突然中断来表明他的自杀身亡。传统小说中的人物多采用第三人称，作者站在一个全知全能的叙述高度上俯视人物；而意识流小说突破了传统的界限，多采用第一人称或第二人称。

第三，在情节结构方面，意识流小说不按照客观现实时空顺序或事件发展过程结构作品，而根据意识活动的流程和心理时间安排小说段落篇幅的先后次序，从而使小说的内容与形式相交融。传统小说一般会按照情节的逻辑来安排事件的发展，"前有伏笔，后有照应"的细巧处最令人称赏；而意识流小说则打破了逻辑的框框，有意淡化情节，突出人物的意识流程，用联想、想象、回忆、幻觉、梦境，打破时间之链，立体地、多层次地表现人生。作者通过从心理角度处理时间次序和空间位置，使读者在短短的篇幅内就领受到一个时间跨度很大的区域内的人生内容。意识流文学企图如实展现人的意识流动，这就使作品的内容无法按照正常的时空顺序一一展开，而是根据有别于"空间时间"的"心理时间"（柏格森语）表现意识的流程。在结构方面，与传统小说多以线性的时间流程来结构主题的方式相对，意识流小说多以多线交叉或放射性思维方式来表现复杂的外部世界和人物的内心世界。人物意识渗透于作品的各个画面中，起到了内在关联作品结构的作用。人的意识是复杂的，理性与非理性意识共存。其中有明确、完整的意识，也有朦胧、片段的意识；有言语层的意识，还有尚未形成语言的即言语前阶层的意识，等等。这些意识混杂在一起，交替出现，故而从中很难找出逻辑性轨迹。而时间颠倒、空间重叠也就成为意识世界常有的情形。比如，《喧哗与骚动》中班吉和昆丁的意识不断跳跃，不存在现在、过去和未来的界限，书中内容在时间上颠倒混乱，作者对此不作解释，也不交代，只以变换字体或改换称谓来提醒读者。

意识流小说流派打破了长期以来文学主要以客观世界中人的活动为内容的框架，把人类的精神意识活动作为描写对象，并视之为文学表现的最高真实。这种崭新的创作思想表明人在新的社会形势下对"自我"的进一步关注。它把人类生活中处于重要地位却一直受到忽视的精神世界作为表现对象，挖掘出人所固有的理性与非理性思维、言语状态与言语前的意识状态。"意识流"作为西方现代派的一种文学流派在 20 世纪 30 年代以后已经式微，其创作鼎盛期只有 20 余年的时间，但"意识流"作为文学表现手法中合理的成分已有机地融合到其他各种流派的文学创作中，显示出旺盛的生命力。

三、意识流表现手法

意识流作为文学艺术的表现手法，是以表现意识的流动为主要内容，以内心独白、自由联想、现实与虚幻相互交织为主要方法而得名。这些心理表现手法古已有之。比如《诗经·东山》，写征人在归途中，浮想联翩，想起自己解甲归田了，想到庄园荒凉了，想到妻子对他的思念，想到新婚的快乐，更想到久别胜新婚。时间上展现过去、现在和未来，空间上融合家乡、征途两地。这一切，都是征人心理活动的产物。这种两地流转的心理时空结构，就是意识流的表现手法。但是，作为一种自觉的、大面积使用的艺术手法，意识流手法是在 20 世纪 20 至 30 年代西方小说和电影中才得到长足的发展。意识流作为现当代文学艺术表现手法，其具体的表现方式有多种，主要在以下几个方面。

1. 内心独白

关于内心独白，意识流小说的发轫者、法国作家埃杜阿·杜雅尔丹曾概括为"具有近乎诗的领域的性质，是人物内心深处的、最接近无意识地带的思想；是摈弃逻辑关系的、未加分化的状态；是在没有听者的情况下，在沉默中进行的语言；是用还原为统一语法的最小限制的直感性文章表现的、给予人以再现思想于心中浮动的原本状态的印象的独白"①。传统文学创作中的心理描写方法之一即有内心独白。莎士比亚戏剧就成功地采用过内心独白的方法，后来列夫·托尔斯泰、福楼拜等现实主义大师的作品，也可看到用零乱的词语和不完整的句式表现人物内在世界真实状态的艺术手法的运用。"内心独白"一词诞生于大仲马的创作中，但它作为传统文学心理描写方法，与意识流的"内心独白"有着明显的差异。一是作为传统文学心理描写方法的内心独白反映的是人物自觉的意识，受着理性意识的控制，因而它叙述的是连贯的意识；而意识流小说的"内心独白"则用具有自由感和无间断的形式叙述自由的无间断感的下意识。例如《红与黑》中于连在监狱中的内心独白便体现了他那理性而连贯的意识。《喧哗与骚动》中班吉的内心独白则是混乱而跳跃的。二是在表现人物内心独白时，传统小说和意识流小说的作者所处的视角不同，意识流小说家改变了传统小说家的那种无所不知、全知全能的干预小说叙事的方式，作者处于"退隐"状态。在叙事者的声音中，意识流小说几乎没有像传统小说那样使用诸如"他想"、"他觉得"、"他感到"、"他认为"之类的提

---

① 参见吴晓东：《二十世纪外国文学专题》，第 107 页，北京：北京大学出版社，2002 年。

示语来给读者提醒解释，而是作者在大部分时间退出小说甚至主张"作者死了"，让作品中的人物自然地发出自己内心的声音。比如在《红与黑》中，作者大体上是站在"主宰"的地位来刻画人物的心理变化。而在《尤利西斯》中，莫莉夜半时分躺在床上展开的"内心独白"采用了第一人称的视角表明了自我的内心活动。意识流作家将以无间断和自由为其主要特征的下意识内容以第一或第二人称的方式广泛引入小说创作，内心独白在形式上恰好适合意识流作家的需要。正因为这样，他们才在众多现有与潜在的叙述形式中选择了它。首次广泛、成功地使用内心独白的意识流小说是乔伊斯的《尤利西斯》。这种手法能使读者感到仿佛直接触及人物的灵魂，透视人物意识深处的活动，故而成为意识流作家最常用的艺术手法。

2. 自由联想

自由联想最能表现人物意识自由流动的特征，最能表现人物"心理真实"的自由展现过程，所以，"自由联想"也是意识流作家所热衷的一种写作手法。一方面，与传统的自由联想相比，意识流的自由联想，不仅表现理性的、显意识的联想，而且更多地表现下意识和潜意识的思绪，具有更大更灵活的跳跃性，可以跨越时空交叉性的发散性的自由出现，来呈现人物丰富复杂的生活经历和心路历程。另一方面，从心理学角度看，自由联想是独立于语言的，但一旦进入意识流小说的范围，它势必要成为一种心理语言活动，因而也有人称之为"自由联想式内心独白"。不过，与"内心独白"相比，自由联想带有更大的主观随意性跳跃性。它巧妙地利用现实这个"中转站"将主观世界与客观世界，使显意识层次与潜意识层次联接起来，能在意识深处由一个意念激发出另一个意念。《尤利西斯》第三章写斯蒂芬在海滩散步时复杂混乱的内心活动，便通过"自由联想"手法加以展现：

他们从里希台地上谨慎地走下阶梯，助产士们，她们下到倾斜的海滩上，伸成八字形的脚松弛地陷入淤塞的沙子里。像我，像阿尔吉农一样，朝我们强大的母亲走下来。头一个沉重地甩动着助产士的袋子，另一个的伞伸到了海滩上。获得了特许，出来痛痛快快地玩一天。弗洛伦丝·麦克凯布夫人，已故帕特克·麦克凯布的遗孀，布莱德街上，深深地哀悼他。她那些姐妹中的一个把我尖叫着拖进生活。从虚无中创造。她袋子里都有些什么？一次堕胎的产物，连同蜿蜒的脐带一起塞在红色的绒布里，连接着过去的一切带子，一切肉体的纠缠扭结的电线。那就是为什么和尚是神秘的。你要像神一样吗？瞧瞧你的肚脐吧。喂，我是肯西。请接伊甸园 001。①

这个例子的联想的基本模式为：包—死婴—脐带—僧侣—电话。由此可见，联想的内容与激发联想的事物似乎没有多大关系，这充分显示了自由联想的随意性与大幅度的跳跃性，还能够暗示出人深藏于无意识中的心理状态。自由联想方法的运用极大地扩展了意识流小说的表现范围，使作家在有限的时间和空间里容纳较多的主观生活，增加了作品的容量和透视层次。

3. 时间和空间蒙太奇

蒙太奇原来是法文，指在电影拍摄中快速地切换镜头以获得某种特殊效果的技巧，是电影中常用来表现事物多重性的一系列手法，是指对各种场景和分镜头的剪辑、组合。意识流小说家为了突破时空的限制，表现意识流动的多变性、复杂性，经常采用这类手法。作为意识流小说表现手法的蒙太奇把不同时空里的事件、场景组合、叠加在一起，从而超越时空限制，去表现人的意识活动所具有的跨越时空界限且瞬息万变、稍纵即逝的跳跃性，前后不连

---

① 乔伊斯：《尤利西斯》，萧乾、文洁若译，第 257 页，北京：译林出版社，1994 年。

贯、无逻辑关系的无序性、无理性。福克纳说："我可以像上帝一样，把这些人调来调去，不受空间的限制，也不受时间的限制。我抛开时间的限制，随意调度书中的人物，结果非常成功，至少在我看来效果极好。"①这种"随意调度"的本领得自于意识本身不受时空限制的特性。乔伊斯在《尤利西斯》中多次巧妙地借用了这种手法，下面一段即为典型的例子：

一个神色忧郁的基督教青年会的小伙子……把一张传单塞在布卢姆先生手里。

推心置腹的谈话。

布卢姆……指的是我吗？不是。

羔羊的血。

他边读边迈着缓慢的步子朝河边走去。你得到拯救了吗？在羔羊的血里洗涤一切罪愆。上主要求以血做牺牲。

分娩，处女膜，殉教，战争，被活埋在房基下者，献身，肾脏的燔祭，德鲁伊特的祭坛。耶利亚来了。锡安教会的复兴者约翰·亚历山大·道维博士来了。

来了！来了!! 来了!②

乔伊斯用蒙太奇的手法，展现了布卢姆心中因自由联想而产生的意识流。从"做牺牲"的血到"分娩"的血，直到"祭坛"、"耶利亚来了"。镜头迅速切换，画面交替，有很强的银幕感，生动地表现了主人公心中奔腾如潮、纷乱如麻的思绪。由于作家打破了传统小说的条理和顺序，重新组建时空秩序，如实地呈现了小说人物在感观、刺激、记忆和联想等作用下出现的那种紊乱的、多层次的立体感受和意识的动态，所以读者能始终体验作品人物所经历的那个时刻——心理时间。

4. 诗化和音乐化

意识流小说家认为，生命之中的意识流富有节奏和韵律，因而他们为了加强象征性的效果，有时采用诗歌和音乐的手段来表现主观精神。他们广泛运用意象比喻、乐章结构、节奏韵律等方式来暗示人物在某一瞬间的感受、印象、精神状态或作品寓意。西方古典批评注重用"诗与画"的形式来表达以再现自然和社会的文学主题，西方现代批评则以"诗与乐"的形式来反映注重内在精神和意识流的文学主题。早期的意识流小说家普鲁斯特认为，意识流小说必须像音乐那样表现人的内在精神，字词具有太多的局限性，不如音乐更能体现人的灵魂深处，他说：

我和神圣的音乐有着亲密关系。同它相比，我对人们说的每个词都不感兴趣，但是，这些词又有什么意义呢？我简直是一个从欢乐的天堂降落到人间的天使，在毫无意义的现实中折腾。……如果没有发明语言，没有创造文字，如果人们未曾分析过思想，那么，灵魂间的交流是否就是靠音乐。③

弗里德曼认为，"主导旋律是音乐对小说最完整的贡献。……音乐的主导旋律在文学上的应用，是意识流的内心独白技巧的不可缺少的伴侣"④。伍尔芙是意识流小说音乐化和诗化的突

---

① 吉斯·斯太因：《福克纳谈创作》，见李文俊编选：《福克纳评论集》，第274页，北京：中国社会科学出版社，1980年。

② 乔伊斯：《尤利西斯》，肖乾、文洁若译，第278页，北京：译林出版社，1994年。

③ 参见张首映：《西方二十世纪文论史》，第89页，北京：北京大学出版社，2003年。

④ ［美］梅尔文·弗里德曼：《〈意识流〉导论》，见伍蠡甫、胡经之主编：《西方文艺理论名著选编》(下卷)，第123页，北京：北京大学出版社，2000年。

出实践者。伍尔芙的小说往往富有诗意，她的《海浪》的语言就和意象派诗歌非常相似。福克纳的《喧哗与骚动》就采用了音乐化的对位式结构，对位式结构是从音乐的赋格曲"对位"手法借用而来的一种小说技巧。《喧哗与骚动》不同的部分分别对位于音乐的不同节奏。

　　5. 语言实验

　　意识流作家大胆地采用了语言实验的方法来进行写作。改变字体，不断句，运用各种文字乃至异国语言，大量地使用典故、双关语和外来语等都可以成为意识流作家采用的语言实验方法。其目的在于用改变语言形式的方法来显示出意识流动的真实表现。在《喧哗与骚动》中，作者通过变换字体来表现思绪的跳跃。在《尤利西斯》中，语言能指的狂欢、丰富多彩的变化构成了作品总体活力的一部分，用不断点的整段语言形式来表现思绪的流动性和交叉性。乔伊斯的《芬尼根的苏醒》的语言实验把意识流小说的这种技巧推向了极端。作者通过语言拼法的细微变化和双关语的运用来表现人物的内心变化。书中 18 种语言文字纷然杂陈，通过不稳定的句法连接，使作品的意蕴内涵变得模糊且具有丰富的不确定空间，为人们的解释提供多种多样的线索，为人们的想象提供了大量的空间。

　　意识流作为包括多种技巧和方法的文学表现手法，扩大了文学的心理描写空间，丰富与深化了文学的表现力，对意识流以外的各种文学也产生了很大影响，成为文学创作的重要技巧。虽然意识流小说流派创作的鼎盛期只有不足 20 年的时间，但它作为创作方法中合理的成分已有机地融入到其他各种流派的文学创作中。使用意识流手法能打破时空界限，进行立体交叉式的叙述，在有限的篇幅和短暂的时间内，反映出人物思想活动的全过程，因而具有较大的浓缩性和凝聚力。在刻画人物的心理活动方面，使用意识流手法可以对人物的心理活动作比较深入的探索。自 20 世纪 20 年代以来，欧美各国的小说多少都受到意识流手法的影响。但是，应该看到的是，由于意识流手法过于偏激地将主观世界置于超越一切的地位，不重视现实生活在小说中的再现，势必难以客观、具体、完整地反映出生活的真实；加之作家们过分追求形式和技巧，从而使作品晦涩难懂，甚至使文学阅读变成密码破译，在一定程度上削减了读者的阅读兴趣。

第二节　批评方法

　　一般来说，运用意识流的有关理论来解读作品，可以从以下几个方面进行：

一、比较意识流手法和传统心理描写

　　通过把意识流小说和传统小说对比及比较意识流表现方法和传统的心理描写的异同，来说明意识流小说文体及表现方法的特征如通过比较《红与黑》和《喧哗与骚动》的文体风格及心理表现方法的异同来探讨意识流小说的特征。

二、总结意识流手法的新特征

　　通过对具体作品的分析，总结出意识流表现方法的新特征如夏妙月的《福克纳两部意识流小说的叙述模式研究》，文章论述了这两部作品采用对位结构和同心圆的结构将各种因素联结成一个整体，弥补了意识流容易散漫的缺陷，呈现了广阔的社会历史背景，也深刻地揭露了人性的复杂。①

三、运用意识流手法分析作品

意识流虽然不着重塑造典型环境中的典型人物,但意识流的各种表现手法有其合乎生活和艺术规律的一面,如能合理运用,会有助于人物形象的刻画和深化。如《喧哗与骚动》中,作家通过主要人物白痴班吉、他的哥哥昆丁和杰生的个人独白以及仆人(迪尔西)的间接叙述来讲述同一个故事。通过他们的讲述,再现了康普生家族成员的精神状态及生活遭遇:康普生先生的悲观厌世,康普生夫人的无病呻吟以及他们对待子女的漠然无情;昆丁的软弱无能;杰生的自私自利和凯蒂的善良可爱等。

四、运用意识流理论分析电影和诗歌

世界影坛上的意识流电影出现于 20 世纪五六十年代之交。在世界电影史上被最早视为"意识流电影"的是瑞典著名导演英格玛·伯格曼的《野草莓》。导演深受存在主义和弗洛伊德学说的影响,他敢于运用假定性很大的意识流,如人与神并存、死人与活人重逢之类,但是他力图使这些场面富于纪实性,使环境与人物有机融合。意大利著名电影导演费里尼也以运用意识流著称,其特点是强调直觉。他不但受存在主义与弗洛伊德学说影响,也受哲学家的客观唯心主义哲学影响,认为在人的意识中直觉最重要,没有直觉认识也就没有逻辑认识;没有逻辑认识却照样有直觉认识。所以他们极端强调直觉,反对任何理性加工,鼓励创作"内省作品"。费里尼于 1962 年拍摄的《8 又 1/2》(又译《八部半》)正是强调直觉的"内省影片"的典型。法国新浪潮电影流派干将阿仑·雷乃在 20 世纪 50 年代末期也创作了震撼世界影坛的意识流电影《广岛之恋》和《去年在马里昂巴德》。《广岛之恋》在当时被认为是世界影坛上的"一颗精神原子弹"。我国电影界也有一些编导为了丰富电影艺术的表现手段,尝试运用意识流手法拍摄电影,如著名的影片《苦恼人的笑》、《小花》。②

运用意识流方法来分析诗歌,可以更准确地把握诗歌中的意象,也可以更好地理解诗歌的情感脉络。如杨海林《顾城诗歌的意识流手法》从西方的意识流文学谈起,剖析了顾城诗歌里面的意识流倾向和手法,给学习和认识意识流文学带来一些启示。③

五、探讨意识流表现手法的流传和演变

意识流文学在全世界范围内的传播和渗透,对其他文学流派的影响已是有目共睹。"意识流"这一概念进入中国语境经由两条路线:一条由西方先"流"到日本,再由日本"流"到中国;另一条则由西方直接"流"到中国。在时间上,前者稍早于后者。一般来说,中国的意识流文学代表作家有刘以鬯和王蒙等。刘以鬯被誉为"中国意识流小说的先驱",主要作品有:《酒徒》、《对倒》、《链》、《吵架》、《寺内》、《除夕》、《镜子里的镜子》、《犹豫》、《蛇》、《蜘蛛精》、《打错了》、《黑色里的白色,白色里的黑色》、《盘古与黑》等。王蒙的主要作品有《蝴蝶》、《布礼》、《海的梦》、《夜的眼》、《活动变人形》等。

---

① 夏妙月:《福克纳两部意识流小说的叙述模式研究》,《聊城大学学报》,2006 年第 3 期。
② 凌振元:《世界影坛的"意识流电影"》,《上海师范大学学报》(社科版),2002 年第 6 期。
③ 杨海林:《顾城诗歌的意识流手法》,《成都大学学报》(社科版),2006 年第 5 期。

　　总之，意识流作为现代主义的一种小说流派，具有鲜明的文体特征，要具体分析意识流小说，一定要把握意识流小说不同于传统小说的文体特征。尽管作为文学流派的意识流已经成为历史，但意识流作为文学表现手法，它的影响仍然存在。因而，对具体作品的意识流技巧的分析及意识流表现方法的流传和演变的研究仍然存在较大的空间。此外，当意识流表现手法与电影及诗歌等艺术形式相结合，便拓宽了意识流作为艺术表现手法的内涵和空间。

第三节　作品解读

一、《喧哗与骚动》的意识流特征
　　　　——兼与《红与黑》比较

　　《喧哗与骚动》是美国作家威廉·福克纳（1897—1962）意识流小说的代表作。小说以杰弗逊镇为故事背景，描写和表现了一个曾经显赫、如今已走向没落的家族——康普生家族成员的精神状态及生活遭遇。全书分四部分，以康普生一家生活中的四个日子作标题，分别从白痴班吉、他的哥哥昆丁和杰生的内心独白以及仆人迪尔西的叙述角度讲述同一个故事，故事的中心点为康普生的女儿凯蒂的命运。《红与黑》是法国现实主义文学奠基人司汤达（1783—1842）的代表作品，小说叙述一位平民青年奋斗者于连个人野心发展膨胀直至最终破灭的悲剧。一般来说，《红与黑》是一部传统的叙事小说，"人物"、"情节"、"结构"是这部传统小说的三要素，小说作者着力于塑造人物鲜明的性格，按照情节的逻辑来安排事件的发展，以线性的时间流程来结构主题。而《喧哗与骚动》作为一部表现人物内在意识流动的现代意识流小说，在塑造人物、安排情节、结构主题上与《红与黑》存在很大的差异，具有意识流小说鲜明的文体特征。此外，尽管两部小说就反映人物的心理这一点来说是相同的，但在反映的形式上，两者的差别很大。《红与黑》采用的是传统叙事小说的心理描写方法，而《喧哗与骚动》采用的是意识流的心理表现技巧。下面将通过对两部作品的文体风格和心理表现手法的比较来阐述《喧哗与骚动》的意识流特征，以更具体地说明意识流小说的文体特征及其独特的心理表现技巧。

　　（一）

　　传统小说作者着力于塑造人物鲜明的性格，按照情节的逻辑来安排事件的发展，以线性的时间流程来结构主题。而意识流小说基本脱离了传统的小说文体模式，而采用一种以表现人物意识活动为中心的文体。从塑造人物、叙事视角、情节结构三方面来比较两部小说的文体特征能够生动地说明《喧哗与骚动》在文体上的意识流特征。

　　首先，在塑造人物上，《红与黑》中的中心人物于连是一个个人奋斗的平民知识分子典型，而《喧哗与骚动》中出场的人物不再是一个"典型"。在《红与黑》中，作者写了于连奋斗的一生，从他出生于一个木匠家庭写起，直到他走上断头台，玛特尔小姐埋葬他的头颅结束。可以说，这是一部近乎传记式的小说。作者通过对于连在市长家里、贝尚松神学院及木尔侯爵府邸等几个典型环境中的奋斗来塑造于连这个典型形象。而在《喧哗与骚动》中，并没有特别显眼和突出的中心人物，书中的主要人物有白痴班吉、他的哥哥昆丁和杰生及仆人（迪尔西），通过前三人的内心独白以及作者本人的叙述角度讲述同一个故事，来表现康普生家族的前后变迁及其家族成员的精神状态和生活遭遇。书中的人物没有一个是"典型化"的人物，读者也很难概括哪一个人物是典型形象。由于书中人物的悲与喜，光明与黑暗，高尚与卑劣，对新生活的向往与对旧日的怀恋等种种情感交织在一起，读者必须将自己融入人物内心才能领会文章内容，所以读者无法立即对人物做出具体的善恶评价，因而也就无法归纳出人物"典型"。在《红与黑》中，作者站在前台对中心人物倾注了大量的主观的情感关注，在人物性格内核里都蕴涵了作者的人生理念，或讽刺什么，或褒扬什么，读者很容易领会，作者是为了塑造典型而写人物。而在《喧哗与骚动》中，作者大部分时间隐身幕后，读者不再意识到作者的存在，只意识到人物的存在，其写人物的目的并不是为了塑造典型人物，读者在文中也找不到谁是典型人物。

其次，在叙事角度上，《喧哗与骚动》的叙事角度与《红与黑》相比也发生改变，其叙述焦点已由外部描写转向内心活动的呈现，即人物的意识流动过程的直接呈现。按照法国叙事学家日奈特《叙事话语》中沿袭韦勒克和沃伦创用的"叙述聚焦"一词划分出的"零聚焦"、"内聚焦"与"外聚焦"等几大类来看，为了塑造典型人物，传统小说中的人物多采用"零聚焦"与"外聚焦"的形式，作者站在一个全知全能的叙述高度上俯视人物，《红与黑》中在很多地方就采用这种全知全能视角对人物进行关注。而意识流小说多选择"内聚焦"的叙述角度，小说所展示的仅仅是某个人物或某些人物的所思所想、所见所闻，全然不同于传统现实主义小说中叙述者全知全能、无所不在的"零聚焦"方式。在《喧哗与骚动》中，作者采用"复合式"意识流的表现手法，通过不同性格、不同遭际、不同品质的人物在不同的时间段内的意识流动来叙述同一个故事的始末，造成了一种意识复合流动的效果。作者让白痴班吉、他的哥哥昆丁和杰生三兄弟采用了第一人称的视角来各自讲一遍自己的故事，随后又自己用"全知全能"的视角以仆人迪尔西为主线来讲剩下的故事，可见作者主要采用了第一人称的"内聚焦"视角来进行叙事，具有意识流小说内焦化视角叙事的特点。采用内聚焦的叙述者必须跟着人物走，小说世界的广阔与否全凭人物的视觉来定。人物视点消失，所叙事物的有序性也应中断。在《喧哗与骚动》第二章"昆丁的部分"中，就以昆丁叙述突然的中断来表明他的自杀身亡。

第三，在情节结构方面，《红与黑》以线性的时间流程来结构主题，按照情节的逻辑和空间的位移来安排事件的发展；而《喧哗与骚动》则打破了逻辑的框框，有意淡化情节，突出人物的意识流程，打破时间之链，以多线交叉或放射性思维方式来表现复杂的外部世界和人物的内心世界。在《红与黑》中，作者按照时间流程写了于连个人奋斗的一生，从他的出生一直到走上断头台。作者还按照空间的变换表现了于连由反抗—妥协—反抗的性格发展过程。在表现于连的性格过程中，作者还构建了一系列具有因果关系的故事情节，比如：由于父兄的鄙视和老军医的熏陶，他要为自尊而反抗；他用大胆占有市长夫人的形式来反抗市长对他的训斥和鄙夷；贝尚松神学院的虚伪和木尔侯爵府邸的冷峻使得他在虚伪和野心的道路上大大迈进；市长夫人的不经意的告发使得他的理性完全崩溃乃至走向绝路。作者正是通过这些因果关系的层层递进来表现一个个人奋斗者的悲剧。《喧哗与骚动》全书分为四部分，作者故意打破时间链条来组织情节，分别以"1928 年 4 月 7 日"、"1910 年 6 月 2 日"、"1928 年 4 月 6 日"、"1928 年 4 月 8 日"作为各部分的标题。而且，从人物的内心独白中也体现出时序的颠倒和混乱，比如班吉和昆丁的回忆，不断跳跃，回忆叠加回忆，一个思想引出另一个思想，直到意识深处的心理活动。书中几乎没有具体的故事情节，而是充斥着不断跳跃的意识流动，心理时空无限自由的表象取代了传统小说情节建构的因果关系。

（二）

内心独白作为描写人物心理的一种方法，无论在传统文学还是意识流文学中，都具有特别的功用。但是，两者也具有明显的差异。传统文学中的内心独白反映的是人物自觉的意识，受着理性意识的控制，因而它叙述的是连贯的意识。而意识流文学的"内心独白"则用具有自由感和无间断的形式叙述自由的无间断感的下意识。意识流作家将以无间断和自由为其主要特征的下意识内容广泛引入小说创作，内心独白形式上的上述特征恰好适合意识流作家的需要。正因为如此，他们才在众多现有与潜在的叙述形式中选择了它。一般来说，司汤达的小说《红与黑》运用的是传统小说的内心独白方法；而福克纳的小说《喧哗与骚动》，采用的则是意识流的内心独白技巧。意识流手法并不等于传统小说中的心理描写手法。两者的区别主要体现在以下方面。

首先，在内心独白描写的篇幅和目的上，作为传统小说的《红与黑》，其心理描写只是表现人物性格的一个环节，是为了说明、推进故事和表现人物的性格服务的；而《喧哗与骚动》中内心独白手法把意识的流动视为作品内容的主体，而且内心独白的运用的主要目的并不在于塑造典型人物。当代美国批评家罗伯特·汉弗莱这样界定意识流小说："意识流小说应该被视为是一种主要挖掘广泛的意识领域、一般是一个或几个人物的全部意识领域的小说。在这种小说里，无论是结构、主题，或者是一般效果，都要依赖人物的意识作为描写的'银幕'或'电影胶片'而表现出来。"①《喧哗与骚动》全书分四部分，其中第一到第三部分几乎都是白痴班吉、他的哥哥昆丁和杰生的内心独白，占据了本书的绝大部分。《喧哗与骚动》通过前面三部分的内心独白，再加上第四部分的间接叙述来表现康普生一家的变迁。而在《红与黑》中，内心独白的篇幅很显然没有占据作品篇幅的主体，其内心独白只不过是作者站在人物形象"主宰者"的立场为刻画人物形象所做的精心描绘，其目的在于刻画于连这个典型的人物形象。

其次，从内心独白所表现的内容来说，《红与黑》中的内心独白是从人物意识的实际中抽取一点，并且它往往是理智的意识；而《喧哗与骚动》中内心独白手法展现人物意识流动的全部实际，其中主要是非理智的潜意识、下意识和幻觉等。传统小说反映的是人物自觉的意识，受着理性意识的控制，因而它叙述的是连贯的意识。很多学者把这样的内心独白称为"内心分析"，强调理性对心理描写的介入。例如：在《红与黑》中，于连为了报复市长对他的训斥和鄙夷，他像一个军事战略家一样在心中进行周密部署，从花园里摘花有意的肌肤接触到餐桌底下毫不犹豫地抓住市长夫人的手，他都按部就班地很理性地进行。还有，为了获得玛特尔小姐的爱情，他采用了欲擒故纵的方法，也可见他的良苦用心。然而，在爱情面前他始终很理性，只不过借爱情来维护自尊和实现爬上高位的目的。"意识流"小说则主要反映这类扭曲了的人物的"意识"之"流"——非理智的潜意识、下意识和幻觉等。《喧哗与骚动》全书的前三部分分别写了一个白痴的自白、想自杀的人的精神崩溃过程及一个极端利己主义者的偏执狂般的变态性格，所有这三部分几乎全都用了内心独白的意识流方法，只有最后一部分才写了一个精神健康的人，与之相应，就用了传统的现实主义手法。意识流小说家热衷于写变态心理，这也不仅仅是个写作方法和个人兴趣问题，而是同他们对整个人类的看法有关的。他们受弗洛伊德的变态心理学和性恶论的影响很深，认为人类就其本性而言，都与动物无异，和精神病患者无异，其内心深处无不阴暗、混乱、病态、疯狂，全部受兽性的本能和原

---

① 伍蠡甫、胡经之主编：《西方文艺理论名著选编》（下卷），第123页，北京：北京大学出版社，2000年。

始的冲动支配，没有什么理性可言。他们认为只有写出了人心内部的黑暗和病态，才是写出了"生活"的"真实和真理"。

第三，在内心独白的表现方式上，作为传统小说的《红与黑》在表现人物的内心独白时清晰而有逻辑，显露出作者描述的痕迹；而《喧哗与骚动》的作者用类似蒙太奇的衔接技巧，打破时间和空间的界限、主观与客观的界限，将一幅幅画面、一个个镜头广阔自由地驰骋、辐射出来，不露作者描述的痕迹。内心独白的文学技法主要分为直接内心独白和间接内心独白。直接内心独白是文中人物独白时既无作者介入，也无假设的听众，它可以将意识直接展示给读者，而无需作者作为中介来向读者说这说那，也就是说，作者连同他的"他说"、"他想"之类的引导性词句和解释性交代都从书页中消失了或近于消失了。在《喧哗与骚动》中，作者采用直接内心独白的方法，作者处于"退隐"状态，很少对人物的内心独白做出理性的控制，任凭作品中人物的意识自由流动。间接内心独白则以一位无所不知的作者在其间展示着一些未及于言表的素材，好像它们是直接从人物的意识中流出来的一样，作者则通过评论和描述来为读者的阅读提供向导。这样的内心独白更加近似于富有理性的内心分析。作家把人物的印象汇总在自己的叙述内，因此它永远也不会脱离理性控制的范围。在《红与黑》中，作者站在人物形象"主宰者"的立场，他无所不知地进入作品的情境之中，又无所不为地去精心刻画人物心理，目的还在于塑造典型的人物形象。

尼采认为："意识仅仅触及表面——最基本的活动是无意识"；柏格森认为："意识的绵延"无规无矩，瞬息万变，玄妙无比；詹姆斯说意识流"如果不完全是非理性的，至少也是无理性的"；弗洛伊德学说则把人的心理比作冰山，认为意识只是露出水面的那一小部分，无意识和潜意识才是沉入水底的基础和主体。[①] 福克纳接受尼采、柏格森、詹姆斯、弗洛伊德等人的反理性主义的影响，在《喧哗与骚动》的写作中，特别注意写含混多变的无意识和潜意识，与传统的心理小说相比，在文体风格和心理描写上都表现出非常鲜明的意识流特征。

二、《喧哗与骚动》中的班吉之"痴"

福克纳在许多作品中都塑造了白痴或弱智者的形象，如《喧哗与骚动》中的班吉、《押沙龙，押沙龙》中的吉姆·邦德、《村子》中的艾克·斯诺普斯、《圣殿》里的汤米以及《我弥留之际》里的瓦达曼等，他们都是些极度边缘化的人物，他们本身并不是作者所要极力塑造的典型人物，却以独特的感知化的形象给读者留下了深刻的印象。班吉是福克纳笔下的白痴形象，但绝不是简单的白痴形象。他以感知式的印象成为作品中"意识不断清醒的心理结构"的起点，而且用潜意识的流动和最表层而又最真实的视角展现了一个家庭乃至整个南方社会的方方面面，并以杂乱无章的思维方式解读着人生的无序、家庭及社会的混乱，他还以"说梦之痴人"的形象表明"充满了喧哗与骚动的如梦人生"的主题。

（一）班吉之痴：建构意识起点

《喧哗与骚动》中的四个部分——班吉的部分、昆丁的部分、杰生的部分及迪尔西的部分均由不同人物的纷繁复杂、理性与非理性相混的意识流动构成小说的基本内容。这就使作品的内容无法按照正常的时空顺序一一展开，而是根据有别于"空间时间"的"心理时间"（柏格森语）表现意识的流程。福克纳说："我可以像上帝一样，把这些人调来调去，不受空间的限

---

① 参见安道玉：《论意识与意义》，复旦大学 2004 年博士论文，http://www.cnki.net 优秀硕博士论文库。

制，也不受时间的限制。我抛开时间的限制，随意调度书中的人物，结果非常成功，至少在我看来效果极好。"①在论述《喧哗与骚动》的意识流结构时，美国批评家梅尔文·弗里德曼说："这部小说是以似乎完全不觉醒的意识开始，以完全觉醒告终的。"②也就是说，福克纳在《喧哗与骚动》中，细心经营了一个"意识清醒程度不断递增"的艺术结构，这种艺术结构是意识流小说的一种独特的心理结构，而班吉的部分作为这个结构的第一章，成为这一心理结构的意识起点。在全书的开头，班吉以"痴人说梦"的形式对康普生世家进行了片断化的回忆，整部小说中每个人物的性格特征几乎都通过他的叙述和回忆暴露出来，并为后面三部分故事情节的发展奠定基础。后面三部分故事分别以昆丁、杰生和迪尔西的视角来进行叙述，其中夹杂着意识的流动和理性的控制，最后一段迪尔西的叙述虽然用的是间接叙述体，但仍然没有抛弃意识流的大体结构。

　　福克纳之所以选择班吉作为作品庞大的意识流心理结构的起点，正是巧妙地利用了班吉的"痴"。具体来说，原因有两个方面。其一，正因为班吉是"白痴"，读者对书中杂乱无章"痴人说梦"式的意识流动不感觉到唐突，反而觉得那是自然而然的事，很容易被读者接受。其二，与当时的背景和时代相联系，由于南方传统的道德和制度受到资本主义文明的侵袭，传统的人性内涵受到严重的冲击，人们面临的是充满欺骗和狡诈的混乱社会，人性的复杂化使得人们感觉绝望和孤寂，人与人之间的关系变得苍凉而陌生。而班吉以"痴"的形象出现，在博得人们可怜和同情的同时，又让人们看到了简单而又单纯的人性，这无疑是一种独特的美。因而，白痴叙事更有助于表现意识流的创作技巧，福克纳以班吉之"痴"开启一个庞大而精巧的意识流结构，匠心独运，恰到好处。

　　（二）班吉之痴：摄录社会真相

　　福克纳以白痴班吉为叙事视角不仅为庞大的意识流心理结构提供了一个意识起点，而且，"这个故事由一个知其然，而不能知其所以然的人说出来，可以更加动人"③，能够朴实而自然地把社会真相展露在读者面前。33 岁的班吉能看、能听、能闻，能够感知事情的表象，却不能主动记忆和理解，更没有逻辑思维能力。他只有 3 岁孩童的智力，对外部事物不能做任何的评价和分析。他就像一面镜子或一部摄像机，把他所看到、听到和闻到的康普生家中形形色色的生活画面录入其中，并且不加任何分析和评价，完全朴实、自然没有任何造作地展现在读者面前。在班吉的忠实的"摄录"中展现了：康普生先生的悲观厌世、康普生夫人的无病呻吟以及他们对待子女的漠然无情；昆丁的软弱无能；杰生的自私自利和凯蒂的善良可爱等等。班吉的"摄录"把过去、现在的各种不同层次的事件、情景拼凑纠集在一起，并且不停地变化和转换时空，形成一幅错综复杂、无序可循的记忆拼图。班吉的意识不断跳跃，不存在现在、过去和将来的界限，在时间上颠倒混乱，作者对此不作解释，也不交代，只以改换称谓或字体来暗示和提醒读者。例如：前后有三个黑小厮服侍过班吉，1905 年以前是威尔许，1905 年以后是迪尔西的小儿子威尔逊，"当前"即 1928 年则是迪尔西的外孙勒斯特。福克纳在小说中用不同称谓的黑小厮来标明不同的时序，打破了传统小说的条理和顺序，重新组建时空秩序，如实地呈现了小说人物在感观、刺激、记忆和联想等作用下出现的那种紊乱

　　①　吉斯·斯太因：《福克纳谈创作》，见李文俊选编《福克纳评论集》，第 274 页，北京：中国社会科学出版社，1980 年。

　　②　伍蠡甫、胡经之主编：《西方文艺理论名著选编》（下卷），第 127 页，北京：北京大学出版社，2000 年。

　　③　福克纳：《喧哗与骚动》，李文俊译，第 74 页，杭州：浙江文艺出版社，1994 年。

的、多层次的立体感受和意识的动态。班吉是白痴，没有正常人的逻辑和分析能力，其杂乱无章的叙说可以抓住读者的敏感的心灵，在感受这个独特形象的同时，又在心里萌生出基于科学(生理学)道理上的真实可信、毋庸置疑的感觉。班吉的部分是全书的第一部分，也是全书的核心，能够让读者一开始就对没落的康普生世家所发生的一切产生一个客观的印象，从而也能够让读者对后来故事中的人和事作出正确的评价和判断。

(三)班吉之痴：点明作品主题

福克纳跟许多现代主义作家一样，善于在作品中利用各种艺术技巧来表现现代人的空虚和绝望。文学作品中的人物形象日渐退化堕落，"人"迷失了自己的信仰，丧失了自我的尊严，人生既充满喧哗又毫无意义。美国历史上，南方曾有过美好的道德和社会秩序，但是南北战争的爆发和资本主义观念的入侵不仅摧毁了旧秩序和旧制度，还破坏了南方人民的传统美德。在这种境况中，"人"的堕落和生命的虚无势将成为必然。班吉既反映别人的虚空，自己也感觉空虚。班吉之所以感到空虚是因为他永远失去了他唯一感觉善良可爱、关心和爱护他的姐姐。家里的亲人都厌弃他，只有他的姐姐凯蒂关心和爱护他。班吉总是说"凯蒂身上有树的香味"，而树是高洁的象征。然而，当他凭直觉感觉到凯蒂失贞并一天天地走向堕落的时候，他知道他已经失去了关心和爱护他的姐姐，也就失去了他生命的最后依赖，他只好站在大门口，无望地等待着。当班吉痴痴地感知和反映他人的空虚和绝望时，在他自己空虚的生命中也日渐抹去了充塞着"喧哗与骚动"的回忆，变成一片空白。《喧哗与骚动》的题目出自莎士比亚的悲剧《麦克白》第五幕第六场中有名的台词："人生如痴人说梦，充满了喧哗与骚动，却没有任何意义。"《喧哗与骚动》中班吉是一个名副其实的"说梦之痴人"。他以"痴人说梦"的形式，在梦幻般的话语中忠实地展露他身边人们的悲观绝望，他的"痴"正像一面社会的镜子，真实地映照着他所看到的一切。福克纳从"痴人说梦"的独特视角，对他所熟知的南方社会发展变革中的人性变化进行深刻的反思，揭示了"人生就是由白痴讲述的荒唐故事"的深刻主题。

(四)班吉之痴：寓意人生哲理

班吉之痴不仅为福克纳提供了独特的意识流叙事视角，"蒙太奇"式地摄录了社会生活的本来面目，还能让读者在对南方社会中空虚的人生可悲可叹之余，也对人类生命哲理进行深刻的反思。"人生为什么就是由白痴讲述的荒唐故事？"这是许多人读完《喧哗与骚动》之后所要思考的问题。当然，人们可以从班吉这个"说梦之痴人"形象上得到启示。正是因为班吉之痴，人们对他无法琢磨透彻，使得班吉身上环绕着神秘色彩，闪耀着哲理光辉。这个形象所承载的不仅仅是白痴眼中的真实世界，而且是更高更深刻的哲理和文化。班吉故事中的时间与宗教时间存在着巧妙的重合：班吉的叙事时间和耶稣被钉死在十字架上的时间都是他们的33岁；叙事的那一天是4月7日，正好是"神圣礼拜六"，前一天是"受难日"，后一天是"复活节"。这样的重合具有丰富的象征意义，使得班吉具有了超越人性的神性意识。班吉每每发出痛苦的哀号，反衬出周围世界的污浊，象征着基督教中人间的苦难；班吉发现并力图阻止凯蒂失贞，象征着基督力图挽救人们罪恶的灵魂，实现人类生命的超越；最后，班吉被阉割象征着耶稣的受苦受难。不敢说他就是作家安排在书中具有拯救意义的耶稣的化身，但他至少给人们提供神性启示和人生哲理思索：人类生命需要拯救。当象征人类善良的凯蒂堕落之后，班吉也就失去生命的依赖，倚在门前，无望地等待。留给班吉自己的也许只是"无望地等待"，然而，他带给读者的远不止"无望地等待"，他以人类"痴痴"的真诚启发人们去呼唤善良的人性，他以一种时刻萦绕着人们的神性去开导人们感悟人生，去获得生命的超越。

　　总之，班吉的叙事突出地反映了福克纳对意识流小说技巧的精心营造，白痴的形象也寄托了福克纳的刻意追求：班吉之"痴"不仅为庞大的意识流心理结构提供了一个意识起点，为福克纳提供了独特的意识流叙事视角，摄录了社会生活的本来面目，点明了作品的深刻主题，还能让读者在可悲可叹之余，对人类生命哲理进行反思。

<h2 style="text-align:center">第四节　解读范例介绍</h2>

一、意识清醒程度不断递增的艺术结构
　　　　——弗里德曼论《喧哗与骚动》的意识流叙事结构

　　［美］梅尔文·弗里德曼著：《〈意识流〉导论》，宋授荃译，见伍蠡甫、胡经之主编：《西方文艺理论名著选编》（下卷），第 121 ~ 141 页，北京：北京大学出版社，2000 年。

　　就《尤利西斯》来说，梅尔文·弗里德曼认为它尽意识流技巧之能事，尽可能地运用了将近全部的意识流表现手法，以揭示人物在每一个注意焦点的不同心情。它不但是正确利用意识流的指南，并且是对人类意识详细剖析的指导。弗里德曼认为，《喧哗与骚动》虽然在技巧上没有《尤利西斯》那样独特，四个部分的安排也有些造作，但作为表现内心世界的小说，相当接近《尤利西斯》，这部小说是以近乎完全不觉醒的意识开始，以完全觉醒而告终。

　　弗里德曼抓住了《喧哗与骚动》的一个意识流的最大特点是：意识清醒程度不断递增的艺术结构。这样的一个结构通过三个人的内心独白和一个人的叙述来完成。首先出场的是白痴班吉，他的独白是不加理性的控制表白出来的，所用的句法简单到最低程度。他的回忆是从最开始的整片发展到后来的琐碎含糊。虽然康普生一家所有的事情都通过他的模糊的印象流露出来，但是并没有形成一个理智的中心，似乎一切事情都是同时发生的堆砌在一起的，这和弗洛伊德无意识的概念是相符合的。如果说班吉的那部分提供了一个意识中心，那么第二部分中的昆丁则给小说提供了一个理智中心。在这一部分中，虽然作者有意地用标点和大写字母等手段来暗示清醒的理性的线索，但是其间仍然夹杂着许多梦幻般的琐碎的模糊话语。即便由于昆丁陷入梦境延缓意识向自觉方向发展的进度，在觉醒的循序而进方面，这部分比对班吉的描写跨进了很大一步。随后描写杰生的一段，可以说是一段神智清醒者的沉吟思索。虽然年代关系不太清楚，可是杰生经常提到时间和他见到的事情，因而人们不会被搞糊涂。弗里德曼认为，昆丁的梦境是下意识的，而杰生的神智清醒的沉吟思索是通过弗洛伊德所说的潜意识的表露。最后一段全用的是间接叙述体，然而却仍然没有抛弃意识流的大体结构，因为它保持了中心人物迪尔西的局限视点。在这一部分中，充满前面篇幅的内心独白终于被放弃，大部分依赖内心分析，属于完全觉醒的境界。

　　由上可见，意识流小说打破了传统小说以线性的时间流程来结构主题，按照情节的逻辑和空间的位移来安排事件的发展模式，而是以心理时间来结构文章，作家精心营造一个独特的心理的叙事结构。弗里德曼认识到，《喧哗与骚动》的作者福克纳运用了内心独白和内心分析的方法，营造了一个精巧的、不断递增地表现意识清醒程度的意识流小说结构。

二、"透彻地洞察女性的心理"
——荣格对《尤利西斯》及乔伊斯的评价

[瑞士] 荣格：《致詹姆斯·乔伊斯的一封书信》，见袁德成：《詹姆斯·乔伊斯——现代尤利西斯》，第 307～309 页，成都：四川人民出版社，1999 年。

1930 年 9 月，《尤利西斯》的德译本出版第三版，乔伊斯对出版社老板布罗迪请荣格写的序言很不满意，称荣格根本没有读懂《尤利西斯》。得知乔伊斯的反映后，荣格重新写了序言，做了重大的修改，对乔伊斯的文学成就作了积极的评价，并写了一封不乏褒奖之词的信：

亲爱的先生：

你的《尤利西斯》给世界出了一道如此之大的心理学难题，以至于那些把我当心理学权威的人经常找我为他们答疑解惑。《尤利西斯》是一枚硬得出奇的坚果，它不仅使我绞尽脑汁，而且使我走了不少的弯路。总的说来，你的书给我带来无穷的麻烦，我花了三年时间才看出一点门道。可是我得告诉您，我非常感谢您和您的巨著，因为我从中获益匪浅。也许我永远也不敢肯定地说我喜欢它，因为它太折磨神经，内容也太灰暗了。我不知道您是否会喜欢我对《尤利西斯》的评价，因为我不得不告诉世人，它使我感到何等地厌烦，在阅读时我怎样地抱怨，怎样地诅咒，又是怎样地赞叹。书末 40 页那些一气呵成的文字可圈可点，堪称表现人物心理的上乘之作。我想只有魔鬼的奶奶才可能如此透彻地洞察女性的心理。这一点我可做不到。我希望你能读一读鄙人的这篇拙文，这是一位素昧平生的人的有趣的尝试之作。他在《尤利西斯》的迷宫中迷了路，纯粹凭运气才偶然找到出来的路。不管怎样，从我的文章中你可以了解到，一位自认持论公允的心理学家眼中的《尤利西斯》到底是怎样一回事。

顺致深深的谢意。

你忠实的 G.G. 荣格

从荣格对《尤利西斯》及乔伊斯的评价可以认识到意识流小说的两个特点：其一，意识流小说打破了传统小说的情节结构模式。正如荣格在起初的序言中所说"既可以顺着读，也可以倒着读"。其二，意识流是分析和表现人物心理的绝好的文学技巧。正如荣格在信中所说"我想只有魔鬼的奶奶才可能如此透彻地洞察女性的心理"，是"研究精神分裂症的绝好材料"。实际上，乔伊斯读完这信以后十分高兴，尤其使他感到满意的是荣格对《尤利西斯》结尾那段意识流描写的评价。

三、意识流小说关键词审理：意识流

吴锡民：《意识流小说关键词审理：意识流》，《忻州师范学院学报》，2003 年第 3 期；《中国人民大学复印报刊资料》（文学、史地类），2003 年第 10 期。

意识流是作家和批评家惯用的容易引起误解的术语之一。南京师范大学吴锡民教授针对这种情况，撰文对"意识流"这一术语进行了系统的审理。吴锡民教授从学缘谱系、理解现状、基本含义这三个方面来审理"意识流"这一术语。

首先，在学缘谱系上，"意识流文学"历经并非简单划一的学缘谱系，是历史的孕育和时代的潮流多种因素"光合作用"的结果。在客观现实背景的层面上，文学"意识流"之萌动与19 世纪下半叶以来一系列破坏性的重大社会事件致使人们改变对启蒙理想的看法，滋生出悲观和失望的情绪，以及当时新近的自然科学成果如生物学、生理学等给予人们的启迪，导致非理性主义思潮的泛滥（诸如叔本华的唯意志论、尼采的超人哲学等）不无关系。历经这些综合因素之"光合作用"，"意识流"日甚一日地在西方文苑崭露头角。在它得到当时文学批评界关注的过程中，按照《世界诗学大辞典》的说法，法国批评家瓦莱利·拉尔博发表于 1922年的一篇评论乔伊斯小说的文章最先使用了"意识流"这个术语。而英国的安德鲁·桑德斯却认为："1918 年，梅·辛克莱在论多萝西·理查森从她的系列小说《朝圣》中消除'全知全能的作者'的努力的一篇论文中，首先把'意识流'一词用于文学批评。"然而，更早的文献记载大概是美国的杰克·斯佩克特所谈到的英国文学批评史上 1907—1930 年的布卢姆斯伯里团体（Bloomsbury group）的运用。

　　其次，在理解现状上，吴锡民教授提到了对"意识流"这一术语的五种理解。一是方法说。它是一种方法，它具有相对独立的意义，因而，它也就能为不同时代、不同国家、不同思想倾向的作家所运用，用来表现各种不同的内容与主题。二是技巧—流派说。"'意识流'是西方现代文艺的许多部门（特别是小说和电影）广泛运用的一种写作技巧。""20 世纪 20 年代起，意识流技巧在小说、诗歌和戏剧等领域得到了很大的发展，在小说方面更形成了一个独立的流派。"三是层次说。它主要以威廉·詹姆斯和弗洛伊德有关意识的论述为依据，意识流分为三个层次，即文学技巧、文学体裁和文学流派。作为文学技巧的意识流，主要是指在意识流小说中描述人物内心意识流动的技巧；作为文学体裁的意识流，则严格锁定在意识流小说；作为文学流派的意识流，主张用分散的意识流小说家来取代不准确的流派概念。四是题材说。"意识流是文艺作品的内容要素之一，即小说中具体描述的、反映主题思想的感性生活和心理现象。"五是语言说。"意识流不是一个独立的文学流派，也算不得一种艺术创作方法，它不过是现代文学作品的一种更新了的叙述语言。然而，它又超乎文学流派和创作方法之上，不同的文学流派、用不同的艺术创作方法从事创作的作家，都可以在不同程度上采用这种语言。"

　　最后，在"意识流"的基本含义上，吴锡民教授更乐于接受牛津大学出版社于 1990 年推出的、由波尔蒂克博士主编的《牛津文学术语词典》给"意识流"所下的定义：人的头脑中各种感觉、思想、情感以及记忆持续地流动；或者表现小说人物如此混杂精神过程的一种文学方法，通常出现在无标点或不连贯的内心独白形式中。这个术语常被视为内心独白的同义语，但可以从两个层面来加以区分。就第一个（心理学）意义来说，意识流是主题，而内心独白是表达它的技巧；就第二个（文学）意义来讲，意识流是内心独白的一种特殊类型；而内心独白没有进行概括和选择的叙述者的明显干预，总是"直接地"显示人物的各种思想，它没有必要将这些思想与印象和知觉搅和在一起，也没有必要违反语法、句法以及逻辑的规范；但是意识流技巧却或多或少地加以突破之。

　　总之，吴锡民教授认为，历经并非简单划一的学缘谱系之"光合作用"而产生的文学"意识流"，在学术界理解和认识不一，这主要是它的不稳定特性所致。但以乔伊斯为代表的文学实践是确定其基本含义的首要前提。它得到严谨且权威的《牛津文学术语词典》（1990 年英文版）简明扼要的最新诠释，是契合实际的。

第5章 精神分析

　　精神分析批评是把西格蒙德·弗洛伊德（Sigmund Frued）的精神分析学等现代心理学理论运用于文学研究的一种批评模式，这种批评模式的最基本的美学主张，就是强调人的无意识和本能冲动在艺术创造和审美活动中的决定作用。作为精神分析批评理论基础的精神分析学的创始人是奥地利精神病学家、心理学家弗洛伊德，他的精神分析学说形成于19世纪末至20世纪30年代，在此基础上产生的文学批评的精神分析流派则在20世纪20年代形成，30至40年代流行于欧洲，并成为20世纪西方文学批评中影响最大、延续时间最长的批评模式和批评方法之一。精神分析批评大致可以分为两个阶段，即早期以弗洛伊德精神分析学说为核心的传统（经典）精神分析批评和经过雅克·拉康（Jacques Lacan）、诺曼·霍兰德（Norman N. Holland）等人在理论上重新阐释和在实践上创新的新精神分析批评。在文学研究中，传统精神分析批评家主要是依据弗洛伊德的无意识理论、力比多学说、人格结构学说、释梦理论等理论和概念进行批评实践。他们或者在作品中寻找象征，以窥探作者的无意识创作动机，或者把文学作品的文本视为"病例"，通过分析作品的故事情节和人物语言、行为模式等揭示作者的心理和无意识欲望。总之，他们试图挖掘和分析作者在作品中蕴藏的美感经验、变态心理、无意识倾向等。新精神分析批评家则大都抛弃了弗洛伊德主义的性本能动因说，更加注重人的社会性的一面。他们借助结构主义、后结构主义、接受美学等哲学、美学理论，对弗洛伊德的精神分析学说进行重新阐释，并运用于文学批评实践之中，于是就产生了如以拉康为代表的结构主义精神分析批评、以霍兰德为代表的读者反应精神分析批评等新的精神分析批评模式。与传统精神分析批评家不同，新精神分析批评注重探索读者的心理机制和阅读过程，注意研究文学文本的语言、形式结构及其与作者和读者之间的关系。

第一节 基本理论

　　各派精神分析批评的理论基石无疑是弗洛伊德的精神分析学说以及由此衍生的文学思想，要了解精神分析批评，就必须首先了解弗洛伊德的精神分析理论及其文学思想。因此，本节以介绍弗洛伊德的精神分析理论及其文学思想为重点，并择要介绍以拉康为代表的结构主义精神分析批评、以霍兰德为代表的读者反应精神分析批评等两种新的精神分析批评模式。

一、弗洛伊德精神分析理论的主要观点及其文学思想

（一）无意识理论和三重人格结构学说

　　弗洛伊德的精神分析学说首先是一种用于临床治理精神病患者的自由联想法，他强调任何联想都不会无因而生，都有一定的意义，因此，通过病人的自由联想，便可以挖掘出深埋在病人心理底层的动机与欲望，即无意识的欲望。具体地说："在精神分析的治疗时，除医生同病人谈话之外别无其他，病人说出他的以往经验，目前的印象，诉苦，并表示他的愿望和情绪，医生只有静听，设法引导病人的思路。"①这一疗法的理论基础就是弗洛伊德的无意识学说，他认为人的心理结构可以分为三个部分，即意识、潜意识和无意识。意识处于表层，是指一个人所直接感知到的内容。它是人的有目的的、自觉的心理活动，可以用语言表达，并受社会道德的约束。潜意识处于中层，是指那些此刻并不在一个人的意识之中但可以通过集中注意力或在没有干扰的情况下回忆起来的过去的经验。潜意识的功能主要是在意识与无意识之间从事警戒，阻止无意识本能欲望进入意识之中。无意识是一种本能，核心是性本能冲动。它犹如一团混沌，毫无理性；它处于大脑的底层，个人意识不到，但能从根本上影响人的行为。弗洛伊德把人的大脑比作大海里的冰山：意识部分不过是冰山露出海面之上的那一小部分；潜意识则相当于处于海平面的那一部分，随着海水的波动时而露出水面，时而没入水面；无意识则是没于海水的主体部分。意识与无意识相互对立，意识压抑无意识本能冲动，使之只能得到伪装的、象征的满足；而无意识则是心理活动的基本动力，暗中支配意识。意识是清醒的、理性的，但又是无力的；无意识是混乱的、盲目的，但却是起决定性作用的，是决定人的行为和愿望的内在动力。在他的理论体系中，无意识居于主导地位，起支配作用，深刻地展示了人的心理的复杂性和层次性。

为了更好地分析和解释社会文化现象，20 世纪 20 年代弗洛伊德对他早期的理论做了一些修正和补充，提出了人格结构学说。这一理论的基本观点是，人格也有三个部分组成，即为人熟知的本我(id)、自我(ego)和超我(superego)。本我是与生俱来的无意识的结构部分，主要是由性的冲动构成。只受自然规律即生理规律的支配，遵循"快乐原则"行事。换言之，本我不辨理性和道德，一味追求一种绝对不受任何约束的本能欲望的满足。自我比本我高一层次，是意识的结构部分，处于本我与超我之间，它总是清醒地正视现实，遵循"现实原则"，根据外部世界的需要来对本我进行调节控制，压抑本我的非理性冲动。弗洛伊德用骑手与马匹的关系来说明自我与本我的关系，自我代表理智和审慎，本我则象征着未驯服的激情，自我的任务就是努力控制本我的非理性冲动，同时又要让本我的部分能量得到释放，但这种释放必须与现实世界相协调。超我是理性化、道德化的自我，其职能是监督和指导自我去管制本我的非理性冲动，它比自我更进一步，奉行的是"理想原则"。由此可见，人的精神生活始终处于本我、自我和超我的相互作用和相互冲突之中，如果这种相互作用导致心理平衡，人性就处于正常状态；如果导致心理的过分倾斜或不稳定，就会导致精神病症和人格异常。弗洛伊德特别强调，自我在这心理过程之中具有特别重要的作用，它要么强行压抑性本能，要么想办法减缓本能冲动的强度或是使本能冲动转移目标。从这个意义上讲，文学艺术活动就是自我对本能冲动的一种移置(displacement)和升华(sublimation)。

（二）力比多与升华说

弗洛伊德把性欲的内驱力作为一切精神活动的能量来源，对此，他称之为力比多(libido)。在《力比多理论》中弗洛伊德指出，力比多是本能理论中用来描述性力冲动的一个术语，力比多即是性欲，大而化之它又表现为渴望权力的意志，以及自我倾向中其他的种种类似趋势。弗洛伊德认为力比多作为个人特征的精神冲动现象即为本我，它的活动遵循两条原则：一是快乐原则，二是现实原则。快乐原则可视为生命的最基本原则，它旨在消除和缓解紧张或压抑给人带来的不快感觉，这意味着任何一个过程如果源自不愉快的紧张状态，都

---

①　弗洛伊德：《精神分析引论》，高觉敷译，第 3 页，北京：商务印书馆，1986 年。

必定要做出反应以使结果发生改变。快乐原则与生俱来，形成于婴儿期，也是本我遵循的唯一原则，在心理生活中居于统治地位。人之可以无拘无束产生各式各样与道德规范背道而驰的意象、情感和欲望，都源自快乐原则。在人格发展的后来阶段，快乐原则逐渐失去绝对的统治地位。随着年龄的增长，社会习俗和教育的影响逐步加深，人发现自己的本能欲望往往同道德和法律不相容，因而会遭受痛苦。这就是现实原则的意义，也是自我遵循的主要原则。但现实原则与快乐原则并不是相互绝缘的，常常你中有我，我中有你；现实原则并没有放弃最终得到快乐的企图，只是使满足延迟，暂时忍受痛苦以达到的快乐。因此，用现实原则替代快乐原则，只能解释一小部分而不是大部分的痛苦经验。由于力比多构成无意识领域中活动能力最为强盛的性冲动，现实中不可能容忍它为所欲为，于是受节制，被压抑。但其动力与能量守恒，不会消逝，而是转向另一种途径，即采取以社会道德所允许的形式如审美方式发泄，文学和艺术即是力比多的转移形式之一，作家、艺术家从事创作是受到自己本能欲望的驱使。艺术家也和常人一样，由于欲望长期受到压抑而得不到满足，便试图在文艺创作中得到情感的宣泄，以获取快乐，因此，他们的创作动因就是"性欲的冲动"。弗洛伊德认为，文艺本质上是被压抑的性本能冲动的一种"升华"。经过升华作用，受压抑的力比多就可以通过社会道德允许的途径或形式得到满足，这就是弗洛伊德的"升华说"。按照这种观点，文艺的功能具有一种补偿作用，作家和读者在现实生活中难以实现的欲望可以通过创作或欣赏文艺作品得到变相的满足。弗洛伊德认为，性欲的升华作用不仅给文艺，而且给整个人类文化和文明带来了巨大的能源，他在1912年写的论文《性无能——情欲生活里最广泛的一种堕落》里说："伴随文明而来的种种不满，实乃性本能在文化压力下畸形发展的必然结果。而性本能一旦受制于文化，没有能力求得全盘的满足，它那不得满足的部分，乃大量升华，缔造文明中最庄严最美妙的成就，为着人类在各方面都能满足其欲乐，又有什么能催促他把性的能量转用在其他地方呢？他会只顾着快乐的满足，而永无进步。"[1]在这里，弗洛伊德把性欲看作是文学艺术创作的源泉，把人的各种复杂的思想、感情和愿望与人的本能欲望联系在了一起。

（三）梦的理论

弗洛伊德精神分析学说的另一个重要组成部分就是他的梦的理论。在《梦的解析》、《精神分析引论》等著作中弗洛伊德对此作了全面系统的论述，大致可以归纳为三个方面：第一，梦的性质。什么是梦？弗洛伊德分析研究了无数梦例后得出了结论："它完全是有意义的精神现象，实际上，是一种欲望的达成。"欲望的满足是梦的本质特点。愿望或欲望，主要又是无意识的性欲。人的许多愿望，尤其是欲望，由于与社会道德准则不符合而被压抑到无意识之中，于是在睡眠中，当检查作用放松时，便以各种伪装的形象偷偷潜入意识层次，因而成梦。换句话说，由于人的欲望在现实生活中得不到满足，便采取一种迂回的方式表现在睡梦中。梦又可以分为两种，一是明显的梦的内容，称显梦，它经过了化装；一是隐藏在假象后面的梦的思想，称隐梦，是梦的真义，即本能的欲望。第二，梦的化装、检查和象征。梦之所以要化装是为了逃避"检查员"的注意，所以检查作用是引起化装的主因之一，而化装则是梦的工作的产物。引起梦的化装的另一原因是梦的象征。日常生活中被压抑的冲动，与做梦的刺激及前一日的经验结合而进行化装后，力求通过行动得到满足，但因睡眠而无法行动，只

---

① 弗洛伊德：《精神分析引论》，高觉敷译，第275页，北京：商务印书馆，1986年。

得将愿望化为一组感觉或用象征代替。所以，象征，作为梦的化装的第二因素，与检查作用并存，都是为了使梦变得更加奇幻复杂而又难解。第三，梦的工作。弗洛伊德把梦的工作概括为四种方式或途径。一是凝缩（condensation），即将丰富的梦的无意识内容简约为梦的外显内容。二是移置（displacement），即通过隐喻、暗示等用比较疏远的事物，来替代梦的无意识的内容。三是表象（representation），即将梦的潜在内容表现为视觉意象。四是润饰（secondary revision），即初醒时将表面上互不连贯的材料串联成统一的内容。正是通过这四个途径，梦的内隐思想即无意识的本能冲动，转化成了梦的外显内容。由此可见，文学艺术与梦具有许多共同的特点：首先，梦表现的是被压抑的欲望，是无意识的创造，而文学作品也是被压抑的本能冲动的升华，具有梦境的象征意义；其次，梦的出现与文学作品躲过书报检查并最终出版相类似；再次，梦的显现内容与潜在思想之间的关系犹如文学作品的形式与意义之间的关系，它们都是通过压缩、移置，采取伪装或象征的手段，经过深刻的修饰等策略来表现其意义的。因此，文学与梦实质上都是一种替代物，是一种具有充分价值的精神现象。

在无意识和梦的理论的基础上，弗洛伊德提出了文艺创作类似于白日梦的观点。他在《诗人与白日梦》一文中指出，白日梦就是人的幻想，它源自儿童时代的游戏。儿童最热爱、最全神贯注的活动是游戏。游戏中的儿童恰似一个作家，它创造了一个自己的世界，或者更确切地说，他是用一种新的方式，重新安排了他那个世界的诸事诸物，以便得到更大的快乐。这正是艺术创造的方式。同时，儿童游戏的态度是极其认真的，倾注了极大的热情，这同艺术家的创作态度，又有很大的相似之处。更重要的是，儿童尽管聚精会神将全部热情交付给他的游戏世界，却非常清楚地把它同现实世界区分开来。当儿童从真实世界的可见事物中攫取游戏的想象世界时，他的"游戏"便更接近"白日梦"了。当人长大以后，不再做游戏了，但不会放弃那种游戏中获得的快乐，而只是换了一种形式——幻想。所不同的是，儿童并不掩饰他们的游戏，而成年人的幻想由于是在现实生活中难以实现的、羞于启齿的愿望，因而必须加以掩饰。弗洛伊德认为，睡眠中的梦也是幻想。由于"幻想的动力是未得到满足的愿望，每一次幻想就是一个愿望的履行"[1]，所以"夜间的梦与白日梦——我们已十分了解的那种幻想一样，是愿望的实现"[2]。总之，梦是无意识的一种叙事方式和具体表现方式。幻想是生命的欢乐之源，是自由的形式之一，也是成年人目的性的想象，是意愿世界的实现空间。弗洛伊德把作家与梦幻者、作品与白日梦相提并论。他把作家分为两种类型：一种是像写英雄史诗的古代作家那样，他们采用现成的素材，其作品是史诗与悲剧；另一种则是创造性作家，他们创造自己的素材，作品的主人公即是作者无意识中自我的化身。这一点在自传体小说中表现得尤为充分。作家在写自传时往往受无意识的支配，千方百计寻找各种看似合理的理由美化自我，从而在得到读者赞许的同时实现了自我愿望，即理想世界中的自我的完善。弗洛伊德指出，文学作为白日梦都有一个处在视线焦点的主人公，作者殚精竭虑为他争取读者的同情，并且把他放在天佑神助之下。在分析了大量文学作品后，他认为"小说中所有的女人总是都爱上主人公"，故事中的人物总是"明显地分为好人和坏人"，都不是现实生活的写照，而是"白日梦的一个必要成分"；他还认为许多英雄故事的主人公其实就是白日梦的主角。因

---

① 弗洛伊德：《创作家与白日梦》，包华富等译，第 138 页，长沙：湖南文艺出版社，1986 年。

② 弗洛伊德：《创作家与白日梦》，包华富等译，第 140 页，长沙：湖南文艺出版社，1986 年。

此，他认为一篇作品就像一场白日梦一样，是幼年时代曾做过的游戏的继续，也是它的替代品。关于文学作品的情感效果，也就是关于作品的媒介，作者和读者的情感沟通问题，弗洛伊德强调白日梦的改装须有技巧。除了因为白日梦者为自己的幻想感到羞耻，需要小心翼翼加以掩饰外，还需要把自己的幻想（白日梦的产品）生动化，使其能够引人入胜。这样，以作品为媒介，作者与读者的情感可望得到沟通：对于作者，创作是变相宣泄了白日梦；对于读者，阅读是欣赏自己的白日梦却不必因此感到内疚，这就是文学的魅力。由此可见，弗洛伊德的文艺观点实际上是他的精神分析理论的派生物。

（四）"俄狄浦斯情结"

"俄狄浦斯情结"是弗洛伊德从其力比多理论和人格学说中衍生出来的一个概念。1922年为同名学科作定义的《精神分析》一文中，弗洛伊德这样表述俄狄浦斯情结："早在最初的孩提时代，大致是在二至三岁，各式性冲动的一个汇合即已发生，就男孩而言，它的对象是母亲。这一对象的选定，连同与此相关的对父亲的嫉妒和敌意，提供了人所共知的俄狄浦斯情结的内容，它于人类性生活最终形式的确定是头等重要的。人们已经发现，正常人的特点，即是懂得怎样来把握他的精神病因素潜伏其中的俄狄浦斯情结。"弗洛伊德认为，在人格发展的第三阶段，即生殖器阶段，儿童身上发展出一种恋母情欲综合感。这种性欲，更准确地说是爱欲，是儿童对最先走进其生活的对象的依赖，它驱使儿童去爱异性双亲而讨厌同性双亲。于是，男孩把母亲当作性爱对象而把父亲当作情敌，女孩则正好相反。这样男孩就产生了"俄狄浦斯情结"（恋母情结），女孩就产生了"厄勒克特拉情结"（恋父情结）。俄狄浦斯情结在精神分析体系里占有极为重要的地位，弗洛伊德不仅把它看成是精神病的起因，而且还发现它也是人类原始宗教和道德的根据，以后甚至成了精神分析批评学派的主要理论根据。依照弗洛伊德的看法，俄狄浦斯情结的第一个威胁即是来自父亲，所以在幼年时，它便因父亲发出的"阉割"威胁，压抑在无意识之中。成年后，则被超我即良知挡在意识之外。尽管这样，这个与生俱来的本能冲动，仍会在无意识中以种种伪装的形式表现出来。在弗洛伊德看来，俄狄浦斯情结是一个普遍存在的现象，他把这种理论应用于文学研究。在众多的世界文学名著中，弗洛伊德找出了三个例子即索福克勒斯的《俄狄浦斯王》、莎士比亚的《哈姆雷特》和陀思妥耶夫斯基的《卡拉玛佐夫兄弟》作为例证，指出这三部作品都有一个相同的主题：俄狄浦斯情结。在《梦的解析》一文中他对《俄狄浦斯王》进行了深入的分析，他强调：俄狄浦斯杀父娶母正是人的儿童性欲不可避免的表现，是人物潜藏着的无意识欲望的满足。俄狄浦斯的命运之所以能打动无数读者和观众，其原因不应当从命运和人类意志的冲突中去寻找，相反是在于这一冲突的特殊性，即俄狄浦斯的命运之所以震撼我们，是因为它有可能成为我们自己的命运。

二、拉康、霍兰德的新精神分析批评理论

弗洛伊德的精神分析理论及文学观点在文学批评领域产生了十分深刻的影响，形成了各种不同的精神分析批评流派。20世纪中后期，拉康、霍兰德等人为代表的新一代精神分析批评家对弗洛伊德的精神分析学进行了理论改造和重新阐释并应用于批评实践之中，对这一时期文学批评产生了较大的影响。

（一）拉康的结构主义精神分析批评

雅克·拉康是法国著名的精神分析学家，他对弗洛伊德精神分析学说的贡献和理论的局限看得非常清楚。他认为，弗洛伊德主义固然对文学创作和文学批评有着十分重要的意义，但其理论上的不完善却有碍于它的传播与发展，必须同时从内部和外部对它进行反驳和修正。拉康运用结构主义和后结构主义语言学的理论，就与人的主体问题有关的所有方面，尤其是无意识与语言的关系问题，对弗洛伊德主义进行了改造和重新阐释，提出了自己的阅读和批评策略。

首先，他把精神分析学与结构主义语言学联系起来考察。拉康十分重视语言的中介作用，作为一位结构主义者，他自然将精神分析学与结构主义语言学联系了起来。弗洛伊德认为无意识先于语言，而拉康则认为这二者几乎同时出现，而且还把无意识看作是语言的产物；弗洛伊德认为无意识是混乱的、任意的、无规律可循的，拉康却认为无意识像语言一样是有规律可循的或有结构的，这种结构的规则受制于语言经验；弗洛伊德认为无意识是通过"凝缩"和"移置"来表现其内容的，拉康则认为这两个概念与隐喻和转喻的修辞过程是相似的。在弗洛伊德的理论体系中，无意识是一种本能代表，而在拉康的理论体系中，无意识则是语言的一种特殊作用，是语言对欲望加以组织的结果。反映在梦中也是如此："梦具有句子的结构，或者用弗洛伊德书中的话说，是一种猜字画谜的结构，也就是说，梦具有某种文字形式的结构，儿童的梦反映了原始表意文字学的特征，而对成年人来说，它同时再现了符号成分的语音用途和象征用途。"①可见，拉康试图从结构主义语言学的角度对弗洛伊德的精神分析学进行一次"语言革命"，它打破了弗洛伊德的无意识不可知的神话，终于为无意识更有效地应用于文学找到了一个中介物——语言。

其次，拉康对弗洛伊德的"自我"概念也作了重新阐释。弗洛伊德认为婴儿在早期还没有主体与客体、自身与外部世界的界限。这种缺乏任何确定的自身中心的生存状态拉康称之为"想象态"。拉康认为"自我"在意识确立之前并不存在（所谓意识的确立就是指人有了自我的概念），意识的确立发生在某一神秘瞬间，这一瞬间他称为"镜子阶段"。婴儿看到镜像活动与自身的活动一致时，会感到高兴，于是拼命向镜子靠近。随着婴儿长大，进而发现作为主体的自身的存在，自我就建立起来了。在这一过程完成之后，幼儿就从"想象态"转入拉康所说的"象征性秩序"，即预先确定的社会与性的作用以及构成家庭与社会关系的结构。我们可以把在镜子前打量自己的婴儿看作一种"能指"——一种能够给予意义的东西，而把他或她在镜子中所看到的形象当作一种"所指"。换句话说，我们可以把照镜子的情景看作是一种隐喻：一方（婴儿）在另一方（形象）中发现了自我的同一体。拉康认为自我是在与另外一个完整的对象的认同过程中构成的。

再次，在文本阐释方面，拉康也提出了新的批评策略。弗洛伊德把文本当作探究作家心理或人物心理的线索，注重研究作者的心理和创作活动，旨在揭示作者的创作过程、态度及心理状态与其作品的关系。而拉康通过重新评估语言的作用，对其提出了异议，他主张通过分析文本的语言和结构方式去研究文本、语言与读者之间的关系问题。拉康在文学批评方面对弗洛伊德主义的发展正如赖特所概括的那样："传统的弗洛伊德精神分析学说对所考察的文学作品的探讨一直是以分析人的心灵为中心的，而不管它是作者的、人物的、读者的心灵，还是这些人的心灵的结合体。新精神分析学的结构主义式探讨则以分析作为心灵的文本为中

　　① 　雅克·拉康：《自我的语言》，转引自陈厚诚、王宁主编：《当代西方文学批评在中国》，第 15～18 页，天津：百花文艺出版社，2000 年。

心，这种分析是以这一理论为基础的：无意识也像语言一样是有结构的。"①这可以说是拉康对当代精神分析学批评的最重大的贡献。

（二）霍兰德的读者反应精神分析批评

诺曼·霍兰德被认为是美国最重要的精神分析批评家。他早年受训于波士顿精神分析学院，系统地学习过精神分析理论，后受到"个人的性格或'身份'可以作为主题和变体"的精神分析理论的影响，开始在这一方面进行研究。霍兰德既是一位精神分析学家，也是一位读者反应批评家。他的主要兴趣在于把个人反应当作精神分析的对象，因此，他的批评方法被称为读者反应精神分析批评。在20世纪七八十年代，科学研究证实，每个人的大脑都不相同，这种差异源自儿童时代的经验，用精神分析学术语来说，即儿童时代使每一个人发展出一种与他人不同的个人风格或身份主题；同时，大脑科学还证实：我们每一个人即使观察最简单的事物也都通过一个能动的过程：我们能动地观察世界，能动地建构现实。而这一能动的过程是受个人的风格或身份控制的。霍兰德认为这种个人的风格是由人体、文化和个人的独一无二的历史构成的，即人的身份也包含三个方面：人体身份、文化身份和个人身份。与之相对应，所有文学反应都由包括人体身份、文化身份和使我们成为现在这个样子的独一无二的个人历史的那种身份所控制，认为这就是读者反应之下的思考。

霍兰德把读者反应批评的某些理论与方法置入精神分析批评的框架中，试图运用精神分析学的理论来分析阅读过程和文学反应的原动力，以解决读者与文本之间的关系问题。霍兰德认为，文学作品把读者的潜在愿望与恐惧转变成了社会可以接受的内容，因而可以给读者带来快乐。文本是一种掩体，一种具有掩饰作用的信码系统，也是作者与读者之间相互沟通的场所。随后，霍兰德的着眼点从发现文本的组织结构转移到发现读者的阅读机制上。他认为，阅读首先是一种个性的再创造，是一种"个人交易"，读者可以根据自己的个性主题主动地去理解文本。阅读的过程是一种从主观到主观的作用过程，也就是说，阅读是接受他人所表达的意义的过程。霍兰德的批评理论主要建立在弗洛伊德的以自我为中心的"第二心理地形"理论之上，其理论关注以自我为中心的人格的固定结构，认为艺术本质上是被诱导出来的，是一般经验的一种修复性的延伸，把文学文本作为其作者的个人存在对于外部现实的反应的产品。他还认为如果幻想存在于作者的无意识中，它们也存在于读者的无意识中，因此批评家应更多地关注读者的心理或者自我，关注读者的阅读过程和反应。这样便建立了以读者与文本关系为核心的读者反应精神分析批评。

霍兰德对精神分析学批评的效用曾有过这样的阐述："用精神分析方法进行文学批评，给我们提出了根本的人的问题。不同的个性对同一事物反映如何？精神分析方法除了有助于我们更好地理解作家及其作品外，还既以一般又以极特殊的方式帮助我们更好地理解读者。这种方法引申开来可以将文学作品中的一般人物理解为一个全面的精神分析过程中的进攻和防御机制，而这种全过程就是文学作品。由此我们可以理解，为什么文学作品中的人物尽管不是真实的，有时甚至刻画得不那么真实，但看起来却像真人一样。"②

---

① 伊丽莎白·赖特：《精神分析批评：实践中的理论》，第114页，伦敦和纽约：路特利支出版社，1984年。

② 诺曼·霍兰德：《精神分析与莎士比亚》，第177页，山东教育出版社，1996年。

第二节　批评方法

如前面所述，弗洛伊德的精神分析从某种意义上讲，就是一门关于无意识的科学，文学艺术从根本上看是无意识活动的结果，精神分析批评的一个基本特征就是通过分析文本中的各种"症候"和象征，揭示文学活动中潜伏的无意识动机。因而，运用精神分析理论进行文学研究和批评实践，一般从以下几个方面着手：

一、分析文学作品的无意识意义

正如精神分析批评家诺曼·霍兰德所言，艺术品总是有两个层面，"第一个层面，文学作品的常规意义，阐明了与理智的观点有关的故事成分⋯⋯第二个层面，一种具有精神分析学意义的陈述，显示了被理解为具有无意识含义的故事成分与特定的无意识幻想相关联"[①]。精神分析批评就是要穿透作品的表层意义，揭示作品深层隐藏的无意识内容，寻找人们心理和心理发展中某些无意识"原型"和积淀在文学作品中的投射。应该说弗洛伊德本人对索福克勒斯的《俄狄浦斯王》的分析就是这种批评的创始人。弗洛伊德认为，这出悲剧表面上写的虽是人类意志和命运的冲突，但在实际上它所表现的是人们童年时代所产生的那种杀父娶母的欲望，即所谓的"俄狄浦斯情结"。

二、分析作品中虚构人物的无意识心理

文学作品的人物形象往往取自于现实中的人物，尤其往往是取自作家本人的体验和经验，他们所代表的是一种复合的、立体的心灵世界，所以，在他们的行为中，不仅存在着他们自己或作家所意识到的动机，而且还存在着他们自己或作家所没有意识到的无意识的动机，而精神分析批评就是通过分析作品中虚构人物语言和行动中存在的各种"症候"，揭示其与这些人物的无意识本能欲望相联系的动机和因素。如琼斯对莎士比亚的名著《哈姆雷特》批评，就是通过分析哈姆雷特已经知道叔父克劳狄斯暗害了父亲的真相，但在复仇的过程中却总是犹豫不决这一"症候"，揭示了哈姆雷特的无意识欲望，就是哈姆雷特也对母亲怀有乱伦的渴望和对父亲怀有仇恨的心理，也即是所谓俄狄浦斯式情结，这才是造成他复仇行动迟疑的真正原因。

三、分析作家的无意识动机

弗洛伊德认为艺术文本与梦等同，一部作品正像一个梦一样，是作家被压抑的无意识欲望的一种替代性满足。因此，要理解文本的意义，首先必须理解作家的无意识动机；反过来说，发现了作家受到压抑的那些无意识趋向，又会增进我们对作品本意的理解，甚至对它作出新的解释。精神分析批评要十分重视对作家的各种资料的搜集和分析，其中包括有关的传记资料如自传、私人信件、讲稿及其他文稿，特别是作家童年生活的记载。通过分析和整理这些资料，把握作家的各种癖性，他的内心痛苦，尤其是他性欲上的压抑，并结合文本分析，揭示作家进行创作的无意识动机和真正原因。如弗洛伊德对陀思妥耶夫斯基的分析，便是这

---

① 诺曼·霍兰德语，转引自《西方学者眼中的西方现代美学》，第 308 页，北京：北京大学出版社，1986 年。

类批评的一个代表。他在陀思妥耶夫斯基以弑父为题材的小说《卡拉玛佐夫兄弟》人物心理和作家陀思妥耶夫斯基的心理之间，极力寻找相关的对应之处。根据他的分析，陀思妥耶夫斯基时常发作的癫痫病，并非是一种生理病，而是一种精神病，是由于他恋母仇父的无意识欲望所产生的犯罪感引起的一种自我谴责和虐待，而作家最终得以把这种犯罪感升华到文学创作中去，通过对作品中人物的残酷虐待而使自己得到宣泄和解脱。

四、分析读者的无意识体验

弗洛伊德及其早期的追随者们，对读者的无意识心理分析并不十分重视，不过弗洛伊德仍然在许多地方提及这个问题，如分析索福克勒斯的《俄狄浦斯王》时，他就特别对观众的接受心理作了分析。在精神分析批评发展的后期，对读者无意识心理体验的研究成为精神分析批评发展的一个新趋势，其代表人物霍兰德甚至在他的《文学反应的动力学》和《五位读者的阅读》中，把精神分析理论发展成了一种关于读者反应的全面系统的批评理论。他认为读者和文本的关系是一种本我幻想和自我防御的关系，文本的自我防御具有一种转换功能，它能够把本我幻想转化为一种为社会习惯可以接受的内容：既在读者心中唤起无意识的欲望和幻想，又以艺术的手段支配和控制这个幻想，使自我不受到本我的伤害。这样，读者就从本我走向了自我，又从自我走向了本我，从而带给读者以快乐，享受到他的白日梦，但又不会产生犯罪感和羞愧感。如霍兰德本人对阿诺德《多佛海滩》的分析，就是通过分析自己对这首诗的反应，揭示了读者在文本阅读过程中产生的无意识体验和幻想。

第三节　作品解读

一、性的沉沦与升华
——张贤亮小说创作之精神分析

张贤亮是新时期文学发展初期重要作家之一，同时也是当代文坛引起争议最多的作家之一，他的"爱情三部曲"即《绿化树》、《男人的一半是女人》、《习惯死亡》在读者和评论界中引起的反响尤其强烈。这些作品会产生如此大的反响与争议，从表面上看似乎是因为它们对性爱的大胆描写，然而，从更深的层面去挖掘，就不难发现，这些特殊时代背景下的性爱描写之所以给读者和评论界留下异常深刻的印象，本质上是与张贤亮在新时期较早地吸取并运用精神分析美学进行小说创作密不可分的。因此，从精神分析批评的视角深入分析张贤亮小说文本是从根本上把握张贤亮创作实质的关键。

（一）压抑的性爱：沉沦的升华

弗洛伊德曾经按性欲的驱力（即力比多）的活动将人格划分为三部分：本我，代表本能力量，遵循快乐原则；自我，代表理性力量，遵循现实原则；超我，代表道德力量，遵循理想原则。这一切在张贤亮那些颇受争议的小说中都是有所体现的。在《男人的一半是女人》中，章永璘在劳改中不断沉溺于对女性的幻想，在性的饥饿与渴求中寻求着平衡和解脱，从而使自己的性压抑得以释放；在《习惯死亡》中张贤亮则通过极为费解的意识流手法描写了一个在"文革"中被假枪毙之后的"我"，在万念俱灰的状态下只剩了性爱，甚至发展到了为寻求刺激到异国去嫖妓。

在张贤亮小说文本中，社会环境总是异常压抑的，这种极度压抑的社会条件严重抑制了小说主人公的本能欲望，为他们的行为处世设置了种种超常的道德行为准则，于是，在主人公本我与超我的较量中，超我总是处于胜者地位。因此，在《男人的一半是女人》中章永璘在芦苇丛中看到黄香久那充满诱惑的裸体，沉睡已久的性欲本能瞬间爆发，但已然接受的道德信念与行为原则，却使他压抑住了这种欲望，最终是以精神的满足否定了肉体的需求，与此同时，他也陷入了深深的痛苦和思考之中："既然那种精神上和肉体上的饥渴同时折磨着我和她，既然我们身上都烙着苦难的印记，为什么我们不能在苦难中偷得片刻的欢愉？"①之后，随着外部压抑和内部思索不断发展，超我获得的能量愈来愈大，而本我的能量也就越来越小，直至人性和欲望完全受到阉割。果然，八年之后，在章永璘与黄香久结合时，他在肉体上与精神上都变成了阳痿，已完全丧失了宣泄与创造的心理动力。不过，张贤亮的小说并非是对精神分析某种理论的直接诠释，而是通过人物命运尤其对其在特定社会背景下情爱、性爱经历的生动刻画，表达了一种对社会文化的批判和对知识分子人格命运的解剖与反思。他精心地为自己这类小说中的主人公安排了两种不同的命运——灵魂的不断沉沦和精神的不断升华。而无论沉沦还是升华，它们所暗含的思想却只有一个，这个思想也是完全可以通过融合弗洛伊德的理论加以概括的："一种超我本位的人格结构是一种没有活力和没有创造精神的结构，一种压抑性社会文明是一种没有生机的反人本精神的文明，无论是人格或是文明的真正生命力，都必须依赖于感情、激情、欲望的解放。"②在《爱情三部曲》中，《习惯死亡》主人公的命运是属于沉沦一类的。其实，所谓"习惯死亡"实际上就是习惯于中国人的日常生活，包括政治生活和爱情生活这一点，是章永璘在一开始想自杀，后来发现自己没有能力、没有兴趣或没有勇气去死时，便早已真相大白了③。然而，对于这样一个一直想死却没有勇气去死的人，等待他命运的只能是肉体与灵魂上的不断沉沦。在一次又一次性爱中寻求满足，他宛若行尸走肉的命运与郁达夫笔下《沉沦》的主人公命运何其相似！但已丧失死的勇气的他却比《沉沦》主人公的命运更加可悲。他总是预先乞求别人的宽恕，并主动以自轻自贱甚至是自戕来换取人的同情与怜悯，他的思想颓废与生命沉沦正是中国知识分子在特定时代苦难命运的真实写照。与此相对应的是，在《绿化树》和《男人的一半是女人》中，张贤亮却为我们展现了一种截然相反的灵魂世界。"章永璘"们在情爱中再造了生命，升华了灵魂。《绿化树》中马缨花在"我"急欲获得肉体满足时的一句提醒，让"我"羞愧得甚至想以死来忏悔，而随后不断阅读《资本论》，又使"我"在灵魂上得以超越，于是"我"产生"要去追求光辉的那种愿望，要追求充实的生活以至去受更大的苦难的愿望"④。《男人的一半是女人》可以说是《绿化树》的续篇，也是张贤亮所有作品中引起争议最多的一部，主人公章永璘在长期压抑下已成了半个男人，是黄香久重新造就了他，因而，从这个意义上说，"男人的一半是女人"；但在另一方面，两个人毕竟是在非常情况下结合，他们缺乏真正的爱情基础，单靠性的需要很难维系婚姻生活。章永璘之所以要离开黄香久，正是因为她唤醒了他尘封已久的激情，所以他才有勇气向现实挑战，要去开创新的生活。

---

①　张贤亮：《张贤亮选集》第 3 卷，第 440 页，天津：百花文艺出版社，1995 年。
②　尹鸿：《徘徊的幽灵》，第 129 页，昆明：云南人民出版社，1995 年。
③　邓晓芒：《灵魂之旅》，第 6 页，武汉：湖北人民出版社，1998 年。
④　张贤亮：《张贤亮选集》第 3 卷，第 304 页，天津：百花文艺出版社，1995 年。

由此可以看出，张贤亮创造性地利用精神分析的相关理论，其小说创作对社会文化的深度批判与反思中包含了深刻的心理分析，而这一切都使他在新时期以反映知识分子自我反思与批判题材众多作品中显示出独特的艺术魅力。

（二）恋母情结：回归子宫

《初吻》是一个在批评界很长时间内无人注意的短篇，但从精神分析的角度看，这篇作品对分析张贤亮创作心理具有十分特殊的意义，通过它我们可以全面而具体地窥视到隐藏于张贤亮内心深处的潜意识——恋母情结。从表面上看，小说似乎只是描述一个整天瞎想"英雄救美"的章家小少爷与一位残疾大女孩之间一段颇为浪漫朦胧的爱情故事。然而从心理分析的角度去看待它，就不难发现《初吻》并不像乍看时那么简单。小说中那带有残疾、年轻、美丽而又忧伤的女主人公形象，其真实身份应是小说一开篇就描述的男主人公母亲的化身。在"我"瞎想中，与丈夫长期不和，惯常含着眼泪的母亲逐渐被幻化成一个残疾而孤独的大女孩，而"她"也在等待着以"英雄"自居的男主人公——"我"的救赎。因而，《初吻》尽管在显意识文体上描述的是一场"初恋"，但其潜意识文本却指向了"恋母"，即在一定程度上，章家小少爷是张贤亮潜意识中本我人格的外化物，而残疾大女孩则是其欲望对象——母亲的隐喻。同时，从《初吻》中解析出的恋母情结也是非常真实而典型的，因为它具有童年的原发性。当然，仅仅以《初吻》一部作品来证明张贤亮小说兼有恋母情结还嫌过于单薄。事实上，他的大部分小说文本中，恋母情结一直是作为一个普遍的倾向存在的。曾经被作者深情地称为梦中洛神的女性形象，如《灵与肉》中的李秀芝，《土牢情话》中的乔安萍，以至马缨花、黄香久等，在一定程度上都有可以被释读为作家潜意识中母亲的置换物。所不同的是，在这些篇章中人物的身份与地位都发生了颠倒，男主人公都变成受难者，女主人公上升到了拯救者的地位。

那么，张贤亮小说文本何以会有如此多的恋母情结？这类情结最后又是如何转化为文章中心的子宫情节的呢？这有三方面原因：首先，从主观上说，张贤亮小说的主人公曾多次表达了劳改使他与母亲分离所产生的痛苦，不仅如此，阶级路线还要求"他"与母亲划清界线，从而激发了他对母亲的向往与依恋；其次，从客观上说，特定时代的压制与自身的无法反抗也使他们无力面对现实，于是，无奈地向生命本源——母亲的回归就成了他的"人穷思本"的一种特殊表现，所以"他"从小就不愿意长大，始终眷恋着母亲的乳房与子宫；再者，在前两个条件的共同影响下，主人公身上那种对个体母亲眷恋的无意识就逐渐演化成为对集体无意识的眷恋。因此，单一的渴望返回母亲也就变成了依恋群体甚至是直接指向了承载万物的"大地母神"。事实上，子宫情结与恋母情结在一般精神分析学家的眼里是无重大分别的，它们的实质是精神分析学派中一个经典概念中的两个方面，两者关系是十分密切的，只不过恋母情结强调的是个体心理发生的产物，而"子宫情结"则更多地被认为是种族心理发生的集体无意识。从这个意义上说，回归子宫就是指回归群体状态或是回归大地，它是一种对大地的乱伦之恋，是人类潜意识中的一种根性。在《习惯死亡》中，主人公在许多次做爱时都想到了母亲，他忽而"觉得我又回到了母腹之中"，忽而"多么想从你的身上回到我母亲的身上去"[1]。这些都表现主人公要回到母亲子宫里去，也就是想回到群体的怀抱里去，这正是主人公害怕孤独的心理根源。尽管这种恋母情结（或子宫情结）能使主人公在回归中得到片刻的

---

① 张贤亮：《张贤亮选集》第 3 卷，第 419 页，天津：百花文艺出版社，1995 年。

宁静，但是，这种倾向却使他始终不能从根本上健全起来，而只能使他更进一步放弃自己，融化自己，取消自己在子宫外的独立存在。他自己身上的恋母倾向使他永远无法建立起成年人独立的爱情，永远把他推向婴儿和胚胎的境地。同时，按照弗洛姆的观点，返回母腹、回归大地本质上也就是拥抱死亡，是个体对生命的放弃与消解。这个观点与弗洛伊德晚年的死亡本能理论是一脉相承的，回归自然，回归大地，与非人化的万物融为一体，其本质就是拒绝生命、畏惧存在、迷恋虚无的死亡本能的外化。也许正因为这样，《初吻》中那个作为作者潜意识中母亲形象的残疾大女孩最终在小说末尾被幻化成了一座在山冈上的白色坟茔，从而使张贤亮将恋母情结、大地崇拜、死亡本能高度浓缩于这个短篇中。

总之，从以上的分析可以看出，张贤亮小说总是在不同程度上，凸现在主人公（也是作家本人）的潜意识心理中的恋母情结与子宫情结，两者在本质上都是一样的，两者或多或少地都表达了主人公在回归途中，向其生命出发地退行，甚至是向死亡的一种回归。

（三）死亡本能：施虐与受虐

弗洛伊德后期对自己的本能理论有所修正，将本能分为生命本能与死亡本能，即"食色本能（生命本能）常欲将生命的物质集会而成较大的整体，而死亡本能则反对这个趋势，主要将生命的物质重返于无机的状态。这两种本能势力的协作与反抗产生了生命的现象，到死为止"[1]。简言之，"生的本能是建设性，它导致新生命的诞生，死的本能则是破坏性的，它是恨的动因，表现为向外扩展的攻击的侵略倾向，而当这种倾向在外界受挫时，它又折回自我就成为自杀的诱因，如果这两种本能相辅相成，便能出演令人目眩的动荡人生"[2]。《四封信》是张贤亮复出文坛后的第一篇小说，这位昔日高唱《大风歌》的诗人，在受难二十余载后，一经重获写作的权利，是以这样的语句打破多年痛苦的沉默："他死了"，这既是《四封信》的开场白，在某种意义上也可以看成作张贤亮新时期整个小说创作的题记。从此，浓重的死亡阴影就像拂不去的阴霾，不断地在他的小说文本中飘来荡去。

死亡问题在张贤亮小说中可以说是贯彻始终的，其作品的主人公大都经历过死亡的劫难，或者曾经挣扎于死的边缘。《初吻》中的残疾大女孩曾不止一次对章家小少爷说到自己要去死，《邢老汉和狗的故事》中的邢老汉是最终带着对人世的恐惧与绝望，匆忙地结束了本已迟暮的生命，《土牢情话》中的石在，则在一座风雨飘零、行将坍塌的土牢里，经受了一场触及灵魂的死亡洗礼。至于《绿化树》、《男人的一半是女人》中的章永璘，更是在忏悔中或是沦为"废人"时每有死意。当然，最能体现其死亡意识的则是《习惯死亡》，作品中那位似乎患有精神分裂的主人公经常想到死，死亡已成了他的习惯。他想过上吊，陪过"杀场"，有过长期摸死人的经历，又刨过死人的骸骨……在他身上，死亡已成了生存的本能，它像皮肤一样附在他的身上，并最终让他走上了自杀之路，死亡意识在这部长篇中已达到极致。

张贤亮小说的死亡意识与他自身曾经经历过的苦难息息相关。在长达二十余年的炼狱似的生活中，他耳闻目睹了无数生命的死亡，本身也几度体验死而复生的恐怖经历，因而，死亡的记忆便滞留在他的灵魂深处，并在他那些类似"自叙传"的小说中不断浮现出没。弗洛伊德的死亡理论表明：人以他自己的方式去死。这句话有两层意思，即死亡本能在好的方面可以被理解是一种反面鞭策，它能促进人们热爱生活，为生命注入新的张力；而在其不利的方

---

[1]　弗洛伊德：《精神分析引论》，高觉敷译，第 84 页，北京：商务印书馆，1987 年。
[2]　陆扬：《精神分析文论》，第 55 页，济南：山东教育出版社，1998 年。

面，则是它使人类的行为完全身不由己，或是受制于外部的影响，或是为内部的黑暗本能所驱使，成为某种个人无法加以控制的心理状态，并最终形成人类社会的一大悲剧。由此来看，《绿化树》、《男人的一半是女人》中的章永璘最终走向新生命当属前者，而像《习惯死亡》、《我的菩提树》等绝大多数作品则更多地属于后者。

但单以死亡本身来诠释全部死亡本能理论又是不够的，在弗洛伊德看来，死亡本能还应包含施虐、受虐及自恋等方面，这主要是因为死亡本能主要是以破坏性攻击作为内容核心，当攻击目标是异己对象时就形成了施虐，当攻击目标返回自身时就形成了自虐，而自虐者把攻击主体（自我）转移到另一主体上时就形成了受虐。施虐、自虐、受虐同属于死亡的心理类型，这在不同程度上存在张贤亮小说文本之中。《绿化树》、《男人的一半是女人》中的章永璘先后以各种理由把作为自己的灵魂拯救者的两位女性——马缨花、黄香久抛弃，他为了保全或解放自己，把社会对他的施虐转嫁到她们身上。当然，在这种时候，他也不禁萌生了强烈的愧疚与忏悔之心，于是，攻击目标从外在转回自身，他又转而自虐和受虐。也许正因为如此，章永璘在《绿化树》中才会把挨队长骂当作是一种生活享受，在《男人的一半是女人》中把受曹书记的人格污辱当成一种自我教育。此外，又如《土牢情话》中石在出卖乔安萍，《早安，朋友》中徐银花自杀前的自慰，《习惯死亡》中对女性骸骨由兴奋到求爱都无疑表现了这种病态美，而这种病态美都根源于死亡本能。

总之，通过以上分析，可以清楚地看到张贤亮的小说创作与弗洛伊德的精神分析理论有着密切联系的，深入分析这种联系，是我们把握张贤亮小说创作文化实质和美学贡献的一条重要路径。

（注：本部分文字主要根据《宁波广播电视大学学报》2005 年第 2 期张立群《张贤亮小说的精神心理分析》一文改写，原文约 7000 字。）

二、三岛由纪夫的塞巴斯蒂昂情结及其《金阁寺》隐喻

20 世纪 80 年代以后，日本作家三岛由纪夫及其作品逐渐地为我国读者所熟悉，其代表作《金阁寺》更是因为其对生、死、美这些人生问题的唯美表现受到读者的喜爱，但不可否认的是，作品迷离的主题、复杂的意蕴又使不少读者深感困惑。其实，只要对三岛的人生经历尤其是他的童年情感经历有所了解的话，《金阁寺》上面缠绕的各种谜团是不难解开的。甚至可以说，《金阁寺》是一个非常合适的精神分析文本，从精神分析的角度来考察《金阁寺》，能给我们不少有趣的启发。

精神分析曾经对近现代的日本文学产生过相当大的影响。较早的如厨川白村关于文学是苦闷的象征的理论，有岛武郎强调人的本能欲望并在其创造中得到的体现，20 世纪初兴起的唯美主义、20 年代兴起的新感觉派都受到了精神分析的深刻影响，如中国读者相当熟悉的新感觉时期的川端康成，就比较早地接触了弗洛伊德的精神分析学，其创作重视自由联想，极力挖掘潜意识，尤其重视性爱死亡和本能。

三岛的创作也不例外，他写处女作《鲜花盛开时的森林》时受日本古典文学传统的审美意识和写作技法影响极大，但即使如此，他自己承认："这些作品还有一点就是总追求时髦，模仿 19 世纪末欧洲颓废派的氛围。"①葡萄牙驻日本大使阿曼多·马丁斯·伽那拉在其《日本和

---

① 唐月梅：《怪异鬼才三岛由纪夫传》，第 67 页，北京：作家出版社，1994 年。

西方文学：一种比较研究》中指出：三岛由纪夫受到了美国和法国小说中精神分析很深的影响①。三岛自幼受到祖母反常的宠爱，整日闭锁在祖母的病房里，处在与母亲、伙伴、大自然的三种隔离的异常生活状态下。三岛曾戏谑地说过："13 岁的我，有一个 60 岁的情深的恋人。"②三岛上中学后才回到父母身边，而祖母在很长的一段日子里经常独自一人抱着孙儿的照片向隅而泣。这种反常的童年生活使三岛沉溺于无边的梦幻和过度的自恋之中。按照弗洛伊德的理论，一个人出生到五六岁左右为"自恋期"，拉康称之为"镜像阶段"，幼儿在镜子里"误认"了自己，它在这个形象里发现了一种在自己身上并没有实际体会的令人愉快的统一。

"三岛从五岁开始，外面的世界给他留下了最初的记忆，客观的某些实际影响给他留下了不可思议的苦恼的记忆。有一回，家人牵着他爬坡道回家的时候，只见一个头缠一条肮脏手巾但脸蛋红润漂亮，眼睛炯炯有神的年轻人，他肩上挑着担粪桶，脚步稳健地迎面走了过来。这个淘粪工身穿一条藏青色紧腿裤，把他的下半身的轮廓清楚地勾勒了出来，一个东西优美地活动着，他仿佛从这里看到了一种特殊的展现。于是他对这条紧身裤连带对掏粪工及其职业竟产生了一种不可名状的倾倒。"③13 岁的时候，发生了一件影响三岛一生的事件。按照弗洛伊德的划分，13 岁起人便进入生殖阶段，生殖器在生活中具有无上权威。此时明显的标志就是异性恋。三岛 13 岁时邂逅了一幅令他终身难忘的图画——《塞巴斯蒂昂·圣殉教图》。这次邂逅唤醒了他幼年时全部的记忆——穿紧身裤的挑粪工、穿充满汗臭味肮脏军服的士兵、海边穿游泳裤的裸体小伙子。他手捧着这幅殉教图"两眼直勾勾地盯视着图中塞巴斯蒂昂的白皙的无与伦比的裸体，安详地睁大着眼睛，大理石般的肌肤，健壮的臂膀，挺起的胸膛，紧缩的腹部，箭头深深射进的左腋窝或右侧腹……这并不是少年的好奇，而是少年得到了一种难以言喻的内心体验，一种少年从未有过的未知的感情体验"④。确切地说，幼年时代在体内埋下的倒错的爱与性的种子，在这次感情体验之后萌芽了。塞巴斯蒂昂美妙的肉体和姿态深深地刻在少年三岛的心里，以至于 25 年后他甚至模仿塞巴斯蒂昂殉教时的姿势拍了一张照片。用弗洛伊德的术语来说，这种对塞巴斯蒂昂式的肉体的"执著"在他的无意识中产生了一种坚硬的"情结"，并且深刻地影响了三岛日后的文学创作。

三岛第一部成功的自传体小说《假面自白》不仅详细地描写了这些幼年时异常的情感体验，而且反映了三岛与学友近江曾经发生过的至少是精神上的同性爱。这部自白式的作品如实地揭示了内心深处的人性，将深深契入无意识的人生秘密——异常的快感和性欲——坦白暴露出来。在随后的《爱的饥渴》中，三岛虽然赞美了异性的爱，但他心中理想的爱的对象仍然是同性，继《爱的饥渴》之后，三岛创作了一部专门以同性恋和男色美为主题的小说《禁色》，为此三岛还特地考察了日本的一个男色酒吧。有评论家指出：男色小说在日本文学史上是有其传统的，近世井原西鹤的"好色文学"就以男色为主题。这种男色的古典式审美情趣，不能不对以男性作为理想美的对象的三岛由纪夫产生影响。不过，三岛的文学创作与日本的"男色"审美传统有一定程度的契合只是一种巧合，其实三岛对男性肉体的迷恋是非常个人化的。日本传统的好色文学包括男色文学是以恋爱情趣作为重要内容，常常与物哀、风雅

① ［葡］阿曼多·马丁斯·伽那拉：《日本和西方文学：一种比较研究》，第 211 页，查尔斯·E·塔图出版社，1970 年。
② 唐月梅：《怪异鬼才三岛由纪夫传》，第 11 页，北京：作家出版社，1994 年。
③ 唐月梅：《怪异鬼才三岛由纪夫传》，第 17 页，北京：作家出版社，1994 年。
④ 唐月梅：《怪异鬼才三岛由纪夫传》，第 49 页，北京：作家出版社，1994 年。

的审美意识相连，三岛更倾心于希腊阿波罗式的强劲的肌肉，有真实感、有血有肉、庄严坚毅的男性美。三岛的一生似乎永远也摆脱不了少年时塞巴斯蒂昂的肉体带给他的强烈的冲击和震撼，这种塞巴斯蒂昂情结似乎冻结在他的无意识的冰山里，任凭多么强烈的阳光也无法将它融化。

1956 年问世的《金阁寺》被普遍认为代表了三岛文学的最高水平，是三岛美学的集大成者。在这部作品中三岛的塞巴斯蒂昂情结得到了更加隐晦也更加艺术的释放。

弗洛伊德在他的名著《梦的解析》里对梦的性质进行分析时指出，梦并不只是无意识的"表现"或"再现"；在无意识和我们做的梦之间，插进了一个生产或转变的过程。弗洛伊德认为：梦的本质正是梦的作用本身。文学作品也完全可以像梦的原文那样，以揭示它的某些产生过程的方式进行分析、解释和拆解。套用拉康的理论，我们可以通过对能指和所指的原始关系如何被压制的过程的分析或解构最终找到"显原文"背后的潜原文。在《金阁寺》里，我们不妨将它看作梦，既然除了"我"这个叙述者之外我们再没有任何证据来源，我们可以称他为梦的叙述者。梦的素材是：金阁寺，"我"对有为子的迷恋，战争，鹤川，"我"踩烟花女子的肚皮，房东女儿，插花女人及妓女鞠子，海，住持和柏木。那么叙述者是如何叙述的呢？"我"常听父亲说：世上没有什么比金阁更美的了。于是"我"常常幻想着金阁的美。在去金阁寺当僧徒之前"我"爱上了有为子。战局恶化，想到金阁寺遭空袭燃烧的模样，金阁的美在"我"心中更加辉煌灿烂。战争没有毁灭金阁，"我"和房东女儿及插花女人的关系被金阁的幻影所破坏。"我"踩烟花女子的肚皮及"我"目睹住持嫖妓导致师徒关系的恶化，面对黑沉沉的海面，"我"决定烧毁金阁。之后，"我"和鞠子发生了性关系。终于在一个细雨蒙蒙的夜晚，"我"放火将金阁化为灰烬。

小说的开篇就直截了当告诉我们："我"是一个口吃者，"一般人都靠自由驾驭语言，敞开内心通向外界的门户，达到风信畅通。但这在我却是大大的难事。我的钥匙锈住了"①。这里，文本出现了第一个矛盾：既然叙述者无法驾驭语言，那么我们相信叙述者的叙述可能是不可靠的。叙述者说："我在人生里遇到的第一个难题就是美。"②叙述者从开篇到结束，描绘金阁的美达十几次之多。在其间的叙述中突然插入一个不和谐音：叙述者说他第一次亲眼目睹金阁时觉得它看上去就像一只乌鸦，紧接着叙述者在描述金阁如何从不美又变成比原来想象中的更美的这一过程中开始回避或模糊了这个重要的转变。从叙述者对金阁美的过分强调和描绘语言的重叠以及对金阁不美的模糊和回避，我们得到另一个重要的信息：金阁是什么？金阁就是金阁吗？金阁可能只是一个能指，那么它的所指是什么？文本的开头有一段插曲，这段生硬插入的又一个不和谐音中提到了一把短剑，而"我"在它美丽的黑剑鞘里侧刻上两三道深深的伤痕。这段和整部小说几乎无关的叙述无意识地暗示了我们金阁和剑的关系。弗洛伊德在《梦的解析》中把梦中许多元素从能指翻译成了所指，如性生殖器总的象征是数字"三"，具体象征的事物有竖直的手杖、竹竿、伞等，有穿刺伤害性之物小刀、剑、大炮等，象征女性生殖器的则为空间性容纳性的事物。此外，拔牙象征手淫，跳舞、登山等象征性交。金阁寺恰恰是三层建构，当然这里绝不仅仅是个巧合。当"我"和房东女儿"长时间的接吻和

---

① 三岛由纪夫：《金阁寺》，转引自兰明主编：《世界著名文学奖获得者文库（日本卷）》，第 4 页，北京：中国工人出版社，1988 年。以下引自该作处，只注作者、书名、原码。

② 三岛由纪夫：《金阁寺》，第 16 页。

她那柔软的下噪颚唤醒了我的欲望……寻思好久，我终于把手滑到女人的衣裙里。这时金阁出现了。……美的永恒存在阻碍并且毒害了我的生命也正是这个时候"①。不久之后，"我"和插花女人即将做爱的时候，金阁又出现了，"更准确地说，是乳房已变相为金阁了。……乳房与金阁变幻来去。一种苍白无力的幸福感充满了我的全身。……我以近似诅咒的口气，生来第一次朝着金阁发出了这样粗暴的叫喊：总有一天，我要统治你，为了使你不再来干扰我，总有一天我一定把你变为我的所有"②。"金阁总是横现在女人和我以及人生之间。"③小说中有一段关键的象征性的叙述，叙述者在观看蜜蜂突入花蕊深处时，"我感到凝视这情景的我的目光正处在金阁的位置。……我放弃了我的眼睛而以金阁之眼作为自己所有了"④。战争没有毁掉金阁，终于，"我"来到了大海边上，就是在这大海的边上，一种念头向我袭来，"必须烧毁金阁"！根据弗洛伊德的理论，大海的隐喻是母亲或者女性生殖器。这个念头产生之后，我和妓女鞠子成功地发生了性关系，这次金阁没有出现。

　　"我"终于烧掉了金阁，叙述者最后说："我还要活下去。"叙述者反复强调金阁的幻影使他性无能。结合三岛的童年生活，我们可以找到能指和所指的原始关系。我们用 S 代能指，S′代所指，那么可以得出金阁 S/男性生殖器 S′，男性生殖器 S/塞巴斯蒂昂的肉体 S′。因而，这个文本的潜原文可能是：我对塞巴斯蒂昂肉体的痴迷导致了我对异性的性无能，我试图通过否认他是美的以解决我的问题，然而，我无法否认（叙述者对金阁不美的无意识的模糊和回避）；我本来希望通过外部的力量如战争融化塞巴斯蒂昂情结，最后我只能通过自己的手来解决，终于我的性无能被医治好。潜原文背后还有一个潜原文：我对同性痴迷的爱是有罪的，同性恋是不道德的，上帝对同性恋的惩罚是让他性无能。在三岛由纪夫的心中可能埋藏着一种深深的恐惧——作为同性恋者可能会遭到的巨大的天惩。《金阁寺》中还有许多其他的带有精神分析色彩的东西，如柏木的性变态，沟口和住持的关系可以被解释成弗洛伊德理论中的父子关系，即男孩欲独占其母，仇视其父。此外文本中多次提到攀登。当然，三岛作品中固有的含混性使各种解读成为可能，精神分析解读仅仅是其中的一种。⑤

第四节　解读范例介绍

一、弗洛伊德评达·芬奇

[奥]西格蒙德·弗洛伊德：《弗洛伊德论美文选》，张唤民、陈伟奇译，北京：知识出版社，1987 年。

　　《列奥纳多·达·芬奇和他童年的一个记忆》是弗洛伊德运用性欲升华理论分析艺术家生活和作品的一篇重要美学论文。在这篇论文中，弗洛伊德把达·芬奇成年时期的性生活特征、艺术创作和科学研究能力和他童年时期的性生活联系起来，从而证明达·芬奇的童年时

---

① 三岛由纪夫：《金阁寺》，第 88～99 页。
② 三岛由纪夫：《金阁寺》，第 118～119 页。
③ 三岛由纪夫：《金阁寺》，第 121 页。
④ 三岛由纪夫：《金阁寺》，第 122 页。
⑤ 本解读例主要根据《安徽教育学院学报》2000 年第 2 期陈黎《"三岛热"、精神分析和〈金阁寺〉》一文改写，原文约 7000 字。

期的恋母情结怎样影响和决定了他的一生和艺术创作。

　　据说达·芬奇是一个美男子，然而他是一个性冷淡者，人们甚至怀疑他从来没有热烈拥抱过女人；他还是一个同性恋者，经常雇佣漂亮的男孩和青年男子做模特儿。另一方面，达·芬奇又是一个具有非凡科学研究能力和艺术天赋的人。是什么造就了达·芬奇一生的独特命运呢？弗洛伊德认为，是达·芬奇本人儿童期的性欲生活决定了他一生的命运。弗洛伊德的这一结论主要是通过对达·芬奇关于童年的一段记忆的详细分析与假设作出的。达·芬奇的这段回忆是这样的："看来我是注定了与秃鹫有着如此深的关系；因为我想起了一段很久以前的往事，那时我还在摇篮里，一只秃鹫向我飞了下来，它用翘起的尾巴撞开我的嘴，还用它的尾巴一次次地撞我的嘴唇。"①

　　弗洛伊德认为，在这段回忆中，秃鹫的尾巴象征着男性生殖器，因此，这是一个被动的同性恋幻想，而这个幻想掩盖的是在母亲怀中吮吸乳头，或得到哺育的回忆。因为弗洛伊德通过考察，认为秃鹫象征着母亲，因此在这个幻想中他的母亲不过是被秃鹫代替。秃鹫都是雌性的，这表明他作为一个私生子的事实与他的秃鹫幻想是一致的。弗洛伊德还认为，这种从小没有父亲而过分依恋母亲温情的情况是导致达·芬奇的同性恋的一个原因。当儿童的性欲发展进入潜伏期，孩子对母亲的爱就被压抑了，他把自己放在她的位置，使自己与母亲同化，以他自己为模特儿，根据他的相似性来选择他的爱的新对象，这样他就成了一个同性恋者，而他只是在无意识中保留对母亲的爱。

　　另一方面，弗洛伊德认为，达·芬奇在科学研究和艺术创作方面的本能正是他童年时期被压抑的性欲的转移和升华。他说，达·芬奇科学研究和艺术创作本能的强壮和性生活的不幸，是因为他成功地把力比多的绝大部分升华为对科学研究的迫切需要。而像这种过分有力的本能（研究本能）在这个人的童年时期也许就已经活跃起来，儿童时代的印象助成了这个本能的优势。他认为，达·芬奇正是这样一个人，他会用别人用以对爱情的热烈的献身精神来追求研究事业，他会用科学研究来代替爱。

　　弗洛伊德还进一步用达·芬奇的秃鹫幻想来解释他的艺术创作。弗洛伊德认为这个幻想还包含第二个记忆，即"我母亲把无数热烈的吻印在我的嘴上"这个记忆。正是达·芬奇童年时代的这个记忆成为他艺术创作的动力源泉。达·芬奇一生创作了一系列以微笑的妇女为模特儿的画，这些画中的妇女的微笑都是列奥纳多式的，其中最典型的就是蒙娜丽莎那迷人而又神秘的微笑。弗洛伊德指出，达·芬奇在五十岁时遇到了一个女人（蒙娜丽莎），这个女人的迷人的微笑唤起了他对他母亲那充满情欲的欢乐和幸福微笑的记忆，那长期处于压抑之中的对母亲的依恋，他童年时代所见到的母亲的充满温情的微笑由此在他的记忆中复活了，因此画中那迷人的微笑实际上是他母亲的微笑，正是这个微笑推动他进行创作。"从那时起，这个迷人的微笑不断出现在他所有的画中。"②通过这些创作，达·芬奇压抑在无意识中对母亲的依恋得到了满足，他的性欲升华了，他把他对母亲的爱恋表现在他的画中。因此弗洛伊德认为在所有那些描写女人神秘而迷人的绘画当中，都呈现了达·芬奇孩提时代的愿望。

　　弗洛伊德通过上述的幻想、假设，得出结论说，达·芬奇童年时代的生活决定性地影响

　　①　西格蒙德·弗洛伊德：《弗洛伊德论美文选》，张唤民、陈伟奇译，第27页，北京：知识出版社，1987年。
　　②　西格蒙德·弗洛伊德：《弗洛伊德论美文选》，张唤民、陈伟奇译，第80页，北京：知识出版社，1987年。

了他以后的命运，"似乎他所有成就和不幸的秘密都隐藏在童年的秃鹫幻想之中"①。

二、西格蒙德·弗洛伊德：《陀思妥耶夫斯基与弑父》

[奥]西格蒙德·弗洛伊德：《弗洛伊德论美文选》，张唤民、陈伟奇译，北京：知识出版社，1987 年。

弗洛伊德在 1928 年写的《陀思妥耶夫斯基与弑父》一文，被认为是他本人用俄狄浦斯情结来解释文学的代表作。陀思妥耶夫斯基的《卡拉玛佐夫兄弟》写的是贪婪荒淫的老地主费多尔·巴甫落维奇·卡拉玛佐夫为了女人和金钱同儿子进行的一场家庭斗争。大儿子因父亲同他争夺情妇格鲁申卡而扬言要杀父亲，二儿子则私心希望父亲被其兄所杀，但结果凶手却是那个当厨子又患有癫痫症的、老地主的私生子。最后，大儿子涉嫌被捕，二儿子内疚自责，神经错乱，私生子则精神崩溃而自杀，作为作者理想人物的小儿子弃家出走去寻找那个能拯救一切的"爱"。弗洛伊德把小说中人物连同他们的作者统统当作精神病患者进行分析。他认为陀思妥耶夫斯基身兼艺术家、精神病患者、道德家和罪犯四种身份，性格极为复杂，而复杂性格的形成则可追溯到作家的童年生活和生理病理因素。比如，之所以说他是罪犯，是因为作家专门描写暴戾、谋杀和自私的人物，这就表明他的心灵中也有同样的倾向；同时答案也来自他生活中的某些事实，诸如嗜好赌博，以及他可能承认奸污过一个少女，就是这种作家身上极其强烈的破坏性本能使他很可能成为一个罪犯。而这种破坏性本能又多半是内向的，于是就表现为一种受虐狂和内疚感。至于作家的癫痫病，弗洛伊德认为，这不是脑子有病，而是属于神经机能症。接着弗洛伊德又根据传记材料发现，作家童年几次发病的先兆是对于死亡的恐惧，这是以死人或希望死去之人自居的心理，使得发病具有惩罚意义：希望某人死去，自己成为某人。男孩希望死去者常为其父，这乃是一种自我惩罚。弗洛伊德还认为，男孩除了憎父，也有一定的恋父倾向，两种心理结合，产生以父自居心理，这时往往会遭父亲的严格惩罚，他只好把杀父恋母心理压抑于无意识，形成情结，此亦即内疚感的基础。这时男孩又偏向女性，产生以母自居的心理，以期取代父亲，但仍要处阉割惩罚。所以憎父、恋父两种冲动均受压抑，强烈的两性因素便形成精神病起因之一，而在陀思妥耶夫斯基身上，这种两性因素则以一种潜隐的同性恋形式存在，表现为他生活中男友的重要，他对情敌的出奇的温柔等等。在此，弗洛伊德对他过去的说法有所发挥和补充，指出"以父自居的心理会不顾一切地最终为自己在自我中取得一个永久性的地位"，这即超我，它继承了父母影响，如父亲粗暴严厉，超我就会变成虐待狂，"成为一种女性的被动"；自我即在被超我的虐待（即内疚感）中得到满足。在假设的基础上，通过一系列的推理和引申，弗洛伊德就把作家的情况概括为："一个具有特别强烈的两性同体催病素质的人，他能特别强有力地保护自己，以防依赖于一个极其严厉的父亲。这种两性特征，是我们早已辨出的陀思妥耶夫斯基性格的补充。那么，他早年死一般发作的症状可以理解为他的自我表现出来的、以父自居的作用，作为一种惩罚，它被超我所认可。"正因为如此，陀思妥耶夫斯基的《卡拉玛佐夫兄弟》是其俄狄浦斯情结的艺术升华，也是他以艺术创作的方式对弑亲忤逆罪行的自我忏悔。

对陀思妥耶夫斯基作了这样的精神分析之后，再解释小说人物的心理和行为，也就处处

---

①　西格蒙德·弗洛伊德：《弗洛伊德论美文选》，张唤民、陈伟奇译，第 102 页，北京：知识出版社，1987 年。

与作家的生活经验合上了拍，例如老地主的被害，在父子关系中，老大的动机是公开的，而真正的凶手私生子，在弗洛伊德看来，"把自己身上的疾病，所谓癫痫症，归在他身上，仿佛他在设法表白，他身上的癫痫症（即神经机能病）就是一种弑亲"。如此一来，就把作家的心理生理病态与他笔下创造的人物的心理生理病态合二为一。从某种意义上讲，弗洛伊德在这篇论文中开了把对艺术创造的批评完全等同于对神经病患者的精神分析治疗的先河，也为后来的精神分析批评树立了一个典范。

三、欧内斯特·琼斯论哈姆雷特与俄狄浦斯情结

冯黎明、欧阳友权、周茂君编：《当代西方文艺批评主潮》，长沙：湖南人民出版社，1987 年。

英国批评家欧内斯特·琼斯的《哈姆雷特与俄狄浦斯情结》是一篇用俄狄浦斯情结来解释文学创作的典范之作。莎士比亚的悲剧《哈姆雷特》上演后，对于哈姆雷特报杀父之仇的机会很多，却一直延宕时机，犹豫不决，迟迟不肯下手的原因，莎学研究者一直争论不休，始终没有找到一个令人满意的答案。琼斯抓住了哈姆雷特的含糊性这个症结，对究竟是什么原因造成了哈姆雷特已经知晓他的叔父克劳狄斯是杀害父亲的凶手的情况下，却一再延宕复仇时机，甚至最后与仇人同归于尽这一令人迷惑的反常行为进行了精神分析。在论述了以前各种解释的不合理之后，琼斯开始从哈姆雷特的无意识欲望中去寻找他这种含糊性的深层原因。琼斯认为，这个原因就是哈姆雷特也对母亲怀有乱伦的渴望和对父亲怀有仇恨的心理，也即是所谓俄狄浦斯式情结。当克劳狄斯杀死了哈姆雷特的父亲并与他的母亲发生乱伦关系时，哈姆雷特由于他自己也有类似的渴望而使自己认同于克劳狄斯，于是杀死克劳狄斯也就意味着杀死他自己。这是哈姆雷特犹豫不决的第一层原因。而且，由于克劳狄斯后来取代了哈姆雷特的父亲而成为一种父亲的象征，在这种情况下哈姆雷特杀死他就意味着弑父，于是心中升起了一种犯罪感，这也阻止哈姆雷特的复仇。琼斯就这样从无意识的欲望出发，通过分析哈姆雷特的俄狄浦斯式情结，以一种特有的精神分析方式对哈姆雷特犹豫之谜进行了解读，这篇文章也可以说是所有解读哈姆雷特犹豫之谜的文章中给读者留下最深印象的一篇。

第 6 章 结构主义

结构主义(structurelism),是指发端于两次世界大战期间并在 20 世纪 60 年代勃兴于欧美的、将所有文化现象都视为符号结构加以分析的文化思潮(含文学批评思潮)。它源于 20 世纪初瑞士语言学家索绪尔(Ferdinand de Saussure)的语言学理论,其主要创始人是法国人类学家列维 – 斯特劳斯(Claude Levi – Strauss),随之而起的有法国人类学家罗兰·巴特(Roland Barthes)、路易·阿尔都塞(Louis Althusser)、米歇尔·福柯(Michel Foucault)和雅克·拉康(Jacques Lacan)、托多洛夫(Tzvetan Todorov)、格雷马斯(A. J. Greimas)、热奈尔·热奈特(Gerard Genette)等众多理论家。其中,列维 – 斯特劳斯、阿尔都塞、福柯、拉康、罗兰·巴特被称为法国结构主义"五巨头"。从某种角度说,结构主义表达了对西方传统文化的否定和对"现代主义"的渴望,同时也是 20 世纪人文社会科学"语言论转向"的产物之一。

第一节 基本理论

结构主义以现代语言学为基础和模型,创造了一个全新的知识体系。结构主义认为,各类文化和产品最终都被语言结构所塑造,因此结构主义批评力图用结构、规律、代码及系统等概念,来揭示社会系统或文化世界里的各种深层规则。结构主义的基本思路、理论假设和批评实践都极大地影响了 20 世纪下半叶的文学与文化批评。

一、结构

"结构"(structure)一词源自拉丁文 structura,原指统一物各部分、要素或单元之间的关系或本质联系的总体。到 20 世纪,"结构"成为结构主义思潮的核心词汇之一。在结构主义看来,结构首先是指系统的结构(structure of system),系统能发挥功能(function),结构本身并没有功能,但系统之所以有功能,却正是由于它们本身的结构。其次,结构主义者所说的结构不同于一般形式:形式可以从质料(matter)或内容(content)中抽离出来而给以独立考察,而结构却是系统的意义内容(the significative content of the system)。美国学者斯皮瓦克(Gayatri C. Spivak)曾将"结构"定义为:"一种由在被描述的活动内部的同一些关系中所发现的若干不变要素所组成的单位。这种单位不能够被拆解为它的那些单个要素,因为结构的统一主要是由各要素之间的关系而不是各要素自身的本质来规定的。"①大体看来,结构主义的主导思想是:作为系统的意义内容,结构是其研究对象的基本特性,是比这些对象的物质构成、起源、发展或目的更基本的特性。其内含的主要观点是:第一,系统必须作为一套相互关联的要素来加以研究,单个要素不应该被孤立地看待;第二,努力发现直接可知事物的背后结构;第三,在直接可见的事物和直接可见本身之后的结构都是心智结构特性的产物;第四,语言的方法可以被应用到其他的社会和人文科学中去;第五,文化能够以一种二元对立

---

① 转引自[美]乔治·瑞泽尔:《后现代社会理论》,谢立中等译,第 40 页,北京:华夏出版社,2003 年。

的模式来加以分析；第六，采纳共时（静态）与历时（动态）分析之间的差异；第七，在社会生活的不同方面中试图辨别出相同的结构。在今天，结构这个概念已经渗透到人类学、社会学、语言学、心理学、历史学、文艺学等学科领域。

二、索绪尔语言学的结构思想

索绪尔的现代语言学直接或间接地引发了 20 世纪人文社会科学领域内"语言学转向"，以结构和系统论为内核的新语言学模式几乎成为其他社会科学和人文科学的范本。这里要着重提及索绪尔语言学中的结构思想对结构主义批评的巨大启示作用。首先，索绪尔开创性地提出了整体论的语言观：语言不能只被看作是其组成部分的总和，而应该被看作是一种结构，在其中个别概念的意义依赖于它们在较大整体之内的关系。其次，索绪尔认为，19 世纪的语言学过多地关注了语言的历史特性和演化过程，而语言其实是可以通过它当前的内在规则和系统来把握的。可以说，研究语言的共时性结构比研究语言的历时性发展更为重要。再次，索绪尔证明语言不是一种系统命名法，否则翻译应该变得轻而易举。概念的边界与符号解释历时地不断地变化，也表明语言以不同的方式构成世界。索绪尔从语言共时现象中寻求"秩序"和"结构"的思路，为人文和社会科学中的结构主义运动建立了舞台。①

1. 言语与语言

索绪尔将人类言语活动区分为言语和语言两个层次。所谓言语（parole），是指在具体日常情境中进行的个体语言活动，比如说出来的话和写下来的句子，它是一种个人行为。而语言（language），则是指存在于人们头脑中的相应的语音、词汇系统和语法体系，这是一个完整结构，形成一套完整的规则或惯例，它是言语活动的社会性部分。在言语活动中，这两个层次相互关联，互为前提：一方面，要使言语能为人所理解，首先必须有一个被参与言语活动的各方共同掌握的语言系统，否则言语活动就无法进行；另一方面，要建立起一种语言，又必须有言语实践，语言是言语的产物。

语言和言语虽然相互依存，但两者又是有区别的。语言超越和支配着言语，而又在言语中获得自己的具体存在，这种关系就像象棋游戏中的那一套下棋规则同一盘盘具体棋局的关系一样。棋局不是规则但必须遵守规则，规则超越棋局却又只能在每盘棋局中获得自己的具体形式。这说明，人类言语活动的展开是以语言结构为规约的。我们利用语言进行交流的时候，听到的或者说出的，都只是言语。言语活动可以千差万别，但言语活动得以实现的那个共同的内在结构（语言）则是共同的，这一内在结构成为人们共同认可、明了且遵循的规约，正是它的作用使言语活动的目标得以实现。

2. 历时与共时

索绪尔认为，言语和语言都可以成为语言学的研究对象，但是，由于言语和语言不能混为一谈，因而分别以它们作为研究对象的语言学也应该有所区分。"语言中凡属历时的，都只是由于言语。"②言语的历时性发展，构成了语言从一个状态过渡到另一个状态的演化，研究这种历时性演化的，应该称作为历时语言学。与此相对应，从语言的现时用法的角度，将语言作为一个符号系统，对构成这一系统的各项要素及要素间的关系展开共时研究，称作共

---

① ［英］帕特里克·贝尔特：《20 世纪的社会理论》，瞿铁鹏译，第 10～16 页，上海：上海译文出版社，2002 年。

② ［瑞士］索绪尔：《普通语言学教程》，高名凯译，第 141 页，北京：商务印书馆，1980 年。

时语言学。这种共时研究"涉及同时存在的事物间的关系，一切时间的干预都要从这里排除出去"①。比较而言，索绪尔更强调建立共时语言学的重要。在索绪尔看来，语言更是一种客观的现实存在，因此只有集中于某一状态，排除历时的干扰，才能深入到语言的系统内部去了解和描述语言。

索绪尔对言语、语言的区分及对共时语言学的强调，突出了语言系统的结构性质，它告诉人们，任何具体言语都不具有独立的意义，它们之所以能够表情达意，都是由于那个超越其上的语言系统即结构的作用。这一思想直接启发了结构主义者对文学系统和它的内部系统的注意，成为结构主义寻找和建构文学内在结构作为主要研究目标的基本理论依据和出发点。

3. 能指与所指

在确立语言系统在语言学研究中的重要性的同时，索绪尔进一步论证了语言符号的性质。索绪尔指出，作为语言结构基本成分的语言符号，"联结的不是事物和名称，而是概念和音响形象"②。他将前者（概念）命名为语言符号的"所指"，将后者（音响形象）命名为语言符号的"能指"。任何一种符号可能被视为一个整体，由能指和所指这两个固有而不可或缺的方面构成。所谓能指（signifier），是当一个词被说出时接受者所听到的声音图像或文字标记，它是符号的视—听（acoustic-visual）方面，比如作为汉语语音流而存在的 shù（或作为汉字的"树"），又如作为英语语音流而存在的 [tri:]（或作为英文的 tree）。而所谓所指（signified），则是一个词在接受者的心中所唤起的意义、声音图像所指示的东西，是符号的概念（conceptual）方面，比如作为能指的 shù 或"树"、[tri:] 或 tree 都指向了人们所理解的"树"的概念。

而且，索绪尔还认为符号的能指与所指之间的联系是任意的。也就是说，从符号的生成过程来看，人们用某个音响形象（或视—听）来指称某个概念，除了文化上的约定俗成外，它们之间没有任何内在的联系，并不是某个概念本身决定着它一定具有某个音响形象。可以设想，如果符号的能指与所指之间有什么内在联系的话，那么，相同的概念（所指）在所有语言中都应该用同一个音响形象（能指）来指称，而事实并非如此。应该说明，索绪尔这里所说的语言符号能指与所指之间联系的任意性，是针对语言现实中能指与所指之间没有任何可论证的自然联系而言的，强调的是最初形成时期的状况。不过，当一个符号的能指与所指关系在一个语言系统中被确立以后，人们便不能随意对它们的关系加以改变了。在汉语中，人们只能用"树"（shù）来表示木本植物整体的概念，否则，它就无法被人理解了。

索绪尔的这一思想十分重要，它从另一个侧面进一步确立了语言系统的结构性质。这一思想告诉我们，任何一个符号的意义，从本质上看，都是它所归属的那个系统所决定的，用索绪尔的话说就是："语言不可能有先于语言系统而存在的概念或声音，而只有由这个系统发出的概念差别和声音差别。"③正是"由这系统发出的概念差别和声音差别"，决定了语言符号的意义。这又涉及到索绪尔语言学思想的另一方面，即语言的横组合关系和纵聚合关系。

4. 横组合关系与纵聚合关系

---

① ［瑞士］索绪尔：《普通语言学教程》，高名凯译，第 118 页，北京：商务印书馆，1980 年。
② ［瑞士］索绪尔：《普通语言学教程》，高名凯译，第 101 页，北京：商务印书馆，1980 年。
③ ［瑞士］索绪尔：《普通语言学教程》，高名凯译，第 167 页，北京：商务印书馆，1980 年。

索绪尔认为，在语言状态中，一切都是以关系为基础的。这种关系表现为两个向度：语言的横组合关系和纵聚合关系。

横组合关系，即语言的句段关系。它是构成句子的每一个语词符号按照顺序先后展现所形成的相互间的联系。语言的存在和表达方式总是时间性的。人们不可能在同一个瞬间完成多个符号的语言表达。无论是说话者还是听话者，对于一个句段的传达或理解，总是依水平方向一个字一个字顺序运动完成的。譬如"春风又绿江南岸"，这句诗是一个字一个字顺序排列的，我们也只有在一个字一个字读完以后才能明白它的含义。这意味着，在一个句段中，一个词的意义总是部分由它在句子中的位置以及它同别的词构成的语法关系所决定的。一个词在一个句段中"现在"的意义，一定程度上取决于该词与它前后词的关系。

纵聚合关系，也称为"联想关系"，它指特定句段中的词与"现在"没有出现的许多有某种共同点的词，在联想（"记忆里"）作用下构成的一种集合关系。这是一种垂直的、共时的关系。这一关系虽然没有在现时话语中出现，但它存在着并决定着现时话语中出现的词的意义。例如"春风又绿江南岸"中的"绿"，便与诗人造句时曾考虑选用的"吹"、"来"、"经"、"到"等，构成一种集合关系，这种聚合的意义在于：它们标志出了诗句中的"绿"与处于聚合关系中的其他词之间的差异，这种差异也在决定着"绿"所具有的意义。也可以说"绿"所具有的意义或意味，既是由它在横组合关系中的位置，同时也是由与它不同的"吹"、"来"、"经"、"到"等决定的。

从索绪尔对语言的横组合关系和纵聚合关系的辨析中，我们可以看出，语言符号的意义并不是它们本身所规定的，而是在一个纵横交织的关系网中被语言的结构所规定的。在语言中，任何一个要素（符号）的意义，都取决于它与前后上下各要素（符号）构成的差异与对立。用索绪尔的话说，即"在语言里，每项要素都由于它同其他各项要素对立才能有它的价值"①。"它们的最确切的特征是：它们不是别的东西。"②索绪尔的这一思想，直接启发了结构主义者从二元对立的角度观察和构造对象结构的研究方法。

三、布拉格学派的结构思想

布拉格学派也称为"捷克结构主义"，是在批评"俄国形式主义"的基础上专注于从语言学的角度开展文学的"文学性"研究的，并提出了"结构"与"结构主义"等术语，主要代表人物有俄裔美国语言学家罗曼·雅各布森（Roman Jakobson）、捷克结构主义者穆卡洛夫斯基等。一般认为，布拉格学派理论代表了西方文论从俄国形式主义向法国结构主义的过渡。

布拉格学派较早地接受和使用了结构和结构主义的术语，并对文学结构的概念进行了界定。雅各布森同泰恩雅诺夫在他们的结构主义宣言中提出："一件艺术品或一部文学作品乃是一个系统。"③穆卡洛夫斯基在1934年为早期俄国形式主义者什克洛夫斯基的《散文理论》作序时，对俄国形式主义提出批评并使用了"结构"和"结构主义"的术语。1940年，穆卡洛夫斯基发表《美学和文学研究中的结构主义》，文中对结构概念作了界定和论述，反映了布拉格学派对文学结构的认识。

---

① ［瑞士］索绪尔：《普通语言学教程》，高名凯译，第128页，北京：商务印书馆，1980年。
② ［瑞士］索绪尔：《普通语言学教程》，高名凯译，第163页，北京：商务印书馆，1980年。
③ 转引自［比利时］布莱克曼：《结构主义》，第70页，北京：商务印书馆，1980年。

穆卡洛夫斯基认为，结构是一个完整的具有能动性的功能系统，这一系统的整体大于其部分的总和。它的最突出的特点是它的系统整体性："结构的整体意味着其每个部分，反过来说，其中每个部分，都意味着这个而不是别的整体。"①在一个结构中部分与整体是不可分割、互为条件地联系在一起的。构成结构的各个要素的性质被这一系统整体的性质所规定；同样的，各个要素也通过发挥自己的功能而与整体相联系并说明着整体。结构的另一个特点是它的能动性。也就是说，结构不是静态凝固的，不是一种消极被动的形式，构成结构的每个部分都具有自己的功能。而且，这些功能，以及一个结构中部分与整体的联系总是处于动态的变化之中，它们不断地加工整理着材料，因而起到一种能动的"构成"作用。从这里我们可以看出，在布拉格学派那里，结构实际上是一个含义广泛的概念，它已不仅仅是某种形式、技巧和手段，而是指构成文学文本各个要素之间的关系状态，它更接近于现代结构主义对于结构的认识。

当然，布拉格学派的结构思想除了有着俄国形式主义的渊源之外，还更多地接受了索绪尔结构语言学的思想，并且将这一个语言学思想用于文学研究方面做出了较为成功的努力，因此他们在将俄国形式主义文论与结构语言学相结合过程中，对现代文论研究做出了独特贡献。布拉格学派的代表人物们对文学作品语言功能的研究以及他们对文学结构的认识，都在不同程度上矫正了早期俄国形式主义仅仅把文学作品看成是一种构造、一种"各种语言组合技巧"的产物这一片面性。另外，布拉格学派还受到了胡塞尔现象学的影响。如穆卡洛夫斯基在沿着胡塞尔符号学研究趋向进一步讨论文学作品的价值时断言，一部印刷出来的文学作品作为物质的成品，其审美价值只是潜在的，只有在读者能动作用下才呈现出来。这一点，与胡塞尔的波兰学生罗曼·英伽登提出的"具体化"理论十分接近。

四、法国结构主义的结构思想

值得一提的是，一般所说的结构主义主要是指 20 世纪 50 年代到 70 年代初的法国结构主义。1962 年，法国杰出的人类学家列维－斯特劳斯出版《野性的思维》一书。该书的出版，引发了结构主义取代存在主义，成为一种占主导地位的社会思潮，出现了被人们称为结构主义"五巨头"的列维－斯特劳斯、罗兰·巴特、雅克·拉康、福柯以及阿尔都塞等代表人物。这些文论家们通过自己的研究，形成一整套以文本结构分析为核心的理论和方法体系，使结构主义文论成为西方继"新批评"之后又一占统治地位的批评模式。

列维－斯特劳斯的《野性的思维》一书的出版还奠定了结构主义研究的基本范式。列维－斯特劳斯认为，几乎所有的文化都有严格而复杂的规则系统，因此列维－斯特劳斯力图通过对众多的原始神话或现象的表层结构的语言分析，来呈现这些对神话、血缘关系和其他人类现象之系统和规则深处的"结构"，从而能"起草一份心智样型的清单，把明显无理的资料纳入某种秩序，并探求到各种幻觉想象之下的必然心理"②。列维－斯特劳斯试图将索绪尔语言学中的结构思想扩展到人类学的许多问题中去，而其主要创新是将一系列广泛的社会现象（如亲属系统）重新概括为各种沟通系统，从而使它们服从于结构分析。也就是说，所谓结

---

① 转引自［荷兰］佛克马、易布斯：《二十世纪西方文学理论》，林书武等译，第 40 页，北京：三联书店，1988 年。

② 考斯：《结构主义》，见［美］怀纳编纂：《观念史大辞典·哲学与宗教卷》，戚国雄译，第 663 页，台北：幼狮文化事业公司，1988 年。

构实际上是各种关系的总和，它是一种系统或秩序，有着特定的生成和变化的规律。语言可以被视为一种占统治地位的符号系统，意义、心智和社会世界最终都被语言结构所塑造和规定着。在结构主义者看来，语言成为一切的模型，语言化的分析成为研究的基本功。形成各类文本的语言和形式是研究工作的对象，研究的目的就是从这些形形色色的语言和形式中找出"深层结构"及其转换规律。

和早期结构主义文论一样，法国结构主义文论仍然将文学作品视为一个由各种因素相互联系而形成的一个封闭的结构整体，它们的本质不在于它们的要素，而在于构成整体结构的各要素之间的联系。因此，结构主义文论总是试图在各种文学形式要素的联系中抽象地建构起关于文本的结构模式，力求通过对文本结构模式的描述，达到对文本的解释。正如罗兰·巴特所说的："无论是反映性的、还是诗论性的结构主义活动，其目的都在于重新建构一个认识'客体'，而建构的方式必须要表现出这个客体中起作用的（'各种功能'的）规律。"①而且，由于结构主义思潮本身根植于现代语言学，因此，在法国结构主义文论中，文学语言形式的特殊性和复杂性仍然是一个突出的被关注的焦点。从某种意义上说，结构主义文学批评的目的，就在于揭示文学结构同语言结构的相似性，从而对文学及文学作品具有普遍性的语言特性及语言功能做出描述。

当然，法国结构主义作为一种具体的思潮，其内部有着不同的分支，如列维－斯特劳斯的结构人类学、罗兰·巴特的结构主义文论、雅克·拉康的结构主义精神分析心理学、福柯的结构主义历史学、阿尔都塞的结构主义马克思主义、格雷马斯与托多洛夫及热奈尔·热奈特的结构主义叙述学等。尽管如此，这些种种分支却突出地表现出一种共同的结构主义思想：无论从哪个方面看，文化都是语言，文化总是由符号组成的，其结构和组织形式与语言本身的结构与组织形式是一样的。具体到文学而言，文学也不过是一种语言模式，文学总是关于语言的，正如托多洛夫所说的：作家所做的无非就是研究语言，换言之，文学的主题不是别的，而是语言本身。因此，结构主义并不是一般地谈论结构，而是要找出指导社会行为的各个方面的、类似于语法的惯例和规则。当然，最具代表性的是结构主义叙述学。他们认为故事分析的目的不在于具体文本，而在于建立叙事作品的语言模式，换言之，就是把文学特别是叙事作品视作一种不受现实功能影响的独立自足的分系统。

正是在以上思想的支撑下，法国结构主义文学批评有几点是值得关注的：

1. 主张研究的对象应该是文学本身，是作品本身，应该用作品内部各要素之间的功能关系来说明作品的特点。因为他们认为文学批评必须致力于回答"文学是什么？""究竟是什么使一篇语言文字变为一篇艺术品的？"这类问题。他们认为文学是一个独立的系统，文学的本质和特点只能由该系统内的结构和关系来说明，那种试图在分属于不同系统的某些孤立要素之间寻找牵强附会的"关系"的作法并不能说明作品的文学本质，从而反对在说明作品本身的文学特点之前，把对作品的起源进行社会学的、历史学的或心理学的考证当作文学批评的范畴和任务。正如罗兰·巴特所指出的："实证主义批评的最严重的责任之一是它把全部注意力集中于作品细节的起源研究上，这就导致忽略这些细节在作品内部的功能意义。"他还写道："如果说在作者和作品之间有着什么关系的话（谁会否认这一点呢？作品并不是从天上掉

---

① ［法］罗兰·巴特：《结构主义活动》，见王逢振等编：《最新西方文论选》，盛宁译，第106页，桂林：漓江出版社，1991年。

下来的：只有实证主义批评家仍在相信诗神的存在），那么它并不是那种把各种局部的、继续的和'深层的'相似之处撮合在一起的孤点间的关系，恰恰相反，它是作者整体与作品整体之间的关系，是关系的关系，是同一的而非类比的关系。"①

2. 认为文学和语言一样，也是一种产生意义的符号系统，认为文学从属于符号学，文学问题也主要地是符号学问题。但是文学符号系统有其独特的"语义"性质，它不是以直接明示的方式去传达准确完整的意义，而是以间接暗示和含蓄的方式去传达不完整的意义。巴特写道："文学作品，至少拿通常为批评所关注的那类作品来说，从来都是既非全无意义又显而易见全然清楚的。也许正是这一点可能成为'优秀'作品的一条定义。作品可以说是一些断断续续不完整的意义：它一方面俨然以一个能指系统的面目呈现于读者的目下，另一方面则又回避所指之存在。意义的这种不明示性和逃逸性一方面解释了为什么文学具有偌大的力量，既可（通过动摇那些似乎已由信仰、意识形态和公共感觉所确认的意义范畴来）对世界提出种种疑问，然而却又从不给予回答（没有任何一部伟大作品是说教式的）；另一方面解释了为什么它会成为人们无穷无尽地探索意义的对象，因为没有任何理由可以使人们停止谈论拉辛或莎士比亚。""因此文学只能是一种语言，即一种符号系统；它的本质不在它所传达的信息里，而在该系统自身之中。正是由于这一点，批评家所要做的就不是寻求重建作品所包含的信息，而只是寻求重建作品的系统，正如语言学家的任务并非在于辨认某个句子的含义，而在于建立那个使该含义得以传达的形式结构。"②这就是说，作品本身并不完全实现意义，它只是为意义的形成提供条件和形式，意义的实现有赖于不同时代的不同读者的感受，即"需要把整个世界填充到这些形式中去"才行，因此作品的意义就不是唯一确定的，所以它不能成为文学研究的对象。结构主义批评认为文学研究的对象仅限于文学这个能指系统，它的任务是"重建意义形成的技巧"。

3. 主张从作品内部进行形式结构的描述和分析的"内涵研究"法（etude immanent）。在这种分析中，批评家既不关心作者是否有意使用某种技巧，也不关心作品的"正确释义"，他们关心的只是描述作品中的形式结构及其功能关系，例如韵律结构、形象结构、叙述结构、主题结构、人物对话、行为和情节推理结构、文体修辞结构等等，可有各种类型和层次，以客观的态度说明作品所具有的各种特点。关于这种"内涵研究"的范例，可以举出雅各布森和列维－斯特劳斯合作对波德莱尔的十四行诗《猫》的音位和修辞结构所作的分析，热奈尔·热奈特对普鲁斯特的小说《追忆似水年华》的叙述结构进行的分析。

4. 主张建立关于文学形式的诗学理论，主张建立关于文学形式自身演化的文学史，如热奈尔·热奈特，但这两种建立只停留在设想与尝试阶段，还远未建立起来。

第二节　批评方法

从总体上说，结构主义是一种整体性的世界观，而结构主义批评的批评方法则强调从纷繁复杂的外界现象中去芜存菁，抓住具有结构主义意义的要素，细心研究，以便发现其中的关联（往往是二元对立），清理出潜在的系统来。但结构主义作为具体思潮，却有着多样的研

---

① Roland Barthes, *Les deux critiques dans Essais critiques*, Paris, Seuitl, 1964, pp. 247 – 251.

② Roland Barthes, *Oui est-ce que la critique? Dans Essais critiques*, Paris, Seuitl, 1964, pp. 256 – 257.

究思路，也有着不同的批评方法。

一、二项对立法

结构主义批评注重二项对立（binary opposition）的分析方法，类似一般所谓的一分为二，即把所研究对象分为一些结构成分，并从这些结构成分中找出对立的、有联系的、排列的、转换的关系，认识对象的复合结构。

在具体的批评实践中，结构主义批评家大都采用这一方法。如罗兰·巴特的《论拉辛》在这方面比较突出。他说，拉辛的人物在整体结构中各得其所，显示差异，或者因地位不同有所区分，如父与子，或者因作者不同、自由程度不同、家族不同而有所区别；而且还因为性别不同而有所区别，如男人和女人，男性化的女人和女性化的男人，显示出性格的两极组合，即既有正的一面，又有负的一面，组成二项对立的结构模式。

这种结构模式，在文学史上大量存在。巴尔扎克在给阿柏朗台斯公爵夫人的信中写道："就我所知，我的性格最最特别。我观察自己，如同观察别人一样：我这五尺二寸的身躯，包含一切可能有的分歧和矛盾。有些人认为我高傲、浪漫、顽固、轻浮、思想散漫、狂妄、疏忽、懒惰、懈怠、冒失、毫无恒心、爱说话、不周到、欠礼教、无礼貌、乖戾、好使性子，另一些人却说我节俭、谦虚、勇敢、顽强、刚毅、不修边幅、用功、有恒、不爱说话、心细、有礼貌、经常快活，其实都有道理。说我胆小如鼠的人，不见得就比说我勇敢过人的更没有道理，再如说我博学或无知，能干或者愚蠢，也是如此。"[1]巴尔扎克这种二项对立的性格反映在他的作品中，形成了美丑并存、善恶同在、真伪共生的错综复杂的人物性格的群体。神学时代的人是单一的，人学时代的人是多元的、立体的、复杂的。结构主义批评所讲的二项对立正是从一个侧面揭示了人的这种复杂性。

结构主义的二项对立，只是分析方法，不是研究目的。其目的是通过二项对立，重组一个新的世界。正如佛克马（Douwe Fokkema）、易布斯（Elrud Ibsch）所说的："二元对立关系有助于认识结构主义的种种模式"，[2]走进结构主义构筑的模式世界。罗兰·巴特也曾指出，结构主义批评取法于"模仿说"，其目的是要寻找出文本世界的确立结构。所以，结构主义批评的目标，都要对"客体"进行重建，都用"二项对立"进行重建。结构主义的"二项对立"包括几十种，但主要的有语言与言语、能指与所指、共时与历时、横组合关系与纵聚合关系、代码与信息、秩序与序列等六种。一般而言，结构主义的批评分析，很大程度上是上述六种"二项对立"的展开形式。

二、列维－斯特劳斯的神话分析方法

在列维－斯特劳斯看来，对各类文本的结构分析不仅能够"在混乱中建立起某种秩序"，而且可以发掘结构深层的"基本逻辑秩序"，他喜欢把这种逻辑程序理解为那几乎无所不在、无所不能的"二元对立"模式，比如文明与自然、生与死、男与女，等等。列维－斯特劳斯进行结构分析的基本方法是：先分析每一个个别的神话，把神话故事分解成尽可能短的句子（即神话素），然后把这些句子按历时、共时的原则分别加以纵横排列和比较，以便找出它们

---

① 见段宝林编：《西方古典作家谈文艺创作》，第 340 页，沈阳：春风文艺出版社，1980 年。

② ［荷兰］佛克马、易布斯：《二十世纪文学理论》，郑树森译，第 34 页，香港：香港中文大学出版社，1985 年。

共同的关系集束。一切关系都可以寻找、合并和还原为两项对立关系，而神话的实质就是人类企图加以调解这些对立关系的一种密码或"中间项"，通过对立关系，我们可以看到神话的结构，即人类心灵中的"集体现象的无意识本性"的投影。① 尽管招致了激烈批评（比如封闭的循环、非历史进化观和神秘的直觉），但列维－斯特劳斯富有创意地将神话作为一个客观的整体进行的由表及里的结构分析，促进了神话研究的整体化、科学化。同时，这种整体性研究含有辩证的因素，富有启发性：它使分析与综合相结合，打破了过去那种把整体仅看成是部分之和的分析哲学，强调分解后的成分、要素和片断本身只有在整体的组合中才会产生整体的意义，并且常常引起整体结构的变化。

三、罗兰·巴特的"第二级符号系统"与神话批评

罗兰·巴特认为，结构主义批评就是把结构语言学理论用于语言之外的客体的活动，结构受无意识代码或规律的支配，比如，语言就是通过一组独特的二元对立来构成意义，神话是依据规律或代码体系来规范饮食起居和性生活。他说："无论是在思想领域还是在诗歌领域，所有结构主义活动的目的就是要重塑客体，并通过这种重构来揭示在客体中发挥作用的规则或客体的'功能'。因此，结构实际上是客体的一个类象（simulacrum），它能够把自然客体中不可见的东西，或者，如果你愿意的话，也可以说是难以理解的东西展现出来。"②

在罗兰·巴特的早期著作《神话学》（1957）里，有很多"神话分析"的实例。巴特将神话、体育比赛、亲属关系、餐馆菜单乃至绘画都视为一个符号系统，认为结构主义批评就是要集中研究符号之间的内在关系。巴特认为，一个符号中的能指与所指不是相等的而是对等的，两者形成相互联合的关系。这里有语言符号和非语言符号两种情形：在语言符号里，能指与所指属于结构性关系，这是语言符号；而在非语言符号中，能指与所指属于"联想式整体"，仅仅构成符号。例如一束"玫瑰花"表示"热情"，作为能指的"玫瑰花"与所指"热情"两者通过"联想"而使"玫瑰花"成为符号。作为"热情"符号的"玫瑰花"是充实的，它已不同于仅仅作为园艺品的那束玫瑰花。在这里，使符号充实的是行为者的意图、社会惯例或意识形态的本质之间的结合。巴特对非语言符号的语言结构把握有助于其语言学模式向更为广大的符号学领域扩展，并形成了一套关于"神话"的符号学阐释框架。③ 所谓"神话"（myth），在巴特这里，并不是古典意义上的神话文体，而是一个社会构造出来用以使自身存在合理化和合法化的种种隐秘的意象和信仰系统。巴特指出，这种"神话"可以通过能指、所指和符号的模型去分析，但它并非一般符号，因为它往往建立在先前就已经存在的"符号链"上，是作为"第二级符号系统"发生作用的。巴特认为，能指与所指构成的"联想式整体"的符号是"第一级符号系统"，它在"第二级符号系统"中变成一个能指。语言为第一级符号系统提供了模式，而第二级符号系统的神话模式就远为复杂，因为"神话"能发生作用，在于它借助先前已经确立

---

① 见［英］特伦斯·霍克斯：《结构主义与符号学》，瞿铁鹏译，第 37～45 页，上海：上海译文出版社，1987 年。
② ［法］罗兰·巴特：《批评文集》，转引自贝斯特、凯尔纳：《后现代理论——批判性的质疑》，张志斌译，第 24 页，北京：中央编译出版社，1999 年。
③ ［法］罗兰·巴特：《神话——大众文化的诠释》，许蔷蔷、许绮玲译，第 171～172 页，上海：上海人民出版社，1999 年。

而此刻据说是自然的、确定的"符号"。① 被分析的一个著名的实例就是《巴黎竞赛画报》的封面：一个身着法国军装的黑人青年在向三色旗致敬。其画面意义本身可以看作由能指与所指构成的第一级符号，但它又是第二级符号的能指，其新的所指是：法兰西是一个伟大的帝国，她的子民不分肤色都忠实地为她的旗帜服务，因而都支持殖民主义。② 巴特运用语言学模式所树立的神话分析案例，突出地揭示了"神话"和意识形态活动中固有的虚构方式：所有的艺术符号并不是对真实世界的单纯反映，而是以复杂的虚构方式掩盖某种社会或政治意图；与此同时，这种意图或意义也从来不是确定的或单一的，也存在纯真读者和客观本文。巴特彰显了"神话"或艺术的意义的生成秘密。

四、结构主义叙事学

结构主义叙事学就是力图通过对各类叙事作品的简化、归纳，找到隐藏在一切故事之下的那些基本的叙述结构，由此达到对于不同叙事作品的普遍性的解释。

1. 普罗普的民间故事叙事结构功能研究

普罗普（Vladimir Propp）的研究成果集中反映在《民间故事形态学》中。在该书中，普罗普通过对一百个俄国民间故事的研究，发现民间故事常常将一个行动分配给各种不同的人物。在民间故事中，人物可以是多变的，但这些人物在故事中的功能却是不变的和有限的。例如在"龙王劫走国王的女儿"的故事中，龙王可以是巫婆或其他任何一个邪恶者，国王可以是任何一个以别的名字命名的所有者，女儿也可以换成其他可爱的被劫者或宝物。无论将这些人物换成什么角色，他们各自的功能总是不变的，因而基本故事结构也总是不变的。

据此，普罗普提出了"功能"的概念。所谓功能，是指根据人物在情节发展过程中的意义而规定的人物行为，如"英雄听到一个禁令"、或"英雄离家"、或"英雄与反角直接交战"等。这些人物行为，都作为一个情节单位对情节发展具有意义，因而也是具体的功能单位。普罗普通过对一百个俄国民间故事逐一分析，总结出三十一种功能。他发现，每个民间故事总包含这三十一种功能中的某一些，而且排列顺序总是相同的。在这三十一种功能之外，普罗普还归纳出这些功能的七个行动范围和与此相应的七种角色，即：反角、施主、帮助者、公主（被寻找的人）和他的父亲、发送人、英雄（主人公）、假英雄（假主人公）。在所有故事中，每个人物都可以承担一个以上的角色，如施主也可以同时是发送人，一个角色也可以由多个人物承担。但它们的功能和行动范围却是固定不变的。由此，建立起一个民间故事的基本结构模式。他指出，所有民间故事，就它们的叙事结构而言，都具有共同本质，它们都遵循着四条原则：（1）人物功能是故事的基本成分，无论这些功能是由谁或以何种方式完成，它们本身是故事恒常不变的稳固要素；（2）民间故事使用的功能的数量是有限的；（3）功能的排列顺序完全一样；（4）就其结构而言，所有民间故事都属于同一类型。

2. 格雷马斯的结构语义学

格雷马斯的结构语义学是以寻找意义的基本结构为目标的。和普罗普一样，在格雷马斯

---

① ［法］罗兰·巴特：《神话——大众文化的诠释》，许蔷蔷、许绮玲译，第 173～174 页，上海：上海人民出版社，1999 年。

② ［法］罗兰·巴特：《神话——大众文化的诠释》，许蔷蔷、许绮玲译，第 175～176 页，上海：上海人民出版社，1999 年。

看来，虽然叙事作品千差万别，但对于结构而言，它们一定有着共同性，或称共同的"语法"，他要寻找的也就是这一共同"语法"。他将普罗普归纳的与七个行动范围相应的七种角色进行了重新组合，划分为三种相互对立的成分，即"主语"和"宾语"，"发信人"和"收信人"，"帮手"和"敌手"。格雷马斯认为，前两组对立是最基本的语义结构，它们之间的相互对立与联系，可以形成故事叙述的基本结构模式，如契约性结构：叙述契约的建立和中止，禁令和违背禁令等；表演性结构：叙述历险、考验、斗争和完成某项任务；分离性结构：叙述往返、离别等。

当然，在具体的文学批评实践中，格雷马斯的"语义方阵"是很有操作性的。格雷马斯认为，在所有的叙事功能中，暗含着许多逻辑正反的关系，将它们置放在一起，就会形成基于二元对立原则的语义方阵。语义方阵着重指由两种不同性质的对立关系构成，其中一种是强烈对立，如白与黑，可称为"相反对立"，白与红、蓝、黄等比白与黑的对立弱一些，可称为"矛盾对立"，如图 6 - 1 所示。

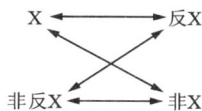

图 6 - 1

这种方阵的抽象的、普遍的模式，是一种思维构架。方阵的四角点是抽象的项目，它们可用不同的实项如价值判断、意识形态等代入，从而构成一种意义关系。在叙事文学中，这四个抽象的价值项目可经由处理转化成带人格或与人物相关的据点，这些据点代表着某种价值对象，然后转化为故事表层的人物或事件行动。当然，格雷马斯的"语义方阵"，有助于对叙事类作品内部要素之间关系进行辨析和把握。

3．托多洛夫的"叙事语法"研究

托多洛夫的"叙事语法"研究，主要体现于《〈十日谈〉的语法》一书中。托多洛夫认为，小说的基本结构与陈述句的句法类似。如果将小说的叙事与一个标准陈述句类比，我们可以发现，正如一个由"主语＋谓语＋宾语"组成的标准陈述句一样，小说也就是由"人物（主语）＋人物的行动（谓语）＋行动的对象或结果（宾语）"构成。这一叙事句法的变量，是人物的行动。正如作谓语的动词可以有多种类型一样，小说中的人物行动也有多种常见类型，如爱情小说中的"追求"、"接受"，探案小说中的"犯罪"、"侦破"等等。小说叙事则是作为小说谓语的人物行动通过连接和转化完成的。所谓连接，是指小说叙事中前一个行动引发后一个行动，相连相续构成一个完整的事件过程。如探案小说中犯罪的实施引出侦破的展开就是一种连接。所谓转化，则是指小说叙事过程中，由于某种原因使情节连接的平衡状态被打破，由平衡转为不平衡，再转为新的平衡。

在具体的故事文本的分析中，托多洛夫将故事的叙事结构分为两个基本单位：陈述与序列。陈述是故事的基本单位，相当于与语言中的"词类"相对应的实体，如"X 违犯戒律"，它无须进一步描述和简化。序列则是指构成一个完整故事的各种陈述的汇集与排列，它相当于语言中的句段，如"X 违犯戒律→Y 必须惩罚 X→X 设法免受处罚→Y 相信 X 没有违犯戒律"就是一个序列。序列是叙述的最小完整形式，一个故事可以有多个序列，但至少必须有一个序列。这样，每个故事的叙述便大致上可以被看成一个放大了的句子结构，通过句子结构的分析，可以找到支配陈述（词类）和序列（句段）的组合规则（语法）。在《〈十日谈〉的语法》中，托多洛夫按照这种方法，对《十日谈》的叙事特征做了细致的描述。

4．热奈特的"叙事文体"研究

热奈特的"叙事文体"研究以语言学的方式为依据。他认为，在再现与作者直接叙事

〔mimesis/diegesis〕之间进行区分是不可能的，因为不可能存在毫无中介的再现。也就是说，一切再现都是"被叙述的"。想拥有纯再现无异于想在一幅"现实主义"的图画中铺上一些现实的碎片。他还认为，"叙事"与"话语"之间存在着区别，前者是一种"无人说话"的纯粹讲述，而后者使言说主体成为被关注的对象。在 19 世纪现实主义小说中，我们似乎达到了没有话语的客观叙事的理想。但这种情况事实上是不可能的，包含判断和倾向的思想总是潜藏于叙事之中，叙事总是不纯粹的，甚至是不透明的。热奈特的叙事研究尤其重视叙述者在作品结构中的地位，他采用相对抽象的"聚焦"概念来分析叙事作品的三种类型："非聚焦或零聚焦"、"内聚焦"和"外聚焦"。热奈特认为，叙述者是不可忽视的重要因素，其变化影响作品的结构及其美学效果。叙述者运用不同的叙事方式绝非简单的形式问题，叙事方式与作品的内容不可分割，是整个作品的有机组成部分。

第三节　作品解读

王实甫《西厢记》的结构主义解读

（一）有限和无限的"崔张故事"

"崔张故事"在王实甫笔下定格为经典《西厢记》之前，早已历经长时间的民间流传，套用列维－斯特劳斯的术语，我们也可以这样说：关于"崔张"的"故事"只有一个，但是"讲法"却各有不同。

唐元稹的传奇《莺莺传》是"崔张故事"的源头，我们亦可将之看作"第一种讲法"。这同时也是极简略的"讲法"，因为在这个短故事中，不仅后来《西厢记》中的重要结构性元素（老夫人、郑恒）并未出现，而且已出现的元素（红娘、白马将军）也并未成为叙事的关键。"崔张故事"真正只是在崔张二人之间展开，并将"始乱之，终弃之"的两性经历最终归结为一个"善补过者"的道德姿态。

唐时杨巨源《崔娘诗》、王涣《惆怅诗》、李绅《莺莺歌》可看作"第一种讲法"的回音。至宋代，"讲法"就多了起来。秦观和毛滂都用"调笑转踏"形式讲说"崔张故事"，而赵令畤则有"至今士大夫极谈幽玄，访奇述异，无不举此以为美话。至于娼优女子，皆能调说大略"之语，可见"崔张故事"之流行。至南宋，不仅有了话本《莺莺传》、《莺莺六幺》、《张珙西厢记》，南戏里也有了《张珙西厢记》的名目。

宋金时董解元《西厢记诸宫调》则初步确定了《西厢记》的基本架构，将张生由薄情狂生转为多情专注的风流才子，立意旨归也由"女人祸水"转为"自是佳人，合配才子"，老夫人、郑恒的角色已出现，并与红娘、白马将军等成为叙事中不可或缺的结构性元素。"董西厢"无疑是"王西厢"之前影响最大的一种"讲法"。

直至元杂剧的黄金时代，"崔张故事"终于在王实甫《西厢记》中得到定型，不仅人物塑造上更丰满，更合乎逻辑人情，主旨上"愿普天下有情的都成了眷属"也远较"才子佳人"的立意为高。"王西厢"终于成为"崔张故事"的"经典讲法"。对于"崔张故事"而言，《西厢记》固然已成为一种"经典讲法"，但倘若我们将包含《西厢记》在内的关于"崔张故事"的不同"讲法"，以及受其影响或未受其影响的其他"同类故事"的诸种"讲法"放在一起，就会发现，所有的"讲法"，原来也可以是对一个更大的"故事"——中国古典言情叙事——而言的不同"讲法"。所有这些"讲法"，在结构主义者看来，其实都遵守着同样的"语法"。

如果我们在欣赏中国古典言情故事时，时常发现这些看起来是如此不同的故事，有时亦会给我们带来雷同的感觉，并让我们感到困惑，那么这种困惑也同样被结构主义的先驱——俄国形式主义学者普罗普在数十年前感受到了。普罗普在研究俄国民间故事时发现，民间故事总是具有两重性质："它是令人惊奇地形式纷繁、形象生动、色彩丰富；同样，它也出人意料地始终如一、重复发生。"普罗普发现，在民间故事中，最重要的因素不是"人物"，而是"功能"，即"根据人物在情节过程中的意义而规定的人物的行为"。举一个简单的例子，"一条恶龙诱拐国王的女儿"，在这个句子中，"诱拐"即是一个"功能"，"恶龙"在同类的故事中则可以随意置换为"女巫"、"鹰"、"恶魔"、"强盗"，而"国王的女儿"亦可置换为"王子"、"新娘"、"母亲"、"小男孩"等等，出场人物及其特征虽然变化了，行为和功能却并未改变，因此，普罗普认为，民间故事的特性就是把同样的行为赋予不同的人物，人物只是"承担""功能"，而"功能"则是有限的。功能有四条原则：（1）人物的功能是故事里固定不变的成分，它们不受人物和如何完成的限制，构成了故事的基本要素。（2）功能有数量上的限制，与出场人物的巨大数目相比，功能的数量少得惊人。（3）功能顺序永远不变。（4）就结构而言，所有的童话都属于同一种类型。这个发现终于回答了民间故事既丰富又单调的两重性问题，因为我们所面对的，总是一些重复的功能及重复的结构。

普罗普的研究最重要的意义在于他的思维方式：他不是将纷繁复杂的民间故事看作万千元素的混沌一体，而是发现这些元素之间的相互关系；他不是将它们看作是"一个一个的故事"，而是把它们看作"一个故事"，"严格说来，只存在一个故事——全部已知故事必须看作唯一一种类型的一系列变体，恰如人们能够按照天文学规律推断看不见的星星的存在一样"。普罗普的这种重结构关系而不重个体的思维方式正是后来的结构主义的精髓：世界是由各种关系而不是事物本身构成的，任何实体的意义只有放到完整的结构中去，并在与其他主体的相互参照中才能获得真正实现，这是结构主义者最重要的认识。

列维－斯特劳斯正是在这二者基础上提出，神话学研究并不需要去寻找"可靠的讲法"或者"较早的讲法"，更不需要寻找一个唯一的"正确"讲法。与此相反，应将每个神话界说为包括它的所有讲法的神话（"大的故事"或"唯一的故事"），它的内在结构（语法）渗透在各个不同的讲法中，而这个"语法"通过收集同类故事谱系中尽可能多的讲法并对之进行结构分析之后都可以找得到。这一点就像"语言"和"言语"的关系，"语法"是"言语"的抽象，"言语"则是"语法"的具象。言语中渗透着语法，而要发现语法，只有从大量的言语中去总结。对同一谱系的故事（或者语言）来说，"讲法"（言语）或许不同，但其"语法"应是一致的。所以列维－斯特劳斯说，"神话的实质并不在于它的文体、它的叙事方式或者它的句法，而在于它所讲述的故事"。

那么，以《西厢记》为代表的中国古典言情叙事——倘若我们也把它看作一个类似于神话或民间故事的"大的故事"的话，它的"语法"又是什么呢？在对以《西厢记》为代表的中国古典言情叙事进行简单的概括之后，我们可以得到以下的简表：

	"功能"	作品实例
A 初始 状态	A1 意外邂逅	《西厢记》、《牡丹亭》、《柳毅传》、《墙头马上》、《白蛇传》
	A2 美满婚姻	《孔雀东南飞》、《韩凭夫妇》、《长生殿》、《汉宫秋》
	A3 青梅竹马	《红楼梦》
	A4 ……	……
B 受阻 状态	B1 家庭阻挠	《梁祝》、《墙头马上》、《倩女离魂》、《青凤》、《鸦头》
	B2 失散离乱	《拜月亭》、《秋胡戏妻》、《长生殿》
	B3 恶人作梗	《任氏传》、《红梅记》、《紫箫记》、《望江亭》
	B4 误会喜剧	《西厢记》、《秋胡戏妻》、《卖油郎独占花魁》
	B5 负心情变	《杜十娘怒沉百宝箱》、《霍小玉传》、《潇湘雨》
	B6 ……	……
C 圆满 状态	C1 金榜题名	《西厢记》、《破窑记》、《李娃传》、《琵琶传》
	C2 从军建业	《紫箫记》、《白兔记》
	C3 乱后重逢	《拜月亭》、《秋胡戏妻》
	C4 还魂返阳	《牡丹亭》、《连城》、《莲香》、《红梅记》、《倩女离魂》
	C5 补偿形式	《梁祝》、《孔雀东南飞》、《霍小玉传》、《白蛇传》
	C6 ……	……

在此表中，"A（初始状态）＋B（受阻状态）＋C（圆满状态）"构成了纵向的历时性序列，按此"语法"，《西厢记》故事的叙事，便可简化为此二元对立的两大关系的组合：A1＋（B1＋B3＋B4）＋C1，而对于国古典言情叙事而言，最基本的形式无疑是 A1＋B1＋C1，千百年来被讲述得最多的也正是这个故事。现在我们可以明白，那种困惑我们的重复感正来自于结构的重复：功能不变、顺序不变、功能有限，都属于同一个"大的故事"（中国古典言情叙事）——正如普罗普为我们所指出的那样。可变的是"词汇"或者"内容"（人物），但对于这个同一谱系的"语法"而言，它们只是在同一语法位置上的更替而已，这使我们可以从容不迫地将崔莺莺（《西厢记》）替换为杜丽娘（《牡丹亭》），或者刘兰芝（《孔雀东南飞》）、李千金（《墙头马上》）、张倩女（《倩女离魂》）、祝英台（《梁祝》），同样的道理，也可以将张生替换为柳梦梅，或是焦仲卿、裴少俊、王文举、梁山伯。在 A－B－C 的联想轴上选取不同的功能组合，置换不同的词汇（人物），新的故事便源源不断地继续诞生出来。正像列维－斯特劳斯所说的，不是人借神话来思维，而是神话借人来思维而不为人所知。"不是人在讲故事，而是故事在讲述它自己。"当这个言情模式固定下来以后，它实际上只是在自我重复、自我生成罢了。正基于此，我们才可以说，"崔张故事"既是有限的，更是无限的。

（二）孱弱的读书人

从 A 到 B 到 C，只是一个一维的向度，这个过程描述了崔张两人普救寺邂逅、张生解围、老夫人赖婚、莺莺赖简、拷红、长亭相送、金榜题名、郑恒离间、大团圆的经过，通过崔张两人的爱情波折，表达了"愿普天下有情的都成了眷属"的美好愿望以及对封建礼教的反抗精神。但是在结构主义者看来，共时性的二维、三维的文化分析才是最重要和必需的，只有穿越显性的"表层结构"，才能发现内隐的"深层结构"。

列维－斯特劳斯提出了一个核心的假设：神话的真正构成单位不是一些孤立的关系而是

一束束的关系，从而建立起一个二维的参照系。就像音乐中管弦乐谱那样，我们可以从左到右历时性地阅读，也可以从上到下共时性地阅读，因为我们会发现一些音符组合总是有规律地重复出现，构成音乐的和声。所有垂直排列的音符组合便构成一束束关系，从而解决了神话共时/历时共存的问题（列维－斯特劳斯对俄狄浦斯神话的结构分析，正是探寻"深层结构"的最广为人知的一个经典案例）。不同讲述叠加在一起构成一部有长、宽、高的"书"，我们既可以在一页书（一种"讲法"）上共时/历时阅读，也可以从前到后相互印证地读。对这个包含不同讲法的庞大体系进行逻辑归纳与简化，最终得到的就是神话的结构规律，或者说，该神话体系的文化隐喻功能。下面我们将《西厢记》分解为几个基本图式，看看将故事的表层结构重组后会发现怎样的情况。

图 6-2：张生普救寺解围，依老夫人允诺，自当娶莺莺为妻，但在家宴上，老夫人却以莺莺先许郑恒故，要莺莺与张生兄妹相称，张生无计可施，居然欲"解下腰间之带，寻个自尽"，幸得红娘骂止，并出计，约莺莺月夜至花园烧香，咳嗽为号，张生操琴，以传心曲。

图 6-3：莺莺托红娘捎予张生一书简，张生大喜，夜逾墙来相会，孰料莺莺突然赖简，这是符合其相国小姐的身份的：若即若离，若进若退；眉目传情，却又装腔作势；才寄书相约，即赖个精光。张生因此病倒，无计可施，又是红娘从中传信，两人终成好事。

图 6-4：崔张之事暴露，老夫人要质问红娘，实则欲处理崔张之事，二人的命运系于红娘一人，幸得红娘在老夫人前侃侃而谈，反而说服了老夫人，无奈何，只能允了二人的婚事。

图 6-2

图 6-3

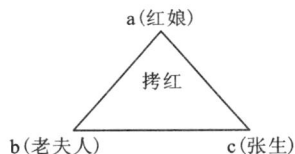

图 6-4

在这三个图式中，我们会发现，b 皆为矛盾的"施者"，c 皆为矛盾的"受者"，b/c 之间矛盾的解决完全取决于 a，即红娘，在这几组矛盾中，正由于她的存在，矛盾得以化解，叙事得以进行；张生（c）则始终处于一个被动的地位，他的命运不由自主，也始终决定于 a。那么，对于张生解普救寺之围又如何看呢？他不是一个主动的矛盾解决者吗？

图 6-5：张生向老夫人承诺要解普救寺之围，此时，他就成为了矛盾的受者，而实际解决寺围矛盾的并非张生：倘若没有一个勇敢豪爽的火头僧惠明送书，寺围不得解；倘若杜将军未曾发兵，寺围亦不得解。可见此矛盾的解决，不在张生，而在惠明，在杜将军。

图 6-5

这样，从这几个图式中均可看出，张生始终是一个无能为力的软弱的受动者；也不难看出，不仅是 b 与 c 构成对立关系，a 和 c 同样也构成了一种扬此抑彼的价值参照关系。如果我们将焦点放在 a 与 c 上，小说的主旨似乎就发生了偏向，我们发现，饱读诗书的张生并没有因自己对话语权力的掌握而获得解决问题的能力，反而优柔寡断，心理脆弱；更多富有市民色彩的惠明和红娘却勇敢乐观，敢做敢为，富有生命活力，恰与孱弱的读书人张生形成了鲜明对照。这样，《西厢记》的内在结构为我们展示的似乎不再是一出爱情故事，而是知识分子充满矛盾的自我批判，它表明了作者新的"扬市（市民）抑儒（儒家）"的文化态度。

可当我们返回作品寻找具体论据时，就会发现新的矛盾：红娘是作为张生的批判者存在的，而在作品中，红娘使用的话语却包含了大量的儒家的伦理内容，这与红娘的文化身份明显不符。何以如此？《西厢记》写作之时，正值异族统治、儒家思想控制放松，兼之科举中断几十年，王实甫、关汉卿等知识分子不得不深入民间，从事民间意味很浓并具有较强市民意识的杂剧写作，更多接触到市民文化的儒家知识分子始终处于不同文化的碰撞之中（元代甚至有"一官二吏三僧四道五医六工七匠八娼九儒十丐"之说，可见儒家知识分子地位之低下）。这样看来，将《西厢记》看作作者自嘲自讽的文化隐喻是可以理解的。另一方面，由于市民文化形态正处于初兴阶段，尚缺乏自己的话语价值体系，所以才会出现红娘的内在矛盾：据以批判儒家软弱性的恰恰是儒家的伦理话语本身。而直至明代，随着中国资产阶级意识形态的萌芽，才在理论和实践上开始形成较为成熟的市民化价值体系：在理论上，以李贽为代表的知识分子猛烈批判儒教的虚伪软弱性，开始为世俗化个人化幸福及欲望张目（《焚书》、《续焚书》）；在具体文学实践形态上，凌濛初、冯梦龙等人在"三言"、"二拍"等拟话本中，直接颂扬了重情重性的市民的民间理想（《卖油郎独占花魁》），对物质利益的渴求不再被鄙视而转化为由衷艳羡（《转运汉巧遇洞庭红》）。此时红娘式的内在矛盾自然不复现矣。

重复的作用是为了显示结构，结构通过重复得以构建。发掘故事深层结构的关键在于对重复的发现。列维－斯特劳斯认为，神话之所以不断重复，其目的是为了提供一种能够克服矛盾的逻辑模式，当我们把《西厢记》看作一个文化隐喻而不是一个爱情故事时，这个假设似乎成立了。

（三）永恒的"父之法"

另一个结构主义大师格雷马斯则用"符号矩阵"来表述自己的思想。格雷马斯认为，"意义"建立在他所谓的基本"语义素"之间的二元对立关系之上，这些基本"语义素"在最低的层次上包括 4 种要素，如图 6－1。

格雷马斯指出，这种"符号矩阵"不仅是一切意义构成的基本格局，而且是叙事的基本句法形式，根据这个结构就可以像语言一样产生大量的表达形式，也就是句子；而且语言学意义上的"句子"，在叙事学中即等同于"情节"。这样，对句子或词汇的意义分析就可能转化到叙事作品的分析，语义学就此转化为叙事学。意义从符号的相互影响中产生，我们生活于

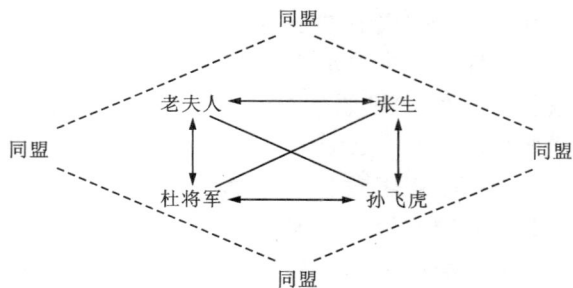

图 6－6

其中的这个世界不是一种"事实"，而是关于事实的符号，我们从一个系统到另一个系统不停地给这些符号编码和解码，所以"意义不过是这种可能会出现的编码变换"。这样，对文学作品的解读就成了一个编码和解码的过程。事实上，我们可以将格雷马斯矩阵看作一个意义项的对垒模式，将之稍做改造之后，得到《西厢记》故事的重新编码，如图 6－6。

在《西厢记》作为"爱情故事"的表层结构中，矩阵的四边构成了四组矛盾对立的关系：①老夫人/张生；②张生/孙飞虎；③孙飞虎/杜将军；④杜将军/老夫人（在对崔张婚事的态度

上）。这其中②和③看来是不可调和的，①事实上是表层结构中的矛盾主线，只有④的矛盾最弱。与此对应，在价值形态上，老夫人和孙飞虎是作品中的否定项，而张生与杜将军则是肯定项。在意义的解码上，矛盾②、③批判了孙飞虎拥军作乱、强夺民女的可耻行径，矛盾①、④则批判了以老夫人为代表的"封建礼教""对青年自由幸福的摧残，并通过他们的美满结合，歌颂了青年男女对爱情的要求以及他们的斗争和胜利"。

然而，当我们在矩阵的四边用虚线连接并形成一个新的平行四边形之后，这个矩阵的表层意义却不得不面临被彻底颠覆的危险：这些两两对立的关系构成的并非矛盾对立，恰恰是同盟关系。这一点看来或许有些奇怪。

在中国文化中，所谓"婚姻"即是"合二姓之好，上以事宗庙，下以继后世"（《礼记·昏义》）。婚姻的意义并非两个具有独立意志的生命个体的横向性结合，而是以纵向的承续性为首要特征（传接香火）。由于婚姻本身并不包含个体横向发展的主体成长意义，因而作为"成人"仪式的婚姻也就仅仅具有"仪式"意义。可见中国文化的"象征秩序"正是通过维护垂直关系并抑制横向关系（生殖器阶段），以其个体人格独立之丧失为代价，将子辈纳入象征体系中而实现"象征阉割"的。

在《西厢记》中，莺莺的父亲崔相国早已故去，因而老夫人的文化身份正是以"象征秩序"为背景的威严"代父"，其对婚姻的理解正是合乎"象征秩序"的，对"相国家谱"的强调凸现出的恰是垂直关系上的承续意义。崔张二人所期望发展的横向关系无疑是对"象征秩序"的公然僭越，遭到压制是自然的事。《西厢记》故事的表层结构展示的正是老夫人代表的"象征秩序"力量与崔张代表的"逆反象征秩序"力量之间的斗争，而且看起来，后者似乎获胜了。但是，从故事的深层结构观之，情形是否真是如此？

老夫人敌对张生的重要理由是张生的"白衣穷士"身份，那么，张生是否真的与"象征秩序"无关吗？不然。故事说得很清楚，张生原本是"礼部尚书之子"，只因父母双亡才家道中落，可见张生原本就曾隶属"象征秩序"之中，仍有高贵的出身背景，只因家道中落才暂时被排挤出了象征秩序。"拷红"之后，老夫人被迫允了崔张之事，却又提出了严格的条件：上京赴试，高中状元，反之，"休来见我"。张生倒也争气，衣锦还乡，得偿所愿。现在问题出现了，"逆反象征秩序"的张生要想"造反"成功，反而必须到"象征秩序"处讨一个说法，获得一个"象征秩序"之内的位置（官员）以及命名（状元）。叛逆者不得不由其否定对象赋予合法性，这显然不能解释为"以彼之道还治其人之身"。用拉康的说法，张生从"现实界"的偶然邂逅出发，经历了"想象界"对美好未来的憧憬，最后却不得不掉入"象征界"的陷阱，与自己的对头老夫人结为同盟，被一并纳入到"象征秩序"之中。"象征秩序"经此冲击，不是显得摇摇欲坠，恰恰相反，它以此证明了自己不可战胜的强大力量。以反叛的张生的失败为代价，臣服的张生终于得拥美人而归，激扬的生殖与生命冲动被悄无声息地阉割，充满勇气的"反叛"转化为一个臣服的姿态，与表层的解读形成巨大反差。

再看张生与孙飞虎的关系。对于"象征秩序"来说，张生与孙飞虎对莺莺的"觊觎"都是非法的。《西厢记》开场老夫人陈述女儿莺莺时就已交代："老相公在日，曾许下老身之侄，乃郑尚书之长子郑恒为妻。因俺孩儿父丧未满，未得成合"（一本楔子）。"父母之命，妁灼之言"在"象征秩序"中具有最高的合法性，更何况这是老相国之遗命！莺莺的合法身份严格讲已是"郑恒之未婚妻"，因此，对于"象征秩序"来说，莺莺是许配郑恒在先，邂逅张生在后，故而不是郑恒无理，反是张生理亏，不是郑恒来骗张生之婚，反是张生在夺郑恒之妻；同样的道理，孙飞虎兵围普救寺要抢莺莺去做压寨夫人，其行为性质与张生并无二致，只不过是一个文夺，一个武抢，一个手段高明，一个方式拙劣罢了。

孙飞虎与杜将军一个是结构中的否定项，一个是肯定项，看来似乎构不成同盟关系。但是这里面有一个重要的东西被忽略了，那就是二者共同的行动方式。孙飞虎五千人马兵围普救寺，"三日之后不送出（莺莺），伽蓝尽皆焚烧，僧俗寸斩，不留一个"（二本一折）。这是以暴力形式实现其"非法"目的；杜将军解围，是以暴力方式实现"合法"目的。这其中固然有价值取向的不同，但不可否认的是，二者为达致目的采取的行为方式是一致的，而杜将军所具备的解围济困的能力亦是与其所拥有的取自"象征秩序"的暴力资源成正比的，倘不是"正授着征西元帅府，兼领着陕右河中路"（［雁儿落］），杜将军凭什么解围普救寺，又如何能威胁郑恒并致其触树身死？其实，"合法"与"非法"以不同标准观之，实难有一确定的界限。郑恒虽然言语粗俗，也有挑拨离间的小人行径，却也没什么罪大恶极、十恶不赦的暴行。事实上，这个"粗人"从头到尾都从未"动粗"，仔细看来多少倒有点像个可怜虫和倒霉蛋，就算其"有罪"，也罪不至死。以暴力解围普救寺，或可称之为合法；但同样以暴力威胁郑恒并致其死亡，就有些滥用暴力的嫌疑了。可见，倘若单以暴力为准则，合法与非法，是与非是，难说得很。

杜将军与老夫人是"象征秩序"的"秩序象征"，他们二者的胜利也正是"象征秩序"的全面胜利：在老夫人/张生的矛盾对立中，叛逆的张生终于臣服；在杜将军/孙飞虎的矛盾对立中，以"象征秩序"为背景因而"合法"的暴力战胜了没有背景因而"非法"的暴力。表层结构中彼此矛盾对立的关系，在深层结构中却结成了牢固的同盟关系，原本对立分裂的结构由此获得了超越结构意义的大圆满，而整个《西厢记》故事，也就从一个反抗"封建礼教"的爱情故事，转化为一个关于"父之法"（law-of-the-father）广袤无边神秘力量的寓言。故事中那些零散孤立的关系，原来有着共同的价值指向；所有的"小故事"，言说的仍然是这个关于"父之法"的"故事"。

杰姆逊（Fredric Jameson）认为，对格雷马斯来说，"叙事中最基本的机制是'交换'，为了创造出不断有新的事件发生的幻觉，叙事系统必须来回地展现积极和消极的力量。这种交换的基础是自然和文化的关系"。而格雷马斯矩阵之于"故事"表明，"从某种意义上说，故事开始时是为了解决一对 X 与 Y 的矛盾，但却由此派生引发出大量新的逻辑可能性，而当所有的可能性都出现了以后，便有了封闭的感觉，故事也就完了"。我们对《西厢记》的解读，正是通过那些来回展现的"积极和消极的力量"，去发掘叙事中那些"新的逻辑可能性"，其实《西厢记》本身就是由各种"读法"累加起来的，按罗兰·巴特的说法，文学作品最终是由人们对它所说的一切组成的，所以，作品永远不会死亡，"作品之所以是永恒的，不是因为它把单一的意义施加于不同的人，而是因为它向单个的人表明各种不同的意义"。

（詹庆生：《〈西厢记〉的结构主义解读》，载《中国比较文学》2003 年第 2 期。略有删订）

第四节　解读范例介绍

一、列维－斯特劳斯对"俄狄浦斯神话"的结构主义分析

参见［法］列维－斯特劳斯：《结构人类学》，上海译文出版社，1995 年。

列维－斯特劳斯善于将文本切分为最为简单的元素，并重新寻找其中重要的元素，把它

们合并和还原为两项对立。列维－斯特劳斯对俄狄浦斯神话的剖析就是一个经典的解读范例。

俄狄浦斯神话是古希腊神话中很著名的一则。女神欧罗巴想找一块处女地去生殖，她从小亚细亚前往欧洲的途中被宙斯掳走，她的恋人（也是亲兄）卡德摩斯发誓要找回她，于是踏上了前往欧洲的旅程。途中，一条毒龙阻挡他，卡德摩斯杀死毒龙。为了不让毒龙复活，卡德摩斯将毒龙的牙齿埋入泥土。埋在土中的龙牙长成一批武士。武士互相残杀，最后仅剩下的五人由斯巴托统领建立了忒拜城邦。忒拜王叫拉布达科斯（意为瘸子），拉布达科斯的儿子叫拉伊俄斯（意为左足有疾），拉伊俄斯的儿子即俄狄浦斯（意为肿脚）。俄狄浦斯出生时，巫师预言他长大后会弑父娶母，因而被抛弃。后被邻国国王收养。俄狄浦斯长大后也知道了自己弑父娶母的命运，于是从养父母家（他并不知道这是他的养父母）逃了出来。在路上，他因与一老人发生争执，失手杀死了他。这人正是他的父亲。后来，俄狄浦斯因破译了怪兽斯芬克斯的谜语，忒拜人拥立他做了国王，他娶了已死国王的妻子做自己的妻子，这就是他的母亲。后来真相大白，俄狄浦斯刺瞎了自己的双眼自我放逐。俄狄浦斯自我放逐后，他的两个儿子因争夺王位，弟弟厄忒俄克勒斯杀死了哥哥波吕尼克斯。波吕尼克斯死后，他的妹妹不顾国王的禁令，收葬了他的尸体。

列维－斯特劳斯认为，假如我们把这则神话前后相续的各关系单位如"宙斯掳走欧罗巴"、"卡德摩斯杀死毒龙"等，分别用 1，2，3……标示出来，并只是看成是一个历时的直线发展的系列，那么，这则神话也就如下面这样一堆随意放置在一起的数字：1，2，4，7，8，2，3，4，6，8，1，4，5，7，8，1，2，5，7，3，4，5，6，8……而假如我们把它当作一部管弦乐谱，打破神话叙述的历时顺序做一个共时阅读，即把同类的关系单位放置在一起阅读，我们就会发现和重建新的故事配置。比如我们把上面这组数字所有的 1 放在一起，所有的 2 放在一起，以此类推，我们就会发现这组数字的新的配置和结构：

1	2		4			7	8
	2	3	4		6		8
1			4	5		7	8
		3	4	5	6		8

用这种方法读俄狄浦斯神话，我们发现四组属于同一"束"的几个关系，我们可以把它们重新排列为四个竖栏：第一个竖栏包括卡德摩斯寻找欧罗巴，俄狄浦斯娶母，俄狄浦斯的女儿不顾禁令收葬亡兄波吕尼克斯。第二个竖栏包括斯巴达人（毒龙牙长出的武士）相互残杀，俄狄浦斯杀死其父拉伊俄斯，俄狄浦斯的两个儿子因争夺王位开战。第三个竖栏包括卡德摩斯杀死毒龙，俄狄浦斯杀死斯芬克斯，厄忒俄克勒斯杀死其兄波吕尼克斯。第四个竖栏则由拉布达科斯、拉伊俄斯、俄狄浦斯这祖孙三代的名字标明都有行走不便的意思。这种重新排列，为这则神话的意义分析提供了基础。列维－斯特劳斯认为，第一栏的共同特点是过分看重血缘关系，第二栏的特点则是过分轻视血缘关系，第三栏涉及到的怪兽、毒龙都是冥界之物，为了人类能从地下生长出来，它们必须被杀死；斯芬克斯不愿让人类成活，也必须被杀死。第四栏则是强调人出自地下的起源，因为行走不便是从土中生出来的人的普遍特征。当人刚刚从土中长出时，要么不能行走，要么蹒跚而行，这在许多民族的神话中都有表述。这四个竖栏呈现出两组矛盾关系，即人由男与女所生、人由土所生的二元对立关系模式。这

样，这则神话被认为"提供了一种逻辑手段，这一手段把人是由一个（土地）所生还是由两个（男与女）所生这一原始问题与人是同一亲缘还是不同亲缘关系所生这个派生的问题联系起来"。这体现出早期人类的困惑，即坚持人类是出自地下的信仰和人类实际上是由男女之间的结合生产出来的知识之间，无法找到一种令人满意的转换。列维－斯特劳斯指出，尽管这个问题显然是无法解决的，但俄狄浦斯神话还是提供了一种向着解决的方向迈进的逻辑工具。

　　列维－斯特劳斯相信，神话也是一种有逻辑的思维，只是这种思维不是一种分析性的抽象思维，而是一种类似于形象思维的，直接用具体的经验范畴去代替抽象逻辑的方式。在思维的动作上，则"总是从对立的意识出发，朝着对立的解决而前进"①。也就是说，神话思维总是运用类比的方式，把自然物放在二项对立的结构框架中代表抽象的关系，由此建构起关于世界的图像，达到对世界的解释。列维－斯特劳斯在他的关于"野蛮人"思维的研究中也证明了这一点。在《野性的思维》一书中，列维－斯特劳斯通过对原始图腾模式的研究，发现图腾不仅本身有着自己精确的逻辑结构，而且可以构造结构。"神话系统和它所运用的表现方式有助于在自然条件和社会条件之间建立同态关系，或更准确些说，它使我们能够在不同平面上的诸多意义的对比关系之间确立等价原则。"②这种思维方式体现着人类思维的"编码"能力，或创造结构的能力，体现人类思维的最基本的本质。"神话和仪式远非像人们常常说的那样是人类背离现实的'虚构机能'的产物"，它是一种与现代抽象思维相对应的"具体性的科学（思维）"，而且它一直保存至今，它的表现，"在人类艺术活动中可以被清楚地观察到"。

二、罗兰·巴特对"时装"的结构主义分析

　　罗兰·巴特强调结构语言学可以解释一切符号系统。在《符号学原理》中，罗兰·巴特认为，人类文化即符号世界总是呈现为列维－斯特劳斯所揭示的那种明晰结构，"在文化中真正存在的只是可理解的事物"，只要凭借科学的即符号学的分析就可以理解整个符号世界。于是他试图提出和阐述一套"术语系统"，在种种符号现象中建立"最初秩序"，以揭示结构主义所分析和把握到的"意指系统的功能作用"。③ 人类活动包括着一种公认的、区分差异的关系系统，这种关于社会实践的关系系统可以依据语言学模式加以说明和阐释，因此，任何实际的话语言说（即"言语"），都有一个预先设定的、并被时刻应用着的系统（即"语言"）。虽然语言也会发生变化，在具体的"说话"中被改变，但大致说来，在任何时刻都有一套正在发生作用的系统，或者说一套可以派生出"言语"的规则。

　　比如当代社会传媒中习见的时装。在巴特看来，时装就是一个系统，它通过区分衣着，赋予衣饰细部以意义，以及在服装的某些方面与人的生活活动之间建立联系的办法，创造着意义，而意义指向并促成以获取利润为目的的销售。甚至服装杂志图片下面的文字说明，也往往是为了引起人们对服装某一部分的注意，从而使之成为流行的样式。巴特举了两个例子："印花布服装在比赛中获奖"，"细长滚边是动人的"。巴特认为，简单的几句话隐藏着服装系统的三个意义层次。第一层次是"服装代码层次"，"印花布服装"和"滚边"是能指，其

---

① ［法］列维－斯特劳斯：《结构人类学》，第 224 页，企鹅丛书伦敦英译本，1972 年。
② ［法］列维－斯特劳斯：《野性的思维》，李幼蒸译，第 107 页，北京：商务印书馆，1987 年。
③ 见［法］罗兰·巴特：《符号学原理》，王东亮等译，第 136、115、173 页，北京：三联书店，1988 年。

所指是"流行"。在第二层次上，"印花布服装"和比赛的结构暗示着这类服装在某种社交场合是适当的、有魅力的。在第三层次上，存在着一种新符号，其能指是整个时装话语，其所指是杂志必须去或想要去传达的那个动人的时装形象。这些说明文字暗示着"滚边"是优雅的，"印花布服装"是社交胜利的重要因素。巴特把第二层次和第三层次称为时装的"修辞系统"。巴特强调，必须把时装视为一个系统，视为一个不断生产意义的机制，因为意指作用优先于被意指者，因为被意指者往往是被塑造出来的，或者说它是无关紧要的。巴特的"两级符号系统"论及其出色的神话分析，事实上指出文艺的特质在于其无限延伸的"含蓄意指系统"性，他强调"含蓄意指"中的所指是"意识形态"的一部分，"意识形态就是'含蓄意指'的所指的形式"，事实上说明了艺术是一种"含蓄意指"性的审美意识形态。这是其结构主义理论独到而深刻的地方，值得深入体会。① 当然，巴特的批评理论和实践有一个从结构主义向后结构主义发展的过程，这一点，我们在"解构主义批评"一章中将要介绍。

---

① 参见王一川：《语言乌托邦》，第179页，昆明：云南人民出版社，1994年。

第7章　叙事学

一部叙事作品，既有叙述的内容，也有叙述的形式。叙事学就是研究叙事的本质、形式和功能的学科。主要研究对象是叙事文学作品。

一般认为，作为学科的叙事学诞生于 1969 年。这一年，法国叙事学家兹维坦·托多洛夫第一次提出"叙事学"（Narratology）这一术语，标志着这一学科的正式形成。从 1969 年至今，将近 40 年的时间，叙事学经历了两个发展阶段。20 世纪六七十年代为经典叙事学阶段，80年代有一个低潮，90 年代后进入后经典叙事学阶段。经典叙事学的代表作家主要是法国的一批叙事学大师，如热奈特、罗兰·巴特、托多洛夫、格雷马斯、布雷蒙等。经典叙事学以结构主义为理论背景，主要研究叙事形式本身，具有明显的形式主义倾向。后经典叙事学的代表作家主要是美国的一批叙事学家，如希利斯·米勒、苏珊·兰瑟、詹姆斯·费伦、戴卫·赫尔曼、马克·柯里等。后经典叙事学在理论上具有开放性，注重叙事学的跨学科研究，在研究时比较注意读者和社会历史语境的作用，并对经典叙事学的一些理论概念进行了重新审视或解构。

由于本书的主旨，本章主要只介绍与经典叙事学有关的知识。

第一节　基本理论

叙事学一般分为故事、叙事话语和叙事者三个组成部分，三个部分分别对应于叙事作品讲述的内容、讲述的方式和讲述者三个方面。

一、故事

故事是叙事作品的内容层面，但叙事学并不研究故事的具体内容，而是研究故事的组织、形态和构成故事的因素。

故事包括事件、人物、情节、环境等因素。

故事是由事件组成的。所谓事件，就是事物从某一状态向另一状态的转化。这里"转化"强调事件必须是一个过程，包含了一种变化。比如一个微型故事包括四个部分：（1）张三病了；（2）张三死了；（3）张三没有亲戚和朋友；（4）只有一个人来给张三送葬。这四个部分中，（1）、（2）、（4）都是事件，因为它们都表现了一个过程，包含了一个变化，而（3）则不是事件，它仅仅是揭示了张三的某种性质或属性，没有表现一个过程和变化。

一个故事至少要包含两个事件。但是仅有事件还不够，这些事件必须联系起来，之间有着某种可续性。所谓可续性指的是把事件联系起来并导向某种结局的因素。构成这种可续性的可以是时间、空间，也可以是故事中的人物、事件之间的因果关系，等等。

从故事结构的角度看，事件在故事中所起的作用是不同的，有的事件所起的作用是功能性的，有的是非功能性的。功能性事件是构成故事发展的事件，它必须在故事发展的两种可能性中做出某种选择，而这种选择一旦做出，必然引发故事中接踵而至的下一个事件。非功能性事件不对故事的发展产生影响。罗兰·巴特将前者称为"核心"事件，将后者称为"卫星"事件，简称核心与卫星。在叙事结构中，核心是故事的关键或转折点。唐皇要求，唐三藏可以去西天取经也可以留在东土大唐；刘备三顾茅庐，诸葛亮可以出山，也可以继续做卧龙岗上高卧不起的隐士。在故事中，核心是不能省略的，一旦省略，就会破坏基本的叙事逻辑，故事也就不成其为故事了。而卫星则没有这种重要性。即使省略也不会破坏故事的逻辑性。它可以重新布局，甚至可以由另一个卫星代替。它不涉及故事发展中的基本选择，它的任务是补充、丰富、完成核心事件，使之丰满与具体。它与核心的关系，犹如人体的血肉和骨骼。但是，这并不意味着卫星在故事中无关紧要，可有可无。卫星在故事结构方面虽然不重要，但在表现思想、塑造人物，在审美和艺术方面却是重要的。在这些方面，许多卫星事件的重要性都超过了核心。如《金瓶梅》，小说前几回的框架，基本上是从《水浒传》中脱胎而来的，在核心事件方面，两者并没有什么区别，变化的只是一些卫星事件。但正是这些卫星，丰富了《金瓶梅》的思想、人物和艺术，使《金瓶梅》显示出了比《水浒传》更高明的艺术手腕。

　　人物是叙事学研究比较薄弱的一个环节。人是复杂的社会、历史、文化、心理、生理的统一体，叙事学从形式的角度研究人，必然会遇到困难。就目前的批评实践来看，叙事学家们倾向于从人物特性、行动和符号等角度来对人物进行分析，取得了不少成果，但也都存在一些不足。人物分析的关键是找到叙事作品中的人物都具有的某些形式上的要素，并在此基础上形成一套既有普遍性和可操作性，而又不削弱人物复杂性的分析方法。英国作家福斯特曾提出圆形人物与扁平人物的概念，试图从人物性格因素的多少来对人物进行分析。这种方法有其效用，但过于简单，难以对人物进行完整的把握。因为单从性格因素来看，除了因素的多少之外，还有性格因素前后的有无变化。有的圆形人物性格因素虽多，但前后没有变化，而有的扁平人物性格因素虽少，但前后却有变化。由此可见，从人物的角度，至少可以把人物分为四种类型：静止的扁平人物，发展的扁平人物，静止的圆形人物，发展的圆形人物。而这用福斯特的圆、扁人物分析体系就难以概括。

　　情节与故事往往纠缠在一起。福斯特认为，国王死了，王后死了，是故事；国王死了，王后因伤心过度而死，是情节。故事，是事件的堆积，而情节，则是具有某种逻辑联系的事件。这种说法受到批评。因为在故事中，事件摆在一起就会具有某种联系，不一定非要在形式上有什么安排。与故事与情节的纠缠相似，情节与线索往往也难以区分。也许可以从事件的角度对三者做出如下的区别：故事是事件的组合；情节是事件之间的联系与发展；线索是贯穿在事件的联系与发展之中把事件联系起来的某种要素。

　　环境是故事的另一个重要构成部分。环境是人物生存的空间，人物的存在与活动总是在一定的环境中进行的。所以，任何叙事作品都有环境。像巴尔扎克那样喜欢详细描写环境的作家的作品中有环境，那些只描写人物和事件的作品中也有环境。只是这环境没有在作品中直接呈现出来，而是隐藏在人物的活动和事件的描述的背后，通过一定的转换，读者可以把它补充出来。环境有自然环境和社会环境。自然环境指整个自然界，它是人物活动的时空依凭。社会环境主要指人与人之间的社会关系、文化氛围以及风俗习惯等。在具体的文学作品中，环境又常常呈现出不同的表现形态。大致可以分为写实的环境、假托的环境和虚幻的环境。写实的环境是比较接近现实生活、有明确所指的环境。假托的环境是较接近现实生活但是虚指的环境。这类环境描写符合生活的逻辑，但时间、地点等常常是虚指和假托的。虚幻的环境是一种非现实的环境。这种环境完全超出了生活的逻辑，人们不能去追究它的真假和有无。但这种环境又不是与现实无关，它往往在更高的层次上映射着社会现实，具有深广的社会意义。环境主要不是一个形式的问题，因此，从形式的角度分析环境，也存在不少的困难与问题。

二、叙事者

故事总是要通过一定的人讲述出来，这讲故事的人就是叙事者。这里所谓"讲故事的人"，指的不是故事的创造者即现实生活中的作者，而是指作者在作品中设置的讲述故事的人。因此，叙事者是一个虚构的人物，他不等于真实作者。在叙事作品中，和叙事者与真实作者相关的还有隐含作者。隐含作者是通过叙事文本所构建的作者的形象。隐含作者在叙事中的位置介于作者与叙事者之间，他不是叙事者。叙事者是作品中的一个要素，故事的直接参与者和组织者，而隐含作者一般不直接参与故事，他只是通过各种叙事手段所建构起来的一个虚幻的作者形象。隐含作者也不等于真实作者。他分享了真实作者的某些品质，但他不可能具有真实作者的所有品质，而且，他是一个虚幻的形象。一个作者可以创作多部作品，每部作品都有一个隐含作者，而另一方面，多个作者也可以共同创作一部作品，但却只有一个隐含作者。

与叙事者、隐含作者、作者相应，在叙事接受方面也有叙事接受者、读者、隐含读者、理想读者等概念。叙事接受者是一个与叙事者相对的概念，它指的是作者设置的接受叙事者所讲故事的人物。叙事接受者可以是作品中的人物，也可以是作品外虚设的接受者。如果故事是由两个人物互相讲述同时又由两个人物互作接受，如略萨的《蜘蛛女之吻》，那么，这两个人物就既是叙事者同时又都是叙事接受者。读者指现实生活中有可能阅读叙事作品的个体。但是这些个体在未接受叙事作品之前只能算是潜在的读者，只有在阅读了叙事作品之后才是真实的读者。读者对叙事作品是有影响的，作者对于读者的认识与把握都要对其创作产生影响。隐含读者是一个虚构的概念，是作者在创作时为自己设定的可能阅读他的作品的读者。他不在现实生活中存在，但与现实生活中的读者又有密切的关系。在叙事中，他处于真实读者与叙事接受者之间。在叙事作品的创作中，作者创作的指向其实并不是现实生活中的读者，而是他所设定的隐含读者。理想读者的概念是接受美学提出来的。接受美学认为，作品的意义是由读者赋予的。但是读者是多种多样的，意义究竟由哪些读者赋予？为了解决这一问题，接受美学虚构了理想读者的概念。理想读者应有一定的文化，掌握了一定的阐释文学作品的方法，应有健全的理智和比较丰富的生活经验。作品的意义应该以他们的解读为标准。然而，由谁来充当理想读者，谁有资格划定理想读者，这些问题却很难解决，它只能是主观的和相对的。理想读者在这里遇到了困难。而不解决这个问题，意义是谁赋予的问题就仍然没有解决。

在叙事作品中，叙事者与故事的关系是最重要的关系。这种关系可以从五个方面考察：(1)叙事者以什么身份来讲述故事，是作为故事中的一个人物，还是一个与故事无关的旁观者，这是"人称"问题；(2)叙事者站在什么角度、处于什么位置来观察故事，角度是固定的还是在不断变化，这是"视角"问题；(3)叙事者在故事中参与的程度，是经常参与故事，在讲故事的同时也发表自己的观点和意见，还是只是客观地讲述故事，不表达自己的思想情感等主观因素，这是"叙事声音"的问题；(4)叙事者用什么方式把故事讲述出来，是通过自己的口将故事转述出来，还是让故事直接地呈现出来，这是"叙事方式"的问题；(5)叙事者如何将自己观察到的东西表达出来，这是"表述"问题。

人称有第一人称、第三人称、第二人称三种。不同的人称在作品中有着不同的叙事功能。在第一人称中，叙事者处于故事的虚构世界之中，以作品中人物的身份出现，面向叙事接受者，讲述自己与他人的故事。其标志是叙事者用第一人称代词"我"。根据叙事者在作品中的地位，第一人称叙事可以分为两种。一种是第一人称叙事者同时是作品的主人公，如马克·吐温的小说《哈克贝利·费恩历险记》中的叙事者哈克贝利；一种是第一人称叙事者是作品中的次要人物，如柯南·道尔的系列小说《福尔摩斯探案集》中的叙事者华生。两者在叙事形式上没有什么区别，都是自己谈自己的经历。不同的是，第一人称主人公叙事中的叙事者经历了所有应当叙述出来的事情，他的感知范围实际上没有受到多大的限制。而第一人称次要人物叙事中的叙事者的感知范围则受到很大的限制，很多与故事有关的事情他或者没有经历，或者干脆就不知道。两种叙事各有长处，适用于不同的叙事目的。在第三人称中，叙事者站在故事的虚构世界之外，以第三者的身份，讲述小说中的人和事。其标志是叙事者用第三人称代词"他"指称作品中的人物。第三人称自由客观，便于广泛地反映社会与生活。但是在有的作品中，作者也会有意地限制第三人称叙事者的视野，以达到某种效果。如高尔基的小说《母亲》对第三人称叙事者的限制。在第二人称中，叙事者也处于故事虚构的世界之外，但他不是自由地以第三者的身份讲述小说中的人和事，他以故事中的某一或某些人物作为自己叙事的接受者甚至对话者，面对这一或这些固定的接受者讲述小说中的人和事。作为叙事接受者的，可以是读者，也可以是作品中的人物。自然，严格地说，只有以人物为叙事接受者，第二人称才是典型的第二人称。在这种情况下，第二人称叙事者受到的限制比较大。他不能像第一人称叙事者那样，把自己摆到作品中去，也没有第三人称叙事者那样自由灵活。因此，相对而言，第二人称是三种人称中最难运用的一种。在叙事作品的创作实践中，用的人也比较少。

视角可以从两个角度划分。一是可以根据视角承担者与故事的关系将视角分为人物视角与叙事者视角。人物视角中的视角承担者是作品中的人物，叙事者视角中的视角承担者是叙事者。两者在功能与性质上都有区别。人物视角受人物和人物活动范围的影响，受到的限制比较大，它不能无所不在，也不能深入到作为叙事承担者的人物之外的其他人物的内心世界。而置身于故事之外的叙事者讲述的实际上是别人的故事，这种身份使他免去了这些限制，因而叙事者视角十分灵活，可以无所不在，不受限制。视角划分的另一角度是视角的运用情况，据此可以把视角分为不定视角和固定视角。不定视角中的观察点没有固定，可以设在任何可能的位置，没有任何限制。固定视角中的观察点固定在某一或某些位置，不能任意移动。它又可以分为三种形式：一点式、多点式、多重式。一点式固定视角只有一个视点，叙事者只能叙述从这一点上所看到的东西。如罗伯-格利耶的《嫉妒》，整个故事都是从那个没有在小说中出现的丈夫的眼中看出的，这一视点之外的任何东西，小说都没有表现。多点式固定视角有几个视点，叙事者可以通过这几个视点叙述故事。如福克纳的《喧哗与骚动》，小说的故事就是通过班吉、昆丁、杰生和迪尔西等四人的视点表达出来的。多重式固定视角与多点式有点类似，也有几个视点。但多点式一般是从几个视点叙述几个不同的对象，或同一对象的几件不同的事情，而多重式叙述的则是同一对象。如日本影片《罗生门》。这部影片通过旁观者、死者妻子、侦探和凶手等人的视点，叙述了一桩凶杀案。人物视角、叙事者视角和不定视角、固定视角是从不同的角度划分的，它们不是平行关系而是交叉关系。这样，叙事视角实际上有四种类型：人物不定视角、人物固定视角、叙事者不定视角、叙事者固定视角。但在叙事实践中，人物不定视角较少出现，主要的叙事视角是其他三种。

叙事声音指的是叙事者在叙事过程中介入的程度。在叙事的过程中，叙事者可以介入叙事，在故事中表达自己的思想、观点与看法，也可以不介入叙事，不在故事中表露自己的主观思想，还可以通过间接的方式表达自己的思想与情感。叙事声音也可相应地分成三种。第一种是缺失的叙事声音。在这种类型的叙事声音中，叙事者不介入叙事，只是纯客观地表现事件、人物的言行和人物语言化了的思想，不表露自己的思想与情感。第二种是隐蔽的叙事声音。在这种类型的叙事声音中，叙事者介入叙事，但他不是公开地介入，而是通过间接的方式表达自己的思想、感情与看法。在阅读的过程中，我们能感到叙事者的观点与态度，但是我们却不能明确地指出这种观点与态度的来源。如"中国军人的屠戮妇婴的伟绩，八国联军的惩创学生的武功，不幸全被这几缕血痕抹杀了"。鲁迅在这里并没有直接批判段祺瑞执政府的残忍，但他却通过反语、讽刺、对比等方式间接地表达了自己的思想与感情。第三种是公开的叙事声音。在这种类型的叙事声音中，叙事者介入叙事，明确地表达自己的思想与感情。

叙事方式指的是叙事者用什么方式将故事表述出来。是通过自己的话把故事讲出来，还是让人物与事件按照自己的面貌呈现出来。这两种方式的区别人们早就注意到了。古希腊的柏拉图就已经区分出所谓的"纯叙事"与"完美模仿"，前者是诗人"以自己的名义讲话，而不想使我们相信讲话的不是他"，后者正好相反，"他（诗人）竭力造成不是他在讲话的错觉。"叙事方式有两种，一种是讲述，大致相当于柏拉图的"纯叙事"；一种是显示，大致相当于柏拉图的"完美模仿"。自然，从绝对的意义上说，讲述与显示中都有叙事者的存在。但两者的区别还是明显的，一种是用叙事者的语言讲，一种是让事件、人物自己展示。两种方式在叙事中承担着不同的功能，有着不同的叙事效果。

表述指叙事者的讲述本身。表述与叙事声音不同。表述指的是叙事者的表达，叙事声音指的是在这种表达中，叙事者主体参与的程度。表述与视角也有区别。热奈特认为，在叙事理论中，很多关于视角的看法，"混淆了谁看与谁说的问题。二者的区别，看上去清晰可辨，实际上几乎普遍不为人所知"①。表述是"谁说"的问题，视角是"谁看"的问题。表述与视角往往是同一的，但也有分离的时候。承担表述任务的叙事者有时为了取得某种效果，将观察的任务转让给作品中人物承担。如《水浒传》第九回开头的一段描写："话说当时薛霸举起棍来，望林冲脑袋便劈下来。说时迟，那时快，薛霸的棍恰举起来，只见松树后雷鸣也似一声，那条铁禅杖飞将来，把这水火棍一隔，丢去九霄云外。跳出一个胖大和尚来，喝道：'洒家在林子里听你多时！'两个公人看那和尚时，穿一领皂布直缀，挎一口戒刀，提起禅杖，抡起来打两个公人。林冲方闪开眼时，认得是鲁智深。"这段描写的视角承担者开始是叙事者，后来是两个公人，再后来是林冲。但两个公人与林冲并不是叙事者。叙事者通过他们进行观察，以取得更好的叙事效果，整个叙述仍由叙事者进行。

叙事者与故事关系的这五个要素合起来构成叙事情境。在具体的叙事过程中，五个要素存在搭配的问题。但这种搭配不是固定的，而是变化的。如人称与视角的搭配。第一人称既可与人物固定视角搭配，也可与叙事者不定视角搭配，如莫言的《红高粱》中的人称与视角。

---

① ［法］热奈特：《叙事话语·新叙事话语》，王文融译，第126页，北京：中国社会科学出版社，1990年。

不同的搭配构成不同的叙事情境，形成不同的叙事模式，产生着不同的叙事效果。

三、叙事话语

叙事话语主要研究叙事作品中的结构要素及其相互之间的关系。叙事话语的内容很多，这里只讨论叙事逻辑、叙事时间和角色模式。

叙事逻辑讨论叙事功能之间的连接关系。叙事功能是一个比较复杂的概念，不同的学者有不同的看法。最早提出叙事功能这一概念的是俄国学者普罗普。他给功能下的定义是："功能可被理解为人物的行动，其界定需视其在行动过程中的意义而定。"也就是说，功能是在故事结构中起某种作用的因素。普罗普认为，功能是一定的，但不同的功能互相组合，能够形成不同的作品。俄国民间故事只有31种功能，但这些功能的不同组合，却形成了丰富多彩的俄国民间故事。法国叙事学家布雷蒙从另一个角度理解功能，他把功能与事件联系起来，认为功能就是在作品中起结构作用的事件。功能之间存在着一定的逻辑关系，由此形成一个个的叙事序列，这些叙事序列互相组合，形成更大的叙事序列，最终组成整部作品。

叙事序列可以分为基本序列和复合序列两种。基本序列由三个功能组成，功能与功能之间有着严密的逻辑关系，构成一个不可分割的整体。这三个功能之间的关系是：第一个功能以将要采取的行动或将要发生的事件为形式表示可能发生变化（简言之，情况形成）；第二个功能以进行中的行动或事件为形式使这种潜在的可能变化成为现实（简言之，采取行动）；第三个功能以取得结果为形式结束变化过程（简言之，达到目的）。如一个抢劫的序列：抢劫者因某种原因，准备进行抢劫（情况形成）；抢劫者实施抢劫（采取行动）；抢劫者抢劫成功（达到目的）。基本序列是叙事的基本单位，是整个叙事逻辑的基础。

基本序列本身能够构成一个完整的故事，但还过于简单。在它的基础上还可以进行各种变化组合，使其更加曲折复杂，适应各种各样的叙事需要。基本序列的组合称为复合序列，主要有三种。第一种为连接式。这种形式的复合序列包括两个以上的基本序列，前一个序列的最后一个功能同时是后一个序列的第一个功能。比如前面谈到的"抢劫"序列的后面，还可加上一个"破案"的序列：某人遭到抢劫（情况形成），民警破案（采取行动），抓住劫匪（达到目的）。这样 A 序列（抢劫）与 B 序列（破案）就构成一个复合序列，而 A 序列的最后一个功能（抢劫成功）正好是 B 序列的第一个功能（某人遭到抢劫）。第二种是镶嵌式。这种形式的复合序列是在某一序列完成之前，在其中插入另外一个序列，插入的序列在结构上相当于前一序列的一个功能，两者之间存在一种结构上的隶属关系。如《水浒传》中，西门庆看上潘金莲的美貌（情况形成，A1）；采取行动勾引她（采取行动，A2）；最后与潘勾搭成奸（达到目的，A3）。但西门庆的勾引行动（A2）本身又是通过"贪贿说风情"的王婆的一系列计谋来完成的。这一系列计谋构成了另外一个序列（B 序列），而就 A 序列看，B 序列只是它的一个功能。第三种是两面式。这种形式的复合序列实际上是由两种不同的眼光观察同一事件形成的。序列中的两个基本序列构成一种相应又相反的关系。如辛克莱的《大街》，小说通过两个不同身份不同背景的人物的视角，对大街做了两次巡礼，一个肯定、赞赏，一个否定、鄙视。这种结构方式不仅写出了人物性格，而且立体性地揭示了小镇的面貌。不过，也有人认为两面式只是一种写作手法，而不是结构方式，因此不应作为复合序列的一种类型。

叙事时间是叙事话语的重要内容。文学是一种在时间中展开和完成的艺术。一部叙事作品必然要涉及到两种时间，即故事时间与叙事时间。两者之间并不是一致的。故事越复杂，两者之间的不一致就越严重。一般从叙事顺序、叙事速度、叙事频率三个方面讨论两种时间之间的关系。

叙事顺序讨论的是故事时序与叙事时序之间的关系。所谓故事时序，指的是故事中的事件的自然排列顺序，即事件按照自然时间从开始到结束的排列顺序。叙事时序指的是在故事讲述的过程中事件先后出现的顺序。很明显，这两种时序并不是一致的。叙事顺序有三种类型。第一种是顺叙，即按照故事发展的自然顺序依次叙述所发生的事件。假如有四个事件，在故事中按照 A、B、C、D 的顺序出现，而在叙述中，也按照 A、B、C、D 的顺序讲述，这就是顺叙。第二种是倒叙。倒叙就是在叙述的过程中打乱故事中事件排列的自然顺序，将过去发生的事件放到现在来讲述。如四个事件按照 A、B、C、D 的顺序发生，而在叙述时，先讲 B 事件，再讲 A 事件，这就是倒叙。第三种是预叙。预叙就是将将来发生的事件放到现在来讲述。比如四个事件在故事中按 A、B、C、D 的顺序发生，而在叙述的过程中，讲完 A 后，不接着讲 B，而是讲 D，然后再讲 B，这就是预叙。

叙事速度讨论的是故事时间与叙事时间之间的关系。故事时间指叙事作品中的故事所牵涉的自然时间，叙事时间是指叙事文本讲述这个故事所需要的时间。但这个时间不好计算。不可能用作者写作的时间来计算，也不可能用读者阅读的时间来计算，因为读者阅读的时间有快有慢。因此，叙事时间只能以文本本身为标准来计算，以文本的字、行、页等计算。因此，叙事时间又叫文本时间。通过故事时间与叙事时间之间的比率，我们确定叙事速度的不同的类型。但是要确定两者之间的比率，就需要一个基准。这个基准不能由任何人主观确定，而必须由叙事作品的客观确定。这个基准最好是故事在自然时间中占用了多少时间，在文本中展开也需要多少时间。叙事学家们认为，对话可以满足这一要求。对话是不能压缩的，它在自然时间中占用了多少时间，在文本中展开也就需要多少时间。如果假设有一篇由纯对话组成的叙事作品，它的故事时间是一小时，文本篇幅是 20 页，那么，这个数据便基本上是准确的，可以作为我们确定叙事速度的基准，那就是故事时间 1 小时，篇幅 20 页。我们把这个基准叫做零度参照点。

根据零度参照点，我们可以把叙事速度分为五类。第一是等叙。所谓等叙，即符合零度参照点的叙事速度，也就是说，故事时间过去 1 小时，文本篇幅也过去了 20 页。如果把故事时间 1 小时、文本篇幅 20 页都用"1"来表示，那么，等叙的公式就是 1（故事时间）＝1（文本篇幅）。第二是快叙。所谓快叙，就是故事时间过去 1 小时，文本篇幅少于 20 页。用公式表示就是 1（故事时间）＞1（文本篇幅）。如《三国演义》的开头一章，十几页的篇幅就讲了上百年的事情。第三是慢叙。所谓慢叙就是故事时间过去了 1 小时，文本篇幅超过了 20 页，用公式表示就是 1（故事时间）＜1（文本篇幅），如乔伊斯的小说《尤利西斯》，3 个人 18 小时中发生的事情，却写了 1000 多页，其中就有很多慢叙。第四是停叙。所谓停叙，即故事时间没有动，而文本篇幅却过去了许多。用公式表示就是故事时间＝0，文本篇幅＞0，如叙事作品中的环境描写。第五是零叙。所谓零叙，就是故事时间过去了，文本篇幅却没有动。用公式表示就是故事时间＞0，文本篇幅＝0。如《三国演义》中对关羽斩华雄的描写。

叙事频率讨论的是事件在故事中出现的次数与它在文本中出现的次数的比例。叙事频率有三种：（1）实叙，即事件在故事中出现了多少次，在文本也就叙述多少次。用公式表示为：N 次（故事中）／N 次（文本中）。实叙在 N＝1 的情况下用的最多，如：昨天我起得很早。（2）复叙，即事件在故事中只发生过一次，文本中却被叙述多次。用公式表示为：1 次（故事中）／

1 + N 次(文本中)。叙事中采用复叙,往往取得某种特殊的效果,这种重复叙事,有时会在叙事者,聚焦者,文体等方面有些微妙的变化。如《祝福》中祥林嫂对她儿子被狼叼走的叙述。(3)概述,事件在故事中多次发生,但在文本中只叙述一次。用公式表示为 1 + N 次(故事中)/ 1 次(文本中)。比如,假如这个星期我每天都起得很早,用实叙表示就得说:这个星期我星期一起得很早,这个星期我星期二起得很早……十分麻烦。但用概叙就很简单:这个星期我每天都起得很早。

角色模式讨论叙事作品中的角色及其相互关系。角色是一种人物类型,叙事作品中的角色指的是在故事中起功能性作用的人物类型。角色虽是人物,但又不等于人物。角色是从故事行动的角度考虑的,而人物是从形象的角度考虑的。角色考虑的是他在作品中的功能,人物考虑的是他的性格。有的人物在故事结构中没有功能作用,而有的角色没有表现出具体的性格。一个角色可以由许多人物充当,如叙事作品中的群众这一角色;一个人物也可充当多种角色,如一个男人,既可以是父亲,也可以同时是丈夫、儿子。

根据其在作品中不同的功能,可以将叙事作品中的角色分为三类六种。第一类是主角和对象。在故事中,最重要的功能关系是追求某种目的的角色与他所追求的目的之间的关系,二者可以称为主角与对象。如果一个角色 X 追求目的 Y,那么,X 就是主角,Y 就是对象。如《西厢记》中,张生追求崔莺莺,那么,张就是主角,崔就是对象。对象不一定是一个人物,主角也可能是在追求某种状态。如"范进中举"中,范进追求的对象就不是人,而是功名。主角与对象之间有两种不同的关系。第一种中,主角追求的对象是外在于主角的某人或某事,如张生追求的崔莺莺;第二种中,主角追求的对象是主角自身的某种状态或属性,如范进追求的中举。前者的关系是客观的,后者的关系则是主观的。第二类是支使者和承受者。主角既然要追求某种目的,就可能存在着某种引发他的追求或为他提供目标与对象的力量。这种力量称为"支使者",而获得这种力量的对象就是"承受者"。支使者在很多情况下可能并不是一个人,而是某种抽象的力量如社会、命运、主角的某种性格特征,等等。支使者在叙事作品中可以具体化为各种不同的内容。如民间故事中把女儿嫁给作为主角的国王,心理小说中主角的某种性格,自然主义小说中某一特定的社会环境等。而承受者一般就是主角。一个典型的爱情小说中,可能只有男女两个人物,扮演着四种角色。男的既是主角又是承受者,女的既是对象又是支使者。当然,如果是女的追求男的,两人的角色身份就是互换的。第三类是助手和对头。助手是帮助主角达到自己目的的角色,对头则是阻挠主角达到自己目的的角色。《西游记》中,唐僧师徒四人的目的是上西天取经,帮助他们达到这一目的的如来、观音、众菩萨、天兵天将等就是他们的助手,而阻挠他们达到这一目的的妖魔鬼怪以及人间想与唐僧结婚的女王等,就是对头。一部叙事作品中,主角和对象可以不变,但助手和对头可以不断变化,从而使故事产生跌宕、起伏、曲折,增加可读性,如《西游记》。

第二节　批评方法

运用叙事理论解读叙事作品,可以从以下几个方面进行:

一、分析具体作品

即运用叙事学的理论,分析具体的叙事作品中的叙事手法、叙事技巧。如用预叙的相关知识，分析《红楼梦》中的预叙。运用叙事速度的相关知识，分析《尤利西斯》中的慢叙。

二、阐发叙事理论

即通过对具体的叙事作品的分析，总结出新的叙事形式，或者对已有的叙事理论进行质疑和修正。如根据叙事实践，对热奈特的慢叙不是叙事速度的基本形式这一论断提出不同的看法，并阐述自己的理由。

三、总结叙事特点、叙事模式

即综合运用各种叙事理论，总结出某一或某些叙事作品，某一或某些叙事现象的叙事特点和叙事模式。比如，运用叙事理论，总结出西方古代神话围绕时间结构故事的叙事特点，和中国古代神话以空间为核心结构故事的叙事特点。再如，运用叙事理论，总结出中国古代小说与西方古代小说不同的结构模式。

四、挖掘叙事形式中隐含的社会、历史、文化内容

就是将视野扩展到叙事形式之外，通过对叙事形式的分析，挖掘出这些形式中所隐含的思想、社会和文化内涵，说明这些叙事形式产生、发展和消亡的社会、历史与文化方面的原因。如我国古代章回小说中常常大量地采用诗、词等韵文，而"五四"之后，这些韵文慢慢地退出了我国小说。通过分析，找出这种形式产生、发展与消亡的原因，是很有意义的。它对我们理解我国章回小说的叙事特点及其与我国社会、历史、文化的联系很有帮助。我们也可通过中西爱情小说不同的叙事模式，分析中西不同的历史、文化与社会面貌。

五、探讨叙事艺术的发展演变

通过社会、文化的发展变化，分析叙事小说及其形式的发展变化的原因。如 19 世纪末，我国报刊杂志大量兴起，出现繁荣。这种现象促进了叙事文学的发展与繁荣，同时也导致新的叙事形式的出现，导致了老的叙事形式的修正与变化。分析这两者之间的原因，也是很有意思的。

总之，进行叙事批评，一要掌握比较系统的叙事理论，二要把握大量的叙事作品和叙事现象，三要了解一定的社会和文化、历史现象。在这三者的基础上，再根据自己研究的需要，选择一个主题，进行深入的分析，才能得出站得住脚的结论。此外，我们还应多看一些经典的批评著作与批评文章，学习、了解别人的批评方法，"操千曲而后知音"，久而久之，自己在叙事批评实践方面也就游刃有余了。

第三节　作品解读

一、《红楼梦》中的预叙
　　——兼论预叙与预言的区别

预叙是叙事顺序的一种，它将未来发生的事情提前讲述出来。从叙事效果来看，由于它事先透露出了未来的信息，破坏了读者的阅读预期和等待结果的紧张心理，因而有损于阅读

效果；但另一方面，它却产生了另一种性质的心理紧张，使读者产生希望知道导致预叙的事件产生的原因，填补从当前时刻到预叙事件之间的空白的迫切心理。因而，预叙用得好，不仅不会减损叙事的效果，反而会增加叙事的效果。

预叙可以分为两类四种。从预叙事件的信息的明晰程度，预叙可以分为显性预叙和隐性预叙，从预叙的事件与第一叙事时间的关系，预叙可以分为外预叙与内预叙。内预叙叙述的事件发生在第一叙事时间之内；外预叙叙述的事件发生在第一叙事时间之外，它通常用来报告某一延伸到第一叙事时间之外的情节线索的最终结局，或交代某一人物在第一故事时间之外的最终下场。《红楼梦》的叙事特点是以第三人称不定视角按时间顺序叙述故事。这种叙事模式是可以容纳预叙的四种类型的，但《红楼梦》基本上是把故事都交代清楚了才结尾，因而很少外预叙。只有内预叙、显性预叙与隐性预叙三种。

内预叙的一项重要功能是填补未来叙事中出现的省略与空白，因为既然已在预叙中作了交代，那么在后文中便可以省略或一笔带过。《红楼梦》中的预叙都是内预叙。如第五回对宝钗、黛玉等人的命运进行了预叙，而这些人的命运在故事结束之前便已完成，也就是说，预叙的事件在发生在第一故事时间之内。

显性预叙清楚地叙述若干时间之后发生的某件事情。典型的显性预叙应该：（1）它所叙述的事件必须是未来发生的某一具体的事情。（2）预叙插入其中的现在时刻应该具有整一性。也就是说，预叙前后的事件应该处于同一时间链上。（3）预叙的事件与插入其中的前后的事件在时间上应该有一段距离。如铁凝的小说《大浴女》，主人公之一唐医生冒着生命危险偷偷地为他未婚而孕的外甥女唐菲在医院的妇产科手术室施行了流产手术。之后小说写道："这是唐医生不算漫长的生命中唯一的一个手术，一个妇科手术。当他在生命行将结束的时候，他站在高高的烟囱上，眼光最后的落点就是人民医院那间妇科手术室的窗户。他回想自己的一生，他想他有太多太多的地方对不起唐菲这个孤苦伶仃的孩子。他忽视她怨恨她，把她看作自己生活中的绊脚石，唯有这件事他是对得起她的，他以自己并不高明的医术，冒着被抓捕、被开除、被判刑的危险，保全过这个孩子最最珍贵的荣誉。"[1]小说接着写的则是唐菲以前的情人，已经下乡的"白鞋队长"这个春节回福安过年时，报复对他"不忠"的唐菲的故事（但他没有找到唐菲，而是进错了另一个房，而且将错就错地强奸了一个被打倒的护士长）。《红楼梦》中这种典型的显性预叙似乎没有。但是也不好说它没有显性预叙。如第二十四回，写贾芸来见宝玉，宝玉却到北静王府去了。"贾芸便呆呆地坐到晌午，打听凤姐回来，便写了个领票来领对牌。……次日五更贾芸先找了倪二，将前银按数还他。那倪二见贾芸有了银子，他便按数收回。不在话下。……如今且说宝玉，自那日见了贾芸，曾说明日着他进来说话。如此说了之后，他原是福贵公子的口角，那里还把这个放在心上，因而便忘怀了。这日晚上，从北静王府里回来……"[2]再如第一百十九回，贾环等人说动邢夫人，要把巧姐嫁给外藩，王夫人与平儿在刘姥姥的帮助下，将巧姐带到乡下躲了起来。后来贾琏回来，平儿才带着巧姐重回贾府。"贾琏见了平儿，外面不好说别的，心里感激，眼中流泪。自此贾琏心里愈敬平儿，打算等贾赦等回来要扶平儿为正。此是后话，暂且不提。邢夫人正恐贾琏不见了巧姐，必有一番的周折，又听见贾琏在王夫人那里，心下更是着急，便叫丫头去打听。回

---

① 　铁凝：《大浴女》，第 126 页，沈阳：春风文艺出版社，2000 年。
② 　本节关于《红楼梦》的引文均引自岳麓书社 1987 年版《红楼梦》。

来说是巧姐儿同着刘姥姥在那里说话，邢夫人才如梦初觉，知她们的鬼。"这两个例子中，头一个例子中的贾芸找倪二还钱，后一个例子中的贾琏要扶平儿为正，两个事件都是具体事件，而且在时间上都在其前面的事件之后，符合显性预叙的基本要求，但又都不是典型的显性预叙。原因在于：（1）预叙的事件在时间上没有与插入其中的事件特别是前面的事件拉开距离；（2）预叙前后的事件虽然处于同一时间链上，但故事线却不同一，后面的事件不是接着前面的人与事讲下去，而是另换了人或事进行讲述。《红楼梦》中这种类型的预叙的例子比较多，笔者认为，这可以看作是《红楼梦》中显性预叙的一个特点。

隐性预叙通过暗示的方式，把未来发生的事情间接地告诉读者。它一般不明确直接地叙述未来发生的事情，只是划出大致的轮廓，揭示大的趋势与可能。隐性预叙在《红楼梦》中有着举足轻重的作用。整部小说的内容在小说的开头就以三个大的隐性预叙暗示了。首先，是小说开头对"石头"的经历的交代。它因为"无才补天，幻形入世，蒙茫茫大士、渺渺真人携入红尘，历尽离合悲欢炎凉世态"，暗示了小说后面的内容基本上是红尘中的大家闺阁琐事。其次，是小说前面的《好了歌》以及甄士隐的"解"，暗示了小说的基本思想或基调。第三，是第五回的"金陵十二钗"正册、副册、又副册和《红楼梦》十二曲调所暗示的书中主要人物的命运。《红楼梦》的内容实际上就是围绕这三个隐性预叙展开的。

《红楼梦》中的隐性预叙大致可以分出三种形式。一种是预示。通过这种形式，暗示人物与事件的未来。其中最著名的是第五章对林黛玉、薛宝钗等一干女子命运的暗示。如："可叹停机德，堪怜咏絮才。玉带林中挂，金簪雪里埋。""才自精明志自高，生于末世运偏消。清明涕送江边望，千里东风一梦遥。""霁月难逢，彩云易散。心比天高，身为下贱。风流灵巧招人怨。寿夭多因毁谤生，多情公子空牵念。""枉自温柔和顺，空云似桂如兰；堪羡优伶有福，谁知公子无缘。"四首词分别暗示了黛玉、宝钗、探春、晴雯、袭人五人的命运，而且符合其性格特点、生平经历，应该说是很巧妙的。

第二种形式可以称为暗指。暗指与预示有一定的不同。在预示中，讲的与指的是同一件事，如前面引的关于金陵十二钗的几首词，词讲的是宝钗、黛玉等人，指的也是宝钗、黛玉等人；而在暗指中，讲的与指的却不是同一件事。如《好了歌》，歌本身并没有具体的所指，但随着小说的展开，它却越来越明显地指向了贾史王谢四大家族。再如"王熙凤衣锦还乡"。《红楼梦》第一百零一回，凤姐去庙里抽签。抽了一个"上上大吉"签，"只见上面写着'王熙凤衣锦还乡'。凤姐一见这几个字，吃一大惊，惊问大了道：'古人也有叫王熙凤的么？'大了笑道：'奶奶最是通今博古的，难道汉朝王熙凤求官的这一段事也不晓得？'……凤姐笑道：'可是呢，我倒忘了。'说着，又瞧底下的，写的是：'去国离乡二十年，于今衣锦返家园。蜂采百花成蜜后，为谁辛苦为谁甜！……'"这个签讲的是汉朝王熙凤的事，暗指的却是凤姐后来的死，"历幻返金陵"。两者并不是一回事。

第三种形式是梦境。梦往往与人们清醒时的所见、所闻、所思、所感相关，在叙事作品中，常被作者用来透露未来的信息。《红楼梦》在这方面用得也很巧妙。如第八十二回，黛玉梦见凤姐等告诉她，她父亲做了湖北的粮道，并把她许配给了自己续弦的亲戚。黛玉不愿嫁给别人，刑、王二夫人等都不支持她。来求贾母，贾母也不给她做主。她来找宝玉，宝玉说她原是许给了他的，要她就住在贾府。黛玉还不放心，宝玉便拿刀子在自己胸前一划，鲜血直流。黛玉"哭道：'你怎么做出这样的事来，你先来杀了我罢！'宝玉道：'不怕，我拿我的心给你瞧。'还把手在划开的地方儿乱抓。黛玉又颤又哭，又怕人撞破，抱住宝玉痛哭。宝玉道：'不好了，我的心没有了，活不得了。'说着，眼睛往上一翻，咕咚就倒了。"黛玉大哭，被紫鹃唤醒。这段梦隐含着许多未来的信息。首先，是木石姻缘的不可能；其次，是贾母等人对黛玉的疼爱的逐渐减损，再次，这个梦还暗示了宝玉在宝黛婚姻上的无所作为。因此，在某种意义上可以说，这个梦是木石前盟崩溃，金玉良缘取得胜利的一个前奏。

《红楼梦》中还有一种叙事现象，看似隐性预叙，其实不是隐性预叙。如第七十四回，凤姐奉王夫人之命，带人抄检大观园。探春很是反感，说道："你们别忙，自然连你们抄的日子有呢；你们今日早起曾议论甄家，自己家里好好的抄家，果然今日真抄了。咱们也渐渐地来了。可见这样的大族人家，若从外头杀来，一时是杀不死的，这是古人曾说的'百足之虫，死而不僵'，必须先从家里自杀自灭起来，才能一败涂地！"这段话预示了贾家后来的走向衰败，而后来贾家也果然走向了衰败。但是这段话却很难说是隐性预叙，我们姑且将它称为预言。从理论上讲，预叙与预言的区别是清楚的。预叙是将以后发生的事情提前到"现在"进行讲述，预言则只是对未来做出某种形式的预测。但由于隐性预叙并不直接讲述未来发生的具体事件，而只是通过间接暗示的方式，显示未来发生的事情，因而有时难以与预言清晰地区别开来，由此造成认识上的一些混乱。

自然，由于隐性预叙与预言之间有着不少的联系，要将它们绝对清晰地区分开来是不可能的，但提出一些必要的界限，以使人们对这两者的区别有比较清楚的认识，则是可能的也是必要的。笔者以为，隐性预叙与预言之间，至少有这样两个区别：（1）隐性预叙应该能够落实到后来出现的某一或某些具体的事件上，如"金陵十二正册"对巧姐命运的预叙："势败休云贵，家亡莫论亲。偶因济村妇，巧得遇恩人。"便与小说结尾处的贾府衰败，凤姐去世，巧姐因得刘姥姥的救助，出外躲避，避免了卖给外藩为妾的不幸相照应。而预言则无法做这样的落实。探春的感慨只是她的一种预感，一种愤懑之言，并没有相应的事件与其呼应。（2）隐性预叙的发出者一般是叙事者。如前面引的"王熙凤衣锦还乡"，整个事件是由凤姐求签引出，杂有大了等人的解释，后面还有宝钗的疑虑，她觉得凤姐抽的签并不像人们解释的那样上上大吉，而是含着一种不祥之音。整个事件的主导者是叙事者。而黛玉的梦虽是黛玉所做，但叙述这个梦的却是叙事者。如果对未来的预测纯粹是由故事中的人物做出，那么这种预测一般都只能是预言。如前引探春的感慨。再如第八十七回，惜春听说妙玉中了邪，"默然无语，因想：'妙玉虽然洁净，毕竟尘缘未断。可惜我生在这种人家不便出家。我若出了家，那有邪魔缠绕，一念不生，万缘俱寂。'想到这里，蓦与神会，若有所得，便口占一偈云：'大造本无方，云何是应往。既从空中来，应向空中去。'"虽然惜春后来出了家，但她的这些偈子却不是隐性预叙，而是预言。因为从情理上说，人物受其所处的特定的时空的限制，不可能知道将来的事情，因而也就无法预先叙述将来的事情。他能做的，只是依据某些情况进行推测（作为叙事者的人物除外），因而，人物一般只能预言。而叙事者特别是全知全能的叙事者则有可能知道将来发生的事情，因而有可能进行预叙包括隐性预叙。正因为如此，《红楼梦》的结尾，宝玉的话几乎句句成了不祥之兆，但却不是隐性预叙，他不过是把自己要做的事用暗示的方式提前说了出来。但第三回的一段话却是隐性预叙。大家问黛玉有什么病，黛玉道："我自来是如此……那一年我三岁，听得说来了个癞头和尚，说要化我出家，我父母固是不从。他又说：'既舍不得他，只怕他的病一生也不能好的了。若要好时，除非从此以后总不许见哭声，除父母之外，凡有外姓亲友之人一概不见，方可平安了此一生。'疯疯癫癫，说了这些不经之谈，也没人理他。如今还是吃人参养荣丸。"其中癞头和尚的话却是一个隐性预叙。因为他的话虽然是由黛玉说出的，但黛玉只是引用他的话，这话本身则是叙事者安排的。

二、第一人称叙事者的边缘化

（一）

热奈特曾经指出："叙事作品中出现第一人称动词可以有两种十分不同的情况，语法对二者不加区别，叙述分析则应分辨清楚：一是叙述者把自己称作叙述者，如维吉尔写的'我歌唱战斗与武士'；一是叙述者和故事中的一个人物同为一人，如克鲁索写的'1632 年我生于纽约'。'第一人称叙事'显然指的是第二种情况，这种不对称证明该词组是不确切的。由于叙述者可以随时以此身份介入叙事，因此从定义上来讲任何叙述都有可能用第一人称进行。……真正的问题在于叙述者是否有机会使用第一人称来指称他的一个人物。在此要把两种类型的叙事区分开来：一类是叙事者不在他讲的故事中出现（例如荷马与《伊利昂纪》，或福楼拜与《情感教育》），另一类是叙述者作为人物在他讲的故事中出现（例如《吉尔·布拉斯》或《呼啸山庄》）。出于明显的理由我把第一类称为异故事，把第二类称为同故事。"①热奈特把叙事者与故事的关系分为两种，一种是叙事者不在故事中出现，为异故事，一种是叙事者作为故事中的一个人物在故事中出现，为同故事。他认为在异故事中，叙事者也可能以"我"的身份出现，但这不是真正的第一人称叙事，真正的第一人称叙事只能在叙事者作为故事中的一个人物时才能产生。这一观点是正确的。

根据第一人称叙事者与故事的关系，第一人称叙事可以分为两种类型。一种是第一人称叙事者同时是作品中的主人公，如马克·吐温的小说《哈克贝利·费恩历险记》，小说的叙事者哈克贝利同时也是小说的主人公，小说的主要内容就是他所讲述的他与黑人吉姆顺着密西西比河漂流，寻找不买卖黑奴的自由州的故事。另一种类型中第一人称叙事者只是作品中的次要人物，如柯南·道尔的《福尔摩斯探案集》中的叙事者华生。整个故事由他讲述，但他讲述的内容则是福尔摩斯的破案，他自己只是一个旁观者和参与者。在第一人称叙事者作为次要人物时，叙事者讲述的主要是别人的故事，但在一般情况下，他在讲述别人的故事的同时，也要讲述自己的故事，也就是说，他或多或少地要参与到故事的情节之中。但这种参与的程度是有很大的不同的。他可以参与他所叙述的所有的事件，也可以只参与部分的事件，甚至只参与极少的一部分事件，在一定条件下还可以完全不参与到事件之中，满足于做一个旁观者与见证人或者一个纯粹的讲述者。但当叙事者仅仅作为一个旁观者与见证人或者纯粹的讲述者的时候，他实际上也就边缘化了。他是故事中的一个人物，但他只是象征性地参与了作品虚构的世界，他的性格不够丰满，形象不够清晰，他的活动不构成故事的主要内容，也不对故事中的其他人物和故事的发展产生决定性的影响。从这个意义上说，他既是作品中的人物，又不是作品中的人物。他虽然仍处于故事之中，但已退到了故事中的一个角落，甚至退到了故事之外，只留下一只脚站在故事之中。这样一种位置使他与自己所讲述的故事拉开了一定的距离，这种距离可以使他在一定程度上置身于故事之外，这样，他就取得了第三人称叙事者的某种特点，能够随心所欲地讲述故事与故事中人物的所作所为和所思所想。这种现象可以称为第一人称叙事者的边缘化，或边缘化的第一人称叙事。

①　[法]热奈特：《叙事话语·新叙事话语》，王文融译，第 171～174 页，北京：中国社会科学出版社，1990 年。

　　第一人称叙事者的边缘化扩大了第一人称叙事的范围，增加了第一人称叙事的灵活性。在常规的第一人称叙事也即叙事者作为故事的主要或次要人物的时候，叙事者的讲述不能超出作为叙事者的人物所感知的范围。在这种情况下，要扩大叙事者的叙述面，往往需要做许多的准备，克服许多障碍。如狄更斯在《远大前程》中写匹普到文米克家做客，来到起坐间。小说写道："这间房子除作为日常的起坐间之外，还兼做厨房。我是因为看见炉架上搁着一口锅，壁炉上方有一个用来挂烤叉的小铜钉，才这样判断的。"[1]作为叙事者的匹普想说明文米克家的起坐间兼作厨房，但是并没有谁告诉他，他怎么知道的？因此小说特地加上一句，说明他是从房子的摆设中推断出来的，以便在逻辑上能够自圆其说。第一人称叙事者的边缘化则克服了这些障碍，能够轻而易举地进入作为人物的叙事者按理所不知道的领域。如莫言的《红高粱》，作为叙事者的"我"不仅知道"我爷爷""我奶奶"过去的事情，而且知道他们在过去的心理活动。另一方面，"我"又作为故事中的一个人物存在着，并且偶尔也参与到故事之中。

　　（二）

　　要准确地把握第一人称叙事者的边缘化，我们必须把它与常规的第一人称叙事和自指的第三人称叙事者区分开来。

　　常规的第一人称叙事中的叙事者是其所讲述的故事中的一个人物，不能讲述按照逻辑或常识他不知道的事情。而在第一人称叙事者的边缘化中，叙事者虽然仍是他所讲述的故事中的一个人物，但他作为人物的一面已大大地削弱，作为叙事者的功能则大大地增强了。由于边缘化，他在一定程度上取得了第三人称叙事者的某些特点，能够讲述按逻辑与常识他所不知道的事情，这是边缘化的第一人称叙事者与常规的第一人称叙事者之间的主要区别。从这个角度看，是否具有第三人称叙事者的某些特点，更准确地说，第一人称叙事者所讲述的故事是否超出了按照逻辑与生活常识他所应该知道的范围，便是区分常态的第一人称叙事与边缘化了的第一人称叙事之间的主要标准。如果没有超过，这种第一人称叙事是常态的，如果超过了，这种第一人称叙事便是边缘化了的第一人称叙事。

　　自指的第三人称叙事者指的是在第三人称叙事中，叙事者以"我"自指，出现在故事的讲述之中。如热奈特所举的维吉尔的"我歌唱战斗与武士"。再如美国作家詹姆斯的小说《一位女士的画像》的开头："在某些情况下，所谓午后茶点这段时间是最令人心旷神怡的，生活中这样的时刻并不多。有时候，不论你喝不喝茶（有些人当然是从来不喝的），这种场合本身便会给你带来一种乐趣。在我为这简单的故事揭开第一页的时候，我心头想到的那些情景，就为无伤大雅的消闲提供了一幅绝妙的背景。"两个例子中，叙事者都以第一人称代词"我"自指，如果仅从语法形式上看，它与第一人称叙事没有什么区别，但从实质上看，两者的区别则是很明显的。自指的第三人称叙事者运用人称代词"我"只是为了点明自己叙事者的身份，进行某种强调，他并没有成为故事中的一个人物，也不试图进入故事的虚构世界。而边缘化的第一人称叙事者则是故事中的一个人物，进入了故事的虚构世界。这是两者的基本区别。

　　叙事者的边缘化使边缘化的第一人称叙事同时具有了第一人称叙事与第三人称叙事的某些特点。首先，边缘化了的第一人称叙事仍是第一人称叙事，因此具有第一人称叙事的所有特点，如主观性、真实性、亲切感、结构上的开合自如，等等。另一方面，由于叙事者的边缘

---

　　① Charles Dickens：*Great Expectations*，Penguin Books，1965，p.232.

化，边缘化的第一人称叙事又具有了第三人称叙事的某些特点，如第三人称叙事的中介性、客观性，以及由此而来的某种程度上的权威性。而更重要的是，边缘化的第一人称叙事者可以讲述常规的第一人称叙事者按理所不能和不应讲述的事情。两者之间的张力使边缘化的第一人称叙事具有了第三人称叙事和常规的第一人称叙事所不具备的一些优势。如王安忆的小说《叔叔的故事》。叙事者以"我"的身份讲述了"叔叔"，一个著名作家大半生的经历。一方面，叙事者作为故事中的一个人物，能够在必要的时候参与故事之中，充分发挥第一人称叙事亲切自然，开合自如的特点；另一方面，作为一种边缘化的叙事，第一人称叙事者又能毫无限制地讲述自己愿意讲述的一切，甚至先讲一个故事，然后再讲一个故事否定自己先讲的故事。这种叙事的灵活性，采用其他人称就比较难以达到。也正因为如此，边缘化的第一人称叙事成了 20 世纪作家喜欢采用的叙事人称之一。

第一人称叙事者的边缘化实际上是叙事的两个基本原则互相妥协的结果。叙事作品有两个参照系：一是现实生活，一是叙事本身的内在自足性。从现实生活的角度看，自己是无法讲述自己所不知道的事情的。以此来要求作为故事中人物之一的第一人称叙事者，他当然不应讲述按逻辑或者常识他不知道的事情。但是另一方面，从叙事作品本身的内在自足性来看，第一人称叙事者讲述他不知道的事情又是可能的。因为叙事是一种虚构，第一人称叙事者也是作者虚构出来讲述故事的。既然如此，作者当然可以将按照逻辑与常识第一人称叙事者不可能知道的事情让他讲出来。这里的关键在于如何创造一定的条件，使这种讲述显得自然，不与现实生活的参照系产生无法调和的矛盾，使读者能够接受。使第一人称叙事者的边缘化便是解决这一矛盾的最好方法之一。边缘化的叙事者一方面仍留在故事之内，因此，仍是第一人称叙事者；另一方面，他又处于故事的边缘，与故事拉开了一定的距离，在一定程度上带上了局外人的色彩，因而能够讲述他作为人物所不可能知道的事情，较好地解决了两个参照系之间的矛盾。

（三）

第一人称叙事者兼有两种身份：其一，他是故事的叙述者，其二，他又是故事中的一个人物。第一人称叙事者的边缘化实质上是减弱了他作为故事人物的一面，增强了他作为叙事者的一面。根据第一人称叙事者身上这两种身份变化的情况，我们可以把第一人称叙事者的边缘化分为以下三种类型。

第一种是第一人称叙事者的人物角色的淡化。在这种类型的边缘化中，第一人称叙事者虽然仍是故事中的一个人物，承担了一定的功能，参与了故事虚构的世界，但他在故事中不起重要作用，不占据重要位置，本身的形象与性格也不鲜明。这种类型的叙事者与作为次要人物的第一人称叙事者有相同之处，他们的区别仅仅在于，作为次要人物的第一人称叙事者不讲述也不知道按照逻辑与常识他不知道的事情，如《福尔摩斯探案集》中的华生；而这种类型的叙事者则知道而且讲述了按照逻辑与常识他不知道的事情。如李晓的《叔叔阿姨大舅和我》。小说写了三个中学同学，其中一人姓夏，一人姓杜，一人姓杨，三人一同参加了新四军。杨在军械厂工作，夏在军部宣教科工作，后调到基层部队，杜则一直在军部工作。皖南事变时，杜被俘，后逃出。杨、夏则因为没在被包围的部队而逃过一劫。新中国成立后，夏担任了某市副市长，杨担任了同一市的商业局局长，杜则在外地任地方官员。夏的妻子本是杨的妹妹为杨介绍的，但却被夏所吸引，并最终嫁给了夏。但她本是国民党押解新四军战俘的部队里的一个文书，并曾参与过对杜的审问。在战俘们暴动时，她被卷入逃跑的人流，后来到新四军，从此参加了革命，但她隐瞒了在国民党部队工作过的这段历史。然而她却被后来回家乡探望老同学的杜认了出来。于是，她用煤气杀死了她的丈夫，自己也自杀了。故事是由杨的外甥"我"用第一人称的形式讲述出来的，通过他的讲述，不同的事件串联起来成为一个整体。在讲述的过程中，也常常顺带讲述一下自己的事情。在这方面，他与作为次要人物的第一人称叙事者没有什么区别，但他却讲述了按理他不知道的事情，如夏副市长夫妇死前的那个夜晚他们两人的言行。其他的事情还可以说是他从别人的讲述中听到的，但这个晚上夏副市长家发生的事他却是无论如何也不应知道的，因为唯一的两个当事人都死了。叙事者后来也承认这一节是他自己的想象，但他却把自己的想象当作真实发生的事情讲了出来。这就越出了常规的第一人称叙事者应该讲述的范围，正是这种越界，使他成了边缘化的叙事者。

　　第二种是第一人称叙事者的人物身份的虚化。在这种类型的边缘化中，第一人称叙事者虽然还是故事中的人物，但他尽量避免在故事中出现，虽然故事仍然由他讲述，但在讲述的过程中，他尽量不把自己摆在故事之中，他对故事中的事件与人物没有什么重要的影响，本身的性格也不鲜明。如焦景周的中篇小说《木头沟》，叙事者"我"基本上是站在故事之外，叙述了他的侄儿，一个山沟里喂猪的中士与他的两个同乡试图转为志愿兵而最终未能如愿的故事。叙事者具有比较明显的第三人称叙事者的特征，比如，他所知道的事情超出了按照逻辑与常识他所应知道的范围，其叙述在一定程度上具有第三人称叙事的客观性与中介性等。叙事者"我"虽然没有完全脱离故事的虚构世界，但他在故事中出现的次数很少，前后加起来不过三次，而且每次出现的时间也很短。第一次出现是侄儿在与春娅谈到当志愿兵要有关系的时候，侄儿谈到自己有一个叔叔在北京，但"光会编那臭小说"，小说接着写道：

　　侄儿在木头沟骂我的时候，我正在北京魏公村里编那臭小说。我是他四叔，跟他爸爸一个爹。记得侄儿给他四叔我的那封绝情信是在侄儿当兵一年后，侄儿那封信写得很是坚决脆落，只有一句话：

亲爱的四叔：

　　你要是再不掉（调）我，你就不是我四叔！！！

　　　　　　　　　　　　　　　　　　　　　　　　　　　　　你的侄儿

　　第二次是在侄儿活动转志愿兵向"我"发电报借钱的时候，"我"回电说暂缓解决，要他先从复员费中预支。小说接着写道：

　　"我说的暂缓解决也并非没有一点根据，因为还有一个中篇侥幸未被老婆算计在内，可那还不知是哪个猴年马月的事情，编辑部一审尚没通过呢。我想这样回电会好些，侄儿也能有个盼头。捏着侄儿急电中的'定还'二字，我指头出了汗，湿淋淋洇成一片。"

　　第三次是侄儿及两个同乡复员之后，贵州连长给我来了一封信，说明了侄儿他们没有转成志愿兵的原因及后来发生的一些事情。

　　三次短暂的出现既未能对情节与人物产生重大影响，也无法构建起这位四叔的鲜明形象与丰满性格，除了他有点怕老婆之外。但是另一方面，他又的确在故事中出现了，他的参与故事使小说具有了第一人称叙事主观、真实的特点，为故事提供了一个讲述的背景，因此，我们又无法否认他是故事中的一个人物。

　　第三种是第一人称叙事者的部分退出故事。在这种类型的边缘化中，第一人称叙事者一般在作品的前后两个部分都出现了，但在中间，作品的主体部分，他却退出了故事，如鲁迅的《祝福》。作为叙事者的"我"在小说的开头与结尾两个部分都出现了，但在小说的主体部分，也即追述祥林嫂的往事的部分，"我"却退出了故事，祥林嫂的来鲁镇做工，她的两次婚姻，她的儿子被狼吃掉，她的到土地庙捐门槛，等等，都是由"我"站在故事之外，以第三者的身份叙述出来的。如果没有前后两个部分的存在，完全可以将这一部分看作是第三人称叙事。但由于前后两个部分的存在，这一部分的叙事者还是只能是作为第一人称叙事者的"我"。因为从逻辑上看，这个部分很明显仍然是由"我"讲述的，虽然"我"并没有在故事中出现，也很少有显示"我"的存在的暗示；而从内容上看，这一部分与前后两个部分也构成了一个无法分割的整体，受到前后两个部分的辐射。在这种类型的边缘化中，第一人称叙事者之所以要退出故事，往往是因为他要讲述的内容不是他亲身经历的，如果仍然留在故事之内，不仅叙事者很难作为故事人物在故事中出现，其叙述也会受到种种限制。而退出故事，以第三者的身份进行叙述，不仅克服了上述困难，而且扩大了叙事的范围，增加了叙事的自由度和客观性。如《祝福》，作为第一人称叙事者，"我"不是鲁镇的常住居民，并没有参与祥林嫂的生活，也没有和她以及她周围的人发生直接的联系。而且，"我"的教养、经历与身份也使"我"无法参与这个世界。因此，"我"对祥林嫂的了解，只能是间接的、道听途说的。如果仍保持第一人称叙事的方式，叙事者仍留在故事之内，故事的讲述便会遇到许多难以克服的困难，而叙事者退出故事，这些困难便都迎刃而解了。

第四节　解读范例介绍

一、罗兰·巴特《S／Z》中的符码分析

［法］罗兰·巴特：《S／Z》，屠友祥译，上海：上海人民出版社，2000 年。

巴特这部著作从符号的角度分析巴尔扎克的中篇小说《萨拉辛》。他把这篇小说分成561个不同长度的阅读单元，然后用 5 种符码对它们进行分析。这 5 种符码是：（1）行动符码。行动符码是对一个事件序列的概括。故事是由一系列的事件构成的，这些事件可以组成许多不同的序列，每个序列可以赋予一个名称。行动符码的功用就是赋予叙事以潜力去组织事件的序列，确定它们的起止，为它们命名。行动符码是结构分析的基础。（2）义素符码。义素是具有特殊内涵的意义单位，它能够利用能指产生"意义的闪现"，来揭示故事的主题。义素符码与人物性格有着密切的联系。它通过重复闪现"相同的义素"（某种性格特征）来形成人物的性格，如勇敢、怯懦，等等。义素是性格编码的最小单位。（3）阐释性符码。阐释性符码是故事中有关悬念的符码。我们可以把它看作是故事中所有引起问题、制造悬念、提出解答、诠释情节的因素。它可以是一个公开提出的问题或谜，也可以是潜伏在文本中的某种疑问。如我国古代小说《卖油郎独占花魁》，标题中就点出两个主要人物。一个是地位低下的卖油郎，一个是高高在上的花魁娘子，但标题却用"独占"二字将两人放到了一起，并暗示了他们之间的爱情。这种结局是怎样产生的？看似不可能的事情怎么成了可能？这就引起了读者的疑问。这也就是阐释性符码的作用。（4）象征符码。即具有象征意义的符码。巴特的象征符码建立在二元对立的基础之上，它注重揭示的是文本的多重性和可逆性。比如《萨拉辛》的开头一句，"我沉浸在酣浓的白日梦里"，就是一个象征符码，它暗示了后来萨拉辛对于藏比

内拉的一切想象都不过是一个白日梦。（5）文化符码。文化符码包含着种种文化信息，它的功能是为特定的文本提供一个文化参考构架。比如，一个女子精心为一个男子做了一双鞋，并在两人单独一起的时候，送到他的手里。女子的行为就是一个文化符码。读到这个文本，我们就知道，这个女子是在向这个男子表达爱意，并且大致能够断定这发生在 20 世纪上半叶以前的中国农村。自然，文化符码是与历史密切联系，随着历史的发展变化而发展变化的。不同的读者在不同的时代阅读同一文本会产生不同的印象，就是因为他们所依据的文化背景不同。比如西方当代学者阅读到中国古代文学中描写竹的文字，恐怕就不会产生中国古代文人所产生的那些联想。①

巴特用这 5 种符码对《萨拉辛》中的 561 个阅读单元逐一进行了分析。比如，开头两个阅读单元，巴特是这样分析的：（1）萨拉辛（Sarrasine），"此题目唤起一个问题：萨拉辛何所指？一个普通名称？一个专有名称？一件事物？一位男人？一位女人？这一问题到最后，依据一个名叫萨拉辛的雕塑家的传记，方得以解答"，这是一个阐释性符码。这个标题还是一个义素符码："萨拉辛（Sarrasine）一词，蕴有另外的内涵：女性质素的内涵。这对每个法国人来说，都是不言而喻的。他们自然而然地将词尾的 e 作为阴性的特殊词素来接受，涉及到通常由法语专名学确证了的专有名词的阳性形式（Sarrazin）时，尤为如此。"②（2）我沉浸在醋浓的白日梦中。罗钢依据巴特的原文阐释道："白日一梦，引出了后面一系列对立，花园与沙龙、生与死、冷与热、外与内，从而形成了一个巨大的象征结构，这些象征可以相互替代、变换、引申，如从花园引申出阉割，从沙龙引申出叙述者热恋的女人等等，这就是象征符码。此外，'我深深地沉浸……'又包含了一种将导致某种结果的行动（如然后，我被别人的谈话惊醒……），因此它又是一个行动符码。"③

《S／Z》比较晦涩，巴特阐释也有很大的主观随意性，但这部著作无疑为我们提供了符码分析的一个范例。

二、拉康对爱伦·坡《失窃的信》的分析

［法］拉康：《〈失窃的信〉的讨论》，卢晓辉译，《当代电影》，1990 年第 2 期。

《失窃的信》是美国作家爱伦·坡的一篇侦探小说。故事写王后接到一封信。正准备看时国王走了进来。王后来不及收藏，干脆把信放在桌子上。如她所料，国王果然没有注意。但随后来的 D 部长却发现了，他当着王后的面，用外表相似的另一封信换走了王后的信。信对王后很重要，她委托警长替他找回这封信。警长采取各种办法，跟踪、秘密搜查寓所，甚至假扮强盗，半路拦住部长搜身，但都一无所获。他只好求助于私家侦探杜宾。杜宾根据推理，判断大臣也会像王后一样将信藏在显眼的地方，于是也在大臣的眼皮底下，用一封假信在大臣客厅的卡片架上换走了王后的信。

拉康从结构主义的角度，对这篇小说进行了分析。他的一个主要目的就是要在小说中辨认出一种重复的结构，以此说明人物怎样消失在错综复杂的关系网中。他认为，小说有两个场景。第一个场景发生在王后的客厅，也就是她得信和失信的地方。这一场景中有三个人

---

① 参见罗钢：《叙事学导论》，第 238～242 页，昆明：云南人民出版社，1994 年。

② 罗兰·巴特：《S／Z》，屠友祥译，第 79～80 页，上海：上海人民出版社，2000 年。

③ 罗钢：《叙事学导论》，第 243 页，昆明：云南人民出版社，1994 年。

物，王后、国王和大臣。国王本应发现那封信却视而不见，王后见国王视而不见就自以为保住了秘密，而大臣却在表面的混杂下面发现了事件的真相。第二个场景发生在大臣的寓所，是个重复性的场景。出场人物有警长、大臣和杜宾。三人的情况与第一场景中三个人的情况相似。警长本应发现却没有发现那封信，大臣见警长没有发现就沾沾自喜，而杜宾则乘大臣不注意的机会拿到了信。这样，小说中的人物就围绕这封信构成了两个重复的三角形结构。在这两个三角形结构中，有三个不同的位置。国王和警长属于一号位，可视为一种纯客观的立场。国王享有至高无上的权力，其实质却是目空一切的无能；警长自以为知识能够解决问题，结果是智穷计尽，徒劳无功。王后和第二场景中的大臣属于二号位，是一种纯主观的位置，两人都以为掌握的秘密唯有自己知道。因此，对于一号位和二号位而言，失窃的信只有一种含义，即他们自己所理解的那种含义。而属于三号位的杜宾和第一场景中的大臣则与属于一、二号位的人不同，他们不仅能够读出他人的理解，而且具有自己的理解，因此，他们能够在三人的角逐中取得胜利。因此，他们的解读方式是最优越的，事实上也是如此。

拉康进一步指出，在英文中（法文也一样），信（letter）这个词有两种意思，它既可指信件，又可指字母。而作为字母，letter 是一个纯粹的能指。实际上在小说中，信的内容也没有公布，它只起着一种象征、能指的作用。因此，在小说中，被窃的信只是一个迁移中的能指，从一个人的手中转到另一个人的手中，在一张错综复杂的主体关系网中周游，并由此获得不同的意义。由此出发，他认为，爱伦·坡这篇小说表现的，实际上是能指的传递在无意识的结构中产生了什么作用。换句话说，能指本身的运作，就是意义所在。意义就存在于文本的关系之中。而此关系需要目光犀利如杜宾者，才可从修辞的位移中辨出。因此，多亏了杜宾，信终于到达了目的地。

但是拉康对杜宾也有微词。因为他留下了一封信以向大臣炫耀：唯有自己才掌握了能控制王后的秘密。这就恰恰证明了他也不过是窃信者，并不比大臣高明多少。他也未必知道那封信的含义和那一系列微妙复杂的关系。而只有拉康高瞻远瞩，根据自己的理论给那封信"重新定向"，让潜意识赋予它"新的活力"，并且终于发现，失窃的信对于王后是象征了她所匮乏的阳物，表征了主体对他者的渴求。但拉康的这一论述似有画蛇添足之嫌。

《失窃的信》是一个短篇，拉康对这一短篇的"细读"，提供了一个很好的分析榜样。

第 8 章　原型批评

原型批评又叫神话批评，也叫神话原型批评，是 20 世纪西方文学理论史上出现的研究文学与神话等原始文化之间的关系的一种文学批评方法，它要求从整体上把握文学类型的共性及其演变规律。

原型批评的兴起，源于当代人对人类的早期文化和原始思维以及人类的共同心理研究。20 世纪以来，随着现代科技的进步和经济的增长，人的异化程度日益严重，人性不断分裂。现代西方的文学艺术家和人文学者认为，要使人类获得真正的解放与自由，人性必须和谐。为了达到这个目的，他们从人类的早期文化中寻求方法，主张用神话和诗来治疗现代人的心灵痼疾。由此，在西方的文学艺术和人文科学领域出现了一种回归原始的倾向，原型批评应运而生。

对原型批评产生直接影响的是以弗雷泽为代表的文化人类学、荣格的分析心理学以及结构主义语言学，并因此形成了原型批评的三个发展阶段，即剑桥学派、荣格学派和弗莱的原型批评体系。此外，卡西尔的《象征形式哲学》、列维·布留尔的《原始思维》、列维－斯特劳斯的《野蛮人的心灵》等著作对原型批评的发展也起到了很大的推动作用

第一节　基本理论

一、弗雷泽与剑桥学派的主要理论观点

弗雷泽是英国著名的人类学家，剑桥大学社会人类学教授，对古代文化的研究造诣深厚，一生著述颇丰，其中以 12 卷本的巨著《金枝》影响最大。《金枝》是一部以巫术和原始宗教仪式等原始文化习俗为主要研究对象的人类学专著，被誉为文化人类学的百科全书，对 20 世纪西方文学创作和文学理论有广泛的影响，对原型批评的影响尤为巨大。该书的理论核心是"巫术、宗教、科学"的思想进化论。弗雷泽认为，人的高级思维不是一蹴而就的，而是经过了由巫术到宗教再到科学这一复杂的过程。反过来，在人的高级思维中，仍然保留着巫术和宗教的痕迹，仍然保留着原始神话、图腾、仪式的原型。文学作品也不例外，一切伟大的文艺作品都包含有神话、寓言与原始仪式的因素。换句话说，弗雷泽的《金枝》一书揭示出西方文化（包括文学）起源于巫术仪式，发现了在西方文化和文学中一些普遍的原型（如"死而复活"、"替罪羊"等原型[①]），这为原型批评提供了理论基础和方法启迪，是原型批评的奠基之作。

受弗雷泽及其《金枝》的影响，出现了原型批评一个早期的学派，即英国的剑桥学派，它是以剑桥大学为中心由一批英国人类学家和古典学家所组成的文学研究团体，主要代表人物为剑桥大学教授简·赫丽生和牛津大学教授吉·墨雷。

---

① ［英］弗雷泽：《金枝》，徐育新等译，北京：中国民间文艺出版社，1987 年。

赫丽生从原始文化的心理角度，专注于古希腊宗教和艺术的根源研究，她在《艺术与仪式》一文中直接引用了弗雷泽《金枝》中的不少材料，提出了艺术与仪式同源论。"仪式与艺术这两个（如今）分了道的产物本出一源，去掉一个，另一个便无法了解。一开始，人们去教堂和上剧院是出于同一动力。"[①]她进一步指出，古代戏剧演出和巫术仪式都源于同一种人性冲动，都是通过模仿行为来表达主体情感意愿的强烈要求。赫丽生的艺术起源论对原型批评有较大的影响。

墨雷的原型批评理论主要表现在《哈姆雷特和俄瑞斯忒斯》一文中，他认为莎士比亚的《哈姆雷特》和埃斯库罗斯的《俄瑞斯忒斯》处于不同时代、不同国度，彼此之间并无直接影响，却具有很多相似之处，并不完全是巧合。而是因为这两部作品的主人公原型都是那种为了社会群体的共同需要而被当做替罪羊杀死或放逐，构成戏剧基础的原始宗教仪式具有共同性。[②] 墨雷还用巫术仪式理论解释戏剧艺术的创作和欣赏，对后来的原型批评有深刻的影响。

二、荣格的集体无意识理论

荣格是瑞士著名心理学家，苏黎世联邦技术大学教授。他早期属于弗洛伊德学派，后来由于学术分歧自创"分析心理学"学派。荣格对于当代文学批评的贡献，主要是建立在他的关于原始意象、集体无意识、原型理论的基础之上的。

荣格认为，除了弗洛伊德发现了属于表层的由各种情结构成的"个人无意识"外，还有更深层次的由"原型"（原始意象）组成的"集体无意识"（又称种族无意识）。原始意象或原型是人类早期社会生活的遗迹，是不断重复的典型经验的积淀和浓缩，普遍存在于原始人的生活经验之中，保存在他们的神话、巫术、仪式和传说之中，对于所有民族、所有时代和所有人都是相通的。原型是人类心理活动的基本范型，是一种先天固有的直觉形式，决定着人类知觉、领悟、情感、想象等心理过程的一致性。荣格的集体无意识理论包含非常丰富的美学和文艺学思想，其中，较为重要的有以下几点。

（一）艺术与集体无意识

荣格认为文艺创作的根源和动机主要来源于集体无意识，艺术所表现的就是这种集体无意识及其原型，艺术家本人只是这种集体无意识的代言人。荣格指出："艺术是一种天赋的动力，它抓住一个人，使他成为它的工具。艺术家不是拥有自由意志、寻求实现其个人目的的人，而是一个允许艺术通过自己实现艺术目的的人。"[③]荣格认为，艺术创作是一种不由自主地传达集体无意识的行为，艺术好比由人类祖先预先埋藏在人们心中的一粒种子，艺术家的个人生活，不过是它赖以生长的土壤，甚至时代风雨，也不过是它赖以成长的气候条件，它们至多只能有利于或不利于艺术创作，却不能根本改变艺术的性质。对此，荣格以《浮士德》为例进行了说明，他认为《浮士德》作为一种象征，表达了根深蒂固地存在于德国人心灵中的"人类导师"或"医生"的原始意象，进而言之，也即表达了人类文化开始之初的人类集体无意识中的智者、救星和救世主原型。[④]

---

① ［英］赫丽生：《艺术与仪式》，叶舒宪编：《神话—原型批评》，第68页，西安：陕西师范大学出版社，1987年。
② ［英］墨雷：《哈姆雷特和俄瑞斯忒斯》，叶舒宪编：《神话—原型批评》，西安：陕西师范大学出版社，1987年。
③ ［瑞士］荣格：《心理学与文学》，冯川等编译，第141页，北京：三联书店，1987年。
④ ［瑞士］荣格：《心理学与文学》，冯川等编译，第110页，北京：三联书店，1987年。

（二）艺术家与"集体人"

荣格认为，由于艺术品的本质在于它超越了个人生活领域而向全人类心灵说话，因此真正意义上的艺术家是客观的和非个人的，甚至是非人的和超人的。艺术家的本质是他的作品的工具，"不是歌德创造了《浮士德》，而是《浮士德》创造了歌德"。但是现实中的艺术家都有自己的个人特性，并且不可避免要渗透到艺术品中，因此荣格区分了"作为个人的艺术家"和"作为艺术家的个人"。所谓"作为个人的艺术家"，指的是艺术家在个人生活中的现实人格；所谓"作为艺术家的个人"，指的是受集体无意识的驱动从事神圣的艺术创作的人格。"他作为个人可能有喜怒哀乐、个人意志和个人目的，然而作为艺术家他却是更高意义上的人即'集体的人'，是一个负荷并造就人类无意识精神生活的人。为了行使这一艰难使命，他有时必须牺牲个人幸福，牺牲普通人认为使生活值得一过的一切事物。"①艺术家身上的两种人格常常存在激烈的冲突。

（三）文学作品类型：心理模式与幻觉模式

荣格认为，人的意识既要受外部现实的影响，又受内部无意识心理现实的影响，据此，他把文学作品的类型分为"心理模式"和"幻觉模式"两种。"心理模式"的文学作品出自生动的生活前景，来自人类意识经验这一广阔领域，作品的素材主要来自外部现实，这一类作品不可胜数，如爱情小说、家庭小说、社会小说等。此类小说作家的意图明白无误，建立在作家个人经验的基础之上，荣格对此不甚关心。"幻觉模式"的文学作品萌发于人类心灵深处的某种陌生的东西，它仿佛来自人类史前时代的深渊，仿佛来自与黑暗对照的超人世界，建立在集体无意识的基础之上，有赖于艺术家神秘的内心体验和幻觉能力。幻觉表现出一种比人们的日常情感更为深沉的原始体验，幻觉作为原始人曾经真正经历过、如今又普遍地积淀在人们心中的真实体验，是艺术创作的真正源泉。艺术创作的真正奥秘就在于从无意识中激活原始意象或原始幻觉，并对它加工造型、精心制作，使之成为一部完整的作品。为荣格所器重的如但丁的《神曲》、歌德的《浮士德》以及尼采的《查拉图士特拉如是说》等文学作品大都属于"幻觉模式"的文学作品。

（四）艺术的功能：维护完整的人性

荣格认为，艺术是集体无意识的表现，是人类集体心灵深处的回声。伟大的艺术超出了个人的、偶然的和暂时的意义，它把个人的命运转变为整个人类的命运，因此，当人们阅读这种艺术作品时，就仿佛回到了某种原型情境。原型触动了读者潜藏至深的集体无意识，于是长时期积淀起来的比个人心理经验更为强烈的集体心理能量被释放出来，他们的心灵深处就会受到强烈的震撼，一种奇妙的解脱感油然而生，同时人们身上的那些能够使人类摆脱困境的力量被不断唤醒。"艺术的社会意义正在于此：它不停地致力于陶冶时代的灵魂，凭借魔力召唤出这个时代最缺乏的形式。艺术家得不到满足的渴望，一直追溯到无意识深处的原始意象，这些原始意象最好地补偿了我们今天的片面和匮乏。"②在当今这个理性排斥想象、意识压倒无意识、科学代替神话的时代，当代人生活在单面性中迷失了自身，文学艺术有助于人们精神的自我调节，它有助于改变这个时代的精神偏见，恢复这个时代的心理平衡，维护现代人的完整人性。

---

① ［瑞士］荣格：《心理学与文学》，冯川等编译，第 141 页，北京：三联书店，1987 年。

② ［瑞士］荣格：《论分析心理学与诗歌的关系》，冯川等编译：《心理学与文学》，第 122 页，北京：三联书店，1987 年。

三、弗莱的神话原型批评理论

弗莱是加拿大著名文学理论家，多伦多大学教授，著述颇丰，其中以《批评的剖析》最负盛名。书中系统阐述了神话原型批评的基本理论，该书因此被誉为神话原型批评的"圣经"。弗莱的神话原型批评理论主要有以下几个方面。

（一）"文学原型"论

弗莱的神话原型批评理论的核心是"文学原型"论。弗莱把心理学或人类学意义上的原型移到了文学领域，赋予原型以文学的含义。经过弗莱的移位，原型成了文学作品中"典型的即反复出现的意象"，也就是文学作品中所包含的神话象征。通过对原型理论的文学转化和运用，弗莱把一部作品构织成一个由意象组成的叙述表层结构和一个由原型组成的深层结构，并通过原型的零乱提示去发掘作品的真正含义。

弗莱之所以提出"文学原型"论，乃是基于对文学发展的规律性的思考。他试图用原型理论来描绘西方文学发展中基本的结构原则的规律。但他认为，这种论述，不能简单套用人类学或心理学的原型理论，而必须从文学自身内部的结构要素出发来描述和推导。正如绘画上的结构原则只能从艺术本身内部的相似性来推导，而不能从艺术以外的其他事物的外部相似性来推导一样，文学中的结构原则，也应从神话原型和宗教解释中引申出来，因为这两者为作为整体文学提供了范围更广阔的前后联系。这就是弗莱致力于原型理论的文学移位的由来。

弗莱在《批评的剖析》①第三编《原型批评：神话理论》中，以《圣经》和希腊神话的象征系统，来描述文学原型的基本特征。他从这些古代神话故事及其在后世的种种置换变形过程的描述和分析中，引申出贯穿整个西方文学史的叙述结构原则是三种先后出现的神话或原型象征模式，即古代神话模式、浪漫模式和写实（现实主义或自然主义）模式。在这三个原型模式中，神话乃是文学构思的一个极端，另一个极端是自然主义，二者之间是浪漫故事。这里浪漫故事指由神话转向人却又未达写实阶段的一种中间过渡性的文学倾向或模式。三种模式中，后两种均为对前一模式的"置换变形"。

弗莱认为，神话原型模式是一个充满情节虚构和主题构想的非实在的纯粹的文学世界，它不必真实地符合日常经验规则。就叙述方面而言，神话乃是对以欲望为限度或近乎这个限度的动作的模仿；是一个整体的隐喻世界，其中每一事物都暗中意指其他事物，因而神话是一种不明显的隐喻的艺术。弗莱认为，浪漫故事模式是神话向人的方向的置换变形，其特点也是由隐喻转向明喻，这里置换变形的核心原则在于神话中可以用隐喻表达的东西，在浪漫故事中只能用某种明喻的形式来表达。如一个关于圣乔治和波修士一家屠龙的传说就是对一个关于繁殖之神使荒原恢复生命的神话作了比拟。弗莱认为，现实主义模式是对浪漫故事模式的进一步置换变形，其中明喻的关系也不明显，但就其文字内容与现实事物的相似关系看，实质上仍是一种扩充的或隐含的比喻，是一种不明显的明喻艺术。这样，从神话→浪漫故事→现实主义，文学的演进线索就由比喻的结构原则贯穿其间，即由隐喻→明喻→不明显的明喻，而这一贯穿线索中，基本的动力是原型模式的不断置换变形。这样，弗莱把西方文学史上无数文学作品按此种原型演变模式贯穿成一个有机发展的整体，揭示出其中的结构性

---

① ［加］弗莱：《批评的剖析》，陈慧等译，天津：百花文艺出版社，1998 年。

规律。

在此基础上，弗莱进一步论述了神话原型的意义理论，由神话的两个对立的隐喻世界出发，推导出五种原型的意象结构，即神启的意象、魔幻的意象、天真类比的意象、自然和理性类比的意象和经验类比的意象。前两种意象直接来源于神话的两个隐喻世界，分别对立于宗教中的天堂和地狱；后三种意象由前两种意象类比推演出来，根据它们趋向于理想或现实的不同程度而分别对应于浪漫性意象域、高模仿意象域和低模仿意象域，后两者其实就是写实或现实主义。通过这样的梳理，弗莱就把一部西方文学发展史描述为原型象征意象不断置换更替的、有规律的演进过程。这里的原型，不再是单纯的人类学或心理学的原型，而是文学的原型。

弗莱心中的文学原型，是文学中可以独立交际的较稳定的结构单位。它们以意象、主题、人物、情景等多种形态，在不同时代、不同体裁的作品中作为象征或象征群反复呈现，形成并体现着文学传统的力量，并借助于特定的文化环境使大多数人依靠约定俗成而得到理解。这种文学与弗雷泽、荣格等人所说的原型已有了很大的区别，是已经完成了文学移位的原型。弗莱认为，文学的结构是神话模式的展开与置换变形，不同类型的文学构成"一个中心的、统一的神话"的不同方面，而在各类文学的具体作品中，人们可以发现相似的原型和模式。

（二）文学循环发展论

弗莱神话原型批评理论的另一个重要方面，是他从自然界和生命的循环运动得到启发而引申出来的文学循环发展论。

弗莱认为的原型意义理论归纳为五种意象结构最终可以转换，其中神启（天堂）与魔幻（地狱）两意象为两极，中间的天真类比、自然和理性类比及经验类比三种意象结构提供了转换运动的过程，而过程的基本形式是循环运动，过程的节奏是盛与衰、劳与逸、生与死等交替发生。

弗莱在五个原型意象结构的静态分析中曾概括出七个意象范畴，他又对七个意象范畴分别从叙述的动态转换角度，分析了它们的循环运动特征①：（1）神性世界。主要的过程或运动是神的死亡和复生，或者是消失与复得，或者是化为人形与消除人形的运动。这种神的活动常常与自然事物的循环过程相联系。神可以是太阳神，黑夜里死去，黎明时再生，或者在冬至时一年一度地复活。神也可以是植物之神，秋天里死去春天复生。神还可以是一位具有人形肉体的人（如在佛的诞生故事里），他身经一系列人的或动物的生命周期。神在定义上是永生的，死去的神以同一个形貌复活，这一情节几乎成了所有神话的一个固定不变的特征。（2）天体中的火的世界。它为人们再现出三种重要的循环节奏：最明显的是太阳神每日穿越天空一次；基督教文学中，太阳从冬至到夏至的循环运动，象征新生的光明受到黑暗势力威胁的主题；月亮的循环对西方文学影响相对较小，但新旧月交接的关键时期可能是复活节象征中死亡、消失、复活这一种节奏的渊源。（3）人类世界。它居于神灵世界和动物世界之间，并反映其循环节奏的两重性。与光明和黑暗的太阳循环并行的是苏醒和入梦这一想象的循环。当太阳沉睡时，人的巨大的"力比多"醒来，而白昼的光明常常是欲望的黑暗。从人生节奏与太阳运行节奏的相反类比中，揭示出"醒觉生命和梦幻生命的循环"，以及与动物相似的"生与死的循环往复"。（4）动物世界。在文学中和生活中很少发现一个驯养的动物能够平静

---

① ［加］弗莱：《批评的剖析》，陈慧等译，第 185～188 页，天津：百花文艺出版社，1998 年。

地度过一生。动物同人一样受自然法则的制约，其生命也是生死循环。（5）植物世界。其循环方式是一年一度的四季交替。（6）文明社会。在文学中，文明社会的生命常常等同于有机物的循环过程：生长，成熟，衰落，死亡，以及另一个体形式的再生。（7）水的象征。也经历雨、泉、溪、江河、海或冬日的大雪的循环往复。

弗莱在分析了七个文学意象和象征范畴中的循环运动方式后，进一步归纳出它们共同的循环特征通常分为四个阶段：如一年分四季，一天分四部分（晨、午、晚、夜），水的四形态（雨、泉、河、海或雪），生命的四阶段（青年、成年、老年、死亡），西方文化的四阶段（中世纪、文艺复兴、18世纪和当代）等；并认为这是整个宇宙的循环形式。弗莱从宇宙论形式与诗歌形式相似的类比出发，分析了但丁的《神曲》与弥尔顿的《失乐园》，认为上有天堂，下有地狱，天地之间是宇宙循环或自然秩序，这些宇宙论的循环观念为但丁和弥尔顿提供了创作的整体构思，他们只是在细部方面做了一些必要的修正而已。由此，他概括出文学中存在着两种基本的叙述运动：在自然秩序之内的循环运动和由自然上升到启示世界的辩证运动；其中自然循环运动又分为两半，上一半是浪漫故事的世界和天真类比的世界，下一半是"现实主义"和经验类比的世界。并由此推出浪漫故事中的上、下运动和经验中的上、下运动四种主要的神话原型运动类型，认为向下是悲剧型运动，向上是喜剧型运动。这样，他就得出了四个比一般的文学体裁更为广泛，而且在逻辑上先于体裁的文学叙述范畴，即"浪漫故事、悲剧、喜剧、反讽或讽刺"。在这里，反讽或讽刺属于经验文学要素，代替"现实主义"一词。这四个范畴，弗莱称之为四种叙述程式。弗莱认为，四个范畴或叙述程式属于自然秩序之内的循环运动，分别对应和代表着神话（原型）运动的方向：喜剧对应于春天，述说英雄的诞生或复活；浪漫故事对应于夏天，叙述英雄的成长和胜利；悲剧对应于秋天，讲述英雄的失败和死亡；反讽对应于冬天，叙说英雄死后的世界。其中，喜剧和浪漫故事是向上运动，悲剧和反讽是向下运动，反讽至极又会出现喜剧色彩，冬天又会转到春天，它们连在一起构成由春至冬又回到春的循环往复运动。于是，这四个文学叙述程式范畴就被纳入了共时性循环运动的框架之中。

这种原型解释体系，把逻辑上先于体裁的文学叙述程式范畴，转化为文学的历史体裁，使之能应用于西方文学各种不同体裁作品的阐述。更重要的是弗莱把共时性的文学范畴体系的循环运动转化为历时性的文学体裁发展的循环运动。在他看来，西方文学，由神话开始，经历喜剧、浪漫故事、悲剧、讽刺等体裁而发展至今。而当代西方文学，属于秋去冬来的"现实主义"阶段即反讽作品阶段，英雄早已消逝，渺小的小人物却充当着主角。但是他并未彻底悲观，因为按其文学原型的循环运动模式，冬去将要春来，文学由神话开始，如今又有返回神话的趋势。

（三）整体文学观

整体文学观是弗莱神话原型批评理论的又一重要观点。众所周知，原型批评是作为对新批评的一种反拨而兴起的。弗莱认为，新批评对于文艺作品的"细读"只是解释了个别的、具体的作品，作为一种微观研究，它虽然对发现文学作品的个别现象和规律有益，但却忽视了文学作品之间的联系，忽略了文学的广阔的结构性，因而不能发现文学艺术的普遍形式和规律。弗莱主张将一首诗或一部作品放在它与作者的全部作品中去考虑，放到整个文学关系和文学传统中去考虑；也就是说，批评家还必须对文学进行宏观研究，必须找到一种更大的范式，去发现和解释文学艺术的总体形式和普遍规律。这种更大的范式就是原型。

　　弗莱同时也批评了文献式批评和历史批评，因为它们要么孤立研究单个作品的意义，要么只看作品与特定历史环境的直接关系。弗莱认为，正确的方式是将作品放在整个文学系统中加以考察，研究一作品与其他作品之间的关系。他反对把一首诗看作对自然的一种模仿的孤立考察个别诗的原则，而主张把一首诗同其他诗联系起来考虑，视之为诗歌整体的一个单位，提出文学批评应建立在把个别的诗相互联系起来的象征系统上，选择那些把诗联结为一体的象征即原型作为其主要研究对象；同时，研究的目标不是孤立寻找某一首诗对自然的一种模仿，而是寻找被作为一个整体加以模仿的自然秩序。这就提出了原型批评的两个原则：一是把单一作品放到文学整体关系中去考察；二是把文学模仿自然的原则不看成单个作品模仿自然，而看成作为整体的文学所模仿的同样作为整体的自然秩序。这实际上提出了文学传统问题，弗莱指出，文体研究应以对传统的研究为其基础，因为作为整体的文学集中体现在传统中，在某种意义上，单个作品与文学整体的关系，就是与传统的关系。

　　弗莱在谈及单个文学作品与传统的关系时，批评了片面强调文学独创性的现代观念，认为文学中的传统因素被大大地遮蔽住了。他举了乔叟、莎士比亚、弥尔顿等伟大作家的作品，认为大都是从前人作品中翻译、转述而来的，他们的伟大之处在于继承了传统中的伟大。弗莱认为，只讲独创性的观点是"低估传统"，是浪漫主义时代以来那种认为个人在理想上优于他的社会的倾向的结果。一首新的诗作，就像一个新生儿，降生在一个已经存在的语词秩序之中，新生儿便是他自己的社会以个体单位的形式的再出现，新诗对其诗的"社会"来说也有同样的关系。这也就是单个新作品与整体文学传统的关系，新作品一产生就置身于既定的文学传统之中，受制并决定于这一传统。弗莱承认，文学中可以有生活、现实经验等等内容，但文学本身却不是由这些东西构成的。从文体、形式角度看，诗只能从别的诗中产生，小说只能从别的小说中产生。文学是自我形成的，而不是由外加的东西形成。文学的形成不可能存在于文学之外。

　　当然，弗莱并非无视文学的创新。他谈到了文学史上有两个极端方向，一端是"纯粹的传统"，即传统被反复地使用，原型就得到明显地展开；另一个是"纯粹的变异性"，有一种故意要求标新立异的意图，这样就自然出现了将原型遮掩起来或晦涩化的做法。但弗莱同时认为，这两极免不了要相逢，而这样反传统的诗立即反过来成了传统；而介于这两极之间，传统从最清晰到最隐晦，但原型批评可以通过不同的方式和途径来揭示不同作品与传统之间的不同联系。

　　总的说来，弗莱的原型批评实质上是把文学作为一个整体进行研究的批评模式。当然，弗莱在阐述其原型批评理论时并未把宏观研究与微观研究分开，尤其是在其代表作《批评的剖析》一书中，他从五个层面（即字面层面、描述层面、形式层面、原型层面和普遍层面）从微观到宏观对文学进行了分析。在《批评的剖析》中，弗莱分析或评述了几百部作品，然而他的兴趣并非要"细读"这些作品，而是要通过分析这些作品去研究文学作品的类型或"谱系"，并通过这种研究去发现潜藏在文学作品中的人类的文学经验。弗莱正是从整个文学现象出发，通过对文学的整体研究，建立起他的原型批评理论的。

四、基本评价

　　原型批评在西方文论史上占有重要地位，被视为当代西方最有影响的文学批评模式之一。它把文艺学与现代心理学、文化人类学、结构主义语言学和哲学及其他人文科学融会在一起，极大地拓展了文艺研究的思维空间，开创了西方文学理论和文学批评融合现代学科知识综合发展的新局面。原型批评注重从深层的社会文化心理角度研究文学的产生和发展的规律，研究文学创作和欣赏的奥秘，重视文学研究的宏观性、远观性和系统性，对于揭示文学嬗变的艺术规律以及文学深层的审美奥秘，提供了富有启发性的思路。

原型批评也有很大的局限性。用文化人类学和神话学取代文艺批评学，忽视了文艺的独特审美性，有简单化倾向。认为文学来源于原型，用抽象的原型代替丰富的社会生活，与马克思主义文艺观和美学观相距甚远。尽管如此，原型批评仍然深受中国学者的欢迎，不少人运用这一方法取得了可观的学术成果。

第二节　批评方法

原型批评的最根本的目的是发现与阐释文学作品中的原型。由上述原型批评的基本理论可以看出，神话是最早的原型，那些素朴的、原始的、通俗的或具有民间、宗教、象征、神幻色彩的文学作品往往是原型最集中的地方。要想顺利地发现原型并对之做出合理的解释，渊博的知识与敏锐的艺术感受力是必备的素质，丰富的联想和想象也是必不可少的。然而，原型作为集体无意识的主要内容和外在形式，特别是它的"置换变形"不容易被人发现，寻找和阐释原型还需要运用必要的方法。这里主要介绍三种基本的方法。

一、"站后些"

"站后些"是弗莱为原型批评提出的一种总体态度，也是发现与阐释原型的最佳视角。这是相对于新批评的"近观"或"细读"以及现实主义的内容批评方法而提出的。寻找原型如同观画，站在近处只能细辨画家的笔法和刀法，这大致上相当于文学方面新批评派对作品的修辞学分析。离画面稍远一点，便能够清晰地看到构思，这时观察到的是表现的内容，再远一点，就愈见其整体构思。站后些看圣母像，我们就能看到圣母的原型。同样，在文学批评中，我们也常需要"站后些"来观赏作品，以便发现其原型结构。"站后些"，就是远观或者宏观，即从文化大背景上审视、研究文学原型。它略去作品的细节，这样才能发现作品与作品、作品与传统之间的原型结构和联系。弗莱认为，对斯宾塞的《无常篇》"站后看"，就能看到与《旧约·约伯记》开篇相同的原型；对托尔斯泰的《复活》、左拉的《萌芽》等小说"站后看"，便能发现书名暗示的创世神话的原型等等。

二、归纳

归纳是由一系列具体的事实概括出一般原理的推理方法，并非原型批评所专用。这里的归纳不是把彼此无关的作品杂乱无章地堆集在一起，而应在文学中寻找那些有限而简单的原始程式并进一步做出新的解释。如弗莱在《批评的剖析》中按照原型的"置换变形"把西方文学史归纳为由仪式原型所展开的五种基本模式、五种基本意象和四种叙述结构。

三、互证

如上所述，"站后些"是一种视角，也是一种方法，其中已包含着古与今、文学与其他社会科学的联系和比较。这里"互证"主要是不同民族国家的互证，尤其是中外互证。因为原型作为最初的形式，作为人类祖先无数经验的心理残迹，东西方是同构的。以弗莱为代表的西方原型批评家主要把视野局限在西方文化领域内，忽视了与东方的沟通，使原型批评失去了东方的根基。中国学者注意到了这种情况，并在批评实践中做了中外互证。如台湾侯健《三宝太监西洋记通俗演义——原型批评方法的实验》是中外互证的较早范本，该文认为，《三宝太监西洋记通俗演义》复现了一套完整的神话：首先，小说开端于开天辟地，对应着《圣经》里的创世故事；其次，小说主角金碧峰是"定光佛"的后身，具有英雄或圣天子的身份，出生与耶稣相类，也与希腊神话中的诸神接近；再次，中心故事是传国玉玺的寻求，最后的"入冥"与世界性的神话同构；最后，小说包罗万象尤之于《圣经》，两书各有其组织原则和中心意识。

原型批评的方法很多，上述三种是基本方法。虽然分而述之，在原型批评实践中并不能截然分开，综合运用是其特点。

第三节　作品解读

《尘埃落定》的原型解读

原型的发掘和模式的归纳概括是原型批评理论的核心内容。文学史上一些作家自觉不自觉地重复前人的创作题材，很多是"原型"在起作用。瑞士心理学家荣格指出，创作过程"包含着对某一原型意象的无意识的激活，以及将该意象精雕细琢地铸造到整个作品中去"[①]。从神话到现实主义，整个文学发展的规律在于原型的"置换变形"。神被置换成人，其形象和活动起初带有明显的神话的理想性和程式化的特征，渐渐地，人物形象及活动离神话越来越远，距离现实越来越近，最后达到形似。原型在置换过程中发展趋向呈隐晦性和象征性。所以，在文学批评中"批评家应当是文化人类学家，是识别以各种各样被置换了的、或以片段形式出现的神话模式的专家"[②]。原型批评侧重于对上古神话、宗教仪式及其置换变形的观照，这是有价值的。正是在此意义上，本文拟尝试运用原型理论来解读阿来的《尘埃落定》。

从原型的角度看《尘埃落定》，可以追踪的东西很多，如小说中民俗事象的神话起源、人物设置上的"两兄弟"故事原型、故事进程中的"难题求婚"原型、红颜祸水原型、复仇原型等。但本文主要就生殖崇拜与成人仪式、圆形循环与天命难违、洪水神话与征兆俗信这三组原型展开初步讨论，分析它们在小说中的置换变形和巧妙结合。

1. 生殖崇拜与成人仪式原型

在《尘埃落定》中清晰可见频繁出现"乳房"等明显带有性征意义的字眼，甚至还有大量描写两性关系的场面。对此，有的研究者认为阿来满足于从纯粹生物学意义上来叙述男人和女人的关系，叙写缺乏节制，缺乏深刻的心理内涵和高尚的道德价值。本文认为，这恰恰是批评者没有理解其真正内涵，在这些"庸俗"的字眼和描写的背后其实包含着一种古老原始的情感——生殖崇拜。借助于生殖崇拜原型的现代置换，作品实现了生命过程中的"成长仪式"的

① 荣格：《论分析心理学与诗的关系》，叶舒宪编：《神话—原型批评》，第 101～102 页，西安：陕西师范大学出版社，1987 年。

② 伯克兰德：《当代文学批评家》，第 217 页，伦敦：罗特累齐公司，1977 年。

反讽化。

以人类学的眼光来考察,原始生殖崇拜是一种遍及世界各地的历史现象,在原始宗教、原始神话、原始美术、原始舞蹈中到处可见生殖崇拜的痕迹。甚至可以说它是原始人类乃至文明初期人类文化的最集中、最真实的反映。在原始阶段,生产力不发达,人的生存条件极为恶劣,只有强大的集体力量才能战胜各种自然灾害、抵御各种凶禽猛兽的侵袭,对当时的人来说,全部生活能力决定于它的成员的数目,所以先人的心目中,生殖活动是一件极其神圣、崇高、庄严的大事。他们对生殖高度关注,这不仅是种族繁衍的需要,更是一种现实生存的需要。生殖行为的完成是一个系列过程,除了怀胎、分娩外,养育也应包括在内,因而,生殖崇拜的图腾在远古神话与造像中不仅有女性的外生殖器,而且也包括女性的乳房。随着人类文明的逐步发展,生殖逐步增强了人文含义,生殖崇拜的图腾也就呈现出了由女性乳房逐步取代女性外生殖器的趋势。正是在这个意义上,《尘埃落定》对生殖崇拜在女性性征方面的描写主要突出了"乳房崇拜"。

小说的"乳房崇拜"主要体现在对"我"——傻子二少爷"恋乳情结"的叙述中。傻子对"乳房"充盈着极大的兴趣,女性丰满硕大的乳房在他眼中几乎成了美的代名词,而且在他成长的过程中,每一次性冲动、性幻想都是由他所面对的女性的乳房唤起的。从小说的表层叙述追究,傻子恋乳情结的形成大概跟刚出生时的饥饿有关。土司太太生下他后就没了奶水,后来是奶娘用她那饱满的乳房才使他止住了哭声。这种饥饿的恐惧感沉积于意识深处,对傻子恋乳情结的产生与存续产生着巨大影响。但若探究深层叙述,乳关联母体,恋乳则是依恋母体。"恋乳情结"是永远长不大、心智还处于童蒙状态的充分仪式化的表白。

这就涉及到作品中所隐含的另一个原型——"成人仪式"。文本中傻子遵从老土司的决定巡行麦其家的领地、到北方边界保卫堡垒、接受茸贡女土司的难题求娶塔娜等等象征性地反映着成人仪式本身所含有的"死亡"和"再生"之意。成人仪式是"生命仪式"的一种。成人仪式的本质是让即将成人的人在举行仪式期间"死去"一次,然后让他作为成年人"再生"。也就是说,考验意味着他与被母亲等妇女养育至今的未成年生活的诀别。成年仪式一结束,已经成为成年人的年轻人就故意装着将以往的生活经历和自己的乳名全部忘掉,并且装着连自己的母亲和姐妹们全都不认识。这种现象说明了一点,成人仪式象征着从母亲亦即女性的世界转变到父亲亦即男人的世界。[1] 这一脱离过程与故事结构的关系是:故事开端(原状态):未成年→故事发展(脱离过程):受磨难、受难题考验→故事结局(新状态):成年。美国民俗学家阿兰·邓迪斯还指出,这种故事是从不平衡性发展而来的,"不平衡性"可看作是一种过剩或缺乏的状态,可以用一些东西过多或一些东西过少来表述。"民间故事即是怎样去掉剩余的东西和如何结束缺乏状态这种关系的简单组合,换句话说,丢掉剩余的东西或将某些丢掉了或隐藏起来的东西找到。"[2]比如"天鹅处女型"、"两兄弟型"、"灰姑娘型"等民间故事中主人公父母双亡、贫穷等均属于缺乏状态,成婚、获得幸福等均是缺乏的终止状态。

《尘埃落定》中处处显示了成年仪式中的脱离内涵。小说叙述的重心是傻子少爷接受考验,即他脱离"原状态"过程。故事的开端已表明"我"是"傻子":出生几个月都不会笑、长到

---

① 伊藤清司:《难题求婚型故事、成人仪式与尧舜禅让传说》,叶舒宪编:《神话—原型批评》,第418页,西安:陕西师范大学出版社,1987年。

② 阿兰·邓迪斯:《世界民俗学》,陈建宪等译,第294~295页,上海:上海文艺出版社,1990年。

13 岁第一次驾幸卓玛后才开始记忆人事、第一次见到茸贡土司的女儿后才知道女人有漂亮和不漂亮的区别。"傻"即不聪明、非正常，是一种缺乏状态。故事进程中，聪明（平衡）状态在一点点趋向于取代"傻子"（缺乏）状态；好几次卓玛说错了话，是他相当机智地帮她打了圆场；卓玛爱上银匠，他也知道伤心吃醋；在与拉雪巴土司的麦子之战中，他指挥众人赢得了大片土地和大批百姓；他在边界上建市场，生意兴盛，使麦其家达到了以前没有过的强大。但与一般民间故事结尾达到平衡、实现成人的叙述模式相比，在《尘埃落定》结尾，二少爷并未摆脱"傻"的状态：父亲不知道他到底是傻还是聪明，最终还是把位子传给了大少爷；大少爷不知他是真傻还是假傻，是装傻还是天照应；他忠心耿耿的手下不知他是智还是愚，就连他自己也不知道自己是谁了（我是谁？是个什么东西，抑或不是个什么东西，谁能说清楚）。其实质是他没有通过脱离母体向成人化男性世界转变的仪式，所以只能是一个沉浸在女性的怀抱中依靠母性力量的精神和人格都无法长大的恋乳（母体）者，其最终是缺乏生命力和活力的。生殖崇拜原型的崇高意义在此被反向置换成了一种反讽。

在北村的小说《施洗的河》中，也有对"恋乳情结"的描写。主人公刘浪 14 岁前必须要含着母亲的乳头、摸着母亲的乳房才能睡觉。刘浪童年的恋乳情结来自他可能被父亲阉割的内心恐惧，所以一旦长大成人，这种情结就会自然消失。但是，为什么傻子少爷却摆脱不掉呢？生物科学实验告诉我们，人在成长的过程中，没有可能也不可能摆脱血缘或基因的影响和制约。在小说中，土司醉酒后种下基因才有了二少爷，所以他生下来注定是傻子，这是无法避开的事实。这样的叙述隐喻着傻子少爷和土司制度的一体性。伴随土司制度的逐渐衰微，他的成长也只能陷入原地循环的无奈之中，不仅无力自救，也无力挽救土司家族的大厦将倾的命运。

2. 循环叙述与命运原型

从起点到终点又回到起点反复循环的叙述模式在神话传说中并不罕见。夸父追日，他虽没接近太阳，但却化作邓林供后来者继续追索；吴刚在月宫里砍桂树，斧子拔出斧痕就立即闭合，随砍随合，随合随砍，永无止境；古希腊神话中西西弗斯推石上山，石头推到山顶立即滚落山下，再推再滚落，循环反复，无穷无尽。神话时代已经远去，但圆形叙事原型却基因般地进入了人类的想象世界中。《红楼梦》展示了由盛而衰、由衰转盛的家庭发展史；《三国演义》展示了合久必分、分久必合的社会发展趋势；《家》中的觉新、《围城》中的方鸿渐、《人生》中的高加林，他们都在某一个等级系统中逐步上升（或下降），结果却意外地发现又回到了原来开始的地方。他们人生行进的过程都成为一个起点化的怪圈。

在《尘埃落定》中，除了傻子少爷无法完成成长的大循环外，也还大量可见循环原型的现代置换。银匠为了与卓玛结合而沦为奴隶，因沦为奴隶而失去女人，从而为夺回女人而成为了自由人；翁波意西因直言而被割去舌头，因没有了舌头而言语更加激烈，因言语的犀利而再次被割去舌头；傻子因得不到塔娜而悲伤，因悲伤而得到塔娜，得到塔娜后却更加悲伤等等。行动的徒劳使他们身上带有了存在主义式的悲剧意味。作者以"尘埃落定"为书名也具备了这般意味：人是尘埃，人生是尘埃，战争、财富、情欲是尘埃，历史进程的每一个环节都是尘埃。无论尘埃怎样升腾、飞扬、散落，终是始于大地而又回到大地。

循环的观念普遍存在着，这与民众的历史性经验的沉积有关。早在原始初民的思维中就已有循环的观念存在。弗雷泽在《金枝》中曾以许多材料，充分说明了古代的神话、祭祀仪式与春夏秋冬四季的循环变化等自然节律有关，并且指出，初民基于这种体验构拟出来的生死轮回、死而再生的神的意象和祀神仪式，表达了人类最深层的生命希冀，即对有限生命的超越：一方面求得灵魂不死，另一方面，契合自然运动规律，生生不息。通过这两方面的结合以超越短促的人生。但是，在《尘埃落定》对循环叙述原型的置换中，读者感受到的却不是这种超越，而是另一极具普遍性的原型——天命难违。小尔依命定的行刑人身份、多吉罗布兄弟无法摆脱的复仇义务、给过傻子少爷性启蒙的桑吉卓玛几经身份变换后的归宿、两个塔娜殊途同归的悲剧、茸贡家族男丁的缺失，无一不让人感到命运巨手的操纵。就连傻子少爷——这个永远处于童蒙状态下的人，也命定地倒在了仇家的刀下。他命中注定与土司世界同归于寂灭。其实，命运不是迷信，而是规律。"凡一种社会的或文化的'人的生存状态'，无论是社会制度还是约定俗成的生活秩序及规范，都不可避免地面临命运的挑战。从发生到消亡，而消亡之后依然会留下文化精神的阴影——作为规律，谁都无法抗拒，这就是命定。"[①]这是一种生存方式的寂灭，也是一种文化模式的寂灭。

3. 洪水神话与征兆原型

"洪水神话"是一种具有全球普遍性的神话类型。它主要讲述的是神如何在大洪水中创造世界——大地、万物及人类。在"洪水神话"中也往往讲到神的二次创世，原因之一是人类的败坏与堕落，神以大洪水毁灭世界的方式惩罚人类，结果是既毁灭了世界也几乎灭绝了人类。据此，二次性洪水神话又称惩罚性洪水神话。著名的《旧约·创世纪》中的诺亚方舟的故事和古代印度《百道梵书》中摩奴救助神鱼的故事，以及我国各民族中流传的大多数洪水故事都属于惩罚性的洪水神话。但神话中的毁灭也充分考虑到了毁灭后的重建。因此在神话中善良的人或符合天神意志的人（一个男人或一个女人、一对夫妻或一对兄妹）事先可以得到神谕而借助某种方法（钻进葫芦或登上方舟、高山）而逃脱洪水劫难，作为新人种而选留下来不被毁灭。神话中的毁灭不是通常的肉体和生命的毁灭，而是一种文化、制度、价值观念的毁灭；选人种实际上是对文化的选择。因此，"死亡"（自然、旧秩序）—"新生"（文化、新秩序）是所有二次洪水神话共有的叙述模式。

《尘埃落定》再现了距我们已经遥远的土司家族的兴衰史。土司家族在政治、阴谋、爱情、巫术和神谕里像滚滚灰尘一样，被历史和时间的旋风吹得无影无踪，宣告了一个旧时代的结束和一个新时代的到来。在置换变形的视域中，这是另一幅洪水神话的画面。神话中洪水起因于人类的败坏与堕落。《尘埃落定》则给我们呈现了土司制度下人的生存状态。在土司世界里，家奴是牲口，可以任意买卖和驱使，土司及其家人可以任意对他们打杀辱骂和占有。土司太太教导儿子如何对待家奴时说："儿子啊，你要记住，你可以把他们当马骑、当狗打，就是不能把他们当人看。"土司看上了忠于自己的头人的女人央宗，可以叫人杀掉头人，然后心安理得地去占有。而对那些反抗和违犯规矩的人，土司家里养着专门的行刑人。处在这个世界里的家奴则彻底麻木，最终养成了奴性，全然没有了作为人的个体意识。含苞待放的姑娘，老爷、少爷随取随用；银匠曲扎本是自由人，由于娶了卓玛，便按律法转成了家奴；索郎泽郎是傻子少爷忠实的奴才，根本不用主人发话，就可以为主子肝脑涂地。最典型的要数汪波土司派来偷罂粟种子的那些人，他们左一个右一个献上自己的脑袋，让罂粟花在自己的脑袋里生根

---

① 　周政保：《落不定的尘埃暂且落定》，《当代作家评论》，1998 年第 4 期。

发芽。这是一个彻底异化了的世界,然而麦其土司和他的继承者(整个土司阶层的代表)——这样世界的主人,却想当然地认为土司的职位会天经地义地一代一代传下去,并为扩大自己的势力范围争来斗去。封闭的环境、凝滞的思想,使他们只习惯于听周围熟悉的声音,拒绝其他任何声音的介入。这样,带着基督教义远涉重洋而来的查尔斯驮着些石头离去了,带着宗教改革精神翻越雪山而来的翁波意西被割去了舌头。一种罪恶野蛮的制度,再加上固步自封,等待它的只能是洪水到来(覆灭)的命运。在《尘埃落定》中,洪水原型被分解置换成了新式武器、汉人军事顾问、罂粟、市场、娼妓、汉人兵痞等。这些都是现代文明的雏形,他们一拥而入汇成滚滚洪流,实现着对土司制度的颠覆。最后,红色汉人的进入标志着一个新的时代的开始。

还要指出的是,在土司制度灭亡这一现代洪水神话的总体建构中,小说还镶嵌了“征兆”原型:异象征兆和梦境征兆。民间俗信认为朝代的更迭变换自有天定,而灭亡的征兆便是天生异象。这些异象包括:(1)天象异常,常见的如洪涝、大旱、地震、晴空现出彩虹等;(2)物象异常,如草木枯萎、城堡坍塌、长明灯熄灭、旗杆折断等;(3)动物异常,如猫头鹰白天哀叫、雄性动物下崽等;(4)人事异常,如淫乱、怪胎、童谣、忠臣遭戮等。在此俗信观念下,中国古典作品中,开篇常以怪异现象作为引子。如《东周列国志》写西周将灭,“泾、河、洛三川,同日地震”;有童谣“月将升,日将没;压弧箕服,几亡周国”传唱;50 多岁的老妇怀孕 40 余年生下一女;忠臣杜伯惨遭杀戮。《三国演义》写东汉将灭之时,蛇盘殿柱、洛阳地震、海水泛滥、雌鸡化雄、虹现玉堂、山崩地坼。奸臣董卓将灭,童谣“千里草,何青青。十日卜,不得生”。《水浒传》开篇瘟疫流行,洪太尉只好去请张天师。《镜花缘》也借武则天的事,写了时令颠倒,出现了牡丹花冬季开放的怪异。与它们一样,《尘埃落定》中土司的衰亡也源于异象的出现;忠心耿耿的头人被杀死;直言的翁波意西被割去舌头,而割掉的舌头又长了出来,可以重新说话;央宗怀的麦其土司的儿子还没生下就已死去;失传已久的曾在麦其土司之前传唱过的歌谣再次在一群小奴隶们的口中复活。从种罂粟的那年开始,土司领地上接连不断发生地震、雷击,尤其是在大少爷与弟媳乱伦纵欲之时的那次地震中,土司关寨高高碉楼几乎坍塌。异兆悲音,土司必然灭亡的命运先验地通过各种异象被暗示出来。梦境征兆是指把梦境作为现实的一种征兆和对未来的预示。傻子少爷常常没完没了地做“往下掉的梦”,在梦中他见到白色(罂粟挤出的浆汁的颜色)滚滚而来。正如《红楼梦》通过写贾宝玉梦游太虚幻境、秦可卿托梦凤姐、元妃托梦预示以贾府为代表的四大家族必然灭亡的历史趋势一样,傻子少爷的梦也是对未来土司家族命运的预述。

文本的创造与原型的转换,始终都存在着一种隔不断的互动连接,直到文本以独立的存在形式面世。原型的运用使得《尘埃落定》平添了许多涵盖力和升腾力,远古的回声、史前的幻想以及那埋在心灵深处的种族记忆被唤醒了。正是因为这些人类的“元语言”,《尘埃落定》体现出了巨大的人类学的价值。用原型的构成来研究《尘埃落定》,可以解析其他批评方法难以破译的文学密码和奥妙,窥见作家创作的文本下潜藏着的文化无意识,使作品被隐藏的人类学内蕴得以呈现,而且在某种程度上还拓宽了原型批评的阐释空间,增强了已有的文化人类学研究的坚实度和厚重度。

(注:本部分文字主要根据《西北民族大学学报(哲学社会科学版)》2005 年第 1 期李建《〈尘埃落定〉中的民间原型解读》一文改写,原文约 8000 字。)

第四节　解读范例介绍

一、荣格对《尤利西斯》的解读

[瑞士]荣格：《尤利西斯：一场独白》，北东译，许汝祉编：《国外文学新观念：借鉴与探索》，第185～212页，北京：中国人民大学出版社，1988年。

《尤利西斯》洋洋洒洒735页，时间跨度735天，并把这些天集中到一个普通人极平凡的一天，即"1904年6月16日"这个纯然没有什么特别意义的一天。在这一天，千真万确的是什么事情也没有发生。时间之流从空无开始，以空无结束。书中无情的激流汹涌向前，根本不停留，而在全书的最后四十页中，速度与粘度两俱增长，甚至把标点符号都扫掉了。在这里，那令人窒息的紧张之感到了难以忍受的程度，达到了爆发之点。这种纯然无可救药的空无恰恰是全书的主旋律。全书不仅以空无始，以空无终，而且全书写的，除空无外还是空无。写的是十足的琐碎小事。这本书没有前，没有后，没有头，也没有尾。事情可以在这以前发生，也可以在这以后发生，任何一段对话，你不妨倒着看，会一样有趣。每一句话都是段插科打诨，不过合起来又都没说明什么。你也不妨在一句的中间打住，前半句仍然可以独立存在。全书宛如一条虫，在中间切成两半，需要时又可长出一个头，一条尾巴来。乔伊斯心理上这种独特的、颇有神秘意义的特点表明了他的作品属于冷血动物一类，尤其是蠕虫一类，缺乏一个脑子。他的作品是内脏般的思维，很少运用大脑的作用，而只是限于知觉的作用。乔伊斯究竟想说什么？为什么不直说？

虽说乔伊斯具有叫人难以捉摸的、多方面的才华，从《尤利西斯》还是能看出若干主题。即使不是作者有意安排的，也许他本人不希望有什么主题。尽管如此，主题还是不可避免会有的。作品中种种事情只是在冷冰冰的自我中心的氛围中铺叙开来。整部书，没有一点儿是叫人喜悦的，没有一点儿是叫人心旷神怡的，没有一点儿是包含希望的，而全是灰色的、可怕的，叫人毛骨悚然的，要不就是可怜的、悲惨的、讽刺性的，全都来自生活中的伤痕。而且又是如此地混乱一片，为了寻觅主题间的联系，你得拿起放大镜来看才行。有一点可以肯定，即便是外行，也不难发现《尤利西斯》与痴呆心理有些类似。知觉的功能，这是说，感觉与直觉，始终居于优先地位，而识别的功能，也就是思维与情感，则是经常受到了抑制。

《尤利西斯》每一个人物都是极端真实的，没有一个人会是另外一个样子，他们在每一点上都是自己的。可是，他们之中，没有一个具有自我，也没有强烈自我意识的人群中心，也没有热血沸腾的人群之岛，也没有这样小小的，可又是不可缺少的中心。自我仿佛已经消失在《尤利西斯》无数人物的身上。作品中所有的人物，他们谈起话来，走动起来，都仿佛是在一场集体的梦里一般。这场梦起于何时，终于何地，没有一个人知道这一点。或者说正因为这样，整个地说，以及一桩桩一件件地说，甚至于最后一章里消失了的标点符号，都是乔伊斯他本人。他那么超然物外，那么无意中淡淡地一瞥一九〇四年六月十六日这一天中所发生的一切，可以概括为，"这就是你"——高层次意义中的"你"。不是那个自我，而是那个自身。这个自身拥抱那个自我和那个非自我，那个地狱下界，那个想象的世界和那个真实的世界，还有那个天堂。

尤利西斯是乔伊斯笔下的创造之神，是一位真正的造物主，他挣脱了物质的与精神世界的羁障，超然地观照着一切。他之对于乔伊斯，正如浮士德之于歌德，查拉图斯特拉之于尼采。他是挣脱了盲目的羁障而回到神圣的更高意义的自我。在全书中，尤利西斯没有出场过，全书也就是尤利西斯，也就是乔伊斯的小宇宙，也就是，自我世界与世界的自我合二为一。尤利西斯是绝对客观的，绝对诚实的，因而也是绝对可以信赖的。他有关尘世与精神两者的力量及其虚妄所提供的证词是可以信得过的。只有一个人才是真实，才是生命与意义。心与物，自我与非我，这种变幻莫测的幻影都集中在他身上。那么，究竟谁是尤利西斯？毫无疑问，他是一个象征，是指那个整体，那个整一，那个在《尤利西斯》中出现过和全部形象所组成的整体，还包括乔伊斯先生。尤利西斯是那个无所不包的自我。

《尤利西斯》并非只有局部地区的意义，它是我们这个时代的一部人间文献记录，而且更重要的是这里蕴藏着一个秘密。它能使精神上受桎梏的人得到解放，而它的冷漠能把感伤情绪——甚至普普通通的感情——统统冰冻到骨髓里去。这个作品可以摸得着的那个侧面是否定性的、分裂性的。不过，人们可以窥见在这后面那个摸不着的东西———一个属于秘密的宗旨，使之具有意义与价值。由这些语言与意象构成的大杂凑也许只是个"象征"吧？是一种我们还没能掌握住的什么象征。有某种乐调，过去曾在某一时代、某一个地方响过，或许在异乎寻常的梦中响过，或许在已被人们忘却的古老种族的神秘智慧之中响过，这种乐调也准会在这儿那儿发出回响。《尤利西斯》把现实化为异常复杂的怪诞的图画。这并不是哪一个个人的疾病所产生的，而是我们时代一个清楚明白的集体表征。艺术家并非按照个人的冲动行事，而是按照集体的生活之流。这集体的生活之流并非直接产生于意识，而是产生于现代心灵的集体无意识。

二、傅道彬解读中国文学中的"月亮"原型

傅道彬：《晚唐钟声：中国文化的精神原型》中第二章"中国的月亮及其艺术的象征"，北京：东方出版社，1996 年。

从科学意义上说并不存在一个"中国的月亮"，因为月亮是属于整个世界和整个宇宙的。它对每一个国度的每个民族都投下同样的光芒。但当月亮穿越不同的心灵世界，反映到不同的文化中时，就具有不同的文化意义。在中国文化里，月亮一开始就伴随着神话世界飘然而至，凝聚着我们古老民族的生命感情和审美感情，成为高悬天际的文化原型。

人类文化充满象征的形式，象征形式中潜伏着生动的生命意味和生活经历。在中国文化里，月亮最基本的象征意义是母亲与女性。《礼记·祭器》谓："大明生于东，月生于西，此阴阳之分，夫妇之位也。"《吕氏春秋·精通》云："月，群英之本。"《淮南子·天文训》谓："月者，阴之精地之理也。"天上的月亮与地上的女性互为对应、互为诠释是中国文化根深蒂固的观念。

在中国文化里，月亮一直是伴随着女性世界的温馨与忧伤出现的，即使儿童也在"月亮婆婆"之类的童话里得到启示。月亮与女性这一象征形式的形成有一个悠久的传统。它联系着历史苍茫的原始文化那一端，联系着从女性崇拜的远古走出蛮荒迈进文明的生活和情感历程。

月亮作为女性的象征肇始于生殖崇拜时期。早期的生殖崇拜主要是女性崇拜。中国开天

辟地的神——女娲，同时又是月神。在出土的汉代墓葬砖画中，女娲伏羲人首蛇身，伏羲手上常捧着太阳，而女娲手上常捧着月亮。同时，月亮神话里两个灵异动物：蛙与兔。蛙是女性生殖崇拜的象征物。言神为女娲，言人为娃，言物为蛙，人蛙同源。月亮中的另一个动物是兔。为什么那月亮中模糊不定的黑影单单被解释为兔子的形象呢？它来源于兔子本身的生育特点与月亮的晦盈周期正好一致，这个周期变化与女性的生理变化潮起潮落正相吻合，这应该是"月经"一词的来历。这样，月亮、蛙、兔就在共同象征女性的意义上取得了一致，从而形成了一个女性生殖崇拜的集合形态。也正因为如此，中国古代传说和历史中有许多感月而孕的故事。如"孙坚夫人吴氏孕而梦月入怀，已而生策"（《搜神记·卷十》），"汉元后母亲李亲任正君在身，梦月入其怀，日壮大，婉顺得妇人之道"（《汉书·文后传》），这些神话传说里月亮以一个母亲的形象出现，月亮成了母亲的象征。

月亮作为女性与母亲的象征，反映在古典诗词里常常表现为望月思乡的主题，体现着古代文人寻找母亲世界、寻找精神家园的集体无意识。当孤臣游子浪迹天涯之际，总是把明月与故乡联系在一起，明月成为启动乡愁、寄托相思、返归家园的神秘象征物。如李白"床前明月光，疑是地上霜。举头望明月，低头思故乡"（《静夜思》），谢庄"美人迈兮音尘阙，隔千里兮共明月"（《月赋》），张九龄"海上生明月，天涯共此时"（《望月怀远》），苏轼"但愿人长久，千里共婵娟"等，都与月亮所象征的女性世界的原型紧密相关。

此外，嫦娥奔月的神话故事记录着女性世界失落而凄凉的往事。《淮南子·览冥训》谓："羿请不死之药于西王母，姮娥窃以奔月，怅然有丧，无以续之。"张衡《灵宪》云："嫦娥羿妻也。窃西王母不死药服之，奔月。将往，枚占之有黄，有黄占之曰'吉，翩翩归妹，独将西行。逢天晦芒，毋惊毋恐，后且大昌'。嫦娥遂托身于月。"这两则神话暗示嫦娥奔月是不得已而为之。后代诗人们总是借嫦娥的故事来表达凄楚彷徨的心境。如李白"我寄愁心与明月"（《闻王昌龄左迁龙标遥有此寄》），李商隐"云母屏风烛影深，长河渐落晓星沉。嫦娥应悔偷灵药，碧海青天夜夜心"（《嫦娥》）等。正因为月宫里储存着女性遭到驱逐的凄凉忧伤的记忆，所以许多失意者总是把月写成寒月、孤月、冷月。如李商隐"晓镜但愁云鬓改，夜吟应觉月光寒"（《无题》），姜夔"二十四桥仍在，波心荡，冷月无声"（《扬州慢》）。失意者置身于月光下，遥想广寒宫中失意的嫦娥，自然与人生失意伤感相契合。

月亮原型在中国文化发展中衍生出丰富的意义，即使在今天，月亮意象仍然在艺术中占有相当重要的地位。

第 9 章　存在主义

　　存在主义是以"存在"为元概念的哲学思想，同时又是一种向人文科学各部门深入渗透、广泛发散的学术思潮，对文艺美学的影响尤其大。20 世纪中后期兴起于西方的后现代主义文学，就是以存在主义哲学为基础、由存在主义哲学所牵率的。

　　存在主义的大本营是德国和法国，其兴盛阶段的代表是德国的马丁·海德格尔（Martin Heidegger，1889—1976）和法国的让-保罗·萨特（Jean-Paul Sartre，1905—1980）。海德格尔后期的哲学思考与其在文艺美学方面的理论、批评活动紧密结合在一起，萨特则终其一生都将哲学思考与文学创作、文学批评视为三位一体的活动并曾获诺贝尔文学奖桂冠。一般认为，在萨特和海德格尔之前，存在主义哲学已经走过了两个发展阶段。兴起阶段的代表人物是丹麦的基督教思想家基尔凯郭尔（Aabye Kierkegaard，1813—1855），他最早就人与"存在"的关系展开深入的哲学思辨，认为"存在"不只是名词，更是动词，不是"死"的，而是"活"的、有生命力的，宇宙万物中，只有"人"才有资格使用"存在"这个词，只有"人"才有相关于"存在"的意识活动。基尔凯郭尔被视为存在主义思想之父，但他在本体论问题上还保留了上帝的位置，"存在"还不是他哲学思想中的元概念，所以他所代表的存在主义常被称为基督教存在主义或有神论存在主义。发展阶段的代表人物是德国的现象学（phenomenology）哲学家胡塞尔（Edmund Husserl，1859—1938），其现象学以"现象"为元概念，并在"现象"与"本质"之间建立起了同一性关系，认为"现象"就是"本质"、"本质"就是"现象"，"对象"就是"意义"、"意义"就是"对象"，其理论体系中处于关键地位的"意向关联"（intentionality）理论，要义就是"一切意识都是相关于某物的意识"，这实际上是发展、推进了基尔凯郭尔的主体世界与客体世界一体同仁的"存在"说。海德格尔和萨特都曾经是胡塞尔的及门弟子，他们用内涵、外延都更深广的"存在"取代了有表象化、静态化之嫌的"现象"和基督教存在主义中的"上帝"，沿着胡塞尔现象学的阶梯登上了"无神论存在主义"的顶峰，故而存在主义与现象学有着直接师承或者说互相包容、难解难分的关系。学界还有很多人认为，谢林、叔本华、尼采、荷尔德林、陀思妥耶夫斯基等一系列思想家和文学家都可以视为存在主义的先驱，有人甚至认为"存在主义的思想渊源最早可以追溯到 17 世纪法国哲学家帕斯卡尔"①。20 世纪中后期，德国与法国的存在主义代表有所谓"八子"之称，除了海德格尔、萨特外，还有雅斯贝尔斯（Karl Jaspers）、梅洛－庞蒂（Maurice Merleau-Ponty）、马塞尔（Gabriel Marcel）、波伏瓦（Simone de Beauvoir）、加缪（Albert Camus）、高兹（Andre Gorz）等，在美、日等国家也出现了哈桑（Ihab Hassan）、今道有信等一批追随者。存在主义阵营里有不同的派别和思想倾向，本章内容主要围绕最具代表性的萨特和海德格尔的存在主义展开，他们的存在主义哲学思考与文艺美学和文学创作、批评活动几乎是不可分离的。

---

　　① 衣俊卿：《文化哲学十五讲》，第 152 页，北京：北京大学出版社，2004 年。

第一节 基本理论

存在主义思想是一个庞然大物，包含了一系列曾经引起质疑、争议的问题，我们在这里不可能全盘梳理，而只能择取其在文艺美学和文学批评中影响、作用、意义较大的基本理论加以解说，并围绕存在主义文论的本体论、体悟论、实践论、批评论展开。需要说明的是，这里的本体论和体悟论可以说是存在主义者共有的立场；实践论和批评论则因人而有不同侧重。就萨特和海德格尔这两个代表而言，大体上说，萨特的存在主义中属于"实践论"方面的内容比较多，强调个人对社会的"介入"和与责任同在的自由选择，海德格尔的存在主义则比较关注艺术作品和审美批评问题，"批评论"的成分占了较大的比重。因此我们分别用"'人学化'存在主义"和"'诗学化'存在主义"来概指这两大代表在相同旗帜下显示出来的不同倾向。

一、以消泯主客对峙的"存在"为本体

要理解存在主义哲学及其与文艺美学的内在关系，首先要理解其本体论意义上的"本体"，即作为其整个体系之逻辑思辨起点的元概念——"存在"。"存在主义"的英文表述是"existentialism"，其词源来自拉丁语"existentia"，其含义主要有三：subsisting——生存，existence——实存，being——存在、此在。所以存在主义的"存在"，不能理解为通常所说的精神与物质、主观与客观、意识与存在之二元对立关系中的"存在"，不是传统哲学观念中的具有客观自在性的、"不以人的意志为转移"的"存在"；而是一种在"二元"乃至"多元"之间有着如同鱼水相依般的亲密、互动关系的"存在"，与人的生存状态、感知功能、行为方式、心理活动须臾不可分割的"存在"。某种意义上说，它恰恰是"以人的意志为转移"的，与人的"意志"是"捆绑"、"粘连"、"胶合"在一起的。作为一种以此种"存在"为本体的哲学，与西方以往的哲学思想流派比较，存在主义哲学最根本的思想立场，就是力图摆脱"主客分立"、"二元对峙"的思维模式。从柏拉图、亚里士多德直到笛卡儿、黑格尔的哲学，哲学思想史上习称的唯心主义、唯物主义、主观唯心主义、客观唯心主义、机械唯物主义、科学唯物主义等派别，以及精神第一性还是物质第一性的"分水岭"，归根结底，其实都是在精神与物质、主观与客观也即意识与存在"二元对峙"的思维模式中运行，都是由"主客分立"这个"潜规则"牵率。存在主义哲学则力图破除二元对峙、主客分立，力图回避精神与物质、意识与存在何者属于第一性的问题，认为任何客观自在的存在都是因人而存在，也只有人才能感知、认识、思考"存在"的问题；反之，任何人也都是依附于客观自在的存在而存在，人也只有与客观自在的存在发生关系才能意识到自身的存在。"存在"因为"人"而成其为存在，"人"也因"存在"而成其为人，二者一损俱损、一荣俱荣。所以存在主义哲学是一种着眼于"心世界"与"物世界"一体同仁、相依互动关系的哲学。作为此种哲学之本体性概念的"存在"，自然就是一个兼具客体性与主体性、精神性与物质性、自在性与自为性、实有性与虚无性、动态性与静态性、当下性与永恒性、本质性与现象性、自由性与规定性等等双重含义的概念。这样的"存在"，只有"人"才有，只能附着于"人"的"存在感"而存在，更只有"人"才能体悟和解说，对人之外的一切而言，都是子虚乌有的。当然，这个"存在"在其具体性上也可以区别为二：外部世界是"自在的存在"（即"物"），主体行为是"自为的存在"（即"人"）；前者只是由过去的

时间既定的"事实"，它既不能被创造，也不能创造他物，后者则是一个朝向未来的"虚无"，一种自身"匮乏"又总想成为什么而且具有无限可能性和可选择性的趋向，也即可以由"人"的意志和行为去把握、去创造或者干脆说"去填充"的虚无。存在主义哲学不关心纯粹的前者（即"自在的存在"），但是关心二者的关系特别是后者的状态和作为。因此，存在主义哲学从根本上说乃是以人为本的哲学，倾力探讨的是人的境遇、人的作为、人的价值、人的意义问题。正因如此，萨特宣称"存在主义是一种人道主义"，海德格尔提出"……人诗意地栖居……"的命题。也正是在这样的意义上，存在主义哲学与被称为"人学"的文学艺术、文艺美学有着密切的关系，在它的基础上产生了存在主义文学、存在主义文论、存在主义批评、存在主义美学；而且，在存在主义者看来，文学艺术活动归根结底都是表现"存在"的活动，都具有在"第一时间"使"存在"之真理"澄明"起来的功能。曾有人用中国明代思想家王阳明的"看花"之譬来解说胡塞尔的现象学所指的"现象"："你未看此花时，此花与汝同归于寂；你来看此花时，此花颜色一时明白起来。"这里的"人""花"遇合之际产生的"颜色一时明白起来"的"现象"，同样也可以用来具象化地解释存在主义者心目中的"存在"。显然，这样的"存在"，包含了三个要义：一是消泯了主客之间的界分，二是看重具有"当下性"的"活动"，三是以"虚无"、"虚空"为背景（即"你未看此花时，此花与汝同归于寂"式的背景，这个"背景"同时也是一种"朝向"）的无限具体可能性。而这也正是审美—艺术活动的根本性状。所以就哲学根基来说，存在主义与现象学、与文学都有着根本上的相通，而且是一种本体论性状上的相通。

二、关注"人"的"情绪体悟"

在"存在"本体论的基础上生成了存在主义美学以及存在主义文论、存在主义文学和存在主义批评。存在主义美学的根本立足点是关注人的"情绪体悟"，因为正是情绪性体悟使上述包含了三项要义的"存在"成为可能，情绪性体悟正是一种消泯主客界分，具有当下性和无限具体可能性的"活动"。就概念之间的逻辑关系而言，"情绪体悟"与"存在"实可构成互为因果的关系，二者也是一损俱损、一荣俱荣，没有人的"情绪体悟"就没有主客互动的"存在"，反之亦然，没有主客互动的"存在"就没有人的"情绪体悟"。就西方文学的关注对象、表现对象而言，从荷马史诗到 20 世纪前期的文学，其有迹可辨的嬗演脉络大体可以描述为一幅由"情节"而"性格"而"心理"而"潜意识"的图画。到 20 世纪中后期，由存在主义者演绎出来的存在主义文学则把自己的关注投向了人的"情绪"，认为人正是凭借"情绪"而与世界（也即具有客观自在性的"存在"）发生联系，产生"体悟"，从而呈现出万象纷纭的"存在"的。但是要指出，这里的"情绪"主要是指消极的情绪，或者更准确地说，中性的情绪。因为激昂的情绪吞没了客观，而过于疲弱以至于无的情绪又销蚀了主观。能促使二者互渗互动的东西，必然是"中性的"。

对此，海德格尔做了深入的哲学思辨和自足的理论演绎。理解海德格尔这方面的思辨和演绎要从他在自己的前期代表作《存在与时间》中拈出来的三个基本概念入手："在者"（seiend）、"此在"（dasien）和"存在"（即"在者"与"此在"发生关系的存在）。"在者"相当于前述的"自在的存在"，也即"人"置身其间的"境遇"，这是现成的、被给定的，只消对其作事实接受而无须对其做本体追问的外部世界；"此在"相当于前述的"自为的存在"，也就是"人"，人作为唯一的具有时间概念的动物，其生命乃是由无数的"当下"组接而成，永远是处在"正在进行时"中，所以可称之为"此在"；"在者"与"此在"之间的动态性依存关系就构成了作为存在主义哲学之本体、之元概念的"存在"。而使"此在"（即"人"）与"在者"（即"世界"）发生关系的原始起点或者说促成这种关系的原初"作用力"，乃是以"此在"为解说前提或者说附着于"人"的命运与感受之上的两个东西：一个是"被抛入"，一个是"烦"。

"被抛入"，是指从命运角度思考的话，"人"是无端地"被抛入"到世界上来的。至于被什么抛入、被谁抛入之类的问题，海德格尔有意将之"抛出"于自己的思辨活动之外，不加究问。于是，借助于这个"被抛入"，海德格尔机智、果断地一刀斩断了人的"过去"以及"未来"，将人的来由（比如基督教的上帝造人说），人来到世界之先在性的目的、价值、意义等等属于宿命论范畴的问题一概束之高阁，"悬置"起来，摆脱形而上领域里的无谓纠缠，以便集焦于"此在"也即人的有生存在历程去展开自己的哲学思考。正是在这样的意义上，存在主义哲学是一种既不注意人的"过去"也不注意人的"未来"而只关心人的"现在"、"当下"的哲学；用但丁构思《神曲》的思路来解说，就是既不俯瞰"地狱"也不仰望"天堂"而只正视人在"炼狱"中的境况和作为的哲学；用佛教的"三生（世）说"来解说，就是既无视"前生（世）"也否认"来生（世）"而只关心人的"今生（世）"的哲学。

"烦"，则是人"被抛入"世界以后的"存在"形态，也可以理解为"人生"（不是"人"）的本质。这是海德格尔借人的感受也即"情绪"（注意，"烦"正可谓"中性的"情绪）来作出表述的"人生在世"的性状。这颇类似佛教的烦恼说：人生在世，烦恼缠身。所以，如果说"被抛入"是海德格尔在命运论上为"人"定位，"烦"就是在本质论上概指"人生"。他说："此在（按：即人）被交付给它本身，总已经被抛入一个世界了"；"此在的实际生存不仅一般地无差别地是一个被抛的能在世（按：所谓"能在世"，即"人"这种有主观能动性的存在、"自为的存在"），而且总是也已经消散在一个烦忙的世界中了"[1]；"在世（按：即"人生"）本质上就是烦……寓于上手事物的存在（按：即人与"事"的交道）可以被理会为烦忙，而与他人的在世内照面的共同此在一起的存在（按：即人与"人"的交道）可以被理会为"烦神"[2]。这里说的作为情绪之表现的"烦"以及"烦忙"、"烦神"等，就是将"人"与"世界"，也即"此在"与"在者"不可分离地"绑架"在一起的链条或者毋宁说浑然无间地"粘连"在一起的粘胶。如若无"烦"的情绪，主、客两个世界便"裂"为了两块。海德格尔赋予"烦"以情绪本体的意味，由"烦"可以衍生出迷惘、无聊、苦闷、无奈、忧郁、焦虑、恐惧、孤独、绝望、自欺、受虐等等以个人体验性、内在封闭性、于事无补性、无从发泄性为特征的"次情绪"。正是这样一些海德格尔认为可以用"烦"（萨特则喜欢用"恶心"、"荒诞"）一言以蔽之的"情绪"，若即若离地黏合起了"内""外"两个世界，彰显出"人"被无端"抛入"的"人生"与"世界"的本质。这样的"本质"在价值论意义上实为"虚无"，——喜、怒、哀、乐式的"情绪"中尚可以析离出价值因子，唯独"烦"，可谓一无"是"处。于是，"烦"又成为"人"追寻意义、创造价值的意识行为之情绪性原初起点，或者说，为"人"的这种追寻、创造展现出了多向的甚至是无限的自由选择的可能。"烦"，在其价值虚无的意义上就如同一张"白纸"，既可以描出最新最美的图画也可能被用来胡乱涂鸦。正是在这样的哲学思辨和逻辑演绎中，"情绪体悟"成为存在主义者关注的重心，而对"情绪"的关注也成为存在主义哲学与其他哲学流派比较之下显示出来的"特色"。

---

① ［德］海德格尔：《存在与时间》，第 232 页，北京：生活、读书、新知三联书店，1987 年。
② ［德］海德格尔：《存在与时间》，第 233 页，北京：生活、读书、新知三联书店，1987 年。

如果说，存在主义哲学在本体论上是依托于"存在"（如同现象学的依托于"现象"）而独树一帜，那么，它在认识论上就是凭借"情绪体悟"（如同现象学的凭借"意向关联"）而另立山头。

萨特的一系列文学作品对这种"体悟"做了"去蔽"化的艺术表现，使这种具有价值虚无性的"情绪"得到几乎可触可摸的具象化显现。他的小说《恶心》、《墙》，戏剧《苍蝇》、《禁闭》等的艺术构思中，都贯穿了欲以文学方式来阐明存在主义"情绪体悟"的艺术命意。而存在主义文学也正是因此而开拓出了一片被既有的文学所忽视的广袤园区。存在主义的"情绪"同现象学的"意向"一样，都是连接内外两个世界的纽带，或者毋宁说，都是内外两个世界会通合流之所在。从这里我们可以看到，如果不理解存在主义的"情绪体悟"，就如同不理解现象学的"意向关联"，对其整个思想体系的理解都会隔膜、游离，对其派生出来的美学与文学也就不能清楚地认识和诠释了。

三、萨特的"人学化"存在主义三原则

萨特和海德格尔同为存在主义的巨头，也同为现象学大师胡塞尔的及门弟子，其思想也都可以在"无神论存在主义"的旗帜下合流，但这并不意味着他们的思辨重心和理论向度是完全一致的。如前所述，就主导倾向而言，如果说海德格尔的存在主义（尤指后期）是"诗学化"的存在主义，那么萨特的存在主义就可以称为"人学化"的存在主义。萨特 1946 年时发表了题为《存在主义是一种人道主义》的著名演说，一举登上了第二次世界大战以后西方整整一代人的精神导师的地位。这个演说实际上也为他所主张的存在主义做了思辨重心、理论向度以及价值选择、终极关怀上的定位。作为"人学化"存在主义的倡导者，萨特的思想主张中有三项基本原则，都指向了"人（个体的人）"与自我、与他人、与世界、与人生之关系的思考。

1．"存在先于本质"

这是萨特存在主义三原则中的首要原则，也是他思想的"关键语"。其较为完整的表述是："如果上帝不存在，至少有一种存在物，在他那里存在先于本质，他须是在任何概念被规定以前就存在的存在物，这种存在物就是人。"[1]这几句话可以接续一个"宏大解说"，而其"合理内核"则显示出萨特的哲学思考是具有鲜明的"人学"性质的。从"人学"角度理解，"存在先于本质"这项原则中的"本质"是指"人"的本质，"存在"则是指"人"所面临的、不断变化的人生境遇。这项原则实际上是为人显示自身的本质，也即追寻、创造自己所认定的人生价值、人生意义开拓出了面向未来的，也是无限度、无止境的可能性。前已述及，存在主义者认为，世界是由可以大别为"物"（自在的存在）和"人"（自为的存在）的两个成分所构成。二者中，"物"的本质是先在的，预先就被给定了的，比如岩石是坚硬的，冰是冷的，火是热的，都是一种既定而且恒定的"自在"或者说"自在的存在"。而人的本质，则不是先天决定的，不是被给定的，而是由一定的存在状态所造成的，在特定的存在境遇中显示出来的。你是善良还是凶恶，聪明还是愚蠢，勇敢还是怯懦，勤奋还是懒惰，都不是先在的，都不能由任何"成见"去框定，而是由你在你的存在境遇中的行为选择显示出来的。实践是检验真理的唯一标准，没有经历存在境遇的检验，任何人，甚至包括你自己，都不能评判你是怎样的人。白居易有一首咏史诗："周公恐惧流言日，王莽谦恭下士时。向使当初身便死，一生真伪复谁知。"可以借用来理解萨特的"存在先于本质"说。中国文化中有一个典故——"墨子悲丝"，

---

[1] 　［美］梯利：《西方哲学史》，葛力译，第 396 页，北京：商务印书馆，2004 年。

也可以加深我们对此的领会。《淮南子·说林训》："墨子见练丝而泣之，为其可以黄可以黑。"练丝，指白色的丝，这里可以理解成无色透明还没有显现本色的丝，它要经历"染缸"也即特定的存在境遇才显示出或黄或黑的颜色——即本质。也可以作另外一种解释：染缸可以改变本色，即存在可以改造"本质"。不管怎样解释，根本上说，都可以用来理解萨特的"存在先于本质"说。

2."人人生而自由，人人都可以进行自由选择"

萨特强调个人的绝对自由和与这种自由相伴随的责任：你想成为什么样的人是由你自己去选择去决定的，你的行为所导致的一切后果，正面的也好，负面的也好，都要由你自己去担当。任何人所面临的任何境遇，都好比是十字路口，向东还是向西，向南还是向北，由你自己去自主选择。《淮南子·说林训》中还有一个与上述"墨子悲丝"并提的典故——"杨朱泣路"："杨子见逵路而哭之，为其可以南可以北。"逵路，指四通八达的岔路口，"道九达曰逵"。这里说的其实就是自由选择及其艰难性的问题：选择完全由你自己决定，你有充分的自由，但"后果"也即"责任"完全要你自己承担，所以很艰难，不可等闲视之，更不要以为与"自由选择"相伴偕行的都是轻松愉快，都可以得意洋洋。你选择的路可能通向天堂也可能通向地狱，可能通向洞天福地也可能通向虎穴龙潭，是福是祸都由你个人去领受。人所面临的各种存在境遇，其实都是"逵路"，都是"十字街头"，哪怕是处在看起来没有自由的情况下，其实仍然有极大的自由。即使头被按到水里，你也还有喝水还是不喝水的"自由选择"。即使面对死亡，你也有英勇、平静、恐惧、悲哀等等多向的精神性选择自由；萨特的很多作品就常常将人置于死地来表现人的自由选择并显示其精神本质。萨特的"自由选择"赋予个体的人以无限自由度，在任何存在境遇中，你都有多向选择的自由；但是，须知，责任也完全由你个人承担。

3."世界是荒谬的，人生是痛苦的"

这是萨特对于世界和人生本质的理解认识。相对于"人"而言，"世界"和"人生"（指整个人生过程）都可以看成"自在的存在"，也即"物"。既然是"物"，如前所述，它们就有已经被给定的先在本质。这个本质，在萨特看来，就是"荒谬"和"痛苦"。既然是本质，那么任何人都是无法改变的，贵为王侯，贱为走卒，其实都是荒谬的世界和痛苦的人生中的匆匆过客。这个原则与佛教的世界观、人生观相通，作为佛教"四圣谛"之首的"苦谛"，其要义就是"三界犹如火宅，人生即一苦场"。萨特的这个原则可以产生两种效应，一是使人悲观颓废，一是使人奋发昂扬。对于追求享乐的人而言，如同一盆冷水——人生太无价值、太无意义。而对于看重创造的人而言，则有激励的作用：人若想要使自己成其为"人"，便不能与"物"同化，而要努力体现自身存在的意义，要在荒谬的世界和痛苦的人生中，显示出自身不与"荒谬"和"痛苦"等同的"存在"价值。如前所述，存在主义者这种"荒谬"、"痛苦"的人生本质观、世界本质观，在发生论意义上是一种"情绪体悟"，海德格尔拈出一个"烦"字来言说，萨特则通过《恶心》等作品作了多方位的"去蔽"化呈现；而在价值论意义上则是一种"虚无"，是意义的缺失和价值的乌有。有人说萨特的存在主义哲学宣扬了虚无主义、悲观主义，但这样的判定并未全面理解萨特的本意。萨特其实主要是欲通过揭示"自在的存在"在价值和意义上的虚无，去引导、激发"自为的存在"（即"人"）正视此种虚无，从而奋发有为地去追寻、创造自身存在的价值。如果加以形象化的阐释，则萨特这项原则实含有"置之死地而后生"的命意：让你一无所有、赤手空拳去打天下，你是置身于"荒谬"、"痛苦"的即无价值无意义的"虚无"

之中，你要从中攫取价值和意义，就看你自己的作为了。

上述三项原则的基本意思就是：每一个人的生命过程就是在荒谬的世界和痛苦的人生中，通过一个又一个连续不断的自由选择，显示自身本质的过程。有必要指出，萨特的存在主义有一个理论缺陷，甚至可以说是一个致命的理论死穴：它的自由选择原则在理论话语上缺失了明确的价值导向，将个人的自由绝对化了。这恐怕是萨特想要解决而又无法解决的问题。因为，一旦设立价值导向，选择就不会是绝对自由的、绝对个人化的。所以他只能把价值导向交给每个人的良知，用"责任"说去加以制约，用"存在先于本质"说去加以模糊的矫正，而无法作出用理论话语给以明确表述的价值导向。所以我们必须强调：自由选择当然可以激发人努力地去创造自身存在的意义，但必须要有价值导向，必须要由"真善美"三维价值观导向，在这个前提下你才可以"随心所欲"。孔子提倡"从心所欲而不逾矩"，自由选择不能摆脱真善美的"矩"。事实上，萨特的整个思想"语义场"中也是潜在地包含了这种价值导向的，比如他这样一些说法："人是自由的，懦夫使自己变成懦夫，英雄把自己变成英雄"，"人可以做任何选择，但只是在自由承担责任的高水准上"，都包含着虽然模糊但显然是正面的、积极的价值导向。

四、海德格尔的"诗学化"存在主义三命题

海德格尔在希特勒上台以后曾被任命为弗莱堡大学校长，被德国纳粹政权奉为"座上宾"。虽然在职时间不到一年，第二次世界大战以后却因为这一段不光彩的经历被禁止再上讲台，从此隐居在德国符腾堡的黑森林地区一所与世隔绝的山顶小屋里，游心于化外日月，埋头著述。有人说："在精神王国中，我们的世纪将是海德格尔的世纪，正如 17 世纪可以说是笛卡儿和牛顿的世纪一样。"①或许正是这样的人生命运造就了海德格尔的存在主义在主导性关怀上与萨特有不同的分野。萨特是"入世"的，"人学化"的，海德格尔则是"出世"的，"诗学化"的。如果说萨特式"人学化"存在主义的要义包括三项原则的话，那么海德格尔式"诗学化"存在主义的精粹就是在"思"与"诗"的对话中探讨了三个命题。这主要是他后期的思想创获。

1. "艺术即真理自行置入作品"

这是一个相关于艺术本体论的诗学命题，学界常称之为海德格尔的艺术真理说。所谓"艺术即真理自行置入作品"②，从海德格尔一系列相关论说来看，其具体内容是指："艺术作品的本源"乃是"天、地、神、人"这"四大"交光互影而彰显出来的"存在的真理"。海德格尔前期的思考集中体现在他的著作《存在与时间》中，该著"系统地、详尽地论述了存在本质的短暂性"③，可以说是探讨了比较纯粹的"哲学化"存在主义；后期的思考则由哲学沉思转向了诗学沉思，在自己的心智活动中展开了"思"与"诗"的对话。有人称之为由"爱智型哲学"向"境域型哲学"的转变，即由"哲学化"思考向"诗学化"思考的转变。立足于"存在"本体，他的"诗学化"存在主义思考首先关注的就是"艺术作品的本源"问题，标志他的思想由前期向后期"转向"的著作就是题名为《艺术作品的本源》(1935—1936)。这个实属艺术本体论范畴

①　章国锋、王逢振主编：《二十世纪欧美文论名著博览》，第 249 页，北京：中国社会科学出版社，1998 年。
②　[德]海德格尔：《林中路》，孙周兴译，第 21 页，上海：上海译文出版社，2004 年。
③　[美]梯利：《西方哲学史》，葛力译，第 394 页，北京：商务印书馆，2004 年。

的问题构成海德格尔诗学之思的出发点。在海德格尔之前，关于这个问题，流行的是康德和浪漫派美学家强调创作主体的观点，认为艺术作品是艺术天才的创造物，因此艺术作品也就是起源于艺术家。海德格尔对此质疑：艺术家与艺术作品应该是处于对等的地位；固然，艺术作品是由艺术家创造的，但不要忘记，也正是艺术作品为艺术家带来了声誉，没有卓越的绘画、杰出的戏剧和优秀的诗歌，凡·高、莎士比亚和歌德无疑不会被称为艺术家，于是，艺术作品又反过来构成了艺术家的本源，艺术作品必然有其可以脱离艺术家而存在的、使其自身是其所是的性状与根由。如此看来，探讨艺术作品的本源不能从"天才论"也即艺术家入手，而必须另辟蹊径，反求于"本"，从艺术作品自身入手，这样去追寻使艺术作品成为它是其所是的由来。循此思路，海德格尔发现，艺术作品中都"自行置入"了或者说彰显出这样一个"真理"，即：以自己的方式"建立"了一个完满澄明的"世界"——"作品在自身中突现着，开启出一个世界，并且在运作中永远守持这个世界"①。这个世界"并非摆在那儿的可数或不可数的、熟悉或不熟悉的物的单纯聚合，也不是一种由我们的观念附加到这种既有之物总和上的纯粹的想象框架。世界比起我们自以为十分熟悉地在其中所把握到的可感可触的领域而言，它的存在更完满。……世界决不是摆在我们面前让我们打量的对象。只要生与死、祝福与诅咒将我们不断引入存在，世界就永远是我们所从属的、非对象性的所在"②。对这个既不能还原，也不等于一切物的总和，又是作为非对象性存在的世界，海德格尔赋予其"天、地、神、人"四重属性或者说四个基本的具象，有时还径呼艺术世界为"四重世界"。他认为一个完满而澄明的艺术世界里必须也必然有"天、地、神、人"这"四大"在场、出场。对此"四大"，我们大体可以如是理解："天"是"虚无性"也即无限可能性的具象；"地"是"隐匿性"或者说神秘性的具象；"神"是"意义"与"澄明"的具象；"人"则是"参与"、"聆听"、"领会"、"创化"的具象。这里最活跃的还是"人"："人"借助"神"给出的意义之光，去解除屏蔽，照亮"天""地"，彰显万物，让"遮蔽"与"去蔽"也即"隐匿"与"涌现"的冲突"在亲密的统一中出场"，使世界形神完满，万物一体同仁。海德格尔的这个"艺术作品的本源"说，也即艺术真理说，可以与中国诗学中的"意境"说、"境界"说互相观照、双向阐释，其"诗学化"存在主义也因此可以称为"境域型哲学"：经由哲学的思辨程序以表达重视"意境"、"境界"、"境域"的诗学性终极关怀。

2. "……人诗意地栖居……"

这是一个相关于人的生存方式或者说人与世界之关系的诗学命题。一首诗中的妙处常被称为"诗眼"。"……人诗意地栖居……"是海德格尔从诗人荷尔德林的一首诗中发现的"诗眼"。借助于这个"诗眼"，海德格尔生发开自己的存在主义诗学在目的论向度上的沉思。这里的沉思，其实也是相关于"'艺术作品之本源'即'存在之真理'"这一艺术本体论命题的。但海德格尔更直接的目的，是欲为"现代人"寻回失落的"精神家园"。这个"诗眼"见于荷尔德林一首诗歌中的这样一节："如果生活纯属劳累，/人还能举目仰望说：/我也甘于存在吗？是的！/只要善良这种纯真，尚与人心同在，/人就不无欣喜/以神性来度量自身。/神莫测而不可知吗？/神如苍天昭然显明吗？/我宁愿信奉后者。/神本是人的尺度。/充满劳绩，但人诗意地，/栖居在这片大地上，我要说/星光璀璨的夜之阴影/也难与人的纯洁相匹敌。/人是

---

① ［德］海德格尔：《林中路》，孙周兴译，第30页，上海：上海译文出版社，2004年。
② 章国锋、王逢振主编：《二十世纪欧美文论名著博览》，第253页，北京：中国社会科学出版社，1998年。

神性的形象。"荷尔德林的诗情，激发了海德格尔的灵感，哲人的智性"沉思"与"……人诗意地栖居……"这个意象鲜明而内蕴深厚的"诗眼"展开了对话。对话的结论是：诗可以采纳、会通人的"本真"和被遮蔽在天地万物之中的"神性"；"生活在大地之上和天空之下"的"栖居"，不仅是一个单纯"在世"的事实，更应该是一个"守护""神性"和"本真"的行为；人只有"诗意地栖居"才能引导自己在守护神性和本真的行为中实现有价值有意义的"存在"。海德格尔说：

　　假如我们广义地、本质性地充分思考"栖居"这个动词，那么，它给我们指明的便是这样一种方式，以这种方式的人——他生活在大地之上和天空之下——走完他从生到死的整个行程。这行程有各种方式并富于变化，然而贯穿始终的仍是栖居这个主要性质，是人短暂逗留这个主要性质。这是大地与天空、诞生与死亡、欢乐与痛苦、劳作与词语之间的栖居与逗留。

　　如果我们把这多重"之间"称作世界，那么世界就是人居住的家。……它首次把可作居住背景的大地带入人的近旁，并同时把它置于广阔的天空之下。只是作为人居于世界之家这一尺度而言，人才响应这种感召：为神建造一个家，为他自己建造一个栖居之所。[①]

在海德格尔看来，对神性的向往是"生活在大地之上和天空之下"的人的本真天性，人只要焕发本真天性，就会"以神性尺度来衡量自身，就会仰望天空，追寻神的踪迹"。诗人是以言说神性的方式来言说"存在"，来歌咏人的本真生存。"诗便是对神性尺度的采纳，为了人的栖居而对神性尺度的采纳"，为人建造通向神性的道路。正是这样的"灵犀一点"，海德格尔成为荷尔德林的"知音"，极力赞赏荷尔德林诗歌中的吟唱："神本是人的尺度。/充满劳绩，但人诗意地，/栖居在这片大地上。"并进而断言："只有当诗发生和出场，栖居才会发生……诗首先让栖居在其本质上得到实现。"

"……人诗意地栖居……"，这一命题从发生论看属于"诗学"的范围，而从目的论看则蹈入了"人学"的领地。它指明：人的存在的根基应该是诗性的，因为只有诗性才可以采纳、会通神性和人的本真。海德格尔竭其心智去道破、阐说这个奥秘，目的无疑是想引导身处技术理性高度发达时代的"现代人"去寻找真正能够安身立命的"精神家园"。以《荒原》一诗而著称的艾略特曾称现代人为"空心人"——信仰不复存有，物欲充斥灵魂。存在主义思想家的一大努力便是为这样的"空心人"重建心灵支柱。如果说，在这个努力方向上，萨特抛出的法宝是"自由选择"理论，那么，海德格尔点亮的明灯就是"诗意地栖居"。就抵制技术理性和物质欲望对人心的"遮蔽"、"污染"而言，海德格尔以诗性去照亮人心、净化人心的努力应该是更能从根本上起衰振弊的。

3．"诗是对存在的第一次命名"

上述第一个命题是本体论问题，第二个命题是目的论问题，这里的第三个命题则是认识论问题。如果说"艺术作品的本源"是存在的真理，"诗意地栖居"是人存在的目的，那么，这样的真理、这样的目的是凭借什么宣示出来、确立起来的呢？海德格尔认为：是诗性语言。诗性语言以"命名"的方式唤出了整个"世界"，使其完满、澄明、无蔽。语言的本质必须通过诗的本质去理解：

　　诗是对存在的第一次命名，对万物本质的第一次命名。诗并不是任何一种随意的言说，而是特殊的言说，这种言说第一次将我们日常语言所讨论的和与之打交道的一切带入敞开

---

　　①　章国锋、王逢振主编：《二十世纪欧美文论名著博览》，第 258 页，北京：中国社会科学出版社，1998 年。

《按：即涌现、绽出、彰显、澄明等等一切可以总称为"去蔽"的状态）。因此，诗决非把语言当作手头备用的材料。毋宁说，正是诗第一次使语言成为可能。诗是一个历史的、民族的原初语言。……语言的本质必须通过诗的本质来理解。[①]

海德格尔认为诗与语言有一种隐蔽的循环关系，二者的本质可以循环阐释。由此他对语言的发生作出了一种全新的解释。过去，语言一直被认为是人创造的，是人表达思想、传送意义、交流感情的工具。海德格尔不以为然，他认为是"神"（"存在"的隐喻），也即"存在"所创造的。他设问：我们说的"话"是从哪里来的？回答当然是"前人"；但这个"前人"又是从哪里听来的呢？如此不断地追问下去，就会追溯到第一个说话者，他将第一个词语给予聆听者，这个"他"就是"神"（即"存在"）。所以最初的"语言言说"不是人发出的，而是"先于人"的，海德格尔称之为语言原初的"本己言说"，而诗人正是第一位聆听者领悟者，正是在诗人对"本己言说"的领悟、聆听和传达中获得了语言。语言与人构成相互"居用"的关系，语言"居用"人而彰显、澄明、创造了世界，人"居用"语言而发现、洞察、守护着世界，人使语言成为语言，语言使人成其为人。

诗性言说永远是不可重复的第一次言说。由于有了诗人的言说，世界才会不断以新的面貌出现。"在词和语言中，万物才首次进入存在并存在起来"，"凡无词处一无所有"。没有词语，万物只能沉默于黑暗的混沌之中，有了词语，才有了世界一切的出场。而第一个命名之词总是诗人找到的。"诗就是以词语的方式确立存在"，就是对"存在"的命名。诗作为命名性言说和最初的"本己言说"（海德格尔有时又称"本真言说"），它既不同于概念性言说也不同于功利性言说。在作为理性与意志产物的概念性言说和功利性言说中，彰显出来的是自我膨胀的"人"，它们导致并强化了"人"视自己为世界之"主体"和"中心"的意识，而遮蔽了"存在"，也即遮蔽了世界万物与人的本真关系。诗性的命名性言说则是心灵与世界万物感应的产物，召唤万物本身的到来，"让其出场和存在"，彰显出人与外部世界一体同仁的本真关系，表现出一种"守护"的态度而不是"掠夺"的态度，从而为人在大地上诗意地栖居"筑造"一个家园。这个"家园"就是"天地神人"交光互影、意义澄明、形神完满的"世界"。

海得格尔的三个"诗学化"存在主义命题构成了一个血脉相通、圆融自在的"有机整体"。这个"有机整体"，归根结底就是存在主义者心目中那个消泯二元界分的"存在"。而海德格尔式的"思"与"诗"的对话，根本上也是想消泯"思"与"诗"的二元界分。某种意义上说，海德格尔是一个在"思想"的领域里攀登得太高的理想主义者，他的诗学沉思，造就了一个圆融自足、生气盎然的"世界"，令人神往；但是在博得赞叹的同时也遭遇过质疑，若将他的理论用于批评实践也往往使人有难以操作的困惑。这也许是海德格尔预料之中的事，所以他留下了这样名言：运伟大之思想，行伟大之迷途。这个类乎自我剖白的遗训既发人深省，也促人深思。

第二节　批评方法

在 20 世纪形形色色的西方文论中，"只有象征主义和存在主义文论是与自己的创作完全不可分离的"，"存在主义思想完全可以在自己的哲学、文论、创作三位一体中加以贯彻，这

---

① 章国锋、王逢振主编：《二十世纪欧美文论名著博览》，第 260 页，北京：中国社会科学出版社，1998 年。

已成为西方 20 世纪文坛的独特景观"①。存在主义文学批评既有其鲜明的本色与特征，又有其宽广、开放的包容性、普适性和实用性，从方法论意义上看，它在如下几个方面显示了自己的特点和优势。需要说明的是，这里主要是指萨特式的存在主义批评，至于海德格尔式的存在主义批评，则因其理论上过于追求圆融自足性反而局限了批评实践中的普适开放性。

一、关注人的个体化意识、行为和生存境遇

在这一点上，存在主义的文学批评与马克思主义的文学批评构成了对比或者毋宁说互补的关系。如果说马克思主义批评是以"社会"为出发点，认为人是社会关系的总和；那么，存在主义批评就是以个人为出发点，认为社会是个体行为的综合。萨特曾在其哲学名著《辩证理性批判》中强调"一个个的个人"："如果我们不想把辩证法重新变成一种神的法则和形而上学的宿命，那么它必须来自一个个的个人，而不是来自什么我们不知道的超个人的集合体。"②因此，存在主义文学批评在"社会"与"个人"中更看重后者，其批评当然不可能无视社会，甚至可以说大量涉及社会，但目的是透视人的本质、解析人的作为，社会更多地是在表现人的生存境遇这个意义上而受到存在主义批评的注意的。

二、关注"介入"批评和"匮乏"现象

"介入"与"匮乏"是萨特在自己的文学批评中提出来的两个重要概念。"介入"有两层意思。一是介入研究对象的内心世界，比如福楼拜之所以成为作家，与他父亲偏爱他哥哥有关，他哥哥是医学院高才生，他于是赌气要走一条另外的"成才"道路；一是介入政治、意识形态和社会生活，反对"为艺术而艺术"，提倡文学批评、文学创作要在时代运动中发出自己的声音。"匮乏"主要是指人与"物"的关系，它一端联系价值的缺失，一端联系人的欲望和追求。萨特认为"人"是"匮乏的动物"，"匮乏"是"每一个人和一切人同物质的唯一关系"，"它的惰性的指头指向每一个个人，使之既成为匮乏的原因，又成为匮乏的牺牲品。每个人把这种结构内在化"，"使他自己成为匮乏的人"③。所以，某种意义上说，存在主义批评就是关注并揭示文学中表现出来的人的"匮乏"，它实际上是人生的本质与人的自由选择之间的合理环节。"匮乏"如同一叶扁舟，往返于价值虚无的世界本质、人生本质和人努力创造价值的自由选择这个两岸之间。"人"作为具有能动性的"存在"，也即"自为的存在"，之所以"能动"，正是始发于"匮乏"。如果"人"是"满足的动物"，便与"物"，也即"自在的存在"并无二致了。所以，"匮乏"固然并不是存在主义批评经常使用的显性话语，但却是一个几乎无时不用、无处不在的"内视角"与"潜规则"。

三、可以与马克思主义方法结合

存在主义者一般都认为存在主义是对马克思主义的补充：存在主义是关注个体存在论和主观论的，因此可以与马克思主义的社会存在论和客观论构成互补关系；二者的会通，可以创构、确立以人学和人类学为基础的主、客观统一的存在主义的马克思主义学说。萨特说：

①　张首映：《西方二十世纪文论史》，第 366 页，北京：北京大学出版社，1999 年。
②　张首映：《西方二十世纪文论史》，第 380 页，北京：北京大学出版社，1999 年。
③　张首映：《西方二十世纪文论史》，第 381 页，北京：北京大学出版社，1999 年。

"存在主义试图用间接的认识去阐明马克思主义知识的已定形态，并在马克思主义的理论构架内造成一种真实的、有理解力的认识，即在社会范围内重新发现人，并根据人的实践、或者毋宁说根据那种按照既定条件把人抛入社会可能性的那种谋划来探索人。"所以，就存在主义者的主观意愿而言，他们之所以重视个体化的人，"不是以唯心主义人道主义或第三条道路的名义拒斥马克思主义，而是要在马克思主义内部重新争取人的位置"。萨特甚至称自己的思想学说为"存在主义的马克思主义"①，而他用以阐明存在主义哲学思考的众多文学作品，摇身一变就能成为极便于用马克思主义批评方法、社会历史批评方法去解读的样本。

四、可以与精神分析方法结合

存在主义文论、批评实际上有着打通马克思主义方法与精神分析方法的主观努力。萨特认为，以普列汉诺夫、卢卡契为代表的马克思主义文论、批评走的是社会学道路，而以弗洛伊德、拉康为代表的精神分析方法走的是心理学道路，存在主义则可以会通二者，"马克思主义与精神分析结合起来必然是可能的"②。为了更深入、更具体、更细致地分析人的个体化意识、行为活动，萨特认为：在宏观上可以采用马克思主义方法，在微观上则可以采取精神分析方法；可以将心理研究视为一种中介性手段，用以补充关于社会阶层、社会环境、社会现实的总体化研究。萨特的福楼拜研究便有意识地运用这两只"眼睛"。社会学"眼睛"使他认定："通过《包法利夫人》这部著作，我们应当并且可能约略看到地租的运动，上升阶级的发展，无产阶级的渐趋成熟：这就是一切。"而心理学"眼睛"则引导他从福楼拜的作品、书信和家庭生活中，认定福楼拜有依赖性、服从性乃至女性化的特征，其作品"泄露了福楼拜的自恋癖，他的手淫症，他的幻想性，他的孤独性"③。由于存在主义在"社会"与"个人"之间更关注后者，所以，其文学批评在实际操作过程中做得更多的往往还是微观的、精神分析性方面的工作。作为存在主义"八子"之一的雅斯贝尔斯，其文学批评活动就大量糅合了存在主义思想与精神分析方法。

第三节 作品解读

很多存在主义思想家往往用自己的文学作品去阐扬其存在主义哲学思考，或者说用存在主义哲学思考去牵率自己的文学创作。萨特、加缪、波伏瓦都是如此。萨特更是促成了二者的大规模、全方位结合，有人甚至认为"萨特的第一兴趣是文学，其次才是哲学写作"④。存在主义不仅是 20 世纪西方后现代主义文学艺术的思想伏流，"前存在主义时期"的文学中，也有大量作品表现出了存在主义式的思考。因此，存在主义文论和存在主义批评可以用来解读古今中外的大量文学作品。比如在古希腊神话、悲剧，莎士比亚戏剧，卡夫卡的小说，鲁迅的《阿 Q 正传》、《野草》，中国当代先锋派文学的研究与批评中，不少人都以存在主义为理论选择。但是也有必要再次说明，这种普适性、开放性，主要是表现在以萨特为代表的"人学

① 张首映：《西方二十世纪文论史》，第 379 页，北京：北京大学出版社，1999 年。
② ［法］萨特：《辩证理性批判·方法问题》，第 49 页，北京：商务印书馆，1963 年。
③ ［法］萨特：《辩证理性批判·方法问题》，第 105～107 页，北京：商务印书馆，1963 年。
④ 张首映：《西方二十世纪文论史》，第 364 页，北京：北京大学出版社，1999 年。

化"存在主义那里。而以海德格尔为代表的"诗学化"存在主义则罕有能将哲学思考与文学创作集于一身的代表，其于文学批评和文本解读上的具体适用性范围也狭窄许多。因此本节的作品解读都是运用萨特式"人学化"存在主义文论和批评方法去进行解读的。下面几则作品解读实为两种类型：对存在主义文学作品的存在主义解读，对非存在主义文学作品的存在主义解读。

一、《死无葬身之地》与萨特的存在主义三原则

《死无葬身之地》是萨特式"境遇剧"的代表作之一。该剧剧情并不复杂，但对精神世界的揭示却相当深邃：第二次世界大战时期五个法国游击队员被法西斯暴徒抓住，暴徒威逼他们说出游击队长若望的下落，五个人在暴徒的严刑拷打面前作出了五种不同的选择，显示了各自不同的精神本质。有的无所畏惧，视死如归，如卡诺里斯；有的鬼哭狼嚎，但也拒不吐出口供，如昂利；有的害怕自己挺不住拷问，不等敌人用刑先就跳楼自杀了，如索埃比尔；其中还有两姐弟，姐姐吕丝察觉弟弟弗朗索瓦有可能招供，竟然默许他人在自己的眼前掐死了自己还未成年的弟弟。这五个人最后全部死去。

"形象大于思想"，很多文学作品的思想意义都可以作出不同的解读。这个戏剧的主题就至少可以作出两个方向上的阐释：一个方向是社会历史批评的阐释："表现并赞扬了第二次世界大战时期法国反侵略战士与法西斯暴徒拼死抗争的爱国主义精神和英雄主义气概。"这个方向上的阐释几乎可以与剧情和时代背景无间吻合。另一个方向就是存在主义批评的阐释：就萨特的主观创作意图来说，他的艺术构思和艺术命意的首要关注，其实还是设置一个隐伏着尖锐激烈的矛盾冲突的特定境遇，通过人物在这样的境遇中的选择与作为，来表达自己的存在主义思想。前述的萨特存在主义三原则在这个戏剧中都体现出来了。

第一，"存在先于本质"。先有五个游击队员作为囚徒的存在，然后才表现出他们各自的精神本质，坚强的、动摇的、忍辱负重的、贪生的、既贪生也不怕死的，等等。如果没有他们作为囚徒而面临严刑拷问和死亡威胁的"境遇"，也即"存在"，那么五个人都只是游击队员，身份相同；都是反法西斯的，精神本质也相同，仅此而已，不会显示出深层本质的区别。这里有必要特别说明的是：被掐死的那个少年弗朗索瓦，在本质上还不是"叛徒"，还是反法西斯的小游击队员。因为，在他的生命存在过程中，毕竟没有出现叛变招供的事实（存在），因此非但不能称他为叛徒，甚至还可以看成是为掩护队长而献身的小同志。而且还有另一种可能，当他真正进了刑讯室，置身于那种特定的"当下境遇"中，有可能突然变得非常英勇。所以，关于"存在先于本质"的意思，还可以借中国人常说的"盖棺论定"去理解，一个人的本质是一个"盖棺"才能"论定"的问题，不是一个存在境遇中的一次自由选择就能判明的。就显现本质而言，人永远是处在开放的、面向未来的无限可能性当中，直至生命的最后一息。萨特将剧中的五个人都推向了"死无葬身之地"的结局，某种意义上说，就是认为，只有在这样的"存在"中，才能显示出他们各自最核心的精神本质来，也才能"论定"他们的精神本质。

第二，"人人都是生而自由的，人人都可以进行自由选择"。五个游击队员都落入暴徒之手，沦为了囚徒。然而，即使成了失去外部自由的囚徒，面临严刑和极刑的威胁，仍然可以按照自己的意志作出极度自由的选择。自由到了什么程度呢？自由得可以操纵自己和他人的生杀予夺大权：害怕自己会挺不住严刑拷问的索埃比尔，不等敌人用刑就先跳楼自杀了——暴徒第二次审讯他时，他一进刑讯室就骗敌人松了绑，然后跳到窗台上，高喊"我胜利了"，

纵身跳楼而死；那个15岁的少年弗朗索瓦则扬言自己不等用刑就要招供，结果被昂利堵在墙角里掐死。身为囚徒，面对死亡的威胁，这无疑是最不自由的境遇了，但你仍然可以选择死的方式和对待死亡的态度，甚至仍然可以掌握自己和他人的生杀予夺大权。然而，必须切记，自由选择是要担当相应的责任的，这种责任没有任何人可以代你承担。仍以少年弗朗索瓦为例，他本来不知道队长若望的下落，在招供还是不招供的问题上尚无自由选择可言；但后来由于队长也被投进了同一间牢房，只是敌人还没弄清其身份，弗朗索瓦就面临可以选择的境遇，并有了自主选择的自由，于是扬言一进刑讯室就马上招供，于是被昂利掐死。在这里，他的"被掐死"的悲剧结局就是他的"欲招供"的"自由选择"必然要承担的责任。这份责任，没有任何人可以代他承担，甚至没有任何人可以同他分担，即使是他的同胞姐姐，也只能忍受巨大的悲痛，让他在自己的眼前死去。在这里，萨特用极端的方式、残酷的情景，揭示了"自由"与"责任"之间"不容分说"的关系。并以此警示世人：与"自由选择"相伴的，并不一定是轻松愉快，而往往是严峻的担当。

第三，"世界是荒谬的，人生是痛苦的"。这一点在该剧中也表现得相当深刻，令人触目惊心。在该剧的前半段，严刑拷问与严守秘密的双方的行为，从客观效应而言，可以说都是荒谬的：那几个游击队员其实并不十分确切地知道队长的下落；而敌人其实也已经抓住了队长若望，只是没有弄清其身份。双方的冲突，以"功利"衡之，实构成一种极端的荒谬。还有，在戏剧的最后一幕，昂利想用假招供换取一条生路，结果导致剩下的三个人全部被枪毙——此时五人只剩下三人了，一个已跳楼自杀，一个已被掐死。这都是表明世界荒谬、人生痛苦的。而姐姐吕丝默许别人在自己眼前掐死自己的同胞弟弟，这无疑是无以复加的人生痛苦，也无比痛切地揭示出世界的荒谬——人世间竟然还会发生此等惨剧！还有一个情节也把"荒谬"和"痛苦"糅合到了一起。那个假招供的主意本来是队长若望授意的：在戏剧的第三幕，若望也被投进了同一间牢房，但后来暴徒又把他当普通老百姓释放了；他被释放前授意昂利等人编造假情报换取生路，供出自己藏身在某个山洞里，他知道那里有一具在遭遇战中被打死的游击队员的尸体，他一获释就可以赶去将那具尸体伪装成自己。此策若就若望单方面的"人算"而言，亦可谓天衣无缝了。结果事与愿违。昂利照他的授意行事，暴徒则看情报到手，就把三个已经没有利用价值的囚徒全部枪毙了。对队长若望而言，这无疑是极端荒谬而又极端痛苦的事情，他的动机本来是想为自己的队员开一条生路，结果反把他们引向了死地。主观意图与客观效果适得其反，他的这个主意成了他终生的伤痛，而且他必须独自承担自己的行为所造成的恶果，没有任何人可以分担他的痛苦，甚至没有任何对象可以容他倾诉这份痛苦。如果把若望的"主意"看成他的一次"自由选择"，则于此亦可看到"自由选择"与"责任担当"的"不容分说"和无比严峻。

在这个戏剧中，萨特将自己的存在主义思想，通过活生生的"存在境遇"，真正是赤裸裸地表现出来了。从这个境遇剧，我们也可以看到，萨特的自由选择理论其实并没有排除正面的、具有积极意义的价值导向。他"心目中"所肯定、所赞赏的个人本质与自由选择，是与人类对于真善美的终极关怀有着一致取向的。该剧之所以能用社会历史批评方法或者毋宁说马克思主义批评方法非常贴切地解读出"表现和赞扬爱国主义精神与英雄主义气概"的主题，并非偶合。与此相关，萨特在该剧中还作了一个特殊的思考，即人的自由选择除了表现自己纯粹的主体精神本质之外，其实也还寻求与他人命运相关的高尚意义。出于此种构思，剧中设置了两个既是对比也是递进的"境遇"，即队长若望被投进牢房之前和之后的两个场景。那个跳楼而死的队员索埃比尔在队长若望被投进牢房以前，已经接受过一次刑讯，当时他其实不很清楚队长的下落，用决不招供的姿态挺了过来，显示了自己的坚强，但同时也感到受刑无比痛苦，还不如死去，暗暗做了在下一次刑讯时设法自杀的打算。因此，当队长若望被暴徒不明身份地抓起来投进牢房时，他喜出望外地喊出来："我的运气来了！我的运气来了！"为何看到队长被抓起来他还喜出望外地认为是自己的"运气"来了呢？他后来在第二次受审时跳楼自杀的行为表明，他的所谓"运气"的潜意思是：我的自杀就不光是自己懦弱，挺不住酷刑，而是有一个为掩护队长而献身的意义了。于是，第二次被带进刑讯室时，他不等用刑就骗得敌人松了绑，跳上窗台，高呼"我胜利了！我胜利了！"然后纵身跳楼而死。这样的"死"，便获得了与他人的命运密切相关、为他人换取"生"的高尚意义，便是"重如泰山"了。这便是索埃比尔喜出望外的"运气"。由此可见，萨特的"自由选择"说，虽然没有在理论话语上作出明确的价值导向，但是，在他的心目中，或者说在他的整个"语义场"中，还是包含有高尚的价值追求的。

二、《恶心》与存在主义的"情绪体悟"

如前所述，"情绪体悟"是存在主义哲学中一个重要的"关键词"，其地位几乎可以与本体论意义上的"存在"平起平坐。萨特的小说《恶心》最便于我们引以解说存在主义的"情绪体悟"。《恶心》被称为"萨特的哲学—文学宣言"[1]，是一部用第一人称写成的日记体小说。主人公洛根丁即"我"是个历史学家，曾经在印度支那生活过 6 年，感到厌倦无聊，于是回到法国，到希维勒城收集资料，打算写一个 18 世纪的冒险家的传记。但是整个小说的内容没有围绕这个"写书"的目的去构思完整动人的故事情节，而是描写主人公漫无目的地在街道、公园、酒店、咖啡馆的游逛，无聊至极地与淫荡的老板娘、流氓成性的学者、萍水相逢的军官等形形色色的人厮混，在这样的境遇中他产生了种种冷漠、孤独、怪异、病态、荒谬的情绪，这种种情绪可以一言以蔽之曰"恶心"。他周围与他发生感官联系的一切，男人、女人、街灯、广告，自己手中的"叉子"，"大概沾上了污粪的"却看起来很"华贵"的纸片，别人伸过来让他握的像"肥大的虫子"的"白手"，出现在镜子里的连猴子也不如、简直像腔肠动物的自己那张丑脸，喝啤酒时的感觉，与女人做爱时的感觉，乃至在海边打水漂时的感觉，无不令他"恶心"，他只要意识到"存在"，就不由自主地"恶心"，想要呕吐："……我没有形成明确的语言，但是我明白自己已经找到了存在的关键、我的恶心及我自己的生命的关键。……其实任何必然的存在都无法解释存在。……这个公园，这座城市，我自己。当你意识到这一点时，你感到恶心，于是一切都漂浮起来……"作为"萨特的哲学—文学宣言"，《恶心》集中、具体、多面、直接地彰显了"人"对"世界"的"情绪性体悟"，在平庸而陌生、新鲜而丑陋的场面中，通过主人公的"情绪"——恶心感、呕吐感，也即海德格尔所言说的"烦"，凸现出"人生"与"世界"的荒谬、痛苦本质，也即"人""被抛入"的那个"自在的存在"中的价值虚无、意义缺席的本质。与此同时，小说也暗示出"价值"和"意义"要靠"自为的存在"（即"人"）的"选择"去探求和创造的终极关怀。小说最后，"我"终于决定离开那座浑浑噩噩的城市，朦胧地希望自己的生活会有一个新的开始。这正是萨特对此种终极关怀的暗示。前述萨特的存在主义有三项基本原则，《恶心》的主旨是阐明其中的"人生是痛苦的，世界是荒谬的"这项原则的。不

---

① 黄颂杰、吴晓明：《萨特其人及其"人学"》，第 20 页，上海：复旦大学出版社，1986 年。

难看到，这项原则就是通过描写主人公的"情绪体悟"去加以阐明的。此外，萨特在其小说《墙》中极力描写那三个随时都有可能被法西斯暴徒处决的囚徒面对"死亡"时的种种心理性与生理性兼有的"恶心"反应，在其戏剧《苍蝇》中写古希腊英雄俄瑞斯忒斯在是惩处淫荡的母亲为父复仇还是隐忍父亲和自己的耻辱而不伤害母亲的两难选择中的痛苦与困惑——这里的任一选项也都是令人"恶心"的。诸如此类的作品中，都体现了萨特欲以文学方式来阐明存在主义"情绪体悟"的艺术命意。

三、《哈姆雷特》与"存在主义英雄"

文艺复兴时期的莎士比亚关于"人"与"世界"的很多思考与20世纪的存在主义者息息相通，其悲剧代表作《哈姆雷特》就是通过哈姆雷特的"境遇"和"作为"表现他怎样与荒诞世界奋起抗争，在痛苦的人生和不断的选择中奋力追寻自身存在的价值与意义。可以说，莎士比亚悲剧中的人文主义巨人哈姆雷特同时也是萨特境遇剧《苍蝇》中俄瑞斯忒斯式的"存在主义英雄"。

一般认为，丹麦王子哈姆雷特的性格和命运经历了三个阶段的发展变化：从"快乐王子"到"忧郁王子"再到"复仇王子"。以存在主义的观点视之，这是哈姆雷特在不同的"存在境遇"中显示出了不同的"精神本质"。他早年在人文主义中心威登堡大学读书，春风得意，年轻有为，是"朝臣的眼睛、学者的辩舌、军人的利剑、国家所瞩望的一朵娇花；时流的明镜、人伦的雅范、举世瞩目的中心"；他有贤明的父王、高贵的母后、忠诚的朋友霍拉旭、美丽的情人奥菲利娅。此时的丹麦王子无忧无虑，在他眼中，世界是和谐的，人与人之间充满爱和友谊，未来必将更加美好，故其精神本质与"情绪体悟"可用"快乐王子"概之。然而，晴天霹雳，灾祸接踵而至：父王暴卒，死因蹊跷；母后"送葬的时候所穿的那双鞋子还没有破旧"，就"迫不及待地钻进了乱伦的衾被"，下嫁给本来是小叔子的克劳狄斯，以致"殡葬的挽歌和结婚的笙乐同时并奏"；克劳狄斯不仅乱伦娶嫂，还篡夺了本来应由哈姆雷特继承的王位。这一切给尚不知"忧患"为何物的哈姆雷特以沉重的打击。克劳狄斯笼络群臣，贪欢纵欲，王宫内经常作通宵的醉舞；朝臣们争相向新王取宠邀恩；国内动荡不安，民怨沸腾；邻国虎视眈眈，不断制造边境骚乱。丑恶而荒诞的现实粉碎了哈姆雷特的理想，他一变而为"忧郁王子"。他眼中的世界骤然间面目全非，以前"负载万物的大地"，现在变成"不毛的荒岬"；以前"覆盖众生的苍穹，这一顶壮丽的帐幕"，也变成"一大堆污浊瘴气的聚合"；作为"宇宙的精华，万物的灵长"的人，也不过是微不足道的"泥土塑成的生命"。人世间成了"一个荒芜不治的花园，长满了恶毒的莠草"。父王的鬼魂显现，向哈姆雷特揭发了奸王弑兄篡位的罪行，嘱王子为其复仇。这又给哈姆雷特以巨大的打击，他深陷于忧郁、痛苦、迷惘、孤独之中。经"戏中戏"的证实，哈姆雷特终于察知并可以断定全部丑恶和罪恶的渊薮就是叔父克劳狄斯，于是由"忧郁王子"再变而为"复仇王子"，立志为父复仇。但他深感自己力不从心，陷入了理念上的悖论黑洞，发出慨叹："这是一个颠倒混乱的世界，唉，倒霉的我却要负起重整乾坤的责任。"此后哈姆雷特几乎精神分裂：是以血还血履行子报父仇的封建义务，还是守护人文主义的仁爱、和谐原则，守护住作为人伦雅范的"自我"以重整乾坤，就在哈姆雷特的内心深处展开了剧烈的冲突。而他精神本质的不同侧面：果决、迟疑，热情、冷漠，明智、迷惘，无畏、软弱……便轮番在他身上显现。既要手刃仇敌为父复仇，又想不践踏仁爱和谐的信仰：莎士比亚始终将他的主人公置于"做什么"明确而"怎么做"却无比困惑的"存在境遇"之中，观众看到的也是一个陷于悖论的黑洞中人格分裂的哈姆雷特。直到"比剑"一场戏，哈姆雷特才在忍无可忍、全凭本能、毫无计划、纯属偶然，一言以概之——"理性缺席"的情况下，夺过雷阿替斯手中的毒剑，刺死了奸王。这使人格分裂的哈姆雷特最终显现出了自己完满的精神本质：既践履了为父复仇的承诺也没有在自己的理性行为中损毁人文主义者的信仰根基，"人格的忠诚"与"人道的正义"终于在哈姆雷特的临终一搏中实现了统一，他生命的最后一道光彩里"绽现"出了他高贵的精神本质。

剧中大量表现了哈姆雷特"被抛入"荒诞世界中的存在主义式"情绪体悟"。说哈姆雷特形象可以分出快乐王子、忧郁王子、复仇王子三个阶段，其实与剧中的当下情景并不相符，所谓"快乐王子"的阶段在剧中并没有正面表现出来。大幕一拉开，莎士比亚让观众看到的就是一个"忧郁王子"：他陷入一连串莫名其妙的飞来横祸之中，忧郁、烦恼、苦闷、哀伤不已。这样的艺术构思，恰与海德格尔对人的命运和人生本质所作的形而上描述遥相呼应：人是无端地"被抛入"世界之中的，而世界给人的感受也即人生本质就是一个"烦"字。剧中，哈姆雷特就是"被"莎士比亚有意"抛入"一个荒诞、痛苦的世界，让他去"体悟"海德格尔说的"烦"或者萨特说的"恶心"。哈姆雷特出场的第一个场景就是刚刚办完父王丧事以后的宫内会议，他的第一句台词就是影射叔父克劳狄斯的"旁白"："超乎寻常的亲族，漠不相干的路人。"克劳狄斯问他："为什么愁云依旧笼罩在你的身上？"他答以调侃："不，陛下，我已经在太阳里晒得太久了。"王后劝他："好哈姆雷特，抛开你阴郁的神气吧，""你为什么瞧上去老是这样郁郁于心呢？"他回答："我不知道什么'好像'不'好像'……一切仪式、外表和忧伤的流露，都不能表示出我的真实的情绪。……它们不过是悲哀的装饰和衣服；可是，我的郁结的心事是无法表现出来的。"哈姆雷特周围的一切"存在"：父王骤死，母后改嫁，鬼魂的揭发，叔父的伪善——那种唯有自己心知而其他人都被蒙蔽的伪善，同学也变成奸王的帮凶，恋人也成了被对手利用的工具。这一切犹如天罗地网"罩"住了他，他无法摆脱，又无可奈何，于是一齐转化为他的"忧郁"、"烦"、"恶心"。莎士比亚用"愁云依旧笼罩"、"阴郁的神气"、"郁郁于心"、"郁结的心事"来多方位描述哈姆雷特自称的"我的真实的情绪"。正是此种"情绪"导致他假装疯狂，用嬉笑怒骂的"疯话"来宣泄——只有在这种非正常状态下才能宣泄——自己对周围世界的陌生感、恐惧感、厌恶感、荒诞感："上帝啊！上帝啊！人世间的一切在我看来是多么可厌、陈腐、乏味、无聊！哼！哼！"忧郁王子哈姆雷特对他周围世界的"情绪体悟"，仿佛就是莎士比亚为海德格尔和萨特的人生本质观做了最精确、最深刻也最生动的图解和注释。

剧中也大量表现了哈姆雷特的"自由选择"以及选择的艰难和相应的自我担当。哈姆雷特与克劳狄斯之间的斗争，其具体的戏剧动作是复仇与反复仇、谋杀与反谋杀的斗争；但从形而上的终极关怀来说，实为围绕"价值"与"意义"而展开的斗争，是"遮蔽"、"滞塞"真理与"解蔽"、"守护"真理的剧烈冲突。克劳狄斯的毒辣阴险狡诈都是集中于一个目标：剥夺哈姆雷特其人的存在价值和存在意义。而哈姆雷特则发动自己的智勇仁义，哪怕以生命为代价也要将其守护住、将其夺回来。哈姆雷特听到父王鬼魂的揭发以后，就开始了他积极主动的"自由选择"：假装疯狂以窥测隐情；构想"戏中戏"以证实鬼魂的揭发；克劳狄斯祈祷时放弃主动复仇机会以免用自己的刀送仇敌的灵魂进天堂；赴英国的途中掉换国书躲过对手的借刀杀人之计；跳上海盗船回到丹麦再寻机复仇……可以说，莎士比亚就是用哈姆雷特围绕"怎么办"而发生的一个接一个的紧张选择将戏剧冲突一步步推向高潮。哈姆雷特的"自由选择"

与"自我担当"是紧密结合在一起的，唯有最后刺杀奸王的行为，是一个"当下性"、"偶然性"、"突发性"的戏剧动作，不是哈姆雷特基于理性的自由选择。有人认为这是莎士比亚草草收兵，殊不知这正是神来之笔，唯有如此，"复仇王子"与"人文主义巨人"这二者才能形神完满地统一于哈姆雷特一身，在"盖棺论定"的意义上显示出其足以将忠诚与高贵合而为一的精神本质。但这一"本质"，必须要有哈姆雷特一系列"自由选择"的铺垫才能澄明起来。哈姆雷特的自由选择，一方面如上所述是积极主动的，另一方面，因其与"责任"不可分说，与"重整乾坤"密切相关，也是极其艰难、极其痛苦的。后者是莎士比亚用力更勤之所在。他让哈姆雷特围绕"怎么办"的问题上穷碧落下黄泉，对"存在"的本质与人生的价值做了几乎具有本体论意义的究问，在刻画思想巨人形象的同时，也彰显出"自由选择"的艰难、痛苦。剧中哈姆雷特有六处长篇独白，其实都是他遨游于形而上的"高空"，而为自己的"现实性"、"当下性"行为寻找方位。最著名的就是那段"生存还是毁灭"（To be, or not to be. 按：另可译为"生还是死"，"'存在'还是放弃'存在'"）的独白："生存还是毁灭，这是一个值得考虑的问题；默然忍受命运的暴虐的毒箭，或是挺身反抗人世的无涯的苦难，通过斗争把它们扫清，这两种行为，哪一种更高贵？""谁愿意忍受人世的鞭挞和讥嘲、压迫者的凌辱、傲慢者的冷眼、被轻蔑的爱情的惨痛、法律的迁延、官吏的横暴和费尽辛勤所换来的小人的鄙视，要是他只要用一柄小小的刀子，就可以清算他自己的一生？""谁愿意负着这样的重担，在烦劳的生命的压迫下呻吟流汗，倘不是因为惧怕不可知的死后，惧怕那从来不曾有一个旅人回来过的神秘之国，是它迷惑了我们的意志，使我们宁愿忍受目前的折磨，不敢向我们所不知道的痛苦飞去？"这样的内心独白，实际上是哈姆雷特对自身的存在价值、存在意义进行紧张的探索和抉择。结论是，他不能放弃"存在"，他要在正义与光明相统一的前提下复仇。但这是他的理性力量所无法达到的高度，事实上他也深知找不到这样一条道路。这决定了他为父复仇之举最终只能在"理性缺席"的特殊境遇下完成。他刺杀克劳狄斯以及此前误杀波乐纽斯的动作，都是在"促不及防"、"出乎意料"的"境遇"中"怒不可遏"、"一时性起"的当下行为，与他的"深思熟虑"脱节，由此可见莎士比亚塑造这位人文主义复仇王子的良苦用心。"自由选择"同时要求勇于担当，哈姆雷特自始至终孤军奋斗，这正是他勇于担当的表现。作为崇信仁爱与和谐的人文主义者，他对于用流血的方式去履行封建主义的子报父仇义务，似乎有一种本能的反感。因此，对唯一的朋友霍拉旭，他也只想让其成为"知情者"，而不愿让其成为"参与者"，就是说，不愿让他这位人文主义朋友的令名受到玷污。临死前，哈姆雷特再三叮嘱霍拉旭："请你把我的行事的始末根由昭告世人，解除他们的疑惑"，"要是世人不明白这一切事情的真相，我的名誉将要永远蒙受着怎样的创伤"。这个临终嘱托，凝合起了哈姆雷特的自由选择与自我担当；而他"行事的始末根由"则充分表明，他这个人文主义巨人同时也可以说是存在主义英雄。

第四节　解读范例介绍

一、萨特对加缪《局外人》的评论

［法］萨特：《〈局外人〉的诠释》，《萨特文集（7）·文论卷》，北京：人民文学出版社，2000 年版。

　　《〈局外人〉的诠释》是萨特众多文学批评文章中最著名的一篇，原文很长，其中涉及的文学史、文学理论、文学批评的内容都很多很广，以下是比较集中地诠释《局外人》的主旨和人物特征的几个段落，其要义是：第一，萨特用存在主义的"荒诞"本质观去诠释《局外人》中展现的"世界"与"人生"的本质。第二，萨特认为《局外人》将"荒诞"寓于主人公的"情绪体悟"中，作为"概念"的"荒诞"是依赖于作为"情绪"的"荒诞感"而发生而存在的。第三，萨特认为"对于荒诞也有一种激情"，"荒诞的人在反抗中确立自身"，"荒诞性是荒诞小说的唯一主题"，但是"它却不是一种宣传主张的小说"；《局外人》虽然展示了荒诞的图景但并不是要人无可奈何地接受荒诞、认同荒诞，"人"应该在抗拒荒诞的行为中寻找自己认定的价值和意义。当然，《局外人》中主人公的这类"抗拒"行为还没有体现正面的价值和意义。第四，萨特采用了将加缪的著名论文《西绪福斯神话》与其《局外人》"对读"的思路来阐述自己对这部作品的理解，是一种将自己的思想与加缪的论著、作品"三合一"的诠释方式。

　　像很多存在主义文学作品一样，《局外人》的故事情节并不复杂。主人公默尔索对周围世界很"烦"也很冷漠，其意识、行为都具有随机而发的"当下性"：母亲去世，他不悲伤；与女友约会，他不欣喜；由于"阳光"的刺激而莫名其妙卷入街头斗殴并且杀死了人，他不害怕不惊慌；置身于法庭，他却感到挨审的不是自己而是另外一个人；结果被判处死刑，他也无所谓；乃至临刑之际还自称："过去曾是幸福的，现在仍是幸福的。"所以他被称为"局外人"，即包括自己在内的世界的旁观者。以下为萨特长文中主要的相关段落：

　　加缪先生的《局外人》一出版就大享鸿运，众口交誉说这是"停战"以来最好的书。……这部小说的含义不甚分明：这个人物在他母亲去世的第二天就去游泳，就开始搞不正当的关系，就去看滑稽影片开怀大笑，他"由于阳光"就杀死一个阿拉伯人，在被处死的前夕声称自己"过去曾是幸福的，现在仍是幸福的"，还希望在断头台四周有很多观众对他"报以仇恨的喊叫声"。应该怎样理解这个人才好呢？有人说"这是个傻蛋，是条可怜虫"；另一些人更有见地，说"这是个无辜者"。不过还需要弄清这一无辜的意义。

　　加缪先生在几个月后问世的《西绪福斯神话》里为我们提供了他对自己的作品的确切评价：他的主人公不好不坏，既不道德也不伤风败俗。这些范畴对他都不适用：他属于一种特殊类型的人，作者名之曰"荒诞"。但是这个词在加缪笔下有两个大不相同的含义：荒诞既是一种事实状态，也是某些人对这一状态的清醒意识。一个人从根本上的荒诞性毫不留情地引出必然导致的结论，这个人便是荒诞的。这里发生与人们把跳摇摆舞的年轻人叫做"摇摆舞"一样的词义转移。荒诞作为事实状态，作为原始依据到底是什么东西呢？无非是人与世界的关系。最初的荒诞首先显示一种脱节现象：人对统一性的渴望与精神和自然不可克服的两元性相脱节；人对永生的憧憬与他的生命的有限性相脱节；人的本质是"关注"，但他的努力全属徒劳，这又是脱节。死亡，真理与万汇不可消除的多元性，现实世界的不可理解性、偶然性：凡此种种都是荒诞的集中体现。老实说，这些主题并不新鲜，加缪先生也没有把它们照搬过来。……

　　但是加缪先生想必乐于听任我们这么说。他以为他的独特之处在于把自己的思想发挥到极点：确实如此，他的志向不是收集悲观主义的格言。如果人们把人和世界分开来看，荒诞既不在人身上，也不在世界上；然而，因为人的本质特性是他"存在于世界上"，荒诞到头来就与人的状况结为一体。所以荒诞首先不是某个简单概念的对象，是一种令人黯然神伤的顿悟作用向人披露了荒诞。"起床，电车，四小时办公室或工厂里的工作，吃饭，电车。四小时的工作，吃饭，睡觉，星期一二三四五六，总是一个节奏……"（加缪《西绪福斯神话》）然后突然间"布景倒塌了"，我们达到一种不抱任何希望的清醒感。这个时候，如果我们能拒绝宗教或者人生哲学的欺骗性援助，我们就掌握了几项明显事实：世界是一片混乱，一种"从混沌产生的绝妙的一体同仁"；——既然人必有一死，所以没有明天。"在一个被剥夺了幻觉和光明的宇宙中，人就感到自己是个局外人。这种放逐无可挽救，因为人被剥夺了对故乡的回忆和对乐土的希望。"因为人确实不就是世界："假如我是树中的一棵树……这人生可能会有一种意义，或者更确切地说，这个问题可能没有意义，因为这样的话我就成了这个世界的一部分。我就成了这个世界，而现在我却以我的全部意识来和这个世界相对立。"（加缪《西绪福斯神话》）我们这部小说的标题已在此得到部分说明：局外人就是面对着世界的人；……局外人也是人中间的人。"人们会把自己以前爱过的女人当做陌生人。"（加缪《西绪福斯神话》）最后，我自己对我自己而言也是局外人，即自然的人对于精神而言是局外人："某些时候在镜子里朝我们走来的陌生人。"

不仅如此：对于荒诞也有一种激情。荒诞的人不会去自杀：他要活下去，但不放弃自己的任何信念，他没有明天，不抱希望，不存幻想，也不逆来顺受。荒诞的人在反抗中确立自身。他满怀激情注视着死亡，死亡的眩惑使他得到解脱：他体验到死囚的"奇妙的不负责任感"。一切都是允许的，既然上帝不存在而人正在死去。一切经验都是等值的，需要做的仅是取得尽可能多的经验。"现时与一连串相互递嬗的现时面对一个始终觉醒的灵魂，这就是荒诞的人的理想。"（加缪《西绪福斯神话》）面对这一"数量伦理学"，一切价值都倒塌了；荒诞的人被抛到这个世界上，他反抗，他不负责任，用不着"作任何辩解"。……他生活在与他不相干的人们中间，对于他们他同样置身局外。正因为这一点，有些人才爱他。如他的情妇玛丽喜欢他是"因为他古怪"；另一些人由于这一点而讨厌他，如法庭上的旁听者，他突然感到他们的仇恨向他袭来。我们自己，当我们打开这本书的时候也还不习惯荒诞感，我们徒然根据我们习惯的标准去评判他，对于我们他也是一个局外人。

你打开书本读到这一段："我想好歹又过了一个星期天，妈妈已经安葬了，我又该上班了，总之，没有任何变化"，你会感到一种反感，其原因正在于此。这一效果是有意追求的：这是你与荒诞初次相遇的结果。但是你想必希望，只要继续下去，你的不安就会消失，一切都会逐渐明朗，有理可循，得到解释。然而你失望了：《局外人》不是一本提供证明的书。加缪先生仅作提示，他无心去证实本质上无法证实的东西。《西绪福斯神话》告诉我们应该以什么方式看待作者的这部小说。我们果真在《西绪福斯神话》里找到荒诞小说的理论。虽然人的状况的荒诞性是荒诞小说的唯一主题，它却不是一种宣传主张的小说……

以上分析大致指明了我们应以何种方式看待《局外人》的主人公。……甚至对于熟悉荒诞理论的读者来说，局外人的主人公默尔索仍然不易捉摸。当然，我们确信他是荒诞的，而且知道他的性格的主要特征是毫不容情的清醒。此外，在不止一处，他被作者用来集中图解《西绪福斯神话》里提出的论点。譬如加缪先生在后一本书（按：即《西绪福斯神话》）里写道："男人更多地不是通过他说的话，而是他闭口不语的事情体现他的丈夫气概。"默尔索便是这种雄健的沉默，这种拒绝说空话的态度的典范："问他是否注意到我是个缄默孤僻的人，他承认我不说废话。"正好，上面两行，同一位对被告有利的证人宣称默尔索"是个男子汉"。"问他这是什么意思，他说谁都知道那是什么意思。"加缪先生还在《西绪福斯神话》里长篇大论阐述爱情问题："我们只是在参照一种来自书本和传说的一种集体的看待事物的方式时，才把那种把我们与某些人联系在一起的东西叫做爱情。"相应地，我们在《局外人》中读到："她想知道我是否爱她。我说我已经说过一次了，这种话毫无意义。"从这个角度看，法庭里和读者头脑中围绕"默尔索是否爱过他的母亲"这个问题展开的辩论是双重荒诞的。首先，律师说得好："说来说去，他被控埋了母亲还是被控杀了人？"更主要的是"爱"这个词没有意思。默尔索把母亲送进养老院必定是因为他没有钱，也因为他们彼此无话可说。他不经常去探望她，想必是"因为来看她就得占用星期天，还不算赶汽车、买车票、坐两小时的车所费的力气"。但是这一切又意味着什么呢？他不是只顾眼前，只听从自己眼前的情绪吗？人们称之为感情的东西不过是由不连贯的印象组成的抽象整体和它们表示的意义。……于是我们看到，不应该忽视默尔索性格中"理论性"的方面。因此他的许多经历之所以发生主要是借以强调根本的荒诞性的这一或那一面貌。……

然而不应该把《局外人》看作一部纯粹无所为而为的作品。我们说过，加缪先生区分了荒诞的"感觉"和荒诞的"概念"。他曾写道："像伟大的作品一样，深刻的感情总是包含着比它有意识表达的更多的意义。……伟大的感情到处都带着自己的宇宙，辉煌的或悲惨的宇宙。"（加缪《西绪福斯神话》）下文不远他又补充说："然而荒诞感并不就是荒诞的概念。荒诞感确立荒诞的概念，如此而已。前者不能概括为后者……"我们可以说《西绪福斯神话》旨在提供这个概念，而《局外人》企图启发我们产生这个感觉。两部作品的发表次序似乎证实了这个假设：先发表《局外人》，不容分说把我们投入荒诞的"氛围"；论著后出版，照亮了这片景色。

二、海德格尔用其存在主义的艺术真理观解读"壶"与"农鞋"

参见［德］海德格尔：《物》，见《海德格尔选集》（下），上海：三联书店，1996年；《艺术作品的本源》，见《林中路》，孙周兴译，上海：上海译文出版社，2004年。

海德格尔的诗学思考是圆融的，有循环阐释的特征。下面的两则范例既可以说是他用自己的艺术观去解读艺术作品，也可以说是他用艺术作品来阐释自己的艺术观。如前所述，海德格尔的艺术真理观认为"艺术即真理自行置入作品"，这个真理就是"存在的真理"，也即作品以自己的方式建构起来、使之彰显的一个完满澄明的世界，这个世界中有"天、地、神、人"四者出场，艺术世界实为一个"天、地、神、人""四大"交光互影的"四重世界"。以下关于"壶"的解读是对海德格尔原文的精简和略加生发的改写，关于"农鞋"的解读则是原文中相关主要段落的节录。

海德格尔在其论文《物》中，以"壶"为例，对"天、地、神、人""四大"的性状、表征、关系、作用做过既具体又亲近的解说："壶"是作为容器的"存在"，它不仅是陶匠用泥土塑成的东西，而且是作为"起容纳作用"的"虚空"而"自在"，又在"人"倒水（即人的"倾注"行为，既指"注入"，也指"倒出"）的过程中展示出自己完满的"存在"。"壶之虚空通过保持它所承受的东西而起容纳作用。……但对倾注的承受和对倾注的保持，是共属一体的。""承受"与"保持"的统一是由"倾注"来决定的，壶之为壶就取决于这种倾注。"倾注"是人的意识行为，它使"人"与"壶"构成一体的生命"存在"。"倾注"在这里又是"去蔽"，因为它彰显了"容纳"，使"壶"是其所是。"倾注"还是"馈赠"，它给出水、给出酒供人或神饮用。于是一"壶"之中，"四大"交光互影，"世界"完满、澄明起来——"在赠品之水中有泉。在泉中有岩石。在岩石中有大地的浑然蛰伏。大地承受着天空的雨露。在泉水中天空与大地联姻。在酒中也有这种联姻。酒由果实酿成。果实由大地的滋养与天空的阳光所玉成。在水之赠品中，在酒之赠品中栖留着天空与大地。但是，倾注之赠品乃壶之壶性。故在壶之本质中，总栖留着天空和大地"①。而且，倾注之赠品常用于祭神，是奉献给诸神的祭酒，其中"逗留"着诸神，当然也"逗留着大地和天空"。由此可见，在倾注之赠品中，同时栖留着"天"、"地"、"神"、"人"。这四者会通、归属为一个整体，这个"整体"就是一个完满澄明的世界。而"壶"对此"四大"的聚合功能，就显示了"壶"是其所是的"存在"。固然，这里的"壶"还是"物"，或者说，还不一定是艺术品，但是，艺术品"是对物的普遍本质的显现"，"艺术作品以自己的方式敞开了存在者的存在"。因此，不论是作为"物"的"壶"还是转化成为艺术、艺术品后的"壶"，都负荷着这种"存在"的"真理"，彰显出了一个澄明而完满的世界。

海德格尔运用他关于艺术真理的诗性沉思对一些图像单纯而元气充沛的艺术作品做过解说，比"壶"更著名的例子是其《艺术作品的本源》中对凡·高的油画《农鞋》所做的解说。这个解说，表面上是探讨物性、器具与艺术作品三者的关系，并用以解说他关于"世界"与"大地""在冲突的亲密中统一"的理论。但其实也是潜在地围绕"天、地、神、人"四重世界在艺术作品中交光互影的运思而展开的：

器具，比如鞋吧，作为完成了的器具，也像纯然物那样，是自持的；但它并不像花岗岩石块那样具有那种自生性。另一方面，器具也显示出一种与艺术作品的亲缘关系，因为器具也出自人的手工。而艺术作品由于其自足的在场却又堪与自身构形的不受任何压迫的纯然物相比较。尽管如此，我们并不把作品归入纯然物一类。我们周围的用具毫无例外地是最切近和本真的物。于是，器具既是物，因为它被有用性所规定，但又不止是物；器具同时又是艺术作品，但又要逊色于艺术作品，因为它没有艺术作品的自足性。假如允许作一种计算性排列的话，我们可以说，器具在物与作品之间有一种独特的中间地位。

作为例子，我们选择一个常见的器具：一双农鞋。对它作描绘，我们甚至无需展示这样一种用具的实物，人人都知道它。但由于在这里事关一种直接描绘，所以最好是为直观认识提供点方便。……为此，我们选择了凡·高的一幅著名油画。凡·高多次画过这种鞋具。但鞋具有什么看头呢？人人都知道鞋是什么东西。如果不是木鞋或者树皮鞋的话，我们在鞋上就可以看到用麻线和钉子连在一起的牛皮鞋底和鞋帮。这种器具是用来裹脚的。鞋或用于田间劳动，或用于翩翩起舞，根据不同的有用性，它们的质料和形式也不同。

此类正确的说明只是解说了我们已经知道的事情而已。器具的器具存在就在于它的有用性。可是，这种有用性本身的情形又怎样呢？我们已经用有用性来把握器具之器具因素吗？为了做到这一点，难道我们不必从其用途上查找有用的器具吗？田间农妇穿着鞋子。只有在这里，鞋才成其所是。农妇在劳动时对鞋思量越少，或者观看得越少，或者甚至感觉得越少，它们就越是真实地成其所是。农妇穿着鞋站着或者行走。鞋子就这样现实地发挥用途。必定是在这样一种器具使用过程中，我们真正遇到了器具因素。

与此相反，只要我们仅仅一般地想象一双鞋，或者甚至在图像中观看这双只是摆在那里的空空的无人使用的鞋，那我们将决不会经验到器具的器具存在实际上是什么。根据凡·高的画，我们甚至不能确定这双鞋是放在哪里的（以及它们是属于谁的）。这双农鞋可能的用处和归属毫无透露，只是一个不确定的空间而已。上面甚至连田地里或者田野小路上的泥浆也

---

① ［德］海德格尔：《物》，见《海德格尔选集》（下），第1172页，上海：三联书店，1996年。

没有粘带一点，后者本来至少可以暗示出这双农鞋的用途的。只是一双农鞋，此外无他。然而——

　　从鞋具磨损的内部那黑洞洞的敞口中，凝聚着劳动步履的艰辛。这硬邦邦、沉甸甸的破旧农鞋里，聚积着那寒风料峭中迈动在一望无际的永远单调的田垄上的步履的坚韧和滞缓。鞋皮上粘着湿润而肥沃的泥土。暮色降临，这双鞋底在田野小径上踽踽而行。在这鞋具里，回响着大地无声的召唤，显示着大地对成熟谷物的宁静馈赠，表征着大地在冬闲的荒芜田野里朦胧的冬眠。这器具浸透着对面包的稳靠性无怨无艾的焦虑，以及那战胜了贫困的无言的喜悦，隐含着分娩阵痛时的哆嗦，死亡逼近时的战栗。这器具属于大地(erde)，它在农妇的世界(welt)里得到保存。正是由于这种保存的归属关系，器具本身才得以出现而得以自持。然而，我们也许只有在这个画出来的鞋具上才能看到所有这一切。相反，农妇就径直穿着这双鞋。倘若这种径直穿着果真如此简单就好了。暮色黄昏，农妇在一种滞重而健康的疲惫中脱下鞋子；晨曦初露，农妇又把手伸向它们；或者在节日里，农妇把它们弃于一旁。每当此时，未经观察和打量，农妇就知道那一切。虽然器具的器具性存在就在其有用性中，但这种有用性本身又植根于器具的一种本质性存在的丰富性中。我们称之为可靠性。借助于这种可靠性，农妇通过这个器具而被置入大地的无声召唤之中；借助于器具的可靠性，农妇才对自己的世界有了把握。世界和大地为她而在此，也为与她相随以她的方式存在的人们而在此，只是这样在此存在：在器具中。①

　　所以，海德格尔认为"艺术即真理自行置入作品"，真理则是"天、地、神、人"四重世界交光互影而澄明化的"存在"。

---

　　①　[德]海德格尔：《艺术作品的本源》，见《林中路》，孙周兴译，第17～21页，上海：上海译文出版社，2004年。

第 10 章　接受美学与读者反应批评

接受美学(rezeptionsasthetik) 又称"接受理论"或"接受与效果研究",于 20 世纪 60 年代中期发端于联邦德国。当时,沃尔夫冈·伊塞尔、曼弗雷德·富尔曼、汉斯·罗伯特·姚斯等五位青年学术精英,汇聚于博登湖畔的康斯坦茨大学,致力于跨学科跨语言的教学体系改革,并力图推翻长期以来统治文学批评领域的作者中心论和 20 世纪出现的本文中心论,进而建立一种顺应时代潮流的开放性文学理论范式。1967 年,汉斯·罗伯特·姚斯发表了题为《研究文学史的意图是什么、为什么?》的演讲,强调阅读主体和阅读活动在文学链中的意义,读者审美经验和期待视野在阅读中的作用,以及文学本文的开放性和文学接受的历史性,有力地冲击了封闭僵化的文本中心理论范式。此文正式发表时更名为《文学史作为向文学理论的挑战》,与伊塞尔的著作《文本的召唤结构》是接受美学诞生的宣言式著作。随着理论的进一步成熟,接受美学内部逐渐形成了相互联系又相互区别的两大研究方向:即以姚斯为代表的接受研究和以伊塞尔为代表的效应研究。前者以读者为研究重心,关注读者的期待视野和审美经验,致力于新的文学史理论建构,多采用历史—社会学的研究方法;后者以接受活动中的本文为研究重心,关注本文的空白、召唤结构和阅读交流过程本身,更多采用本文分析的方法。

20 世纪 70 年代,这股欧陆理论思潮在美国产生强烈反响,形成了多元并存、同炉共冶的"读者反应批评"。虽然这一批评有众多不同的具体研究方向,可以进行修辞学、现象学、主观心理学、社会历史学及解释学的批评,是一个错综交叉、充满歧义的批评领地,但其中存在着三个具体的话语共同体:"读者反应批评"(为了便于区别,我们称之为"接受反应批评")、"意识批评"和"布法罗批评"。分别以伊塞尔、费史,日内瓦学派的乔治·普莱、希利斯·米勒,和诺曼·N·霍兰德等人为代表。我们将在本章重点介绍姚斯、伊塞尔为代表的接受美学和美国读者反应批评的核心观点。

第一节　基本理论

接受美学与读者反应批评虽然有着具体而微的理论侧重点,但它们的基本理论方向一致:即强调文学本文不是独立自足的客观物,文学的意义不是由本文给定的确定性存在,文学是一个由作者、文本、读者共同参与的开放性结构,具有无限延展的可解释性。他们突破了传统实证主义以作者为中心的外部批评范式,同时大胆颠覆了新批评以文本为中心的内部批评范式,将文学批评的注意力转移到读者反应上来,肯定了读者接受的主动性、创造性,以及读者审美经验在文学意义生成中的合理性,文学史成为读者的接受史。这些批评思潮具有共同的方法论渊源,即胡塞尔的现象学哲学。

一、方法论渊源:现象学美学与当代解释学

20 世纪初,德国哲学家胡塞尔克服传统唯心论与唯物论的片面性,将二者统一起来,建

立"科学的哲学"。他的意向性理论、现象学还原和"本质直观"等思想对读者中心的文论产生了重大影响。现象学反对以常识性态度割裂地看待物质与意识的关联和本质，认为"现象"既非自然客体，也非主观感觉，而是包容着主体与客体双重因素的"中性意识"；而意识是一种具有激活、填补、构造对象功能的"意向性"动力结构；意识与意识对象是不可分割的统一体，没有独立于意识而存在的自在客体，也没有脱离客体的意识，即主体与客体是不可分的，是一个问题的两个方面。这些思想为读者中心论对文学、阅读活动以及文学意义的审美呈现等具体问题的理解提供了有力的哲学支撑：文学不可能是独立于读者的孤立存在，也不可能是纯粹的读者感受；阅读活动并不是被动的接受，而是对文本能动的"重构"、"再创造"。为了能够把握作为"中性意识"的"现象"，胡塞尔主张进行"现象学还原"，把过去对于世界的种种概念、解释、猜测、结论等等"悬置"起来，彻底抛开先入为主的偏见，从而对"现象"进行无成见、无预设、无理论污染的中性观察和描述，即"用直接的直觉去掌握事物的结构和本质"，完成对现象的"本质直观"。现象学还原的方法论对诸多的艺术理论，特别是日内瓦学派的"批评意识"产生了深远的影响，强调文学作品是一个自由、自足、自律的精神性存在，读者必须"悬置"现实世界的经验，而与作品及作品中的作家意识融为一体，让作品中的作家意识借助于读者的意识而复活。但是，这一观点作为对接受美学的影响则是通过否定达到的。关于"成见"的问题，后来的海德格尔、伽达默尔与胡塞尔分道扬镳，创立了肯定主体"成见"与经验在文学理解中合法地位的当代解释学理论，这成为接受美学和读者反应批评的重要理论资源。伊塞尔和姚斯是接受美学的双星，他们具有不同的理论渊源，分别师从现象学美学家英伽登和解释学理论家伽达默尔。

英伽登突破了胡塞尔意向性理论的绝对性，将意向性客体分为物质意向性客体和纯意向性客体，前者可以不依赖主体独立存在，后者则必须依赖于人的意向性活动才能产生、存在并展现自身；文艺作品是一种纯意向性客体，必须通过读者的阅读活动才最终得以实现自身的意义。他认为，文学作品包括有机统一的四个层面，即语音层、意义单元层、被再现的客体层和图式化观象层，是一个内含大量"不确定点"和"空白"的"图式化结构"，有赖于读者在阅读活动中将其"具体化"，将其中的"不确定点"充实、填补。英伽登的作品观和"不确定点"、"空白"、"具体化"等术语，对伊塞尔的阅读理论产生了重大启发作用。

康斯坦茨学派中最具历史意识的成员是姚斯，他的历史"视域"观得益于当代哲学解释学。理论的开创者是海德格尔，他强调"前结构"对理解的重要性，"对象所以能对理解者呈现某种意义，重要的理解者带着理解的前结构。就是说，文本所呈现的意义，不仅来自于文本自身，还来自解释者在理解之前对意义的预期"[①]；因此，理解对象并不是把握所谓纯客观的、唯一的、本来的意义，而是对对象意义的再创造。伽达默尔更进一步拓展了意义理解问题的历史性。他指出，人是时间性的存在，人的理解必然带有历史性和有限性，理解者必定站在被各种成见所规定的自身境遇中来看待和理解一切，没有成见，也就不可能有所视见。无论是作者还是读者，都具有各自的视阈，而这种视阈的开放性与相互融合，导致了理解的开放性与创新性。因此，艺术文本的意义不是一次完成的，而是处于永无止境的展示之中；而不同理解之间的合理性应该根据其不同的"效果历史"，即一种理解在它自身的年代和对后人的理解产生的正面或负面的影响来判定。伽达默尔解释学对成见与理解关系的分析、对文

---

① 董学文：《西方文学理论史》，第 347 页，北京：北京大学出版社，2005 年。

本意义生成的观点、对理解作为"历史效果"的原则等等，都渗透着强烈的历史感，被姚斯继承、运用、引申和发展，形成了接受美学的接受文学史观念。

美国读者反应批评的理论背景非常复杂，深受当代解释学、结构主义、后结构主义甚至解构主义的影响。罗兰·巴特的结构主义诗学强调，文学建立在文字的"多重意义"的基础之上，"一部作品之不朽，并不是因为它把一种意义强加给不同的人，而是因为它向每一个人暗示了不同的意义"①。在《从作品到本文》中，巴特区别了"作品"与"本文"两个概念："作品"意味着某一具有固定形式的、完整的实体；"本文"则是一种运动、一种活动、一种生产和转换过程，是无数的本文，指涉着无数本文汇成的"海洋"，是一种丰富的"文化语言"。因此，不仅本文不是单纯固定的存在，甚至阅读者本身也夹杂了他人的眼光。他的"复数的本文"宣告了作者的死亡，也证明了"忠实于作者原意"的文学道德准则是一个虚假命题。

"作者死亡"宣告了读者的再生，也消解了任何的中心。这使得受此影响的美国读者反应批评与德国接受美学具有了显而易见的差别。虽然伊塞尔和姚斯都反对文本意义的确定性，坚信作品的意义在于本文与读者的相互作用之中，具有无限广阔的可延伸性，但读者必须按照本文内在的潜在模式去合理地填补空白，从而严格控制"主观"因素毫无节制的任意发挥。对本文结构未确定性与稳定性的双重肯定，体现出德国哲学的辩证传统。美国读者反应批评的诸多理论家则将现象学、解释学与结构主义、解构主义、经验主义甚至精神分析、女性主义批评实践相结合，将哲学理论的探讨与现实的阅读行为、交往效果以及当下生存紧密联系，大大提高了理论的批评操作性，显示了美国大陆实证精神的深刻影响和强大的理论包容性。

无论接受美学与读者反应批评的具体话语共同体有多么明显的意见分歧，他们都完成了从作者中心、本文中心的理论范式转变，将文学带入了一个历史的语境，带入了开放与生成的运动过程中，开启了崭新的理论视阈和更具活力的文学批评方法。我们将对这一批评范式的基本要点作一个简单的介绍。

二、文学本文：空白点与"隐含的读者"

伊塞尔的本文观是在对本文中心论的批评和阅读现象学的继承中建立起来的。新批评理论挥舞着"意图谬误"和"感受谬误"的利剑，分别斩断了文学意义与作者、读者的内在关联，将作为符号体系的本文看成独立自足的意义本体，完全将文学的意义封闭在本文之中。伊塞尔受英伽登意向性"图式化结构"文本观的启发，重新界定了"文学作品"的概念。他指出，文学作品有两极，即艺术极与审美极，艺术极指的是作家创作的文本，审美极指的是读者对前者的实现；文学作品既不等同于文本，也不等同于它的实现，而是居于之间；它必定以虚在为特征，正是它的这种虚在性使得文本具有了能动性。在他看来，文学作品是读者与本文之间的交流过程本身，即阅读过程。阅读是所有文学解释过程和文学意义得以展现必不可少的先决条件。而艺术极和审美极都只是阅读活动的一个环节，如果孤立地研究它们，无法说明文学阅读的持续性、能动性，也无法说明文本的开放性和读者参与的不可或缺性。这种"文学作品"观强调了本文的意向性特征，即文学本文必须在读者阅读过程中才现实地转化为文学作品。伊塞尔指出："一部文学作品，并不是一个自身独立、向每一个时代每一个读者均提

---

① R Barthes. *Critical Essays*, *Trans*, R. Howard. Evanston：North-western University Press, 1972. P63.

供同样观点的客体。它不是一尊纪念碑，形而上学地展示超时代的本质。它更多地像一部管弦乐谱，在其演奏中不断获得读者新的反响，使本文从词的物质形态中解放出来，成为一种当代的存在。"①这一比喻形象地阐明了本文的性质，即作为符号系统的文学本文只具有潜在的意义，读者的阅读参与才赋予其现实的意义，而且是在不同历史语境与不同读者视野中不断生成的意义。

这就意味着，读者与本文之间存在永恒的对话与交流，这种对话展开的前提则是本文中大量"空白"和"不确定点"的存在。与一般性著作不同，文学艺术是借助"描述性语言"，用形象来表现情感、生活与想象的世界，在具体表达中，总有一些细节被略而不谈，某些信息被隐而不露，这就形成了语词之间的空白和情节之间的断裂，即本文的不确定性。但是，"作品意义的未定性与意义空白决不像人们所认为的那样是作品的缺陷，而是作品产生效果的根本出发点"②。正是它们沟通了作者的创作意识与读者的接受意识，构成了文学本文的基本结构，即"召唤结构"，使本文成为召唤着读者参与创造并使意义得以实现的开放性结构。正是这些需要读者依靠自己的揣度去填补的"空白"吸引了读者，把读者"牵涉到事件中，以提供未言部分的意义。所言部分只是作为未言部分的参考而有意义，是意指而非陈述才使意义成形、有力。而未言部分由于在读者想象中成活，所言部分也就'扩大'，比原先具有较多的含义，"甚至琐碎小事也深刻得惊人"③。每一个经典本文都以其可贵的"空白"设置，为读者的解读提供了广阔的想象和填补空间，也为本文意义的丰富性提供了可能。

例如，在《红楼梦》中，每一个角色的遭遇与命运归宿都有或明或暗的描写，但也有许多未言部分的存在。作为四春之首的元春，与整个贾氏家族甚至四大家族的盛衰密切关联，是整部小说的重要人物，但其正式出场亮相的次数只有两次，仅仅省亲时的游园、哭诉、点戏和染病后的探视四个场面有比较详细的描述，此前小说传递了其荣升贵妃并将承皇恩归省的信息，之后则有其薨逝的噩耗，两次亮相的时间间隔也颇有几年。元妃生命历程中大量空白点的存在，给形象和本文意义的解读带来了广阔的空间。她为什么会死？到底是如何死的？这些疑问萦绕在读者心头，牵引读者根据本文的意向性暗示与自身经验进行猜想，以填补此间的空白，从而对元春之死因以及所蕴涵的社会文化意蕴给出个性化理解。再如，莎士比亚戏剧文本中哈姆雷特复仇行为延宕的确定原因一直没有最后揭晓，作为一个意义空白，它向不同理论与批评语境中的读者敞开，吸引了来自不同方向的意义阐释。而美国批评家布鲁姆则指出，这一戏剧所表现的"既不是对死者的哀悼也不是对生者的复仇，而是最大限度地表现了哈姆雷特所意识到的、无边无际的自我内在意识的挣扎"④。可见，本文的空白和未确定点产生了一种"动力性"，吸引读者参与文本所叙述的事件中，并为他们提供阐释的空间，为本文意义的敞开提供了前提。从某种意义上说，在本文基本信息传递到位的情况下，空白与未确定点的多少决定了本文召唤动力的大小。空白和不确定点愈多，愈能吸引读者深入本文

①　[德]汉斯·罗伯特·姚斯：《文学史作为向文学理论的挑战》，见周宁、金元浦译：《接受美学与接受理论》，第 26 页，沈阳：辽宁人民出版社，1987 年。

②　[德]沃尔夫冈·伊塞尔：《本文的召唤结构》，见金元浦编：《接受反应文论》，第 44 页，济南：山东教育出版社，1998 年。

③　[德]沃尔夫冈·伊塞尔：《本文中的读者》，蒋孔阳编：《20 世纪西方美学名著选》（下），第 511 页，上海：复旦大学出版社，1988 年。

④　[美]哈罗德·布鲁姆著：《西方正典》，江宁康译，第 5 页，南京：译林出版社，2005 年。

意义的生成过程之中。如果元妃在宫廷的具体生存状态和她薨逝的原因、情形都被清晰确定地传达，如果哈姆雷特行动延宕的原因被明确地断言，本文的理解就会被固定在一个方向，本文意蕴的深刻性与多重性将不复存在。因此，读者在阅读中并不是只能接受已知信息的被动接受者，而是可以在无声处、无言处，甚至模糊处、矛盾处领悟其深长意味的积极参与者，是本文意义的能动创造者。

那么，本文意义的理解是否完全取决于读者的主观性呢？在接受美学看来，本文中未言部分形成了"空白"与未确定点，已言部分则构成了本文相对确定的内在结构，它是本文得以被读者具体化的条件。不同的读者在这些已知信息的引导下，将本文的空白与断裂处进行合理填补，进而将本文信息联结丰富，实现对意义的理解。伊塞尔引入了"隐含的读者"这一概念："隐含的读者存在于本文的结构中；它是一种结构，绝不能将它与真实的读者等同起来。……这个概念表明了一个由本文引起读者响应的结构组成的网络，它强迫读者去领会本文。……它本身也由各种各样的视野组成，这些视野概述了作者的观点，也为读者实现本文预定要让他实现的东西指明了道路。"①"隐含读者"并不是现实阅读行为中真实的读者，甚至也不是"理想的读者"，而是作为本文结构的虚构的读者角色，其实是作者预先设计的一个意象视野，是引导读者理解本文意义的指向标，它使读者克服自身固有倾向性的制约，看到本文内在的意向性，走向本文自身的丰富性。譬如，作为元妃省亲前奏的建造大观园，显示了其地位的尊贵及与家族盛衰的关联，省亲欢聚时竟以哭诉作为开端，暗示了宫闱之中难言的悲苦，而省亲热闹庆典中的点戏、灯谜和早先宝玉看到的薄命司判词，又为后面的华年早逝埋下了伏线。这些方向一致的信息给读者的能动创造提供了基本指向，使不同读者的理解拥有一个大致前提，不至于谬以千里。所以，即便"一千个读者有一千个哈姆雷特"，但他们毕竟都是哈姆雷特，而不会是奥赛罗或者李尔王。不过，伊塞尔对"隐含的读者"这一结构的强调并不是为了取消读者对本文的"再创造"功能，而是为了强调本文对读者具有一定的制约性和引导作用，从而突显阅读活动的"再"创造性质，即以本文为基本依据的创造，而不是绝对自由的创造。他指出，文本中包含各种视角，读者介入后把种种观点与形式相互联结，因此激活了作品，也激活了读者本人。这一论断显示了伊塞尔对形式主义文论的批判继承和德国接受美学既关注读者经验又不丢弃本文的辩证思维痕迹。

对本文未确定性与确定性问题的态度，美国读者反应批评有不同的走向。"意识批评"的代表乔治·普莱认为，文学作品在被阅读之前，只是一个无生命的存在，但它并不封闭而是会以开放的姿态打开自己，召唤人们阅读并分享其内在的意识，从而获得一种新的存在。普莱指出："在形式的后面，在结构的后面，在语词的不断流动的后面，只剩下了一种东西：一种没有形式的思想，总是在它接连不断的表现中与自己不同，却又总是在它的深处坚贞不渝地忠于自己。"②这种"坚贞不渝地忠于自己"的"没有形式的思想"，就是本文不确定性背后相对的稳定性。它是凝结于本文之中的作者的意识，而批评实际上是"在他人的生命中凝视它自己的生命"，是"通过想象潜入"到作品的生命中去。他的观点带有明显的"原意"说理论痕迹。传统实证主义和形式主义批评主张的原意说认为，文学作品中肯定存在一种意义，它被编码、埋置于

---

①　[德]沃尔夫冈·伊塞尔：《阅读活动——审美反应理论》，霍桂桓译，第46～47页，北京：中国人民大学出版社，1991年。

②　[比利时]乔治·普莱：《批评意识》，郭宏安译，第279页，南昌：百花洲文艺出版社，1993年。

本文之中。读者接受批评的代表人物费史则强调，文学不是一个"固定不变的客体"，而是一种活动，是一个动态的生成过程，文学的意义是一种发生在文学与读者头脑之间的事件，是读者、读者活动本身生成了文学的意义。他与布法罗学派的布莱奇等人不仅将批评的中心转向了读者，甚至完全取消了本文的相对稳定性而走向了文学解释的主观化范式。

三、文学史：文学史就是文学接受史

文学史问题是姚斯创立接受美学的研究起点和理论突破口，也是贯穿接受理论始终的核心问题。由于传统历史实证论的客观历史主义和形式主义等文学史观，都将文学意义的理解局限于审美的生产与表现领域，前者专注于对文学的外部研究而将文学的内在性、审美性弃置不顾，后者却割裂文学与历史的关联而将文学的意义封闭于本文的圈内。它们都忽略了与文学审美及社会功能密切关联的维面——接受与影响之维，忽略了文学作品为读者的阅读而创作，并在阅读中实现其意义这一显而易见的事实。所以，文学史研究在 20 世纪理论界腹背受敌，陷入了绝境。

姚斯在当代马克思主义生产论与形式主义"历时性"文学史观和伽达默尔"效果史意识"中吸收养分，寻找新的文学史方法，试图沟通文学与历史、美学方法与历史方法之间的裂隙。他在《文学史作为向文学理论的挑战》中宣称，要恢复文学史研究的中心地位，恢复过去作品与现代人兴趣之间富于生命力的联系环节。他指出，传统的文学史家将艺术作品与一般事实的历史性等同起来，将文学看成永不变更的客观认识对象，将文学的编年排列和事实堆积看成文学的历史性，这种文学描述决不是历史，而仅仅是历史的片断，是"伪历史"，因为它忽略了文学作为艺术作品的动态生成性特征，是极端错误的。事实上，文学本文是面向历史敞开的意向性存在，读者也存在于一定的历史境遇之中，文学本文的真正意义和理解者一起处于不断生成的运动过程中，是一个不断发展的连续性事件，文学史是一个审美接受和审美生产的过程。文学事件与现实历史事件存在本质性的区别，例如，托尔斯泰长篇小说《战争与和平》与实际生活中的政治历史事件不能等同而论，它不具备什么不可逃遁的历史必然结果，小说本文自身并不构成事件，只有被读者阅读时才成为文学事件，才具有具体的影响与意义，而且文学事件不能自动延续，只有不同时代不同读者不断的接受活动才会发挥和继续发挥作用，实现其历史的延续性。传统经典作品的认定也是在历代读者的阐释中确立的，莎士比亚作为西方文学的"正典"，其意义产生于历代读者的阅读中，表现于对历代读者的影响中。显见，文学事实是必须由读者参与生产与创造的动态性事件，读者在这一事件中起着决定性作用。

《文学史作为向文学理论的挑战》一文指出，文学作品对于读者具有审美内涵，也具有历史内涵。审美内涵指的是读者对一部作品的接受中包含着审美判断；历史内涵表现在，第一个读者的理解将在一代又一代的接受之链中被不断地充实、丰富，一部作品的历史意义和审美价值就在这一过程中得以证实。譬如，《红楼梦》对于每一个读者来说，都会产生相应的审美感受、审美判断，但并非每个接受者所得到的审美理解都相同。从小说同时代读者"脂砚斋"[①]、"畸笏叟"的最初阐释，经过王希廉、张新之、哈斯宝、涂瀛等人侧重于风教道德的评

---

① 《红楼梦》的评点和研究主要沿着"本事索隐"和"审美阐释"两个方向发展，后者更切近当代文学阐释学的方向，所以，本章与此相关的例证侧重于"审美阐释"。《脂砚斋重评石头记》堪称清代"红学"的源头，它开启了《红楼梦》的本事、作者和版本考证，家族主题与"情痴"主题，色空观念等。

价，发展到新文化运动中梁启超的功利主义批评、王国维等人的文学审美性评价，又经过新中国成立后以蓝翎、李希凡等为代表的意识形态批判，直到 20 世纪 80 年代以来多维视野中的"红学"，以及 20 世纪以来的海外红学，《红楼梦》的意义一直在延续、在生发、在丰富，并在等待着新的发展。这些阐释者在文学阐释的历史链条上环环相扣，节节相应，前者的理解为后来者提供了理解的基础，也提供了辩难的可能，而后者在回答了前者的同时又为更后来者提出了新的问题。

姚斯还指出，文学的历史性是在历时性与共时性的交叉点上显示出来的。文学史研究既要注意对同一个或同一类文学作品进行历时性的研究，考察其在不同历史时期的不同效果与影响，也要对同一时期千差万别的作品进行静态的"切面式"分析。即通过对同一时期意义重大的作品与被历史淹没的常规作品之间进行比较，来分析这种现象产生的原因，分析这一时代读者共同的阅读期待、记忆与展望的视野。比如，在 20 世纪初，鲁迅等人积极倡导民族启蒙主题和白话文学形式，《狂人日记》、《阿 Q 正传》之类作品在社会上产生强烈反响，成为文化解放的强劲武器；而另一些坚守中国传统文化精髓的文人，譬如"学衡派"，则默默耕耘着自己的学术领地，兼顾古代诗词的创作，《学衡》杂志的冷清与白话文学杂志的热闹恰好形成了鲜明的对照。这一现象显示了当时社会民众心中存在着一种决绝背叛传统的总体民族文化心理走向。当然，在今天的反思阅读中，我们重新审视这些文学本文就会发现，背叛传统有多么艰难而不忍，乃至从根本上说就不可能实现，这种感觉深深地浸透在鲁迅的忧郁与彷徨情绪中；而对传统的眷恋又有多么执著而深沉，就如"学衡派"。这种新的发现，正好是文学意义的历史性在历时性维度上的显现。

"重写文学史"是 20 世纪文学研究者的神圣使命，但姚斯所设想的最佳文学史思路必须摆脱文学类型或作家生平年表线性编年罗列的窘境，将描述文学本文与不同历史语境中读者的对话以及在对话中产生的具体意义与影响作为接受美学文学史的写作任务。前文已提到，文学本文自身留有大量"空白"与不确定性的意向性构成是对话展开和文学历史性的前提。另一方面，文学事件的另一构成主体，即读者的历史性也决定了文学的历史性。在姚斯看来，"一部文学作品的历史生命如果没有接受者的积极参与是不可思议的。因为只有通过读者的传递过程，作品才进入一种连续性的经验视野"①；文学事件的连续性首先必须体现在当代的和后代的读者、批评家和作家的经验的期待视野之中。就是说，连续的经验视野与本文视野的融合、互渗与调节，使文学史的描述和实现成为可能。这意味着，文学的历史性存在于读者的变化以及读者之间期待视野的关联之中。

四、文学接受：期待视野、视野融合与再创造

对于任何一部文学本文的阅读，读者都不会在清净无染的"白板"状态中进行。姚斯从现象学和当代解释学概念中接过"视野"（horizon）一词，使之成为接受美学的"方法论顶梁柱"。视野，原意是地平线，喻指形成理解的角度或视野，理解向未知开放的可能前景，以及理解背后的历史与传统文化背景，海德格尔称之为"先有"、"先见"、"先识"，伽达默尔等称之为"前理解"、"前识"、"成见"。这一概念表明了人与存在的历史性。人生活在历史之流中，生

---

① 姚斯：《文学史作为向文学理论的挑战》，见周宁、金元浦译：《接受美学与接受理论》，第 24 页，沈阳：辽宁人民出版社，1987 年。

活在传统中，传统既存在于本文中，也存在于社会人群的习俗、惯例和对事物的理解判断(成见)中。传统和成见构成了当下理解的基础，是理解得以产生的视野，并为之指引了基本方向，而今天的理解又会成为将来阅读的视野。作为接受美学核心概念的"期待视野"，就是指在文学阅读之先或者阅读过程中，读者过去阅读中的艺术经验、读者所处的历史社会环境以及由此形成的价值观、审美观和道德理想等综合性心理定势，它是读者据以理解文学本文意义的心理图式，又可以称为阅读经验期待视野。这个概念的内涵非常丰富，主要包括"生命经验视野"、"文体期待视野"和"主题期待视野"，它由诸多个体与社会、主观与客观因素共同形成，并非纯粹主观心理的产物。姚斯指出，"一部文学作品，即便它以崭新面目出现，也不可能在信息真空中以绝对新的姿态展示自身"，它"通过预告、公开和隐蔽的信号、熟悉的特点或含蓄的暗示"，"预先为读者提示一种特殊的接收。它唤起以往阅读的记忆，将读者带入一种特定的情感状态中，随之开始唤起对'中间与终结'的期待"。① 譬如，20 世纪 40 年代人们对郭沫若的话剧《屈原》的理解，既与早期对屈原以及其他爱国作家的阅读经验相关，也与当时的时代氛围相关，观众(读者)会对屈原的行为、命运产生期待，并在期待的实现与修改中感受到心灵的净化与愉悦。

期待视野是读者阅读得以产生的前提，但它并非固定不变的，而是在接受活动中不断地融合建立，改变修正，乃至重新确立。过去的视野是阅读的基础，但我们也在阅读中修改它，以构成新的审美经验语境。人们既定期待视野与新作品之间存在一定的审美距离，并通过对先前视野的否定实现"视野间的变化"，形成新的期待视野。譬如，首次阅读鲁迅的《狂人日记》，会因其不同于传统文言的语体形式，用狂人审视人际伦理的视角转换，以及大胆说出历史"吃人"的惊人勇气，与自己惯有的审美经验产生强烈的反差，并因此产生强大的审美震撼，但进入本文之后，会逐渐唤起我们对生活的感受，进而反思历史、反思生活，认识到被表象所隐蔽的内在本质，从而更新自己已有的视野，形成新的阅读经验视野。姚斯认为，读者的先在经验、期待视野与作品需求的"视野变化"间的距离，决定了文学作品的艺术特性：一部文学作品在其出现之初，对它的第一个读者的期待视野是满足、超越、失望或反驳，这种方法明显地提供了一个决定其审美价值变化的尺度。如果这个距离很小，几近于零，则读者的接受视野基本无需转换，会轻松地产生审美愉悦。此类本文为大众读者喜闻乐见，体现了流行的趣味，属于"通俗文学"。但也正因为其不存在视野的转换更新，因而对读者缺乏反复阅读的吸引力。而有的作品可能在诞生之初因打破了读者的期待视野没能赢得大量读者，读者只能逐渐品味出其中的意蕴。因而，当先前成功作品的读者经验已经变得过于熟悉乃至索然无味，失去了可欣赏性，新的期待视野逐渐达到更为普遍的交流时，创新性作品就具备了改变审美标准的巨大力量，它的意义与影响就显露出来了。波德莱尔的诗集《恶之花》就具备这样的力量，它完全打破了当时读者的期待视野，遭受读者的冷遇、斥责，而在 20 世纪的解释境遇中则不断显示出其现代诗人对文明的反思力度。

1857 年法国福楼拜与费多的一起文学案例也充分展示了这一点。当时，他们分别创作了《包法利夫人》和《范尼》两部小说。出于要抛弃浪漫主义的读者期待，他们转向描述小人物，描写资产阶级的虚伪和外省的环境，他们还考虑到如何在妒忌这个古老的主题上翻新，如何

---

① 　姚斯：《文学史作为向文学理论的挑战》，见周宁、金元浦译：《接受美学与接受理论》，第 29 页，沈阳：辽宁人民出版社，1987 年。

使传统、僵化的三角关系发生感觉上的扭转，以超越性爱场面的期待细节和三角关系的固有期待。结果，两部小说都遭受到大众的拒绝，因为当时的读者还局限在传统的期待视野中。但二人在小说形式上的差异带来了他们不同的成功：《范尼》以忏悔小说的面目出现，流行思想与被社会时尚水准压抑的愿望交织在一起，人们的道德义愤被"忏悔"形式适当削弱，小说很快成为畅销书；《包法利夫人》不仅遭受道德非议，还因其"非人格化叙事"在形式上完全打破了读者的审美期待，其问世之初，仅有小部分慧眼之士将之当作小说史上的转折点来欣赏。现在的读者知道，福楼拜更新了小说的经验视野，而《范尼》只是昨日的畅销书而已。可见，真正伟大的作品对社会的意义是在历史的推进中展现的，其影响也是巨大的、持续的。

但是，在接受美学看来，这些独创性经典本文以其不证自明的美丽形式和似乎无疑的"永恒意义"，正在危险地靠近着"通俗"艺术，读者很容易窒息在他人的经验阐释中。所以，需要读者在新的时代语境中，努力去思考前人提出的问题并给出新的回答，去反对惯性经验，反对公认的合理性，再次靠近、探询并抓住其艺术独创性。这就是"重读经典"的必要。屈原、陶渊明、李白、《红楼梦》、鲁迅都应该在新的语境中进入新的反思视野，才能成为常新的经典。

接受美学强调，在历史的链条上，对一部作品的"时代评判"，不仅仅是其他读者、批评家、观察者或者教授们积累下来的判断，而且是一部作品之中所包含的意义潜势不断地展示和现实化的结果。即"作品在与传统相遇时，以具有一定制约性的方式获得'视野交融'的性能"①。观点显示，文学接受并非读者视野在本文中的任意填补，而是与本文自身的视野系统产生交融，形成理解。事实上，文学本文就是一个视野系统，就小说而言，一般包括了四个基本部分，即叙述者视野、人物视野、情节视野，及虚构的读者的视野。理解过程就是读者将自我视野与本文视野系统不断融合与不断自我修正的过程。视野的融合与改变，使文学本文进入意义产生的事件之中，也使读者的经验视野得到更新，达到对文化、现实、人生与自我的深层反思性认识。在读了 20 世纪文学经典之后，我们知道了什么是轻飘与沉重，偶然与必然，历史与今天，文化阴影与生命个体……也就是说，读者在将本文潜在意义具体化的同时，也更进一步发现了"自我"。乔治·普莱设计的理想批评模式是，主体经由客体到达主体，"使我的批评成为一种精神之流，与我在阅读中跟随的精神之流平行、相像；使他人的思想与我的思想结合，仿佛顺流而下的同一条河的两条支流"②。这一描述形象地点明了阅读与批评的实质，即在主客体视野的融合与自居中理解本文，也理解自己。无疑，女性读者在阅读《红楼梦》、《简·爱》时，不但在理解本文，也在体验并理解自我被抒写的境遇，自我沉默的眼泪与呐喊的声音。文学本文在阅读中得到丰富与拓展，读者也在阅读中成长与更新。

由于经验视野是文学理解的必备条件，而不同时代不同读者的经验视野又在不断转换，因此接受效果也具有鲜明的时代烙印和个性色彩。汉斯·伽达默尔在《真理与方法》中指出："一部文学作品的意思永远不会被其作者的意图穷尽；随着作品从一种文化或历史背景传到另一种文化或历史背景，人们就会从作品中采集出新的意识，而这新的意识也许从未被它的原作者和同时代的读者料到。一切解释都是由情境决定的，受到某种特定文化在历史上的相

---

① 姚斯：《文学史作为向文学理论的挑战》，见周宁、金元浦译：《接受美学与接受理论》，第 38 页，沈阳：辽宁人民出版社，1987 年。

② 金元浦编：《接受反应文论》，第 327 页，济南：山东教育出版社，1998 年。

对标准的影响和抑制。"①姚斯受此启迪,创立了他的文学史理论。无独有偶,罗曼·英伽登也从本文角度指出:"未定性与空白在任何情况下都给予读者如下可能:把作品与自身的经验以及自己对世界的想象联系起来,产生意义反思。这种反思是歧义百出的。从这种意义上说,接受过程就是一种再创造的过程。"②可见,文学接受的参与双方——本文与读者,共同决定了文学接受具有无限广阔的阐释空间,同时这个空间又是在本文视野系统构成的结构框架内进行的,这就使得文学接受是一种审美再创造活动。对此,请参照前文对文学本文进行解释的论述。

五、文学功能：更新、误读与影响的焦虑

在接受理论看来,文学具有强大的社会功能,但绝不仅限于再现与反映方面,而是指其进入读者的经验视野,形成读者对世界的理解,并因而对社会行为产生影响这个方面。前面提到过,创新性文学勇敢打破读者大众惯常的经验期待视野,冲破传统的道德评价或审美标准,使读者的期待视野受挫、失望,在读者心中产生被冒犯的愤怒或者解放的震撼,并逐渐培养读者超越传统的新的经验视野。姚斯非常赞同科学家卡尔·波普尔的观点,在生活经验的进步中,最重要的时刻是"期待的失望","这类似于一个盲人的经验,他只有碰到障碍,才体验到了它的存在",这能很好地说明"否定性经验的创造性意义";而一种新的"阅读经验能够将人们从一种生活实践的适应、偏见和困境中解脱出来","它赋予人们对于事物一种新的感觉……扩展对于新的要求、愿望、和目标来说的社会行为的有限空间,从而打开未来经验之路"③。这段论述明确指出,文学的强大力量不仅限于赋予我们对事物的新感受,还能够为新道德准则的确立开辟道路,"打开未来经验之路"。就是说,真正的文学会更新我们的生活与存在之思。《红楼梦》揭开了仕途的龌龊与无我,《恶之花》剖开了文明的疾病,《狂人日记》抖出了历史的真面目。读者就在自己的阅读之中发现了过去、现在与未来。

接受理论强调文学的功能在于对读者对社会的影响。耶鲁大学教授哈罗德·布鲁姆在这方面思想最为新锐,创立了"误读的诗论"。在他看来,诗的历史是永远无法和诗的影响截然分开的,因为一部诗的历史就是诗人中的强者为了廓清自己的想象空间而相互"误读"对方的历史。他指出,"误读"包括了这几种:后代诗人对前人的误读,批评家对诗歌本文的误释,诗人对自己作品的误读等。无论是后代诗人、批评家,还是诗人自己,都是阅读活动中的读者,他们在阅读经验的融合与重建中阐释着自己,更新着自己,完善着自己,也开启着自己新的生活空间,无论是在学理上,艺术修养上,还是人生态度上。因此,在布鲁姆看来,一首新诗总是后辈诗人对前辈诗人及其伟大作品解读的结果。这是一种特殊的释读,它不在于对某一具体作品的释读发生与否,它实际上是指一种接受影响与打破影响、继承与创新的悖论状态。后辈诗人对前人要有所继承,在前人的光辉里显示自己的才华,但又不能过多地隐入

---

① ［英］伊格尔顿:《现象学,阐释学,接受理论——当代西方文艺理论》,王逢振译,第 69 页,南京:江苏教育出版社,2006 年。中国有"作者未必然,读者未必不然"之说;鲁迅《集外集·"绛洞花主"小引》)指出,对于《红楼梦》的主题,"经学家看见《易》,道学家看见淫,才子看见缠绵,革命家看见排满,流言家看见宫闱秘事……"而这未必都是作者本意。中国接受理论的研究者认为这是中国理论对文学再创造性的明确表述。
② 沃尔夫冈·伊塞尔:《本文的召唤结构》,见金元浦编:《接受反应文论》,第 44 页,济南:山东教育出版社,1998 年。
③ 姚斯:《文学史作为向文学理论的挑战》,见周宁、金元浦译:《接受美学与接受理论》,第 50～52 页,沈阳:辽宁人民出版社,1987 年。

前人的阴影，那会完全失去自己的华彩。在中国现代文学史上，汪曾祺无疑深受沈从文的影响，但他的确又不同于沈从文，这就确立了他自己的文学地位。布鲁姆肯定误读的积极作用，后代作家只有通过误读与创新，才能走向自己的文学舞台。

从文学意义的发展史来说，误读是一种健康状态，可以丰富文学的意义；但从继承者个人而言，他必须放弃前辈身上一些可能是最好的文学感知而另辟蹊径，这无疑在某种程度上破坏了文学自身的连续性。所以，后辈往往会产生一种既想继承又不得不扬弃，既有言又无言的矛盾和焦虑心理。按照他的观点，西方自莎士比亚以来，中国自《诗经》以来的诗歌的历史就是"一张误解的地图"，而其隐蔽的主题便是影响的焦虑。不过，影响的焦虑使庸才沮丧却使天才振奋。天才们会借鉴并奋力否定前辈的影响，努力创立自我的新强势，脱颖而出，确立自己在文学上的地位。可见，正是这种影响的焦虑，成为后来者不断对传统进行再审视再评价的内在动力，并不断超越前者，创立文学的新经典。莎士比亚是西方文学经典的中心，确立他名声的福斯塔夫却与乔叟《坎特伯雷故事集》中巴思夫人阿丽丝有着生动而微妙的联系，但他突破了先辈，成为超越前人、同代人乃至后来者的真正的经典。无疑，误读与影响的焦虑，在文学史上具有重大的意义，它们引导着阅读行为与文学创作的创新，也突显了文学的历史性与强大社会功能。

第二节　批评方法

由于接受美学与读者反应批评的理论命题繁多，具体研究方向各异，阐释效能广泛，因此，应用这一理论体系分析文学作品和文学史现象的方法也很多，主要有以下几种：

一、分析文学本文对读者的召唤与制约作用

具体说来，这是指运用"隐含读者"、"空白"、未确定点与相对稳定性等文学阅读与读者响应理论的具体范畴，与具体文学本文的语言修辞、叙事策略等结合起来，分析文学本文对读者的召唤与制约作用。这一研究主要从两个方面来进行阐释：即本文是如何调动读者的能动性，如何促使读者对本文中描述的事件进行个性化加工的？本文在何种程度上为这种加工提供了预结构？譬如，分析古今中外经典小说作品中"空白"、"隐含读者"与阅读空间和个性化创造的关系。

二、探讨作品流播过程中产生的"多义"现象

比如，将接受美学的"空白"理论和中国美学的"有无"、"虚实"和"意境"理论打通，分析中国古典诗词、现代诗歌和朦胧诗的多义性。

三、研究文本在不同历史语境中的效果史

这是从审美经验与阅读效果的关系着手，研究经典文本或历史作家在不同历史语境中的接受情况和影响程度。撷取任何一个历史经典文本，或者选择一个作家，抑或一个作家群体，对他们在不同历史语境中的具体地位和阐释情况作个案跟踪分析。发现其地位变更的现实，并总结出这种变更与具体历史语境的关联性。例如，陶渊明、李白、杜甫、莎士比亚等具体作家，或《诗经》、《庄子》、《浮士德》等具体文本的接受史研究。外国作家对本土作家的影响研究，譬如卡夫卡、昆德拉在中国的传播，以及对中国当代作家的影响研究。

四、分析阅读视野嬗变中的文学本文

文学阐释分为三个瞬时完成的具体阶段，虽然事实上具体阅读可能仅仅停留在第一级或第二级，或者只着重于其中的某一级。初级阅读的审美理解指向感觉过程，相关于来自于本文中的初级阅读期待视野——主题视野，在对"空白"的进行填补和具体化的过程中得到最初的审美感受，这是一种无需阐释的想象性的愉悦①；二级阅读是反思性阐释阅读，在反复品味本文的过程中逐步理解本文暗隐的问题，它相关的是能够展示本文意义整体的阐释视野；三级阅读是应用性阅读，它是历史触发视野中意义的展开。同一个文学本文，在处处受禁锢的封建时代、大声疾呼的启蒙时代和欲望泛滥的商品时代，一直敞开着自己，召唤着不同历史视野中读者以不同的经验呈现本文新的意义。

值得注意的是，在阅读阐释中，三种相关视野并不是彼此孤立的。任何理解都包含着"先在"的理解，解释只能使那些已经出现于阐释者先前阅读视野的意义具体化。也就是说，初级阅读必须要建立在对生命、文学等相关的理解的基础上。一颗经验过生命喧闹而失去自我的心，才能在王维的诗中感受到"闲"、"静"、"空"的生命灵动之美。一个悟出生命焦灼的个体才能在波德莱尔的《烦厌》诗中产生共鸣。初级阅读经验不断发展，能够成为阐释的反思视野，进而言之，阐释又可以成为应用的基础，成为第三级阅读视野。在接受美学看来，没有一首现代诗能在初级阅读以后就给读者强烈的意义整体感，因此都必须在反复的阅读中敞开其自身。诞生在旧传统旧文化中的文学，当历史清除了语境接受的障碍，其意向性的意义就会在新的审美视野中进一步得到实现。

五、反思审美经验变更中的经典重读、重写

审美经验变更与文学本文的历史效果研究，对文学"翻案"与重读经典、经典重写的反思研究，是很值得关注的。由于阅读是一种随着历史之流不断展开的事件，其效果会因接受者审美经验、期待视野以及时代风潮的不同而有所不同。因此，同一文学本文或本文中的具体形象，对于不同历史语境或者同一历史语境中的不同读者会有相差甚远的效果。对于林黛玉、薛宝钗形象，有人把同情式认同给予前者，钦慕其一路洒泪一路啸歌的诗性生命，而否定宝钗藏愚守拙的无我人生；有人则将之给予后者，欣赏其圆融通透的行为艺术，而否定黛玉敏感脆弱、尖刻锐利的行为风格；也有的读者同情二者共同的悲剧命运，从而将批评的利剑刺向悲剧的制造者。

文学史中存在大量的文学翻案现象，譬如明清奇书一度被列为"诲淫""诲盗"之作，却在20 世纪初的启蒙语境中被确立为"反封建"、"反压迫"的经典名著，成为民族觉醒和追求个性解放的教科书。这种翻案现象其实就是语境改变导致了读者审美经验和期待视野的改变所致。每一个时期的经典作品无疑会在当时的历史语境中对社会读者产生特定的审美影响，但

---

①　伊塞尔认为，相对于规范化的日常感知，诗歌本文作为审美对象使得一种更复杂更有意义的感觉方式成为可能，这种感觉作为审美愉悦能够复活认识的想象力，或者说去想象性的认识(愉悦)。然而，达到这种包含着意义理解的愉悦，已经无需阐释，因此，也就无需具备对朦胧的或者清晰的问题给予回答的特征。参见周宁、金元浦译：《接受美学与接受理论》，第 179 页，沈阳：辽宁人民出版社，1987 年。

在新的历史条件下，其产生的具体效果和意义会有所改变。譬如，《狂人日记》作为第一篇白话小说，在当时以"反传统"为旨归的新文学运动中具有里程碑的意义，"狂人"成为大胆说出历史"吃人"的启蒙者形象；但是在对传统进行深入反思的现代学人的视阈里，《狂人日记》成为了"不乐观的叙事"，显示了传统文化的现代性转换和启蒙话语的实现是何其艰难。更充分体现主体经验、审美趣味及期待视野与艺术之间效果关联的现象是——重写经典，即以现代人的视野重写传统经典，使经典在现代的语境中重新出生。这一现象最突出的是影视界对传统经典故事文本的翻拍，在翻拍的过程中，改变故事自身存活的背景，完全以今人的人生体验、艺术趣味去篡改故事，使传统之中混杂当今的生活语料、事物和态度，产生一种颠覆经典的效果。

总之，进行接受研究，要努力做好以下几项工作。一要掌握比较系统的接受理论，熟悉接受美学和读者反应批评开放的方法论和开阔的理论视野。二是要接触大量的经典文本，留意历史经典在不同语境中的意义阐释结果和历史影响。三要善于捕捉到文本或作家意义的历史变更背后的语境变更，并在二者之间建立必要的联系。另外，接受美学虽然强调读者的本体性地位，但任何批评都必须从文学本文出发，所以，对本文具体技巧、策略、修辞等形式因素也应予以相应的关注，以此寻找其内在的预期结构，为响应研究的层次分析做准备。读者中心的批评具有强烈的实践性，只有在占有大量文学史资料和批评史资料的基础上，才有可能进行具体的分析。同时，也正是由于其侧重于实际的操作性，每一个具有审美经验、阅读经验的读者都有展开批评的可能。关键是，我们应该具备接受美学的历史视野和对文学永不停息的解释热情。

第三节　作品解读

本文结构与林黛玉之死的多重解读
——兼论曹雪芹的创作危机及残本的积极意义

在《红楼梦》中，林黛玉是最中心的女性形象，黛玉之死则是全文的大关键，是原著精彩绝伦、撼人心魄的情节之一。但由于这一情节的原稿现已无存，接受史上的批评家只能从小说文本自身和脂批提供的有关依据进行个性化理解，并得出了纷呈各异的结论。我们将简单勾勒批评史上关于林黛玉之死的几种代表性观点，并从小说本文的"空白"、"召唤结构"与"隐含读者"等角度与层面去分析这些观点形成的原因。事实上，解读结果除了与本文自身结构密切关联之外，还深受建立在历史语境与阅读者个人因素基础上的审美经验和期待视野的影响，第四节的经典文本解读范例会为我们提供这样一种视角。所以，此处偏重于文本内在结构与具体阐释效果之间的关系探索，并以文本中黛玉之死的多重暗示为例，从文本结构自身的矛盾性来思考曹雪芹的创作危机，从而发掘《红楼梦》未成"全璧"的积极意义。

（一）"召唤结构"与解释的多元性

文学创作是"想象力的游戏"，作者乐于在语言编造的迷宫中引导读者深入理解艺术世界的丰富性。因此，在文学的具体表达中，由于语言自身的有限性和作家的有意而为，本文中存在大量具有不确定性因素的"空白点"。而正是这些必须由具体读者在具体阅读过程中进行合理化填补的断裂与空白，构成了文本的"召唤结构"，使文学本文成为召唤读者参与创造的开放性结构，它是阅读交流和意义多重性产生的基本前提。《红楼梦》虽说是洋洋洒洒百万余言，但几个家族的兴衰、一个王朝的没落、数十个鲜活形象的悲欢、深隐内心的冲突、几千年文化的血腥以及艰难而决绝的文化突围，无不展现得淋漓尽致。这种效果的产生，既得益于细微的再现，也源于大量断裂与空白点的设置。林黛玉作为中心人物，被作者刻画得细腻深刻，但空白处仍旧不少，尤其是比较接近原本的"戚蓼生所序之八十回本"①，竟然缺失了全书的关键情节——林黛玉之死。根据小说本文的暗示可以知道，曹雪芹已经写完了全书共一百一十回。对于为什么缺失了后三十回，学术界的说法很多，但效果却很明显，语义空白与情节断裂给了红学家极大的解读空间，使林黛玉之死的理解具有了无限的可延伸性。研究结果显示，关于林黛玉死亡的时间、地点、方式、原因以及死亡意义等多个方面都有不同的说法。

就死亡时间而言，大多数读者持"死于宝玉宝钗婚前"说。张庆民认为，黛玉之死的时间，"当在宝玉宝钗议婚之前，其序次大致为：黛玉之死—金玉姻缘—贾府被抄。黛玉之死对于宝玉的打击是可以想象的；然而尘世的义务和责任使他不得不继续婚姻之旅，于是金玉姻缘开始了"②。白盾则从"揆痴理"事件入手，分析了曹雪芹的整体性时间构架："宝玉与黛玉、宝钗的爱情角逐将以藕官与菂官、蕊官间的关系的方式发展。藕官为中心，菂官、蕊官先后为继的形式而非你死我活的形式。'菂'字指'莲实'，喻黛玉这个'芙蓉'。菂官死，藕官'续'了蕊官。……黛玉先逝，当有如菂官之先逝。"③他认为，只有这种处理才符合宝玉的"痴情"，也与钗黛之间的"金兰契"一致。接受史上也有人认为黛玉死于宝玉婚后也即八十回后不久，吴世昌指出："'离魂'是'通部书中承上启下的大关键'，既然林死后书里还有许多故事，可见黛玉之死不可能发生在八十回后很久。作者不忍叫林姑娘死得太早，但若要这位无辜少女来分担行将降落贾府的种种磨难，想必使作者更受不了。"④唯独周广曾从角色分量与所占篇幅比例出发，提出了与众人不同的观点，认为"黛玉固然也像晴雯那样早夭，但她从书中消失的时间却并不很早，而是也参与或目了诸如二宝完婚和贾府被抄一类的大事。作为小说的女主角，她是不能消失得太早的：太早就没戏了"⑤。对于黛玉死亡的具体时间，则有春末夏初说与中秋月夜说两种。

对林黛玉死亡原因的探讨具有更大的空间，批评界得出的结论也最多，因为它并不局限于具体的个体行为选择，更是来自于个体与社会、主体精神与客观现实、有形与无形的综合性力量。研究者主要沿着自杀与他杀、性格悲剧与社会悲剧的不同方向理解黛玉的死因。陈其泰在第九十七回"林黛玉焚稿"总评中叹道："屈子吟《骚》，江郎赋《恨》，其为沉痛，庶几近之。"他认为黛玉是屈原、贾谊人格信仰的化身。曲沐、辛若水等人进一步完善了这一说法，认为曹雪芹用"师楚"手法，将屈原之幽怨心态、生命人格和生死观念映射在黛玉身上，她应该死于精神自戕。涂瀛指出，她死于自己"不为时辈所推"的"人品才情"，才情使之"不得于姊妹，不得于舅母，并不得于外祖母，所谓曲高者和寡"，"木秀于林，风必摧之；堆出于

　　① 版本定位参照周汝昌《红楼梦新证》（下），第 952～997 页，北京：人民文学出版社，1985 年。
　　② 张庆民：《黛玉之死考证》，《红楼梦学刊》，第 102 页，2002 年第 2 辑。
　　③ 白盾：《从"真情揆痴理"看曹雪芹的婚恋观——兼论宝、黛、钗爱情结局与原作整体构思》，《济宁师专学报》，第 77 页，1999 年第 1 期。
　　④ 吴世昌：《林黛玉之死》，见吴令华编：《红楼梦探源》，第 262～264 页，北京：北京出版社，2000 年。
　　⑤ 周广曾：《他年葬侬知是谁——也谈曹雪芹笔下的林黛玉之死》，《江西学院学报》，第 20 页，1995 年第 4 期。

岸，流必湍之；行高于人，众必非之"①。梅苑认为黛玉死于其不懂作假的人性之"真"，是一个理想主义者的毁灭。以上诸观点主要从黛玉自身挖掘其死因，强调其自身人品、人格的悲剧性因素。更多人深信黛玉是为爱情而生，必死于"恋爱失败"，并与某些具体的外在原因密切关联。王昆仑认为其"恋爱失败"的重要原因就在性格与环境的冲突。蔡义江、梁智归等人认为，宝玉避祸在外久久不归，黛玉因思念过度泪尽而亡。张锦池等人则指出，"她的死是由于受到双重的致命打击，一是贾宝玉与薛宝钗定亲，一是贾宝玉身陷图圄"，而且死时不可能是"焚稿断痴情"，而应是"抚稿追昔"，不是带着对宝玉的误解而是牵挂，不是带着对宝玉的怨恨而是对封建统治阶级的怨恨而死。② 还有大部分读者从社会批判的角度出发，挖掘封建制度、文化礼教、门阀观念、婚姻体制等强大社会力量的罪恶。他们或者认为黛玉死于对贾府命脉具有操纵力量的具体个人，如王熙凤、贾母、元春、王夫人等，或者只是作出理性而笼统的判断，认为黛玉死于"贾府顽固贵族集团"与封建礼教。而周汝昌认为，除此之外，赵姨娘的诬陷也是致命的一击，正是她诬构宝黛有"不才之事"，使本就患病的她不能忍受这一罪名与骂名，无法支撑，投水而亡。朱眉叔则明确指出，是封建反动势力的五条绳索勒死了黛玉：即"存天理，灭人欲"的封建礼教观念，"父母之命，媒妁之言"的封建婚姻原则，"门当户对"的财势观念，扼杀女性平等要求的妇德闺训，以及"始于事亲，终于事君"的忠孝观念。③这五条绳索有粗有细，可是它们拧在一起，就成为必致黛玉于死地的强大力量。

无论是性格悲剧说还是时代社会悲剧说都不能否定一个事实，即黛玉是悲伤过度而逝。但就死亡的具体方式而言，又有不同的说法，最具代表性的观点是"泪尽夭亡证前缘"，蔡义江、梁智归等人都持这种说法，其他还有"悬梁徇情"说、自投于水说、病重并感伤过度说、精神自杀说等等。关于具体死地的说法主要有三种：即死于尼庵、悬于梁上或自沉于水，自沉之具体处所又有凹晶馆、浸芳池之别。

说法不一产生的原因恰恰在于黛玉之死这一具体情节的缺失，正是这一"空白点"带来了黛玉死因、死法、死地、死时的不确定性。不确定因素的存在使文本成为一个允许读者参与，并期待读者填补的空框子，即罗曼·英伽登所说的"图式化结构"，读者可以根据自己对文本的理解填补未言部分的具体信息。但是，这种填补并不是任意的，谁也不可能说林黛玉死于烈火或者死于终老，他们的理解基本上能够在小说本文中找到相关的信息内在依据。

（二）"隐含的读者"对再创造的指引

就如同一个构架完成却未曾装修的房子，其具体走向、门窗个数、采光效果以及可以适应的装修风格基本上已初见端倪。任何一本成功的小说，无论它有多少不确定的空白点、断裂与缺失，但其已知的信息会组成一个大致的网络结构，引导读者对朦胧的文本进行合理的具体化。这个网络结构就是"隐含的读者"，它是"一个由本文引起读者响应的结构组成的网络，它强迫读者去领会本文。……它本身也由各种各样的视野组成，这些视野概述了作者的观点，也为读者实现本文预定要让他实现的东西指明了道路"④。作为本文结构的读者角色，其实是作者提供的信息构成的意象视野，它引导读者理解文本意义的具体指向。值得注意

① 涂瀛：《红楼梦论赞》，见一粟编：《古典文学研究资料汇编·红楼梦编》，第 127 页，北京：中华书局，1965 年。
② 张锦池：《论林黛玉性格及其爱情悲剧》，见《红楼十二论》，第 239～242 页，天津：百花文艺出版社，1982 年。
③ 朱眉叔：《红楼梦的背景与人物》，第 258 页，沈阳：辽宁大学出版社，1986 年。
④ 沃尔夫冈·伊塞尔：《阅读活动——审美反应理论》，霍桂恒译，第 46～47 页，北京：中国人民大学出版社，1991 年。

是，"隐含的读者"是艺术本文自身信息的集结，与文本之外的信息无关，但《红楼梦》是一个特例。脂批虽然是文本之外的批语，但研究者得出结论：这些批者是熟悉曹雪芹创作意向的亲友，周汝昌先生甚至认为曹雪芹就是脂批的主要人物。所以，脂批可以算是文本自身意向的有机构成，其提供的信息也是我们分析的有效依据。

如"草蛇灰线"般若隐若现的伏笔技法在《红楼梦》中被运用得出神入化，脂批称之为"千里伏线"法。小说文本通过神话、寓言、梦境、诗词曲赋、灾异现象等具体手段暗示了每一个重要人物的命运走向，因此，即便故事没有读完，人们也可以根据这些暗示得到故事与人物命运的大致结局。西方有句名言：性格决定命运。性格如果与环境处于不可调和的矛盾中，则注定了这种性格的悲剧性与牺牲结局。《红楼梦》在几百个人物严丝密织的网络结构中全面展示了封建伦理柔软而强大的杀伤力，并通过具体而传神的细节描写充分展示了人物的性格特征，黛玉就是这一伦理大合唱中最不谐调的音符，她注定会在孤独与伤痛中夭逝。文本第十八回"第四出，《离魂》"处，序本批曰：《牡丹亭》中伏黛玉之死"。至于如何夭逝，我们可以在文本中寻找相关的信息，并据之思考前人的分析是否符合文本自身的结构指向。

文本开头就给读者提供了笼罩全书的神话意象，青埂（情根）峰下灵性已通的补天之石，灵河岸边三生石畔的甘露浇灌，定下了"木石前盟"与泪尽人亡的神秘基调。全书女性命运的纲领性提示当在太虚幻境一回。《枉凝眉》唱道："一个枉自嗟呀，一个空劳牵挂。一个水中月，一个镜中花。想眼中多少泪珠儿，怎经得秋流到冬，春流到夏！"有论者据此认为黛玉死于对宝玉的思念，因为宝玉"秋季"遇祸患离家，黛玉哭至次年春末泪尽而亡。这样的理解基本能够成立，它不仅合了神话故事的"情根"主题与"还泪"寓言，也与文本的基本情节及人物性格吻合。关于黛玉死亡在文本中的位置，吴世昌从第一回甄士隐对《好了歌》的注解"昨日黄土陇头埋白骨，今宵红绡帐底卧鸳鸯"看出，宝玉于黛玉死后不久结婚，"至于林黛玉泪尽而死的时间，当发生在第八十回之后不久，从此前几回连续出现的暗示中可证"①。从第七十回"林黛玉重建桃花社"至第八十回，多个回目发出了林黛玉将亡的征兆。《桃花行》中有道："泪眼观花泪易干，泪干春尽花憔悴。……一声杜宇春归尽，寂寞帘栊空月痕！"诗句不仅暗示了她将逝去，也暗示了春尽月夜的具体时间。而"抄检大观园"不仅是整个理想世界即将倾颓的前奏，还直接在黛玉的房间里搜到一些宝玉的披带、荷包、扇子之类的东西，这可以成为批评界以黛玉遭谗言而加病至死的文本依据。紧接着的三回，即"凹晶馆联诗悲寂寞"、"俏丫鬟抱屈夭风流"、"痴公子杜撰芙蓉诔"可以看作是黛玉将亡浓墨重彩的铺垫。以此可见，死于八十回后不久的结论有相当可信的说服力。因此，若以"作为小说的女主角"不能消失得太早为由，而断定其必目击二宝完婚之论，则显出离开文本妄加论断的主观随意性。

由于"金陵十二钗"正册上第一页画着两株枯木，木上围一玉带，又言"玉带林中挂"，胡文彬等人从这里得出林黛玉死于悬梁的结论。徐继文将此与《葬花吟》结合进行研究，得到了这样的结论："花谢指桃花凋残零落，花飞乃柳絮离枝飞扬……以花拟人，桃花喻林黛玉，柳絮指薛宝钗。花谢花飞乃暗示她二人殊途同归——死亡！……我考证她二人因大观园祸变，宝玉被抓走后……悲愤不已，士为知己者死，悬梁自尽而徇情。"笔者认为这种理解稍嫌牵强，它只能解释黛玉的归宿，却违背了本文结构对宝钗的暗示。她虽有才华，但与黛玉相比，应不是判词中所言的"咏絮才"，而是"停机德"，又怎能强行与"柳絮"意象挂钩呢？而且判

---

① 吴世昌：《林黛玉之死》，见吴令华编：《红楼梦探源》，第 262～264 页，北京：北京出版社，2000 年。

词中题:"玉带林中挂,金钗雪里埋。"依此看来,若黛玉死于悬梁,宝钗应埋于雪中,二者死亡之季节与方式应该是完全不同的。[终身误]云"空对着,山中高士晶莹雪;终不忘,世外仙姝寂寞林",也明确显示宝玉并不是同时拥有黛钗,如果同时拥有,就有违木石前盟和情根指向,因此,她们二人不可能同时夭亡,应该宝钗在后。端木蕻良则从《葬花吟》中"质本洁来还洁去"一句得到启发,认为水洁净,是生命之泉,而"女儿是水做的骨肉",并进而从"娇花照水"的描写和《芙蓉女儿诔》"素女约于桂岩,宓妃迎于兰渚"等相关的内容得出黛玉赴水而亡的结论①。周汝昌也持"自投于水"的观点,而且指出具体的时间是"中秋之月夜,地点即头一年与湘云中秋联句的那一处皓暟清波,寒塘冷月之地"②。他这种理解的重要文本线索是第七十六回"凹晶馆联诗悲寂寞"的最后一句绝响"冷月葬花魂"。

可见,悬梁与投水两种解释的确能够在本文中找到令人信服的依据,具有较强的说服力。但由于理解既得遵循本文结构的指引,又受理解者自身视野的影响,因此,同是以"冷月葬花魂"作为理解的出发点,周广曾又有不同的理解。他指出,第五十回宝玉从栊翠庵折取回红梅后有诗云,"不求大士瓶中露,但乞嫦娥槛外梅",大士与嫦娥都指妙玉,她所住的尼院当然就是广寒宫了,所以吟出"人向广寒奔",意味着黛玉住进了尼院,并死在这孤寂清冷的所在。

在接受美学看来,文学不是具体恒定的事实,文本话语的模糊性与文本结构的开放性决定了其永远生成的可能性,但文本自身的网络结构"隐含的读者",则为我们的历史性理解提供了基本的指向。在文学解释的链条上,只要我们的假设与推论能够在文本中找到合理的信息依据,就可以承认其解释的有效性。笔者认为,文学解读的多重性能够不断满足读者永无止境的想象欲望和不断深入的体验激情,这构成了文学最重要的魅力。而理解的深入,还能掘开文本中可能存在的结构性矛盾,并发现作家创作的深层危机。

(三)文本结构矛盾与曹雪芹的创作危机

曹雪芹创作的《红楼梦》因其浑然天成的语言和结构形式,细腻深邃、博大悠远的人文内涵,被公认为中国的小说经典。一旦被确认为经典,它就在危险地靠近"通俗"艺术般的认知惯例,使读者很容易窒息在他人的经验阐释樊篱中。因此,当代读者有必要重审经典,启开另一个解释的维度,还原经典文本永远的开放性,也为今天乃至未来的创作提供有益的借鉴。笔者经过详细的研读发现,以林黛玉之死的解读为起点,可以发现残本比全本具有更大的审美意义。

脂批的有关信息强烈暗示着全书的总回目不是续作的一百二十回,而是百一十回。庚辰本第二十一回回前批曰:"……然未见后三十回,犹不见此回之妙。……此回'娇嗔箴宝玉,软语救贾琏',后回'薛宝钗借词含讽谏,王熙凤知命强英雄'……今日写袭人,后文写宝钗;今日写平儿,后文写阿凤。文是一样情理,景况光阴,事却天壤也。多少眼泪,洒与此两回书中。"这一批语明显表达了这样的意思:见过后三十回的读者,方真正领略本回与后三十回中的对映,可见,批者已"见过"后三十回,其中有"薛宝钗借词含讽谏,王熙凤知命强英雄"一回正好与此回对照。即此稿总回目为八十回加上三十回,即百一十回。庚辰本第四十回回

① 端木蕻良:《林黛玉之死》,《红楼梦学刊》,第338~339页,1993年第4辑。
② 周汝昌:《冷月寒塘赋宓妃——黛玉夭逝于何时何地何因》,《河北师范大学学报》(哲社版),第22页,1984年第2期。

前批云："钗玉名虽两个,人却一身,此幻笔也。今书至三十八回,已过三分之一有余。故写是回,而使二者合而为一。"这条批语透露了"钗黛合一"的指向,也给出了全书回目的数量:如果原书为百一十回,那么三十八回正好超过其三分之一;若为百二十回,三十八回则未及三分之一。

至于这三十回是怎样佚失的,学术界大致有两种说法:一是在传阅的过程中不小心丢失的,一是作者在"重读"之后割爱砍去的。第一种说法不具备人为的痕迹,纯粹是不得已。但如果是有意而为,我们就可以深入探究一下其内在的动机。白盾在《悟红论稿》中指出,曹雪芹在文本处理中"钗黛合一"与"政宝合一"的倾向,既违背了生活逻辑与人物性格发展规律,也违背了自己"内宇宙"的真实情感,并使自己建构起来的充满着爱情美与人性芬芳的爱情悲剧重新跌入传统的泥淖,"新人"形象的叛逆性也被消解。因此,《红楼梦》未成全璧的原因在于思想矛盾导致曹雪芹陷入了深重的创作危机之中,无法写下去,而所谓后三十回本只存在于作者的构想中。他还指出,也不排除作者已经写完了后三十回,但在所谓的"旧时真本"、"端本"、"三六桥本"中,都淡化了悲剧色彩和矛盾冲突,宝玉沦为乞丐而并未出家,这样的"真本"因削弱了批判功能、取消了美好希望,终于敌不过程高本的竞争而被淘汰。霍国玲等人则认为,这三十回是作者有意删去的。他们从《红楼梦》第二回贾雨村在"智通寺"看到的对联寻找这一立论依据。对联写道:"身后有余忘缩手,眼前无路想回头",而雨村想道:"这两句话,文虽浅近,其意则深。"甲戌本有脂批云:"一部书之总批。"这一批语意在明告读者:有许多东西作者"不能公开说出,只好隐写在小说之中",靠读者自己在看似"眼前无路"的残缺文本中"回头"去理解,去领悟。他们的解释无疑具有一定的说服力,但也存在某种牵强,因为全书多次表达了这种人生感悟,未必就是对文本自身回目删改的暗示。笔者认为,如果说作者真是自己割爱的话,"不能说出"的原因除了受到意识形态力量的限制之外,还在于他陷入了难以逾越的创作危机,小说的总体构架出现了无法调和的矛盾与冲突。

前文分析到,黛玉之死的多重解读大部分都能够在文本中找到相关的信息依据,属于合理性解释。但这些解释却暴露了《红楼梦》中"隐含的读者"这一结构指向的明显矛盾性,最突出的矛盾表现在死亡方式与死亡时间上。作为人物命运预告的"金陵十二钗"簿册首页上的判词确实隐藏着黛玉死于悬梁自缢的信息。但端木蕻良与周汝昌等人得出的黛玉赴水而亡的结论也有充足的文本证据,"质本洁来还洁去"的人物归宿自我指向,"凹晶馆""冷月葬花魂"的"气数"所指,"芙蓉"①花傍水而生的习性等等,都暗示了其终归于水的选择,而且正好与"隐含的读者"对"女儿是水做的骨肉"这一意向性评价吻合。如果说曹雪芹一定要写出黛玉之死,到底怎样死就让他颇费心思。如果作者根据太虚幻境中"假作真时真亦假"来否定判词中黛玉自缢的暗示,而以脂批所云"《葬花吟》是大观园诸艳之归源小引"(二十七回回前批)为准则,强调其"质本洁来还洁去"的指向,以投水为结局,则直接与本诗中"一抔净土掩风流"、"强如污淖陷沟渠"流露出的对水葬拒绝态度产生矛盾。同样让作者难以处理的矛盾还在于死亡季节的安排上。死于春末的观点有相当坚实严密的文本根据。《枉凝眉》的歌词和《桃花行》"一声杜宇春归尽,寂寞帘栊空月痕"、《葬花吟》"一朝春尽红颜老,花落人亡两不知"的诗句,都以强大的力量指引着读者:因宝玉"秋季"遇祸患离家,黛玉因思念哭至次

---

① 端木蕻良:《林黛玉之死》,《红楼梦学刊》,第 339 页,1993 年第 4 辑。文章分析道:"《红楼梦》中,宝玉作《芙蓉女儿诔》,名义是祭'晴雯',实在是祭'黛玉',这几乎已是公认的事了。"晴雯一直被认为是黛玉的副本形象之一。

年春末泪尽而亡。但中秋夜有关"气数"的联诗绝响"冷月葬花魂",无疑在接近死亡时间的地方暗示读者的理解方向:黛玉死于某年的中秋月夜。可见,文本精心建构的"隐含读者"结构网出现了无法解决的矛盾。

如果硬是要解决这种矛盾,作者可以删除"凹晶馆联诗悲寂寞"一回,但黛玉、湘云乃至妙玉的命运暗示、性情神采都将大打折扣。脂批回评云:"此回着笔最难。……云行月移,水流花放,别有机括,深宜玩索。"批语同样在引导读者深味其中的"机括"、"玩索"与重要人物相关的潜在信息,而决不可能被略而不谈。即便是删除了这一回目,他也无法解决死亡方式上的矛盾。而且,提供这些相关信息的回目,无一例外都是最精彩绚烂、动人心魄之处。所以,曹雪芹与其保全消解了矛盾冲突、散尽了爱情芬芳、削弱了新人品格的后三十回而置自己的精彩故事于重重解读危机之中,还不如忍痛割舍那无法避免的确定性描述,让读者在情节缺失中细味小说中互存歧义的相关暗示,得到符合小说情感逻辑的合理性解读。这种处理在曹雪芹本人也许只是迫于无奈,但在小说自身的流传中却具有巨大的意义。

正是因为文本的结尾悬而未决,而文本之中的种种暗示又显露出相互矛盾却自成一体的不同理解方向,使文本"隐含的读者"的指向具有了交叉性和相互否定性,给读者的精确解读带来了些许困难,却引导了"多声合鸣"的多重叙事效果,为读者的开放性理解提供了可能,让读者可以在无言处、模糊处、矛盾处领悟其深长的多重意味。也正是这有意无意的删减,启开了《红楼梦》永无止境的解释空间,使之成为逾越时空樊篱的文学经典。从这一角度看,曹雪芹的创作危机以及他对这一危机的处理,具有了积极的审美意义和文学史意义。

第四节　解读范例介绍

一、姚斯在阅读视野的三重嬗变中解读波德莱尔的《烦厌》

姚斯:《阅读视野嬗变中的诗歌本文:以波德莱尔的诗"烦厌(Ⅱ)"为例》,见[德]汉斯·罗伯特·姚斯、[美]R.C.霍拉勃著,周宁、金元浦译:《接受美学与接受理论》,沈阳:辽宁人民出版社,1987年。

烦厌

戴望舒　译

我记忆无尽,好像活了一千岁。
抽屉装得满鼓鼓的一口大柜——
内有清单,诗稿,情书,诉状,曲同,
和卷在收据里的沉重的发丝——
藏着的秘密比我可怜的脑还少。

那是一个金字塔,一个大地窖,
收容的死者比义冢都难比。

我是一片月光所厌恶的墓地,

那里，有如憾恨，爬着长长的虫，
老是向我最亲密的死者猛攻。

我是旧妆室，充满了凋谢的蔷薇。
一大堆过时的时装狼藉纷披，
只有悲哀的粉画，苍白的蒲遂
呼吸着开塞的香水瓶的香味。

当郁郁的不闻不问的果实烦厌，
在雪岁沉重的六出飞花下面，
拉得像永恒不朽一般的模样，
什么都比不上跛脚的日子长。

从今后，活的物质啊，你只是
围在可怕的浪花中的花岗岩，
瞌睡在笼雾的沙哈拉的深处；
是老斯芬克斯，浮志不加关注，
被遗忘在地图上——阴郁的心怀
只向着落日的光辉清歌一快！

　　姚斯以法国诗人波德莱尔的诗歌《烦厌》为例，严格遵循三级阅读的步骤，依次对此诗进行了层层深入的解读：审美感觉进展视野中阐释重建、理解反思视野中的阐释活动和接受史变换视野内的历史理解和审美判断。解读的结果充分说明了这样一个问题：诗歌（其他文学作品也一样）的阐释在历史中、在具体阅读个体的审美经验视野中具体地展开，诗歌的意义不是凝固的，而是不断丰富，无法穷尽的。

　　（一）审美感觉视野中的阐释重建

　　在对《烦厌》进行初级阅读阐释时，姚斯在诗歌标题中获得了最初的审美感觉，即诗歌表达的是"烦厌"的主题。但这种烦厌到底是一种抑郁状态，个人怪癖，抑或世界存在？由于传统抒情诗造成的期待，"烦厌"一词应该包含某种神秘性的、更新的、更深的意义，或者复活一个古老的、被人遗忘了的意义。

　　然后，他一行一行地阅读，在诗句的语词、音律、节奏、停顿和意素的对称与非对称中，体悟诗歌的主题意义。他直接从"我的记忆无尽，好像活了一千岁"入手，指出"第一个词就表明了自身，第一行诗就定下了格调，夸张的数字"千"，序曲般的音律，引领读者向记忆无限的领域探询。那么"我"的"烦厌"到底是大的幸福还是深的痛苦？抒情主体是具有超常的勇气还是被痛苦淹没了一切？第二行到第五行，诗的结构形成了一股强劲的张力，这种张力在第五行迟迟道出的一句"藏着的秘密比我可怜的脑还少"时，自行消失。这"一连串的双重的、以 s 为头韵和子音 r 组合的语音系列［secrets（秘密）……triste（可怜的）……cerveau（头脑）］，烘托出索然寡味的枯燥感。我们还注意到语义层次押韵的词的突发效果。形容词与名词在严密的组合中出现的倒置，在韵律上也得到了加强……"光阴已逝，岁月如潮，"烦厌"是因此而来，还是因"美的无序"？旧书柜藏满旧物和记忆，清单，诗稿，情书，诉状，曲同，收据、发丝等等，枯燥乏味的与富于诗意的事件构成了鲜明的对照，狼藉旧物实现着对美的亵渎。

接着，诗歌以异峰突起之势亮出"金字塔"等意象，记忆推向了对死亡的探寻：金字塔是死者的墓碑。至此，诗歌通过"秘密"、"金字塔"、"死人"与"头脑"、"地窖"、"义冢"系列意象对比，强化了诗歌的含义。在抽屉里的小秘密和金字塔中的大秘密之间，在小小头脑与巨大坟墓的容纳之间，诗意再次向无限的巨大推进；而坟冢的毫无价值又将围绕着金字塔的崇高一扫而净。"秘密"与"死者"相对应，是否暗示着记忆的秘密意味着记忆的死亡？诗中，抒情主体一再试图证实自身，一再进行比较，又一再将比较收回；诗意运动到达新的起点。"我是一片月光所厌恶的墓地"，自我声明以最奇特的形式将记忆拉向耶稣受难处神秘怪诞的氛围，而躁动不安的情绪，"有如憾恨，爬着长长的虫，老是向我最亲密的死者猛攻"。这种夹杂着怀疑、焦虑或无名痛楚的情绪一直延伸，伸向另一堆记忆："旧妆室"、"凋谢的蔷薇"、"过时的时装"、"悲哀的粉画"、"苍白的蒲遂"。美的无序再一次呈现，在空无一人的室内，这些事物孤独而衰败，而"呼吸着开塞的香水瓶的香味"一句，又将诗歌意义推向怪诞与不和谐。

紧接下来的四句诗（第六节）又将"烦厌"情绪转变了方向："我"与记忆的主题消失了，烦恼不再来自过去，而是来自漫长的日月、飞雪的年月，来自漫无涯际、令人窒息的冷漠。这四行诗与上面的四行诗构成了一个对称的整体。音韵的对称在 roses fanées（凋谢的蔷薇）与 boiteuses jounées（漫长难熬的日月）之间、modes surannées（过时的时装）与 neigeuses années（雪岁）之间建立起一种联系，诗意从凋谢蔷薇的美发展到漫长难熬的日月，时光流逝被升华为岁月如同沉重的雪花的单调之美，而"什么都比不上跛脚的日子长"一句又用音韵的变化强化烘托出无尽的烦愁。诗意的反讽在最显著的对韵［incuriosité/immortalité（冷漠/永恒）］中表现得尤为突出。如果诗歌的意蕴就如此在单向度中展开，将烦厌情绪推向终点，那么，解释的无限性可能也会受到阻碍。

最后一个诗节喊出"从今后，活的物质啊，你只是"，与前面截然不同。"从今后"将时间由过去转向将来，具有一种预言性质；断然的口吻具有一种无人能辨的权威性；"你"到底是谁？"活的物"指什么？是不同于"物"的有生命的人？是抒情主体的变形？还是主体精神中"我"的分裂？意义的空间被个性化理解无穷地启开。再看诗的结尾："你"竟是"花岗岩"，与斯芬克斯一样，瞌睡在笼雾的沙哈拉深处。一系列的词语强化了可怕的物质化过程。然而，在这阴郁的情绪中，冷漠的太阳在无人的物质世界中"睡"去了，老斯芬克斯唱出了生命最后一曲反叛之歌。最初的审美感受就此形成。

（二）反思视野中的阐释理解

波德莱尔认为，美是"一种热烈痛苦的东西，又是多少有些朦胧、可以自由猜想的东西"[①]。他强调，美包含着可以自由猜想的未定性，以及痛苦与热烈的对立统一性。姚斯对《烦厌》的二级阅读就此展开，反思初级审美阅读中产生的迷惑，并深掘诗歌内在的统一性。

诗歌形式的整体性在波德莱尔的诗中有独到之处。一方面，他保持了大体严谨的格律而且运用自如；另一方面，诗歌结构的对称原则又不断被抒情运动不对称的伸缩所打破。波德

---

① 波德莱尔：《烟火集》16，见周宁、金元浦译：《接受美学与接受理论》，第201页，沈阳：辽宁人民出版社，1987年。

莱尔对诗下定义时说道:"诗以韵律来满足人们对单调、对称与惊异的永恒的要求。"①《烦厌》一诗的不同凡响之笔就在于不对称倾向形成的力之中。该诗的诗节、句法单位以及大幅度的对比和自我确证,不断打破诗句韵律及句法对称的和谐系统,直到最后一节方才止住。最后一节是全诗的概括,而其七句长短不一的诗句,更将这种不对称性推向了顶点。紧接着,姚斯细致地分析了"烦厌"形式上的不对称,以及这种不对称造成的张力。他的分析从两个方面展开,即每一节诗行数量造成的外在形式,和音韵系列造成的话语节奏、韵律。诗歌一共有七节,分别为一句、四句、两句、三句、四句、四句和六句。这种句段的排列给人一种强烈的不对称感,只有第五节和第六节形成了基本的对称和谐,进而又被最后一节打乱。也正是看似对称的第五与第六节,又因节奏的加快产生了一种单调的、深不可测的感觉。在韵律方面,诗歌遵循不对称发展和韵律突然停顿的韵律构成原则。譬如,将记忆喻为"一个金字塔,一个大地窖",又急转直下,忧伤地进行自我确证——"我是一片月光所厌恶的墓地",并在紧接一节的诗行中,在虚空无人的"旧妆室"中再一次体味到自我确证的徒劳无益。而当"我"从记忆拉向今天之后,诗歌又转换了人称,由"我"而转向"你";转换了时间,由过去、现在,转向了未来、永恒;转换了方向,由"内"转向了外,转向了物质化的寻找与确认。不对称造成了理解的艰难,也造成了诗歌的张力。

诗意在诗歌形式与意象的斗折蛇行中存在、展现。标题与首句就唤起了读者的期待,然后抒情主体在记忆中一次次地寻找,一次次地归于陡然。展现在主体面前的是杂乱的"旧物"、"金字塔"、"墓地"、"花岗岩","我"在寻找中消失、隐匿了;最后一个莫名的权威宣判赋予了"我"一个最持久的存在本质:斯芬克斯的本质。姚斯指出,烦愁与记忆一开始就加入了向深不可测的世界探伸的运动。一遍遍的阅读使我们发现,"我记忆无尽,好像活了一千岁",一开始就产生了进一步寻找本质的企图,而并不是初级阅读所得到的感受:烦愁来自记忆。初级阅读的经验正在被反复阅读修正。事实上,这个"我"被记忆淹没,这个我害怕记忆抹不去,害怕在记忆中不能重新发现自己。"我"偶然驻足于回忆,却发现在永无休止的运动中,回忆中的一切都变成停止、死亡、空虚与不可知,而最终那个自足的主体也陷入了无休止的运动中。

姚斯指出,形式上的发现与主题上的发现相互映衬。在诗歌韵律运动终止之时,自我经验却永无终止,抒情主体的"烦厌"经验具有一种难言的焦灼感。这种焦灼,就是本诗建立统一性的原则,不但可以解释烦厌的潜在根源,也可以显示其显在的结果。一切自我向心力的失落,造成了空间和时间的无限延伸,而寻找终点的"我"迷失了路线,并被对象化为花岗岩凿成的人面兽身雕像。为了检验论证这一假设的成立,姚斯引证了波德莱尔《开诚布公》中的一段小小注释:"在道德中,犹如在物理中,我总有一种深渊感。不是一种睡眠的深渊,而是一种活动的深渊:梦、记忆、欲望、痛苦、美、忧伤、数等的深渊,我以愉快和恐怖剖析我自己的歇斯底里症。"②这段小注是对《烦厌》最透彻的评论。它把世界焦灼描述为经验的断裂,这种经验存在于人们的记忆、痛楚、欲望、日常活动以及审美经验中。在《烦厌》中,焦灼表

---

① 波德莱尔:《序言大纲》,见周宁、金元浦译:《接受美学与接受理论》,第 202 页,沈阳:辽宁人民出版社,1987年。

② 波德莱尔:《开诚布公》,见周宁、金元浦译:《接受美学与接受理论》,第 206 页,沈阳:辽宁人民出版社,1987年。

现为"我"之外的世界结构的失落，其必然结果是，"我"从时间、空间经验感知中获得的确定性被摧毁，而在焦灼的灾难过后，茫茫人世中竟无"我"藏身之所。

如果说世界焦灼是"烦厌"的根源，那么诗中也通过审美的形式把握了焦灼，即将之付诸于语言表达并实现净化。诗中相对的意象显示了一种反叛自我异化与世界失落的痕迹：记忆中的空间并没有直接转化为混乱和僵化，而是经由"美的无序"才堕入意义的虚空。即使在恐怖中，充满焦灼的"我"也会在逃遁的路上出乎意料地发现美景，被人忘却的斯芬克斯、歌声、落日与焦灼的空间相互映照，有几分神秘的美丽。而"浮志不加关注"的斯芬克斯则成为抒情主体的再次具体化，是失落的主体的后继者，是神秘的歌者，是将恐怖糅入诗的人。这一切都体现了诗歌对潜在心理焦灼的超越努力。

姚斯指出，斯芬克斯不能被我们解释为抒情的"我"的最终变形，因为在变形的自我丧失之中，痛苦的"我"也能找到一个对立或远离尘器的藏身之地。但是，在"烦厌"驱使下，经验发展的途径表现为："我"不断倒置，成为"非我"；最熟悉的成为最陌生的。内外的界限消失，内在扬弃的东西会在外在异己的力中回归，而"我"已认不出"我"的异化。姚斯还进一步从寓言层面分析了"我"的自我寻找与确认。在将"我的头脑"与"一口大柜"对比之时，对比双项的界限消除了，抒情主体就与被比项融为一体："我是一片……墓地"，"我是旧妆室"。他指出，这不是比较，而是寓言式的自我确认，是我与非我之物化为一体①。《烦厌》一诗中，最初的寓言式确证告以失败，波德莱尔在后面继续使用人格化的寓言。诗歌使"烦愁"在寓言式的庄重氛围中出现，又在追根溯源的努力中提升到宇宙宏观的角度，并进而展现了"异化"中自我的统摄力。"我"被冬日"阴郁的冷漠"从世界的舞台上驱逐，被放逐到一个现世之外的永恒的未来中，心形皆失，成为"活的物质"——斯芬克斯。斯芬克斯本象征着一个被废除的统治者，在此处被置换为丧失了权力的自足的主体。但在本诗中，诗意并没有走向这一象征。在最后一个意象中，两个世俗的神话——斯芬克斯和记忆的石柱融为一体，为抒情运动的最后倒置作了铺垫。斯芬克斯所象征的那个真理，那个谜，变成了"无人的记忆"，遗忘的谎言。斯芬克斯本人打破了沉默，向着"落日"清歌一曲，暗示了旧曲的终结与新曲的开始。美最终克服了焦灼，变成了歌，也补偿了"我"的丧失。在结尾处，读者回到了诗的开始，在斯芬克斯的叹息中感受到岁月的无尽，存在的无尽。

姚斯指出，斯芬克斯与"我"，不是变形关系，而是抒情主体的置换关系。只有斯芬克斯说出，"我记忆无尽，好像活了一千岁"，才令人信服，才道出了诗无尽延伸的意蕴。

（三）接受史上变换视野内的历史理解与审美判断

历史理解必须完成文学本文历史语境的重建，必须对接受对象进行历史探讨。就当代读者而言，《烦厌》一诗可以满足或否定何种期待？本文可能与之发生联系的文学传统、历史条件、社会条件是什么？这首诗在不同的历史语境中都有哪些意义被具体化了？历史理解不仅要重建过去的语境，也要揭示初级阅读与二级阅读之间的时间距离，并认识到诗歌意义如何在影响与接受的相互作用中历史地展现自己，认识到本文在新的历史语境中如何生成新的、那个时代未曾具备的意义。姚斯历史地、系统地介绍并评价了从波德莱尔《恶之花》诞生之日

---

① 原文注：在此我感谢卡尔·波多的著名理论给我的启示，寓言的人格化形象在古代的德国文学传统中也能发现，例如亨利希·弗劳恩洛的《海葬》（见《德语研究季刊》第40卷，第324页，1966）。这种寓言式确证，在中国文学传统中也有渊源，"庄生梦蝶"的典故构成了中国古典文化中自我确认的原型意象。

至今的期待视野变迁和阅读效果史，并展示了《烦厌》、《恶之花》所具有的现代意义所经历的曲折历程。这一过程显示了诗歌在形式与寓意上的超前性，本文的开放性和意义生成广阔空间的存在。不过，姚斯坚持认为，阅读中关于本文的新的提问只要以本文为依据，而关于这一提问的回答显示的意义又在本文中言之成理，持之有据，那么这一提问与回答就是合理的，意义的阐释就是有效的；但不根据本文自身的内在统一性，仅凭历史经验进行的自由阐释，是缺乏凭据的，因此其意义也值得怀疑。

《烦厌》是 1857 年出版的诗集《恶之花》中的篇目。诗人大胆宣称："亵渎，我反对升天堂；猥亵，抛弃柏拉图式的理想之光……（这是）一本注定要表现恶的精神焦灼状态的书。"① 本书最初接触的是当时侧重于修辞学角度、偏重于道德一维的风格评价，诗人、诗歌与出版商都遭受到社会各界的刻薄批评。十年后，唯美主义诗人葛底叶为他辩护，指出，正是这本臭名昭著的诗集《恶之花》造成了视野的变化，波德莱尔的文学、美学、社会重要性，全在于他背离了浪漫主义②；《恶之花》标志着"文明最后时刻"与资产阶级民主及其改良者的幻觉（这构成了他们的期待视野）形成尖锐对立，它形成了一种新的"颓废风格"，第一次揭露了"现代之病"，以及畸形状况下人们的痛苦。

葛底叶诠释的价值在于，对这一批判潜在功能的认识，并分析了它在当时历史中遭遇的具体状况：资产阶级道德幌子下对《恶之花》的普遍愤慨与指责；与波德莱尔同时代的大多数读者拒绝接受该诗；先锋派文学家将该诗当作"颓废"的开山之作、首次具体化等等。第一种情况产生的原因在于，诗歌打破了浪漫主义的规范，触及到第二帝国时期资产阶级的自鸣得意，并以振聋发聩的非道德性摧毁了同时代读者虚伪的道德感。第二种情况产生于公众审美期待视野的落空。受浪漫主义诗歌滋养的读者，习惯于诗歌表现灵魂与自然的和谐应和，人类情感的交流，和半透明的经验抒情表达，以及主体性的确立。但是，波德莱尔在诗歌形式上以寓言的庄严取代了浪漫主义传统的个性化和情感直露，他借助久遭埋没的寓言方式，实现外在现实与内在现实的不断倒置，消除了自然与心灵的和谐；他引入无意识，使抒情主体"我"变幻莫测，意义经验的连续性无法捕捉，内在自我无法辨析；他将生命或世界焦灼的烦倦③主题加深，升华到"形而上"的世界焦灼上。他描写陌生、恐怖、令人掩目的东西，那些从自我灵魂最深的终极地狱，即无意识领域中挖掘出来的神秘对象。这些都超出了浪漫主义传统下的期待视野。因此，我们有理由说："波德莱尔作为现代诗人，超越了他的时代；其《恶之花》的独到之处在于针对浪漫主义的内在性提出了反主体，他试图通过诗把被抑制与禁忌的东西找回来，这是他空前的壮举。"因为超前，所以他不被公众理解。

保罗·波尔吉在《现代心理学》（1883）一书中，对《烦厌》组诗特别关注，并预测，颓废信仰将成为 20 世纪的一种灾难性的信仰。他还从自己时代的视野出发得出结论：波德莱尔的虚无主义源自他天主教信仰的失落，其"烦厌"表现中奔突着良心与对上帝不可抑制的欲求，并提出了宗教的世俗化命题。这一命题在波德莱尔接受史上具有划时代的意义。姚斯站在当

① 转引自周宁、金元浦译：《接受美学与接受理论》，第 214 页，沈阳：辽宁人民出版社，1987 年。
② 周宁、金元浦译：《接受美学与接受理论》，第 268 页注释[34]："他并不指向浪漫主义的此面，而是彼面——一个未开发的领域，一种野性蛮荒的东西。"沈阳：辽宁人民出版社，1987 年。
③ 波德莱尔将病理学的词汇"烦厌"引入诗，将世界性的存在焦灼具体化。葛底叶根据其"颓废"诗中的新义，将"烦厌"（spleen）与"烦愁"（ennui）区别开来，指出"烦愁"只是一种过时的美学标准，标志着"资产阶级的怯懦性"，而波德莱尔就谴责了这些"具有资产阶级怯懦性的读者，瑟瑟缩缩地梦着罗马的堕落与暴虐，梦着专制的尼禄，店主的淫乱"。

代的语境中进一步指出，波德莱尔的烦厌绝不仅仅是浪漫主义时代对"空虚的超越"，恰恰相反，他不仅有意识地、富有启发性地亵渎神秘经验和礼拜仪式，还赋予基督教神学原罪论以激进意义，用反自然主义美学反对浪漫主义自然宗教。不可否认，正是这种"富有启发性的世俗化"开启了浪漫主义的非浪漫化，使之成为现代主义的开山大作。《恶之花》作为虚无主义现代诗，很快在休士曼的理解中呈现出新的意义：烦厌不是失落的天主教信仰的回光返照，而是被压抑的驱动力于无意间的迸发；波德莱尔是译解"灵魂的象形文字"的第一人。这种心理阐释的范式流行了很久。但至此，《恶之花》"道德心理学"的净化作用与烦厌的崇高转化为"恐怖之美"还没有引起读者的注意，直到马拉美、瓦莱里等现代诗歌开启者的接受才动摇了这一现状。

20 世纪 30 年代的沃尔特·本杰明在对波德莱尔的母题进行研究时指出："《烦厌》表现的都是最基本、最原始的经验。忧郁的诗人带着恐怖眼看世界退回到混沌状态的自然。"他看出波德莱尔是一个"现代寓言家"，而现代寓言的烦厌在于自我异化意识的出现，"在于一种在劫难逃"的感觉，这种烦厌是对商品生产社会的反应，是无休止的技术发展导致了人类经验的破碎感和永恒的自我丧失感。本杰明站在西方马克思主义的理论视阈中，为波德莱尔的寓言写作找出了唯物主义的滥觞。他还试图在"自然的应合理论"中寻找对自我异化的"拯救"，但终告无效。吉哈尔·黑斯在这个问题上则较有见地。他在对《恶之花》的风景描绘研究中发现，"与风景形象的魅力和优越之处对比起来，烦愁更具'深度'，因为风景的魅力总是瞬间即逝的，而对焦灼的单调经验则是长久的、无边无际的。焦灼的表现是现时性的"[1]。他发现，正由于人格抽象的"精神"与"内在"特点，使寓言成了名副其实的诗歌表现手法，它能使人们感觉到种种倒置：外在风景内在化；忧郁的自我转化为难以把握、变幻莫测的伊德；高度的抽象获得最具体的效果。《烦厌》中正好体现了这些倒置：记忆的充实转化为一千年的空间；自我确证的努力导致封闭空间的再现，然后发展到永恒的单调，最后成为异化的物质的"我"——遗忘于沙漠中的古老的斯芬克斯。本杰明与黑斯的见地无疑为姚斯的现代解读提供了帮助，启开了想象的视野空间。

除了时间历史之外，文化背景、理论前提也是构成经验视野的重要因素。文本中心论者朱得·胡伯特遵循新批评"诗歌含混"的原则，不断探寻寓言的道德寓意，在不同的"盒子式的意象"（抽屉、大柜、头脑、金字塔、地窖等）中寻找诗意的含混。他认为，这种象征意义只有在感觉系列的一致性和诗的意义结构中才能确定；但若根本不谈寓意，任其自生自灭，又会造成琐屑和无意义。他把诗的结尾解释成"浪漫主义的太阳落山了"，或者死的欲望[2]。卡尔·布鲁尔的语言学诗学分析直接从诗歌的"烦厌"主题层次入手，得出了这样的结论：由于诗歌韵脚的对称、句子结构的平衡、声音结构的内聚力、句法和语音层次造成的和谐，从语言上缓和了主题上的否定与不和谐，表达的不和谐通过上述本文层次的和谐和均衡在美学上得到补偿；而波德莱尔的忧郁是"烦厌的恶魔式的否定特征的执迷，同时夹杂着玩世不恭、游戏人生的因素"。姚斯认为，布鲁尔的分析无法经受历史的批判，因为他对该诗的把握掩盖了烦厌主体建立的基本内容：否定性经验并没有通过诗行的对立和谐缓解，"我"与世界灾难一同迷失在时空之中，因此"我"无法以"玩世不恭"的态度欣赏这种焦灼。而塞巴斯蒂安·

---

① 周宁、金元浦译：《接受美学与接受理论》，第 223 页，沈阳：辽宁人民出版社，1987 年。
② 周宁、金元浦译：《接受美学与接受理论》，第 224 页，沈阳：辽宁人民出版社，1987 年。

纽曼斯特的结构分析则放弃对诗中烦厌意义的一切解释，试图在诗歌本文结构网络中找出其纯粹的"诗歌思想"。但他揭示的是诗歌结构镜子式的静态对称，并最后在"记忆"中迷失了方向。

姚斯指出，在结构分析中，人们无法回避诗歌结构中具体化的意义问题，否则就会背离诗歌的基本意图。劳伦·詹尼的句法发展结构分析则得出了诗歌意义的不同具体化。他认识到句法结构的无限状态或空间的非连续性，以及抒情主体的语法人称变换："我"——隐匿的"我"——"你"（斯芬克斯）。这种变换升华到遵循隐喻原则的"主体历险"层次上，诗在不断寻求本质确证，又不断遭受失败。直到诗歌结尾，凝固化的"我"，即斯芬克斯清歌一曲，全诗的意义才跃然纸上，不断确证的"我"在自己身后画了一幅记忆深渊的途景：从记忆到歌的发展线路，不仅是一条智慧的线路，也是尸骨陈列的线路，是人们从一种死亡到另一种死亡的线路，即从腐烂到矿物化的线路。詹尼的分析是最近法国先锋派"主体消解"理论的投影。姚斯认为，这种分析对恢复诗歌本文的审美功能大有裨益。姚斯对《烦厌》诗歌的审美判断与詹尼既有重合又有分歧。他们都看到了"沙漠一望无垠的开阔空间与空洞的、封闭的空间相对立，凝固化的命运与解体的命运相对立，而热烈追索记忆则被一片歌声所取代"①。不同的是，对最后一行诗歌的解释上，詹尼更加强调"歌中之死"，姚斯则想起作为"不可理解的斯芬克斯"之美。这两种解释相互映衬、相互补充。詹尼认为，第一行中"记忆的深渊"是"我"自我分裂的原因，而姚斯则进一步深究记忆深渊的意义何在，并且在世界焦灼中找到了一个回答，开启了本文的一种新的解释。

通过以上的接受史梳理我们可以看出，文学本文意义的阐释是在历史中具体展开的，历史与文化经验视野的转变会启开意义新的阐释方向。前人得出的成果会成为后继者的经验视野，而前人遗留下来的问题会为后继阐释者创造机会。

二、邬国平考察陶渊明诗歌在不同历史语境中的声誉变迁

邬国平：《中国古代接受文学与理论》，黑龙江人民出版社，2005 年。参见该著中"陶渊明接受史研究"一节。

接受美学认为，文学本文是一部交响乐谱，意义在读者的演奏中产生，因此，演奏的效果必然回响着读者所处的时代审美精神。邬国平在《中国古代接受文学与理论》一书中，以陶渊明接受史为个案，深入探讨了读者群和审美风尚变更对同一文学现象评价所产生的根本性影响。他深入挖掘历代的文学批评资料，历史性地展示了陶渊明诗歌及其本人在不同接受语境中的地位变迁。他发现，陶渊明在多数南朝人心目中仅位居"中品"，自盛唐始，其地位逐渐上升，至宋代获得"晋、宋第一诗人"②的声誉，成为与"诗圣"杜甫比肩的大家，甚至被推举为千古诗人之首。到了元、明、清三代，推崇声仍在，批评声亦起。陶诗风格、内蕴的不断被开掘，诗人声誉与地位的攀升与回落，构成了陶诗流动发展的接受史。而这一个案，深刻地说明了这样一个事实，即审美风尚、接受语境、读者群体的变化，导致了对同一作家、相同文本的不同评价与理解。

邬国平指出，陶渊明创作时的晋末宋初，社会审美风尚正处于过渡时期，从崇尚恬淡、

---

① 周宁、金元浦译：《接受美学与接受理论》，第 229 页，沈阳：辽宁人民出版社，1987 年。
② 洪迈：《容斋随笔》卷八，第 103 页，上海：上海古籍出版社，1978 年。

枯燥的谈玄论理，逐渐转向清新、秾丽的日常写景。随后，强调藻饰雕琢的骈文大畅。南齐永明年间，沈约等人又提倡以追求声律美为核心的声律论。在前人重清新秾丽和时人重声韵、文采的审美风尚影响下，崇尚美文成为南朝创作和批评界的普遍审美期待。而陶渊明诗歌创作带有玄言诗于平淡中寄深厚的语义特征，又在一些辞藻明美的诗句中显示出与后来诗歌的吻合，不过相比其他诗人的清奇秾丽而言，又颇显质朴平易。由于与时人尚美尚奇的审美期待具有较大距离，他在南朝人的评价中只能位居"中品"，其顺乎诗风衍化、超越时代、启示未来的艺术先觉者形象显然不可能被当时的评论界认定。

对于当时诗风移易先觉者地位的评价，钟嵘在《诗品序》中高度赞赏了"郭景纯用俊上之才，创变其体；刘越石仗清刚之气，赞成厥美。……元嘉中有谢灵运，才高辞盛，富艳难踪，固已含跨刘、郭，陵轹潘、左"。他认为，玄言诗首先是受到尚才尚气诗人的抗衡，后来又受到辞采富艳诗人的挑战，而终为后者所替代。在他看来，陶渊明在玄言诗的消歇中不足一提。而沈约、萧子显着眼于诗歌的语言是否秾丽，是否符合音律，因此，诗风平淡质朴的陶渊明被遗落在他们勾勒的诗歌发展史之外，也不足为奇。当时，人们普遍认为陶诗语言质直，"文取直达"（颜延之《陶征士诔·序》），视其为"田家语"，因而不被评论界重视，充分显示了陶诗的不合时宜。

虽然包括钟嵘在内的南朝人总体上认为陶诗文采不足，对之评价不高，但并不意味着他的诗歌被全盘否定。钟嵘指出，陶诗中"欢言酌春酒"、"日暮天无云"之类的诗句"风华清靡"、"文采明媚"，并对陶潜"文体省清，殆无长语，笃意真古，辞兴婉惬"的特点予以肯定。但他仍未能超越时代审美标准的制约，只能将陶渊明置于"中品"诗人。萧氏兄弟对陶渊明赏识有加，《文选》中选录了陶诗七题八首和《归去来兮辞》一篇，但与陆机、潘岳、谢灵运等人入选诗文相比，还是只处于中等。北齐阳休之自称"颇赏潜文"，他评陶渊明作品"辞才虽未优，而往往有奇绝异语，放逸之致，栖托乃高"[①]，主要欣赏其托意高远和惊拔语句，但对其辞才仍有不满。南朝文人的审美趣味在这些欣赏者的身上有所体现。在当时，对陶渊明评价最高的要数萧氏兄弟。萧统在《陶渊明集序》中盛赞他："文章不群，辞才精拔，跌宕昭彰，独超众类，抑扬爽朗，莫之与京。……语时事则指而可想，论怀抱则旷而且真。……尝谓有能观渊明之文者，驰竞之情遣，鄙吝之意袪，贪夫可以廉，懦夫可以立，岂止仁义可蹈，抑乃爵禄可辞！不必傍游太华，远求柱史，此亦有助于风教也。"[②]此文对陶渊明作品的艺术特征和社会影响都给予了高度评价，与当时的"中品"之位显然相距甚远。但《文选》采录陶之篇目仅在中等，评价态度也不一致。对于矛盾的形成，邬国平认为不能从萧统对陶氏作品价值的前后认识变化方面来理解，因为到底哪本集子编选在前并没有明证，那么只能说明选家的批评个性受到时代审美风尚的约束；同时，《文选》乃多人合作编选的成果，要充分考虑到编选集体的审美趣味。因此，尽管萧氏兄弟推尊陶渊明，也不得不迁就公众崇尚美文的审美期待而将之降为"中品"。

值得注意的是，南朝人不断传颂其"耻复屈身异代"的大节。这种一致褒赞其人品，却冷淡其作品的现象透露了南朝批评指向的另一面：将人品与文品分别予以关照评价。孔子"有德者必有言"（《论语·宪问》）这句话对两汉、唐宋批评家产生了深重的影响，但在儒学地位

---

① 《陶集序录》，见梅鼎祚：《北齐文纪》，影印文渊阁《四库全书》。
② 转引自李公焕笺注《陶渊明集序》，《四部丛刊》影印宋巾箱本。

下降的魏晋南北朝却并非毋庸置疑。当时的批评家更注意德与言、立身与作文的不一致性。时人称赞陶渊明的人品，但还不能欣赏其质朴的文章之美。即便萧统对陶之人品与文品都推崇备至，但也不像唐宋批评家遵循德与言的因果关系，而是分别评价的。总之，南朝尚美文的风气导致了读者期待视野与陶氏作品的距离，而批评界人品与文品评价的分离，使批评指向可以不遵循以人品论文品的线性逻辑。这构成了南朝评论界对陶渊明诗文评价不高的两大关键原因。

隋朝和初唐，陶渊明诗文的地位仍旧没能得到明显改变，但原因却不同于前朝。隋朝力矫齐梁浮靡文风，却强调文学"上明三纲，下达五常"，"征存亡，辨得失"，"济乎义"①的功用性。陶渊明不服务于现实的处世态度当然不能得到肯定性评价。唐初文坛依然畅行南朝华丽绮艳的风气，陶渊明仍被冷落一旁。高祖武德年间编撰的大型类书《艺文类聚》的收录情况显示了这一现实。例如卷六五"田"、"园"门中只选其田园诗一首；卷三六"隐逸"门中仅选《归去来兮辞》一篇，诗歌一首不录，使"古今隐逸诗人之宗"徒有虚名；卷二七"酒"门内只录《饮酒诗》一首，而录入庾信诗五首，这与陶诗"篇篇有酒"的谑号极不相称。显见，能够欣赏陶诗的经验视野还没能形成，其地位整体性提升的时代还没有来临。

但时代精神和读者的期待视野正在悄悄地变化，陶渊明终于在审美期待多样化的盛唐时期被多数人青睐，诸多诗人争相歌咏、引述与其行事和作品相关内容，如辞官归田、桃花源、菊花等，以述志抒怀。其诗歌地位也逐渐上升。杜甫有诗云，"焉得思如陶谢手，令渠述作与同游"（《江上值水如海势聊短述》），直接以陶谢并称、并尊，取代了前人惯用的"陆（机）谢"、"颜（延之）谢"、"鲍（照）谢"并称，大大提高了陶渊明的地位。"唐诗人宗陶者"条载："薛能、郑谷乃皆自言师渊明。能诗云：'李白终无敌，陶公固不刊。'谷诗云：'爱日满阶看古籍，只应陶集是吾师。'"可见，渊明的诗歌风格已经为唐人接受，并成为时人仿效与学习的对象，陶诗的意义正在慢慢显露出来。

随着接受环境和接受主体自身条件的变化，主体的审美经验和期待视野也会产生相应改变，人们会对过去的作家和作品产生许多新的认识，作出新的判断和评价。在宋代，陶渊明的作品得到社会的普遍认同，其身价达到了登峰造极的地步。苏轼评陶渊明，"自曹、刘、鲍、谢、李、杜诸人，皆莫能及也"（苏辙《子瞻和陶渊明诗集引》）。曾纮也称他"真诗人之冠冕"，而真德秀认为其作品乃与《诗经》《楚辞》一脉相承，同为"诗之根本准则"②。他们基本上倾向于认为，唐宋诗人以杜甫为首，唐以前诗人以陶渊明为冠。陶渊明在宋代大受推崇，与宋代大力提倡平易晓畅之自然风格的古文运动密切关联。这一运动引导了重散轻骈和好平易非奇涩的创作与批评风气。而陶渊明的辞赋散文都表现出自然流畅、平易生动的特点，与欧苏古文运动的审美指向非常吻合。欧阳修曾盛赞《归去来兮辞》为"南北文章之绝唱，五经之鼓吹"，而他的赞赏又屡为宋人所引述。陶文受此激赏的事实，反映了宋代文学观念、审美趣味的明显改变。

南朝人普遍认为陶诗文采不足，唐人赞陶也并未留意其文采问题，宋人则在这方面提出了独到见解。苏轼指出：渊明、子厚诗"外枯而中膏，似澹而实美"。又用"质而实绮，癯而实腴"（《与苏辙书》）专评陶诗，从而否定了多数南朝人对陶诗"文采不足"的指责，也超越了萧

---

①　王通：《中说》卷二《天地篇》，《二十二子》，第 1312 页，上海：上海古籍出版社，1986 年。

②　李公焕：《笺注陶渊明集》卷四和卷首《总论》。

统"辞才精拔"的泛泛结论。苏轼对陶诗语质的这一评价得到宋人的普遍认同。苏辙云："永愧陶彭泽，佳句如珠圆。"（《子瞻和陶公读山海经诗欲同作而未成梦中得数句觉而补之》）曾纮曰："余尝评陶公语造平淡而寓义深远，外若枯槁，中实敷腴，真诗人之冠冕也。"①陈善云："乍读渊明诗，颇似枯淡，久久有味。"②陈模云："渊明则皮毛落尽，唯有真实，虽是枯槁，而实至腴。未用工之深，鲜能真知其好。"（《怀古录》卷上）。黄庭坚赞赏陶诗的"拙与放"，肯定其"不烦绳削而自合"、远离斧斤趋自然的语言风格。这些评价都反映了对陶诗语言风格的高度肯定。可以看出，宋人能于诗之"质"、"癯"中见"绮"、"腴"，于"平淡"中见"深远"，体现了其审美评价与前人大不相同的现实。

　　从接受理论看来，导致宋代读者对陶诗语质高度赞赏的原因在于文学欣赏的主客体两个方面。一在于评价的客体对象，即陶诗自身平易自然、意味深远的风格特征。因为文本内在的规定性是其审美价值得以展开的前提条件。二在于评价的主体，即读者具有尚"平易"与尚"理趣"的审美取向，以及人品与文品并重的评价取向。具有这种审美祈向的读者因与诗歌文本视野相似而与诗境契合，会在平淡自然的语言中品出"淡"中之真"味"，"澹"中之真"美"。

　　在当时，对平易与自然的推崇成为评论界的大流。苏轼欣赏"大略如行云流水，初无定质，但常行于所当行，常止于所当止，文理自然，姿态横生"（《答谢民师书》）的文学作品，对陶渊明诗文的赞赏，正源于与审美期待的高度契合。杨时说："陶渊明诗所不可及者，冲淡深粹，出于自然。"（《龟山先生集》卷十语录一）。晏殊论诗"宁从陶令野，不取孟郊新"。他们都强调诗应如"采菊东篱下，悠然见南山"般自然，不可刻意求新，费力雕琢。袁燮指出，陶渊明写诗"不烦雕琢，理趣深长"，在魏晋诸贤中，最得古人"犹天籁之自鸣"的妙趣；他批评道，"唐人最工于诗，苦心疲神以索之，句愈新巧，去古愈邈"；在他看来，诗本言志，吟咏性情，当"浑然天成"为妙。这些都表明，随着宋人审美期待视野的改变，他们以形式规范严格的唐诗为"费力"，而奉陶诗之简放自然为圭臬，以寻求"天籁自鸣"的古诗为最高境界，体现了宋人有着一种强烈的意识，即意欲通过返古归朴寻异趣于唐诗之外。

　　宋人论诗尚"理趣"，故能赏陶诗"似澹而实美"、"久久有味"的诗歌风格。与六朝将诗味与辞采挂钩不同，但又有意与唐朝重雕琢的审美追求拉开距离，所以宋人更重淡而有味。梅尧臣曰："作诗无古今，唯造平淡难。"欧阳修赞扬梅诗"初如食橄榄，真味久愈在"（《水谷夜行寄子美圣俞》）。杨万里喻诗如"茶"，"至于茶，人病其苦也，然苦未既而不胜其甘。诗亦如是而已"。③ 不以辞采取胜的陶渊明与以简要为华美、清淡为真味的宋代诗学品味极为契合，因此，受到格外好评，所谓"文章简要惟华衮，滋味醇醲是太羹"④，就是文同对陶诗的赞美。对陶诗的欣赏，宋人并不限于一般意义上的诗味，而意在品读其理趣。理趣指诗人在诗歌中蕴涵着道理、义理或哲理而同时又充满诗意与情趣，不同于抽象的布道说教。陶诗自然而活脱生动，平淡而寓意深远，不似玄言诗的枯燥乏味，正合宋人对诗歌的"理趣"追求，因而大受美誉。苏轼拈出"采菊东篱下，悠然见南山"等句，称赞其为谈理之诗，知道之言。葛立方以陶诗寓意高远，富有机趣，妙得禅理，称诗人是"第一达摩"。宋人论诗重平淡之诗

---

① 李公焕：《笺注陶渊明集》卷四。
② 《扪虱新话》上集卷一，转引自程毅中主编：《宋人诗话外编》，第 417 页，香港：国际文化出版社，1996 年。
③ 杨万里：《颐庵诗集序》，《扬文节公文集》卷三十。
④ 文同：《读渊明集》，文同《丹集》卷九，影印文渊阁《四库全书》。

味，并好理趣，与司空图诗味说有同也有异，故司空图首肯风格冲淡的王、孟诗，而宋人更推崇诗味与理趣并重的陶诗。

宋人审美理想的改变影响了陶诗在读者心中的地位，而时人重人品、重大节，并将人品与诗品视为一体的批评观念无疑更进一步提高了诗人的地位。由于宋代崇尚理学，儒家道德学问成为文人立人立文的思想标准，加之民族危机加强了宋人的道德感，强烈呼吁文人树立大节大义的品格。因此，"一饭未尝忘君"的杜甫与"耻事二姓"的陶潜，成为宋人敬仰的对象，他们的人品与文品被竭力推崇。

邬国平在论文中还提示，即使同一接受者也会由于人生经验的改变而转换审美期待视野，因此改变对同一接受对象的看法。所以，当苏轼屡经流放后心境与陶更加契合，竟视陶为诗中第一。他还指出，宋代评论界不仅提高了陶潜的地位，也对陶诗进行了诸多新的阐发。譬如，黄庭坚等人读出了陶诗的戏谑性，洪迈等人读出其松、菊等意象中的"自况"意味，而朱熹则在《咏荆轲》诗中品出其平淡中的豪放，等等。这些新的解读无疑超越了前人对陶诗意义的理解，丰富了陶诗文本的意义。邬国平还详细分析了陶渊明在元明清三代的具体接受情况，限于篇幅，此处不再赘述。

第 11 章 形象学

形象学(imagologie)是比较文学的一个研究分支,也是一种普适性很强的文学批评方法,它不同于一般意义的形象研究,它研究的是"他者"形象,即对一部作品、一种文学中他民族(异国)形象的研究,如"19 世纪西方文学中的中国形象"、"伏尔泰笔下的中国形象"等。它的研究领域不是局限于国别文学的范围之内,而是在事实联系的基础上所进行的跨语言、跨文化的研究。

民族(异国)形象研究是与比较文学的发轫同步的。在 19 世纪,法国首创了比较文学研究,同时也开创了以事实联系为基础的影响研究。但是,学者们在进行影响研究的时候,逐渐发现影响有时很难确指。实证方法的缺陷日趋明显,法国学者卡雷明确提出了形象学的研究原则,他指出,在研究事实的联系时不应拘泥于考证,而应当注重研究"各民族间的、各种游记、想象间的相互诠释"。实际上,他把研究一国文学中的异国形象问题置于"事实联系"研究的中心,奠定了"形象学"研究的基础。

卡雷的贡献在于点明了形象研究的跨文化性,20 世纪前 50 年的形象研究深受其影响。60 年代的比较文学危机之后,形象学研究充分利用了多学科交汇的特点,借鉴了人文、社会科学中一切有用的新观点、新方法,特别是接受美学、符号学和哲学上的想象理论,对研究的侧重点及方法论进行了重大改革。将形象学研究推进到了前所未有的体系化阶段,形成了一个独具特色的研究领域。

20 世纪 80 年代后期,当代形象学在法、德等国受到重视,在理论和方法论上得到更新,马克·莫哈与亨利·巴柔提出了当代形象学基本原则,对"他者"形象做了定义,其突破与发展主要体现在四个方面:(1)注重"我"与"他者"的互动性;(2)注重对"主体"的研究;(3)注重总体分析;(4)注重文本内部研究。

随着当代形象学理论和方法论的译介和引进,中国有不少学者已开始关注和尝试这一领域的研究,但就总体而言,目前此类研究在国内仍处于起步阶段,无论在理论还是实践方面,都还有待深化和提高。有人认为,想象理论、词汇研究、华人"自塑形象"、游记研究等,将成为中国形象学研究的方向。

第一节 基本理论

形象学的基本理论围绕"他者"形象的定义而展开,根据巴柔的《从文化形象到集体想象物》和莫哈的《试论文学形象学的研究史及方法论》,对他者形象的定义可具体为:(1)定义形象自身;(2)在形象与社会集体想象物的关系中定义;(3)按照能在具体文本中分析形象的适当方法来定义。与此相应,形象、社会集体想象物、意识形态形象和乌托邦形象三个部分构成了形象学的基本理论。

一、形象

形象学所研究的一切形象，都是三重意义上的某个形象：它是异国的形象，是出自一个民族（社会、文化）的形象，最后，是由一个作家特殊感受所创作出的形象。面对这三重限定，在三者中关注的重点不同，其结果必将迥异。注重第一点，就会更强调形象的现实性，"形象总是某某事物的形象，总是与它或多或少忠实再现的现实保持某种关系，这是所有的折射、'棱镜'都改变不了的"。此言极是。然而，如果将被描写的异国形象视为现实复制品，并以此来了解异国的真实情况，则是危险的。基亚就避免落入此类危险中。于是，形象学的研究方向就转向了民族心理学。

如若偏重第三点（属于一个作家特殊感受的形象），危险并不因此就更小。我们实际上冒着虚设文学、将它与社会语境割裂开来的危险。而不管怎么说，文学与社会大背景总是保持着某种关系的。即使是那些不承认、蔑视这种关系的精英们，他们的态度本身仍然表现出了与社会的一种关系。对名家及其创作的异国形象进行内在、本质的研究，是所有形象学研究的必要阶段。

事实上，所有具学术价值的形象学研究一般都注重第二点，即注重研究创造出了某种"他者"形象的特定文化。这样，形象学概念就被纳入有关想象的哲学传统中了。我们当然知道对想象问题进行哲学探究困难重重，不过保·利科仍很明确地指出了其规律。我们可将形象学与他提出的两根轴联系起来："在客体方面，是在场和缺席轴；在主体方面，是迷恋和批判的意识轴。"①

在第一根轴线上，两种"极端理论"相互对立。形象或者"归诸于感知，从在场弱化的意义上说，它只是感知的痕迹"（休谟的理论）；或者"基本上根据缺席，根据在场的他者构思"（萨特的理论）。这些理论相互对立，就像"复制的想象"与"创造的想象"两种理论截然对立一样。我们看到各种形象学概念怎么在这里相互衔接：一方面，是将异国形象作为一个作者感知的那个异国的复制品（我们所说的第一点）；另一方面，是将参考系降为次要地位，此类观点将对异国的文学描写视为一种创造或再创造，离引发出形象制作过程的原始认知相去甚远（上文提及的第二、三点）。自卡雷后的形象学研究尤其重视这后两点。就这两点而言，一个作者并不去看异国，而是根据自己的体会来创造它的。例如巴西的当代文人很少去看德国，他们根据四种形象：能干而讲究方法的劳动者，理想主义的玄学家，遵纪守法而勤奋的移民和种族主义、军国主义与狂热分子，而再次创造了德国（《在玄学和实干之间：在巴西文学中的德国人》）。此即是说，形象学研究的是想象的创造者们。它接近萨特的理论，而背离休谟的理论。这样，我们就能较好地理解研究者们为何拒绝采用参考系的方法了。异国形象基本上是参考系的缺席，它和参考系间存在一种新关系。究竟是何种关系？这需要到利科提出的第二根轴上去寻找。

事实上，想象主体是否能意识到形象和现实间的区别是在第二根轴上展开。正是对这种区别相信的程度可将有关形象的各种概念沿此轴分布开来。在一端，当批判意识为零时，形象与现实相混，形象被"当作现实"；"这是帕斯卡揭示出的谎言和错误的力量"。在另一端，

---

① ［法］蒙甘：《从文本到行动》（Du texe a l'action），瑟伊出版社，1986，214 页，刘自强译，第 214 页，北京：北京大学出版社，1999 年。

"批判意识完全自觉地与想象拉开距离，想象就是批判现实的工具。胡塞尔超验的还原，作为存在的中立化，是它最完美的说明"。由此便论及到了上文提出的第二点（出自一个民族的形象）。不过在这里，文学批评家遇到的困惑并不比哲学家更少。因为作品如同对叙事的接受一样，它们既允许意识把另一意识并不视为现实的东西当作现实；又允许一种"区别的行为"，"通过此行为，一个意识与现实拉开了距离，并由此就在其经验之中创造出相异性来"。然而，我们在此遇到了与哲学家们同样的疑难问题：一个作家（或读者）对异国现实的感知并非是直接的，而是以其隶属的群体或社会的想象作品为传媒的。由此可知对围绕着异国文学形象的社会整体想象物进行研究的必要。只有进行了这种研究，我们才能证实作者是（自觉或不自觉地）复制了这个整体的描述，还是彻底背离了集体想象的框架以进行创作活动，即对现实进行批判。总之，形象学所研究的形象既可出自一位受自身文化套话蒙蔽的作家笔下，亦可出自与这些总体描述保持距离的作家之手。但是，一个形象最大的创新力，即它的文学性，存在于使其脱离集体描述总和（因而也就是因袭传统、约定俗成的描述）的距离中，而集体描述是由产生形象的社会制作的。因此，只有在对社会集体想象物进行了必要的检视后，形象的文学性方能显现出来。

二、社会集体想象物

社会集体想象物可以定义为"是对一个社会（人种、教派、民族、行会、学派……）集体描述的总和，既是构成、亦是创造了这些描述的总和。"在研究社会集体想象物时，有诸多层面需予以关注：舆论层面（如勒内·雷蒙对 1815 至 1852 年间法国舆论中之美国的研究，或维廉·J·格瑞斯沃德更加专门化的工作：《在中学教科书的中东形象》）；精神生活层面（如乔纳斯·汉斯赫耶有关当代知识分子及外交官对德国的认识的研究）；象征描述的层面。事实上，这种研究总是通过分析社会集体想象物的不同层面，使制作了异国描述的社会群体显现出来。这样，按照让-玛·卡雷的提法，19 世纪法国文学中的德国，就轮番嬗变成为了斯达尔夫人的"诗神之国"，复辟时期诗人们眼中浪漫主义的故乡，维克多·库赞心目中的形而上学的圣殿，米什莱所说的历史的庙宇，勒南和泰纳眼中的科学昌明的地方，最后它还成为符合象征派、颓废派诗人们愿望的音乐殿堂。所有这些描述，如果说基本上是与精神和文学生活有关的话，那么同样也涉及到了更广泛的社会生活层面。就像卡雷所指出的那样：那个宽松、勤奋和博学的德国形象，为了替米什莱的观点服务，并不更少地表现出 1848 年自由主义者们的思想。这就是人们提到的文学和社会集体想象物的关系问题，这个问题属于文学社会学，尤其是社会符号学。达尼埃·玛德雷纳提醒人们：社会符号学所面临的危险是"大量不容置疑的肯定"和"按需定做'对世界的看法'"。形象学也面临这些危险，因为舆论或精神生活领域与社会集体想象物间的关系，较之文学领域与后者的关系更为清楚。一个学者可以清楚地指明法国人描绘出的大不列颠及其在当时文化中的地位。而作品（或作者）与集体想象间的关系却要模糊得多。一个作者可帮助将神话强加给公众舆论：18 世纪的思想家们就是这样做的，他们使被阿·洛托拉利称为"彼得大帝的神话"或"叶卡捷琳娜的传说"一类的"俄国幻象"在自己的国家中流传开来。作者也可传播一个已产生的神话，如美国黑人作家，他们重提非洲是一片神秘而肥沃之地的神话，以使其转向一个新的虚构意义：他们的祖先就来自那片自由的、很具迷惑力的国土。作者与集体描述的关系亦可是完全离心的：这就解释了玛格丽特·杜拉斯描写的亚洲与当代人对该大陆看法之间的关系。因此，对每部作品都应具体考察作者的处境及其创作方式，以便证实哪些是个性化、情绪化的表现，哪些则源自集体想象的形象。在社会集体想象物与文学形象的关系方面，即使无法得出一些规律来，我们总还可以尝试总结一下异国描述的类型。

三、意识形态形象和乌托邦形象

在《阐释学论文集》(*Essais d'hermeneutique*)一书中，保·利科首先论证了社会想象实践的多样性可在两极间来理解：意识形态性质的他者形象和乌托邦性质的他者形象。

保·利科指出了意识形态形象的三重意义，它们分别对应于三种观念。对第一(马克思主义的观念)和第二种(意识形态被理解为承认权利的合法性)，我们将存而不论，以详述最基本的一点，即第三种观念。这里，意识形态与"任何自塑自我形象、进行戏剧意义上的'自我表演'、主动参与游戏和表演的社会群体的需求"相连。它具有一种"整合功能"，这种功能不会比在举行"纪念性活动"时得到更好的表现了。"依靠这些纪念活动，任何一个社团，都在某种意义上将他们视为创立了自己身份的那些事件的重新现实化"。"这就是意识形态的功能，它被当作集体记忆连接站，以便使开创性的事件的创始价值成为整个群体的信仰物。"这样，意识形态现象就并入到最基本的社会联系中，它是被理想化了的诠释，通过它，群体再现了自我存在并由此强化了自我身份。因此，意识形态较少由内容来定义，而主要由它对一个特定群体所起的整合功能来定义。这是对相异性进行"整合"后的形象，它使人们从该群体关于自身起源、身份，并使其确信自我在世界史中地位的观念出发去读解异国。其目的是使想象出的本群体的身份支配被描写的相异性。18 世纪法国对西班牙的描写就是对异国进行意识形态阐释的一个例子，法国人是用启蒙时代的标准来衡量西班牙的，启蒙思想被视为法国特有的精神动力。于是，西班牙人被看成是一个卑微的民族，竟未从启蒙思想中获取有益的影响。对于法国"意识"来说，他们变成了一种想象出来的负面，将经济凋敝、好冲动、对教权及俗权缺乏批判、崇尚封建式的高贵气质等等负面因素集于一身。总之，他们恰是法国这个启蒙民族——至少是其精英们——的对立面(详见巴柔的有关论文)。在这里，我们就很能感悟到意识形态阐释的特点：它先假设出基本上由启蒙时代确立的法国身份，然后从这一概念出发去描写异国的"相异性"。这样，异国就被按照带有现代法国特色的特殊认识进行了改造。

乌托邦形象的定义并不比意识形态形象的定义更关注内容。但是，作为意识形态现象的必要补充，乌托邦按照三个意义层面展开：其一，对权力的永恒质疑；其二，乌托邦特有的病态，这种病态表现为消解现实自身以满足至善之美的构想；形象学最感兴趣的是其三，也即最基本的一个层面：乌托邦性质的"他者"形象本质上是质疑现实的，是向自我所处的现实挑战的，这与意识形态性质的他者形象力图维护和保存自我现实的功用恰好是背道而驰的。所以，乌托邦具有"社会颠覆的功能"。卡尔·曼海姆对此曾有过精辟的论述，他将乌托邦定义为"在想象和现实之间的一道壕沟，它对这个现实的稳定性和持久性构成了一种威胁"。他的理论启发了保·利科。从这个意义上说，乌托邦形象本质上积极的特点是"维持可能性领域的开放状态"和"在理想与传统间保持距离"。

按照保罗·利科的理论，社会集体想象物建立在"整合功能和颠覆功能之间的张力上"，建立在意识形态和乌托邦两极间的张力上。但这种区别对文学形象学有何帮助呢？如若这是本质的区别，一如我们所认为的那样，所有的异国形象，包括文学虚构的异国形象，就都处于想象实践的这两极之间。我们也总要在意识形态和乌托邦（取这些概念的描述意义，而非通常使用的论战意义）之间去体会相异性之多样化。这使形象学建立起了一种关于异国形象的类型学，其总原则是区别意识形态和乌托邦。凡按本社会模式、完全使用本社会话语重塑出的异国形象就是意识形态的；而用离心的、符合一个作者（或一个群体）对相异性独特看法的话语塑造出的异国形象则是乌托邦的。

因此，意识形态形象的特点是对自我群体（或社会、文化）起整合作用。它按照群体对自身起源、特性及其在历史中所占地位的主导性阐释将异国（民族）置于舞台上。这些形象将群体基本的价值观投射在他者身上，通过调节现实以适应群体中通行的象征性模式的方法，取消或改造他者，从而消解了他者。比如，西川长冈在关于日本当代小说的研究中指出，战后日本小说中对美国人的描写，应与日本被美国占领（直至 1952 年）联系起来理解。很少有作品以占领期为主题，但 1945 年以来的很多小说都描写了美国人，而其叙事特征首先就要用这个起决定作用的经验来解释。一个叫做小岛信夫的作者因此创作了诸多日美混血儿，他们夹在两个祖国间倍感痛苦。在这些描写中，我们可以"找到在占领期受辱的日本的真正形象"。在更年轻的作者如大江健三郎的笔下，我们也可以找到这种复杂的感情。他描绘出的美国人形象在田园诗般的和解画面和占领期使人感到耻辱的记忆间摇摆不定。当一个受过创伤的国家质疑自己的过去时，他把对自我的诠释投射在这个北美外国人身上，将这个人物作为对自我提问的简单方式。这种引进了相异性的有关自身变异的话语，却对相异性的任何方面都毫无兴趣，这就明显属于意识形态范畴。同一时代，在另一种文学和另一种习俗中，1945 年以后的法国间谍小说将第三世界描写为一块充满了暴力、混乱、共产主义阴谋的土地。从这种异国情调和冒险的陈词滥调中，我们很容易就能辨析出法国人对过去殖民制度的思恋，以及对已失去的强盛进行的一种意识形态思考。

相反，乌托邦的描写则具有颠覆自我群体价值观的功能。这种由于向往一个根本不同的他者社会而对异国的表现，是对群体的象征性模式所作的离心描写。从某种意义上说，这是还异国以相异性。在 20 世纪的两次大战间，三位英国作家：D. H. 劳伦斯，G. 格林和 M. 劳瑞就是这样制作了一个墨西哥乌托邦。为了逃避饱受政治道德危机之苦的祖国，他们在墨西哥找到了一片具有启示意义的土地。与当时在文学中盛行的有关大英帝国的陈词滥调相反，他们将墨西哥奉为一个形而上的场所（劳伦斯）、"信仰和苦难之地"（格林）或"世界永恒的象征"（劳瑞）。事实上，按照 D. 维慈的说法："在发现墨西哥及其地理的同时，他们也在自身发现了分裂。"对他们而言，墨西哥组成了"神秘的答复"。他们背离了不列颠人对异国约定俗成的描写，在此意义上，这是一个乌托邦形象。这块"虚构的墨西哥土地"，揭示出了相异性的奥秘。通过这种方法，作家们可更深入地开发出"他们自身的未知领域"。乌托邦性质的"他者"形象摆脱占统治地位的意识形态的束缚，在一种新的启示下"读解"一个异国的文化。

第二节　批评方法

形象学批评方法依托于"他者"形象与社会整体想象物的关系。由于每一具体问题与历史语境链接的方式不同，因而就不可能硬性规定使用的方法。采用何种方法分析形象，要由具体的文学和（或）精神生活的形式，以及当时社会整体想象物的形式来决定。但是就总体而言，应注意三个方面的问题：文本主要结构的定位（它们经常是对立的）、大的主题单位、最后是词汇层面(通过这些词汇来描写相异性)。由此,便可按照克洛德·列维施特劳斯结构人类学原理的步骤,推知"文本的总体结构"和"主要的叙事或推论策略"。根据文学研究的一般规律,形象学研究可采取文本外部研究和内部研究两条思路。外部研究可以从三个方位展开。

一、外部研究

首先是总体分析。这是"论世",研究作家创作的那个年代整个社会对异国(民族)的看法,也就是研究形象是如何社会化的。这类研究基本上在文学文本之外进行,它要求研究者尽可能地多地去掌握与文学形象平行的、同时代的证据:报刊、图片、电影、漫画等,也就是勾勒出一个"社会集体想象物",并以此为背景来分析和研究他者形象,看它在多大的程度上符合或背离了作为社会集体想象物的"他者"。这时,多采用社会符号学、文学社会学以及接受美学的研究方法。例如钱钟书在研究 17、18 世纪英国文学中的中国后认为:英国在 17 世纪就对中国表现出热情,在 18 世纪这种对中国的好感在老百姓的生活中还在继续,特别是对中国物品的喜好;但是在文学领域,情况却与实际生活相反,对中国的反感日益加重。钱钟书立足于文学与生活的三种关系——或者复制生活、或者逃避生活、或者批评生活,得出结论:18 世纪英国文学中的中国的题材指涉的是第三种关系。一般来说,那些背离了社会集体想象的文本是更值得关注的。正如莫哈所说:一个形象最大的创新力,即它的文学性,存在于使其脱离集体描述总和(因而也就是因袭传统、约定俗成的描述)的距离中。在这种情况下,就作家来说,他的创造力和想象力得到了充分的发挥,而就文本来说,它对于集体想象物的发挥作用也表现得最为明显。

其次是作家研究。作家研究包括两个内容:第一,作家有关异国的材料来源,是直接材料(亲历异域)还是间接材料。如果是间接材料,需要特别指出的是,除了书面的文字材料以外,物质文化层面的东西也很重要。比如中国的茶叶、丝绸、园林就对形成 17、18 世纪欧洲人的中国观起了非常重要的作用。第二,作家创作时的感情、想象和心理因素。这些因素细微而复杂,必须仔细鉴别。钱钟书在分析笛福的反华倾向时指出,原因之一在于笛福作为一个"不信奉英国国教者",肯定不愿意相信天主教耶稣会对中国的赞美,故反其道而行之。

再次,作家所描写的异国与现实中真正的异国到底是什么关系,是真实的再现呢,还是带有不同程度的美化或丑化?以西方世界的中国形象为例,从《马可·波罗游记》到卡尔维诺描述马可·波罗与忽必烈对话的小说作品《看不见的城市》(1972),几百年来西方作家笔下具体的中国形象是五颜六色,变动不居的,活像一条令人难以捉摸的"变色龙"。英国学者雷蒙·道森在其《中国变色龙》一书中,系统地分析和总结了欧洲中国形象的历史演变,让我们清楚地看到中国这条"变色龙"几个世纪以来在人们心中的种种变化。然而,这些变化与中国实际的历史发展并不是一一对应的,它在很大程度上是出于那些阐释中国的人自身的需要。西方心目中的中国是在历史过程中形成的形象,代表着不同于西方的价值观念。在不同时期,中国、印度、非洲和中东都起过反衬西方的作用,或者是作为理想化的乌托邦、诱人和充满异国风味的梦境,或者作为永远停滞、精神上盲目无知的国土。

可以看出,形象学研究需要做大量的文本外部研究,具体说来就是文学社会学的研究。这一倾向曾经引起一些学者的不满。如韦勒克在《比较文学的危机》一文中就认为:把比较文学的领域一下子扩大到包含对民族幻想的研究,这种尝试不能令人信服。的确,形象学研究的这一部分工作不是纯粹意义上的文学研究，但是文学从来就不局限在文本范围之内。这些反对意见恰恰从反面印证了形象学作为比较文学研究本身具有的特性——跨学科性。从另一方面讲，形象学在做大量文本外部研究的同时，并不排斥文本内部研究，一项真正和完整的形象学研究是两者并重的。

二、内部研究

形象学的文本内部研究也可以从三个层面展开。

首先是词汇研究。词汇是构成"他者"形象的原始成分，对此我们应进行鉴别。比如法国思想家巴尔特在1974年访问中国后有如下描述："中国很平静……民众来来往往，劳动，喝茶或独自做操，没有戏剧，没有噪音，没有矫揉造作，总之没有歇斯底里。"这个看似中性的评价实际上是赞美性的，因为熟悉巴尔特的人都知道，"没有歇斯底里"是他对人对事的最高评价。

除了研究一个文本中出现的词汇外，还应特别关注那些在多个文本中反复出现的词汇，比如"洋鬼子"就是一个在近代中国文学中频繁出现的词汇。对这类词汇出现频率和规律的研究是十分有意义和价值的。事实上，这一部分研究往往与"套话"研究相互关联。这里有必要对"套话"这一词语作一次语言层面上的释义，去透视该词背后负载着怎样的深层含义。在《试论他者"套话"的时间性》一文中，孟华曾给出过这样的学理性表述："'套话'一词是西文'stereotype'的汉译。该词原指印刷业中使用的'铅版'，后被转借到思想领域，指称那些一成不变的框框，老俗套。"如西方人指称非洲人的"黑鬼"等。套话历经时间的积淀，凝聚了强烈的感情色彩和丰富的历史内容，成为了解异国异族形象的重要媒介。以"黄祸"此一套话为例，它19世纪出现于欧洲并在20世纪的欧洲被普遍使用。此一套话的所指为包括蒙古、日本、中国等在内的黄皮肤的东亚各民族。一个"黄"字，指涉了亚洲人的肤色特征；一个"祸"字透露出西方人对亚洲人的深层心态。进而言之，此一套话将西方人对亚洲人的轻蔑、仇视、恐惧以及惊异等诸种复杂的情感演绎得淋漓尽致。又如中国人常常把西方人称之为"大鼻子"，把俄罗斯人称之为"老毛子"等，也包含了强烈的感情色彩和丰富的历史内容。

其次是等级关系研究。萨特、保罗·利科等人都认为，作为一种想象性的形象塑造就其本质而言乃是创生性的，而非再现性的。依据这样的逻辑去推究，形象学研究的重点不应在于追问形象塑造本身是否真实，而在于是否能够寻觅出异质形象身上所折射出来的心理倾向、价值评判等等。在这样一种深度的开掘之中，我们会发现"我"与"他者"之间隐蔽着一种怎样的等级关系。具体说来，可以从时间、空间和人物体系来着手进行研究。比如当我们研究西方文学的第三世界形象时，我们常常发现，第三世界总是被描写成传统的、农业的、附属的，与此相对应的是现代的、工业的和处于支配地位的西方。而这种描写背后隐藏的是文明与野蛮、成熟与幼稚的尖锐对立。

再次是故事情节研究。在这里，形象往往是一个故事。故事情节可以是各种各样的，但是那些具有某种规律性的应当引起我们的注意。比如在19世纪的西方文学中，常常出现中国女人疯狂爱上欧洲男子的情节。这些故事的象征意义不难确认：中国人受到优秀的西方文明的诱惑。

以上分别介绍了形象学的外部与内部研究，但在实际的研究中，这两者是不能够截然分开的，而是必须有效地结合在一起。

第三节　作品解读

一、杜拉斯《悠悠此情》中的"中国情人"形象

法国女作家玛格丽特·杜拉斯的小说《悠悠此情》一经出版，就引起轰动，并获得 1984 年龚古尔文学奖。一时之间，人们竞相阅读，倾听并品味杜拉斯在小说中讲述的那一段令人终生难忘的绝望爱情。作者在这爱情故事中成功地塑造了一个中国形象，尽管这个中国形象没有名字，只以"他"来称呼，但作者赋予了这个形象广阔的想象空间，从而使这个形象具有极大的阐释性。

形象学经历了从传统形象学到当代形象学的演变过程。传统形象学重视研究形象的真实与否，即关注形象的"他者"差距，当代形象学则更强调对作家主体的研究，研究他是如何塑造"他者"形象的。法国学者巴柔在《形象》一文中认为："比较文学意义上的形象，并非现实的复制品或相似物，它是按照注视者文化中的模式、程序而重组、重写的，这些模式和程序均先存于形象。"①由于作家是生活在一定社会中的人，他们的思想必然受到其所属文化的影响和制约，即是说他们在被其自身所属的文化烙上强烈的特征后，他们所进行的对另一个文化的审视必然带有其"社会集体想象物"的印记。《悠悠此情》中所塑造的中国形象时时处处都表现出"社会集体想象物"对作者的影响。

《悠悠此情》是杜拉斯 70 岁时所创作的一部小说，在小说中作者将自己早年的经历、体验和虚构相混合，通过建构一个"拟真"的世界，探讨人类的欲望、失落、热情、悲伤和梦想，显示出较大的思想深度和丰厚的主题内涵。小说回忆的是作者少女时的一段恋情，一段和一个"支那人"的爱情。虽然在小说中杜拉斯敢于宣称自己的情人不是白人，而是一个黄皮肤的异族人，但透过杜拉斯的叙述，我们依然可以感受到顽固的社会集体意识对她的影响，感受到她本人在种族上的心理障碍，因为她笔下的情人依然具有胆怯、虚弱、没有行动能力等这些异族人的特性。

19 世纪西方文学中，中国的国际形象基本上是丑陋的和负面的，"愚昧"、"麻木"、"野蛮"、"非人道"，这些形容词通常被 19 世纪的人们用来总结对中国人的看法，甚至出现了"支那"这样一个带有强烈种族歧视色彩的词汇。他们在提到中国人时也很少视之为可与之建立对话关系的个体，缺乏个性被看作是中国人的一个性格特征：通常人们说起"中国人"时，总是当作一个密集的、不可数的、模糊的整体，或是"中国人群"。显然，这个遭受极度轻蔑的中国形象反映了一些种族由于经济和工业力量强大而产生的优越感，他们需要证明自己是唯一拥有文明的民族②。在西方人眼里，异族人从来都是混沌的、失去活力的、失去自信心的、无力繁衍后代和展望未来的种族，这种经过几个世纪积淀而成的社会集体意识对于杜拉斯而言是无比强大的，是不可违背的。作品讲述往事的性质和她潜意识中的种族情感使她无法赋予一个异族情人一个完美的形象，她更多地塑造了一个模式化了的异族形象：虚弱、麻木、没有行动能力、没有自主性。这是欧洲很多作家的笔下都出现过的中国人形象，是欧

---

① 　孟华主编：《比较文学形象学》，第 157 页，北京：北京大学出版社，2001 年。

② 　杨乃乔主编：《比较文学概论》，第 237 页，北京：北京大学出版社，2005 年。

洲人对华人甚至是东方黄种人的普遍看法。杜拉斯作为一个在殖民地长大的白人作家同样不会例外，尽管她家境贫寒，但是作为社会人，她是属于殖民统治国的一员，这就决定了她不可能对这个中国形象做出正确的描写。她并未去过中国，她对支那人的想象完全来自于社会集体话语。她在小说中一直都在着力突出中国情人弱势与从属者的地位，"……他缓步朝她走来……他有些怯惧……他的手微微颤抖……"①这是小说中描写的一个场景，一个二十五六岁的华人青年在湄公河上第一次遇到一位十五岁半的白人小姑娘时的情景。虽然比起贫穷的小姑娘，他有着无与伦比的经济优势，因为他是一位华侨富商的独生子，但面对法国白人女孩时他的手依然在发抖，他胆怯、害怕，就因为对方是一个白人。中国情人就这样以"胆怯者"的面目出现了，以后他也一直保持着这个形象。"他的手微微颤抖，这是种族差异的缘故，他不是白人，必须克服这种差异，也就免不了发抖。"后来只是白人女孩没有赶他走开，他的畏惧之心才有所减轻。这个时候的中国情人被形容为非常荣幸，他一再说："在渡船上见到她，真是奇遇。……像她这样一个白人女孩，竟然在当地人乘坐的长途汽车里……实在出人意外。"就这样他们的关系定格了：一个是卑躬屈膝的求爱者，一个是心怀优越感、好奇而态度高傲的女孩。这样的情节设置对作者而言是自然而然的，她必须使他发抖，因为他是黄种人，她无法想象一个黄种人在面对一个白人时能够不胆怯、不畏惧，而这就是当时的中国在法国折射出的"社会集体想象物"。在印度支那，白人是非常优越的上等种族，尽管杜拉斯是一个贫穷的白种人，但是中国人在她眼中依然会是一个卑微的形象。作为一个黄种人，无论你多么优秀、富有，你依然属于劣等群体中的一员，这是种族差异的社会现实所给她的根深蒂固的影响。因而，当这个15岁的小女孩疯狂坠入这个中国情人的情欲之网而不可避免地受到家人的责难时，她也羞于承认自己和这个"支那"人的爱情，而这就是社会集体想象物对她的影响，是她无法超脱的束缚。甚至在分手的时候，"她哭了，但是不能当众抛洒眼泪，因为他是华人，不应为这一类情人流泪哭泣"。

社会集体想象物并不是统一的，它具有认同和颠覆的双重力量。所谓"认同"，就是指作者对本民族的认同，站在民族立场上丑化、否定异国形象；而"颠覆"则是指作者对本民族的质疑与颠覆，美化异国的形象和文化。杜拉斯是20世纪西方文坛上较早、也是较执著地表现另类生活的作家，她以自己特殊的生活体验和巨大的才情为基础，充满激情、诗意地描绘了超越于道德之上的不同凡响的另类生活。她在回忆与虚构的基础上构筑的情感赋予了小说独特的魅力。尽管她在小说创作时不可避免地受到社会集体想象物的影响，但作者笔下的中国情人不再鄙污不堪，她甚至在与他的关系中看到了他的优点。尽管这段恋情她仍然是在别人面前不会承认，并一再将他描绘成一个怯懦、伤感、优柔寡断、缺乏个性的中国男人，但令人欣慰的是，在她心灵深处，她看到了他的美雅，看到他身上有一种特殊的柔情，一种像丝绸衣服那样非常和顺与体贴的柔情。"看见我哭他也哭了"，"他们却再次退让，沉浸在泪水、怅惘与幸福中"。于是，他们在泪水、怅惘与沉默之中相爱，有时疯狂，有时忧郁，有时绝望，有时是痛断肝肠的欢乐，但总是无比温柔。社会集体想象物由认同向颠覆一点点转变，这体现在小说中便是她感情的日益升华，她忍不住要一天天爱上他，她不能停止爱他，他们的爱情也因此有了某些凄美的色彩。

① ［法］玛格丽特·杜拉斯：《悠悠此情》，李玉民译，第30页，柳鸣九主编《法国龚古尔文学奖作品选集》北京：北京师范大学出版社，1996年。以下引自该作处不另加注。

　　杜拉斯创作这部小说时已 70 高龄了，可对于 15 岁在印度支那湄公河的渡船上与中国情人相识相爱的那段经历，70 岁的她仍写得充满激情，这激情在没有什么特别的情节起伏中却被表现得丰富深邃，而这一切皆源于作家内心的某种不自觉的来自生命本能的对爱情的期待。小说的开篇就说："我时常缅怀唯独我看得见、但从未谈及的那个形象。它那么美妙，却始终隐匿在凝滞的缄默中。在我所有的印象里，它是我格外喜欢的，我常沉湎其中自我认识，自我陶醉。"尽管她受社会集体想象物的影响，一再重申自己爱上异国恋人的原因只是为了性爱和金钱，但事实上她依然对爱充满向往和憧憬，在封闭的房间里相爱相守度过的日子使他们远离外界，而萦绕在心头的是一种真正的爱意。与异国情人的爱情虽然受到家庭和社会的压制，"她"离开西贡去了法国，"他"也不得不屈从于掌管数百万财产的父亲的压力，与一位富家小姐结了婚，但那一段爱情却一直封存在作者的内心。所以"多少年过去了……他给她挂了个电话……他对她说，他还像从前那样爱她，他对她的爱情始终不渝，至死不变"。"她一听那声音，就听出是他。"想象中的爱情在现实中终于找到了出口，爱情在实际生活中得到了印证。这是杜拉斯在创作这部小说时潜意识一直希望的事情，是她不能回避的。这种以肉体之爱面貌出现的精神之爱，让人心碎，小说的魅力也正在于此。

　　杜拉斯是一位热爱生命、热爱情欲艺术的作家，她在她的小说中不断地追求着那曾缺失的爱，这爱仿佛是打在她心上的烙印，成为她小说中永恒的主题。①

二、《一千零一夜》中的东方形象与对他者的想象

　　作为阿拉伯民间文学的代表作，《一千零一夜》所蕴含的学术研究价值是不言而喻的。尽管国内外学者已经从各个侧面对《一千零一夜》进行了既有广度又有深度的研究，但它仍然有许多东西有待我们去进行进一步的开掘与探究，尤其是随着新的理论出现，对经典作品的解读也就有了新的视角、新的方法、新的途径。比较文学形象学的出现，就为我们研究《一千零一夜》这样一部具有多种文化成分的作品提供了重新解读的新视角。尽管有人研究过《一千零一夜》中的人物形象，但这种对人物形象的研究是从故事的情节出发，为发掘作品的主题而进行的分析，与比较文学意义上的形象学研究有着截然不同的区别。因为"比较文学意义上的形象学，并不对所有称之为'形象'的东西普遍感兴趣，它所研究的是一国文学中对'异国'形象的塑造或描述（representation）"②。本文将在这一理论基础上探讨《一千零一夜》中对作为"他者"的中国、印度和波斯形象，借此分析阿拉伯人对异国/他者文化的接受或排斥，论述他们对他者的"集体想象"。

　　（一）

　　《一千零一夜》开篇就出现了东方的异国形象，"传说古时候在印度、中国的群岛上，有一个萨珊国。国王手下兵多将广，奴婢成群。他有两个儿子，都是英勇的骑士。大儿子比小儿子更加骁勇善战。他继承了王位，治国公正无私，深得民心，称山鲁亚尔王。弟弟叫沙赫宰曼，是波斯萨马儿罕的国王。兄弟二人在各自的王国里治国严明、公正，可谓清如水，明如镜。百姓们也都安居乐业，幸福无比。就这样，不知不觉过了二十年……"③这个以东方形

---

①　据徐琰《探析杜拉斯〈悠悠此情〉中的中国形象》一文改写，原载《广西教育学院学报》，2007 年第 2 期。

②　《比较文学形象学》，孟华主编，第 2 页，北京：北京大学出版社，2000 年。

③　《天方夜谭》，郅溥浩等译，第 1 页，桂林：漓江出版社，1998 年。

象开篇的故事虽然是要引出王后淫乱和国王开始滥杀无辜妇女的故事，但文本中对于印度、中国和波斯形象的叙述却持一种景仰、赞赏的态度。然而，随着情节的推进，对东方的形象却产生了分野，对中国和印度形象的描绘大体上仍然保持在这样的善意的基调上，而对波斯形象的叙述却变成了负面的。

对印度形象的刻画虽然不多，但是基本上都是美好的印象。在《脚夫和三个女郎的故事》中，第二个流浪汉讲述的故事把印度的统治者称作"伟大的印度国王"，这个国王是求知好学的，在听说来自波斯王室的"我"的博学多才以后，便派遣使者携带重礼拜见，邀请"我"去印度讲学。在这个故事中出现的印度女郎则是"一位灿若明珠般美丽的姑娘，让谁见了都会忘却一切烦恼和不快"，她是"印度边疆乌木岛国王的女儿"，本来已经许配给堂兄，却在洞房花烛夜被妖魔劫走，霸占了二十五年，其遭遇令人同情。在《渔夫的故事》中套讲了一个小故事，题为《诡计多端的大臣的故事》，这个故事也与印度形象有关。故事叙述大臣企图假借妖精之手加害于王子，而这妖精在最开始的时候是变成了一个受难的女郎，以印度公主的身份出现在王子的面前，故而没有引起王子的疑心和戒惧。对中国的形象也基本上是正面的。《阿拉丁和神灯》的故事就是以中国中部大城市的一个裁缝的儿子作为主角来讲述的，它"生动反映了古代阿拉伯人民对他们所向往的神秘美好的中国的印象"①。而《卡玛尔·宰曼和白都伦公主》中的白都伦的身份就是中国的公主，她的形象，她的父王的形象，还有她的国家的形象都是令人神往的：

"……今晚我从中国的一个岛屿飞来。那里的岛屿和四周的大海全是一个名叫乌尤尔的国王的国土，他还是七座宫殿的主人。这个国王有一个女儿，世间没有谁比她长得更漂亮。她天生丽质、窈窕婀娜，真是一位绝代佳人。对她的美丽，我这张笨嘴是无法形容的。她的父亲是一位声名赫赫的国王，统率着庞大的军队，控制着辽阔的国土。他日夜征战，骁勇无比，威名远播，天下无敌。他对女儿宠爱极了，不惜为她横征暴敛，掠夺别国的财物为她修建七座宫殿。每座宫殿都有不同材料建成。第一座宫殿是水晶的，第二座是大理石的，第三座是纯铁的，第四座是宝石的，第五座是白银的，第六座是黄金的，第七座是珠玉的。宫殿内装饰豪华，摆设着金银器皿，以及一切为帝王享用的物品。国王让他的女儿在每个宫殿内居住一年，然后再转移到另一个宫殿居住。国王的女儿名叫白都伦。白都伦公主的美丽天下闻名，各国的国王都派人前来提亲。乌尤尔国王就婚姻之事与女儿商量……"

"白都伦"这个名字本身也寄寓着一种美好的情怀，在阿拉伯语中"白都伦"意为圆月，是一种美好的意象，不仅是因为圆圆的形状本身令人赏心悦目，更因为圆月的清辉给沙漠里的阿拉伯人带来夜晚的光亮和清爽，令人心旷神怡，因此，在命名和起外号的时候，阿拉伯人往往也把有着美丽的圆形脸庞的人称为"白都伦"。

与中国形象和印度形象不同，波斯形象在《一千零一夜》的叙述中则十有八九是负面的、反面的。波斯人出现在作品中常常是丑陋的、可笑的，甚至是凶恶的，而最为普遍的则是一些可以被称作套话的词汇——"拜火教徒"、"伪信者"和"卡菲尔"（异教徒）等——常常被用来指称波斯人。有学者指出，"套话是形象的一个最小单位，它浓缩了一定时间内一个民族对异国的'总的看法'，因此，对套话的研究往往能以小见大，引发出很有意义的结论来，它对整个社会集体想象的研究都具有参考价值"。被《一千零一夜》所广泛使用的"拜火教徒"和

---

①　刘守华：《比较故事学论考》，哈尔滨：黑龙江人民出版社，2003 年。

"异教徒"等套话的确浓缩了阿拉伯人在征服波斯以后在宗教层面上对于波斯民族的集体想象。我们看到阿拉伯人在这里是以伊斯兰教来衡量一个人、一个民族的"信仰正确性"的。在当时，乃至今日，阿拉伯人都把信奉伊斯兰教的人看作是最优秀的，而把信奉其他一神教的人视为仅次于穆斯林的上等人，而对多神崇拜的人和拜物教徒则贬为愚昧之人，至于无神论者在他们眼里则简直是无可救药，丧失了死后进天堂的机会。波斯人在阿拉伯人到来之前大多信奉祆教，崇拜火和日月星辰，这是伊斯兰教所反对的。在《脚夫和三个女郎的故事》中，第一个女郎讲述了自己在一座空城的经历，尽管是空城，但仍然可以看出那里曾经有过的繁华，之所以变成一座空城，是由于那里的人们信仰不好，被苍天降下怨怒，把所有的人和牲畜都变成黑石头，只有暗中信仰了伊斯兰教的公主得以幸免。他们之所以遭遇如此大祸，就是因为他们信仰祆教，国王、王后"和城邦里所有的人都是祆教徒，不崇拜威力无比的安拉，却崇拜火。他们发誓的时候也是指火、光、影和旋转的天体发誓"。他们不仅不听来自上天的警告，而且变本加厉，终致灭绝。对波斯人的类似描述在《一千零一夜》中经常出现。

即便和宗教没有关系，波斯人出现在《一千零一夜》中也大都是反面的形象。在《乌木马的故事》中，波斯方士不仅形容丑陋，而且还被认为是一个善于撒谎的大骗子，以至于当王子来到关押方士的监狱时还被狱卒们嘲笑了一番。在《脚夫和三个女郎的故事》中，三个波斯流浪汉形象则显得很可笑，他们都被剃光了胡子，都瞎了一只眼。在古代阿拉伯人甚至现在一些穆斯林看来，男人如果没有胡子那就不像男人。非男人的形象加上独眼龙的怪状，就显得很滑稽。第一个波斯流浪汉讲述自己因失去王子的身份变成如此模样的故事，提到自己的堂兄弟变成漆黑的焦炭，和一个同样像漆黑的焦炭一般的女郎躺在一起，却原来这两个男女是由于乱伦才遭到如此下场，女郎其实就是流浪汉的堂妹，堂哥和堂妹互相爱恋，并且不顾父亲的阻拦，"鬼迷心窍，走火入魔"，躲进一个地下大厅，触犯了人伦大忌，结果遭到天谴，被天火焚烧而成焦炭。第二个波斯流浪汉的故事中，魔鬼变成了波斯人的模样，对美丽的姑娘极尽折磨之能事，也差点把流浪汉本人杀死。

我们在这里看到，同样是东方民族，但是印度、中国和波斯的形象却有着巨大的差异，甚至可以说是反差。这种形象的差异从形象学的角度来看，它体现了一种文化事实。法国学者巴柔指出："形象因为是他者的形象，故而是一种文化事实；此外，我们说的也是文化的集体形象。它应该被当作一个客体、一个人类学实践来研究。它在象征世界中占有一席之地，且具有功能，我们在这里把这一象征世界称之为'集体想象物'"。由于阿拉伯人对于印度、中国和波斯的集体想象不同，所以，在《一千零一夜》中所出现的作为他者印度、他者中国和他者波斯的形象自然也就存在差异。

而他者的形象作为一种"集体想象物"，受到"自我"/"注视者"一方的基本立场的支配。巴柔很详细地把注视异族文化的基本态度做了概括。第一种认为异族文化现实具有绝对的优越性，从而让异族文化凌驾于本民族文化/本土文化之上。"这种优越性全部或部分地影响到异国文化。其结果是本土文化，注视者文化被这个作家或集团视作低劣的。对应于异国文化的正面增值，就是对本土文化的贬低。"但在《一千零一夜》成书的年代，恰逢阿拉伯帝国强盛的时代，阿拉伯人不太可能用这样的眼光去注视他者文化，即便在伊斯兰教建立以后的早期扩张过程中，阿拉伯人曾惊异于被征服地区相对发达的文明生活和先进文化，但由于总体上屡战屡胜的征服者心态，多多少少削弱了他们对被征服地区文明的景仰与向往，恐怕更谈不上巴柔所说的狂热。

　　第二种态度可以称之为憎恶，恰恰走向了第一种态度的反面，将异族文化视为低下的，从而对其产生不屑之情，这种态度导致一种正面的增值，产生一种对本土文化的"幻象"。《一千零一夜》中波斯人的形象就是在这种憎恶态度的基础上产生的。在作为文化核心的宗教方面，阿拉伯人把波斯的拜火教等信仰统统视为愚昧的、低劣的。这种态度促使他们在描述波斯人形象的时候将其丑化、矮化甚至妖魔化。

　　第三种态度是友善的、交互的。异族文化进入到注视者的视野之中，被看作是正面的，与本国文化并驾齐驱、各有优点，可以相互交流、相互学习、相互借鉴。《一千零一夜》中对印度、中国基本上就是这种友善的态度。作品中所出现的中国人形象和印度形象基本上都是正面的。

　　（二）

　　我们已经了解了阿拉伯人对于东方其他国家形象的差异源于他们对这些国家/民族的态度不同，即对于各民族的想象不同。那么，究竟是什么原因造成了这些不同的态度呢？

　　《一千零一夜》中对印度形象的善意态度与阿拉伯早期征服印度的经历有关。在阿拉伯人征服了波斯以后，征服印度就有了一块极为便捷的跳板。公元 636—637 年就曾有了远征印度的第一次军事行动，在印度西海岸进行了掠夺性的军事冒险，公元 712 年，一支有计划、有预谋、有组织的阿拉伯远征军在大将穆罕默德·本·卡西姆（Muhammad *Bin* Qasim）的率领下，再次远征，并攻占了信德的大部地区。但是，阿拉伯人对印度的征服是有限的。即便是阿拉伯人对信德的征服，也只是"印度历史和伊斯兰教历史中的一个插曲，一次徒劳无功的胜利"。他们亦曾试图以信德作为征服印度的基地，派遣军队去攻打其他各地的印度王公们，但均无功而返。这种有限的征服使阿拉伯人认识到印度的强大，同时又与印度文化有了直接的接触。阿拉伯人试图让被征服的印度人接受伊斯兰教和伊斯兰文化，但是当时也只有一部分信德的居民改变了信仰，这个国家的语言、艺术、传统和习俗仍然延续如旧，相反地，阿拉伯人却以此建立起了一个接受印度文化影响的窗口。"印度的音乐、绘画、医学和哲学在伊斯兰容易感受的青年时代中，给了它不少教益。"中世纪印度和伊斯兰世界的交往使阿拉伯人对印度有了深层的了解。自 12 世纪以来，大量著名的诗人、学者、苏菲派信徒和神学家纷纷移居印度，在中世纪整个伊斯兰世界十分出名的印度穆斯林学者也决非少数，因此印度的许多观念对印度之外同时代的思想具有重大影响。

　　苏菲派与印度瑜伽的亲近，可能也是阿拉伯人对印度产生好感的一个重要因素。13 世纪至 15 世纪一直统治着印度民间的宗教生活和伦理生活的瑜伽哲学在 11 世纪的时候就已经与伊斯兰世界的苏菲教徒有所交流，有所接触。苏菲派信众在接触了瑜伽之后，发现瑜伽派对于"终极实在"的理解与苏菲诗人们所表达的"神的同一性"思想颇为接近。一部题为《甘露壶》的诃陀瑜伽派论著曾对苏菲派知识界产生了巨大的影响，"该书曾数次被译成阿拉伯文和波斯文，把他们的冥想之功教给苏菲派信徒，并传授有关药草和化学的知识"。据说苏菲派布道用书还特别说明，瑜伽派在巴巴·法里德的修道处和各城镇的契斯提修道处中，都是受欢迎的贵宾。这种良好的宗教文化的交往，使得阿拉伯人对印度的认识保持着一种好感。双方的这种宗教文化交往的时间也正好是《一千零一夜》扩充、发展的时期，必然会影响创作者对印度形象的塑造。

　　还有一个原因大概也是站得住脚的，即《一千零一夜》的源头来自印度。尽管大多数的学者已经取得共识，认为《一千零一夜》主要译自波斯巴列维文的《赫扎尔·艾福萨那》（意为

"一千个故事"），但也有学者认为它的来源不仅限于此，而要追溯到印度去。翻译《一千零一夜》的著名译者纳训先生指出："《一千零一夜》的原型是一本波斯故事集，叫做《赫扎尔·艾福萨那》，这本故事集可能最初来自印度，由梵文译成波斯文，再由波斯文译成阿拉伯文。"

　　研究《一千零一夜》的专家郅溥浩先生亦认同这种说法，他在自己的专著中通过对《一千零一夜》中印度故事的早期痕迹进行分析，推断"《赫扎尔·艾福萨那》最早可能是一部印度故事集，后来加入了波斯的成分"。英国的东方学家也做过类似的推测，对阿拉伯文学颇有研究的基布认为"山鲁佐德和敦亚佐德的基本故事可以上溯到印度"[①]。如果这种推测成立的话，那么我们不难理解，印度人自己编的故事自然会倾向于展示自身美好的一面。而阿拉伯人后来对印度所产生的好感促使他们在讲述《一千零一夜》的过程中保留了原来故事中对印度自身美好形象的展示。

　　对中国友善的想象一个最重要的原因也是征服未果所带来的对中国的认识。阿拉伯人对中国也不是没有过野心，但是阿拉伯人在征服伊朗以后向东推进的远征困难很大，在与中国交界的地方停止下来。这种结果使阿拉伯人认识到中国是强大的。此外，陆上丝绸之路和海上丝绸之路使阿拉伯人了解到的是中国物产的丰富，经济的发达，久而久之，形成了阿拉伯人对中国印象不错的集体想象。

　　《一千零一夜》对中国的美好想象还得益于先知穆罕默德的圣训，曰："学问即使远在中国，亦当求之。"这句圣训虽然是先知穆罕默德要求伊斯兰教信徒必须富于求知的精神，但我们也可以解读出其中所蕴涵的信息，即中国是一个有学问的国度。显然，阿拉伯人在非常久远的年代就已经对中国产生了良好的印象，这种印象通过先知穆罕默德得到了强化，影响了后来的阿拉伯人对中国的认识。从《一千零一夜》中我们可以看到这种影响的痕迹。在《赛义夫·穆鲁克和白迪娅·杰玛尔的故事》中，赛义夫·穆鲁克王子从父亲赠送的礼物包裹上看到上面绣着的一个美丽女子的画像以后，当即迷上了这个姑娘，然而这个姑娘是居住在天国巴比伦城举世无双的伊拉姆·本·阿德花园。赛义夫·穆鲁克王子非此女不娶，老国王只好多方设法，召集群臣商议，但是谁也不知道如何能够找到这美丽的女子，只有一个大臣向国王献策："伟大的陛下，要知道这个地方在哪里，不妨去中国，那是一个很大的国家，也许有人会知道。"这话简直就是对先知圣训的一个极佳的注释，是对先知圣训的实践。

　　追溯阿拉伯人对中国和印度美好印象的原因，除了上述所说的征服未果的因素以外，还有两个方面值得注意：一是从古代政治和外交的原则出发，一般都会采取远交近攻的策略，相对于波斯来说，中国和印度当然要远得多，自然也就是要"交"的对象，而"交"的基础和前提条件是友好的态度，所以，从一开始阿拉伯人就已经预设了友谊的中国，或许还有友谊的印度。二是从美学的原则出发，一般认为"距离产生美感"，"美，最广义的审美价值，没有距离的间隔就不可能成立"[②]。远隔万水千山的中国和印度由于距离的拉开而产生了一种朦胧的美。而波斯人不幸就在阿拉伯人的近侧，一看就一目了然，有什么缺点也因为距离的靠近而被放大。

　　当然，产生波斯负面形象的最重要原因恐怕还是因为阿拉伯人的征服。"阿拉伯人入侵伊朗及其在伊朗的统治，是伊朗历史上影响深远的重大事件"[③]。公元 637 年，阿拉伯大军攻

　　①　汉密尔顿·阿·基布：《阿拉伯文学简史》，陆孝修译，第 158 页，北京：人民文学出版社，1976 年。

　　②　杨辛、甘霖：《美学原理新编》，第 278 页，北京：北京大学出版社，1996 年。

　　③　张鸿年：《波斯文学史》，第 16 页，北京：北京大学出版社，1993 年。

陷波斯人的首都泰西封，萨珊王朝的末代国王向东逃逸，于 651 年在木鹿附近被杀，宣告了萨珊王朝的灭亡。从此以后，波斯丧失了作为一个独立大国的地位，沦为阿拉伯帝国的一个行省。阿拉伯人在波斯以征服者和占领者的姿态出现，高高在上，不可一世。据记载，一个骑马的波斯人如果迎头碰上一个步行的阿拉伯人，他必须立刻下马，把坐骑让给阿拉伯人。波斯人在当时的社会地位之低下由此可知。试想在这样的情况下，阿拉伯人对被征服的波斯人能有一个好的印象吗？

伴随着军事征服的是更厉害的宗教的和思想意识的征服。很多波斯人被强迫放弃原来的宗教信仰，而改奉伊斯兰教，否则，要么被杀头，要么缴纳人头税，除此以外，别无选择。在这种政策的诱导和胁迫下，波斯人逐渐改变了自己的信仰。"在思想意识方面，伊朗人的宗教信仰发生了深刻的变化，越来越多的人由信奉锁罗亚斯德教转而信仰伊斯兰教。一个民族宗教信仰的改变乃是这一民族人民心灵深处的变化。这一变化一方面必然经过曲折困难的过程，另一方面也必然给以后世代社会、经济、政治及文化带来深远的影响。"[1]这使得波斯民族整体上越发受到阿拉伯人的蔑视。阿拉伯人首先认为波斯的宗教信仰是与伊斯兰教背道而驰的，他们对火的崇拜而不是对真主的崇拜是难以容忍的，因此，要想方设法迫使波斯人改信伊斯兰教。而当波斯人因为各种原因放弃了自己原先的宗教信仰以后，又从人格上被阿拉伯人瞧不起。

阿拔斯朝（750—1258）建立初期，有很多波斯人在阿拔斯政府担任各种职务，有的甚至位高权重，严重威胁到哈里发的地位，如伯尔麦克家族，几乎成了哈里发的"太上皇"，但终于还是被哈里发哈伦·拉希达借机收拾了。[2] 波斯人在政治上彻底丧失了地位。在文化上，在阿拔斯朝时期曾一度兴起了"舒欧比"思潮，极力抬高波斯的文化地位，颂扬波斯的文化成就，同时大力贬低阿拉伯的智慧和阿拉伯文化，但是这时的阿拉伯人具有强大的同化能力，从被征服的各个民族学习了很多东西，使得阿拔斯朝文化成为一种以伊斯兰文化为核心的包含了各个民族文化的国际性文化，从而压制了波斯人的文化优越感。而这个时期也正是《一千零一夜》在阿拉伯开始热起来的时候。我们看到《一千零一夜》中很多有关巴格达城市和哈里发哈伦·拉希达的故事就是在这个时代的背景下产生的。

如此，我们不难理解阿拉伯人对于波斯这个"他者"民族的集体想象是负面的而少有正面的。

总的看来，《一千零一夜》中所塑造的东方形象是他者的形象。他者中国、他者印度、他者波斯的形象之间存在着巨大的差异。这种差异是由于阿拉伯人对异族的中国、印度和波斯不同的想象和不同的文化态度造成的。他们在长期的过程中对各个东方国家的了解与交往决定了他们对中国和印度的善意与友情，也决定了他们对波斯居高临下的姿态。[3]

第四节 解读范例介绍

19 世纪西方文学中的中国形象

参见 [法] 米丽耶·德特利的同题论文，罗湉译。该文收入孟华：《比较文学形象学》，北

---

① 张鸿年：《波斯文学史》，第 16 页，北京：北京大学出版社，1993 年。

② See Philip K. Hitti, *History of The Arabs*, 10th ed. London：MacMillan；New York：St. Martins1970, pp. 294 – 296.

③ 此节解读据林丰民《〈一千零一夜〉中的东方形象与对他者的想象》一文改写，原载《外国文学研究》，2004 年第 2 期。

京大学出版社，2001 年。

　　马可·波罗曾在蒙古统治下的中国长期居住，他的游记传述了一个极度文明、和平而繁荣的民族，尽管他们不知道上帝，却在许多方面值得尊敬。许多世纪以来，欧洲人对黄色人种（中国人、蒙古人和满族人）满怀敬仰。直至 16 世纪，欧洲在长达近两个世纪里和中国完全失去了联系后，又重新发现了它。与中华民族建立关系的心愿和对中国文化的兴趣压过了恐惧和敌意。利玛窦神父率先进入了北京宫廷，在他的推动下，17、18 世纪的耶稣会士们采取一种文化适应政策，采纳了中国的风俗习惯，学习当地居民的语言，尝试理解他们的思想和哲学，简言之就是接近并尊重他者。为了让欧洲相信他们有可能将中国基督教化，他们宣扬一种正面的中国人形象，把他们塑造成一个生来就有礼有德、进步繁荣的民族，治国君主睿智通达，朝廷谏臣都是智者贤士。中华民族只缺少基督教的光辉指引他们去了解极乐世界。他们的作品一时间充斥了欧洲，一个关于中国的真正的神话由此产生。在争取思想自由的斗争中，以伏尔泰为代表的启蒙思想家们充分利用这神话作为武器，对抗教会和一切形式的压制。当时出现了大量政论文章或虚构作品，让比如孔夫子这样的中国哲学家们登场，对欧洲在智慧、道德、政府甚至经济各方面进行指导。

　　但是，到 19 世纪，西方对中国的态度产生了变化，我们可以借用艾田伯《中国之欧洲》第二卷的标题"从热爱中国到仇视中国"来称呼它。19 世纪欧洲人对中国人的集体描述，可以分作两个阶段：从 18 世纪末期中国闭关锁国到第一次鸦片战争为第一阶段；从 1840 年到 20 世纪头十年为第二阶段，这时无论是欧洲的一次世界大战还是中华帝国的覆灭，各种政治事件到处造成混乱并使我们最终告别了 19 世纪。笔者将主要研究第二阶段，因为相关的史料极其丰富，其中的统一性也是第一阶段所不具备的。第一阶段主要是过渡期，对中国的判断尚未最后成型。事实上，在第一阶段，人们仍记得耶稣会士们对中国的颂谕之辞，但他们也读过耶稣会的对手们不怀好意的作品，比如新教徒德保在他《关于中国人和埃及人的哲学研究》（*Recherches philosophiques sur les Egyptiens et les Chinois*，1773）一文中肯定中国的官僚们都是文盲，而所有的商人则都是无赖；再比如修道院长格罗吉埃在《中国志》（*Description de la Chine*，1777）一书中对中国的评价也很不客气。第一阶段还涉及到最早一批西方反华使团的游记作品（尤其是 1793 年马嘎尔尼使团遭到惨败，由此引发了大量鞭挞中国的作品）以及商人们笔录或口述的报告。这些商人们越来越恼恨满族皇帝为他们的商业野心设置障碍。从 18 世纪末到鸦片战争期间，过去的作品相互矛盾，而新的有关中国的记述又日渐稀少，这使得即便是那些迫切希望了解客观情况的人也很难知道中国和中国人是什么样的。巴尔扎克时代关于中国的出版物很少，他在评论一部即将付印的作品时，表现了当时公众的迷惑情绪："尽管我们付出了很大的努力，尽管有我们了不起的传教士们，像南怀仁神父、巴多明神父和其他神父们，我们仍然……不知道中国是一个专制国家还是立宪制国家，是一个充满美德的国家还是一个骗子横行的国家。"由于缺乏直接见证，巴尔扎克的同时代人通常没什么办法充实想象，为了解决这个问题，他们唯有去看一直充斥着欧洲的屏风、漆器、扇子、瓷器和其他中国风格的货物上的绘画。他们认为或假装认为这些通常质量平平的出口货上的惯用题材真实再现了中国。至于汉学家们翻译的几部作品，比如阿贝·雷慕沙译介的《中国故事集》（*Contes chinois*，1827）或是《玉娇梨》（*lukiaoli*），即《两姐妹》（*Les deux cousines*，1826），都属于俗文学，这些作品只会加助形成上述那种套话化了的中国形象。

在最初这个阶段，整个欧洲文学中很少有作品花整段章节描写中国，只是在一些诗歌或者其他作品的零散段落里可找到对中国和中国人的简短的隐射。浪漫主义诗人们读了那些多愁善感的短篇小说，观赏了中国艺术品之后，梦想着一个布满亭台楼阁的景致"奇幻"的中国，那里住着两种人："大腹便便"的富有的儒官和"吊眼"、"小脚"的"中国小女人"。这些人穿着红绿的袍子，整日吟诗诵词、抚歌弄曲、互诉衷肠或在鸦片带来的温柔梦境中冥想诵道："在那个爱哭的侍从/那个中国人发挥魔力的时候/他从玫瑰色的卷轴中/吟诵他充满魔力的诗/这些诗句如绸缎般轻柔/如蜂房原蜜的蜜汁一样甜美"。而泰奥菲尔·戈蒂耶的朋友，搪瓷工人克洛迪·博普兰从一个"大瓷缸"中得到灵感创作了《中国热》（Chinoiserie）这首诗歌，向我们描绘了一个"吊眼的中国小女人"，"穿着高跟鞋坐着，以奇特的姿态"，"一个富有的官员"凝望着她，"而他的心中悄悄斟酌/将一首繁复的诗化为绝句"。这些诗句里中国主题的复现充分说明，中国只是浪漫主义诗人理想的合适的代名词：一个梦幻的自由的空间，在那里诗歌是合理的行为，远离日常生活的平庸和拘束；而且根据不成文的规矩，这里人们喜爱的美丽要服从新的标准：戈蒂耶也写过题为《中国热》的诗，他的短篇故事集《水榭》（Le Pavillon sur l'eau，1846）中也描绘了这种爱情的新形式，在这个故事中一位年轻的诗人和一名知书达理的少女互赠诗句倾诉衷肠，父母却对他们的婚事另有安排，最终父母恩准采取一夫多妻的形式，障碍得以解决。

18世纪流传着中国贤哲说教的神话，到了19世纪则演变为中国爱情诗人和歌手的神话。但是除了在几个浪漫主义作家那里，后一个神话几乎没有得到什么充实。19世纪后期，翻译中国诗歌曾一度成风，此时人们还能找到了上述神话的痕迹，但常常是采用戏仿手法来处理。路易·布耶曾尝试学习中文并从中国诗歌形式和主题中汲取灵感，埃米尔·布雷蒙模仿圣·德尼侯爵和朱蒂特·戈蒂耶翻译的中国诗歌，而马拉美想要"模仿明澈而细腻的中文"（《对苦涩的安宁厌倦了》）（Las de l'amer repos…）。除此以外，我们也看到一些作家想要揭示这个中国幻想。譬如让雅各·安培曾用法语介绍了一部中国诗体小说片段，彼得·白瑞·汤姆斯于1824年将它翻译成英文，题目是《求爱》（Chinese Courtship）。安培的写作目的是："让人们对这种奇怪的诗歌的面貌有所了解。它既优雅又奇特，不连贯而又细致，它总是描写同样的对象，排斥一切强烈的、闪耀的、与众不同的形象，沉溺于苍白、暗淡、精致的，永远重复的意象中。这是一个发育不全的民族在暮年享受的颓萎快乐。"借用普鲁斯特的一句话，时代越前进，这些诗人、儒官形象越变成"没落官僚"的形象。他们被毫无节制的鸦片和爱情耗空了身子，无力再去行动和创作，完全转向了过去。拜伦在《唐·璜》（Don Juan，1819—1824）中提到一位"儒官"，他"看什么都不美"；"至少，他的神态让人以为他看到的一切都不讨他喜欢"。这里已经出现了中国人用冷漠的面具掩饰真实情感的主题。达凯莱曾创作一部叙事诗，题目是《一个悲惨的故事》（Aragic Story）。叙事诗中运用了反讽法，因为其中出现了一位睿智的中国人，他唯一操心的就是一条神秘的"英俊的猪尾巴"，尽管他费尽力气想把它拿到前面来，它却总是垂在屁股后面，他对此束手无策：从这条迫使中国人回头瞧的尾巴里，我们不是能看到对于这个保守反动的中国母题的一个幽默翻版么？德国作家的处理方式要更严肃些。在德国，黑格尔首先宣扬这种关于中国"停滞不前，没有历史，总是保持原状"的思想；在棍棒统治之下，中国的百姓不是公民，而是奴隶。包括在家庭里起决定作用的也不是亲情，而是命令。像恩斯特·罗斯在他的文章《中国在德国作为反应的象征》里所说的，黑格尔之后的许多德国思想家利用这一形象作为"保护层"来揭露本国的专制统治，但同时这种形象也在一定程度上表现了中国人受到的轻视。此外中国人还时常被毫无政治目的的喜剧家用来作笑料：赫尔曼·赫尔赞斯肯在《黄包夫》(Hoang – Puff)中塑造了这样一位儒官，他总是担心自己的外表，滥用职权，但他的怯懦和卑鄙却逃不过观众嘲弄的目光。我们再以安德烈·舍利的戏剧《旅行者》(Travellers, 1806)为例，它表现出对中国的极端无知，主人公扎番利王子并不怎么像中国人；但有趣的是这位王位继承人，到英吉利旅行，只是为了"看看那些使百姓们默默服从的法律"。此前一个世纪，伏尔泰在《中国孤儿》(L'Orphelin de la Chine, 1755)中展示了一个野蛮人成吉思汗从中国得到教益；而从这时开始，在戏剧中（即使不算在现实中）中国开始以别的民族为师。

　　总的来说，19 世纪初期欧洲文学中的中国人形象多是表面化、漫画式的；它退化到一些衣着饰品的细节描写（男人穿着妇女们才穿的彩色长袍、带有阳伞、扇子），以及外形特征（女人的小脚、男人的辫子、黄皮肤、长指甲、吊眼睛——此时尚未用"有蒙古褶的眼睛"一词）和一些琐碎小事（爱情、诗歌、漫步、梦幻）。其中对中国人的精神状态的勾画往往自相矛盾（对旧事和诗歌的趣味、对外表的关心、无所事事、懒散、专制、文雅、感情细腻、无动于衷、怯懦等等）。这说明了欧洲人对这个民族所知甚少，对它的态度是不稳定的：是羡慕还是嘲笑？是尊敬还是蔑视？是模仿还是教化？是与它对话还是采用武力？1839 年英国对中华帝国宣战使这些问题得到了答案，这个答案消除了一切犹豫，并立即树立了典范，成为对待中国人的唯一态度。

　　1840 年以来描写中国的文学大量涌现（随着中国国门被迫打开，涌现了大量游记以及从游记中汲取灵感的虚构作品），这些作品给人的印象是无休止地和过去的文学作品进行清算：因为它们不断地有意无意地对照耶稣会士和启蒙哲学家塑造的理想化中国人形象，建立一个完全相反的新形象。对中国事物的态度由喜好到厌恶，由尊敬到诋毁，由好奇到蔑视。这些变化是由对中国衣式发型的态度开始的，从这时起，人们不再像 18 世纪法国宫廷那样加以模仿，而是肆意嘲笑：那些尖顶的帽子，闪光的袍子，雨伞，中国男人的辫子和小胡子，以及中国女人脸上厚厚的"白粉"都成了挖苦的对象，是活跃化装舞会的绝好假面和道具。至于中国人的长相，在过去的几个世纪里都没有遭到非议，不仅如此，在浪漫主义诗人的作品里中国女人的"吊"眼、"象牙色"的皮肤和"小脚"甚至显得诱人，像儒官们的"长指甲"和"圆肚皮"一样成为识别的标志。从世纪中叶起情况发生了变化，白种人比其他有色人种优越的看法盛行起来。当然，在种族等级中，中国人有着蒙古脸型、细长的眼睛、扁平的脸、深色有时接近黑色的皮肤，短小的身材，这些特点都使他们更接近于黑人而不是白人。欧洲人认为中国人强迫妇女裹的小脚不仅违背自然，而且十分丑陋、残忍，使脚变成了"真正的蹄子"、"畸形的残肢"、"令人生厌的创口"。在外貌上，中国男人和女人一样丑陋滑稽，他们中若有一个想得到西方人的赞许，则必须符合欧洲人的审美标准：儒勒·凡尔纳在描绘《一个中国人在中国的苦难》(Les trib ayions d'un chinois en Chine)的主人公金福时说："高大健壮，皮肤偏白不发黄，眉毛平直，眼睛很平而不是向太阳，鼻梁高直，脸部毫不平板，甚至站在西方最标准的美男子身边，他也会引人注目。"为了要和他般配，他的未婚妻蕾欧长得也不像一个真正的中国女子，"蕾欧是一位有魅力的年轻女子。甚至在欧洲人眼里，她也是个美人，肤色洁白，不泛黄，温柔的眼睛几乎不向太阳穴吊起……她不像天国的其他女子那样在脸上涂厚厚的蜜粉……而她的双脚呢？幸好，她的脚很小，但不是被那种行将消失的野蛮风俗弄得变形，而是天生如此。"这两张面孔没有"真正的中国人"（像小说里所有仆人们的模样）的一切外貌缺陷，这些都太明白不过地告诉我们当时的种族歧视。

作家们更加注重描写中国人的思想，尤其是前两个世纪人们鼓吹的中国人的道德品质。耶稣会士们认为，中国人尽管是异教徒，却天生品德高尚。到 19 世纪，无论是"善良的野蛮人"还是"高尚的中国人"的神话都不再时兴了。在欧洲人看来，中国人都是些恶人：他们极不诚实，礼貌只是出于虚伪，微笑都是鬼脸怪相。如此普遍的弑婴和乞讨行为都证明了他们是些麻木、冷漠、自私并且毫无慈悲之心的人。他们的亲子之情是迫于帝国仅有的法律命令，而不是发自内心。他们对欢乐和痛苦一样地麻木不仁，因此他们富于耐力，能够忍受最深重的痛苦和最沉重的重负，也能够忍受最残酷的行为：一切有关于中国的叙述中都少不了对"中国酷刑"的描写。在朱蒂特·戈蒂耶的小说《皇龙》（*Le Dragon imperial*, 1868）和剧本《天之女》（*La Fille du Ciel*, 1911, 和洛蒂合作）中都有对屠杀和酷刑的描写。但是这两部作品都受到了浪漫主义影响，中国形象多少有些理想化，因此它们更应该归于 19 世纪前半叶而不是后半叶。人们如此确信中国人的野蛮和麻木，以至于《十九世纪世界大辞典》（*Le Grand Dictionnaire Universel du XIXe seiecle*, 1869）在"中国"词条的解释中竟指责中国人吃人肉！至于中国的一夫多妻制，不再有人像孟德斯鸠那样解释为女孩的数量比男孩子多，而是解释为他们恶劣好色的天性。皇帝被看做一个腐化的人，周围没有贤士进谏，只是太监和女人，他们为了私利篡夺政权，使皇帝分心政务。在中国人的种种恶习中，还要算上嗜赌和酗酒，尤其是大烟瘾：一些通俗小说，像狄更斯的《艾德温·德鲁德之谜》（*Le Mystere d' Edwin Drood*）和儒勒·凡尔纳的《环球八十天》（*Le Tour du monde en quatre - vingts jours*），在这些作品里，中国人都被描写成吸毒成瘾，完全被毒品搞昏头的人，甚至把他们当成中国国民的真正典型。

"野蛮"、"非人道"、"兽性"，这些形容词通常被 19 世纪的人们用来总结对中国人的看法。通常人们说起"中国人"时，"蚂蚁"是最常见的比喻，而在保尔·蒂伏瓦的《中国蝉》（*Cigale en Chine*, 1901）中，我们看到有"黄猕猴"和"猴子"的称呼。康拉德·迪丰的故事里称中国话为"不可理解的呜呜的喉音"；在卡米尔·莫克莱尔《东方圣女地》里，中国人有"一张几乎非人的脸"；而当利上尉在《黄祸》里则命人流放"那些无法无天的黄皮肤的乌合之众"。显然，这个遭受极度轻蔑的中国形象反映了一些种族由于经济和工业力量强大而产生的优越感，他们需要证明自己是唯一文明的民族，以便替自己的帝国主义野心开脱。

在许多游记和有关中国的小说中，中国人和西方人之间似乎总是在冲突：要么是一个旅行者半路遭到拦劫甚至袭击，要么是欧洲水手在广东街头和中国贫民之间发生殴斗（这也是约瑟夫·梅里的小说《英国人和中国人》的开头），要么是两军之间发生战斗（可以在一些历史纪实性小说中找到相关情节，比如让·达热纳的作品《弗莫斯的战火，库尔贝准将的小说》，或者彼也尔·洛蒂的《北京末日》，以及夏尔·贝蒂《李达舟的"爱情"》）。在所有这些作品中，挑衅者都是中国人，他们的侵犯或者出于对外国的仇恨，或者出于贪婪，甚或只是为了杀戮的快乐。同时，所有遭受侵犯的人都坚信自己是在合法自卫，回击的办法是威胁要报仇，更多的则是立刻掏出武器，而他们脱身时总是不失尊严，甚至额外占些便宜。因此欧洲人认为对付中国人最好使用暴力，并且不要等到迫不得已时才使用它。引用于古伯察神父的话来解释："中国人，尤其是他们的官员，总是欺软怕硬的……如果我们不幸让他们占了一次上风，我们就无可挽回地失败了；我们马上就会被压迫，成为牺牲品。反之如果我们能够统治他们，就一定会发现他们像孩子一样驯服、顺从。把他们捏来捏去、随意打造真是易如反掌；但是要当心，不能对他们有片刻的手软，一定要总把他们抓在铁腕里。"

在最初计划征服中国的时候，欧洲人就极力鼓吹武力。而一旦知道需要不断保持警惕（因为他们知道中国人很阴险，时刻都想利用主人偶然的软弱），他们就明白武力是不够的，还应该开展教化野蛮人的行动，如果可能，就把他们变成可信的伙伴。尊敬的阿瑟·史密斯在著名的《中国人的性格》中宣称"必须教化中国"，认为中国人"缺少的是骨气和良知"："中国需要的许多东西可以概括成这唯一一种迫切的需要。只有依靠基督教文明的长期感化才能使这种需要得到完全的满足。"尽管所有的欧洲游记都谈到中国人有"令人难以忍受的民族傲气"，它们也证明中国人并非丝毫不受具有明显优越性的西方文明模式的诱惑，即便他们对此无可奈何或不予承认。这一点在小说中表现出的一种情节是：一位中国女子，尽管过着隐居的生活，在充满成见的环境中成长，却疯狂地爱上了一位欧洲人。比如在保尔·蒂伏瓦的《中国蝉》里，一次满人阅兵式上，慈禧太后最宠爱的"芦花"公主，注意到观众中一名年轻的法国外交官洛莱，并为他的魅力倾倒。"芦花"命人掳回洛莱做丈夫，开始她以为洛莱会庆幸他的好运气；可是尽管洛莱为女孩子的美貌所吸引，却没有回应她的热情，因为衡量了"自己这个文明的欧洲人和中国世界间的鸿沟"之后，他觉得年轻的满族公主"就像是这个毫无同情心的社会产生的魔鬼"。"芦花"最初想按照民族的本能行事，就是说想要使用酷刑，但洛莱的一番谈话向她展示了欧洲妇女善良、克己、献身的美德，这也是她们吸引男性的原因。满族公主逐渐开始怀疑自己。在发生的各种事件的压力下，经过对自己缓慢而艰难的改造，她变得接近欧洲妇女的理想形象。但是，她还必须要否认自己以及族人，摈弃她过去相信的一切，尤其是孔子的哲学。她承认儒学"较之孔子之前的状况，的确是很大的进步"，但它"最终走向了自私自利"。识得了白人的所有品德时，公主终于从洛莱那里获得了爱的许诺，他的爱情随着公主"非中国化"的过程而产生并逐渐增强："……法国人的愿望实现了。在'芦花'的心中诞生了欧洲人的灵魂。"在故事结尾，"芦花"可以嫁给洛莱，而她的叔叔，梁哲学家也决定"研究基督教的菩萨和法国人的灵魂"，也许从此将出现一系列新的中国人，他们会意识到过去的错误并真诚地修得一个基督教的灵魂。因此，中国人若想得到欧洲人的承认和尊重，就必须承认后者的优越，并谦卑地学习他们，在所有方面向他们靠拢。

但是，中国人的转变还应该是深刻的，还必须改变自己的灵魂，或者说得到一个灵魂，因为人们已经认识到中国人特别缺少灵魂。儒勒·凡尔纳的小说《一个中国人在中国的苦难》的主人公就是这样。在故事开头，我们眼前的金福是一个非常欧化的中国人，赞成进步，接纳一切新技术，抛却同胞阴暗思想中的一切偏见。而且他"不住在上海，而住在上海外面的一处英国租界里"，我们已经看到他的外表更像一个"白人"而不是"黄种人"。但内心深处他仍是一个真正的中国人，物质主义、自私自利，对死亡麻木不仁，无动于衷。因此，当他知道自己失去了所有财产的时候，他选择了自杀，或者毕竟希望在临死前了解感情的滋味，他打算让最好的朋友杀死自己。他一点没有替未婚妻担心，只给她留下了保险金，并且"心绪平和……带着黄种人特有的冷漠"。他四处追逐负责杀掉自己的朋友（那个朋友得知他重得财产之后就消失了），走遍了中国。他遭受的种种"苦难"只不过教会他奋斗的乐趣、忍耐的美德、尊重生活的价值，向他揭示了真正的友谊和爱情，简而言之，他过去缺少某种精神和品德，因而不能成为真正的人，不配成为小说中的英雄，而英雄使他具备了这一切。这些通俗小说证明：尽管中国人道德败坏，他们却是可以改造好的，西方人的使命就是向他们反复灌输西方文明所依赖的价值观，中国人对这些价值观一无所知。"中国文明是一种虚假的文明……它的一切精致之处都最终走向极度的自私自利和毫无节制的残酷。"殖民行为由此得到了辩护，甚至颂扬：它变成了使所有中国人受益的拯救行为。起码这是大多数人的信念，但这种好意并不被所有人接受。我们看到，时代越前进，就有越多的人怀疑、恐惧，甚至有犯罪感。

1880 年，在纪尧姆二世还没有推广"黄祸"一词的时候，波兰小说家若·艾萨德·格罗兹在《儒官》中已经用它来比喻欧洲人和中国人的关系了。艾萨德·格罗兹以"儒官的违悖常理现象"作为开端。小说的主人公德奥多罗是个可怜的小职员，一天，他在一本古书中找到了一个儒官违悖常理的秘方，根据其中详述的细节，他只需摇摇旁边的铃铛就可以实现自己的欲望。德奥多罗屈从于欲望，立刻成为一个中国儒官李金福万贯家财的继承者。于是他过起了王公贵胄的生活。但有一天，他眼前浮现出了他的牺牲品清晰的形象，他开始体会到的不仅仅是悔恨，更是日渐增长的苦闷。为了消除内心的不安，他决心补偿死者的家庭，并动身前往中国。但就在确信要在一个穷困偏僻的小镇里找到他们的时候，他在旅店遭到了一群凶残的中国人的袭击，他们夺走了他的金子，他本人也险些没有逃出虎口。由于李金福的形象总是纠缠着他，而他又无力"补偿"，最后他决定选择死亡。

在他到达旅店即将被困的那晚，德奥多罗梦想着成为慈善家："明天，我要给李金福的寡妇居住的可怜的茅屋带来欢乐，我要宣布我会给她几百万的钱，这些钱我已经存放在北京；然后，在得到当权者的同意后，我们要慷慨地施舍大米给下等人；晚上会有灯会和舞会，就像老百姓的节日一般……"因此在被群氓们洗劫一空并虐待之后，他内心的仇恨异常深刻："我自以为从遥远的西方来到此处，给一个中国地区带来自己大量的金钱，还没有到达那里，我就被洗劫，被粗暴地对待，被箭雨攒射，我感到心中涌起阴暗的仇恨，好几个小时了，我在房间里走来走去，反复考虑我将如何无情地报复中华帝国！"德奥多罗的信念显然是错误的：他指责中国人在他怀着最好的心愿到来的时候忘恩负义地袭击了他，却忘记了他打算分发给他们的财产是以一个中国人的生命为代价得到的：由此可见，对于个体来说，欧洲的良知是一个悲剧，它把应该称作剥削的东西隐藏在慈善的外衣之下，它因为自己的善举没有得到叩谢而恼火，但是这种欧洲良知不也在暗中加快了复仇行动的到来吗？通过"忘恩负义"的中国人形象，我们再次看到西方人自视甚高，也看到他们对一个处于困境的民族不怀好意，对于后者的境况他们并不是毫无责任的。在这个小故事里，我们看到人们已经开始质疑殖民行为的合理性。再往前推进一步，中国人的形象将不再仅仅用来表达恐惧、担忧、怀疑，而将成为西方人自身黑暗的揭露者。

奥克塔夫·米尔博的小说《苦刑花园》亦是如此，其中的恐怖、残忍、堕落是任何小说都无法与之匹敌的。米尔博笔下的中国人都是些魔鬼：身为剑子手，他们对酷刑极其讲究，富于想象力，令人几乎无法设想；受刑者遭到无以复加的虐待，他们的躯体丑陋得不再有丝毫人类的特点，像是些腐烂的丑恶死尸。这些令人难以卒读的书页向我们描绘了在一个混杂着堕落与辉煌的豪华花园里发生的最恐怖的场面。一切都发生在心醉神迷的年轻女人克拉拉的眼皮底下，她从中得到了极度的快感。但作者无意宣称这就是中国本身：在这篇远东游记前的"书名页"上，叙述者已经说明"中国"是想象中的地方，作者只是借用它来证明这样一个事实，西方人在文明的表象下隐藏了灵魂中残忍、嗜血和卑鄙的本能。米尔博对同时代的人宣称，这些使你们恐惧的中国人就是被剥掉了宗教美德、教育和道德面具的你们自身。这些面具为你们罩上虚伪的外衣，仿佛是你们的第二层皮囊，同时又唆使你们发展嗜血的本性。在故事结尾，作者回忆亲眼所见种种景象时充满了厌恶："表演酷刑的戏班子、地堡下垂死的人、萦绕着苦痛的树木、吃人的血淋淋的花朵"，叙述者最终使读者和自己一同明白了："啊，是的！酷刑的花园！……激情、欲望、利益、仇恨、谎言；法律、社会制度、公正、爱情、荣誉、英雄主义、宗教，都是它的罪恶之花和制造人类永恒苦难的丑恶工具。……今天我的所见所闻都确实存在，那叫嚣声传到了花园以外，在我看来这不过是全世界苦难的象征……"从那时起，中国人像是成了欧洲人的地狱，这不是因为中国人与欧洲人相反，而是因为他代表了欧洲人隐藏的面孔："我呼唤欧洲的帮助，我呼唤它虚伪的文明，还有巴黎，我快乐欢笑的巴黎……但我看到的是欧也尼·莫尔丹的脸在粗俗饶舌的刽子手的肩头做着鬼脸，刽子手在绞刑架下的花丛中擦拭他的解剖刀和锯条……这些是眼睛、嘴巴、G 夫人掉落的松弛的双颊……我曾看见 G 夫人伏在断头台上，她用通奸者的手触碰、抚摸那吞食人肉的钢铁下颚……正是教堂、军营、法院的法官、士兵、神父们热衷于制造死亡……"

因此中国人形象映射出了 19 世纪末欧洲人的发展方向。由于它对欧洲人所具有的劝诫作用，中国人形象就更镀上一层晦暗而令人生厌的色彩。这其实就是这些世纪末法国小说的真正功能，它们争相挥舞着这样一个丑恶吓人的中国人形象：退化、险恶、麻木、对自己的卑下一无所知。散文家们说的话也毫无二致：阿尔费雷德·福耶论证了白种人在意志和道德方面比黄种人优越，这两种道德在中国人那里尤其缺乏，而欧洲人自己也正在将它们抛诸脑后。随后他预言说"如果伤风败俗的运动在法国、英国、德国还不停止的话，我们将会降到一个低等行列中去"。让·马克·莫哈在最近一次讨论会上的发言非常清楚地表明了，与其说黄祸是亚洲人反抗白人所带来的现实的危险（西方帝国主义还正处于上升阶段），不如说它表现了那种威胁到西方人个体（文明的基础）良知的软弱。对黄种人，尤其是对中国人的恐惧，以特殊方式反映了世纪之交欧洲人的忧患情绪，他们担心被自己出卖，担心失去对自己以及对世界的控制，担心发现自我并非如原先他们所想象的那样。让·马克·莫哈进一步假设"黄祸会成为这些黑暗、骚乱心理的一种表现，即便在最文明的身体内部也会存在这样的心理，时代正在揭露它的存在：它将成为无意识的一种表现"。这个假设很有诱惑力，何况一个新的时刻即将来临：中国不再是丑陋吓人的东西，而是谢阁兰笔下"内心空间"的隐喻。和谢阁兰一样，列利斯、米肖等人对中国人的探索还具有探寻自我的双重意义。而谢阁兰是开路先锋，他对他者的崭新态度使我们从此离开了 19 世纪并进入了现代。

西蒙·列斯注意到："中国是这样一种奇怪的启示者，似乎想接近它而不触及自身是不可能的，鲜有作家能在处理中国题材时不流露内心的幻觉；在这个意义上，谈论中国的人讲的其实都是自己。"欧洲人描述的中国人使我们更多地了解了欧洲人而不是中国人。在大工业时代，进步的、帝国主义的时代，欧洲人确信自己是文明的持有者，不能容忍另一个民族有同样的全球抱负。西蒙·列斯又提醒道："如果有他者存在，我就不再是全球的；失去了全球性，我就不复存在。"为了捍卫自己的身份，欧洲人于是一刻不停地贬低、摧毁中国人，针对的不仅仅是中国的文明，甚至是中国的人。这种有条不紊地对他者进行诋毁和否定的行动并非毫无恶意，但白人教化行动的神话却对此保持沉默。然而，人们无法阻止一种情绪渗入良知之中：表面上似乎是担心有仇必报的复仇的中国人要求算账，实际上是对自己产生了忧虑和怀疑。因此，就在人们能够确信他者已被消灭的时候，他者却如同一阵强烈的悔恨，突然又冒了出来，欧洲人惊恐地发现这样的他者其实很像自己。

第 12 章　西方马克思主义

　　西方马克思主义是一种有别于正统马克思主义的"新"的马克思主义理论派别。它最初由德国的卡尔·柯尔施（Karl Korsch）于 1930 年在《〈马克思主义与哲学〉问题的现状——反批判》一文中提出；1955 年，法国的梅洛·庞蒂（Maurice Merleau-Ponty）在其《辩证法的历险》一书中继承性地使用了这一术语并在理论上予以确认；1976 年，英国的新左派学者佩里·安德森（Perry Anderson）在其专著《西方马克思主义探讨》中集中讨论了这个问题并扩大了这一术语所指称的范围，自此，西方马克思主义的影响逐渐彰显于西方现当代的思想视野中。作为一种在西方现代思想语境中确立起来的理论实践活动，西方马克思主义最根本的学术志向就是分享并借鉴当时的人本主义与科学主义思想来重新建构或重新解释马克思主义的现代性哲学和文学理论形态。基于这样复杂的思想语境和理论背景支援，西方马克思主义就在其内部形成了一种多元思想倾向并存、学术观点驳杂的"复调"理论格局，但从总体上看，文化哲学、主体性哲学和主观辩证法还是构成了这一理论派别各个学派共有的学术身份。其中，西方马克思主义的"西方"含义就表征了这个理论派别超地域性的文化价值倾向的共在关系。其美学和文论方面的主要代表人物有：匈牙利的乔治·卢卡奇（Georg Lukace，1885—1971）、意大利的安东尼奥·葛兰西（Antonio Gramsci，1891—1937）、德国法兰克福学派的瓦尔特·本雅明（Walter Benjamin，1892—1940）、T. W. 阿多尔诺（Theodor Wiesengrund Adorno，1903—1969）、赫伯特·马尔库塞（Herbert Marcuse，1898—1970）；法国的结构主义马克思主义文论家路易·阿尔都塞（Louis Althusser，1918—1990）及其学生皮埃尔·马歇雷（Pierre Mecherey）、卢西恩·戈德曼（Lucien Goldman，1913—1970）；法国的存在主义马克思主义者让－保罗·萨特（Jean-Paul Sartre，1905—1980）以及当代的英美新马克思主义者特里·伊格尔顿（Terry Eagleton，1934—）和弗雷德里克·詹姆逊（Frederic Jameson，1934—）等等。

第一节　基本原理

　　西方马克思主义诞生于一种变化了的历史语境中，受这种语境的规定，它的理论志向与价值特征也显示了与传统马克思主义较大的差异。相形之下，以往那种仅仅倚重政治经济的理论话语渐次被一种综合性的社会历史文化文本关怀所取代了；而一种以批判和颠覆为特征的所谓"大拒绝"和"否定辩证法"式的社会文化理论与审美救赎理论取代了那种客体性的理论。正像英国新左派作家佩里·安德森所认为的，西方马克思主义的本质特征就在于它的理论中心已经"由经济学和政治学转向哲学"，它意味着，西方马克思主义已经发生了从传统的政治经济学历史叙事向哲学、美学和文化哲学批判的结构性转变。

　　具体而言，西方马克思主义从总体上呈现出了这样一些新的特点：注重理论本身的决定地位与能动作用而非其被决定身份与客体角色；注重社会历史微观层面与局部偶然性的研究；在继续关注传统的政治经济学理论视阈而外，也开辟了新的哲学、美学和心理学的看取方式，特别是强调了文化阐释与文化批评的重要性；开展了与西方现当代各种新的文化思潮与哲学观点的对话，分享并借鉴了它们的价值观与方法论以建构一种社会批判理论与审美文化话语。受此总的规定性的影响，西方马克思主义在其文学审美领域也就相应地建构了具有主体性和文化性倾向的文论话语，形成了关于文学基本原理的新的问题意识与解答方式。具体来说，有如下一些表现：

一、关于文学与社会生活的关系问题

在这个问题上，西方马克思主义文论着重强调了一种历史唯物主义的总体性辩证文学观。反映在文学与现实生活的关系方面，它主要坚持这样一个观点，即文学形成的"多元决定论"。

文学形成的"多元决定论"批判了庸俗反映论关于经济基础与文学之间的那种机械直观的线性反映关系，认为文学的形成除了在最终意义上受到经济基础的决定以外，它的生成、存在及其性质结构还是一种由政治、哲学、道德、宗教、心理等其他综合因素所中介调节的产物。卢卡奇在《历史与阶级意识》(*History and Class Consciousness*)一书中分析包括文学观在内的整个马克思主义的基本原则时就说过，"不是经济动机在历史解释中的首要地位，而是总体的观点，使马克思主义和资产阶级有决定性的区别"①。柯尔施和葛兰西从哲学的意义上也强调了马克思主义的这种总体性特征与辩证维度，后来捷克的科西克(Karel Kosik)在其《具体的辩证法》(*Dialectics of the Concrete*)中提出了"具体的总体"、法国的亨利·列斐伏尔(Henri Lefebvre)在其《现代世界中的日常生活》(*Everyday Life in the Modern World*)中也提出了"总体的人"的范畴。特别是结构主义的马克思主义者阿尔都塞更是从一种社会生活的总体性结构中来解释文学的形成的多元决定的因果关系，按照这种观点，在文学与经济基础的反映论关系中，在坚持经济基础的最终决定地位的前提下，必须承认文学形成的多重原因与中介性关系结构，包括文学在内的整个社会历史中的每一个部分的形成都必须考虑到这种复杂的互为原因和中介的关系存在，也就是说，一切都是在政治、经济、意识形态和社会心理等因素的相互作用关系中生成和变化的。这种复杂的关系结构决定着其中每一种因素在特定时间里究竟是处于决定者还是被决定者的地位。因此，"历史进程要在上层建筑的许多形式中为自己开辟道路。……只要承认上层建筑的形式和国内外环境在多数情况下是特殊的、独立的和不能归结为单纯现象的真实存在，矛盾的多元决定就是不可避免的和合乎情理的"②。正是因为文学和社会生活之间存在着这样一种复杂的矛盾关系，所以它们并不表现为一种始终协调同步的对应关系，这实际上继承并深化了马克思关于艺术生产与社会物质生产之间的发展不平衡关系的原理，而且这也是对于普列汉诺夫以来重视社会心理等中介因素对于文学形成所起调节作用的研究的进一步发挥。后来新马克思主义者詹姆逊在《后现代主义与文化理论》(*Postmodernism and Theories of Culture*)一书中发挥了这一思想："在现代艺术中，所有的问题都在于文化与社会之间是距离而不是同一；现在，各层次之间存在着相互的作用，各层次之间存在着间隙和距离这一事实，就影响到每一层次"③，"因此，多元决定的概念告诉我们必须考虑所有的原因，包括那些看起来极不相关的东西。当我们找到了足够的解释之

①　[匈牙利]卢卡奇：《历史与阶级意识》，杜章智等译，第 76 页，北京：商务印书馆，1992 年。
②　[法]阿尔都塞：《保卫马克思》，顾良译，第 90 页，北京：商务印书馆，1984 年。
③　[美]詹姆逊：《后现代主义与文化理论》，唐小兵译，第 83 页，北京：北京大学出版社，1997 年。

后，便需从结构的角度来理解它们。所有的决定因素都是必然的，但并不能够解释完整"①。马尔库塞对于正统马克思主义文艺美学原则进行反思的第一条就是批判那种坚持经济基础与文学艺术等意识形态具有线性对应关系的观点，阿多尔诺关于"非同一性"的"星丛"化关系构架，弗洛姆等关于经济基础和上层建筑之间社会心理中介的研究都反映了西方马克思主义在文学与社会生活之间关系方面所持论的多元论决定立场。

二、艺术与意识形态的关系问题

作为马克思主义文艺学和文学批评中的一个核心命题之一，这个问题一直也受到西方马克思主义文论的重视。基于第二国际庸俗马克思主义把艺术作为意识形态的直接表达或把意识形态视为艺术的全部内容的理论谬误，西方马克思主义从三个方面对这个问题进行了反思和重释。

1. 意识形态概念辨析。根据马克思主义创始人的观点，意识形态主要是指建立在一定经济基础之上的观念上层建筑，它包括哲学、道德、宗教和文学艺术等一些精神性的观念形态。西方马克思主义结合当时一些非马克思主义的思想流派和历史现实的特点对这个概念进行了辨析与归纳，提出了一些较为泛化的意识形态观点。像詹姆逊就认为，在西方马克思主义的文论中对于意识形态的理解和使用就可以归纳为七种模式：错误意识；领导权或阶级合法化；物化；日常生活的意识形态，文化工业(法兰克福学派)；心理主体与意识形态的国家机器(阿尔都塞)；支配权的意识形态；语言的异化②。而把这些对于意识形态的各种不尽相同的解释运用到文学艺术的阐释批判上，就分别形成了葛兰西的文化领导权思想，卢卡奇的阶级意识，法兰克福学派关于体现物化意识的大众文化批判，列斐伏尔和布达佩斯学派关于日常生活批判的意识形态理论，阿尔都塞关于主体建构的意识形态功能论和对于学校、教会、报刊等物质机构的意识形态国家机器批判以及哈贝马斯关于语言异化的意识形态理论论述等等。伊格尔顿总结性表述过，"我们所说的'意识形态'并非简单地指人们所持有的那些根深蒂固的，常常是无意识的信念；我们主要指的是那些感觉、认识与信仰方式，它们与社会的权力的维持和再生产有某种关系"③。所有这一切都说明着在西方马克思主义的文论中，对于意识形态的考察不但着眼于传统的理性形式，而且在一种转型的意义上来研究，即也从情感、意志、欲望和人们的行为方式等方面来对一些文学文化现象进行意识形态分析批判。

2. 意识形态与文学艺术的本质。在正统马克思主义文论中，把文学艺术的本质界定为意识形态已经成为了一种共识，而西方马克思主义者由于在意识形态概念的理解和使用上与正统马克思主义者存在区别，从而他们在文学艺术的意识形态属性问题上也持一些不同的观点。在总体上，西方马克思主义文论并不一般地反对把文学艺术看作一种意识形态，但与此同时也认为，文学艺术并不能简单地等同于意识形态。具体而言，西方马克思主义形成了关于文学艺术意识形态属性问题的这样两个新观点，即从文学艺术的社会功能着眼，它具有一定的意识形态价值诉求，但是从文学艺术存在的整体结构与本体论意义来看，它又不能完全

---

① ［美］詹姆逊：《后现代主义与文化理论》，唐小兵译，第75页，北京：北京大学出版社，1997年。
② ［美］詹姆逊：《后现代主义与文化理论》，唐小兵译，第257页，北京：北京大学出版社，1997年。
③ ［英］特里·伊格尔顿：《文学原理引论》，章国锋、王逢振编译，第18~19页，北京：中国社会科学出版社，1998年。

归纳为意识形态的存在，还包括一些非意识形态性的要素，应该说，文学艺术是这两者既对立又统一的结合体；同时，在承认文学艺术具有意识形态属性的前提下，西方马克思主义又认为，文学艺术的意识形态性并不是通过直接表达某种理性的政治或道德观点来实现的，而是要把意识形态的理性思想转化为社会心理的形式并且融合在一种审美形式中来间接地表达或暗示。换言之，西方马克思主义者是在兼顾文学艺术的他律与自律相结合的关系视野中来界定和理解文学艺术的意识形态属性的，并且，他们还对文学艺术作为一种特殊的感性审美的意识形态的存在方式与社会心理的作用机制进行了研究，因此，他们对于文学艺术的意识形态属性问题的看法倾向于一种意识形态功能论的观点。

　　卢卡奇在遵循马克思主义创始人关于文学艺术的意识形态理论界说的基础上对这一问题作了进一步研究，他对文学艺术与意识形态的复杂矛盾的关系以及文学艺术作为意识形态的特殊性进行了比较深刻的揭示，"意识形态的东西最终规定着哲学和艺术的形成过程以及它们的持久影响，它作为先导，作为切实起支配作用的因素，既不是从外部被输入到具体中去的东西，也不是由某种他物在这个整体之内'造成'的'原因'"。实际上，"意识形态的东西是由世界向人类提出的问题构成的，而哲学家和艺术家则都在寻找这些问题的答案，他们各自用自己独特的手段，力求尽量完善，尽量恰当地描绘一幅人的合类性的世界图像，并且探明和获得存在的本质"①。此外，他认为，现实主义的文学艺术可以因为坚持一种客观的总体性立场而能够在自身之内造成一种超越一定意识形态的美学效果，他以巴尔扎克为例说，"我坚决否认意识形态能够成为艺术作品的美学成就的标准——这是与斯大林主义完全对立的观点，但是并没有引起任何严重的后果。我们认为，尽管意识形态很坏，如巴尔扎克的保皇主义，也能产生好的作品。反过来说，意识形态很好，也能产生出坏的作品"②。后来的西方马克思主义者大多继承这样的思路对该问题作出了各自的阐释。像法兰克福学派关于文学艺术对抗社会现实的意识形态功能论观点，阿尔都塞等结构主义马克思主义者关于文学作为一种体验与想象关系的意识形态存在观点，弗洛姆和马尔库塞等人关于文学艺术作为一种感性情感心理意志形式存在的意识形态的分析，新马克思主义者伊格尔顿关于审美意识形态的论述以及詹姆逊关于文学的政治无意识和艺术形式的意识形态功能研究等都是立足于一种中介论与功能论的立场来论及文学艺术与意识形态的关系的。

　　3. 作为意识形态生产的文学艺术活动。马克思曾经在一种与物质生产相类比的意义上也把文学艺术看作一种精神性的生产方式，这就是艺术生产论。西方马克思主义根据这一思路对文学艺术与意识形态的关系作出了一些新的说明，他们认为，文学艺术活动实际上就是一种以意识形态为原材料、以审美形式与意识形态的相互转化关系为机制并以再生产相同或相异性质的意识形态为对象的生产过程。而这种被审美形式所中介了的意识形态就构成了广大接受者的消费对象。正是由于文学艺术活动不是一种意识形态的被动再现而是在一种复杂机制的中介下对于意识形态的创造性反映和加工，因此它所生产的艺术成品就与原初的意识形态保持了一种辩证而复杂的张力关系，也就是说，它们之间存在着间距。阿尔都塞对此进行了说明，"由于艺术作品的特殊职能是通过它同现存意识形态（不论以任何形式出现）的实

①　［匈牙利］卢卡奇：《关于社会存在的本体论》（下），白锡坤译，第 593 页，重庆：重庆出版社，1993 年。
②　杜章智编：《卢卡奇自传》，第 149 页，北京：中国社会科学出版社，1986 年。

在所保持的距离，使人看到这种实在，艺术作品肯定会产生直接的意识形态效果"①。而伊格尔顿则从文学价值论的角度论述了这个问题。他认为，"如何说明艺术中'基础'与'上层建筑'的更新，即作为生产的艺术与作为意识形态的艺术之间的关系，依我看来，是马克思主义批评当前面临的最重要的问题之一"②。就此，他提出了文化生产的理论，其目的是为了"回到马克思主义者至关重要的问题：文化生产的所有权或控制权"，以期探讨"作为文学的意识形态话语的生产规律"。由此，既把艺术看成一种意识形态，又把它看成一种与一般社会生产在层次上相同的艺术生产，即审美意识形态的生产。这种理论就是分析在复杂的意识形态关系中，文学生产与一般生产方式的联系和区别，又在两种生产方式的交互作用中，来说明一般意识形态与作者意识形态在一定审美条件下相互渗透、冲突，成为具有独特审美意识形态的文本的过程及其特点。

三、艺术的社会功用问题

由于西方马克思主义在文学艺术与社会生活的关系上坚持文学艺术作为审美意识形态对于经济基础的反作用功能，所以与传统马克思主义文论强调文学艺术的认识功能不同的是：异常重视文学艺术对于人的主体性格和社会心理的建构塑造并在此基础上对于物化现实和意识形态遮蔽的批判性与解构性实践作用。并且，在坚持这种主体性文学观的同时也非常重视文学艺术实现其实践作用所具有的复杂的转化机制及其过程，因此，西方马克思主义关于文学艺术的社会功用问题主要集中在文学艺术对于人的审美解放、对于异化现实的批判论述方面。像卢卡奇就认为："作品在他身上所引起的激动主要是改变和加深了他个人在生活中的体验。"通过这种直接作用于人的效果，"艺术形式把人提高到人的高度"③。葛兰西与卢卡奇一样也希望借助文学艺术的启蒙功能形成某种自觉的无产阶级阶级意识或文化领导权以批判资产阶级的意识形态和指导无产阶级的现实物质革命；而法兰克福学派更是坚守文学艺术反抗异化现实的理论重镇，像本雅明关于把文学艺术的寓言形式看作人们超脱出资产阶级统治的拯救方式以及机械复制技术对于促进人们意识觉醒的作用的论述；阿多尔诺认为文学艺术的本质就是对于现实的不妥协的否定性，"艺术是对现实世界的否定的认识"。换言之，"艺术就是达到社会的社会性逆反现象"④。文学艺术实际上就是社会的"反题"。马尔库塞关于文学艺术的批判功能则提出了著名的"大拒绝"口号，他认为，"艺术所服从的规律，不是既定现实原则的规律，而是否定既定现实原则的规律"⑤。因此，"无论形式化与否，艺术都包含着否定的理性。按其先进的主张，它是大拒绝——对现状的抗议"⑥。萨特则把文学文艺的创作看作是某种有效介入现实并要求自由的重要手段；而新马克思主义者伊格尔顿和詹姆逊更是把马克思主义美学当作艺术政治学来建构和阐释，认为文学艺术实际上表达了某种具有很强价值牵引作用的"政治无意识"和解决现实不合理问题的想象方案。

---

① ［法］阿尔都塞：《抽象画家克勒莫尼尼》，转引自《西方马克思主义美学文选》，第537页，桂林：漓江出版社，1988年。
② ［英］特里·伊格尔顿：《马克思主义与文学批评》，文宝译，第80页，北京：人民文学出版社，1986年。
③ ［匈牙利］卢卡奇：《审美特性》（一），徐恒醇译，第336、443页，北京：中国社会科学出版社，1986年。
④ T W Adorno. *Aesthetic Theory*. London: Routledge & Kegan Paul, 1984. p. 122, 197.
⑤ ［德］马尔库塞：《审美之维》，引自原绿原译：《现代美学析疑》，第46页，北京：文化艺术出版社，1987年。
⑥ ［德］马尔库塞：《单面人》，左斯等译，第54页，长沙：湖南人民出版社，1988年。

　　但是，区别于传统马克思主义文论的是，西方马克思主义认为文学艺术的这种对于现实物化的批判和否定并不是直接的和即时的，换言之，西方马克思主义认为必须在文学艺术的审美领域内来理解和发挥其对于现实不合理秩序的反抗作用。基于这样的原因，西方马克思主义很重视文学艺术的审美形式所具有的政治潜能。马尔库塞就说过："艺术并不因为它为工人阶级或为'革命'而写，便是革命的；艺术只有从它本身来说，作为已经变成形式的内容，才能在深远的意义上被称为革命的。"①后来的伊格尔顿和詹姆逊也分别就文学作为意识形态的审美存在方式与马克思主义的美学形式问题进行了深入的论述，在这个方面，西方马克思主义显示了与庸俗马克思主义文论家的最大区别。

　　除了以上三个代表性的方面以外，西方马克思主义还在创作方法、美学的现代性语言和话语范式转型、艺术与审美的文化内涵建构与文化研究等方面提出了新的见解。

第二节　批评方法

　　西方马克思主义的文艺批评主要形成了这样一些范式方法，即总体性方法、文化与意识形态批判、性格和心理批评方法、审美形式批评等。

一、总体性批评

　　卢卡奇在其《历史与阶级意识》（*History and Class Consciousness*）一书中对总体性方法的实质和特点作了扼要的概括："总体范畴，整体对各个部分的全面的、决定性的统治地位，是马克思取自黑格尔并独创性地改造成为一门全新科学的基础的方法的本质。"②作为一种核心方法论构架，总体性批评一直受到西方马克思主义的重视。按照这种批评观点，文学艺术并不仅仅局限于纯粹的文学审美领域，在其现实性上，它是社会的政治、经济和文化等因素综合作用的结果，因此，在对文学艺术进行阐释时，就必须在一种社会结构的关系语境中对其进行审美的、历史的、道德的、心理的、宗教的和文化的综合意义分析才能符合文学艺术的实际情况。具体而言，在评论任何一种文艺现象时，都要全方位地联系文艺活动的两个过程——创作过程和接受过程，联系文艺活动的四个要素——艺术家、艺术品、接受者和历史生活。在这两个过程与四个要素的相互交错关系中来对文艺活动作一种辩证而动态的分析，把握文学艺术的本质特征。

　　西方马克思主义者正是在这一大的方法论框架下来展开各自的文学艺术批评的。列斐伏尔把文学的总体性与人的总体性结合起来进行论述，认为实现了文学艺术的总体性目标就能达成一种人的总体存在的人道主义，从而实现异化的人走向总体的人的解放；阿尔都塞、马歇雷、戈德曼等具有科学主义倾向的文论家都强调应该把文学艺术置放在整个社会政治、经济、文化和意识形态的关系结构中来进行分析理解；马尔库塞从意识形态、社会心理和审美形式等相互交织的机制中具体分析了文学艺术的形成以及它对于社会现实所产生的复杂实践效果；而詹姆逊则把这种总体性的批评方法与施莱尔马赫（F. Sehleiermacber）提出的"阐释的循环"联系起来，作为马克思主义文艺批评的重要方法。总之，总体性的批评方法主要包括

---

　　①　［德］马尔库塞：《审美之维》，引自绿原译：《现代美学析疑》，第 4 页，北京：文化艺术出版社，1987 年。
　　②　［匈牙利］卢卡奇：《历史与阶级意识》，杜章智等译，第 76 页，北京：商务印书馆，1992 年。

这样一些批评要点与操作内容：多元构架下的文学分析；文学自律与他律的关系存在分析；文学的心理层面、意识层面与物质层面的相互关系；文学的总体性对于人的总体性解放与超越异化的重要意义等等。

二、意识形态批评

在西方马克思主义的视野里，能否在阶级意识上自觉地对当时西方发达工业社会的意识形态和文化现象作出科学的分析和批判，关系到社会和人能否实现根本解放的问题，所以他们很重视意识形态的批评方法。在西方马克思主义看来，进行这一批判的主要目的在于揭示各种文学文化现象意识形态内容的历史本质、存在方式以及社会功能等，以期消解、超越那种表征物化意识、造成人的单维度存在和维护不合理社会关系的文艺意识形态，并努力培育和发展一种表达先进阶级和人们大众的价值需求的总体性文艺意识形态。

西方马克思主义的意识形态文论批评主要包括这样一些思想质点：

1. 建构工人阶级的阶级意识和文化自觉。卢卡奇在《历史与阶级意识》和其他一些文艺批评著作里集中分析并揭示了资产阶级的精神产品所具有的异化拜物教意识的本质，认为它导致人的整体性的丧失并充当了物化社会关系的无意识合谋者。面对这种情况，只有发展那种反映和表达工人阶级自己的价值需要和思想情感的文学文化等精神意识的生产才能加以克服。

2. 关于资本主义大众文化的意识形态欺骗与诱惑功能以及与科技理性的逻辑同构关系批判。法兰克福学派认为，晚期资本主义的文学文化现象主要是一种虚假意识，具有很大的欺骗性，其目的是美化和维护当时的统治秩序，因此成为了一种思想的控制形式。马尔库塞认为那种与科技理性结盟的文学艺术已经发生质变，弗洛姆（Erich Fromm）则从性格心理机制方面揭示了文学文化等精神观念对于人们的意识形态同化作用，阿多尔诺主要是以大众文化为对象揭示了其在消解反思意识与能动品格方面对于人们的意识形态收编与欺骗功能，后期的于尔根·哈贝马斯（Jürgen Habermas）不但认为文学艺术是意识形态，而且对于科学技术也进行了意识形态的分析和解读。

3. 文学作为意识形态的生产与政治无意识形式。这是特里·伊格尔顿和詹姆逊对于后现代语境下西方社会文学文化现象的批评方法。特里·伊格尔顿从一般生产方式、文学生产方式、一般意识形态、作者意识形态、审美意识形态和文本等六个方面展开了这种意识形态生产的批评模式，并且也在文学意识形态的生产、分配、交换和消费等方面进行了过程性的分析，在其《批评与意识形态》（*Critics and Ideology*）一书中，他较为详细地揭示了这种生产型意识形态批评方法的具体内容。而詹姆逊则认为，马克思主义阐释学就是对于文学文本的意识形态分析，也就是"政治阐释"。

三、性格和心理批评

从个体性格和社会心理层面来进行文艺批评是西方马克思主义将现代精神分析学方法与马克思主义的社会历史分析方法相结合所进行的一种批评尝试。西方马克思主义所使用的性格和心理批评方法主要是指，在对文艺作品进行分析时，必须把作品的内涵追溯到作家的生平和家世的社会背景深层、一般的社会心理状况以及作家和接受者的性格特征和趣味经历。按照这种方法，作家和作品的关系总是存在着心理上的联系，投射着主体的某种性格特征，通过开掘就可以发现作品中所隐含的一些压抑的痕迹和无意识表征，从而使人们发现作品意义的潜在模式以及与现实社会生活的复杂关系。

具体而言，西方马克思主义的性格和心理批评方法有这么一些维度：

1. 关于现实主义的典型性格分析。这主要体现在卢卡奇的关于文艺的批评论述中，他认为现实主义的总体性意义很大程度上就体现在一种既具有鲜明的个体性格，又在这种感性的性格心理机制中包孕着深广的时代内容，他在分析巴尔扎克和托尔斯泰时都着眼于其中人物的性格心理所体现的美学价值，他说："这种表现方法，凭借人物思想、心情和感情自由活动的一种相当广阔的范围，一种幅度，使托尔斯泰能够提供出关于人浑然无间的关系的一幅丰富多彩而且饶有诗意的——因为是矛盾的和间接的——画面。"①

2. 感性解放的机制。在马尔库塞看来，文艺审美活动是对于人性爱欲的张扬与解放。使主体在感性的性格心理层面摆脱压抑状态，达到感性与理智的会合，即"感性的解放"②。这种被解放了的性格和心理机制也是先进阶级的意识形态价值观与理论观点的实践场域，它直接以发动感性的社会心理革命来促使社会现实的主体对社会政治经济关系的改造。

3. 异化的心理机制批判。这主要反映在弗洛姆的一系列关于性格和心理机制的文本分析中，在其《逃避自由》(*Escape Freedom*) 这本经典之作中，弗洛姆认为，人既是自然的一部分，又是一种不断超越自然的个体化过程及其产物。这种个体化过程导致一种悖论，即自由感与孤立感的同步增长，正是这种内在冲突为逃避自由的心理机制提供了基础；弗洛姆还分析了两种不同的性格和心理类型，即重占有的非生产性性格结构和重生存的生产性性格结构，西方发达工业社会之所以不健全就是因为前者在社会的文化观念和情感意志等心理领域占据了统治地位。弗洛姆所做的这种批判性分析构成了一种经典的社会学基础上的性格和心理批评方法。

四、审美形式批评

西方马克思主义的审美形式批评主要有这样一些切入点：

1. 艺术形式对于主体性的本体论意义。在他们看来，艺术的自由和超越品性形成不是取决于那种单纯的所谓的反映论意识形态内容，而是取决于自由的主体对于这种意识形态的审美转换。依马尔库塞的观点，审美形式甚至构成了文学艺术存在的本体论依据，他说："那种构成作品的独一无二、经世不衰的同一东西，那种使一件制品成为一件艺术作品的东西——这种实体就是形式。借助形式而且只有借助形式，内容才获得其独一无二性，使自己成为一件特定的艺术作品的内容，而不是其他艺术作品的内容。故事被述说的方式，诗文内涵的结构和活力，那些未曾说过、未曾表现过以及尚待出场的东西；点、线、色的内在关联——这些都是形式的某些方面，它们使作品从既存现实中分离、分化、艺化出来，它们使作品进入到它自身的现实之中：形式的王国。"③而且这种形式还表示一种动力化的过程，即内容向审美领域的转变机制，正因为这样，阿多尔诺把"形式律"界定为美学和文学艺术创作的"中心概念"。

---

① 　[匈牙利]卢卡奇：《卢卡奇文学论文集》(二)，第 379 页，北京：中国社会科学出版社，1981 年。

② 　[德]马尔库塞：《爱欲与文明》，黄勇、薛民译，第 116、104 页，上海：上海译文出版社，1987 年。

③ 　[德]马尔库塞：《审美之维》，李小兵译，第 179～180 页，桂林：广西师范大学出版社，2001 年。

2. 审美形式自律的政治功能。西方马克思主义的审美形式批评不但注重文学艺术的自身独特性存在方式，而且对这种自律性的坚持还指涉着深广的社会历史内容和现实针对性。马尔库塞等人把审美形式的批评也视为一种广义的政治批评和文化批评，也就是说，审美形式担负着批判和超越不合理秩序的实践功能，而且文学艺术要发挥对于现实的批判，惟有诉诸审美形式的途径才能奏效。他说："艺术不能为革命越俎代庖，它只有通过把政治内容在艺术中变成元政治的东西，也就是说，让政治内容受制于作为艺术内在必然性的审美形式时，艺术才能表现革命。所有革命的目标——自由和安宁的世界——都出现在完全是非政治的媒介中，都受制于美和和谐的规律。"① 这就意味着，文学艺术的审美形式成为了连接艺术自律与政治批判的中介，其本身的"审美之维"不但是一种本体论的存在，而且还是一种针对现实进行批判的实践性存在。而阿多尔诺在分析大众文化时认为它之所以丧失了反抗与超越的维度，究其原因也是因为在形式上出了问题，大众文化所遵循的逻辑是现实生活的物化逻辑，其风格和形式也是遵循着现实生活的物化感性形式而被规定的，它与生活的形式重叠在一起，并没有显示与现实的距离，而这就导致文学文化现象不能建立另一个与现实相背离的艺术世界，于是艺术就沦为了现实合法化存在的同谋。

3. 形式与历史的辩证结构模式，这主要是詹姆逊所提倡的一种批评模式。这种批评方法认为，一种确定的文学形式的存在，总是反映该社会发展阶段的某种可能性的经验及其构成逻辑，像现实主义、现代主义和后现代主义等都约略地对应着资本主义社会发展的早、中、晚时期，反映和表达了该时期所特有的经验模式和审美取向，"形式上的任何风格化或抽象化最终必须表达出内容中的某种深刻的内在逻辑，其自身最终也只能依赖这些社会素材的结构本身而存在"②。而且在一种对应的关系上，詹姆逊把文学形式与社会素材界定为"内在形式"和"外在形式"，这种关系模式就构成了一种"辩证的批评"。其操作进路就是：不直接给出作品的意义，而是注重探求作品所由产生的历史境遇，从而揭示出作品的内在形式的真切含义以及它与历史的深层联系。他强调指出，"批评的过程与其说是对内容的解释，不如说是对它的揭示和暴露，或者说是对被各种检查作用所歪曲的原始意义和原始经验的重建；它要解释为什么内容遭到如此歪曲，因而不能将它和对潜意识检查机制的描述分割开来"③。这实际上就是一种社会历史领域的审美形式批评。

从总体意义上看，西方马克思主义因为坚持主体性和实践性的哲学立场而使他们的文学批评显示出一种强烈的人学色彩和辩证风格，以上各种具体的批评方法其实都可以被看作人学批评在不同侧面和不同维度上的展开。

第三节　作品解读

西方马克思主义对"大众文化模式"的解读和评析

下面我们综合运用西方马克思主义的各种批评方法对于大众文化这一社会文本现象进行

---

① ［德］马尔库塞：《审美之维》，李小兵译，第 163 页，桂林：广西师范大学出版社，2001 年。

② F Jameson. *Marxism and Form*. Princeton University Press, 1971. p.402 – 403.

③ F Jameson. *Marxism and Form*. Princeton University Press, 1971. p. 404。

具体的解读和评析。

　　文化工业或大众文化是由马克斯·霍克海默(Max Horkheimer)和阿多尔诺在《启蒙辩证法》(Enlightment Dialectics)一书中率先提及的，按照他们的理解，文化工业就是指凭借现代科学技术手段大规模地复制、传播文化商品的娱乐工业体系。它主要发源于发达的资本主义工业社会，以制作和播散不具有创造性而只注重被动接受性和标准化风格的文化商品作为手段和载体，假道于各种大众传媒机构，诱惑甚至强迫人们选择这些文化快餐作为唯一的消费对象，进而从中套取高额的资本利润、实现资本生产的增值目的，更重要的还在于以这种方式不断地进行资本主义社会关系和文化意识观念的生产与再生产，使现行的不合理的生活秩序以一种连续性的方式得到规模上的扩大与程度上的加深。作为一种总体性的文化模式，大众文化主要在意识形态、社会心理和审美形式等方面展示了其作为物化意识的实质，并且集中在商品化、标准化、消费化等几个方面表征了其具体的运作机制。

　　首先，大众文化的商品化与物化结构。针对这个问题，马尔库塞在分析资本主义社会中文化的蜕变时认为，"由资本主义劳动过程组织起来的这个世界，已把个体的发展转化为经济的竞争，把它的需求的满足，抛入市场中。肯定的文化用灵魂去抗议物化，但最终也只好向物化投降"①。也就是说，资本主义已经按照资本生产和商品生产的模式对精神生产进行了重组和结构，使得文化艺术等精神生产完全转化为了一种为进行交换和增加利润而服务的资本生产的附属模式了。这里有两点值得注意：一是大众文化所注重的并不是文化艺术观念本身的价值意义，而是这种文化艺术作为商品所可能取得的经济效益，它不是把文化艺术及其所创造的社会人生价值本身当作最终目的，而是将它降低为进一步付诸市场交换以获得利润的手段；另外一点就是这种以资本增值为目的的大众文化的生产不但为社会提供实体性的一次性消费品，而且更重要也更隐蔽的还在于按照它的生产原则进行的生产也不断地再生产出一种雇佣劳动关系和统治结构，因为只有适应于商品生产的社会关系和主体结构才能保证这种循环的顺利运行，"生产不仅为主体生产对象，而且也为对象生产主体"②。这样的思想在法兰克福学派的大众文化批判理论中不断地出现，这些分析都批判性地指认，大众文化是由资本主义生产的交换原则和利润动机来驱动的，只有遵照这种逻辑来生产的东西才有存在的语境，否则就会被排斥在生活之外，"文化工业引以为自豪的是，它凭借自己的力量，把先前笨拙的艺术转换成为消费领域以内的东西，并使其成为一项原则，文化工业抛弃了艺术原来那种粗鲁而又天真的特征，把艺术提升为一种商品类型。它变得越绝对，就越会无情地把所有不属于上述范围的事物逼入绝境，或者让它入伙，这样，这些事物就会变得越加优雅而高贵，最终将贝多芬和巴黎赌场结合起来"③。对于这种现象，阿多尔诺在以音乐的商品化为例进行大众文化批判时，径直将其称作"音乐的拜物教"，也就是说，商品身份与商业规则已经成为了这种文化拜物教的存在前提与逻辑基础，对于深陷大众文化氛围的生产者和消费者而言，"商业就是他们的意识形态"④。问题是虽然在表面上是公平交易，但是由于不合理的生产资料所有制关系与雇佣劳动关系的存在，这种大众文化所标举的"大众性"却并不能真正

　　①　[德]马尔库塞：《马尔库塞文集》，第 138 页，上海：三联书店，1989 年。
　　②　《马克思恩格斯选集》第 2 卷，第 10 页，北京：人民出版社 1995 年。
　　③　[德]霍克海默、阿多尔诺：《启蒙辩证法》，渠敬东、曹卫东译，第 151 页，上海：上海人民出版社，2003 年。
　　④　[德]霍克海默、阿多尔诺：《启蒙辩证法》，渠敬东、曹卫东译，第 153 页，上海：上海人民出版社，2003 年。

得到兑现。以电影为例，霍克海默和阿多尔诺就认为这种按商品化规则运作的大众文化并不能实现社会的公正与公平，原因就在于，"无论电影院有多大，这些言过其实的快乐机制并没有给人们的生活带来尊严。那种'完全利用'现有技术资源和设备来满足大众审美消费的想法，正是构成经济制度的重要部分，而这种经济制度却从来不肯利用资源去消除饥饿"①。也就是说，大众文化与其赖以存在的经济制度之间是一种性质同构与相互保证的关系，它们所言说的内容都是受到对方的限制与规定的。对于大众文化而言，遵循商品化的逻辑来进行生产就意味着它自身作为精神超越所具有的独立性和自律意识的失却，它并不仅仅是在一些局部领域和细节方面趋向于商品化，而是在一种根本性质上改变了文化艺术的存在方式和意义结构，这种发生了畸变的大众文化不仅是在结果形态上与资本主义经济制度联系在一起，更加严重的是它直接与这种商品化、资本化社会结构的前提联系在一起，对于这个致命的问题，霍克海默和阿多尔诺曾经说过这样的话："一旦廉价的大众奢侈品以及与之相应的产品被生产出来，就会产生大量的骗子，艺术商品本身也就变了质。新奇的东西本不是商品，然而今天它已经彻头彻尾地变成商品了；艺术抛弃了自己的自主权，反而因为自己变成消费品而感到无比自豪，于是，新奇事物便产生了魔力。"在这种商品化的魔力面前，"即便它作为社会目的性的否定因素在市场中蔓延开来，它的自由也必然与商品经济的前提联系在一起"②。

其次，大众文化的标准化与人的个性的缺席。大众文化与文化工业是一种性质同构的关系，从这个角度来看，大众文化就是按照资本主义的机器大工业的生产模式所生产出来的文化产品形态。这种机器生产模式最主要的特点就是批量性与复制性，而根据这种原则生产出来的大众文化当然也就表现出一种标准化与齐一化的特点，它使得文化艺术所赖以为本体论存在依据的创造性与独特个性丧失殆尽，最终沦为一种千篇一律的商品存在。关于这种现象及其形成过程，霍克海默和阿多尔诺进行了形象化的描述："在今天，文化给一切事物都贴上了同样的标签。电影、广播和杂志制造了一个系统。不仅各个部分之间能够取得一致，各个部分在整体上也能取得一致。甚至对那些政治上针锋相对的人来说，他们的审美活动也总是满怀热情，对钢铁机器的节奏韵律充满褒扬和赞颂。不管是在权威国家，还是在其他地方，装潢精美的工业管理建筑和展览中心都是一模一样。……宏观和微观之间所形成的这种非常显著的一致性，恰恰反映了人们所具有的文化模式：在这里，普遍性和特殊性已经假惺惺地统一起来了。在垄断下，所有大众文化都是一致的，它通过人为的方式生产出来的框架结构，也开始明显地表现出来。……电影和广播不再需要装扮成艺术了，它们已经变成了公平的交易，为了对它们所精心生产出来的废品进行评价，真理被转换成了意识形态。"③问题还在于，这种模仿虽然着眼于一种表面上的相似与雷同，但是在其深层机制里却潜含着一种使现行秩序的永恒化企图，也就是说，它把社会关系的模式转化并固化为一种物理事物的逻辑关系存在，这就意味着，虽然作为物理事物，不同的东西具有形式上的平等外观，但是作为价值关系存在却又有着内在的等级差别，而且由于把人们能够通过更高的价值追求所具有的改变现存价值关系秩序的创造性功能转变为一种只能按照物理逻辑顺序来发展的自然作用方

---

① ［德］霍克海默、阿多尔诺：《启蒙辩证法》，渠敬东、曹卫东译，第 156 页，上海：上海人民出版社，2003 年。
② ［德］霍克海默、阿多尔诺：《启蒙辩证法》，渠敬东、曹卫东译，第 175 页，上海：上海人民出版社，2003 年。
③ ［德］霍克海默、阿多尔诺：《启蒙辩证法》，渠敬东、曹卫东译，第 134～135 页，上海：上海人民出版社，2003 年。

式存在，大众文化就杜绝了任何革新冲动的产生。因此，作为一种形式平等的风格，标准化实际上履行着维护不平等现状的使命，"于是，文化工业戳穿了风格的秘密：即对社会等级秩序的遵从"。所以，"当人们谈论文化的时候，恰恰是在与文化作对。文化已经变成了一种很普通的说法，已经被带进了行政领域，具有了图式化、索引和分类的含义。很明显，这也是一种工业化，结果，依据这种文化观念，文化已经变成了归类活动"①。通过将目的定位在追逐经济利益的这一点上，大众文化确立了一种形式主义的总体性，"所有文化工业都包含着重复的因素。文化工业独具特色的创新，不过是不断改进的大规模生产方式而已，这并不是制度以外的事情。这充分说明，所有消费者的兴趣都是以技术而不是以内容为导向的，这些内容始终都在无休止地重复着，不断地腐烂掉，让人们半信半疑"②。作为结果出现的就是一种标准化的文化商品的批量生产，它要求人们用一种同一的商品消费的态度去对待这种大众文化产品，并且也生产出一种作为商品形态的人以及人际关系，在法兰克福学派的大众文化批判理论中甚至明确地提出了这样的联系，他们认为，"文化工业的一致性，恰恰预示着政治领域将要发生的事"③。

　　再次，大众文化的消费化与人以及社会的形而下走向。对于大众文化而言，它不但极力将人们的丰富而能动的全部生活内容仅仅缩减为一种单纯的消费行为的存在，而且就是这种单纯的消费行为也只是一种非生产性的与被动性的生物模式，虽然说，大众文化本身是致力于为人们提供一种精神方面的消费资料，似乎与那种仅仅提供满足肉体感官需要的物质资料不是同一层次的问题，但是透过这种精致的外表依然可以发现它所具有的纯感官享受的性质和内容，也就是说，与那种物质消费资料直接满足本能欲望的需要稍有差异，在大众文化的消费机制里，它是通过一种精神的文化中介来间接满足本能欲望需要的，所以在根本性质上依然是一种动物性的消费方式。

　　可以说，大众文化正是在这样的一种实践目的指引下来实现其消费化转向的。具体而言，大众文化对于人们的影响主要是诉诸娱乐的方式来实现的，"文化工业对消费者的影响是通过娱乐确立起来的"④。而这种娱乐是为了人本身的价值提升目的而设计的吗？答案是否定的，从根本上说，它只是雇佣劳动关系在分配和消费领域的另一种补充机制，"晚期资本主义的娱乐是劳动的延伸。人们追求它是为了从机械劳动中解脱出来，养精蓄锐以便再次投入劳动。然而，与此同时，机械化在人的休闲和幸福方面也会产生巨大的作用，它能够对消遣商品生产产生巨大的决定作用，于是，人们的经验就不可避免地变成了劳动过程本身的残余影像"，而且"所有的消遣都在承受着这种无法医治的痛苦"⑤。因此，大众文化所提供的消费实际上就是一种变相的欺骗与控制，它把娱乐和笑声当作一种人们很难识破的障眼术，"文化工业不断地向消费者许诺，也不断在欺骗消费者。它许诺说，要用情节和表演使人们快乐，而这个承诺却从来没有兑现；实际上，所有的诺言都不过是幻觉：它能够确定的就是，它永远不会达到这一点"⑥。即便在兑现了的意义上来说，大众文化所提供出来的东西也只

①　［德］霍克海默、阿多尔诺：《启蒙辩证法》，渠敬东、曹卫东译，第 146～147 页，上海：上海人民出版社，2003 年。
②　［德］霍克海默、阿多尔诺：《启蒙辩证法》，渠敬东、曹卫东译，第 152 页，上海：上海人民出版社，2003 年。
③　［德］霍克海默、阿多尔诺：《启蒙辩证法》，渠敬东、曹卫东译，第 137 页，上海：上海人民出版社，2003 年。
④　［德］霍克海默、阿多尔诺：《启蒙辩证法》，渠敬东、曹卫东译，第 152 页，上海：上海人民出版社，2003 年。
⑤　［德］霍克海默、阿多尔诺：《启蒙辩证法》，渠敬东、曹卫东译，第 153 页，上海：上海人民出版社，2003 年。
⑥　［德］霍克海默、阿多尔诺：《启蒙辩证法》，渠敬东、曹卫东译，第 156 页，上海：上海人民出版社，2003 年。

是一些文化垃圾，它对于人们的作用也只是体现为一种本能情绪的宣泄，从这个意义上说，它也体现了一种情感的净化作用，但只是一种否定性的净化作用，即将那种高级的对形而上精神价值的情感诉求排斥在大众文化的内容结构之外，只留下一种所谓纯粹的本能情欲的成分。就此而言，"无论是真理，还是风格，文化工业彻底揭示了它们宣泄的特征"①。在这种只关注本能情欲的宣泄和满足中，人们日益被整合进现行的消费社会结构中去了，最终变成了对社会毫无威胁甚至还是有利因素的一个零件存在。发展到这一步，大众文化所具有的意识形态意图就昭然若揭了，即只是以提供娱乐享受为口实来行社会控制之实，"欺骗不在于文化工业为人们提供了娱乐，而在于它彻底破坏了娱乐，因为这种意识形态般的陈词滥调里，文化工业使商业将这种娱乐吞噬掉了"②。而商业模式介入大众文化娱乐消费的目的就在于培育一种防范意识，即对任何异议的防范，被世俗化的大众文化也相应地变成了一门心理技术和专门制造人的程序，经过这种程序和模式所生产出来的人已经麻木不仁，他们只是龟缩在廉价享乐的避风港中品咂着自己的虚假人生，换言之，人们将全部希望托付给大众文化实际上就意味着对现实采取了一种遁世主义和逃避主义的态度以规避对社会和自己的责任，"快乐意味着什么都不想，忘却一切忧伤。根本上说，这是一种孤立无助的状态。其实，快乐也是一种逃避，但并非如人们认为的那样，是对残酷现实的逃避，而是要逃避最后一丝反抗观念。娱乐所承诺的自由，不过是摆脱了思想和否定作用的自由"③。无论是大众文化的制作者还是消费者因为沾染了这种被动消费主义的意义特征，所以都表现出一种"逃避现实者"的面貌，对此，霍克海默给出了它的精神肖像："家庭的逐渐瓦解，个人生活进入闲暇的转变，闲暇进入管理细节的常规程序的转变，闲暇成为棒球场和电影、畅销书和收音机的消遣的转变，这些转变会导致人内心精神生活的崩溃。很久以前，文化就被这些驾轻就熟的乐趣取而代之，因此，它已呈现出一个逃避现实者的特点。人们已经沉溺于个人的观念世界里，当重新调整现实的时机成熟时，他们才会重新调整他们的思想观念。人们内心的精神生活和理想已成为保守的因素。"④詹姆逊则认为大众文化已经成为了商品消费的影像与记号存在，直接言说着资本主义商品生产与消费的内在逻辑规律，使得社会的形而上层面与形而下存在甚至是物化现实都不再具有距离和界限，人们在一种缺乏历史深度感的文本能指中徘徊与滑落，彻底陷入消费欲望的狂欢之中。具体来说，大众文化的形态及其消费特征主要表现为"热衷于广告、汽车旅馆、拉斯维加斯的脱衣舞、午夜场和好莱坞的B级片以及机场旅行类的准文学，包括哥特式的、罗曼蒂克的、通俗传记、推理探案和科幻小说等，他们不再'引用'像乔伊斯或马勒写过的'文本'，而是将它们合成，以致高雅艺术与商业形式之间的界限似乎越来越难以划清"⑤。这种世俗文化形式借助于广告媒体的宣传与渲染，铺天盖地地将人们的各种感官都严实地填充起来，没有给他们留下任何反思和超越的空间与机会，使人们在丧失想象力与自主性的情况下被改造成了消费主义和享乐功利主义的俘虏。举例来说，之所以如此，就是因为"真实生活与再也电影分不开了。有声电影远远超过了幻想的戏剧，对观众来说，它没有留下任何想象和思考的空间，观众不能在影片结构之内作出反应，他们尽

---

① ［德］霍克海默、阿多尔诺：《启蒙辩证法》，渠敬东、曹卫东译，第161页，上海：上海人民出版社，2001年。
② ［德］霍克海默、阿多尔诺：《启蒙辩证法》，渠敬东、曹卫东译，第159页，上海：上海人民出版社，2003年。
③ ［德］霍克海默、阿多尔诺：《启蒙辩证法》，渠敬东、曹卫东译，第161页，上海：上海人民出版社，2003年。
④ ［德］霍克海默：《批判理论》，何道宽译，第262～263页，重庆：重庆出版社，1989年。
⑤ ［美］弗雷德里克·詹姆逊：《文化转向》，胡亚敏等译，第2页，北京：中国社会科学出版社，2000年。

管会偏离精确的细节，却不会丢掉故事的主线；就这样，电影强迫它的受害者直接把它等同于现实。对大众媒体消费者来说，想象力和自发性所受到的障碍不必追溯到任何心理机制上去；他应该把这些能力的丧失归因于产品本身的客观属性，尤其要归因于其中最有特点的产品，即有声电影"①。它把人们从其中所受到的影响程式化与习惯化，从而将大众文化的价值观念深深地铭刻在人们的内部心灵上，成为支配他们行为的内在动机与依据，也就是说，它把这种被降低了质量的生活方式转变为人们的一种内化情感选择与自由模式的存在了，危害直接深入到人以及人性的心理层面，"人们的整个内心生活，都已经被蹩脚的深层心理学分了类，这种心理学证明，人们试图让自己变成一个灵敏的仪器，甚至从情感上说，也要接近于文化工业确立起来的模型。人类之间最亲密的反应都已经被彻底物化了"②。南斯拉夫的实践派也从政治意义的角度对大众文化进行了解读，比较准确、详细地洞悉了大众文化作为一种资本主义意识形态对人以及人的社会关系和整个社会结构所具有的否定性实践作用，这也可以被看作是法兰克福学派对大众文化所作批判的一种总结与演绎。他们从人道主义的角度出发，认为：

享乐主义—功利主义文化表现为对现代集权主义文化的一种不可避免的补充。这种文化是现代两性人之另一半的表现。这种文化的基本价值被引向了消费。物质富足的社会造就了这样一种人，用马克思的话来说，人类存在之表现形式的总体性对他们来说并不是必要的。在这种社会中我们发现，人的需要被归结为消费需要和商品贮藏的需要。

当代享乐主义文化的基本特征是：消费的需要和其他需要的分离，人的需要被归结为商品—货币价值的需要，以及一种有利于这些价值的非生产性关系的出现。

对生活的这种享乐主义态度，是当代人生活的集权主义结构之不恰当升华的一种形式。现代享乐主义者并不是一个幸福的人：他只通过感官而非精神而生活。……当代消费人并不是一个受自己思想支配的人，而是一个受集权主义的社会强力所操纵的对象。

享乐主义是这样一种利己的个人的体现，它追求一种无忧无虑的生活、无聊的消遣，消费成了其自弃的一种形式。

因此，当代享乐主义造成了现代人的政治冷漠和精神冷漠。它维护了社会之集权主义—官僚主义的"有效"管理赖以建立的"群众的无能"（R. 米切尔斯）。

现代享乐主义使人的注意力从人的尊严的人道主义问题转向了日常生活之狭隘的功利主义问题上，它推进了人的意识的分化与分解，为新神话的出现提供了沃土。现代享乐主义是人默认它所生活的异化世界的一个重要方面。③

这充分表明，在大众文化的价值导引下，人们已经只剩下了生活的形而下这样一个维度，而我们知道，如果缺失了一种形而上的精神超越维度，那对社会人生与整个社会结构将意味着什么，因此，每一个西方马克思主义者在从事大众文化的批评与解构的同时也在思考如何进行立足于文化废墟的审美救赎。

---

① ［德］霍克海默、阿多尔诺：《启蒙辩证法》，渠敬东、曹卫东译，第 141 页，上海：上海人民出版社，2003 年。
② ［德］霍克海默、阿多尔诺：《启蒙辩证法》，渠敬东、曹卫东译，第 186 页，上海：上海人民出版社，2003 年。
③ ［南斯拉夫］米拉丁·日沃蒂奇：《在现代文化的两种类型之间》，郑一明、曲跃厚译，见马尔科维奇、彼德洛维奇：《南斯拉夫"实践派"的历史和理论》，第 222～223 页，重庆：重庆出版社，1994 年。

第四节　解读范例介绍

一、卢卡奇关于巴尔扎克《农民》的现实主义批评

[匈牙利]卢卡奇：《卢卡奇文学论文选》（二），第 159 页，北京：中国社会科学出版社，1981 年。

卢卡奇关于巴尔扎克《农民》的现实主义批评，主要是从世界观和创作方法的矛盾以及创作方法的能动作用出发，分析了文学与意识形态的矛盾，并认为这部作品是现实主义的伟大胜利。卢卡奇详细地分析了巴尔扎克的创作意图与作品实际内容的矛盾。他指出，巴尔扎克在《农民》中的创作意图是十分明确的，是想描写法国地主贵族的悲剧。但是"他在这部小说里实际做到的，恰恰和他准备要做的相反。他所描绘的并不是贵族庄园，而是农民小块土地的悲剧。正是这种主观意图和客观实践之间的矛盾态度，这种政治思想家巴尔扎克和《人间喜剧》作者巴尔扎克之间的矛盾，构成了巴尔扎克的历史伟大性"[①]。在《农民》这部小说里，巴尔扎克描绘了一个贵族大庄园的土崩瓦解，在农民斗争的冲击下，这个往日繁荣的庄园被分割为一块一块小小的属于各个分散的农民。按照巴尔扎克的预想，这种社会变化肯定会带来经济生产的衰败和政治秩序的消解，反映到文化和意识形态方面，也肯定会造成精神文化的破败，应该说这是一个本该属于地主贵族的悲剧。作者从庄园的面貌的变化表现了这种情况，大贵族蒙科伦的属地"勒艾居"作为一个反映贵族价值观与精神诉求的文化中心在社会斗争的背景下彻底被摧毁了，取而代之的是分属于许多小农家庭的碎片式的土地格局。而且为了增加这种悲剧的色彩，作者在最后以浸透着浓重悲哀的笔调描绘了庄园的破败与寂寥，对于一个持有贵族价值观立场的作家来说，这无疑是一出无可挽回的悲情剧。但是巴尔扎克却作出了另外的处理，他客观地描绘了这种地主和贵族生活秩序的非历史性以及它的毁灭的历史必然性。所以在小说中，尽管巴尔扎克怀着贵族式的仇恨说，"土地就像裁缝剪出来的样子一样"，但他毕竟正视了这一现象的历史合理性和现实效果，"土地被农民作为胜利者和征服者拿走了。现在它已经被分成多个小块，康洪斯和布兰克两地的人口已经增加了三倍"。

就此而言，卢卡奇得出结论说："使巴尔扎克成为一个伟大人物的，是他描写现实时的至诚，即使这种现实正好违反他个人的见解、希望和心愿，他也是诚实不欺的，当初如果他真的欺骗自己，如果他居然得以把自己的乌托邦理想当作事实，如果他把那仅仅是他个人的愿望的想法当作现实表现了出来，那么，今天就不会有什么人对他发生兴趣，而他也就会像无数合法王朝派的小册子的作者以及与他同时代的封建制度的赞美者一样，理所应得地被人遗忘了。"[②]

二、萨特关于福楼拜及其《包法利夫人》的社会历史与精神心理相结合的辩证分析

[法国]萨特：《辩证理性批判》，北京：商务印书馆，1965 年。

---

① 《卢卡奇文学论文选》（二），第 159 页，北京：中国社会科学出版社，1981 年。
② 《卢卡奇文学论文选》（二），第 162 页，北京：中国社会科学出版社，1981 年。

　　萨特在《辩证理性批判》中，对福楼拜所说"包法利夫人就是我"的自白作了分析。他指出，这是一种性和心理的转化。面对文学本身和作品，人们可以提出一系列问题，"为什么作者（在这里'作者'的意义就是产生包法利夫人的那个纯粹综合性的活动）能够转化为妇女，这种转化本身具有什么意义（这必须从书中对爱玛·包法利作一番现象学的研究），这个妇女是怎样的（波德莱尔说这个妇女具有一个男人的疯狂性和意志力），在十九世纪中叶，一个男性在艺术上转化为女性是什么意思（人们还可以研究《摩班小姐》的章法，等等），最后，谁应当是这个使他在他的可能性的领域中具有把自己谋划成为妇女的可能性的居斯达夫·福楼拜？"①对此，萨特并不满足于用弗洛伊德的性本能说和俄狄浦斯情结来说明，他认为，《包法利夫人》以及一系列作品和书信显示了福楼拜的自恋癖，他的手淫癖，他的幻想性，他的孤独性，他的依赖性，他的女性，他的服从性等等，这些都只是压制俄狄浦斯情结的现象，而不能说明福楼拜作为一个具体的、独一无二的人对俄狄浦斯情结所作的独特的反应。萨特在《福楼拜——家庭中的白痴》一书中，采取了"一来一往"的综合性和总体性的辩证分析方法，首先从福楼拜的童年时代一直推进到他的《包法利夫人》的文学特征和社会意义，然后再从后者追溯到福楼拜的童年，在"一来一往"的过程中，揭示了福楼拜这个作家实际生活的奥秘。

　　但是，这些分析还仅仅只是一个心理学的层次。按照萨特的西方马克思主义立场，童年的经历只是人存在的一般的模糊条件（即弗洛伊德学说的范围），只有把它放在社会历史的时代环境（即马克思主义的领域）中才能显示出人的实际存在状况和事实。他指出，福楼拜的父亲是一个乡村兽医的儿子，在政治上属于王权派，受到帝国政府的优待，家庭富裕，置办了许多地产。这样，福楼拜的童年便与波德莱尔的童年（一个更高的贵族）和龚古尔兄弟（18 世纪末只因为获得一块贵族的土地而得到爵位的小资产阶级）不同。这样，女性化，在一个医院建筑物中度过的童年，当时小资产阶级的种种矛盾，家庭的发展，财产的发展等等构成了福楼拜作为个人进行选择的总体化原因。正是他个人在生理心理与现实环境中种种因素的综合，使他成为《包法利夫人》的作者。总之，福楼拜的谋划在于："他就是根据这个谋划摆脱小资产阶级，而通过各种可能性的领域，投向他自己的被异化的客观化，并且不可抵抗地和不可分解地使自己成为《包法利夫人》的作者，成为他所不愿意的这个小资产阶级的。"②使福楼拜成为一个伟大作家的不是单纯的、抽象的写作选择，而是从物质环境到精神心理的一系列层次和环节中，人追求某种客观实在性和存在方式而对自己的生产。

三、马歇雷关于"列宁论托尔斯泰"的文本的意识形态离心结构分析

　　[法国]马歇雷：《文学生产的理论》，选自《西方马克思主义美学文选》，桂林：漓江出版社，1988 年。

　　对列宁论托尔斯泰的阅读实际上是马歇雷运用阿尔都塞的"征候式阅读"所进行的一次具体文本批评操作。马歇雷通过列宁在 1908—1911 年写的六篇关于托尔斯泰的论文，分析了历史时代的矛盾与托尔斯泰作品的矛盾，对列宁关于托尔斯泰是"俄国革命的镜子"这一中心论断，进行"征候式阅读"。得出的最后结论是：托尔斯泰对于俄国革命的历史现实既是一面镜子，又不是一面镜子；对于当时俄国的社会历史矛盾，托尔斯泰的作品"同时是一种反

---

　①　[法]萨特：《辩证理性批判》（下），林骧华译，第 104 页，合肥：安徽文艺出版社，1998 年。

　②　[法]萨特：《辩证理性批判》（下），林骧华译，第 108 页，合肥：安徽文艺出版社，1998 年。

映，又不是一种反映；这就是作品为什么本身是矛盾的。因此说作品的矛盾是历史矛盾的反映，是不正确的，还不如说，作品的矛盾是缺乏这种反映的后果。我们再一次看到，在客观对象和它的‘图像’之间，不可能有机械的吻合”①。

他把镜子中的反映分解为两项结构式：

作品中的时代的矛盾与缺陷：时代的缺陷，就是列宁所指的在 1861—1905 年俄国农奴制废除后，一方面农民的解放仍未完成，存在着农民与地主贵族阶级，农民与资产阶级的双重矛盾；另一方面 1905 年的革命性质不是无产阶级的，是农民阶级的，无产阶级没有领导这场革命，而存在着农民革命的普遍缺陷，因此它以失败告终。作品中的矛盾表现为列宁所指出的：（1）一方面狂热地笃信基督的抗议，另一方面狂热地笃信基督的地主无为主义；（2）一方面批判现实，一方面鼓吹宗教。

在马歇雷看来，托尔斯泰之所以成为镜子，作品的内容“多少与现实的矛盾有些关系”；但说他又不是镜子，在于要把现实矛盾关系本质地揭示出来，必须如列宁所说“只有从社会民主主义无产阶级的观点出发，才能对托尔斯泰作出正确的评价”②。在这里，“把现实矛盾关系本质地揭示出来”与“对托尔斯泰作出正确的评价”是等义的，等值的，即互为因果的，只有具备无产阶级观点才能做到的。因为不具备无产阶级的观点，他对自身的矛盾没有自觉的自我意识，同他不可能“把现实矛盾关系本质地揭示出来”是一致的。但是，如果托尔斯泰具有无产阶级观点而能够做到这一点，那他就写不出他的伟大的文学作品。因为这种要求的认识是科学的，而不是意识形态，也不是艺术。

也就是说，“现实矛盾关系的本质”作为历史的进程——作品所要反映的东西，与作品作为“作家体现、表达、翻译、反映、表现”不是直接相通的，而是隔着“意识形态”的“中介”。这种“意识形态”被称为“托尔斯泰主义”。托尔斯泰的个人观点是由他的社会地位决定的：他自发地代表了地主贵族。但列宁指出在托尔斯泰之前的文学里是没有一个真正的农民形象的。他关于改革后俄国社会——宗法制理想的农村公社——的看法，并不是地主贵族的看法，而是“农民东方主义”。因此，马歇雷指出，我们面对的是一个双重的辩证序列：

1. 历史进程
2. 意识形态
3. 意识形态
4. ??

其中第 4 项可以设为“作家体现、表达、翻译、反映、表现”。马歇雷指出，作品或许正因为记录了自己反映中的偏见，记录了一些简单成分的不完全的真实，它才是一面镜子。它的特权就在于“为了展示整体，不必详尽叙述整体”；它可以仅仅“揭示整体的必然性”，这是一种“可以从作品中辨认出来的必然性”。完成这一辨认正是“科学的文学批评的任务”。镜子可以通过这种方式来揭示，因为它不是图像的机械复制者，也不是“认识的工具”。它是一种必不可少的揭示，是一个揭示者，正是文学批评帮助我们辨认镜子中的这些图像。

---

① 《西方马克思主义美学文选》，陆梅林选编，第 607～608 页，桂林：漓江出版社，1988 年。

② 《西方马克思主义美学文选》，陆梅林选编，第 604 页，桂林：漓江出版社，1988 年。

四、詹姆逊对文学作品的"政治无意识"解读

[美国]詹姆逊著，王逢振、陈永国译：《政治无意识》，北京：中国社会科学出版社，1999年。

在这部批评文本中，詹姆逊提出了一个阅读原则，即政治视角构成"一切阅读和解释的绝对视阈"，与弗洛伊德的信条"无意识不知道历史"相反，他认为正是深层的无意识构成了文本的真正元叙事。他说，"正是在探寻突然中断的那种叙事的痕迹当中，在把被压制和埋没的这种基本历史现实复归到文本的表面当中，政治无意识的原则才发现了它的作用和它的必然性"①。因此批评家的任务是使历史文本本身恢复"充分的言语"。

詹姆逊借助精神分析和意识形态分析相结合的方法对许多作家作品以及文学现象进行了政治无意识的解读。他认为，巴尔扎克《老姑娘》的典型价值就在于它记录了主体构成中的转换方式，通过这种构成中的多义性，文本组织安排作者的深层欲望，披上了作者欲望的外衣。而且，这种欲望必定是政治性的，它们交织着巴尔扎克的保皇主义，也交织着他整个作品中明显的"社会性"主题。詹姆逊指出，就这些欲望本身而言，我们永远无法真正了解。因此就有了巴尔扎克的"叙事机制"固有的兴趣，即调整并实现欲望的兴趣。叙事机制可以作为"'力比多'的投入或作者的愿望满足，在这种象征的满足形式当中，传记的主体、'隐在的作者'、读者和人物之间的有效区分实际上已被抹去"②。于是，詹姆逊认为，对这种叙事机制进行微观物理学的考察，对其更大的结构进行研究，可以打开巴尔扎克文本所用的特殊的"调和"方式，通过这些方式，他的文本探讨、连接、解析了在其亚文本层次上的主要矛盾。

詹姆逊认为，巴尔扎克在非欲求的力量和无效的文化价值之间自相矛盾，因此必须以某种适当的叙事方式加以解决。正是在这里，出现了政治无意识的"调和"层次，将最深层的内在于文本并构成文本的张力连接了起来。面对真实的历史条件，"政治无意识仍然力求通过逻辑的排列组合从它的不可容忍的封闭中找到一条出路，找出一种解决办法"③。这种"政治无意识"的概念正是詹姆逊作品的独创之处。它作为一种调和的范畴对于马克思主义的文化阐释具有不容忽视的潜力，因为它可以跨越我们自己作为主体与历史政治之间的意识形态界限。它既吸收了政治的文本概念，也吸收了激进的弗洛伊德那种无意识的叙事形式的原理。其优越性就在于从社会阐释欲望，从美学阐释政治。

詹姆逊非常重视巴尔扎克叙事的"模式转换"：在记录困境的同时，通过从常规现实主义的纯指标方式转向依条件而定的方式，力求废除其历史的必然性。小说中填充这种结构鸿沟的人物特瓦斯维耶伯爵不属于任何现实主义的叙事，因为他不属于任何经验的历史。相反，他是文本出于自身需要而形成的意识形态的选择。因此他的出现通过假定另一种历史象征地重构了历史，"在这种历史里，某种真正的复辟仍然是可能的，但条件是贵族能吸收这一特殊实例的教训，就是说，它需要一个强有力的人物将贵族的价值与拿破仑的力量结合起来"④。

但是，作者传记或历史人物又该如何对待呢？在詹姆逊的分析里，那种简单的诉诸传记

---

① [美]詹姆逊：《政治无意识》，王逢振、陈永国译，第 20 页，北京：中国社会科学出版社，1999 年。
② [美]詹姆逊：《政治无意识》，王逢振、陈永国译，第 155 页，北京：中国社会科学出版社，1999 年。
③ [美]詹姆逊《政治无意识》，王逢振、陈永国译，第 167 页，北京：中国社会科学出版社，1999 年。
④ [美]詹姆逊《政治无意识》，王逢振、陈永国译，第 168 页，北京：中国社会科学出版社，1999 年。

的、文本之外的决定因素自然会被终止。巴尔扎克变成了欲望、历史和叙事这种冲突的关系所在，变成了使叙事生产可以理解的调和而非综合。像文本一样，作者被视为一个相互作用的交点，意识形态、欲望和历史必然性在这里纵横交错。政治无意识作为诸层面的结合，仍然是使文本对历史开放的基本模式，因为作为欲望、乌托邦和意识形态，它的因素具有"实际经历的"丰富性。詹姆逊对巴尔扎克的详细分析恢复了美学生产的多重力量，它既是欲望的一种真正综合，又是意识形态矛盾和历史封闭性的记录。

第13章　女性主义批评

　　女性主义批评是一种以妇女为中心的批评模式。其研究对象包括妇女形象、女性创作和女性阅读等。它要求从一种女性的视角对文学作品进行全新的解读，对男性文学歪曲妇女形象进行了猛烈批判；它努力挖掘不同于男性的女性文学传统，重新评价文学史；它探讨文学中的女性意识，研究女性特有的写作、表达方式，关注女作家创作状况；它声讨男权文化对女性创作的压抑，提倡一种女性主义写作的方式。

　　女性主义批评与西方妇女解放运动的发展分不开，它是政治运动深入到文化领域的结果。西方妇女解放运动的第一次浪潮出现在 19 世纪后半叶到 20 世纪初期，它同欧洲工业革命和美国废奴运动息息相关。18 世纪末，法国爆发了资产阶级革命，作为这场革命的领导阶级，法国新生资产阶级提出了"自由、平等、博爱"的口号。这极大地鼓舞了资产阶级妇女争取平等的愿望。19 世纪 30 年代，美国兴起了轰轰烈烈的废奴运动，妇女也积极投身其中。她们在看到奴隶的苦难同时，也发现了自身所处的受压制和无权利的状态，这样的发现促使她们为自己在工作、财产、受教育等方面争取权利而斗争。第一次妇女解放运动以 1920 年至 1928 年英美妇女获得完全的选举权而结束。但这次运动并未涉及到更高意义上的性别平等，对于平等的理解基本上是建立在父权制文化意义上的，没有触及父权制文化自身，因而女性主义批评在这一时期并未形成气候。直到 20 世纪 60 年代初第二次女权运动的出现，才直接催生了女性主义文学批评。

　　女性主义批评首先发现了文学创作和文学批评中根深蒂固的男权中心主义的存在（如在作为主流文学的男性文学作品中有大量的性别歧视存在；就是女性作家的作品，多数也受到男性中心话语的控制），从而对之加以批判。女性主义文学批评正是这样依托着争取女权的政治斗争的强大动力而发展起来的，它同时又反过来为女权政治运动提供了独特的思想武器。

　　需要指出的是，女性主义批评的形成固然有现实社会和政治背景，但也有其自身文学理论的来源。20 世纪前半叶的英国女作家弗吉尼亚·伍尔芙（Virginia Woolf）和法国女作家西蒙·波娃（Simone Beauvoir）的理论思想便是其中最重要的代表。

　　伍尔芙是著名的意识流作家，不但在创作上取得了重大成就，而且也为女性主义批评奠定了坚实基础。她于 1929 年出版的《一间自己的屋子》（*A Room of One's Own*）及其他的一些文章，以宏大的历史眼光与开阔的思想视野，对女性文学进行了一系列深入的思考，给当代女性主义批评以多方面启迪：（1）她肯定了女性文学有不同于男性文学思考的独特题材、语言、风格等，并努力寻找妇女自己的文学传统。这初步体现了对传统男性中心文学史观的反叛。（2）她明确提出了"双性同体"的思想，即"在我们之中每个人都有两个力量支配一切，一个男性的力量，一个女性的力量。……最正常，最适宜的境况就是在这两个力量一起和谐地生活、精诚合作的时候"[①]。这种双性和谐合作是文学创作成功的重要保证。这个观点也

[①]　［英］弗吉尼亚·伍尔芙：《一间自己的屋子》，王环译，第 120 页，北京：三联书店，1989 年。

在一定程度上同男性中心的单一标准相对抗，而且也可看作是对性别二元对立进行解构的一种最初尝试。(3)她对妇女创作的考察常常从她们的经济地位、社会阅历、文化教育等入手，认为在父权制社会中，不仅广泛的生活经验之门对妇女关闭，而且法律和习俗也严格限制了她们的感情生活，这是妇女创作难以发展的根本原因。这种社会学批评，既抨击了男权中心社会创作的压制，又在方法论上直接启发了当代女性主义批评。

西蒙·波娃于 1949 年出版的著作《第二性》(*Le Deuxieme Sexe*)，提出："一个女人之为女人，与其说是'天生'的，不如说是'形成'的。没有任何生理上、心理上和经济上的定命，能决断女人在社会中的地位，而是人类文化整体，产生出这居间于男性与无性中的所谓'女性'。"①这个"女人形成"论点无论在观念上还是方法上都对后来全世界的女权运动产生了重要影响。该书还对蒙泰朗、劳伦斯、克劳代尔、布勒东、司汤达等五位男性作家笔下的女性形象作了精辟的剖析，她认为，首次较为系统地清算了男性作者的文学作品所虚构的种种"女人的神话"，批评了他们对女性形象的歪曲表现。

伍尔芙与波娃的思想观念和批评实践，为当代女性主义批评树立了榜样，开辟了方向。

第一节　基本理论

一般而言，女性主义批评分为英美派女性主义批评、法国派女性主义批评、黑人女性主义批评、女同性恋主义批评等。英美派女性主义批评的发展，大致经历了三个阶段。第一阶段是 20 世纪 60 年代末到 70 年代中期，其代表人物有凯特·米利特(Kate Millet)、玛丽·埃尔曼(Mary Ellmann)；第二阶段是 70 年代中期至 80 年代中期，代表人物有爱伦·莫尔斯(Ellen Moers)、伊莱恩·肖瓦尔特(Elaine Showalter)、桑德拉·吉尔伯特(Sandra Gilbert)和苏珊·格巴(Susan Gubar)；第三阶段则是 80 年代中期以后。英美派注重社会批判，强调女性本身的文化传统。她们发掘、研究女作家的作品，尝试从女性主义的角度建立一个女性文学模式。她们注重从实际出发，投身妇女运动，从女性的切身体验上升到理论的高度。其批评理论主要包括性政治清算、妇女形象批评、寻找女性文学传统等。与英美派不同，法国女性主义批评更关注女性写作的语言和文本，更多地体现出解构主义的特色。其代表人物对"女性本质论"和"女性文学传统"的命题均持怀疑态度，认为如果一定要寻找固有的"女性文学传统"，客观上反而有可能维护父权制的文学史观。其批评理论主要有女性语言的探索、女性写作等，主要代表人物有朱丽亚·克莉斯蒂娃(Julia Kristeva)、埃莱娜·西苏(Helene Cixous)等人。20 世纪 80 年代以后，女性主义批评有了大发展，黑人女性主义批评、女同性恋女性主义批评异军突起，丰富了女性主义批评。本节以介绍英美派和法国派女性主义批评理论为重点，并择要介绍黑人女性主义批评、女同性恋女性主义批评的代表性观点。

一、英美派女性主义批评

1．性政治清算

一般认为，凯特·米利特于 20 世纪 60 年代末推出的《性的政治》(*Sexual Politics*)，标志着女性主义批评正式诞生。这既是一部文学分析著作，也是一部充满激情的政治论争著述。

---

① ［法］西蒙·波娃：《第二性——女人》，桑竹影、南珊译，第 23 页，长沙：湖南文艺出版社，1986 年。

米利特选用文学文本作为性政治分析的依据，从男女生理差异出发，重点揭露男性文学对女性形象的歪曲，抨击传统的"阳物批评"，进而批判男性父权制社会。全书共分为三部分：第一部分"性的政治"，所谓"性的政治"，是指从政治的角度与权利关系上看待和理解两性关系。米利特认为，两性之间的关系是一种支配和从属的关系，这种关系已经成为我们文化中最普及的意识形态，而且，男权制社会总是通过家庭、学校、教堂、法律等方面维护这一意识形态；第二部分"历史背景"，概述了 19、20 世纪女权主义斗争及其对手的命运；第三部分"文学上的反映"，米利特指出，在文学这种父权意识的文化产物中，男性作家凭借其性别意识，在文学中再现着现实世界的性政治，女性主义批评家的任务就在于揭露这种性政治，以使作者和作品从父权制意识的观念中解放出来。为此，她集中剖析了性别权利关系在 D. H. 劳伦斯、亨利·米勒、诺曼·梅勒和让·热内这四位作家作品中的体现，尽管他们运用的方法和表现的角度各不相同，但在其笔下，女性总是被贬损到受压迫、受支配的地位。如，在劳伦斯的作品中，"性"等同于"阳物"，男性阳物代表生机和力量，是使其从与自然的疏离状态返归自然的救世主；而相对于男性生殖器，女性的生殖器官被极力贬损，女性形象也因之只是一个被动的、崇拜阳物的、没有自主性和自由意志的对象性存在。米利特主要从男性作者笔下的女性形象所处的男女关系中的受支配地位，来揭示男性控制和奴役女性的性政治策略，这种分析的目的不在于形象本身的歪曲，而在于这种关系的不正当。其重要性在于首次引入了一种女性的视角，"我们第一次被要求作为女人去阅读文学作品，而从前，我们，男人们、女人们和博士们，都总是作为男性去阅读文学作品"①。米利特的影响是广泛的，20 世纪 70 年代初美国大学所开设的女性文学课程，绝大部分也集中在研究男性作家笔下的女性成见上，"性政治"成了许多女性主义批评家援用的一个基本词。

2. 妇女形象批评

米利特的《性的政治》虽然常被当作"妇女形象批评"的代表作被人们提及，但严格说来，米利特在该书中进行的文学批评实际上还不是一种人物形象分析。在女性主义批评文论中，有一种妇女形象批评，这种批评较之米利特的性政治理论，更富文学批评色彩。妇女形象批评，主要针对典型的男性文本，但也包括那些受父权制文化影响，自觉将父权制标准内化的女作家作品中的女性形象，及那些有女性意识的作家不自觉受父权制标准影响而使内在经验发生歪曲变形的情况。

在《想想妇女》(Thinking About Women)一书中，玛丽·埃尔曼指出西方文化各个层次上充斥着一种"性别类推"的思维习惯，即人们习惯于以男性或女性的特征对人的行为和社会现象等进行分类。她从男性作家笔下的妇女形象和男性批评家笔下的男性作品中总结出十种女性模式：无形、被动、不稳定、封闭、贞洁、物质性、精神性、非理智型、顺从、两种形象——悍妇与巫婆。她认为这些模式充分表现了菲勒斯(Phallus)批评中性别类推的思维习惯，这种习惯就造成了文学中对女性形象的不真实表现。

同样是对文本中妇女形象的不真实性批判，苏珊·格巴和桑德拉·吉尔伯特的看法和分类要比埃尔曼简单直接得多。她们认为，在男性文本中，女性形象有两种表现形式：天使和妖妇。天使是男性审美理想的体现，妖妇则表达了他们的厌女症心理。这种思想体现在她们合著的代表作《阁楼上的疯女人——女作家与 19 世纪的文学想象》(The Madwoman in the

---

① 张京媛编：《当代女性主义文学批评》，第 50 页，北京：北京大学出版社，1992 年。

Attic: *the Woman writer and the Nineteenth Century Literary Imagination*）中。该书认为，从但丁笔下的贝特里齐、弥尔顿笔下的人类之妻、歌德笔下的玛甘泪到帕莫尔笔下的"家中的天使"等都被塑造成纯洁、美丽的理想女性，但"她们都回避着她们自己——或她们自己的舒适，或自我愿望"，即她们的主要行为都是向男性奉献或牺牲，而"这种献祭注定她走向死亡"，这"是真正的死亡的生活，是生活在死亡中"①。她们指出，这种把女性神圣化为天使的做法，实际上一边将男性审美理想寄托在女性形象上，一边却剥夺了女性形象的生命，把她们降低为男性的牺牲品。接着，两位作者又分析了男性作品中另一类女性形象即妖女或恶魔，如斯宾塞笔下半人半蛇的 Errour、莎士比亚笔下的高奈瑞尔和丽甘等，认为她们体现了男性作者对不肯顺从、不肯放弃自私的女人的厌恶和恐惧，但正是这些女恶魔形象恰恰是女性创造力对男性压抑的反抗。可见，在她们看来，历来男性作家笔下的女性形象，无论是天使还是恶魔，实际上都是以不同方式对女性的歪曲和压抑，这反映出父权制下的男性中心主义的根深蒂固和对女性的歧视、贬抑。两位女性主义批评家希望通过批判男性文化下被歪曲和压抑的女性形象，重新阅读、阐释 19 世纪一些重要女作家的作品，能够恢复那个为父权制所遮蔽的女性整体，让人们看到真实的女人。

3. 寻找女性文学传统

传统文学史是由一个个文学经典汇成的男性文学的历史，这些经典将男性文本和男性经验作为中心，处处流露出对女性的歧视甚至憎恨。这些文学经典虽然有时也会将一些诸如简·奥斯汀、乔治·艾略特、勃朗特姐妹等著名女作家的作品纳入其中，但对她们的作品也是采用一种男性的视角来阅读解释，并用男性的标准衡量。这样阐释和衡量的结果，就是使男性的文学经典标准得到进一步确立，男性文学的中心地位也更加牢固，女性作品被排斥到边缘或文学史之外。男性批评又反过来以此为证据说明女性文学没有价值或根本就不存在。这就使得寻找女性文学传统成为一种必然的走向。

爱伦·莫尔斯的《文学妇女》（*Literary Women*）首次描写了女性文学写作历史。她逐个研究分析了 18 至 20 世纪英、美、法被称之为"伟大"的女作家简·奥斯汀、哈利耶特·比切·斯托、乔治·艾略特、夏洛蒂·勃朗特、薇拉·凯瑟和 G. 斯泰恩等人的创作，认为她们的作品汇成一股与男性主流文学传统不沾边却同样不断前行的湍急而强大的潜流，形成一种女性写作自己的传统，女作家可以从中汲取力量和信心。该书还考察了女作家之间的相互友谊和共同兴趣，认为正是男性社会的拒斥促使女性作家互相关注、交互阅读作品，这有助于女性创作的进步，莫尔斯指出："对女作家来说，那种通过简单地从男性文学成就中汲取营养的做法已被阅读相互的作品取代，已被一种密切的交混回响的阅读所替代。"②该书的缺点是略显凌乱、不系统，但它作为率先寻找、探讨女性写作传统的开拓性著作，对后起的女性主义文学史研究，还是起到了奠基作用。

伊莱恩·肖瓦尔特的《她们自己的文学：从勃朗特到莱辛的英国女性小说家》（*A literature of Their Own*: *British Woman Novelists from Bronte toLessing*）是女性主义批评史上一部"划时代的著作"。该书与莫尔斯等人在观点上的一个重要区别是，不再把女性文学传统仅仅看成是少

---

① ［美］桑德拉·吉尔伯特、苏珊·格巴：《阁楼上的疯女人——女作家与 19 世纪的文学想象》，耶鲁 1979 版，第 25 页。

② ［英］玛丽·伊格尔顿编：《女权主义文学理论》，胡敏等译，第 15、17 页，长沙：湖南文艺出版社，1989 年。

数几个"伟大"的女作家及其作品的突现。肖瓦尔特认为，妇女一直有自己的文学，女作家既不止一个，也不是偶然出现的，她们也不只是她所处的那个时代的历史记录者和发言人，而是一个历史悠久的传统的一部分。这一本来存在的传统却由于菲勒斯批评的长期统治而被埋没了。肖瓦尔特认为，诸如"伟大"这样的概念也阻滞着妇女进入文学史。因为如果只把目光集中于少数"伟大"的女作家及其作品，而不重视那些名不见经传的作家，就使人们无法清晰地了解妇女创作的持续性特点，也无法看出这些作家的生活与她们在法律、经济和社会地位上的形象的改变。而这样的阻滞妇女进入文学史的批评观念正是菲勒斯批评压抑和贬损妇女文学的伎俩。由于这样的批评方式长期以来一直占统治地位，所以，肖瓦尔特不同意莫尔斯把妇女文学看作一股不同于国际主潮的强大暗流的观点，而是看到了历史上"女作者的文学声誉稍纵即逝的现象"和"一小群女作家在世时几乎是不停地在文学上走红，身后却从后世纪录上消失"的事实。这就造成了"每一代女作家都在某种程度上发现自己没有历史，而不得不重新寻找过去，一次又一次地唤醒自己的女性意识"。因此，她写这本书以期"描述勃朗特时代起到当今的英国小说中的女性文学传统，同时指出这一传统的发展如何相似于任何亚文化群"①，从而填平奥斯汀、勃朗特、乔治·艾略特、伍尔芙之间的断裂与鸿沟。由于该书发掘了过去许多长期被湮没的英国女性创作资料，有力地展示了女性文学的持续不断的传统，这就使得许多鲜为人知的女作家得到了应得的认可。这不仅是对女性主义文学理论的贡献，也是对整个文学史研究的贡献。该书另一贡献，是把女性文学传统看成一种文学上的"亚文化群"，并根据亚文化的共性，将妇女作家的创作分成了"女人气"（1840—1880，模仿主流传统）、"女权主义"（1880—1920，反抗主流传统的价值、标准，争取自己的独立价值与权利）和"女性"（1920 年以来，摆脱依赖对立面而转向内心、自我发现）三个阶段。对于"女性"阶段的创作，肖瓦尔特持赞赏姿态。她认为，这一阶段的小说家兼具"女人气"和"女权主义"两个阶段的特征，既像"女人气"小说家那样涉及艺术与爱、自我实现与责任之间的冲突，又像"女权主义者"那样认识到自己在政治制度中的位置和自己同其他女性之间的联系，敢于突破性的禁区，敢于运用原先属于男性的词汇。

肖瓦尔特于 1991 年出版的《姐妹们的选择：美国妇女写作中的传统和变化》（*Sister's Choice：Tradition and Change in American Women's Writing*）被公认为英美派女性主义批评第三阶段的代表作之一。这本书的一个重要变化是注意到了以前女性主义批评所忽视的种族因素，这一变化从书名中就可以看出。"姐妹们的选择"是美国黑人缝被子时的一种图案，它是由一些碎布连缀而成。其寓意在于，要像黑人妇女缝被子时将零星的布料缀成一个美丽的图案一样，将零散的妇女创作串成一个绵延不绝的文学史。在该书中，她依然坚持了《她们自己的文学》中的女性亚文化观点，认为："确实存在不同的妇女文化，这是妇女在生育、养育子女中的相互帮助，是她们分享情感，甚至是她们之间产生的比同她们的丈夫在一起时更强烈的情欲。"②这样，她从女性亚文化角度，研究了美国妇女创作中的各种主题、形象、文体、文化实践和历史选择，内容涉及包括妇女哥特小说、斯托夫人的《汤姆叔叔的小屋》、凯特·肖班的《觉醒》、爱丽丝·沃克的《紫色》等美国女性文学与文化方方面面，高度赞扬美国女性创作产生了"我们自己的文学"。肖瓦尔特的这些研究，也显示了女性主义批评进入跨学科的

---

① ［美］伊莱恩·肖瓦尔特：《她们自己的文学》，伦敦 1977 年版，第 11 页。
② ［美］伊莱恩·肖瓦尔特：《姐妹们的选择》，牛津 1991 年版，第 13 页。

文化研究，即在方法论上把女性主义文学批评"与历史、人类学、心理学及社会学领域的女权主义研究"结合起来，通过跨学科、多学科研究，来发展"女性亚文化"的研究，将女性主义批评上升到文化研究的新高度，而这又反过来"为我们提供了一些新的方法去阐释"女性文化"及其主要的表现形式的文学"①。

二、法国派女性主义批评

1. 女性语言的探索

法国女性主义批评家朱丽亚·克莉斯蒂娃兴趣广泛而多变，当代西方各种重要学术思潮的成果和方法，如精神分析、马克思主义、结构主义、解构主义、符号学、语言学等，她都在加以研究后有所吸收、有所扬弃，形成了她自己不遵循任何一种学说和思路的独具一格的理论风范。

作为一名女性主义批评家，克莉斯蒂娃非常自觉地把符号学的"语言"作为解构两性二元对立、颠覆父性文化秩序的一种方式。首先，她着重分析语言上、文化上妇女被压抑、被排斥的地位，她说："我知道'女人'不能代表什么，不能说什么话，它被排斥在术语和思想外，而确实有些'男人'熟悉这种现象；因为这是有些现代文本从不停止表示的东西：验证语言和社交行为的限制性，如法律和犯罪、统治与（性）快感，而从不规定一种是男人的，另一种是女人的。"这就是说，一切都属于男性，女性连在语言、术语中也无丝毫位置。但克莉斯蒂娃并不一般地主张男女平等，而是激进地认为不应也不可能界定"女人"，"认为'一个人是女人'和'一个人是男人'，几乎同样荒谬，并且具有同样的蒙昧主义色彩"，"因此，我对'女人'的理解是'女人'无法逾越、无法言传，存在于命名与意识形态之外"，"在更深的程度上，女人不是一个人能'成为'的某种东西"②。她认为要界定女人实际上是把女人当物看待，而且还认为，女性的这种不可界定的边际地位，模糊了男女的明确界限，也就具有了消解父权制二元对立的特殊意义。其次，克莉斯蒂娃提出了一种对男权中心具有颠覆性的符号学。她吸收、改造了拉康的精神分析的象征理论，认为象征秩序与父权制的社会文化秩序相联系，而符号学则产生于前俄狄浦斯阶段，与母亲、女性密切相关；符号学不是取代象征秩序，而是藏匿于象征语言内部，组成了语言的异质、分裂的层面，颠覆并超越象征秩序，这也正如同女性既处在男性社会内部又遭到其排斥、被逐斥到边缘，从而模糊了父权制男女二元对立的界限而产生颠覆父权制社会的作用。这样，符号学就具备了解构父权制二元对立的女权主义的意义。

2. 女性写作

女性写作是法国女性主义批评家埃莱娜·西苏的重要理论。她认为，在男权中心社会里，男女的二元对立意味着男性代表正面价值，而女性只是被排除在中心之外的"他者"，只能充当证明男性存在及其价值的工具、符号。为了消解这种顽固的二元对立，西苏提出了女性写作（又译为"阴性写作"，female writing）的理论，即女性的身体、女性的差异渗入语言和文本，女人的创作由身体开始，女性的身体是创作的基础，女性的语言和真正的女性写作将呈现包括肉体在内的女性全部体验。

---

① ［英］玛丽·伊格尔顿编：《女权主义文学理论》，胡敏等译，第 335～336 页，长沙：湖南文艺出版社，1989 年。
② ［美］乔纳森·卡勒：《论解构》，陆扬译，第 174～175 页。北京：中国社会科学出版社，1998 年。

西苏认为，在父权制社会里，女性在二元对立关系中始终处于被压制的地位，她的一切正常的生理心理能力、她的一切应有的权利都被压抑或剥夺了，她被迫保持沉默，只有写作行为才能改变这一被奴役的关系："写作""这一行为将不但'实现'妇女解除对其性特征和女性存在的抑制关系，从而使得她得以接近其原本力量；这行为还将归还她的能力与资格、她的欢乐、她的喉舌，以及她那一直被封闭着的巨大身体领域；写作将使她挣脱自我结构，在其中她一直占据一席留给罪人的位置"[①]。西苏就此进一步提出了"描写躯体"的口号：女性"通过身体将自己的思想物质化了；她用自己的肉体表达自己的思想"，女性"用身体、这点甚于男人。男人受引诱去追求世俗功名，妇女则只有身体，她们是身体，因而更多地写作"。这里西苏表达了两层意思：一是表达了一种男女性别的隐喻，男性追求世俗功名，隐喻着父权制象征秩序的要求，而女性的"身体"本身摆脱了象征秩序，更多地投入"写作"，写作在此就有了女性的隐喻；二是认为女性写作的特点是"描写躯体"，揭示通过描写躯体而在肉体快感与美感之间建立起密切关系，它的内涵是，女性"描写的全是渴求和她自己的亲身体验，以及对她自己的色情质激昂而贴切的提问。这一丰富而具有创造力的实践……发展了和伴随着一系列的创作方法和真正的美学活动，每个迷人的阶段都塑造出一些令人回味的幻境和形象、一种美的东西。美的不再被禁锢"[②]。这是为女性写作和"描写躯体"所做的旗帜鲜明的美学辩护。

西苏希望通过写作活动引导妇女觉醒，走向妇女真正的解放。应当肯定，她的理论有颠覆、批判当今男权主流文化和语言，发展女性自己的文化，深化妇女解放运动的现实意义，但归根结底，把妇女解放建立在一种女性写作活动基础上，局限在语言颠覆的范围内，只能是一种写作乌托邦，带有明显的空想色彩，是对政治实践的逃避。这也是整个法国女性主义批评的弱点所在。

三、黑人女性主义批评

黑人女性主义批评的出现，是与黑人妇女遭受到种族和性的双重压迫密不可分的。黑人妇女一方面与黑人男性一样长期受到种族歧视，另一方面，在黑人圈里，她们还要受到男性压迫。经受双重压迫体验而写出的黑人女性文学作品自然与白人和男性的文学有着显著区别，但在男性社会中，黑人女性文学却经常受到冷落、漠视、曲解。在这种情况下，黑人女性主义批评就诞生了。巴巴拉·史密斯（Barbara Smith）是黑人女性主义批评最重要的代表之一。她的基本观点是：首先，"承认黑人妇女创作中性政治与种族政治和黑人妇女本身的存在是不可分离的"，即承认黑人女性文学创作与黑人女性在政治上所受的性与种族双重压迫密不可分，强调"评论者应该是可清醒地认识自己作品的政治含义而且将其与所有黑人妇女的政治状况联系起来"。其次，史密斯也和许多女性主义批评家一样，努力寻找、发掘黑人女性创作的传统，她明确宣称："必须承认黑人女作家们已经形成了一个有其自身特点的文学传统"，她通过对大量黑人女作家作品的分析，揭示出她们在文体、主题、意象、审美上形成了一些共同的区别于白人、男性作家的特点，如她们作品中常常不约而同出现挖掘植物根茎、挖草药、念咒祈祷等相似的主题意象，这在包括黑人男性、白人女性作家作品中都很难

①　张京媛编：《当代女性主义文学批评》，第 194 页、195 页、202 页，北京：北京大学出版社，1992 年。

②　［英］玛丽·伊格尔顿编：《女权主义文学理论》，胡敏等译，第 202 页，长沙：湖南文艺出版社，1989 年。

看到。其三，史密斯还强调女性主义批评家应当重视研究自身和黑人女性作家的创作经验，而不要受白人男性创作标准的束缚，她说："评论者首先应该了解并分析其他黑人女作家的作品，换句话说，就是她应该从自身的经历出发进行思索和写作而不是用白人、男作家的文学思想和方法去认识黑人妇女可贵的艺术资料。"①

四、女同性恋女性主义批评

女同性恋女性主义批评在理论界的地位最低，受到许多指责和污蔑，然而事实上，它仍然是女性主义批评的重要一脉。女同性恋女性主义批评理论大体有以下三个特点：第一，它把异性恋主义观念与父权制联系起来，对之进行激烈批判。它认为父权制的二元对立预先规定了妇女只能在异性恋方式下生活，而异性恋体现为男权中心、女性受压，因此，反抗父权制，不能忽视对隐蔽在异性恋方式下的男性中心主义的批判。如艾德里安·里奇（Adrienne Rich）认为："我们陷入了二分法的迷误，致使我们不能把这个制度作为整体去理解，我们总是以'好'婚姻对'坏'婚姻；以'恋爱'结婚对包办婚姻；以'自由'的性关系对卖淫；以异性恋的关系对强奸。这个制度内的经验固然差别甚大，但没有妇女选择的余地依然是被隐瞒的重要事实。"②换言之，妇女只能在父权制异性恋的方式中选择，同性恋完全被排斥。在这个意义上，标举"女同性恋"就有利于打破父权制异性恋的单一模式。第二，它力图寻找和建立一个女同性恋文学的传统。如莉莲·费德曼（Lillian Faderman）的《超越男人的爱》（*Surpassing the Love of Man*），研究和回顾了 400 年中的女同性恋文学，试图通过重新阅读一些以前被视为异性爱或老处女作家的作品，建立一种新的女同性恋主义的文学传统。第三，它努力建立一种女同性恋主义的批评原则。如它采取开放的态度，提出可以通过马克思主义、结构主义、符号学、精神分析批评来丰富其理论。

第二节　批评方法

作为一种新理论，女性主义批评理论并不是凭空产生的，它的产生与发展与马克思主义、精神分析、结构主义、解构主义、存在主义，甚至新历史主义、接受美学等诸种现有的批评理论和方法紧密相关。一般而言，运用女性主义批评理论解读作品，可以从以下三个方面进行：

一、运用马克思主义的社会历史批评方法

由于女性主义批评理论从根本上而言是一种政治批评，是以变革社会为己任的文化运动，因而它体现出一种左翼倾向，这主要表现在对马克思主义理论的移植。首先，重视经济的决定作用，这是马克思主义理论的一个重要特征。马克思主义理论认为，经济基础对上层建筑具有决定作用，虽然经济的发展和文化的发展呈现一种不平衡的状态，但经济是起最后决定作用的因素。这一点在分析女性长期在历史中处于"沉默"状况是十分有效的。其次，重视阶级压迫的分析是马克思主义的又一特色。女权主义者借用这种阶级分析的方法，用性别

---

① 张京媛编：《当代女性主义文学批评》，第 107～108 页，北京：北京大学出版社，1992 年。
② 康正果：《女权主义与文学》，第 122 页，北京：中国社会科学出版社。

取代阶级，并对之进行社会历史分析。从这一思路出发，我们可以把性别观念视为历史发展的结果，将男权思想看作是社会中两性的真正权力关系的体现，这样，性别压迫就表现在方方面面。如，男性对女性家务劳动的无偿占有（不必像资本家对工人那样付工资），对女性肉体的占有，把女性作为他们的私有财产，将女性变成性欲对象和生儿育女的工具；这种压迫更表现在文化方面：男性可以通过将女性创作排斥于主流文学之外，继而将这些女性作品从文学史中一笔抹杀，然后再根据文学史上没有女性作品的"现实"，把妇女贬低为不具备创作能力一族。

二、运用精神分析学批评方法

作为 20 世纪影响最大的理论之一，由弗洛伊德（Sigmund Freud）创立，雅克·拉康（Jacques Lacan）等人发展的精神分析学说，是女性主义文学批评理论的重要理论来源之一，如无意识学说、阉割恐惧、阴茎妒忌、恋母情结、抑制与转移等等，都与女性主义批评关注的性（sexuality）与性别（gender）有关。诚如有学者所言："从妇运及性与性别角色省思而言，弗洛伊德理论有几项贡献：（1）它让我们可以观测并思考男尊女卑在心灵结构与心灵运作层面的状况；（2）它所导致的对父权机制的解码，将会发挥很大作用……（3）弗洛伊德发现，生物性别、文化性别、性特质三者之间并没有多少必然的或自然的关联，同一个人的性别特质和性特质甚至没有绝对的稳定性或单一状态，男人可能阴柔、女人可能阳刚，同一个人在一生中也可能在异性恋、同性恋、双性恋之间摆荡，这些说法，对'男女天生有别'的意识形态和强制异性恋机制，不啻一击；（4）弗洛伊德以及他的理论诠释者拉康，把底下这个高难度问题留给女性主义者：男性/阳具至上观以及阉割情结和压抑只为（现有）文化、社会、主体诞生的关键，这点有没有改变的可能？"[1]因此，运用精神分析批评方法，有助于我们从社会和历史的角度去探讨个人的成长史，可以启发人们认识到"妇女"及妇女作品实际上是怎样形成的，并揭示这一形成过程的意义。

三、运用解构主义批评方法

以雅克·德里达（Jacques Derrida）为代表的解构主义批评，是一种以语言为中心的理论，强调语言在历史、文化、和社会生活中的作用，指出了语言对人的控制。同时它也发展了以索绪尔为代表的结构语言学有关语言符号与所指之物之间区分开来的思想，指出了语词的能指与所指之间不对应关系及意义的散播和不确定性，从而否定了传统的逻各斯中心主义所奉行的二元对立原则，消除了结构内部的等级制度，提倡一种去中心和多元化的状态。作为一种方法论，解构主义为女性主义批评提供了十分有用的工具，解构主义致力于从语言、无意识等因素中寻找原因的方式，为女性主义批评所利用，"因为，虽然对妇女的压迫确实是一个物质的现实问题，是一个生儿育女、家务劳动、职业歧视和不平等工资的问题，但它并不能仅仅归纳为这些因素：它还是一个性思想意识的问题，是男性统治社会里男女如何考虑他们自己和对方的方式的问题，是从极其明显可见的外表到达深层无意识的观念和行为的问题"[2]。因此，对语言的潜意识重视，有助于我们理解社会等级制度的形成，从而获得一种全

---

①　顾燕翎主编：《女性主义理论与流派》，第 144 页，台北：台湾女书文化事业有限公司，1999 年。

②　［英］玛丽·伊格尔顿编：《女权主义文学理论》，胡敏等译，第 215～216 页，长沙：湖南文艺出版社，1989 年。

新的阅读和阐释方式。其次，运用解构主义批评方法，还可以帮助我们分析、发现男女二元对立从哪里产生，它代表了谁的利益，它的控制权是怎样维护的以及在这样一种特定的压力下转变的可能性等等。

第三节　作品解读

《子弹穿过苹果》：“寻找我们母亲的花园”

林白是中国当代文坛上的一位有代表性的女性作家，她以直率、洒脱、凄迷而富有魅力的文字书写出女性经验的方方面面，直抵女性主义的精髓，她也因此成为 20 世纪 90 年代最有争议的女作家之一。林白可以说的方面很多，从女性前史的“巫”到当代社会的“妖”，从“镜子”、“房间”到“荒野”、“雷区”，从“沉默”到“疯狂”、从“逃离”到“飞翔”、从“自恋”到“同性恋”、从“身体写作”到“姐妹情谊”……女性主义的经典术语几乎无不为她的经验所覆盖。在这里，我们选择了她的一部代表性作品《子弹穿过苹果》，看看当代女作家是如何寻找女性、女性文化本源的。

美国黑人女作家艾丽丝·沃克(Alice Walker)曾用“寻找我们母亲的花园”来作为一篇随笔的篇名。在这篇随笔中，她讲述了美国南方的黑人妇女，以自己的方式创造了悠久的文化。这文化在一些“知识分子”看来也许算不了什么，但它的确存在过，并作为一种传统，形成一种潜流，无形中影响着当今妇女。沃克在这里提出的实际上是一个找寻女性及其文化传统的问题。女性主义文学在解构和抨击男性社会和文化的同时，必然伴随着对女性、女性文化的赞美和发展。也就是说，寻找女性、女性文化本源是女性主义文学的一种必然走向。林白的《子弹穿过苹果》就是一篇追溯女性、女性文化传统的小说。

这是一个充溢着异域色彩和神秘意味的小说，其间远离尘世的荒野和人声喧嚣的城市相错杂、蛮荒的生活和现代情爱相纠结，在片断的、非连续性的叙述中布满了难以理喻的隐喻和象征。在一片眩人眼目的背景中，蓼，一个神秘的马来种女人闯入我们的视野：

我一回头，先被太阳晃了一下眼，接着就看到一株异常高大的木棉树，一半是蓝天，一半是火焰，临河的那半边是天一样的蓝色，另半边是火红的颜色，树底下站着那个橄榄色的马来女人……①

这是女人的出世。她不属于都市，也不属于乡村，而是带着不明的身世从原始的亚热带丛林走出来(以此隐喻着女人在历史中的边缘、甚至“无名”的境况)。她“天生爱自由不受束缚，她甚至受不了成为一个村子里固定的成员，她到所有的村子里去，但却不是任何一个村子里的人”；她无定地飘忽在空间，脸上看不出时间刻下的痕迹，岁月给她的唯一装点就是成熟的母性：“她任何时候都沉甸甸的像一扎垂到地上的芭蕉，她的乳房涨得让人估计能挤出一桶奶汁。”这是母亲的象征，更是女性本源的象征，蓼的原始性、蛮荒性就是女性的本源。作为对女性、女性文化本源的追溯，林白把蓼描绘为一个居住在丛林深处的“女巫”，她有预测的能力，她会调制各种草药，她说出的话具有一种玄妙而深不可测的意味，更主要的是她有使人心乱神迷的能力。

---

①　林白：《日午》，《子弹穿过苹果》，第 261 页，长春：时代文艺出版社，1995 年。下文中引自该小说处不另加注。

　　"女巫"，原指"命里注定勾引男人、出没于晚间森林、十分可怕的'鬼魂'形象"。但在女性主义批评家看来，"女巫"不过是男性出于"厌女症"而虚构出的种种歪曲、贬低妇女的形象，如夏娃连累亚当堕落，美杜莎以其目光使所及之物化为顽石等等，一如中国的赵飞燕、武则天、杨玉环，以及吊死鬼、狐狸精之类。西方女性主义批评家则用解构的策略，从被歪曲的妇女形象中分离出反父权制的精神，指出"女巫"是"受压抑的形象的复活，据说这些形象是巫婆和歇斯底里者；这些不缚绳索的女性所带来的灾难，在于她们将成为父权文化语境中的不祥之物。"

　　蓼是不是"不祥之物"呢？她长得很美，但"眼睛有点斜，像一种奇怪的鸟"，说话"声音有点暗，像冬天没有落下的叶子"；那条跟随着她长着微笑的猫脸的狗，那阁楼上又像诅咒又像祈祷的喃喃低语总不免使人感到鬼魅缠身。而"我"自认识了蓼以后，就间离了"我"和生母的关系；父亲与蓼交往后，煮颜料就"越来越心不在焉"，颜料没有熬制成，而且画也从来没有画成，"他认为他事业上一无所成主要是因为蓼的骚扰"。女巫的诱惑力在这里构成了对男性象征秩序的扰乱。父亲很想把蓼画下来，但却始终没有成功，他的画布上永远是一片空白。这就是说，在男性社会中，女性是空缺的，是空白之页，不论从母、妻、女儿的任一层关系上说，男性都无法否认女性的存在，然而她们却是无历史的存在，而这根源又在于男性无法书写女性的历史，在他们所寻找的文化中，没有女性传统。

　　小说中几次提到的白色画布很容易让人联想到苏珊·格巴讲的"空白之页"的故事。在葡萄牙某修道院中一群修女种植亚麻，并用它来编织最精美的亚麻布供奉到皇宫里作为国王们婚床上的床单。新婚夜过后，这块床单就被庄重地向众人展示，以证明皇后是不是处女。然后这块床单归还到修道院，被装裱好挂在一个长长的陈列室中。在这个陈列室中的每块床单上都附有一块刻着皇后名字的薄金属片，那些染有处女之血的床单向朝圣者讲述着各位皇后神秘而贞洁的故事。但是最使朝圣者和修女们感兴趣的则是一条未注明名字的白色床单，它像一页未被书写的空白的纸以自己的沉默面对世人。格巴从女性主义的角度阐释了"空白之页"的双重意义——首先，这空白之页表明："女人怎样在父权制统治下象征性地被定义成一片混沌、一个缺位、一个否定、一块空白来挖掘它的意义"；其次，"这里的'空白'是一个定义行为，一个危险而又冒险的对纯洁的拒绝。无名的皇后的抵抗行为意味着一种自我表现，因为她通过不去书写人们希望她书写的东西而宣告了自己。换句话说，不被书写就是一种新的女性书写状况"。[①] 这也就是说，空白，是男性定义女性的方式，这就像父亲永远面对着空白的画布。但同时，这又是女性的沉默，是女性对男性书写和按照男性所希望的方式去书写的反抗和拒绝，它以无声之声讲述着女性的神秘和无以穷尽。

　　蓼和她的白布就像是女性的"空白之页"，它固然成为女性在父权制统治下的象征性定义（即空白、缺位和意义匮乏），同时也寓示着男性面对女性的创作困境——他们无从书写女性。于是父亲们只好把白布放到阁楼上。"阁楼"是女性的住所，也是女性主义批评家喜欢用的隐喻，在阁楼里住着女巫或疯女人。蓼也对"我家的阁楼感兴趣"，"如果你在太阳下山以后走到我家阁楼的楼梯，一定也会听见一种奇怪的声音，它们来自不确定的方向，像雾一样从板缝里弥漫出来"。对于父亲来说，这声音是空无，但是蓼"马上听见来自阁楼上的神秘声音"，而且断定是女人的声音。阁楼里似有似无的声音也像女性的白布一样，尽管在父系文

---

　　① 　张京媛编：《当代女性主义文学批评》，第 281、177 页，北京：北京大学出版社，1992 年。

化背景下被视为空白，但这空白和静寂却传达着"母亲"的故事。

作品中更值得注意的是蓼和"我"的关系。这个女人并不是"我"的母亲，但"我"却继承了她的一切：她的橄榄色的皮肤，凸凹分明的脸型，以及热衷于给人看相等等，甚至对于自杀的向往。小说用了大量情节和细节表现了八岁的"我"对于蓼的认同感，很显然，这是对女性、女性文化本源的认同，用女性主义批评家的话来说，就是回到"前俄狄浦斯"状态。

所谓"前俄狄浦斯"（pre-Oedipal）是女性主义的精神分析学在女性本质溯源时提出的概念。南茜·乔道罗（Nancy Chodorow）在《母性的再造：精神分析学和性别社会学》（*The Reproduction of Mothering*：*Psychoanalosis and the Sociology*，1978）中改造了弗洛伊德关于性别分化中所体现的性别歧视观点。弗氏认为，分化就是儿童渐渐觉察到自身的独立，并形成自我和身体清晰有限的范围过程。既然分化发生在同母亲——最早的抚育者的关系中，那么，"在自我分化的初始"便出现了关于母亲的观念。"身为女人的母亲不论对男孩女孩来说都成了另一个，成了异己或对象，并将永远如此"。儿童在分化的同时，也形成了自己的本质性身份意识。然而这个过程于男女儿童有别。男孩必须以否定的形式明确自己的身份意识，即他不是女的，而且这一差异须不断强化。相反，女孩对自己本质身份的认识是一种肯定，其基础是等同、延续和对母亲的认同。女人对于女性身份的困惑是俄狄浦斯阶段之后产生的，那时男性的文化霸权对性别差异赋予了变形的价值，使男孩与父亲同化形成俄狄浦斯情结，也使女孩形成"女性的俄狄浦斯情结"（杀母恋父），与母亲对立。不论是杀父娶母还是杀母恋父，都是肯定男性价值，否定女性的价值（这也是女性主义批评家抨击弗洛伊德精神分析学的原因之一）。因此女性主义批评家主张返回到俄狄浦斯情结形成之前的状态，重建"母权制价值观"，"极力主张这些观念作为一个整体为社会接受。女性主义批评家用这种理想化了的母性隐喻来探求一种强大的文学母系血统，也用来否定批评话语中的敌对方法"。同时，乔道罗等人还设想一种前俄狄浦斯的"溯源女性诗学"，"溯源女性诗学依赖女儿同母亲之间的系结，代与代之间的冲突由女性的亲密性、宽宏大量和延续性所取代"。①

在《子弹穿过苹果》中，林白确实很有意识地表现"我"的恋父情结："我"回忆起自己三岁时就"经常跨越我的花被滚进父亲的被窝"，老木也"断定我肯定有很强的恋父倾向，要不绝不可能在当初只凭一个煮染料的瓦罐就如痴如狂地爱上他"，"总之大家都认为我有严重的恋父情结。再就是我父亲已经死了，我应该找一个能当父亲的人当丈夫"。但是，小说与其说是表现恋父情结，不如说是消解恋父情结，"其实谁都不知道我跟我父亲到底是怎么回事，除了蓼"。自从"我"得知蓼的存在，"我"进入了一个逆行过程，也就是逐渐地由俄狄浦斯状态（恋父情结），一步步地返回到前俄狄浦斯状态，越来越觉得了蓼像是"我"的母亲，尽管"我"可以肯定她不是"我"的生母。但"我"在蓼的魔力般的诱惑下，从身体到精神俱追随蓼而去：在外貌上酷似这个马来女人，在精神上也越来越与她相通，她们由陌生而熟悉，由疏远而亲近，由身交而神交，"我"自己在别人看来也逐渐有了点"深不可测，神秘兮兮"的女巫气。

比起情节的叙述，也许更值得注意的是叙述方式本身。《子弹穿过苹果》在叙述方式上混合着事实与想象、回忆与推测、写实与印象，打乱了客观现实和主观臆测之间的界限。作品中关于蓼的叙述与"我"的猜想混为一体，很难清晰地区分开来。"我"对蓼的追寻实际上也

---

① 张京媛编：《当代女性主义文学批评》，第 259 页，北京：北京大学出版社，1992 年。

是"我"对"我"的记忆和对"我"的想象的追寻。在这中间其实也没有必要将想象与真实、将"我"与蓼严格地区分开来。界限的混淆实际上也就表明"我"的认同——对"母亲"般的蓼的认同，对女性原始记忆的认同和对女性、女性文化本源的认同。

在"我"的拼命回忆和追寻中，"我"——这个现代都市中的女人唤醒了关于女性的文化记忆，追溯了女性的原始谱系，并且将自己系结在"老女人——蓼"这样一个女性谱系中，于是"我"在今天的性格和怪癖便都有了一个历史的解说，"我"在亚热带丛林中，在文化的边缘地带找到了"母亲"。这种追寻即如艾丽丝·沃克所言："我在故事里搜集我的祖先们生活的历史和精神线索，在创作中我感到一种快乐和力量，体味到我自己的延续。我有一种神奇之感……好像我与许许多多的人在一起，先人的灵魂都特别高兴我向她们请教，跟她们结识，她们急切地想让我知道有她们的存在，我实实在在并不孤寂。"①

第四节　解读范例介绍

一、凯特·米利特对《查泰莱夫人的情人》的分析

参见［美］凯特·米利特：《性的政治》，钟良明译，北京：社会科学文献出版社，1999 年。

凯特·米利特的《性的政治》是一部从政治角度与权力关系上看待和分析两性关系的著作。在米利特的理解中，"政治"一词并不仅仅"只是包括会议、主席、政党等事物的狭隘领域"，而是指"人类某一集团用来支配另一集团的那些权力结构的关系和组合"。这些集团有"种族、阶层、阶级和按性别划分的集团（男人和女人）"，因此，"性是人的一种具有政治内涵的状况"②。从这一理解出发，她认为两性之间的关系是一种支配和从属的关系，并且，这种关系已经成为我们文化中根深蒂固的意识形态。在书中，米利特以劳伦斯、米勒、梅勒和热内四位 20 世纪作家及其作品作为评论对象，广泛分析父权制，试图揭示男女之间的关系从根本上说是具有政治意义，涉及到权力和统治。其中，她对 D. H. 劳伦斯的《查泰莱夫人的情人》章节的分析，被认为是女性主义批评家用性政治理论阐释文学作品的典范。

两性之间关系的探讨是劳伦斯创作的一个重要主题。劳伦斯生活和创作的年代处于 19 世纪末到 20 世纪第一次世界大战结束之后的十来年。当时的英国乃至整个欧洲，资产阶级革命已经完成，资产阶级专政的国家体制完全确立，资本主义工业迅速发展的同时，其社会弊端也开始暴露，譬如，大规模的机械工业文明对自然人性的压抑和扭曲等等。劳伦斯试图通过"调整男女两性之间关系的平衡"，倡导人性回归自然，追求"灵"与"肉"的和谐结合。然而，米利特从性政治理论出发，通过对《查泰莱夫人的情人》等作品的分析，颠覆了劳伦斯的这一创作思想，指出"劳伦斯的使命则不仅仅要废除在性的革命中妇女已获得的最低限度的自由，还要重建一种更加全面的男权制"③，以使男性获得对女性永远的统治。

劳伦斯声称《查泰莱夫人的情人》的意义在于：要让世间的男女都能够具备全面的、准确的、纯洁的思考性。但是，米利特却认为，《查泰莱夫人的情人》是一部旨在完成社会和性的

---

①　［英］玛丽·伊格尔顿编：《女权主义文学理论》，胡敏等译，第 51 页，长沙：湖南文艺出版社，1989 年。

②　［美］凯特·米利特：《性的政治》，钟良明译，第 36、37 页，北京：社会科学文献出版社，1999 年。

③　［美］凯特·米利特：《性的政治》，钟良明译，第 432 页，北京：社会科学文献出版社，1999 年。

赎罪的宗教性质的作品。作品一开始，小说人物之一汤米·杜克斯就感叹世界上再也不存在"真正的"男人和女人，并断言人类文明将为此沦落，而唯一能拯救世界的就是阴茎。对此，米利特论述道："劳伦斯固然也坚持说他必然而崇高的使命是将性行为从邪恶的禁忌中解放出来，将小说中描写这一行为的色情的、一本正经的委婉话清除掉，但他实际上是在鼓吹完全不同的另一番事业（'阴茎意识'）。"这里的"阴茎意识"，其实就是弗洛伊德所说的"阴茎妒羡"（penis envy）。按照弗洛伊德的说法，女孩发现身上缺少了男孩身上所长的东西便产生了被阉割的感觉，由此导致了她消极、受虐和自恋的倾向，女性的谦逊和嫉妒都与此有关。可以看出，这一理论是从男性本位出发的，即用缺少男性的东西来界定女性，从而把女性界定为先天的匮乏，制造出"阳物崇拜"的神话。

米利特借助《查泰莱夫人的情人》，细致地分析了劳伦斯是如何"将男性的优势转化为一种充满神秘气氛的宗教——让它国际化、甚至制度化"。在论及女主人公康尼和猎场看守人、社会预言者奥利弗·梅勒斯的性交场景时，米利特说道："是一位全神贯注的女性告诉我们说，那一杆勃起的、像凤凰一样从金色阴毛的光环中探出头来的阴茎确实是'傲慢'而'尊贵'的——除此以外，它还'招人喜欢'。这一'黑乎乎的，充满着自信'的物件还挺'稀罕'，'挺吓人'，势必让女性'惊恐'而'激动'。……最重要的是，它的每一次勃起都向女性提供了这一不容争议的证据：男性的优越具有非常真切、不容辩驳的根据。作为一位勤奋的学生，康尼对这位问答式教学者作出了尽职尽责的反应：'现在我总算明白了：男人们为什么总是那么狂妄。'……劳伦斯坚持让女性在生物体的事件面前显得如此惊惶失措，这或许是他提供的女性色情自虐狂的又一个证据。"[1]米利特进而分析道："小说交媾的场面都是按弗洛伊德规定的'女性被动，男性主动'的总设想写就的。阴茎具有至高无上的权威；康尼只不过是一个'×'，一个被作用的物件，感恩戴德地接受她主人意愿的每一点表示"[2]。即便是梅勒斯的阴茎泄气了，康尼仍然把它视为"力量的所在"，在"十足的满足中"，康尼就成为了阴茎的"祭品"，"她将要放弃的是自我、意志和个性；它们是女人从来就有……劳伦斯对它们怀抱深深的恐惧和厌恶。他认为他的任务就是要将这些东西消灭掉"[3]，创造一个新女人，唯有如此，世界才会"正常起来"。据此，米利特得出结论说，劳伦斯"将性的革命利用起来以创造一种女性依赖和从属的新秩序——对男性指导和特权的另一种形式的服从"[4]，所以，不管他怎样鼓吹两性的和谐与平等，怎样强调两性"自然、和谐的性"，实质却在宣扬人类全部真正的创造力都属于阳物这一男性权力和生殖力的象征。

二、《阁楼上的疯女人：女作家与 19 世纪的文学想象》的女性批评

[美]桑德拉·吉尔伯特、苏珊·格巴：《阁楼上的疯女人：女作家与 19 世纪的文学想象》，耶鲁 1979 年。

吉尔伯特和格巴的《阁楼上的疯女人：女作家与 19 世纪的文学想象》是一部寻找妇女文学传统的著作。该书以一种崭新的阅读姿态梳理了 19 世纪的妇女文学作品，赋予了女性阅

---

① ［美］凯特·米利特：《性的政治》，钟良明译，第 365 ~ 366 页，北京：社会科学文献出版社，1999 年。
② ［美］凯特·米利特：《性的政治》，钟良明译，第 368 页，北京：社会科学文献出版社，1999 年。
③ ［美］凯特·米利特：《性的政治》，钟良明译，第 374 页，北京：社会科学文献出版社，1999 年。
④ ［美］凯特·米利特：《性的政治》，钟良明译，第 369 页，北京：社会科学文献出版社，1999 年。

读的一个独特视角。肖瓦尔特认为女性文学传统之所以断裂，是因为它被父权文化人为斩断和埋没了，妇女文学传统研究，就是要对这已存在却遭受破坏的传统进行发掘和修补，恢复其本来的连续性。吉尔伯特、格巴却并不热衷于肖瓦尔特那种史学性质的搜集和论证工作，她们以现代批评理论和方法阐释以往女作家作品背后的东西，关注妇女文学传统得以存在和持续的内在本质原因。

　　在书的开头，两位作者开门见山提出这样一个问题："钢笔是阴茎的隐喻吗？"①她们发现，在父权制文化中，作者成了自己的文本的父亲，创造力被定义成了男性的专利，因此，有创造力的女性要想对付这样一个男性中心式的创造力神话，就不得不有面对自我身份的焦虑："女艺术家感到孤寂。她对男性前辈的隔膜伴随着对姐妹先驱和后来者的企盼。她急切地渴求女观众，又畏惧着带有敌意的男性读者。她受制于文化，不敢自我表现，慑于男性权威，对于女性创作的不正当性心怀忧惧。"于是，她们在创作中就运用了一种微妙而又复杂的策略，创造出了有着双重声音的作品："从简·奥斯汀和玛丽·雪莱到爱米莉·勃朗特和爱米莉·狄金森等妇女的创作某种意义上属于再生羊皮卷式的作品。这类作品的表层含义模糊或掩盖了更深层次、更不易理解的（更不易为社会所接受的）意义层次。"②

　　这主要体现在女作家作品中出现了许多像夏洛蒂·勃朗特的《简·爱》中的疯女人伯莎·梅森这样的疯狂形象。吉尔伯特和格巴认为，"疯女人"就是被压抑的女性创造力的象征，就是叛逆的作家本身。在题为"自我与灵魂的对话：简的历程"一章中，两位作者通过对简的成长历程的分析，指出被关在桑菲尔德庄园阁楼里的那个蓬头垢面、形同野兽的"疯女人"伯莎·梅森就是简·爱本人。伯莎放火烧毁庄园，伤害罗切斯特是简·爱反抗男权中心社会的潜在欲望，也是女性毁灭男权的象征。

　　吉尔伯特和格巴在阐述《简·爱》的主题时指出："《简·爱》是一部弥漫着愤怒的、从逃脱中找到健康与健全人性的安格利亚狂想曲。"③简·爱十岁时受到舅母的处罚被关进"红房子"。两位批评家从这一情节中分析出一些重要的意象和情景：上锁的封闭空间（小简·爱说："没有什么监狱比这儿更保险了"）；室内的穿衣镜隐喻着又一重封闭空间的"红房子"（小简·爱"不由自主地探索着它揭示的深处。在那幻觉的空洞中一切比现实显得更加阴暗、森冷"）；隐喻着被关押者灼热、愤怒的内心情绪的红色家具和窗帘；由对幽禁的恐惧而导致的自我形象陌生化，或者人格分裂（小简·爱从镜子中看到"一个陌生的小人在那里瞪着我"）；以及想冲破幽禁的"疯狂"举动（小简·爱发疯似的拍打着锁）。这些意象和情景就是简精神分裂的征兆，必须根除这些心理负担她才能成长为健康的人。这样，"红房子"就成为了桑菲尔德庄园阁楼的隐喻，简的"红房子"经历及其后来依靠自身力量治愈精神分裂的创伤的经历也对应着阁楼里被关押着的伯莎夫人的故事。

　　吉尔伯特和格巴从多方面论证了简与伯莎的同一性关系。首先是"孩子"的意象。如，女佣贝茜歌谣中的孤儿（她们发现歌词准确预见了简日后的人生经历）、简堕入情网后夜夜步入"幼儿幽灵"的梦境、婚礼前简又连续梦见一个陌生的男孩在哭。经过分析，两位作者指出所

---

①　［美］桑德拉·吉尔伯特、苏珊·格巴：《阁楼上的疯女人——女作家与19世纪的文学想象》，第3页，耶鲁1979年。

②　［美］桑德拉·吉尔伯特、苏珊·格巴：《阁楼上的疯女人——女作家与19世纪的文学想象》，第73页，耶鲁1979年。

③　［美］桑德拉·吉尔伯特、苏珊·格巴：《阁楼上的疯女人——女作家与19世纪的文学想象》，第336页，耶鲁1979年。

有的这些"孩子"都是同一个孩子，或者说，是简幼时所受的心灵创伤外化成为"孩子"这一形象。因此，所谓的"孩子重负"就是简幼时所遭受到的折磨而导致的精神分裂。当"孩子"出现在简的梦中，阻挡她与罗切斯特结婚时，伯莎梦幻幽灵般的出现在简的房子里，这就暗示出"孩子"（简）与伯莎的关系。其次，吉尔伯特和格巴说，简在庄园的整个时期，伯莎都作为她的"黑影"而存在，而且伯莎每次"显形"，都是简感到愤怒或必须压抑愤怒的时候。简第一次听到伯莎的哭声，是她在宅顶对自己性别角色愤愤不平之时。简不喜欢那昂贵的头纱，伯莎就将它撕碎了。简在婚前梦到庄园被毁，一年后，伯莎果真放火烧掉了庄园。更让人深思的是，简离开罗切斯特时说，"你要亲自把自己的右眼挖出来，把你的右手砍去"，这句话却通过伯莎神奇地反映在罗切斯特身上：伯莎纵火后，站在屋顶上，罗切斯特为搭救她，双目失明，一只手致残。对此，两位批评家评论道："简深藏着毁灭庄园的欲望——庄园是罗切斯特主宰、她被奴役的象征……简对罗切斯特的敌意通过曲折形式表现在她自己的预言中。"由于伯莎所做的一切，正是简在无意识中想做的事，所以好像是在"执行简的意志"，"是简的代理人"①。这样，简与伯莎就成为了彼此的镜像。

吉尔伯特和格巴进而指出，在玛丽·雪莱、夏洛蒂·勃朗特、乔治·艾略特等19世纪的女作家作品中，幽禁意象和疯女人形象普遍存在。这并不是偶然的，而是女作家们深层心理的隐喻性表露，即面对父权制文化重压，女作家们所表现出的一种"作者身份的焦虑"（anxiety of authorship）。因此，她们往往采用"替身"的手法来表现其痛苦、愤怒、疯狂及反叛。她们把这种意识投射到小说中的"疯女人"身上，以一种"遵守和屈从于父权制文化的标准的方式"发出自己的声音，恢复为父权制所压抑的女性整体，让人们看到真正的女人。两位作者对《简·爱》中的"疯女人"的解读无疑让我们在显性的父权制文本下面，看到了这个"她"。

---

① ［美］桑德拉·吉尔伯特、苏珊·格巴：《阁楼上的疯女人——女作家与19世纪的文学想象》，第358页，耶鲁1979年。

第 14 章　性别研究

　　性别研究与女性主义有着密切的联系。一般认为，西方女性主义运动经历了三次浪潮。第一次浪潮从 19 世纪下半叶到 20 世纪初，第一次世界大战前后形成高潮。第二次浪潮的时间是 20 世纪六七十年代，第三次浪潮从 20 世纪 80 年代开始，到现在仍方兴未艾。第一次浪潮的主要目标是争取妇女在政治、经济、法律等方面与男性同等的权益，要求与男性的全面平等。其最高成就是 20 世纪初西方妇女普选权的获得。由于第一次所取得的成就，第二次浪潮的主要目标转向文化方面，女性主义者们开始探讨男女不平等的文化根源，批判父权制社会与父权制文化，探索女性自己的文化与传统。第三次浪潮的主要目标仍然在文化方面，但程度更深，范围更广。女性主义者们吸收了马克思主义和各种后现代主义的理论，对社会与文化进行探讨。她们开始关注女性自身的身体与特点，女性与男性的差别、这种差别对女性的影响以及女性如何更好地利用这种差别，维护自己的权益。于是，性别研究逐渐浮出水面，进入人们的视野。

　　按照英国学者温迪·西莉·哈里森（Wendy Cealey Harrison）的说法，在早期，西方社会中性别（Gender）与性（Sex）是混在一起，没有区分的，两个术语大致是同一个概念。这样，"性别"这一概念所包含的两性差别及其文化内涵便在一定程度上被忽略了。1965 年，约翰·莫利（John Money）建议将两个概念区分开来，1968 年，罗伯特·斯多勒（Robert Stoller）将其理论化。① 由此可见，学术意义上的性别研究大致开始于 20 世纪 60 年代，但真正为公众所熟悉，则是在 80 年代。

第一节　基本理论

　　性别研究牵涉的范围很广，从男女差异到胎儿性别鉴定都可以划入性别研究的范围；另一方面，性别研究又不可能孤立地进行，它往往与种族、阶级等问题纠缠在一起。三者虽然有着不同的研究范围，但又往往互相交叉、互相渗透、互相遮蔽。或者说，三者虽然指称着不同的方面，但却分享着同样逻辑的权力关系，进而成为秩序建构自身的合法性资源。本章的讨论，仅限于文化研究意义上的性别研究，不牵涉阶级、种族等问题，但这并不意味性别与阶级、种族等问题无关。

　　王宁认为："在文化研究的广阔语境下，以女性为主要对象的性别研究主要包括这样几个方面：女性性别政治，马克思主义的女权主义，反女性的女性主义，女性写作和女性批评，法国的精神分析女性主义理论，女性诗学的建构，女性身份研究，女性同性恋研究，怪异研究。从上述这些倾向或研究课题来看，一种从争取社会权益向性别差异和性别政治的转向已经再明显不过了，也就是说，所谓女性的性别政治已经从其社会性逐步转向性别独特性。这

---

① 　Wendy Cealey Harrison. *The Shadow and the Substance—The Sex/Gender Debate*, Handbook of Gender and Women's Studies, Edited by Kathy Davis, Mary Evans and Judith Lorber, Sage Publication Ltd, London, 2006, p.36.

一点恰恰是文化研究语境下的性别研究的主要特征。"①王宁对性别研究的基本内容的概括可以参考。由于上述内容的某些方面已经在本教程的《女性主义研究》和《怪异研究》等章节里作了介绍，本章主要讨论性别差异、性政治、性别身份、女性写作等问题。

一、性别差异

性别研究主要是从女性的角度研究性别差异的，男性只是作为参照系和对立物纳入研究的视野。

20 世纪以前，男女两性的差异被看成是一个客观的事实。但在 20 世纪，这一认识受到了女性主义者的质疑。不错，男女在生理或者说在解剖学的意义上的确存在一定的差异，但差异并没有人们一般认为的那样大。在出版于 1990 年的《性的创造：从古希腊到弗洛伊德的身体与性别》(*Making Sex：Body and Gender from the Greeks to Freud*)一书中，托马斯·拉奎尔(Thomas Laqueur)指出，女性与男性之间的差异并不如人们想象的那样绝对对立。在对立的两极之间有一系列的中间环节——如女性气的男人，男性气的女人，阴阳人等——构成一个逐渐变化的连续体。在西方，启蒙时代之前，女人和男人之间在性上的差别并不十分引人注目，启蒙时期和启蒙时期之后，女性与男性的差别被突出出来。女性与男性成为对立的两极，而两极之间的那块广阔的地带则被忽略了。为了保证将女性与男性在生理上区别开来，对于阴茎与阴蒂的大小存在一个公认的标准，这个标准在阴蒂的最大尺寸与阴茎的最小尺寸之间人为地留下了 1.5 厘米的空白。超过规定的最大尺寸的阴蒂，将通过手术将其减小，而阴茎如果小于规定的最小尺寸，则可能导致人们对这个男孩重新进行性别鉴定，以将他划入与他的阴茎尺寸更加相配的性别。由此可见，即使是解剖学意义上的性别，也有一定的人为的因素。②

不过，性别研究更为重视的，还是文化意义上的性别差异。女性主义的先驱，法国女权主义者西蒙娜·德·波伏瓦说过一句著名的话："女人不是生成的，而是长成的。"女性主义者们不满父权制文化以男女差异为借口，对女性进行压迫，对两性差别进行了认真的探讨。早期女性主义者们倾向于缩小甚至取消两性之间的差异。她们将女人与女性区别开来，认为生理意义上的女人与文化意义上的女性并不是对应的关系。生理意义上的女人可能具有文化意义上的男性的性格，相反，生理意义上的男性则可能具有文化意义上的女性的性格。另一方面，她们用具体的事例批判父权制文化对于男女差异的普遍归纳，认为这些归纳是夸大的、不准确的、为父权制文化的需要服务的。同时，她们又指出，父权制文化所归纳出的女性特征往往是消极的、负面的：如认为女性胆小、脆弱、不成熟、感情用事、智力相对低下、逻辑推理能力不强，等等。通过这样的分析，女性主义者们对传统的两性差异观进行了批判。

然而，男女差异是客观存在的。从生理上说，两性差异不仅体现在生殖系统上，也体现在躯体、大脑的构造，激素的分布等各个方面。从文化说，男女在观念、行为乃至语言习惯和文学爱好等方面也都有一定的差异。英国伦敦大学玛丽女王学院的莉萨·贾尔丁教授

---

① 王宁：《文化研究语境下的性别研究与怪异研究》，转引自文化研究网(http://www.culstudies.com)

② Wendy Cealey Harrison：*The Shadow and the Substance—The Sex/Gender Debate*，Handbook of Gender and Women′s Studies，Edited by Kathy Davis，Mary Evans and Judith Lorber，Sage Publication Ltd，London，2006. p. 39 – P40.

(Lisa Jardine)和安妮·瓦特金斯(Annie Watkins)曾对英国的一些女性与男性读者进行调查，要求他们列出改变自己生活的小说名称。结果发现男性和女性读者对于小说的看法存在着巨大差别：对男性来说意义重大的小说往往都是以冷漠、疏离感和缺乏感情响应为主题的，对女性影响至深的小说则大多着眼于执著的情感，或是人们在逆境和激情之中的挣扎。此次接受调查的男性中有许多人的职业与文学有关，他们提得最多的小说是阿尔伯特·加缪的《局外人》(The Outsider)，其次则是塞林格的《麦田里的守望者》(Catcher in the Rye)以及库尔特·冯内果(Kurt Vonnegut，美国当代作家)的《第五屠宰场》(Slaughterhouse Five)。他们喜欢的书大多出自已故白人男性作家的手笔，在他们的提名榜上排前20位的书中只有一本是女作家写的，那就是哈珀·李的《杀死一只知更鸟》。与此形成鲜明对比的是，女性读者提得最多的书则是夏洛蒂·勃朗特、埃米莉·勃朗特、玛格丽特·阿特伍德(Margaret Atwood，加拿大当代女作家)、乔治·艾略特和简·奥斯汀的作品。与男性相比，她们提及的书范围更广、类型也更多，经典作品和当代作品所占比重差距较小，作家的男女比例相差也不是那么悬殊。[①]因此，一味地缩小甚至否定两性之间的差异并不一定是最好的办法。其实，维护女性的权益，并不一定要缩小甚至否认两性之间的差异，有时候，承认这种差异并加以正确的引导和解释，反而对女性有利。意识到这一点，女性主义者们在性别差异的研究上发生了策略性的转变。她们不再试图缩小、拉平男女之间的差异，而是对两性之间的差异从生理到文化进行认真具体的研究，肯定女性的特点，并对女性的特点进行正面的积极的解释。

应该指出的是，在大多数女性主义者特别是怪异理论家们看来，性差异不仅是群体性的，也是个体性的，也就是说，性差异不仅表现在男女两性之间，也表现在同一性别的不同群体和不同个人之中。如同一性别中的异性恋群体和同性恋群体，而同一群体中的不同个人也会存在不同的性取向和性爱好。许多女性主义者们强调性差异的多元化，反对在性差异上实行等级制，比如认为异性恋高于同性恋，反对以国家和法律的力量肯定某种性模式，要求给予所有的性差异群体和个人以平等的权利。

二、性政治

性政治这一术语是美国女性主义批评家凯特·米利特(Kate Millet)在其博士论文《性政治》(Sexual Politics)一书中提出来的。米利特理解的政治是广义的，它指的不是与国家和公共事务有关的活动，而是指两个群体之间的权力关系，指的"一群人用于支配另一群人的权力结构关系和组合"。换句话说，只要两个群体之间存在着权力关系，存在着支配与被支配的关系，那么，这两个群体之间就存在着政治的关系。比如《红楼梦》中，社会根据父系方面的血缘关系，将贾府中的人分为主子与奴才，而主子中，又根据母系方面的血缘关系，将其分为正出和庶出，正出的贾府后代如宝玉占据着绝对的统治地位。这就是一种社会结构与关系，这种社会结构与关系决定了贾府中哪一部分人是统治者，哪一部分人是被统治的对象，决定了在统治阶层中，哪一部分人拥有更大的权力，哪一部分人处于依附的地位。而从某种意义上来说，男女两性构成了人类社会最大的两个群体，两者之间无论在理论还是现实上，都存在支配与从属的关系。米利特通过分析指出："无论性支配在目前显得多么沉寂，它也许仍是我们文化中最普遍的思想意识、最根本的权力概念"，而"男权制"就是"占人口半数的

---

① 参见《阅读小说的性别差异》，http://www.news.xinhuanet.com/book/2006-07/10/content_4812484.htm

男人支配占人口另一半的女人的制度"。[①]

由此出发，米利特对两性关系的历史与现状进行了考察，发现从历史到现在，两性之间的关系都是一种支配与被支配的关系。男性只要依据天生的、生物学意义上的性别，就可以取得对女性的控制与支配权。这种权力关系在父权制社会中被制度化，体现在政治、经济、法律、道德、教育、习俗、思想观念乃至日常生活中。她举美国南方的例子来说明这一点。早期的南方曾爆发过一些族群间激烈的争斗与仇杀，目的是为了维护不同族群男性的财产、利益和荣誉。在冲突的过程中，敌对族群的妇女成为被强奸的对象。这不一定是因为实施这些强奸的男人道德败坏，而是因为在南方的传统观念中，强奸并不是对妇女本身的侵犯，而是一个男人对另一个男人的侵犯。通过强奸敌对方的妻女，可以达到败坏敌对方的财产、利益和荣誉的目的。再如《玩偶之家》的娜拉之所以违法，是因为当时的法律规定妇女没有经济权，未经丈夫同意，不能私自举债。再如中国古代，社会流行的"女子无才便是德"观念，剥夺了无数女子受教育的权利。这些事实说明，有关男女两性关系的这些制度，早就超出了性的纯粹生理和心理学意义，具有十分典型的政治意味，成为一种社会控制、支配和侵犯的手段。

对于社会对男女不同气质、角色、地位的规定以及人们对此的认同，米利特也进行了研究，认为这也是"性政治"的表现与功能。西方传统文化认为女性胆小、依赖、脆弱、不成熟、感情用事、智力相对低下、逻辑推理能力不强，只适合于从事家务劳动，不适合从事具有领导性、挑战性的工作。中国传统文化认为女人是祸水，强调"女子无才便是德"，要求女子在家从父、出嫁从夫、夫死从子，主张男主外、女主内。这些对于女性的角色、气质与地位等的要求与规定，实际上与性的生物学基础没有什么内在的联系，而是由后天的、社会的力量强加在女性身上的，而这反过来又构成了父权制社会男性支配女性的文化与思想基础。

米利特的观点产生了很大的影响。遵循她的思路，人们在许多以前认为不存在性别问题的领域也发现了性别歧视的问题。如科学史研究的领域。一般认为，在这个领域不大可能存在性别问题。然而，如果采用福柯的系谱学方法，把科学研究的整个动态过程作为分析的入口，就可发现，这里依然存在性别歧视的问题。刘禾在一篇文章中写道，桑德拉·哈丁（Sandra Harding）"在《科学问题在女性主义之中》（*Science Question in Feminism*）一书中说，科学从它建立的第一步即主体条件的准备开始，就存在性别的取向。科学对性别的建构和选择，从儿童时期就已经开始，男孩子从小让他们玩耍机械，培养对新鲜事物的敏感和持续的耐心，并向他们树立科学的榜样、理想、前沿意识和挑战意识；相反，女孩则让她们和可爱的小兔子和芭比娃娃在一起，培养她们如何成为女性。作者认为，在这样的情况之下，女性在不断深入的科学教育和科学实践历程中越来越少是不难理解的，科学在进行男性塑造的时候，就已经把女性排除在外了"。至于科研过程中的性别问题，哈丁认为，"尽管许多女性主义者并不怀疑科学本身的中立性，但从方法论的角度看并非如此。什么是事实？科学如何界定自然？科学在认定事实的时候是否真像我们所认为的那样排除了情感和偏见？哈丁在书中说，从概念开始到拿出结论，科学的整个过程实际上受着男权观念的支配，因此我们不能把它当作中性的或无性的来处理。作者以生物进化论为例进行分析指出，进化论就往往以男性的社会实践作为事实认定的基础，例如他们对化石和石器的阐释。当进化论在解释一片锋利

---

① 凯特·米利特：《性政治》，宋文伟译，第32～34页，南京：江苏人民出版社，2000年。

的石器时，往往会认为这是男性用来打猎和割肉的工具，而不会认为它是女性用来切割布匹或者绳子，更不会认为这是女性围猎的武器。因此，在科学家需要对事实进行解释的地方，要完全避免当事人的观念投射是很难做到的，其中当然包括了无所不在的男性观念。科学试验的意向抉择、条件假设以及科学结论的取舍和最终说明，都存在同样的情况"①。哈丁的研究表明，性政治实际上是无所不在的。

应该注意的是，在现实生活中，性别政治实际上是无法单独进行的。2006 年底，加拿大蒙特利尔东北部一个叫做 Hérouxville 的小镇出台了一个针对潜在移民的市民生活行为准则。其中包括这样一些条款，如：禁止向妇女投掷石头或将她们活焚、向她们泼硫酸；男孩和女孩要在公共泳池一起游泳；不得披面纱上街，只有在万圣节时才能戴面具或遮盖脸部；女警察有权拘捕男性嫌疑人；妇女可以驾车、跳舞、投票、有签署支票的权利，有作为自己的决定的权利；公共健康服务部门对男人和女人实行不同的医学护理方式。这些条款在具有西方文化背景的人看来并没有什么不妥之处，有些还是西方妇女解放运动所取得的成果。但是这个准则却受到了穆斯林、犹太人等种族的抗议，认为其中表现出明显的种族主义倾向，不利于加拿大各族裔民众的融合。在加拿大闹出了不大不小的风波，以至 Hérouxville 所属的魁北克省省长也不得不出面进行解释。说明这个准则只是一个独立的事件，不会影响人们对魁北克人的总体看法，也不会影响魁北克继续欢迎新移民的到来。② 这一事件说明，性别问题与种族、宗教、阶级等问题是紧密联系在一起的，在单一层面上，性别政治实际上是很难完全展开的。

三、性别身份

传统认为，男女两性具有不同的性别身份，这种身份是在先天的生理结构的基础上，自然地形成的。不同的性别应该具有不同的性格、气质和倾向，扮演不同的社会角色，承担不同的社会责任。如果一个人在生理上是某种性别，但在实际生活中却表现出另一种性别的气质和性格，便会被认为异常，相关的人便会想法对他进行矫正。如果一个人对自己解剖学意义上的性格感到不舒服或认为不适宜，甚至想通过手术等方法变成另一性别，那也是有问题的。两者都是一种精神障碍，前者叫做性倒错，后者叫做易性癖。

女性主义者们对传统的父权制社会的性别身份理论进行了批判。她们认为，所谓的性别身份与解剖学意义上的生理性别并没有必然的联系，而是一种后天的建构，父权制文化利用这种性别身份来维持男性对女性的压迫与支配。比如，父权制文化将女性定义为阴柔的，只适合于从事做饭、培养孩子等辅助性的家务劳动，而将男性定义为阳刚，适合于从事创造性的社会工作。而另一方面，社会又不肯定家务劳动的价值，不给家务劳动以一定的经济报酬，这样，女性便失去了独立的经济能力，成为男性的附属物，在社会上处于从属的地位。女性主义者们要求打破父权制社会的这种身份定位，由女性自己建构自己的性别身份和角色，确定女性在社会和家庭中的身份与地位。由此出发，女性主义者还批判了传统社会中那种男主外女主内的理想家庭模式，认为这种模式中的女性身份定位对女性实际上是不利的。正如西蒙·波娃曾指出过的那样："许多年轻夫妇的家庭，给人的印象是夫妻完全平等。但

---

① 参见刘禾：《女性主义与当代学术成果》，转引自文化研究网（http://www.culstudies.com）
② 参见加拿大《蒙城华人报》2007 年 2 月 9 日第 8 版。

若丈夫是一家经济的唯一负担者，这种平等便只是一个错觉，他们依照他的工作地点决定他们的居处；她跟着他从城里搬到乡下或从乡下搬到城里，甚或搬到远方或外国去；他们的生活水准依他的收入而上下；他们生活的节奏随着他职业上的要求而缓急；朋友和交游也往往在他的行业范围之内。他比妻子更积极于参加社会活动，所以在知识、政治和道德上，他仍是指挥者。而且，对于不能自立的妇女，离婚只不过是一个空的理论。"①看似平等的家庭实际上并不平等。

　　性别研究者们还进一步从文化与社会两个方面审查男性异性恋压迫的结构。这种结构从各种可能的性别结构（男性化的异性恋男人、男性化的女同性恋者，男性化的异性恋妇女，女性化的同性恋男人，女性化的异性恋男人，女性化的异性恋女人，等等）中选取了两个极端，将其封为正常的、自然的性别模式，并以国家、社会的力量强制推行，而将中间的其他性别结构统称为反常的，不自然的，把它们排斥在社会认可的性别模式之外。这样，其他类型的性别结构便被边缘化，受到巨大的压力，不得不处于一种地下的状态。批评家们指出，异性恋者对于其他形式的性别结构的压制，实际上来自对于自己的性身份的恐惧或焦虑，而这种恐惧与焦虑则来自所谓的异性恋结构实际上并不像它的宣传者所宣传的那样是自然和正常的，它实际上也只是一种后天的人为的建构，因此也具有偶然性与不稳定性。许多异性恋者同时也具有同性恋倾向就是一个明显的证明。因此，异性恋者需要通过对其他性别结构的打压，来维持自己性别身份和他们认为合理的性别秩序。

　　另一些激进的女性主义者如怪异理论家们则走得更远。他们主张对性别身份进行解构。部分女性主义者如朱迪斯·巴特勒（Judith Butler）从考察模仿与身份建构的关系出发，质疑了生理性别存在的自然性。她认为，性别身份不是个人的特性，而是一种必须重复表演的行为。这种表演没有可模仿的原型。"换言之，生理性别并不先于社会性别而存在，它只是被人们当作社会性别的起源或原因，生理性别本身也是制度、实践和话语的结果。而社会性别的这种模仿，并不是模仿一种真实的生理性别，而是模仿一种理想模式，这一理想模式是自我的设计，并不存在于任何地方，也永远不会固定下来，只是被每一次的社会性别表演不断地重复着。在她看来，这种重复的表演行为其实是权力运作的方式，它不仅是一种外在行为，更是一种心理深度定型的行为。因此，性别认同的意识才能通过重复的表演，或对人们所在的文化中社会性别的规则和习俗的不断引用，而生产和再生产出来的。"②另一些女性主义者则批判了性别身份中的本质主义观点。认为性别身份不是天生的、固定的、一成不变的，而是建构的、流动的、不断变化的。她们主张让性别身份保持一种模糊性，以对抗有利于父权制的本质主义性别观，维护妇女的性别权利。自然，也有主张确定女性的性别身份的，如克里斯汀·艾斯特伯格（Kriatin G. Esterberg）认为，性作为一个竞争的领域，尽管性身份能够成为社会控制和规范化的根源，但它也能带来自豪感和成为抵抗统治的一种方式。③从而肯定了确定性别身份的必要性。

　　就文学而言，性别身份对于文学创作与文学接受都会产生一定的影响。一旦作者或读者

---

① 西蒙·波娃：《第二性——女人》，桑竹影、南珊译，第 258 页，长沙：湖南文艺出版社，1986 年。
② 参见陈静梅：《性、性别与身份的酷儿思维——评〈酷儿理论：西方 90 年代性思潮〉》，genders. zsu. edu. cn/ReadNews. asp？ News*ID* = 2279 － 53*k* －
③ 参见陈静梅：《性、性别与身份的酷儿思维——评〈酷儿理论：西方 90 年代性思潮〉》genders. zsu. edu. cn/ReadNews. asp？ News*ID* = 2279 － 53*k* －

确定了自己的性别身份，这种身份就会对他们的创作与欣赏产生一定的影响。许多西方女性读者在不带明显的性别意识阅读某部作品时，得到的是一种感受，但当她们从特定的女性角度来阅读这同一部作品的时候，得出的感受就可能大不一样。同样，男性读者在阅读同一部作品的时候，也可能出现同样的情况。

四、女性写作

在《一间自己的屋子》中，英国著名女作家、女权主义的先驱人物之一弗吉尼亚·伍尔芙忧郁而不平地看到，在人类文学史上，几乎看不到女性作家的名字，即使有几个女性的名字，也如偶尔划过星空的流星，很快便消失了，而且很难给人留下深刻的印象。她认为，出现这种现象的原因，一是女性受教育权的被剥夺，一是由于女性缺乏独立的经济地位，一是在父权制社会的压迫下，女性缺乏独立的生活和生命体验，相关的才能无法发挥出来。由此她得出结论，女性必须写作，发出自己的声音。伍尔芙的这一思想获得了女性主义者的广泛认同。在《美杜莎的微笑》中，埃莱娜·西苏(Helene Cixous)充满激情地写道："妇女必须写自身：必须写妇女，把妇女写进作品，在这方面，她们一直受到严重的干扰，就像她们不能描写自己的躯体一样……妇女自己必须进入文本——就像她必须厕身人世和历史一样——通过她自己的奋斗。"[1]因为按照美国女性主义哲学家艾莉森·贾格尔的说法，我们仍然生活在一个"前女性主义"的时代，女性仍旧处于被压迫、被贬低、被忽视的地位。男性作家不可能为女性写作，如果女性也不为自己写作，她们就会湮没在男性的世界里，一直处于默默无闻的状况。

但是并不是只要由妇女进行的写作都是女性写作。如果一个妇女虽然在进行写作，但她用的仍是男性的视野，表达的是男性的思想、观点和经验，那么，这种写作不能叫做女性写作。女性写作必须是站在女性的立场，为维护女性的权益进行的写作，它必须对父权制社会的思想与观念进行颠覆，必须表现女性独特的思想、情感与生命体验。从这点出发，有些女性主义者认为，女性写作不一定局限于女性，一些男作家的写作只要体现了女性的思想、观点与体验，也可以算是女性写作。但是大多数女性主义者不同意这种看法，认为男性作家不可能具有女性所具有的那种独特的个人世界与生命体验。

为了表达女性独特的个人世界与生命体验，埃莱娜·西苏提出了"身体写作"的主张。西苏认为，在父权制社会里，女性始终处于男性的压迫之下，她的一切正常的生理心理能力、她的一切应有的权利都被压抑或被剥夺了，她被迫保持沉默。西苏认为，只有通过写作，女性才能改变自己被奴役的地位。写作"这一行为将不但'实现'妇女解除对其性特征和女性存在的抑制关系，从而使得她得以接近其原本力量；这行为还将归还她的能力与资格、她的欢乐、她的喉舌，以及她那一直被封闭着的巨大身体领域；写作将使她挣脱自我结构，在其中她一直占据一席留给罪人的位置"。西苏要求女性"通过身体将自己的思想物质化"，"用自己的肉体表达自己的思想"。[2] 女性要把自己的身体解放出来，以对身体功能系统的体验为

---

① ［法］埃莱娜·西苏：《美杜莎的微笑》，玛丽·伊格尔顿编：《女权主义文学理论》，胡敏等译第 396 页，长沙：湖南文艺出版社，1989 年。

② ［法］埃莱娜·西苏：《美杜莎的笑声》，张京媛编：《当代女性主义文学批评》，第 194、195 页，北京：北京大学出版社，1992 年。

基础，以对自己的色情热烈而精确的质问为基础开始写作，通过对躯体的描写在肉体快感与美感之间建立起密切的关系。由此可见，西苏的"身体写作"具有鲜明的女性主义特征，是对父权制社会和文化的一种颠覆。但是，"身体"实际上有两种含义，一种是自然的，一种是社会的。女性的身体实际上只有在自然的意义上才具有共同性，而在社会的意义上，它们是不同的。西苏自己也承认："在目前来说，还没有标准的妇女，没有一个典型的妇女。"①既然如此，如果要表达出女性共同的本质与生命体验，"身体写作"也就只能把笔墨主要放在女性身体的自然方面。由此可见，当前文坛上"身体"的过于泛滥，虽然有违于西苏提倡"身体写作"的初衷，但与她的理论本身存在的弱点也不是没有关系的。

另一个具有女性写作特色的口号是"双性同体"。"双性同体"在生物学上是指同一个体身上既有成熟的雄性性器官，又有成熟的雌性性器官；在体型构造及生理特征方面，表现为雄性及雌性的混合物。在心理学上，是指同一个体既有明显的男性人格特征，又具有明显的女性人格特征。在文学上，最早提出"双性同体"的概念的是弗吉尼亚·伍尔芙。伍尔芙认为，"一个纯的男性头脑不能进行创造，正如一个纯女性的头脑不能进行创造一样"。自然界要求阴阳相互调和，合而为一。这包括两部分，一部分是肉体的结合，一部分是头脑(mind)的结合。肉体的结合孕育出这个世界上最神秘的奇迹——生命。而头脑的结合则创造出最完整的生命——艺术家。如同人的身体上存在着两种性别一样，人的大脑和心灵也存在着两种气质，即男性气质，女性气质。这两种气质只有相互作用才能达到创作的顶峰。她认为莎士比亚，济慈，斯特恩，柯柏，兰姆，柯勒律治等人的大脑都是双性同体的，他们源源不断的创造力正是由于男女两种气质的混合。因此她断言，双性同体是进行艺术创作的最佳心灵状态，伟大的头脑都是双性同体的。伍尔芙的观点得到埃莱娜·西苏、朱丽亚·克莉斯蒂娃等女性主义者的支持。不过，在伍尔芙那里，男女都可能具有双性同体的特点，而到了西苏等人那里，"双性同体"则成为一个女性主义的概念。因为女性既是母亲和给予者，又是她自己的姐妹和女儿。当男人们泰然自若地保持男性崇拜，凭借着生殖器崇拜而宣扬男性(单性的)力量时，女性却以性爱和母爱打破对方生命的疆界。从这个角度看，只有女性才可能是双性的。只有女性作家才可能具有双性同体的写作状态。西苏试图通过这种肯定为女性写作打开一片新的领域。

此外，女性主义者们还对女性话语、女性写作的历史和女性阅读等进行了深入的研究。女性主义者们认为，女性作家要表达自己独特的思想感情和生命体验，在写作时就不能运用男性的话语，而要创造自己的话语，并进行了一定的探索与实践。

第二节　批评方法

女性主义运用性别研究的根本目的，是揭示、反对父权制社会与父权制文化对女性的压制与排斥，争取妇女的权益。但是作为一种批评方法，性别研究的批评方法也不一定是排他性的，也就是说，它并不排斥男性批评家运用。运用性别研究的方法进行文学批评，可以从以下几个方面进行。

---

① 埃莱娜·西苏：《美杜莎的微笑》，玛丽·伊格尔顿编：《女权主义文学理论》，胡敏等译，第397页，湖南文艺出版社，1989年。

一、探讨男女两性在创作和接受中的差异

就是从性别差异的角度，研究男女两性在文学创作和文学接受等方面的不同表现，研究文学作品中所表现出来的性别意识与不同的性别体验。如有一段时间，在中学生中，女同学喜欢看琼瑶的言情小说，男同学喜欢看金庸的武侠小说，这种现象就大有研究的余地。再如，女性作家创作的作品的类型、风格、语言等都与男性作家有一定的区别，也可以运用性别研究的方法对其进行探讨。

二、揭示"性政治"因素导致的两性等差

就是从性别政治的角度，研究文学创作和文学接受中所隐含的性政治因素，揭示男女之间的不平等。如在《阁楼上的疯女人》中，桑德拉·吉尔伯特和苏珊·格巴从罗切斯特的疯妻伯莎身上看出了男性对女性的歪曲性想象。他们对女性的"天使"加"魔鬼"的二分，实际上是男性对女性的一种统治策略。

三、探讨性别身份对作者、读者以及作品中人物的影响、意义

就是从性别身份的角度，探讨文学作品中人物的不同特点，研究文学创作与文学接受中的性别定位问题，讨论作家与读者的性别身份对于文学创作和文学接受的影响。如可以从性别焦虑的角度分析《红楼梦》中贾瑞这个人物，他对凤姐的性幻想，从某种意义上说其实正是他对自己男性身份的焦虑，希望通过与凤姐的性关系来肯定自己的男性身份与男性气质。

四、探讨女性写作的性状特征、历史传统与接受情况

就是从女性写作的角度分析女性写作的历史，女性写作的特点，女性话语的特征，女性作品的接受，等等。如伊莱恩·肖瓦尔特在《她们自己的文学》中，对女性写作传统的挖掘与探讨。伍尔芙在《一间自己的屋子》对女性写作的必要性的探讨，等等。

此外，还可以根据性别研究的一些具体的理论和观点，对文学作品、文学现象和文学活动进行分析。如可以根据双性同体的理论分析《红楼梦》中贾宝玉、《麦克白》中的麦克白夫人和伍尔芙的小说《奥兰多》中的同名主人公的形象。可以根据"身体写作"的有关思想分析现在某些人提倡的"下半身写作"。也可以根据米利特的男女关系具有政治性的观点分析现在的美女作家现象和她们的作品。

第三节　作品解读

一、对《玩偶之家》的性别研究解读

《玩偶之家》是世界文学史上不朽的杰作。国内评论界一般认为，这部剧本通过婚姻家庭问题，批判了资产阶级社会，主人公娜拉是资产阶级社会的精神反叛者，海尔茂是资产阶级社会的代表人物。这种观点并非没有道理，但问题在于，这种思维阻挠了我们对剧本思想的另一层面——两性关系的层面的思考，而从作者的主观意图来看，后一层面更加重要。

（一）

易卜生曾经强调指出："我所创作的一切，即使不是我的亲身体验，也是与我阅历过的一切极其紧密地联系在一起的。对我来说，每次新的创作，都服务于心灵的解脱过程和净化过程的目的。"①这为我们理解《玩偶之家》及其思想提供了一条重要的线索。《玩偶之家》的产生不是偶然的，其中有着作家个人和社会方面的深刻原因。

众所周知，易卜生小时家里贫穷。16 岁时，为了谋生，他曾只身一人到远离家乡的格利姆斯达的一家药店做学徒。这是一个只有 800 人的小镇，偏僻荒凉，居民们自成圈子，易卜生被当成外人，他也不愿与人交往，因而十分孤独。邻家一位女仆乘虚而入，主动与他结识，帮他缝缝洗洗，和他聊天做伴。然而天下没有免费的午餐，这种交往的结果，使易卜生 18 岁时就做了父亲。此后的 14 年中，他不得不更加勒紧裤带，来抚养这个孩子，这成为他精神上很大的负担。这一不幸的插曲使易卜生很早就开始思考男女两性的问题。

易卜生生活与创作的年代，正是欧洲妇女解放运动蓬勃发展的时期。在斯堪的纳维亚，英国约翰·弥尔的《妇女的屈辱》等探讨妇女问题的书籍已经产生广泛的影响。妇女们纷纷组织起"读书会"一类的团体，发行小册子，宣传妇女解放的思想。易卜生与当时挪威妇女解放运动的领袖人物卡米拉·科莱特以及奥斯塔·汉斯泰等均有密切的交往。她们的思想对他有一定的影响。在给卡米拉的信中，易卜生曾这样写道："您开始通过您的精神生活道路，以某种形式进入我的作品"，"至今已有许多年了"。1879 年冬，也即创作《玩偶之家》的同一年，他在罗马的斯堪的纳维亚联盟建议给妇女投票权。建议被否决后，他十分气愤，可见他对两性问题关注。

《玩偶之家》直接的写作契机，是挪威女作家劳拉·基勒的婚姻悲剧。易卜生 19 世纪 60年代末与她结识。他很喜欢这个 20 来岁的姑娘，亲昵地称她为"小鸟"。劳拉后来与丹麦人基勒结婚，新婚生活十分美满。但不幸基勒得病，需去瑞士或意大利疗养。劳拉瞒着丈夫借了一笔钱，假说是自己的稿费，以让他安心养病。后来债务到期，为了应急，她在一张票据上签了假名。虽然她后来并未将这张票据用出去，并且将它撕毁了，但事情还是传了出去。社会舆论大哗，基勒由此大怒，认为是自己的奇耻大辱，竟与劳拉离婚。易卜生知道此事后十分震惊，深感男女之间的无法沟通。此时正是他对两性问题高度关注的时候，他遂以此事为基本素材，创作了《玩偶之家》，劳拉也成为娜拉的主要原型之一。

由此可见，《玩偶之家》是易卜生对两性关系与妇女问题长期关注与思考的结果，反映了他在这一方面的基本观点。1878 年 10 月，《玩偶之家》发表的前一年，易卜生在罗马曾以简短的文字记下了这些观点：

有两种精神法律，两种良心，一种是男人用的，另一种是女人用的。他们互不了解；但是女人在实际生活中被按照男人的法则来评判，仿佛她不是一个女人，而是一个男人……

在我们今天的社会里——这个社会完全是一个男人的社会，法律是男人写的，起诉人和法官都是男人，他们从男人立场出发判断女人的行为方式，在这样的社会里，一个女人不可能忠实于自己。

（剧中的妻子）仿造签名，而且这是她的骄傲，因为她是出于对丈夫的爱，为救他的命而

---

① 高中甫编选：《易卜生评论集》，第 42 页，北京：外语教学与研究出版社，1982 年。

这样做的。这个男人却以平常人的全部正直站在法律的土地上，用男人的目光来看待这件事。①

这也就是《玩偶之家》的基本构思，后来的创作实践表明，作者是遵循了这一构思的。

（二）

《玩偶之家》中，作者对于两性关系的探索与思考，主要表现在娜拉与海尔茂夫妻之间的矛盾冲突上。

作为剧中最重要的人物，娜拉的性格经历了一个发展的过程。开始，她是作为男性社会理想的女性形象出现的。这主要表现在两个方面。首先，就日常生活来看，她没有超出养育子女、操持家务、服务丈夫等男权社会分配给妇女的传统工作。当然，她还参加舞会、接待客人、进行社交。但从男权社会的角度看，这些也是妇女的任务之一。至于她的私自举债与筹款还钱，从某种意义上说也仍然属于这个范围：前者是为了救丈夫的命，后者是为了免去丈夫的烦恼，目的都为了维护自己的家庭。其次，从行为规范看，娜拉接受了男性社会的主要原则。如在夫妻关系上，把丈夫放在第一位，把自己放在从属的位置，一切听从丈夫的安排。在经济问题上，她满足于丈夫挣钱、妻子持家的模式，没有意识到自己经济独立的重要性。

"假冒签名"事件爆发后，娜拉的思想发生剧变，性格发展进入第二阶段。她从丈夫的附庸一变而为丈夫的对立面，从男权社会规范的接受者成为男权社会的反叛者，从贤妻良母式的女性成为抛夫弃子、离家出走的女人。

不少评论家对娜拉的这种转变持有异议，或认为难以理解，或以为不合逻辑。奥地利哲学家奥托·魏宁格尔断言易卜生的"娜拉一点也不真实，从一个幼稚的、爱说谎的、嘴馋的饶舌婆变成一个果断的人，这种性格的转变在现实中的任何一个妇女身上都是找不到的"。挪威评论家艾尔瑟·赫斯特也认为剧本结束时娜拉与海尔茂的辩论不是情节线索的必然发展，而是作者从现实考虑出发硬加上去的，因而是僵死的，不成功的，"是妨碍已经完工的纪念碑的碍事的支架"②。

这些观点是值得商榷的。我们认为，这种转变正好说明了作者是从两性关系的角度构思剧本的。娜拉是女性社会的代表。从剧本可以看出，娜拉是一个地道的女人，她性格的核心是强烈的女性意识。她的思维方式、她的价值观、她的人生理想，她认识事物、评价事物的出发点都是女性的。如她对"假冒签名"的看法，按照男性社会的原则，这是一件使人身败名裂的罪行，将会受到法律的严厉惩罚；但娜拉却为此感到骄傲，因为她拯救了丈夫的生命，并且免除了父亲的烦恼。至于这样做是否合法，她根本没有考虑。正如她对海尔茂说的："我只知道爱你，别的什么都不管。"其次，娜拉虽然接受了男性社会的原则与规范，但这种接受并不是一种理性的赞成，而是一种感性的认同，因而只是表层的，并没有改变她性格的核心。再次，娜拉对男性社会的认同是以她对丈夫的爱为基础的，而她对丈夫的爱又是以丈夫对她的爱为补充的。对娜拉来说，爱是人类社会的最高原则，它意味着无条件的奉献。她自己是这样做的，也以此来要求丈夫。在剧本中，她一再提到"奇迹"二字。她所理解的奇迹，就是海尔茂出于对她的爱，承担起假冒签名的全部责任，而她则会以自己的生命为代价，

---

① 高中甫编选：《易卜生评论集》，第 309～310 页，北京：外语教学与研究出版社，1982 年。
② 高中甫编选：《易卜生评论集》，第 321～322 页，北京：外语教学与研究出版社，1982 年。

来消除丈夫的这一责任。她不知道，也不愿意知道，从男性社会的原则出发，海尔茂不可能也不应该满足她的这一要求。她实际上是从女性的角度，对男性社会作了错误的理解。她对男性社会的认同，实际上是建立在对男性社会的曲解与幻想的基础之上的。因此，一旦"奇迹"没有发生，她对男性社会的认同也就随着消失了。同时，随着这种曲解与幻想的被粉碎，娜拉对丈夫的爱也跟着消失，于是她在家中难以忍受的玩偶地位便突显出来，从而也激起她全部的女性反抗意识。因此，娜拉的转变是必然的，是符合其性格发展的内在逻辑的。她对男权社会的认同与反叛，都是从女性的角度出发的，她的转变，是其女性意识觉醒的必然结果。

与娜拉相比，海尔茂的性格不够明朗。作者在塑造这个人物时，没有采取全知全能的写法。在能揭示其性格的地方，常有含糊之处。如海尔茂深夜强行把娜拉从舞场带回，他自己给出了两个理由。一个是对林丹太太说的：娜拉跳完了特兰特拉土风舞后，正处于当晚舞会成功的顶峰，因此他让她激流勇退，以保持艺术效果。一个是他对娜拉说的，是因为"我看见你那轻巧活泼的身段，我的心也跳得按捺不住了，所以那么早我就把你拉下楼"。前者是为妻子着想，后者是为自己打算。究竟谁真谁假，剧本并未做出明确交待。这样，便给读者的理解留下较大的回旋余地，使这个人物带上一定的模糊性。

但是，我们也注意到，剧本的含糊，往往是在涉及海尔茂个人品质的时候，对于海尔茂性格的基点——浓厚的男性意识，剧本的揭示却是非常清楚的。如娜拉认为自己听他的话跳特兰特拉舞，是对他好，不自觉地流露出一点男女平等的意识的时候，他立刻敏感地表示异议："听丈夫的话也算待他好？"言下之意是妻子听丈夫的话是天经地义的。可见，作者含糊是故意的，其目的就是要避免读者过多地纠缠于海尔茂的个人品质，把注意力集中到海尔茂性格的基点上，从而突出其作为男性社会代表的身份。

不少人认为，在对待娜拉的态度上，暴露了海尔茂的全部虚伪。他口口声声表白，希望有桩危险的事情威胁着娜拉，好让他拼着命，牺牲一切去救她；但当危险真正来临时，他却对妻子破口大骂，当危险过去，他又改换面孔，声称自己的翅膀宽，要保护自己的小鸟儿。

这种解读其实是对海尔茂的一种误解。海尔茂的自我表白绝不是言不由衷的。从时间上看，他的表白正是在阮克医生报"死信"，他对妻子的爱达到高潮时；从他对妻子的整体态度看，在他的自我表白之前，娜拉曾有两次向他提出请求，他的回答分别是："可以什么？快说！""什么人情，快说！"两次语言的相似和神态的急切不可能是假装的，这说明他的确是想为妻子做点什么的。因此，他的自我表白只能是一种情感的自然流露。这里的关键在于，海尔茂虽然想为妻子做点什么，但前提是要符合他所谓的做人原则，也即男性社会的规范。而娜拉要求的却是他不能做的，冲突便由此发生了。

娜拉"假冒签名"事件暴露后，海尔茂实际上面临三种选择：一种是原谅妻子的过失，把责任全部包揽过来；一种是完全推开不管，把自己洗刷得一干二净；三是指责妻子的过失，同时设法渡过难关。第一种选择是娜拉所希望的，但却是海尔茂无法接受的。因为从男性社会的角度看，无论出自什么原因，假冒签名总是违法的。作为男性社会原则与规范的热情拥护者和模范执行者，海尔茂无法认可这种做法。同时，这也违反了男性社会事业第一、名誉至上的原则。但另一方面，男性社会的原则又要求丈夫对妻子的保护与指导。因为丈夫既然是一家之主，就要对妻子负责。在接到柯洛克斯泰退回的借据时，海尔茂高兴地叫道："我没事了。"这说明，他是把自己与妻子连在一起的。他甚至没有意识到，无论从常理还是从法律来说，"假冒签名"毕竟是娜拉负首要责任。这决定了他也不可能采取第二种选择。这样，唯一适合他的选择便只有第三种。海尔茂在"假冒签名"事件爆发前后复杂的表现，正是其采取第三种选择的结果。一方面，他要批评妻子的所作所为，另一方面，他又要使自己和妻子安全渡过难关。自然，由于思维本身的顺序性，在借据尚未退回的情况下，海尔茂首先想到的只能是假冒签名的性质与后果，对娜拉的态度以责怪为主。在借据退回、危险消失之后，他才可能考虑事件的其他方面，对妻子的态度便又发生了变化。

由此可见，海尔茂在"假冒签名"事件爆发前后的表现并非个人品质所为，而是其遵循男性社会基本准则的结果。虽然在具体的做法上还可以更有分寸，但基本态度却是不可更改的。然而娜拉却没有也无法理解这其中的复杂因素，当丈夫未能符合她的理想时，她便感到了幻灭。因此，娜拉与海尔茂夫妻关系的破裂，不是由于个人的原因，而是由于男女之间的"互不了解"。

这种互不了解以及由此产生的矛盾和对立，并不局限于"假冒签名"事件。在剧中，娜拉和海尔茂之间观点上的差异几乎处处可见。从对家庭经济的看法到吃杏仁甜饼干，从对社会的态度到人生的目的，两人都常常处于对立的状态。只是在两人和谐的时候，这种对立总是以娜拉的妥协而告终，因此也就没有酿成大的冲突。

应该指出的是，娜拉与海尔茂之间的互不理解，他们的冲突与对立，并不是由于缺乏接触与交流，而是由男女之间不同的意识造成的。娜拉从女性的角度出发，遵循的是自然与情感的法则，重视的是亲人与家庭的幸福；海尔茂从男性的角度出发，遵循的是社会和理智的法则，重视的是个人的事业和社会上的成功。而两种不同的意识、不同的出发点又是由男女各自不同的客观存在所决定的。因此，两性之间"两种精神法律、两种良心"的并存是永远也不会消失的。这样，易卜生便通过娜拉与海尔茂之间的矛盾，进一步揭示、探讨了男女之间的永恒冲突、对立及其原因。

（三）

通过海尔茂夫妻之间的矛盾与冲突，易卜生看到了男女之间存在的深刻的不平等。

本来，两性之间的差异是客观存在的，其中并无优劣之分，关键在于两性之间的互相尊重与谅解。从娜拉与海尔茂的矛盾来看，娜拉的观点当然是正确的，但海尔茂所遵循的原则也并非没有道理。人类社会要想正常运转，就必须有遵守的法律规章。但这里的问题不在于谁的观点正确，而在于"女人在实际生活中被按照男人的法则来评判"。海尔茂从自己的立场出发，对娜拉的行为横加指责或加以原谅，他实际上把自己放在了审判官、裁判者的位置。两人的行为都不是出自个人琐碎的愿望，而是遵循着各自性别的不同的原则，因此，两人的冲突不再是纯粹的个人的行为，而是代表着两性之间不同意识的较量。正是在这种较量中，女性意识被粗暴地否定了。

男性之所以能够按照自己的法则来评判女性，把自己的意志强加在女性头上，是因为"这个社会完全是一个男人的社会"。男性凭着自己在生理、文化和社会生产等方面的优势，成为社会的统治性别。他们组织军队、建立国家，制定法律、道德规范，创立宗教，按照自己的意志统治世界，形成一个庞大而又无所不在的统治网。而女性在社会的限制下，缺乏自立的手段，被迫依附于某个男人，成为一些孤立的个体，缺乏与男性抗衡的力量与手段。

这种力量对比上的巨大差异造成了男女地位的不平等。波娃曾经指出："在今日女人虽然不是男人的奴隶，却永远是男人的依赖者；这两种性别的人类从来没有平等共享过这个世界。"①男人在社会、在家中都是统治者，而女人只是他们的"泥娃娃"，就像娜拉一样。她们既不能参与社会决策，在家中也只是执行丈夫意志的工具和家务的承担者与管理者。在《玩偶之家》中，海尔茂对妻子满意时把孩子交给她管理，不满意时，便专横地剥夺了她对孩子的教育权。

男女之间的不平等也反映在男女之间的冲突上。首先是冲突过程的不平等。在《玩偶之家》中，海尔茂除了自己在经济、地位等方面的优势外，还可以凭借法律、道德、宗教等社会力量来迫使娜拉就范；而娜拉所凭借的，则只有个人的意志与力量。其次是冲突结果的不平等。阅读该剧时，人们往往只注意到娜拉的出走，却很少思考为什么是她而不是海尔茂出走。其实，这一事实本身就反映了男女之间的不平等。因为房子、家具甚至孩子都是海尔茂的，两人关系破裂之后，娜拉除了出走不可能有别的选择。她的出走，表面看是主动的，实际却是被迫的，是因为她无法在家庭的范围内摆脱做玩偶的命运。

结果的不平等更表现在男女冲突的长远后果上。对海尔茂来说，妻子的出走固然会给他造成很多的不便，却不会给他造成决定性的损害。但对娜拉来说，情况则大不一样。姑且不谈单身女子的种种不便和社会对离家出走的妇女的种种歧视，单是生存下去这一基本要求，就构成一个非常严峻的挑战。在当时那种妻子不得到丈夫同意连钱都不能借的社会，对于娜拉这样的女子，独自谋生实在不是一件容易的事。诚如鲁迅所说："娜拉或者也实在只有两条路：'不是堕落，就是回来。'""还有一条，就是饿死了。"②而堕落则是接受社会的摆布。这样，娜拉虽然摆脱了家庭玩偶的地位，却成为了社会的玩偶，而且是更为彻底的玩偶。

针对这一现象，易卜生发出了男女平等的呼声。这是《玩偶之家》剧本的主导思想，是娜拉与海尔茂辩论的最有力的武器。"现在我只信，首先我是一个人，跟你一样的一个人——至少我要学做一个人。"这种朴素的男女平等意识的崛起，使娜拉看到了自己在家中的玩偶地位，认识到自己最神圣的责任是"对自己的责任"，因而决定离家出走，去过"人"的生活。也正是这种男女平等的思想，使娜拉理直气壮地驳斥了海尔茂搬用的种种社会与法律规范。男女平等，在剧本中成为妇女解放的最强音。

但是，《玩偶之家》中的男女平等的思想也不是没有局限。娜拉认为她最神圣的责任是对自己的责任固然有理，但也并非完全正确。她要求男女平等，采取的办法却是简单地离家出走。然而，这并不能给她带来平等。就人类社会而言，男女双方既互相对立又互相依存，让一方无条件地服从另一方固然不应该，但让两者完全决裂、各自独立也是不可想象的，实际上也办不到。因此，妇女的解放不是像达那俄斯的女儿们那样弃绝男性，而是在与男性的共同生活中取得平等的地位。

男女两性关系，是千百年来一直困扰着人类社会的基本问题之一，在《玩偶之家》中，易卜生艺术地提出并探讨了这一问题，这正是它不朽的艺术魅力的主要来源之一。

---

① 西蒙·波娃：《第二性——女人》，桑竹影、南珊译，第9页，长沙：湖南文艺出版社，1986年。
② 鲁迅：《坟·娜拉走后怎样》，参见《鲁迅全集》第1卷，第159页，北京：人民文学出版社，1982年。

二、《红楼梦》贾府中的性别政治建构概要

1. 作为金陵四大家族之首,《红楼梦》中"白玉为堂金作马"的贾府的财富、荣誉、地位与权力是从哪里来的? 从表层看,是皇帝赐予的。而从深层看,则是贾家的祖先从战场上、从死人堆拼来的。然后通过与皇室的联姻得到巩固。元春的遭遇具有一定的象征意义。她作为性的象征物,成为贾府与男权社会的最高统治者——皇帝之间,也即男人与男人之间的交换物。皇帝得到了性,而贾府则得到了他们需要的地位与荣誉。元春个人的意志与幸福是没有被考虑进去的。也正因为如此,省亲的场面虽然充满了富贵气,却掩不住元春内心的悲凉。

2. 权力的来源决定了权力的分配,贾府的权力掌握在男性手中。《红楼梦》中的社会是一个典型的父权制社会。社会首先根据性别,将贾府所有的人分为男人与女人,将权力赋予男人,然后根据父系方面的血缘关系,将贾府中的人分为主子与奴才,将权力赋予主子,再根据母系方面的血缘关系,在主子中分出正出和庶出,将权力赋予正出。在贾府中,父辈一代真正有权的是贾政,而贾宝玉则是他正出的唯一的儿子。这也正是宝玉在贾府中拥有如此高的地位,"百千宠爱于一身"的真正原因。

3. 由于男女之间的相互依存性,男性与女性之间的统治与被统治关系不像主子与奴才之间的关系那样表现为一种暴力的关系,而是一种强调等级、秩序的亲情关系。男性维持自己的统治地位,主要不是依靠对女性的镇压,而是依靠女性自身的赞同。在《红楼梦》中,男性取得这种赞同的策略主要有:第一,创造有利于男性的制度和文化观念,如宣传"女子无才便是德",女孩子不要讨论仕途经济等。第二,给女性以适度的尊重和物质上的舒适。如袭人在宝玉出家后,本来是想一死了之的。但贾家对她太好,她不能死在贾家。在出嫁之后,丈夫又对她太好,她又无法死在夫家,最后只好死不成,安心做了蒋玉涵妻子。男性付出的是尊重,得到的却是一个俯首帖耳的被征服者。第三,让渡出一定的权力。这主要有两种方式。一是通过孝的名义,让女性中的长辈得到表面上的富贵与尊荣,从而为其他女性提供一种榜样与希望。如贾母之在贾家,表面上她是贾府的最高统治者,儿孙们个个都得听她的。但实际上没有真正的权力。因为首先,她的言行与决策受到她已死的丈夫和贾家的先辈的制约。其次,她只能管内而不能管外。贾府的一切外部事物都得由男性成员处理。第三,即使管内,她也往往只是提出一种原则性的建议,真正的决策还得征求男性成员的意见。如宝玉的婚事,最终决定的还是贾政。权力让渡的另一种方式是权力的转移,即男性把自己的部分权力转移到自己认可的女性身上,而这些女性与他们往往有婚姻或血缘的关系。如贾府中真正掌握家政权的凤姐和曾一度掌权的探春,她们固然有能力,但如果没有这种婚姻与血缘关系,她们是不可能掌握贾府的家政权的。

4. 在这种现实中,性别的模糊和洁身自好都是不允许的。因为这不仅不符合传统的观念,更对贾府乃至社会的性别政治建构构成了威胁。贾府的男人大都偷鸡摸狗,但掌权者都只一笑了之。而对于贾宝玉的女性气质与双性倾向,贾府的长辈却进行了残酷的纠正。贾政的痛打宝玉,主要原因不是他与金钏儿的调情,而是他与身为男性的戏子交往,而且有着不正常的暧昧关系。在这种严酷的环境下,宝玉要发展自己的女性气质与双性倾向是困难的。他最后的离家出走,从某种意义上说,也是对贾府的父权制度与父权文化的反抗。而妙玉最终被人奸淫,则说明了在男权社会,女子的洁身自好是不被允许的。

第四节　解读范例介绍

一、对《李尔王》的性别批评解读

根据迈克尔·莱恩《文学作品的多重解读》第 7 章摘编，赵炎秋译，北京大学出版社，2006 年。

本文从同性恋与异性恋的关系及其在剧本中的表现的角度展开。

文章首先指出，《李尔王》写作时的英国宫廷和戏剧界都盛行同性恋亚文化。但整个社会却是禁止同性恋的，同性恋只能在地下秘密的进行。剧本的开始暗示了同性恋，它是从对一个同性社会的评论开始的，这一评论很快就转变为一个至少是玩笑性的同性恋的暗示："我想王上对于奥本尼公爵，比对于康华尔公爵更有好感。"但是，这种与同性恋有关的东西才引出来就被抹去了，并且转入了异性恋的框架。

作者认为，在一部关于女儿背叛父亲的悲剧的开头之所以遮遮掩掩地提到同性恋，是因为该剧描写的是一个性别身份方面的危机，特别是一个强制性的异性恋体制中的危机。这一体制的中心是男性的男性化的观念，它在女性化的女性中找到了一个使其成为可能的他者，但这他者同时也是一个潜在的危险。剧本赞赏的是一种经过女性化危险锤炼了的新男性。治疗以李尔为代表的男性的弱点的方法之一是从遇到了麻烦的异性恋领域缩回到同性恋社会之中。

作者认为，强制性的异性恋存在着一个危险，即它必须通过女性才能证明男性的男性化。换句话说，男子的男性化是由他的他者，女性化的——顺从与被动——女子来肯定的。李尔为了自己的男性气质，要求女儿的绝对服从。这种要求有时甚至带上了乱伦的味道。他在小女儿考狄利亚不能"曲意承欢"讨他欢心的时候大发雷霆，是他女性化的开始。通过进入无法控制的肉体与情感的进程的领域，他放弃了原则、理性与法律的领域——在剧中和一般的父权文化中，这一领域是分配给男性的。他打破了他与勃艮第之间关于提供土地作为考狄利亚的嫁妆的准法律意义的约定，通过无条件地剥夺她的每一样东西颠覆了公正与正义的原则。他为他的女性化的行动所付出的代价是将自己变成了一个女人。他把土地一分为二的结果，是使他的大女儿和二女儿取得了传统上归男性所有的权力，成为男性化的女人。而这时，他的危险而具毁灭性的女性化也就开始了。李尔的女性化在剧中表现为一种疯癫的歇斯底里的反应。李尔最终未能在这种体验中存活下来而不得不将权力转让给艾德加，暗示了在 17 世纪早期的性别文化准则中，女性化是被视为多么可怕的东西。

相反，那一取代李尔的统治者位置的新的男性人物的一个重要的特点则是对女人的拒斥。艾德加的军事能力，他使用暴力的能力，使他免除了女性化的可能。他不依靠女人来肯定自己的异性恋，因为他的侵略性已使他成功地与女性隔离开来，这一点在下面这一事实中得到了最好的说明：在整个剧中，他没有和女人说过一句话。对女性的依赖，异性恋内部的这种固有的危险使艾德加等转入对于男性的感情与友谊的寻求。这种寻求则使他们进入男性的世界。这种单一男性关系的理想不仅是同性社交的，而且是同性恋的。

作者认为，在 17 世纪早期的英格兰，暗中进行的同性恋是一种与强制性的异性恋平行的社会结构，而在剧中，一个公开的同性社交和隐蔽的同性恋关系组成一个平行的世界，这个世界为危险的异性恋领域提供了一个对立面。被女人拒绝"服务"的危险被互相依恋和信任的男际关系所补偿。如果雄化了女人女性化了李尔，剥夺了他的权力，李尔却在肯特身上发现了一个愿意服从他的意志的人。而在男际关系中，一个女性化了的异性恋男人如果接受了来自另一个男人的"效劳"，他就能在主导的男性姿态中重新定位。

李尔最终死去，他为自己的女性化付出了生命的代价，而具有同性恋倾向的艾德加则最终登上了王位。但他却不敢把自己的同性恋公之于众。在悲剧结束时他不得不在公众场合，假装服从强制性的异性恋的原则。然而这种服从却是犹豫与勉强的（艾德加一直没有与任何一个女人有联系）。这说明在当时的时代氛围下，同性恋受到的压力是巨大的。只有在剧院或宫廷这种化外之地同性恋亚文化才有可能，因为只有在一种假定的角色下，男人才可以上演他们彼此之间的爱情

文章最后指出，《李尔王》的悲剧部分地是病态的异性恋的悲剧，在戏剧情节进展的过程中它必须得到修正。但它也是同性恋男人的悲剧，因为他们必须在强制性的异性恋形式下生活，同时却体验着那种必须保持沉默的情感。

二、对《儿子与情人》的性别批评解读

根据凯特·米利特《性的政治》第 5 章第 2 节摘编，钟良明译，北京：社会科学文献出版社，1999 年。

《儿子与情人》是英国作家劳伦斯最重要的小说之一。一般认为，这部小说的主人公保罗是他母亲的爱的受害者。他的母亲莫雷尔太太出于对自己的婚姻的失望，把全部的爱投在了自己儿子的身上，从而使保罗在成年之后仍然摆脱不了对母亲的感情与依赖，不能成为一个正常的男性。"他母亲鬼魂般地摄去了他的灵魂，使他无法和同龄的女人们建立全面的关系；即，他的性的或情感的冷漠。"米利特不同意这种看法。她认为这种观点"体现出的是弗洛伊德的情绪。其结果是，它忽视了该小说发挥功能的其他两个层面：其一是小说在描述时卓越的自然主义，它使这部小说也许成了迄今为止描写英国无产阶级生活最伟大的作品。其二是在弗洛伊德图形模式之下的活力论的层面。在这一层面上，保罗从来就没有面临过任何形式的危险。他是一个十全十美的自我维持的自我。书中的女性存在于他的轨道上，并迎合着他的需要：克拉拉的使命是唤醒他的性意识，米里亚姆的使命是以信徒的身份崇拜他的天赋，莫雷尔太太活着则是为了始终如一的向他提供那一巨大的广阔的支持，向他提供一种运转不息的动机，从而将一位矿工的儿子激励起来，去超越他与生俱来的樊篱，以成为一位伟大的艺术家"①。

接着，米利特分析了保罗与三位女性之间的关系。她认为，莫雷尔太太属于老一派的妇女，她们明确自己的地位，把为男性（自己的丈夫或儿子）服务作为自己的最大使命。"莫雷尔太太怀抱的是传统的替代性的欢乐。'现在，她有两位儿子走进了世界，她总能想象出两个场所——伟大事业的中心，并感到她已在每一个中心安插了一位男人，他们将成就她希望做的事情；他们的根在她那里，他们是她的人，他们的事业就是她的事业。'"她将儿子作为

---

① 凯特·米利特：《性的政治》，钟良明译，第 379，380 页，社会科学文献出版社，1999 年。

自己生活的目的，竭尽全力为他服务。而保罗的两个情人则是新派的妇女，她们没能弄清自己的地位，但同样地包围和宠爱着他，"热切地要为他服务，讨好他"。而且不光是这两个情人，几乎保罗接触的每一个女人，都为他的魅力所倾倒。"当保罗首次冒险进入广阔的男人世界时，女性再一次为他的成功铺平了道路。进入乔丹外科器械商号后，仅仅几天内保罗就成了所有'姑娘们'的宠物。'姑娘们都喜欢听他讲话。她们常常围成一个小圈，他则坐在当中一张板凳上，将头向她们伸过去，大笑着。'……他过生日时，她们向他赠送大量昂贵的彩色油膏。"米利特指出："和小说中其他许多出处一样，保罗在工厂女工中获得的惊人成功是在文学作品中了却未遂之愿的实例。劳伦斯本人的一段经历是，'由于女工们的嘲弄，甚至有一天在库房的一个黑暗的角落将他扒光了裤子，因此几个星期之后'他就离开了类似小说所描写的那样一份工作。"①通过这一对比，米利特指出了劳伦斯的父权制偏见。

米利特指出，女性为保罗付出了自己的一切，而保罗则只不过是把她们当作自己走向成功的一种工具。当"她们发挥完毕各自的作用时，就相继被丢失了"。工厂女工爱慕他，"他却越来越站到了老板那一边。他呵斥着让她们安静，强制她们加快工作的进程，并且，尽管他按照历史悠久的性的资本主义的传统已在与属下的一位女工睡觉，却坚持将性与事业严格区分开来"。而那三个与他最亲密的女人，"米里亚姆是保罗精神上的情人，克拉拉是他肉体上的情人——这一切都经过精心的安排，因此哪一方也不至于强大到足以抵消母亲的最终控制。然而，到头来母亲也变得可有可无了。这不是因为保罗需要足够的自由，以与这两位青年女性中的任何一位建立起全面的关系，而是他希望清除掉所有曾经提携过他的女人，从而他可以勇猛向前，以便将等在前头的男性世界继承过来"。为了清除已经对自己无用了的母亲，他甚至实施了多种带有谋杀性质的行为，如在母亲病中喝的牛奶里加水，使她因营养不足而死去；在母亲喝的牛奶里加吗啡，以将她毒死。"当这仍未马上应验时，他考虑用床单将她捂死。"②

保罗抛弃自己的两位情人的行为更是令人厌恶。他拒绝米里亚姆的两个理由是自相矛盾的。第一，他担心她会"将他管束起来"，第二，他认为"在他俩最后一次会面时，她令他失望地没有能够将他抓紧了，并明确声言他是她的配偶、应该由她占有"。抛弃克拉拉的理由则是因为"她是一位有夫之妇"。然而，保罗在占有克拉拉时并不是不知道这一点。米利特最后总结说："小说结尾时，保罗的实际状况十分良好：他已经受益于他的女人们对他作出的每一种可以想象的贡献，已将她们干干净净地清除掉，从而可以向更大的冒险挺进了。"③

通过这些分析，米利特便从性别政治的角度，透过种种迷雾，指出了《儿子与情人》中所隐含着的男女两性的不平等，以及男性对女性的压迫与利用。

---

① 凯特·米利特：《性的政治》，钟良明译，第385、386、387页，社会科学文献出版社，1999年。
② 凯特·米利特：《性的政治》，钟良明译，第386页，387页，389页，384页，社会科学文献出版社，1999年。
③ 凯特·米利特：《性的政治》，钟良明译，第392页，396页，397页，社会科学文献出版社，1999年。

第 15 章　怪异理论

20 世纪 80 年代以来，西方学术界在"多元文化论"的影响下兴起了文化研究热潮。进入 90 年代，聚焦于男同性恋、女同性恋、双性恋等边缘群体的亚文化研究逐渐合流拓展，成为一门相对独立的新理论体系——这就是"怪异"理论（queer theory）[1]。

"怪异"（queer）一词在《简明牛津英语辞典》里有三个义项：（1）奇怪、怪异、古怪，可疑的性格，心烦无力的，醉酒，陷入困难、负债、不名誉等情况；（2）搞同性恋的；（3）败坏、违规。[2] 二战前，它和 fairy（娘娘腔）等言语并列，被人们用作对同性恋者的蔑称和嫌恶。到 90 年代，新一代的性和性别领域越轨者们开始策略性地使用这一贬义称呼，以指称所有在性倾向方面与主流文化立场规范不符的人，即除了传统意义上的男、女同性恋以外，还包括易装、变性、双性恋、虐恋等所有其他潜在的、不可归类的、非常态的性关系表现者。怪异理论即是这些人创造出来的关于他们自身及他们越轨行为的思潮。思潮用"queer"这个蔑称作为自己理论的标签，取其"反叛传统，标新立异"之意，带有明显的反讽意味。

至于"怪异理论"概念的发明权，属于美国著名女权主义者劳丽蒂斯（Teresa de Lauretis），1991 年她在《差异》杂志一期"女同性恋和男同性恋的性"专号上首次使用[3]。作为一种新兴理论体系，怪异理论远接女权主义文化运动，近承各种同性恋文化研究，从 20 世纪 60 年代的后结构主义尤其是福柯的有关论述中汲取了大量营养，在性与性别、身份、权力、制度等各文化层面的错综纠结中思考了有关文化的一系列重要问题，创造出一种奇妙、敏锐、反叛的新身份政治和性文化模式。

第一节　基本理论

怪异理论的观点和主张主要体现在以下四个方面：

一、主张对性的非自然化过程予以深度阐释

马克斯·韦伯认为，西方现代化的特征之一就是"启蒙"这一过程。在启蒙的文化中，个人将不再寻求用崇高或神圣的力量来解释事件或为生活赋予意义，世界被视为一种自然的秩序和人类的力量。随着世俗化现代进程的深化，越来越多的人类生活比如宗教、经济、种族、阶级、社会劳动分工、科层制、包括性别等全都非自然化了，但是性的领域却一直拒绝非神秘化。直到如今，社会学家仍然把性视为自然的一部分。公众观点一致认为，性是由生理建构的，遵从自然的规律，而那些不能定义为自然的方面，也仅仅是个人的感觉和行为。20 世

---

[1]　中科院的李银河博士曾将"queer theory"译成"酷儿理论"，并做出重要翻译整理工作，但因为"酷儿"发音与"Cool"相近，容易被误认为一种轻浅的潮流时尚，故本文还是采纳"怪异理论"译法。目前国内学界大体上使用"怪异"术语。

[2]　转引自史安斌《怪异论——理论及其对文学研究的影响》，《外国文学》1999 年第 2 期。

[3]　Teresa de Lauretis, *Introduction to Difference* 3, Summer 1991, p. xvii

纪以来的心理分析、女权主义在性的非自然化过程中已经作出了一定贡献，但本质主义思维方式的错误使她们对性别、身体、欲望、快乐等话语缺乏辨析，对性与权力等文化制度生活其他层面的权力交织也造成很大的忽视，理论研究因此停滞不前。

怪异理论把性当作一种紧迫的社会事实和严肃的公共知识领域加以研究，在辩证分析传统性学研究的基础上，充分展开性的社会、历史和政治研究之维。首先，批判传统性本质主义论将人类性冲动视为天生的、自发的和普遍一致的观点。这种观点视性是永恒不变的、非社会和超历史的，用性是一种自然力的内在本质去解释性的复杂性，然后发展出诸如性高潮或性倒错等所谓客观无偏差的性研究。他们总是说："我们必须矫正一切社会不公正，但是有些事我们不能改变，性差异有其生理基础。"[①]怪异理论对此类话语都给予强烈否定，认为根本不存在什么普遍的人类性本质，研究性问题的关键不是去探讨哪些内在动力产生了性欲望，而应该去追问：欲望作为一种社会行为是如何形成的，如何被组织、解释和制造出来？换言之，欲望并不是一种自然的力量和先验存在的生理实体，而是一个面貌复杂需要发现和解蔽的领域，它的名字是可以被历史的建构赋予的。从这样的观点出发，他们批评弗洛伊德的"流体力学"把性和社会在某种意义上看作是对立的：力比多是一个人的能量，根植于个人的生理结构，而社会秩序只有通过对直接的性表达的限制以及将性能力升华于工作之中，才可能实现。事实上，人类的性在它的建构和表达过程中，通常已经是社会的。而另一个同等重要的批评对象是20世纪50年代著名性学家金西实证主义传统的性学研究，指出金西关于男性和女性性的调查，尤其是大多数人都体验过异性恋和同性恋这两种感觉和行为的样本报告，对于传统的性规范观念和性的病理学提出了大量挑战。但是金西把关注的重点完全集中于身体、器官和行为上，忽视了一个基本问题：这些行为对当事人有何意义？这些意义是如何产生的？对意义的强调标志着当代性理论思潮将关注的重心从个人的内在本质转向外部环境。在20世纪60年代福柯《性史》所创造的关于性的批判话语的基础上，怪异理论进一步为性赋予了一个历史，一个不同于性本质主义的建构主义的选择。

在批判的质疑中，怪异理论提出了另一种思考性问题的模式，即不把性当作与生俱来的"自然"现象来看待，而是当作社会和历史力量的产物。性是什么？性是一个精致而具有大量细微差异的行为领域，一个强有力的充满强烈感情的信仰体系，一个与社会生活的其他方面有着深刻联系的领域，它深深地根植于意义体系之中，与性别一样都是社会和历史的产物。怪异理论家反复强调，一个人的性状态是有意识的自由选择的结果。人们可以有意识的做出选择、接受或者放弃某种性认同、性取向或性欲。有人认为，事物无所谓性，是我们称它为性它才是性的。传统过于确信性是我们身上最自然的事，而性的历史不过是这些基本禀赋的反映。事实上，性观念是一个虚构的统一体，它一度不存在，而且在未来的某个时间也可能会不再存在。怪异理论家们针对以冲动为基础的性学，建设了一套"性脚本"理论：（1）一个文化中的性行为的模式是地方性的、局部的；（2）不存在内在的性本能或性冲动，初生婴儿并没有从娘胎里带来任何性的信息或特殊的性目标；（3）个人从生到死的文化学习过程，形成了受到该文化赞赏的性行为模式；（4）人并不是文化的镜子，而是随着年龄增长不断对文化环境做出个人的适应和调整的。可见，性是可塑性很强的东西，因为它不是所谓事物的本质，而是来自特殊社会实践过程中的建构。那么，关于什么样的性是"正常的"这一问题的

---

① 李银河：《性的问题——福柯与性》，第188页，北京：文化艺术出版社，2003年。

回答也就没有什么标准答案。是不是大概率的行为就是正常？而只属于少数人的行为就是不正常？正常的性和反常的性其实只有程度的区别，它的划分并没有一个客观的自然的标准，一切分界点都是人为的和由文化决定的。总之，怪异理论对性多维度的突进思考使得性已大大跨出"天然"的神话领域，性不再是一个单纯的生理学问题，甚至不再是一个社会学问题，而成为一个政治学问题。受上述局势感召，怪异理论名家葛尔·罗宾（Gayle Rubin）在辨析了女权主义由于混淆性与性别的区别而导致很多争论变成了一种乱哄哄的鼓噪的基础上，鲜明倡议：在性的问题上要建立一套独立的理论以及政治的独特性，以区别于性别研究。性与性别的确有关联，但它们不是一回事，性别是政治的，性也是政治的，二者应该分别成为不同的社会实践领域的基础。[①] 对性政治研究自主性的呼唤意味着当今对性问题的研究将走向更深广的可能。怪异理论的研究者们意识到要研究当代的社会生活而不研究性问题已绝不可能。某种程度上，对性意义的考察是其他社会学科要走向深度必须通过的瓶颈。

二、对社会异性恋制度和异性恋化霸权提出挑战

在关于性多向度内涵的扇面展开和探究之中，怪异理论的描述性和概念性框架渐趋于一个强烈的倾向，即摧毁异性恋规范的霸权话语，重新建立关于权力与异性恋父权制规范之间关系的思维方式。

首先，对社会的异性恋取向表示质疑。所谓异性恋取向泛指对于异性所产生的生理和心理欲望。长期以来，人们把异性恋取向当作天生自然的东西，认为男女之爱不仅是人类性行为的基础，更是人类性文化的全部内容。异性恋文化将自身解释为人际关系的基本形式，性别关系中的当然模式，是所有社群不可分割的基础，更是繁衍的手段，没有它社会就不能存在。而历代的许多学问知识在很多方面也有意无意强化着这种倾向，早在希腊时期，亚里士多德就将其《政治学》建立在男女两性结合的必要性上。怪异理论话语的蓬勃兴起，使被认为普遍且正常的异性恋取向开始备受怀疑。早期美国同性恋研究已经指出：人类的性在性倾向方面是模糊不清的，有37%以上的男性和28%的女性在一生中曾经有过导致快感的同性恋行为经验[②]。怪异理论进一步归结，人们的异性恋性倾向是人为制造的，是一种连续不断社会表演的结果。与其说异性恋是"恰当的"或"正确的"性趋向，不如说是人们存在的一种连续性幻觉。这一异性恋的幻觉靠的是这样一种假设，即先有一个生理性别，它通过社会性别表现出来，然后通过性表现出来。从这个意义上讲，异性恋不仅仅是对同性恋者，对所有的社会人都是一种强迫性的接受机制。激进学者巴特勒（Judith Butler）甚至以此推论：女人爱的应该是女人，男人爱的应该是男人，社会本来存在的应该是"同性恋机制"，只是因为后来教育和社会的压力，错认了对方的性别存在，才建构出异性恋的性取向认同。[③]

其次，对异性恋的形成制度和运作方式予以揭示。怪异理论有一个重要的社会学的性观点，就是要研究异性恋为保持其地位所需要的修辞学的、制度的、话语的机制。主流社会学观点和主流同性恋研究全都忽略了异性恋的再生产过程。怪异理论指出，异性恋起源于人类

① 李银河，《西方性学名著提要》，第 249 页，南昌：江西人民出版社，2003 年。

② ［美］阿尔弗雷德·金西：《金西报告：人类男性性行为》，潘绥铭译，第 205 页；《女性性行为：金西报告续编》，潘绥铭译，第 225 页，北京：光明日报出版社，1989 年。

③ Judith Butler, *Gender Trouble:Feminism and the Subversion of Identity*, New York:Routledge,1990.

及家庭繁衍的社会功能，由于基督教传统以生殖为合法目的性的教义规训而得到维护加强。但作为一种突出的社会现象，是近代以来社会制度化环境造成的结果。18 世纪以来，人类社会从传统的农业的团体的等级制形态，向现代的工业的阶级的规范化的民主体制转型，这一巨大转变的重要部分是身体和性的现代制度的社会建构，而现代性统治制度的中心就为同性恋/异性恋的两分和社会的异性恋化性体制制造出各种方法固化异性恋建制。比如分类法：将社会性身份简约为截然两分模式，然后循环定义，用同性恋作为异性恋定义自身的陪衬物：一个雄性十足的异性恋男性在定义他自己正常的时候，只能用与他不同的人——一个女性化的同性恋男子作对比的方法来定义。同性恋是为了凸显异性恋的正常形象而定义出来的一种奇特怪异的人类类型。再如贴标签法：同性恋个人被贴上"异类"和"同性恋"标签，无奈地接受标签，然后内化主流话语模式的强迫性分类，在这一系列过程后创造出同性恋身份。也就是说，同性恋身份并不是由同性恋活动本身产生的，而是异性恋社会的强迫性后果。被丑化的特殊个人类型被制造的目的，在于对可接受的和不可接受的行为做出区分，特别是通过把同性恋定义为不纯洁的或被玷污的，而能把异性恋定义为纯洁可敬。许多怪异理论的著述具体分析了异性恋控制同性恋身份群体的方式。如学者南希·弗瑞泽就论述了对同性恋歧视和剥夺人之尊严的"误认"如何从一种心理状态成为一种制度分配不公的情况，指出误认的不公已经构成了非常严峻的社会不平等。[1]

再者，抨击异性恋性统治迫害的残暴。性是权力的象征，一种关于性的激进思考必须识别、描述、解释和揭露性的不公正和性的压迫。怪异理论揭示，社会的异性恋规范就像男性中心论一样，总是身着善良与智慧的外衣，却对同性恋群体实施着威胁、强迫、暴力乃至毁灭方式的压迫。他们制造一个性的等级制：婚内的生殖性的异性恋处于金字塔的顶端，接下去是非婚的一对一异性恋伴侣关系，同性恋、易性者、异装者、虐恋等处于金字塔最底层。常常最极端最具惩罚性的污名强加于金字塔底层的性行为上。他们通过国家对于这些性行为的干预，达到了在其他社会生活领域绝难容忍的程度。移民局禁止同性恋进入美国。军队禁止同性恋参军。在旧金山，警察和传媒在整个 20 世纪 50 年代一直与同性恋者为敌。警察突击搜查酒吧，在同性恋寻找性伴侣的地方巡逻，宣称要把所有的怪人赶出旧金山。1977 年的一天，多伦多警察突然用铁棍砸开四间同性恋浴室单间的门，把大约 300 名男子拖到冬天的街道上，这些男子身上只裹着浴巾[2]。异性恋将自身解释为社会的绝对能力，拥有太多的特权。性成为压迫的媒介。尤其是性法律对于违反性法规的行为的惩罚，比起其他伤害的惩罚要严厉得不成比例，成为性分层和性迫害最强有力的工具。在许多欧洲和美国的历史中，仅仅一次出于自愿的肛门插入行为就可以判死刑；在美国 1969 年的北卡罗纳州，鸡奸仍要判60 年徒刑。性在传统西方文化中受到了过多的重视，性权力体系中的迫害却没有得到足够的反省。在最严重的情况下，异性恋性体制是一场卡夫卡式的噩梦，那些不幸的牺牲者变成任意宰割的人形畜群。性是一个现代权力体系绝不忽视的统治资源，怪异理论则把异性恋性权力视为存在于社会生活的不同层次之中，视为与更大范围的制度和社会意识形态的相互重

---

① ［美］葛尔·罗宾：《关于性的思考：性政治学激进理论的笔记》，李银河编译：《酷儿理论》，第 176 页，北京：文化艺术出版社，2003 年。

② 南希·弗瑞泽：《异性恋主义、误认与资本主义：对朱迪斯·巴特勒的回应》，王逢振等编译《怪异理论》，第 54 ~71 页，天津：天津社会科学出版社，1999 年。

叠。社会异性恋化的霸权体制渗透着血痕。

三、对传统同性恋文化的正统观念表示质疑

怪异理论预示着全新的性文化思潮，它不仅颠覆异性恋的霸权，而且对一种变得正规化的同性恋主流话语提出了质疑。

同性恋现象古已有之，希腊人就接受并盛行男人与男孩的性关系，到 19 世纪，同性恋开始作为一种反常的性行为在社会上凸显。20 世纪前半叶，同性恋进入美国社会的公众文化。随着 50 年代的摇滚乐、60 年代的公众骚乱、妇女运动的兴起等社会越轨行动的加剧，它逐渐从二战前的非正式网络，发展为 50 年代秘密的同性恋组织，再到 70 年代发展为女同性恋女权主义和同性恋争取肯定的解放运动。同性恋公众文化也相应的由从前的精神病学话语，转变为生理和心理的描写模式；由变态的人类类型被描述为非正义的受歧视的受害者。然而同性恋文化在迅速增高公众可见度和政治化内涵的同时，自身却潜滋暗长一些危险的成分。

怪异理论以身份概念为切入口，对同性恋正统观念中的危险予以清理。身份问题一直处于现代同性恋研究和同性恋政治的中心地位。分析身份的社会建构及获得过程、现身过程、历史形成一直是同性恋欲望研究的中心。传统同性恋文化所有理论的一个关键假设是存在着一种共同性的同性恋身份，把同性恋者视为一种稳定的、一致的、可辨认的人的类型，而同性恋者的共同意识、群体意识、法定地位以及相关权益都是建立在这种基础上。怪异理论批判这种静态同性恋身份概念和以身份为基础的政治：1. 主流同性恋文化实际上多反映白人中产阶级的经验，却被当作建立社区和从政治上组织起来的基础，有一种以"同性恋社群价值"的名义压抑内部性行为中大量存在的差异的偏向，比如，它明显压抑了有色人种男女同性恋者的经验、兴趣、价值和独特的生活方式。

2. 传统对同性恋身份的固定化一个可能的后果就是把同性恋主体自然化或规范化，同性恋在接受了个人身份的本质主义化之时，他们也接受了在异性恋/同性恋两分结构中后者的低下地位。因为在争取平等权利的斗争中，平等是由两分结构中地位优越的一方来定义的，反被纳入惩戒性和规范性社会结构的一部分。

3. 对于性自我主体，传统同性恋身份政治把个体自我及其行为定义为同性恋样板，将排斥其他很多定义自我、身体、欲望、行为和社会关系的可能方式。比如，对于一个美国犹太人天主教徒同性恋者，申明自我为同性恋身份，有可能就排斥了他自我的其他潜在社会角色。

4. 同性恋平等权力运动将注意力转向同性恋政治的生成，但是忽略了异性恋政治压迫背后文化意义体系——将世界划分为男人和女人，同性恋/异性恋——的政治影响，平权运动简单的要求与异性恋相同的权利，要求融入婚姻与家庭，建立的是一种被歪曲的不完整的政治挑战，不会对原初构成差异的过程作出任何改变，对造成"异类"的文化社会制度毫无触动。所以会出现这样的讽刺性图景：同性恋性政治试图通过将同性恋定义为第三性来为他们在社会中争得一席之地，然而纳粹也利用同一理由迫害同性恋者，把他们送进了集中营。[1]

怪异理论家对传统同性恋理论和政治提出的异议是敏锐的。它的中心命题对"同性恋恐惧症"和"肯定同性恋"两种基本概念挑战，这两者的共同点是关于单一同性恋身份的假设。

---

[1]　李银河：《同性恋亚文化》，第 379 页，北京：今日中国出版社，1998 年。

怪异理论对这一基础的挑战也就是对西方同性恋政治理念本身的挑战。为了从根本上改变这一切，怪异理论沿着 20 世纪 70 年代解放论者的思路重新思考，并拒绝异性恋社会中的许多社会制度和社会实践。新的社会学怪异理论，不再把身份当作一种人们自我评价的基础，不再当作政治的正面基础，也不再把身份视为某种由个人来学习、完成的东西，而是把身份视为不完整的、局部的和变动的，强调身份的不稳定性、多重性，身份的表演性质、身份作为社会控制模式的一面，鼓励人们去考察异性恋的规范化构成是如何致力于建构男女同性恋身份的。男女同性恋者"实际上"并不存在，这些类别本身就是短暂的、变化的、人为的，并不能指称"真实的"人的分类。事实上，"怪异"一词的使用，本身就标志着理论重心的转换。如劳丽蒂斯指出，"怪异"的提出是为了"表示与目前女同性恋和男同性恋已经形成的常用公式保持某种批判的距离。英国的瓦特尼（Watney）也将怪异理论定义为伪装神圣的道德主义的男女同性恋身份政治的对立面。怪异理论新政治实质上反的不是同性恋自身，而是其被僵化、物化与样板化的躯壳。它的要义在于把身份当作一种在意义和政治作用方面永恒开放的事物，鼓励形成一种可以听到多种声音和兴趣的同性恋生活和政治的文化。也许暂时会被批评为有损于同性恋理论和政治（因为过去数十年同性恋民权运动影响力的策略就是为自身赋予一种公开的固定的集体身份），但是对于怪异理论家来说，它显示出建设性的新的可能性，其目的并不是完全放弃作为知识和政治类别的身份，而是使它的意义和政治角色成为永久开放的，永远处于挑战之中。

四、乐观展望性的多元化与社会多样性的差异图景

无论是挑战异性恋霸权，还是质疑正统化的同性恋价值，怪异理论为了表达这样一种立场：不仅从同性恋权益出发，更以所有的性主体的名义讲话，它欢迎和赞赏一幅更宽广的性与社会多样性图景。

多样性的社会图景主张性的多元论。它不同于传统一元论性学以异性恋的阴茎阴道交为唯一自然的性行为，而将所有其他视为不成熟的辅助的乃至替代性性行为；它也不同于正统的同性恋理论，对于许多人来说，传统男女同性恋研究说法包容不够，它没有包容性分类中的矛盾现象。怪异理论性的多元主义告诉人们，人类的性欲是多样性的，它的理论基础来自性欲的多元和性快乐的多元，来自性实践的无限可塑性。同时，它也是社会现实发展的潮流：男女同性恋、异性恋、双性恋、虐恋；电话性活动、计算机性活动、自慰俱乐部性活动、海滨浴场性活动等等，越来越多的性越轨行为实践，新的性快乐方式，出现在世界各处角落。这就是怪异的时尚，它按照性欲自身的感觉来表达人对性活动的自由多变的需求。对于怪异的人们来说，他们的亚文化为他们提供了广大的有意识表演性的性与性别角色天地：可以从男性角色变为女性角色，从异性恋角色变为同性恋角色，只要你跟着你的感觉走就行；可以做个异装者，想穿哪个性别的衣服就穿；可以做个跨性别者，想过哪个性别的生活都行；也可以成为双性恋者，一个在各个身份之间都暧昧不清的位置的选择。正如卡罗尔·奎恩（Carol Queen）所观察的那样："我们所有人心中的怪异者，强烈地要求快乐和变化，不愿被驯服，被规范，要大张旗鼓地创造崭新的现实。"①

---

① Carol Queen, *The Queen in Me*, *Bi Any Other Name*; *Bisexual People Speak Out*, *ed.* Loraine Hutchins and Lani Kaahumanu, Boston: Alyson, 1991, p20 p21.

多样性的图景也是差异的图景，它的核心原则是"仁慈的性差异"概念。它认为，差异是健康和自然的，而不是病态、邪恶或者政治上的不正确。如罗宾指出的：差异是一切生命的基本性质，从最简单的有机体到最复杂的社会结构。异性恋正常，同性恋也正常；阴茎阴道交自然合法，口交肛交也自然合理；直接的肌肤接触为医学承认的性事，隔着互联网色情布告板得到的性满足也应该允许。怪异理论承认人们之间的各种差异，完整的保留成员之间现存差异，并尝试在这些既存差异之间进行调停，不仅防止产生社会性的后果，而且使它转化成为社群和个人相互扶持的手段。它把传统同性恋文化追求的平等意识推进到一个更深的层面。因为平等是一个法律的原则，它向公民的法律权利负责，是人们所拥有的一种制度文化；而差异是一个存在的原则，它关注的是人之为人的一种模式，一个人的经验、目标、可能性以及一个人在给定条件及期望条件中存在意识的特殊性。怪异理论在"怪异"语词的对抗中，并不坚持建立一种纯粹规则或程序平等，而是创造对付差异的办法。在生命法则的寻找中，它使同性恋政治超越"异常"，走向"差异"模式。

性的多元也好，性的差异也好，怪异理论提倡的多样性社会图景背后的本质是，现代人自我的多样性。对于怪异者来说，发明自我是必要的实践，是一种怪异文化的实践。它意味着发明一种自由，发明一种不必协调的人际关系方式。"你的性属于你自己。它不属于国家，不属于海关官员，不属于你的丈夫。你的性是你自己的，你和另一个人一起探索它，是维护你这一与生俱来的权利的唯一方式。"①做什么、怎么做和做什么人的问题是生活在现代化后期人们关注的焦点，他们在多种可能性中做出选择。在性领域和社会生活的其他方面建构一种创造性的自我，允许个人成为他自己生活的艺术家。这就是怪异理论的目标。生活方式的选择就是对性欲望实现方式的选择，对性关系模式的选择。在这个意义上，每个人都既不是同性恋者也不是异性恋者，既不是男人也不是女人，每个人只是以自己的生活进行艺术创作的艺术家。20 世纪 60 年代福柯的激情话语再次响起："难道每个人的生活不能成为艺术品吗？为什么一盏灯或一座房子可以成为艺术品，我们的生活却不能成为艺术品呢？"②美好理想就在于，用自己的身体，通过自己的身体，来塑造自己生活之美。

综上言之，可以看到，怪异理论是一种具有很强颠覆性的性理论思潮。它立足于西方自由主义文化系统，为性和性别领域的越轨者及其行为之合理性做出有力辩护，同时又否定少数族群化的宽容逻辑及其政治利益的简单表达方式，追求对规范统治的更加彻底全面的抵制，提出了一种新的政治观、价值观。运用这种观念，人们得以批判现存的正规和严格的体制，得以充分挖掘人的各种潜能。怪异理论体现了文化研究的灵魂与精髓——批判现存社会支配性权势集团及其文化意识形态，为传统话语中没有声音的人们说话，对西方主流话语的批评走向提出深度挑战。怪异理论的启示是独特的，它是一场革命，也是一种召唤，召唤对所有传统的分类和分析的大规模的破坏和超越——一种对性欲、性别和人际关系的边界的尼采式和萨德式破坏。它的斗争精神将给人们留下深刻的印象。

① ［美］采利·史密斯：《酷儿究竟是什么》，李银河编译：《酷儿理论》，第 176 页，北京：文化艺术出版社，2003 年。
② Rabinow, p. *The Foucault Reader*, Penguin Books, 1984

第二节　批评方法

怪异理论重视文本以及艺术、文化形式的研究。作为一种批评方法，怪异理论的目的是扰乱学术界的非性化空间，破坏和超越传统批评分析范式，为所有的阅读造成倾斜。然后召唤这样一种存在方式：要与众不同，要追求对规范统治的抵制，要重新塑造批评界知识分子的写作、穿着和表现的公众形象，一如法国的批评者福柯身体力行所做到的那样。而作为一种具体之行动步骤，怪异理论的文学批评可以循下列路径进行：

一、选择和确定一个基本出发点

充分注意传统由于性道德意识形态影响而被忽略的同性恋、虐恋等经典作品。这类作品在人类文学史上占据一定份额，但由于色情程度较高或"变态"性质呈现，往往掩饰了其文学价值，令正统文学史忽略了他们的位置。怪异论则注目此类文本，挖掘其美学价值，恢复它们的文学史空间。像杜克大学的伊芙·塞芝维克（Eve Kosofsky Sedgwick）就在《男人之间：英语文学和男性同性社会欲望》和《壁橱认知论》等著作中"挖掘"出几部默默无闻的怪异论文学经典。另外，要注意立足于性别怪异论研究角度对作品予以新的阅读和解析，尤其是对于主流文学作品中带有性越轨色彩的文本、色情文学和大众传媒中带有性文化色彩的文本。比如分析卡夫卡的《流放地》《审判》，选择怪异论为出发点，将揭示其蕴含的施虐/受虐基调。

二、在文本内部要素的结构组合中发现文本意义

比如学者罗沙林德·C·莫利斯分析泰国民族文学英雄卡·苏郎卡朗的作品《妓女》①，该作写一个被社会所毁的年轻女人为生计不得不依靠性出卖最后过劳而死的故事。莫利斯就从故事开头两个男人的对话叙事框架开始进行解析。这两个有地位的男人在火车上相遇，互相交换关于他们所见到的人的各种色情，然后牵连出这个名之为"琬"的妓女堕落历程，中间包括一段她与另一妓女沙蒙的同性恋生活。莫利斯点明这两个"传播疾病的女人"正是在开场白那富于家长制象征意味的泰国式现代性背景中显示出特别的讽刺意味：与其说琬和沙蒙是疾病的传播者，倒不如说她们是疾病的受害者。

三、融会贯通，领会本质

这一步工作也谓之为哲学意义上的提升，在对具体感性的怪异现象作内、外向度的双层透析后，走向形而上学的抽象层面。在这一层面，批评者追踪到"存在"、"实体"及其属性，以致作品的探讨范围能适用于包括怪异者和非怪异者等一切存有者，甚至非物质实体。比如塞芝维克在《壁橱认知论》中将同性恋由于强大的社会压力长期以来躲藏的生存状态形象比拟为"壁橱"，已成为目前广为人知的"走出壁橱"的隐喻，生动应用于同性恋文化运动之中。又如前文提及的标签法、反二元分类法、结构主义方法和心理分析法等。实际上，怪异批评从大众文化、有色人种社区、嬉皮士、反艾滋病活跃分子、反核运动、音乐电视、女权主义、

---

① 　罗沙林德·C·莫利斯：《禁止同性恋教师："自由之邦的教育与禁规"》，王逢振等编译：《怪异理论》，第 156 页，天津：天津社会科学出版社，1999 年。

后现代主义等文化中，都借用了风格和策略，并没有固定的单一模式。怪异批评方法的实质是"一切为我所用，不循常规"。如 19 世纪法国的波德莱尔诗言："我独自去练习我奇异的剑术。"真正娴熟、犀利的批评方法，是一把需要作者在实践中反复去磨炼的"剑"。

第三节　作品解读

《霸王别姬》的怪异美学内涵

《霸王别姬》是陈凯歌根据香港作家李碧华的同名小说改编的电影。该片主要讲述了两个在京剧戏剧班苦水里泡大的男孩，刻苦学艺终于成为京剧表演名角。由于一个学霸王戏（小石头，后来艺名为段小楼），而另一个演霸王的爱妾（小豆子，后来艺名为程蝶衣），加之日常的紧密接触，豆子便爱上了他的朋友石头。当小楼娶了妓女菊仙以后，发生在三个人之间绵延一生的斗争就开始了。他们的生活很快受到从日军侵略，国民党进城，新中国建设等一直到"文化大革命"一连串历史政治运动的冲击。最后，菊仙和蝶衣都自尽身亡，留给小楼的是无尽的怅惘。该影片可以运用怪异理论去进行解读和批评。

20 世纪 90 年代以来，怪异和怪异性在电影实践中被广泛运用，出现了怪异电影（queer cinema）和怪异新浪潮运动（queer new wave）。中国第五代电影导演陈凯歌这部早期影作《霸王别姬》，可谓一部怪异电影的尝试。影片涉及社会敏感的同性恋题材：蝶衣对小楼的同性爱慕，遗老张公公对豆子的暴力鸡奸，阔少袁四爷的狎玩相公等。然而这些性怪异影像却没有遭到社会大众的反感或排斥，相反取得了既叫好又叫座的双赢效果。是什么关键元素让该片能超越异性恋社会制度和异性恋霸权机制的环境制约，达到雅俗共赏的经典品质？《霸王别姬》对性怪异题材的独特美学方式处理是值得深入思索的问题。

首先，穿越怪异表象，影片侧重叙事同性恋者"变"的过程。

所谓怪异是指片中主人公程蝶衣一副男儿身躯却一口娘娘腔、一双媚眼横生的女儿做派，尤其是他的爱恋同性。在一个异性恋的文化世界，当恋爱在男女双方间展开时，人的生活会显现出特有的光彩，但如果把同性当做爱的对象，人生的意义和存在就会冒出一个大问号来。《霸》的怪异美学首先体现在，影片没有停留于程蝶衣这个同性恋者的日常行为表象呈现，而是变怪异为问号，将故事中心落在了程蝶衣为什么会有女儿姿态、会成为爱慕师兄的同性恋者缘由的追问上。在"问"的方式中我们看到同性恋者蝶衣如何经历了一个由正常向异常"变"的过程。蝶衣出生在青楼，有母无父，自幼被当女儿来养。稍大，蝶衣被母亲送至京剧训练班，戏班里没有女孩，这种长期与异性隔绝的单性环境也诱发着同性恋倾向的产生。更根本的是旧时京剧班旦角学习训练中那出了名的严厉与残酷，稍一唱错便是劈头盖脸的暴力鞭笞。"我本是女娇娥，又不是男儿郎"，在一遍遍几近残忍的台词模仿和操练中，小豆子被迫趋向女性性身份的角色认同。童年、母亲、环境、职业众多因素之集合，在小豆子潜意识中留下浓重的性倒错感受。这是新的眼光，人们惯常认为同性恋是一种自然的、有生理基础的心理状态，《霸》片却对怪异性倾向生成的家庭社会因素进行了复杂追踪，有一种现象学的还原态度。在还原的追踪中我们还看到故事描述了异"变"强迫中的主动，比如偶尔撞见京戏台上角儿那闪耀的光彩，小豆子萌生了自己也要当角儿的生命冲动，于是重回戏班自觉地将"我本是女娇娥，又不是男儿郎"唱得朗朗上口、珠圆玉润。而他之爱慕师兄也是相当自愿，主动倾情。

然而无论是被迫的角色错位，还是主动的身份位移，影片着力凸显的是蝶衣在灾变不断的人生路上所历之"苦"：为了让戏院收留，母亲手起刀落斩去他的六指，鲜血还在淋漓就在卖身文契上签字画押；初次登台演出时，平常最爱护他的师兄段小楼一股脑将烟锅袋猛插入他的口中；而少年初成，又突逢遗老张公公令人恐怖的蹂躏。我们可以根据精神分析理论把上述镜头引申：剁去第六指是蝶衣象征性的去"雄"，而小楼烟锅袋（象征阴茎）之插入流血进一步暗示出蝶衣男性缺失的女性化特征，到第一次性经历遭逢的鸡奸场面（老太监飘零的白眉须发、腥胝的床榻、颓废的鸦片枪），表征女性化的蝶衣已经被强迫性沾染上怪异的色彩。蝶衣宿命般的走向同性恋的不归之路，终于成为一个彻底的"怪异者"：和菊仙争风吃醋，言语乖张，彻夜不归和袁四爷颠鸾倒凤。然而观众至此已不能去讨厌去排斥，反而有一种深刻的同情感追随影像流动，人们进入表象背后的问题反思："同性恋是天生的还是变来的？到底同性恋是个问号还是他们生活的环境和文化是个问号式的存在？"在 20 世纪大多数时间里，无论普通人还是理论家们都在假设，这些人天生是同性恋者，或者幼年成为同性恋者，社会因素的作用仅仅表现为一种规范习俗控制。60 年代社会学家和其他人在分析有关男妓的社会生活或者酒吧生活时，同性恋仍被视为天生的，同性恋者被视为一种特殊类型的人。《霸》对现代社会这种习惯性的性本质主义观念提出了或明或暗的另向思考，对性的建构性特征予以了现象透视。

应该说，这是一种向根部推进的镜头语言。"根"的溯流使人们开始理解另外一种人的生存，开始隐约明白中国梨园世界历来存在的同性恋景象。更重要的是，在主人公艰难困顿的心神扭曲过程中会感叹：何人不如蝶衣一般身处于马克斯·韦伯所言的社会"铁笼"？蝶衣会异化为一个同性恋者，我们又何尝不会成为他类的心灵"怪异者"？"变"暗示一种危机：怪与不怪并没有截然两分的界限，就像古罗马作家奥维德笔下那个"一切皆变"的变形世界，每个人都有可能演绎一场身不由己的变形记，一切处于命运的邪恶掌控之中。应该学会对怪异多一点包容，因为那也是对自身一种变异可能性的包容。包容的同时，也就意味着同性恋从"异常"人群变为"差异"模式成为可能。《霸》注重"变"的策略是高明的。

其次，破除怪异成见，故事着力挖掘同性恋者"人"的追求。

生活中的成见比比皆是，异性恋文化社会向来存在一个根深蒂固的性价值观：异性恋是健康的、高尚的、美好的，而同性恋则是坏的、有病的、罪恶的。在这种性评价体系下，滥交的同性恋关系往往被视为不可救药的低劣货，其中没有可能包含着情感、爱、自由选择、仁爱或精神的升华。以怪异者身份出现在人生舞台的同性恋者程蝶衣，能否拥有情感和精神的价值？《霸》在"变"的怪异美学透视的同时，破除成见，对同性恋者"人"的品质进行了独到的开掘。这一点通过主人公疯魔般地把舞台上的虞姬也演绎到舞台下生活的"戏如人生"之行为态度充分地再现出来。

程蝶衣是个"戏痴"，对舞台上的旦角表演艺术，尤其是虞姬的艺术形象扮演，有着执著向往的追求态度。没有谁比他能更精妙地诠释艺术舞台上的虞姬形象："一涕万古愁，一笑万古春"，熟谙梨园戏曲的袁四少爷总结性地点出蝶衣舞台艺术所达至的境界。而且蝶衣戏如人生，把虞姬也演绎到舞台下的生活中去了：虞姬风华绝代，他美艳哀愁；虞姬爱恋霸王，他爱恋饰演霸王的小楼；虞姬从一而终，他也一生追随小楼，痴迷到几十年后竟然模仿虞姬乌江自刎，拔剑自刎于台前。这种台上虞姬台下蝶衣的人戏不分让观众震撼和困惑。蝶衣

"戏如人生"的直接后果是，生理上的同性恋倾向变得更加形神毕肖，姿态怪诞令人鄙夷。为什么甘愿承受现实的巨大危险去实践舞台的梦幻？对这一个问题的解答成为《霸》片精彩笔触。陈凯歌这样陈述关于《霸》片的主题："想在生活中实现戏剧的梦想，这是很崇高的也是很危险的。片子想表达的是：人生不完美，有人用戏剧来弥补人生的缺陷；但人如果想在现实中实现戏剧的理想，这就会出问题，有麻烦，所以本片有一个悲剧性的结局。"[1]是啊，谁不向往美好热烈的生活？可是蝶衣从小以来的生活是怎样的图景：暴力的鞭笞、血腥的残忍、没有温暖笑声，有的只是痛苦和眼泪。真正的生活肯定不在这里。为了寻找真正的生活，蝶衣将自己的全部身心投入到戏中，投入到艺术生活中。他希望获得像戏里虞姬那样一个纯粹的生与死，爱与壮烈，所以他才"戏疯子"般将戏中的一切搬到现实中来。至此，前面蝶衣的各种言行有了真实人性的依托，有了它的动力源：每一个现实生活人心底深处都暗藏着对美好不可遏止的向往与追求！肉身有限，而精神自由，这是人之为人的本质所在，蝶衣的可贵就在于把这种本质推到极致的地步：将枷锁之中的现实生活与激情的生命意识彻底沟通，只为了希望之乡。这种极致令人心颤，脉搏跳动之时，哪个观众还会认同同性恋卑贱低人一等的说法？

影片中蝶衣这种"戏如人生"之态度，尤其在与段小楼之"人生如戏"的对比中凸显它的价值。段小楼作为一个正常人，他与蝶衣最大的区别就是，始终明确把握现实与戏的界限。"那是戏，不是真的"，他理性地警告提醒蝶衣的同时，坚持现实地生活着：和菊仙组合一个男人该有的正常家庭，在各种政治运动前采取一种现实的自我保护态度。然而这位现实生活的男人结果又是什么？经不住半个世纪的世态炎凉、命运无常：没了儿子，没了师傅，没了菊仙，也没了师弟。影片中有这位霸王的扮演者三次砸砖的镜头，每一次砸的内涵都不一样，但他身上那霸王气的一次不如一次，却是现实地真实再现。当正常男人小楼为人的霸王气、精神气一步步的丧失之时；不正常的同性恋者蝶衣却以一种怪异的方式让一种人之"真"得以更纯粹地显形。这种对比是引人思考的，正常人不一定获得比不正常人更好的人生，相反，不正常的人生态度反而得以演绎真正属于人的真实：不是虞姬的"她"性使蝶衣的"他"性变得更加怪异，反是蝶衣的"她"之内涵让"他"的人生得以更真粹地行走。或许这就是怪异美学的真谛：从边缘处撞击人生，让所有的事物倾斜，在倾斜中把存在的真相显豁。《霸》片在对蝶衣形象作为"人"的艺术刻画中，赋予同性恋一种真实的人文关怀，也启示大众打开新的生活视域。

再次，走出个人小史，影片拓展同性恋的"大文化"内涵。

同性恋程蝶衣作为"人"在影片中得到丰富的表现。但这还只是个人小史，同性恋者要获得广阔的社会舞台，还必须寻找更大的价值支撑。同 20 世纪 80 年代以来那些标新立异的同性恋作品相比，《霸》的特别还在于：导演借助同性恋这一特殊而敏感的题材，表达了他一贯追求的影片主旨：通过京剧艺人风雨飘摇的人生命运对民族文化进行自觉的思考。

影片努力抓住京剧这一元素，隐喻了对传统文化的兴衰之追问。京剧是该片一个重要的意义符号，一方面它是程蝶衣个人人生得以展开的媒介和路径，是建构剧中所有人物之间相互关系的黏合剂；另一方面，从整体来讲它又是一个有着自身的历史和品格的文化象征。在影片中，身为京剧艺术表演者的程蝶衣，为了京剧，同凶悍的日本人喋酒相谈；在生死关头

---

[1]　http://media.news.hexun.com/detail.aspx? id

放弃最后一丝存活的希望；风声鹤唳中不知轻重地和革命小将顶嘴。据传蝶衣形象的蓝本是京剧艺术大师梅兰芳，大师原型赋予故事一种潜在的精神力量。所以在京剧的符号力量中，蝶衣艺术人生的描写表现了在艺术中积淀显形的整体中国文化：一心一意，执著奋力，形神俱在，尤其是慨然自刎于舞台时那一股绝不苟活的壮烈。既然理想在别处，不如彻底归去。说起来，这不就是传统文化中那精粹价值的血脉承传吗？所以，主人公的疯魔状态乍看是怪异特性的走火入魔，实质却是文化精神的在场，而蝶衣恢复正常的"我本男儿身，不是女娇娥"感叹，表面是他几十年怪异行走之后终于清醒的表征，内里却指喻着传统精神的没落和消失。有如片名"霸王别姬"中之"别"，那正是我们现代生活一步步别离真正文化精神的话语隐喻。《霸》片把同性恋题材融入文化的兴衰课题，在对蝶衣之死的刻画中对传统精神进行了知其不可为而为之的无奈张扬。

　　影片还结合了现代中国一系列历史事件，在怪异题材情节的处理中对中国社会做出更广泛的表达。本来该故事的原作者李碧华的小说向来就有将个人经历放置在社会激烈变化的历史关头去演绎的特点。《霸》片将这一点做了更精进的改良：影片截取的都是现代中国事变频繁的历史时刻：日本侵略、国民党进城、新中国成立初年的"三反""五反"等，因而有着强烈的紧迫性和现实感。片中的历史场景都很典型：像"文革"对艺术造反的那一场镜头：红旗、毛语录、解放军军装、斗牛鬼蛇神等，无一不仪式化地再现出"文革"景象，唤起人们的历史记忆。还有蝶衣像他的师傅训他一样训小四的场景，他愤怒训斥："你这样，只能一辈子跑龙套！"结果小四卷起铺盖卷就离开了院子，这时窗外响起符号式的"大跃进"之类的歌声。新社会的年轻人不再像蝶衣那辈子人一样逆来顺受，但又尽显盲目丢弃传统的浅薄无知，这种走入现代性的人性复杂和文化复杂，让五四以来反复经历这种情境的中国人百感莫名。如此细节处理很有意味，无形中增添了故事的反思内涵。影片总是尽可能地在怪异情节中融合多含量的历史信息。比如张公公只出现两次镜头，但由此却延伸出几千年的封建宫廷想象。他在日军战败之后残废地坐在车轮上从喧嚣的人群划过的场景无疑是"历史车轮滚滚向前"的隐喻，这个旧朝太监充当见证者，见证了一切世象不可逆的置身于历史变迁之中。的确，谁逃得掉历史？同性恋也罢，异性恋也罢，京剧，王朝，甚至历史本身都处于风云变换、梦幻无常之中。在这一点上，怪异的同性恋与世界所有等同，大家都只是莽莽大荒的历史舞台上一个蹩脚的戏子，谁又有资格去嘲笑谁？

　　综上可见，《霸》对同性恋这一敏感题材的表现有层层深入的美学探讨：先从变中询问同性恋者的人生"如何成为异常"，然后推进到"异常如何来应对他在正常世界中的生存"之层面，进而把同性恋话题放置于历史的大舞台中获得深广的文化背景支撑。可谓怪异美学三部曲，每一步动作的处理都使作品获得一种艺术化的新鲜眼光，使人们自然地去接受和理解同性恋这一独特的社会文化现象。个中内涵，值得所有怪异题材影片（包括好莱坞最佳外语片获奖者《断臂山》，很多地方的美学处理也不及《霸》）思考和学习。

　　《霸》最大的优点并不是一种情节和情感的强烈，使片子鲜活的真正关键是同性恋所代表的怪异：怪异的"魅力"！不仅仅是题材，作为日常生活同质世界中的异质性力量和逾越性经验，怪异有一种巨大的内部爆破力量，能裂变式地侵略规范边界，牵引它的创作者走向一个新的创作平台。可以说，怪异在迷乱疯狂的面具背后，存在着某种真正的东西。它是正常人生的地壳裂变，是日常生活的每一处不平常波动，是人们不能再用平常方式去处理人生故事时的一种特别一种出格，然后有生活的别样风景为人们奇特敞开。如何保持新鲜的艺术创造生命？如何突破常规的电影表现模式，让每个语词都像原子核似的爆发出它最大的艺术潜力？陈凯歌的《霸》是一个能给人们带来反思的典型个案。这也是我们十年后的今天从怪异美学角度来讨论《霸》片的价值之所在。

第四节　解读范例介绍

一、众声喧哗中的虐恋文学现代经典：《O 的故事》

参见李银河：《虐恋亚文化》，中国友谊出版公司，2002 年。［法］波琳·瑞芝《O 的故事》现国内尚无单行译本，李银河《虐恋亚文化》中作为附录收入。

虐恋小说《O 的故事》写的是一位名叫 O 的女人被她的情人勒内带到一个名叫罗西城堡的地方。在那里她像其中所有的女人一样，沦为男人们的奴隶，被驯服为绝对服从的女人。她们被鞭打、强奸，以各种可能的方式为男人们提供性服务。后来勒内把 O 转送给斯蒂芬先生，O 随即成为斯蒂芬的奴隶，并且在身上烙印了他的姓名以证实其从属关系，直到斯蒂芬厌倦了她，允许她死去。该小说最早以法文出版于 1954 年，作者署名为波琳·瑞芝，英文版出版于 1970 年。书出版以后引起广泛强烈的争论，一半极度厌恶，一半大加赞美，但无论毁誉，大家都把它的出现看成一件大事，著名女作家卡特称之为"那本可怕的书"。[①] 作为虐恋文学的现代经典之作，其对虐恋活动完美纯粹彻底的表达使它成为所有虐恋研究者最频繁使用的一本书，所以，接下来，我们以话题为由头，将怪异理论家们对《O 的故事》的各种研究视角、意见或方法择要罗列如下。在众声喧哗之中，大家可以领略"怪异经典"的特别魅力。

1. 对作者身份和性别展开的争辩。署名看上去是女性，但许多人认为是男性。认为作者是女性的人说，只有女人才能写出这样的书，像其中对各种服装材料的详细描写以及勒内的拖鞋旧了该买双新的这样的细节，就不可能是男人写得出来的。认为作者是男性的人则说，绝对没有一个女人会写这样的书，它对女人的贬低和轻视达到了无以复加的地步，因此绝对不会出自女人的手笔。

2. 对于女主人公"O"的名字之猜测和解释。马库斯如此诠释：O，一个字母，可以是任何一个人的名字；O，一个洞，男人可以在任何时候进入它；O，一个为男人的宣泄而做好准备的女人的性象征；O，一个客体，一个仅仅在等待处置的造物；O，一个零，一个没有身份的造物；O，一个完整的形式，一个包容世界的圆；O，一个消失点，回归子宫，回归不存在的平静——死亡。

3. 对虐恋情节、人物的辩护和辱骂。憎恨者反感作品不平等的等级关系，书中将性别的等级从文化现象变为自然现象，并且把 O 塑造成一个男权社会中的女性形象之集大成者：没有攻击性，天生被动；把疼痛作为她生存的条件接受下来；下意识地需要惩罚；没有强烈的超我，没有道德准则；可以和女性交合，但只是为了男性的快乐。这本书给人造成这样一种印象：O 这样的人才是天生的女性形象。这是对女性价值的极度贬损。颂扬者则认为 O 的故事是鼓吹女性性欲解放的文学大作，没有一本书像 O 的故事一样把关于女性的矛盾想法表述

---

①　转引自李银河：《虐恋亚文化》，第 118 页，北京：中国友谊出版公司，2002 年。

得如此出色，它表达得那么尖锐、强烈，使人们在身体和灵魂深处对它产生共鸣。而书中的奴隶状态只是以快乐为目的的游戏罢了，不能等同于真正的奴隶行为。书中的虐恋描写非常性感、纯粹，是哥特式色情文学的极致，到达了一种美的境界。

4. 对 O 的屈从冲动之认识。一种观点认为，O 的屈从本能与西方的民主精神截然对立，民主精神向来肯定人生而自由平等，这自由和平等的权利是不允许受到压制的。O 的故事却表明一些人也许所有人生而不平等，受束缚，作者使人物陷入可怕的屈从和奴役之中。另有人则反驳道：西方文化一向过于强调独立，太忽视屈从，而屈从者从自己的奉献中会重新发现纯真，在她所爱的人和她世俗的上帝之中不再有自我意志的阻隔。这就像一种宗教冲动，它产生出宗教的感恩之情，在上帝(情人)的意志中，人们超越个性，得到安息之所。这是从宗教体验的角度赞扬这本书。

5. 对主人公 O 丧失自我之论辩。抨击者言：作品中 O 形象有强烈的负罪感，而负罪感多来自于过多的自我而非过少的自我，每当她发现自己的自我时，她就感到有罪。O 的全部经历就是一个放弃自我、放弃人的主体地位，从而转变成一个绝对被动服从完全是客体的人的过程。赞赏者言：O 的价值恰恰在于通过经受受辱的丧失自尊的行为，发现自己升华了的尊严，通过丧失控制自己行为的能力，自我放弃自我意志的意志，她发现了一个完整的自我。由屈辱本身获得的价值难道不是很甜蜜吗？自称有受虐倾向的马库斯将她自己的自我与 O 混为一体，她写道："直到我(O)丧失自我的那一刻，我才确定了那个体系及其秩序，以及我在其中的位置。我必须承认波琳·瑞芝是对的；她的描写多么准确，我理解 O，我理解她对自己身上鞭痕的自豪感，理解她通过这种特殊的方式所达到的内心平静、力量、尊严、安全和心理能量，一种无与伦比的能量。我最终发现了我自身，因为我曾经丧失自我。我受苦故我在。我最终变成了 O。"

6. 对作品中肉体与精神关系的理解。O 通过贬低肉体，成为纯粹的精神。通过对肉体的纯化，达到神秘的精神境界。处于枷锁之中的身体申诉着自己的欲望。灵魂和精神从肉体中解放出来，从文化规范的限制中解放出来。O 自愿让肉体优雅地训练成被动的和受虐的，具有很高的美学价值。

二、萨利·贝恩斯对美国先锋派艺术作品的解读

参见[美]萨利·贝恩斯：《1963 年的格林尼治村——先锋派表演和欢乐的身体》，华明等译，广西师范大学出版社，2001 年。

1963 年是西方文化史上引人注目的一年，在纽约的小小格林尼治村出现了以先锋派表演为中心的大量艺术现象。这些构成后现代主义实践及理论源头的先锋派作品中，有很多涉及怪异人物创造及怪异性行为描写①。比如罗莎琳·德雷克斯勒的《家庭电影》中让凡尔登夫人和彼得——她丈夫的同性恋情人坐在床上，她给他一些水果。然后先生回来了，将水果和人的肌肤做了一番美妙类比，接着大家齐唱一曲《别碰伤水果》，整个舞台一片闹剧。又如沃霍尔的影片《口交》，评论家梅卡斯将其简洁的描绘成："某个男孩的脸的持续特写，好像在摄像机范围外有某个人正对他施以口交。"观众从未在片中看到片名中的这个行为，看到的只是

---

① [美]萨利·贝恩斯：《1963 年的格林尼治村——先锋派表演和欢乐的身体》，第 205～305 页，桂林：广西师范大学出版社，2001 年。

有他变化的面部表情，主人公表达了不同层次的欢乐、焦虑和狂喜。又如兰福德·威尔逊的戏剧《布莱特夫人的疯狂》中探索了同性恋异装癖世界中的性别偏移的角色模仿，是一个滑稽的、乔装打扮的男同性恋者的独角戏，他在一瞬间失去了保养了很长时间的美貌，他被赠品、纪念物和回忆包围着，他的卧室像个妇女的卧室，杂乱的堆放着指甲油瓶和唇膏，还有床上刺眼的粉色丝绸床单。依照传统同性恋的俚语，他采纳了女性角色编码，称他自己为"她"，说他自己是个女孩。由于不可能找到爱情，他渐渐神志不清。为排解孤独寂寞，他绝望地打那些永远无人接听的电话。

　　美国学者萨利·贝恩斯在《1963 年的格林尼治村——先锋派表演和欢乐的身体》一书中对诸如上述的怪异作品进行了出色解读。他的思路是：不单独处置个别怪异作品，也不纠结于单一的"性"角度阅读，而是尽可能穷尽汇聚此类文献资料，采取主题性方法，在众多琐碎怪异人物及行为现象背后抽象出"身体性"语词，接着又具体化成"欢乐的身体、味觉的身体、性欲的身体、性别的身体和种族的身体"四大主题，然后将相关作品分别置于各个主题框架中加以探索分析。比如，上面罗莎琳·德雷克斯勒的《家庭电影》，被放置在"味觉的身体"类，这类作品的特色在于把性与吃连接，在性的场景中凸显出一种欢乐的味觉身体形象，因为在常规讲究礼仪的社交场合中，与人进餐时，吃一般不会被挑出来观察，我们注意的是对方说什么，而非他们怎样将食物放进嘴里，但当对方是我们正在喂的孩子或者在情欲上吸引我们的情人时，看他们的吃，却是宣布和他们的亲密关系。与此同时，当吃被定义为一种亲密的肉体行为时，吃本身也成为一种色情行为。食物被用来隐喻自治的身体部位也具有属于该部位的情欲生命。就这样，食物混杂在对性、生殖及身体组成部分欢乐的迷乱中，或者说性溶解在食物的快感中，互相以积极的欢乐方式将精神与肉体经验沟通、统一。肉体生活的具体事实为思维提供了食物，色情化的喂食成了欢乐而逾矩地改变和颠覆身体的切入点。又比如《布莱特夫人的疯狂》，作者把它归放在性别主题之下，点出这位异装的布莱特夫人选择逾越界限到另一个领域里，想从文化规定的男性角色中挣脱出来，但最终，他看上去不过是从一个性别的牢笼换到另一个性别的牢笼中。而沃霍尔的影片《口交》是诠释性的身体主题，在此类作品中，性的身体象征授权宣布：身体高于理性。根据这种观念，性的迷狂本身似乎就是权威性的，因为，它拥有通向理想和永恒的力量——一种想象中的、在自我的色欲结合中获得的狂喜。可见，萨利·贝恩斯的怪异作品解读也非常特色，其思路的最大好处是：有一个清晰明快的"星丛式"主题框架，以此团结笼络诸多琐碎作品，然后充分展开内容讨论。这个由关键词搭建的网状结构既聚得拢又散得开，既清晰提炼一部作品的意义主旨，又全面展现诸多怪异作品潜藏的多向度内涵。

　　总之，怪异经典是特别的，怪异理论家们的解读也很深刻，为作品打开一片丰富的空间。怪异文学还有很多很好的文本期待人们去重视和研究：比如中国明朝的《品花宝鉴》（世界第一本描写同性恋的小说），台湾作家白先勇的一些小说，19 世纪法国作家萨德的作品等等。对这一块野地的开掘，将给当下文坛吹来一股爽冽之风。

第 16 章　解构主义

　　解构主义是西方后现代哲学思潮的重要组成部分。西方学者普遍认为，1968 年 5 月法国爆发的反政府学生运动造成的法国社会生活转向，是导致法国思想界、学术界由结构主义走向解构主义（也称后结构主义）的重要契机。这次学生运动虽然被压制，但学生运动的失败使法国知识界看到西方现行政治结构和社会组织体系的牢固，转而引起一种对系统性、结构性概念的普遍厌恶，解构主义应运而生。正如特里·伊格尔顿（Terry Eagleton）谈到的："后结构主义是 1968 年那种欢欣和幻灭、解放和溃败、狂喜和灾难等混合的结果。由于无法打破政权结构，后结构主义发现有可能转而破坏语言的结构。"①事实上，在解构主义看来，现存语言体系实际上是现存社会秩序、社会结构的延伸，通过对于语言结构的破坏可以进而达到对于传统成规的解构。解构主义思潮具有的反传统、反权威、反理性的特征，大体上导源于此。

　　解构主义理论是由法国哲学家雅克·德里达（J. Derrida）提出的。1966 年 10 月法国学者雅克·德里达去美国约翰·霍布金斯大学参加一次国际学术研讨会，引发强烈的思想震动。同时，有人把他提交给会议的有关列维-斯特劳斯和结构主义的论文《结构、符号与人文学科话语中的嬉戏》译成英文，很快传遍英语世界。1967 年，德里达三部重要著作《书写与差异》（*Writing and Difference*）、《言说与现象》（*Speech and Phenomena*）和《文字学》（*Grammatology*）相继出版，成为解构主义理论被确立的标志，从而在西方世界掀起解构主义浪潮。正如德里达后来解释的，"解构"并不是一个哲学、诗、神学、或者说意识形态方面的术语，这个词所关涉的，实际上是意义、惯例、权威、价值等最终有没有的问题。由于特殊的社会文化背景，解构理论一经提出便在知识界迅速产生震荡，影响波及哲学、神学等几乎所有的文化领域。而在文论界，解构理论则同后期罗兰·巴特对结构主义的批判一道，在文学批评领域掀起了一场声势浩大的解构主义运动，最后在美国形成以希利斯·米勒（J. Hillis Miller）、杰弗里·哈特曼（Geoffrey Hartman）、保罗·德·曼（Paul de Man）、哈罗德·布鲁姆（Harold Bloom）等为代表的"耶鲁学派"的解构主义批评，也成为当代西方又一重要批评模式。所谓解构批评（deconstructive criticism）主要是指 20 世纪六七十年代在以德里达为代表的解构主义思想的基础上形成的一种阅读方法、哲学策略和批评理论，其代表人物有美国耶鲁大学的批评理论家保罗·德·曼、哈罗德·布鲁姆、杰弗里·哈特曼、希利斯·米勒等。在 20 世纪最后 30 年里，解构批评逐渐渗透到当代西方尤其是美国文学与文化批评之中，影响深远。

第一节　基本理论

　　解构批评可以理解为 20 世纪 70 年代以来当代西方后结构主义运动中的一种批评思路或流派。后结构主义，可以视为一种建立在结构主义基础上、却又激进地超越了结构主义的思

---

　　①　［英］特里·伊格尔顿：《当代西方文学理论》，王逢振译，第 206 页，北京：中国社会科学出版社，1988 年。

想流派。作为 20 世纪下半叶以来的一种重要思潮，它紧随欧洲结构主义运动，在 60 年代后期兴起于法国，在 80 年代盛行于美国。后结构主义思潮的代表人物主要是法国人，他们从日益衰微的结构主义运动中抽身而出，在不同领域内、从不同角度反击结构主义，以罗兰·巴特、米歇尔·福柯和雅克·拉康为代表。在后结构主义思潮中，法国哲学家、批评家雅克·德里达的解构理论对结构主义理论从内部进行颠覆，因而进攻最为激烈。从某种意义上说，德里达及其影响下的解构理论和批评，代表着后结构主义思潮的极端。

一、解构

"解构"（deconstruction）是解构理论的新造词，源于海德格尔《存在与时间》一书中所用的 destruktion 一词，意为分解、翻掘和揭示，以便使被消解的东西可以在被怀疑和超越中得到把握。德里达认为自己的"解构"不只是对传统形而上学二元对立和等级关系的思想的颠倒，且还是通过双重姿态和双重写作来实施的对传统对立的颠倒，并对系统进行全面置换，"只有在这种条件下，解构才会提供在它批评的领域里进行调和的手段，而这个对立的领域也是充满散漫的力量的领域"①。解构并非为了证明本文意义的不可能，而是在"作品之中"解开意义的力量，使文本本身的分化、重叠和复杂得以显现，使由二元对立的意识形态所制造的"中心"和"等级"消解，从而使作品的意义保持一种不稳定的、无限的衍生状态，使作品永远保持着开放姿态，不断地播撒意义。

解构主义和结构主义存在着很大的区别。尽管结构主义也允许差异和游戏，但这都局限在一个结构以内，结构是一个静态的封闭体，它具有一个中心，而这个中心又往往被归结为实体、理念和上帝等。解构主义认为不存在一个中心，在场和非在场都不是独立自主的，每一方都在唤起、激发、暗示和需要另一方，在场和非在场是相互延异、相互增补和互为印迹的。美国学者艾布拉姆斯认定解构主义"要推翻这样一种过于绝对的理论，即作品有充分的理由在所使用的语言范畴内确立自己的结构、整体性和含义"②。也就是说，解构是对结构的拆解，用以证明语言或文本的多义性和意义的非确定性。同时，解构批评也不同于新批评。后者往往以文本中的反讽或悖论等修辞特征为依据，来佐证封闭的作品内涵的丰富和充盈。而解构批评与之相反，不仅认定文本是一个开放的文本，而且批评本身也是一个朝无限开放的过程。根据英国批评家伯纳德·哈里生的归纳，这将意味着：（1）任何文本都不具有确定的意义；（2）一个文本虽然可能指涉其他文本，然而它绝不指涉文本以外的任何事物；（3）对一个文本同样合理的各种阐释，可能会互不相容，甚至毫无共通之处；（4）有鉴于文本并不反映作者的意识状态，换言之并不将人引向作者的意识，故从任何意义上言，文本均不成为作者与读者之间的"交流"；（5）批评家的使命因此不是解释文本意指什么，而是巧施心机，将它铸入一个新的文本。用美国学者芭芭拉·约翰逊（Barbara Johnson）的话说，是小心翼翼地从文本内部的意指结构中抽取出冲突力量来。③

二、德里达的解构思想：延异、播撒、印迹、增补

在德里达看来，西方传统思想的全部历史就是一系列结构的更迭，犹如一条由结构构成

①　转引自[法]雅克·德里达：《论文字学》"译者的话"，汪堂家译，上海：上海译文出版社，1999 年。
②　[美]艾布拉姆斯：《欧美文学术语词典》，朱金鹏、朱荔译，第 69 页，北京：北京大学出版社，1990 年。
③　陆扬：《后现代的文本阐释：福柯与德里达》，第 197 页，上海：三联书店，2000 年。

的决定性链条。与结构以及根本法则、中心相联系的，是某种不变的存在，诸如观念本质、生命本源、终极目的、生命力、真理、先验性、意识、上帝和人等。德里达把西方思想中这样的观念称为"逻各斯主义"。逻各斯(Logos)在希腊语中有"说话、思想、规律和理性"等含义。基督教兴起后，逻各斯具有了神学含义，成为上帝的话语，是一切真理的源泉；背离了逻各斯就是背离上帝，就是恶。逻各斯是在场形而上学和"语音中心主义"(phonocentrism)的结合体，它意味着语言能够完美地再现、把握思想和存在，说话人在说话的瞬间就能立即完整地意识到自己讲话的含义。西方传统思想和哲学是一种在场的形而上学，总是将"存在"规定为"在场"，把实在和意义视为不变之物，并把它们作为思想和认识的中心，企图寻求确定的基础和第一因。①"语音中心主义"是"逻各斯主义"的特殊形式，它把语音或者言语作为语言本质，认为言语是思想的再现，文字是言语的再现，写作是思想的表达，阅读则是追寻作者的原意。"语音中心主义"先验地认定，在对思想的各种间接表达方式中，言语是最好的表达手段。因为人们说出的声音能在短时间里与思想保持一致，不会使思想变得模糊不清，即使出现理解上的障碍，我们也能通过问答的方式来加以辨析。与语音相比，文字在本质上是含糊不清的，因为一旦文字被书写下来，它就脱离了作者作为字符固定下来，由于作者不在场，它可能被误解，从而它原初的意义就被掩盖了。因此，相对于语音而言，文字是附属的、次要的，它是言语的一种堕落和沦丧。

尽管索绪尔以结构主义的核心理念"在语言中只存在差异，不存在绝对项"，对在场形而上学进行了有力的批判，但同时他也迫不得已地维护着在场形而上学和"逻各斯主义"，并且深陷其中而不能自拔。在索绪尔的语言学体系里，突出地表现出高扬言语和语音而贬抑书写和文字的倾向："语言学的对象不是书写的词和口说的词的结合，而是由后者单独构成的。"②他认为，人们如果想要研究语言，根本不需要去考察书写形式。因为书写只是记录语音的物质符号，是一种技术性的辅助物，完全匿名或缺席，甚至还可能是对言说本身的扭曲和曲解。索绪尔的这种"语音中心主义"倾向和书写观源远流长。比如，柏拉图在其《斐多篇》里就曾把书写贬为一种劣等的沟通形式：书写不仅远离了祖先和本原，而且是一切谬误和误解的来源，因为说者无法把自己的心声直接吐露给听者。③

德里达认为，"逻各斯主义"和"语音中心主义"主导下的传统哲学在把握世界的时候，总是采用二元对立的基本模式，并且两个对立项并不是平等关系，而是从属关系，第一项每每处于统治地位和优先地位。比如，长期以来人们总是认为，哲学迥然不同于文艺，哲学论证和确认真理，文学则是异想天开，是修辞、比喻大显身手的虚造场景。德里达则认为，文学和哲学都是一种符号系统，但是文学坦然承认自己植根于隐喻之中，而哲学虽然同样也是隐喻和修辞的产物，却总认为自己已经超越了文本的隐喻结构，是在同一个更为真实的世界进行直接交往。其实哲学本身同样植根于隐喻，因为任何一种抽象概念的表达，只能是一种比拟和类推，离开隐喻，哲学本身一无所有。哲学的问题在于它自身没有认识到自己的隐喻性，它用一种"白色的神话"掩盖了自己的真实面目。

---

① [美]乔纳森·卡勒：《雅克·德里达》，见[英]约翰·斯特罗克编：《结构主义以来：从列维－斯特劳斯到德里达》，渠东、李康、李猛译，第191~192页，沈阳：辽宁教育出版社·牛津大学出版社，1998年。
② [瑞士]索绪尔：《普通语言学教程》，高名凯译，第48页，北京：商务印书馆，1980年。
③ [美]乔纳森·卡勒：《雅克·德里达》，见[英]约翰·斯特罗克编：《结构主义以来：从列维－斯特劳斯到德里达》，渠东、李康、李猛译，第197~198页，沈阳：辽宁教育出版社·牛津大学出版社，1998年。

从 20 世纪 60 年代开始，德里达撰写了大量著作，如《论文字学》、《言语与现象》、《哲学的边缘》、《播撒》、《明信片——从苏格拉底到弗洛伊德等》、《符号海绵》、《马克思的幽灵》等，在西方学界尤其是美国批评界影响很大。德里达的解构理论非常驳杂晦涩，而且其思想具有"意义像种子般播撒"的特点，许多地方也似乎存在着不可言说的矛盾，这里只选择"延异"、"播撒"、"印迹"、"增补"等几个突出的术语来介绍。

延异（différance）。德里达认为，人们的话语意指实践其实是一个延异的过程。所谓"延异"，是德里达生造出来的"新词"，différance 显然与法语词 différence（差异）只有一个字母之别，后者的动词形式 différence 源于拉丁词 différance 并包含原拉丁词的两个基本词义"区分"和"延迟"，但名词形式的 différence 并没有如动词那样同时包含"区分"和"延迟"这两项词义。德里达独出心裁，赋予 différance 以解构策略的内涵，他要颠覆西方根深蒂固的"在场的形而上学"或"逻各斯中心论"及其语义学传统。德里达指出，索绪尔的差异原则已具有一定的解构色彩，但索绪尔还只是把差异原则限制在语音系统之内，视能指与所指仍具一一对应关系，能指反映和控制了意义，也就是再现了所指。在德里达看来，符号的能指和所指并不是同时产生的，所指也并不优于能指，能指也并不是结构主义者所想象的只是反映意义和约束意义的，只有一个固定的所指。例如，cat 是"猫"的意思是因为它不是 cap（帽子）或 bat（球拍），但只要把索绪尔的差异原则坚持到底，cat 是"猫"的意思还因为它不是 cad（无赖）或 mat（草席），而 mat 是"草席"的意思是因为它不是 map（地图）或 hat（有边帽）。这样，决定"cat"作为能指的意义的，只能是"cap"、"bat"、"cad"、"mat"、"map"、"hat"等其他一系列与之相关的能指。由此，意义的产生过程其实是永无休止的滑动过程，标识着"在场"之无限"延异"。能指不再涉及超越它自身以外的实体、事物和思想观念，它只涉及其他的能指。因此，"延异"这个生造的"新词"表示了语言意义取决于符号的"差异"（différance）、意义必将向外"扩散"（differre）、意义不能最终获得即所谓意义的无穷"延宕"（deferment）这三层意思。语言是一种自我参照的系统，它不具有一组一组对称的能指和所指结构，而是一种漫无头绪的游戏，各种因素在其中相互作用、变化，其中没有任何一种因素是一清二楚的，所有的因素都互为"印迹"。由于 différance 的存在，人们原以为有中心或本源的地方其实并无中心或本源，一切都变成了话语，变成了充满差别的系统。差别不是同时性的差别，而是历时性的差别，是自由活动的差别。"延异"中的符号不指向符号链以外的观念，而只能表示能指链间的滑动，是一种符号意指关系的"播撒"运动。

"播撒"（dissémination）。文本不是一个已完成的东西，也不是一本在书边空白之间存在的内容，更不是指文本之外的实体或概念，"文本之外一无所有"，文本是文字之间互为参照、而又不断播撒的"印迹"。所谓"播撒"，是指意义的"延异"的方式，"播撒"总是不断地、必然地瓦解着文本，显示文本的凌乱、松散、重复。"播撒"表明每个文本的意义的不自足性，或者标志着一种不可还原的和生生不息的意义的多样性。"播撒"在摆脱观念的控制和决定作用的同时，形成一种内蕴丰富的语言或文本。"播撒"不同于"含混"（ambiguity），后者包含着枚举和控制意义的可能性，而"播撒"的书写，是一种解构运作，它使文本的消解永远持续下去，因而充分地展示出文本的解体、异质性和多重性。所以，"播撒"就是文本的文本性，每一个对原有文本的新解读都证实了原有本文的不完全性、不稳定性，或开放性、隐晦性。"播撒"意味着所有的文本运动都是要擦抹（或涂改）掉原有文本而重新书写另一个文本，这是一个既解构又建构的过程。

"印迹"(trace)。指的是德里达式的书写延异链中的一种无源可查的不在的"存在"。"印迹不是一种实体、现在的在者，而是永恒移变的过程。印迹只能被再——解释并且最终总是消亡。"①"印迹"既是一种在场又是一种非在场。"印迹"指受到磨损而残存下来的东西，意味着半隐半现的标记。它在场，因为它已经存在；它非在场，因为它曾被抹去。"印迹"是"延异"的痕迹，是符号之间相互阐释的表现，符号之间总是处于相互代替与"增补"的过程中，而且这一过程永远不会结束。在德里达看来，所有的阅读，首先要做的是解构文本，"再——解释"其间各种重重叠叠的"印迹"，把传统的以书籍为代表的作品看做一个大文本，也就是要注意所谓的"互文性"。德里达指出："阅读类似于用 x 光透视那些绘画作品。它在表层的绘画之下，发现了另一幅暗藏的作品：它出自同一画家之手，或出自另一画家之手。这也许是由于那位画家缺少画布，或是为了追求一种新的效果……或是为了保留一幅未完成的作品，所以才在原来的画布上画了一幅新作。"②这样来看，任何文本都不再是已完成的，一个文本是由各种区分组成的网络，是由各种"印迹"组成的结构，这个网络和结构无休无止地与自身外的有各种区分的其他"印迹"发生关联，因此阅读的过程也就需要无休止地追踪"印迹"、擦抹"印迹"，在书写的"延异"链上，通过"播撒"、"重写"、"增补"等，接续着一场没有终极的"自由游戏"。

"增补"(supplement)。在法文原词中兼具"补缺"、"额外添加"和"替代"等多重含义。德里达认为，自古以来的大多数西方文本都呈现出这种言说/书写的等级制图式，特别是卢梭的文本明显带有此类结构和作用。他借用卢梭的术语，把它称为"增补的逻辑"。比如，当卢梭讲教育增补自然的时候，他实际上把自然概念复杂化了：按照卢梭的逻辑，自然是自臻其善的，是未经污染的本体，教育就只能是一种补充；自然又是不完全和不充分的，所以它必须由教育来补充，使它成为真正的自然。后一情况表明，教育的目的就是使人们获得原来那种真实的自然。就这样，"增补的逻辑"使自然开始具有优先地位，充盈而自足，后来却又表现出内在的缺陷，它不仅使教育变成了其"增补"对象的外在的附属的东西，而且也使教育变成了本质条件。德里达认为，"增补"之所以有可能，是因为被"增补"的本体原本就不完全或者说不完善。事实上，正如我们所知道的，那种原生原发、浑然天成、未经任何"增补"的"自然"其实根本就不存在，"自然"本身就是一个神话，事实是自然本身总是一种已被"增补"过的存在③。以卢梭在《忏悔录》中的记录为例，德里达非常精彩地分析了这种"危险的增补"：

"如果我了解到我在看不到亲爱的妈妈时因想念妈妈而做出的所有蠢事。我常常吻床，因为妈妈在上面睡过；我吻窗帘、吻所有家具，因为它们是妈妈的东西；她的纤纤秀手触摸过它们；我甚至吻我俯卧的地板，因为妈妈在上面走过！有时，当妈妈在场时，我甚至浑然不觉我的放肆。只有出于强烈的爱才会如此。一天，妈妈正在吃东西，我惊叫我看到食物中有一根头发，妈妈忙将食物吐在盘子里，我赶忙抓到嘴里吞了下去。"④

从卢梭在他称为妈妈的情人不在场时所产生的幻想中，我们可以猜测出这些幻想是妈妈

---

① 杜小真：《采访德里达》，《中华读书报》2001 年 7 月 18 日。
② Jaeques Derrid. *Grammatology*, translated by *Gayatri Chakravorty Spivak*. Baltimore：John Hop－kins University Press, 1976.
③ ［美］乔纳森·卡勒：《雅克·德里达》，见［英］约翰·斯特罗克编：《结构主义以来：从列维－斯特劳斯斯到德里达》，渠东、李康、李猛译，第 198～199 页，沈阳：辽宁教育出版社·牛津大学出版社，1998 年。
④ ［法］雅克·德里达：《论文字学》，汪堂家译，第 220～221 页，上海：上海译文出版社，1999 年。

的替代物，是主体与大自然的"原始之合"。这些作为替代物、增补物的幻想，是主体尝试重新获得沉浸在"原始知觉"、"直接在场"、"事物本身"中，让失去的母亲再次"直接在场"。这些增补物继续存在于一条无限的链条之中，但永远也恢复不了那种渴望的统一体，而只能使它自身一直在越来越多的形象中推衍下去。反过来，即便华伦夫人在场，活生生地坐在他面前，卢梭依然感到不足，竟抢过她口中餐吞下去。这就是"增补"的逻辑，它并不是可有可无的东西，它实在是先在的主人而不是后到的客人。在德里达看来，渴望产生于混沌之中，也就是产生于从大自然之中"自我分裂"为无限增多的增补物或表述："无限系列的替补必然成倍增加替补的中介，这种中介创造了它们所推迟的意义，即事物本身的幻影、直接在场的幻影、原始知觉的幻影。直接性是派生的。一切东西都是从间接性开始的，'理性难以理解'这一点。"①

这种"增补的逻辑"有着深远的影响。德里达激进地认为，或许语言、情欲、社会、艺术都可以被界定为增补物、替代物的游戏，它们企图通过发现根源来抵抗无法限制的意义所产生的混沌。这种增补和替代的游戏，其实是"延异"的另一个名称，是无法约束的、永无休止的意义替代游戏。"延异"就是从这种永无休止、这种"不满足"之中产生的，也就是人类渴望存在、渴望意义具有让人放心的准确性和稳定性："无限的替补过程不断对在场造成损害，它始终铭记着重复的空间和自我的分裂。"②因此我们不会奇怪德里达何以坚决主张文字先于并且包容语言，提出要建立"文字学"。文字是语言的基础，它不是某些已成形的思想或言语的载体，而是构成这些思想或言语的生产模式。文字的种种特征，比如可复制性、说话人不在场易引起误解等，实际上正是语言本身的根本特征。德里达要建设"文字学"，正是要以之取代"逻各斯主义"，要以"延异"替代"逻各斯"，而"延异"取代"逻各斯"的结果便是文本的意义永远无法得到确证：一个方面，在一个符号意指系统中，意义无一不是从它同无数可供选择的意义的差异中产生；另一方面，由于意义不可能是拥有自明性状的绝对呈现，其确定指向便向四面八方扩散开去，由一种解释替代另一种解释而永无达到本真世界的可能。因此，德里达的"文字学"意味着，解构作为一种目光紧紧盯住"延异"的批评模式，是一种往往只能是迂回进攻，旁敲侧击，从文本的内部发难来证明它的破绽百出、不能自圆其说的策略。

三、耶鲁学派的解构批评

20 世纪 60 年代末以后，解构主义批评成为欧美文学批评最时髦的样式之一，其影响所及，以美国文学批评最为突出。在德里达的直接影响下，以保罗·德·曼、杰弗里·哈特曼、希利斯·米勒、哈罗德·布鲁姆等为代表的一批就职于耶鲁大学的学者，将解构主义思想运用于欧美文学分析，形成颇有声势的"耶鲁学派"的解构批评，从而将解构主义理论推向鼎盛。

1. 保罗·德·曼的解构修辞学理论

保罗·德·曼是最早也是最完整地接受德里达解构主义思想并成功地将其运用于文学批评的批评家，主要代表作有《盲目与洞见》(*Blindness and Insight*)、《阅读的寓言》(*Allegories of Reading*)、《被毁损了形象的雪莱》、《对理论的抵制》等，其中《对理论的抵制》是保罗·德·曼解构修辞学理论的一种总结性呈现。

---

① ［法］雅克·德里达：《论文字学》，汪堂家译，第 228 页，上海：上海译文出版社，1999 年。
② ［法］雅克·德里达：《论文字学》，汪堂家译，第 235 页，上海：上海译文出版社，1999 年。

　　保罗·德·曼是从提出自己的解构主义文本阅读理论开始建构他的解构主义修辞学的。德·曼认为，由于文本不是一个可以被理所当然看成具有某种明确意义的统一体，因此，也就不存在通过阅读对于作为某种"纯自然客体"的意义的"提取"。对文学文本意义的理解依赖于读者的阅读行为，它只是一个阅读文本的过程，而且是一个真理与谬误相互交织的过程，用德·曼自己的话说，即"洞见"是通过某种盲目性（误读）达到的，"批评家对于他们的批评设想盲目的时刻，也就是他们达到最深刻洞见的时刻"①。在《盲目与洞见》中，德·曼集中探讨的就是书名标识出的这一组悖论。在这部著作中，他通过对卢卡契、乔治·布莱以及新批评派的批评实践的分析指出，批评家们采取的方法或理论，与他们所获得的"洞见"常常大相径庭，批评家们总是会说一些他们不曾想到的东西，他们能够完成某种"洞见"，完全是因为盲目性的驱使。例如，新批评派的批评家根据柯勒律治的有机形式概念，强调一首诗与自然形态之间某种相似的形式上的统一，但他们在解读诗时，却并不去揭示其统一性，而是去揭示诗的多方面的含混的意义，从而使本应追求统一性的批评成为一种含混的批评。造成这种状况的根本原因，就在于语言符号与意义之间的不一致性，在德·曼看来，语言文本总是将意义"掩藏"在那些令人误解的符号中，这并不是一种罕见的、在特殊条件下出现的情况，而是语言本身就具有的独特品性。这种不一致必然导致文本意义的不确定性，也就必然导致可能的"误读"与"误释"。而且，越是富于文学性的文本，越是允许并鼓励误读，拒绝误读的文本，不是文学的文本。从这一角度看，任何以获取对文本意义最终的、正确的解释为目的的阅读理论，都将被证明是自欺欺人。由此，德·曼确立起文本意义的理解对于阅读过程的依赖性："既然解释只不过是可能的错误，那么，通过提出一定程度的盲目性是一切特征的组成部分，我们也就重申了解释对文本和文本对解释的绝对依赖。"②

　　以上述阅读理论为起点，德·曼进一步发展出自己的解构修辞学理论，并使这种理论成为他的解构主义阅读理论的支撑。修辞原为古典术语，本指论证的艺术。德·曼接受尼采关于修辞性是语言最真实的本质的观念，指出语言并非语言通常所认为的那样是一个稳定的、能指与所指相统一的指称结构，而是一种修辞结构。从语言最深层的活动方式来看，任何语言都必须依靠修辞特性来发挥功能，具体来说，即它们都必须依靠转义和形象来发生作用，因此，它们都是隐喻性的。由于隐喻本身就是无根据的、任意的和虚构的，所以，在语言的实际运用中，最终完成的只是一种符号的相互替代：它可以言此而意他，由一个符号代替另一个符号（即隐喻），也可以使意义从一个符号转移到另一个符号（即转义）。语言的这种修辞性产生了一种破坏的或解构的力量，它使语言不再具有严格的实指意义。在语言运用中，由于语言的修辞性对于指称性的破坏，一个表达可以从语法上做出界定。比如在招待别人喝茶或咖啡时，"Tea or coffee"（要茶还是咖啡）的提问常常会得到类似"What's the difference"（直译：茶和咖啡有什么不同吗）的回答，后者由反问句式表达的修辞性含义，也即回答者的真实意思，其实是"喝茶喝咖啡都一样（喝什么都没关系）"。这里，由一个语法结构所规定的字面意义与由语言修辞显示的语义显然处于一种矛盾状态。因此，德·曼指出，从本质上看，设想语言在实际运用中还保有某种按本义来说的指称性用法，或者认为语言还存在某种确定的字面意义，都是一种误解。语言的修辞性使语言的指称或意义变得模糊而难以界定，

---

① ［美］保罗·德·曼：《盲目与洞见》，第 109 页，明尼苏达大学出版社，1983 年。

② ［美］保罗·德·曼：《盲目与洞见》，第 141 页，明尼苏达大学出版社，1983 年。

使语言具有一种欺骗性、不可靠性。而且,不仅文学文本依靠语言的修辞性(隐喻性)发生作用,因而它是虚构的,即使是法律文本或政治文本,也只能靠语言的修辞性(隐喻性)发生作用,因而也是虚构的。语言修辞或比喻维度"或许在(广义的)文学当中,占有比其他言语显现当中更明显的突出地位,抑或,说得更清楚一些,它可以在任何语言活动中得到揭示,只要这种活动被当作文本阅读"。① 只是文学文本承认自己的隐喻性修辞状况,而法律文本、政治文本等不承认这种状况,因而也更具欺骗性。

德·曼的解构修辞学理论,最终要揭示的,实际上是文本自身包含的自我解构性质:"解构不是我们加给文本的东西,而是本来就构成文本。文学文本同时肯定和否定它自己修辞方式的权威性。"②语言的修辞性造成了文本语言在语法与修辞、字面义与比喻义、隐喻与换喻之间内在的矛盾与张力,任何人都无法限制语言的修辞作用,因而也无法控制语言语义指称的变异或转换,语言的修辞性最终使文本总是自行解构着自身。毫无疑问,阅读面对这样一种不断进行着自我解构的文本,除了与文本的自我解构相配合,即进行解构性阅读之外,几乎做不了什么。文学批评的任务就是对文本进行解构,对文本隐秘的修辞性进行分解。批评家能够与文本进行一种成功的"合作",找到文本同时肯定和否定的修辞性并对其进行解构,就能够达于一种正确的"误读"或"误释"。

2. 哈罗德·布鲁姆的解构主义批评理论

作为当代美国著名的文学批评家,哈罗德·布鲁姆的解构批评的代表作是《影响的焦虑》和《误读的地图》。在《影响的焦虑》中,布鲁姆提出了"影响即误读"理论,这是一种对诗歌传统的新颖的看法,融合了弗洛伊德心理学、转喻理论和含义奥妙的神秘主义,认为所有的伟大诗人都经受着一种"迟到落伍,仍在路上"的感觉的煎熬,因为作为后辈的他们,在历史征程中姗姗来迟,他们害怕前辈诗人用尽了可资利用的诗歌灵感。他们体验到对父辈的俄狄浦斯式的憎恨,怀着否定父辈而强调自己的独创性的欲望,为此,他们甚至不惜孤注一掷。这就是诗人萦绕于怀而挥之不去的"影响的焦虑"。焦虑迫使诗人形成了各种各样的防御策略,迫使诗人寻找能够真正表达自己灵感的诗意空间。他们要找到自己"偏离"父辈诗人的路线而创造自己伟大诗篇的方法。方法之一就是对前辈们进行创造性的"误读"。"解释是不存在的,唯一存在的是误解……"③在《误读的地图》中,布鲁姆认为,一切文学文本都必然是一种"互文本"(intertext),任何文本的根据都是另一个文本,诗不存在,只有"互诗"(interpoem)存在。因此,重要的是文本之间的关系,文本之间的关系依靠批评活动来阐明,文本之间的关系必然会包含误解,因为从根本上讲,不折不扣的重复或模仿或绝对同一是不可能的。每一位有能力的读者,对他所遇到的每一个文本所作的必然的批评行为,都是一种误读。布鲁姆认为,存在着三个层次的误读:后代诗人误读父辈诗人;批评家误读文本;诗人错估自己的作品。布鲁姆还认为,误读是人类诗歌史乃至文学史的影响关系的实质。布鲁姆这种独具一格的诗学思想,与解构主义、后结构主义思想有着内在的联系,对传统文学史观是一种剧烈的反叛,对过去的文学传递、承续和延伸的观念形成巨大冲击,从而强调和鼓

---

① [美]保罗·德·曼:《对理论的抵制》,见王逢振等编:《最新西方文论选》,李自修译,第 224 页,桂林:漓江出版社,1991 年。

② [美]保罗·德·曼:《阅读的寓言》,第 17 页,耶鲁大学出版社,1979 年。

③ Harold Bloom. *The Anxiety of Influence*:*A Theory of Poetry*. New York and London:Oxford University Press, 1973. p. 95.

吹文学发展中的创新和突破。

3. 杰弗里·哈特曼的解构主义批评理论

作为当代美国著名的文学批评家，杰弗里·哈特曼的解构批评的代表作是《超越形式主义》、《阅读的命运》与《荒原上的批评》。和保罗·德·曼一样，哈特曼也突出强调语言意义的不确定性，强调语言在符号领域中由于符号的相互替代而具有的自我解构的性质。哈特曼认为，语言作为一种符号运用，有三个显著特征：第一，一切语言都是隐喻性和象征性的，即必须依赖隐喻和象征来完成"意义"的传达。而这正是造成意义不确定性的内在原因。因为从本质上看所有的隐喻都是没有依据的，只是一种由符号的相互替代完成的"虚构"，这使得语言恰好在它显得最具有说服力的地方暴露出自己虚构的本质。而象征带来的则是语言的字面意义与它的实际意义相分离，这使得符号的能指失去了语言逻辑所要求的确定的所指。第二，语词符号的意义并不是由它们自身规定的，而是依赖于其他的词，即在与别的符号的差异中获得自己的规定性。这使得语言成为一个巨大的、错综复杂的网络，在语言的实际运用中，不仅需要根据上下文来确定某个语词的意义，而且需要与全部的语言联系起来，才能最终完成语词意义的确定，而这实际上意味着无法确定。第三，从语言与现实的关系来看，一方面，它与现实不可分割，它表现现实、阐明现实；而另一方面，语言本身的符号性又否定自身与现象世界之间的关系，它超越现象世界在符号领域活动并使自己具有变动不居的特性。正是由于上述三个方面的特征，决定了语言具有的虚构性与不确定性，使我们无法将它看成一个结构稳定、意义明确的对象。而且，语言的意义越是含蓄、丰富，越是具有不确定性，越是具有一种自我解构、自我颠覆的特征。哈特曼说："那种认为不同于批评或哲学语言的文学语言是最'丰富的'（即多义的，含有丰富的歧义的）看法，也必须加以修正。语言……愈是丰富或愈是含蓄，它就愈会具有颠覆意义。使含蓄变得过于含蓄的双关语是这种颠覆的一个特殊的实例：无论这些双关语多么巧智和富有爆发性，无论它们产生的意义多么有力，它们都会在我们内心中唤起一种破坏的无实体性的感觉，一种遍布于整个语言的传染的感觉。"①

从语言意义的不确定性出发，哈特曼进一步揭示了文学文本意义的不确定性。哈特曼认为："写作总是言词的偷窃或修补。这种偷窃以一种新的公平原则重新分配言词，像飘散的花种，没有可参照的资产法，也没有界限……甚至以专有名词表述，所有权也非专有。因此，写作是一种跨越文本界限的行为，一种使文本不确定的行为，或者把 midi 表现为 mi-dit（说了一半）的行为。"②也就是说，文本意义的不确定性，在作者写作时就已经不可避免地形成了——不确定性是写作的必然结果。

从意义的不确定性，哈特曼提出了自己对于批评的看法。批评和阅读通常所关心的是意义的确定，哈特曼认为，这既违背了阅读的真正目的，同时也是不可能的。按照他的观点，阅读的目的并不是追求某种确定意义的解读："阅读是为了理解作为一种生活形式的阅读所包含的东西，而不是把读到的东西化为似是而非的思想。"③阅读当然是一种理解活动，"但理解什么呢？是不是作品？是不是作品揭示的客体？是不是我们自己？或者，是不是某种超验

---

① ［美］杰弗里·哈特曼：《阅读的产品》，见王逢振等编《最新西方文论选》，第 201～202 页，桂林：漓江出版社，1991 年。

② ［美］杰弗里·哈特曼：《荒原上的批评》，第 205 页，耶鲁大学出版社，1980 年。

③ ［美］杰弗里·哈特曼：《荒原上的批评》，第 272 页，耶鲁大学出版社，1980 年。

的未知数?"①哈特曼认为,这些问题涉及到阅读的方方面面,而所有这些方面,都必须有阅读者的参与,从而使阅读成为一种思想和文本的典型结合。因此,阅读所关注的,是自身作为阅读的过程,而不是文本确定的意义——意义本身是不确定的,会因为阅读者解释的不同而不同。从这一角度看,批评的主要任务当然也不是确定文本的意义,而是应该关注和分析阅读过程中文本意义不确定性的产生,以及文本在读者意识中的变化。

从批评和阅读的对象来看,语言及文本意义的不确定性,也使对于确定意义的追寻成为事实上的不可能。"不确定性就像是一道栏杆,隔开理解与真理。"②正是由于意义的不确定性,我们在对文本做出某种解释的时候,必然会遇到各种矛盾。作为理解的过程,批评阅读当然可以对这些矛盾加以复述或者重新安排,但不能最终解决矛盾。而且,即使在没有矛盾的地方,我们也无法控制没有明确表达出来的意义。这样,阅读或者批评就只能是根据需要尽可能处于不确定性之中,去揭示矛盾和歧义,而不是如何努力去克服不确定性,或者去弥合矛盾和歧义,从而确定一个连贯一致的意义。从这个角度出发,哈特曼指出,文本意义的不确定性必然会对文学阅读或者批评的方式产生影响,"它鼓励一种写作形式——一种表达解释的形式,这种形式不会天真地服从于思想的追求"③。而是必定成为一种创造性的再思考,成为一种对非真实的事物的存在和对关于存在的虚构的一种细察,从而实现"阅读是为了理解作为一种生活形式的阅读所包含的东西"这一目的。也正是从这里出发,哈特曼消解了批评写作与文学写作的界限。在哈特曼看来,批评在文学之内而不是之外,批评产生的文本也是一种文学文本,也是一种富于创造性的精神活动方式的产物,它和文学文本一样,都是人类心灵的习俗。事实上,如果我们对于文学的理解不那么狭隘的话,就会看到,像弗洛伊德的《梦的解析》、基督教经典《圣经》这样的作品都可以被看作是一种文学作品。

4. 希利斯·米勒对解构方法的研究

作为解构主义耶鲁学派的重要代表,也作为美国解构批评的领袖人物,希利斯·米勒的解构批评的代表著作有《哈代:距离与欲望》、《虚构与重复:七部英国长篇小说》、《阅读的伦理》和《皮格马利翁种种》等。在米勒看来,一切符号都是修辞的图形,所有的词都是隐喻,与其说修辞手段是对语言的正确使用,不如说一切语言开始就有修辞手段的性质,而语言的字面意义或指称作用,只不过是从忘记语言的隐喻"根源"中产生的一种幻想而已。因此,文学研究不应该想当然地承认文学的模仿性,文学学科应该不再是由思想、主题和种种人类的心理组成,文学研究应该再次成为哲学、修辞学以及对转喻的认识论的研究对象。也就是说,解构批评的主要任务就是揭示文本的自相矛盾,说明文本的意图受它本身表现的破坏。实际上,米勒在上述一系列著作中都采用一种方法,即找出一个关键词或修辞手段或观念主题,追溯它的认识论根源,从而使这个词脱离封闭的文本系统而失去稳定性,进入一个不断变化、往返交织的迷宫:

"解构主义作为一种解释作品的方法是通过深入细致地探索每部作品文字里的迷宫暗道来奏效的……解构主义文评家利用这样的探索过程来寻找研究对象的矛盾因素和可以把它全文分解的线索,或者说是在搜寻可以使整幢房屋倾倒的那块已经松动的石头。确切地说,解

①　[美]杰弗里·哈特曼:《荒原上的批评》,第 271 页,耶鲁大学出版社,1980 年。
②　[美]杰弗里·哈特曼:《荒原上的批评》,第 272 页,耶鲁大学出版社,1980 年。
③　[美]杰弗里·哈特曼:《荒原上的批评》,第 269 页,耶鲁大学出版社 1980 年。

构主义是通过表明作品已经自觉或不自觉地破坏了自己立身的基础来实现其掘基解构的作用的。它并非要肢解作品的结构，而是要证明作品本身已经自行解构了。"①

米勒的解读使这个关键词或修辞手段或观念主题在其语义扩散的过程中毁灭了文本，揭示出不可穷尽的种种解释的可能，表现出逻辑安排或整体综合的徒劳枉费。从文本内部的因素出发的解构批评，释放出内在于一切重复中的破坏性力量，引发一种没有方向的替代链条，从而动摇了文本系统。

米勒认为，不必要也不可能跳出历史悠久的、自我解构着的"逻各斯主义"传统。西方的文学、哲学和文化自身就已经包含着不一致性、重复转义、断裂和不确定性。历史和传统像密码一样被编织进了文本中，而这些文本总是形而上学的，同时也是自我解构的："一个文学自身并不是'有机统一'的事物，而是与其他文本的关系，而其他文本反过来又是与另外文本的关系。所以，文学研究是对文本互涉性的研究。"②米勒的激进观点在 20 世纪 80 年代以来遭到一些批评家的抨击，他们指责米勒的研究使文学脱离了历史和社会。米勒则写出《阅读的伦理》和《皮格马利翁种种》等著作作为自己辩护，并把解构主义批评推向深入。通过分析文学实例，米勒指出，对文学的修辞研究不可能脱离对所谓文学外在关系的探讨，如文学与历史、政治和社会的关系，文学与个人和制度的关系等。但是，作为研究对象的文本与语境的关系，只能以比喻的修辞方式思考，对文学与历史关系的研究也依赖于对这些潜在的修辞手段的认识，依赖于把握这些比喻含义和技能。文学研究的主要任务就在于获得这些认识和技能，因此，对文学与历史和社会的关系的研究，恰是修辞学的组成部分。米勒这种片面而深刻的观点虽然引起许多批评家的重视，其影响也会在相当长的时间内存在，但恐怕最终也难以阻止解构主义衰落的趋势。

第二节　批评方法

德里达解构思想的基本精神，就是反对"逻各斯主义"和"言语中心主义"，否定终极意义，消解二元对立，清除概念淤积，拒斥形而上学，为新的写作方式和阅读方式提供广泛的可能性。这导致其批评方法和策略的复杂性、曲折性和幽暗性。美国学者乔纳森·卡勒认为，解构就是对构成西方思想的、按等级划分的一系列二元对立的批评，这些二元对立包括内在与外在、思想与身体、非比喻与比喻、言说与书写、存在与不存在、自然与文化、形式与意义等。芭芭拉·约翰逊则直接指出，解构作为一种解读的方法，就是"文本之中关于意义的各种论战力量之间的一种嬉戏"③。也就是说，按照解构主义的基本精神，要解构一个对象要从以下两个方面着手：其一，表明它原本不是自然的和不可避免的，而是一个结构，是由依靠这个结构的话语制造出来的；其二，表明它本身又是一个正处于"解构"之中的结构，而这种"解构"正是设法把结构拆开并对它进行再描述，但这并不是要毁灭它，而是赋予它一个不同的结构和作用。

①　转引自[美]艾布拉姆斯：《欧美文学术语词典》，朱金鹏、朱荔译，第 72 页，北京：北京大学出版社，1990 年。

②　[美]希利斯·米勒：《史蒂文斯的岩石和作为治疗的批评》，转引自郭宏安、章国锋、王逢振：《20 世纪西方文论选》，第 440 页，北京：中国社会科学出版社，1997 年。译文有改动。

③　[美]乔纳森·卡勒：《文学理论》，李平译，第 131 页，沈阳：辽宁教育出版社·牛津大学出版社，1998 年。

运用解构主义批评理论解读文学作品，基本的批评方法有以下几种：

一、德里达式的"双重阅读法"

德里达称解构为"双重"阅读法：一方面他承认作品的可读性，因为作品表达出某种意义；另一方面，他又用"延异"和"播撒"等术语来说明作品不可避免地包含着"悖逆"（aporia），这种悖逆破坏了作品本身的基础和整体性，并且把它的表面意义解构得令人捉摸不定。并且，他认为，一切作品都无法回避语言的中心化结构和体系及其内在矛盾和悖逆，因此它们事实上都在自我解构。而这一情况只有通过解构主义的阅读方法，才能有效地暴露出来。在对索绪尔、柏拉图、奥斯汀、康德以及弗洛伊德等人的读解中，德里达似乎淋漓尽致地展现了一种解构之道。卡勒将之归纳为五点：第一，颠覆不对称的二元对立概念，但并非简单地以被压抑的后者来替代前者的本原地位，而是阐明后者为前者的可能条件；第二，搜索凝聚多种反差义的关键词，以此作为突破的契机；第三，留意文本的自相矛盾处，不仅包括文本自身内部的矛盾，也包括文本与其阐释，特别是与权威阐释之间的矛盾，以其人之道，还治其人之身，如德里达用弗洛伊德的理论解构弗洛伊德，用康德的框架理论解构康德的《判断力批判》；第四，以文本内部的冲突和戏剧性场面，反证该文本不同阅读模式之间的分歧；最后，注重"边缘"，抓住以往批评家视而不见或照顾不周的细节发难，以此推倒文本的既定结构。[①] 解构之道推行的结果是作者的存在变得可有可无，文本亦不再是一个读者可以借以窥探外部世界的透明的窗口。德里达本人的解构实践为其信徒树立了一种批评样板，从总体上看，美国解构批评理论和实践也都是遵循或发展着德里达的批评思路而获得极高声誉的。

二、保罗·德·曼式的"阅读即误读法"

保罗·德·曼运用解构思维，通过对普鲁斯特的小说，里尔克的诗歌，尼采的论著与卢梭的小说、自传和政法论著进行解构性阅读和批评，从而建立起"阅读即误读"批评方法。德·曼从语言的修辞性入手，通过对具体文学作品的解构性阅读，深刻地指出阅读不可与文本分割，一切文学文本都因修辞性而具有自我解构的因素。由于语言的修辞性，文本中的语法和修辞、字面义和比喻义、隐喻和换喻等之间都存在着不可分辨的内在张力，文本在自我解构，而对文本的阅读则处于意义的不确定状态。因此，德·曼提出非常激进而又深刻的观点，即"一切阅读皆误读"，不论批评家还是作者阅读，最终都无法控制文本，一切误读都源于语言，与读者无关。"批评家对他们的批评设想最盲目的时刻，也就是他们达到最深刻领悟的时刻。""既然解释只不过是可能的错误，我们也就重申了解释对文本和文本对解释的绝对依赖。"[②]文学文本从一开始就解构自身，不论批评家或作者是否认识到这点，"文本总是已经自行解构"，"解构不是我们加给文本的东西，而是本来就构成文本。文学文本同时肯定和否定它自己修辞方式的权威性"，任何人都无法限制修辞的作用，控制语义指称的滑动和变异。因此，文学阅读由于语言的修辞性而成为"阅读的寓言"："阅读最重要的一点已经证明，最终的困境就是语言的困境，而不是本体论的或解释学的困境。"语言的修辞导致阅读的不可

① 见[美]乔纳森·卡勒：《论解构》，陆扬译，第 192～194 页，北京：中国社会科学出版社，1998 年。
② Paul de Man. *Blindness and Insight*. Minneaplois：Minnesota University Pres,1983. p.109,p.141.

能性，即"阅读的寓言"①。从总体上看，德·曼的修辞学理论和误读观，极大地颠覆了传统上对"文学/修辞"和"阅读/误读"的看法，强调意义的不确定性使作品具有生命力，是文学作品中的至关重要的性质，从而突出了"语言之在"和"文本之在"所具有的某种在世的修辞性、幽暗性或隐晦性。

三、哈罗德·布鲁姆式的"影响即误读法"

与保罗·德·曼一样，哈罗德·布鲁姆在《影响的焦虑》和《误读的地图》中建立一种"影响即误读"的批评方法。在《影响的焦虑》中，布鲁姆提出了"影响即误读"理论，这是一种对诗歌传统的新颖的看法，融合了弗洛伊德心理学、转喻理论和含义奥妙的神秘主义，认为所有的伟大诗人都经受着一种"迟到落伍，仍在路上"的感觉的煎熬，因为作为后辈的他们，在历史征程中姗姗来迟，他们害怕前辈诗人用尽了可资利用的诗歌灵感。他们体验到对父辈的俄狄浦斯式的憎恨，怀着否定父辈而强调自己的独创性的欲望，为此，他们甚至不惜孤注一掷。这就是诗人萦绕于怀而挥之不去的"影响的焦虑"。焦虑迫使诗人形成了各种各样的防御策略，迫使诗人寻找能够真正表达自己灵感的诗意空间。他们要找到自己"偏离"父辈诗人的路线而创造自己伟大诗篇的方法。方法之一就是对前辈们进行创造性的"误读"。"解释是不存在的，唯一存在的是误解……②在《误读的地图》中，布鲁姆认为，一切文学文本都必然是一种"互文本"（intertext），任何文本的根据都是另一个文本，诗不存在，只有"互诗"（interpoem）存在。因此，重要的是文本之间的关系，文本之间的关系依靠批评活动来阐明，文本之间的关系必然会包含误解，因为从根本上讲，不折不扣的重复或模仿或绝对同一是不可能的。每一位有能力的读者，对他所遇到的每一个文本所作的必然的批评行为，都是一种误读。布鲁姆认为，存在着三个层次的误读：后代诗人误读父辈诗人；批评家误读文本；诗人错估自己的作品。布鲁姆还认为，误读是人类诗歌史乃至文学史的影响关系的实质。

四、希利斯·米勒式的"内在阅读法"

比较而言，希利斯·米勒对于解构主义的贡献，更集中地体现在他所进行的解构主义批评实践上。在文学批评观念上，米勒同意德·曼"文学文本研究必然依赖于阅读行为"③，而且，一切阅读都是一个破坏原有文本、产生附加文本的过程的观点。同时，米勒认为，从文学写作的层面看，虽然每一个作家的写作各不相同，但每一个作家的写作都包含着自己的不可测度的不确定性，作家的任何文本，都无法归纳出一种确定的意义。更重要的是，由于"寄主"与"寄生"的文本关系（按米勒的观点，所谓"寄主"与"寄生"的文本关系是这样一种关系，即文本既是"寄主"者，也是"寄生"者，"先前的文本既是新的文本的基础，也是新文本必定予以消灭的某种东西……它既寄生于它们，又贪婪地吞食它们的躯体"④），使文本话语

———————————

① Paul de Man. *Allegories of Reading*：*Figural language in Rousseau*，*Nietzsche*，*Rilke*，*and Proust*. New Haven：Yale University Press，1979. p. 17.

② Harold Bloom. *The Anxiety of Influence*：*A Theory of Poetry*. New York and London：Oxford University Press，1973. p. 95.

③ ［美］保罗·德·曼：《对理论的抵制》，见王逢振等编：《最新西方文论选》，李自修译，第 222 页，桂林：漓江出版社，1991 年。

④ ［美］希利斯·米勒：《作为寄主的批评家》，见王逢振等编：《最新西方文论选》，李自修译，第 163 页，桂林：漓江出版社，1991 年。

也必然会出现不一致，以前的文本或者"他文本"的各种因素只能间接地表现在现在的文本中，使文本不可避免地会出现自相矛盾或者脱节。因此，面对文本，批评家总是处于不可测度的两极之间的那个中间地带，"批评家决无可能明确地表明作家的作品是否是'可确定的'，表明它是否能够被最终阐释。批评家无法解开那缠结在一起的意义的丝丝缕缕，把它梳理顺当，使其清晰醒目。他能做的充其量只是追溯文本，使它的各种成分再一次生动起来"①。换言之，批评家的任务就是通过对文本不确定因素的分析、拆解，展示文本结构的自我分解过程。

希利斯·米勒通过大量的批评实践，总结了一套分析文本语义扩散导致文本表面的逻辑安排或整体综合成为一种徒劳努力的文本解构方法，创用了一系列诸如句法骤变、异貌同质、偏斜修辞、挪移对比等解构分析术语。大体说来，他的基本解构策略，也就是通过揭示文本的自相矛盾，将一个表面统一的结构"拆解"成一堆无法再按原样装配起来的碎片，从而说明文本意图是如何受到它本身各种因素如修辞手段、矛盾的观念等的破坏。

在具体操作上，米勒推崇的是一种内在的阅读，即深入文本的内部细致追溯显示文本解构的因素，通过解构分析使其具有的破坏性力量得以释放。一方面，他倾向于将批评对象与其他文本——通常是以前的文本——联系起来，指出该文本与其他文本之间的相互呼应和相互指涉，以此论证文本意义的非个人独创性和文本结构的开放性；另一方面，他特别注意寻找文本结构本身存在的具有自我否定意味的细节，并对其进行一种趋于极端的解释；或者找到一些关键词，追溯这些词的认识论根源，使这些词在脱离文本系统而失去稳定性后出现的语义扩散状态，通过分析达到对于作品结构自我消解过程的描述。例如，米勒在《作为寄主的批评家》一文中对于雪莱的长诗《生命的凯旋》的分析，采用的就是这种"内在的阅读法"。

第三节　作品解读

贝克特小说《难以命名者》之解构主义阐释

在当代世界文坛，塞缪尔·贝克特(1906—1989)可谓是一位反传统的权威，他的小说以独特的创作理念和形式实验而备受西方文学评论界的关注。最能体现他独特艺术风格和创作思想的作品应该是他创作于 1947 至 1950 年间的小说三部曲(《莫洛伊》、《马洛纳之死》和《难以命名者》)，它代表贝克特整个小说实验的巅峰。而最后的《难以命名者》更是一部极端反传统的、没有情节、没有段落划分、没有标点符号甚至没有人物的"反小说"，正是这部小说将贝克特的自我探索和形式实验推向极致，使他的写作陷入僵局，因此它可以被看作 20 世纪实验小说之集大成者。

(一)"矛盾修辞法"与"意义之谜团"

从叙事话语的层面看，《难以命名者》采用的是矛盾修辞法，这也是贝克特小说的主要修辞风格。小说开始就提出了一个修辞学的术语 aporia，这个术语常被用来指"难解之谜"、"不可解结"或"意义死角"、"僵局"等。几乎所有关于解构主义理论的著作都要提到 aporia 这个

· ① ［美］希利斯·米勒：《作为寄主的批评家》，见王逢振等编：《最新西方文论选》，李自修译，第 181 页，桂林：漓江出版社，1991 年。

词，如乔纳森·卡勒的《论解构》一书，就不下七次谈及这个术语。但是没有一本书或词典能像《难以命名者》一样把这个词的含义演示得如此淋漓尽致。小说以一系列的疑问句开始："现在是哪里？谁在讲话？现在是什么时候？"接下来是一段不连贯的陈述，似乎同前面的疑问句相对应："不加疑问的。我，说我。不相信的。质疑，假设……坚持下去，继续，把那叫做坚持，叫做继续。"但这样的陈述持续了十几行后，叙述者又反驳道："但是我什么都没做。我似乎在讲话，不是讲我，不是关于我。"然后又是一系列的疑问："我打算做什么，我将要做什么，我应该做什么，在我所处的境遇中，怎样继续下去？"尔后，他又说自己什么都不相信："就凭这单纯的难解之谜（aporia）？或者已经说出的无效的肯定与否定，或迟早？总的来说，还会有其他的变换。……在我进一步往下讲述之前，我得提一下，我说难解之谜，但我并不知道它是什么意思。"像这样变换不定、自相矛盾的话语充斥着整篇小说，揭示了一个没有名字没有身份的"自我"的处境和心态。这里"aporia"既是指一种修辞手段，也是小说所要表现的内容，或许，这也是贝克特当时的一种心理状态。然而，最具有反讽意味的是，叙述者声称他不知道这个词的意思。其实他的自相矛盾的叙述话语本身就是对这个词最准确到位的诠释。它恰好暗示了在某些场合作家的言语与其真实思想之间的矛盾；反映了文本所要表达的与它所无法表达的之间的差异。简言之，"aporia"一词"既可以指一种文体表明说话人的怀疑，也可以指一种方法去发现某种僵局或近乎不可能之事，以便达成和解"。叙述者似乎意识到只有通过不断地怀疑和否定自我，他才能将叙述继续下去。这就是贝克特式的"悖论"。

因此，小说的叙述是"否定式前进"。这种叙述方式被后结构主义叙事学家定义为"消解叙事"（denarration），即"先报道一些信息，然后又对之进行否定"。布赖恩·理查森2001年在美国《叙事》第2期发表了一篇关于"消解叙事"的论文，就主要以贝克特的小说三部曲为例探讨了"消解叙事"的特征。《难以命名者》生动而具体地演示了"消解叙事"的过程。小说开始的一系列疑问和不断否定与肯定的陈述，反映了叙述者"我"也是现代作家试图解释其当前境遇，而又"无法解释的绝望"使小说的叙事在不断否定和质疑中展开。叙述者每给出一个有关他个人的信息，都会被立即否定，从而造成叙述没有真正意义的前进。譬如，叙述者说，"我好像在说话"，但很快就加以否定，"不是我，不是关于我"。他声明，"开始时我不会孤独"。然后又说，"我当然是孤独的"。他自称，"关于我自己我不需要知道什么。这里一切都很清楚"。接下来又立刻反驳自己："不，一切都不清楚。"就这样整篇小说的叙述就成了一个不断质疑、不断否定与肯定的过程，小说的形式也成了"一个不断声明与否认、肯定与否定的序列"。

不难看出，《难以命名者》给我们讲述的并非什么动人的故事，而是对其自身叙述进程的一个隐喻。尽管叙述者"我"在滔滔不绝地述说，但故事却没什么实质性进展。譬如，叙述者讲述的关于马胡德回家的故事，其实既是对叙述方式的呈现，也是对叙述者目前纷繁思绪的真实模仿。如安德鲁·K·肯尼迪指出，"讲故事的路线，在难以命名者自己的故事中形成一个螺旋状……模仿着叙述者的意识状况"①。所以马胡德回家的旅行，只是环绕同一地点不停运转，没有尽头：

"我已经前进了十大步，如果它们可以被称为步的话，不是直线式前进这根本不需要我说，而是明显的曲线式，如果我继续沿这一曲线走下去，它有可能使我返回我的起始点，或

---

①　Andrew K Kennedy. *Samuel Beckett*. Cambridge university Press. p.146.

者接近起点。我一定是被卷入了一种逆转的螺旋式进程,我是指螺旋进程的一个圈,它不是逐渐扩展,而是越来越小,并且最终……将会由于缺乏空间而终结。"

这里叙述旅行最终变成了螺旋式进程,它形象地演示了小说自身的形式,这也是贝克特式的小说形式。它揭示的是运动和静止的辩证法,即"进非进,退非退,行非行,止非止"。叙述者"我"实际上一直处于静止状态,所以根本就不存在身体的旅行,只有文字和叙述的旅行。尽管叙述者使用了"前进"、"继续走"这样表示行走的动词,但是,"这只表示一种前进动作的幻影"①。事实上,马胡德的旅行和叙述者讲故事的活动都没有真正的身体的前进,如果有的话,也只是一种"曲线式"逆向的"螺旋式"叙述进程。因此马胡德的旅行所能达到的目的地只是起点,如他自己所说:"总之我又折回来,无可否认地变得虚弱了……"至于马胡德是否真的回到了他的家人身边,小说并没有清楚地交代。根据叙述者"我"的讲述,马胡德"从未到达他们身边",但是没过几页他又说马胡德回到了家,并且将他回家时的场面描绘得栩栩如生。可是在马胡德回家的旅行结束时,"我"的声音又否认了先前的说法:"够了,这都是胡说。我从没去过任何地方,只是呆在这儿,没有人让我离开过这里。"这显然是在描述叙述者自身的状况,似乎暗示了一个事实,即叙述者"我"从未动过地方;他始终处于静止状态,因而叙述不可能继续向前发展。但是,他不能就此终止;因为叙述必须得通过他的不停述说维持下去;他的述说就像一只舞动的鞭子,使陀螺不停地运转,尽管只能在同一地点螺旋式运转。

可见,叙述无论多么精彩,其实都是对自身的阐释,而叙述本身又是对意义不断追问和反思的过程,也是试图破解意义之难解谜团(aporia)的过程。最为精彩的难解之结是在小说的中间部分:叙述者"我"通过沃尔姆的故事对自己的身份提出了大胆的质疑和否定,"我像沃尔姆,没有声音或理智,我是沃尔姆,不,假如我是沃尔姆,我就不会知道此事,不会说此事……但是我什么都没说,我什么都不知道,这些声音不是我的,这些思想也不是我的"。这种自相矛盾的文字不仅表达了叙述者"我"的焦虑心态,而且也进一步揭示了叙述的本质。叙述者想搞清楚自己的身份,然而,他越讲述越无法确定自己的身份,因为没有语言能够定义他本真的存在,没有语言能呈现绝对的意义。其实叙述的本质就在于展示其内在矛盾(aporia)和张力:总是试图达到终极目标,但又永无到达终极目标的可能。整篇小说的叙述本身就是对解构主义视意义为永无可能之谜的纯粹显示。

(二)主体的死亡与界限的消失

从认识论的层面看,《难以命名者》生动展示了一个新的哲学维度,一个没有中心、没有主体、没有二元对立界限的认知领域,这正是解构主义文本的主要特征,因为解构主义始终是界限的破坏者。小说中出现的另一个与解构主义有关的词即是 tympanum,这是难以命名者最后给自己取的名字,它与 tympan 词义相同,意思是"鼓膜"、"鼓室"或"衬垫"等,暗示两者间的空隙。其实,"鼓膜"也是德里达理论中的一个关键词,它更形象地揭示了"延异"的真实内涵。德里达写了一篇题为《鼓膜》(Tympan)的论文作为他的《哲学的边缘》一书的前言,文章通过对鼓膜(tympanum)的不同特质的详细阐述,探讨了哲学的本质,指出:"在哲学文本之外并不是空白的、未开发的、虚空的边缘地带,而是另一个文本,是一个没有任何中心

---

① Andrew K Kennedy. *Samuel Beckett.* Cambridge University Press. p. 139.

作为参照的由各种势力的差异所组成的编织物。"①德里达认为这一无形的网状的边缘区域就是一种"未加思考的"（unthoght）、"被抑制的"（suppressed）哲学领地，它是无法言说的、难以命名的，它就意味着"延异"的开始。《难以命名者》所表现的就是德里达所指的那种文本世界，一个"被抑制的"陌生区域。小说通过"鼓膜"形象地暗示一种独特的位置，即一种中性的存在，它恰好揭示了难以命名者的本质。如叙述者"我"所说：

"……一个外面一个里面而我在中间，或许那就是我的本质，将世界一分为二的东西，一边是外面，一边是里面……我既不是一边也不是另一边，我在中间我是间隔物，我有两个外表而没有厚度，也许那就是我感觉到的，我自己在来回摆动，我是鼓膜，一面是头脑，一面是世界，我不属于任何一边……"

由此可见，难以命名者的本质就是模糊的二元对立。因此，小说中似乎根本不存在清晰的内容/形式、意识主体/认识客体、叙述者/被叙述、内部/外部、生/死的界限。首先，小说呈现给读者的是纯粹的意识，是一个赤裸裸的大脑以及它探寻自身的复杂经历。大脑活动无疑是小说表现的内容，叙述本身就是对这种错综复杂的混沌的意识活动的呈现，因此，它也是一种形式。第二，小说中没有真正意义上的人物。叙述者"我"与其说是一个人物，不如说是一个虚空声音，如他自己所说，"我是一个会说话的球，谈论着根本不存在的事物"，因为"小说人物所剩下的只有声音，人的身份模糊不清，难以确定，已经被剥夺了时间、地点、功能和目的"②。第三，小说所谓的主人公兼叙述者所生存的空间并非什么具体场所，只是灰暗、混沌的区域，譬如一个罐子、一只瓮，或者大脑内部。总之，叙述者已经丧失了人的特征，没有主体、没有性别、没有感觉、没有记忆。如他自己所描述的，"我的肩上扛着一个大的光滑的球，除了眼睛，没有任何特征，眼睛也只剩下两个洞。……我已经不再有鼻子了，为什么一定要有性别呢？"这个"会说话的球"既是一个无生命的存在，又是一个活跃的说话者。主体已经沦落为一个说话的机器，只会不停地述说，但却搞不清自己的身份。

小说突出地表现了作者/作品、叙述者/被叙述者之间界限的消失。难以命名者探究自我的目的就是想搞清楚自己的身份，而能否确定自我身份就在于能否辨别主体/客体、叙述者/被叙述者的界限。叙述者"我"之所以不断创造新的人物，寻求新的名字，就是因为他无法将人物同他自己区分开。他甚至怀疑是这些人物盗用了他自己的名字，并且剥夺了他存在的权利。譬如，当他决定给巴西尔更名为马胡德时，就表达了这样的困惑：

"我将称他为马胡德，我更喜欢那个，我感到奇怪。是他给我讲述关于我的故事，代替我生存，由我体内产生，又回到我身边，又进入我，在我的头上堆积了许多故事。我不知道这是怎么一回事。我总是不希望知道什么，但是马胡德说这样做不对。他也不知道，这使他忧虑。是他的声音经常、总是与我的声音融合在一起，并有时将我的声音完全淹没，直到他永远离开我，或拒绝再离开我，我不知道。是的，我不知道现在是否他在这里还是在很远……"

从这段文字不难看出，"我"的声音是多重的、含混的，它既从故事内部发出，又来自于故事之外；它听起来既像是作者发出的又像是叙述者在讲述马胡德的故事，更像是故事的主人公发出的。叙述视角也随着声音的变换而飘忽不定。从表面看，叙述者在讲述马胡德的经历，但马胡德作为小说的人物，也在讲述有关某人的故事，或许是叙述者"我"的故事。叙述

---

① Jacques Derrida. *Margins of Philosophy*, Alan Bass trans. University of Chicago Press, 1982. p. 23.

② Andrew K Kennedy. *Samuel Beckett* Cambridge University Press. p. 139.

者认为，"是马胡德代替'我'生存，由'我'体内产生，并且又进入'我'的内部"，马胡德是一个模糊不定的人物，他既可以被看作是叙述者创造的人物，也可以被看作叙述者的代言人。同样，叙述者"我"也可以被视为马胡德创造的人物，也是马胡德的代言人。总之，究竟谁是叙述者，谁是被叙述者，根本无法分辨。

如果说在《马洛纳之死》中，叙述者和被叙述者之间的界限虽已变得模糊，但我们仍可以将二者区分；那么，在《难以命名者》中，两者之间的界限已经完全消解。在这里，"贝克特成功地瓦解了叙述者/被叙述者的关系，进入一种无法区分的第三空间……其结果是一个全新的小说种类，一种没有叙述者和被叙述者的小说"①。这种全新的小说即是一种主体永远缺失的文本。沃尔姆的故事更进一步演示了这种文本世界。作为难以命名者"我"创造的最后一个角色，沃尔姆既是"我"的替身也是马胡德最终退化成的样子。马胡德与沃尔姆之间最重要的区别就是"人与非人的区别"②。马胡德的名字是英文单词 manhood（成年人）的谐音；而沃尔姆的名字恰好就是英文词 wom（虫）。从马胡德到沃尔姆的转变不仅象征现代人的"异化"，也隐喻了作者或叙述者从全知全能的上帝到无名的说话者、从创作主体到虚空的叙述声音的演变过程。沃尔姆的故事代表了主体消亡后的故事走向，标志着"人的终结"与"符号的开始"。因为沃尔姆只是一个符号（物体），一个没有生命的存在，他甚至连声音都没有。如果说他还有特征的话，那就是："什么也感觉不到，什么都不知道，什么都不会做，什么也不想要。"这些特征更进一步证明了作者主体地位的丧失，意味着主体/客体界限的彻底消解。

总之，难以命名者是中性的：既不是马胡德也不是沃尔姆；既不是"我"也不是"他"；既不是主体也不是客体，而是一个无形的存在。这也就是他最终称自己为"鼓膜"的缘故，因为"鼓膜的外形如此完美地唤起了后现代性特有的自我分裂特征。"③由此可见，"鼓膜"就是难以命名者"我"的典型特征；难以命名者处于主体与客体、叙述者与被叙述者之间的空隙，它代表的是第三个空间；而难以命名者既不在这一空间之内也不在它之外，他与两者有必然的联系，但又不属于任何一方。他仿佛无所不是，但又什么都不是；他仿佛成为界限的破坏者。小说所彰显的就是二元对立彻底消解的这样一个灰暗区域，在这里已经不再有主体与客体、叙述者与被叙述者、内部与外部的对立，而是主体等同于客体、叙述者等同于被叙述者、内部等同于外部。它是一个主体永远消失的、充满多样性的、流动的空间；它永远无法把握，因此也永远难以命名。

（三）语言的牢笼与叙事的迷宫

从语言哲学的角度看，《难以命名者》可以说是一部关于词语的现代神话，它讽喻了后现代主义语境下的"语言表征"的本质。如 A. 阿弗雷兹所评论的："在《难以命名者》中，唯一的主题就是词语本身和难以忍耐的对使用词语的需求。"④贝克特一向被看作是爱玩弄文字游戏的作家，但是在这部小说中，似乎并不是作者在玩文字游戏，而是语言自己在游戏。所以叙述者"我"探究自我的活动其实就是对语言意义自身的拷问。

那么，语言究竟是什么？如果说传统的语言观将语言视为"再现"客观世界，描摹自然的

①　Richard Began. *Samuel Beckett and the End of Modernity*. p.156.

②　Richard Began. *Samuel Beckett and the End of Modernity*. p.163.

③　Richard Began. *Samuel Beckett and the End of Modernity*. p.177.

④　A Alveraz. *Beckett Glassgow*：*William Collins Sons & Co Ltd*. 1978. p.65.

工具；现代主义或结构主义语言观将语言看作存在之家园和赋予万事万物以本质、产生意义的符号系统；那么，后现代主义或后结构主义语言观则认为语言已不再具有清晰性、透明性，"语言仿佛变成一种'浑浊的'载体，意义再也不能一目了然，意义必须依靠阐释才能获得，既然是阐释，就不再存在一个大写的、唯一的意义，而只会是多种意义的可能性"①。后结构主义的一个颠覆性论题是：不是人说语言，而是语言说人，或者是语言（通过人）自己在讲述自身。《难以命名者》就是对这种后结构主义语言观的揭示。小说向我们展示的与其说是一个文本，莫如就是混沌的语言活动场所，因为文本就是语言的游戏与狂欢。而游戏的主体已不再是语言者（人），而是语言本身。小说总共179页，起初还有比较完整的句子，也有段落划分，但是从22页开始，小说就不再有段落划分，可以说只剩下一个长达150多页的段落，其中充斥着许多疑问句。句子开始时很短，后来逐渐变长，小说的最后一个句子长达数十页，中间由逗号断开。叙述者"我"的唯一任务就是通过不停地述说将叙述进行到底，而不停地述说又是为了达到最终的沉默。然而，叙述似乎没有开始，也没有结束，因为话语滔滔不绝，叙事似乎永远不会终止，因此也不会有真正的沉默。

　　如果说整篇小说就是语言的自述，那么，难以命名者就是一个纯粹的符号，在语言的海洋中漂浮游荡，如他自己所说：我在词语中，由词语制成，他人的词语，什么他者，也是地点，空气，墙壁，地板，天花板，所有的词语，整个世界都同我在一起，我是空气，墙壁，被墙围住的东西，一切都屈服了，展开，衰落，有瑕疵，像雪片似的……对于难以命名者来说，存在就意味着述说和被述说，它只存在于词语中。作为无数语言符号中的一员，它只有在文字的世界中不停的游戏，才能彰显自我的个性，因为"一个符号的意义不存在于其本身之内，而是以这种或那种形式散布于其他符号之中"②。但遗憾的是，在叙述的旅程中难以命名者不但没能张扬自我，反倒迷失自我。虽然它被语言包裹着，但它仍然找不到恰当的文字来解释它自己。从这个意义上说，叙述者"我"之所以难以命名，是因为他被他自身（语言）所束缚。

　　诚然，难以命名者需要通过词语来表达他自己，但词语又成了表达的障碍。可见语言已经不再是存在之家园，反倒变成存在之牢笼。难以命名者就如同被关在笼子中的动物，如他自己所描述的：他像"出生于笼子中的野兽们所生的一只野兽，出生然后死亡，出生于一个笼子然后死于笼子中，总之，像一只野兽……"这段文字生动地描述了难以命名者所陷入的绝望而又无奈的境遇。在探究真实自我的叙述进程中，叙述者"我"既是探寻者，又是探寻的对象；既是笼子的建造者，又是被囚禁在笼中的野兽。这使人联想到古希腊神话中的建筑工匠代达罗斯的故事：他用自己的巧手帮助弥诺斯国王为牛头人身的怪兽建造起一座豪华的迷宫，以便使进去的人永远找不到出口，不料他自己却被囚禁在自己创造的迷宫中。难以命名者"我"用文字构建了一个叙述迷宫，但他自己也被拘禁在错综复杂的叙述迷宫中。然而，代达罗斯能够凭借自己的智慧打造出翅膀，最终飞出弥诺斯迷宫，并重新获得自由；而难以命名者"我"却无论如何也摆脱不了语言的束缚，因为"他不可能找到逃跑的路径，并且所有类似的企图都会使他更深地陷入语言的牢笼"。两种结局似乎暗示了两种截然不同的思维方式，揭示了传统文学与后现代文本的本质区别，前者暗示了唯一意义的确定，后者则隐喻了意义之永无穷尽。难以命名者，作为后结构主义话语的使者，既是他自身的创造者，又是"谋

---

① 盛宁：《人文困惑与反思——西方后现代主义思潮批判》，第54～55页，北京：三联书店，1997年。
② 马克·柯里：《后现代叙事理论》，宁一中译，第86页，北京：北京大学出版社，2003年。

杀者"；既是自己的天堂，也是地狱。

　　既然叙述迷宫是由语言编织而成，那么，唯有语言才能使他走出迷宫。所以语言既是解决问题的手段又是目的，既是艺术创造的材料又是作品本身。在小说即将结束时，难以命名者开始了最疯狂的为自我命名的尝试："……现在赶快再试一次，用余下的词语，试着做什么，我不知道……也许这是门，也许我正在门口……我可以离开，不知道我旅行的整个时限，我现在是在门口……这是最后的词语，的确是最后的……"然而，难以命名者最终非但没有寻到出口，反而进入迷宫的死角（aporia）。他无法逃避，"语言就是最终的难以摆脱的束缚，它无法达到沉默"①。最后，那个唯一能够证明他存在的声音在逐渐消失——

　　"……你必须继续下去，我将继续下去，你必须说话，只要有词语存在，直到他们找到我，直到他们说我，奇特的痛苦，奇特的罪过，你必须继续下去，或许已经做了，或许他们已经谈论我了，也许他们把我带到了我的故事的起始点，在通往我故事的入口处，那会使我惊讶，如果门被打开，那将会是我，将会是沉默，我在哪儿，我不知道我永远不会知道，在沉默中你不知道，你必须继续下去，我不能继续下去，我将要继续下去。"

　　至此，难以命名者面临着表达的两难境地：停止还是继续？这似乎成了哈姆雷特式的生死抉择。他不能继续下去，因为继续就意味着创作，创作就需要更多的词语，而词语越多就会使叙述的迷宫变得越发错综复杂；但是他又必须继续下去，因为只有通过不停地述说，他才有机会使用词语，只有词语才能给他命名。"找到那个本质的'我'的声音似乎是达到静止，达到最终沉默的前提。"②小说自相矛盾的结束语生动地表现了难以命名者内心的矛盾与焦虑——渴望继续，但又无话可说；想保持沉默，但又欲罢不能的心态。为了给自我命名，叙述者"我"似乎穷尽了所有的表达方式与手段，耗尽了所有词语，但结果是自我在叙述的旅程中彻底消解，"我"最终变成了一个彻底的"难以命名者"。

　　《难以命名者》的结尾似乎把我们带入了某种沉默，但是它听起来更像是一种焦虑不安的休止符，并非永久的沉默，因为真正的沉默意味着叙述达到了终极目标，即完成为自我命名的使命，因而叙述者不再有述说的义务。但事实上难以命名者没有实现为自我命名的夙愿便不得不停止叙述。小说的结尾其实暗示了更加强烈的表达愿望，叙述者渴望继续下去，但往何处去？他不知道，作者也不能给出答案。即便他继续讲下去，那也只是无穷地延伸，因为终极意义将永远悬而未决，自我永远不能被定义。因此，"我不能继续下去，我将要继续下去"这无可奈何的结束语听起来更像是作者（贝克特）本人的声音，它深刻道出了作者自己，或许也是现代作家和艺术家所必须面临的表达困境和对文学未来的忧虑。这个声音，如安德鲁·K·肯尼迪所说："反复地在以后的作品中回响，总是企图达到沉默但又无法逃避语言的困扰，随着那有节奏的词语不停运动。"③究竟叙述将向何处发展？文学将向何处发展？终极意义何时达到？其实小说悖论式的结局就是一个绝妙的答案，它给文学评论家留下了一个无穷无尽的阐释空间，一个永远的难解之谜。

　　（王雅华：《难以命名、异延、意义之谜团——塞缪尔·贝克特小说〈难以命名者〉之解构主义阐释》，载《外国文学评论》2006 年第 3 期。略有删订）

---

①　Andrew K Kennedy. *Samuel Beckett* Cambridge University Press, p. 151.

②　Andrew K Kennedy. *Samuel Beckett*. Cambridge University Press, p. 140.

③　Andrew K Kennedy. *Samuel Beckett*. Cambridge University Press, p. 152.

第四节 解读范例介绍

一、罗兰·巴特对巴尔扎克的小说《萨拉辛》的解构主义分析

见［法］罗兰·巴特：《S/Z》，屠友祥译，上海人民出版社，2000年。

罗兰·巴特对巴尔扎克的小说《萨拉辛》的解构主义分析，见于他的著名作品《S/Z》（1970）中，这是巴特从结构主义向后结构主义转变的标志。《S/Z》全书用了200多页的篇幅分析巴尔扎克只有30页的小说《萨拉辛》（sarrasine）（1830）。着眼于小说意义上的多元性，巴特认为，文本只具有能指作用，能指并不是所指的"在场"。他一反传统结构主义的共时结构研究法，而采用历时或线性追踪阅读文本的办法，把小说分解成561个阅读单位，并用五种代码网来进行阅读和理解，如下：

（1）阐释性代码（code hermeneutique），它以各种方式提出有待于阐释的问题，用以逗引话语之谜或话语不明确的意义。在《萨拉辛》中，这个待解之谜围绕着桑比奈拉：她是谁？虽然最后小说揭示出"她"是个打扮得像女人似的阉人，但此前的话语组织出一个又一个延宕的回答，如"她"是个"女人"（一个圈套），"她"是个"自然之外的造物"（一种含混），"谁也不知道"（一种搪塞的回答），等等。

（2）语义素或含蓄意指代码（code seme, connotation），它是有关各种词的含蓄意义的代码，使含蓄意义以不为人注意的方式"闪现"出来。比如标题"萨拉辛"作为第一个阅读单位，包含着两重代码：一是它让读者提出它是什么的疑问，并允诺一个待续的回答；二是这词的阴性后缀暗示与阴性或女性有关，从而显示它是有特殊内涵的能指。

（3）象征性代码（code symbolique），它是在长期发展中形成的具有特定含义的可辨认的意象模型，常用以表示性和心理分析的关系模式。比如在父子的象征关系中，萨拉辛是一位律师的独生儿子，母亲一直不露面，当儿子立志当艺术家，他失去父亲的宠爱，而后来热心的雕塑家布夏东出场时，叙述的象征性代码得到发展，布夏东填补了母亲的空位使父子和解。

（4）行动性代码（code proairetique），指文本中能合理确定行动结果的序列，用以指示行动的基本逻辑顺序。作品中存在着诸多行动序列，读者无意识地使代码发生作用，认为行动序列自然而真实。

（5）文化性代码（code culturels），指由特定文化惯例所规定的程序，包括对各种由社会形成的共同认知的参照，如物理学、医学、化学、文学、心理学等。比如第174个阅读单位，"在描写未来的天才以青春的朝气进行奋斗的那些作品当中"，萨拉辛初露才华。这句话是文化性代码常用的方式，它包括双重的文化参照：青春对朝气，天才对艺术。

在巴特看来，"五种代码构成一种网络、一种局域（topique），经此，整篇文贯穿于其中（更确切地说，在贯穿过程中，文才成为文）"①。这张无形的网络或局域不停地分割所谓能指与所指的同一性整体，使其遍生裂缝，使作品松散、破碎、意义重叠、交叉、渗透、对抗、侵

---

① ［法］罗兰·巴特：《S/Z》，屠友祥译，第84页，上海：上海人民出版社，2000年。

犯乃至被消解，整体感荡然无存。巴特以此表明，文本不可能有固定的意义。《萨拉辛》据说是现实主义作品，但巴特把它揭示为一种不纯粹的主题和意义，文本中各种矛盾的因素破坏了读者所期待的描写的统一性，作品中阉人的秘密、性角色的混乱，以及资本主义财富的秘密，都引起一种反描写的阅读：似乎解构主义的原则事先就存在于其中，文本本身就内含着。对于这种阅读，巴特指出："……我没有对它施以谓语性手术，因文之存在而生的名为阅读（lecture）的手术，况且我（je）亦并非单纯的主语（主体），并非先于此文而存在，并非把文当做待拆之体，待占之位，继而来处置它。"另一方面，作为读者的"这个探究文的'我'，本身就已经成为其他诸文的复数性（pluralite），成为永不终止的代码的（infinis）复数性，或者更确切些地说：成为失落了（失落其起源）的代码的复数性"①。这样，一种作为"复数的文本"的读者来读有待占领的文本，文本意义的中心就被消解了，甚至连读者的中心也被消解了。

二、米勒对雪莱的长诗《生命的凯旋》的解构主义分析

参见［美］希利斯·米勒：《作为寄主的批评家》。该文收入王逢振等编：《最新西方文论选》，桂林：漓江出版社，1991 年。

希利斯·米勒对雪莱的长诗《生命的凯旋》的解构主义分析，见于他的《作为寄主的批评家》一文中。值得一提的是，米勒对雪莱的长诗《生命的凯旋》的分析主要采用的是一种"内在阅读法"，即深入文本内部细致追溯显示文本解构的因素，通过解构分析使其具有的破坏性力量得以释放。

米勒认为，《生命的凯旋》作为诗歌创作，其构思的基点就在于诗人要借助这一文本的整体结构使能指与所指之间的种种障碍消除，最终说明生命虽是活着的死亡，但却不会消逝，它总是光明的全新意象，无休止地进行着繁衍，人类面临的是一片光明的普遍赠予。但是，米勒认为，这种构思实际上是无效的，诗人在诗中所运用的不同喻象，不仅没有消除作为符号的能指与所指之间的障碍，甚至还毁灭了它所联结的东西，使文本希望表现一组复杂主题的努力归于虚幻。例如，这首诗的主导意象是光明，诗人为了表现光明，运用了一连串的拟人手法和情景描绘，为光明添加了许多比喻性形象，如阳光、星光等，但正是这些不同的喻象，使光明被分化，而变成了阴影，使这首诗贯穿了光明和阴影两极对立的重复形态。这两极始终在自行组合并相互否定，如象征光明的阳光熄灭象征光明的星光，反之亦然，而且，当新的光明出现时，原来的光明便成了阴影。在米勒的解释中，许多类似的喻象、情景乃至情节，都成了他进行这种解构分析的材料。

如对《生命的凯旋》第 2 章第 565～591 行的分析。米勒认为，这一部分诗人叙说了艾米丽与恋人之间的融合为一，是全诗的一个高潮。诗人写道：

> 我们将心心相印，息息相通，
> 我们的脉搏将同步起伏，
> 双唇将以有别于语言的雄辩，
> 而沸腾在我们深层存在的井孔，
> 我们最深邃的生命的源泉，

---

① ［法］罗兰·巴特：《S/Z》，屠友祥译，第 69 页，上海：上海人民出版社，2000 年。

> 宛如旭日照耀下的山洪，
> 将会融合成纯金般的一片激情，
> 我们将化为一体，将会变成
> 两个躯体中的一个灵魂啊！何以两人？
> 一对孪生的心房中只有一种激情，成长
> 再成长，酷似两颗喷焰的流星，
> 充盈着激情的两个形体终于合一，
> 接触，交融，改模变样；
> 永远燃烧，又永远熄不灭，毁不掉；
> 我们彼此从对方找到事物，
> 像无比纯净轻盈的火焰，光辉的生命……

米勒指出，诗中这一段壮丽的高潮本身就是由悖论性的寄生构造的种种变体写成的，旨在实现恋人间融合的符号，最终重构了这些符号想要抹除的障碍。诗人越是说恋人要融合为一体，他就越会把他们一分为二，他必须再三认定他们是分离的。同时，诗中写到的有别于语言的雄辩而讲话的双唇，也是人与人之间限制性的障碍的门户，这对嘴唇可以屏闭于燃烧其间的心头，但依然是一种沟通的中介体，面对融合的实现也是一种障碍，双唇实际上成为一种寄生性的构造。同样，深邃的井孔的喻象重申了细胞式封闭解构的概念，正如在山涧在旭日照耀下被融合的形象中，水与水的撞击向读者表明，一对恋人的实在实体只有蒸腾挥发，才能融为一体。最后，米勒得出结论，认为《生命的凯旋》实际上既有理想主义，又有怀疑论；它有指涉性，但它只在喻象中不断前指，因此又什么也不能指涉；它有行为性语言，但这种语言又不产生任何行为，它只是"永远被刷新的失败的记录"。①

---

① ［美］希利斯·米勒：《作为寄主的批评家》，李自修译，见王逢振等编：《最新西方文论选》，第 184、173 页，桂林：漓江出版社，1991 年。

第 17 章　后现代主义

后现代主义是一场于 20 世纪 50 年代末 60 年代初兴起于欧美，后延续至今并影响全球的文化思潮。它波及哲学、美学、人类学、社会学、文学艺术等领域。后现代主义思想家们在这场文化思潮中，提炼、总结了一整套虽然庞杂但不乏共同性的后现代主义知识话语体系，为我们评价、观照文学尤其是后现代主义文学提供了新的视角、新的原则和新的方法。换言之，为文学批评而存在的后现代主义，从后现代主义思想尤其是后现代主义哲学那里取得了基本的原则和标准。同时，它作为文学批评的标准、原则和方法，又是结合具体的后现代主义文学创作实际而建立起来的，其针对的对象主要是后现代主义文学的作家、作品、流派和运动，以及与文学创作有关的政治、经济和文化背景状况。所以这一套原则和标准又是建立在对后现代主义文学基本特征的总结上。不了解文学尤其是后现代主义文学的独特性，就不可能建立和运用后现代主义批评。

第一节　基本理论

后现代主义批评的理论和方法包含、体现在后现代主义思想和后现代主义文学中，因此下面我们着重介绍后现代主义及其文学的基本内涵和主要特征。

一、后现代主义

1. 后现代主义概念

莱斯利·费德勒（Leslie Fiedler）在 1969 年对后现代主义所下过一个早期的定义：一个崛起的运动，一种对类别完整性观念的蓄意复杂化。① 美国作家阿瑟·A·伯格（A. A. Berger）则借小说人物之口说："后现代主义可以被称为一种状况或一种理论，一组信念、价值观和态度……塑造了我们的意识以及我们的社会……但这不仅仅是美学……这是理解世界和生活的一种方式。"②这一表述对后现代主义的认识是比较全面的，并且能代表后现代主义发展成熟之后人们对它的基本看法。在此基础上，并综合其他人的观点，我们认为后现代主义首先是一场反传统的带有颠覆性质的文化思潮，其次也是一种与过去截然不同的价值观和人生观，是理解世界和生活的一种新的思维方式和观察视角。

后现代主义产生的土壤是新型社会的出现和大众文化、商业文化的崛起。这个新型社会，思想家们有各种叫法：晚期资本主义社会、后工业社会、消费社会、高科技社会、信息社会或媒体社会等。著名的后现代主义思想家有法国的雅克·德里达（J. Derrida）、米歇尔·福柯（Michel Foucault）、罗兰·巴特（Roland Barthe）、鲍德里亚（Jean Baudrillard）、吉尔·德勒兹（Gilles Deleuze）、让－弗朗索瓦·利奥塔（Jean-Francois Lyotard），英国的齐格蒙特·鲍曼

---

① ［英］S. 康纳：《后现代主义文化——当代理论导引》，严忠志译，第 161 页，北京：商务印书馆，2004 年。
② ［美］阿瑟·A·伯格：《一个后现代主义者的谋杀》，洪洁译，第 29 页，桂林：广西师范大学出版社，2001 年。

（Zygmunt Bauman），美国的理查德·罗蒂（Richard Rorty）、弗·杰姆逊（Fredric Jameson）和哈桑（Ihab Hassan），等等。他们都对后现代主义概念及其内涵作出过经典的论述。

2. 后现代主义基本特征

按照学者们的阐释，后现代主义的基本特征表现在消解元叙事，提倡个体主义、多元主义和不确定性等方面。其中哈桑的观点颇具代表性，因此下面我们以他的观点为中心，来了解后现代主义基本特征的具体内容。

哈桑在《后现代转折》（*The Postmodern Turn*，1987）第八章中，将后现代主义的基本特征概括为十一点，认为后现代主义有破有立，前五点是后现代主义的解结构趋势，后六点则是其重建结构的趋势。虽然他的分析对象主要是整个后现代主义文化现象，分析策略却是通过文化阐释来指向后现代主义文学评价。

（1）不确定性（Indeterminacy）。这是哈桑所认为的后现代主义两个"主要的本质倾向"之一，也是其他人如鲍曼和德勒兹所指出的后现代主义的最为基础的特征之一。它与下列概念同属一个意义层次和范畴框架之内，并且相互体现，互为因果：模糊性、间断性、异端、散漫性、反叛、倒错、变形、分解、解构、非中心、非神话化、零散化、反正统化、多元主义、个体主义，等等。这一特征反映在后现代主义文学中，就是主题、意象、情节、结局、意义等的晦涩、模糊和开放性。

后现代主义之所以突出强调文化现象和文本意义的不确定性，是因为人们认为确定意义是不可知的，传统的意义中心主义应该予以消解，这受到解构主义等哲学思想的深刻影响，表达了后现代主义叛逆传统、批判传统的一面，也在一定程度上反映出后现代主义对社会现实的悲观态度，即认为后现代这个光怪陆离的社会是不可捉摸的，是荒诞混乱的。

（2）零乱性（fragmentation）。即碎片化、片断，它表示后现代主义对"整体化"的放弃和批判。这用哈桑的话说，就是："不确定性常因片断性而产生，后现代主义者只是割断联系，他们自称要持存的全部就是断片。他们最终诅咒的是'整体化'——不论何种的综合，社会的、认识的、乃至诗学的。"[①]在后现代主义眼里，当今的社会文化现象之间缺乏意义的关联，因此人和事在一地鸡毛式的碎片化现实中，呈现为无依无靠的飘零状态。

这一点对后现代主义文学的影响也是至关重要的，它不仅成为后现代主义作家认知世界的一个原则，也影响到他们对写作技巧的运用，即下文要论述的拼贴、零散叙事等，就顺理成章地泛滥于后现代主义文学中。

（3）非原则化（decanonization）。这个词与"非中心主义"、"反本质主义"、"解构主义"、"反形而上学"等词的意思是相近的，也就是利奥塔所谓的废除元叙事，表示后现代主义对偶像崇拜、理性崇拜和权威崇拜的拒绝。德勒兹因此认为后现代社会的思维方式是没有固定中心的"块茎思维"，它是对传统的强调权威和聚向某一中心的"树状思维"的拒斥。

它表现在后现代主义文学中，就是不再建构深层意义，不再宣扬宏大叙事，不再刻画英雄和伟人，也不再歌颂理性、进步或未来，当然也不期望有人从中去解读出这一切。

（4）无我性、无深度性（self－less－ness，depth－less－ness）。无我性即主体或自我的消解，传统的主体主义走向后现代个体主义。传统的主体观尤其是启蒙主义以来的现代主体观认为：作为主体的人"尊重理性规则、总体意志、社会传统和看似公正的固定标准。他（她）

---

① 王岳川、尚水编：《后现代主义文化与美学》，第 125 页，北京：北京大学出版社，1992 年。

真诚地追求真理，并希望这种追求不会最终一无所获。这意味着现代主体对理性、合理性和科学充满了信心……乐观地看待人类的未来和进步的可能性"[1]。而无论是后现代主义文化还是后现代主义，都对这种主体观予以消解，认为主体不过"是过去的陈迹，现代性的遗老，自由人道主义的杜撰，不可取的主客二分法的创始人"。[2]

无深度性即对深层意义模式的解构。在后现代主义的影视文化、商业文化和文学作品中，人们不愿相信也不去建构关于英雄、人性、道德、理想等等的神话和语言乌托邦。后现代主义文化因此沦为杰姆逊所谓的浅薄的平面文化。在内容与形式中，它只要形式的狂欢；在精神和肉体中，它只要肉体欲望的暂时发泄和放纵。

（5）卑琐性，不可表现性（the unpreaentable，unrepresentable）。这即是说，后现代主义是反崇高的，因而不得不表现出卑琐、无聊、虚无、意义缺席（因而不可表现）的尴尬境况。所以哈桑进而指出，后现代主义文化由于反偶像崇拜而"在绝对的无聊和虚无上兴盛"，又如利奥塔所说，"后现代即是那种在表现自身时将见不得人的卑微性也展示出来的东西"。[3]

这表现在后现代主义文学中，就是其中只有小写的人物，而不再刻画大写的人物；只有混乱的呓语、无理性的举止，而缺少堂皇的壮举和令人感动的道德生活。

（6）反讽（irong）。哈桑指出，这个词与散漫、游戏、荒诞等概念相关联，以不确定性和多义性为先决条件。我们认为，它既是后现代主义对传统与社会的一种批判、嘲弄，又是对它们的一种游戏和颠覆。它异常明显地被运用在后现代主义文学创作中。在哈桑看来，不管是在后现代主义文化还是后现代主义文学中，反讽的肯定意义可能都少于否定意义，因为它意味着"真理不断地躲避心灵，只给它留下了自我意识一种富讽刺意味的增加或过剩"。[4]

（7）种类混杂（hybridization）。在哈桑那里，这个词有两方面的意思：一方面，从文学或其他艺术来讲，它也可叫"体裁的变异模仿"，打破体裁界限，出现不同体裁混杂的局面，比如文学与绘画的拼贴，或者是戏仿体裁，比如戏仿童话、侦探小说、科幻小说和色情小说。这就是说，后现代主义文学常常采用"反体裁"的形式。另一方面，它是指高层文化（精英文化）与低层文化（大众文化）之间界限的消失，所谓"日常生活的审美化"即是种类混杂的表现。

（8）狂欢（carnival）。来自巴赫金的这个词涵盖了不确定性、支离破碎性、非原则化、无我性、反讽、种类混杂等概念。同时狂欢还意味着个体主义多声部合奏的合理性，即后现代主义不再需要仰望巨人，而是强调每一个个体的平等权利，所以它既是对传统的一种游戏和颠覆，又是某种社会新逻辑的建造。受 20 世纪"语言的转向"的影响，狂欢一词也意味着文本的语言狂欢（游戏）性质，认为语言是文学的主体，文学则是语言自由嬉戏的场所，是语言建构了现实，而不强迫语言去反映现实。现实本无所谓有，也无所谓无，一切现实乃是语言的构成物。

（9）行动、参与（performance，participation）。哈桑认为，不确定性导致了参与，沟壑必须填平，所以一切后现代文本，无论语言的还是非语言的都欢迎参与，原因在于"它需要被书

---

①　[美]波林·罗斯诺：《后现代主义与社会科学》，张国清译，第 62 页，上海：上海译文出版社，1998 年。
②　[美]波林·罗斯诺：《后现代主义与社会科学》，张国清译，第 61 页，上海：上海译文出版社，1998 年。
③　王岳川、尚水编：《后现代主义文化与美学》，第 127 页，北京：北京大学出版社，1992 年。
④　王岳川、尚水编：《后现代主义文化与美学》，第 128 页，北京：北京大学出版社，1992 年。

写、修正、回答、演出"①。比如行为艺术就是一例。很明显，后现代主义的这一特点，受到了接受美学的影响。这反映在后现代主义文学中，就是它以不确定性的情节和结局等形式，召唤读者的参与、书写。

（10）构成主义（constructionism）。哈桑的这个概念与鲍德里亚提出的"类像"、"仿真"等概念是有密切关联的，属于同一范畴框架，它强调的是符号或语言"创构"现实而不是再现现实的特点。在文学中，是语言建构了现实，而不是语言在反映现实，在媒体文化中，则是符号、影像建构了现实。语言或符号建构的现实比真实的世界甚至更真实，这就是鲍德里亚所讲的"超真实"的"类像"。

（11）内在性（immanence）。哈桑将这个概念与现代主义的"超越性"相对并举。即是说，如果在现代主义文本中，语言符号（能指）指向某种形而上学的超越性意义（所指）的话，那么后现代主义文本中的语言符号则只是能指，而没有超越性的所指。这无疑是在突出后现代主义文本中的语言或符号的独立自足性，这种语言或符号的独立自足性就是哈桑所谓的内在性的基本含义。

二、后现代主义文学

后现代主义文学是 20 世纪下半叶西方文坛上最引人注目的文学现象之一。它不是一个单一的文学思潮或文学流派，而是包括了二战后所出现的众多具有反传统色彩的文学思潮与派别。一般认为它萌发于 20 世纪 50 年代，其发源地是法国和美国，而零星的后现代主义现象可能更早。50 年代兴起的法国荒诞派戏剧、新小说，美国的垮掉派文学及黑山派诗歌等，今天常被人们划归为后现代主义作品。到了 60 年代，随着美国黑色幽默小说和自由派诗歌的兴起以及法国新小说的发展，西方后现代主义文学进入了成熟阶段，并从其发源地美、法两国蔓延到英、德、荷等其他欧美国家。进入 70 年代后，西方后现代主义文学仍呈上升趋势。80 年代后，西方后现代主义文学日呈衰落之势，但影响波及到了俄罗斯、日本、中国等国家。在 80 年代后期出现的中国先锋派小说家如马原、洪峰、残雪、刘索拉、徐星等人的作品就明显地带有后现代主义的特点。

后现代主义文学是后现代主义文化思潮的产物和折射，是后现代主义思想的形象化表达。它在思想内容和艺术形式等方面都是激烈地反传统的，对传统的人性、道德、理性原则等元叙事，以及一切中心主义、权威主义与本质主义等，一概予以解构，采取不确定性立场，强调表现混乱的物质世界的偶然性、多变性、意义的非决定性，具有明显的悲观主义和虚无主义气息。这实际是人类精神生存危机的反映。当然，后现代主义文学赤裸裸地对生活的"一地鸡毛"式的展示，也具有反映生活、反思生活的某些积极作用。同时它在艺术形式上的颠覆和创新，虽然一方面有人认为玷污了文学，但另一方面也提供文学发展的新质，在吸收通俗文学元素、促进文艺大众化方面也具有某些可资借鉴的经验。

在主题方面，后现代主义文学解构了传统价值观念和社会规范，拒绝意义的深度模式，热衷于表现生活的琐细、无聊、浅薄、混乱和非理性的一面。这是因为在后现代作家看来，后现代社会正处于一个琐屑平庸的时代，正是一个充斥平面感的社会，也是一个不相信历史也不展望未来的社会！正如后现代主义者劳瑞·安德森的诗《这场风暴》所写的：

---

①　王岳川、尚水编：《后现代主义文化与美学》，第 130 页，北京：北京大学出版社，1992 年。

　　　　她说：历史是什么？

　　　　他说：历史是一个天使，

　　　　正在被风吹回到未来。

　　　　他说：历史是一堆碎片，

　　　　天使想回去修补一切东西，

　　　　把破碎的东西修好。

　　　　但是从天堂吹来一场风暴，

　　　　风暴不停地把天使吹

　　　　回到未来。

　　　　这场风暴，这场风暴

　　　　被称为

　　　　正是一个充斥平面感的社会进步。①

　　因此在人物塑造方面，后现代主义文学基本上放弃了对人物性格的刻画，人物成为了空壳的人，无主体意识的人，英雄也被解构了，沉沦为后现代社会中的猥琐的人。"无论是与现实主义作家笔下具有鲜明性格特征的人物相比，还是与现代主义作家笔下具有深厚心理内涵的人物相比，后现代主义小说中的人物都具有更多的虚幻性、变化性、破碎性和不确定性。"②传统的人物刻画消失不见，人物沦为故事中的道具、影子或代码。如多托罗（又译为多克托罗）的《皮男人》中的所谓"皮男人"："一个巨大而笨重的人，穿得很庞大，有几层头巾、短袜和外套，这一切东西的外面再披上一件僵硬的手工做的皮的外衣盔甲，像个骑士，还戴上一顶国产的尖尖的皮帽。"③另一处写道："这皮男人的主要行动是什么呢？他使世界见外。他远离了它。他被疏远了。"④这是小说中仅有的涉及这个人物的两处。除此以外，小说对皮男人没有任何交代，既没有身世和经历的交代，也没有性格和活动的描画，说他是主人公实在牵强，不如说是个影子和道具。联系文中所拼贴出来的一地鸡毛似的世景图和卑琐庸常的芸芸众生，这个皮男人似乎是个明显的社会反讽。他是个只有空壳的"巨大的"人，是个形式的巨人，或者是现代人关于巨人的幻影，是没有英雄的社会关于英雄的臆想。即使皮男人身上尚有英雄和巨人的点点痕迹和影子，也已经被我们的世界所"疏远"，因为这是一个英雄沦落的时代，正如文中写道："我们找到了这位宇航员詹姆斯·C·蒙哥马利，他变坏了，1966年，他受到英雄般的欢迎。从那时以来，他因种种罪名被逮捕了，股票诈骗、挪用公款、伪造文物、酒后开车——你随便怎么说吧，他都干了：偷车、杀人、用致命武器杀人。"⑤

　　在情节方面，后现代主义文学也不再提供完整情节和完整叙事，情节是零散的、拼凑的，叙事则常常被打断，这使文本呈现为文本碎片。这种情节拼凑和"零散叙事"是后现代主义文学的基本表现和重要特征，正如巴塞尔姆在《看到月亮了吗》这个短篇中所说："片断是我唯一信任的形式。"⑥他的短篇小说《玻璃山》是这方面的代表作。故事貌似完整，作者用 1 至

　①　杨仁敬等译：《美国后现代派短篇小说选》，第 159 页，青岛：青岛出版社，2004 年。
　②　罗钢选编：《后现代主义文学作品选》，前言第 14 页，北京：高等教育出版社，2002 年。
　③　杨仁敬等译：《美国后现代派短篇小说选》，第 71 页，青岛：青岛出版社，2004 年。
　④　杨仁敬等译：《美国后现代派短篇小说选》，第 77 页，青岛：青岛出版社，2004 年。
　⑤　杨仁敬等译：《美国后现代派短篇小说选》，第 77～78 页，青岛：青岛出版社，2004 年。
　⑥　巴塞尔姆：《看到月亮了吗》，杨仁敬等译：《美国后现代派短篇小说选》，第 51 页，青岛：青岛出版社，2004 年。

100 的阿拉伯数字来标明整个故事的各个段落，但实际情形是：各个段落之间没有任何联系。而且在讲述一个人试图登上玻璃山的过程中，作者不时插进一些全不相干的文学术语词条或关于西方经典童话"玻璃山"的片断，或者反复重复某些话，如"这里我还是初来乍到"，或者在无任何背景交待的情况下突然出现一段名人语录，从而有意打断故事的线性秩序，以零散叙事的方式拼贴出一个莫名其妙的故事"碎片"。

在情节方面，受后现代主义思想影响，后现代主义文学还有一个特点就是不确定性。在后现代主义思想家看来，不确定性是后现代主义最为重要的特征，它与后现代主义的消解中心、反对权威、拒绝确定的深度意义是联系在一起的。这一点也成为后现代主义作家的价值观、信念，以及创作的理念和技巧。正如巴塞尔姆所说："我的歌中之歌是不确定原则。"①国内有学者指出：后现代主义文学最大的特征之一就是其不确定性。这种不确定性主要表现在四个方面：主题的不确定，形象的不确定，情节的不确定和语言的不确定。② 情节方面的不确定的表现之一就是文本常常没有确切的答案和确定的结局。如品钦《拍卖第四十九批》讲述家庭妇女奥狄芭调查一份遗嘱的故事。奥狄芭突然得知自己成为了婚前情人的遗嘱执行人。她在对一切都茫然无知却又疑虑重重的情况下接受了委托，开始对遗嘱展开调查。在情况逐渐清晰的时候，她期望在第四十九批的拍卖中得知最后的答案，小说却在拍卖声响起的时候结束了。这是一个没有结局的开放式结尾，打破了传统故事的闭合型结构，将谜团留给了读者。后现代主义文学的不确定性因此呼唤读者的参与，使后现代主义文本成为巴特式的"可写的文本"，成为意义开放的文本，因此后现代文本是"一架制造解释的机器"。③

情节的不确定性和碎片化使很多后现代主义小说变成了"迷宫小说"。这个标志后现代主义文学之重要特征的词，主要是指情节与意象交织，晦涩、模糊、混乱的小说，正如博尔赫斯的《交叉小径的花园》这个标题所暗示的。罗伯-格里耶、卡尔维诺、博尔赫斯等都是善于编织迷宫的后现代作家。"迷宫小说的流行是后现代文学中确定性缺失的结果。确定性的缺失，也就意味着没有原点，没有中心，没有起始，没有终端，没有方向感，没有终极目标，这就是后现代人的迷宫体验，世界犹如一座迷宫，我们生活在迷宫里。迷宫小说的叙事或表现为扑朔迷离，或重复趋同，或循环往复，或首尾相接。"④如罗伯-格里耶的小说，多采用变化的视角、重复的叙述、零乱而不相干的拼贴，组成碎片式文本，从而形成小说迷宫，让读者卷入其中而不知方向，得到的只是片断和散乱印象。作者用不确定性的那块后现代"橡皮"，不断地随意地擦掉叙述的逻辑性、因果性和连贯性，使人无法纵览全局，无法确知其意义，悬念也是不确定的无法解释之物；人物无名而性格模糊，有如没有深度的平面，没有灵魂的躯壳，努力营造一种不依赖于故事和人物而只靠写作自身支撑的小说。在混合、增强、替代、隐喻、反悖和变形中，来突出叙事结构和叙事行为本身的魅力。如此一来，小说人物不断分解、混合，对话总是重复、变形，街道雷同而交织，物体不断变换，现实与幻想渗透交融，场景跳动转移，使整个文本成为一个蛛网型迷宫，似乎在说明，意义深陷在迷宫中，因为世界就像迷宫一样叫人无法辨识⑤。典型的如他的《在迷宫里》。卡尔维诺的小说也一样，像《命

---

① 转引自陈世丹：《美国后现代主义小说艺术论》，第 136 页，大连：辽宁师范大学出版社，2002 年。
② 曾艳兵：《论后现代主义文学的不确定性特征》，第 10～14 页，《台州学院学报》2002 年第 5 期。
③ 波林·罗斯诺：《后现代主义与社会科学》，张国清译，第 50 页，上海译文出版社，1998 年。
④ 唐建清：《国外后现代文学》，第 144 页，南京：江苏美术出版社，2003 年。
⑤ 罗钢选编：《后现代主义文学作品选》，第 91 页，北京：高等教育出版社，2002 年。

运交叉的城堡》。其《寒冬夜行人》更是一个故事的迷魂阵和连环套，不断地叫人随着一个故事而不断地进入另一个故事，每一个故事都没有发展，也没有结果，只有每一个迷宫转弯处的"惊鸿一瞥"，令人只得放弃对结局的期待。

在艺术形式和创作技巧方面，后现代主义文学也明显地反对传统，多有创新。

第一，元小说技巧。"元小说"一词首先是由美国的 W・H・加斯提出来的，它是指"有关小说的小说：是关注小说的虚构成分及其创作过程的小说"①。小说本身成为探讨小说创作技巧、创作结构和创作理念的场所，直接展示作家的自我意识，因此也叫自我意识、自我反思或自我指涉的小说。还有人说："所谓元小说就是指这样一种小说，它为了对虚构和现实的关系提出疑问，便一贯地把自我意识的注意力集中在作为人造品的自身的位置上。这种小说对小说作品本身加以评判，它不仅审视记叙体小说的基本结构，甚至探索存在于小说外部的虚构世界的条件。"②

可见"元小说"最突出的特点在于小说虚构性的自明性，即直接点明小说的虚构性和人为性。正如罗伯－格里耶所强调的，小说应该坦白承认其虚构功能。英国的马克・柯里（Mark Currie）也指出："元小说作品是指由这样一些人写的作品：他们清楚怎样讲故事，但他们的叙事却在自我意识、自觉和反讽疏离等不同层面上返回叙事行为本身。"③因此作者常常以叙述者的身份直接插入叙述过程中，总是不忘提醒读者对创作虚构行为本身的关注。比如在威廉・加斯的《威利・马斯特的孤妻》中，他在小说的结尾写上一句："You have fallen into apt——return to life"（你掉进了艺术的陷阱——回到生活中去吧），以此提醒读者注意小说的虚构性，打断读者的传统阅读体验。除了加斯之外，元小说技巧在巴思、巴塞尔姆、罗伯特・库佛、纳博科夫、博尔赫斯、冯尼古特、卡尔维诺、梯姆・奥布赖恩、唐・德里罗等人的作品中，也有很多体现。如巴思的《迷失于游乐场》（1968），多处在叙事过程中讨论叙事技巧，或交待作者创作意识，或提醒读者注意文本的虚构性："斜体字还被用来，尤其在虚构小说中，表明'幕外音'、插入语……它们应该少用。""作者跟叙述者越是紧密地合二为一、不管是在字面上还是作为隐喻，用第一人称的观点来叙述一般说来就越不可取。""这句子多别扭啊，一开头就全错了。"④美国后现代小说家梯姆・奥布赖恩（Tim O'Brien）的短篇《如何讲述真实的战争故事》也时时不忘指出小说的虚构特点，比如作者写道："真不知怎样告诉你接下来发生了什么"，在另一处作者又写道："这个故事就是这样。我以前讲过很多次，有多种改写版——但这里讲的是真实发生的。"或不时将读者拉进叙事情境，展开第二人称叙事，比如文中作者写道："真实的战争从来就是没有道义的。……战争故事既没有什么诸如正直无私的东西，也没有什么美。因此，如果你绝对忠实于淫秽和罪恶，你就能讲述一个真实的战争故事。"⑤另如美国的厄秀拉・勒・魁恩（Ursula Le Guin），一个善于将科幻成分整合进后现代主义小说中的女作家，有一部短篇叫《薛定谔的猫》，也具有鲜明的元小说特点。在正常叙事的过程中，文中突然写道：

①　[英]戴维・洛奇：《小说的艺术》，第 230 页，北京：作家出版社，1998 年。
②　王先霈、王又平编：《文学批评术语词典》，第 676 页，上海：上海文艺出版社，1999 年。
③　[英]马克・柯里：《后现代叙事理论》，宁一中译，第 70 页，北京：北京大学出版社，2003 年。
④　罗钢选编：《后现代主义文学作品选》，第 224、228、237 页，北京：高等教育出版社，2002 年。
⑤　[美]梯姆・奥布赖恩：《如何讲述真实的战争故事》，杨仁敬等译：《美国后现代派短篇小说选》，第 127、133、126 页，青岛：青岛出版社，2004 年。

一只猫过来了，打断了我的叙述。……它已经在我的膝盖上睡着了，所以我可以继续我的叙述了。

从何谈起呢？

很明显，无从谈起。然而，我仍然有继续叙述的冲动。很多事情都不值得去做，但几乎任何事情都值得一讲。[①]

由上面的引文可见，元小说有意于将小说叙事和叙事行为、叙事意识相混合，因此难免叙事零散，所以有人批判式地指出："顺序颠倒，杂乱无章，支离破碎和东拉西扯，可以说是元小说的显著特征。"[②]

第二，采用通俗文学元素。后现代作家普遍喜欢采用科幻小说、侦探小说甚至色情小说的形式和元素来进行创作。如博尔赫斯的《交叉小径的花园》、罗伯－格里耶的《橡皮》，等等，采取侦探小说模式。而冯尼古特的《五号屠场》、卡尔维诺的《宇宙奇趣》、品钦的《万有引力之虹》等，采取的是科幻小说的母题与技巧。纳博科夫的《洛丽塔》、杜拉斯的《悠悠此情》等，则有色情文学的因子。不过这些作品不是纯粹的色情文学，而具有比较严肃的意义。它们也不同于真正的科幻或侦探故事。因为它不以介绍科技新知识或侦探推理过程为目的，反而将这些东西置之于外，最终是对科幻或侦探的嘲弄。如罗伯－格里耶的《橡皮》，对侦探小说进行了戏谑式模仿，侦探使凶杀成为现实，侦探本身成了凶手。又如艾柯的《玫瑰之名》，作为理性化身的修道士威廉，虽然最后发现了凶杀案的真相，但不是推理的胜利，而是误打误撞的结果。小说最后，整个修道院，包括威廉师徒希望抢救的亚里士多德文稿，都在大火中焚毁，象征性地说明人类理性的无能，也对侦探小说进行了嘲弄。但科幻成分进入后现代主义小说，不无积极的意义和效果，既是对人类想象力的考验、开拓和训练，又能提供独特的观看角度，带来别致的阅读体验。比如德里罗的《第三次世界大战中的人情味》涉及了太空技术和高精尖武器情况，譬如量子燃烧技术和太空飞行器，描写了太空工作者伏尔默对地球生态和未来的观看和思考，虽然叙事不免零散，情节难免稀薄，但太空这一独特的观照视野，为这个后现代主义文本带来特殊的魅力，也为作者表达对地球——"陆地加水，生命有限的人类居住地"[③]的某种忧思提供了隐晦而精致的通道。后现代主义模仿通俗文学模式，还有一个重要原因就是寓有适应大众文化的某种考虑。这些模式是"媚俗"的一个渠道，也许先锋的或艰深的后现代主义文本在反讽式利用这些模式之后，能够扩大自己的影响，增加生存的空间，提高读者亲近的概率。这表示后现代主义文学在文学大众化方面的努力，力图缩短精英文学与大众文学之间的距离。杰姆逊把文化和文学的这种俗化倾向概括为"美感上的民本主义"（Aesthetic Populism），即在后现代主义文学里，"一些主要的界限和分野的消失，最值得注意的是高等文化和所谓大众或普及文化之间旧有划分的抹掉"，[④]而用莱斯利·费德勒（Leslie Fiedler）的话说，即是"跨越界线，填平鸿沟"。

第三，不同体裁的混合使用。这一点被称为"反体裁"。"反体裁已成为我们时代主导的模式，传统体裁就如同过去的雅语一样被看做对头。"[⑤]"反体裁"即不同体裁之间的混合使

---

① 杨仁敬等译：《美国后现代派短篇小说选》，第163页，青岛：青岛出版社，2004年。

② 转引自方凡：《威廉·加斯的元小说理论与实践》，第170页，杭州：浙江大学出版社，2006年。

③ 杨仁敬等译：《美国后现代派短篇小说选》，第279页，青岛：青岛出版社，2004年。

④ ［美］詹明信：《晚期资本主义的文化逻辑》，陈清桥等译，第288页，北京：三联书店，1997年。

⑤ 转引自陈世丹：《美国后现代主义小说艺术论》，第8页，大连：辽宁师范大学出版社，2002年。

用，从而造成体裁形态的模糊、体裁界线的混淆。比如小说与诗歌、小说与自传、小说与传记、小说与历史、小说与视觉艺术之间的界限正在模糊或融合。如纳博科夫的《微暗的火》将诗歌与诗歌笺注混合在一起，萨洛特的《金果》(1963)则越过了小说和评论的界限，将两者融合在一起。汉德克的《骂观众》(1966)这部后现代戏剧名作，则是惹人争议的"反戏剧"，完全颠覆戏剧传统和成规。博尔赫斯的短篇《接近阿尔莫塔辛》由于文体特征模糊，至今被收在他的散文集中。2002 年诺贝尔文学奖得主，匈牙利的 I. 凯尔泰斯(I. Kertesz)的主要小说，在欧美国家常常登上的是非小说类排行榜。

另外，戏仿和拼贴也是后现代主义文学的重要技巧和文本形式的重要特征。关于它们的内涵和表现，我们将在下文的"作品解读"部分涉及。

第二节 批评方法

运用后现代主义解读文学作品，可以从以下几个主要的方面来进行：

一、文本式批评

即运用后现代主义理论观点，对某一具体作品的后现代主义特征进行分析。与文学批评相关的后现代主义重要概念有"反英雄"、"反体裁"、"反情节"、"互文性"、"戏仿"、"反讽"、"拼贴"、"片断"、"不确定性"、"语言游戏"、"狂欢"、"元小说"、"迷宫"，等等。这些概念也是我们对后现代主义文学作品进行单独的或综合的分析的途径。如既可以运用以上概念或理论知识来综合分析巴塞尔姆的《白雪公主后传》，也可只单独运用"互文性"的相关知识来分析《白雪公主后传》或卡尔维诺的《寒冬夜行人》；或者用"不确定性"的观点，分析《一个后现代主义者的谋杀》在主题、形象、情节和语言等方面的不确定特点；或者用"迷宫"概念来分析博尔赫斯的《交叉小径的花园》或罗伯-格里耶的《在迷宫里》；或者运用后现代视角对马原的《冈底斯的诱惑》的"反情节"进行分析。

二、总结式批评

即通过对具体作家的创作进行总结分析，提出新的后现代主义术语和方法。如美国评论家和后现代主义作家加斯通过对巴思、巴塞尔姆等作家的创作进行分析，提出了"元小说"这个概念，对后来的后现代主义作家发生了明显的影响；琳达·哈奇则通过对后现代主义创作进行总结，进一步提出了"历史叙述式元小说"概念，用来指称既突出虚构行为，又描述历史事件的后现代主义文学。

三、背景式批评

即对产生后现代主义文学及其创作技巧、叙事模式等的社会原因和文化背景进行分析。背景式批评又可以分为两种情况：一是对某一后现代主义作家、作品或流派所形成的社会历史和文化成因进行分析，一是脱离具体作品评价而对产生后现代主义文学的社会和文化原因进行形而上的剖析、概括，进而使之成为分析文学作品和文学现象的理论武器。第二种情况是一种延伸的批评，即从文学的直接批评转向了更大范围和更广视角的文化批评。典型的例子有杰姆逊的晚期资本主义文化逻辑的论述，有贝尔对后工业社会的阐释，其中文学是这种批评的资源和基础，同时这种批评又提供了评价文学的知识前提和理论背景。

四、比较式批评

可以从多个角度来进行这种批评：或者是对后现代主义内部的一种线性比较，如对前期后现代主义和后期后现代主义进行总体的或具体作品的比较。20 世纪五六十年代，是后现代主义的开端时期，这个时期的文学普遍地具有先锋性质，而 20 世纪 80 年代及其以后，后现代主义文学的雅俗合流趋势比较明显，对传统文学和通俗文学的元素借鉴明显增多，色情化和肉欲化倾向越来越突出。或者是对后现代主义阵营内部不同作家之间的横向比较，如对同为元小说名家的巴思和巴塞尔姆的创作进行比较。或者是对后现代主义与现代主义之间的异同进行比较，如戏仿手法在很多现代主义作家甚至前现代主义作家那里都存在，但不如后现代主义作家那样普遍和随意，尤其不像后现代主义那样具有解构、颠覆和嘲讽色彩。这方面的典型例子有哈桑对现代主义和后现代主义文学的总体比较分析。

总之，后现代主义批评可以以作家批评、作品批评、文化批评等多种形式来展开。而要较好地进行后现代主义批评，需要做到以下几点：第一，需要对文学历史有清楚的了解，尤其是对后现代主义文学的总体情况要比较熟悉，需要有一定的关于具体文本的阅读经验，如此才能了解后现代主义文学的独特性和基本特征。第二，除了需要掌握一定的文学史知识之外，还需要理论的尤其是哲学的素养和视野，需要建构比较完备的后现代主义理论知识。后现代主义文学批评方法的熟练运用不仅需要与后现代主义相关的文学理论知识，更需要后现代主义哲学的批判性和反思性视野。后现代主义批评的重要资源来自一些哲学家的看法，如利奥塔对元叙事的批判，德勒兹对块茎思维的强调，德里达对解构思维的论述，不仅影响了后现代主义文学创作的叙事技巧和叙事风格，也引导了后现代主义文学批评的内容和方向。因此我们在进行批评之前，需要对一些重要的后现代主义理论家，譬如利奥塔、鲍德里亚、福柯、罗蒂、德里达的著作和观点有所了解。第三，需要了解产生后现代主义文学的社会的和文化的原因，甚至要求掌握整个文学发展的政治的、经济的和文化的背景知识。综合以上三个方面的知识，我们才能在后现代主义文学批评实践方面作出一定的成绩。

第三节 作品解读

《一个后现代主义者的谋杀》中的拼贴与戏仿

《一个后现代主义者的谋杀》（*Postmortem for a Postmodernist*，1997，以下简称《谋杀》）是美国后现代主义作家阿瑟·A·伯格（Arthur Asa Berger）的长篇小说，2001 年在国内翻译出版。小说采取侦探小说的形式，写的是一桩谋杀案。小说的主要情节是：美国后现代主义之父，加州大学伯克莱分校的教授艾托尔·格罗奇在自家客厅与妻子、朋友、作家、学生商量召开一个后现代主义学术会议的时候，灯灭的瞬间被人以四种方式（枪击、剑刺、镖射、投毒）谋杀。当时在场者有他的风韵犹存的妻子肖莎娜·泰勒威芙，格罗奇被杀的晚上，普洛普的手悄悄地放在她的腿上。有肥胖的俄国语言学家普洛普，按照普洛普的说法，格罗奇剽窃了自己的思想并在一本闻名遐迩的书中发表。有法国哲学家、格罗奇的学生阿伦·费斯，他是肖莎娜的狂热追求者，据说和肖莎娜私通。有格罗奇漂亮的女助手和学生迈拉·普拉尔，似乎师生之间关系亲密。有英国后现代主义作家康斯坦特。还有来自东京大学时髦的哲学女教授——格罗奇的学生富士宫，她恨格罗奇，曾拍摄过后现代主义电影。由谋杀案然后引出了摸不透的旧金山侦探所罗门·亨特，他为了破案而与案件在场者之间发生了各种对话。这些表面上关系到谋杀案而实际不过是后现代主义思想表述的对话是小说的主体。最后亨特得出了一个后现代式的结论：谁也没有杀格罗奇。

十分有趣的是，《谋杀》在国内出版时，竟被放在"雅典娜思想译丛"中，与海德格尔、尼采等人的哲学书籍一起出版。仅凭这一点，就宣告了这部小说的奇特之处，或者说，表明了小说本身不尴不尬的身份，诚如中译本扉页上的内容介绍所说的，这是一部奇怪的作品——半是混乱的小说、半是哲学的呓语。作者自己在小说开头的"鸣谢"部分也明确地指出，本小说遵循后现代主义的最好传统，是一部关于后现代主义的喜剧性的书。这部小说的后现代主义特色主要表现在拼贴、碎片化、零散叙事、戏仿、反体裁、不确定性等方面。本文不拟面面俱到，只打算重点论述拼贴和戏仿这两个特点。

1. 拼贴

拼贴源于绘画，原指拼贴画家的一种绘画方法，即将毫不相干的事物，譬如报纸、木头、布片、塑料或瓶盖等拼接粘连在某个平面上；文学借用它来指作家将引语、典故和其他怪异表达结合在一起的做法[①]。巴塞尔姆认为拼贴原则是 20 世纪所有媒体艺术的中心原则，他说："拼贴画的要紧处，是不同的物粘贴在一起，粘贴得好就造出了一个新真实。"[②]杰姆逊也认为："'拼凑'（pastiche）作为创作方法，几乎是无所不在的，雄踞了一切的艺术实践。"[③]

拼贴无疑是后现代主义文学的主要技法和突出特征，在后现代主义小说中随处可见。比如卡尔维诺《命运交叉的城堡》（1968）借助一副扑克牌来叙述不同人物的故事，并在图画与文字的拼贴中给人愉悦。他的《看不见的城市》（1972）是一组互不关联的散文片断，全书章节暗合人体的部位和五官。其《寒冬夜行人》（1979）更是由 10 部小说的片断组成，相互之间组成互文关系。威廉·加斯的《在中部地区的深处》，大略讲的是一个忧伤的诗人跨洋过海，来到印第安纳州小镇 B 之后的所见所闻。全文没有连贯的情节，甚至无所谓情节的存在，当然也没有线性的叙事，更没有读者期望的确定的故事结局，全文共 2 万多字，被分成 36 个小节，每节一个小标题，宛如 36 个画面，组成了一部怪诞的小说，十分有代表性地展现了后现代主义小说的拼贴特点。

《谋杀》也是明显的拼贴之作。作者自己就在小说开头的"鸣谢"部分说这部小说是拼贴而成的大杂烩，"我从许多作家——侦探故事作家、哲学家等等的著作中借用一行行的文字，在有些情况下，甚至是整段的文字"[④]。作者伯格还借被谋杀者的妻子之口说道："生活在后现代主义社会的人也用同样的方式，用碎片拼贴着他们的生活，就像艺术家拼贴他们的作品一样。再也没有连贯性和线性发展……没有什么有意义的叙述，随着叙事的消失，我们的生活也失去了意义。"[⑤]很明显，作者这里明确表明自己对于拼贴的态度。

总的来说，本小说的拼贴主要采取两种形式：一种是图画式，即将绘画或照片插入文本。

① C H Holman. *A Handbook to Literature*. Fourth Edition Printed in the United States of America Indianapolis,1980. p.87.
② 转引自胡全生：《英美后现代主义小说叙述结构研究》，第 147～148 页，上海：复旦大学出版社，2002 年。
③ 詹明信：《晚期资本主义的文化逻辑》，陈清桥等译，第 450 页，北京：三联书店，1997 年。
④ ［美］阿瑟·A·伯格：《一个后现代主义者的谋杀》，洪洁译，"鸣谢"部分，桂林：广西师范大学出版社，2001 年。
⑤ ［美］阿瑟·A·伯格：《一个后现代主义者的谋杀》，洪洁译，第 34 页，桂林：广西师范大学出版社，2001 年。

全书插入了 200 多幅照片和绘画作品，大多是后现代主义性质的，有拼贴画、抽象画、裸体照片等；一种是文字式，即将不相干的语录、学术讨论等插入小说叙事过程。全书的一个特别显眼之处在于，在全部 22 章的每一个开头，作者都直接引用了一段著名思想家的后现代主义言论。

在《谋杀》中，拼贴的画面或文字不管是在其内部还是在它与小说叙事之间，都既缺乏时空的联系，又没有逻辑的贯通，也见不出整体与部分的关系，更组织不出一个完整的事件流程。各种拼贴之间乃是一种空间并置的共时关系，而且拼贴的设置也是随意的。拼贴的这种特点正是后现代主义拼贴的突出之处。现代主义也运用拼贴，但它与后现代主义在运用拼贴方面存在很多差异，比如，它对拼贴的使用频率远远比不上后现代主义。同时，"拼贴画像其他创作方法一样，在现代派小说家手里只是一种表现手段或方式，它最终有所指有所言，换言之，现代派小说家'相信通过拼贴画可以表现世界及其复杂性'"；但后现代主义文学的拼贴画之间却缺乏时空上的联系，没有整体与部分的关系，"因为它不表现同时性或整体性；它无所指亦无所言，只成了没有所指的能指"，"'我们感觉的是这媒体本身，而不是媒体所表现的东西'"。①即是说，后现代主义的拼贴不像现代主义的拼贴那样作为追寻终极意义的方式，而是一种无从解释，不见因果，缺乏意义和内在逻辑性联系的"自显符号"。

后现代主义的这种拼贴使小说叙事因此呈现为"零散化"和"碎片化"。拿《谋杀》来说，作为一个侦探小说却没有侦探小说的情节推进，反之，叙事过程或阅读体验常常被莫名其妙的图片或哲学评论所打断。小说中这种随意拼贴的后果之一，就是将情节的完整性驱逐出小说的领域。冯尼古特说："别人给混乱以秩序，我则给秩序以混乱。"②《谋杀》中的拼贴恰恰也是给叙事秩序以混乱。阿瑟·A·伯格借小说人物之口说：后现代主义以及拼贴"就是让你的人物成为一些怪人，加一点超现实主义来破坏传统小说的叙事连贯性"③。难怪杰姆逊要对后现代主义的拼贴保持批判态度，认为拼凑是一种空心的模仿，宛如一尊被挖掉眼睛的雕像。文化创作者在无可倚赖之余，只能旧事重提，凭借昔日的形式，仿效僵死的风格，透过种种借来的面具说话，假借种种别人的声音发言，因此这种拼贴见不出个人的特征。其结果是从世界文化中取材，像偌大的充满想象生命的博物馆吸收养料，把里面收藏的历史大杂烩，七拼八凑地炮制成所谓的文化产品。④

2. 戏仿

戏仿又称为滑稽模仿，按照大不列颠百科全书的定义，是指文学中一种讽刺批评或滑稽嘲弄的形式，它模仿一个特定的作家或流派的文体和手法，以突出该作家的瑕疵，或该流派所滥用的俗套。这个定义用来指后现代主义中的戏仿其实是不甚准确的，因为后现代主义作家运用戏仿时大多没有批评前代作家或作品的瑕疵或俗套的用意，而着重在于戏仿对社会的反讽性，以及写作的滑稽性和游戏性。琳达·哈奇称戏仿为一种完美的后现代形式。但其实后现代主义之前，也多有对戏仿的运用，比如 18 世纪英国作家菲尔丁《约瑟夫·安德鲁斯传》戏仿了史诗的写作，目的是通过对古代崇高体裁的模拟，使小说更容易被接受和认可。

———————————

① 胡全生：《拼贴画在后现代主义小说中的运用》，陈晓明主编：《后现代主义》，第 285 页，开封：河南大学出版社，2004 年。

② 转引自唐建清：《国外后现代文学》，第 58 页，南京：江苏美术出版社，2003 年。

③ [美]阿瑟·A·伯格：《一个后现代主义者的谋杀》，洪洁译，第 97 页，桂林：广西师范大学出版社，2001 年。

④ 詹明信：《晚期资本主义的文化逻辑》，陈清桥等译，第 453 ~ 454 页，北京：三联书店，1997 年。

但后现代主义和它之前对戏仿的运用，其目的完全不同，有学者将前者称为解构性或断裂性的，而后者为建构性或连续性的。但无节制地泛滥式地运用戏仿无疑是在后现代主义文学中。比如萨洛特的《陌生人肖像》（1949）是对巴尔扎克《欧也妮·葛朗台》的讽刺性模仿。霍克斯的《情欲艺术家》（1979）的标题是对卡夫卡《饥饿艺术家》的戏仿。《拍卖第四十九批》中主人公奥狄芭（Oedipa）是对希腊神话中的俄狄浦斯（Oidipus）的戏仿，暗示着奥狄芭与俄狄浦斯一样有着猜谜的能力和探索疑惑的精神。威廉·加斯的《在中部地区的深处》这部后现代主义短篇小说，也是一部典型的戏仿之作。其标题（In the Heart of the Heart of the Country）令人想起乔伊斯的《尤利西斯》第七章"伊奥勒斯"（Aeolus）的开头段，其小标题就是"在爱尔兰首府的中心"（In the Heart of the Hibernian Metropolis）。全文报纸风格的标题以及模仿报纸的页面设置，与《尤利西斯》第七章也颇为相似。另外，它与叶芝的《驶向拜占庭》也有相似之处。小说一开始写道："我跨洋越海，来到……/B"（So I have sailed the seas and come.../to B...）就像《驶向拜占庭》第二小节末句中的"我跨洋越海，来到/拜占庭圣城"（And therefore I have sailed the seas and come/to the holy city of Byzantium）。文中忧郁的中年诗人逃离现实世界来到 B 镇，也像《驶向拜占庭》中的艺术家为了逃避面目全非和破败衰落的社会而来到拜占庭这个艺术圣殿。[①]

戏仿在《谋杀》中也得到了运用，主要体现在三个方面：第一，是对现实生活中的真人真事的戏仿，比如小说中写到了俄罗斯语言学家普洛普。这也是一个在叙事学、神话学和喜剧等方面都颇有研究的真实人物。第二，是对经典哲学言论的戏仿，如前所述，每一章开头都引用了一段诸如利奥塔、鲍德里亚、福柯等人在哲学方面的后现代主义言论。第三，是对侦探小说这种体裁的戏仿。

小说中的这种戏仿有什么意义呢？

综合学者们的看法，可以发现这种戏仿的第一个方面的意义在于使小说与现实、经典文本或名人言论之间形成一种互参互证的"互文性"关系。这种关系是双重的，其一是小说内部的互文性关系。即戏仿部分对小说叙事的阐释作用，虽然一般说来在后现代主义作品中，这种阐释是极其微弱和隐晦的。如小说中多处戏仿后现代哲学关于"不确定性"原则的直接表述，或者戏仿式拼贴意义模糊而不确定的后现代绘画，它们对于说明本小说的叙事结构和叙事结局是有一定的暗示作用的，即本故事并无确定结局。其二是小说文本与现实、历史或其他文本之间所形成的外部的互文性关系。说《谋杀》是一部小说，毋宁说它是后现代社会的一个象征，一个虚构的暗示。

这种戏仿第二个方面的意义在于反讽和批评。正如戴维·哈奇所说："在后现代主义这里，反讽处于支配地位中。"[②]戏仿就是反讽的一种表现，它是一种与原来事物保持距离的模拟。后现代主义的反讽和批评，可能其直接的目的不在于建构什么新的标准和规范，而在于嘲弄这个世界，赤裸裸地亮出世界的委琐与荒唐。《谋杀》在戏仿之余，还多处直接表达了对社会现实的反讽和批评。比如：

---

① 此处关于《在中部地区的深处》的"戏仿"的分析参考了方凡女士的成果，见方凡：《威廉·加斯的元小说理论与实践》，第 174 页，杭州：浙江大学出版社，2006 年。

② 哈奇：《后现代主义诗学理论》，王岳川、尚水编：《后现代主义文化与美学》，第 264 页，北京：北京大学出版社，1992 年。

钱是后现代社会中留下的唯一绝对需要的东西，也是唯一的标准。①

权力是最厉害的春药。②

婚姻是现代主义的，男女之事是后现代主义的。③

我们认为历史上最重要的隐藏的主题是男人对女人的统治和压制。④

反讽和批评引出了戏仿的第三个方面的意义，即解构，包括反抗传统，混淆体裁，放弃建构深度意义，消解道德、人性等各种元叙事。

首先来看小说对体裁的解构。《谋杀》通过对小说和学术论著的双重戏仿，混淆了小说和学术著作的界限，使《谋杀》这个文本既不是完全意义上的传统小说，又不是严谨的学术论著，而是小说叙事和后现代主义哲学表述的混杂，从而在对小说体裁和学术论著体裁的游戏性模仿运用中流为对二者的消解，一方面消解了小说的情节完整性和连贯性，另一方面消解了学术著作的科学性和客观性，是后现代主义反体裁的代表作。在小说中，伯格主要通过三种方式来直接宣扬后现代主义思想主张：其一是通过警察亨特与谋杀案在场的分别谈话来表现。每一个被询问者面对侦探总是要说一大堆有关后现代主义理论和后现代社会的看法和意见。其二是通过展示格罗奇生前写给利奥塔、鲍德里亚、哈贝马斯、杰姆逊这四个后现代理论名家的信，来介绍、评价和宣扬后现代主义。其三是通过格罗奇生前的讲课录像带直接表露后现代思想。这种对后现代主义哲学思想的直接宣扬，将小说叙事分割得支离破碎。

《谋杀》对小说体裁的戏仿具体表现为对侦探小说模式的戏仿，但它却消解了侦探小说，其实质是反侦探小说的。戏仿侦探小说是后现代主义作家的惯用伎俩，如博尔赫斯的《交叉小径的花园》、《死亡与罗盘》，罗伯－格里耶的《橡皮》，纳博科夫的《微暗的火》，品钦的《拍卖第四十九批》，艾柯的《玫瑰之名》，都是戏仿侦探小说，但是后现代主义抛弃了或故意打破了侦探小说的推理和连贯性，也没有水落石出的确定的结果，因而是反侦探的，是对侦探小说的嘲笑和戏拟。后现代侦探小说宣扬的不是理性的胜利，而恰恰是理性的脆弱和世界的不可知。拿《谋杀》来说，凶手和杀人动机是不确定的，最后也没有侦探出一个确定的结果，侦探亨特本人甚至卷进了以不确定性为旗帜的后现代主义的迷魂阵，最后仅以宣告谋杀案的后现代式结论了事：

即使你们每个人都不相信元叙事，都有你们认为杀死艾托尔·格罗奇的最好的理由，但我却看不出有任何理由将一些企图杀一个死人的人抓起来。我假定你们大家都无辜，不坚持控告你们。我想可以公平地说他的死是极其微妙的后现代式的。⑤

其次来看小说对元叙事的解构。《谋杀》对后现代主义哲学、西方社会现象等的戏仿或戏拟，对一切元叙事或传统权威予以嘲弄和消解。不过作者伯格在以后现代主义的态度戏仿着这个世界的时候，又似乎对后现代主义戏仿一切、嘲弄一切、反对一切元叙事的行为表示了一种质疑和反思，因此这种后现代主义的戏仿又变成了一种对后现代主义本身的戏仿。比如《谋杀》戏仿了俄国学者普罗普，并借他的口说道："我们放弃了过去常为我们解释事物的那些伟大的哲学信仰体系，如马克思主义，它解释了社会如何形成这种现状，或者弗洛伊德主

---

① ［美］阿瑟·A·伯格：《一个后现代主义者的谋杀》，洪洁译，第65页，桂林：广西师范大学出版社，2001年。

② （美）阿瑟·A·伯格：《一个后现代主义者的谋杀》，洪洁译，第66页，桂林：广西师范大学出版社，2001年。

③ ［美］阿瑟·A·伯格：《一个后现代主义者的谋杀》，洪洁译，第49页，桂林：广西师范大学出版社，2001年。

④ ［美］阿瑟·A·伯格：《一个后现代主义者的谋杀》，洪洁译，第109页，桂林：广西师范大学出版社，2001年。

⑤ ［美］阿瑟·A·伯格：《一个后现代主义者的谋杀》，洪洁译，第223页，桂林：广西师范大学出版社，2001年。

义，它说明了人的精神活动，或神话，它们解释了人类是如何产生的。这些信仰体系我们称为元叙事，现已不再被接受或被提出疑问。但问题是，没有它们，我们如何既理解我们自己又理解这个社会呢？"他接着说道，"我们一旦失去叙事，我们就失去对我们自身的感觉，我们也就失去叙事所给予我们的——一种生活的意义感，失去对这个世界的了解以及我们在这个世界中所处的位置。没有叙事活动，生活仅仅是一连串偶然的事件，毫无目标。没有开始，没有结尾……仅仅是体验。""后现代主义毁掉了我们的英雄，并且现在也在分解我们的叙事。"[①]"主体"走向今天后现代语境下的"个体"和"个体主义"。"个体主义意味着只有个体、本人、私下的叙事是重要的。但当那些使人适应社会和时尚的公开叙事被扔到历史尘埃之中后，你会得到什么呢？正如霍布斯所说，你得到的是肮脏、粗野，及短暂的生活或私人的叙事。"[②]这些对后现代主义本身展开质疑的话语，非常具有启迪性：以破坏、怀疑一切为使命的后现代主义到底该走向何处？破坏以后，人类应该如何建构一个新的内在世界和外在世界？

第四节　解读范例介绍

一、迈克尔·莱恩对《克鲁索在英格兰》的后现代主义解读

参见[美]迈克尔·莱恩：《文学作品的多重解读》，赵炎秋译，第110~121页，北京：北京大学出版社，2006年。

迈克尔·莱恩采取文本细读的方式，对伊丽莎白·毕肖普的《克鲁索在英格兰》这首诗的后现代主义精神气质进行了阐释。众所周知，后现代主义对意义和真理予以解构。本诗同样如此。作者以浪漫主义为靶子，把它作为传统意义理论的捍卫者和体现者，通过对比，说明了《克鲁索在英格兰》的反浪漫主义性质，进而具体解读其拒斥意义的解构立场。

莱恩拈出"具体化"一词，来表述浪漫主义对于自然和意义的看法，认为诗歌的"具体化"理论一般归诸于浪漫主义。这种理论可以回溯到柯尔律治（Coleridge）和华兹华斯（Wordsworth）这些作家那里，他们在自然中发现了精神意义。他们认为，精神在最简单的事物中显现自身，这使得日常的生活具有了浪漫的性质，似乎它意味着比一般认为它所意味的有着更多的东西。在浪漫主义那里，自然成了一个最大的隐喻，一个允许低下的物质显现精神的真理的符号。表述浪漫主义关于精神意义表现在自然之中的看法的另一种方式，是宣称日常生活，包括它所有的小的烦恼、单调的工作、无聊的日常事物、错误的迹象、局限和纯粹的物质性，以及诸如此类的东西，并不是什么要紧的东西，也的确不是它所显现的样子。要紧的东西是这样的生活所显现的精神意义。生活对于那些处于生活之外的东西是有意义的，它的重要性在于它是某些别的世界的符号。这表示了浪漫主义对于意义的追问，意义是物质中体现的精神，物质或语言则是被体现出来的意义。

如此毕肖普的《克鲁索在英格兰》只能算是一首"非具体化"的诗歌，因为它不再在自然中建构精神的幻象，也不再表现出浪漫主义和传统逻各斯中心主义对于意义和真理的坚持。

---

① ［美］阿瑟·A·伯格：《一个后现代主义者的谋杀》，洪洁译，第60页，桂林：广西师范大学出版社，2001年。
② ［美］阿瑟·A·伯格：《一个后现代主义者的谋杀》，洪洁译，第65页，桂林：广西师范大学出版社，2001年。

这首诗把物质世界描写成一个单调乏味毫无诗意的地方，而不是一个充满了隐喻的意义的场所。对于浪漫主义诗人是严肃、崇高、充满意义的事物，对毕肖普来说则仅仅是一种使人厌烦、烦恼的原因。在诗中，"克鲁索在英格兰"将一个离乡背井的形象与一个家的形象交叉起来，它暗示这个普通的世界将用一个离乡背井者的眼睛来观看，这双眼睛将在普通中发现奇特。在英格兰，克鲁索将房子描写为"无趣的丛林"，而这样一种贬损也是他思考他的岛屿的方式的特点——这岛屿不是浪漫主义视野也许会看到的那样一个具有精神意义的异国情调的土地，而是一个普通的单调的动物与物体的聚集地，这些东西令人乏味的毫无意义引起的只是绝望。

诗中写道："我想如果它们是这样大小／我想火山应该是这样大小，那么我／就成为了巨人；／而如果我成为了巨人，／我就想象不出那些山羊与海龟会有多大。"作者认为这些诗句以嘲弄的语气，暗示了"正确"的东西可能的易变性。在这个随意偶然的世界中，不可能有超越，物体同样不可能转为精神存在或自然中的意义的符号。一种精神对物质、灵光对世界的隐喻性的替换，在这样一个"天空／通常总是阴暗的"世界里是不可能的。如果说浪漫主义的自然是美丽的，而且是有意味的，那么诗歌中的自然只是表层的。在第三诗节，毕肖普进一步强调岛屿的非浪漫特点。它是一个"垃圾云堆"，那些也许曾经是雄伟的事物——泛着大理石色彩流向大海的熔岩——仅仅是做了一次"精彩的显示"。如果在存在的体验层面之下没有更深层的精神意义，那么，所有我们拥有或曾经拥有的东西都只能是表层的。

毕肖普对传统的赞美自然的浪漫主义比喻的摒弃，立刻使人沉思另一个浪漫主义的常见的话题，即对于自我怜悯、对于痛苦的主观态度，这种痛苦是由于人们陷入了肉体和此岸世界因而与精神理想拉开了距离而引起的。而对毕肖普这样的诗人来说，精神被抽去之后，世界变成了某种只得忍受的东西，自己被留在了没有一片遮蔽的天空的存在的边缘："我熟练地晃荡着自己的腿／在一个火山口上"，"我／越感到怜悯，就越感觉是在家里。"在这里，诗人运用滑稽模仿之类典型的后现代主义手法，表现了原因与结果的颠倒。作者指出，如此一来，使家里变成了一个结果而不是一个源起，一个背井离乡的结果而不是一个假定的开始点。这种颠倒突出了这样的意识：对于诗人来说，这个世界中的存在是这样一种存在，它没有浪漫主义所接受的通常的语义上的假定，也没有这世界是熟悉的、温暖的、有意义的意识。

在接下来的诗中，诗人进一步涂抹自然。在浪漫主义的自然诗里，花是寻常可见的，而且它们通常提示更高的意义。而在这里的"花"却是"隔着一段距离，／你会发誓说它们是一层虹膜"。诗人还写了用桨果做成的家酿的产品："我会喝／那些可怕的、冒着泡沫、很刺激的东西／它们直接到了我的脑袋／并奏响我家乡产的笛子／（我认为它有世界上最神秘的音阶）／然后，在羊群里晕眩，喘着气跳舞。"作者指出，这样的诗句不像精神上自我陶醉的浪漫主义诗歌，而只能说：在自然中，生存的需要高于超验的玄想；当你如此彻底地置身于自然之中的时候，要浪漫起来是很困难的。

诗人还通过对华兹华斯、雪莱等浪漫主义诗人的戏仿，表达了对意义的怀疑。诗中写道："它们朝眼睛内快速地闪射。"这句诗来自以咏水仙花而著名的华兹华斯，毕肖普却将它引给她的蜗牛壳形成的"虹膜"。作者认为，诗人引用华兹华斯的目的，是质疑传统主体的力量，质疑那"内在的眼睛"在悲惨、滑溜、乌黑的世界和其他任何令人厌恶的事物中开启和产生幸福的能力。"什么样的幸福？"她问道，质疑记忆同时也是质疑浪漫主义在自然中发掘意义的任务，对于华兹华斯来说，这也是对于内在于我们自身的某种精神的东西的记忆。而对于毕肖普来说，这种意义只能到书中去查寻，因为在自然中是找不到它的，而她也无法想起它来。

总之，本诗充满戏仿、嘲弄，在刻意模仿浪漫主义诗人（如济慈、雪莱等人）的同时，对浪漫主义美化自然、从自然中搜寻意义的做法予以颠覆和解构，浪漫主义的自然中那个超验的世界、艺术的神话般的永恒的另一边，或者是曾经充满意义的十字架，现在只成了空荡荡的物质表象。这样的诗歌文本从而表达出强烈的解构主义立场和后现代主义气质，充满悲观、虚无和绝望的情绪，正如诗中写道："关于其他岛屿的梦魇／从我在的岛屿伸展出去，无尽的岛屿。"

可见，作者通过解读，实际指明这是一个明显的后现代主义诗歌文本，其解读过程也为我们分析文学作品提供了一个榜样。

二、复制与增殖：卡尔维诺小说中的后现代主义手法

　　[荷] 厄勒·缪萨拉：《复制与增殖：伊塔洛·卡尔维诺小说中的后现代主义手法》，见[荷] 佛克马、伯斯顿主编：《走向后现代主义》，王宁等译，第 159 ~ 185 页，北京：北京大学出版社，1991 年。

作者首先指出：卡尔维诺的小说并不仅仅是"自我反省的"或"自我生成的"小说；就它们的后现代主义小说性质而言，我们不能不恰当地把它们仅仅说成是强调读者活动的小说，也不能不恰当地把它们仅仅说成是对当今传统的或通俗的形式"进行改写"的小说，或者说成是以喜剧和讽刺的形式来谈论当代社会的小说；我们应该把它们看成是这一切特点都兼而有之的小说。

然后作者着重分析了卡尔维诺小说在文本结构方面的一个独特的特点，即复制与增殖的结构手法。作者论述了两个方面的复制与增殖：1. 情节的复制与增殖；2. 人物和叙述者的复制与增殖。下面主要引述第一方面。

在情节的复制与增殖方面，作者认为"改写"（riscrittura）这种手法代表了卡尔维诺小说里的第一种复制形式。卡尔维诺在小说里，通常对别的作品——常常是对属于中世纪和文艺复兴时期文学传统的文本——进行改写。在这种情况下，复制工作便导致了引用该文本以外的其他文本的内容：被复制的文本，原先是独立于正在复制中的文本而存在的，这时就以引语、引喻和变形等形式成了进行复制的文本的一个组成部分。复制的第二种形式，导致了文本内部的互文性；文本之间彼此反映、相互影响。进行复制的文本与被复制的文本之间，存在着一种彼此相似的关系。无论是增殖还是复制，都有可能与文本的自我生成过程相吻合：通过暗喻和换喻，文本的一节产生了同一个文本的另外一节或另外几节。在这方面具有极端重要意义的工作是组合、替代和转换。第一类复制——通过"改写"的方式进行的复制——构成了小说《看不见的城市》（1972）的基础。卡尔维诺的作品是对马可·波罗的经典文本《世界奇异书》的复制。这种复制是后现代式的戏仿。它只描述了一大批存在于马可·波罗的想象、记忆、梦幻和憧憬里的"看不见的城市"。这样，小说的时空逻辑被打破了。

卡尔维诺在《命运交叉的城堡》中，其改写方式是双重的复制：第一种形式是对纸牌的画面进行的复制，第二种形式是该文本的一部分对另一部分进行的复制。这部小说由"命运交叉的城堡"和"命运交叉的小旅馆"这两个部分组成。第二部分可以被认为是对第一部分进行

改写后的形式。

如果说《命运交叉的城堡》的第一部分，主要是用改写来进行复制，那么情节的增殖这种手法，首先表现在把各种彼此独立的故事归并到一起的方式上，其次表现在最后一章里对纸牌所作的各种可供选择的解释进行的堆砌上。在小说的第二部分"小旅馆篇"里，始于第一部分的改写过程得到了继续。但是，除了对经典文学传统里的片断进行改写以外，第二部分还对第一部分里的各种故事进行了改写。"小旅馆篇"可以被认为是对"城堡篇"的富有独创性的复制，是对改写本的改写，或者，换言之，是第二番"去旧意添新意的改写本"。总体而言，小说《命运交叉的城堡》的主要结构原则是复制原则。从小说的整体方面来看，增殖手法也起了重要作用。它首先应用在叙述的布局方面：这部小说是由两种不同的文本或者情节构成的两个不同的系列组成的。其次，增殖工作在一些章节里，特别是在——例如在"小旅馆篇"的最后几节里——各种经历和"命运"相互"交叉"的那些章节里，也发挥了重要作用。总的来看，我们可以说，随着叙述的展开，增殖手法也用得愈加频繁。这一情况不仅对语义层面产生了影响，而且对句子结构层面也产生了影响。

而在《寒冬夜行人》里，情节的增殖手法却比情节的复制手法更为重要。在由 10 部小说的片断构成的文本里，读者的阅读老是被打断，故事的情节遭到分割。这种情节的增殖与《命运交叉的城堡》的情形是不同的。因为这里在主干故事和插入的小说之间，没有逻辑上的必然联系，而后者中各种各样的故事至少还有一个统一的叙述者。但是，在整部小说里，增殖手法始终是和复制手法结合在一起使用的。作者运用了两条几乎是同等重要的结构原则：一条可以用"镜子"来表示，另一条可以用"万花筒"来表示。

以上作者主要通过对《命运交叉的城堡》和《寒冬夜行人》两部作品的批评来分析卡尔维诺作品在后现代主义方面的某些特征，为我们运用后现代主义批评方法提供了经验。

第 18 章　新历史主义

新历史主义是一种不同于旧历史主义和形式主义批评的"新"的文学批评方法，它是对形式主义、结构主义等强调文学本体论的批评思潮的一种反拨。作为一种对历史文本加以政治解读的"文化诗学"，它不仅主张将历史考察带入文学研究，更指出文学与历史之间不存在所谓"前景"与"背景"的关系，而是相互作用，相互影响。它着重考察文学与权力政治的复杂关系，认为文学隶属于大的文化网络。

一般认为，新历史主义诞生于 20 世纪 80 年代的英美文化和文学界。首先使用这个标签的是美国加州大学伯克莱分校英文系教授斯蒂芬·格林布拉特(Stephen Greenblatt)，他在 1982 年的《文类》杂志的一期专刊的前言中率先打出了"新历史主义"的旗号，正式确立了这一流派及其称谓，并成为该派的精神领袖。新历史主义在 70 年代末已经初见端倪，在文艺复兴研究领域中逐渐形成了一种新的批评方法，而且这种阐释文学文本历史内涵的独特方法日益得到西方文论界的认可，一大批新历史主义批评家也日益受到批评界的关注，其中引人注目的除格林布拉特外，还有海登·怀特(Hayden White)、多利莫尔(Jonathan Dollimore)、蒙托斯(Louis Adrian Montrose)、维勒(Don E. Wayne)等等。新历史主义批评不循规蹈矩，大胆跨越历史学、人类学、艺术学、政治学、文学、经济等各学科的界线，因此也被人泛称为"跨学科研究"。

由于本书的主旨，本章主要介绍新历史主义的思想内涵和基本特征，以及应用于文本解读中的批评策略。

第一节　基本理论

新历史主义社会文化思潮的出现，标志着当代西方学术思想的一次重要转向。新历史主义的基本理论是"互文性"理论。作为一种文艺思潮，新历史主义的思想内涵和基本特征包括以下四个方面：历史性和文本性的制衡与倾斜；单线历史的复线化和大写历史的小写化；客观历史的主体化和必然历史的偶然化以及历史和文学的边缘意识形态化。①

一、历史性和文本性的制衡与倾斜

新历史主义学者主张在文学研究中引入对"文本历史性"和"历史文本性"的双向关注。所谓"文本历史性"，指的是"所有的书写文本——不仅包括批评家研究的文本，而且包括人们身处其中的社会大文本——都具有特定的文化具体性，都镶嵌着社会的物质的内容"。所谓"历史的文本性"，指的是由于我们无法回归并亲历完整而真实的过去，我们体验历史，就不得不依靠残存的历史文献。但这些文献不仅携带着历史修撰者的个人印记，而且是"经过保存和抹杀的复杂微妙的社会化过程的结果"。在新历史主义者的努力下，历史文本登上了

---

① 张进：《新历史主义与文化诗学》，第 289 页，北京：中国社会科学出版社，2004 年。

文学分析的前台，文学研究的领域脱离了经典文学文本的狭义范畴，扩展到了对传记、日记、游记、政治宣传手册等传统意义上的历史文献的考察，深入到了文化文本的各个层面。

因此，尽管新历史主义者和传统的历史主义者一样都关注书本中的社会化元素，但是新历史主义拒绝接受文学与历史、文本与背景的简单二分法，认为"历史不可能仅仅是文学文本的参照物或者是稳定的背景，而是文学文本受保护的独立状态也应让位于文学文本与其他文本的互动，以及它们边界的相互渗透"。"历史是一个延伸的文本，文本是一段压缩的历史。历史和文本构成生活世界的一个隐喻。文本是历史的文本，也是历时与共时统一的文本。"①这个命题使历史与文学、人与历史之间的轴线得到调整：在同一话语基础上，历史与文学变成彼此内在关联的存在；历史的广袤空间与人的当下生存境域之间相互敞开，形成一个历史阐释者与"讲述话语的年代"和"话语讲述的年代"之间双向辩证对话的动力场。

新历史主义拆除了文学与历史之间的人为界限，将文学和历史叙述交还给它们共同栖息的文化网络。从而使得文学与历史文本在话语建构性基础上，达到彼此开放、相互印证、彼此阐发的互动局面。它消解了文学话语对历史话语的从属关系，使作家在文本书写上可以自由驰骋于历史原野，甚至通过叙事话语操纵、戏弄、颠覆历史。自20世纪80年代后期以来，中国文坛涌现出大批历史文学作品。先锋派、新写实和寻根派作家都不约而同地涌入历史，开始了他们各具特色的历史书写活动，形成了一个持续至今的历史文学创作热潮。这些作品所显示的历史观念、叙事方法以及价值取向方面的重大变化都具备新历史主义的具体表征，明确地表现出对"文本的历史性和历史的文本性"的强调。评论界多称之为"新历史小说"或"新历史主义小说"。

以莫言的《红高粱家族》为例，它完全回避了一般正史对历史的梳理、分析与言说，从传统历史小说的框架走出。红高粱家族中出现了一个作为儿童的历史叙事者，他对历史的叙述充满了想象，历史的"终极真实性变得模糊不可靠"，而人物却突然变得大起来，关于祖先的"过去式"的叙事变成了一段淡化了时间的"进行时"的英雄传奇。作者通过文本设计而重构了一段共时的历史，使历史的文本性特征鲜明地展示出来。同时，作品又通过一系列时间坐标的设置而使文本不断指向历史，显示出文本的历史性。小说弱化了传统小说中起决定作用的时间因素，而突出了空间的"共时性"特征。

新历史主义小说打破了旧历史那种经学化、意识形态化的框架。新历史主义小说的作家们不再向正史取材，历史在他们的眼中"纯粹成了一道布景"。但是，"历史的文本性与文本的历史性"观念使文学与历史在文本基础上又交融互渗，彼此构成。莫言的《狗道》即是如此。在文本当中，人狗之战这种天生的孩童打狗的游戏也被置入了严酷的抗战历史中。人打狗与人捉蟹都是孩童生活的游戏内容。莫言正是从这种新颖的角度去理解和表现这种沉重的抗战生活。当作者毫不掩饰人狗之战的艰巨性时，孩童打狗的嬉戏性一面被淡化了，狗成了"狗娘养的日本狗"，我们的心更多地被惊心动魄的生存斗争所慑服和吸引。这里莫言将传统历史彻底改写，一切历史场景还原为人类的生存与斗争：爱、恨、生殖、死亡、战争、仇杀……同时历史的主题也实现了转换，原先的中心人物成了边缘人物。作者的叙述在文本中向正史的合法性提出了挑战。作者对档案不厌其烦的征引和缝合生成了一个独特的文学文本，而这个文本最终变成了关于那次抗战的另一部"历史"。小说形象地演示了文本与历史之间

---

① 朱立元主编：《当代西方文艺理论》，第396页，上海：华东师范大学出版社，1997年。

相互转化的具体过程。

"历史的文本性"和"文本的历史性"之间的相互制衡是新历史主义的理论思想，它的独树一帜也构成了对传统历史主义和形式主义的理论抵抗与反叛。但这个平衡状态在实践中难以实现，必然出现各种程度不同的偏差。新历史主义的发展阶段可以有诸如"启蒙的"、"审美的"和"游戏的"等阶段的划分。① 另外，对"文本的历史性"和"历史的文本性"的不同侧重也堪为一条划分依据，这两个方面在实践过程中始终未能达到理想的平衡状态。

二、单线历史的复线化和大写历史的小写化

海登·怀特指出，历史事件虽然真实存在，不过它属于过去，对我们来说无法亲历，因此它只能以"经过语言凝聚、置换、象征以及与文本生成有关的两度修改的历史描述"的面目出现。我们感受的历史并不是真实的历史事件，而是对历史事件涂上感情色彩的二次建构。在传统历史主义者的视线以内，由历史生成的文本，往往以一元化、整体连续的面目出现。然而，这种一元化的正史更多的是呈现标识着阶级立场的宏大政治叙事，使真实历史过程中的丰富多样性未得到完全展示。于是，新历史主义"向那些游离于正史之外的历史裂隙聚光，试图摄照历史的废墟和边界上蕴藏着的异样的历史景观"。

新历史主义者认为，任何一部历史文本都无法客观而全面地覆盖历史真理，文本在修撰和传播过程中，都不可避免地受到话语虚构性的干扰，以及政治立场的左右。历史的真理性播撒于各种文本之中，因而需要通过多元化的文本来共同体现；历史文本只不过是对已发生之种种的"解释"，而不是客观"知识"。面对这种现状，新历史主义者从夹缝中寻找出路：架空了那些无法亲历的真实历史，疏离由强势话语撰写的单线大写的传统正史；进而通过对小写历史和复数历史的书写来拆解和颠覆大写历史。新历史主义者总是将目光投向那些普通史家或不屑关注、或难以发现、或识而不察的历史细部，进行纵深开掘和独特的自我阐释，进而构筑出各种复线的小写历史。小写历史的丰富具体性让微弱沉寂的历史事件发出了声音，让大历史丰碑遮蔽下的人和事浮出了历史地表。他们将历史话语的权力性和虚构性从无意识领域拖进历史意识，进而发现撰史绝不意味着对所有已知的史料一视同仁，而是对部分材料的推扬和对其他材料的排抑，因而历史书写不可能是绝对客观公正的。新时期"重写文学史"运动与这种历史观念声气相通。

"重写"者认识到，文学史重写是不可避免的，但重写不是"复写"，重写意味着对既成历史的颠覆和拆解。基于这种认识，他们重新选择了"民间立场"；重新确定现当代文学史学科的性质；重新估价和定位现当代作家作品；重新划分现当代文学史阶段等。其根本目的是反思中国现代性历程，这与西方新历史主义通过重写文学史来反思其自身现代性的精神诉求是一致的。其基本策略是将先前单线大写的、政治化的文学史，改写为复数的、小写的、多元化的、民间化的历史。重写的要求本身是合理性。但是，重写也难免抑扬任意和崇己抑人之弊，从而造成新的倾斜。这个运动的倡导者也觉得重写"吹肿了文学史"。这是新历史主义的一个方法悖论：历史的需要重写和重写的不可能完美之间的二律背反。

在创作领域，从寻根文学开始，作家就选择了家族史和村落史这种特殊的历史书写方式和历史切割单位。他们或以村落的兴衰作为小说的框架，或讲述家族荣枯的历史秘密；而随

---

① 张清华：《十年新历史主义文学思潮回顾》，《钟山》，1998 年第 4 期。

着新历史小说的崛起，作家对历史之根产生了深刻的怀疑，历史在他们笔下遂变成了由逸闻野史等历史瓦砾拼凑起来的一幅幅颓败的景象。这些作品从传统历史小说宏大的战争场面、江山的改朝换代和英雄人物的叱咤风云，始而转向家族村落的兴衰荣枯或平民百姓的悲欢离合，进而转向阴暗的历史废墟和小人物灰暗紊乱的非理性世界，宏大历史叙事的不断微型化，实现了"从民族寓言到家族寓言，从宏观到微观，从显性政治学到潜在存在论"①的转变。

苏童的《罂粟之家》将传统历史叙事中的阶级观念用纯粹的生存历史进行化解，用性进行了解构，将一部大写的底层阶级历史描摹成一部小写的家族历史、村落历史。作品首先描述了刘家的衰败。地主刘老太爷有两个儿子，一个是败家子，一个是守财奴。败家子刘老侠弄来一个妓女翠花花，把她给了老太爷，这已然是乱伦之举；后来刘老侠遭到报应，翠花花与刘家长工陈茂私通，生下了名义上为刘老侠的儿子，实际上为陈茂儿子的刘沉草。刘老侠实际上的儿子演义是个白痴，这样他的家也就注定由沉草来继承，中途被迫辍学的沉草在家中百无聊赖，与演义发生纠纷并失手杀了他。后来解放军土改工作队来了，陈茂摇身一变成为农会主席。他发动召开了斗争刘老侠的大会，但刘家老少都不把他放在眼里，翠花花还借与他的通奸关系搅了斗争会，羞辱了陈茂。陈茂恼羞成怒，强奸了刘老侠的女儿——沉草名义上的姐姐刘素子，这也近乎于一次乱伦，沉草愤怒地杀了陈茂，愤怒之余还朝陈茂的下身开了一枪。最后工作队队长庐方枪毙了沉草，一个罂粟之家从此消亡。在这里苏童将刘家大院的性存在写得淋漓尽致，历史在这里成了一部性的隐秘史。小说所呈现的解放军工作队以及武斗的史料大多是客观存在的。但是，作者只是以此为背景，避开了传统历史的宏大主题，书写了由乱伦和暴力组成的"边缘史"。并且，背负传统伦理的大历史面对这些史实却往往处于失语状态。因此，史料选择本身就是一种意识形态立场的选择，而正是从这里开始，小历史从大历史的根部旁逸斜出，并不断向大历史之真投去疑团。

史料也难免其虚构性，因而无法赢得充分信赖，真正的历史过程已淡化为远方的一道地平线，一个可望而不可及的阐释背景。新历史主义小说最终必然放逐历史的真实性。这向大历史投置了疑团，但历史大厦的轰然倒塌也使小历史陷入困惑之中。

三、客观历史的主体化和必然历史的偶然化

新历史主义者对批评丧失自我意识和被主流意识形态同化保持着高度的警惕。这在文学活动中转化为一种具有高度主体意识的批判取向。

传统历史观把历史看成独立于认识评价的客观存在，新历史主义改变这种观念。怀特认为，历史话语通过"情节编排"、"论证解释"和"意识形态含义"等策略进行自我解释。人们撰写历史，必然在诸多相互冲突的阐释策略中做出选择，其凭据与其说是认识论的，毋宁说是审美或道德。历史话语首先要遵循的不是历史过程的逻辑，而是话语自身的逻辑。这似乎使话语有了特权，但这种特权使作家暗中活跃起来。巴尔特指出，历史话语经常采用过去时态，但"在简单过去时的背后，隐藏着一个造物主，这就是上帝或者叙述人"②。叙述人常常在"话语自行书写"的伪装下活跃于叙述之中。

新历史主义认为，人首先是历史的阐释者，一个人在这种阐释工作中是不可能遗忘自己

---

① 王岳川：《重写文学史与新历史精神》，《当代作家评论》，1996 年第 6 期。
② ［法］罗兰·巴尔特：《符号学美学》，董学文等译，第 154 页，沈阳：辽宁出版社，1987 年。

所处的历史环境的。人们针对自己的材料提出问题，甚至这些材料的性质，统统都受到他们向自己提问的支配。阐释者在与"讲述话语的年代"和"话语讲述的年代"展开双向辩证对话时总会显露出自己的声音和价值观。不参与的、不作判断的、不将过去与现在联系起来的写作是不可能的，也是没有价值的。历史阐释的主体，对历史不是无穷地迫近和事实认同，而是消解这种客观性深化以建立历史的主体性。新历史主义者在评论历史文本时会突然谈到自己，插入一些与学术不大相干的回忆和逸闻趣事，过去与现在被言说者以谈论自己的方式联系起来了。他们以这种方式时时检视自己在批评运作中所扮演的角色和所起的作用。

传统历史小说中的叙述主体总是隐于幕后而让历史自行上演。但在新历史主义小说中，叙述者作为一个积极的对话者，堂而皇之地穿行于历史档案之中，与之展开交流对话。"作家毫不在乎地暴露'我'的存在和'我'的主观见解的渗入，甚至常用'我想'、'我猜测'、'我以为'等轻佻的口吻陈述历史。填充各种空白之处。"①而作为一种相应的后果，阅读活动也不断召唤读者的主体性介入。

新历史主义作家意识到，人类借助文学为逝去的时代留下了心灵化石。阐释者应该以主体心灵去激活它，而不该迷失于史料之中。作家不是历史的旁观者，而是积极介入者；不是为正史笺注，而是与历史交融。周大新的《左朱雀右白虎》主要讲述的是老师王莹质与"父亲"及后来的妻子王涵保护南阳汉墓的经过，这段历史从民国时期一直延续到新中国成立后，其中曲折颇多，但他们的意志却愈挫愈坚，王涵撕碎吉平正夫手中的拓片跳进护城河实际为这段灰暗而惊险的历史发出了预警信号。作者试图通过他们的个人遭遇来反映那段被正史屏蔽的历史。这种历史重构，绝不仅是发掘那些尘封的历史档案，而是力图通过对历史进行厚描，以唤醒读者的共有民族情感和历史伤痛。作者经常以"第一人称"出现在作品中，展开与历史和现实的"多重对话"。

新历史主义者以客观历史为文本的主体背景，影射客观历史的发展潮流，而主体情感的密集渗入也使历史的偶然性凸现出来。周大新的《向上的台阶》讲述了怀宝在历史洪流中的政治生涯，且具有一定的史诗气质。怀宝从街头卖字的艺人爬上县长的位置，从全国解放到"文革"，直至改革开放，他的命运实际是那段历史的投影，历史的必然性决定了他的命运跌宕起伏，而偶然性充当了小说情节的结构和推动力量。多数新历史主义作品都表现出对偶然性的强烈兴趣，并通过对历史偶然因素的渲染，加进自己对历史进程的参与欲望与主观态度。但这种对偶然性的执著，常使文学中的历史弥散为一种迷雾般偶然无定、随风漂浮的历史尘埃。这种历史书写，尽管可以洞察历史中某些久受压抑的心理情感和深层人性内容，但立即被一种非历史、非理性的洪流和时时流露出的嬉戏态度裹挟而去。

作家的历史文体性和阐释地位无限膨胀之后，作家与"话语讲述的时代"和"讲述话语的时代"的辩证对话链条就随之断裂，那种"指向当代的历史对话"②也就流产了。伊格尔顿指出："极端历史主义把作品禁锢在作品的历史语境中，新历史主义把作品禁闭在我们自己的历史语境中，从某种意义上来说，这两家永远只会提一些伪问题。"③这种指责虽未必公允，

---

① 南帆：《文学的纬度》，第 244 页，上海：上海三联书店，1998 年。

② 王彪：《新历史小说选·导论》，第 12 页，浙江：浙江文艺出版社，1993 年。

③ ［英］特里·伊格尔顿：《历史中的政治、哲学、爱欲》，马海良译，第 111 页，北京：中国社会科学出版社，1999 年。

但历史客观性与主体性、必然性与偶然性之间的平衡问题，的确是新历史主义的理论和实践难题。

四、历史和文学的边缘意识形态化

新历史主义从与文学截然不同的经济领域借来了许多术语，运用于具体的文学评论：比如用"通货"来界定文本孕育的象征价值和社会能量，用交易来表达能量的释放和意见的交锋，用"流通"来形容某种意识形态在文本中的穿行和相互影响，用"谈判协商"来表示文本和社会存在的各种力量之间的互动、妥协，等等。在新历史主义者眼中，文学创作的动因并非纯净的审美冲动，而是蕴涵在文化生活各个角落的社会能量循环。因此，新历史主义文学批评实际将文学置身于历史真实与意识形态的夹缝之中。

文学与意识形态之间的关系问题是一个聚讼纷纭的问题。在此问题上，历来存在两种尖锐对立的极端立场。一种观点认为，文学是特定形式中的意识形态，仅仅是对所属时代意识形态的表达。另一种观点则基于文学作品挑战其所面对的意识形态这一事实，认为真正的文艺通常超越时代和历史的局限，使人们能够洞察到被意识形态所掩盖的事实。这两种观点都失之简单化。阿尔都塞试图调和二者，提出文艺和意识形态之间是一种复杂的关系；意识形态是人们经验现实世界的各种想象方式，文艺持存于意识形态，又设法与之拉开距离，以便使人们能够"感受"和"直觉"到文学所寄身的意识形态。受其影响的批评家伊格尔顿认为，文学批评的任务就是"找出那个使文学作品联结于意识形态又使其疏离于意识形态的规则"。

沿着这一思路，新历史主义文学批评多集中于对文本与社会秩序及主导意识形态之间的两种根本关系——巩固关系与破坏关系——的揭示上：或侧重于主导意识形态对社会和文学中异己因素的同化，或利用后者对于前者的无意识配合作用。格林布拉特觉察到，统治权力话语对文学和社会中的异己因素往往采取同化与打击、利用和惩罚并用的手段，以化解这些不安定因素；而文化产品及其创作则采取反控制、反权威的手段对意识形态统治加以颠覆和破坏，于是在反抗破坏与权力控制之间形成了一个张力场。文学对主流意识形态的挑战性以及由于这种挑战性被化解而造成的妥协性同时存在于这个相互作用的张力场之中。

新历史主义文学批评通过强化政治批判性来体现自身的意识形态性，认为阐释者对历史批判必然包含着对当代的批判。这种批判虽不能立刻颠覆现存的社会制度，但可以对这种制度所依存的原则进行质疑。因此，其批评总是努力寻求意识形态表象之下被压抑和化解的破坏性因素，并通过对被压抑过程方式的揭示来呈现这些因素与社会统治权威之间错综复杂的关系。应该肯定，新历史主义这种理论与实践对自处其中的资本主义国家的种种内在原则具有一定的批判和"颠覆"功能。

在操作方面，它首先重视分析文本中的思想、主题和意义的存在条件，揭示它们背后被压制的异己因素，探究它们与主导意识形态之间的那些游移不定的关系，通过对这些关系复杂性的揭示来体现文学的意识形态性，进而向统治制度和主导意识形态的内在原则提出挑战。其通用策略是边缘化：关注边缘人物，截取边缘史料，采取边缘立场，得出边缘结论。"边缘化"本身所具有的"非中心"潜能，常常使处于中心的各种话语露出破绽，使主流意识形态的深层基础显出裂隙。

新历史主义小说往往将非英雄化的平常人或被正史排斥的另类人推向前台，写这些人的吃喝拉撒、七情六欲。在文学创作中，其意识形态性通常以两种不同方式体现出来：要么直接表达其意识形态内容和目的，要么以"二元对立"的思维方式通过对主流意识形态的线形"疏离"来曲折表达。苏童的《妻妾成群》即属于前者，它将正史中不见踪迹的小妾、姨太太推上了历史的舞台。她们在历史上存在过生活过，她们没有为历史作出什么贡献，但不可否认她们是历史的一部分，历史没有理由忽略这些人。作者以这些被忽略的大多数人的生存实况向那些在正史中身居庙堂横刀立马的英雄史诗提出了质疑和挑战。余华的《许三观卖血记》则属于后者。这部小说简直就是一个当代底层社会人物的个人历史档案。作者没有过多地做社会背景描述，主人公许三观的活动也很简单，就是记录了他十二次卖血经过，但每次卖血的原因却不同。这十二次卖血概括了小人物许三观的一生。虽然作者没有历史背景的渲染，但是许三观的卖血经历构成了一个窥伺当时中国底层社会人民生存苦难的缩影和窗口，它要比英雄的历史更具历史感。边缘化的不幸处境提供了一种参悟人生的良机。作品基于某种"人性"立场，通过疏离意识形态的方式对主人公生活时代的政治生活进行了无声的控诉，曲折地向主流意识形态投去了疑团，引起人们对历史现实合理性的反思和质疑。

边缘与中心处在"二元对立"之中，一味地坚守边缘则易造成僵化，而且会使边缘成为新的中心和主流，从而使抵抗成为投降，颠覆转为顺从，并导致文学新颖性和独创性的丧失。伊格尔顿指出，如果对狭隘的、总体性的意识形态的批判变得程式化，就会"成为意识形态的颠倒的镜像，用理论上和谐的散光来代替近视"①。新历史主义的批评和创作时时面临着这种危险。

新历史主义批评理论的发展在 20 世纪 80 年代达到了顶峰，自 90 年代以后，逐渐呈现出衰退的趋势。就目前来看，尽管新历史主义可能存在种种弱点，和新批评、结构主义等批评潮流一样，正在逐渐退出主流的舞台，但是它对文本的历史性与历史的文本性、大历史与小历史、客观历史与主体历史、中心话语与边缘话语、官方立场与民间立场等对立项之间的复杂关系做出了宝贵的探索。当代文学批评也正经历着文化转向和历史转向，在这些新动态中，我们可以清晰地看到新历史主义的影响和贡献。

第二节　批评方法

新历史主义意识到批评语境的重要性，在批评实践中力图结合历史背景、理论方法、政治参与、作品分析，去解释作品与社会及历史相互推动的过程。其批评方法的特点与功用主要表现在如下几个方面：

一、强调批评者发挥主体意识

新历史主义对批评丧失自我意识保持着高度的警惕，时常质疑和检验自己在批评运作中所起的作用，将自我意识融入批判文本当中。新历史主义的批评工程并不是以某种客观中正的面目去呈现某个"唯一的"真实或历史，而是要揭示不同版本的历史或"真实"形成并被利用的过程，而这种揭示活动本身也参与到文化话语的流通之中。

---

① ［英］特里·伊格尔顿：《美学意识形态》，王杰等译，第 334 页，桂林：广西师范大学出版社，1997 年。

二、奉行"逸闻主义"，发掘深层文化意义

新历史主义者通常遵循一个批评操作程式：先从尘封的典籍中找出某一被人忽略的逸闻逸事(表面上与所评析的文学作品相隔遥远又罕为人知的事、诗、画、雕塑或建筑的设计等)，然后挖掘其深层文化意义并出人意料地在它们与所分析作品之间找到联结点，最终显示出文化作品在成文之时与当时的世风、文化氛围和意识形态之间的复杂纠葛。新历史主义者将这种方法发展成为一种具有根本方法论意义的"逸闻主义"，并以此作为其新颖独特的批评策略，并在其多种诗学价值中着重强调其"触摸真实"和"反历史"的效应。

三、捕捉历史的真实

逸闻逸事的涌入使文本拥有了逃脱文本性框范的能动性，它的重要性在于它能够使文学文本之间产生互动，抛开了传统学科的界线自由流通，并按照其边缘视觉无限制地接近真实的生活，使文学重新与人类的真实历史经验关联起来。逸闻主义力图触及的真实，是氛围的真实，是语境的真实。它不是"再现""实体性的"真实，而是"重构""虚灵的"的真实。

四、实行"反历史"策略

新历史主义的"反历史"策略即通过复数化的小写历史而刺穿传统历史"宏大叙事"的堂皇假面，实现其"反历史"表述。逸事作为微小叙事让人看到宏大历史的运作过程，以小故事或细节描述向解释叙述的语境打开了一个缺口，实现历史解释的语境化和生活化。但它并不满足于新史学从侧面对大历史的印证和附和，更多地强调对传统历史叙述的"反对"、排斥和嘲讽。

总之，新历史主义是一门跨学科研究，它就是一种实践，而不是一种宗旨或者有系统的理论。所以我们在批评实践中，除了把握以上批评方法外，同时还需在实践中寻求新的批评视觉，研究新的批评方向。只有这样，新历史主义坚持的边缘立场才能在不断创新中得到发展，而不至于僵化为一种陈规或定式。

第三节　作品解读

一、《白鹿原》的新历史主义表征

新历史主义的最大特点是把历史事件从宫廷和战场迁移到民间乡野，将一元化的历史主题扩散为多元化的边缘视觉，通过对正史的颠覆和挟持来达到张扬自我认同的目的。陈忠实的《白鹿原》正是这样的典型作品。

《白鹿原》实际是白、鹿两家的家族秘史，作者是从历史的细部着手，以无阶级立场无政治主张的小写历史来表达自我对正史的质疑和拷问。它在描写对象上界定了四种势力：以鹿兆鹏为代表的共产党势力，以岳维山、田福贤为代表的国民党势力，以黑娃、白狼为代表的土匪势力，以及以白嘉轩为代表的宗族势力。对于这四种势力，《白鹿原》在描述时把它们放到了一个平等的社会梯队上进行审视，真正以一个写作者而不是评论者的身份去进行描述，进而生成了一个新历史主义文学文本，它把传统历史主义的一元历史观变为四元论甚至多元论

主题。虽然《白鹿原》具备一定的史诗气质，但它显然没有受传统历史主义叙述改朝换代的宫廷历史所影响，它跳出正史的框架与束缚，把大量的笔墨泼在了野史上，回避了对英雄形象的塑造，把目光集中于对平凡个体生命的白描，如黑娃的土匪生涯、白狼小翠的轶闻野趣以及小娥的风流人生等。因为新历史主义的边缘意识，其人物形象也不再是黑白对立的历史木偶，不再从属于政治话语，人的个性得到空前的释放和松绑，一群抹去阶级和政治色彩的边缘人物活跃于历史时空：如族长白嘉轩，乡约鹿子霖，土匪黑娃、芒儿，长工鹿三，妓女小娥，以及一些姓名不全的女性人物：鹿惠氏、鹿冷氏、白吴氏、朱白氏等。他们基本处于一种无政府主义的状态，恰恰是这种状态让他们更大程度地加深了对历史的烙印，而不至于成为一粒时间的沙子。

新历史主义摈斥了传统历史叙述下的英雄主义，厌倦以"高、大、全"的英雄形象来体现民族大义的政治目的，而是把笔力集中于对小人物内心感情的关注，将历史由集体向个体转移。《白鹿原》中的主人公白嘉轩即是如此。他展示给我们的只是一个族长，一个实实在在的人，一个黄土地上土生土长的男人。此外，像鹿子霖、朱先生、白鹿原上最硬的汉子贺老大和最好的长工鹿三等，都没有明显的阶级倾向。鹿三和白嘉轩之间看似是你死我活的对立关系，实际他们之间有着利益协作的合作关系，我们看到更多的是他们之间浓郁的乡情和淳朴的民间道德规范。《白鹿原》要表现的是最大程度地以鲜活的人性还历史以生命。白孝文这个人物最能突出《白鹿原》人物构造特点：白孝文还未找到族长的那种令人敬畏的感觉与神气即成了荒淫无耻的嫖客，然后就声色犬马地在欲望和毒品中放荡。辉煌时，他坐在县长的位子上，颐指气使地宣判黑娃、田福贤等人的死刑，落魄时，他俨然成为了一只惶惶不可终日的丧家犬。一个普通生命的劣根性在作者的笔下暴露无遗。

白家和鹿家是白鹿原上的两大家族，"白鹿精魂"传说和白鹿原的地名寓意，为白鹿两个家族的命运变迁涂上了一层神秘的色彩。这个地名暗含的寓意是："鹿"（姓）在此必发达：鹿又是白色的，白色是鹿的精魂。鹿要显灵，白家也必发达。白鹿两家的实际情况似乎又印证了这一点：白鹿本为一家，后来分开又都各自发家。"白"在鹿上，"白"又是鹿的精魂，因此，在白鹿原的统治与斗争中，白家总稍胜鹿家一筹；而"鹿精"显灵总是在下一场雪后。这种奇妙的巧合，有力地渲染了白鹿两个家族神秘的文化背景。另外，全书共描写了三场大雪，这三场大雪也都是为白鹿显灵决定白鹿原命运作铺陈的。第一场雪白嘉轩发现风水宝地，白家从此发达；第二场雪，送走了积年的瘟疫，结束了"白鹿乱世"的局面；第三场雪，伴随着白鹿精魂的形象身朱先生的升天，白家孝文当上滋水县革命政府县长。这三场大雪可以作为全书情节的又一索引。白鹿显灵总要下场大雪，虚幻的东西与美妙的自然景物交相辉映，白鹿精灵成了支配白鹿原命运的神灵，茫茫大雪成了白鹿原神奇的预言家。白鹿原的风云变幻，被蒙上了一层神秘的面纱。这些现象的推测都出自于朴素的民间信仰，带有强烈的逸闻色彩，新历史主义也正是凭借这种逸闻逸事的文学粉饰来瓦解正史的。

《白鹿原》不像旧历史小说那样囿于抽象的历史必然性中，它常常撷取具体事件突发的偶然性来大写特写。如白嘉轩发现风水宝地并因之发家，是憋了一泡尿的缘故；芒儿因一次调情而由一个卓越的木匠走上了土匪生涯；鹿兆海白灵在决定各自参共参国的命途大事时，是由一枚铜板掷出来的。这种偶然性的随意书写恰恰暗合了新历史主义的"必然历史的偶然化"特征，巧妙地回避对正史的记述，转而以虚构来填补历史的空缺，《白鹿原》则偏向于对"历史的文本性"的实践，并善于在偶然事件上生发出必然的情节关联。在对偶然性叙述的另一方面是热衷于对"落差"的勾勒，行使一种非理性的思维策略，如托朱先生之口诠释活人愚昧是由于前世死时脸上蒙上蒙脸纸；郭举人身强力壮是吃了女人的泡枣。更为有趣的是，全书把冠冕堂皇的人物、事件全都放在了龌龊的场面环境中：如陶部长训话，大讲特讲学生、爱国、抗日、蒋委员长的地方，竟是妓院民乐园；鹿乡约神圣的祖坟竟成了原上露天大便的优良港湾；歌功颂德的墓碑上糊满了屎花。新历史主义多不屑以一种必然的姿态讲述历史，而采取这种反常性、差异性来揭示"历史"演进的复杂性，这也在某种程度上弥补了传统历史的苍白和无力。

《白鹿原》还融入了一些魔幻的基因，这也是新历史主义小说的重要元素。比如鹿三老婆鹿惠氏临死时，竟然神奇地坐了起来，瞪着两只失明的眼珠，质问鹿三杀死小娥的事，还说这是小娥刚才告诉她的；白嘉轩的老婆白吴氏，在生命走到尽头时卧床不起的她忽然掀开被子坐了起来，她告诉白嘉轩她刚才撞见小娥了，后来白嘉轩用六棱塔镇住了小娥的阴魂，却分明让人感到阴魂的存在。《白鹿原》用这种魔幻的手法揭示人物心态的另一种真实，这种流传于民间潜意识里的"鬼魂论"也呈现了地域特色，彰显了东方文化的神秘色彩。

《白鹿原》里还充斥了大量的性内容、恶臭场面和血腥描写，这对传统历史主义小说中欲说还休的描述姿态来说无疑是一种冲击。对于目前文化气候尚难以接受的性场面和生存状态，《白鹿原》没有回避和躲闪，而是直接而率真地叙述，关注个体命运和生存状态，彻底地还原人性的本来特征。

二、苏童《米》中的权力与欲望

权力与欲望是构成历史文本的重要元素，是新历史主义小说的两个核心母题。权力的扩张势必产生颠覆与抑制这两种力量，欲望的蔓延则是滋生仇恨的温床，但它们都是通过谋夺与占有的形式去实现，所以，从本质上来讲，苏童的《米》是一部关于谋夺与占有的欲望悲剧。

《米》向我们展示了一个昏暗、潮腻、肮脏的世界。主人公五龙充当着一个罪恶的化身，从一个逃入城市避难的农民到统治城市的黑社会老大，五龙的发家史充满了罪恶与肮脏。《米》中的每一个人物都呈现出接近自然原始竞争的动物本性。文本以生存为本原，以人性之恶作为推动者，向世人描述了"本能即欲望推动的历史"。其中充满了对"食"（米）与"色"（性）的夸张描写。而人们在权力网络中的无限挣扎与宿命的轮回则诠释了历史中一切故事和拼争的原始动力，并昭示了人性之恶的蔓延和动物式的本能构成的日常历史内容。

《米》所描述的故事背景大约在 20 世纪的上半叶，这段历史在以往受到了意识形态的严格框定，具有其鲜明的"定性"。而苏童的《米》却对这段历史进行了"重构"，即以"五龙的一生"映衬出曾经被忽略和遮蔽了的历史细部丰富多彩的镜像，以小写的历史具象实现对正史宏大叙事的否定，从而对简单的阶级论、社会学和庸俗进化论等观念控制下的历史叙事进行了纠正。小写历史的空间化和生活化呈现了"既是历史，又是现实"的叙述景象，将"历史的文本性"演绎得淋漓尽致。历史的文本性有两层含义：一是指只有凭借保存下来的文本，人们才有可能理解过去。二是指当文本转换成文献也即成为历史学家撰写历史的依据时，它将再次充当阐释的媒介。文本充当阐释媒介的无限过程赋予文本以某种能动性和创造性，从而将阐释者与文本之间的关系转化为一种双向对话互动关系。显然，苏童所借重的是关于"历史的文本性"的第二条，他用文化系统的共时性文本代替了文学史意义上自足的线性文本。

这段重构的共时性历史弱化了在传统小说中起决定作用的时间因素，将其触角伸向历史无意识的神秘领域。这种对"城市秘史"或"人性暗史"的编撰或虚构，无疑是在主流意识形态掌控的历史话语很难见到的。苏童正是将目光放在了游离于正史之外的历史裂隙之中，将过去所谓单线的大写的历史，分散成众多复线小写的历史。从大历史的根部横逸而出投射到历史的细部进行纵深开掘和独特阐释，将正史文本所隐藏的历史过程的丰富多样性一网打尽，使遮蔽在大历史丰碑之下的人和事浮出了历史地表。苏童对城镇及其罪恶的描写形神兼备地暗合了这一新历史主义的特色，这种"野史"的写作风格正是新历史主义的根本方法"逸闻主义"所倡导的。海登·怀特指出："新历史主义尤其表现出对历史记录中的零散插曲、逸闻趣事、偶然事件、异乎寻常的外来事物、卑微甚至简直是不可思议的情形等多方面的特别兴趣。"[1]因而逸闻的重要性就在于它能够与文学文本之间互动，使其无所不在的文本性突然破裂而透射出一抹真实的余晖。苏童笔下的江南城镇与主人公五龙正是在逸闻主义的映导之下呈现出历史碎片的状态，表现了作者极力摆脱侧重描写历史的传统观念，导向侧重揭示历史主体——人的心理、人性与命运的意图。进入文本我们首先看到的便是怀揣"米"初下火车的五龙。此时的他是一个从乡村漂泊到城市的流浪之子

"米"是这篇小说的灵魂，也是五龙的生存本相。"米"的出现便意味着历史的核心结构隐喻的出现。"米"的物质性和寓言气质让它在中国的社会与心理结构中占有重要的地位。当五龙处于生存的最底层，他只有一把米，没有任何生存的保障。于是他屈辱地屈服在恶霸阿保的权威之下。不知不觉中五龙进入了一个不可知的权力网络关系中，而他自己却还丝毫不知。这一切都是没有预兆的，也许他手中的米为其日后的堕落留下了一个伏笔。为了生存，五龙设法寻找米的踪迹，在冥冥中他来到了米店，开始了在城市的生存游戏。生存的欲望即是对权力的争夺。五龙在这种不可知的权力关系中还是一个弱者，他的要求仅仅是得到一口饭。但是一旦陷入城市权力的网络，他的内心便不可自拔地坠入了欲望的旋涡。权力网络之中的五龙为了生存的欲望，开始去进行人生的拼搏。自身遭遇和社会环境让他意识到了暴力这个可靠而有效的拼搏工具。"饱暖思淫欲"，随着五龙对吃饭问题的解决，欲望推使着他窥视到了"性"的诱惑。无疑"性"是一种高级的生存要求，于是他以暴制除去了阿保，占有了绮云——冯老板的大女儿。这是他第一次在城市中获得真正意义上的胜利。这次的收益使他感到了罪恶带给他的快感，并在仇恨的推动下变得畸形。

曾经在他眼中视为阴暗、恐怖的码头一瞬间便成为了"江岸上一片辉煌的日出景象……他面前的码头清新空寂，昔日阴暗可怖的印象在瞬间荡然无存"。在这片辉煌中，五龙找到了自己的人生真谛，暴力与罪恶将带给他意想不到的收获。于是，他开始疯狂地去攫取权力，以达到自我占有欲的满足，欲望成为诱使五龙继续堕落的加速度。他将下一个目标对准了冯老板，他对更高权力的渴望促使米店的易主与冯老板的溃灭，这一切依然是在罪恶之中进行的。当五龙得到绮云的时候，"米"与"性"在五龙欲望的顶点会师。在那种无人可以替代的快感下，他内心的仇恨开始刺激他的神经，于是就将米塞到绮云的子宫之中以发泄自己心中压抑已久的被压迫感。权力事实上是我们自己的压抑、约束和禁闭的代名词，它就是我们自己的自我造型力和自我监督力，在权力的网络之中五龙被塑造为一个对欲望充满渴求的恶

---

[1]　[美]海登·怀特：《评新历史主义》，见《新历史主义与文学批评》，张京媛译，第 106 页，北京：北京大学出版社，1993 年。

人。在欲望的刺激之下，他必然要在"恶"的引导之下走得更远、更深。权力在其运作的过程之中，使人们产生了对它的忠诚、驯服、尊从和无意识的颠覆，这个网络状的系统永恒地对反对力量或弱势力量进行导入，因此包含在其间的争斗也是无穷尽的，只要生命不息那么就必将旋涡状的在权力网络中翻沉下去，直到毁灭。

五龙接着将目光投到了这个城镇最高权力的代表黑社会老大——六爷身上。通过一场轻松的"鬼戏"，五龙击溃了六爷，他天才般的对权力的争夺，让所有罪恶在他面前黯然失色。于是绮云对他做了一个最客观、公正的评价"你是世界上最狠毒的男人"。此刻的五龙已经永远陷在了"恶"的泥潭之中，而永远无法再为自己进行有效的救赎。他顺理成章地成为了黑帮的老大，成为了城镇中一个新的权力代表。他当之无愧地达到了其本人一生中的最高峰。在五龙的身上权力与欲望昭示了人类社会生存的本质，二者相辅相成、互相作用，作为人的天性表现，欲望推动着人们去追求一种形而上的利益，去获得一种对他们有益的客观实在，而这些存在便可以归结为对权力的争夺。另一方面权力又反过来促使人们的欲望更加无限化的膨胀，因为我们这里的权力不是一种形式，而是一种网络，只要人们身处社会之中，便无法摆脱这个束缚。五龙便是在权力与欲望的合谋之下，使自己的人性之恶从其本体中爆发。他的欲望其实便是人最原初的欲望，即如何去生存，如何更好地生存。他对权力的追逐，也就是对"米"的追逐，即获得一种控制自己生存方式的权力。而人性之恶与暴力则是其实现权力与欲望之间能量交换的媒介与工具。从而构成了一个关于人的基本生存需求与人性构成的寓言。

权力网络是一个粘连式的套状结构，它是无限延伸的，具有不可知的空间性，权力是"不可定位"的，每个权力的参与者包括五龙都无法从这个系统中突围。这个系统似乎是一个无穷无尽的网。因而五龙的下场也只能是在网中越缚越紧，不得脱身。随着日本人飞机的到来，五龙的谋权生涯也终于走到了尽头。在战争面前，五龙之前对权力的血腥争夺看上去显得微不足道。面对日本人，不可一世的五龙也只有俯首称臣毫无办法。这一刻蕴含了深深的意味，即由个人的生存本相上升到了人类种族的生存本相，历史上所发生的一切，不过是围绕着"米"，围绕着权力的生存斗争与搏杀。在这样一个笼罩在权力网络之下的游戏中，一切笼罩在历史真相之上的伦理、道德、温情等社会学意义上的东西，都显得可疑和无关紧要。五龙的生殖器因感染而腐烂时，也正是其内心的溃败，他开始反思权力给他自身带来的恶果。五龙在生命中最后一次利用自己被权力唤醒的恶假借日本人的手毁掉了自己创下的权势。终于在返乡列车上五龙结束了自己的一生，陪伴他仍然是米。五龙的一生构成了一个象征化了的核心结构。在他死后以及他存在之前，这个世界仍然在不断地重复着权力的故事。人们在欲望的驱使下不断上演着争夺"米"的故事，这里的"米"无疑是一个基础，一个象征，一个关于"权力"的隐喻，在它面前人无法不蜕变为冷酷的动物。人性之恶便是这样充斥在历史中的每一个角落，五龙便是这无穷多的人中的一个。在"米"这个关于生存条件、欲望和权力的象征物面前，他使用罪恶奋斗了一生，也毁灭了自己，透过五龙这个微不足道的"点"我们看到了：种族历史上已经和仍在上演的频繁的战乱和无处不在的倾轧争斗，他们之间各自为了自己的生存而战。这是文化结构本身决定的，这显然符合一个结构主义的新历史观：人类的求生意志和种族的搏杀，食与色的本性以及它们所生发出的欲望与权力，谋夺与占有构成了历史的基本元素。苏童用他的智慧还原给我们一个他心目中历史的真相。他勾画了一个充满黑暗的南方江南小镇，推翻了被传统温情所掩藏的另一种历史——温柔多情的江南水乡。在这里历史由生存的倾轧所构成，使我们看见了一个历史的断面。苏童将对文化、人性和生存的认识置于一个反主流的民间化了的历史情境中实行演示。

《米》使我们触摸到了历史局部的真实性与生动性，最大限度地构建了历史的断面。通过与正史时间氛围的贴近，讲述了一段完全不同的历史。作者将历史还原为某种结构，漫长的历史被他压缩之后，构成了新历史主义所说的"共时性的历史文本"。

第四节　解读范例介绍

一、从新历史主义角度分析《弗洛斯河上的磨坊》

参见韩晓华：《从新历史主义角度分析〈弗洛斯河上的磨坊〉》，《美与时代》，2004 年第 11 期。

《弗洛斯河上的磨坊》是乔治·艾略特（George Eliot）1860 年完成的作品，它以维多利亚时代的英国乡村生活为背景，描写磨坊主塔利弗先生一家的变故和他女儿麦琪的心理历程。麦琪天资聪慧，渴求自由和知识，富有同情心，与周围的传统观念格格不入，就连她哥哥汤姆也对她嘲笑讥讽。后因家庭变故，汤姆忙于还债，麦琪则失去了父爱和往日的快乐。麦琪与他父亲的仇敌的儿子菲利浦有着共同爱好，于是彼此相互吸引。这件事遭到了汤姆的坚决反对，麦琪考虑到父亲的感情，就放弃了和菲利浦来往。有一天，麦琪在表妹露西的家中认识了表妹的未婚夫史蒂芬，她和史蒂芬发现彼此才是自己的真爱，但她考虑到露西和菲利浦的感受，就拒绝了史蒂芬的追求。尽管如此，她还是被汤姆赶出了家门。故事最后以悲剧结尾：麦琪和汤姆被弗洛斯河上的洪水所吞没，兄妹二人终于在临死前达成和解。

韩晓华从"协和"的角度分析了乔治·艾略特的《弗洛斯河上的磨坊》。"协和"是格林布拉特的一个重要的新术语，并且，它只有在颠覆与抑制这两种社会功能的动态关系中才能得以实现。颠覆与抑制是格氏在《看不见的子弹》一文中提出的两个极具政治化的概念，颠覆指对代表统治秩序的社会意识形态的颠覆，抑制指对颠覆力量的抑制。当然，在这篇文章中，作者也从宏观政治的角度出发对性别政治进行阐述。

作者认为，麦琪的经历和遭遇实际就是颠覆和抑制这两种形式的力量对比的结果。在对文学的颠覆功能的剖析中，女主人公麦琪的自由不羁的个性事实上是"颠覆"的原动力。作者认为，她的个性、衣着以及受教育的权利，这对当时的社会历史现状都构成一种前所未有的颠覆力量。在那样一个被基督教义洗礼的小镇，人们的信仰已经慢慢丢失，牧师克恩博士也只有在担忧中逐渐地学会包容和接受，而麦琪的个性张扬无疑是对传统礼仪的正式宣战，这给她之后的人生道路布置了无尽的坎坷。汤姆是男权思想的代表，享有性别政治带来的权力，他的言行也是当时统治秩序的缩影。汤姆的恶劣态度让麦琪的反叛思想愈演愈烈。在抑制功能的体现上，作者仍然以麦琪为例。为了自由，麦琪选择以反叛的方式来表达，比如故意剪掉自己的头发，以表示对姨妈和母亲所坚守的古板教条的反抗，把露西推进泥坑，以表示对汤姆的不公正待遇的抗议，她还曾逃往吉普赛人那里追求自己向往的自由。然而，这一切过后，麦琪便陷入深深的自责。人们对她的误解和偏见让她伤心不已，这种伤心恰恰是对颠覆的一种忏悔，因为自由而产生的颠覆之举最终与自己的内心渴求达成妥协。她仍然渴望被现行的秩序和道德条律接纳，所以在她最艰难的时候，她首先想到的是克恩博士，希望从他那里得到宗教的宽慰，文学的抑制功能正体现在这里。所以作者认为，麦琪的行为从根本上反映了她对道德标准、宗教和男权思想的顺从和认可。

颠覆与抑制这两种力量的对峙归根结底是一场权力的角逐。在男权思想的围困下，虽然麦琪的行动举步维艰，但她一直没有放弃争取自己的权利。作者还对照了爱略特的自身经历及权力主张，更深一步挖掘文本的内在思想。爱略特不是一个女权主义者，她认为女性应该对男性服从，就像麦琪顺从汤姆一样。她主张，为了家庭和男性的需要，女人应该压抑自己的需要。这一点在文本中反映为新历史主义小说的"本体悲剧"，麦琪最终以死亡的形式完成了对男权思想的绝对服从。作者还注意到了新历史主义与女性主义的关系。新历史主义视野下开放自由的女性形象无疑给传统观念带来冲击，在对麦琪颠覆男权统治秩序的分析中，作者着重强调了它的批判意识

作者通过对《弗洛斯河上的磨坊》的深度解析，让我们对新历史主义中的颠覆与抑制的文学功能有了进一步的了解。

二、严歌苓《扶桑》的新历史主义特征

参见方秀珍：《一次虚妄的旅行——评〈扶桑〉的新历史主义特征》，《世界华文文学论坛》，2002 年第 1 期。

严歌苓的长篇小说《扶桑》是一篇极其典型的新历史主义小说。方秀珍在对其进行新历史主义解读时，主要从三个方面着手：一是大写历史的小写化；二是历史叙述的主观化倾向；三是历史和文学的边缘意识形态化。

首先，作者认为，《扶桑》这部作品表现了消解主流社会的大写历史、谱写边缘人物的小写历史的特点。它取材于一百二十年前的美国下层华人社会，这是一个被主流社会史学家一笔带过甚至完全被历史遗忘的社会。主人公妓女扶桑实际就是这段小写的灰暗历史的叙述者，她被塑造成一位心底埋藏着爱情的妓女，表面平静如水，心里却痴痴地恋着一位白人男孩。在遭到这个白人的凌辱后，她还是平静如水，赤诚以待，只留下那枚作为罪证的纽扣，在怀念和报复中做艰难的抉择。她的悲惨境遇折射出被大历史掩盖的边缘个体的生存状态。这就是处于边缘位置的小人物的悲惨命运，被爱与被凌辱、施爱与报复都纠缠在一起，被厄运拖着过着千疮百孔的人生。这样的人生从未受到过关注，主流社会的史书只记载着她们带来的疾病，造成的社会危害。通过对晦暗的人性的叙述与主流话语形成反差，新历史主义叙事策略不再服从史官或政治需要，而是用个体命运的悲欢离合还历史以生命。由此作者认为，严歌苓正是以扶桑的外表与内心之间巨大的反差来颠覆主流社会的历史认知模式，以此建构边缘人的历史存在价值。事实上，这种"反历史"策略即是构成新历史主义诗学价值的重要手段。

其次，作者从历史叙述的主观化倾向这个角度进行了分析。在传统历史小说中，叙述主体总是隐于幕后，让历史自行上演，以此造成历史真实的氛围。新历史主义小说反其道而行之，叙述者成为一个积极的对话者，堂而皇之地穿梭于历史情景之中，展开对历史情景、人物的对话与抒情。"作家毫不在乎'我'的存在和'我'的主观见解的渗入，甚至常常用'我想'、'我猜想'、'我以为'等轻佻的口吻陈述历史。填充各种空白之处，裁断模糊的疑点。"

这在《扶桑》中主要体现在三个方面：第一，小说在讲述扶桑故事的过程中，塑造了一个当代的"我"。"我"充当了历史的叙述者，不仅完成了对故事的虚构，也塑造了自身。第二，"我"在叙述过程中完成了对话和抒情，这意味着"我"的形象位于历史与现实之间，作为一个历史书写者，加入了历史境地进行了对话，作为一个旁观者或者评论者，完成了对历史人事的及时评判。第三，历史由于"我"的主观臆想而丧失其真实的可信性。这一点对于新历史主义文本来说是在所难免，它所产生的文学性是对传统历史主义客观叙述的超越，同时也是对客观历史现实的背离，其实可以归结为"文化谬误主义"。历史必须进入文本才可能被人们认识。历史成为文本就不可避免地融进历史编撰者的主观加工，新历史主义只是因为"我"的加入而变得大胆而明显，这更多的是便于作者主观感情的抒发，而不是再现历史。作者也同样指出，这种强调主观化的历史叙述使再现历史成为泡影。

再次，作者从历史与文学的边缘意识形态化角度进行了文本解读。新历史主义小说在取材上本身就具有较强的边缘意识，截取小人物的生存镜像或生活片段，从局部切入历史的腹地，使历史的真实浮出地表，对传统历史进行质疑。而这部小说还邀请了主流意识形态的加入，通过多处引用美国官方的史书记载来展示主流意识对扶桑境遇所作的发言，在对种族歧视、文化冲突的描绘中，展现主流意识与民间意识的对立与冲突。这两种价值观的对立让"我"趁虚而入，通过"我"的主观介入，凸现作为知识分子的"我"的价值趋向，并表现出对前二者的双重批判。这种针对现实的批判意识也是新历史主义文本的一个重要功能或者任务。

作者从新历史主义的三个典型角度对《扶桑》进行了分析，为我们的批评实践提供了一个优秀的范例。

三、油滑中的严正
——鲁迅的《故事新编》与新历史主义小说

参见孙俊红：《油滑中的严正——〈故事新编〉与新历史主义小说》，《名作欣赏》，2005年第 4 期。

作者这篇文章主要是通过将鲁迅的《故事新编》与新历史主义小说的特征进行比较，进而凸现出新历史主义的基本特征和思想内涵。

作者认为新历史主义小说的特征之一就是质疑客观真实。这里的"客观真实"即指代所谓的"正史"，是统治阶级为巩固统治地位，维护统治秩序，执行思想控制的道具，新历史主义实行的就是对其的颠覆和瓦解，把另一种真实呈现在人们的面前。《故事新编》的选材都出自古代的名篇名著，而鲁迅利用一种后现代的书写方式进行嘲笑和反讽，对"正史"和宏大主题进行解构，通过主观感情的融入消解历史的严肃性。这不仅显示了新历史主义小说对"客观真实"的反叛，同时也印证了"客观历史的主体化和必然历史的偶然化"特征。

在塑造人物上，作者认为新历史主义小说的特点主要是颠覆英雄神话，将人物塑造为感情丰富的自然人，而不是背负民族大义沾满政治色彩的冷血动物，由此将平凡人的生活带进历史。作者还特别提到，在英语中，英雄(hero)一词有两重含义：一是指历史上的英雄人物，一是指作品中塑造的英雄人物。他们有崇高的品质、非凡的智慧、杰出的才能、坚忍不拔的意志，他们或智或勇，有德有才，以天下苍生为己念，为黎民百姓造福，一个个都像金刚石般坚强凌厉、光彩照人，是民族所供奉、所敬仰、所崇拜的英雄人物。《故事新编》选取的英雄人物都是从日常琐事入手，把他们神人化，即把英雄人物当普通人写，写出英雄人物的凡人性格和性情，缩短英雄与普通人的距离，将普通人的卑微和无奈进行了彻底的展示。新历史主义小说的这种视觉打破了传统历史小说中蕴涵的英雄崇拜的文学征候，从而进一步地接近了历史的真相。

作者认为新历史主义小说家的惯用"伎俩"即是通过戏仿、反讽、虚构、夸张、隐喻、魔幻等叙述或修辞策略，消解历史的严肃气质和庄重风格。他们往往"以零散、琐碎、平庸的生活事件取代神圣、崇高、重大的事件，他们往往以荒诞、戏仿、虚构、魔幻、隐喻等表现手法写人或叙事"。这种特征恰恰暗合了"逸闻主义"，通过对偶然事件的探究及逸闻秘闻民间传说的大幅度阐述，形成对"正史"的抗衡，这也是新历史主义小说的重要诗学价值所在。消解庄重和崇高在另一方面也促进了对历史的坦诚叙述。

虽然作者除了对《故事新编》进行新历史主义解读以外，还对该作品的研究进行了回顾，并阐述了新历史主义在中国的发展历程，但是作者对新历史主义小说特征的概括可以覆盖新历史主义的基本内涵。

第 19 章　后殖民主义理论

　　后殖民主义理论(或后殖民批评)，从其诞生开始一直是一个众说纷纭的概念，但一般而言，它直接与二战后的后殖民主义现实联系在一起，后殖民主义理论旨在主要研究殖民时期之后宗主国与殖民地之间的文化话语权力的关系。对"后殖民主义"这个术语的准确理解却必须联系此前的"殖民主义"(亦称旧殖民主义)与"新殖民主义"这两个相关概念才能得以把握。

　　殖民主义或旧殖民主义是指殖民关系的第一阶段，在时间上被界定在第二次世界大战以前，其特点是殖民宗主国在政治、军事上对于殖民地国家的赤裸裸的直接统治，殖民地国家或彻底或部分地丧失了自己的国家主权；而在理论上对于殖民主义的分析与批判，在源头上可以上溯至马克思，而其成熟形态则是 20 世纪初列宁、卢森堡等人的帝国主义理论。

　　第二次世界大战结束以后，也就是 20 世纪 40 年代中后期，亚、非、拉美各大洲的前殖民地国家纷纷独立。但它们在经济与政治上仍然无法彻底摆脱对于原西方宗主国的依赖。冷战开始以后，这些国家和地区形成了所谓第三世界，由于其人口众多、幅员辽阔，经济落后，在政治与经济上都无法真正独立。这就是殖民关系的第二阶段——所谓的"新殖民主义"阶段。这个阶段的相应理论是 20 世纪六七十年代在拉美国家发展起来的"依附理论"(dependency theory)或称"新帝国主义"理论。它的宗旨是阐述新殖民主义阶段西方发达国家与第三世界国家之间不平等的政治、经济关系，力图表明：在二战后出现的资本主义世界秩序中，西方发达国家通过自己在技术与金融等方面的优势，占据世界体系的中心，掌握着第三世界的命运，使之依然处于半殖民地或准殖民地的状态，亦即世界体系的边缘，可以说是不叫殖民地的殖民地。

　　无论是殖民主义还是后殖民主义，其概念所关注的都是西方与东方之间不平等的政治经济关系，后殖民主义理论与之不同的是更关注第三世界国家、民族与西方殖民主义国家的文化上的关系。也就是说，后殖民主义理论与帝国主义理论、依附理论不同的地方在于它特别强调文化问题，是对第三世界国家文化状况的一种理论概括。职是之故，后殖民主义又称"文化殖民主义"(cultural colonialism)。在后殖民主义理论家看来，第三世界国家在政治上的独立与经济上的成功都并不意味着它在文化上的自主或独立。[①]

　　后殖民主义的历史可以追溯到 20 世纪前半叶的黑人思想家赛萨尔(Aime Cesaire)、詹姆斯(C. L. R. James)、法侬(Frantz Fanon)等。到 70 年代末 80 年代初，因为赛义德(Edward W. Said)在《东方学》(Orientalism)一书中对"殖民话语"的深入分析，形成自成一派的思想方法。后殖民主义理论在其发展过程中与其他理论方法融合而主要形成了四种派别：第一，由赛义德、斯皮瓦克(Gayatri Spivak)、霍米·巴巴(Homi Bhabha)为代表的后结构主义流派。这是后殖民主义中影响最大的一支，他们三人一般被看作是后殖民理论的"三剑客"。第二，以莫汉蒂(Chandra Mohanty)为代表的女性主义流派。这一流派的理论家以第三世界妇女的

---

① 参见刘康、金衡山：《后殖民批评：从西方到中国》，《中外文化与文论》第四辑，1997 年。

独特身份和境遇为切入点，对西方女性主义的本质主义和白人中心主义展开批评。第三，以詹·穆罕默德（Abdul Jan Mohamed）、大卫·劳埃德（David Lloyd）为代表的"少数派话语"及内部殖民主义派，他们再次把社会性区别作为一种差异范畴。第四，以阿赫默德（Aijaz Ahmad）等人为代表的马克思主义流派。后殖民理论不关注文学文本的文学性，而是将文学文本放到历史的政治的语境中去进行把握，揭示文本背后东方与西方复杂纠葛的意识形态关系。因此，后殖民批评具有非常强烈的文化批评色彩。

第一节　基本理论

一、现实与想象

东方，无疑是地球上确确实实存在的一个地理区域，虽然它是历史的变动的。从古希腊开始，西方就通过大量的文学艺术以及学术作品编织着对东方的想象。那么，对于西方文化、西方历史来说，东方在多大程度上是一个现实的地理空间，又在多大程度上是一种想象的产物。这种想象和现实又有怎样的关系？这是后殖民理论关注的一个重要问题，即东方如何被西方加以"再现"（representation，也翻译成"表征"、"表述"）的问题。赛义德在他的《东方学》一书中试图探讨的就是"东方"这一概念是如何被建构起来的，通过对整个西方文化史的分析，他指出东方其实并非像我们所认为的那样是一种自然的存在，而是人为建构起来的。但为什么西方要建构一个和自己相区别的东方的概念呢？赛义德借用了法国人类学家克罗德·列维－斯特劳斯的理论来说明问题，人类的大脑受到纷繁复杂的各种冲动、欲念和意象的纷扰，大脑却倾向于形成一种条理化、秩序化的对世界的理解，将各种混沌的事物处理得井井有条，这样，整个世界对于他才是有意义的。比如原始部落会为其周围环境中的每一有叶物种在大脑中分配一个确定的空间、功能和意义，尽管并非每一种有叶植物都一定有什么实际用途。大脑的有序化是通过区分每一事物，为每一事物命名并将它们分配成特定的角色来实现的。但这样一种区分的方式却没有什么道理可讲，完全是任意的，比如一种蕨类植物在一个社会当中是优雅的象征，在另一社会中却很可能代表邪恶。这样一种区分方式同样也可以用在历史本身身上，也就是说历史上客观发生的事物只有被人赋予它特定的角色和意义才能获得客观的有效性，才能获得理解。这尤其适用于那些相对而言不那么常见的事物，比如外国人、突变物或异常行为。"人们完全可以这么认为：有些特殊物体是由大脑创造出来的，这些物体，尽管表面上是客观存在的，实际上却是虚构。"[①]对于地理空间而言，同样如此，一群生活在特定区域的人会为自己设立许多边界，将其划分为自己生活的土地和与自己紧密相连的土地以及更遥远的土地。对于那遥远的土地由于其陌生性就被打入另类，称为"野蛮人的土地"。这种将熟悉的称为"我们的"，不熟悉的称为"他们的"的地域区分完全是任意的。也就是说，这一"我们的"与"野蛮人的"领地的区分并不需要"野蛮人"对这一区分加以确认。这种地域的边界因此总是与社会的、文化的边界相呼应，各种假设、联想和虚构总是一股脑儿堆到了自己领土之外的不熟悉的地方。东方与西方的区分同样属于这样一种逻辑。这种区分在《伊利亚特》的时代就已经十分清晰。两个与东方联系在一起的影响最深远

---

① 赛义德：《东方学》，王宇根译，第 68 页，北京：三联书店，1995 年。

的方面在现存最早的雅典戏剧埃斯库罗斯的《波斯人》和最晚戏剧欧里庇得斯的《酒神的女祭司》中已经出现。埃斯库罗斯描写了波斯人得知由国王薛西斯一世的军队被希腊人摧毁时所产生的那样一种大难临头的感觉。在这里，东方与失败和绝望联系在一起，而且它必须通过欧洲的想象才得到表述。而《酒神的女祭司》则展示了酒神狄俄尼索斯与亚洲诸神以及东方神话中那些恐怖的非理性行为之间的关系，与之相区别的则是西方的节制与判断力。在这两部戏剧中，东方与西方被区别开来，而且东方是非理性的、失败的、恐怖的和遥远的。因此，东方无法表述自身，东方必须通过西方的言说才能得到表述。尽管西方的历史经历了种种纷繁复杂的演化，但这样一种基本的区分一直制约着西方的整个想象。随着基督教的兴起，以及几百年之后作为基督教敌人的伊斯兰教的出现，东方和西方经历了种种变动，但从《罗兰之歌》一直到但丁《神曲》的文献资料里，作为异教徒的东方就一直被书写为一种异质而不善的形象。赛义德试图指出这种被建构的东方事实上与东方无关，它完全是西方权力意志的产物。

这样一种对东方的言说和关注最终使得西方发展出一门专门研究东方的学问——东方学（Orientalism），也翻译成东方主义。东方学从 14 世纪正式产生，它的主要任务是宗教方面的，负责搜集有关西方宗教源头（近东和埃及）及其对立体系（伊斯兰世界）的文化资料。到 18 世纪以后随着西方帝国主义的全球扩张而得到系统化的发展。它走出了教会，变得世俗化和现代化，其研究对象从原来的伊斯兰世界和中东、近东地区扩展到整个亚洲（包括印度、中国和日本）。东方学表面上被认为是一门关于研究东方的不带偏见的科学而又客观的学问，但事实上，它同样是对东方的一种想象和建构，一个典型的东方学文本就是《马可·波罗游记》，这本书展现了东方的广大富饶，拥有欧洲所无法想象的财富，囊括了世界上一切美好的事物。同时，它也展示了异教徒的东方。充满了色情和异国情调。这本书自从产生后就具有了巨大的权威和影响。但这部书本身就是非常含糊不清的，并不存在真正的原稿，而且流传下来的每一个抄本都自相矛盾，其中包括不同抄写者的篡改、阐释、误笔和添加。这些巨大的含糊性使得不少学者甚至认为马可·波罗没有到过中国。事实上，这样一部书和真实的东方没有什么关系，它仅仅是西方欲望的一种投射。东方学从其诞生到今天有着长久的历史。这种历史往往被当成客观研究的历史，不断抛弃较早时候的轻信无知而获得确切的知识，因而是不断进步的历史。在捍卫东方学作为理性和"科学"的研究时，往往认为存在一个值得研究的真实的东方，但是正如萨达尔所言："对东方主义的历史的检视表明，东方主义并不是西方对一个确定目标，即东方之外部凝视。东方主义是一种形式的内部反思，其所关注的是西方的智识关注、问题、恐惧及欲望，而这些都降临到一个虚构的按照惯例被称为东方的对象身上。"[1]

二、想象与权力

对后殖民批评而言，最重要的不是仅仅揭示东方形象的虚构性，而且要揭示这种虚构性背后的权力关系。按照赛义德的说法，"如果不同时研究其权力关系，或更准确地说，其权力结构、观念、文化和历史这类东西就不可能得到认真的研究和理解"[2]。比如福楼拜通过与一

---

①　齐亚乌丁·萨达尔：《东方主义》，第 19 页，长春：吉林人民出版社，2005 年。

②　赛义德：《东方学》，王宇根译，第 7 页，北京：三联书店，1995 年。

个埃及妓女的艳遇就能够推论出什么是"典型的东方性格"。对福楼拜来说，这个埃及妓女从来不谈自己，从来不表达自己的感情、存在或经历，是他替她说话，把她表述成他所要表述的。而这一切取决于一种非平等的力量关系：他是西方人、男人，而且富有。也就是说在这种想象与被想象、建构与被建构、表述与被表述背后存在的是一种非对等的权力关系。因此，东方才被想象成一个温顺的、柔弱的和对西方白人男性彻底奉献的妇女形象，而且，这个形象总是和古老的传统联系在一起，没有任何进步和发展。这样，对西方而言，东方总是落后的、臣服的对象。这样一种东方形象正是无数的西方文学作品、电影、卡通片所反复书写和塑造的。这正体现了欧洲文化的核心："欧洲文化的核心正是那使这一文化在欧洲内和欧洲外都获得霸权地位的东西——认为欧洲民族和文化优越于所有非欧洲的民族和文化。此外，欧洲的东方观念本身也存在着霸权，这种观念不断重申欧洲比东方优越、比东方先进，这一霸权往往排除了更具独立意识和怀疑精神的思想家对此提出异议的可能性。"①关于东方的形象就淹没在这样一种陈词滥调之中，不管是通俗的流行作品还是严肃的学术研究，总是充满着对东方人的本质主义的概括，如：东方人容易受骗，缺乏热情而又懒惰，大都是阿谀逢迎、阴谋和狡诈之徒，对动物不友好；东方人对谎言有着顽固的癖好，他们浑浑噩噩，满腹狐疑，在任何方面都与盎格鲁－撒克逊民族的清晰、率直和高贵形成鲜明对比。② 这样一种对东方的低劣化处理往往成为西方侵略东方的托词，或直接为殖民侵略的目的服务。赛义德指出，东方学强化了欧洲或西方控制着地球上大部分地区这种认识，东方学在研究体制和内容上获得巨大进展的时期正好与欧洲急遽扩张的时期相吻合：从 1815 到 1914 年，欧洲直接控制的区域从地球表面上的 35% 扩大到 85% 左右。举一个很简单的例子，拿破仑对埃及的征服是以长期对埃及的学术研究为先导，而当他挺进埃及时，除了率领的军队之外，还带去了大量的埃及研究学者。又比如哥伦布在远航时曾写下一份日志，在日志中有着对他所遭遇的土著的自相矛盾的书写：在日志的前一部分，土著被描写得热情好客、健康聪明；但到了后面的部分，同样的土著却成了凶悍的食人生番。为什么会出现这种矛盾呢？按照彼德·休姆的分析，哥伦布的远航直接目的就是寻找金子，寻找金子的产地，但当一番努力落空后，他意识到金子只存在于土著人的身上，存在于他们的腿上、胳膊上、耳朵上、鼻子上和脖子上，只有将土著人杀死，欧洲人才能得到金子，于是开头笔下的慷慨热情的土著人就转变成后来日志中愈益肯定的食人生番。实际上食人生番并不存在，哥伦布妖魔化土著人的目的只是为了日后对这些领土进行殖民侵略做好文本上的准备。③

三、想象与文本

这样一种根深蒂固的对东方的妖魔化处理，是通过陈陈相因的无数文本而得以建构起来的。从古希腊的《伊利亚特》一直到今天流行的各种通俗读物和电影，前一代的文本被后一代的文本当作权威征引，文本与文本之间相互印证，形成一个庞大的想象体系，对东方的理解就是依赖于这样一种文本体系得以支撑。解构主义理论有一个概念叫"文本间性"，它强调文学的历史是无数文学作品相互影响的历史，而不是对现实进行客观反映的历史。在某种意义

①　赛义德：《东方学》，王宇根译，第 9 页，北京：三联书店，1995 年。
②　赛义德：《东方学》，王宇根译，第 48 页，北京：三联书店，1995 年。
③　张德明：《批评的视野》，王宇根译，第 212 页，上海：上海社会科学出版社，2004 年。

上说，东方学就具有这样的特征。赛义德指出，东方学的意义更多地依赖于西方而不是东方，这一意义直接来源于许多表述技巧，正是这些技巧使东方可见可感，而这种技巧依赖于"为达到某种理解效果而普遍认同的代码，而不是一个面目清晰的东方"。而且他还认为"东方学正是一种引述其他著作和其他作家的体系"①。结构主义者强调文本之外无他物，但东方学的传统最终却影响人们对现实的理解，并为某种侵略性行为作辩解。比如有了关于埃及人无法自我管理的这样一种"知识"，就可以明目张胆的对埃及进行统治，帮助埃及人"管理"他们自己。赛义德深入分析了这样一种文本与现实之间的相互转化。他认为像塞万提斯笔下的堂·吉诃德受骑士小说影响而把风车当成怪物，把羊群当成敌人，把客栈当城堡，把酒袋当魔鬼大加砍杀……这体现了人类一个普遍的弱点，就是"宁可借助文本图式化的权威而不愿与现实进行直接接触"。他称这种态度为"文本式态度"，也就是说把文本世界与我们现实世界进行混淆的态度。

　　文本式态度是在两种情况下建立起来的。第一种情况是，当人们与某种未知的、危险的和相距遥远的事物相遭遇的时候，往往不但要求助于以往类似的经验，也要依赖从书本上读到过的东西。旅行者去外地旅行之前，总要阅读一些旅行书籍、指南等等。当许多旅行者发现他们在外地所经历的和他们读到的不一致时，在大多数情况下，他们不会怪作者，而只会说，这和我期望的或想象的不一样。在一般人心目中，文本总是比现实更权威、更真实。第二种情况是成功的诱惑。当你读到一本讲述狮子凶猛的书，后来果真碰到了一头凶猛的狮子，这会激发你阅读这个作者更多的书并信以为真；如果这本书还教人对付狮子，而且行之有效，那么，不但这位作家得到了更大的信任，而且还促使他试着写另一些书。结果就出现了一个复杂的、相互强化的过程：读者对现实的经验由他所阅读的东西决定，而后者反过来又影响作家根据读者的阅读经验去限定未来的写作主题。一本有关怎样对付狮子的书会引出一连串这类题材的书，诸如狮子的凶猛、凶猛的起源等等。结果，题材越来越窄，文本的中心不再是狮子，反倒是凶猛了。一些声称具有某种真实知识的文本，就是在上述情况下产生出来的，而且一旦产生就很难轻易消除。专家会出来对它作出鉴定，科研机构和政府部门会赋予它某种权威性，使它获得比它应得的更大的名声。经过一段时间以后，这种知识和现实就难解难分，形成了一个传统，一种强大的话语场，无数个文本就从中生发出来②。文本与文本之间互相引用、印证、转写，构成一个庞大的文本空间，这个空间最终覆盖了所谓的现实世界。

　　赛义德指出从启蒙时代以后，东方学这类知识的合理性不再依靠宗教权威，而是来自对以前的权威引证。正如学术研究是在一定的研究成规之内进行选择性的集聚、移置、滤除、重排、固持的过程，形象塑造同样是在一套已有的形象体系内的继承、添加、变异、置换。从萨西开始，博学的东方学家关注对前代的文本片段进行编辑和考察，结果导致东方学家之间的彼此以相同的相互引用的方式对待同行们的著作。比如，伯顿在论及《天方夜谭》和论及埃及时，引证雷恩，又上溯到雷恩的前辈；内瓦尔的东方之旅通过拉马丁，拉马丁又引证夏多布里昂。作为一种不断增长的知识，东方学主要靠从前代文本中汲取营养。即使是对新发现的材料的处理，也往往借用前人的视角、观念和权威。于是萨西和雷恩之后的作家会重写萨

　　①　赛义德：《东方学》，第 31 页，北京：三联书店，1995 年。
　　②　赛义德：《东方学》，王宇根译，第 120～122 页，北京：三联书店，1995 年。

西和雷恩；夏多布里昂之后的东方朝圣者也会以同样的方式重写夏多布里昂。而现实的东方就被这不断重写的文本置换掉了。所以，即使像内瓦尔和福楼拜这样的天才写作者，在写到东方这一主题时，也宁肯相信前辈学者雷恩的描述，而不愿直面他们眼前的现实。①

四、后殖民主义与女性主义

弗洛伊德曾把妇女比作"黑暗的大陆"，这个比喻最好不过地表明：在妇女所处的位置与殖民地半殖民地民族之间，存在着一种内在的相似性。就是说，她（它）们都是处于边缘的"他者"。正是这一种相似性，使 20 世纪后半叶蓬勃兴起的女性主义与后殖民主义有了一种天然的亲和力。近年来，它们作为"少数话语"的两种最主要的代表，共同向西方主流文化提出了有力的挑战，并且渐渐合流，形成了一种被学者们称之为"后殖民女性主义"的新的理论模式。

斯皮瓦克将赛义德的"东方无法表述自身"的理论与阶级、性别问题联系起来思考，提出了"贱民能否说话"这样一个尖锐的问题。但在斯皮瓦克看来，人类文明史基本上是一部独白的历史，这部历史是建立在一些人的声音被压抑以至失语的基础之上的。所有失语者总共三类：种族、阶级、性别。被压迫种族（如黑人）、被压迫阶级（穷人）、被压迫性别（女人），都是不能说话的，都是失语群体。

斯皮瓦克在《贱民能说话吗?》一文中，用印度文化中"寡妇自焚"的例子较深刻地说明了这一问题。寡妇首先是女人，其次是殖民地中的女人，如果还是低等种性中的寡妇，就带有三重不幸。印度寡妇自焚殉夫是印度的一种传统习俗。白人从褐色人手中救出褐色妇女，在印度土著保护主义者看来，白人是错的，因为那些以身殉夫的妇女实际上自己甘愿走向死亡，这种殉夫的理念与情感源自印度本身的宗教和传统。白人仅仅从白人的角度去看这一现象，遮蔽了妇女实际的处境和心境。土著保护主义则从传统和习俗的角度去看待这一问题，认为这种理念自有其合理性。但这种传统和习俗本身就是对妇女的一种压迫。面对这双重话语，妇女始终无法表述自身，她们的真实处境是被遮蔽的。

因此在许多"后殖民女性主义"者看来，仅仅关注种族政治必然忽视妇女在帝国主义状况下的"双重殖民化"（既是种族的又是性别的）境遇。这种理论假设：第三世界的妇女是本土的与外来的夫权制帝国主义意识形态的双重牺牲品。在女权主义者看来，第三世界反殖民的民族主义同样存在严重的性别歧视。而在一些后殖民批评家看来，西方女权主义津津乐道的所谓"第三世界妇女"，尤其是对于她们的"差异性"的强调，本身就带有殖民主义色彩。无论本土的妇女走到哪里，西方的女权主义者都要求她（们）展示这种所谓的本质主义的"差异性"，这只不过是为西方妇女的优越性所设立的一个"他者"。"第三世界妇女"作为与第一世界妇女相对的"他者"，具有愚昧、贫困、无知、受传统束缚、迷信、忙于家务、受迫害的特征，与西方妇女是受过教育的、现代的，有决策自由，能够主宰自己的性与身体形成一个对照。

---

① 赛义德：《东方学》，王宇根译，第 228 页，北京：三联书店，1995 年。

第二节　批评方法

后殖民批评的方法具有广泛的综合性，从马克思的意识形态批判到福柯的话语分析，从德里达的解构主义到拉康的精神分析无所不包，只要能够拿来用，后殖民批评都毫不客气地将之包容进来。虽然方法论特征不鲜明，但赛义德对小说叙事与帝国主义关系的深入分析仍然具有方法论上的首创性。在这种广泛包容的方法论基础上后殖民主义批评方法也有几个特别的着力点。

一、重视意识形态批评

后殖民批评具有非常强烈的意识形态批评的色彩，它从一种全新的视角审视文学与历史语境的关系。它和其他各种文学批评不一样的地方在于它所具有的全球视野，第一次将文学放到第一世界与第三世界、东方与西方、帝国与殖民地这样宏大的语境中来，开启了文学研究的全新的思路。作为一种成熟的批评，它当然不是简单的将所有文学文本作意识形态的图解，认为作品是帝国主义思维方式的反映就简单了事。赛义德指出，"作为学者我最感兴趣的不是总体的政治现实而是具体的细节，正如雷恩、福楼拜或赫南引起我们兴趣的并不是西方优于东方这一（对他们而言）抽象的真理，而是这一真理所打开的广阔空间内所显现出来的文本证据"[1]。因此，后殖民批评尽管具有文化批评的特征，但在面对每一具体的文学文本时，它总是通过具体的文本细读来揭示文本背后复杂纠葛的意识形态因素。

二、运用"对位法"展开解读

在解读小说叙事与帝国话语之间的关系时，赛义德提出了一种全新的解读方法：对位法。对位法是从音乐中借用来的一个术语。在西方古典音乐的多声部乐曲中，各个主题互相替代，只给予某一个主题以短暂的突出地位，由此产生复调音乐。赛义德将此用于重新解读近代以来的西方小说，强调这种重读不是单一的，而是对位的。也就是既意识到小说中所叙述的宗主国的历史，也意识到那些与占统治地位的话语抗衡（有时是合作）的其他历史。这样来重读和解释近代英国小说，就可以发现它们与西印度群岛或印度的关系，是由殖民统治、抵抗，还有当地的民族主义的特殊历史所形成甚至决定的。对位阅读的要点，赛义德归结为三点：一是必须理解作者在表现时所包容的东西，比如，一个生产糖的殖民地庄园，对保持英国特殊生活方式的过程是重视的。二是必须将两个过程都考虑到：帝国主义的和对它的抵抗。如在加缪《局外人》中，有法国在阿尔及利亚的殖民过程，也有阿尔及利亚的独立过程（后一过程是为作者反对的）。三是必须把文本中作者写到的和没有写到的都展开。三点结合起来，提供了一种多重参照的视角，从而能够从那些不起眼的地方将封闭的文本重新打开。这种打开最终将单独的文本放入了广阔动荡的历史语境之中。如对 19 世纪中期以前那些看来和帝国主题关系不大的小说进行"对位法"解读，就可以发现它们背后隐藏的那个帝国的"观念与参照的体系"。奥斯汀就通过《曼斯菲尔德庄园》表达了她的社会价值观，其中的托玛斯·伯特兰爵士在海外的领地给了他财富，说明了他有时远行的原因，界定了他在国内

---

[1]　赛义德：《东方学》，王宇根译，第 20 页，北京：三联书店，1995 年。

外的社会地位。这个人物反映了当时英国社会的一种普遍观念：拥有殖民地资产的权力直接有助于建立存本国的社会等级与道德优越性。又如《简·爱》中罗切斯特的疯太太伯莎·马森，是一个西印度人，同时也是一个有威胁的人物，因此被关在阁楼上。萨克雷的《名利场》中的约瑟夫·赛德利是一个印度富翁，他的粗暴行为和过度的财富（也许是不义之财）形成了对比。在狄更斯的《艰难时世》的结尾，汤姆坐船去了殖民地。在狄斯瑞利的《坦克莱德》和艾略特的《但尼尔·狄隆达》中，东方部分是当地人（或欧洲移民的）的居住地，部分是帝国摆布下的土地。这些小说，都可以通过"对位法"式的解读，发现其中隐藏了一个帝国的"观念与参照体系"。①

三、将"空间"视为权力差异体系

在运用对位阅读法时，赛义德创造性地提出了"空间"这样一个概念。在他看来，小说与其说是关于时间的不如说是关于空间的，在小说中，到处都有关于空间的切分与变异的叙述。空间是一个差异体系，不把握这个差异体系就无法深入把握帝国的权力运作逻辑。在近代英国小说中，往往要涉及到"海外"这一概念，比如《名利场》和《简·爱》中对印度或是《远大前程》中对澳大利亚的描述。空间的出现决不是可有可无的，它的使用是有社会目的的。在吉卜林笔下的印度，土著与王公按照规定住在不同的空间。吉卜林设计出吉姆这个人物，他的青春和精力使他能够轻松自如地从一个空间转到另一个空间，似乎在向殖民壁垒的权威提出挑战。因此，空间不是空洞的物理空间，而是权力区分和斗争的场所，是观念和文化的产物。小说中的空间体系最终巩固了中央权威。什么能够表述，什么只能被表述，它既是一个权力大小的问题，同时表述本身也在强化现存的空间秩序。描述本身的特点就是使附属者永远成为附属者，低等阶级永远是低等阶级。

第三节　作品解读

一、国际化文本与空间修辞
——解读卫慧《上海宝贝》

由于上海仍然不是西方意义上的大都市，它虽然有国际化的特征，但它毕竟是第三世界的城市，而且和整个近代以来第三世界惨痛的殖民记忆以及当代中国现代化的现实经验联系在一起，这对于卫慧的国际化幻想，对于她维持自己与第一世界的更为超脱的自我认同来说，构成了一个微妙然而致命的不和谐音。为了抹去这样的不和谐音需要调动文本的修辞功能。埃蒂安纳·巴利巴尔和皮埃尔·马歇雷认为，通过修辞可以想象性的弥合文本中本身存在的矛盾、裂缝和不和谐，使文本重新构成一个整体。② 对卫慧来说，这样一种文本修辞术确实具有修饰和美化的功能，她将那些与现实纠葛在一起的不和谐元素作了弱化处理，从而使上海形象更加光彩夺目。这与她在小说中对某些空间的强化是联系在一起的。空间概念是赛

---

①　参见赛义德：《文化与帝国主义》，第 18、83～84、108～110 页，北京：三联书店，2003 年。

②　埃蒂安纳·巴利巴尔、皮埃尔·马歇雷：《论作为一种观念形式的文学》，《当代马克思主义文学批评》，第 49 页，北京：北京大学出版社，2002 年。

义德在《文化与帝国主义》中分析 19 世纪小说时提出的一个重要概念，在赛义德看来小说与其说是时间的，毋宁说是空间的，小说中往往会涉及到空间的区分与变异，这种空间的划分是与文本后面帝国主义权力划分联系在一起的。比如奥斯汀将托马斯·伯特兰姆爵士的海外财产看作曼斯菲尔德庄园静谧、秩序与美丽的自然延伸：曼斯菲尔德作为一个中心，确立了另一个处于边缘地带的地产对经济的辅助作用。[1]

　　在《上海宝贝》中，同样涉及到几种不同的空间：一是作为小说主要背景的国际化都市上海的空间，它主要由酒吧、咖啡馆、舞厅、繁华的大街、艺术化的私人居室以及其间的光怪陆离的人群，包括老外、混血儿、各种各样的以另类相标榜的波波族、艺术青年和时尚先锋等等，这个空间在小说中是在场的，然而又是被"升华"了的；其他两个空间则是不在场的空间：一个是由女主人公的情人之一的德国人马克和天天在西班牙的妈妈所暗示的空间里，这个空间在小说中虽然不在场，但它在小说中的功能是很重要的；还有一个是由 COCO 来上海打工的送四川外卖的所暗含的空间，这个空间是小说所要淡化处理的或为了反衬第一个空间而设置的。除此之外还有一个比较特殊的空间，它在小说中既是在场的又是不在场的，这同样是小说中所呈现的"上海"的空间，它与第一个空间的不同之处在于小说中所提到的"市民气"，恰恰因为这种"市民气"，它在小说中是试图被抹除的存在，即使偶尔出现，也是作为一个厌恶的对象而被匆匆处理的，"我搬进了天天在城市西郊的住所，一套三居室的大公寓。他把房间布置得简洁舒适，沿墙放着一圈从 IKEA 买来的布沙发，还有一架施特劳斯牌钢琴，钢琴上方挂着他的自画像，他的脑袋看上去像刚从水里捞上来。可说实话，我不太喜欢公寓周围那片居民区。几乎每条马路都坑坑洼洼，马路两边布满了丑陋的矮房子，生锈的广告牌，腐臭不堪的垃圾堆，还有一到下雨天就像《泰坦尼克号》一样漏水的公用电话亭。从我的窗户看出去，看不到一棵绿色的树，漂亮的男人或女人，干净的天空，似乎也看不到未来"。因此这个空间和打工仔生活所暗含的空间都是小说所否定的空间，因此都具有一种不在场性。小说对于第一个在场空间的营构正是通过这样一种弱化修辞来达到的，由于从那样一种"市民气"中超脱出来，因此，这样一个在场的上海空间多少有点超现实的虚幻色彩。当然，弱化修辞是和强化修辞共同使用的，通过大量的西方意象、西方文本以及大量的英文词语，强化了文本本身的"国际化风格"以及上海意象的独特性："这是座独一无二的东方城市，从 30 年代起就延续着中西方互相交合、衍变的文化，现在又进入了第二波西化浪潮。天天曾用一个英文单词 'Post Colonial'（后殖民）来加以形容，绿蒂咖啡店里那些操着各国语言的客人总让我想起大兴辞藻华丽之风的旧式沙龙，时空交移，恍若一次次跨国旅行。"历史在这里也是被抽空的，20 世纪 30 年代的遗产仅仅成为"一堆声色犬马的残骸"。无疑，这样一个空间是一个被提炼了的、更加精致、更加"艺术"化了的空间，就像小说中所说的："炼金术般的工作意味着去芜存精，将消极、空洞的现实冶炼成有本质的有意义的艺术，这样的艺术还可以冶炼成一件超级商品，出售给所有愿意在上海花园里寻欢作乐，在世纪末的逆光里醉生梦死的脸蛋漂亮、身体开放、思想前卫的年轻一代。"正是因为这样，现实总是包含着苍凉而惨痛的经验，所以作者才会借小说中女主人之口说出："我在爱上小说里的'自己'，因为在小说里我比现实生活中更聪明更能看穿世间万物。"小说中的自我更完美，就像这本小说上的封面照，封面上的卫慧小姐像是在凝神看着镜中的另一个自我，有一种自我欣赏的迷醉。镜子中

---

① 　赛义德：《文化与帝国主义》，第 108～110 页，北京：三联书店，2003 年。

的自我是一个影像，但比现实的更完美。法国结构主义精神分析学家雅克·拉康在他的《镜像阶段》一文中提出了著名的镜像理论，这种理论认为，6 个月大的婴儿，当第一次看自己镜中形象的时候，会看到镜中的自我是一个完美的影像，这个完美的影像与在此之前对于自我的支离破碎、不协调的知觉印象形成鲜明对照，于是婴儿会手舞足蹈，兴奋不已地将镜中自我当作真实自我进行误认。然而这种认同，只不过把这个虚幻的形象看作是自己的形象，从此婴儿形成了一个虚幻的自我，披上了他者的外衣，因此婴儿对自己的形象的认识是虚幻的。在以后的发展过程中，主体在欲望的驱动之下总是追求着某种形象或性状，将其认同为自我，这样就不可避免地导致了幻象和异化，因此这种认同机制便使得主体永远不能对自我产生正确的认识。[①] 当代的写作便带有这样一种误认的或者有意"误认"的倾向，当代生活的复杂性和矛盾性被一种关于全球化的幻想所置换，当代的文学创作出现了一种显而易见的"国际化风格"。卫慧的《上海宝贝》就是这样一个典型的"国际化文本"，"上海"在这里与其说是现代化中国的某种现实隐喻，不如说就是"国际化"这一符号的一个可替换性能指，它展现的不是一个充满异质性的现代都市，而是一个飘浮在现实世界之上的国际化梦幻空间。"上海"与其说是欲望展开的现实场景，不如说是欲望所追逐的那一个虚幻的"他者"：

> 我叫倪可，朋友们都叫我 CoCo（恰好活到 90 岁的法国名女人可可·夏奈尔 CoCo. Chanel 正是我心目中排名第二的偶像，第一当然是亨利·米勒喽）。每天早晨睁开眼睛，我就想能做点什么惹人注目的了不起的事，想象自己有朝一日如绚烂的烟花噼里啪啦升起在城市上空，几乎成了我的一种生活理想，一种值得活下去的理由。

这段置于小说开头的文字强调了主人公的名字与西方名人的互文关系，并刻意强调了与其精神和思想资源上的联系；从城市中升起化作天空绚烂的烟花这一奇妙意象可以解读为一种拒斥本地经验的冲动。上海这一现实中的城市仍然是不完美的，它仍然饱受具体中国语境中的经验的纠缠，仍然和经验本身的不洁性联系在一起，而欲望总是要通过追逐一个更完美的镜中影像（城市上空的烟花）来建构一种虚幻的认同。一种想要升向天空的冲动既构成了生活下去的理由也构成了写作的动力。[②] 因此，这部小说无意于展示真实的有质感的上海经验，而是表现一个被修饰、被"升华"了的上海，小说主人公在另类而又精致的生活中做着梦幻旅行："天天不闻不问地在看手边的《新民晚报》，这是他与之沾边的唯一市民气的东西，以此来提醒自己还住在这个城市。"而小说中的各种纷繁意象（即使是本地的）也总是被刻意渲染上一种国际化的情调："棉花餐馆位于淮海路复兴路口，这个地段相当于纽约的第五大道或者巴黎的香榭丽舍大街。远远望去，那幢法式的两层建筑散发着不张扬的优越感，进进出出的都是长着下流眼珠儿的老外和单薄而闪光的亚裔美女。那蓝荧荧的灯光招牌活像亨利·米勒笔下的'杨梅大疮'。正是因为喜欢这个刻薄而智慧的比喻（亨利写了《北回归线》，穷

---

① 参见拉康：《拉康选集》，上海：三联书店，2001 年；格罗夫斯：《拉康》，外语教学与研究出版社，2000 年。

② 将卫慧这样一个"上升"意象与美国现代诗人罗伯特·弗罗斯特的《白桦树》一诗进行比较会很有意思。弗罗斯特在《白桦树》一诗中表达了一种爬树的经验，一种离开大地往上升的渴望，"我多想离开大地片刻"，但诗人还是要回到地上来："命运千万不要误会，只允许我/请求的一半，将我掳走，/而不再回来。地上是可爱的。/没有比它更好的地方。/我愿爬上白桦树，离去，爬上白色树干上的黑枝/进入天堂，直到树枝再也支撑不住了，/低垂枝梢，将我放下，/上天堂又返回大地，多么美好！"这首诗表达了一种"真"与"幻"、"现实"与"想象"之间的张力，而这正是海德格尔在《艺术作品的本源》中所强调的艺术产生于"天空"与"大地"、"历史"与"物质"之间的裂隙（《艺术作品的本源》，见《海德格尔选集·上》，第 237 页，上海三联书店，1997 年），而卫慧的作品则取消了这样一种辩证张力。

而放纵，活了 89 岁，一共有过 5 个妻子，一直被我视为精神上的父亲），我和天天经常光顾此地。"棉花餐馆、淮海路、纽约的第五大道、巴黎的香榭丽舍大街、法式的两层建筑、长着下流眼珠儿的老外、单薄而闪光的亚裔美女、蓝荧荧的灯光招牌、亨利·米勒笔下所形容的"杨梅大疮"，所有这样一些意象以一种奇怪的方式并置和交织在一起，使之具有一种光怪陆离的色彩，而整部小说正是以这样一种意象化的叙事方式组织起来的。

这部小说中，从生活场景、生活方式到主人公的爱情都是国际化的，情节总是在酒吧、咖啡馆、俱乐部之间展开，生活方式总是跟得上当下的潮流，既时尚又另类；爱情总是在一个柔弱敏感的中国女人与一个英俊高大的西方男人之间不紧不慢地进行；主人公的名字以及身份往往也带有国际化色彩，如 CoCo、麦当娜等，而 CoCo 的情人天天则有一位在西班牙的母亲。酒吧、咖啡馆、街道、音乐、身体，以及充斥于文本每一个角落的闪烁迷离的时尚商品，甚至毒品、疾病和疯狂都成为具有装饰性的物什镶嵌于字里行间："在复旦大学中文系读书的时候我就立下志向，做一名激动人心的小说家，凶兆、阴谋、溃疡、匕首、情欲、毒药、疯狂、月光都是我精心准备的字眼儿。"再加上穿插于各处的亨利·米勒、杰克·凯鲁亚克、艾伦·金斯堡、海伦·劳伦森、萨尔瓦多·达利、狄兰·托马斯、披头士、席尔维亚·普拉斯等人的格言警句，这一切使这部小说成为一个汇聚各种全球化意象的超现实空间，令人仿佛进入了一个巨大的超级市场。

二、东方形象的再生产
——解读电影《满城尽带黄金甲》

《满城尽带黄金甲》作为竞争奥斯卡的中国参选作品，并有着索尼经典电影公司的强力推动，而且按照《洛杉矶周报》(*L. A. Weekly*) David Chute 的说法，《黄金甲》看起来还是像张艺谋"为导演 2008 北京奥运会开、闭幕式所做的一次预演"。因此，这部电影作为一部以视觉效果见长的"奇观"电影自然涉及到为谁而"观"的问题。

在这种观与被观当中，黄金是贯穿电影始终的一种意象、色调、画面和主题。金色的花纹和线条缠绕在电影中的每一个场景、角落，从衣服、头饰到地板、墙壁、门窗、屋顶以及所有的桌椅、床，乃至金钟，更不用说那匪夷所思的一万面黄金盔甲金灿灿的闪光。与之相关，另一个反复出现的意象，菊花，作为一个典型的东方意象，在中国文化中有着历史积淀的多重意义，在这部电影中，作为一种隐喻，他直接来自唐末农民起义领袖黄巢的一首诗，其基本含义是反抗，但在电影中，除了这一层含义外，菊花意象更多地与黄金之间构成了一种相互转喻的关系。除了穿插于各处的菊花装饰，如菊花头饰，衣服、宫门、琉璃盏、地毯等等地方出现的菊花图案之外，一万面金光流溢的黄金盔甲，与几万盏金光灿烂的菊花以及最后片尾绚丽绽放的菊花形焰火之间都构成一种相互指涉的关系。因此，在这部电影中，张艺谋调动所有的想象去刻意渲染的就是一个有关黄金的主题。黄金以一种最直观的方式构成了观众的视觉震撼。

这样一种意象自然和大众那最深层的世俗欲望牵连在一起，构成观看时所激奋的核心之一。从另一个层面来讲，这部电影不仅仅在于它对这种世俗欲望的渲染，作为一个国际级的大导演，张艺谋所面对的并不仅仅是充满世俗欲望的第三世界观众，同时，他更多的是面对西方世界对于东方的那样一种想象，因此，最重要的是怎样将这样一种世俗欲望同时与西方对东方的想象联系起来。黄金这个意象正好在这一点上满足了双重需求。黄金作为一个主题正是西方关于东方的最古老神话之一。这种神话早在 13 世纪西方关于东方的叙述中就已经形成了。那个时代各种各样关于东方的文本，如游记、东方史志、商贸指南等等，都在创造关于中国的形象，中国（当时称"契丹"和"蛮子"之国）在这种叙事中成了人间天堂、世俗乐园的象征，黄金成为最诱人的事物。这种信息，最初在鲁布鲁克的游记中透露出来："有人告诉我说，该地区有一个城市，城墙是银子筑成，城楼是金子。"

使这样一种信息广为流传，最终成为西方关于东方的主要叙事的文本当属《马可·波罗游记》。马可·波罗据说在中国生活 17 年，所见所闻庞杂繁复，然而最让他记忆深刻的还是契丹的物质文明，从上都到大都，大汗的宫殿雄伟壮丽，令人震惊。据马可·波罗记载，"汉八里城坐落在契丹省的一条大河边，在过去以辉煌和威严而著名。这城的名字本身就是'帝王之都'"，"在城的四周，围着八英里长的城墙，墙的外面围着深沟。各面墙的中央开一扇门，平时供人们从四面八方进出……在内墙的四角和中央，各建了一幢壮丽的城楼。因此，围墙之内共有八幢这样的城楼，城楼中贮藏着帝国的兵器……在城垣的四里之内是大汗的宫殿，从没有见过比它大的宫殿"。除此之外，马可·波罗还写到了笔直有序的街道，"城中的全部设计都以直线为主，所以各条街道都沿一条直线，直达城墙根。一个人若登上城门，向街上望去，就可以看见对面城墙的城门。在城里的大道两旁有各色各样的商店和铺子。全城建屋所占土地也都是方形的，并且彼此在一条直线上。每块地都有充分的空间来建造美丽的住宅、庭院和花园"①。整齐壮丽的城楼、笔直有序的街道、一重又一重直通宫殿深处的巨大城门，这是西方对东方的最初叙事和想象，大量的文本都生产着、巩固着这样一种关于东方的故事。而所有这一切在《满城尽带黄金甲》中进行了再次生产。在这种东方叙事中，马可·波罗特别提到了东方的财富，"各种珍奇稀有的东西从世界各地运到都城来——世界上没有哪个城市能与之相比。其中尤其珍贵的有，来自印度的宝石、珍珠，多种多样的药品和香料；还有出自契丹本省及帝国其他省份的珍奇异宝都运到这里来，满足居住在朝廷及附近地区人们的需要。……每天至少有 1000 辆马车装载着生丝运进来；这里还编织很多用金和丝织成的布匹"②。在电影中，宫廷的奢华富贵以一种极端的形式展现出来，将最深层的东方想象转化为一幕幕惊心动魄的视觉奇观，最古老的神话终于得到了一种视觉形式的印证：通过一个东方导演的镜头，一切都了然在目，既陌生又熟悉。透过电影中一再出现的层层丝绸帘幕以及七彩琉璃，使得所有这样一种视觉呈现又带着窥视的效果。影片基本上以深宫内院的室内戏为主，镜头穿插于各种各样的隐私场景，如宫女起居打扮的后宫、皇后的卧室、太子的浴室、太子与宫女偷情的寝室，诸如此类，再加上由七彩琉璃所构成的重重曲折的狭长走廊，以及一层又一层的丝绸帘幕，所有这一切最终将对东方的黄金想象与对东方的色情欲望不可分割地混合在一起，东方最深处的秘密都最终被暴露在这种窥视的目光之下，既绚烂又迷离。

如果说黄金构成了西方对于东方的财富想象，那么，《马可·波罗游记》以及大量其他文本中传奇化的大汗形象则成为荣誉和权力的象征。马可·波罗说，"在这本书中我们要讲到的是当朝大汗——忽必烈汗的伟大成就。'汗'用我们的话说就是'王中之王'，这个称号加在他的名字后面当之无愧。迄今为止，他所拥有的臣民之多、疆域之广、财富之巨，超过了

---

① 《马可·波罗游记》，第 116 页，北京：中国文史出版社，1998 年。
② 周宁编著：《契丹传奇——中国形象：西方的学说与传说》，第 252 页，北京：学苑出版社，2004 年。

世界上任何一个君主；没有人能享有像他的臣民对他那样的绝对服从"①。马可·波罗描绘大汗的狩猎、宴饮、战争无不刻意渲染其好大喜功的壮阔场面，"大汗有一支由一万二千名骑兵组成的卫队，在广祝大汗寿辰的典礼上，二万名达官贵族和勇士们穿着相同样式和颜色的、由丝和金线织成的华丽衣服出席，有些礼服还装饰着宝石和珍珠。大汗的宫廷里一年举行许多节日庆典，每次庆典都有一万二千名男爵穿着金袍参加，金袍都是大汗赏赐的。这一万二千名男爵每人有十三套金袍作为节日礼服，总计十五万六千套，价值难以计算。此外玉带和皮靴也很昂贵。……大汗也有十三套衣服，颜色与诸位男爵的相同，只是他的礼服比他们的更华贵艳丽，简直无法估计其价值"②。这段文字综合了关于东方的权力和财富的双重想象。当马可·波罗为大汗的礼服如何价值难以估量时，很容易让人想到张艺谋吹嘘戏中大王所穿的龙袍也价值连城，内衣加外披共花费一百二十五万元制造，由二十位缝纫师以十八K金线亲手缝制，但此昂贵戏服只不过在片中一幕散步戏出现。在这里，衣服的华贵最终是权力的表征形式。虽然电影中所有的服装都具有多多少少的黄金色调，但通过一些细微的差别体现了某种不容置疑的等级秩序的存在。

大王在电影中是弗洛伊德所说的"父亲"或拉康所谓的"象征界"，是"规矩"或"秩序"的人格化表征。他因此才会将一些威胁天道秩序的因素打入无意识的深层，如将元杰派往边塞，将太子生母脸上刺字打入大牢，将蒋太医发往肃州，让皇后神智昏聩。他一再强调规矩，在元杰回来的第二天的菊花台团聚时，他说："高台是圆的，桌子是方的。这叫什么？这叫天圆地方。取法天地，乃成规矩。在这方圆之中你们各居其位，这就是规矩。君臣父子、忠孝礼义，规矩不能乱。"因此，当皇后辰时的药少喝了两口，他会龙颜大怒，并强令补上。太子和元杰相当于弗洛伊德所谓"自我"的那个层次，他们都犯过错，介于父王与母后之间，进可以成为"超我"，认同于"父亲"的角色，乃至最终成为新的"父亲"；退可以变为"本我"，成为一团混乱的无意识，变成一个时时想要弑父娶母的角色。前者如太子，虽然与母后有过私通，但最终站在了"父亲"这一边；后者如二王子，直到死前还表白他的造反不是为了王位，而是为了母后。皇后在电影中几乎成为混乱冲动的无意识的代名词，在大王看来是她首先勾引了太子元祥，最终害死了太子；而且这样一种不计后果的冲动最终又导致自己儿子的死。除了她和草乌头这种使人神智昏聩的药之间潜在的转喻关系之外，电影中两次将她和"疯子"一词联系起来，构成一种微妙的暗示。一次是太子得知她要试图兵变之后，说"你这个疯子，你就是个疯子"。还有一次是太子被元成刺死后，大王说她害死了他的祥儿，他把兵变的事告诉了他。皇后说："我已经猜到了。"大王说："你这个疯子。"皇后的病看来也是因为某种秩序失控的结果，按照大王的说法就是"阴阳失调"。当然到最后这一切非理性的混乱都要被镇压下去，只剩下高高的菊花台上大王孤独的影子，像一个超级能指。前面揭示过这样一些非理性因素与"边塞"等地理位置之间的指涉关系，那么，对皇后与二王子的镇压，也成为远伏四夷的一种喻指。最后满朝文武百官围列在菊花台下，此起彼伏的唱词充满着一种宏大的帝国想象：凤昭祥，日月光，四海升，开域疆，仁智信，礼义忠，敦厚德，列圣王，承天道兮，寿永昌。昊天成命，化万邦。一列列穿戴整齐的文武百官通过蒙太奇镜头分别呈现在镜头中，通过一种巧妙的语意转换，变成了万邦来朝帝国图景。

---

① 周宁编著：《契丹传奇——中国形象：西方的学说与传说》，第 223 页，北京：学苑出版社，2004 年。
② 周宁编著：《契丹传奇——中国形象：西方的学说与传说》，第 243 页，北京：学苑出版社，2004 年。

　　因此，张艺谋这部电影既为西方进行了一次东方形象的再生产，同时，在这种再生产中又糅进了当下中国的自我想象。

第四节　解读范例介绍

一、爱德华·W·赛义德：《简·奥斯汀与帝国》

　　参见埃蒂安纳·巴利巴尔、皮埃尔·马歇雷：《论作为一种观念形式的文学》，《当代马克思主义文学批评》，北京大学出版社，2002 年。

　　在对奥斯汀的《曼斯菲尔德庄园》进行重新解读时，赛义德认为一般人过于强调小说的情节和结构主要是由时间构成的，忽视了空间、地理和方位的根本作用。但仔细阅读《曼斯菲尔德庄园》可以发现其牵涉到一系列大大小小的空间移位，比如小说中范妮·普莱斯作为边缘港口城市朴次茅斯一位默默无闻的孤儿，逐步取得了与她的富有亲戚相当、甚至更高的社会地位，在小说结尾时成了曼斯菲尔德庄园的女主人。

　　由此，赛义德揭示了空间概念在结构这部小说当中所起的重要作用，比如曼斯菲尔德庄园的宁静优雅的生活所呈现的空间似乎是孤立存在的一个事实，但通过对文本中不受注意的细节的挖掘其实可以将这样一个孤立的空间放到一个更广大的空间当中去进行重新解读。这样一来曼斯菲尔德庄园这个小的空间就与整个殖民掠夺这样一个大的空间联系起来。于是，可以看到，支撑曼斯菲尔德庄园生活的物质来源是他们在安提瓜岛的经营不佳的贝特莱姆地产。奥斯汀颇为吃力地向我们展示了两个看似分离、实则交会的过程：范妮对于包括安提瓜岛地产在内的贝特莱姆家的经济越来越重视，范妮本人在无数的挑战、威胁和惊变面前变得更加沉着坚定。作品中的很多细节都涉及到空间概念，如范妮 10 岁时初到曼斯菲尔德庄园时还不会把"欧洲地图拼凑在一起"；小说前半部的行动基本上都与空间有关，一般都根据空间指称来言说甚或事物。不仅身在安提瓜岛的托玛斯爵士要把那里的事情和家里的事情处理好，而且曼斯菲尔德庄园里的范妮、埃德蒙和姑姑诺里斯也在商讨她应该在什么地方起居，什么地方读书，什么地方工作，什么地方生火，朋友们和表亲们则关心如何改进地产，展望和争论礼拜堂(宗教权威)对于家庭生活的重要性。

　　小说当中有一出准备演戏的情节，那是托玛斯爵士远在异域打理他的殖民地花园时，这个情节展示了主人不在时，女人们在这里无法无天所导致的庄园的失控，或者说空间的混乱。范妮此时表现出一种能辨别是非轻重的见识，她没有参加演出，而且试图阻止演出。托玛斯一回来，演戏准备工作就停止了，为了表现这种令行禁止的情形，奥斯汀专门用一段文字叙述了托玛斯爵士重新确立家庭权威的情景。由此，虽然奥斯汀并没有正面展现托玛斯如何处理他的海外领土，但事实上，通过对家庭事宜的整顿处理可以想象托玛斯是如何处理他的海外领地的，拥有和统治曼斯菲尔德庄园就是拥有和统治与它相联系的帝国地产，在这一面是家庭的安宁和睦，在另一面是繁荣和整饬。

　　赛义德在文中还指出，范妮从城市朴次茅斯的一位孤儿，到成为曼斯菲尔德庄园的女主人，这样一种空间的变化，或者说对更大的空间的获得，并不能通过直接的血缘关系、毗邻关系和法律名号而获得。要获得进入曼斯菲尔德的权利，你必须首先离开家，去做与签约仆人差不多的差事，或者说成为资本主义流通体系的组成部分———一种运输商品。奥斯汀是把范妮所做的家庭工作或小规模的空间活动与她的恩师托玛斯爵士更长久、更开阔的殖民活动相对应的，她将继承他的属地。两方面的活动互相依赖。

这部小说还呈现了奥斯汀的帝国意识，虽然一般读者很难将她和帝国主义联系起来，但作为一个作家，她无法摆脱她所生活的那个时代强加于她的那种观念结构，她比康拉德或吉卜林更经常和随意地受到帝国意识的影响。安提瓜岛和托玛斯爵士去岛上在《曼斯菲尔德庄园》中起着决定性的作用，但是这种作用仅仅被顺便提及，似乎是偶然的，这种不以为然的活动其实在许多方面对小说中的行动起着绝对重要的作用。

二、文化挪用与殖民否认：笛福作品中"瓷器缺席"的转喻意义

参见刘禾：《燃烧镜底下的真实》，《视界》第十辑，李陀、陈燕谷主编，河北教育出版社，2001 年。

刘禾在这篇文章中以敏锐的眼光发现了《鲁滨孙漂流记》中存在的一个细节问题，那就是笛福在书中刻画鲁滨孙如何在荒岛上独立发明陶罐的故事，但文本中使用的是陶罐、瓦罐（earthen ware）这样一些词，而不是瓷器（porcelain 或 china ware），这一点耐人寻味。难道是笛福还不知道中国瓷器的存在吗，抑或笛福想有意回避这个词来抹除某种东西？通过大量的历史证据，刘禾指出在笛福时代，是瓷器而不是瓦器，得以在全球的转喻交换网络中广泛地流通，笛福小说的出版时代正值早期现代世界贸易进入高峰，笛福写作这部小说的时代正是欧洲人追求中国青花瓷的鼎盛时期，笛福不但发表过几篇文章抨击进口瓷器，而且本人还试图生产砖块和一种荷兰式的仿宜兴瓷波形瓦片，以迎合伦敦在重建和扩建中对建筑材料的需求的增长。在 17 世纪 90 年代，他还与别人合伙投资，成了一个砖瓦厂的业主。笛福在英国埃塞克斯的砖瓦厂是他的主要产业，每年可以使他净得 600 英镑的进账。

因此，刘禾认为，虽然《鲁滨孙漂流记》中没有出现"瓷器"一词，但 earthen ware 却正是在隐喻的层面上与瓷器互文，因而瓷器在小说之中其实构成一种缺席的在场。

《鲁滨孙漂流记》作为一个纯粹的关于（白）人"在自然状态下独立生存"的故事，事实上是 18 世纪物质文明之间的竞争在笛福的写作中的一次不同寻常的嬗变。也就是说，鲁滨孙在荒岛上进行的制陶实验可被称作是"殖民否认"（colonial disavowal）的修辞表征。若要理解这种修辞是如何在文本中发挥功能的，不应简单地将常见的（鲁滨孙的冒险故事）寓言式的解读置换成另外一种解读，而应该去追问故事中瓷器的"缺席"，并试着解释这一"缺席"是如何规定了鲁滨孙的器物在小说中的转喻作用。

18 世纪的欧洲人，在极力控制进口物品中奢侈品的价值，生产赝品参与国际市场上的竞争的同时，对下述问题产生了越来越浓厚的科学兴趣：如何分辨真瓷、"软胎"瓷（pate tendre）和其他类型的陶瓷？如何将它们分门别类？炼金术士以及科学家们花费了多年的精力，试图发现和确定所谓"真瓷"（true porcelain）与较常见的欧式"软胎"瓷以及陶器之间的不同"科学"价值。与此同时，欧洲人开始对真瓷的基本构成，继而对中国高岭土和瓷石进行研究。对高岭土和瓷石及其欧洲变种的探索使得陶和瓷之间产生了有趣的质的区分，即真瓷与软胎陶瓷的区别。换言之，从"科学的"角度来看，来自中国的真瓷与普通陶器和欧洲本土的软胎瓷品之间出现了"本质性"的区别，它赋予对象在价值和品质上的差异，而这一类差异对

于当时的商人、科学家、收藏者和制造者是至关重要的。

与那种将《鲁滨孙漂流记》当作现实主义或日记体小说不同，刘禾受卢梭阅读《鲁滨孙漂流记》经验的启发，将这部小说与科幻小说联系起来。笛福时代的科幻小说如同当今一样，与当时的科学研究密不可分。就真瓷而言，17世纪与18世纪之交，大量的科学家、炼金术士进行了不懈的探索研究甚至直接到中国瓷都景德镇进行工业间谍活动，当笛福于1719年发表《鲁滨孙漂流记》的前两卷时，英国尚未揭开真瓷的奥秘，而不得不依赖于贸易及其日趋强大的航海力量，来满足市场对于进口中国及日本瓷器的需求，至后期还进口麦森陶瓷厂的产品。直到18世纪中叶，英国才开始拥有大规模的生产能力。

18世纪时西方小说家和科学家都在共同幻想达到一个目标和一种技术，这个科幻目标就是真瓷。不论笛福在现实生活中从事的砖瓦生产活动是多么成功，鲁滨孙在小说中所做的也无非是在模仿同时期的科学家、炼金术士的梦想与实验。科学家们依靠工业间谍活动和商人从海外偷运到欧洲的高岭土等原材料进行实验活动，小说里的鲁滨孙则不依赖任何外援，就能独立地进行他的实验，好像他的瓦器是英国人独立发明瓷器的一个证明。

除此之外，刘禾对《鲁滨孙漂流记》的翻译文本与原著进行了比照透视。她指出在原作中被有意回避的"瓷器"一词，却在林纾和他的英文口述者曾宗巩合译的《鲁宾孙漂流记》中不经意的重新呈现出来，带来了让读者与他们所熟悉的英语版本陌生化的功效。

林纾和曾宗巩对前述引文是这样翻译的：

"一日余方炽薪行炙。既食，弃其薪。见薪上有剩泥一片，久煅而成陶瓦。余愕而惊：然则凡物皆可薪而成陶耶？新意既来，始思烧薪之法。以瓦盆试之。若云得瓷匠之术艺，余脑筋中固未有此也。至于瓷油之法，法当用铅。余固蓄铅，亦不知所以沃之之法。此时余取小盂及铫数具。彼此相选，围之以薪，布热灰其下，积薪过之。火发，器乃通红，无一裂者。余不之顾。至五六句钟后就视，中有一器已委：以火力钜，沙土之力不胜而化。余计火力过烈，则器将尽毁。乃力抽其薪，令杀火力。久之，瓦器之上红色渐彻。余坐守经夜，不欲其熄。迟明，得三瓷。为状至劣，然已可用。其下得瓦盂二。中有一物甚光泽，如沃瓷油矣。"

原文作者笛福使用的是"earthen ware"，"earthen pots"，"earthen-ware vessels"这一类词汇，笼统地指称鲁滨孙所制作的各种器皿。中文译者则把原文小说中关于"earthen ware"的模糊术语作了一一修正。这种修改，不经意地反映出鲁滨孙从"瓦"到"瓷"或"陶"的技术进步。从而将原文的历史性暴露在我们眼前。在中译文中，译者在多处给鲁滨孙制造的器皿重新命名，先是将"瓦"和"瓦器"用来指涉鲁滨孙的日晒产品，而当鲁滨孙讲到"忽然发现火堆里有一块瓦器（earthen-ware vessel）的碎片，被火烧得像石头一样硬，像砖一样红"的地方，中文译文则成为："见薪上有剩泥一片，久煅而成陶瓦。"还说"余坐守经夜，不欲其熄。迟明，得三瓷"，笛福的原文一律使用的是"earthen ware"，这个字眼在译文中消失了，取而代之的是"瓷"或"陶"，于是16世纪以来欧洲与中国之间的频繁贸易交往变得一下清晰可见。显然，鲁滨孙改进的"陶器"与车恩豪斯、伯特哥、莱奥姆尔以及其他欧洲人制作的瓷器仿制品并不是什么"普普通通的瓦罐"。恰恰相反，这些器物都是同一个时代的产物，是欧洲人在艺术、科学和物质文化领域将自身"现代化"的努力——这一努力离不开欧洲人同时对其他文化的挪用、殖民和将其在认识论上野蛮化的做法。

第 20 章　文化研究

　　文化研究是目前学术界最有活力，最富于创造性的学术思潮之一，其独特的批评视角为人瞩目，但同时它又是个最富于变化，最难以定位的知识领域，现当代的许多学术名家都被悉数囊括其中。作为一种与传统研究迥然不同的研究范式，从 20 世纪 60 年代英国一批马克思主义者的倡导算起，文化研究在欧美已经经历了 40 多年的发展历史，欧美许多大学都建立了有关文化研究的学科，设置了文化研究的课程，在学术体制内外产生了广泛的影响。尽管难以确定文化研究的"绝对开端"，但人们大都把著名的伯明翰大学"当代文化研究中心"（CCCS）的成立作为其起点。在文化研究的发展过程中，吸收了各种学术传统，如马克思主义、心理分析、符号学、社会学、人类学、文学，综合各种理论为我所用；同时也借助和改造了其他领域的术语和概念，如性别政治、全球化、权力、快感、意识形态、文本、表征、霸权等等。文化研究不仅研究文化，也探讨跟文化有关的很多问题，研究方法也极不相同，其研究的中心问题是社会意义上的生产、流通和消费。

　　文化研究目前仍在发展之中，鉴于本书主旨，将主要介绍文化主义，结构主义，马克思主义三种文化研究范式。

第一节　基本理论

一、文化主义

　　文化主义（culturalism）是对伯明翰学派 20 世纪 50 年代和 60 年代早期著作的概括。其中，霍加特（Richard Hoggart），威廉斯（Romond Williams）是这一学派的奠基人与代表人物，以他们为核心的伯明翰大学文化研究中心，一直致力于当代文化与社会生活的研究，其中尤以关注工人阶级及普通人而引人注目。霍加特的《文化的用途》（*The use of Literacy*）、威廉斯的《文化与社会》（*Culture and society* 1780—1950）与《漫长的革命》（*The Long Revolution*）、E. 汤普森（Edward Palmer Thompson）的《英国工人阶级的形成》（*The Making of the English working class*）等，均是这方面研究的代表作。他们以自己不同的方法，与自己所继承的传统在主要方面发生决裂：霍加特和威廉斯与利维斯主义分手，而汤普森则与马克思主义的机械论和经济论的形式分道扬镳。

　　F. R. 利维斯（F. R. Leavis，1895—1978）是著名杂志《细绎》（*Scrutiny*）季刊的创始人，20 世纪英国著名的文学批评家，他的文化理论基本上继承了阿诺德的传统，他的著作主要有《大众文明与少数人文化》（1930）、《英国诗歌新方向》、《再评价英国的传统和发展》（1936），以及论述奥斯汀、乔治·艾略特、亨利·詹姆斯、康拉德和 D. H. 劳伦斯五位小说家的《伟大的传统》（1948）等。F. R 利维斯的文化理论集中见于他早年的一本小书《大众文明与少数人文化》（*Mass civilization and Minority culture*），同阿诺德相似，F. R 利维斯坚信文化是少数人的专利。阿诺德在其《文化与无政府主义》（*Culture and Anarcy*）中指出，文化指的是人类的精神生活层面，与文化相对的是文明，文明指的是人类的物质生活，它是外在的东西而不似文化内在于人的心灵，它是机械的东西而不似文化展示人类的心路历程。文化与文明的矛盾，也就是精神生活与物质生活的矛盾。对于阿诺德来说，文化有多层次意思。第一，也是最重要的，文化是知识。阿诺德有句名言，文化是"世界上最好的思想和言论"，文化"使上帝的智慧和意志广为流传"。第二，文化表征了"美好和光明"，"文化的道德、社会、有益的特点变得清晰明了"，"文化……是对尽善尽美的研究，……完美在于变化，而不在于拥有，在于心灵和精神的内在状态，而不在于周围环境的外在形式"。换句话说，文化努力去认识世界上最美好的东西，并且为了全人类的利益，广为传播这种知识。要获得"文化"需"通过阅读观察和思考"，摆脱功利，积极地运用阅读思考和观察去认知所能了解的最美好的东西。第三，文化还是认知世界上公认的最好的思想和言论的手段，是知识以及把知识运用于"心灵和精神的内在修养"。第四，阿诺德坚持认为文化应该追求"照料我们这个时代病态的精神世界"，文化"不是通过在驱除邪恶的实际行动中，给朋友和国人助一臂之力发挥作用，而是让我们国人自己在追求文化"①。概而言之，阿诺德认为文化（一）是认知什么是最美好的能力；（二）是美好事物；（三）是心灵和精神上对美好的运用；（四）是对美好事物的追求。阿诺德将英国社会分成三个阶级，第一种人是贵族阶级，他们是野蛮人，是精力充沛的正人君子，但闭目塞听，墨守成规，没有创新精神。第二种人是中产阶级，是唯利是图的市侩，尽管坚守信仰富有事业心，但一味沉溺在物质文明里面，不去追求甜美和光明。第三种人是工人阶级，作为大众，他们生活在贫困和肮脏的生活之中，要么跟风中产阶级，要么自甘沉沦。很显然，这三种人都跟文化无缘。阿诺德认为，文化只可能首先为少数先知先觉的人享有，是少数人的专利：

"当我们把自己分为野蛮人、市侩和大众三种人等的时候，我们必须时时明白，在上述每一个阶级的内部，都有一定数量的异族，如果我们可以这样称呼他们的话，这些人主要不受他们的阶级精神支配，而是顺从一种普遍的'人类'精神，顺从对人类完善的热爱，必须明白这些人的数量是可以减少也可以增加的。"②而文化的功能，在阿诺德看来：

"它旨在消灭阶级，旨在使这世界上所知的所想到过的最好的东西，普及到四面八方，旨在使所有人等生活在甜美和光明的气氛之中，那里他们可以自由使用观念，就像文化自身使用它们一样，受它们的滋养而不受它们的束缚。"③

阿诺德的传统在利维斯身上得到了继承，形成了文化和文学批评史上的利维斯主义。作为一种文化批判思想，它主要见于利维斯本人或与人合作的 20 世纪 30 年代的三部著作：《大众文明与少数人文化》（1930 年），《小说和阅读公众》（1932 年），《文化与环境》（1932 年）。与阿诺德一样，利维斯坚信文化总是由少数人保持，他对"少数人"作了这样的解释：

"在任何一个时代，明察秋毫的艺术和文学鉴赏常常只能依靠很少的一部分人。除了一目了然和众所周知的案例，只有很少数人能够给出不是人云亦云的第一手的判断。他们今天依然是少数人，虽然人数已相当可观，可以根据真正的个人反应来作出第一手的判断。流行

---

① 马修·阿诺德：《文化与无政府主义》，伦敦：剑桥大学出版社，1960 年。
② 马修·阿诺德：《文化与无政府状态》，第 109 页，伦敦：剑桥大学出版社，1932 年。
③ 马修·阿诺德：《文化与无政府状态》，第 71 页，伦敦：剑桥大学出版社，1932 年。

的价值观念就像某种纸币，它的基础是很少数量的黄金。"①

这个少数人，毫无疑问，是一个社会中为数甚少的文化精英，只有这少数人，才能欣赏但丁、莎士比亚、波德莱尔和哈代，构成一个特定时代的种族的良心。正是依赖于这少数人，过去最优秀的人类经验得以传承，最精致、最飘忽易逝的传统得以保存下来，一个时代的更好的生活，也由此得到了构组的标准。利维斯将文化主要定位在优秀的文学传统上面，能够欣赏这一传统的少数人，毫无疑问是趣味高雅的批评家。那么"大众文明"又是什么呢？根据利维斯的说法，"大众文明"即是工业革命以来的商业化的文化，即电影、广播、流行小说、流行出版物、广告等等。在大众文明的冲击下，少数人文化面临前所未有的危机。少数人被拉下原来高高在上的统治地位，被低劣庸俗的虚假权威取而代之。在利维斯看来，整个时代正面临着巨大的"文化困境"：

"和华兹华斯一起长大的读者是行走在有限的一些符号之间，变体也不是铺天盖地。因此他一路前行的时候，他能够获得辨别力。但是现代读者面临的是一个庞大的符号群，它们的变体和数量如此多到叫人不知所措，以至于他除非才具过人，或者有格外的爱好，委实是难于来作甄别。这就是我们面临的总的文化困境。"②

利维斯的妻子 Q. D. 利维斯的《小说与阅读公众》(*Fiction and the reading*)一书也认为，在大众文化的冲击下，文学的前景已变得非常渺茫，诗歌和文学批评一般读者不屑一顾，戏剧也一样。唯小说在苟延残喘，但也时日不多。在 20 世纪，阅读公众已不再接触过去和它那个时代最好的文学，大家要么在电影院消磨时光，要不翻翻报纸和流行杂志，或者就听爵士音乐。澳大利亚学者约翰·道克尔在其《后现代主义与大众文化》中，对其观点进行了概括：

（1）流行小说和大众文化总体上是给底层公众提供了种种廉价且便当的快感。由于种种社会条件的限制，居住在大城市肮脏贫穷地域的人们需要唾手可得的官能娱乐带给凄惨的生活点点亮色。

（2）大众文化不值得当作真正的文学与文化来作分析，是一种大众心灵状态的反映。大众文化的廉价且便当的快感，其主要形式是言情小说、情节剧和侦探小说。

（3）大众文化堵塞了现代工业社会至为重要的社会批判思想，鼓励对现存秩序的认同，导致一种可怕的非人化。

（4）就教育而言，必须永远反对大众文化。应当以审美判断来反对文化多元化和相对主义，锲而不舍地组织"清醒的反抗"。

利维斯主义，根据英国学者安德鲁·密尔纳 1944 年出版的《当代文化理论》的概括，有四个显著的特色，它们是有机审美论、历史主义、激进主义和民族主义。在文化理论上，利维斯主义主张文明与文化的差异，前者是大众文明即大众文化，后者是高高在上的少数人文化，文化不仅成为对物质完美的追求，而且成为经由"伟大"文学，"精美"艺术与"严肃"音乐等知识与实践而对精神完美的追寻。这类文化批评家对文化的理解不在于物质化而在于精神化。文化被视为对"辨别力"与"欣赏力"的培养，在于培养对"世界上最佳思考与言说"的敏感。于是这些文化批评家们力图准确描述与确定何为"最佳"，他们总是将自己视为严阵以待的共同体，对抗物质化文明与科学化技术的侵蚀，从而保全文化的"芬芳与光芒"，并向大众

① F. R. 利维斯：《大众文明与少数人文化 》，第 3 页，伦敦：剑桥大学出版社，1930 年。
② 利维斯：《大众文明与少数人文化》，第 30 页，伦敦：剑桥 Minority 出版社，1930 年。

社会中愚昧无知的民众传播文化。

文化主义同样是对马克思文化理论的反拨。实事求是地说，马克思并没有留下系统完整的文化理论，直接论述文化地位、功能的文字寥寥无几。马克思本人对后代文化理论影响最大的思想，公认是他的意识形态理论。在马克思1859年《政治经济学序言》中，有一段经常被人引用的经典话语：

> 生产关系的总和构成社会的经济结构，即有法律的和政治的上层建筑竖立其上并有一定的社会意识形式与之相适应的现实基础。物质生活的生产方式制约着整个社会生活、政治生活和精神生活的过程。不是人们的意识决定人们的存在，相反，是人们的社会存在决定人们的意识。

很明显，在这里，经济对于上层建筑的决定作用，使马克思主义成为一种宏大叙事，在这里，经济和政治牢牢地确立了中心地位，而文化作为上层建筑的一部分，每每被视为一个决定一切之潜在经济结构的反映，是物质生产的副产品，是果而不是因。这是从前苏联到我国改革开放前的理论界长期以来继承的对马克思的基本阐释立场。文化主义批评这一旧的经济基础和上层建筑的模式，要求用一种更复杂的方式来处理文化与经济的关系。

作为对"利维斯主义"和"马克思列宁主义的机械论和经济论"的反叛，伯明翰学派的文化主义者用自己的文本，清理出一片空间，开拓出一种新的研究和实践领域。关于这一转折，斯图亚特·霍尔（Stuart Hall）在其《文化研究：两种范例》中有一段非常清晰的记述，现引录如下：

> 雷蒙·威廉斯在其《漫长的革命》中对"文化"的概念提出了许多具有启发性的表述，从中可以总结出两种非常不同的解释方式。第一种方式将"文化"与社会赖以理解并反映其日常体验的全部现存描述联系起来。该定义吸收了过去对"思想"的强调，但是对它进行了彻底的改造。"文化"概念本身被民主化和社会化了。"文化"不再等同于"最佳思想与言辞"的总和，不再被认为是现有文明的巅峰，那种在过去的用法中人皆渴望的完美理想。甚至在过去的框架中被置于优先位置，作为文明最高价值试金石的"艺术"，现在也被重新定义为不过是一种特殊形式，从属于社会整体发展：即意义的给予和获得，以及"普通"意义的缓慢发展——一种普通的文化。文化在这种特殊意义上，"是平凡的"（借用威廉斯最早为在大众中推广其基本立场而采用的题目之一）。如果连文学作品提供的最高雅最精致的描述，也是"创造制度与习俗的总过程的一部分，据此分享并激活受到社会重视的各种意义"，那么这一过程就无法从历史过程的其他实践中剥离，区分或分隔开来，"因为我们看待事物的方式正是我们的生活方式，沟通的过程其实就是社会形成的过程：分享共同的意义，随之分享共同的行为与目的，给予、接受和比较新的意义，从而导致成长变化的张力与成就"。所以我们无法将依此理解的各种描述之间的交流搁置一边，并与其他事物进行外在的比较。"如果艺术是社会一部分，那么在它外部没有一个固定的整体，让我们可以根据提问形式承认其优先。艺术作为一种行为，和生产、贸易、政治、养育家庭没有分别。要充分了解这些关系，我们就必须主动地研究它们，把所有行为看作人类能量在当时的特殊表现形式"。

如果说这第一个侧重点借"思想"这个领域抓住并改写了"文化"这个词的内涵，第二个侧重点则有意更多地采用人类学方法，强调"文化"中与社会实践相关的方面。正是从这第二个侧重点，"文化即全部社会生活方式"这个有些简单化的定义被过分简洁地概括出来。威廉斯确实把文化的这一方面与该词更"纪实的"（即描述性的，甚至人种学的）用法联系起来。

但是前面那个定义在我看来似乎更加重要，因为包含了"生活方式"。这种论证的要点在于，通常被相互分离的各要素或社会实践之间有着能动的，不可分割的联系。正是在这样的语境里，"文化理论"被定义为对全部生活方式各要素之间关系的研究。"文化"不是一种实践，它也不像某些人类学通常认为的那样，仅仅是"社会道德与习俗"的描述性总和。"文化"贯穿于所有的社会实践，并且是它们相互关系的总和。于是，研究对象的问题得以落实，研究方法也迎刃而解。"文化"是组织形式，是人类能量的典型形式，它们在"意外的一致和相似"以及"意外的间断"中，展现于所有的社会实践中，或隐藏其下。而文化分析就是尝试发现这些复杂关系的组织特性。

　　该书显然向"唯心主义"和"文明化"的文化定义叫了板。后者既把"文化"等同于理念，属于唯心主义传统，又把文化比作一种理想，盛行于精英主义所谓的"文化论争"。但该书也与某些马克思主义有着更广泛的较劲，威廉斯的定义就有意搭建在对后者的否定上。他反对死板地执行经济基础/上层建筑这个隐喻，古典马克思主义认为该隐喻居于"上层建筑"中思想和意义的领域，而"上层建筑"本身被认为不过是"经济基础"的反映，并以一种简单的方式由"经济基础"决定，它自己则不具备社会功效。也就是说，威廉斯的论点建立在对庸俗唯物主义和经济决定论的否定上。相反，他提出了一种激进的互动论。其实，是所有实践内部和相互之间的互动，避开了决定的问题。他克服了各种实践之间的区别，把它们全部视为 praxis 的变体，属于一种普遍的人类行为和能量。潜在于所有实践之下的典型"组织形式"，是区分特定社会，特定时代之实践总汇的潜在模式，因而也可以在每个实践中找到它的踪迹。①

　　在这里，霍尔集中地分析了威廉斯《漫长的革命》对于文化研究的理论奠基作用。在研究方法上，霍加特的《文化的用途》无疑是发轫之作。该书分为两个部分，前一部分描绘了霍加特青年时代(20 世纪 30 年代)英国工人阶级的文化生活，后一部分描述了 50 年代美国式的大众娱乐文化对这种传统的工人阶级的冲击。作者在书中充分地利用了自己青年时代的经验和记忆。正如有批评家所说，该书"强大的影响直接来源于这种自传、文学想象和批评感性的混合，读者依据一个置身于这种生活内部的人的视野看到了工人阶级生活的具体形象，并通过他亲炙了这种经验"，也即开创了英国文化研究中颇有特色的民族志传统。同时，霍加特在书中成功地运用了文学批评的方法，将流行音乐、通俗报刊等大众文化现象作为一个个文本加以分析，为早期的文化研究提供了方法上的范例。另外，多视角的视野，在本节中也开始现出端倪。E. P. 汤普逊的《英国工人阶级的形成》是早期文化研究的又一代表作，书中汤普森细致地追溯了工业革命初期的工人阶级意识和文化的形式，强调了文化的独立性和重要性。E. P. 汤普逊在《〈英国工人阶级的形成〉序言》中说："工人阶级不像太阳那样在固定时间升起，它出现在它自身形成的时候。"②这种形成是一个积极的富于对抗性的"文化"过程。也就是说，通过本书，汤普森证明，文化是不同利益集团和社会力量相互竞争和冲突的结果，是"不同生活方式之间的斗争"。

　　简而言之，"文化主义"改写了"文化"的含义，发展了一种新的研究领域。用威廉斯的话说，"我要试图发展一种社会整体理论，把文化研究视为整个生活方式各要素之间关系的研

---

① 朱刚：《二十世纪西方文论》，第 448 ~ 449 页，北京：北京大学出版社，2006 年。
② 罗钢、刘象愚：《文化研究读本》，第 138 页，北京：中国社会科学出版社，2000 年。

究，找到研究结构的方式……这些方式可以用于联系和阐明具体的艺术作品和艺术形式，也可以用于更普遍的社会生活的形式和关系，取消经济基础和上层建筑公式，代之以最能动的观念，即一个不均衡然而相互决定的力量场"①。也就是说，通过对某一社会的文化进行分析，以"恢复生产和消费该社会的文化作品和实践的男女老少们，应共同拥有的规范的行为和思想体系"②。

二、结构主义文化研究

结构主义是从瑞士语言学家弗迪南德·德·索绪尔（Ferdinand De Saussure）的理论著作中衍生出来研究文化作品和实践的一种方法。其主要代表有研究人类学的克劳德·列维－斯特劳斯、研究文学与文化的罗兰·巴特（Roland Barthes）、研究哲学和历史的米歇尔·福柯、研究心理分析的雅克·拉康以及研究马克思主义的理论家路易·阿尔都塞。他们的著作大相径庭，有时还很难理解、统一。他们的结构主义，是一种分析方法，而不是一种政治立场，价值评价。结构主义是英文"结构"（structure）一词加后缀"ism"组合而成，structure来自拉丁文"struere"的过去分词"structum"，意思是"归纳在一起"或"使有序"，加上后缀便提升为一种抽象概念。

结构主义是一个哲学概念，指人文或社会科学研究客体的现实呈关系性而非数量性。由此产生一种批评方法，研究并显示构成这些客体的成分或这些客体所具备的各组关系（或结构），辨别、分析这些客体的集合体，其成员间在结构上可以相互转换。这些集合体共同组成相关学科的研究领域。③

索绪尔被称为结构主义理论之父。1916年，在索绪尔去世三年之后，他的两位学生以他的名义发表论著《普通语言学教程》。这部著作很快被一些理论家接受，对当代结构主义的兴起起到了极大作用，此书由编者收集曾聆听过索绪尔晚年在日内瓦大学开设"普通语言学"讲座的一些学生的课堂笔记整理成书，虽非索绪尔亲笔，但一般认为它还是深得索绪尔思想之精髓。在本书中，索绪尔将语言分为两个组成部分：能指和所指。譬如，当写狗这个词的时候，它不仅仅产生狗这个字，而且也产生了狗的概念，或者在内心中的形象：四条腿的犬齿类动物。索绪尔将第一部分称为能指，第二部分为所指。两个部分结合在一起产生符号。而能指和所指的关系是任意的，两部分的关系仅仅是习惯和文化的约定俗成。比如交通灯的工作关系有四种：红＝停，绿＝通行，黄＝准备停，黄和红＝准备通行。能指的绿和所指的通行之间的关系是任意的，绿色实际上与动词通行没有任何关系。如果红灯表示通行，绿灯表示停止，交通灯照样工作得好好的。这个系统不是通过表达原来的意思来工作，而是通过在不同而又相互关系的系统里制造差异和区别。

按照索绪尔的观点，意义也是组合和选择过程的结果。"今天我看见一只狗"，这个句子通过几个不同部分的累加就具备了意义：我/看见/一只狗/今天。只有说出或写出最后一个词，这个句子的意义才完整。这被索绪尔称之为语言的句轴。沿着句轴，意义可以不断累加。把句子里的某些部分换成新的，意义就变了。因此，由语言产生的意义是组合与选择，

---

① 朱刚：《二十世纪西方文论 》，第450页，北京：北京大学出版，2006年。
② ［英］约翰·斯道雷：《文化理论与通俗文化理论》第2版，第47页，南京：南京大学出版社，2006年。
③ 朱刚：《二十世纪西方文论》，第266页，北京：北京大学出版社，2006年。

相同与差别之间关系网相互作用的结果。结构主义认为，语言不反映已经存在的现实。索绪尔坚持认为，"语言中只有差别，没有绝对条件……语言没有思想，也没有在语言学规律之前就存在的声音，只有语言学规律整理出来的概念上和语音上的差别"。

但是，语言符号的任意性并不意味着人们可以随心所欲地选择能指，而要遵从语言内部的一套"游戏规则"。在这里索绪尔提出了"语言（language）/言语（parole）"的区分。言语指社会成员对语言的个别使用，而语言则是言语活动的社会部分，是社会集团为个人行使言语机能而采用的规约，得到社会成员的一致认可，"它是由每一个社会成员通过积极的言语使用而积累起来的储藏室，是每一个大脑，或者更确切地说，每一群人的大脑里潜在的语法系统。任何个人语言都不完整，集体语言方才完满"。在索绪尔看来，言语/语言尽管互为前提且联系密切，但并不是所有的语言现象都是语言学研究的对象，他将语言学研究的对象限定在语言范围。他说："共时语言学关注的是逻辑和心理的关系，这些关系将现时存在的要素连接在一起，在说话者的集体意识里形成系统。相反，历时语言学研究的是依顺序发生的要素间的关系，这些关系没有出现在集体意识中，相互替代都形成不了系统。"

索绪尔把语言学两个研究方法区别开来：历时语言学，研究特定语言的历史发展，探讨语言现象在历史发展过程中的演变及一系列改变语言的事件，这种研究即使积累下庞杂的语言资料，也很难形成关于语言的整体理论；共时语言学，研究特定时间内的特定语言，即研究作为由语言要素相互作用而构成的整体语言/语言整体。索绪尔摒弃历时语言学研究，提倡共时语言学研究。受此启发，结构主义者往往用共时语言学的方法研究文化作品和实践，即：第一，关注文化作品和实践的潜在关系——使意义成为可能的"语法"；第二，认为意义常常是内在结构使之可能的选择和组合之间的关系相互作用的结果。换句话说，研究文化作品和实践与研究语言有相似之处。例如，设想一下，外星人在 1996 年 5 月降临伦敦，作为地球上欢迎的表示，他们被邀请去观看曼彻斯特联队与利物浦的英国足协杯足球决赛。他们会看到什么？两队的球员身着不同颜色的服装，一队红色，一队绿色，在画着白线的绿茵场上，以不同的速度，朝不同的方向跑来跑去。他们注意到一只球形的抛射线似乎影响各种的合作和竞争。他们也注意到一个人穿着黑色服装吹着哨子，一会儿让比赛停止，一会儿让比赛开始。他们还注意到似乎得到两个穿黑衣服的人的支持，赛场两边各一个用旗子支持那个穿黑衣服的主角的有限的权威。最后，他们发现又出现了两个人，各自在比赛场的两端，站在半拉着网子的架子前面。他们看到这些人不时地拼命用杂技动作与这个白色的抛射物接触。那些观看的外星人看到这个情景，互相描述他们所看到的一切，但如果没有人向他们解释足球联赛的规则，它的结构，在英国足协杯比赛中曼彻斯特联队成了历史上第一次获得俱乐部和足协杯冠军的球队，那么他们肯定会莫名其妙。正是文化作品与实践的潜在的规则吸引了结构主义者们，也正是结构才使得意义成为可能。因此，结构主义的任务就是要搞清楚控制意义（言语行为）产生的规则和惯例。

克劳德·列维－斯特劳斯借助索绪尔的观点揭示了所谓"原始的"社会文化的无意识基础，他将烹调、风俗、穿着、美学活动以及其他形式的文化和社会实践活动与语言系统进行类比分析，每一种实践活动都被看作一种交流方式和表达方式，与语言系统类似。正如特伦斯·霍克斯所指出的那样："他所追求的目标，简而言之，就是整个文化的语言及其体系和总体规律；他在各种具体的言语中对其进行潜心追寻。"他认为，单个的神话都是言语的范例，都是一种内在结构或语言的体现，也就是说可以找出一种共性结构。通过了解这种结构，我们能够真正了解某一神话的含义。同时，他还认为，神话是按照"二元对立"的方式来谋篇布局，其意义就产生在将世界分为相互排斥的对立面来实现的，如文化/自然，男人/女人，黑/白，好/坏，我们/他们等等。人类学家的任务，就是找出神话内在的"语法"，也即能使神话产生一定意义的各种规则和规定。斯特劳斯的神话研究开启了文化研究的新路。

和斯特劳斯一样，罗兰·巴特也有一部《神话研究》。它也是一部文化研究的奠基之作，但他的研究思路与斯特劳斯有差异，体现了文化研究的新进展，下面略作分析和介绍。在这里，他的目的是政治性的。正如他在 1957 年出版的序言中所阐述的那样，"我不喜欢看到自然与历史总是混淆不清，我想透过不言自明的浮华表象找出意识形态方面的弊病，在我看来这种弊病就隐藏在这些表象中"。正如我们在前面提到的那样，由作为能指的狗产生了作为所指的狗：一种四足犬科动物。巴特认为这是表意的第一层次。在这个公式中产生的符号狗在表意的第二个层次上可能会变成作为能指的狗，在第二个层次上产生了作为所指的狗：一个不讨人喜欢的人。第一层表意，巴特曾经用一个取材于法文杂志 Paris Match（1955 年）的封面作为例子。在开始分析时，他设定第一层表意由一个能指构成：色块和图案，由此产生了所指：一名正在向法国国旗敬礼的黑人士兵。这两者共同构成了本义符号。本义符号然后又变成了产生所指"法国势力扩张"的能指"向法国国旗敬礼的黑人士兵"。下面是他对见到那本杂志封面时的情形的描述：

"当时我正在一家理发店里，伙计递给我一本 Paris Match。封面上有一位身穿法国军服的年轻黑人士兵正在敬礼，双眼仰望，可能正目不转睛地盯着一面法国三色旗。这就是这幅图画的全部意义。但是，不知是因为天真还是别的什么原因，我从我的角度看到了这幅图画所要表达的意思：法兰西是一个伟大的帝国，她所有的子民，不论肤色如何，都在她的旗帜下忠心耿耿，恪尽职守，而且这个黑人士兵在效命所谓的他的压迫者时所表现出来的热诚，是对于那些诋毁殖民主义的人的最好的回答。我因而对着一个更大的符号学系统：这里有一个能指，它本身早已与一个先前就已存在的系统（一个黑人士兵正在敬法国式的军礼）合在一起了；这里有一个所指存在于能指之中。"

在第一层上，是黑人士兵向法国国旗敬礼，在第二层上，是法国帝国主义的一个正面形象。说封面图案集中体现出 Paris Match 想要为法国帝国主义树立一个正面形象的意图。在经历了越南战场上的惨败（1946—1954 年）以及在阿尔及利亚的战争（1954—1962 年）后，这样的一个正面形象似乎有一定的政治紧迫感。

巴特说，"神话具有一种双重功能：它指出某些东西，同时又将这些告知我们，它使我们理解某些东西并将其强加给我们"。神话在这里指代一种思想和实践体系，这些思想和实践通过积极宣扬社会中各统治集团的价值观念和利益来维护主要的权力机构。在巴特看来，神话是由事物所失去的历史特征所构成，在神话中各种事物都已失去了当初被创造出来的印记；神话的任务就是让历史意图披上自然的合理的外衣，并让偶然事件以永恒的面目出现。这个过程实际上就是资产阶级意识形态的过程。

三、马克思主义文化研究

霍尔认为，"列维－斯特劳斯的结构主义，挪用了索绪尔以往的语言学范式，为人文文化科学（human sciences of culture）提供了一种科学的、富有活力的全新前景"。而"在阿尔都塞的著作中，更为经典的马克思主义主题被复活，马克思被以语言学范式去'阅读'和'重构'"①。阿尔都塞对马克思主义意识形态理论进行了一系列原则性的阐述。

作为一个理论性概念，意识形态本源于马克思主义。在马克思主义的经典理论中，理解知识、表述与意识的形式、内容与目的，不能脱离生产的物质性与社会性活动，不能脱离阶级斗争。自然知识可能至少原则上有利于一切阶级，社会知识的生产与再生产则有利于那些在特定时期居于社会优势地位者（统治阶级）的利益。这是意识形态理论的起点。关于这一点，马克思有两段著名的经典表述：

"物质生活的生产方式制约着整个社会生活、政治生活和精神生活的过程。不是人的意识决定人们的存在，相反，是人们的社会存在决定人们的意识。"

"构成统治阶级的各个个人也都有意识，因而他们也思维；既然他们正是作为一个阶级进行统治，并且决定着某一历史时代的整个面貌，不言而喻，他们在这个历史时代的一切领域中也会这样做，就是说，他们还作为思维着的人，作为思想的生产者而进行统治，他们调节着自己时代的思想的生产和分配；而这就意味着他们的思想是一个时代的占统治地位的思想。"

社会存在决定社会意识的论点，引出马克思主义关于虚假意识的思想。就统治阶级自身而言，虚假意识出现在该阶级想象其社会地位取决于上帝法则或自然法则之际——就像在封建君主制度下信奉国王拥有神圣权力的信条，或像在资本主义哲学中信奉个人主义及把社会当作一种社会契约的信条。对被统治阶级来说，虚假意识出现在他们按照通行意识形态所提供的术语，而不是按照他们自身相对于统治阶级的阶级利益，对其社会和个人状况进行理解之际。在这种语境中，意识形态就被视为对符合统治阶级利益的思想进行的生产与扩散。例如，借助意识形态这种方法，经济上的统治阶级就将他们的优势普及和扩展到社会活动的整个领域，并在这个过程中将其自然化，以使他们的统治作为自然而然的，从而也是合法而必然遵守的事情被接受。

但是在阿尔都塞眼中，意识形态并不仅仅是政治权力集团的思想工具，相反，意识形态是具有独特逻辑和规律的表象的体系，如形象、神话观念或概念体系等，是历史地存在于特定的社会之中，并作为历史而起作用，包含了对现实的一切再现和一切社会惯例。一般认为，阿尔都塞的意识形态理论，具有以下几个方面的核心内涵：（1）意识形态具有构建主体的普遍功能。（2）意识形态作为生活经验是对的。（3）意识形态作为存在之真实条件的错误认知是错的。（4）意识形态牵涉到社会构成及其权力关系。在《意识形态与意识形态国家机器》一文中，阿尔都塞指出，意识形态具有将个人建构为主体的功能。这意味着主体不是自我建构，而是为意识形态使然，因为我们的一切实践都是在意识形态影子里面。阿尔都塞还指出，意识形态存在于一系列机构和相关的实践之中，具体地说是存在于像家庭，教育制度，教会，大众传媒这些国家机器之中。他认为学校和家庭是维护主导意识形态的关键机构所在。他这样描述学校：

"从孩提时代起，然后一连数年，这都是孩子们最为'脆弱'的时期，抓住每一个阶级的儿童，压榨在家庭国家机器和教育国家机器之间，向他们灌输大量包裹在统治意识形态里的'学识'……形形色色学识的求知包含在统治阶级意识形态的反复充填里，就是通过这样一种

---

①　罗钢、刘象愚：《文化研究读本》，第 58 页，北京：中国社会科学出版社，2000 年。

求知，资本主义社会形构（社会）的生产关系，即被剥削者和剥削者，剥削者和被剥削者的关系，被大规模地再生产了。"

可见，在阿尔都塞眼中，学校作为意识形态的典型机构，其功能就是通过传输必要的技能，来保证资本主义生产关系的再生产。就功能而言，教育不光传输为了资本主义辩护，使其合法化的统治阶级意识形态，同样也为劳动阶级再生产了态度和行为模式。意识形态教导工人接受并服从剥削，教授管理人员代表主导阶级的支配技能。所以每个阶级在意识形态里各得其所：个人被揪出来又被安置进去，打造成为意识形态之中的主体。在阿尔都塞看来，这不是一个有意识的过程，而是一个无意识的过程：

人们在意识形态中所表达的，不是他们与生存环境之间的关系，而是他们实践他们与其生存环境之间关系的方式。这就意味着有两种关系：一种是现实关系，另一种是假想的生存关系。意识形态是人与其外部世界之间关系的体现，即它体现了人与其现实生存环境之间的现实和假想关系的（多元决定的）统一性。

也就是说，意识形态是我们在表征（神话、思想、观点、图像、话语）层次上实践我们与现实生存环境之间关系的方式。意识形态不让被压迫阶级相信这个世界是完全合理的，还要让统治阶级相信剥削和压迫是必要的行为。阿尔都塞认为，只有一种"科学"的话语才能够透过意识形态看清现实的生存环境。

在阿尔都塞看来，由于意识形态是一个封闭的体系，它只能给自己提出一些它能够回答的问题，因此它必须停留在它的界限范围内，对超出其范围的总是保持缄默。因此，阿尔都塞提倡一种症候式阅读（sympotomatic reading）。他说，"这种方法将阅读的作品中没有透露的事件透露出来，同时将这个作品与另外一个不同的作品联系起来，将它作为第一个文本中的一种必要的缺失来处理"。也就是说，对一个作品进行症候式阅读，首先是对显性文本进行阅读，然后通过显性文本中出现的各种失误缄默、歪曲之处的补充、纠正，产生隐性文本并对隐性文本进行阅读。皮埃尔·马切莱曾成功地运用这种方法去分析法国科幻小说家朱尔斯·凡尔纳的作品。他认为一个作品并不是只有一种含义有待批评家去揭示，相反，它是一个包含着多重意义的结构，对某个作品进行解释就是要认识到这些多重含义的存在。要认识到这一点，就必须摒弃那些认为一个作品是一个和谐统一整体的观点。因此，应该对文学作品进行去中心化，也就是说，所有的文学作品应该被认为由好几种话语——明确的话语、含蓄的话语、缄默的话语和隐在的话语——之间的相互冲突所组成。批评实践的任务不是去对一个作品的前后连贯性、总体和谐性、美学统一性进行衡量和评价，而是要对作品中导致各种含义之间发生冲突的差异性进行解释：

这种冲突不是一种不完美的标志，它揭示了在该作品中带有某种他体的印迹。对该作品进行解释就是要揭示出其与表面迹象恰恰相反的一面，即该作品不是独立的在其物质实体中带有一种显性的在隐印迹，这种在隐同样也是其同一性的本原。

传统的文学评论将自己的作用看作是使作品中隐性的东西显性化，使窃窃私语变得听得见。合格的评论的任务不是使窃窃私语变得听得见，不是去说出作品没有说出的东西，而是解释作品的各处缄默、在隐及其结构的不完整性，展现出它无法说出的内容，"作品中没有说出来的东西才是重要的东西"。

在通常的意义上，一个作品总是在一开始就设定一个要解决的问题，然后作品就作为一个逐步展开的过程而呈现：通过叙事的层层推进，最终给出解决这个问题的方法。马切莱认为，在所提出的问题和所给出的解决方法之间总是缺乏一定的连贯性，它们之间存在着一种破裂的关系。我们正是通过研究这种破裂关系发现了作品在意识形态和历史之间的关系。所有的故事都包含着一个意识形态课题，承诺告诉人们关于某件事的真相。马切莱将作品分为三步：提出意识形态课题(承诺真相)、实现承诺(揭示真相)和揭示作品的潜意识，即通过症候式阅读揭示受到压抑的历史真相。马切莱认为，凡尔纳作品的意识形态课题是要对法国帝国主义的冒险活动作一个不切实际的幻想式的展现：法国帝国主义对全球进行殖民统治。他的每一部探险小说讲述的都是其主人公是如何征服(某个神秘的小岛、川球、海底、地球中心)的。在讲述这些故事时，凡尔纳被迫去讲述其中的一些事情，每一次征服都变成了再发现之旅，因为凡尔纳笔下的主人公要么发现别人在此之前已经有人到过那里，要么发现别人早已居住在那里。在马切莱看来，在不断展现各个地方早已被(别国)占领的事实过程中，凡尔纳再现了法国帝国主义，但同时通过比喻(以小说的形式使之形象化)破坏了这样的中心神话。因此，凡尔纳的作品赋予帝国主义意识形态以小说的形式，将帝国主义神话和现实之间的矛盾展现出来。这些小说没有对帝国主义提出"科学的谴责"(一种严格意义上的认知)，而是通过一种从内部对该作品进行解析的症候式阅读，让我们看到，让我们觉察到，让我们感受到各种意识形态话语之间的尖锐矛盾。

除此之外，阿尔都塞对主体性的研究，对影视的研究，对文化研究中的性别、种族和文化身份的研究产生了广泛的影响。在阿尔都塞看来，主体并不是我们天性的产物，而是意识形态从外部构筑了我们的本质和自我，我们所谓本质的自我不过是一种虚构，占据它的位置的实际上是一个拥有社会生产身份的社会存在，因此，主体并不是像过去所说的那样，是统一、独立而和谐的，它可能是矛盾的，并随不同的环境和条件而不断改变。根据这种对主体性的理解，研究主体性就是研究社会文化和意识形态对主体性的建构。1975 年劳拉·莫尔维在其《叙事电影的视觉快感》中对电影文本对男性观影者主体性的建构进行了深入的分析。莫尔维认为，在西方电影中，女性在两个层面上发挥功能，作为电影中男性角色色欲的目标和作为观众席上观影者色欲的目标，她们是影片快感的一个主要来源。在观影过程中，男性观众与这些角色的距离消失了，他们很快与这些角色认同，通过认同，他们不仅在男性角色成功的追逐行为中体验到快感，而且还在想象中确认了一个更优美，更完善，更强大的自我。

另一位马克思主义者葛兰西(1897—1937)是意大利共产党的创始人之一，1911 年至1914 年在都灵大学读书时就投身革命，后参加意大利社会党，创办意大利共产党，1926 年被法西斯政府逮捕，被判二十年徒刑。在狱中，葛兰西广泛阅读写就大量笔记和书简，其中三十四本笔记被人取出，成为《狱中书简》和《狱中札记》的主要内容。

葛兰西对文化研究影响深远的是他的霸权(hegemony)概念。霸权是社会统治集团使用的社会控制模式，它指一个尽管存在着剥削和压迫但仍高度一致和高度稳定的社会，在这个社会中居从属地位的各个集团或阶级对将自己束缚在或融入到主要权力结构中的各种价值观、理想、目标、文化及政治含义都表示支持和赞成。霸权概念的关键并不在于强迫大众违背自己的意愿和良知，屈从统治阶级的权力压迫，而是让每个人心甘情愿，积极参与，被同化到统治集团的世界观或霸权中来。霸权概念确立的基础是阶级对立或阶级对抗，缘起于阶级和其他社会冲突。葛兰西说：

"一个社会集团的至尊地位以两种方式展现自身，其一是支配，其二是知识和道德领导权。一个社会集团支配着它的对抗阶级，而后者是它有意甚而是使用武力来肃清和征服的。

这导致利益亲近的集团加盟进来。一个社会集团能够,事实上也必须在夺得统治权力之前,就先已来施行领导权(就赢得这类权力来说,这确实是一个主要条件)。当它实施权力的时候,因而便占据了支配地位,但是即使它牢牢将权力占据在手中,它也必须继续来领导下去。"①

葛兰西的霸权理论表明,日常的意义、表象和活动,都被精心营构了一番并将支配集团的阶级利益表现为自然而然,势所必然且无可争辩的大众利益,为人人共享:

"霸权是将历史上一个阶级的意识形态自然化了,赋予它以常识的形式。这里的关键在于,霸权可以不依凭武力推行,而被表现为生活的权威和文化方面的这个事实,是被非政治化了。那些唾手可得并且得到官方鼓励的阐明个人和世界意义的策略,似乎不是策略而是人性自然而然,毋庸争辩的属性。筑基于反抗政治或反霸权意识的不同策略,在此语境中不光是显得"不正宗",而且有可能被表征为完全就是胡说八道,无法想象,无以表达的东西。"②

霸权实施和推广的重要机制,就是国家、法律、教育制度、传媒和家庭。但是很显然,由于生产所有制的不同形式,源源不断再生产着阶级利益冲突,这就使霸权永远无法一劳永逸,意识形态之中霸权与反霸权的斗争,从来就没有间断过。这一斗争无疑会在机制之中表征出来。

以葛兰西的霸权理论来看大众文化,给我们带来一个全新的视野。法兰克福学派认为大众文化是一种阻碍历史进程的强加于人的政治操纵文化,利维斯主义则将大众文化视为社会衰败和腐朽的标志,文化主义认为大众文化是某种自下而上自发出现的东西;结构主义认为大众文化是一种将主观性强加给某些被动主体的含义机器。与上述这些方法相反,霸权理论使我们将大众文化看作是意念与意念之间谈判所产生的一个混合体:是一种既自上而下又自下而上产生的,既是商业化的又是真实的文化,是抵抗和融合之间一种不断变化的力量平衡。它所代表的利益集团,既不是中产阶级者,也不是无产阶级者;既不是种族主义者,也不是反种族主义者;既不是性别主义者,也不是反性别主义者,而是一个各种利益和价值观相互竞争的矛盾的混合体。

第二节　批评方法

由于文化研究是在各种学院化话语的边缘地带兴起的,它充分借鉴了文学、社会学、历史学、语言学、符号学、人类学、精神分析理论等多种话语资源,同时又由于在它的发展过程中,曾亲眼目睹了结构主义、符号学、马克思主义、女性主义在国际上的迅速发展,因此,在方法上,它是多元的,正如理查德·约翰生在《究竟什么是文化研究》一文中所言:"一个重要的理论和方法分歧贯穿文化研究的始终。"③从批评实践的角度看,我们应先了解文化研究的基本特色,再选择相应的批评方法。

一、文化研究的基本特色

文化研究是对文化的研究,包括文化产品与实践,而文化指的是人们的社会实践,人们

---

① 陆扬、王毅:《文化研究导论》,第184页,上海:复旦大学出版社,2006年。
② 陆扬、王毅:《文化研究导论》,第185页,上海:复旦大学出版社,2006年。
③ 罗钢、刘象愚:《文化研究读本》,第18页,北京:中国社会科学出版社,2000年。

的生活方式。对文学进行文化研究，就是将之作为文化文本来进行研究。文化研究的主要目的，是试图利用一切必要而可用的思想和理论资源来解释文化，也即弄清文化（感觉和意义的社会生产）本身如何被理解，以及文化与经济生产和政治社会关系的关系如何解说。具体地说，"第一，文化研究与社会关系密切相关，尤其是与阶级关系和阶级构形，与性分化，与社会关系的种族建构，以及与作为从属形式的年龄压迫等密切相关。第二，文化研究涉及权力问题，有助于促进个体和社会团体能力的非对称发展，使之限定和实现各自的需要。第三，鉴于前两个前提，文化既不是自治的也不是外在地决定的领域，而是社会差异和社会斗争的场所"①。

二、文化研究的基本方法

关于文化研究的方法，实际上在前面基本理论部分我们已有所介绍。这里不妨集中归纳一下：

1. 文化主义的研究方法。文化主义倾向于对文化或文化运动进行社会—历史的再创造，或进行民族志的文化描写，或从事再造社会局部经验的那种写作如自传、口头故事或现实主义小说，其目的在于把握各种集体与共同体且只对这些群体中的人们特别有意义的文化价值。如霍加特的《文化的用途》与 E. P. 汤普逊的《英国工人阶级的形成》。

2. 结构主义的研究方法。结构主义分析方法的基本特征是二元对立思想。运用结构主义对文本进行分析，首先应将文中的相关的情节组合成两个或四个纵列，构成一个或两个二元对立项，而意义就在其中显露出来。

3. 葛兰西派文化研究的研究方法。根据葛兰西的观点，文化被看做一个斗争场所，其中各种权力关系运作其中，构成一种复杂的张力关系，导致意义的变化和流动。在其中，意义往往以权威、真理、自然的名义进行，但隐藏其下则是各种权力关系的运作。文化研究的目的就在于破除其自然性。

第三节　作品解读

在审美和意识形态之间
—— 文化研究视野中的《文学理论教程》

在大学的文学理论教学中，童庆炳教授主编的《文学理论教程》占有突出的地位，本书于1992 年出第 1 版，1998 年出修订版，2004 年出了修订二版。每一次修订都有所改订和完善，但其基本框架和内容还是大体一致的。

这部文学理论教程的一个显著特征是对马克思主义意识形态论的坚持。在 1998 年的修订版中，它是这样分析文学的一般意识形态性质的：

文学从本质上说是意识形态。而作为意识形态，文学既具有普遍性质，也具有特殊性质。文学的普遍性质在于，它是一般意识形态，文学的特殊性质在于，它是审美意识形态。而这种普遍性质和特殊性质的存在则是由文学在社会结构中的特定位置决定的。

---

① 罗钢、刘象愚：《文化研究读本》，第 5 页，北京：中国社会科学出版社，2000 年。

　　文学是社会结构的一个组成部分。社会结构，这里是指由人类社会生活过程的各种要素或各个方面的总和构成的总体组织。在这个意义上，社会结构可以包括经济，政治，历史、哲学、宗教、文学及其他艺术等人类活动的各种形态。文学活动属于社会结构，因为它与经济、政治和哲学等其他形态一样，是人类社会生活过程的有机的一环，从而终究需要由社会结构这一宏大总体加以说明。同时，文学作为社会结构的一种形态，总要与社会结构内的其他各种形态发生联系，彼此影响，因而文学的性质要从这种相互联系和影响过程中显示出来。所以，要弄清文学的性质，就必须首先明确文学在社会结构中的位置。

　　社会结构由两个基本层次构成：经济基础和上层建筑。经济基础是与一定物质生产力相适应的、由社会生产关系的总和构成的、社会赖以生存和发展的现实物质基础。在经济基础之上，耸立着由各种不同情感、幻想、思想方式和世界观构成的整个上层建筑。上层建筑就是由经济基础影响和制约的各种制度及情感、信念、幻想、思想方式和世界观的总和。上层建筑包括两个层面：一是政治、法律制度，二是社会意识形态，如哲学、宗教、艺术（包括文学）等。

　　那么，在社会结构中，经济基础和上层建筑形成什么关系，文学处在什么位置？请看下图：

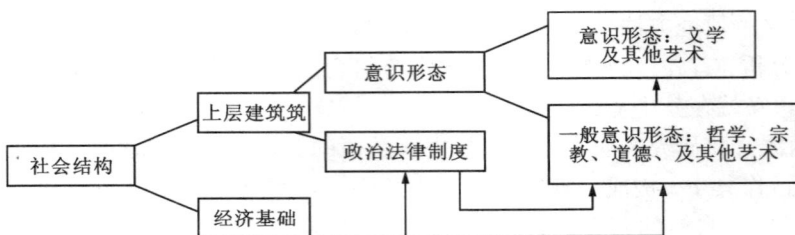

图 20 – 1

　　经济基础是社会结构中的最终决定力量，它制约着上层建筑；同时，上层建筑也可以反作用于经济基础。而上层建筑中的意识形态比起政治和法律制度来，距离经济基础更远些，如恩格斯所说属于"更高地悬浮于空中的意识形态领域"。这就决定了文学在社会结构中处于一个特殊位置：文学作为意识形态，一方面，最终决定于经济基础，也就是说，文学的情形归根结底不能离开经济基础的情形去说明；另一方面，它与经济基础的关系不是直接的和紧密的，而是间接的和有距离的，即它往往通过与上层建筑中的政治法律制度发生直接关系而间接地领受经济基础的根本性支配力量。

　　文学的一般意识形态性质，可以从①文学与话语；②文学与社会；③文学与反映这三方面去看。前两方面是从现象着眼，最后一方面是从实质上看[1]。在修订二版中，对于文学的意识形态性是这样分析的：

　　文学从本质上说是意识形态。作为意识形态，文学具有普遍的属性，也具有特殊的属性。文学的普遍性在于，它是一般意识形态，文学的特殊属性在于它是审美意识形态。

---

　　① 童庆炳：《文学理论教程》（修订版），第 57～59 页，北京：高等教育出版社，1998 年。

　　要了解文学的审美意识形态属性，首先需要了解意识形态在社会结构中的位置。社会结构由两个基本层面构成：社会的经济基础与社会上层建筑。马克思指出："人们在自己生活的社会生产中发生一定的、必然的、不以他们的意志为转移的关系……这些生产关系的总和构成社会的经济结构，即有法律的和政治的上层建筑竖立其上并有一定的社会意识形式与之相适应的现实物质基础。"按照马克思的意思，社会的经济基础是与一定的物质生产力相适应的，由社会关系的总和构成的，社会赖以生存和发展的现实物质基础。而在经济基础上则"耸立着由各种不同的、表现独特的情感、幻想、思想方式和人生观构成的整个上层建筑"。上层建筑就是由经济基础影响和制约的各种制度及情感、信念、幻想、思想方式的总和。上层建筑包括两个层面：一是政治、法律制度，一是社会意识形态，如哲学、宗教、艺术（包括文学）等。文学作为意识形态，一方面最终决定于社会的经济基础，也就是说，对于文学的情形归根到底要由经济基础说明；另一方面，它与经济基础的关系不是直接的，而是间接的有距离的，它往往要通过上层建筑中政治、法律等中介的环节而与经济基础发生联系，而经济基础对于文学的作用也不是直接的，也要通过政治等中介环节才能发生支配性的作用。[1] 但是，文学的人学性质、审美性质要给以同等程度的重视。在修订版中，首先分析了文学的人学性质：

　　文学作品是人写的，是直接或间接地写人，并且是为了人的需要而写的。因此，人是文学活动的出发点和归宿。但这里的人不是孤立或抽象的人，而是从事活动的人。

　　该教程从三个角度分析了文学活动作为人类活动的性质：人类生活活动的性质，人类生活活动的美学意义，文学活动在人的生活活动中的位置。

　　该教程同样十分重视文学的审美性质，该书这样分析：

　　文学不仅是一般意识形态，而且更是审美意识形态。文学的一般意识形态性质是其普遍性质，而文学的审美意识形态性质才是其特殊性质。这种普遍性质总是被包含在特殊性质之中，并通过特殊性质显现出来。"审美"是什么？我们的看法是，审美是人类掌握世界的一种特殊方式，指人与世界（社会和自然）形成一种无功利的形象的和情感的关系状态。具体地看，它可以从目的、方式和态度三方面加以理解。从目的看，审美是无功利的；从方式看，审美是形象的；从态度看，审美是情感的。[2] 在修订二版中，关于这方面的论述并没有太大的变化。

　　一方面，文学是意识形态，另一方面，文学是审美的。这如何统一呢？在修订二版中，是这样论述的：

　　文学的审美意识形态属性，是指文学的审美表现过程与意识形态过程相互浸染、彼此渗透的情况，表明审美中浸透了意识形态，意识形态巧借审美传达出来。具体地说，文学的审美意识形态属性表现在，文学成为具有无功利性、形象性和情感性的话语与社会权力结构之间的多重关联域，其直接的无功利性、形象性、情感性总是与深层的功利性、理性和认识等交织在一起。[3]

　　在本书中，鲁迅的《肥皂》和汪曾祺的《受戒》被引用来具体地论证文学的意识形态性质。

① 童庆炳：《文学理论教程》（修订版二版），北京：高等教育出版社，2004 年。

② 童庆炳：《文学理论教程》（修订版），北京：高等教育出版社，1998 年。

③ 童庆炳：《文学理论教程》（修订二版），第 6 页，北京：高等教育出版社，2004 年。

如果我们仅仅从知识建构的角度来观察这一问题，那么就很难有新的发现，因为经过二十几年的教学和传播，这些早已耳熟能详。下面，我们开始从文化研究的角度来审视一番。根据文化研究的观点，在人文社会科学领域，并没有纯粹的知识建构，"知识的生产总是按照那些掌控权力者或争夺这一掌控者的利益进行"，是一个"争夺与确立霸权"的地带。① 而根据阿尔都塞《意识形态与意识形态国家机器》的看法，意识形态存在于一系列机构及其相关的实践之中，具体地说，是存在于像家庭、教育制度、教会、大众传媒这些国家机器之中。在前资本主义时期，教会是占主导地位的意识形态国家机器，而在资本主义社会里，教会的地位则为教育和家庭所替代，学校和家庭，正是维护主导意识形态的关键所在。他说：

"从孩提时代起，然后一连数年，这都是孩子们最为'脆弱'的时期，抓住每一个阶级的儿童，压榨在家庭国家机器和教育国家机器之间，向他们灌输……大量包裹在统治意识形态里的'学识'，形形色色学识的求知包含在统治阶级意识形态的反复充填里，就是通过这样一种求知，资本主义社会形构（社会）的生产关系……被大规模地再生产了。"②阿尔都塞告诉我们，学校不仅是传授知识的地方，更是意识形态的典型机构，其功能在于通过传授必要的技能，保证生产关系的再生产。

有了这样的认识角度，我们再来看对于文学本质的界定：文学是审美意识形态。尽管《文学理论教程》影响至今，但将文学视作一种审美意识形态，无疑是八十年代理论家们的建构。"在中国，把文学看成审美意识形态，主要是 20 世纪 80 年代以来马克思主义文艺理论的成果。"③那么，当时是一种怎样的语境呢？ 一方面，传统的东西仍旧在起作用，这从邓小平提出的"社会主义初级阶段"这一概念即可看出，"四个坚持"在国家政治生活和意识形态领域仍居主导地位。反映在文学艺术领域，文艺仍被看作是意识形态之一，文艺的意识形态性仍被视为基本性质，对于文学意识形态的研究仍然占据着重要的位置。但另一方面，"在'文化大革命'结束后，学者们面对的是文学从属于政治，文学为政治服务的僵化口号，面对文学政治工具论的尴尬，这在文论界可以说是一个事件。为了摆脱和纠正这种文学政治工具论的失误，引导文学的健康发展，他们不约而同地进行了深刻的反思，并对文学的本质特征进行了新的思考。他们要解决的是文学区别于非文学的关键是什么"。④ 在这里文学的审美性成为他们区分文学与非文学的主要理论依据。实质上，这一口号，之所以能提出，另一个最深刻的背景是邓小平在第四次全国文学艺术工作者代表大会上的讲话《祝辞》的发表及广泛传播，这暗示了社会生活的新变和意识形态的新的调整。一方面要坚持，一方面要与时俱进，向前发展。于是，意识形态与审美，折中调和，成为了审美意识形态（当然，这样说并没有否认理论家的理论创新和贡献，相反，这正是他们的突出贡献）。张法认为，童著"从总体上说，迎合了中国社会的转型"，"呈现了其作为转型期的文学理论著作的特点"，"而这一特点与转型期社会的多方面的对应性和互动性，是一个非常有意思的学术话题"。⑤ 说得直白一些，这实际上呈现了权力关系与学术知识的同构性。因为审美本身并不是纯粹的，它同样是"政治"的，伊格尔顿说，"我用政治一词所指的仅仅是我们组织自己的社会生活的方式，及其包括的

① ［美］约翰·费斯克：《关键概念：传播与文化研究辞典》（第二版），第 67、65 页，北京：新华出版社，2004 年。

② 陆扬、王毅：《文化研究导论》，第 170 页，上海：复旦大学出版社，2006 年。

③ 童庆炳：《文学理论教程》（修订二版），第 58 页，北京：高等教育出版社，2004 年。

④ 童庆炳：《文学理论教程》（修订二版），第 58 页，北京：高等教育出版社，2004 年。

⑤ 张法：《中国文学理论学科发展回望与补遗》，《文艺研究》，2006 年 9 期。

权力"。文学理论在他看来,"与其说……有权作为知识探究的对象,不如说它是观察我们时代历史的一个特殊角度"①。

第四节　解读范例介绍

一、汤普逊论述阶级是一种文化构形

参见[英]E.P.汤普逊:《英国工人阶级的形成》,企鹅出版社,1980年。

在《英国工人阶级的形成》的序言中,汤普逊写道:

"本书的题目有些笨拙,但还是达到了它的目的。之所以用形成这个词,是因为它研究的是一个能动的过程,这个能动过程缘起于能动作用就如同缘起于条件作用一样。工人阶级不像太阳那样在固定时间升起。它出现在它自身形成的时候。"②汤普逊认为,与其他阶级一样,英国工人阶级也是"一种历史现象",这不是"结构"也不是"范畴"问题,而是"许多根本不同的,看似不相关联的事件统一起来,既包括在经验的原材料中又在意识中的事件",它是"人类关系中实际发生过的某种事物(而且能够表明是已经发生过的事物)"。阶级是"一些人由于共同(继承的或共有的)经验的缘故,感觉和系统表达了他们之间利益的同一性,而反对利益不相同(通常相反)的人们,于是阶级就产生了"。"阶级经验大多取决于人们诞生于其中——或不自愿进入的——生产关系。阶级意识就是从文化角度处理这些经验的方式,以传统、价值体系、思想和制度形式为其体现","阶级意识在不同时间和地点以相同的方式出现,但决不以仅有的相同方式"。

汤普逊认为,"除非把阶级看作一种社会和文化构形,我们才能理解阶级,这种构形产生于许多过程,只有当这些过程经历相当长的一段历史时期,产生结果,才能对它们进行研究"。汤普逊在书中从三个不同但又相互关联的角度详细研究了英国工人阶级政治和文化的形成。首先,它重建了18世纪末英国激进主义的政治和文化传统、宗教上的分歧,民众的不满情绪,法国大革命的影响。其次,他着重分析了不同劳动阶层,如纺织工人,牧场农工,纺纱工和工匠等在工业革命中的社会和文化经验。最后,他分析了工人阶级觉悟是随着它政治社会和文化力量的增加而提高的,"工人阶级既是派生的又是自我创造的"。最后,他得出了一个重要结论:"从1780年到1832年这段时期,大多数英国工人开始感觉到他们之间的利益是一致的,与他们的统治者和雇主的利益相悖。这个统治阶级自身是四分五裂的,事实上,只有在所经历的相同年月日里,面对反叛的工人阶级,某些反抗得以化解(或逐渐变得无足轻重),它才获得内原力。这样一来,在1832年,工人阶级的存在就成了英国政治生活中最重要的因素"。

《英国工人阶级的形成》是社会"底层历史"的一个典型例子。其中生活着普通的男人和女人们,他们的经历,他们的价值观,他们的思想,他们的行动,他们的欲望。有学者认为,社会底层历史有双重含义:第一层含义是把工人阶级的经历重新纳入历史进程;另一层含义是强调工人阶级有自我形成的自觉力量。在这里,汤普逊强调了马克思关于人类创造历史的

---

① ［英］特里·伊格尔顿:《二十世纪西方文化理论》,第244～245页,西安:陕西师范大学出版社,1986年。
② 罗钢、刘象愚:《文化研究读本》,第58页,北京:中国社会科出版社,2000年。

著名论断的第一部分："人类创造自己的历史"，以反对这一著名论断的第二部分："但他们不是随心所欲地创造历史，也不是在他们自己选择的环境下创造历史，而是在他们直接面对的过去遗留下来的环境里创造历史"。在文化研究史上，《英国工人阶级的形成》从社会学和历史学角度理解特定的社会形成，强调文化(人的能动因素，人的价值取向，人的经历)的极其重要，影响深远。

二、威尔·莱特分析美国西部片的二元对立文化模式

参见[美]威尔·莱特：《六响枪与社会》，见《文化理论与通俗文化导论》(第二版)，第80～83页，南京大学出版社，2006年。

在《六响枪与社会》一书中，威尔·莱特运用了列维－斯特劳斯的结构主义方法论对好莱坞的西部片进行了分析。他认为西部片的许多叙事力量来源于它的二元对立结构。莱特的侧重点在于西部片是以何种方式将一个表面简单但实质深刻的关于美国人社会信仰的观点展示出来的。他认为西部片的发展经历三个阶级：古典式的西部片(包括他称之为复仇式的类型)、过渡主题式的西部片和职业化的西部片。尽管西部片这一体裁的影片有各种不同的类型，但他仍然从中划分出一个基本的对立结构：社会内部－好、强、文明世界/社会外部－坏、弱、草莽人间。

但是，正如他所坚持的那样(他比列维－斯特劳斯走得更远)，为了全面透彻地理解某个神话的社会意义，不仅有必要对其二元对立结构进行分析，还有必要对其事件发展的层层推进以及矛盾冲突最终得到解决的叙事结构进行分析。古典式的西部片可分为16种叙事功能：

a) 英雄人物进入某个社会群体。
b) 英雄人物不为社会所知。
c) 英雄人物显露出非凡的能力。
d) 社会成员们认识到自己与英雄人物之间的差异；英雄人物被赋予了特殊的地位。
e) 社会不完全接受英雄人物。
f) 恶势力与社会之间发生利益冲突。
g) 恶势力比社会强大；社会正处于相对弱小的地位。
h) 英雄人物和恶棍之间交情很深或彼此尊重。
i) 恶势力对社会构成威胁。
j) 英雄人物极力避免卷入冲突。
k) 恶势力威胁到英雄人物的一位朋友的安全。
l) 英雄人物挺身而出，与恶势力斗争。
m) 英雄人物打败了恶势力。
n) 社会安全得到了保障。
o) 社会接受了英雄人物。
p) 英雄人物失去了或放弃了他的特殊地位。

Shane是古典西部片的一个典型范例：故事讲述的是一位外来客单枪匹马驰出莽莽荒原之中。在古典西部片中，英雄人物与社会暂时联合起来对抗社会外部的恶势力。莱特认为，古典西部片在整个20世纪三四十年代及50年代大部分时间里独领风骚，职业西部片在六七

十年代占主导地位，而过渡主题的西部片正好在两者之间搭起了一座桥梁。在这种类型的西部片中，对立的双方正好颠倒过来，英雄人物处于社会之外，与一个强大的但已经堕落并还在继续堕落的文明世界相抗争：英雄人物、社会外部、好、弱、草莽之间/社会、社会内部、坏、强、文明世界。

有很多叙事功能也颠倒过来了。英雄人物在刚开始时还不是处在社会之外的，而是社会中深受器重的一分子。随着剧情的发展，社会逐渐成为与英雄人物以及那些处在社会和文明世界之外的人们相对立的真正的恶势力。英雄人物支持那些处于和文明世界之外的人并最终与他们结为盟友，在此过程中他逐步由社会内部走向社会外部，从文明世界跨入草莽之间。但是结果由于社会太强大，那些社会外部的人最终还是无力与之对抗，他们能做出的最好的选择就是逃向渺无人烟的莽莽荒原。

在莱特看来，最后一部"过渡主题"体裁的西部片是 1954 年拍摄的 Johnnyguitar。但是按照他自己对于二元对立结构以及叙事功能的分析，1990 年拍摄的《与狼共舞》(Dances With Wolves)很显然是这种体裁的绝佳样板。一位曾因作战英勇而被授予荣誉勋章的骑兵军官，放弃他在美国东部文明世界的优越生活，主动要求到西部蛮荒之地去任职——正如该片的宣传文章所说的那样，"1846 年，有一个人前去寻找开发的边疆，最终找到了自我"。同时他还在苏人(译者注：美国南部和加拿大北部的印第安人，即达科他人)中找到了社会。该片讲述的是他如何被带到一个诚实可爱的苏人部落里……而随着白人拓边者在美洲土著人的土地上继续他们残暴血腥的开拓之旅时，他必须作出一个重要的抉择。他的抉择就是站在苏人这一边，对抗他所摈弃的文明世界。由于骑兵部队将他视为叛徒，他最终决定离开苏人，以免让骑兵们抓住口实借机屠杀苏人。然而，最后的一幕却是：在他毅然动身离开时，骑兵们正一步步地向苏人的部落逼近。毫无疑问，一场屠杀即将降临到这个部落头上，而他和苏人对此却浑然不知。

如果我们接受《与狼共舞》是一部过渡主题类型的西部片的话，由此又会引出一些关于将电影作为神话的有趣的问题。莱特认为，每一个类型的西部片都与近几十年来美国经济发展过程中各个不同的时期相一致：

古典西部的情节与以市场经济为基础的社会中的那种个人主义思想相一致……复仇的情节则是它的一种变化形式，它反映了市场经济中的一些变化……职业化的情节反映了一种与有计划的集体经济所固有的价值观和人生态度相一致的新的社会思想。

而每一个类型依次阐明了各自关于如何实现美国梦的不同的神话版本：

古典西部片所展示的是，人们获得诸如友情、尊重和尊严的方式就是超然于众人之外，然后担当孤胆英雄去解救他们……复仇的形式……表现了获得尊敬和爱的途径就是将自己与他人分隔开来，单枪匹马与许多强敌作斗争，但是同时还牢记并回归到诸如婚姻和人性等更为温和的价值观上来，因而削弱了个人与社会可以和睦共处的可能性。过渡主题预示了新的社会价值观，认为对于那些理直气壮、坚定不移地与社会愚昧和偏执进行针锋相对斗争的人来说，要得到爱和友情就必须付出被社会抛弃的代价。最后职业化的情节认为要想获得友情和尊敬，只有成为一名训练有素的专业人才，加入到一个职业精英分子的群体中，毫不挑剔地接受任何工作，只对自己的团体忠心耿耿，毫不理会其他任何社会或团体的价值观。

第 21 章　消费文化理论

严格说来，消费文化理论并不专属于具体的文艺理论或文学批评。它是人类从生产型向消费型社会形态转变后所产生的一种由马克思主义经济学和意识形态基本原理延升拓展开来的综合性文化理论。这种理论的主要关注对象为消费社会中的种种消费文化现象，其基本的理论路向有马克思主义、符号学、人类学和社会学等，其最基本的理论武器是为西方马克思主义所擅长的意识形态批评理论。因此，西方消费文化理论的理论家们大多有"西马"背景，或者说与"西方马克思主义"有着千丝万缕的联系。

消费文化理论研究的出现，在某种意义上显露了文学文本研究的转移——大批研究者将目光转向文学的生存环境、生产机制的探讨，越来越远离文学文本，是文学研究边缘化的一个表征；但从文学研究的总体格局来看，消费文化研究所涉及的文学生存语境的探讨，沿袭的仍然是马克思主义社会批评的路向，有助于开拓文学研究新的视野和空间，甚至预示着一种新的研究趋向。因此，消费文化研究对于今天的方兴未艾的大众文化研究具有不可忽视的重大意义。

消费文化理论作为一门学科目前尚在发展过程中。对它的研究正处于方兴未艾的样态。近 20 年来，西方对消费文化的研究逐渐从学术研究的边缘向中心靠拢，受到来自不同学科、不同理论流派的广泛重视。西方消费文化研究普遍认为，在西方社会变迁过程中，消费是一种决定性的社会和历史的力量。在消费文化研究领域中，比较出色的理论家有如布罗代尔（Fernand Braudel）、费瑟斯通（Mike Featherstone）、坎贝尔（C. Campbell）、威廉姆斯（Ramond Williams）、布尔迪厄（Pierre Bourdieu）、鲍德里亚（Jean Baudrillard）、大卫·哈维（David Harvey）等代表人物。[①] 他们大多都采用马克思主义、符号学、人类学与社会学等广泛的历史观点对消费文化进行研究。

第一节　基本理论

为了较好地理解消费文化基本理论，我们先将它的几个关键概念进行必要的梳理。消费主义思想的缘起与现代资本主义生产和消费制度密切相关。

一、消费的历史：福特主义和后福特主义

人类的原始消费起于何时，已难于考证。如果把原始的物物交换简单视为消费显然不符合历史事实。因此，人类历史上真正的消费热潮应是近代资本主义制度产生以后的事情。在很大程度上，真正大规模的消费浪潮与现代大工业的发展紧密相随的。而现代大规模机器化生产，有个标志性的事件，就是福特主义的诞生。

---

① 国内消费文化研究取得较大成绩的主要有罗钢、余虹、陶东风、张意、陈坤宏等。本章的部分资料采用了罗钢主编的《消费文化读本》及有关序言，在此深表谢忱。

顾名思义，福特主义和后福特主义都与美国福特汽车公司的资本主义生产模式相关。

1913 年，福特汽车公司在美国密西根组建的世界第一条流水生产线上隆隆驶下代表着现代工业大规模生产的第一辆汽车。因此，代表着现代工业生产模式的流水线作业成为了大规模生产的基本符号。与之相应，从福特汽车公司开始的这种生产形式被经济学家们命名为福特主义生产模式。概而言之，福特主义生产模式有如下特征：（1）大规模、大批量工业生产方式；（2）标准化、流水线是其基本象征符号；（3）以生产为其重心。

福特制生产模式其实源于更早的泰勒式生产模式。泰勒是 19 世纪末美国一位工人出身的工程师。由于自下而上的工作经历，他对机器化大生产的每一个流程都非常熟悉。他依此而设计出一套精致的生产程序，精确算计工作中的每个流程，让生产的每道工序都有序进行，从而让工人按规定的标准时间完成相关工作程序，并以其完成的工作量计发工资。福特受其启发，在此基础上装配线得以改进和完善，从而形成不需大量复杂技术的简单劳动操作的流水生产线。因此，工人可以不依赖复杂的技术工作，而仅成为某一流水线上的一个有机的工具而已。这种流水生产线的好处是使人力资源得到最佳配置，大大节约了劳动时间，实现了产品的最大化生产。但它使得工人的主体地位下降，物化的程度明显加强。

当然，作为资本主义早期的生产模式，福特主义生产也不可能完全不顾及消费问题。但是，时代的发展尚处于大规模生产阶段，因此，福特主义基本上不顾及或者尚未来得及顾及大众消费。也就是说，福特主义的生产模式是实行的订单式生产：社会需要什么就生产什么；需要多少就生产多少。这种模式的最大优点即在于其计划性。但脆弱之处也是十分明显的。正如福特主义研究的两位重要理论家米歇尔·阿吉列塔与阿兰·列别策所看到的：生产与消费的联结对于资本主义再生产来说是至关重要的，一旦联结的链条中断，就会爆发经济危机。而事实上，每一种联结方式都有其自身的极限。由于早期资本主义的生产方式采取的是工人与生产工具相分离的方式，工人成为工资劳动者，从而难以彻底改变其生产模式和消费模式。工人的家庭消费以工资维持家庭生活的必要开支：他们自己缝纫衣服，种植蔬菜，饲养家禽，以满足日常生活需要，因此并不完全依赖于商品。福特主义大规模生产的工业产品并不为广大的工人大众所必需，工人并不构成钢铁、煤炭、化工产品等等的主顾。这些产品在当时具有的是资本原始积累的意义。

马克思主义政治经济学认为：一个社会的总体消费水平是由该社会体系中劳动力的再生产和该社会体系自身的再生产两种因素决定的。一般而言，消费水平受两方面的因素制约：一方面，在保证劳动力再生产的前提下，资本家总是力求以尽可能低廉的生产成本获得最大的剩余价值；与此同时，工人能够获得足以构成有效需求的可操控工资。前者保证了社会生产的可持续性发生，后者则使得消费成为可能。

我们说过福特主义生产模式重心并不在消费，但并不否认这种生产方式为消费提供的潜在可能性。因为"福特制"及其前身"泰勒制"使工人的劳动强度大幅度增加，使他们在工作之余不再可能去从事生活必需品的家庭生产，没有余暇也没有精力去缝纫衣服，种植蔬菜，饲养家禽等满足日常生活需要的工作。这样，就势必造成生产劳动与家庭生活的脱节。而这种脱节就造成一种消费的可能：工人消费的一切必须依赖于商品。所以，事实上，福特主义在进行大规模生产的同时，也大大创造了生活商品消费的机会。同时，福特主义在迫使工人增加劳动强度的同时，也在一定程度上与工人增加工资的要求相妥协，从而保障了工人生活消费的基本水平。而且，福特式大规模生产模式也造成了福特时代消费的基本样式——标准化、规模化的生产模式为生活消费也提供了既成的相应模式——比如标准化的住宅和汽车等等，就可能脱胎于福特主义的生产模式。

但是福特主义生产模式的弊端是显而易见的。这种大规模生产方式需要投入的固定资产成本极高，生产模式僵化。如果说它在早期资本主义发展过程中作出了较大贡献的话，那么，随着自由市场的不断扩大，市场化的需求日渐多元化，福特主义的生产模式的呆板机制越来越凸显其不足：它不能及时调整生产规模和样式，容易造成生产与消费的紧张，甚至易于引起新的经济危机。

正是在这种情况下，为克服福特主义的矛盾及其局限性的灵活机制应运而生。这种灵活的调节机制表现出如下几个特点：(1)脱胎于大规模、流水线作业的针对大众市场的标准化产品转向小规模、定向性的目标消费群体，以灵活地满足更加个性化的消费市场；(2)与此相应，能够迅速调整生产方向，方便快捷与社会审美趣味、时尚等等因素接轨，从而更好地与新的消费倾向接轨，并相互影响、相互促进；(3)工人的自主性和个性得以更大程度地发挥。工人不再像过去那样只是流水线上的一道工序，大机器上的一颗螺丝钉，而是整个生产过程中的一个具有较大主体意识的积极因素，劳动时间相对也较为灵活。

这样，在生产形态上，现代资本主义制度就从所谓的"福特主义"过渡到了"后福特主义"。"后福特主义"以其灵活的市场机制取代了以往的规模生产。在劳动力、市场、产品及其消费等领域都呈现出更多的灵活性。更重要的是，生产的重要性逐渐被消费的重要性所取代，从而呈现出一种全新的市场消费为主导的崭新格局。

二、消费文化批判理论

更准确地说，消费文化理论事实上是消费文化批判理论。它经历了几个发展阶段。

1. 对"异化"劳动和商品拜物教的分析

马克思在《1844—1848年经济学哲学手稿》和《资本论》等著作中对资本主义社会劳动者和劳动产品相脱离的现象进行了分析。马克思继承并发扬黑格尔哲学中辩证法的合理内核——主客体辩证统一的观点，分析了资本主义劳动的异化现象，即在资本主义社会中，劳动者的劳动越来越与自己生产的劳动产品相脱离，并且为其所奴役。

根据黑格尔关于主客体对立统一的思想，人与自然是相互因依的。一方面人通过生产劳动改造自然，使之适应于自身的目的；另一方面，通过这一过程，人不仅使自己的本质力量对象化，而且在改变自然的同时改变着自身。把这种观点应用于劳动生产和商品消费过程，则会发现消费的实质意义：消费作为社会主体的需要与可能满足这种需要的物品之间的关系，就不应当简单地看作主体占有、使用、消耗客体的过程，而应当看作社会主体的一种再生产形式。人的本质，人的需要等不是一成不变的，而是伴随着他自己创造的对象化世界的变化而变化，发展而发展的。

但马克思主义经典作家却惊奇地发现，在资本主义社会中，工人的劳动产生了"异化"。即，人与物、主体与客体、生产与消费的环节出现断裂。这种断裂表现为三个方面：(1)工人阶级通过劳动所生产出来的物品不为工人所有或者工人根本不需要；(2)工人阶级通过劳动所生产出来的物品变成商品后又反过来变成奴役工人阶级的一种存在；(3)劳动本身变成了一种商品，也就是说，工人阶级必须出卖自己的劳动来换取工资，然后到市场上购买消费品。这样，人与物质世界的创造关系就变成了某种在市场上供出售的东西。

其实，从根本上说来，资本主义造成的最严重的异化是人的需要的异化。因为，人的需要不再是以前物物交换时代的具体物的需要，而变成了一种抽象的需要。由于需要的满足依赖于商品的获得，因而人们唯一真正需要的是对金钱的需要，是对财富的抽象形式的需要。而从资本主义社会的本质来说，这种对金钱的需要却从背后推动了资本主义扩大再生产。因为，这种对金钱的需要自身并不是目的，而仅仅是资本家实现交换价值的手段。资本家为了实现其交换价值，不断通过各种手段，比如价格、广告和市场营销等，不断地渲染、放大某种消费意识形态，不断地制造各种对商品的幻想以完成资本主义再生产。因此，这种需要并不是实际的真正的需要，而是生产的需要，资本家事先通过营造某种消费需要的意识形态氛围，从而促成新一轮的再生产。这种由资本主义千方百计制造出来、并完全从属于资本主义生产的消费需要，显然是一种异化的产物。

马克思对消费文化理论产生重要影响的另一概念，是他在《资本论》中首次提出的"商品拜物教"（commodity fetishism）。

什么是"商品拜物教"呢？"商品拜物教"是马克思在分析资本主义商品消费过程中种种神秘现象时的一个形象的比喻。马克思用宗教中的拜物教概念来比拟商品生产过程中产生的假象和人们对这种假象的迷惑和崇拜。他写道：

"这只是人们自己的一定的社会关系，但它在人们面前采取了物与物的关系的虚幻形式。因此，要找一个比喻，我们就得逃到宗教世界的幻境中去。在那里，人脑的产物表现为赋有生命的、彼此发生关系并同人发生关系的独立存在的东西。在商品世界里，人手的产物也是这样。我把这叫做拜物教。"[1]

意思是说，在商品生产过程中，人与人的关系是以独立存在的物的形式存在的，因此它与宗教中的拜物教相似。"商品拜物教"是同以私有制为基础的商品生产社会相适应的社会意识形态，它贯穿并统治着整个私有制商品生产社会。

马克思指出，商品既有使用价值，又有交换价值，使用价值体现的是人与物的关系，即人的需要与物满足这种需要的属性的关系，而交换价值体现的是物与物的关系，即通过货币资本中介，某一商品与另一商品之间的等价关系。因此，从表现上看，使用价值体现的是人与物之间的社会关系，交换价值体现的是物与物之间的非社会关系。马克思揭示了其间的奥秘。他指出：

"商品形式的奥秘不过在于：商品形式在人们面前把人们本身劳动的社会性质反映成劳动产品本身的物的性质，反映成这些物的天然的社会属性，从而把生产者同总劳动的社会关系反映成存在于生产者之外的物与物之间的社会关系。由于这种转换，劳动产品成了商品，成了可感觉而又超感觉的物或社会的物。"[2]

马克思认为，如果商品是人类劳动的体现，那么不同商品之间的关系实际上就是不同劳动行为之间的关系，因此交换价值体现的就不是一种非社会的关系，而是一种社会性关系。这种现象马克思形象地比喻成"商品拜物教"。

马克思对"异化"劳动和"商品拜物教"的批判成为当代西方马克思主义理论家们不竭的思想资源。比如卢卡奇（Georg Lukacs，1885—1971）关于"物化"（reification）的论述就深受马

---

① 《马克思恩格斯全集》第 23 卷，第 89 页，北京：人民出版社，1972 年。

② 《马克思恩格斯全集》第 23 卷，第 88 ~ 89 页，北京：人民出版社，1972 年。

克思的上述理论的影响。卢卡奇把"物化"看作是资本主义社会的普遍现象。卢卡奇认为，所谓物化首先就是指在商品生产中的人与人的关系表现为物与物的关系，它是由以交换价值的生产为目的的资本主义社会独有的经济形式所决定的，因而也是整个资本主义社会和生活于其中的人所必然遭遇的普遍现实。其次，资本主义社会的物化不仅体现为生产过程中人和人的关系表现为物和物的关系，而且还体现为人所创造的物反过来控制着人自身。在《历史与阶级意识》(History and Class Consciousness)这部西方马克思主义的开山之作中，卢卡奇把"物化"的情形划分为以下几种形式：(1)在资本主义社会内部，随着商品交换的发展和社会分工日趋细密，人们职业越来越专门化。因此，人们生活也就越来越促狭，思维很难超越由于专门化所带来的局部界限，难以有整体性的目光，因此也就失去了对社会有机整体的理解力和批判能力；(2)这种物化生活使有机的活生生的历史现实机械化、僵化，因此，人们面对的不再是活生生的有机整体的历史进程，而是不断的物的积累；(3)与之相应，人们失去了创造和进取的行动能力，而变成了无思想、无行为能力的消极动物。换句话说，也就是物压制了人的主体性，能动性，从而使人变成了一种僵硬之物。

依据卢卡奇的这些理论，西方一些左翼批评家更进一步分析了现代消费社会的种种幻象。因为物化使人丧失有机整体性，因此，人们对社会，尤其是消费社会丧失了批判意识和批判能力。因此，为消费意识形态所操纵，一切文化产品都以商品的形式被生产、交换和消费，就像商品一样，它为了获取更大的利润被大规模地生产出来，再在这个已经"异化"了的社会体系中被消费，并形成这个体系中的一部分。这就构成了所谓的消费社会文化。消费文化意识形态制造出一种貌似自由和快乐的假象，用来掩盖在现实中的真正缺失。比如以"我买故我在"的消费意识形态来培养人们的消费欲望，仿佛在消费中没有了社会的分隔，阶级的对立，消费了同样的商品也就实现了消费的民主自由。这样，就极易让人产生幻觉，以为主体与客体、个人与他消费的物之间已经构成一体，而实际上，物化的悲剧性结果同样发生在他的身上。

受异化和物化概念的启发，对消费文化进行深刻揭露的另一位重要人物是法兰克福学派的代表人物马尔库塞(Herbert Marcuse,1898—1979)。马尔库塞的思想比较复杂，其中既有马克思主义思想，又接受了弗洛伊德(Sigmund Freud,1856—1939)的心理分析学理论。马尔库塞认为，人类社会为了持续地发展进化，必须抑制某种可能对社会发展带来不利的冲动，以图社会的进步和发展。他将这种压抑称之为"基本压抑"。这在人类征服自然的能力还相对低下的前提下显得尤其重要。除了这种基本压抑外，人类在历史的发展中也承受了来自特定历史机构和统治的特定利益的压抑。马尔库塞把它称之为"额外压抑"。在现代资本主义社会，人们所承受的主要是额外压抑。在《爱欲与文明》(Eros and Civilization)这本书里，他明确地说：

"现行的本能压抑主要不是产生于劳动之必要，而是导源于由统治利益实行的特定的社会劳动组织，就是说，压抑基本上是额外压抑。"①

马尔库塞所说的特定的社会劳动组织，就是指现代资本主义经济体系。他根据马克思主义的意识形态理论和从马克思主义"异化"理论演化而来的"物化"观念分析了资本主义实施"额外压抑"的过程。马尔库塞认为，人类物质的需要并不是本质的需要，但是现代资本主义社会却以其消费意识形态模糊了人们的视线，把物质需要渲染、建构成人类的第一需要。这

---

① H·马尔库塞：《爱欲与文明》，黄勇等译，第112页，上海：上海译文出版社，1987年。

种强加于人的一种虚假需要，实质上是现代资本主义社会扩大再生产的需要。这也正是现代资本主义社会商品拜物教形成的原因。

马尔库塞认为，在消费社会中，人们表面上过着一种安逸的生活，拥有几乎所有的时髦商品，但是却在不知不觉中被奴化了。由于"需要"只是"虚假需要"，满足也只能是"虚假满足"，所以作为一个消费者，无论是他的需要还是满足这种需要的手段，都是由资本主义商品体系结构性地规定好了的。人们把物质需要作为自己的基本需要之后，实际上不知不觉间成了商品的奴隶。这是人类的最大一种异化——变成了商品之奴——也就是卢卡奇所言的被物化了的人，马尔库塞给这种物化了的现代人命名为"单向度的人"（one dimensional man）。

2. 物的符号价值分析

受马克思主义"异化"和"商品拜物教"批判理论启发而发展起来的当代消费文化批判理论的另一发展路数为符号分析。这些理论的兴起比卢卡奇和马尔库塞等的批判理论稍晚，是商品消费批判理论发展到稍后时期的一种理论流变。在这方面，最著名的理论家有鲍德里亚（Jean Baudrillard，1929—）、布尔迪厄（Pierre Bourdieu，1930—2002）等人。

符号学是认识事物及其意义的一种古老的专门学科，它主要通过探索符号与符号系统以了解意义的生产和交流过程。早在古希腊时期，人们就把疾病症候看作是疾病的符号。有人甚至认为，人类始祖结绳记事也可看作一种符号。符号学研究的范围包括一切可以作为符号发生作用，也就是一切可以生产和传达意义的事物。因此，人类制造的各种器物、制度、行为方式和精神产品都是它探索的对象。

马克思对资本主义社会劳动异化和商品拜物教的分析其实也运用了人类这种优秀的思维成果。尤其是在对商品拜物教的神秘性进行分析的时候，马克思探索了资本主义社会条件下商品的形成及其产生意义的过程。

索绪尔（Ferdinand de Saussure，1857—1913）的结构语言学为符号学在现代的进一步发展提供了强有力的理论支持。索绪尔在其《普通语言学教程》（*The Course in General Linguistics*）中提出了一个革命性的语言学观点：语言是一个独立自足的、封闭的符号系统。这个系统中的某一符号的意义，不是由它与客观世界的联系，而是由它在该系统中与其他符号的差异性关系而产生的。

索绪尔的这种理论被广泛应用到现代西方哲学和文艺理论中来。因此，索绪尔可以说是现代西方哲学尤其是结构主义及其变种解构主义哲学的开山之祖。比如说罗兰·巴特（Roland Barthes，1915—1980）就将其理论运用到了他对大众文化的分析中。在其由 54 篇专栏文章组成的《神话：大众文化诠释》（*Mythologies*）中，他对包括食品、时装、玩具、摄影等日常消费文化都进行了毫不留情的祛魅（disenchantment）。按照索绪尔的语言理论，语言符号的意义可分为"明示"（denotation）和"暗含"（connotation）之分。罗兰·巴特运用这一理论对大众文化进行了分析。他认为，所谓的大众文化制造的"神话"，就是通过混淆"明示"和"暗含"的区别，使原本属于"暗含"的、不确定的和文化的性质，转变为商品的"明示"的、确定的自然的性质。[①]

用符号学来对消费社会和商品符号作出更加深入思考的是法国社会学家让·鲍德里亚。在其前期重要作品《物体系》、《消费社会》和《符号的政治经济学》中，鲍德里亚用他那犀利

---

① 参见罗兰·巴特：《神话：大众文化的诠释》，许蔷蔷、许绮玲译，上海人民出版社，1999 年。

的解剖刀分析了现代资本主义社会消费文化的真正实质，把马克思主义对资本主义的批判从生产领域拓展到了消费领域。尤其是《物体系》更是直截了当地分析了现代消费社会中物所扮演的重要角色，其中心思想就是要建构一个日常消费活动中的异化批判。作品通过对"物"的功能、非功能和功能失调的论述，揭穿了"物"向符号的转变。鲍德里亚常将汽车、冰箱、洗衣机、电视和家具等等作为其分析文本，对消费现象进行一针见血的分析。

与传统的观念不同，鲍德里亚认为，消费不仅仅是对物的占有、使用和消耗，也就是说，消费不仅是对物的功能之确认，而且也包括精神的抑或文化的方面。他认为：

"消费不是被动的吸收和占有，而是一种建立关系的主动模式。……消费并不是这种和主动生产相对而言的被动的吸收和占有……消费是一种'建立'关系的主动模式。它是一种系统性活动的模式，也是一种全面性的回应，在它之上，建立了我们文化体系的整体。"①
"……要成为消费的对象，物品必须成为符号。"②

为了更好地理解鲍德里亚的上述观点，我们以他所论述过的衣服和食物为例加以说明。按照鲍德里亚的理解，符号消费绝不仅仅是为了简单的吃饱穿暖而已，它其实是一种"自我实现"，或是为了体现"自我价值"的消费，也包括"炫耀"因素在内。比如一件貂皮大衣的功能似乎是御寒，其实不然，它实际上是贵妇人炫耀财富、显示地位的一种手段。貂皮大衣的御寒功能，基本上是一种托词，是使其逃避人们质疑的一个借口——它赋予本来是文化的东西（地位和品位）一种自然与合理的功能（御寒），其真正主导的东西仍是文化的符号体系。同样的道理，人们吃山珍海味，并不是山珍海味有多好的味道，也不是因为它有多大的营养价值，而是因为这种食品难得，是一种地位和品位的体现。诸如此类，不一而足。如此看来，消费不仅仅是物或商品的消耗或使用，而是为了"标新立异"、"与众不同"。按照这一新的消费模式，必然导致一种新的消费文化的形成。而在这一新的消费文化中，符号自身是有价值的，这就是所谓的符号价值。

鲍德里亚所谓的符号价值与社会学家维布伦（Teorstein Veblen，1857—1929）在其《有闲阶级论》（Theory of Leisure Class）所提出的"夸示性消费"有着异曲同工之妙。所谓的"夸示性消费"是19世纪末20世纪初一些社会上层阶级（the upper class）成员的生活方式，他们用这种方式为自己博取名望。他们坚信："要提高消费者的荣誉，就必须进行非必需品的消费。要追求名望，就必须浪费。除非与衣食无着的赤贫者相比，否则，徒有生活必需品的消费，是带不来荣誉的。"③很显然，这种为了某种社会地位、名望、荣誉而进行的消费，与鲍德里亚的符号消费，有着本质意义的相似。

当代文化社会学的杰出代表，法国著名思想家布尔迪厄在批判继承消费文化符号学的基础上将消费文化进行了更加深入的、鞭辟入里的分析。他超越了一般符号学家把消费文化仅仅看成与社会无涉的、独立自足的符号体系的做法，而是将消费看作是连接主观存在与社会结构、连接符号体系与社会空间的重要桥梁，是具体的社会实践。

布尔迪厄在其对社会文化的分析中提出了两个重要概念——惯习（habitus）和文化资本（social capital）。

---

① 鲍德里亚：《物体系》，第222页，上海：世纪出版集团，2000年。
② 鲍德里亚：《物体系》，第223页，上海：世纪出版集团，2000年。
③ 索尔斯坦·维布伦：《夸示性消费》，罗钢等编《消费文化读本》，第22页，北京：中国社会科学出版社，2003年

　　"惯习"这个概念布尔迪厄有过多次阐述。在《实践的逻辑》(*The Logic of Practice*)中，他是这么定义的：

　　"与生存条件的特定等级相关的制约因素形成了'惯习'，也就是持久的系统、可转换的性情倾向，预置的被建构的结构作为建构中的结构起作用……惯习在客观点是'被规范的'和'符合规则'的，而不必作为遵循规则的产品，它们可以不用成为一个指挥家的组织行为的结果，而被集体地演奏。"①

　　这里的"惯习"实际上包含这么几层意思：首先，"惯习"是一种在具体的社会实践中被型塑的结构，即由于受特定的生存条件等因素的影响，从而产生出与之相应的习性系统、生活风格及身心结构。布尔迪厄称之为"被结构化的结构"(structured structure)；其次，这一结构不是本质化的、固定的，而是具有一种动态生成系统，是具有"实践感"的功能。布尔迪厄称之为"建构中的结构"(structuring structure)。再次，布尔迪厄的定义中还暗含这么一种信息，即"惯习"具有"无意识性"功能，是集体和个体在实践基础上获得的一种集体无意识能力。

　　布尔迪厄还提出了对消费文化批判具有开创性意义的"文化资本"的概念。他对马克思"资本"的概念进行拓展，认为资本除了经济因素外，还具有文化因素，它也以非经济的形式存在。经济具有三种基本形态：(1)经济资本。它以财产权的形式被制度化；(2)社会资本。它以社会声望，社会头衔的形式被制度化；(3)文化资本。它以教育资格的形式被制度化。

　　在全面分析了上述资本的三种形式以后，布尔迪厄对消费文化中关涉到的所谓审美趣味等进行了全面的解构。他指出，由于受教育的不同，社会身份、地位等的差异，不同的人培养成了不同的审美趣味。文化资本内化为身体形态的个人性情。而这种种所谓的趣味，正是造成社会区隔的文化资本所造成的。同时，生活方式和趣味潜在地产生社会分化和区隔，再生产社会可能性的空间结构。这种理论，打破了自康德以来的关于审美判断的"纯粹"、"非纯粹"的二分法做法，从而解构了审美的非社会性神话。这为打破审美消费和日常消费清除了最后一道屏障，可以说是布尔迪厄对消费文化批判理论的一个最为杰出的贡献。

　　除了上面我们介绍的一些有关消费文化批判理论外，还有一些其他的理论家试图超越各种社会理论之间的鸿沟，借用有关马克思主义"意识形态"理论及其他的一些社会学理论来揭示商业社会中的种种消费意识形态及其形成原因。这是消费文化批判理论近年来的一个新的变化。

第二节　批评方法

　　运用消费文化理论来解读当下商业社会种种文化现象，可以大致从如下几个步骤进行：

一、运用"异化"、"物化"理论分析文本

　　就是运用消费文化理论的思想源泉——马克思主义关于"异化"、"商品拜物教"及卢卡奇等理论家的"物化"等理论，对对象文本中的"物"进行分析。比如我们对19世纪法国批判现实主义作家巴尔扎克的《欧也妮·葛朗台》和福楼拜的《包法利夫人》等作品中主人公对物的疯狂占有现象进行社会和文化的分析，一改以往对这些作品分析的僵死模式，从而另辟一条经典解读的蹊径。

---

　　①　Pierre Bourdieu. *The Logic of Practice*. Stanford：Stanford University Press，1990，P.53.

二、运用符号学理论分析非物质文化形态

就是运用物的符号学分析理论，对消费过程中的种种非物质文化形态进行精细的分析，是消费文化理论批评的另一路数。这方面最为经典的批评范本有彼得·斯特利布拉斯的《马克思的外套》和迪克·海布迪奇的《作为形象的物：意大利踏板摩托车》等等。

三、分析、批判消费性意识形态对消费行为的操控

运用有关意识形态理论，对消费社会中的种种消费意识形态进行透彻的分析，是当下消费文化批评理论的新动态。在这方面作得最为典范的有布尔迪厄、鲍德里亚和其他有浓厚"西马"背景的理论家如阿尔都塞等。这种方法的基本形式是先对商业社会中的消费现象进行描述，然后揭示隐藏在种种消费文化现象后的那只看不见的手如何操纵消费者，即揭示消费意识形态是如何形成的，它在消费过程中又起到一种推波助澜的作用。

第三节　作品解读

一、"肯德基大叔"的文化意蕴

根据消费文化批判理论家迈克·费瑟斯通的说法，消费文化一般被认为有以下三种优势：一是资本主义的扩张使商品、休闲活动、购物活动、购物场域迅速增加，促成个人自由和社会平等；二是消费使用商品来伸张与区隔个性与品位，也同时产生某种社群、族群或阶级的归属感；三是消费投射个人的情感、欲望和梦想。[①]

消费文化的上述种种优势如何得以体现呢？我们以"肯德基"及其散布的消费文化幻象为例来说明它的呈示过程。

一般而言，消费社会总会为某种商品的消费掀起种种造势预热运动，以此来培养、塑造大众文化意识形态。而其中最强劲有力的莫过于种种以符码化、影像化为基本特征的符号表征运动。

罗兰·巴特是把符号学引入消费文化研究中的先驱。他从索绪尔的语言学理论中受到启发，将其用于当代消费文化的剖析中。索绪尔认为，符号有"明示"（denotation）和暗含（connotation）两种表现形式。所谓的"明示"就是符号中比较确定的意义。而所谓"暗含"则是不确定的、具有文化、价值联想性的意义。

"肯德基"这种西式快餐，作为一种食品，它的意义是在与其他食物，比如说大米、方便面等的差异中凸显出来的。这种意义就是"明示"的。但是"肯德基"这一符号又可以作为一个能指在另一符号系统中发挥作用。比如在"美国快餐文化"甚至"美国文化帝国主义"这样一些系统中发挥作用：慈祥、和蔼的大胡子"肯德基大叔"的形象已经遍布全球的每一个角落。它的广告更是刻意营造一种特有的温馨气氛：地球村的孩子们，不论男女、肤色，都兴高采烈地啃咬着那芳香四溢的"chicken"，和平、幸福、平等、温馨，诸如此类，通过不断重复、循环以及不断的话语膨胀，一种消费意识形态就不知不觉地在大众心目中形成了——消

---

① 迈克·费瑟斯通：《消费文化与后现代主义》，第151页，南京：译林出版社，2002年。

费社会充满了个人自由、社会平等、品位韵致、文化认同……这就是"肯德基"所谓的"暗含"作用。

罗兰·巴特在消费文化批判理论中的伟大意义就在于为我们揭示了种种消费文化背后的种种真实状况。他在其《神话：大众文化诠释》中指出：大众文化神话的实质就是通过混淆"明示"和"暗含"的区别，使原本属于"暗含"的、不确定的文化意义不知不觉中转化为"明示"的、确定的和自然的性质。[①]"肯德基大叔"的形象意义正是通过这么一种消费中商品符号的"明示"和"暗含"的巧妙切换得以完成的。

在此基础上，消费文化理论批评家们更进一步指出消费"功能"的形成过程。比如一件貂皮大衣，其基本功能似乎是御寒，但在文化的意义上看来，它实际上是贵妇人炫耀财富、显示地位的一种手段。貂皮大衣的御寒功能，仅仅是一种托辞，是一种使文化秩序自然化和合理化的手段。它赋予本来是文化的东西（地位的象征）一种自然与合理的功能（御寒）。这样，消费"功能"就形成了。"肯德基大叔"本是美国快餐文化的符号，在当下的绝大多数发展中国家，"肯德基"仍然是一种奢侈的象征，但它被充饥这一功能自然化和合理化了。这种消费"功能"的制造，使得人们渐渐相信这样一个信念：对物的追逐能为自己带来最大的幸福，而正是这种观念的培养，为消费的更大一轮循环奠定了基础。

消费文化批判的作用不仅在于为我们揭示这种消费意识形态的建构，而在于撕破这种意识形态乌托邦所制造的种种幻想。因此，就肯德基大叔而言，其消费意识形态就为我们许诺了普遍自由、平等和所有人的幸福生活。

但我们仔细分析一下就会发现这么一些问题。首先是其消费逻辑看似严密，实则非常脆弱。商业社会的消费逻辑是一种消费乌托邦主义——我买故我在。这种乌托邦是建立在这样两种美妙理想的层面上的：一是社会生产极大地满足了社会的物质需求；一是消费主义拉动了社会生产和资本增长。我们姑且不论当代社会生产是否极大地满足了整个社会的需要，单就后者而言，也同样值得怀疑。如果消费拉动生产和资本增长的美妙理想一旦证伪，则可能导致整个社会及文化的失衡。

另外，消费时代的人们使用特定的符号来使自己得到认同，市场和消费文化符号控制了人们的物质和精神世界。消费文化意识形态所许诺的普遍自由平等、所有人的幸福生活，极易使人们忘掉其他的自由实现之路，自由难免降格为消费本身。况且，消费文化意识形态的"自由、平等"描述本身就存在对不平等状况的遮蔽现象。众所周知，由于社会发展的不平衡，在悬殊的贫富对立中，消费如何能实现真正的平等和公平？当地球村里的很多孩子还在饥肠辘辘的时候，"肯德基"的"chichen"会是什么样子？"肯德基大叔"是个和蔼慈祥的形象还是显得虚情假意十足？

因此，消费并不能消弭社群、族群的深深鸿沟和各种文化认同，相反，在一定程度上反倒可能颠覆社会的整体平衡。

二、从《我的帝王生涯》看苏童的"历史"消费

苏童的小说绝大多数都牵涉到历史。但是在苏童的小说里，历史只是一个他在小说生产过程中常常把玩的元素，并无多少实际的意义。因此，有学者一针见血地指出，虚拟历史、

---

① 罗兰·巴特：《神话：大众文化诠释》，许蔷蔷等译，第 177 页，上海：上海人民出版社，1999 年。

戏拟历史和消费历史构成了苏童们历史书写的主要表征。①

在苏童的小说《我的帝王生活》中，苏童便借助其自身的体验和认知，将笔触伸及到读者无法现身返回的世界中去，依靠想象力的超凡飞翔，让读者随着他一同飞赴虚拟"历史"当中。苏童自己曾不无得意地说："我随意搭建的宫廷，是我按自己的方式勾兑的历史故事，年代总是处于不详状态，人物似真似幻——我常常为人生无常历史无情所惊慑——人与历史的距离亦近亦远，我看历史是墙外笙歌，雨夜惊梦，历史看我或许就是井底之蛙了。什么是真的，什么是假的呢？"②

正是在这么一种对历史的飘忽感的感知中，苏童大胆而放肆地虚拟他的历史小说。《我的帝王生涯》便是他上述"历史"理念支配下进行的文本实验。帝王的清晰的历史背景隐去了，主人公只是作者想象中的一个"燮国"故事。作者只是充分调动他的讲故事的能力将少年"端白"的帝王生涯——无端卷入的历史倾轧谋杀、刀光剑影等等呈现在了读者的面前。

十四岁登基的小皇帝端白，在宫廷阴谋下被立为燮国之王。他是残暴的国君，是别人手中的一颗棋子，却同时也是无辜的受害者。面对他的母亲孟夫人和祖母皇甫夫人之间的明争暗斗，嫔妃们的勾心斗角，一颗尚未成熟的心在宫廷阴谋里煎熬着。其实宫廷戏班子杂耍中的走索人才是他的心灵向往者。因为在他看来，在索上健走如飞的走索者就像空中飞翔的小鸟一样自由。这个被错置了位子的帝王，在他兄长篡位后被贬为庶民。这时他才真正离开了被囚禁的鸟笼。他从来就不是个贤明的君主，他是个天生的走索人。最后，他又带着他的班子回到京师。

在这种"历史小说"中，所谓"历史"只是一个符号，用以搭建一个人物活动的舞台而已，用评论者的话说，即是"历史"只是根据某个先验的历史理念的需要而随意构建出来的生存图景。③ 在苏童的这部小说里，历史只是作为一种情境和色调，无所谓真，无所谓假。他所依据的不是尘封的历史尘烟，而是自己幻想的历史——端白自宫廷争斗走向民间世界的历程。宫廷的王位争斗、王妃相互争宠、镇压农民起义、苦修寺修行等只是作家提供的"历史"元素，真正在舞台上唱戏的则是丰富戾变的人性。

《我的帝王生涯》是在 20 世纪 90 年代市场经济开始占据绝对优势，消费话语逐渐成为主导话语时所涌现出来的一个既适应了消费社会"眼球经济"的需要，又还保留着较好的文学包装的作品。它之所以一时受到热烈追捧，被誉为新历史主义的代表作品，除其开了一时文学风气之先，堪称当时最好的作品外，更与当时的文学消费环境密切相关。作者力求把握住消费社会的文学消费逻辑，从而努力迎合市民社会的需求：一是大写特写帝王史、宫廷史，并且注意把笔触伸到人性永恒的深处；二是着力体现暴力史、情史等虚拟历史，以争取市场效益的最大化，将历史书写较多引向欲望与暴力的猎奇式叙述中。人们通过一些直观的、平面的历史元素，填补自身历史感的失落，得到文化消费心理的满足。有评论家一针见血地指出："作为一种娱乐游戏的过程，历史在转化为'历史'的形象时，已经被'虚化'，成了被'当下'想象所占有的'历史形象'，并且在一个仪式空间里被赋予了表演的特性。"④

---

① 参见江腊生：《虚拟与消费——90 年代以来小说游戏历史的现实诉求》，《文学评论》2006 年第 1 期。本节文字参考了此文，特向作者致以真挚谢忱！

② 苏童：《苏童文集·后宫自序》，江苏文艺出版社，1994 年。

③ 参见江腊生：《虚拟与消费——90 年代以来小说游戏历史的现实诉求》，《文学评论》2006 年第 1 期。

④ 王德胜：《文化的嬉戏与承诺》，第 246 页，郑州：河南人民出版社，1998 年。

《我的帝王生涯》中，作家借助一个虚拟的"历史"传奇，用通俗文学的消费筹码（欲望、暴力），在审美风格表现和趣味上，传达了消费社会的时尚美学理念（猎奇、窥探、刺激）。因此，在苏童们的这种"新历史主义"小说中，"历史"是万万当不得真的。"历史"不是真历史，它是一种消费的元素，它可以通过作者之手不断拿捏，而变形成各种样态。这样，正像消费社会中人们消费大量的商品的同时也在大量耗费商品一样，历史一旦成为文学消费之物，也就注定了它走向被解构、消解的一面。作为文学消费话语的"历史"，在市场的操控之下，满足了人们浅表化的感官欲望，而削平了历史的深度。

第四节　解读范例介绍

一、《马克思的外套》中阐述的使用价值、交换价值和文化价值

参见彼得·斯特利布拉斯《马克思的外套》和伊戈尔·科普托夫《物的文化传记：商品化过程》，罗钢、王中忱选编：《消费文化读本》，第 109～135 页，第 397～427 页，北京：中国社会科学出版社，2003 年。

彼得·斯特利布拉斯为我们讲述了一个关于马克思的外套的故事：有资料显示，在经济困窘的年代，即 19 世纪 50 年代和 60 年代早期，马克思唯一的一件外套被频繁地送进典当行。马克思的日常生活与这件外套产生了极大的关系。他能做什么，不能做什么，取决于这件外套。很大程度上，它甚至影响了《资本论》写作。因为，倘若冬天他的外套在典当行，他就去不了大英博物馆。去不了大英博物馆，他就不能继续《资本论》的研究。

为此，斯特利布拉斯进行了精致的分析。

他认为，《资本论》的第一章就是追踪作为商品的外套在资本主义市场里的游历过程。

作为典当品，这件外套在当铺老板眼里只有很少的一点交换价值，这是作为商人的他理所当然的看法。正如斯特利布拉斯所认为的，当这件外套被送去当铺时，它已不是缝制好、供人穿着的物品，而是用来交换的商品。因为"资本主义社会的抽象性其实就表现在商品的形式上。因为商品中不是作为某件物件的商品，而是变成了交换价值的商品"①。

然而对于马克思一家人来说，这件外套还有其他一些价值。在冬天，它能为马克思御寒，这在马克思的《资本论》中被定义为"使用价值"；当外套被置于当铺中典当，以此来度过艰难日月，这时它又具有"交换价值"。马克思指出商品的"价值"就是由"使用价值"和"交换价值"构成的。

但是，斯特利布拉斯在考察了各种马克思的传记资料后认为，作为物品的"马克思的外套"的还包含着上述两种"价值"之外的东西，这就是它的"附加的"价值。斯特利布拉斯写道：

"纠缠在当铺上的种种关系，在结构上是互不相容的，因为物品的双重生命正是在典当行才表现出极为矛盾的状态。要典当的物品也许是家里的必需品，是成就与业绩的标志，可它们往往也是记忆的宝库。然而，典当一件物品，就等于从它身上剥去记忆，因为只有当一

---

① 彼得·斯特利布拉斯：《马克思的外套》，罗钢、王中忱选编《消费文化读本》，第 109 页，北京：中国社会科学出版社，2003 年。

件物品给剥去独特性和历史的时候，它才能变回商品的交换价值。从当铺的角度来看，交换价值以外的任何价值都是情感上的价值；如果想让物品在市场上'自由'交换，它就必须摒弃这种价值。所以，资本主义生产活动的原动力——物品个性与商品抽象的交换价值之间的对立——体现得突出的地方，渐渐不再是工厂，而慢慢变成了典当行。假如你有燕妮·马克思（马克思妻子——引者注）那样的显赫身世，你可能会把凝聚着古老苏格兰血统的餐巾交给'大叔'。可是，这段对燕妮无疑具有重要意义的家族史，除非能增加物品的交换价值，否则，它对当铺老板毫无意义。"①这段叙述的目的在于告诉我们一个道理，一件商品除具有"使用价值"、"交换价值"之外，还具有其他的一些价值。这就为商品的文化价值的精细分析指出了一条道路。

科普托夫提出"商品化过程"的概念让人耳目一新。他认为，人们对物品的理解常常呈现出一种非此即彼的认识偏差：一个物品要么是商品，要么不是商品。其实任何一件物品都有商品的潜能，而能将这种潜能实现的是就是"商品化过程"。马克思的外套，当它被送进当铺典当时，它是一件商品，但当它被某位顾客买走，或由马克思一家赎回，它就退出了商品流通领域，就不成其为商品了。但即便此时，它仍然具有商品的潜能。因为，当马克思一家再度遭遇经济困窘时，它还可能再次被送进典当行，去实现其交换价值，也就是再度被"商品化"。

科普托夫用"一般化"和"特殊化"来区分商品化和非商品化。什么叫物品的"一般化"和"特殊化"呢？科普托夫认为："完全的商品应该可以与任何其他物品交换，而完全商品化的世界应该是任何物都可用来交换和出售。"②

按照科普托夫的理解，从一定意义上来说，任何物品都是独一无二的，因而也是不可交换的。因此，有其"特殊化"。很显然，这种物品的"特殊化"其实说的就是物品的文化价值。科普托夫认为，研究物品的价值，不能忽视物品的文化价值。因此，如同撰写物的经济的、技术的、社会的传记一样，我们应当撰写物的文化传记。

但是我们应指出的是，科普托夫的理论为我们提供了"商品化过程"中对"物"的审视的一种思路，遗憾的是他并没有指出文化如何成就物品的独特性，并在商品化过程中取得其"价值"的。

二、高贵品位与文化资本：布尔迪厄分析审美消费与日常消费的经济同源性

参见彼埃尔·布尔迪厄《〈区分〉导言》，罗钢、王中忱选编：《消费文化读本》，第41～50页，北京：中国社会科学出版社，2003年。

布尔迪厄是当代法国最重要的社会学家。在当今法国人文思想界，他的影响与地位，堪与20世纪50年代的萨特和80年代的福柯相媲美。

布尔迪厄的思想博大精深。在此仅就他有关消费的理论辨析进行简要介绍。

20世纪60年代，布尔迪厄以大量的调查材料说明，在法国，阶级仍然存在：品位是判断人们属于哪一阶级的最佳尺度。因为品位体现着文化的高贵性，它强调社会中的行动者

---

① 罗钢、王中忱选编《消费文化读本》，第125～126页，北京：中国社会科学出版社，2003年。

② 彼得·斯特利布拉斯：《马克思的外套》，罗钢、王中忱选编《消费文化读本》，第403页，北京：中国社会科学出版社，2003年。

（agent）对经典艺术的欣赏与掌握能力。这种能力需要对高雅文化的一种稔熟，它暗示着人们需要为此付出昂贵的代价：大量的时间与经济资本的投入。因此，一个人对精英文化的崇尚程度，他欣赏什么样的文学、艺术作品，他能否领略画家、音乐家的艺术感染力，他每年参观几次艺术展览、听几回音乐会而不是歌星演唱会，他读不读学术著作，他喜欢什么样的运动，他希望拥有什么样的身体，他的服装风格、家庭装潢风格、饮食偏好、旅游目的地与方式……所有这些，都反映出他的品位高下。品位在日常生活中的表现即在于个人与生活必需品的距离。因为就社会阶层的层面来说，对奢侈品和必需品的趣味差异而不是其他，才真正体现出阶层间的区分。正是基于这一点，布尔迪厄才会说，一个人拥有多少经济财富，并不代表他在社会上的地位，他对合法文化亦即高雅文化作品的鉴赏能力，才是他阶级地位的最佳说明。

布尔迪厄在其代表作《区分：鉴赏判断的社会批判》中努力要证明的一个中心观点就是：人们在日常消费中的文化实践，从饮食、服饰、身体直至音乐、绘画、文学等的鉴赏趣味，都表现和证明了行动者要在社会中所处的位置和等级。鉴赏趣味的区分体系和社会空间的区分体系之间存在着一种结构上的同源关系，也就是说，鉴赏趣味的区分是与阶级的经济地位相应的。为此，他提出了两个关键概念：惯习和文化资本。这两个概念既相联系又相区别，对于鉴赏趣味的区分有着至关重要的作用。

布尔迪厄认为，在实践过程中，客观的社会结构和社会惯例逐渐内化为行动者的"惯习"。"惯习"表面上看去像是一个人的性格体现，其实质却是经济和阶级地位的种种经济因素在人们生活习性上的表现。它与一个人的"文化资本"息息相关。"文化资本"常常以教育资格的形式被制度化。也就是说，教育其实成为区隔人们趣味的一种重要原因，而总体来说，教育程度的高低却总是与经济地位相适应的。

正是由于"惯习"和"文化资本"的原因，审美消费和日常消费也与经济结构具有同源性。为此，布尔迪厄分析了饮食趣味。布尔迪厄说：

"饮食趣味基于每一阶级对于身体的观念以及这些食物对于身体的影响，这就是对身体之力量、健康和美的影响。评价这些影响时，某一阶级认为重要的因素，对另一阶级来说也许是无足轻重的。不同的阶级以完全不同的方式来评价其重要性。工人阶级更关注男性身体的力量而不是它的外形，因而倾向于那些便宜且营养的食品，而上层人士则偏爱那些可口的、有益健康的、清淡的、不会令人发胖的食品。趣味，一种阶级文化转化为自然，或'显现'在自然之中，帮助构造了阶级的身体。"[1]

布尔迪厄在这里是说，所谓的趣味，其实也是一种阶级地位的一种表现形式，是与一个人所具有的"文化资本"和"惯习"息息相关的。哪怕在饮食趣味中也是如此。他分析了工人阶级男性不喜欢吃鱼的原因：这不仅因为鱼是一种清淡的食物，很难填饱肚子，更重要的是，吃鱼总是要非常精细地挑刺，浪费了大量时间。况且，工人粗糙的手很难完成一种精细的吃法。因此，说到底，吃鱼也跟工人阶级的阶级地位紧密相关。

---

[1]　Pierre Bourdieu. *Distinction*. Routledge & Kegan Paul, 1984. p. 190

第22章　生态批评

　　生态(ecology)概念是由德国生物学家海克尔(Ernst Hacekel,1834—1919)于1866年在《普通有机体形态学》一书中提出的,最初的含义是指研究生物之间及生物与非生物环境之间的相互关系的科学,还没有进入到人与自然的层面,真正意义上的现代生态学是在20世纪中期以后形成的,以1970年第一个地球日为标志。在后现代经济与文化语境中,人类赖以生存的环境问题日益突出,由此引起的理论问题十分尖锐,1962年美国女作家雷切尔·卡森(Rachel Carson)出版了《寂静的春天》,在书中作者将技术革命对生态环境带来的破坏通俗易懂地阐述出来,由此引发了一场声势浩大的生态主义运动,于是,"生态"作为一个"问题"、一种理论思维方法,在术语名称上则以修辞前缀的形式如"生态经济学"、"生态政治学"、"生态哲学"、"生态伦理学"、"生态美学"、"生态文艺学"等形式进入社会的各个领域。生态批评(ecocriticism)作为当今世界上最年轻最有发展前景的文学研究流派之一,是从生态视野观察文学艺术的一种文艺理论批评,它生长在生态学与文艺学的交叉地带,肇始于欧美20世纪六七十年代,在短短的几十年时间里,以星火燎原的势头迅速发展起来,并逐渐成为很有影响力的文学批评潮流。从词源上来看,"生态批评"一词eco与criticism分别源于希腊语的oikos和kritis,oikos的原意是"我们最野性的家园",指的是自然,而kritis则指要保持室内的秩序,不得损坏原有布局趣味的仲裁人,两个词连起来的意思是"室内判断",这个词的原初意义便意味着一种隐喻,意思是要把大自然建设得像家一样,家的布局又以自然为基准,真是耐人寻味。从发生学上来看,迄今,它有"三个生日",一是术语生日,"生态批评"一语首见于威廉·罗依克特(William Ruekert)1978年发表的文章《文学与生态学:一个生态批评的实验》;二是学派生日,1993年帕特里克·墨菲创办"文学与环境跨学科研究"(ISLE)杂志,标志着生态批评学派的形成;三是出版生日,随着1996年切瑞尔·格罗特菲尔蒂(Cheryll Glotfelty)、哈罗德·弗洛姆(Harold Fromm)编辑的《生态批评读本:文学生态学的里程碑》和劳伦斯·布依尔(Lawrence Buell)的《环境的想象:梭罗,自然书写和美国文化的构成》二书出版,"生态批评"和生态批评学派开始得到学者们严肃的关注。[①]

第一节　基本理论

一、文学与生态的内因外缘

　　生态批评的兴起,不是文学与生态简单的拼凑与相加,而是多方面的促动,有着深刻的内因与外缘。

　　1. 生态危机的盛世危言是文学与生态联姻的外在缘起

　　20世纪以来,日益严重的地球生态危机频频向人们敲响警钟,洪水泛滥、土地沙化、林

---

　　① 劳伦斯·布依尔、韦清琦:《打开中美生态批评的对话窗口——访劳伦斯·布依尔》,《文艺研究》,2004第1期。

木荒芜、9·11 恐怖、美伊战争、SARS 病毒、禽流感的全球化、海啸,反面的警醒使人们设身
处地地感受到了反生态的全面演绎与不断升级。生态危机犹如一把达摩克利斯之剑,架到了
人类自己的脖子上。尤其是 SARS 病毒的暴发与海啸的袭击,有可能成为一起影响生态批评
发展的里程碑式的事件,它激起生态批评家去深入思考跨国和全球范围的环境问题,思考人
与人、人类与非人类互相依存的状况,越来越意识到环境问题不再局限在像生态学、法学或
公共政策等专业化的学科飞地,而被视作一切人文学科的责任——"铁肩担道义,妙手著文
章",向来以关注社会大事为己任的文学不会漠视这场环境运动实践,意识到要把人类从毁
灭的边缘挽救回来,有必要从文本书写与切入文本的价值取向上检点人类对自然的态度。因
此,生态批评的崛起"归功于"沉重的语境压力,即迅速恶化的生态环境。生态主义者是在自
然环境日益遭到破坏、酸臭的空气使批评家抬头凝望天空的情况下应运而生的;生态批评者
绝不坐而论道,不仅把自己看作从事学术活动的人,还深切关注当今的环境危机,并相信,
人文学科特别是文学和文化研究试图借助精神层面的力量来缓解人类与自然的冲突,可以为
理解及挽救环境危机作出贡献。

　　美国生态批评的主将劳伦斯·布依尔认为,生态批评与其他流派的批评相比,"更受到
问题的驱使,而不是方法论的驱动"①,生态批评家们普遍认为,恶化的生态环境只是人类文
化体制危机的外化,现代西方文化对人类价值追求的误导才是现代文明畸形发展和生态危机
的根本原因,因此,生态危机的深层原因是文化上的,只有在分析批判现代文化的基础上来
一次"心灵的革命",才能克服生态危机,使人类获得新生。生态批评家就像是"绿色警察",
维护着生态系统的秩序。

　　2. 生态哲学、生态伦理学的长足发展是文学与生态结缘的中介动因

　　受问题驱使的流派并非没有理论的支撑。面对被解构主义夷为平地的精神废墟,急于全
面改造重建的生态主义,试图达到对文化、政治、历史、诗学、哲学的重写目的,虽然这一运
动"在路途上",目前还缺乏系统的理论基础,矛盾杂陈,缺少可供支配性的力量,但他们从
文化的各个领域盲然冒进的雄心已经显示出"恢弘的效应",足有燎原之势。环境危机并非只
是一种威胁土地或非人类生命形式的事情,而是一种全面危害文明世界的现象,不仅关乎相
对较少的人类可体验到的与自然的接触,也关乎日常的人类经验行为。灌输人类存在的"环
境性",成为生态批评的显性任务。

　　生态学人文转向后,自然生态学的基本法则,越来越融入到社会领域与人文领域,从而
以自然法则为智慧与启迪,重新回到原点思考社会的法则、伦理的法则,以及审美的法则、
艺术的法则。近年来,生态哲学、生态伦理学得到了长足的发展。"我们包含于世界中——
不仅包含于其他人之中,而且包含于整个自然界之中"(大卫·格里芬《后现代科学》),人与
自然的不可分离性,使我们破除了"是"(理性评判)与"应该"(伦理取舍)之间的僵硬界限,
要求我们给自然与人"平等的考虑"。这里涉及到一个重要的命题:逻各斯中心主义。逻各斯
中心主义在不同的批评语境下以不同的面目出现,女性主义批评视之为男权中心主义,后殖
民主义视之为西方中心主义,在生态批评家眼里,它就是人类中心主义,以至他们青睐 eco -
(生态)这个词根而对 environ -(环境)表示反感,因为后者具有人类中心主义和二元论色彩,
暗示人类处于发号施令的中心地位,其他万物则簇拥在其周围,足见生态批评家们的良苦用

---

①　劳伦斯·布依尔、韦清琦:《打开中美生态批评的对话窗口——访劳伦斯·布依尔》,《文艺研究》,2004 第 1 期。

心与平等意识。对人类中心主义传统的挑战，适应了世界性的非中心主义与建设性的后现代主义思潮，奉行生态标准与人类原则的双管齐下，是螺旋式上升后的人类中心主义，毕竟生态危机的解救，还是要靠人类自身。

3. 文学的批判精神与理想主义是促成文学与生态相悦的内在动力

文学是人学，是幸福的许诺。文学批评通过透视文学创作对人类的生存状态的审美观照，始终积极参与着社会文化建设，它应该而且必然会在这场事关人类命运前程的全球化浪潮的反思中有所作为，敢于担当，充分发挥文学的社会批评功能，并借此实现它固有的理想精神，引领人们奔向未来。作为一种文学和文化批评，生态批评的主要任务就是通过重审人类文化，探索人类思想、文化、社会发展模式如何影响甚至决定人类对自然的态度，如何导致环境的恶化和生态的危机。文学正是通过对当前现代弊端的批判，表现出对过去绿阴文明的留恋与向往，其意义在于以高于现实的设想保持对现实的批判，催促人们从现实中超越出来，继而表达出对人类新生活尽可能美好的设想。需要澄清的是，"生态保护及其相关理念绝非反人类、反进步，而是面对日益严重的生态危机，从科学精神与人文精神的交接处积极寻求更合乎人类根本利益的发展方向与道路"①。

4. 人与自然的协调性使文艺学的跨学科——生态化成为一种必然

只执著于文学研究与文学理论本身是无法成为一个生态批评家的，生态批评家要"诗意地栖居"于各学科之间。量子物理学以及存在主义现象学为本体论提供了一种新的解释空间：在现代本体论意义上，文学艺术是一个有各种因素介入的活动过程，文艺学是一个阐释的"环路"，文艺学学科存在于"自然·人类·社会"的庞大系统之中。世界知识的统一性、人与自然的协调性使文艺学的跨学科成为一种必然——尽管跨越的方式可以有种种不同。在"生态学"与"文艺学"两个学科系统之间，存在着"现象的类似"、"逻辑的相通"、"表述的互证"，生态学的原理有可能转换为文艺学的原理，生态文艺学的学科依据是牢靠的。②

现在的问题不是是否承认存在着协调性与生态化，而是如何去维护与促进这种协调性与生态化，使之不只是一种空泛的抽象，而能通过人类的实践中介最终落实到现实生活中，真正地协调人与自然的关系，以实现人类的整体利益。正如威廉姆·鲁艾克特（William Rueckert）所提出的："我们如何把文学中发现的能量、创造力、知识、和想象应用于解决？"③因此，我们依然要警惕的是，如果缺少"行为"，在文学与生态之间，文学与非文学之间，想象与行动之间，就是断裂的，通道就是若隐若现的。

二、生态批评的几个关键词

1. "生态文学"与"环境文学"

从概念的出现时间来看，"环境"要远远早于"生态"，它是作为一个被国家权力政治化了的意识形态话语出现的。20世纪90年代初，王蒙、冯特等知名作家发起组织了中国环境文学研究会，隶属于中国环境保护总局环境文化促进会。第三次会议在北京于2005年9月1日召开，主题是"环境文学与和谐社会"，认为环境文学是社会主义先进文化的有机组成部

① 高侠：《中国当代生态文艺批评何为》，《当代文坛》2003年第5期。
② 鲁枢元：《生态批评的知识空间》，《文艺研究》2002年第5期。
③ 威廉姆·鲁艾克特：《文学与生态：一个生态批评的实验》，宋丽丽译，文化研究网，2004年5月17日6:53:2。

分，并号召全国作家积极承担绿色责任，侧重点在于"生态环境保护"的时代精神以及生态伦理思想的传播。题材的现实性为环境文学获得了主题的严肃与崇高。从运用上来看，"生态文学"与"环境文学"是可以互换的，还有生态文艺、环保文学、自然文学以及绿色文学的说法，名目繁多，这说明作为一种新的文学样式，还在积累发展之中，也体现了人们对这一新崛起的文学思潮的认识和理解还不统一。总的来说，学者比较喜欢"生态文学"这个概念，使用频率高于"环境文学"，王诺为"生态文学"下了一个比较权威的定义："生态文学是以生态整体主义为思想基础、以生态系统整体利益为最高价值的考察和表现自然与人之关系和探询生态危机之社会根源的文学。"①

书写自然，传达人与自然的和谐，是自古有之的话题。生态文学特指工业化进程造成的人类生存困境与危机在艺术中的显现，生态责任、文明批判、生态理想和生态预警是其突出特点。它们的主要区别基于"生态"与"环境"两个词的不同内涵："生态"是现代生态主义运动与思潮的产物，传达出平衡、有机、整体、动态的生态内涵，体现了自然界万物相互依存的平等关系；而"环境"有围绕某个中心（即人类）的意思，具有人类中心主义色彩而遭生态学者的遗弃。因而，"生态"比"环境"一词更恰当，更具现代文化意味，因此，越来越多的学者接受并使用"生态文学"这个术语。

2. "生态文艺学"与"文艺生态学"以及"生态美学"

"生态文艺学"概念的提出，得力于鲁枢元教授，是指借用现代生态学观点，考察文学艺术与自然、社会及人的精神状态的关系，研究生态文艺与文学生态现象的一种边缘性文艺学学科，可见生态文艺学是具有包容性的，既研究生态文艺与文学，具有主题学倾向，也研究文学生态现象，表现出文学的生态化趋势。文学的生态化研究，其实就是曾永成提出的"文艺生态学"范畴，两相比较，"生态文艺学"概念是可以涵盖"文艺生态学"概念的。对文艺学学科而言，可能对文艺学领域的生态化研究更具有学科实力，更容易取得阶段性成果；而在运用上，"生态文艺学"的概念要叫得响些，一是因为我国的生态学与文艺学尚处于对接阶段，生态批评也处于主题学研究层面；二是因为生态文艺学这一概念本身的包容力。

"生态美学"是在当代生态观念的启迪下产生的新兴跨学科性的美学应用学科。生态美学是"以生态美范畴的确立为核心，以人的生活方式和生存环境的生态审美创造为目标，以期走向人与自然和谐、真善美相统一的自由人生境界"②。体现的是人与自然的生命关联和生命共感。曾繁仁教授立足于人与世界关系的整体即"共生"的"存在"来展开美学重建，认为人的整体性存在，首先是自然环境中的存在，然后是由自然和社会共同构成的整个"世界"中的存在，认为"人与自然"的关系虽然是最为本源性的，但它不是人类生存关系的整体和全部，提出了"生态存在论美学"。③

3. "生态写作"与"生态阅读"

所谓"生态写作"，应该与美国学者常采用的"自然书写"（nature writing）在一定意义上有同一性。既然生态问题已经成为当下显性的人类叙事，那么，以卡森、梭罗（Henry David Thoreau）、徐刚为代表的生态作家就能通过艺术视野把生态现状的碎片整合起来，通过传达

---

① 王诺：《欧美生态文学》，第 11 页，北京：北京大学出版社，2003 年。
② 徐恒醇：《〈生态美学〉内容提要》，西安：陕西人民教育出版社，2000 年。
③ 曾繁仁：《简论生态存在论审美观》，《贵州师范大学学报（社科版）》，2004 年第 1 期。

生态意识，努力传播人类目前没有而应该拥有的生态品质，并将之化为现实的实践行为与文明理念。

"生态阅读"则是指以"生态"为视角，重新审视文学传统，旧作新读，也包括寻找当代生态文学经典的活动。早期的生态批评就是从文本中寻找自然的表现形式与表现手法或寻求以自然为主题的文学创作的做法，像是带着一副绿色的眼镜到文本中寻找自然的踪迹；后来，它要求从深层生态哲学角度，把生态批评作为一个思索和发展的平台，把自然与人类行为统一在一个完整区域里，抛弃人类与自然的二元对立关系，检点、审视人类一切文学传统，考察"自然"在历史的书写中被遮蔽与扭曲成了什么样，应该是怎样的，人类文化在其中扮演了什么样的角色，应该如何自我纠偏等问题，让"自然"重新恢复面目，使人诗意栖居。

4. 生态批评

我们有必要把生态文艺学这一边缘性文艺学学科做一番学科的整合，认为"生态文艺学"包括生态文学（文学文本层面）、生态文学理论（文学理论层面，即狭义的生态文艺学）、生态批评（文学批评层面）三层面。"生态美学"是它们直接的上属性学科，而"生态写作"与"生态阅读"则属于生态批评理论研究与实践操作的范畴。由于生态批评兼具理论与实践的双重性质，大有发展势头，目前的状况是"生态批评"成为了这一领域的品牌。

在美国生态批评的主要倡导者切瑞尔·格罗特菲尔蒂那里，把生态批评模糊地定义为"探讨文学与自然环境关系的批评"，布兰奇（Michael P. Branch etal）则进一步认为：

"生态批评并不是分析文学作品中的自然现象的一种方法；它包含的是走向生物中心主义的世界观，是伦理学的延伸，是人类对包括非人生命体和物理环境的全球社会意识的拓宽。"[1]

这里的"生物中心主义"、"伦理学的延伸"、"非人生命体和物理环境的全球社会意识的拓宽"，就是西方生态意识的内涵，简言之："三是理论"。在我们中国，对生态意识（也称环境意识）的认识要晚一些，但并不落后，表现为保护自然生态、和谐社会生态、净化精神生态，追求可持续发展，推动人类生态文明进程。"保护"意味着自然系统本身的"好"，意味着人与自然万物保持着一种"和平共处"的姿态，与"征服"、"破坏"是截然相反的理路；"和谐"、"净化"则具有指标与目的的意味，表征着社会生态本身的"乱"与精神生态本身的"糟"，并意味着通过汲取自然系统的智慧来协调、过滤，重新来过。而可持续发展包括三个层面：其一是人类的发展不应削弱自然界多样性生存的能力；其二是这部分人的发展不应削弱另一部分人的发展能力；其三是当代人的发展不应削弱后代人发展的可能性。生态意识，是生态主义运动的核心贡献与"绝对理念"，它将以各种方式在各种门类的文化中"显现"，而艺术地传播"生态意识"，是生态批评的基本职责。

美国前副总统阿尔·戈尔（Al Gore）在给美国的生态文学作家雷切尔·卡森《寂静的春天》作序时写道：卡森坚持自然的平衡是人类生存的主要力量，然而，当代化学家、生物学家和科学家坚信人类正稳稳地控制着大自然。这就构成了尖锐的对抗性矛盾，生态批评家既要批判现代社会对自然的破坏、对人性的扭曲与变异，又要谨慎地操持着批判这把利器，不能让其与人的社会性相抗衡，而要展示与探索更符合社会需要的社会属性，坚持认为生态性应该是自然性与社会性在诗意存在的题旨上的辩证统一，这种生态性与完整性并不损及人性的

① 邓天中：《格式塔生态理论：走向深层的生态批评》，《广州大学学报》，2005 年第 7 期。

丰富性，这是生态批评的理论症结与困惑。

三、生态哲学的基本原理

在文学批评的实践活动中，批评始终是运动中的美学，它不仅能指导文学创作，而且能突破原有理论的框架，创生出对当下文学现象更有阐释性的文学理论。作为创作与理论的结合部，生态批评保持着鲜活的生命力。

生态批评家主要汲取的并非自然科学的具体研究成果，而是生态学的基本思想，或者更准确地说，是生态哲学思想。生态哲学是生态文学批评的理论起点和依据，也就是说，它不应该仅仅是一般生态学方法的借用或套用，而需要强有力的思想文化理论作为背景资源，也并非将生态学、生物化学、数学研究方法或任何其他自然科学的研究方法用于文学分析，它只不过是将生态哲学最基本的观念引入文学批评，是原理型的，不是方法型的。很明显的，它要求作家、批评家在借助历史、哲学、文化等社会科学的思维上，特别强调人类对环境的血缘亲近性与生态责任的担当。

生态哲学与伦理学无论在西方还是在东方，都是源远流长、斑斓杂陈的，当剥离、剔除那些鲜明的人类中心主义思想之后，可以发现，在人类意识的深层都默认着同一个哲学信仰，包括：

（1）自然是一个有机整体性的存在，具有神秘的智慧、复杂的系统与潜在的脆弱性。人类是自然的一部分，与非人类生命是平等、共存、和谐的关系，不是破坏性和控制性的关系。

（2）目前所造成的生态灾难是人类近三百年来急于发展的必然结果，技术在其中难逃其咎，完全是人类自己一手造成的，并对社会的可持续发展直接构成威胁，当代人必须做出深刻的反思。

（3）人类是自然"生命链"上高级的一环，依赖自然的完整而进化，并相信人类具有自我调节、自我实现的能力，可以把自然的完善与完美的重任寄托在人类身上。

（4）生态危机的解救，要求人类对自己的价值观念、生活方式、文明取向做出根本性的调整，历史上的"人类中心主义"是其共同敌人，而批评的结果依然是"以人为本"。

（5）生态批评可以逻辑地分成三个层次：自然生态、社会生态、精神生态，所要面对的范围非常广阔，但归根结底，其目的与归宿都是为了人类的生存与完整。

（6）生态批评属于政治性批评、文化批评，涉及到"社会正义"的问题，试图通过"为自然言说"而将"环境"这个如"性别"、"种族"、"阶级"的压迫者解放出来，让其充满生机的生存着。

生态文学在以上生态智慧的书写上，留下了非常丰富的文学文本，值得我们去研究，也为当代生态文学的书写提供了启迪与可发展的空间。

四、生态批评的任务

作为一种文学和文化批评，难道仅仅只是"拥抱树木的玩意"？肯定不是，那么，生态批评的主要任务到底是什么？

1. 促进生态写作

自然写作是文学书写的一种传统，自然书写一直潜在地提示着人们，自然是一个生机勃勃的相互关联的山水田园世界。生态文学则更多的指向人类的现实处境与生态破坏，表现自然与人的关系，探询生态危机的社会根源，同时还需要对文学的生态本性进行深入的探讨，把握好"艺术的方式"与审美中介，督导生态文学创作在传播生态意识与捍卫文学本来之间形成协恰关系而不是相互偏执，展示出两者的张力之美而不是相互动摇，使生态文学成为以文学的形式接应生态思潮的新的艺术物种现实生态的问题。社会危机的问题如何在生态文学的场域中得到展示与表现，成为生态批评的一大挑战性任务。借用约瑟夫·米克（J. Meeker）的问题来表述，就是要思考：文学创作在人类福祉和生存中起到一个什么样的作用，对人类行为起到了什么样的影响？

　　例如，"非典"时期的写作，所取得的一大成果，就是使国人贪婪而恶劣的"吃"文化得到了有效的遏制，垂涎欲滴的中国筷子似乎从不满足于家畜家禽而远远地伸向了穿山甲、猫头鹰、娃娃鱼等众多野物栖居的荒原，我们把那么多探索的好奇心奉献给了口福之欲，美食大国的名声正遭到空前的清算。

　　我们吃！我们吃！从天上到地下，吃！从江河到平原，吃！从死的到活的，吃！从湖海到高山，通吃！民以食为天，大吃20年，吃光了眼前的一切资源。

　　我们吃！我们吃！四条腿的除了板凳，吃！两条腿的包括婴儿，吃！猴头燕窝熊掌鱼翅，吃！鲜活大补珍禽野味，通吃！我们打乱了自然生态，压根也没想到子孙后代。

　　我们吃！我们吃！天上飞的还有乌鸦，吃！地下跑的还有老鼠，吃！蟾蜍蛤蟆蛴螬蛆虫，吃！蛇蝎蜘蛛蟑螂蜈蚣，通吃！自古有神农拼死尝百草，万般皆下品唯有吃喝高。

　　我们吃！我们吃！当地球上只剩下了石头，吃！当天空只剩下了沙尘暴，吃！当海洋中只剩下了红潮，吃！当动物只剩下人类同胞，通吃！面对我们——最嗜吃的民族，就是蝗虫也要给我们让路。

　　我们吃！我们吃！化肥催生的粮食庄稼，吃！农药助长的水果蔬菜，吃！假冒伪劣的肉食烧腊，吃！过期变质的糕饼豆奶，通吃！我们的血毒了肝硬了，我们的大脑也生病了。

　　我们吃！我们吃！鸡鸭咳嗽我们喷嚏，吃！猫鼠发烧我们感冒，吃！终于吃来了可怕的萨斯，吃！①

　　结合传统与现状，生态写作可以从正题和反题两个侧面展开：正题是借助语言的梦想回到自然并重构自然与人的和谐关系；反题是现代性的批判和生态危机的警醒。诗意性与批判性构成生态写作现代性的两面，它们都有一个共同的指向，即现代生态文明观。

　　2. 掀起生态阅读

　　生态阅读在西方主要表现为对传统经典的批判，如圣经文学、"鲁滨孙情结"、"浮士德精神"对人类社会发展的误导，18世纪末到19世纪初"回归自然"的观念对改善人与自然关系的积极影响，华兹华斯、梭罗等人回归自然的生活方式以及浪漫主义文学创作与环境保护的关系，雷切尔·卡森、阿特伍德等当代著名生态文学作家对西方国家环境政策的出台、发展模式的修正以及对民间绿色浪潮的影响。

　　在中国，尤其要加强对当代生态文学作家与作品的关注与评介，使他们的创作产生应有的社会效果，成为生态批评的显性任务。比如徐刚的作品就始终贯穿着一条"绿色的情感纽带"，这情感就是对大自然的敬畏，对生灵万物的体贴，对人类社会前途的忧虑，对宇宙间生

---

① 夸克：《非典六大断想之生命断想》，2003年5月12日14:17新浪《南风窗》，下载自 http://cul. sina. com. cn/s/2003 - 05 - 12/33768. html

态平衡、秩序和谐的企盼。因此，在徐刚的文学创作中，一串串的事例与数字都是活泛的，跳跃在字里行间的，他在《大地之门》的后记里说：

"我只是苍白地呼告过，并且重复着，关于土地，关于水，关于五谷杂粮，关于种草种树，关于小心翼翼地接近辉煌……我寻找着大漠中的一点点绿色，荒野中种树人的背影，还有塔里木河枯死的胡杨，不久前刚刚成为废墟的一处线上的院落，抚摸正在风化的羊屎球，抚摸这岁月流逝。"①

生态批评是批评实践，其主要任务还不是建构学科体系，而是通过大量、具体、细致的文本解读和评论，为文学史重写、生态文艺学和生态美学理论的逐渐丰富完善进行学术储备，并通过这种解读和评论挖掘生态危机的思想文化根源，促使生态式思考真正成为人类和我们这个社会普遍接受的思维方式。后者是生态批评最为重要的任务和最终的目的。

3. 保护文外自然

生态批评与其他的文学批评流派的一点最大不同就是，它研究文本内的自然，最终目的是为了保护文本外的自然。这是它的使命，文本内的自然描写与处境并非只与文本、作家、批评家发生关系，否则，人们在欣赏自然主题的艺术作品时，会以为作品与真实的自然事物没有紧密的联系，那么他们就不会关心诗歌与乐曲中描写的那些飞鸟在现实中正遭遇灭绝的危险。正如 1789 年，伟大的自然主义者吉尔伯特·怀特（Gilbert White）正在撰写《塞尔伯恩自然史》一书，这是一本被生态批评家极力赞誉为环保文学的著作，书中写了这样一个情节：1756 年，塞尔伯恩的那位牧师在自己的房子和对面屠宰场的院子之间种了四株酸橙树，以避免看见鲜血和污物。然而，绝大部分人，包括那位牧师自己，都在继续吃着肉类，发生变化的只有两点：一是屠宰场从公众的视线中消失了；二是肉类消费日益增加了。② 生态批评就是透过文本中的语言层面，试图恢复书本之外的世界的意义，投身到广阔的"绿色研究"热潮之中，为保护自然作出自己的独到贡献，而不能只栽几棵树就对生灵涂炭视而不见。用西方生态学家劳伦斯·库普（Lawrence Kopu）的话来说，就是——讨论"自然"，以便保护自然。

生态批评主将劳伦斯·布依尔说过："谁要是只执著于文学研究与文学理论本身是无法做一个生态批评家的。"③他们是些现实的操心人，以生态整体观、系统观、动态平衡观作为主导思想，以文学作品为媒介进行文化批评，其主要目的是挖掘并揭示生态危机的思想文化根源，揭示人类的思想、文化、科技、生产和生活方式、社会发展模式如何影响、甚至决定了人类对自然的恶劣态度和竭泽而渔式的行为，如何导致环境的恶化和生态的危机。这才是生态批评最基本的特征和最重要的价值。这一领域，大有作为，也只有在这一领域作出贡献，生态批评才具有重大的意义。

因此，生态批评的目的不仅仅在于使"自然"在文学中得以复活，更重要的是促动社会采用更为直接与有效的方式——政治的、实践的方式来"保护自然"，提醒人类担当起修复地球的生态伦理责任，恢复文本之外的"自然"的意义与活力。这几乎是所有生态批评家的奋斗目标。

---

① 徐刚：《大地之门》后记，合肥：安徽教育出版社，2005 年。

② 凯特·里格比：《生态批评》，见阎嘉主编：《文学理论精粹读本》，第 189 页，北京：中国人民大学出版社，2006 年。

③ 劳伦斯·布依尔、韦清琦：《打开中美生态批评的对话窗口——访劳伦斯·布依尔》，《文艺研究》，2004 第 1 期。

第二节　批评方法

　　生态批评不是一种纯文学批评，而是文化研究的延伸。它无法成为一种模式化的方法论，它只是一种将生态哲学、生态美学和生态伦理学的有关生命及其相互和谐的观念导入文学研究的一种现代批评理路，什么适合、受用就"拿来"，没有创造出属于自己的方法。但由于它是文化研究的延伸，会涉及到相关的多种理论，所包含的方法也具有多样性，像文化研究中与人们日常生活、现实状况相联系的方法，法兰克福学派的社会批判理论，后结构主义的"去中心"语言修辞的方法，生态哲学的理念原则等都是经常使用的。当然不同的生态批评家在方法论上采取不同的策略，基本上是以生态学发现为依据，以宽容的心态，寻找适合自身的方法。在理论上允许"多元共存"的局面，但在实践批评层面上还是没有得到充分发展。从目前的现状来看，基本上运用上的有：

一、关注文本中的自然描写，挖掘文本中的生态主题

　　这是最普遍、最一般、最盛行的一种解读方法，就是运用当今生态哲学、生态伦理学的基本原理来分析文本中的自然是如何表现的，人对自然的态度怎样，其中表达了哪些可取或可批的意蕴，属于典型的主题学层面上的研究。现今在学术界发文渐多、发展较好的"什么什么的生态解读"，就是在这一板块所做的努力，在文学批评层面展开相关文本、相关作家的研究，是夯实生态批评理论基础的一项工程；而且，现代生态学理念与文学批评的结合，可以使二者都产生增值效应。

　　目前，涉及到西方的文学文本要比国内的多得多。对西方具有生态意味的文学经典的解读，既有历史上已经产生重大影响的作品，如《老人与海》、《热爱生命》、《白鲸》、《瓦尔登湖》等，也有那些生态意识明显，影响力渐增的文本，如《白噪音》、《愤怒的葡萄》、《海浪》、《菊花》、《黑暗的心脏》、《瑞普·凡·温克尔》等。还有一些演讲、报告，生态意识也非常明显，都可以成为我们进行"生态化阅读"的对象。例如，1855 年，美国总统 F. 皮尔斯宣布要购买西雅图酋长所属部落的土地，西雅图酋长的回答，用充满激情的语言表达了人与大地的不可分离的联系，成为生态保护史上一篇耐人寻味的、意味深长的宣言，这篇宣言经过无数次翻译重述之后仍然具有感人的力量，它以五百字的篇幅、诗意的笔调深刻地传达了丰富的大地伦理精神。

二、探寻文学隐喻与文学想象中的生命体验与生命启示

　　劳伦斯·布依尔与英国利物浦大学教授生态文学家贝特(Jonathan Bate)都在自己最新的著作中提出一个新的观点：环境的想象。布依尔撰写的生态文学批评著作名叫《环境的想象：梭罗，自然书写和美国文化的构成》，他将生态预警性文学称作生态启示录文学，特别指出："启示录是当代环境想象的一个最有力的核心隐喻。"贝特在《大地之歌》、《大地之梦》中也说："深层生态学的梦想永远不能在这个大地上实现，但是，如果我们还会作为一个物种而幸存于世，可能恰恰就依赖于我们还具有想象性的作品里梦想的能力。"我们阅读爱默生、梭罗、惠特曼等作家的"自然文学"之作，能品位到不同于以社会为题材的作品的精神享受。可是长期以来，我们对他们的评价有失公正，仅仅局限于他们的超验主义哲学思想和人文精

神，很少注意到他们对自然主题的关注。尤其对梭罗的评价，我国学界一直把他视为爱默生思想的忠实信徒和实践者，殊不知，如今梭罗在美国的地位早已超过了他的恩师。他的著作《瓦尔登湖》（*Walden*，1854）最大的贡献在于将文学视野中的"世界"由"人类社会"拓展到整个生态系统，从而使文学超越了"人学"的范畴，打破了以往的"人类中心论"，转向生态协调，提醒人们在做各种挑战极限的试验与冒险之时，要意识到"根"的情怀、自然的滋养、大地智慧始终是各类思想、文化的源泉。

在对环境话语的修辞法进行语言分析时，也颇有生态意趣。如"温室效应"（greenhouse effect）由于委婉的表达令人愉悦，可是却可能产生对灾难性气候的错位认识，还有把种族灭绝称作"人种净化"（ethnic cleansing）、把伐木（logging）称作"收获森林"（harvest the forest），包括"处女地"、"踏春"之类的词汇，要么不利于环境问题严重性的认识，要么助长了人类的狂妄偏执，可见，在对话语进行生态式解读时，也可以开拓出一片批评空间与方法。

三、探析文学在人类文化与文明进程中发挥的生态功能

这方面，在文学资源的空间内，不再把论述的焦点局限在文本中人物、情节与情感取舍方面，而是放在文本外——文学活动上，借此考察文学作为一种人类活动，在人类幸福、人类生存、人类与其他物种以及与周围世界的关系方面扮演了一种什么样的角色，提供了一种什么样的洞见。在西方，以约瑟夫·米克（J. Meeker）《生存的喜剧：文学生态学研究》为代表，历时性地全面梳理文学与生态的关系，尤其是抓住人与自然的不同表现这条主线，分别考察古代神话中人与自然的矛盾共生，宗法文学时期人与自然的浪漫主义关系与现实主义关系的分野，现代主义文学中生态的觉醒，得出文学与自然有着天然的亲密关系。在中国，鲁枢元《生态文艺学》运用生态学的基本原理对文学艺术现象进行系统的考察，认为生态危机不仅发生在自然领域、社会领域，同时也发生在精神领域，或许，人类精神中价值取向的褊狭，才是最终造成地球系统严重失调的根本原因，这不仅是一个技术问题或科学管理问题，更是一个伦理问题、哲学问题、信仰问题，甚至是一个诗学的、美学的问题。以此为立论前提，把文学看作是拯救地球、拯救人类的一线希望，文学艺术在救治自身的同时将救治世界，完善世界的同时将完善自身。艺术的天性恰恰就在于"它拒绝一切形式的人与自然的割裂、物质与精神的偏执、思维与本能的对立、本体与现象的拆解、理智与情感的剥离。它始终追求的是一种圆满的、充盈的生命形式，一个真实、独特、富有创造力的个体"[①]。"只有艺术才是自然的最称职的解释者，因为只有艺术才能把握住自然的生命"。

四、运用生态学观察和理解文学世界

生态学的迅速发展，使新的生物学原则进一步在人类社会生活的各个领域发生效用，生态学已经越出原先的"科学"的范畴，并在人文社会科学领域不断生根开花。现代生态学同传统生态学相比，其重要特点就在于它超越了纯粹自然科学研究的范围，成为自然科学与社会科学的有机结合。人文学科中的生态主义运用生态学整体观点观察和理解现实世界，把生态学作为一种系统的思维方法，即生态方法。如鲁枢元研究文学的地域特色、多样性、作家的成长，曾永成运用生态方法研究马克思文艺理论，曾繁仁运用生态方法研究美学，都结出了

---

① 鲁枢元：《生态文艺学》，第 48 页，西安：陕西人民教育出版社，2000 年。

崭新的理论硕果。作为一种思维方法，它表现为一种统辖全局的智慧，在文艺学方法论中占绝对重要的地位。

第三节　作品解读

一、中国当代生态文学概观及生态意识对文学的广泛渗透

无疑，我们需要花大气力投入到中国古代、尤其是现当代文学的生态阅读之中去。徐刚，被誉为中国的卡森，中国生态文学的标志性符号，著有《伐木者，醒来！》、《绿梦》、《绿色宣言》、《中国：另一种危机》、《守望家园》六卷本、《地球传》、《长江传》、《国难》、《21世纪不是梦》、《大山水》、《大地之门》十册等；王治安作为资深记者与报告文学作家，创作了《啊，国土》、《国土的忧思》、《悲壮的森林》、《谁来养活中国》、《血祭黄土地》、《三峡移民》等纪实类生态报告文学；李青松，中国退耕还林办公室副主任，创作了《遥远的呼啸》、《林区与林区人》、《告别伐木时代》、《秦岭大熊猫》等生态报告文学以及《孑遗》、《老号骆驼》等传记小说；哲夫创作有"黑色浪漫系列"《黑雪》、《毒吻》、《猎天》、《猎地》、《猎人》、《极乐》；郭雪波创作有"内蒙古草原系列"《沙狼》、《沙狐》、《大漠魂》等等。这是我国第一代生态文学即生态纪实阶段，应给予较多的关注；到第二阶段，非纪实型的虚构性生态文学开始繁荣，这一类作品有：刘心武《青砦溪之恋》，蒋子龙《水中的黄昏》，陈建功《放生》，铁凝《秀色》，彭见明《大泽》，张抗抗《沙暴》，阿成《小酒馆》，李国文《垃圾的故事》，贾平凹《麦库荣》、《怀念狼》，谌容《死河》，叶广芩"动物系列"《老虎大福》、《狗熊淑娟》、《熊猫碎货》、《黑鱼千岁》，陈应松"神农架系列"《豹子的最后舞蹈》、《松鸡为什么鸣叫》，姜戎《狼图腾》，张炜《怀念黑潭中的黑鱼》、《鱼的故事》、《九月寓言》，张承志《黑骏马》、《北方的河》、《绿夜》、《金牧场》，史铁生《我的遥远的清平湾》、《我与地坛》，杜光辉《哦，我的可可西里》，温亚军《寻找太阳》，胡发云《老海失踪》，赵大年《玉蝴蝶》，肖克凡《最后一座工厂》，韩少功《山南水北》等等。

这些文本的表现内容与生态意识之间的关系已经初步呈现出丰富多样化的趋势，有些是正面进攻，有些是擦肩而过，有些含蓄隽永，有些冷峻沉重，总之，小说以其内涵的博大，把生态意识作为意蕴之一参与进去，跟其他意识如人生感受、人性冲突等交融在一起。像西方的生态小说如麦尔维尔的《白鲸》，在人的征服意识主宰下追捕白鲸，表现了人的贪婪、偏执与狂妄，同时描写了大自然的神秘与神力，亚哈船长与白鲸的对比，金币与棺材的对照，同归于尽的悲凉结局（跟海明威《老人与海》中的悲壮不同），使小说叙事的虚构性，显现出了宗教般的预言圣境。再者，小说叙事作为"虚拟世界系统"中的主干成员，主要目的不在于显示它与真实的界限，而在于说明小说叙事的可能性与自由性，展示小说对于可能世界的构建与描绘，使人类进入了想象世界的认识与探索之中，生态小说大有展示的主题空间与艺术可能，我们有相当的理由对它抱有更大的期待。

二、从生态视角解读沈从文的《边城》

从《边城》可以看到：边城里的自然生态无疑是"优美、健康"的；精神生态是优美的，却是隔膜的，没能产生互动；而社会生态是历史的，下滑的，令人忧伤。沈从文《边城》中对

翠翠的一段描写，堪称经典名句："翠翠在风日里长养着，把皮肤晒得黑黑的，触目为青山绿水，一对眸子清明如水晶。自然既长养她且教育她，为人天真活泼，处处俨然一只小兽物。"用山头黄麂形容少女的机警与温顺，乖觉与明慧，真是罕见，"兽物"一词总给人不良的人格印象，而在这自然与人物交相融会的环境里，却是如此贴切美好。那青碧的自然景物好像是翠翠的景物写生，而翠翠则好像是湘西自然景物映在水中的倒影，自然与翠翠是如此的"相互存现"，连"兽物"都剔除了兽性，与女性融洽在一起了。翠翠的生命觉醒不是来自现代文明的召唤，也不是都市人生的引诱，她是尚存于乡野田园的一块未经雕琢的璞玉，她是在与大自然的和谐交融之中。然而，这种心灵态势在精神体验上注定要疏离人与人的交流而被定格在一种独语状态，没能产生应有的互动与交流。翠翠与祖父是隔膜的；在大佬与二佬的爱情角逐中，小说自始至终没安排大佬与翠翠说一句话，大佬表达爱意是通过祖父，他俩之间也是隔膜的；至于翠翠与二佬，本应有许多的心灵感应，然而他俩的悲剧除了人生的不凑巧、误会之外，仍然来自于心灵的隔膜。翠翠无法说清楚自己的心事，二佬似实似虚的爱情宣言，尤其是一走了之的行为，均源于双方无法得到对方的信息反馈，他们是古典版的"爱情没商量"，充其量，只算得上是个美丽的爱情独白①。通过对文本的生态阅读，得出光有"精神生态与自然生态的良性互动"是不够的，这种互动还需要拓展到精神生态与精神生态之间。这样的认识与探讨无疑为文本的现代性阐释增加了新的内涵，可以说，提供一种新的认识视角与解读方法，其实就是帮读者挖掘出文本的某种意蕴，为文本增加了价值，实现了批评的阐释功能。

三、华海《生态诗歌的梦想——评安静〈像树木一样生长〉》

人不是一棵树。人通常站在人的位置上实现主体的意志，于是，人与自然分离了，心灵与外在世界分离了。可是，生态诗人却以"诗意的想象"让人成为一棵树，让人有了一棵树的体验和梦想。

人对于一棵树而言常常是主宰者，树是被砍伐的对象。人、斧、树之间的关系，可以典型地象征和譬喻人类对自然世界征服的现实。而那些表现人类主体意志的诗人通常将自然乃至诗歌都变成"斧头"般的工具，以实现征服的欲望，这样的诗歌似乎也在歌咏自然，其实却是反自然、反生态的，因为它并不尊重甚至鄙视自然的生命本身，它唯一服从的是人类的"工具理性"。人类对自然的征服和"工具化"过程造成了生态环境问题、人的精神问题和社会道德问题的日益恶化，在此精神绝壁上，生态诗歌出现了，并深情地回首来路，生态诗人以绿色使者的身份引领人们重新回归自然，体验彼此依存、联系、不断循环运动着的自然世界，以艺术的想象和梦幻营造人与自然和谐的诗境。

本来我们就应像树木一样"安静地生长"，而且身体里面有"一道站起来的河流"，这是一种顺乎天然、呼应万物的生长。显然，诗人安静将生命放在生态整体中去体验自然万物、人和自然之间的关联与和谐，这是梦幻的，也是美丽的。这里没有"斧头和锯子"，也没有人"将他扰乱"，而且每一棵树都是一道河流，"踩着自己的肩头/向天空走去"。在独特的想象中，诗意的幻美显现了，并体现了作者深刻的生态整体观。这诗境与现实世界中的人类图景却构成了鲜明的对照，其实谁能真的如此生长、生活呢？我们更多看到的却是人际关系与人

---

① 覃新菊：《〈边城〉与边城生态》，《从文学刊》第 1 辑，2004 年。

类灵魂的扭曲和异化，因此我们不得不格外珍惜这诗歌创造的、难得的自然澄明之境。

"像树木一样生长"，这是一个美丽的幻梦，也是一次深情的期望。"在一贫乏的时代里，诗人何为？"荷尔德林曾如此发问。我们的回答是：诗人是播下绿色种子的人；诗人是举着火把照亮黑夜的人；诗人更是做梦的人。也许，幻梦只是幻梦，最终不能替代现实，但它毕竟能够唤醒内心的希望和暖意，唤起纯粹的普世之爱，并激活人类正日益萎缩、退化的梦想的能力。恰如马尔库塞所认为的，"人类的希望就在于诗的世界仍然存在着"。

附安静《像树木一样生长》：

一个人迹罕至的山谷/他像一棵树木/在安静地生长/即使在睡眠中/也没有停止生长/还没有梦见/斧头和锯子/还没有人/将他扰乱/水从根部升起/输送到每一根枝条上去/每一棵树/都是一道站起来的河流/踩着自己的肩头/向天空走去。[1]

第四节　解读范例

一、对梭罗《瓦尔登湖》的生态阅读

参见王诺：《欧美生态文学》，第107～110页，北京大学出版社，2003年；章海荣：《可持续发展背景下的生态阅读》，《读书》，2005年第2期。

美国超验主义思想家、散文家亨利·大卫·梭罗（Henry David Thoreau，1817—1862）一生的主要散文著作有四部：《在康科德与梅里马克河上一周》（*A Week on the Concord and Merrimack Rivers*，1849）、《瓦尔登湖》（*Walden，or Life in the Woods*，1854）、《缅因森林》（*The Maine Woods*，1864）和《科德角》（*Cape Cod*，1865）。《瓦尔登湖》[2]被公认为美国文学史上的经典作品，对于这样的经典作家进行生态阅读，根据梭罗的研究专家劳伦斯·布依尔的说法，认为《瓦尔登湖》至少有五种读法：（1）作为一部自然的书籍；（2）作为一部自力更生、简单生活的指南；（3）作为批评现代生活的一部讽刺作品；（4）作为一部文学名著；（5）作为一部神圣的书。归纳起来主要有以下三方面：

一是对物欲横流的社会的谴责、对唯利是图的世人的鄙视。在"声"的篇章里，梭罗对"恶魔似的铁马"火车描述道："那时我听到铁马吼声如雷，使山谷都响起了回声，它的脚步踩得土地震动，它的鼻孔喷着火和黑烟。"火车的发明无疑是人类交通发展史上的一次巨大的飞跃，极大地推动了经济的发展，但同时也制造了噪音和有害气体污染了环境。在他那个时候这些问题也许不明显，但梭罗凭着自己敏锐的观察力和感受力，已经感觉到了潜在的生态危机。外部地球的沙漠化与人类生命精神的沙漠化是分不开的，因此梭罗在《瓦尔登湖》中不仅是为人类崇高精神的衰微而担忧，也为当时人们对自然的侵害和掠夺而焦虑。他忧伤地写道："我第一次划船在瓦尔登湖上的时候，它四周完全给浓密的松树和橡树围起，有些山凹中，葡萄爬过了湖边的树，形成了一些凉亭，船只可以在下面通过……可是，自从我离开这湖岸之后，砍伐木材的人竟大砍大伐起来了。从此要有许多年不可能在林间的甬道上徜徉了，不可能从这样的森林中偶见湖水了，我的缪斯女神如果沉默了，她是情有可原的。森林

---

① 华海：《生态诗歌的梦想——评安静〈像树木一样生长〉》，《清远日报》2006年7月2日。

② 亨利·大卫·梭罗：《瓦尔登湖》，徐迟译，上海：上海译文出版社，1993年。

已被砍伐，怎能希望鸣禽歌唱？"为了想使一位绅士的钱财加一倍，百来人在瓦尔登湖上挖掘冰块，"剥去了瓦尔登湖的唯一的外衣，不，剥去了它的皮"，"如果文明人所追求的并不比野蛮人的追求来得更高贵些，如果他们把大部分时间都只是用来获得粗鄙的必需品和舒适的生活，那么他们何必要有比野蛮人更好的住房呢？"梭罗看到了所谓的现代文明只不过是用一条腿走路的畸形的文明，贪婪的物欲使精神文明的发展远远跟不上物质文明的步伐，正是这种物质文明和精神文明的不协调发展，导致了人的深刻的精神危机。"当文明改善了房屋的时候，它却没有同时改善了居住在房屋中的人。"市侩之人"他的田里没有生长五谷，他的牧场上没有开花，他的果树上没有结果，都是生长了金钱；他不爱他的水果的美，他认为非到他的水果变成了金钱时，那些水果才算成熟"。当现代文明的弊端越来越暴露无遗，精神危机与精神污染越来越严重时，我们不得不赞叹和佩服梭罗的预见性与超前性。对物质文明与精神文明分裂的批判构成了现代性批判的主要目标。

二是追求简朴、独立自主的生活，不仅是生活上、经济上的，而且是整个物质生活的简单化，其目的是为了追求高尚的精神生活。作为哈佛大学的毕业生，梭罗是简单生活的著名的提倡者，从 1845 年 7 月 4 日开始，梭罗在美国康科德郊外瓦尔登湖畔的一座小木屋里隐居了 26 个月，每年为最基本的物质需要而劳动的时间，加在一起，总共才六个星期，其余时间全部用于阅读、与大自然沟通。他以自己的亲身体验向人们证明：人完全可以活得更简单、更质朴；人如果在物质生活方面只求满足最基本的需要，他可以活得幸福快乐，活得更从容、更轻松、更充实、更本真；人完全不必、也完全可以做到不在物质的罗网里苦苦挣扎，异化成工具或工具的工具。简单生活本身并不是目的，目的是以物质生活的尽量简单换来精神生活的最大丰富。在梭罗看来，人的发展绝不是物质财富越来越多的占有，而是精神生活的充实和丰富，是人格的提升，是在自然越来越和谐的同时人与人之间也越来越和谐。

三是全身心投入地体验田园风光，"认识自然史"，"认识自然美学，发掘大自然的奇妙神秘的美"，表现出对大自然的尊敬与关爱。他满怀深情地描写瓦尔登湖的四季变换，自己读书、劳动的生活。在梭罗时代，生态伦理学还无人语及，但他凭着对生命的直觉和感动，感受到了"生命共同体"的相互关系："豆子的成果并不由我来收获，它不是有一部分为土地鼠生长的吗？……难道我们不该为败草的丰收而欢喜，因为它们的种子是鸟雀的粮食？大地的生产是否堆满了农夫的仓库，相对来说，这是小事。""能跟大自然做伴是如此甜蜜，如此受惠"，"屋子周围的每一个声音和景象都有着无穷尽无边际的友爱"，"大自然不可描写的纯洁和恩惠，它们永远提供这么多的康健，这么多的欢乐！对我们人类永远这样地同情……难道我们不该与土地息息相通吗？我自己不也是一部分绿叶与青菜上的泥土吗？"大自然的一切不仅是生命的存在，还与人类精神息息相通，使人类的精神在与这些有思想有感情的自然物的交流和沟通中洗去了心灵的污垢，得到熏陶和升华。在梭罗笔下，湖"是风景中最美，最有表情的姿容。它是大地的眼睛，望着它的人可以测出他自己的天性的深浅"，枭的嗥叫是"瓦尔登森林的地方语言"，湖上冰块的开裂是瓦尔登湖的"咳嗽声"。他对自然的关爱、对精神生活的呼唤，为后人提供了一个可以对自己生活进行重新思考的视角，不少作家仿效过梭罗的生活方式，如卡森、杰弗斯。卡森在美国缅因州西索斯波特购得海边的一片林地，盖起了一座小屋，小屋的四壁全有窗户，以便观林望海。杰弗斯这位美国著名的生态诗人在加州卡梅尔海边的山上亲手盖起了名叫"鹰塔"的住所，与鹰隼、山石、红杉、青苔同居，面对浩瀚的太平洋吟诵他的诗作。我国当代作家韩少功在湖南浏阳筑室，躬耕潜读、沉思创作《山南水北》，可称中国的梭罗。20 世纪 60 年代以后，随着生态主义运动的高涨，美国人对梭罗的评价越来越高，成立于 1941 年的"梭罗协会"是研究单个美国作家的最大的也是历史最长的组织，该协会不仅致力于研究梭罗的生平与作品，而且大力弘扬梭罗的自然观和生存观。1986 年《美国遗产》评选"十本构成美国人性格的书"，梭罗的《瓦尔登湖》名列第一。评论界认为，是梭罗最先启蒙了美国人感知大地的思想，梭罗几乎成为美国文化的偶像，成为绿色圣徒。

到 20 世纪 90 年代，中国学者掀起了阅读梭罗《瓦尔登湖》热，可以说开辟了第六种读法。这是怎样的一种阅读兴趣呢？《读书》杂志 1996 年第 5 期发表程映虹《瓦尔登湖的神话》后，激起阵浪。首先的反响是在当年的第 9 期有短文《两个瓦尔登》和石鹏飞《文明不可拒绝》的刊出，然后是 1999 年人民文学出版社出版《重读大师——一种谎言的真诚说法》收录《瓦尔登湖的神话》与何怀宏《事关梭罗》。事情并没有结束，《社会科学报》（上海）2004 年 10 月 14 日登出曹兵武的文章《宁可废于都，不愿归于田》，这样就形成了从"瓦尔登湖的神话"到"文明不可拒绝"，再到"宁可废于都，不愿归于田"的阅读阐发逻辑。他们认为，梭罗的生活是那些过着舒适城市生活却又赞美乡村简朴生活所谓的虚伪矫情，然后以一个乡里人口气说出"宁可废于都，不愿归于田"，表现出一个"发展中国家"对现代文明的向往，当然也造成了一定程度的误读。梭罗作品在发表后的一百五十年的今天依然能够热起来，产生持续的影响，其实质是文明进程与生态趋势间的矛盾和如何解决这一矛盾的思考。就在人类文明进程使无数的"山"、"田"被"废"之时，生态伦理学家和环保志士率先提出如何才能让人类文明与自然环境共同繁荣发展的问题。中国学者的这种争论使梭罗对于现代环境运动的吸引力得到多方面的展示，他对自然的热爱，对自然和谐关系的洞察，对自然的精神意义和审美意义的强调，以及对他那个时代流行的物质主义和资本主义经济的批判，都为生态伦理提供了独特的灵感和支持。

二、关于贾平凹《怀念狼》的生态批评解读

参见吴尚华《贾平凹〈怀念狼〉的生态批评解读》，《安徽师范大学学报》（人文社会科学版），2006 年第 2 期。

《怀念狼》[①]是贾平凹的一部生态力作。如果把《怀念狼》这部小说放在作家的商州谱系中考察，就会发现尽管与作家前几部长篇在文化反思的层面上有着某种内在的延续性，但是观察视角和叙述立场发生了较大的偏差。这种偏差主要体现在对商州世界的现实关系中人的关注转向对自然与人关系的透析，转向了曾经长期被人"他者化"的另一生命世界——狼的世界，进而从生态哲学的纬度思考人类的生存现状及其未来命运，在充满诡秘事象的人狼故事中弥漫着沉郁的忧患意绪，凝结强烈而鲜明的生态伦理意识。小说开篇作家就有意识透露创作的原始动机——对现实世界的厌倦，"岂止是商州，包括我生活的西京城市，包括西京城里我们那个知识分子小圈子里的人人事事，任何题材的写作都似乎没有了兴趣"，"是狼，我说，激起了我重新对商州的热情，也由此对生活的热情，于是，新的故事就是在不经意中发生了"，"当威胁人类的危险可能变成一道供人欣赏的风景，这其中的内涵一下子刺激了我已

---

①　贾平凹：《怀念狼》，北京：作家出版社，2000 年。

经死寂了许久的创作欲望"。由此我们可以发现，作家强调是因为狼而不是因为人激发了他的创作契机。小说通过一个回归商州的城市知识分子的视角，以"我"和舅舅傅山以及捕狼队队员烂头为商州仅存的 15 只狼拍照建立档案的寻访过程为主要线索，以家族讲述的叙事话语，讲述了商州乡土上人与狼之间的仇杀故事。主人公是"我"的舅舅傅山——捕狼队的队长，一个闻名商州的英雄。故事的起点是从他 42 岁开始，"狼是越来越少了，捕狼队一次次削减人员，以至于他们也很难见到狼了"，"州行署颁布了保护野生动物禁止捕杀野狼的条例……作为捕狼队的队长，傅山最后接受的任务是协助收缴散落在全商州的猎户的猎枪，普查全商州还存在的狼数"。半年之后，在"行署的生态环境保护委员会的组成人员花名册上有着他的大名"。昔日的捕狼英雄如今却成了政府指派的保护狼的环境主义者了。于是一个拯救计划——寻找野狼的过程开始了。

小说在修辞策略上存在着三种话语方式，一是以舅舅傅山为代表的商州有关狼灾人患的话语，在舅舅这里，狼是人类的敌人，是灾难和恐惧的来源，人与狼的关系就是你死我活的关系；二是以黄专员为代表的官方环境保护话语，在专员这里，狼是政府保护的对象之一；三是以"我"为代表的与商州有着血缘关系的都市知识分子关于人与自然关系的生态预警话语，在"我"这里，狼是生态环境的想象，是人类命运的灾难预警。这三种话语的共时性结构使得"狼"的隐喻和象征具有了多重性，从而赋予小说一个具有悖论的主题框架：英雄失落与英雄重建构成了小说显的"寻找"主题，因而"怀念狼"就是"怀念着勃发的生命"，就是"怀念英雄"；而生态预警与生态理想构成了小说潜的生态主题，因而"怀念狼"就是怀念世界的平衡，就是呼唤"与狼共舞"的和谐共生的生态理想。在商州这个老县城毁灭性创伤的叙事语境中，狼灾和人祸是并置纠缠在一起的，商州人与野狼之间的仇怨，商州人对野狼的捕杀是在商州的历史设定之中，当狼不再成为人类的威胁，而是人成了狼的生存威胁的时候，人与狼的历史关系发生了结构性转移，于是猎人的身份危机出现了，以至"猎人们差不多都患上了一种莫名其妙的怪病：人极快地衰老和虚弱，神情恍惚"。没有了狼，意味着英雄历史的颠覆和消解。小说在"我"的视角中追踪了傅山寻找与重建英雄历史过程中的孤独和痛苦的心理轨迹。对傅山来说，到底应该是捕狼的猎人，还是一个保护狼的环境主义者？这两种对立的身份不和谐地纠缠在他的身上，他内心的冲突、孤独和痛苦都是来自与狼的世代仇怨。在寻找之旅中让狼的故事介入到人的当下生活中来，它们以各种变幻的影像游走在商州的生活景况中，纠结在商州人的意识和精神之中。于是这场以保护狼的动机开始的寻找行动结果演绎成了对狼的疯狂屠杀。在英雄失落与英雄重建的主题层面上，"怀念狼"就是"怀念着勃发的生命"，就是"怀念英雄"。

从生态批评的视阈考察，《怀念狼》这部小说以商州作为文化地理空间，以人与狼的关系构成一个整体象征的寓言框架，形而上地表现了作家对人与自然关系的哲学思考，从而传达出强烈而鲜明的生态伦理意识。首先，这种鲜明的生态伦理意识集中表现为生态整体主义的观照视野。"生态整体主义"的核心特征是强调整体以及整体内部之间的联系，与"人类中心主义"是不同的。如果我们把狼作为一种自然的符号来认识的话，就会发现小说对人狼关系的观照，始终把握了人与狼的相互依存的关系，人与狼的对峙和冲突是商州生态系统中的一种生存现象，有了狼才有了猎人英雄，没有了狼就没有了猎人没有了英雄。商州猎人的生命异变、舅舅作为猎人的困惑与尴尬都是因为整体的商州生态系统的失却平衡而导致的结果。而商州人长期以猎人的功利性价值为中心，始终把狼作为"他者"加以屠杀。"我"作为一个深受狼害的家族后代，恰恰又成为家族的背叛者，在寻找的整个过程中，"我"是唯一的一个清醒的对立的力量，无论是对舅舅的劝戒，还是老家雄耳川对族人集体屠杀狼的阻止行为，都是试图解构商州的人类中心主义所做的种种努力，然而却成为一个不受欢迎的"生态主义者"，遭捆绑和殴打，这种悲凉让人深思。其次，这种鲜明的生态伦理意识表现为始终渗透了"敬畏生命"的伦理趋向，以及不断追问人对自然的义务和责任。商州人对狼的斩尽杀绝早已超越了"满足生存需要"的层面，是人类中心主义的功利性欲望的极端扩张，小说中"我"的追问充满了不被理解的痛苦和对未来的忧患，"从生命的意义来说，任何动物、植物和人都是平等共处的，强肉弱食或许是生命平衡的调节方式，而狼也是生命链中的一环，狼被屠杀得几近绝迹，如果舅舅的病和烂头的病是一种惩罚，那么更大的惩罚可能就不仅仅限于人了！"作家反复追问人以外的生命形式的价值以及人对其他生命形式的态度，人与狼与猪到底有什么不同。"我越是这么玄想，越是神经起来，我知道我整个地不像是个商州的子孙了，或者说，简直是背叛了我的列祖列宗，对狼产生了一种连我也觉得吃惊的亲和感。"再次，小说的生态意识还集中表现为生态预警和对"与狼共舞"的生态理想的呼唤。小说中着意写了红岩观的老道人与狼之间建立了超越人与动物恩怨的亲密伙伴关系，有两个细节值得注意：一是他为狼清理脓疮之后，狼"将前爪跪地呜呜呜了三声"才离去；二是道人死后，狼群深夜前来哀悼。可见狼性也是人持枪对待的结果，而能否"与狼共舞"更重要的是取决于对人与狼关系的反思和检讨以及对其他生命形式道德关怀意识的自觉。小说在对舅舅的叙事中尽管始终没有淡化历史记忆和家族记忆中的创伤性体验，但是我们看到了舅舅在整个事件过程中心灵的巨大冲击和困惑，对自身和狼的关系有了某种不自觉的思考。在最后的屠杀中，当狼被彻底消灭后，村里人变成了"人狼"，这种荒诞性隐喻暗示出了深切的生态警示意义，这种生态警示效应还通过一些象征性的意象来传达，比如大熊猫因难产而死的悲怆情景，黄专员为大熊猫的死而发疯，都是具有艺术设计意味的象征情节，大熊猫的现状可能就是狼的未来，为濒危物种进行人工配种、接生的失败可能就是人类未来的命运。因此，怀念狼就是怀念自然与人和谐共存的一种生态理想。

在生态批评的视阈中，虽然主张面对文本，但由于"生态"本身的哲学化、伦理化与现实性，需要批评家把握好跨学科之间的系统关联，建立起文本内外的有机联系。

第 23 章　空间批评

　　西方文艺理论在 20 世纪经历了多次"转型"，世纪之初的"语言学转型"和世纪末的"空间转型"成为 20 世纪西方文艺理论的重要里程碑。西方文艺理论的"空间转型"将众多学者的目光聚焦于文学作品中的"空间性"，他们把以前给予时间、历史和社会的青睐，纷纷转移到空间上来。空间研究一时成为跨越人文、历史、政治、地理、社会学、建筑学等多学科的研究焦点。在传统的文学批评中，文学作品中的空间仅仅被认为是一种静态的，是承载作者叙述内容的"容器"。评论家过多地重视作品中地理环境、空间同作者经历以及作品主题之间的关系。空间所承载的历史、文化和政治等意义在文学批评中常常被忽视。

　　空间批评是 20 世纪 80 年代后逐渐形成的批评理论。空间批评源于文化地理学的发展，文化地理学在 20 世纪后半叶西方后现代主义思潮中发生了一次重要的"文化转型"。文化地理学吸收了后现代的文化研究、身份认同、女权主义等众多后现代理论，对原有的传统的时空观进行解构和扬弃，从关注景观研究转为关注空间的文化研究，形成研究空间文化为特征的完整、系统的后现代批评方法。空间批评的形成深受 20 世纪一些后现代主义流派中的空间概念的变化的影响。后现代理论家亨利·列斐伏尔（Henri Lefebvre）、弗雷德里克·詹姆逊（Fredric Jameson）等人的后现代理论为空间批评提供了重要的理论基础。詹姆逊提出了空间替代时间成为后现代作品的特征，列斐伏尔的空间文化生产理论以及福柯的空间权力身份理论将文化地理引入了后现代理论范畴，詹姆斯·乔伊斯（James Joyce）的意识流小说《尤利西斯》（*Ulysses*）和《芬尼根的苏醒》（*Finnegans Wake*）使传统意义上的空间变得支离破碎。文学作品中的空间越来越失去其传统意义上的自然属性，被涂上了越来越浓重的文化的色彩。

　　值得一提的是，文艺理论转向对空间的重视是后现代思想的重要特征之一。近年来，"空间"问题开始受到人文社会科学越来越多的关注，也成为文艺理论和文学批评中的一个核心关键词，具有极强的理论穿透力，能够有效地介入诸如身份、权力、种族、历史、话语、立场等众多研究论题。米歇尔·福柯（Michel Foucault）认为我们正处在一个同时性和并置性的时代。我们所经历和感知的世界更可能是点与点之间相互联结、团与团之间相互缠绕的空间网络，而更少是一个传统意义上经由时间长期演化而成的物质存在。詹姆逊指出："后现代主义现象的最终的、最一般的特征，那就是，仿佛把一切都彻底空间化了，把思维、存在的经验和文化的产品都空间化了。"①总而言之，空间批评在文化地理学和文化研究等基础上逐渐形成一门新兴的跨学科的批评方法。

第一节　基本理论

　　空间批评主要涉及文学作品中的景观和空间、空间的社会属性、空间的文化属性和空间

---

　　①　［美］弗雷德里克·詹姆逊：《晚期资本主义的文化逻辑》，张旭东编，陈清桥等译，第 293 页，上海：三联书店，1997 年。

的身份属性。本节通过理论阐述，对空间的不同属性、文学作品中的表现和分析方法加以论述。

一、文学作品中的景观与空间

在传统文学批评中，文学作品中的关注更多的是指它的自然属性——景观。景观是文学作品中的环境，是构建文学作品中故事情节的要素。景观常常表现为作品中的地点、场景或"容器"，传统作家和批评家往往重视其地理环境的自然属性，而忽视其社会意义。景观一直是小说重要的组成部分，一般表现为故事发展的场景，在作品中往往被描写得惟妙惟肖。比如《红楼梦》中的大观园构成了小说叙事的主要场景。再如英国 18 世纪小说家亨利·菲尔丁(Henry Fielding)在《汤姆·琼斯》(*Tom Jones*)中对主人公家乡、沿途和伦敦市井三个主要景观分别做了详尽的描写，小说中的这三种景观成为人物成长和故事情节发展的"容器"。无论是曹雪芹还是菲尔丁，对当时景观中所蕴含的历史、文化等因素，认为是想当然的，并没有过多地给予关注。也就是场景和地点，景观自身所蕴含的社会文化等信息被忽略了。

空间是景观的抽象概念和隐喻，重视景观所蕴含的社会、历史、文化等因素，将景观看作是一个社会价值观念和意识形态的象征系统。如果说景观是一座房子，那么空间强调的是家庭成员同社会千丝万缕的关系。比如哥特小说中阴森的阁楼是作品的一种景观，阁楼所体现的恐怖氛围同故事发生年代的各种社会价值观念则是空间所关注的内容。又如《红楼梦》在景观中蕴含的封建思想，《汤姆·琼斯》中人文思想同宗教桎梏间的交锋也是空间所关注的内容。总之，文学作品中的景观强调场景、地点的自然属性；空间关注场景、地点的价值观念、意识形态等属性。空间批评的核心是要超越景观本身，在细读文学景观、空间的过程中，重新发掘、探究空间、景观中所蕴含的社会文化因素。

文学作品中的空间强调的是抽象的社会关系、文化属性等多重性质。在文学批评中空间研究的关注点也就会自然地从景观的地理、自然属性转向其社会、文化属性上来。一部小说中的景观在不同读者中很可能会产生相同的或相近的图景，但是作品的空间在不同读者中会得出多种不同甚至会是完全不同的理解。比如，在《简·爱》(*Jane Eyre*)中对那个阁楼和疯女人的景观描写中，大多数读者都能从中感受到一种相同的悲凉景观，但是对于小说的空间研究者来说，女权主义者可能会认为这是一个男权主义的空间，它体现了男权文化对于女性的压制和迫害，疯女人伯莎代表了女性身上具有的反叛精神，伯莎最后将庄园烧毁，象征反抗罗切斯特男性中心主义的空间隐喻。同样的场景在后殖民解读下，景观则变成了一个"他者"身份的空间。因为伯莎来自英国殖民地牙买加，来自欧洲以外的荒蛮地域。由此可见空间和景观的区别在于景观强调地域、场景的自然地理属性，而空间关注景观的抽象意义或隐喻。

二、空间的社会属性

空间的社会属性指的是空间是一个意识形态、价值观念和历史文化等社会关系的集合。20 世纪的西方社会在科技高速发达的同时，也带来了人们对空间观念的转变，尤其是在爱因斯坦相对论等思想的影响下，在文学作品中，传统的时空概念开始变得支离破碎。普鲁斯特的《追忆逝水年华》(*A la recherche du temps perdu*)和乔伊斯的《尤利西斯》对景观的叙述和描写变得越来越纤细，取而代之的则是意识流描写。在这些描写中，空间不再强调其物理、场景的自然属性，有时读者甚至不清楚场景的详细物理特征，读到的是人物无尽的联想。换言之，空间从稳定统一的"容器"特征变成了多元特性，取代空间物理特征的则是空间的宗教、历史、权力及文化等社会属性特征。比如，《尤利西斯》中，布卢姆眼中都柏林街景近乎全是人物内心异化思想的投射，其所折射出的是一个庸庸碌碌、备受歧视的小职员的心理空间。景观不再是人物活动的场景或"容器"，而成为蕴含了深厚的社会意义的空间建构体。

在传统文学批评中，空间被认为是物质存在的一种客观形式，在很长一段时间仅仅关注其自然属性，常常被认为是承载故事内容的景观或人物发展的场景。它常常给小说戴上某种地域的色彩或特征。如鲁迅小说中的"鲁镇"、托马斯·哈代（Thomas Hardy）小说中的威塞克斯的乡村、詹姆斯·乔伊斯笔下的都柏林等等。传统文学批评中的空间观忽略了空间的社会属性，一叶障目，不见森林。只会看到哈代小说中的威塞克斯景观中乡村主人公悲惨的生活境遇，而看不到小说空间中所渗透的导致主人公多灾命运的各种社会因素。

空间批评超越了小说的景观自身，重点在于探究这一现象背后的社会属性。在这一"空间"观念的转型中，法国马克思主义学者亨利·列斐伏尔早在 20 世纪 70 年代就率先提出"（社会）空间是一种（社会）产物"[①]。而以列斐伏尔等为代表的当代空间批评则将文学中的景观看作是一种空间隐喻，关注空间本身所折射出的人物同周围纷繁复杂的社会关系，旨在研究小说中的地点、景观所渗透的社会烙印，探究文学作品空间的多种社会意义。当代空间批评认为社会是一个容历史、民族、宗教、政治及文化等多维要素在内的集合。因此空间批评要在文本中发现空间所蕴含的诸多因素，探究社会、空间和文本之间的关系。在《亚瑟王》（King Arthur）中，空间批评不仅关注浩大的场景，通过城堡、森林、战场等多种空间场面塑造亚瑟王骁勇善战、忠勇虔诚的个性形象，更重要的是作品中无处不在且至高无上的中世纪宗教影响力贯穿于整部作品空间的核心，这一社会因素成为塑造人物和揭示主题的重要手段，也是空间批评的核心要素。

总之，空间批评不再仅仅局限于地理学领域，而是具有先天跨学科的特点，蕴含着丰富的理论主张、众多的理论流派以及不同的空间观念。空间批评中的空间不再仅仅是一个用透视和体积去测量的物质存在，而是一种具有社会属性的超空间，一种崭新的空间建构方式，"即把它所指的空间看作一种新的空间形式，而不是那种旧的空间形式，也不是材料结构和物质形式的空间形式，而是排除了深层观念的文字纯表面之间的捉摸不定的关系，对我们的生活和思维方式产生影响的那种关系"[②]。应该说，空间批评是对传统空间理念的解构，更加关注空间的社会属性。空间批评在审视文学作品中的空间、景观、地点时，重点在于观木见春，探究空间背后渗透的社会因素。

三、空间的文化属性

如上所述，空间批评理论认为空间是文学作品中各种社会关系的集合，而文化是这一集合的核心。传统的文学批评中，空间在很长一段时间被视为"静止的"景观，是一种自然地理，往往忽略空间的文化属性。空间批评突破了景观研究的局限性，强调了文学空间的文化属性，把关注点转向了空间的文化属性。事实上"空间概念作为一种社会、文化和地域的多

---

① Henri Levibvre. *The Production of Space*. Donald Nicholson-Smith. Trans. Massachusetts：Blackwell，1991. p. 26.

② ［美］弗雷德里克·詹姆逊：《晚期资本主义的文化逻辑》，张旭东编，陈清桥等译，第 293 页，上海：三联书店，1997 年。

维存在已经成为近年来的学术焦点，特别是在后殖民文学、历史、社会和文化地理学领域"①。自 20 世纪后半叶以来，文学批评理论在经历了文化转型和空间转型之后，开始重新认识文学作品中的"空间性"。批评家借助文化研究等理论融合新文化地理学，不再把空间看作是一种被动和静止的自然属性，而是把其看作是文化建构的能动力量，强调空间所蕴含的深深的社会文化意义。近年来，空间批评逐渐从当代社会学和文化研究中不断汲取学术营养，开始从阶级、种族、性别、政治、历史等方面关注空间的文化意义。空间批评在新文化地理学的基础上，吸收了后现代主义的重要理论，重新思考"空间"与"文化"的关系，关注空间如何成为文化体验的"意义地图"。20 世纪后半叶的文化研究为空间批评提供了多维的视野和研究方法，使空间批评得以从多个角度重构空间研究，大大扩大和深化了空间解释学的思考及其学术影响力。空间不再被当作纯粹的"外在客体"，而是人类的一种文化实践的产物，是一种文化空间。

空间批评通过融入多种文化研究理论，丰富了自己的理论基础。空间批评强调对文学空间的"文化"解读，更加关注现代性所造成的空间与文化的融合，文化被视为空间批评的"根"。"强调文化是人与人之间社会、政治和经济的各种关系，通过文化作为中介(media)，是平台(level)，是生活圈(sphere)等等空间隐喻，将文化研究空间化。"②空间批评更多地关注空间的文化内涵，它将空间看作是各种文化因素的集合，从而将传统景观研究转向对空间的文化研究，关注空间如何作为文本、意义系统、象征系统、所指系统来表达意识形态、价值观、政治信仰以及民族主义和国家关系。可以说空间已成为一个指涉系统、一个隐喻。

在很多文学文本中，我们能够发现空间所渗透的多维文化内涵。我们不仅注意到文学作品中城市中的建筑风格、市井布局，更要进一步探究在这一个空间中不同居住者之间的社会文化关系；居住者同街道建筑之间或亲近或疏远的关系，以及某一个群体同这个空间整体所形成的一个空间隐喻等等，这都是空间批评要关注的内容。例如老舍笔下的老北京，那充满地方色彩的街道胡同、四合院和茶馆不仅仅是一种景观和场景，它们合在一起，形成一个相得益彰的整体，具有浓重的"京城韵味"。这种"京城韵味"同老舍的人物、故事情节一起形成一种文化，构成 19 世纪初京城底层百姓文化的一种根基。在这里整部作品就构成了一个空间隐喻，一个具有文化建构力量的空间隐喻。古希腊经典荷马史诗《奥德赛》(The Odyssey)叙述了主人公奥德修斯(Odysseus)从长达 10 年的特洛伊战场历经千难万险，又经过 10 年的漂流，终于回到自己的家园，同妻子、儿子团聚。整部作品也可以看作是一个空间隐喻，一个关于家园的空间隐喻。我们在这个空间中可以发现其文化属性——古希腊文明的重要基石——英雄主义。主人公为正义而战魔斗怪的机智英勇以及为了同家人团圆所付出的艰辛，都是英雄主义的表现。奥德修斯在整部史诗中的种种磨难也构成了一个巨大的空间，古希腊英雄主义就是这个空间的文化核心。

四、空间的身份属性

20 世纪后半叶西方文艺理论此起彼伏，空间批评在自身发展过程中吸收了其中的部分理论，身份认同理论就是其吸收的重要后现代理论。"身份认同(identity)是西方文化研究的

---

① Kate Darian-Smith, Liz Gunner and Sarah Nuttall, eds. *Text*, *Theory*, *Space*. London & New York: Routledge, 1996. p.2.
② 李蕾蕾：《当代西方新文化地理学知识谱系引论》，第 79 页，《人文地理》第 2 期。

一个重要概念，它受到新左派、女权主义、后殖民主义的特别青睐。其基本含义，是指个人与特定社会文化的认同……身份认同表现为个体身份认同、集体身份认同、自我身份认同和社会身份认同。其中个体身份认同指在个体与特定文化的认同过程中，文化机构的权力运作促使个体积极或消极地参与文化实践，以实现其身份认同。……集体身份认同指文化主体在两个不同文化群体或亚群体之间进行抉择。受不同文化影响，文化主体须将一种文化视为集体文化自我，将另一种文化为他者。……"①空间研究的身份属性使空间具有了一定的标签、属性和主体性。空间批评家在此基础上，提出了多种空间的身份属性观点，如英国学者迈克·克朗提出了"家"的描写中的空间身份属性问题。他指出文学文本中的空间具有一定的主体性。克朗和美国学者瓦格纳还各自提出了空间研究中的"他者空间"理论，空间具有了诸如"我们"或"他们"的主体性。克朗指出，"我们采用空间速记的方法来总结其他群体的特征，即根据他们所居住的地方对'他们'进行定义，又根据'他们'，对所居住的地方进行定义……空间对于定义'其他'群体起着关键性作用。在被称作'他者化'的过程中，'自我'和'他者'以一种不平等的方式建立了起来。"②

　　空间批评在融入身份认同理论后，关注的焦点更加指向空间的非自然属性。空间研究从传统的对景观地理的自然属性研究转向对其主体性的研究，并关注空间的自我、身份的研究。首先，批评家关注文学空间是否被赋予了新的意义，意识形态是否被赋予在空间描写之中。文学作品中的空间在一定程度上具有了人和社会一样的身份和主体性。在一些中国古典小说中，一种空间常常会被赋予某种当时占主导地位的思想或意识。在《三国演义》中，很多战场空间和宫廷空间被赋予了"忠"、"勇"的主体性。例如在众多关羽参加的战场空间中，充溢着一种忠义、骁勇的主体性，而敌我双方的混战和掩杀只是模糊的反衬。在第二十五回"斩颜良、诛文丑"一场中，关公占去这个空间的大多部分，关公的主体性成为这一空间的主导，而曹军大规模的掩杀，一笔带过。在众多战场空间中，一种忠于汉朝天子的理念始终成为这些空间身份的基石。这是儒家思想固有的"忠"与皇权的思想在发挥作用，一种支配作者的意识形态、价值观念会在潜意识中将文本中的空间涂上特殊的政治身份。

　　其次，"他者"是后现代学者给空间的一个身份定位。空间理论学者将身份认同、后殖民理论和女权主义等思想融入到了空间研究中来，提出了"他者空间"。文学空间在一定程度上具有了人和社会一样的身份和主体性。当其中一个处于边缘和被支配地位时，这个空间就是作品中的"他者空间"。空间批评则关注文学作品中的"他者"空间以及这一空间背后渗透的身份认同或冲突。克朗和瓦格纳等空间理论家指出作家在文学作品的空间描写中，会潜意识地渗透作家自身的意识形态和价值观念，因此在其对某些地域或景观的展现中，会给这些空间贴上具有某种身份的标签。他们指出一些欧美作家往往在潜意识中存在"欧洲中心论"意识，认为所有欧洲的民族、文化、艺术、地域等是"中心"，而给欧洲以外的一切贴上"他者"的标签。他们在对非洲的描写中，非洲常常被冠上"黑大陆"、"愚昧"、"野蛮"等身份，与此相对应的是，欧洲则以一种"宗主"空间的身份出现在文学作品中。瓦格纳在分析了康拉德（Joseph Conrad）的小说《吉姆爷》（*Lord Jim*）中的空间后，认为小说中欧洲人潜意识的欧洲中心主义和宗主国思想给小说中的非洲涂上了他者化的色彩。同样，所有男性作家，也包括一

　①　陶家俊：《身份认同》，赵一凡等编：《西方文论关键词》，第 465 页，北京：外语教学与研究出版社，2006 年。
　②　［英］迈克·克朗：《文化地理学》，杨淑华、宋慧敏译，第 77～78 页，南京：南京大学出版社，2003 年。

些女性作家其作品总是受一种"男权思想"潜意识的影响，女性在作品中也表象为"他者"地位和身份。一些少数族裔作家，其作品中会同时出现宗主国和殖民地国家的两种空间。其中一个空间与另一个空间具有了不同的身份地位，一个处于支配地位，一个是被支配的地位。

总而言之，空间批评是 20 世纪后期融合文化地理学和多种后现代批评理论发展起来的一种批评方法，是一种跨学科的、开放式的批评理论。空间批评在吸收了如文化研究特别是身份认同和女权主义等诸多理论后，理论内涵不断丰富，从而使空间研究从单纯的景观自然属性迈向文化、主体性、身份等多维的研究方向。21 世纪是一个科技、社会、学科快速发展的年代，新的知识、理论、学科也将不断地涌现，在融合了多门学科之后形成的空间批评，也必将在新的世纪以开放的姿态不断充实其理论内涵。

第二节　批评方法

运用空间批评理论解读作品，可以从以下几个方面进行：

一、文学作品中的景观研究

文学作品中的景观可以分成物质景观和非物质景观。物质景观是人们感官感觉到的色彩和形态，如城市、建筑、交通、田园、人物等。非物质景观主要包括思想意识、风俗习惯、宗教信仰、世界观、政治因素等。非物质景观是景观的无形之气，其作用也不容忽视。文学作品中的景观研究既包括对物质景观的研究更要包括对其非物质景观的研究。这些景观作为文学作品中的空间结构，同人们的生产生活有着非常紧密地联系。克朗就指出"作为一种文学形式，小说具有内在的地理学属性。小说的世界由位置和背景、场所与边界、视野与地平线组成。小说里的角色、叙述者以及朗读时的听众占据着不同的地理和空间。任何一部小说均可能提供形式不同，甚至相左的感性认识对某一地区和某一国家的地理知识的系统了解"①。但是文学作品不只是简单地对地理景观进行栩栩如生的描绘，作品中的文学景观能揭示人们的世界观，展现人们认识世界的不同方法，因此重点在于能够透过景观的物质外貌，深入文化景观内部，使景观研究进入到深层的思想内涵。

英国 19 世纪小说家托马斯·哈代（Thomas Hardy）在其作品中的空间描写社会对男性的崇拜以及资本主义工业化对田园社会的侵害和剥夺。在《苔丝》（Tess of the d'Urbervilles）的第 14 章，哈代对威塞克斯郡秋天的一个收割的早晨作了细致入微的描写。哈代把早晨出生的太阳描写成一位全能的上帝形象俯视着威塞克斯的乡村、田野：

太阳因为有雾气的关系，显得不同寻常，好像一个人，有五官，能感觉；想要把他表现得恰当，总得用阳性代名词才成。他现在的面目既是那样，再加上一片大地上，连一个人影儿都没有，这就立刻叫我们明白了古代崇拜太阳的缘故。我们自然而然地要觉得，通行天地间的宗教，没有比这一种再近情合理的了。这个光芒四射的物体，简直就是一个活东西，有金黄的头发，有和蔼的目光，神采焕发，仿佛上帝，正在年富力强的时期，看着下面包罗万象的世界，觉得那儿满是富有趣味的事物。②

---

① ［英］迈克·克朗：《文化地理学》，杨淑华、宋慧敏译，第 55 页，南京：南京大学出版社，2003 年。
② 托马斯·哈代：《苔丝》，孙法理译，第 93 ~ 94 页，南京：译林出版社，1993 年。

哈代在对太阳景观的描写中，投以重笔展现人们对太阳的阳性崇拜和宗教崇拜。哈代这里用"阳性代词"来对太阳进行修饰，是给万物生灵的缔造者、统治世界的"上帝"披上了男性的外衣。这和源远流长的基督教中上帝（男性）创造世界，男人创造女人的定论不谋而合。太阳是万物的缔造者，被男性化以后，也就成了男权的象征。哈代似乎在暗示：男人像太阳一样是社会的主宰，社会是以男人为中心的，女性生活在男性"光环"的笼罩之下，女人只不过是男人的臣民，是男权社会中的弱者。可以说这里的景观描写关注空间的象征意义，太阳景观成为这一景观中的一种象征，形成一个笼罩整个威塞克斯空间的主宰，它给景观涂上了男权的色彩。

二、文学作品中空间的文化属性研究

如上所述，空间批评将空间看作是一个象征系统或指涉系统。在景观研究中，我们关注的是景观所渗透的思想意识或价值观念，关注不同的景观如何成为作者思想的象征系统，无论是地域环境还是城市空间的背后都隐藏着多重的文化意蕴，往往包含有历史、政治、文化等多维的综合体验。空间也因此具备了一种广泛的文化属性。空间批评的文化属性研究注重文学作品整体作为一个巨大的空间隐喻所折射出的深层次的文化意义。在解读《红楼梦》时，空间的文化研究将作品视为一个巨大的浮华空间，封建贵族文化思想在空间的各个部分及其整体处于一种主导支配地位，这种文化意义是超越小说人物之间的社会关系的。

乔伊斯的《都柏林人》（Dubliners）是由 15 篇小说组成的短篇集，我们可以把乔伊斯这 15 个短篇故事看作是一个整体的空间或隐喻，它的每一篇故事都在展现荒原的一个侧面。如《阿拉比》中有一条叫"里士满北街"的死胡同，它那没有出口的街道和一幢幢阴森冷清的房屋勾勒出都柏林一个压抑、迷茫的城市空间。作品主人公———一位情窦初开的少年，渴望在"阿拉比"市场为自己心爱的姑娘买件礼物。但当他好不容易进入阿拉比集市，却受到了无情的嘲弄。《阿拉比》通过街道、住宅、花园构建起一个忧郁、窒息、荒芜的城市空间。空间批评透过都柏林空间的荒芜特征，把阴沉的景观空间、已故的司铎、司铎杂乱的房间、荒芜的花园同瘫痪的宗教紧密联系起来，发现其深深的文化和宗教内涵，并使其成为揭示小说主题的重要手段。同样，在《都柏林人》的开篇《姐妹》（The Sisters）以及《死者》（The Dead）等其他十几篇作品中，乔伊斯毫无例外地通过一个个空间描写展现出都柏林多层次、多角度的阴沉、忧郁、荒芜的城市空间。整部《都柏林人》充斥着昏暗、衰落、发霉、荒芜、窒息的景象。通过空间批评解读《都柏林人》时，我们会发现作品在注重空间景观的同时，更加注重小说整体空间所蕴含的深厚的文化信息。小说中这 15 个作品集成一体，编织成都柏林一幅令人窒息的荒原空间：杂乱的街道、幽黑夜晚、恐怖的阁楼、阴沉的严冬。在这些空间展现中，有一种强烈的空间文化，体现了人们思想情感的迷茫、疏离、宗教伦理瘫痪的文化特征。空间批评就是要探究这个空间中的核心——乔伊斯小说的荒原文化特征。

三、文学作品中空间的身份研究

空间是一个文化建构的能动因素，而权力、身份、政治又是文化研究中最活跃的要素。文学作品中的空间是多种权力、政治空间的集合。上世纪 80 年代以来，文化研究、身份研究等文艺理论和研究实践不断发展，空间研究汲取了这些理论的精华，从对空间、区域、建筑、景观所具有的"地方特色"转向到关注景观、空间的"身份"，"将'地方感'改造为'地方认同'

(place identity)"①。在研究中形成了以空间景观和空间隐喻的身份和权力为重点的研究方向。空间的特征背后所代表的是这一空间景观、地域所具备的某种典型的身份特征。空间研究从传统的对景观地理的自然属性研究转向对其文化属性的研究，并关注空间的自我、身份和主体性的研究。而景观、空间的身份又必然与人的主体性紧密相关。主体性是理解"我们到底是谁"的基础，而"我们是谁"的问题又是与"我们来自哪里"的问题密切相关的。这样，种族、性倾向、性别、阶级等相互作用形成多重主体性，并在人际的、社区的、国家的和全球的不同空间尺度上形成紧密的关系，空间研究就与身份研究结合在了一起。②

20 世纪欧美一些小说家在其作品中展现了对异国大陆的空间描写，他们往往对亚洲、非洲等殖民地进行"他者化"的展示，殖民地被打上了"野蛮"、"黑暗"、"愚昧"、"落后"等身份的烙印。如英国现代主义作家康拉德、福斯特（E. M. Forster）等人的作品中，非洲被描绘成恐怖的黑大陆，亚洲被描写成低等的民族等等。与此相对应的是欧洲则被标榜成文明和民主的象征。福斯特在《通往印度之路》（A Passage to India）中对印度和欧洲的描述，就鲜明地展现了这两种不同的空间身份属性：

威尼斯的建筑，像（希腊）克里特岛和广袤的埃及大地一样，构建得体、坐落有序，然而，在贫困的印度，所有建筑都显得杂乱无序。他当时一定记不起祭神的庙宇同凸起的山冈所形成的那种美感，事实上，缺失了这种形式，又何谈美感呢？清真寺蹩脚地重复着那些建筑样式，让人产生一种紧张感，显得死板僵化。但是，意大利的教堂绝非如此。坐落于小岛上的圣乔尔大教堂，如果不具备这种形式之美，几乎不可能从海平面拔地而起。它注视着下面运河的入口，若非如此，运河也不会称之为大运河……威尼斯虽然不是整个欧洲，但它是地中海和谐的一部分。地中海是人类的标准。③

显然，在福斯特的空间展现中，不同的国家、地域被看作是一个个空间隐喻。清真寺和圣乔尔大教堂分别具有了自己的身份。这两个空间在写作过程中被赋予了新的意义，政治和意识形态被赋予在了空间描写之中。一个是被欧洲"他者化"的空间，一个是优越的宗主国空间，福斯特小说中的空间在一定程度上具有了人和社会一样的身份和主体性。埃及、希腊、意大利这些地中海文明的空间被赋予了一种"中心"的身份，然而同样拥有古代文明渊源的印度的景观空间却被定位为"他者"，这是"欧洲中心主义"作祟的产物。

在欧美一些少数族裔的文学作品中，空间同样存在宗主国和殖民帝国两种空间，比如在美国黑人作家的作品中，空间往往存在黑人身份和美国身份的冲突。他们将美国人身份意识内化，透过它来辨认自己的黑人身份。"一个人觉察到自己的两面性：既是美国人，又是非洲人。同一黑人身份中存在两个灵魂，两种思想，两股互相冲突的力量，两种矛盾的思想。"④生活在欧美的亚裔和拉美裔的一些作家，其作品对殖民的描写透露出强烈的民族空间感，英国作家奈波尔（V. S. Naipaul）是一位出生在特立尼达的印度后裔，他特殊的身份使其强烈地感受到不同民族身份在一个异国空间中的差异。"由于我在从特立尼达到英国的文化迁移中，是从边缘移到了中心，因此，相对于生活于其中的人，我能够更加感受到其中更直接的

① 李蕾蕾：《当代西方新文化地理学知识谱系引论》，第 80 页，《人文地理》，2005 年第 2 期。

② Longhurst R. "Introduction: Subjectivities, Spaces and Places". in Anderson, K., Domosh, M., Plie, S. & Thrift, N., eds., Handbook of Cultural Geography. London: Sage Publications, 2003. p. 283~289.

③ E M Forster. A Passage to India. Beijing: Foreign Language Teaching and Research Press, 1992. p. 282. 译文为笔者自译。

④ Paul Gilroy. "Diaspora and the Detours of Identity". Sage Publications, 1997. p. 126.

主导原则。"①

　　空间批评的身份属性研究聚焦在空间特有的身份特征上，空间的这种身份特征无论是作家有意或无意识的创作，它们都使空间具备了某种种族、阶级或性别的属性，空间的这种属性往往会发生在一个民族作家对另一个民族的描写中，也发生在少数族裔作家的作品中、某国海外作家的作品以及女性作家的作品中。

第三节　作品解读

文明的瘫痪：乔伊斯小说的空间解读

　　詹姆斯·乔伊斯是西方意识流和现代主义小说的先驱。创作了《都柏林人》、《一个青年艺术家的肖像》、《尤利西斯》、《芬尼根的苏醒》等多部作品，这些作品都毫无例外地以爱尔兰的首都都柏林为小说的创作背景，揭示了"瘫痪的文明"这一主题。本节分析乔伊斯小说中的三种空间形式：景观空间、社会空间和个体空间。这三种空间形式分别从不同的角度展现一个荒芜、瘫痪的精神荒原。

　　（一）乔伊斯小说中的景观空间

　　景观是一部小说中不可缺少的要素，它常常以地域、场景、建筑等形式出现在文本中。乔伊斯为了揭示现代社会"瘫痪"的空间特征，他巧妙地运用了都柏林的各种自然景观。这些景观空间主要包括都柏林的街道、建筑、教堂以及自然景观等。在都柏林，街道是泥泞的，胡同是死胡同，房子是阴沉的，庭院是压抑的，自然景观是迷茫的。可见乔伊斯笔下的城市景观环境展现出一种压抑和荒芜的空间文化特征，统一于作者的"荒原"主题。例如《一个青年艺术家的肖像》中有一段对洪水的描写就通过典故将教堂等景观笼罩在汪洋之中：

　　　　雨落在礼拜堂上，落在花园里，落在学校里。无声无息地，这雨会永远落下去。水会一英寸一英寸地涨起来，淹过草地和矮树丛，淹过大树和房子，淹过纪念柱和山顶。无声无息地，所有的生物都会憋死。鸟，人，大象，猪，孩子；无声无息地，世界的残骸七零八落，尸首在里面飘来飘去。四十个白天，四十个黑夜，雨会一直在下，直到水覆盖了整个地球的表面。②

　　上述引文是斯蒂芬在教堂听布道时的意识流联想，礼拜寺是这个景观的中心，教堂连同学校及所有的生灵都被肆虐的洪水吞噬，它同周围的环境、雨和洪水构成一个整体的景观空间。咆哮的洪水、被吞噬的教堂和生命给这个空间蒙上了一层荒芜的基调。借助文本同《圣经》典故的互文性，乔伊斯赋予了这个空间更多的宗教内涵。在《圣经·旧约·创世纪》中耶和华看到了人类罪恶的行径，遂利用洪水铲除了人类所有的邪恶。景观中的教堂被淹没了，学校被淹没了，所有的生灵都被淹没了，弥漫着世界的荒芜，象征着宗教的瘫痪，预示着人类文明已经濒临末日。可以说自然景观在空间批评学者眼里，成为了一种空间隐喻，凸显出景观的文化属性。在一段普通的景观中，景观的物质因素不再是空间批评的关注焦点，其背后渗透着的宗教文化属性才是其关注的内容，地理景观在空间批评中变成了一种象征和指涉

---

　①　V. S. Naipaul. "*Our Universal Civilization*" in The Writer and the World：Essays. New York：Alfred A. Knopf, 2002. p.507.

　②　詹姆斯·乔伊斯：《都柏林人、一个青年艺术家的肖像》，徐晓雯译，第 324 页，南京：译林出版社，2003 年。

系统，也因此被赋予了文明"瘫痪"的宗教文化意义。同样的景观也出现在《都柏林人》的最后一篇《死者》末尾那场席卷整个爱尔兰的大雪中：

爱尔兰普遍都在降雪。雪落在黑暗的中央平原上所有的地方，雪落在不长树的小山上，雪轻柔地落在艾伦沼泽上，再往西走一点，雪轻柔地落入香农河奔腾的黑色波涛中。雪也落在小山上那孤零零的墓地的每个角落里，米迦勒·富里就埋葬在那里。雪厚厚地飘落在那些歪歪扭扭的十字架和墓碑上，飘落在那小小墓门的尖栅栏上，飘落在荒凉的荆棘上。他的灵魂慢慢迷离，他倾听着雪隐隐地从宇宙洪荒中飘落而来，隐隐地飘落，像最后时刻的来临一样，飘落到所有的生者和死者身上。①

空间批评把景观看作是一种空间隐喻，强调景观的文化属性，因此作品中众多的景观场景成为作者揭示主题的重要"技巧"。乔伊斯为《死者》定下了"死亡"的主题基调，所以这里的人名、地名和空间景观都统一于这个主题。看门人的女儿丽丽（Lily），意为百合花，象征死亡；加布里埃尔被视为死亡天使；地名厄舍岛本是爱伦·坡（Edgar Allen Poe）的恐怖小说《厄舍古屋的倒塌》（The Fall of The House of Ursher）中那座腐朽的、阴森恐怖的古屋名字，象征瘫痪腐朽的生活环境。即使在一个象征万物复苏的圣诞晚会上，人们也在一起围绕着死亡的话题高谈阔论。《死者》通过都柏林各处地点、晚会、自然景观以及小说中的各种象征建筑、人物等形成一个整体的空间象征系统，瘫痪和死亡的阴影始终笼罩着都柏林的每个角落。自然景观沉闷压抑，家庭生活单调乏味使得整个社会犹如一潭死水，毫无生气，令人窒息。小说结尾这场压抑窒息的雪景是这个系统中象征文明瘫痪的典型空间。

无论是《一个青年艺术家的肖像》中的洪水场景还是《死者》中的这场大雪场景，都是作为一种象征系统，构成一个巨大的、基调统一的空间，展现出一个荒芜、瘫痪的精神荒原，成为体现乔伊斯作品"精神瘫痪"主题的重要手段。② 乔伊斯在其他作品中也频繁地运用自然景观、城市景观和建筑景观以及其他各种景观，为更好地揭示主题而服务。

（二）乔伊斯小说中的社会空间

社会空间是小说空间的重要组成部分，人物总是要走进社会，同社会进行交流，不同人物在社会交流中形成一部作品的社会空间。社会空间不仅包括物质空间，如场所景观、建筑式样，重要的是人物在社交场合交流中所体现的非物质空间，如人物在社会空间中的行为方式和结果、思想文化冲突等。社会空间有时会体现为一种思想同另一种思想的交锋、一个群体对另一群体的压迫或反抗，这些都是小说中社会空间的重要组成部分。比如《简·爱》中的洛伍德学校不仅是一个建筑空间，更是一个重要的社会空间，简·爱的反抗精神同维多利亚时期社会准则的交锋构成了一个独特的社会空间，也成为作者塑造人物的一个重要手段。

乔伊斯小说中的社会空间主要构建在都柏林社交场的内部空间中，包括酒吧、餐馆、报社、教堂、图书馆等场所。小说中社会空间为小说情节提供了发展的广度，这些空间大多伴随着人物在社会行为中的思想压抑、精神异化等特征，而弥漫着一种荒诞和虚无的空间氛围。

在《尤利西斯》的第7章中，乔伊斯叙述了《自由人》报社内部午间一小时内的空间全图。布卢姆是位猥琐庸俗的广告推销员，报社是布卢姆兜揽广告生意的重要场所，作者对报社内

---

① 詹姆斯·乔伊斯：《都柏林人、一个青年艺术家的肖像》，徐晓雯译，第208页，南京：译林出版社，2003年。

② 参见李维屏：《乔伊斯的小说艺术和美学思想》，第111～112页，上海：上海外语教育出版社，2000年。

外空间的诸多方面皆有所展现。这一章实际上叙述了两个并列的社会空间：一个是都柏林市井空间，另一个是报社内部空间。乔伊斯分别从室内空间和外部空间展现都柏林混乱、荒芜的空间。首先这一章是从报社办公室内部观察都柏林市井，乔伊斯将视角对准了都柏林的三个街景空间，即都柏林车水马龙的市中心、中央邮局以及货栈。它们之间除了空间上的联系之外，没有任何逻辑关系，空间内的人物之间没有任何的交流。接着进入到《自由人》报社的内部，展现各个办公室不同角度的空间及其内部活动。在报社内部空间中，叙述在不同的空间中穿梭，先是卡特拉奇的办公室然后又转到了印刷车间、排字房、主编办公室等，在这短短一个小时内空间在不断的转换，人物达几十人，他们各自忙着自己的工作。很多空间都充满了布卢姆庸俗、猥琐的言行和其同事、朋友对他的奚落。它们合并在一起构成了一个巨大的杂乱空间。乔伊斯并没有将这个巨大的杂乱空间的材料简单地以线性顺序排列起来，而是戏拟了现代主义绘画中的拼贴画（collage）技法，将这些叙述内容分成 63 个叙述片段，并给每一个片断配上一个稀奇古怪的报纸标题。特别需要注意的是在这 63 个栏目标题中，表示空间地点或空间隐喻的标题约占三分之一，多达 19 个。比如：第 1 个标题"在希勃尼亚首都中心"；第 7 个"钥匙议院"；第 15 个"爱琳，海上的绿宝石"；第 17 个"他家乡的土话"；第 42 个"意大利，艺术的女王"；第 49 个"亲爱而肮脏的都柏林"；第 50 个"问我高贵的爱尔兰的屁股"；第 60 个"叫什么？——还有——在哪儿？"，这些地点不一致、文体不同的空间标题，使读者产生一种混乱之感，再加上每个标题下的空间内部所展现的人物猥琐的言行，形成一个荒诞的空间隐喻。

乔伊斯把众多的空间内容，用报纸标题的形式，拼贴在一起，使得报社整个社会空间"恰似报纸五花八门的栏目一样，各自叙述着自己的故事，这些杂乱的叙述片断角度各异、材料异质，被并置在一起，增加了支离破碎和杂乱喧哗之感"①。古老的意大利、爱尔兰、都柏林被冠在了各个空间的标题之上，在荒诞离奇中遭到了戏谑和嘲讽。这些叙述内容构成一个社会空间隐喻——一个支离破碎的空间——揭示西方现代社会的文明的瘫痪。

乔伊斯在不同的小说中，将人物活动的众多社会空间涂上一种荒诞的色彩，形成这部作品社会空间的主题基调。读者在阅读中可以感受到这种基调潜移默化地渗透在每一个具体的空间之中，它们或者表达人物的猥琐和庸俗，或者展现文明的瘫痪等主题，构成一个统一主题基调的众多社会空间的集合，这个空间集合从人物同社会的关系角度展现出一个文明瘫痪的都柏林社会。

（三）乔伊斯小说中的个体空间

乔伊斯小说中的个体空间指的是具有人物典型特征的家庭场所及其个人心理空间。它也是作者揭示都柏林荒原文化空间的重要组成部分。不同人物的个体空间有各自的特点，在《阿拉比》中，牧师所居住的房间和那个幽暗潮湿、杂乱荒芜的花园形成独具色彩的个体空间。小说通过多处的空间描写，形成特点鲜明、带有相同文化基调的空间构建，乔伊斯力图通过这些空间建构展现出一个宗教瘫痪的文化空间。

在《尤利西斯》中，乔伊斯对三个人物的个体空间作了精细的展现。其中布卢姆的个体空间呈现庸俗、琐碎的特征；斯蒂芬的个体空间是迷茫虚无的；莫莉的空间则呈现荒诞与淫荡的特点。三个个体空间分别代表三种不同的思想意识和处世哲学，布卢姆的庸俗哲学、斯蒂

---

① 吴庆军：《尤利西斯叙事艺术研究》，第 27 页，北京：北京理工大学出版社，2006 年。

芬的虚无主义和莫莉的肉欲主义是现代精神荒原的不同方面的写照。三个人物的个体空间从不同的角度，交汇成一幅都柏林现代社会多维的精神荒原图，人物各具特色的个体空间成为乔伊斯揭示都柏林"瘫痪的中心"主题的重要手段。

这里首先以布卢姆为例分析人物的个体空间。布卢姆早晨单独吃早餐时，整个厨房只有他一个人，他先是津津有味地吃起动物的内脏，然后为妻子准备早餐，最后百无聊赖地同家中的小猫聊起了家常。乔伊斯的叙述中生动地刻画出布卢姆津津有味地吃羊腰子的情景，甚至连杂碎的做法和步骤都交代得清清楚楚。在西方社会中，尤其是在上层社会，动物的内脏被认为是肮脏不洁的，其内脏常常都被加工成饲料后，再次作为家畜或宠物的饵料。因此，吃内脏在西方社会被认为是低级龌龊的行为。在后面的细节描述中，乔伊斯又让布卢姆吃起了猪蹄、羊蹄之类"无法登大雅之堂的"肉食下脚料。这一细节描写形象生动地展现出了布卢姆的庸俗和猥琐，同时也为这样的个体空间贴上人物特征的标签。

布卢姆先生充满好奇地凝视着它那绵软的黑色身姿，看上去干净利落，柔滑的毛皮富于光泽，尾根部一块纽扣状的白斑，绿色的眼睛闪闪发光。他双手扶膝，朝它弯下身去。……

大家都说猫笨。其实，它们对我们的话理解得比我们对它们更清楚。凡是它想要理解的，它全能理解。它天性还记仇，并且残忍。奇怪的是老鼠从来不嗞嗞叫，好像蛮喜欢猫儿哩。我倒是很想知道我在它眼里究竟是个什么样子。高得像座塔吗？不，它能从我身上跳过去。

他穿着那双稍微吱吱响的靴子，攀上楼梯，穿过过道，并在寝室门前停下来。①

这段叙述中既有作者对客观空间的描写，也有对人物的心理空间展现。布卢姆是这个整体空间的主宰者，我们看到主宰这一空间的人物被刻画成一位胸无大志、孤独无聊的人物。作为中年男子，他并没有把自己的精力和心思放在事业上，而是整日沉浸于无聊的琐事之中，即使在家中他也总感到苍凉和孤寂。妻子的不忠使他们无法沟通和交流，反而倒是一只小猫咪成为了他关注和交流的对象，这一切映衬出人物孤独和压抑的内心世界。行为者的个性特征成为主宰这个空间的基调，这位庸俗的反英雄猥琐异化的行为和思绪为这个人物的个体空间打上了庸俗的烙印。

《尤利西斯》的第18章运用长达几十页毫无停顿的内心独白（不加任何标点符号），结构无序、支离破碎的语句展现莫莉的意识流，将其朝三暮四、浑浑噩噩和混乱缥缈的肉欲思想表现得淋漓尽致。莫莉充满了龌龊、淫荡内容的意识流形成了其荒诞的个体心理空间，个体心理空间的非理性特征进一步揭示了现代社会迷茫的精神现状。乔伊斯在其不同的小说中塑造了众多的都柏林市民形象，他们各自有着不同的身份和心理特征，乔伊斯在一些主要人物独处之时总会为其构建一个独特的个体空间，这样不同的人物身份总将这些个体空间涂上人物的个体色彩，形成个体空间的基调，它们合在一起构成一个由不同个体组成的硕大空间，既有区别又相统一，深层次展现都柏林文明的瘫痪。

乔伊斯的小说以都柏林为背景，集中展现了西方现代文明的瘫痪和未来的迷茫。乔伊斯的小说以展现人物的内心世界特别是人物的意识流著称，但是作品中的空间也构成其重要的创作技巧。乔伊斯小说中的空间分别从自然和城市景观、社会空间以及人物个体空间三个方面展现都柏林这个"瘫痪的中心"。小说中的这些空间并非仅仅是文本中的景观、地点或"容

---

① 詹姆斯·乔伊斯：《尤利西斯》，萧乾、文洁若译，第117～118页，南京：译林出版社，2003年。

器",乔伊斯在创作中,将人物、自然、思想和空间高超地融为一体。社会空间中人物庸俗、猥琐的言行,宗教文明的瘫痪以及个人心理空间中思想的异化为小说中的各种空间打上了深深的文化、宗教和历史的烙印,使空间具有了文化的属性,连同人物和情节在小说的荒原主题上构成为相得益彰的整体。

第四节　解读范例介绍

一、地理空间的文化象征与文明差异

参见[英]迈克·克朗著:《文化地理学》,杨淑华、宋慧敏译,南京:南京大学出版社,2003年。

迈克·克朗(Michael A. Crang)博士是英国德哈姆大学(Durham University)地理系教师,是西方空间批评的代表人物之一。他1998年出版的《文化地理学》(*Cultural Geography*)从地理景观入手并结合文化定位对文本中的地理景观和空间作了详尽阐述。克朗认为文本中的空间包括地域描写、景观描写及其所蕴含的历史文化意义,因此,他指出应该把地理景观看作是一种综合景观。

(一)地理景观的象征意义

克朗首先提出了地理景观研究的文化定位问题。他指出地理景观的文化定位就是探究地理景观和空间研究中的文化内涵,同时研究不同民族文化是如何赋予空间以意义的。文化是"一整套的思想观念和价值观念,它们使不同的生活方式产生了意义,生活中那些物质的形式和具有象征性的形式产生于这些思想观念和价值观念"[1]。文化地理学从地理的角度研究文化,着重研究文化是如何影响我们日常的生活空间。克朗将文化视为现实生活中具体的现象,深入研究了大量实例,并深入思考国家、民族、商业、电影、音乐等在文化中起的作用,研究了地理景观对人们产生的影响和作用,以及文化传统、价值观念和世界观对地理景观的影响。

布朗详细阐述了地理景观如何被人为地赋予了文化象征意义,不再把空间看作是纯粹的地理景观,而将其看作是赋予了深刻文化意义的"文本"。布朗通过给地理景观进行文化定位,指出了文化地理学的研究方向,丰富了地理景观研究和空间批评的理论构成和批评方法。

1. 小说中的田园和住宅

克朗指出"地理景观是不同的民族与自己的文化相一致的实践活动的产物"[2]。他进一步指出地理景观的形成过程表现了社会的意识形态和人们的价值观念,而意识形态会通过地理景观得以保存和巩固。我们把地理景观看作是一个价值观念的象征系统,而社会就是构建在这个价值观念之上的系统之一。因此,考察地理景观就是阐释人的价值观念和意识形态的文本。文学和地理学虽然有所不同,但是文学同样可以在文本中构建地理景观。家庭住宅、宫廷建筑、田园景观能被人为地赋予象征意义。我们通过分析地理景观的空间格局和造成这种

① 参见[英]迈克·克朗:《文化地理学》,杨淑华、宋慧敏译,第2页,南京:南京大学出版社,2003年。

② [英]迈克·克朗:《文化地理学》,杨淑华、宋慧敏译,第35页,南京:南京大学出版社,2003年。

格局的实践活动，能够了解景观空间所渗透的宗教观、宇宙观和生活观念等思想意识形态。克朗例举了英国乡村住宅和中国清代的避暑山庄，阐述了这些田园、住宅及宫廷建筑所蕴含的价值观念和意识形态。

17 世纪末，英国的花园设计以规则的几何图形为特征。花圃常常设计成均匀的直线状，被路径垂直分隔。园中种植篱笆，用于将花圃分隔成规则的几何形状。花园中规则有序的几何图形看上去同野生自然形成鲜明的反差，它的表现形式就把花园同周围环境明显区分开来了。因此花园和围绕花园的篱笆就具有了超越其本身的意义。园墙和篱笆将花园与四周较凌乱的自然环境分隔开来，使得园中精心设计的人工图案产生了最佳的视觉效果。新柏拉图主义批评家认为花园是典型的非自然领域，在那里自然被调遣、被驯服甚至被折磨。新柏拉图主义是一种自然观，认为人类有责任和义务去揭示大自然背后的完美秩序。认为花园是完美形式并不是与自然唱反调，而是发现自然界不完美的有缺憾的形式，人类应尽力去发掘自然中美好的本质并完善自然。

克朗还例举了中国的皇家行宫避暑山庄。避暑山庄有建筑在小山上环绕一周的宫墙，山庄内部是众多的湖水和花园。克朗认为按照中国古代的风水学说，山代表男性，水代表女性，因此这座皇家建筑体现了中国古代的阴阳平衡说。同时湖中九座小岛将湖面分割成八个小湖，反映了世界由九山八海所构成的佛家思想。

小说中的田园和住宅不仅仅是一种地理景观，它也是一种可以解读的"文本"，蕴含了某个民族的信仰和民族特征。无论是中国古代的皇家园林还是英国近代的平民花园都包含了建筑设计者的宇宙观和历史文化意义。田园风光和住宅建筑是小说中不可或缺的地理景观，空间批评要善于解读这些"文本"背后深深的文化沉积，探究其悠远的文化渊源。

2. 小说中的城市景观

城市景观是小说空间的重要组成部分，克朗指出城市常是小说故事的发生地。作家对城市景观的描述同样包含了当时人们对社会和生活的认识。克朗列举了托马斯·哈代和维克多·雨果的小说来阐述这一观点。雨果《悲惨世界》的主要故事情节的发生地设置在巴黎周围，而且将整个巴黎的街道和建筑分成明暗两种截然相对的景观。小说中穷人居住的狭窄街巷和贫民窟是文学文本构建出的一种黑暗的想象性空间，是一种象征性的城市景观。与此相对应的是巴黎另一面的城市景观：官方和国家的空间。那里没有简陋、肮脏的贫民窟，取而代之的是华丽宽阔的通衢大道。于是，巴黎的城市景观成为了光明与黑暗两个截然相反的城市空间。

雨果通过明暗两种城市景观寓示贫民与国家机器的对立与对抗。小说揭示了一个神秘的贫民世界，一个与官员和政府相对抗的世界。"雨果有意将 19 世纪 40 年代那些藏匿于社会角落的贫民区与城市外表的规划和建设进行对照性描写，雨果将这个公开、有秩序、政府控制下的地理景观与先前黑暗未知的城市做了对比。小说通过地理景观揭示了一种知识地理即政府对潜在威胁(那些可能叛乱的穷人)的了解和掌握，同时这也揭示了一个政府权力的地理。"①

人物的不同性别对城市产生的认识也会不同。克朗通过英国现代小说家多立斯·莱莘(Doris Lessing)的小说《四扇门的城市》(*Four-Gated City*)的若干空间分析指出小说同样会揭

---

① ［英］迈克·克朗：《文化地理学》，杨淑华、宋慧敏译，第 63 页，南京：南京大学出版社，2003 年。

示城市里的性别地理空间。作家通过文本中的街道、商店、休闲场所等构建城市空间，能够展现给读者一个包含"理性知识的控制、男性的权力、经济的繁荣和困境以及性别欲望的地理学"①。小说中的城市空间并不仅仅是简单的物理空间，而是渗透着知识、性别、经济以及权力的各种相互关系，通过对城市景观的空间解读，能够揭示其深层次的社会、文化意义。

3. 空间与现代性

现代性产生于西方启蒙主义时期，随着工业化进程的快速发展，现代性也逐步进入文学的空间世界。文学作品随着现代性的发展也出现了一些重要的转变。首先，城市变得越来越现代化，并占据小说空间中的重要地位。小说空间也开始变化，以往小说中的田园风光越来越被煤气、玻璃墙面的商店、批量生产的商品、各种展览会所取代。"这不是一个简单的建筑或经济的转变，而是城市生活空间的变化"②。其次，城市空间及其人们却变得越来越陌生。在乡村，人们熟悉彼此的工作、经历和性格，世界相对来说是一个可预知的世界。"在现代城市里，人们彼此之间的陌生化现象说明了城市生活已不再受社区支配，城市因此变成了一个陌生人的世界"③。虽然都市里的繁华忙碌使人激动，然而生活在琳琅满目的商品世界中的人们难以实现思想情感的相互交流，彼此之间倍感孤独和疏离，人们的思想情感发生扭曲异化。随着现代性的发展，思想情感越来越成为小说空间重要的表现主题。小说通过展现繁忙的城市空间及人们彼此之间的孤独感旨在揭示现代性给人们带来的后果。

小说空间的另一变化表现在文学作品对空间的表现方法上。城市的地理空间开始变得碎片化。19 世纪小说中的城市空间主要通过叙述性描写，展现城市的物理空间。这种小说叙事形式在 20 世纪出现了新的变化。无论是城市空间还是田园空间，都往往以碎片化的形式出现。典型的代表有法国马塞尔·普鲁斯特（Marcel Proust）、詹姆斯·乔伊斯和弗吉尼亚·伍尔芙（Virginia Woolf）等作家的意识流小说。在这些作家的作品中，传统的时空观念被打破，空间不再是实实在在的物理空间，变得飘忽不定、不可捉摸，这一方面说明现代生活节奏的加快，给人们理解世界增加了困难。另一方面，说明现代作家追求小说空间叙述形式上的创新和突破。在乔伊斯的《尤利西斯》中和多斯·帕索斯（Dos Pasos）的《曼哈顿的变迁》（*Manhanttan Transfer*）中，两位作者抛弃了传统的时空表现手法，运用了现代主义绘画称之为拼贴的叙述技巧，分别表现都柏林和纽约两座"碎片化的城市"的生活历程和人物的心理空间。

克朗通过阐述现代性对文学空间内容的影响指出现代文学空间中景观显得越来越陌生，人们彼此间的疏离和孤独成为文学空间的主题。另一方面，现代性还带来了不同的认识世界的方法。文学空间是社会的产物，它不是简单地对景观进行深情的描写，文学空间的碎片化不仅提供了认识景观、地点和人物风情的窗口，它同时提供了揭示不同人物和空间身份、历史、文化的重要空间建构，同时也是认识文学和社会的重要途径。

（二）他者空间：家的描写、领土的建立及空间的描写

1. 他者的确定：殖民与黑大陆

世界文化的多样性形成了世界地理景观的多样性。不同地域文明也呈现不同的特征。他

---

① ［英］迈克·克朗：《文化地理学》，杨淑华、宋慧敏译，第 67 页，南京：南京大学出版社，2003 年。
② ［英］迈克·克朗：《文化地理学》，杨淑华、宋慧敏译，第 69 页，南京：南京大学出版社，2003 年。
③ ［英］迈克·克朗：《文化地理学》，杨淑华、宋慧敏译，第 68 页，南京：南京大学出版社，2003 年。

者是一种特征，这种特征是一种归属性，如肤色、性别等。特性的分类既不是完全人为的，也不完全是先天的。对他者的划分也是一个政治过程。19世纪末，随着欧洲列强瓜分其他大陆，成为世界霸权的开始，欧洲中心主义思想潜移默化地影响着欧洲作家和批评家，引入了一个非西方的"他者"观念。欧洲人认为一切欧洲以外的民族、社会、文化都是低等的，因此成为西方文学中的"他者"。"他者"观念论证了西方文化与殖民历史的关系，两百年来，西方人一直以为自己的文化优越性是天经地义的。西方被称之为"自我"，而东方则被贴上了"他者"的标签。

克朗指出"他者"表现在领土、家和空间的描写上。"东方和西方并不仅仅是两个单词，而是两个名称，两个构建特性或统一性的名称，而这种统一性就是领土"①。西方的视角通过类比东方建立起来，东方也正是在这种西方类比东方中存在的。在这种关系中，居于从属地位的群体成为一个知识体系中的"客体"，这一知识体系成为某种"权威"，剥夺了"客体"形成自己特性的权利，把它们当作边缘化的、负面的"他者"。克朗在空间批评中将"他者"概念运用到地理景观的研究中，通过分析地域、领土、城市、建筑等空间所负载的文化信息，探究中心与"他者"的交锋，深入发掘东西方文化的差异及其根源。

20世纪后半叶的后现代主义影响了整个世界的文学批评理论。后殖民思想在解构主义思潮和爱德华·赛义德（Eward Said）的《东方主义》（Orientalism）的传播下，从20世纪80年代开始，影响波及西方人文社会科学研究的各个领域。其丰富的蕴涵，强烈的批判意识也受到空间批评的青睐。后殖民批评旨在从文本的边缘发现一个民族、文化在同另一个民族、文化的冲突交锋中，其中一个总是处于权威或中心的地位，而另一个则处于劣势的地位。在空间批评中，一个地域的地理景观和空间及其蕴含的文化、文明、知识、艺术等在对比中常处于"他者"的地位。

在空间批评实践中，非洲往往是被边缘化和他者化的对象，而欧洲的地理景观和空间则是中心、权威的形象。非洲被描写成恐怖的黑大陆，被"他者化"，以欧洲文明的对立景观出现在文学文本中，然而正是欧洲的殖民者用屠刀扼杀了非洲。正是欧洲人的白人中心思想和欧洲中心主义把非洲抹得漆黑一团。欧洲人看非洲的目光大多倾向于将其视为罪恶的中心，被恶魔般的黑暗笼罩，那里有奴隶制和食人部落，而铲除这些黑暗则是欧洲人的责任。有关黑暗与光明的空间隐喻在很多的文学文本中都有所展现。非洲广为人知的地理与西方人的欲望和恐惧已紧密关联起来。像约瑟夫·康拉德的《黑暗的中心》（Heart of Darkness）、《吉姆爷》中的非洲俨然是罪恶、野蛮空间的代名词。

2. 性别地理景观：另一个他者空间

克朗在阐述殖民思想的基础上，进一步指出了地理景观中的性别属性问题，克朗的这个观点深受女权主义的影响。女权主义批评旨在揭示文本中的男权思想，从文本特别是文本的边缘，发现以往作家对女性的曲解，边缘化和他者化等现象，分析这些现象的深层次原因。在地理景观研究中，种族和文化优劣的思想常常是通过男性的角色表现出来的，女性往往处于劣势、边缘的地位。

西方妇女的地位处于性别和种族相互矛盾的关系之中：一方面，她们的白皮肤被用来证明种族的优越；另一方面，其性别又使她们居于从属地位。那些用于殖民地民族使其带有从

---

① ［英］迈克·克朗：《文化地理学》，杨淑华、宋慧敏译，第78页，南京：南京大学出版社，2003年。

属性的词汇，具有很强烈的性别特征即女性特征，这就使得女性永久地居于从属地位。这个问题吸引了众多学者去研究。一些研究结果表明白人女性同殖民地的妇女有很多的同一性。克朗指出文学文本中关于她们的空间，也是他者空间。

克朗列举了哈哥德(Henry Rider Haggard)的小说《奈达和百合》(*Nada and Lily*)。该小说是根据一只狼抚养了两个被遗弃的男孩的传说写成的。其中的一个男孩因迷恋一名妇女而遭到另一个男孩的责骂，因为他对一个身上的邪恶犹如流淌出的河水一样源源不断的女人心存欲望。在这部作品中，女性被喻为一种混乱的、易变的力量，而小说的中心正是要表现这样一种困惑人的关系。

克朗认为在这类作品中，作者利用女性化的景观搭建了一个舞台供男人上台表演。这些小说为男性人物创造了一个空间，在此空间中，男主人公们用果敢机智的行为证明自己的价值，女性在这个男性主宰的空间中处于从属地位。作家将妇女的情感与男人们的帝国大业相对照。很多小说，以男性的宏伟蓝图为背景，讲述男子以蛮勇证明自己的男子气概，而女性则处于从属地位。文本中男性空间同女性空间形成的交锋，是中心与他者的空间冲突，体现的是男权思想的压制。

二、空间的社会属性与三元意义

参见列斐伏尔的《空间的生产》(Henri Levibvre. *The Production of Space*. Donald Nicholson-Smith. Trans. Massachusetts：Blackwell，1991.)。

法国新马克思主义学者亨利·列斐伏尔是空间批评理论重要的奠基人之一。列斐伏尔毕业于法国巴黎大学，获哲学博士学位。1930年开始任大学教授。第二次世界大战期间法国被德国法西斯占领，他的教授职务被解除。1944年以后，他历任杜卢斯法国广播台主任、国立科学研究院研究员、巴黎大学农泰尔学院社会学教授等职，1973年退休。他于1974年出版了空间批评中影响深远的著作《空间的生产》。列斐伏尔强调了空间的社会属性，他的这一理论深深地影响了后现代社会学研究、文学研究和城市空间研究。

(一)空间是社会关系的产物

列斐伏尔同大多数空间理论学者一样认为空间绝非静止的"容器"或平台，而是社会关系的产物，产生于有目的的社会实践。列斐伏尔认为空间既是社会历史发展中生产出来的，又随着社会历史的演变而重新结构和转化。列氏的主要观点为空间是由社会生产出来，同时也生产社会。一方面空间产生于一定的社会生产模式之中，是某种社会过程的结果；另一方面，空间也是一切社会活动、社会力量相互交织、矛盾、冲突的场所，是社会的"第二自然"。因此社会空间不可能是静止的"平台"，它蕴含有无限变化的内涵与外延。"社会空间与自然场所的鲜明区别在于它们并不是简单的并置：而是相互介入、相互结合、相互叠加——有时甚至是相互抵触和冲突"①。

列斐伏尔摒弃了传统的空间理论，不再把空间看作是"等待被各种各样事物填满的、空洞的容器"。在《空间的生产》一书中，他用详尽的论述指出资本主义现代性如何通过空间的生产发展起来。换言之，一个空间就其根本而言，是通过人类的社会活动产生的，因此，这

---

① Henri Levibvre. *The Production of Space*. Donald Nicholson-Smith. Trans. Massachusetts：Blackwell，1991. p. 88.

一空间"既不是物质的集聚，也不是感官数据的集合，更不是像包裹多彩内容的那层空洞的包装。它是作用于各种现象、物质、物质性之上的不可简约的'形式'"①。它"不是物质中的一种物质，也不是多种产品中的一种产品，它囊括所有被生产出来的事物，并包含有这些事物间相互依存、相互并置的关系——它们间的（相对的）秩序以及/或者（相对的）混乱"②。总之，在列斐伏尔看来，空间不仅是物质存在，也是形式的存在，是社会关系的集合。空间具有其物质属性，如其作为地域空间的客观属性，但更重要的是其自身具有的社会文化属性。空间与人类的社会实践和生活是紧密相关的，也正是因为人类的社会活动，空间才具有更加深远的社会、精神和文化等多维的意义。因此，在文学批评中，空间具有社会空间、民族空间、城市空间、文化空间、政治空间等多维的意义。

（二）三元辩证法

列斐伏尔认为长期以来二元哲学左右着我们的思想，比如，大与小，主体与客体，能指与所指，中心与边缘等等。其实在空间关系上，我们还能找到第三元，这就是空间的社会性。在《空间的生产》中，他提出了三元辩证法的概念。在列斐伏尔看来，空间不仅是物质存在和精神存在，它更是一种社会关系的容器。它是与人类生产生活实践和社会关系联系紧密的实体，也正是由于人类的社会实践活动，空间才具有了更加深刻和广泛的意义。空间也因此具有了多维的意义。在《空间的生产》中他指出："我们所关注的领域是：第一，物理的——自然，宇宙；第二，思想的，包括逻辑抽象和形式抽象；第三，社会的，换言之，我们关注的是逻辑—认识论的空间，社会实践的空间，感觉现象所占有的空间，包括想象的产物，如规划与设计、象征、乌托邦等等。"③

列氏关于空间的三元辩证法从不同角度阐述了空间的构成。首先，空间不是一种消极无为的地理环境，它是一种社会生产，资本主义的一种重要生产和统治工具。其次，列斐伏尔认为空间是社会生产中的一种要素，空间是体现了各种身份、文化、话语相互交织的构建物。作家和艺术家的创作、建筑师对城市的远景规划以及政治家对国家未来的构想都要受到社会空间思维的制约和影响。最后，空间同时也是一种消费对象，任何一个已完成的设计、艺术品、文本、建筑，如同工厂里的机器、原料一样，作为一个整体的空间在生产中被消费。列斐伏尔的空间理论凸现出空间自身所具有的社会属性，在资本主义迈向列氏所称的"抽象空间"的历史进程中与日益活跃的全球化趋势相互联系在了一起。列斐伏尔所称的抽象空间既有空间实践层面上的同一性也有空间表征层面上的碎片化与后现代的疏离特性。

与此同时，列斐伏尔指出任何的社会历史空间都由辩证的、相互关联的母体构成，即"空间实践（spatial practices）"、"空间的表征（representation of space）"和"表征的空间（space of representation）"组成。空间实践是指在特定社会的空间中实践活动发生的方式。它一般是指那些发生在空间中的，并跨越空间的自然与物质的流动、传输与相互作用等方式，以保证生产和社会再生产的需要。空间的实践就是人类对空间的感知。它是一种具体化的、社会生产的、经验的空间。"空间的表征"指的是特定的构思空间的方式。它是"概念化的空间，是科学家、设计师、城市学家、各种技术政治论专家、社会工程师们的空间。它是艺术精神与科

---

① Henri Levibvre. *The Production of Space*. Donald Nicholson-Smith. Trans. Massachusetts：Blackwell, 1991. p. 27.

② Henri Levibvre. *The Production of Space*. Donald Nicholson-Smith. Trans. Massachusetts：Blackwell, 1991. p. 73.

③ Henri Levibvre. *The Production of Space*. Donald Nicholson-Smith. Trans. Massachusetts：Blackwell, 1991. p. 11 ~ 12

学思想相结合的特定类型的空间；所有这些专家都把现实存在与感知的内容设想为构想的空间"①。空间的表征与生产这一空间的社会生产关系、秩序紧密相关，从而控制语言、话语、文本、逻各斯，总之一切书写和言说的世界，由此支配了空间知识的生产。它是任何一个社会中占主导地位的空间，是知识权力的仓库，是空间按照权力的意志被重构。"表征的空间是体现个体文化经验的空间，包括组成这一空间所有的符号、意象、形式和象征等。"②表征的空间指的是在特定社会中具有象征意义或文化意义的空间，它是精神的虚构物，象征着特定的空间对符号、意象、象征等更有创意的使用。

列斐伏尔三个维度的空间理论实际上就是空间的三个层面，即空间的实在(lived)、空间的构想(conceived)和空间的认知(perceived)。列斐伏尔的这一理论丰富了其空间生产学说。"空间不是静止的容器或平台，空间本身既是通过多样的社会进程和人类活动而形成的一种产品(production)，同时也是一种力量(force)，它反过来影响、指导和限制人类行为及其行为方式。

列斐伏尔的空间理论是具有开创性的，对20世纪后25年西方后现代理论进程产生了深远的影响。弗雷德里克·詹姆逊和爱德华·索雅(Edward Soja)等后现代空间批评学者都深受他的影响，索雅1996年出版的《第三空间》在深入分析列斐伏尔三元辩证法的基础上，提出了第三空间理论。索雅强调第三空间是对第一和第二空间认识论的解构和重构，在这里一切都会聚在一起：主体性与客体性、抽象与具象、真实与想象、可知与不可知、精神与肉体、意识与无意识。列斐伏尔的空间理论及其深深的影响力反映了当今西方后现代语境中出现的空间转向，及其倡导一种重新思考空间、实践与社会存在的辩证关系。他所提出的三元辩证法不仅深刻地影响了后现代空间批评，还对城市空间学及空间政治经济学有很大的启发性。

三、瓦格纳对《吉姆爷》进行的空间批评

参见菲利普·E·瓦格纳(Phillip E. Wegner)：《空间批评：批评地理学、空间、地点与文本性？(Philip E. Wegner. "Spatial Criticism：Critical Geography, Space, Place and Textuality" In Julian Wolfreys Ed. Introducing Criticism at the 21st Century. Edinburgh：Edinburgh UP, 2002.)。

菲利普·瓦格纳是美国佛罗里达大学英语系副教授，他于1993年获杜克大学(Duke University)文学博士学位，主要讲授20世纪文学、叙事学、空间批评和文化研究等课程，近年来在空间批评领域取得了很高的造诣。他的理论文章《空间批评：批评地理学、空间、地点与文本性》(Spatial Criticism：Critical Geography, Space, Place and Textuality)和专著《想象的社区：乌托邦、国家和现代性的空间历史》(Imaginary Communities：Utopia, the Nation, and the Spatial Histories of Modernity)对当代空间批评产生了重要的影响。

(一)《吉姆爷》中的空间

瓦格纳认为康拉德的小说是进行空间批评很好的例证。他指出很多批评家过多地关注康拉德如何不满以往现实主义表现方法，而采用了"陌生化"的叙述技巧，以及这些技巧如何

---

① Henri Levibvre. *The Production of Space*. Donald Nicholson-Smith. Trans. Massachusetts：Blackwell, 1991. p.38.

② Philip E. Wegner. "*Spatial Criticism：Critical Geography, Space, Place and Textuality*". In Julian Wolfreys Ed. Introducing Criticism at the 21st Century. Edinburgh：Edinburgh UP, 2002. p.182.

帮助他展现人物的心理世界等等方面。瓦格纳指出批评家往往会"忽略这部小说的空间定位"①。小说的第三自然段已经清晰地表明了康拉德的空间意识。康拉德叙述了吉姆如何艰辛地逃离他在帕特纳船上所犯的过错：

> 当他隐姓埋名的事实被揭穿时，他会迅速离开所在的海港，而奔向另一个，通常要到较远的东方……他正对着太阳升起的方向退却，因此这些年来他连续地在孟买、加尔格达、仰光、槟榔屿、巴达维亚等地被人们所熟知，在每一个停驻地吉姆都是一位水手。在此之后，他那件无法容忍的事件驱使他永远离开港口，离开白人，甚至退到了原始森林，到了马来西亚的丛林村庄，在那里他隐瞒了遗憾和伤心的过去，被推举为首领，在他隐姓埋名的身份前面加了一个单音节词。他们称呼他为"唐·吉姆"：也就是通常说的吉姆老爷。②

这段引文是对吉姆漂泊岁月的概括性叙述，康拉德通过一系列连续的空间转变，展开小说的情节。在动词选择上，"离开"、"奔向"、"退却"、"驱使"所有这些揭示了一个动态的、连续的运动过程。通过这种情节展现方式，康拉德提供给读者一个名副其实的小说整体的空间全图。瓦格纳指出吉姆所经历的广阔空间领域对于一个具有空间意识的读者来说是至关重要的。吉姆就像一个滚动的巨石，游逛了直径达三千英里的广阔空间。在康拉德的故事所穿越的广阔的空间里面，既有懦弱无能的吉姆，也有高大英勇的吉姆。既有吉姆同当地居民和谐相处的友好，也有彼此之间的相互冲突。在这个空间中融入了多民族、多元文化和地域，构成了一个多国空间。瓦格纳指出"康拉德在展现多国空间上的努力旨在发展这一技巧，并使之在空间表现范围和全球空间复杂性上能够很有成效。我们作为个体必须学会驾驭这一空间"③。瓦格纳认为以往批评家对康拉德的研究过多地关注吉姆的形象以及其叙事技巧的陌生化等方面。作为一个具有空间意识的读者，应该敏锐地感知到这部作品所涵盖的不同地域、多民族和多元文化的广阔空间。通过探究这一空间内人物、文化、政治、价值观念、意识形态等不同要素之间的融合与冲突。

（二）"他者化"的空间

《吉姆爷》中主人公吉姆充满传奇色彩的冒险经历，成为读者争相阅读的吸引力。小说被众多的当代批评家进行过后殖民解读。但很少有评论家从空间的角度阐释这部作品。瓦格纳指出对《吉姆爷》的空间解读能够通过分析小说对一座远离欧洲大陆之外岛屿的空间建构，发现这个空间在文化、意识形态等方面的特征。康拉德将帕图森岛描写成人类活动范围以外的"一个荒芜、被遗忘的、不知名的地方"。这座岛屿似乎离人们的记忆相当遥远：

> 我想你以前没有听说过帕图森岛？……没关系。那里有许多天堂里才有的身体，在一天晚上，成群地朝我们涌来，这是些我们人类从未听说过的群体。那里的行为活动在人类活动范围之外，那里的人不知道现世的重要，只有拿工资的天文学家才会学究般地谈论那里的构造、重量和路径。

帕图森岛被描写成"电报和邮船无法企及的地方"。吉姆犯错时的空间同随后的其所经

---

① Philip E. Wegner. "*Spatial Criticism*：*Critical Geography*，*Space*，*Place and Textuality*". In Julian Wolfreys Ed. Introducing Criticism at the 21st Century. Edinburgh：Edinburgh UP，2002. P.192.

② Joseph Conrad. Lord Jim. London：Penguin Books，1989，p.46. 本文《吉姆爷》的译文为笔者自译，以下只注页码。槟榔屿是马来西亚的一个岛屿，巴达维亚是印度尼西亚首都雅加达的旧称。

③ Philip E. Wegner, Spatial Criticism：*Critical Geography*，*space*，*place and Textuality*. In Julian Wolfreys Ed. Introducing Criticism at the 21st Century. Edinburgh：Edinburgh UP，2002. p.193.

历的空间被构建成一个"世界"，这样一个空间恰恰是欧洲帝国主义和经济扩张的产物。瓦格纳指出小说所展现的空间是关于"欧洲对这一地方的'记忆'"[①]。这种记忆正是欧洲人眼中的非洲，是一个经过欧洲意识透视的世界，是一个不同于欧洲大陆的"他者空间"。瓦格纳旨在强调这个空间是在欧洲经济和政治影响下被边缘化的空间。在空间批评看来，空间是一种意识形态和价值观念的象征系统。吉姆是位过错者，无法融入到现代社会中，在帕图森岛，由于没有了欧洲帝国的准则约束，吉姆从一个失败者变成了一位受人尊敬的英雄。这使得欧洲文明在蛮荒之地的帕图森岛得以光大。"帕图森岛之所以成为吉姆的庇护地仅仅是因为它远离欧洲的影响"[②]。所以这里的帕图森岛成为远离欧洲"文明"影响的他者空间。

除了这座岛屿本身显得与欧洲相隔遥遥以外，岛上的居民同样被作者潜意识地他者化了。欧洲人毋庸置疑地成为了文明、进步、英勇的象征。而帕图森岛的居民则只能是未开化、愚昧、落后的代名词。德恩·万瑞斯是小说中帕图森岛的土著人，与吉姆相交甚密。也是小说叙述者马洛首次描写的岛上具有白人品质的土著人。德恩（Dain）"对欧洲人睁开了双眼，但总是仅仅考虑事物的表面现象"。马洛在叙述时赞赏德恩·万瑞斯具有欧洲人的意识，具备欧洲人的英勇的胆量，但是比起吉姆来，"吉姆属于我们，德恩不属于我们"。居民及其文化是构成一个地域空间重要的组成部分，康拉德对土著居民他者化的展现，进一步加强了这一空间被他者化的程度。

瓦格纳指出康拉德潜意识中将帕图森岛涂上了"他者"的色彩，岛屿具有了一种区别于欧洲大陆的身份，一种由于其处在一个"电报和邮船无法企及的地方"，所以是远离文明、未开化、愚昧的"他者"。这一空间内的居民、文化、社会统统成为了"他者"。瓦格纳虽然未提出自己独到的空间理论思想，但是他在文中综合了多位空间批评家的思想理论，通过欧洲经典小说，进行了空间批评实践，其文章具有较高的参考作用。

---

① Philip E. Wegner, "*Spatial Criticism*：*Critical Geography*，*Space*，*Place and Textuality*". In Julian Wolfreys Ed. Introducing Criticism at the 21st Century. Edinburgh：Edinburgh UP, 2002. p.194.

② Philip E. Wegner, "*Spatial Criticism*：*Critical Geography*，*Space*，*Place and Textuality*". In Julian Wolfreys Ed. Introducing Criticism at the 21st Century. Edinburgh：Edinburgh UP, 2002. p.195

第 24 章　身份认同批评

　　"身份认同"（identity，或译为"身份"、"认同"）的概念尽管早在文艺复兴时期就已出现——最早使用该词是在 1570 年，在"性质或条件的同一性"的意涵上使用，但它成为一个学术上的热门词汇，无疑是在上世纪 90 年代。1990 年，随着苏东欧剧变和全球资本主义扩散，"意识形态"宣告终结，涵盖种族、阶级、性别等问题的"认同政治"提上日程，同时商品化、传媒化等现代性或全球性进程加剧了个体的"身份认同危机"，在这种文化背景下，"'身份认同'成为了 1990 年知识界论争的统一的框架之一"。

　　这个"统一的框架"涵盖社会学、心理学、人类学、语言人种学等，当然也包括了文学与文化批评。由于各学科的关注焦点不一样，它们对身份认同的定义和解释也就难以统一，比如社会心理学家 Tajfel 把它描述为一个社会群体中的成员的"自我概念"（self – concept），语言人种学家 Kroskrity 则将它视为一种"语言的建构"，要给它下一个简化的、中性的定义是非常困难的。

　　尽管存在"身份认同"的不同定义和在各种学科背景下的不同理论解释，这一概念在西方学术史上还是有着较清晰的脉络可以追寻的，它在当今的含义的差异也可以看成是一个统一体在不同语境中的身份表演。因而在下面关于身份认同的"基本理论"的阐述中，读者既需要把握其基本的力量向度，也要注意其统一性的内涵。

　　此外需要注意的是，作为一种文学批评方法的"身份认同批评"，在本质上从属于跨学科的"文化批评"，尽管我们可以从身份认同角度切入单纯的文学文本或文学现象，但受概念本身的历史生成性的制约，这种批评不能不带有混杂性的特征。以下对认同理论的解释，尽管有意的删除了社会学、人类学等方面有关论述，但如果以狭窄的"文学批评"的眼光来看待，仍然是有些不相适应的。

第一节　基本理论

　　身份认同的复杂性还在于 identity 这个词经常是以加修饰语的形式出现的，如作为个体概念的"自我认同"与作为集体概念的"种族认同"或"文化认同"等。如果说，在现代早期，理论家们注意的多是个体的认同问题，那么到了现代晚期，特别是 1990 年以后，集体性的认同问题就尤为引起关注，即使是研究个人认同或主体问题，也往往离不开文化或话语建构的视野。下面我们既依据历时性，也根据共时的理论向度，在文化批评的范畴内来展开身份认同的基本理论内涵。

一、认同作为一项自我的工程

　　身份认同首先是自我个体对自己作为一个统一体和连续体的自我认知，换句话说，identity 在其源初意义上就是指 self identity，是一项自我的工程。这一工程延续了几百年的历史，它开始于启蒙主义哲学，继之以 19 世纪的浪漫主义自我完成与自我提高的观念，而后在晚近现代性和后现代性理论的批判分析中得到怀旧的保存。

启蒙的自我。对认同的研究，最早是由 17 世纪的启蒙哲学家开始的。由笛卡尔和洛克所阐释的现代自我，开始取代中世纪的神，而成为万物的主宰，知识的源泉，成为主体。这样一个主体，从起源上看是抽象的，个人主义的，与历史和社会关系脱去了联系。正如 Jorge Larrain 所说："现代哲学的身份观建立在这样一个信念之上，即认为存在着一个自我或内核，像灵魂或本质一样一出生就存在，虽然最终会有不同的可能发展，但在人的一生中基本保持不变，由此生发出连续感和自我认知"。

笛卡尔、休谟以及莱布尼茨设定了一个单独孤立的给定的自我，到康德和费希特，这个自我或自我意识呈现出更抽象、超验的特征。在康德这里，自我意识是自由（相对物自体）的化身，也是先验统觉的代名词；费希特更为彻底的抛弃了康德的二元论，提出"绝对自我"的概念，认为这样一个反思的自我（即理性）是知识学的出发点。费希特关于"自我设定非我"的观念以及对直观和想象力的推重启发了浪漫主义的批评理念。

浪漫的自我。19 世纪上半叶的浪漫主义运动对启蒙运动的许多基本假定提出了反对意见，使我们得以重新聚集认同问题。在共享个人主体性的前提下，一些新的观念被诗人和批评家们创造出来，并对西方社会文化产生深远的影响。

首先是主体被看作是"内在自我的表现"，特别是这一内在本性经常被断定为冲动、情感、想象力而不是理性（"我思"）。赫尔德、华兹华斯、拜伦、拉马丁或缪塞，都力求在诗中表现他们的情感，对他们而言，情感是他们的自我最真实的显现。在某种程度上，华兹华斯的断言"诗是强烈情感的自然流露"与柯勒律治的断言"诗的特点正是天才诗人的特点"说的是一回事，因为诗表现的是诗人的个性特质，而这种个性又只有在情感中才最真切的体现出来。

其次是主体身份的维系必须依赖"内在自我的表现"。如果说内在冲动或情感最接近我的本性，那么我们只有通过表达我们在自身中发现了什么才能充分展现我的特有身份。"表达某事就是用给定的媒介显示它。我用我的面部表情表达我的情感；用我说出或写出的言词表达我的思想。我用某种艺术作品，比如小说或戏剧，表达我对事物的看法"。浪漫诗人和批评家意识到，要实现我的本性，我必须通过对它的阐明去定义它，与之相伴随的是，我实现着这种阐述，因而赋予我的生命以确定的形态。柯勒律治对诗歌修辞的强调，与他对想象力和创造力的内在源泉是"精神、自我和自我意识"的强调是一致的，这也说明把内在自我作为认同根源的观念总是伴随着人对他自己的表现主义的观念。正因如此，查尔斯·泰勒把现代认同的浪漫主义转向定义为——对中文读者而言不无歧义——"表现主义转向"。

再次，自我与自然的有机统一。浪漫主义诗学认为，促使自我无限丰富，不断提升和完满的，是人与自然的有机联系。自然有灵，它给人不断灌注生气，包括提供诗人表述自己的语言。赫尔德把自我比喻为一颗在自然中生长的树，说"我之所以有现在，乃生长而成。

我像一棵树一样生长：树芽是原本存在的；但是，空气、土壤、以及各种自然要素却非我所有，是它们促使树种发芽、结果、生长成树。"除了人与自然的和谐共鸣，这种自然生长的有机体的类比赋予自我认同另一含义，即借助于自然的滋养和启示，把自我培养为有深度的主体，对原始的异域的风景的探寻，对神话和民谣的吸收，不是为了猎奇或复兴古老文化，而是为了把自己培养成为真正具有"内在深度"的。

浪漫的表现主义在自我认同的内涵方面已经远比之前的启蒙哲学要丰富，其"内在自我"

的观念揭示出认同不仅有"自我意识""反思"等含义，还应包括甚至主要体现在人的欲望、情感和想象；其表现主义观念最早把认同从认识论中解放出来，启发人们阐明和表征自己，以言词和其他艺术形式来确证自己，尽管这一观点在当时远非自觉和系统，但对于后现代的话语交流的认同理论提供了启示；而有机论的认同观点，则给当今处于商品化和媒介化生存中的男男女女带来更多启示：如何达到更强健的、充满朝气而有内在深度的自我，而不至于被异化为"超现实"中的碎片化存在？回归自然吧。

大概由于文学和文学批评远比哲学更接近世俗大众，浪漫主义的认同理念对于西方现代认同的形成起了更为关键的作用。西方两百来年的个人主义与神秘主义的认同观念，在诸多方面都流露出"浪漫的表现主义"特征。时至今日，千千万万的西方男女对自我的理解与筹划，大众文化市场关于建构自我身份的杂志、著作和电视栏目，都与"浪漫的自我"的思想遗产密切相关。而我们解读西方艺术作品中的主题与人物，更不可忽视这一思想背景。

心理动力的自我。20世纪早期，作为身份认同的定义性特征的个体心灵活动被弗洛伊德充分展示出来。他以地形学方法绘制出个体人格的结构图式，即本我、自我和超我，他把人格描述为一种内部控制的心理机制，其中起作用的既有生物学的遗传机制，也有现实环境的影响，更有社会文化的长期影响，它们相互作用，塑造一个人的人格认同。他认为，人格的变化发展是人们努力缓解和消除挫折、冲突、痛苦和焦虑等心理过程中，通过一些顺应和克服心理障碍的方法使人格的作用保持连续性与规律性，并最终形成个人的独特人格或身份。这些方法主要是：求同作用、移置作用与升华作用。"求同"是指一个人把某个外界事物的特点，特别是其他某个人的特点，纳入到自己的人格系统中。"移置"是指心理能量从一个对象改道注入另一个对象的过程。如果替代对象是社会文化领域的较高目标，这种移置作用就被称为"升华"。

弗洛伊德的精神分析使认同理论发生了重大转折，首先是他否定了笛卡尔式给定的主体——这个主体如上帝一样没有肉身——使得身体因素进入到身份构建的视野；其次是他让人们注意到社会文化因素，包括动态的现实环境对人格形成的巨大影响，从而也超越了"浪漫的自我"的唯心理念，尽管他对外在社会文化的关注还只是从个体早年经历，而且往往是从家庭这一缩微空间所领悟到的。但毕竟从他开始，那种自信的、完整的自我认同被拆解了（乐观的人文主义传统开始衰落），自我认同在心理——社会——语言和文化的新的视野下被重新绘制。

另一位精神分析大师拉康也是持续追问主体如何辨认自己的身份以及如何将自己整合进社会生活的思想家。他打着"回到弗洛伊德"的旗号彻底改造了精神分析学。弗洛伊德通过两分法或三分法向人们展示了人格的阴暗、可怕的一面（无意识和本我），但毕竟努力地以自我（及其"现实原则"）为中心来调节这个"他我"或"他者"，而这个自我无疑与笛卡尔以来的"我思"（理性）是一脉相承的。拉康对这个"自我"及其在维系认同中的地位给予了否定的描述，认为它不过是一种幻象（fantasy）。在其著名的"镜像阶段"（mirror phase）的讨论中，拉康认为婴儿在6~18个月这一成长阶段，他通过在镜子中反复发现自己的形象而形成完整、连贯的自我意象，"我就是这样子的"，这样一种原型意象对自我认同产生了定型作用。然而拉康认为这个认同过程是个悲剧，因为这个镜中形象，这个被婴儿当做自我的完整而凝固的形象，不过是一块了无一物的平面内的虚像，是他者化的或异化的自己。人的自我认同的第一步就建立在这样一个虚妄的基础上。

在否定了自我主体的实体性以后，拉康通过对欲望（潜意识的核心）的分析来阐释主体的构建。在镜像阶段之后，个体是带着虚幻的自我形象上路了，这个形象是个有待填充的他者，因而他一路欲求着真实之物，欲求着主体实体性的占据自己，就像在语言中发现真理一样。然而欲望是在中介的作用下构成的，"他以一个欲望，他人的欲望，作为对象，就是说如果没有中介人就没有他的欲望的对象"，"这个辩证过程是人本身存在的辩证过程"。"而欲望是被述说出来的"，这就不得不将内在经验的自我意识翻转为话语，将欲望翻转为"能指"，能指并非对应所指，而是对应表达他人欲望的其他能指，所以欲望的过程乃是一个能指链，在这个过程中，他人在言语交际中进入了主体，"我是我"或者"它（镜中形象）是我"都被悬空，我的认同进入到一个无限的能指的换喻结构中，存在于"主体间性"之中。

后现代的自我。当拉康提出自我不过是一个幻象，主体在能指链中滑动的时候，他已经是在谈论"后现代的自我"了。但他显然不是最早的后现代认同理论家。事实上，如果不把后现代看做一个时间概念而是一种思想方式，早在启蒙时期，后现代的认同观念就已经出现了，那就是休谟的"人格非同一性"理论。休谟在其《人性论》中，著有专文"论人格的同一性"，似乎是有意批驳洛克的人格认同理论，提出自我的非实在性和非连续性的论断。他说："如果有任何印象产生了自我观念，那么那个印象在我们一生全部过程中必然继续同一不变；因为自我被假设为是以那种方式存在的。但是并没有任何恒定不变的印象。痛苦与快乐、悲伤与喜悦、情感与感觉，互相接续而来，从来不会全部同时存在。……就我而论，当我亲切的体会我所谓自己时，我总是碰到这个或那个特殊的知觉，如冷或热，明或暗，爱或恨……这些知觉都是互相差异，并且可以互相区别、互相分离的，因而是可以分别考虑，可以分别存在，而无需任何事物来支持其存在的。"那么，是什么促使洛克这样的思想家如常人一样相信有"人格同一性"这样一种事实的存在呢？休谟认为是出于一种情感性的想象，一种意识形态的虚构："我们往往虚构了我们感官的知觉的接续存在，借以消除那种间断，并取得了灵魂、自我、实体的概念，借以掩饰那种变化"这样的反主体观点其实是尼采的先声，只不过尼采把资产阶级关于主体的意识形态性强化了，因而被误认为后现代思想的始祖：

主体：这是一个表述我们对于种种相异时刻中最高实在感统一性的信念的术语：我们把这种信仰看着一种原因的结果，……"主体"是虚构，仿佛我们身上许多相同状态是一个基质的产物似的：然而是我们创造了这些状态的"相同性"；事实是我们把这些状态拉平和加以整理，而非相同性本身（它毋宁是应当否定的）（着重号为原文所有）

休谟和尼采正是在"反本质主义"的思想路径上可以被看做后现代思想的先驱，当然我们要谈的"后现代的自我"，主要还是后现代文化境况下的自我认同思想。

晚期现代的认同既是对本质主义认同观的挑战也是遵从和修正。一方面，当代很多认同理论家如利奥塔、鲍曼、斯皮瓦克、斯图亚特·霍尔、德里克等强调了诸如"流动性""跨越""流散"（diaspora）"去中心"等概念，另一方面，像查尔斯·泰勒、吉登斯、贝克（Ulrich Beck）等人更强调个体在一个不确定的社会中支撑、稳定自我的本真感受，包括复兴早期现代的"自我提高"和心理分析似的对自我的反思测度。

"去中心的"（decentring）身份观一方面是知识论发生变化，另一方面是对应着晚期现代社会中越来越快的变化。利奥塔、拉克劳和莫菲认为后现代状态下，由于公共空间与私人空间的不断融合，主体仅仅成为一种临时的"主体位置"，它包含多种可能的身份（identities），而且漂浮不定。波德里亚甚至认为这一临时身份也变得难以为继，因为现在是客体掌握了控制权，"今天，全部系统都跌入不确定性，任何现实都被代码和仿真的超现实吸收了。……目的性消失了，我们将又各种模式生成。不再有意识形态，只有一些仿像"。这一悲观主义观点也为社会学家鲍曼所分享。他认为当代资本主义社会的商品化系统、媒介及其鼓吹的时尚对现代认同的建构发挥越来越重要的影响，对商品的消费已经成了真正的自我发展的替代，或者说导致了一种事实上的自我的商品化："消费社会是市场社会，我们既在市场之中又被摆在市场之上，同时成为消费者和商品"商品化的身份为主体的机制提供了一个悖论性的空间，一方面他可以通过消费发挥其创造潜力和重新定位自己，另一方面其身份又屈从于市场的律则。

但以吉登斯为代表的理论家则否认晚期现代性的个人身份是碎片化的。吉登斯尽管被频频警告自我统一体不可能再是本质性的，但他仍然坚持一个完整而连贯的统一体是可以被建构的，通过对自己的生命周期的反思，对外在风险的理解和把握，对身体的控制，以及通过一种自传性的叙述，个体可以惯例性地创造和维系一个值得肯定的自我形象。贝克认为，在一个被不确定性环绕的社会，传统的确定性的流失可以通过个体的"建构的确信"的实现所补偿，比如通过把性别、民族主义和宗教纳入到认同中。"建构的确信"可以部分地驱除或忽视生活中的复杂性和矛盾性，从而为个体支撑起一个清晰而有统一感的自我形象。

二、认同、意识形态与话语

在 20 世纪后期，认同研究的一种强劲的趋势就是把主体放入社会文化结构来研究，而其实质，是把主体描述为：一种未完成的话语的产品。这一时期的认同故事，致力于清算自我决定论的潜在障碍，而把主体叙述为经由话语的识别（identification）机制所生产的、建构的身份。

在了解从福柯开始的"话语生产主体"的观念之前，有必要了解阿尔图塞的意识形态与主体的关系学说。

在《意识形态与意识形态国家机器》这篇著名的文章中，阿尔图塞的基本论题是把意识形态和主体联系起来，"所有意识形态都通过主体这个范畴发挥其功能，把具体的个人呼唤或传唤为具体的主体"。

这个中心论点揭示了一个双重关系，一方面是"没有不借助于主体并为了这些主体而存在的意识形态"，意识形态只有借助具体的个别主体才能达成其目标；另一方面，"个人从来都在被意识形态传唤为主体"，"传唤"（interpellation），意味着意识形态对个人的权力关系。后一方面才是认同理论的一个关注点：认同是一种意识形态，是通过意识形态构建的。

关于认同一种是意识形态，阿尔图塞的解释是，"主体只有作为一个体系所扮演的角色，他才在行动。这个体系就是意识形态，（按照它的实际决定作用的顺序来说）它存在于物质的意识形态机器当中"。意识形态通过它的物质机器，即教会、家庭、学校、博物馆、传媒等等传唤主体，提供主体所赖以建构认同的所有思想信仰和价值观念。令人惊恐的是，我们以为是在我们自己的情感、审美和知识经验中形成的主体观念，其实是国家意识形态机器行驶权利——操作——的结果。阿尔图塞在《一封论艺术的信》中评论说，艺术的功能是"使我们看到"，并且它让我们看到、促使我们看到的是"它从中诞生出来的意识形态"。

理解了上面的观点，我们就不难理解阿尔图塞的学生福柯的话语权力建构主体的观点了。福柯抛弃了意识形态的概念，认为它有些大而无当，而采用话语的概念来描述权力对主体的塑造。首先是，话语(知识)是与权力相伴随的。在福柯对现代史的考察中他发现，知识始终是权力的一种形式，它并不空洞地运作，知识总是通过各种特定技术和应用策略在特殊的历史境遇以及体制中加以运作的，因而必然伴随着强制、制定规则并对各种实践加以控制。他的特有的历史主义使他无意于在绝对意义上谈论真理，而着重于谈论维持一种真理体制的话语构成体："我相信，真理不是在权力之外，或者为权力所无：与那种其历史和功能值得进一步研究的神话相反，真理不是自由精神的报偿，不是持续的孤寂的孩子……真理是这个现实世界的事情，它只有依靠多种形式的限制才能产生。这导致了权利的各种规定性的后果。每个社会都有其真理的体制，有其真理的'普通政治学'"。其次是"话语/权力"对主体的生产。福柯在《疯癫与文明》《规训与惩罚》《十八世纪的健康的政治》等作品中探讨了精神病院、司法机构、学校、工厂、军营等场域的话语/权力运作，揭示权力化的话语(知识)与话语化的权利不仅对主体是一种抑制，而且是一种生产，健康的公民、技术熟练的工人、合格的士兵都是如此生产出来的，正如阿尔图塞的个别主体都是有国家意识形态机器所生产出来的一样。所以主体这个概念——正如这个词在法语中同时兼具"屈从体"的意思一样——在福柯看来"有两个意思：通过控制和依赖而从属于他人；通过良知或自我认识而依从于他自己的身份。这两种意义都表明一种使主体压抑和屈服的权力形式"。其三是主体的临时性或扩散性。由于主体是由话语(流)所表征的，"陈述过程的各种不同形态不归结于某个主体的综合或统一的功能，而表现了主体的扩散。当主体使用某一种话语时，这些各不相同的形态则归结为不同的身份、位置，主体能占据或接受的立场，归结为主体言及领域的不连续性。……话语是外在性的空间，在这个空间里，展开着一个不同位置的网络。"每一个个别主体借助外在的话语表述自己，而且往往是在不同情境下面对不同的权力形式的传唤来表述自己，因而不可能支撑起一个连贯而稳定的自我形象，而只能以临时性的、分离的碎片形式出现，这就是拉克劳和莫菲用"主体位置"来表述主体(性)的含义所在。

　　阿尔图塞和福柯的"被动的主体"的思想深刻而令人震惊。但这种理解认同的单面模式无疑是成问题的，这便引起很多理论家对他们的重释和修正。比如巴特勒认为他们对权力和心理领域的联系忽视了"在弗洛伊德和正统的精神分析中，主体的形成并非完全是内在化的，而是需要解释的"，我们不能忽视主体内在心理与外在话语在主体形成中的相互作用。这一论点得到斯图亚特·霍尔的回应。他发现在阿尔图塞的询唤理论中存在悖论，认为那个能被传唤的主体必定有着先于话语的某种心理上的连贯性。他解决这一难题(主体存在于话语之前/主体被话语询唤才成为主体)的反应是试图调和外在的话语领域与精神分析学家所解释的"认同的心理行为"，所以，对他来说，"身份"是外在话语和内在自我的一个交汇点，或者说一条缝合线(suture)。

三、文化认同(cultural identity)诸理论

　　1. 文化认同的概念：文化认同一般而言是指一种集体共有的文化同一性或文化归属感。这个"集体"又往往指民族，所以有学者认为"文化认同基本上指民族性"。民族性是指一个集团的特征，这种特征表现为其成员有着共同的历史或起源，以及一种特殊的文化遗产。萨利姆·阿布认为："为了把握作为文化认同的基础的民族性的多种形式，需要从三个不同层面对它加以考察：对于民族集团的相对同质的文化遗产的爱戴；对于一个民族集团融合于其中的国家所具有的多少是同质的文化遗产的依附；同一个由确立的民族集团或国家组成的超民族

整体所具有的共同文化特质的关联。"

2. 文化认同与自我认同:文化往往被认为是个人身份得到主要决定因素之一。个人对自己的理解是被文化所构成的,他总是参照一定边界内的地域、语言、成长仪式、价值观来确定自己的位置。在 1930 年米德(George H. Mead)提出的"符号互动论"中,自我被视为产生于交际情境和共同符号的交互过程中。安东尼·科恩认为文化符号至少在三个方面为自我认同提供了支持:首先是符号产生了一种共享的归属感,比如龙的形象、汉服唐装、黄河长江会让一个华人(不管流散在哪个国家)产生归属感;其次,符号系统有助于其成员修辞性或策略性地加以运用,从而恰当表达自己的身份;第三,作为一个文化社区的成员,意味着与其他成员分享一种相似的"事物的意义",参与到一个共同的象征领域,这就意味着给个人认同的筹划划定了边界。结合前面介绍的"主体被话语所生产"的知识论,我们可以进一步理解一定文化特有的话语结构将如何从根本上决定个体对自我的表述——自我认同需要符号表征,特别是叙述。

当然,文化认同对个体的决定性并非说明两者的关系是一边倒的。正如本尼迪克特所说:"文化中所具有的任何因素,归根到底没有不是个人所作的贡献。除了来自具体的男人、女人或孩子的行为之外,还能从其他地方获得任何文化的特质吗?"乔纳森·弗里德曼认为这个世界上存在两种范围很广的文化认同:第一种是个体主义的"生活风格","就它在主体参与的文化方面维持着主体的自主性而言,它是现代主义的。但它也必然成为相对主义的,因为不存在可用于比较不同生活风格的更高的文化准则";第二种类型"通常被称之为族群性的。……可以用两种方式进行解释:或者作为共同传统、历史和遗传;或者作为种族。"前一种文化认同被刻画在个体上(比如所谓"美国文化"),后一种文化认同刻画在族群或种族上(比如对"华夏"或"藏族"的认同),但族群性认同并非否定个体认同,而只是说,"在这样的社会中的个体认同,并不是独立于社会情境的,而几乎完全是由社会情境所界定的。个体被划分成与在个体之外存在的更高等级的力量直接相连的许多成分"。

如果说从社会学角度看,文化认同表现为一种集体现象,那么从心理学的观点看,则文化认同是差异性的个人认同组成的多变的集合体。特别是在全球化的背景下,由于个人在具体处境中与多种文化因子发生联系,因而会与多种文化模式(或意识形态)达成认同。比如一个华裔美国人可以同时是美国人、中国人和湖南人。一个上海人可能自称自己是上海人、中国人、基督教徒、环保主义者。"文化模式产生于个体与之达成认同的每个实体,它们始终处于互动之中,在个人身上培育了以综合或混合方式构建的新模式,并且受到个人的其他身份的制约,如性身份,家庭身份,社会身份及职业身份。"

3. 文化认同的同一与差异。身份要成为问题被提出,必定是因为出于动荡与危险之际,既有的方式受到威胁。正是因为全球化带来的文化碰撞及其产生的冲突和不对称的后果,文化身份问题才被提出。但提出文化认同问题,有统治者的版本,也有被压迫者的版本(无论是全球范围还是民族国家内部)。有些是意识形态,有些不是,需要区别对待。

正如自我认同的阐释曾经有"同一"和"差异"的两种释义模式一样,文化认同也有两种基本的阐释方式:一种是本质论的,狭隘、闭塞;另一种是历史的、差异性的,包容,开放。前者将文化身份视为已经形成的事实,构造好了的本质。后者将文化身份视为某种正被制造的东西,并处于未完成的过程之中。斯图亚特·霍尔把本质主义的文化认同观点概括为"一种共有的文化,集体的'一个真正的自我',藏身于许多其他的自我之中,共享一种历史和祖先的人们共享这个'自我'"，按照这个定义，"我们的文化身份反映共同的历史经验和共有的文化符码，这种经验和文化符码给作为'同一个民族'的我们提供在实际历史变幻莫测的分化和沉浮之下的一个稳定、不变和连续的指涉和意义框架"。

所谓"共同的历史"或"共有的文化符码"其实是根据某一阶级或群体的利益及世界观构建起来的，"用来定义文化身份的标准通常要比日益复杂多样的文化习惯和人的实践局限得多，更带选择性。在文化身份的公众版本中，差异被小心地用假定的一致性掩盖起来"。也就是说，在构建民族的起源神话，固化民族历史遗产的过程中，只有某些特征、符号和群体的历史经验得到表征，其他群体的其他特征和价值被排斥在外。在此过程中，历史和社会中的存在的差异和对抗被一劳永逸地取消了，文化身份的内容以一种"当然是这样的""从来如此"的口气被讲述和复述。这就是意识形态。

差异性的文化身份观不应是这种静止的、刻板的陈述。霍尔说，"这第二种立场认为，除了许多共同点之外，还有许多深刻和重要的差异点，它们构成了'真正的过去的我们'；或者说——由于历史的介入——构成了'真正的过去的我们'。……在这第二种意义上，文化身份既是'存在'又是'变化'的问题。它属于过去也同样属于未来。……与一切有历史的事物一样，它们也经历了不断的变化。它们决不是永恒地固定在某一本质化的过去，而是屈从于历史、文化和权力的不断'嬉戏'。……"霍尔的论述表明，在似乎同一种文化模式中，实际上存在差异、断裂甚至对抗，文化身份在历史和当代社会中，是在不断变化和不断被重构的，而对它的建构又与统一体内部各群体的权力、世界观有密切的关系。

本质论的文化认同在被压迫民族抵抗全球时代的文化霸权过程中是有一定的积极意义的，比如对流散在北美、加勒比海湾和欧洲的非洲人来说，一种统一的文化身份有助于他们共同反对殖民主义和种族主义。但是如果停留在这一肤浅的身份表层，而忽视民族或族群内部不同的历史和价值诉求，则文化身份在对抗外国霸权的同时，也会成为一种对内压迫的"内殖民"力量。

第二节　批评方法

由以上的理论概述可以略知，身份认同批评与个体主义哲学、精神分析、后现代和全球化文化理论、意识形态与话语理论等等都有密切的联系。但"文学是人的身份问题得到了最具启发性的揭示的空间"，身份认同诗学其实从19世纪以来一直在发展着（只是未被如此命名），因而也形成了具有自己特色的批评方法，具体而言，身份认同批评已经或可能在以下层面展开。

一、分析现代小说中人物对认同的寻求

现代意义上的"文学（literature）"的出现与自我认同问题的提出几乎同时，而现代文学的首要的问题意识是对个人的关注。伊恩·瓦特在《小说的兴起》中认为笛福、理查逊、和菲尔丁等人的作品最早并典型地表现了现代个人对身份的寻求。旅英学者黄梅把她对18世纪英国小说主题的研究命名为《推敲'自我'》，其实，在整个欧美，自我认同或自我塑造的主题从18世纪到20世纪上半期一直占据着文学叙述的核心地位，众多经典著作直接以人物为题——《帕梅拉》《克拉丽莎》《汤姆·琼斯》《亚当·贝德》《小杜丽》《阿达拉》《卡门》《包法利

夫人》《德伯家的苔丝》《嘉莉妹妹》《约翰·克利斯朵夫》《安娜·卡列尼娜》等等——让人对西方现代小说的关注重心一目了然。西方近现代小说批评的基本概念无不与认同有关:"人物"——认同的主体及其相关者,其中主人公的研究是小说批评的重镇,并发展出专门的批评方法——传记批评;"情节"——人物追寻自我认同的道路,"开端 - 发展 - 高潮"对应着自我的"觉醒——危机 - 实现或幻灭";"环境"——认同建立的时空背景和社会关联,在似真性的现实主义小说中对认同的建构尤其重要。

过去以来对人物的自我认同的批评已经包括:虚构人物如何塑造他/她自己,这一形塑过程与作者本人有何关系(他/她何以要让其主人公遭遇这种认同危机并如此解决主人公的难题)? 主人公寻求认同的成功或失败说明了什么? 他/她所代表的社会势力如何通过这种人物形象参与更广泛的文化对话,从而影响读者的自我塑造? 这一类问题的提出,表明引入身份认同视角批评人物不仅是对文本的局部对象的研究,而且还涉及小说的主题学,小说的发生机制与文化功能等。

二、自我与他者关系的研究

自我认同的形成以对"他者"的看法为前提,弗洛伊德的"同化""转移"已经阐明了儿童获得自我身份的基本心理机制,说明他者是照见自我形象的一面镜子。在大西洋中的一个荒岛上,鲁滨逊通过"星期五"这个他者建构了自己的文明征服者形象;而爱玛通过丈夫夏尔·包法利、情人罗多尔夫、高利贷者勒内这些资产阶级他者,看到了自己浪漫爱情和只能栖身于这爱情之中的生命的幻灭。而郁达夫《沉沦》中的那个患有忧郁症的中国青年,仅仅因为他者的目光——日本人的目光——而不得不投海自杀。主体总是在与他者的互动中建构起来的,或者是征服他者而获得满足感,比如鲁滨逊;或者是被他者的野蛮力量所压倒而遭遇危机或主体的死亡,比如骆驼祥子和卡夫卡的约瑟夫·K,也可能因与他者的和谐共振而获得主体的升华,比如爱情、友谊与同情而产生的心灵净化与思想升华,关注心灵得救的老托尔斯泰的人物就是如此:聂赫留朵夫和玛丝洛娃,保尔康斯基、皮埃尔与娜塔莎。

他者可以是他人,也可以一个整体的社会制度和风俗(如苔丝所面对的),也可以是其他的民族和文明,也可能是无意识,还有可能是人所面对的自然。

诗歌和小说中为何不断写到自然,而且往往不是作为赏玩的风景,而是作为灵魂对我们说话? 它对我们的认同起了什么作用?

从浪漫主义开始,自然作为一个巨大的灵魂与诗人息息相通,不仅成为诗人灵魂的归属,而且往往感召和启发他们,提升他们,以至于能否听懂自然的语言,能否与自然展开深刻的交流,成为诗人能否实现认同的一个基本途径。拜伦把自己和自然同一:"难道青山、绿水、蓝天不是/ 我和我灵魂的一部分,如同/ 我属于他们……"雪莱则在自然中像精灵一般翱翔,向世人展示自己无限的自由:

像一个精灵

我在他心田的最深处寄居蜷隐,
思他之所思,感受着他的感情,
谛听他内心最隐秘的独白——

……

> 我犹如用万能钥匙把锁儿开启，
> 从他灵魂深处放出一股金色的乐曲，
> 我浸没于这股波流内任意沉浮，
> 似隆隆雷声和密密雨雾中的一只鹰，
> 以电光洗镀羽翎。

史蒂文斯曾说，"很少有人意识到涉及我们所有人的这样一种情况，当我们初次看蓝天时，我们不仅仅在看它，而是既在看它也在体验它……很少有人意识到他们是在以他们思索和感受到的世界在看世界。"常人看自然，也可能曾有短暂的情感投射，但转瞬即逝，因为他们认为自然不过是于己无关的他者，而诗人却把自己的思想、感情、幻想持久而强烈地投射到自然之中，而后从自然的回声中获取更深刻的认识和更强烈的情感。他们把天上的云彩、街头的老马、流浪的野狗赋予自己的情感和想象，又以流云、老马、野狗的眼光来看世界和人生，从而使人的精神世界得到净化和升华。这样一种通过自然他者而得以转换的自我认同在中国古典文学中是较为常见的，但哲学背景不一样。前者是泛神论和主体论的相互作用，后者是天人合一，物我交感。不过尽管有差异，文学的自然观照对自我认同产生重构的效果是一致的。一个喜爱文学的人，他会渐渐认同诗人和作家的视界，亦即经常是流云、落叶、飞鸟和流浪狗的视界，来理解自己，理解存在和自由。

三、认同与话语

认同由话语所构成，如贝克特所说，"我处于语言之中，由语言和其他人的言说所构成"（《无名的人》），比如说，你不能没有一个名字而成为与他人相区别的"我"，而且，你的名字在你出生之际就给命好了。你生在语言之中，确切地说，你生在父权制的语言之中，从父亲的姓氏获得了身份。

话语对认同产生双重定向作用，一方面是话语的构成性，即话语总是给定的，已构成的。人们的所有谈话只能根据已有的资源（词语、范畴、常规观念）加以配置。以给人取名为例，你的名字只能在特定语言（比如汉语）的有限词汇里加以配置，而且根据文化惯例，根据你的性别、阶级和父辈的意识形态观念，你的名字的选择便更为有限，如女孩的名字就经常是秀、丽、兰、芳、香、英、媛、娟、婷等等。另一方面是话语的建构性或施为性，"人们通过关于世界的描述和解释来建构世界"，人通过话语来塑造自己。这里又有双重性：从被动的一面而言，"意识形态把个体询唤为主体"，比如"媛、娟、婷、婉、娇、娜"这些带女字旁的名字就带有一种男权意识形态的规训，从而无意识地塑造作为一个女性的认同框架；从主动的一面而言，个体可以根据自己的人生经验，并结合其他相关话语（如性别、民族、伦理、职业等）对这些给定的话语加以重新叙述和诠释，从而形成特定的身份意识。

在把握这一"双重定向"原理的基础上，我们可以进入到一般意义上的文学的场域了。

我们简单地从三个方面来把握文学空间中的话语建构情况。

首先是形象话语，如诗歌中的意象、隐喻，小说中的场景（空间）、人物外观（身体姿势、服饰的描写）乃至人名（人的名字往往让我们"看"到人的身体形象和性情）等。视觉化的形象对认同产生很关键的作用（拉康在《心理的因果》中特别强调这一点），它有意无意地泄露了人物的或作者的身份归属或认同倾向。比如郭沫若在现代汉语诗歌早期把"汽船、大洋、烟囱、霓虹"等工业形象引入诗歌,表明了一种身份(既是自我的也是民族的)的重新定向。白先勇的"金大班"在出场的时候,呈现给读者这样的形象:

> 金大班穿了一件黑纱金丝相间的紧身旗袍,一个大道士髻梳得乌光水滑的高耸在头顶上;耳坠、项链、手钏、发针,金碧辉煌的挂了一身……

这段话展示的人物的外貌形象可以用"珠光宝气""艳俗"来形容,叙事者特意用了三个"金"字(其中一个是主人公的姓氏),表明了人物在故事开头的基本认同——对"金"的认同。

其次是叙述性话语对认同(过程)的建构。现代社会是一个"讲故事的社会"(story - telling society),我们通过"讲故事"的方式阐释我们的生命及周围的事件。正是通过叙述性的讲述,自我才被塑造成连贯的、有意义的整体:"当被问及我们的身份时,我们开始思考我们的人生故事:我们正是在讲述我们的人生故事的同时建构我们的身份。……当我们谈论我们的身份或人生故事时,我们包含某些东西并排除某些东西,强调某些内容并把另一些内容当做次一级的。这样一个排除、强调、编排的过程是为着编织一个特殊种类的故事而进行的。"

叙述的情节性是认同性强弱的一个明显标志。在西方现代早期,当感伤主义和浪漫主义的自我突出情感的表达而缺少行动的持续性时,认同往往是断片似的,主人公无法在外在的社会空间中谋求身份的确认和持续发展,因而日记或书信一类的微观叙述形式比较流行。1920年的中国现代小说往往也有这样的特点,比如郁达夫的男主人公和丁玲、卢隐的女主人公都是这种碎片化的身份形象,而小说的叙述也是"缀段式"的。

这样一个特征在20世纪现代主义时期得到重现,19世纪现实主义的强劲、线性发展的情节特征——对应于清晰的、以典型人物出现的自我形象——衰微了。先前那个连贯的、统一的自我形象潜入到深深的梦中,分裂为不相隶属的身份碎片,在无意识的海洋上漂浮。

其三是话语的多种形式与主体位置问题。特别是在叙事作品中,叙事者会运用多种话语来塑造人物的身份。从话语内涵而言有性别与性、宗教、政治、阶级、种族等各种社会权力话语,从叙述形式而言有人物的话语和叙述者的话语。而把这些话语放在"叙述者 - 人物 - 读者"的系统来看,就存在一个主体位置的问题。主体总是在特定的位置参与话语交流,反过来话语进程使主体处于一个特定的位置。这一观点既适用于人物,也适用于叙述者和读者。比如一个异性恋的爱情故事中,人物的对话展现了主体的特定位置,如主动的骑士/被动的公主。而这一主体位置的配置既是人物话语互动的结果,也是叙述者在已有资源中选择、安排的结果。而这一主体位置并非固定的,而往往是相对的和流动的。

四、文学与文化身份

文学,特别是作为社会再现形式的小说,深刻而全面地展现了文化身份的具体的建构。在18世界以来的西方所谓"个人身份叙事"中,赛义德读出了殖民主义的文化身份内涵(《文化与帝国主义》)。而对第三世界的现代文学而言,文化身份总是文学叙述的一个优先的关注面,如F.杰姆逊所说,小说成了"第三世界国家的民族寓言"。在其他一些领域,比如少数民族文学与流散文学,文化身份的寻求与反思也常常是突出的主题内容。

叙事文学中的文化认同最突出的展现了文化认同的复杂建构(这种复杂性与广播电视媒体建构认同的简单性和意识形态性正好相反),而且表明这种建构只能经由个体实践才能得以体认。特别是在自传性的跨越不同文化鸿沟的文本中,这种文化认同经常是实践性的和对话性的,而不是给定的和本质主义的。在一些出色的小说中(比如郁达夫、白先勇、米兰·昆德拉、库切等作家的作品中），文化认同的意识形态认知模式往往被解构，认同的混杂性（hybridity）和焦虑被充分展现，激发读者对文化身份的异化功能的反思。当然，一些带有左翼倾向的叙述作品，对特定族群、种族、阶级（往往是弱势和被压迫的）的认同故事的讲述，也对全球时代的"认同政治"（politic of identity）产生了积极的思想意义。

文化认同以民族性为基本单位，但在全球化或现代性拓展的语境中含义非常复杂，除了"民族性"指称的种族、族群和民族－国家等范畴，它还可指涉地方社群、宗教、性别、代际等亚文化群体的认同。在叙事文本中，各种文化身份的符号是互相交织的，需要加以历史的、个别的解读。

第三节　作品解读

认同的肢解：诱惑、蔑视与羞耻
——解读刘庆邦《家园何处》

近十多年来，农民工入城及其所产生的身份认同问题不断得到文学界、社会学界和心理学界等文化领域的思考。但正如前文所说，"文学是人的身份问题得到了最具启发性的揭示的空间"，而且往往是先行探索的空间，因而文学对特定人群的认同的叙述尤为值得注意。

刘庆邦的中篇小说《家园何处》以一个十九岁的农村姑娘停为中心，叙述了城市对她身份的改造过程，这种改造，通过作用于她的身体和心理经验，完成了对她自我身份的肢解，从而烙下了深深的羞耻的红字。从某种意义上，停的遭遇又可以看着是农民工在现代城市的遭遇的象征。

一、认同的转换：从传统到"现代性的梦幻"

小说的第一句话是："十九岁的姑娘停也要外出打工了"。一下子把读者拉到一个时间和空间的边界线，也是身份的边界线。在边界内，她是一个农村姑娘，纯朴、善良、勤劳，安全，像植物一样生长，等待出嫁。而在边界线外，却是变幻莫测，不知道她将变成怎样，连名字都可能被改变。

对于跨越这条身份的边界，停的想象和村里的男性"意识形态"是不一样的。男人们的看法是在外面不仅能赚到钱，而且长见识，经历种种传奇。而停对于外面的世界却有一种天然的恐惧和排斥，在描述停在临走前的心境时，作者以出嫁来类比："出嫁，意味着离开生她养她的家，意味着到一个陌生的地方去，意味着被驱使，被侵犯，从此失去清洁的女儿身。……她的心情要复杂得多，沉重得多。出嫁是自愿的，带有天经地义的性质。外出打工是被迫的，既违反个人意志，也有点反天意；出嫁的对象和地方是已知的，让人心里有底。外出打工的地方和东家是未知的，如同在茫茫黑夜里摸生路让人提心吊胆。……出嫁后献身的对象是自己的丈夫，还能有自己的家；外出打工，身单力薄的一个女孩子家，面对外头凶蛮有力的世界，谁能保证自己不失身！失身不知在谁手里失身？一旦失了身岂不是等于一辈子跳进了苦海？……"正是这最后的一点，她的处女之身——她的完美身份的表征——面临危机，使她试图在临走之前委身于她的未婚夫，民办小学教师方建中。

由于三嫂的逼迫和确实存在的经济压力，停不自觉地跟着建筑队领工张继生来到了城市。一旦来到城市，像其他民工一样，她不由得被城市的"景象"所诱惑，特别是走在城市大街上的女人，——"城里女人一个个都那么年轻，都那么白，都那么有腰身，穿得都那么漂亮，随便看住一个都是好样儿的。……男民工推荐的女人她俩都看见了，她俩喜欢看的也是女人。……她们的着眼点一般是在人家的穿着打扮上，路上走过的每一个女人的穿戴都让她们感到自惭形秽。她们看人家躲躲闪闪，人家看她们却是锋芒毕露。有两个年轻女人大概注意到停和李改凤了，一边毫不掩饰地看着她俩，一边夸张地笑话她俩，像是笑话她俩穿的破旧的衣服。停把两个女人的话都听懂了，心理很不是滋味。"而正是因为对漂亮衣服及其所隐含的"城市女人"身份的潜在认同，停开始上了张继生的套。

这个经常出入于城乡之间的领工张继生，正是塑造停的"城市姑娘"身份的关键人物，也是使停的命运发生急剧变化的主导人物。他有意无意的让停产生了一种"现代性幻想"，觉得通过他，城市的无限空间正向自己打开，而自己的现代身份渐渐的要形成了。

两人交往的一开始，就很有象征意义，即张继生叫她何停，停问他干嘛喊她何停，他还说想把何停叫成何亭亭呢！"停"这个名字，本来是很中性的，同时代表着那么一点父权的意思，即在生了四个男孩以后，又生了个女孩，龙凤呈祥了，可以"停"了。所以她在家里一直被叫停。但现在张继生叫她何停甚至何亭亭，赋予她以新的身份，一则她是有名有姓的，叫全名是对她的尊重，二则"亭亭"是女性化的，强化了她的性别意识（在穿上新衣服以后，张继生说真合适，真美，你听说过"亭亭玉立"这个词吗？）。这样一个新的身份，显然得到了停的认同，并让她对张继生产生了好感。

其后张继生连续给她买风衣，买羊毛衫，以预付工资的名义给她钱，带她到露天舞场跳舞。跳舞的这天晚上张继生把她带到黑暗的小树林里，开始搂抱她，"她的心跳得嗵嗵的，浑身也在颤抖。直到这时，她心里还保持着对城市和城里人的抗拒，但她心里说：张继生不是城里人，张继生跟她是一样的人，仿佛只要对方不是城里人，互相好点儿也没关系，好点儿就不算堕落"。这种"自己人"的意识加上先前的好感，让她心甘情愿地把贞操——这个她在家时誓死捍卫的身份标签，在转换了空间后，似乎在她心中没那么重要了——献给了张继生，做了他的情人。

做情人的日子让她生出无限的幻想，她觉得张继生是个有情有义的人，她拿一些听来的和看来的男欢女爱的故事作比，觉得她和张继生也不差，人家有的，他们也有，他们也创造了很不错的故事，"她几乎改变了对城市的印象，并有几分感谢城市，想想看，要不是到城市里，她会认识张继生（他还是高中生，方建中只是初中毕业）吗！能有开放的条件吗！能得到这一段情一段爱吗！"更令人惊异的是，她觉得张继生虽然有老婆，但他老婆是在农村，"她名义上虽然不是张继生老婆，但她在城市"。她似乎觉得她比他那个农村的老婆更有身份优势，她和他会在城市长期呆下去，成为城市人。

正是因为这种现代性的梦幻感，让她渐渐地走入城市深处，而这一进入过程，却是身份肢解的过程，受侮辱和受损害的过程。

二、身份污名：侮辱和羞耻

"污名"（stigma），是一个社会学概念，指特定群体将另一群体或个人贴上人性卑劣的标签，这种强加恶劣的标签并加以维持的过程就叫污名化（stigmatization）。比如中国的农民工，起初叫"盲流"（倒过来是"流氓"），后来叫"民工"、"外来务工人员"、"进城务工人员"等，经历了一个由重到轻的污名化过程。

停的"城市姑娘"身份很快幻灭，因为张继生跟她不过是"玩一玩"而已，等他的老婆来到城市，他就把停转让给包工头，包工头再把她卖给一个旅馆老板，她获得了一个新的身份——妓女。

这一个堕落的过程似乎是自然而然的。叙述者给停的每一次堕落都安排了特定的城市空间，暗示出是城市的魔力在引导她向深处走去，比如在张继生把停转让给包工头之前，先带她到了一个咖啡屋喝咖啡，"屋顶的花灯像是一个水晶宫样的系统，庞大而复杂。停把花灯看了看，没看见灯泡，只见花灯的玻璃饰件都在发光，让人眼花缭乱。整个屋里弥漫着香水的气味儿和轻柔的音乐，让人有一种梦幻感，还有一种神秘感"；而包公头在把她转卖给旅馆老板之前，带她到酒吧的包间里做爱。停又注意到屋顶的花灯，"花灯又好几个灯泡组成，中间一个是粉的，周围几个是白的。粉色的灯光辐射出来，染在白灯泡上，弄得白灯泡也像是粉红的了。有那么一刻，停仿佛走进梦境，不知身归何处。"之后酒吧老板带着一位小姐送花进来，"老板示意小姐把花送给包工头儿，包工头转手献给停。停把花朵在鼻子上嗅了嗅，证实花是真的，她这才意识到，这是在城里，她已经走到城市的深处了。"

叙述者对城市"诱惑"的描写一方面揭示了人物不断走向城市深处，以维系其"现代性幻想"的必然过程，另一面却削弱了人物的反抗内容。即使停被旅馆老板以检查身体为名强暴的时候，她也只是"把眼一闭"就过去了。接着而来的是她"确立了交易的思想，赚钱开始上瘾"，"预定的数目成了她的一个驱动力"。

然而"城市化"的过程也是"污名化"的过程。早在他做张继生情妇的时候，建筑队的民工就把她视作"罐头铁皮""碴窑子"，对她动手动脚，并把她的丑事传遍故乡；当她到了旅馆，张继生再来找她的时候，都给她两张钞票，"虽然她自己也弄不清楚希望张继生什么，但起码不像今天这一步"，因为张继生也把她当成了"鸡"，当成了妓女。当公安带着摄像记者把她逮住，"问她家乡在哪儿，家里有什么人，家里人知不知道她出来干这些罪恶勾当时"，她的眼泪就流出来了，她感受到了无以复加的羞耻。

霍耐特说，"羞耻的情感内容一开始就在于降低自我的价值情感：由于自己的行为遭到拒绝而自我羞辱，主体就把自己看作是比从前所假设的社会价值更低的存在"。停和她的同类，从被迫来到城市开始，其现代认同的幻想，一开始就被污名化的现实所左右，而这一写在脸上的耻辱的标记，是一生都难以清除的。停最终是在这个城市里消失了，但哪里能是她的家园呢？

查尔斯·泰勒曾经把认同与承认联系起来，提出了"承认的政治"的著名概念。他说："认同（identity）一词在这里表示一个人对于他是谁，以及他作为人的本质特征的理解。这个命题的意思是说，我们的认同部分地是由他人的承认构成的。同样地，如果得不到他人的承认，或者只是得到他人扭曲的承认，也会对我们的认同构成显著的影响。所以，一个人或一个群体会遭受到实实在在的伤害和歪曲，如果围绕着他们的人群和社会向他们反射出来的是一幅表现他们自身的狭隘、卑下和令人蔑视的图像。这就是说，得不到他人的承认或只是得到扭曲的承认能够对人造成伤害，成为一种压迫形式，它能够把人囚禁在虚假的、被扭曲和被贬损的存在方式之中。"而"承认"的形式，根据霍耐特的解释，表现为情感上的基本的"爱"，法律上对他者义务的担当，以及社会交往的价值共同体的建立。近十多年来，我国对于农民工的身份认同在法律制度上逐步提供了保护（如户籍、社保等），但在情感态度、伦理价值等方面，身份之间还存在着巨大的鸿沟和清晰的边界。媒体对农民工、性工作者等边缘群体的污名化仍很严重，而刘庆邦、曹征路、王祥夫、陈应松、郑晓琼等底层作家和诗人的写作日益引起左翼知识分子的重视，正说明"承认的政治"正在成为一个话题，这一话题的深入有助于我们进一步理解认同，特别是中国当下语境中"现代认同的形成"。

第四节　解读范例介绍

一、"郁达夫们"的认同危机

参见张雪莲(澳大利亚悉尼大学)：《自我身份危机——两种文化中的孤独者和漫游者郁达夫》，《山东社会科学》2004 年第 11 期。吴晓东：《中国现代审美主体的创生——郁达夫小说再解读》，《中国现代文学研究丛刊》2007 年第 3 期。

首先应该稍加说明的是，郁达夫小说的主人公不应当等同于郁达夫本人，即使有大量证据表明他的小说带有很强的"自叙传"性质。因为，就像第一人称一样，"自叙传"也是一种小说创作装置，把它理解为作家本人的生活经验的如实传达是不妥的。因而张雪莲所研究的"郁达夫"，应该改成其小说主人公——"他"、"于质夫"、"我"、"郁先生"等——的共名"郁达夫们"。

郁达夫小说非常真切的展示了他本人和他那一代留洋学生乃至多数"现代"青年的认同体验，是中国文学和文化中"现代认同"形成的非常典型的表征，值得分析和研究。

（一）两种文化中的挣扎

郁达夫小说的主题，仅从其标题来看，就会发现这样一些类型：怀乡——《怀乡病者》《还乡记》《还乡后记》；孤独——《孤独》《空虚》；夜——《茫茫夜》《寒宵》《十三夜》《街灯》；冷——《清冷的午后》《在寒风里》《寒宵》《银灰色的死》；飘零——《逃走》《南迁》《出奔》《离散之夜》等。除了"飘零"是一种身体存在的客观状态，其他类型都具有较强的主观感受性，这种感受的实质就是孤独。

孤独感是郁达夫小说主人公最强烈的生存感受。在小说中经常表现为不停的诉说，而且往往是自己对自己诉说。比如《祈愿》中的"我"，在妓院中，躺在安乐椅上，嘴里吸着烟，却感到异常孤独："这明灯照着的前厢房里，只剩下了孤独的我和几阵打窗的风雪的声音，""……啊啊，孤独，孤独，这陪伴着人生的永远的孤独！"《蜃楼》里的陈逸群平时就是"冷淡孤寂的表情"，"孤独的悲怀，本来是写在他的面上的，不过今宵酒后，他的悲感似乎比平时更深了。""一盏红玻璃的电灯在那里照着他的孤独。"

孤独感的产生，从社会学的角度来说，往往是个人无法成功融入"社群"（community），""社群"从小往大处说，有家庭、地方、社会机构、国家。从小说的很多内容看，"郁达夫们"有家庭（妻子和母亲），有关心他的朋友，能够在学校或书局谋得一份职业，甚至还能过得比较体面，不存在被社会排斥的问题。因而他们的孤独是本质上的孤独，即在新旧两种文化间，无法找到自己的身份认同。《蜃楼》中有一段出自陈逸群之口的议论，很能代表"郁达夫们"的深度反思：

自己的一生，实在是一出毫无疑义的悲剧，而这悲剧的酿成，实在也可以说是时代造出来的恶戏。自己终究是一个畸形时代的畸形儿，再加上环境的腐蚀，那就更加不可收拾了。第一不对的，是既作了中国人，而又偏去受了些不彻底的欧洲世纪末的教育。将新酒盛入了旧皮囊，结果是新旧两者的同归于尽。世纪末的思想家说你先要发现你自己，自己发现了以后，就应该忠实地守住着这个自我，彻底的主张下去，扩充下去……可是到了这中国的社会里，你这唯一的自我发现者，就不得不到处碰壁了……

在新思想的启蒙下，"郁达夫们"发现了人（自我），也努力地扩充这个自我，与这个现代身份的障碍物——比如传统的伦理道德，家庭束缚，甚至自我对传统的情感眷恋——相拼杀，但拼杀的结果，确是"新旧两者的同归于尽"，新我不曾产生，旧我难以回返，主人公往往只有遁入虚无或者走向死亡。

张雪莲很敏锐地发现，"自我"在传统和现代（西方）之间的挣扎，往往是以象征和隐喻的手段表现的。从郁达夫的小说中我们可以找到几组相对应的意象：一边是故乡，母亲和妻子，一边是作者所欣赏的西方人物，作品和西方影响下的日本人及其生活，以及妻子以外的女人。其常用手段，就是用前者来代表和象征传统，而用后者来象征西方文化和生活哲学，以及现代生活方式；以主人公和其他留学生，尤其是归国留学生来代表在传统和现代两种文化中间的人。

传统的文化身份，以家族、血缘及其伦理观念为基本表征，它是深深地植入到个体的无意识和情感深处的，对于主人公来说，家庭情感及传统的伦理价值不可能一下子排开。郁达夫作品中的母亲，作为封建家长制的一个符号，自私、专横、不可理喻，固然是可以决然离去的，但妻子，那个名义上的"在家的妻子"，却是伤不起的。在《银灰色的死》《茑萝行》等作品中，这个妻子总是逆来顺受，忍受着婆婆和亲戚的白眼和我的因外在压力而转移的斥责，独自抚养孩子，为我做出牺牲。但耐人寻味的是，这样的一个妻子，几乎一律都先天患有某种疾病，某种不治之症，她们也都无一例外的相信自己活不长，从而放弃任何抗争。她们没有什么话语，只是默默地以带泪的眼睛看着你。"她们是不是一种象征呢？象征那个以善为本，却早已病入膏肓、终究要死去的传统文化？"（张雪莲）这样的指认当然是不错的。但郁达夫的小说并不是一种简单的"席勒化"的新文化宣传，它在表达主人公为现代自我拼杀时，展现了强烈的情感内容——忏悔、愧疚和自贬。当主人公把亡妻的纪念物当掉而去饮酒作乐，找他心仪的女性（对现代生活的爱欲）倾诉的时候，主人公自己都会发现，他陷入到了一种无以自拔的道德困境中。而正如查尔斯·泰勒所强调的，当我们失去责任感和尊严感，失去与善的必要联系的时候，现代认同是不可能建立起来的。

正是在"郁达夫们"强烈的情感倾诉、自怨自艾之中，我们看到了两种文化之中主人公的认同危机，以及克服这种危机的艰难。

（二）自我认同与民族国家认同的内在关联

在郁达夫的早期小说里，自我认同的危机是内在的与民族国家认同联系在一起的。个体，总是一定"社群"中的成员，当你跨越这一社群，而与他者相遇时，你的社群标记成为你被他者识别的首要标记。而现代的自我身份，对"郁达夫们"来说，是通过引入他者、与他者融合来实现的。对"郁达夫们"们来说，非常重要的表现，是自我在爱情（欲望关系）中的位置。很有意思的是，这些年轻的留洋学生，不管是否婚配（未经恋爱的婚姻），他们的爱欲对象都是异国的女子，她们真率、自由，一律都很美丽，是理想的欲求对象。但在这种对美好理想的追求或欲求中，"弱小民族"的负面认同成为了横亘其中的一个巨大障碍。

在《空虚》中，留日学生于质夫来到 N 市附近的汤山温泉，一个雷雨之夜遇到一位可爱的日本少女。"质夫听她问他故乡的时候，脸上忽然红了一阵，因为中国人在日本是犹如犹太人在欧洲一样，到处都被日本人所轻视的"。所以他表达自己身份的时候，便只有说他是东京的 X 大学的学生。正是这种民族身份的负面效应，使他在接下来的情欲体验（同床共眠，一起泡温泉）之后，总显得畏畏缩缩，不能自由表白，最后因她的表哥的出现而梦想破灭，坠入永远的虚空之中。联想到前一篇的《银灰色的死》，于质夫对日本少女静儿的爱恋，同样如此。静儿最终选择了一个似乎并不相知的日本男人而放弃于质夫，最终导致后者脑溢血发作而死亡，不正是因为其弱国寡民的身份吗？

《沉沦》中的"他"，由民族身份所带来的创伤，是表现更为突出的。"他"在放学路上遇到两位日本少女，美丽而活泼，回来想象她们眼里的秋波，责怪自己是胆小鬼，没有像日本同学一样和她们说上话，但仔细一想，忽而叫起来说："呆人呆人，她们虽有意思，与你有什么相干？她们所送的秋波，不是单送给那三个日本人的么？唉，唉！她们已经知道了，已经知道我是支那人了，否则她们何以不看我一眼呢！复仇复仇，我总要复她们的仇！"在这里，"支那人"的身份是使他无法成为一个敢爱敢恨的正常人的关键。接下来的性的接触所带来的压抑和挫伤，终于导致"他"投海自沉，而他临死的时候，发出的呐喊是"祖国啊祖国！我的死是你害我的！你快富起来，强大起来吧！"

这样的一种内在自我的爱欲体验的失败与民族国家有必然联系吗？当时的一般读者和批评家都是有疑问的，郁达夫曾经对此解释说："是在日本，我早就觉悟到了今后中国的运命，与夫四万万五千万同胞不得不受的炼狱的历程。而国际地位不平等的反应，弱国民族所受的侮辱与欺凌，感觉得最深切而亦最难忍受的地方，是在男女两性，正中了爱神毒箭的一刹那。""支那或支那人的这一个名词，在东邻的日本民族，尤其是妙年少女的口里被说出的时候，听取者的脑里心里，会起怎么样的一种被侮辱，绝望，悲愤，隐痛的混合作用，是没有到过日本的中国同胞，绝对地想象不出来的。"

鲁迅在仙台的课堂上，曾经因看电影而产生了种族的身份焦虑，他把这种种族的灭亡幻景与民族国家的背景联系起来，而郁达夫却通过性的焦虑把个体身份与民族身份联系起来。这里面都有一种切身性的体验，即他们的自我个人存在是以民族国家为背景的生存。郁达夫的主人公几乎个个都有身体上的疾病，正暗合了"东亚病夫"的形象，而这一身份形象，既是个体的，也是集体的。

二、对"家"的认同及其不可能性

参见戴维·莫利、凯文·罗宾斯《认同的空间：全球媒介，电子景观和文化边界》第五章（英文版：Space of Identity：global media，electronic landscapes and cultural boundaries. Routledge，1995. 中文版：《认同的空间：全球媒介，电子世界景观和文化边界》，司艳译，南京大学出版社，2001 年）。

《认同的空间》的作者莫利和罗宾斯是来自英国两所不同大学的学者，专业背景分别为传播学和文化地理学。本书以欧洲认同为中心，研究了后现代地理条件下，全球性媒介如何重新塑造文化认同的问题。本书对欧洲文化共同体内复杂而差异的各种认同观念进行了深入的透析，对我们理解文化认同问题很有启发。下面侧重介绍本书第五章的内容，其主题是欧洲（特别是德国）的文化认同与记忆的关系，以及认同困境中的可能选择。

本章的标题是"No place like heimat：image of home（land）"，可译为："无处似故乡：家（国）的形象"。"heimat"是德文词，作者用这个词来表示"故乡"是有特殊含义的，一方面是本章借以讨论的案例主要是德国导演赖策（Edgar Reitz）的影片《故乡》（Heimat）及其所引发的争论，另一方面是如文中所讨论的，"heimat"一词在德语中是一个稳定的词汇，指涉一个固定于某处的场所，"在德国的争论中，界定 heimat 一词参照的一个关键维度是它与一切外国的、遥远的事物之间的对立"（英文版，第 95 页）。而在作者看来，这样的"故乡"在复杂的现代进程之中和全球性电子媒介的渗透之下是无法抵达的，所以叫做"no place like heimat"。

（一）战后德国认同的重建

战后的德国，不仅是一道铁幕把"祖国"分成两半，更重要的是，历史的德国已经被等同于"纳粹德国"而阻止了人们的记忆。"挡在我们（回家）路上的正是我们的历史。1945 年这个国家的'零时'彻底摧毁了人们的记忆并打开一个缺口……不能够讲故事，因为我们的记忆受阻……我们仍然担心个人的经历会唤起我国的纳粹史并提醒我们记起我们都参与到德意志帝国之中"（赖策），"在失去祖国权利的情感之中……产生一种无家可归的感觉……甚至于语言也不再能提供一个'家'了。甚至德国战后的形象都是这种被根除的部分"（查莫斯）（英文版，第 96 – 97 页）。留下的真空，便由美国的流行文化所填补。这一状况延续到 1970 年。

美国的电影电视当然也会有德国的历史和形象。1979 年，美国电视系列片《大屠杀》就是以德国人为主体的对德国历史的叙述，有 2000 多万德国人收看了此剧，他们在自己的客厅里面对这种对自己历史的叙述。这部剧作在德国知识界引起的反响是负面的："美国人偷窃了我们的历史……攫取了我们对历史的叙述权"。作为对失去的权利的抗争，赖策拍了他们自己对历史的叙述，这就是《故乡》，其饶有深意的副标题是——"德国制造"。

德国人讲述德国的认同故事，当然是更可靠的。但是如何讲述德国和德国人是需要小心谨慎的。作者引用德国思想家阿多诺的话说，"什么是德国？"这种提问本身就预设了一个自治的集体身份的统一性——"德国"——其特征也就随即根据"德国"这一事实而确认，"但事实上，是否存在德国人或者特定的德国品质，是很难确定的"。（英文版，第 94 页）寻找一个本质的德国故乡，不可避免的将我们拿回到老套的集体自恋的问题上来，在这个过程中，自己不知不觉中成了善者、被欺凌者，而他者（特别是美国）就成了恶者。

赖策的电影走的就是这个模式，影片的叙事主要围绕着那些战后呆在村里的人（主要是妇女）与那些离开家的移民（主要是男人）之间的反差进行。其道德观也是围绕着这样的二元对立模式建构的：本地/异域，传统/现代，乡村/城市，永恒/不断变化，女性/男性。《故乡》中的女性主人公玛丽，是安全和永恒的化身，母亲形象与家的隐喻融为一体，"她在哪儿，哪儿就是故乡"。相反，男主人公保罗被描述为"已经变成了个真正的美国人……一个没有家，没有根，伤感地四处漂泊的人"。

《故乡》在放映后大获成功，它对于同一个家、同一个故乡、一个可以庇护我们的"祖国"的寻求激发了广大观众强烈的情感认同，而这个故乡和家又是相对那个威胁我们的安全，离散我们的家庭的他者而言的。然而，对更年轻的一代电影人和更清醒的知识分子而言，民族的完整和纯洁是一个虚无的理想，"同一个民族"是一个浪漫的乌托邦（如安德森所言，民族或国家不过是"想象的共同体"）。文德斯的电影就一直表现那种似乎是现代化条件所必然会产生的无家可归的状态：人物在迁移、跨越边界，现实与幻觉交织，认同观念淡漠，甚至不再可能讲述某人的故事。文德斯没有求助于渊源和根性，他所试图探讨的是差异、他性和疏远这样的现实。对他而言，不存在家园和祖国这样的乌托邦："意思是，（我的主人公们）虽然不在家却感觉他们自个儿就是在家了。换言之，不在家意味着比在其他任何地方更有在家的感

觉。……认同意味着无需必须有个家。我认为，意识与不在家有些关系。对任何事物的意识。"（中文版，第 139 页）

"不在家"是现代社会的芸芸众生永恒的命运，自愿和不自愿的四海为家者在全球各大城市飘荡，即使是呆在"故乡"的人，他们也因全球性的商品和媒介的日常渗透而与异域的文化因素缠绕在一起，从而形成新的认同。故乡已经越来越难以抵达了。埃德加·赖策也承认："故乡是这样一种东西，如果人们越来越走近它，就会发现在临近它的那一刻它不见了，它已化为虚无"。但这是一种危险的错觉，家乡根植于不能容忍差异和害怕"他者"的情感，这是种族主义和恐外情绪的核心内容。德国新纳粹组织对土耳其等外来移民的攻击就与此相关。

（二）欧洲共同体？——"边界线正好穿越我的舌头"

自 1950 年以来，欧洲共同体（European community）在经济、法律和政治层面基本建成了（在本书出版的 1995 年，欧元产生，2000 年，《欧盟基本权利宪章》产生，2004 年，东欧 12 个国家成为欧盟成员国，统一的"欧洲家园"在实用的层面基本形成），然而任何一个机构的发展和联邦的形成，终究要靠一种文化价值观的认同来支撑和维系。欧洲能够寻找到共同的记忆并创造出共享的自我形象吗？

德国的文化认同最为戏剧性地体现欧洲共同体的身份难题。德国的分裂正是欧洲分裂的实质性显现（柏林墙），经过 40 年分裂以后，作为一个德国人意味着什么？其次，在冷战结束后，他者的目标发生变化，原来只要不是"共产主义的"就是西方的（欧洲的），现在，意识形态的认定被种族、宗教等各种文化混合物所代替，他者变得缺少统一性而不易识别了，而且这些他者随着晚期现代性的流动性来到我们身边，那么，该如何界定欧罗巴？

德国统一的时候，民族主义情绪推倒了意识形态的压抑，在卡尔·马克思广场上人们反复呼喊的口号是"德国是一个整体"、"我们是一个民族"，这与戈尔巴乔夫所说"欧洲是个大家庭"的概念是一致的。但是，当人们越过倒坍的柏林墙重聚在一起的时候，西德人必须目睹折射在自己身上的往昔，而东德人面对自己的未来感到无所适从。现在，谁是"我们"？谁"有权表述我们"？德国的认同如此，欧洲也是如此。

其次，意识形态的边界线被突破了，它消失了（至少在表面上）。充当文化认同支柱的似乎是宗教——中欧和东欧正重申其认同大部分是基督教的。但即使能以此为基石，重新定义欧洲远非那么容易。作者以信奉伊斯兰教的土耳其人的融入问题讨论了这种认同的艰难。

土耳其在地理上横跨欧亚，在政治军事空间属于北约成员国，拥有土耳其之父基马尔留下的现代世俗制度，似乎都能为土耳其进入欧共体提供理由（土耳其 1987 年提交加入欧盟申请，直到今天也未获批准），但是，土耳其的伊斯兰国家形象严重地阻碍着他进入欧洲这个大家庭。

在历史上，奥斯曼土耳其帝国代表着差异和威胁（实际上是令人畏惧）的他者形象，欧洲相对于它来界定自我。而自 1970 年以来，石油危机、巴勒斯坦解放组织的恐怖分子和黎巴嫩扣押人质者的形象、整个中东伊斯兰原教旨主义的形象全都在大众媒体里聚拢起来，造成了自 17 世纪以来人们感到的最强大的伊斯兰对欧洲的威胁。英国的拉什迪事件，德国对土耳其移民、法国和意大利对北非移民的暴力和敌视，都是处于这种心理上的反映。正如赛义德所指出："西方这个概念，主要根据伊斯兰和阿拉伯世界的对立面构成"，根本原因在于"伊斯兰世界一直处于欧洲的门槛上。……伊斯兰世界是唯一一个从未完全消亡的非欧洲文化。它就在犹太教和基督教的近旁并与它们一样承袭着一神教的传统。所以才有这样接连不断的摩

擦"。(中文版,135页)

　　然而更严重的问题是,随着现代性带来的移民流动,不仅是欧洲人流动到非欧区域和文化,来自美洲、非洲、中东阿拉伯世界和远东的各民族和各种宗教背景的人们已经大量流入欧洲。以德国为例,自1961年西德和德国签订劳工条约后,土耳其移民便源源不断来到德国各大城市,"现在居住在德国的150万(目前是300多万)土耳其人成了惹眼扰人的他者",德国能与这些"内部的伊斯兰"达成妥协吗?事实是,尽管有45万(2010年)土耳其人获得了德国公民身份,但是很少有德国人认为他们也是"德国人",而即使是获得了德国国籍的土耳其人,也很讨厌他的同胞用德语与他交谈,他们总是说:"我是土耳其人"。

　　家园,不管是地区层次、国家层次还是共同的欧洲层次,其产生的动力都是感到需要一个有根、有边界的完整而真实的同一体,而对现实中而不是想象中的德国和欧洲来说,家园和异域已经混同,家园唤起的是安全和归属,异域唤起的是孤独感和疏远感,而我们现在正紧紧被两者所缠绕:

> 我身上有两个世界
> 但哪个都不完整
> 它们血流不止
> 边界正好
> 穿过我的舌头
>
> ——Zafer Senocak《双面人》(英文版,第102页)

　　现代人生活在双重或多重文化身份的分裂中,但这未必是坏事。正如Senocak自己所说:"分裂能够产生双重身份。这样的身份依赖于差异产生的张力。人应该学会同时踏着河的两岸行走"(英文版,第103页)。容忍文化的断裂和矛盾,在此基础上建立多元认同(identities),是现代人获得其生存本真性的必要和必然的选择。

后　记

　　经过近一年的酝酿与写作，本教程终于全部完稿，以现在的面貌呈现在读者的面前。

　　本书的作者基本上为湖南高校中文系的教师。虽然作者的来源具有地域性，但在撰写本书的时候，我们却尽量摒弃这种地域性，试图以全球性眼光，对 20 世纪批评理论做一比较全面的扫描与介绍，在写作的过程中尽量扣住中文系学生的特点，围绕批评实践组织内容。我们的目的是让本科生通过本教程的学习，能够把握基本的批评方法和实际的批评技能，能够运用本教程所介绍的理论与方法解读具体的文学作品。为了这一目标，全体编撰者都尽了自己的努力，但是否达到了自己的目标，还有待广大读者与专家的评判。

　　作为一部比较系统的教材，应该做到全面，因此，本教程将 20 世纪西方主要的批评流派都包括了进来。但在实际的教学中，是否需要讲这么多，则由任课教师决定。任课教师完全可以根据教学目的、学生的具体情况以及自己对西方文学批评流派的把握，有选择地讲授本教程的内容。

　　全书共介绍了 23 个批评流派，分为 23 章。每章包括基本理论、批评方法、作品解读、解读范例介绍等四个部分。基本理论部分介绍这一流派的理论框架和主要观点，批评方法部分介绍这一流派常用的批评方法与技巧，作品解读部分运用这一流派的相关理论具体分析两到三部文学作品，解读范例介绍部分则主要是介绍这一批评流派的知名作家所写的比较重要的批评作品，特别是对具体的文学作品的批评。这样设置的目的，是为了使读者阅读本教程后，不仅能够了解各个批评流派的基本理论与批评方法，更能了解具体的批评过程和操作程序，知道如何运用这些理念与方法去解读一部具体的文学作品，并试着自己动手去解剖一只"麻雀"。自然，这种尝试在开始时可能会有一些模仿的痕迹，但对初学者来说，模仿实际上也是进步的必然阶梯。关键是要迈出这一步。关键的第一步迈出之后，再持之以恒，模仿的痕迹自然会越来越少，批评的技巧慢慢也会炉火纯青。

　　在全书完稿之际，作为主编，我要感谢参编本教程的所有老师。众所周知，如果从名利的角度看，编写教材并不是一件很吸引人的事情。但是作为知识传授的重要环节，教材的编写又是必不可少的。这不仅是高校教学的需要，也是高校教师的责任。本书的编撰者们正是本着这种精神，接受了邀请，在编撰的过程中精益求精。所有参编老师所写的章节，都经过了一次以上的修改，有的老师甚至修改了三到四次。在一部教材的撰写上能够花这么多的工夫，的确是一件不容易的事。也正是因为参编者们的共同努力，这部教材的质量能够基本令人满意，虽然教程的作者大都比较年轻，资历也不是太深。如果教程还有什么缺点与不足，则主要是由于我这个做主编的学识不足与把关不严，责任应该由我来负。

　　本教程的撰稿分工如下：

　　第 1 章：俄国形式主义，林铁，吉首大学文学院

　　第 2 章：象征主义，肖学周，湖南文理学院中文系

　　第 3 章：英美新批评，简德彬，吉首大学文学院

　　第 4 章：意识流，姚武、龙钢华，邵阳学院中文系

第 5 章：精神分析，黄声波，湖南工业大学中文系

第 6 章：结构主义，张邦卫，长沙工业大学中文系

第 7 章：叙事学，赵炎秋，湖南师范大学文学院

第 8 章：原型批评，吴东，湖南人文科技学院中文系

第 9 章：存在主义，詹志和，湖南师范大学文学院

第 10 章：接受美学与读者反应批评，潘桂林，怀化学院中文系

第 11 章：形象学，匡代军，长沙师专中文系

第 12 章：西方马克思主义，李胜清，湖南科技大学中文系

第 13 章：女性主义批评，胡军，湖南工业大学中文系

第 14 章：性别研究，赵炎秋，湖南师范大学文学院

第 15 章：怪异理论，卫华，浙江大学文学院

第 16 章：解构主义，张邦卫，长沙工业大学中文系

第 17 章：后现代主义，何林军，湖南师范大学文学院

第 18 章：新历史主义，林铁、唐鹏，吉首大学文学院

第 19 章：后殖民主义理论，刘泰然，吉首大学文学院

第 20 章：文化研究，李中华，湖南工业大学中文系

第 21 章：消费文化理论，李夫生，长沙学院中文系

第 22 章：生态批评，覃新菊，吉首大学文学院

第 23 章：空间批评，吴庆军，河北大学外语学院

中南大学出版社对本教程的编撰与出版十分重视，责任编辑何彩章从组稿开始，一直参与了本书的编撰过程，常务副主编詹志和先生在组稿、统稿的过程中做了大量工作，在此一并表示衷心的感谢。

赵炎秋

2007 年 3 月

修订版后记

　　《文学批评实践教程》于 2007 年 9 月出版以来，很受读者和高校相关专业师生欢迎，第一版现已售罄。出版社希望我们修订再版。由于教材使用时间还不太长，问题尚未充分暴露。因此此次修订对全书内容没做改动，只是增加了湖南师范大学文学院教师李作霖博士新写的关于"身份认同批评"的相关内容，作为本教材的第 24 章。我们希望在充分收集读者与专家的意见之后，再对《教程》做一次比较彻底的修改，以进一步提高《教程》的质量，不负读者的厚爱。希望大家有以教我。

赵炎秋

2011 年 7 月